무령대왕과 백제불교문화사

무령대왕과 백제불교문화사

사 재 동

역락

서 문

우리 삼국시대의 문화가 찬란하였다는 사실을 확인하면서도, 백제시대의 문화가 그 주류를 이루어 왔다는 점을 인정하기는 매우 어려운 실정이었다. 그러나 광범위한 백제학의 관점으로 백제사, 문화사를 연구·개발하는 과정에서 점차 밝혀진 사실은 그 문화의 찬란한 실상과 선진화한 위상이라 하겠다. 그리하여 이 백제문화가 고구려나 신라의 문화에 앞섰을 뿐만 아니라, 당시 중국이나 일본의 그것에 결코 뒤지지 않았다는 사실까지 입증되고 있다. 그러기에 이 백제문화가 삼국문화의 주류를 이루어 왔다는 전망까지 나올 수 있었던 것이다.

백제문화의 핵심·주류를 이루어 온 것은 불교문화였다는 사실을 부인할 수가 없다. 역대 불교제국이 그러했듯이 백제도 무령왕대를 중심으로 불교왕국을 건설하여 만반의 대작불사로써 찬연한 불교문화를 창조·발전시켜, 그 문화사를 이끌어 왔기 때문이다. 기실 한성백제시대에 전래·정착된 불교는 웅진백제시대에 이르러 발전·융성하여 찬란한 불교문화의 전통을 사비백제시대로 넘겨주었던 사실이 확인되었다. 그 불교문화의 발전·융성의 중심에 바로 무령왕이 자리하고 있었던 것이다.

무령왕은 인도의 아육왕이나 양나라의 무제처럼 적통이 아니면서 그 탁월한 왕재와 전능한 지도력으로 말미암아 신민이 추대하여 왕위에 올랐다. 원래 무령왕은 신이한 출생으로 비범한 문무를 갖추고 숭불·수행하여 승왕으로 군림하며 불교중흥을 통하여 강대한 백제왕국을 건설하였다. 그러기에 무령왕은 저 아육왕의 특출한 불사행적을 본받고 무제의 출중한 불교정책과 동시적으로 교류하면서, 그에 필적하는 대작불사를 통하여 국토를 넓히고 국력을 크게 진작시켰던 터다.

마침내 무령왕은 왕불일여의 권능으로 궁성 내에 원찰을 비롯하여 왕궁을 옹위하는 사방에 진호혈사를 창건하고, 외방 성채 뒤에 호국원찰을 설립하여 국방불사에 적극 매진하였다. 나아가 전국 각지 요충지대와 호족들의 득세지역에 대찰을 건설케 하여 정치·종교정책의 본거지로 삼고, 모든 국토와 신민을 일체 복속시키는 데에 다대한 성과를 거두었다. 여기서 무령왕은 아육왕이나 무제의 대작불사와 불교문화의 창달에 교류·호응하여 국제적인 불사에 전념함으로써, 전무후무한 불교문화의 황금시대를 열고 금자탑을 세웠던 터다.

무령왕의 행적과 공업은 역사상 찬연하였지만, 백제멸망의 비운 속에 빙산처럼 가라앉았고, 그 희미한 사적과 신화·전설만이 파괴·매장된 유적들과 함께 오전되고 있는 실정이다. 그러나 이제 빙산이 수면으로 솟아오르고 지하의 보물이 드러나듯이, 무령왕의 불교문화에 대한 공적이 그 일부나마 발현되기 시작하였다. 무령왕의 사적이 ≪삼국유사≫ 기이조 서동설화의 사실로 반신반의되면서 그 행적을 어림하는 데에 설왕설래되던 차에, 마침내 그 왕릉의 문물이 발굴됨으로써 새로운 세기적 국면을 맞게 되었다. 그로부터 무령왕의 행적과 공업에 대한 역사적인 조명이 다양하게 추진되는 가운데, 필자는 서동설화의 형성이나 미륵사의 창건, 그 왕릉의 문물 등을 불교문화학적으로 고찰한 바가 있었던 터다.

그 일련의 원고를 모아 우선『백제 무령왕과 불교문화사』로 간행하였으니, 이로부터 무령왕의 대작불사에 따른 국제적 친연관계로부터 그 당시에 창건되었던 사찰들의 유적을 불교문화학적으로 탐색·재구하는 작업까지

시도하였던 터다. 이러한 과정에서 얽어낸 논고가 여러 편 되다 보니, 먼저의 졸저를 보완하고 체계화하는 차원에서, 이번의『무령대왕과 백제불교문화사』를 출간하게 된 것이다.

제1부 '무령왕 행적의 불교사적 실상'에서는 우선 그 행적의 불교문화적 실상과 문화사적 위상을 검토하고, 무령왕이 대작불사를 성취하는 과정과 관련된 국제적 친연관계를 고찰한 다음, 왕릉의 문물을 불교문화사적으로 고구하여 그 생애의 공적과 결부시켜 보았다. 제2부 '무령왕 행적의 설화적 양상'에서는 서동설화를 무령왕 행적의 신화・전설・민담적 산물로 보고, 무강왕전설의 형성・전개과정을 추적하였으며, 서동설화의 불교문화적 측면과 서사문학적 양상을 고찰한 다음, 그 설화 속의 <서동요>를 문학적으로 논의하였다. 제3부 '백제 창건의 사찰문화'에서는 무령왕대에 창건된 것으로 보이는 미륵사 문물의 예술사적 전개 양상을 고찰하고, 나아가 그 시대와 결부되어 창건된 것으로 보이는 비래사와 백양사 문물의 불교문화적 전개과정을 추적하였다. 제4부 '백제계의 불교문화'에서는 무령왕 이래 그 계통을 이은 백제금동대향로의 불교문화적 실상을 고찰하고, 백제계의 불교미술을 문화・문학적으로 검토하였다.

이 책은 처음부터 저서로 계획된 것이 아니라 개별적 독립 논고를 분야별로 정리한 것이기에, 전체적 통일성이 부족하고 더러는 중복된 부분도 없지 않을 것이다. 그럼에도 대체적인 주제와 방향에서는 큰 차질이 없을 것으로 본다. 이로써 사계의 질정을 받는 한편, 무령왕대로부터 발전・전개된 백제불교문화의 실상과 문화사적 위상을 탐구하는 작업이 본격화되기를 기대할 따름이다.

돌아보건대 백제문화의 독보적 연구로 수범을 보이며, 이 방면으로 이끌어 주신 장암 지헌영 선생의 학은과 사계 석학들의 교시, 지금껏 건강과 지혜를 주신 부모님의 은혜에 감사하고, 진실행의 내조와 자녀들의 조력,

제자들의 후원, 나아가 어려운 가운데 이런 저서를 선뜻 간행해 준 역락 이대현 사장에게도 고마운 뜻을 전한다.

2015년 1월

저자 **史 在 東** 근지

제2부 무령왕 행적의 설화적 양상

제3부 백제 창건의 사찰문화

제4부 백제계의 불교문화

제1부
무령왕 행적의 불교사적 실상

✤ 무령왕 행적의 불교문화사적 실상
✤ 무령왕 불사의 국제적 친연관계
✤ 무령왕릉 문물의 불교문화적 실상

무령왕 행적의 불교문화사적 실상

1. 서론

백제 무령왕의 생애와 행적은 불교문화사상에서 가장 빼어난 실상과 위상을 유지하고 있다. 그 왕은 백제불교사의 황금시대를 주도하였고, 직접 '仁慈寬厚'한 보살행으로 국도에 국찰을 경영하거나 치민의 요충지역에 원찰을 창건하여 호국불교를 진작하고 태평성대를 이룩하였기에, 서거 후에도 성왕을 비롯한 역대 군왕들이 그 능침 경영이나 추모재의에서 불보살처럼 예경함으로써, 후세의 불교문화에 신화적인 영향을 끼쳤기 때문이다. 이러한 군주의 불교적 행적은 불교문화적 관점이나 불교문화사적 측면에서 매우 소중한 가치와 의의를 지니고 있는 게 확실하다.

지금 佛敎文化學이 새로운 체계와 방법론으로써, 분야별 특수연구를 강화하고 전체적 종합연구를 지향하여 다대한 성과를 올리고 있는 실정이다. 이러한 환위와 여건 아래서, 위와 같은 무령왕의 행적을 佛敎文化學的으로 고찰하는 것은 실로 긴요한 일이라 하겠다. 빛나는 행적의 불교문화적 실상을 조명하고 불교문화사적 위상을 파악하는 것은 실로 佛教文化學의 당면 과제이기 때문이다.

　그동안 학계에서는 백제불교사를 부여시대와 일본과의 관계를 중심으로 검토하거나[1] 무령왕대의 정치·문화사의 일환으로 고찰한 바가 적지 않았다. 그리고 무령왕릉이 발굴된 이래, 출토문물의 연구는 다양하게 진행되었거니와,[2] 그 가운데서도 고고·미술사적 탐구는 주목할 만한 것이었다.[3] 나아가 이른바 서동설화(彌勒寺創建傳說)와 관련되어 역사적 주인공이 무령왕이냐 武王이냐의 여부를 놓고 많은 논란을 벌이는 중에,[4] 武王說이 우세를 보이는 실정이었다. 그리하여 익산 미륵사는 武王代에 창건한 것으로 공인되고, 거기에다 武王의 익산 천도설이 저명 학자들의 논증에 의하여 보편화되면서,[5] 익산군청에서는 익산 전역에 미륵사와 쌍릉, 왕궁사와 제석사, 왕궁지 등을 연결하는 武王의 문화사업을 적극적으로 추진하고 있는 현실이다. 한편 위 서동설화를 바탕으로 창작·공연되는 연극·영상물들이 모두 武王을 주인공으로 획일화하여, 작품의 전체 구조나 인물 설정에서 적지 않은 모순을 범하고 있는 것도 사실이다.

　이제 佛教文化學的 관점에서 백제불교사의 실상을 한성시대와 熊津時代, 부여시대 순서대로, 불교문물에 근거하여 합리적으로 검토함으로써, 熊津時代의 불교문화가 무령왕을 주축으로 발전·융성하여 황금시대를

1) 김영태, 「일본에 비춰진 백제불교」, 『백제불교사상연구』, 동국대학교 출판부, 1985, pp.324~336.
2) 공주대학교 백제문화연구소, 『백제무령왕·무령왕릉 연구논문집』 참조.
3) 공주대학교 백제문화연구소, 「무령왕릉발굴 20주년기념학술논문」, 『백제문화』 21집, 1991 참조.
4) 사재동, 「薯童說話의 연구」, 『불교계 서사문학의 연구』, 중앙문화사, 1996 참조.
5) 황수영, 「백제 제석사지의 연구」, 『백제연구』 4집, 충남대학교 백제연구소, 1973, pp.12~13.

이루게 된 사실이 확실한 윤곽을 잡을 것이다. 따라서 이 무령왕의 불교문화적 행적이 올바로 파악된다면, 이른바 서동설화의 역사적 주인공이 武王이 아니라 무령왕 당신이었음을 공인하게 될 터이다. 그리하여 이 서동설화의 '武王'을 전거로 하여 계승·창조된 현대적 문화사업이나 문예물의 공연이 합리적인 방향을 찾으리라고 본다. 이런 점에서 일찍부터 이 무령왕의 불교적 행적에 대한 佛敎文化學的 고찰이 진척돼 있어야 하는데, 그렇지 못한 게 부인할 수 없는 사실이다. 그래서 늦은 감이 있지만, 이러한 작업에 착수할 필요가 있었다.

이에 본고에서는, 첫째 무령왕대의 불교사적 기반과 위치를, 한성시대에 이어 부여시대로 이어 준 熊津時代의 불교문물에 근거하여 타당하게 검토하겠고, 둘째 무령왕의 불교문화적 행적을, 생장·즉위 과정과 불교의 외호 및 사찰 창건 등을 중심으로 고찰하겠으며, 셋째 무령왕의 서거에 따른 불교문화적 추존작업을, 장례 및 능침 경영과 국가·대찰들의 추모재의 등을 통하여 탐색하겠고, 넷째 무령왕의 불교문화사적 위상을, 그 시대 불교문물의 영향권을 전제하고, 熊津·부여 국도지역 및 익산지역 등의 불교문화에 끼친 영향과 신라·중국·일본 등 동방권 불교문화와의 교류 관계를 통하여 유추해 보려고 한다. 이러한 논의에는 물론 佛敎文化學的 방법론을 적용할 것이고, 이 방면 선행 업적을 비판적으로 수용할 것이다. 그리고 필자가 이 분야에 대하여 이미 논급한 부분은 재고하여 수용하려고 한다.

2. 무령왕대의 불교사적 위치

백제시대의 불교는 한성시대에 전래·정착되고, 熊津時代에 발전·융성하여 부여시대로 난숙·전개되었으리라고 보는 게 순리적일 것이다.

이 백제불교가 처음부터 국가·군왕 중심으로 보급·전개되었기에, 왕도의 이전에 따라 강물이 흐르듯이 그 성쇠를 거듭하였기 때문이다. 그런데도 역대의 기록이나 학자들의 연구는 한성시대에 전래·정착된 근거를 대강 살피고는, 그대로 부여시대의 불교에 대해서만 상당한 비중을 두어 온 게 사실이다. 그리하여 熊津時代의 불교는 학술적으로 거의 거론되지 않은 게 분명하다. 그동안 지방지로서 ≪공주군지≫나 ≪충남도지≫ 같은 데서 유물·유적의 보고·해설을 겸하여 熊津時代의 불교를 언급해 온 것은 사실이지만, 이에 대한 전문적이고 본격적인 논급이 없었다는 것이다. 여기에 삼국시대의 불교사, 백제불교사 연구의 허점·맹점이 있음을 부인할 수가 없다. 물론 문헌사학의 관점에서, 그에 관한 전거·기록이 없는 터에 그에 대한 논구가 불가능하다면 할 말은 없다. 그러나 그러한 기록이 없다 해도, 그 시대의 불교가 면면히 존재했던 것은 엄연한 사실이고, 그 근거와 유물·유적이 현장에 여실히 자리하고 있는 것도 확연한 현실이다. 더구나 이런 불교사적 연구에 기록에만 집착하지 않는 과학적 방법론이 얼마든지 정립·활용되고 있는 실정이다. 따라서 다각도의 방법론을 적용하여 熊津時代의 불교적 기반을 파악하여, 무령왕대의 불교사적 위치를 조명할 필요가 있다.

우선 한성시대에 불교가 전래·정착되고, 부여시대에 불교가 난숙·전개되었다는 전제 아래, 熊津時代에 이 불교가 중추·교량역으로 발전·융성하였던 것은 필연적인 현상이라 하겠다. 기실 종교문화의 전개사는 강물의 흐름과 같아서 유기적으로 연결될 수밖에 없었기 때문이다. 더구나 백제불교사는 국가 주도이고 군왕 중심으로 전개되었기에,[6] 한

6) 김영태, 「백제불교의 성격」, 『백제불교사상 연구』, pp.20~22.

성시대의 전래·정착을 이어서 熊津時代의 그만한 발전·융성이 이룩되지 않고는, 부여시대의 그러한 난숙·전개가 불가능했을 것이다.

1) 한성시대의 불교문물

잘 알려진 대로 백제에 불교가 전래된 것은 침류왕 원년(384) 9월에 호승 마라난타가 동진으로부터 들어옴에, 왕이 직접 나가 영접하여 궁중에 머물게 하고 예경·공양한 데서부터 비롯된다. 이듬해 2월에 왕은 신도 한산주에 불사를 창건하고 승려 10인을 득도케 하여, 불교 정착의 전범을 보였다. 이로써 백제불교가 국가·군왕이 주도하여 왕도 중심으로, 긍정적이고 적극적으로 수용·보급되는 전통이 수립되었다. 그러기에 불교가 초전된 이후 10년도 안 되어, 아신왕 원년(392) 2월에 왕이 친히 백성들에게 '불법을 숭신하여 복을 구하라' 하교하기에 이르렀다. 아무래도 외래 종교가 이러한 전래와 그만한 보급·숭신을 받게 된 것은 한성시대의 불교가 상당히 보급·정립되어 발전의 계기를 마련한 것이라 보아진다.[7] 따라서 백제불교는 熊津時代에 이르러 발전의 실마리를 잡았던 것이다.

2) 웅진시대의 불교문물

문주왕 원년(475)에 熊津으로 천도하면서, 한성시대의 불교적 전통과 문물을 계승하고 이전시킨 것은 틀림없는 사실이다. 그렇지만 왕통과 국가 체계에 워낙 큰 기복이 있었기에, 불교에서도 거의 새로운 출발이 불가피하였을 것이다. 그러면서 외세에 밀려, 남천한 왕이 약세와 불안으

---

7) 가마타 시게오(신현숙 옮김), 『한국불교사』, 민족사, 1992, p.39.

로 국방에 급급하면서 불교의 발전에 기울일 여력이 없었을 터다. 실제로 문주왕이 재위 3년 만에 시해되고, 삼근왕(477~478)도 황망 중에 재위 3년 만에 훙사하니, 그러한 교체기에서 불교신앙과 국가적 불교사업이 제대로 진행될 수가 없었기 때문이다. 그러다가 동성왕(479~500)에 이르러 겨우 국기가 굳어지고 축성·외방으로 상당한 안정과 태평을 누리게 되면서 내치에 국력을 기울일 수 있었고, 따라서 문화·문물이 일어나는 계기가 되었다. 그리하여 국가에서는 왕실의 홍복과 백성·민중의 안정·평안을 빌기 위하여, 불교를 숭상하고 점차 교세를 넓혀 나갔던 것이라 하겠다.

이와 같이 국세의 신장과 안정된 내치 문물이 조장되는 가운데, 왕실을 중심으로 불교가 실세를 유지하기 시작할 즈음에, 무령왕(501~523)이 즉위하면서 그러한 불교 문물을 계승·발전시켰던 것이다. 그 때는 반도 내 삼국이나 중국에서 불교가 발전·성세를 보이던 무렵이다. 이웃한 고구려의 불교가 발전하고 가까운 신라의 불교가 공인·전개되는 단계에서, 양나라 무제가 숭불주로서 불교를 흥왕케 하였기 때문이다. 따라서 시대에 민감하던 무령왕은 왕실의 구복신앙과 백성교화의 방편으로 뿐만 아니라, 국제간의 위신이나 문화적 경쟁·교류로서도 불법을 숭상·홍포하고 크게 발전·보급시키지 않을 수가 없었으리라 본다. 이때의 무령왕은 외교·국방에 기울이던 국력을 내치·문화 방면에 주력함으로써, 국가·군왕 중심의 전통대로 불교문화를 일으키는 데에 성공할 수가 있었던 것이다. 그렇게 불교가 발전·융성한 구체적 사례는 무령왕대나 그 이래의 창사 불사로써 들어 나게 되었다. 그 유명한 익산의 미륵사를 비롯하여 대통사와 같이, 熊津時代에 그 지역에서 유지되었던 상당수의 사찰이 실제로 무령왕에 의하여 창건되거나 발기되었기 때문이다.

이러한 佛教文物이 聖王(523~553)대에 이르러 난숙·전개된 것이라고 보아진다. 聖王은 일본에서도 聖明王이라 하였거니와 왕호로 미루어 보더라도 불교문물과의 상관성을 짐작하고도 남음이 있다. 그 왕호는 왕 자신의 숭불심이 그만큼 높았다는 증거가 되며, 그 왕이 불교문물을 일으키어 신라·일본 등의 외국에 커다란 혜택을 주었다는 증명도 된다고 하겠다.

聖王이 즉위 후 16년까지 熊津에서 불교문물을 꽃피우고 문물제도를 확립시킨 것은 분명한 사실이라고 보아진다. 따라서 당시 승려들이 외국에 유학하고 교류된 것은 물론, 熊津時代의 사찰들이 大通寺를 비롯하여 대부분 무령왕·성왕대에 완성된 것이라고 추정되는 터라 하겠다. 더구나 무령왕릉의 불교문물을 보면, 이런 추정이 더욱 굳어짐을 알 수가 있다. 그 문물은 물론 武寧·聖王 양대에 걸친 결실이었다고 하겠거니와, 그 문물의 주축이 된 것은 그 당사자인 무령왕과 그 아들 聖王이었다고 보아지기 때문이다.

이상에서 우리는 熊津時代의 불교문물이 武寧·聖王 양대에 걸쳐 발전·융성한 것임을 보아 왔다. 이제 그 증거물로 오늘날 공주지역을 중심으로 산재해 있는 사찰 및 사지를 들어 당시 사찰 경영의 실태를 추정하여 보기로 하겠다.[8]

지금까지 발굴·소개된 사찰 및 사지는 대강 다음과 같다.

大通寺 : 公州邑 班竹洞
水源寺 : 公州邑 玉龍洞(수원골)
興輪寺 : 未詳(公州邑內?)
東穴寺 : 公州邑 東穴山
西穴寺 : 公州邑 熊津洞 望月山
南穴寺 : 公州邑 金鶴洞 南山

8) 진홍섭, 「백제사원의 가람배치」, 『백제연구』 2집, 충남대학교 백제연구소, 1971 참조.

北穴寺 : 未詳(公州邑內 ?)
九龍寺 : 公州郡 反浦面 上莘里
舟尾寺 : 公州郡 利二面 舟尾里
銅穴寺 : 公州郡 儀堂面 月谷里 銅穴山
鼎峙里寺址 : 公州郡 灘川面 鼎峙里
麻谷寺 : 公州郡 寺谷面 雲岩里
彌勒寺 : 益山郡 金馬面 箕陽里

이상 열거한 바 사찰 및 사지는 모두 확증된 바는 아니지만, 그동안 학자들의 부단한 노력으로 어느 정도의 윤곽을 잡은 터라 하겠다.

大通寺는 공주읍 반죽동 일대의 평지에 조영된 대찰이었다. ≪삼국유사≫ 卷3, 原宗興法조에 '又於大通元年丁未 爲梁帝 創寺於熊川州 名大通寺'라 한 것으로 보면, 이 사찰이 聖王 5년에 창건된 것임을 알 수가 있다.9) 그러나 무령왕의 불교적 실상이나 위치로 보면, 최소한 무령왕이 창건하고 성왕이 완성한 것으로 추정되는 터다.

이 大通寺는 상게한 바와 같이 梁武帝(年號 大通)를 위하여 지었다는 외교상의 명분도 있지만, 그 寺名이 상징하는 바대로 왕권과 국운이 천하 대통하기를 기원하는 왕실・조정의 소망과 이상을 집약하고 있었던 것인가 한다. 그러기에 大通寺는 그 위치로 보거나 寺名과 그 추정 규모로 미루어, 王室・朝廷의 願刹로서 궁성 내에 세워졌던 것이라고 추정된다.

그리고 水源寺는 공주읍 옥룡동 수원골에 자리하고 있었는데, ≪삼국유사≫ 卷3 彌勒善花조에 新羅 眞智王代의 興輪寺 僧 眞慈가 熊川 水源寺로 彌勒善花를 찾으러 간 사실이 비침으로 하여, 그 절이 百濟 威德王 이전에 이미 건조되어 있었음을 알려주고 있다. 말하자면 新羅의 求法僧이 水源寺로 찾아왔었다는 이야기가 되겠거니와, 거기다가 水源寺의 명칭이

9) 百濟文化硏究所, 『公州의 古文化』, 公州師大, p.95.

불법의 연원과 그 계승의 염원을 담은 것이라고 보아진다. 그렇다면 이 사찰은 그 위치로 보아도 왕실·조정의 숭불과 깊은 관련을 맺고 있던 것으로 추측된다. 그러니까 이 水源寺는 궁성내외에 자리를 잡고 大通寺와 연결됨으로써, 백제왕도의 불교를 좌우하던 중요 寺院 중의 하나였으리라고 추측되는 터이다.

한편으로 興輪寺의 문제가 나온다. 이 사찰은 흔히 신라의 興輪寺와 혼동되거니와, 백제에서 불법 흥륭을 원하는 興輪寺가 일찍이 창건되었으리라는 추정이 가능하다. 李能和의 『佛敎通史』에 나오는 <彌勒佛光寺事蹟>에서도 百濟沙門 謙益이 聖王 7년에 中印度에 들어가 5년간이나 律部를 탐구한 다음에 五部律文을 가지고 귀국하여 '濟王以羽 葆鼓吹 郊迎 安于興輪寺'하였다는 그 사실을 전하여 주고 있는 것이다. 이 기록을 믿는다면 백제의 興輪寺는 신라에 앞서 일찍이 불법 내지 왕권·국운의 흥륭을 염원하여, 聖王代 이전 무령왕대에 창건된 사찰임을 추지할 수가 있다. 이렇게 본다면 백제의 興輪寺 경영을 본받아 신라가 그 경사에 興輪寺를 조영하였던 것이 아닌가 추측할 수도 있다. 이런 점에서 현재까지 알려지지 않은 백제 흥륜사의 위치는 어느 정도 어림할 수가 있으리라고 본다. 백제의 흥륜사가 왕실·조정의 願刹이었으리라는 가능성과 신라의 興輪寺가 그 경사를 벗어나지 않았다는 사실, 그리고 百濟 興輪寺의 존재를 알려주는 상게 기록의 문맥 등으로 보아, 그 사찰의 위치는 아무래도 大通寺나 水源寺와 연접되어 그 왕도를 크게 벗어나지 않았으리라고 추측되기도 한다. 그렇다면 상술한 바 大通寺와 水源寺 그리고 興輪寺 등은 주로 왕실·조정의 願刹로서 宮城圈의 寺院群을 형성하고 있었던 것이라고 볼 수 있겠다.

이어 東穴寺·西穴寺·南穴寺·北穴寺 등은 熊津時代의 사찰로서 공주읍 주변의 산지에 위치하였던 것이 밝혀지고, 나아가 그 사찰들의 조영형태도 상호 유사하다는 것이 드러나게 되었다. 말하자면 이 동·서·남·북의 穴寺들은 다같이 그 산지의 중복 삼단식 대지 위에 석굴을 대동하고 탑과 금당을 구비한 동유형의 사찰이라는 이야기가 된다. 각기 그 석굴에는 불상을 모신 근거가 있음으로 하여, 문자 그대로 '穴寺'의 면모를 분명히 전하여 주고 있다.[10)]

그렇다면 동일한 유형의 穴寺, 즉 石窟寺가 일정한 의도에 의하여 동·서·남·북으로 조영되었으리라는 추측이 가능하여진다. 그 방위가 어디를 중심으로 하여 정하여지고, 또한 그 사명이 그렇게 붙여졌는지 지금으로서는 장담할 수가 없지만, 그것이 어떤 지역을 주축으로 결정된 것임은 분명한 일이다. 적어도 당시 백제가 불교왕국으로서 '王佛一如'의 왕권으로 미루어, 그 중심지역은 아무래도 궁성과 그것을 에워싸고 있는 원찰군이었으리라 보아진다. 그렇다면 궁성과 그 원찰을 보호하기 위하여 그 주변에 위치한 東·西·南·北의 산지에 외호혈사군이 조성된 저간의 소식을 짐작할 수가 있다는 것이다.

나아가 상계한 九龍寺·舟尾寺로부터 麻谷寺·彌勒寺 등에 이르는 나머지 사찰들도 그것이 熊津時代의 창건임에 틀림없다면, 역시 왕도·궁성을 중심으로 하는 이·삼중의 외곽 사찰군으로서 경영된 것이 아니었던가 추측된다. 다시 말하면 이 외곽사찰군들은 왕도·궁성을 더욱 튼튼히 보호하기 위하여 국방외성과 동일한 호국원찰로서 조성된 것임을 알 수가 있다는 것이다.

이상과 같이 熊津時代의 사찰이 왕궁 도성을 중심으로 원찰군과 외호 사찰군, 그리고 이·삼중의 외곽사찰군 등으로 체계적이고 조직적인 造

---

10) 百濟文化硏究所, 앞의 책, pp.94~95.
　　박용진, 「공주 서혈사지와 남혈사지에 관한 연구」, 『공주교대논문집』 3집, 공주교육대학, 1966 참조.

營을 보았다면, 우리는 여기서 百濟佛敎信仰의 강력한 의지를 파악할 수가 있다. 무엇보다도 왕실·국가의 永昌을 기원하려는 기복신앙과 국가·민족의 태평과 안녕을 보위하려는 호국사상을 아울러 읽을 수가 있기 때문이다. 국왕으로부터 조정신료에 이르는 지도층의 신앙과 의도가 그다지 확립되어 있었기에, 위와 같이 일사불란한 사원조직이 가능하였던 것이라 하겠다. 그러한 조직을 통하여 통일적으로 기복신앙과 호국사상을 교육·체득시켰기로 민중들은 이에 호응하면서 생활의 안정을 얻으며 국력을 신장할 수가 있었던 것이라 하겠다.

웅진시대는 신흥국가로서의 정신문화와 물질문명을 더욱 발전시키기 위하여, 위와 같은 신앙체계를 강화·육성하는 가운데에 謙益같은 명승으로 하여금 律宗을 숭상케 함으로써 국민생활을 건실하게 도의화하고, 나아가 미륵신앙과 인왕신앙을 고조시켜 호국사상을 고취하였던 것이다. 이처럼 웅진시대의 백제불교는 생활의 길잡이요, 호국의 방책이었으며, 치민의 방편이며 문화·문명의 추진력이었다고 하겠다.

이와 같은 불교사상은 보다 심화되어 사후 내세를 미화·구제하는 정토신앙까지도 불러일으키게 되었다. 그 점은 당시 능묘 조영의 실태가 입증하여 주는 바라 하겠다. 이제 熊津時代의 능묘에 반영된 불교신앙의 실상과 불교문화의 양상을 살펴보기로 한다. 공주읍 송산리 고분군에 여러 기의 능묘가 있지만, 그 출토유물의 완전한 보존과 완벽한 수준으로 하여 무령왕릉의 그것만을 우선 대상으로 하겠다.

무령왕릉이 발굴되고 그 출토문물이 소개·전시되면서, 거기에 불교적 성격이 짙다는 중평을 받은 지는 이미 오래이다. 다만 그것이 熊津時代의 불교사상·문물과 연결되어 체계적으로 구명되지 않았을 따름이다. 이제 우리는 무령왕릉의 내부구조와 출토유물을 모두 원형적으로 종합·복원하여 본다는 전제하에서, 그것을 개괄적으로 검토하여 보겠다.

무령왕릉은 羨道·玄室의 내부가 온통 蓮華文으로 장식되어 있으니, 그것은 그대로가 극락정토 연화장세계를 조성하고 있는 것임에 틀림없다. 더구나 羨道에 지켜 선 石獸는 연화장세계를 더럽히는 일체의 부정을 물리치는 四天王的 기능을 발휘하고 있는 것으로 보인다. 그리고 그능 안에서 발견된 문물 가운데는 불교적 색채가 짙은 것이 너무도 많다.[11] 이러한 불교적 문물이 전개한 현실 내부의 연화대와 어울려 실로 금옥빛이 찬란한 연화장세계를 구축한 것이라고 하겠다. 이로써 무령왕릉의 문물을 중심으로 熊津時代의 능묘에 나타난 불교문화의 실상을 파악하게 되었다.

이처럼 熊津時代의 불교문물은 그 사찰경영과 능묘축조의 실제를 통하여 족히 성황을 이루어 왔던 게 분명해졌다. 그리하여 熊津時代의 불교는 무령왕을 중심으로 성왕에 이르기까지 발전·융성하여 왔다는 점이 확인되었다.

3) 부여시대의 불교문물

이러한 성왕이 전성기에 이르러 웅지를 품고 부여로 천도하면서, 역시 모든 문물과 함께 불교문화의 주류가 그리로 이동할 수밖에 없었다. 따라서 부여시대의 불교는 熊津時代 불교의 발전·융성을 이어 받아 난숙의 계기를 마련했던 게 당연한 현상이다. 그러기에 부여시대의 백제불교는 熊津時代의 그것을 계승·전개시킨 결과라는 사실을 부인할 수 없다. 그리하여 부여시대의 불교가 난숙·전개되어 국내는 물론 국제적으로 유통·전파된 것을 미루어 熊津時代의 불교적 위상을 역으로 추적해 볼수도 있는 것이다.

---

11) 사재동, 「무령왕릉 문물의 서사적 구조」, 『백제연구』 12집, 충남대학교 백제연구소, 1981 참조.

이에 부여시대의 불교적 성황을 대강이나마 검토해 볼 필요가 있다. 그 유명한 崇佛主 聖王이 큰 뜻을 품고 동왕 16년에 부여로 천도할 때, 熊津時代의 모든 문물의 주류가 그리로 흘러갔을 것은 물론이거니와, 그 중에서도 불교문물은 그 적통을 그대로 옮겨갔을 것으로 추측된다. 熊津 時代에 불교문물을 꽃피운 聖王이 부여에 이르러 불교적 강대국을 이상 하면서, 불교문물의 결실을 거두려고 하였을 것이기 때문이다. 그 불교 문물은 성왕의 숭불심이 그만큼 원숙하여지고 백제불교 자체가 난숙과 정에 도달한 결과일 뿐 아니라, 대승불주 梁 武帝와의 빈번한 교환이나 왕의 생질인 일본 欽明王과의 우호적인 교류 등으로 하여 필연적으로 수 립된 업적이었다고 하겠다. 그리하여 백제불교는 대성을 거두고, 그 결 실을 친교관계에 있던 신라와 일본으로 유통·전파시켰던 것이다.

聖王은 즉위 23년(545)에 그 欽明王을 위하여 장육불상을 만들고, 그 공덕을 빌어주는 발원문까지 지었다고 ≪日本書記≫에 전한다. 또한 聖 王 30년에는 서부 姬(解)와 達率 怒唎斯致契 등을 시켜 金銅製佛像 1具, 幡蓋·經論 약간권을 보내어 日本佛教의 발전을 이룩했던 것이다. 그 후 로 일본은 繼體王이 武寧王女 手白香을 왕비로 삼아 그 자손이 왕위에 오른 시대(欽明王~推古女王, 聖德太子)를 지내면서 불교가 盛旺하여 이른바 불교국을 이루어 후대로 계승시켜 주었다.12) 여기까지도 무령왕의 불교 적 역량과 권능이 지속적으로 관류하였음을 확인할 수가 있다.

聖王이 불운하게 서거하자 그 뒤를 이은 威德王은 선왕을 추모 계승하 여 불법을 숭상하면서, 신라와 단교하는 반면에 일본과의 교류에 그 힘 을 더욱 기울이게 되었다. 이러한 경향은 法王代에도 여전하여 금살법령 을 새삼스럽게 반포하는 등 숭불의 기치를 들어 王興寺를 창건하기 시작

---

12) 文定昌, 『百濟史』, 柏文堂, 1975, p.329.

한 바도 있다. 그 다음 武王에 이르러 왕의 숭불심은 부왕이 시작한 王興寺를 30여년이나 걸려서 완공할 정도였지만, 그 왕녀가 일본 欽明王의 왕비가 되고 欽明王의 별세로 그 왕비 寶皇女가 왕위에 오르게 되면서, 濟・日간의 불교교통은 더욱 활발하여졌던 것이라 보아진다. 그러나 武王代와 義慈王代에 이르러 백제불교는 노쇠하여 외형화되고 내부적으로 타락하여, 당대의 고승・대덕들이 고국을 떠나 불교신흥국인 일본으로 건너가서, 그 뜻을 펴고 능력을 발휘하게 되었다.[13]

扶餘時代의 百濟佛敎는 이처럼 화려 찬란하였다. 그것은 신라나 일본에 전수한 상황으로도 족히 어림할 수 있지만, 그 당시에 이 지역에 경영되던 사찰을 살펴보면 더욱 확실하여진다. 이제 부여를 중심으로 그 지방에 산재하고 있는 寺刹 및 寺址를 통하여 그 당시 寺院 造營의 실태를 추정하여 보려고 한다. 부여시대 사원 경영의 방식이 熊津時代의 그것을 그대로 계승 발전시켰으리라는 점은 짐작하기 어렵지 않다. 그것은 역사적 필연성에 의하여 추정되기도 하거니와, 현전하는 유물적 증거가 이를 실증하기 때문이다. 여지껏 발굴 소개된 寺刹 및 寺址에 의하면, 扶餘時代의 寺刹 經營도 熊津時代의 그것과 같이 왕궁・도성을 중심으로 願刹群과 外護寺刹群, 그리고 外廓寺刹群으로 체계화된 것이 아닌가 추측된다. 먼저 願刹群으로서는 定林寺址를 비롯하여 부여 읍내에 위치한 寺址들을 추정하여 볼 수가 있겠다.

　　　定林寺址：扶餘邑 東南里
　　　軍守里寺址：扶餘邑 軍守里
　　　東南里寺址：扶餘邑 東南里
　　　佳塔里寺址：扶餘邑 佳塔里

---

13) 김동화, 「백제불교의 일본전수」, 『백제연구』 2집, 충남대학교 백제연구소, 1971 참조.

舊衙里寺址 : 扶餘邑 舊衙里
扶蘇山寺址 : 扶餘邑 舊衙里
東山里寺址 : 扶餘邑 東山里
雙北里寺址 : 扶餘邑 雙北里
舊校里寺址 : 扶餘邑 舊校里

이러한 寺刹群은 비단 왕실의 願刹로만 세워지기보다는 조정 신료들과 성내 거주민들의 신앙을 위하여서도 고려되었으리라고 보아진다.

다음 주변 外護寺刹로는 王興寺를 비롯하여 扶餘郡 窺岩面 지역에 자리하고 있는 寺址를 지적할 수가 있겠다.

法興寺址 : 扶餘郡 窺岩面 新九里
外里寺址 : 扶餘郡 窺岩面 外里
虎嵒寺址 : 扶餘郡 窺岩面 靈鷲山 虎嵒

이러한 寺刹 이외에도 그 위치가 확인되지는 않았지만, ≪三國史記≫ 百濟本記 法王 2년에 보이는 漆岳寺와 義慈王 20년에 비치는 天王寺・道讓寺・白石寺 등은 의외로 궁성과 근접하여 있어서 願刹群이나 外護寺刹群에 들어갈 가능성이 짙은 바라 하겠다.

그리고 나머지 寺刹들은 대체로 外廓寺刹이 아니었던가 짐작된다. 지금까지 알려진 것만 들어 보면 이러하다.

臨江寺址 : 扶餘郡 石城面 縣北里
金剛寺址 : 扶餘郡 恩山面 琴谷里
鳥含寺址 : 保寧郡 聖住面 聖住里
北部修德寺 : 禮山郡 德山面 德崇山

이 밖에도 관음사지・경룡사지 등 발굴의 여지가 아직도 많은 것을 알 수가 있다. 위와 같은 사찰 경영방식을 熊津時代의 계승·전개 형태라고 한다면, 이러한 사원조직을 통하여 당시의 신앙상황을 어림하여 볼 수도 있을 것이다. 여지껏 발굴된 부여의 왕릉에서 무령왕릉의 경우처럼 호법신장·호국보살적 요소를 발견하기 어려운 데다가, 謙益 이래의 계율이 부여 말기에 이르러 희미하여지고, 三論學·成實論 등의 교학이 제 구실을 못한 것을 감안한다면, 백제불교가 일본으로 그 주류를 빼앗긴 나머지 신앙상의 진지하고 웅건한 기상을 잃었던 것이라 추측된다.

여기서 백제불교사상에서 熊津時代의 불교가 한성시대의 불교를 계승하여 발전·융성시켜, 부여시대의 불교에 그 전통과 성세를 물려줌으로써, 그 난숙·전개를 보게 하였다는 사실이 확인되었다. 따라서 熊津時代의 불교가 백제불교사의 중추·교량역을 했다는 것을 부인할 수가 없다. 그렇다면 결국 무령왕대의 불교가 熊津時代 불교의 핵심·주축이 되어 성왕대의 황금시대로 연결되었다는 것을 인정해야만 된다. 그러기에 무령왕은 백제불교사의 熊津時代 그 중심·정점에 서서 그 위용을 드러내게 되었던 것이다.

3. 무령왕의 불교문화적 행적

이 무령왕의 행적은 실로 탁이하다. ≪三國史記≫ 百濟本紀나 ≪삼국유사≫ 武王(古本武康王)조, 일본의 ≪日本書記≫ 武烈紀조 등의 기록을 총합·정리해 볼 때, 그런 결과가 나오기 때문이다. 이처럼 탁이한 그의 행적은 여러 가지 측면에서 검토·고찰할 수 있는 게 사실이다. 그래서 여기서는 불교문화적 측면에서 고찰하는 것임을 재확인할 필요가 있다. 그리고 위 武王조, 이른바 彌勒寺創建傳說(薯童說話)의 역사적 주인공을 무령왕이라 전제하고, 이 논의를 진행할 수밖에 없다. 이에 무령왕의 생장과 즉위 절차, 그 불교의 외호·선양과 사찰 창건 단계로 나누어 살펴보겠다. 그 원전 자료는 위에 든 바와 같거니와, 이 논의가 불교문화적 관점에 집중되어 있기에, 견강부회되는 일면이 없지 않을 것이다.

1) 무령왕의 생장과 즉위절차

이 무령왕은 그 출생부터가 신비에 싸여 있다. 따라서 혈통·가계가 한·일 간의 기록에 혼선을 빚고 있는 실정이다. 우선 《三國史記》 백제본기에는 24대 동성왕의 제2자라고 명기하고 있지만, 이것은 무령왕이 동성왕에 이어 25대로 즉위한 사실에 입각하여, 왕통으로만 규정한 것에 불과한 것 같다. 이미 알려진 대로 가장 신빙성 있는 무령왕의 지석에 의하면, 이 왕이 62세에 붕하였으니, 역산하면 재위 23년이라 40세에 즉위한 셈이다. 그리하여 그 왕의 탄생이 실제로 동성왕에 앞서는 터다. 여기서 일본사서 《日本書記》 등을 보면, 무령왕은 개로왕의 아들로서, 그 모비가 만삭으로 기연 있는 왕제 곤지를 따라 일본의 백제 본거지로[14] 가다가 섬 중에서 탄생하여 斯麻(嶋)라 이름하였다. 그 후로 모비가 일본에 기반을 잡은 곤지와 부득이 동거하면서 무령왕은 자연 곤지의 아들로 행세한 것이라 본다. 곤지는 이미 정실부인에게서 5자를 두니, 제2자가 동성왕이었다. 따라서 무령왕이 동성왕의 異母兄으로 인식되었던 것은 당연한 일이다.[15]

이로써 보면 무령왕은 계통이 복잡하고, 따라서 매우 불우했던 것 같

---

14) 최재석, 「무령왕과 그 전후시대의 大和倭 經營」, 『한국학보』 17호, 일지사, 1991 참조.
15) 노중국, 「배제 무령왕대의 집권력 강화와 경제기반의 확대」, 『백제문화』 21집, 공주대학교 백제문화연구소, 1991, p.10.

다. 우선 개로왕에게는 문주왕 등을 낳은 정실 왕비가 따로 있었고, 무령왕을 잉태한 모비가 따로 있었다고 추정된다. 그런데 그 모비가 왕제 곤지와 기이한 사연이 있어 왕은 곤지와 함께 만삭의 모비를 결부시켜 쫓아 보내며, '그 왕자를 낳아서 돌려 보내라'고까지 했지만, 그 무령왕은 모비와 함께 버림 받은 처지였다.[16] 그리고 무령왕은 실제로 백제에 보내지지 않고 모비와 함께 곤지의 주변에서 자랄 때도 결코 평탄할 수가 없었을 터다. 그 곤지에게는 위 동성왕의 형제를 둔 부인이 있어, 무령왕과 모비는 설 땅이 없이 불우할 수밖에 없었기 때문이다.

그런 가운데 무령왕은 성장하여 14세 되던 해에 개로왕이 왕족들과 함께 고구려 장수왕에게 몰살되자, 다행히 화는 면했지만, 불운이 겹치게 되었다. 무령왕은 암암리에 배경이 되던 부왕이 돌아가고, 상대적으로 곤지가 득세하여 일본 내의 세력을 확장하자, 그 아들들의 사이에서 직·간접의 압박을 받게 되었기 때문이다. 그때는 개로왕의 아들 문주왕이 熊津으로 천도하여, 국세가 불안·나약한 터에, 곤지의 야망은 왕권에까지 미쳐서 자식 중에서 누군가가 왕위에 오르도록 은밀한 계책을 자행했을 것이다.

그때에 문주왕이 곤지를 內臣佐平으로 삼아 내정을 총리하며 실세를 펴 나가게 하니, 곤지의 위치는 그 5남을 중심으로 재일 세력의 지원을 받아 막강해지면서 왕권에 한 걸음 다가서게 되었다. 이에 맞서 兵官佐平 해구가 들고 일어나 곤지를 제거하고 문주왕을 핍박하여 국권을 농단하고 국법마저 어지럽게 하였다. 왕이 이를 제지하지 못하는 가운데, 해구가 도적을 시켜 왕을 시해하고 대권을 잡으려 했지만, 곤지계의 국내·재일 세력이 합세·단결하여 적극 대응함으로써, 문주왕의 아들 삼

---

16) 정재윤, 「동성왕 23년 정변과 무령왕의 집권」, 『한국사연구』 제99호, 한국사연구회, 1997, pp.114~115.

근왕을 세우니, 13세의 왕은 모든 권한을 해구에게 넘겨주었다. 해구의 집권 야망을 초급히 생각한 곤지계의 세력이 직접 개입하여 왕권을 옹호하고 해구를 몰아내니, 해구가 그 세력을 규합하여 대두성에서 모반하였다. 그리하여 곤지계의 세력이 왕권을 업고 출군하여 해구를 죽이고 평온을 회복하였다. 삼근왕이 재위 3년만에 의문을 남긴 채 훙사하니, 곤지계의 세력을 대표하여, 그 제2자로 '膽力過人 善射百發百中'하던 동성왕이 왕위에 올랐던 것이다.[17]

그 때에 무령왕은 21세의 훤훤장부로서 군왕의 자질과 권능을 족히 갖추었지만, 그러기에 오히려 곤지계의 국내·재일 세력권에서 멀어질 수밖에 없었고, 일찍부터 그를 지지하는 일부 세력과 함께 왕권의 차원에서 견제·감시의 대상이 될 수밖에 없었던 것인가 한다. 어쩌면 무령왕은 그 언행의 여하와 대권의 향의 유무에 괴계없이 주몽처럼 제거의 목표가 되었을 것으로 추단된다. 원래 역대의 등극 사건 내지 투쟁에서, 이처럼 걸출한 인물은 올바로 옹립되지 못하면, 차라리 그 장애물로 취급되어 축출·제거되는 게 상례였기 때문이다. 기실 개로왕이 훙거하고 문주왕이 熊津으로 천도하여 3년만에 대권 다툼에서 시해되고, 삼근왕이 어린 나이로 즉위하여 그 왕권 투쟁 속에서 훙거하는 와중에서는, 그만한 자격을 갖춘 무령왕이 제일차로 축출·제거의 대상일 수밖에 없었을 것이다.

그러나 무령왕은 현명하고 지혜로웠다. 그는 대권이나 부귀영화는 생각할 여지도 없이 우선 살기 위하여, 그리고 큰 뜻을 이루기 위하여 일단 세속을 떠났던 것이다. 그는 홀로된 모비를 모시고, 불안한 일본 생활권을 홀연히 탈출하여 고국 백제 땅으로 잠입하니 그 후의 생활상이

---

17) 정재윤, 「동성왕 23년 정변과 무령왕의 집권」, 앞의 논문, p.116.

족히 상상된다.

　산하가 아름다운 향촌, 거기서도 떨어진 한적한 연못가에 초옥을 꾸려 은둔 생활을 시작한다. 왕자나 왕비의 신분을 완전히 숨기고, 아비도 없는 하찮은 과부의 아들이라면서, 가능한 한 비천하게 자처하였던 터다. 그러자니 결국 하찮은 '池龍'의 아들 정도로 인식되어, 안전하게 살아갔던 것이다. 그리하여 '母寡居'하여 '池龍交通而生'이라 한 것이지만, 그것은 영웅탄생의 이상 출생과도 맥을 같이하는 바라 하겠다. 이런 점에서 필자가 '池龍'과 동성왕의 명호를 군이 관련시켜 논의했던 것은 재고의 여지가 있다. 그러면서 그는 산 속에서 나물이나 마를 캐어다 팔아 모비와 생활을 이어가는 형편이었다. 이에 근거를 모르는 무령왕에게 국인(세인)은 '薯童'이라 이름하여 자연스레 살았던 것이다.

　그런 가운데서도 무령왕은 더욱 장성하면서, 그 '器量難測'한 심중을 감출 길이 없었다. 그리하여 마침내 그는 출가를 결심하고 '剃髮'하여 승려가 됨으로써, 새로운 인생으로 탄생하였던 터다. 원래 승려는 혈통·신분을 초월하는 성직자이기에, 무령왕은 전혀 소종래를 모르는 승려로서 상구보리하고 하화중생하는 데에 빼어난 인물이 되었다. 위와 같이 백제의 熊津時代, 동성왕 초기부터는 불교가 이동·발전의 기틀을 잡은 때라, 무령왕은 점차 많은 신도·백성들이 귀의·예경하는 유명 승려로 행세하게 되었을 것이다. 그런 때의 무령왕은 정말 '身長八尺 眉目如畵 仁慈寬厚 民心歸附'하는 훌륭한 승려상으로서 조금도 손색이 없었을 터다. 이것은 불교문화적 관점에서 원만한 보살상, 가령 관음보살과 조화되는 대세지보살 같은 인상을 보여 주는 데에, 어느 면으로나 부족하지 않았을 것이다. 기실 훌륭한 승려상이 원만한 보살상과 같다는 말은 불가에서 흔히 쓰이고 있는 실정이다. 실제로 위 '身長八尺 眉目如畵'는 보살의 외양이요, '仁慈寬厚'는 보살의 실상·권능이며, '民心歸附'는 보살의 기능에다 신중의 반응·귀의를 지칭하는 것이라 하여 무방할 것이다. 그리하여 고승 무령왕은 마침내 미륵보살이나 대세지보살 정도로 숭신·예경되었으리라 보아진다.

이러한 무령왕의 승려적 행보는 더욱 유명하고 영향력이 커져서, 불교의 중심에 자리한 국가·왕에게 알려지는 게 당연한 일이었다. 당시 동성왕도 왕권을 확보하고 국방·치민의 업적도 공인되어 신심과 아량으로 그런 고승을 자연스럽게 만나서 좋았을 것이다. 상상컨대 세상 누구도 그 본색을 모르는 가운데 그 고승과 군왕이 만나보니, 소년시절 악연으로 갈등하던 이복 형제, 그들의 만남은 감회가 새롭고 감격에 넘쳤을 것이다. 투쟁·살륙의 와중에서 종적을 감춘 뒤 수십 년이 지나서, 이제 30대의 고승과 군왕으로 만나니, 만감이 교차했을 것이다. 서로가 안정과 평안을 위하여 과거의 모든 것을 다 관용하고, 서로의 협력·상생을 다짐할 수밖에 없었을 터이다. 가위 불교국인 백제에서 국가와 불교의 상호 발전·융성을 위하여, 상보적으로 협력하고 발원하는 일은 실로 역사적인 사건이었으리라 본다.

이때는 동성왕이 고구려를 견제하기 위하여 신라와 화친·동맹하고 화평하게 지내던 처지였다. 잘 알려진 대로 동성왕 15년에 사신을 신라로 보내서 신라의 호응으로 국혼이 성립되었다. 이 무렵에는 양국에서 서로 화친의 표시에 최선을 다하던 터라, 먼저 백제에서 선대 왕자요 현재 왕형이며 고승인 무령왕을 친선 특사로 위의 찬란하게 공식 파견했을 가능성이 충분하다. 이에 무령왕은 국가적 배경을 지닌 고승으로 신라에 가서 궁성 밖에서부터 '群童'·백성들에게 특이한 선물과 함께 신묘한 노래를 불리어 모두를 감명·귀의케 하니, 마치 원효가 아녀자·촌민들을 <무애가>로 교화했던 모습과 흡사한 터다. 아무래도 고승 무령왕의 보살적 위의와 법력에 대하여 신라의 궁중이나 불교계에서 이미 숙지하고 있었다면, 이런 일은 얼마든지 가능하였기 때문이다. 이런 점에서 김선기가 서동을 원효로 결부·논의할 수도 있었던 터다. 드디어 신라의 궁성문이 열리고 왕과 공주 등이 고승 무령왕을 영접하니, 그 환대와 법도가 가장 찬란했을 것은 물론이다. 실로 무령왕은 불보살처럼 예경·공양을 받고, 그 답례의 형식으로 법담·덕담을 하니, 그것은 궁중 예악과 어울려 법음으로 퍼져서 천상악에 꽃비가 내렸을 것이다. 궁중 내외가 모두 경배하는 가운데 무령왕은 신라왕의 높은 덕을 찬양하고, 그 공주의 '美艶無雙'한 미모·숙덕을 찬탄하는 게 당연한 일이었다. 이에 과년한 공주가 단번에 감복하고 '偶爾信悅'하는 것은 물론, 무령왕도 내심 '信悅'이 깊어, 상호 간에 '潛通'하였던 게 사실이라 보아진다.

마침내 무령왕이 모든 화친 절차와 서맹을 마친 뒤 회국할 즈음에, 그 공주의 심정은 '因此隨行'하고자 갈망하지만, 당시의 사정과 법도가 이를 용납하지 않았다. 이에 공주는 부왕에게 아뢰어 백제 왕자 고승의 친선 방문에 대하여, 신라 공주의 친선 답방이 필수적임을 강조·권유하여, 그 승낙을 얻었던 것인가 한다. 이에 신라 공주가 위의 찬란하게 차리고, 무령왕 일행을 따라 '同至百濟'하든가, 아니면 길일을 택하여 답방을 이루었을 때, 백제 왕과 왕족의 환영·환대는 극치에 이르렀을 것이다. 따라서 모든 접대·대화에서 왕의 공식 절차는 잠시이고, 주로 고승 무령왕이 전담하였을 것은 당연한 일이었다. 거의 공개된 차원에서 미혼인 고승 왕자와 성숙 과년한 공주 사이에서, 애정·결연을 의미·조장하는 대화·밀담이 오갔을 것은 물론이다. 내심으로 상호 '信悅'하고 '潛通'한 사이에 그만한 일은 너무도 자연스럽기 때문이다.[18]

이러한 사실이 조만간 양국의 조야에 알려지고, 그 화친관계를 극대화

18) 이상의 추정은 서동설화의 역사적 주인공을 무령왕으로 전제하고, 그 왕의 불투명한 즉위 이전 생애와 그 설화의 중요한 사건·어휘를 결부시켜 본 것이다.

하기 위하여 양국왕이 국혼을 주선함으로써, 그 경사가 만족하게 성취되었을 것이라 본다. 백제에서 고승 무령왕이 신라 공주를 취하여 버젓이 가정을 이루었어도, 그 승려생활에는 별다른 문제가 없었으리라 본다. 백제나 신라의 승단에서 금혼의 규정은 별다른 의미가 없었기 때문이다. 실제로 고승 무령왕은 국혼을 통해서 양국 간의 화친을 확보하여 국정에 크게 기여하였을 뿐만 아니라, 신라 국왕의 지지와 원조에 의하여 고승으로서의 위상을 드높이게 되었을 터다.

나아가 무령왕의 정치적 인기도 암암리에 높아졌으리라 본다. 더구나 동성왕이 후반기에 들어서면서 실정과 폭정을 거듭하여 신민의 원성을 사면서, 상대적으로 무령왕의 위상이 점차 강화되었던 것인가 한다. 그러나 무령왕은 의연하게 승려로서 보살행을 강화하고 왕권과의 관계는 의도적으로라도 초연할 수밖에 없었던 것이라 본다. 이것은 너무도 민감한 사안이기에 미미하게라도 무령왕이 그런 눈치를 보이면, 커다란 투쟁·혈투가 벌어질 수도 있었기 때문이다. 그러기에 무령왕은 승려의 보살행에 심신을 바침으로써, 신도·백성들의 예경·존숭을 한 몸에 받았을 것이다. 실로 무령왕은 모든 면에서 보살의 위의·권능 그 자체였기 때문이다.

기실 국운과 왕권은 하늘이 주신 바라, 동성왕의 폭정이 가속화되면서 신민의 원성·원한을 높이 사서, 이반 세력이 결속을 강화하고, 반정을 일으킬 수밖에 없었다. 이러한 노도 같은 물결이 초강세를 이루면서, 그 친근 세력을 역이용하여 동성왕을 제거하고, 대안으로 무령왕을 추대하니, 하늘의 뜻이라 받아 드리고 등극할 수밖에 없었다. 여기서 '得人心 卽王位'하게 되었고, 일본 사서에서도 '百濟末多王無道 暴虐百姓 國人遂 除 立嶋(武寧)'라 하였던 것이다. 그래서 무령왕은 보살심·보살행으로, 승모·승복을 왕관·곤룡포로 갈아입고, 왕불일여의 대권으로써 크게 중생제도와 백성구제를 겸행하게 되었던 터이다. 그러기에 무령왕은 고승대왕으로서 정치력과 보살행을 겸유하고 불교를 국교로 강화하여 선정을 베풀 수 있었으리라 본다.[19]

이로부터 무령왕은 백제의 군왕이며 불보살로서 그 위신력을 족히 발휘하고 있었다. 인도나 중국·한국의 역대 제왕 중에는 숭불심이 심원하여 불보살을 자처하며, 백성들에게 예경·숭앙할 것을 기대·요청하였던 사례가 적지 않았던 터다. 그리하여 그 제왕의 생전에 대작불사를 일으켜 대찰을 완성하고 대불상을 조성할 때, 자신의 용모를 닮게 하도록 명한 사례도 없지 않았던 것이다.

2) 무령왕의 불교옹호와 사찰창건

이에 무령왕은 즉위 초로부터 그 권능과 위력으로 정치적 혼란을 안정시키고, 고구려를 족히 견제하면서 신라와 더욱 화친함은 물론, 일본과도 국교를 증진하며, 나아가 양나라와도 외교를 돈독히 하였다. 따라서 국내외가 평안하니, 이른바 국태민안의 기틀이 잡히었다.[20] 이 왕은 농업을 중심으로 산업을 일으키고, 외국과의 교역을 빈번히 하여 민생을 안전히 하였다. 나아가 무령왕은 백성들의 정신문화적 생활지표를 불국토의 건설에 두고, 고승대왕으로서 불교를 국교로 확정하여 내외에 선포·과시하였다. 그것은 백성들의 안정·순화에도 상책이 되었거니와,

---

19) 정재윤의 「동성와 23년 정변과 무령왕의 집권」(p.118)이나 노중국의 「백제 무령왕의 집권력 강화와 경제기반의 확대」(p.12)에서는 무령왕이 동성왕을 제거하고 즉위하는 데에 주동이 되었거나 배후 조종역을 했으리라고 보았다.

20) 노중국의 「백제 무령왕대의 집권력 강화와 경제기반의 확대」에서는 '왕권의 안정과 지방통제력의 강화'(p.12)와 '경제기반의 확대'(p.20)를 논증하여 '국태민안'을 이증하고 당시의 불사국력을 간증하였다.

국력의 선양이나 종교·문화의 외교상에서도 큰 방편이 되었던 것이다. 그리하여 호국불교 미륵신앙이나 미타신앙 등을 주축으로 대찰·명찰을 창건·중창하여, 그 본거지로 삼으려 국력을 기울이게 되었다.

우선 그 백성들을 감복·안정시키고 국위를 떨칠 만한 궁성 원찰과 외호·외곽 사찰을 건립하는 게 급선무였다. 이 궁성 안의 원찰은 도성을 熊津으로 옮기면서 착수했을 터이지만, 문주왕·삼근왕대에는 정쟁에 휘말려 별다른 진척이 있을 수 없었다. 이어 동성왕 때도 그 원찰의 건립에 관심을 가졌을 것은 물론이나, 거듭되는 전역과 외방 축성에 주력하여 대찰을 완공하기에는 힘에 겨웠으리라고 본다. 그러기에 무령왕이 그 대규모의 원찰과 외호사찰·외곽사찰 등을 건립하게 된 것이었다. 전술한 바 大通寺와 水源寺 그리고 興輪寺 등 도성내의 원찰과 궁성 구변에 세운 東穴寺와 西穴寺·南穴寺·北穴寺 등 외호사찰과 궁성의 근방에 세워진 彌勒寺·麻谷寺와 舟尾寺·九龍寺 등 외곽사찰이 바로 그것이었다. 이와 같은 궁성원찰·외호사찰·외곽사찰의 유기적 조직과 배치가 熊津時代의 불국토 건설을 위한 이상적 불사였다면, 그것은 여러 모로 보아, 무령왕이 창건·보완하였거나 발원·발기에 의한 것이었다고 보아진다. 국가·군왕 중심의 백제불교에서 熊津時代의 불국토 건설과 여러 사찰의 건립 등 일련의 대작불사는 무령왕이 아니고는 그만큼 성취하여 성왕대로 넘겨 줄 수가 없었기 때문이다.[21]

우선 궁성 내 원찰 중에서 대통사가 주목된다. 이 사찰은 그 규모가 매우 크고 중앙지에 위치하였기 때문이다. 흔히들 이 사찰은 신라 법흥왕이 재위 14년 양나라 대통 원년에 무제를 위하여 창건하였다는 것이다. 이것은 전술한 대로 ≪삼국유사≫에 '大通元年丁未 爲梁帝 創寺於熊

---

21) 百濟文化硏究所, 앞의 책 '熊津時代의 불교' 참조.

川州 名大通寺'라고 기록된 데서 나온 말이다. 그런데 이것은 신라 법흥왕의 관점에서 기록된 것이라 문제점이 없지 않다. 그래서 이것을 백제 불교사의 입장에서 볼 필요가 있다. 그렇다면 이 사찰의 창건 주체는 백제 무령왕 내지 성왕이 될 것이다.

전술한 대로 무령왕은 양나라 무제보다 1년 먼저 즉위하여 상당한 노력 끝에[22] 양국의 국교를 원활·돈독하게 이끌었다. 따라서 이 무령왕과 무제는 각별한 친교를 유지했으리라 보아진다. 그 두 왕의 시호가 나타내는 행적과 숭불주라는 점에서 유사·공통점이 적지 않기 때문이다. 백제 무령왕은 숭불을 넘어서 고승의 차원에서 불국토를 건설하려는 군왕이요, 양 무제는 중국 역대의 빼어난 숭불주로서 창사·조탑 등 불사로서 저명한 제왕이다.[23] 이런 점에서 양 국왕은 적어도 숭불과 불사에서 공감대를 형성하고 일찍부터 공통사업을 벌려 왔으리라 추정된다. 따라서 양국은 군왕의 화친·공업을 바탕으로 불교문물을 교류하고 상부·상조하는 데에, 큰 성과를 올릴 수밖에 없었다.

이럴 경우에 아무래도 백제 쪽에서는 국력이나 불교문물에서 앞서 가는 양나라 쪽의 그것을 더 많이 수용하고, 더 큰 영향을 받았을 것이다. 그리하여 양국의 관계가 더욱 원활해지고 양 국왕의 화친이 보다 깊어지면서, 무령왕이 궁성 안에 원찰을 창건하는 데에, 양 무제의 협력·원조를 받게 되었으리라 본다. 그러기에 무령왕은 보다 적극적으로 대처해서 무제를 위하여 대찰을 창건한다는 명분을 내세울 필요가 있었다. 그것은 양나라와의 외교를 더욱 긴밀히 하고, 더 많은 협력·원조를 받아내는 효율적인 방편이었기 때문이다. 나아가 무령왕은 이러한 명분을 내

---

22) ≪삼국사기≫ 백제본기 무령왕 12년 4월조에 이어, 21년 11월조에 '遣使入梁朝貢… 始與通好 而更爲强國'이라 하였다.
23) 牧田諦亮, 『中國佛敎史硏究Ⅰ』, 大東出版社, 1977, pp.218~220.

걸고 신라왕의 협력·원조를 족히 받아들일 수가 있었을 것이다. 실제로 신라에서는 무령왕이 부마인데다, 양나라와 외교를 원활히 하려면 무제를 위한 사찰 건립에 협력·협조하지 않을 수 없었던 터다. 그러기에 법흥왕이 熊津에다 양 무제를 위하여 대통사를 지었다는 이야기가 나올 법하다는 것이다.

여기에다 무령왕은 국력을 기울여 그 대찰을 창건하니, 경제·외교상으로나 불교문물의 교류·발전상에서 아주 현명한 성과를 거둔 것이라 하겠다. 그 때의 사명은 분명 '大通寺'였지만, 그 큰 뜻은 적어도 백제·신라·양 삼국의 大同和平과 萬事亨通을 염원하는 데 있었을 것이다. 그 후로 이 '大通'이 삼국에 통달하고 의미가 실감되어, 양 무제 23년에 그 연호를 '大通' 원년으로 바꾸었던 것이라 본다. 그런 것이 후대적으로 와전·부연되어, 대통 원년에 백제 성왕(5년)이 대통사를 건립하였다고 전승·기록되었을 것이다. 하기야 성왕도 무령왕을 이어 받은 최상의 숭불주 성명왕이라, 부왕을 추모하고 양 무제를 재삼 찬탄하기 위하여, 그 대통사를 중창해서 국내는 물론 신라와 양나라 내지 일본 등에 원찰·국찰의 위용을 과시·선양할 수가 있었을 터다. 따라서 이 대통사에는 미륵신앙·미타사상에 입각하여 무령왕·법흥왕·무제의 용모와 유사한 삼존불이 조성·봉안되었을 가능성도 없지 않다. 이 3왕이 모두 승려 보살적 숭불주로서 족히 삼존불로 승화·예경될 수가 있었기 때문이다.

지금 대통사는 충남 공주시 반죽동 봉황산에 자리하여 그 유물·유적을 보이고 있다. 그 절터는 매우 광활하지만 거기에 민가와 시가지가 조성되어 있어, 매우 교란된 상태이다. 따라서 그 정확한 영역을 확인할 수 없는 데다 그 발굴·조사조차도 막강한 장애를 받아, 염두를 못 내고 있는 실정이다. 다행이 거기에 널려 있는 유물, 연화문와당·와편 중에서 '大通寺'의 명와가 발견되어 사명을 증언하였다. 그리고 이 영역 내의 석조 유물·유적들이 널리 퍼져 있어, 그 광역을 증명하고 그 당시의 사찰 내부와 전체적 위용을 추단할 수가 있다.

이 절의 가람배치는 탑과 금당·강당이 남북 일직선상에 놓여 있어, 이른바 '一塔一金堂式'으로 확인된다. 따라서 이 절이 전형적인 백제 양식임을 의심할 여지가 없다. 현존 유물로는 우선 石槽가 2기 있는데, 그것이 현재 2개 동에 나누어 위치하고 있다. 공주시 중동에 있는 석조는 보물 제148호로, 반죽동에 있는 석조는 보물 제149호로 지정·보호되고 있다. 그 석조가 동일 양식이면서 상당한 거리를 두고 있는 것은 두 가지 경우를 예상할 수 있다. 하나는 이 석조 중의 하나를 어떤 목적으로 멀리 떨어지게 옮겨 놓은 것이요, 또 하나는 원래 그 위치대로 있었다는 것이다. 이 석조가 그 규모·무게로 하여 민간에서 사사로이 옮길 수 없다는 전제 아래 그 원위치를 시인한다면, 그 사찰 영역이 그만큼 넓었다는 것을 증언하는 터라 하겠다. 한편 이른바 대통교 초석이 4매나 있는데, 그것은 원래 이 절 안에 있던 대통교의 초석 그대로다. 그렇다면 이 절 안으로 고금의 濟民川이 흐르고 그 다리로 대통교를 축조했던 것이 초석만이 남아서, 당시 절의 방대한 규모와 장중한 조경을 증언하는 터다. 끝으로 이 절터에는 당간지주가 우뚝이 솟아 보물 제150호로 지정되어 있다. 누군가가 그 석조양식이 신라 통일기의 작품이라고 했다. 그것은 재확인을 요하지만, 실제로 신라 양식이라 하더라도 백제 가람의 원형에 손상을 주는 것은 결코 아니다. 이 절은 전술한 대로, 신라의 협력·원조를 받아 지은 것이 사실인데다, 그런 연유로 신라 통일 이후까지 유지되었으므로, 신라 당시 그 절을 신라식으로 개조·운영하는 마당에서, 절의 최상 표지인 당간지주만이라도 신라 양식을 취하여 신조·설치할 수도 있었기 때문이다.

이와 같이 대규모의 장엄한 국립 원찰을 전제할 때, 이 절을 통하여 찬연했던 불교문화의 전체를 복원해 볼 수가 있겠다. 실제로 무령왕이 주동하여 백제의 주체성을 중심으로 양나라의 불교문물을 수용·소화시키고 신라의 협력을 얻어 창건해 낸 대통사의 불교문화는 실로 최고도의 수준을 유지하였으리라 추정되기 때문이다. 먼저 그 광활한 지역의 유구에 맞는 탑상·금당·강당 등 우람한 불교건축과 그 전각 내외의 단청·벽화·탱화 등 불교회화, 각종 불상·보살상·신중상과 석등·불단 목각 등 불교조각, 기와·법고·범종·목어·운판·다기·향로·공양구, 요령·목탁·염주 등 불교공예가 제대로 조화되어 고정된 범궁·성전문화를 이루었다. 거기에 상주·왕래하는 고승 대덕과 신도 대중들이 올리는 각종 재의·염불·기도에서 여울져 나오는 다양한 불교음악과 불교무용·불교연극, 독경·설법의 양식과 불경·불서 등 불교문헌, 불교언어와 불교문학 그리고 불교윤리·불교민속 등이 여법하게 어울리어 유동적인 예술·문화를 이룩하였다. 여기서 불교는 문화로써 존재하고, 문화로써 표현되며, 문화로써 기능하는 빛나는 전범을 재구·복원할 수가 있는 것이다.[24]

이상과 같은 관점과 방법론으로써, 상계한 궁성 원찰 수원사와 흥륜사의 불교문화에 대하여도 족히 검토하고 재구·복원할 수가 있는 터다. 그 절들에 대한 소중한 기록을 분석하고, 지금의 넓은 절터에 남아 있는 유물·유적을 검토·고구할 여지가 얼마든지 있기 때문이다. 이에 본고의 편의상 상론을 유보하거니와, 그 당시 이 절들의 생동하는 불교문화가 熊津時代에 창건·유지되어, 무령왕 내지 성왕의 빛나는 공업에 이바지한 점만은 확실하다고 본다.

다음 위 외호·외곽 사찰 중에서 미륵사가 매우 중시된다. 이 사찰은

---

24) 사재동, 「佛敎文化學의 사상적 탐구와 전망」, 『불교문화연구』 5집, 韓國佛敎文化學會, 2005, pp.45~46.

그 규모도 가장 광대하고 그 외곽에 위치하여 유명한 창건연기를 문헌적으로 확보하고 있기 때문이다. 흔히들 이 절은 백제 30대 武王이 창건하였다고 이른다. 이것은 ≪삼국유사≫ 권2 武王조에 '夫人謂王曰 須創伽藍於此地 固所願也 王許之 … 乃創之'라고 한 데에 근거하여 유추한 견해들이다. 이러한 견해는 보편화되어 대세를 이루고, 학계·교육계·예술계까지도 그대로 믿고 수용하는 실정이다. 그러나 그 내막을 엄밀히 살펴 보면, 상당한 모순과 문제점이 발견되는 터다. 그리하여 이병도는 「薯童說話에 대한 신고찰」에서, 이 설화 속의 武王 행적이 그 왕의 역사적 사실과 너무 다르고 오히려 상반되는 점을 논증하여, 그 武王說을 부정하고, 대안으로 동성왕을 그 역사적 주인공이라 내세웠다. 따라서 위 미륵사는 동성왕이 창건하였다고 주장하게 되었다. 그리고 김선기는 「쇼뚱노래(서동요)」에서 역시 무왕설을 적극적으로 부정하고 나아가 동성왕설까지 비판하면서, 그 대안으로 원효설을 내어 놓았다. 한편 지헌영은 「서동설화 연구의 평의」에서 역시 무왕설을 전면 부인하면서, 대신 무령왕설에 적극 동조하였다.[25] 여기에 필자는 「서동설화의 연구」에서 그 무왕설을 위 선학들보다 더 적극적으로 비판하고, 그 설화의 역사적 주인공을 무령왕으로 대치하면서, 그 전거로 8개 조항을 들어 상론하였다. 그러면서 그 미륵사를 무령왕이 지었다는 사실을 강조·역설하기에 이르렀다. 이어 필자는 「薯童說話의 시대적 배경과 역사적 주인공」에서 다시금 그 武王說을 부정하면서 무령왕의 미륵사 창건 사실을 입체적으로 논증하게 되었다.[26] 그러기에 이런 점에 대하여 중론을 피하거니와, 무령왕의 불교문화적 공업의 일환으로 미륵사의 창건을 다른 각도에서 검

---

25) 지헌영, 『향가 여요의 제문제』, 태학사, 1991, pp.381～382.

26) 사재동, 「서동설화의 시대적 배경과 역사적 주인공」, 『애산학보』 28, 애산학회, 2003, pp.22～26.

증·재론할 수밖에 없다.

이 논의는 위 武王조의 주기 '古本作武康 非也 百濟無武康'에서, 그 '武康王'을 '무령왕'으로 보고, 그 설화 주인공의 사실과 무령왕의 사실을 8개 조항 즉

첫째, 무령왕의 부왕과 서동의 생부에 대해서다.

둘째, 무령왕의 이름 '斯麻'와 '薯童'의 상관성에 대해서다.

셋째, 무령왕과 서동의 용모와 성품에 대해서다.

넷째, 무령왕과 서동이 국혼한 사실에 대해서다.

다섯째, 무령왕과 서동이 황금을 소유한 점에 대해서다.

여섯째, 무령왕과 서동이 즉위한 상황에 대해서다.

일곱째, 무령왕과 서동의 창사 사실에 대해서다.

여덟째, 무령왕과 서동이 창사·건립할 때에 신라왕의 도움을 받은 점에 대해서다.

이러한 논증을 구체화하는 과정에서, 이 서동설화의 역사적 주인공이 무령왕으로 지정되고, 따라서 그 미륵사의 창건 사실이 더욱 확실해진 터였다.

이제 위에서 밝힌 대로 무령왕대의 불교와 불교문화가 발전·융성하여 성왕대로 이어진 백제불교사적 위상을 되살펴야 한다. 그리고 무령왕이 생장·즉위 과정의 어려움을 극복하여 출가승이 되고, 수행·정진하여 법력·권능을 갖춘 보살적 고승으로서 백성·민중의 귀의·존숭을 받았다는 사실을 재확인해야 된다. 나아가 무령왕이 즉위하면서 궁성 내의 원찰들과 외호·외곽 사찰들을 불국토 건설의 이상적 차원에서 창건하는 가운데, 대통사와 같은 국제적 대찰을 창건했다는 사실까지 새롭게 상기해야 한다. 이러한 역사적 좌표선 상에서 그만한 무령왕의 발원과 능력이 아니고서는 미륵사와 같은 대찰, 국찰을 창건할 수가 없었기 때

문이다.

기실 무령왕은 담로제의 지방세력들이 포진·연합하고 있는 익산지역 등 광활한 영토에 미륵신앙 호국대찰을 건립하여, 전국의 불국토화에 중대한 포석을 놓으면서, 중앙집권적 왕권의 권위를 과시하고 그 분권적 세력들의 필연적 복속을 유도할 필요가 있었다. 그것은 역대 선왕의 추모와 국태민안·안보태평을 국가적으로 기원하는 불교적 대방편이면서, 치국·평천하의 정치적 대방책을 겸하는 것이었다. 그러기에 무령왕은 고승·보살적 왕권을 국내·사해에 과시하며 화평을 증진하는 기념비적 명찰로서 심혈을 기울여 미륵사를 건립하였을 것이다. 따라서 그 미륵사의 미륵삼존불은 미래적 제세주로서 무령왕을 중심으로 법흥왕과 무제를 상징·표상하고 있었을 지도 모른다. 따라서 이 무령왕은 위 두 나라 왕과 함께, 살아서는 미륵정토에서 열반을 누리는 것으로 상념되었으리라 본다.

이런 점에서 무령왕의 미륵사 창건과 경영은 대통사의 경우 이상으로 구체적인 협력·원조를 받아서 원만 성취하였으리라 본다. 이 무령왕의 불교문화 전성기는 마침 신라의 흥법주 법흥왕이나 양나라 불사황제 무제의 전성기로서, 이 삼국의 왕들은 정치·경제·외교의 실리를 상호 증진시키면서, 불교문화적 공감대를 형성하였기에, 불사상의 상호 협력·원조가 가장 활발하였기 때문이다. 여기에다 무령왕은 국력을 온통 기울이지 않고도 지방 호족들의 헌납을 받아서 이런 대찰을 이룩하니, 이것은 백제불교문화사상 전무후무한 일이었다. 이러한 무령왕이기에 신라왕이 양 무제와 함께 '遣百工助之'한 역사를 남기게 되었던 것이다.

이에 미륵사는 전북 익산시 금마면 기양리 용화산에 자리한 삼국 최대의 사찰로서, 신라 통일기 내지 고려 이후까지도 유지되어 명인들의 시문에도 기록되었지만, 지금은 황량·광활한 절터만이 허물어진 유물·유적을 보여 주고, 사적 제150호로 지정되어 있다. 원래 미륵사의 가람 배치는 중원과 동원·서원의 금당지·탑지·중문지와 강당지·승방지·석등지·회랑지 등으로 구성되었다. 이 중원과 동원·서원에는 각각 탑과 금당을 일직선상에 배치하여, 이른바 '一塔一金堂式' 가람 3개를 동서로 나란히 조영한 대규모 사원의 면모를 보인다. 그 중원에는 목탑을 세우고 동원과 서원에는 각기 석탑을 세웠다. 이러한 가람 구조는 ≪미륵하생경≫에서 설하고 있는 '龍華三會'의 설법도량으로 미륵사를 건립한 것과 관련된다고 하겠다. 중원의 북쪽에는 강당을, 동원과 서원의 북쪽에는 승방을 두었다. 이처럼 광범한 사지·유적지에서는 무수한 와편이 산적해 있고, 그 중에는 백제·신라·고려 시대의 연화문 와당이나 동탁·불상편 등이 적층적으로 널려 있었거니와, 그 중에서도 당간지주 2기와 석탑이 유명하다. 이 당간지주는 보물 제236호로 사지 남회랑 남쪽 편에 8·9m의 거리를 두고 2기가 서서 대칭을 이룸으로써, 이 절의 대규모를 실증하고 있다. 이것은 신라통일기의 양식인데, 통일 후에 신라의 국찰로 개편·변조하려고 신라식 당간지주로 대치시킨 것이라 본다. 이 당간지주가 그 절의 모든 것을 표증하였기 때문이다.

여기 서탑은 위 3기 탑파 중에서 유일하게 현존하는 대형탑으로서 국보 제11호로 지정·보호되고 있다. 이 탑은 많이 훼손되었지만, 현재 6층까지의 옥개석을 유지하여, 본래는 9층탑이었음을 추정·재구할 수가 있다. 이 탑은 대규모의 목탑 형태를 석재로 옮겨 놓은 것으로, 백제 탑파의 원형을 잘 유지함으로써 그 창건 연대가 곧 미륵사의 창건 연대임을 증언하는 터다. 흔히들 이 탑은 미륵사와 함께 武王代에 건립되었다는 것인데, 이제는 이것이 무령왕대에 창건되었다는 이야기가 된다. 그것은 이 탑의 구조·형태가 백제석탑의 양식사상에서 분명한 위치를 차지하고 있기 때문이다.

이 방면의 대가 고유섭은 '이 탑은 백제 목탑의 양식을 석재로 번안한 원형적 작품으로서, 백제 정림사지 석탑 양식으로 집약·정화되어 갔다'는 것이다. 이런 견해는 탑과 양식사의 탁견으로 거의 불변의 학설이라 본다. 그런데 이 방면의 권위자 윤무병은 정림사지를 과학적으로 발굴 조사한 결과 '이 정림사지 석탑은 성왕대의 부여 천도 직후에 그 절과 함께 건립된 원형을 유지하고 있다'는 것이다. 이 견해 또한 과학적 실증에 의한 불변의 탁견이라 하겠다. 그렇다면 이 미륵사지 석탑은 성왕대 이전에 조성되어 정림사지 석탑의 모형·전형이 되었다고 보는 것이 타당하다. 따라서 미륵사와 그 석탑은 武王代를 멀리 상회하여 무령왕대에 조영되었다는 견해와 자연스럽게 부합되는 것이다.27)

여기에 이 미륵사가 국찰이요 원찰로서 국제적 불교문화를 찬연 무쌍하게 완비하였으리라는 전제 아래, 당대의 생동하는 불교문화재로서 재구·복원한다면, 그 찬란한 성황은 동방 최고의 것이었으리라 추정된다. 위 대통사의 경우에 견주어, 그 장엄·전아하고 다양한 전각과 거창한 탑상 등 불교건축과 그 전각 내외의 단청·벽화·탱화 등 불교회화, 그 전각 안의 숭엄한 성상·석등 등 불교조각, 성사물과 다기·향로·공양구, 기도·재의의 소도구 등 불교공예가 숭엄한 범궁·성전을 장식한 것은 당연한 일이었다.

거기서 기거·왕래하는 사부대중들이 일상 의례나 특수 기도 등을 통해서 시종 일관하는 불교음악과 불교무용·불교연극이 유동적인 불교연예를 이룩하고, 나아가 이 대찰에 통용되었던 불경·불서류의 불교문헌, 불교언어와 불교문학·불교윤리·불교민속 등이 대중적인 불교문화를 이루었던 것이다.28) 여기서 당시 불교문화의 그윽한 진수와 찬연한 금자

---

27) 사재동, 「薯童說話의 시대적 배경과 역사적 주인공」, pp.12~16.
28) 사재동, 「법주사 문물의 불교문화학적 개관」, 『불교문화연구』 4집, 한국불교문화학

탑을 실감할 수 있을 터다. 이러한 최대의 중점 사찰이 주축이 되어 여타 외호·외곽 사찰들과 함께 발전·융성의 불교문화권을 조성하고, 그 융성을 국내외에 과시할 때, 그 중심에는 무령왕이 자리하고 있었던 것이다.

4. 무령왕에 대한 불교문화적 추존작업

이러한 무령왕이 열반하니, 왕실과 조야의 비통은 물론, 불교계 승속 대중의 애통은 범천을 울리고 산하·대지를 들끓게 하였다. 그 왕은 어버이 같이 인자한 군왕이요 불보살 같이 관후한 영도자였기 때문이다. 나아가 인근 신라나 양나라 심지어 일본 등지에서도 애도의 물결이 일었던 것이니, 신앙과 국교로 맺어진 극진한 혈맹이요 맹주임으로써다. 아무래도 그 적통 태자 성왕이 즉위하여 창황 중에 국장을 주관하니, 궁중법도는 물론 전통 장례를 포괄하여 모두가 불교의례로 통일·진행되는 것은 당연한 일이었다. 기실 무령왕은 생전에 고승대왕으로 필생 법력·권능을 발휘하여 국태민안과 안보태평에 진력하였을 뿐만 아니라, 성왕이 선왕의 뜻을 이어 숭불주 성명왕으로 그 정성을 다하였기 때문이다. 따라서 성왕의 주도와 명령으로 이루어진 조문·장례와 그 후의 모든 추모재의, 능침경영 내지 제례시말, 각종 기념행사나 추존사업 등이 모두 불교식으로 진행되는 게 필연적인 현실이었다. 이와 같은 일련의 불교적 추모행사와 추존사업들이 결국은 불교문화적 실상을 갖추게 되었으니, 그게 바로 무령왕의 열반에 따른 불교문화로 정립·전개되었

회, 2004 참조.

던 것이다. 그리하여 그 다양한 불교문화 현상을 유형별로 통합하여, 대강 불교적 장례와 능침경영 그리고 국찰·원찰 등 불교계의 추모재의로 나누어 검토해 보겠다.

1) 무령왕의 불교적 장례와 능침경영

우선 무령왕의 빈소가 궁중 왕실·조정에 설치되어 애도의 물결을 이루고, 각 지역 담로 등 주요 지방관서에서도 빈소를 차리어 조문의 행렬이 이어졌을 것이다. 특히 궁성 내의 원찰과 외호사찰, 외곽사찰 등 전국 사찰에서도 빈소를 마련하여 호곡·염불을 계속하였을 것이다. 이때에 빈소의 설치와 각종 애도·조문의 의례가 불교식으로 조성·진행되었을 것은 짐작하기에 어렵지 않다. 궁중 내지 사찰 내에서 하나의 영단을 설정하고 무령왕의 영정을 연화로 장엄·좌정시킨 다음, 유관 불화·탱화로 좌우·배경을 장엄하고, 그 영정 앞 단상에 향로 다기와 공양구를 배설하며, 촛대를 양쪽에 세우는 일이었다. 이런 불교식 빈소·영단의 설치는 그 조문의례와 함께 소중한 불교의례 즉 값진 불교문화의 일환이 되었던 것이다. 이러한 불교적 의례절차가 여타의 전범이 되어 영향을 끼쳤으리니, 실은 그것이 작으나마 역사적 의미를 지녔던 터다. 이러한 절차가 탁이하게 시발되었다면, 그것을 기록·도시하여 남기는 것이 궁중법도이었기 때문이다.

다음 이 무령왕의 시호를 제정하는 절차와 그 결정이다. 기실 한 왕의 시호는 그 생애·행적을 집약·승화시켜 합의·부여하는 일이다. 여기서도 신왕의 위엄 아래, 백관과 사관의 제의 및 의견을 수렴하고, 교린국의 여론까지 참작하여 신중히 검토·결정하였다. 그것이 바로 '武寧'이었다. 이것의 전제·기반이 된 것이 전게한 백제본기 무령왕조의 인물평이었다. 거기서 '身長八尺 眉目如畫'는 무인적 면모와 파사현정의 위용를 나타냄이니, 치민 안보의 위의와 권능을 보이는 것이다. 그 '武'의 엄정한 품위와 위풍은 당당하여 대세지보살 같은 위신력을 표상하는 터라하겠다. 여기에 조화롭게 결부된 것이 '寧'이다. 이것은 '康'이니 만민안녕의 불교적 '仁慈寬厚'를 집약하고 있다. 그리하여 관세음보살과 직결된 대세지보살의 위신력과 공덕행을 응축시키고 있다는 것이다. 그리하여 이 '武寧'은 불사 공덕의 화신 양나라 '武帝'와도 결코 무관하지 않다고 본다. 그렇다면 이 시호는 불교적 내함과 상징성을 겸유하여 불교문화의 핵심적 結晶體라 볼 수밖에 없다.

그리고 이 무령왕의 능지를 선택하고 그 능의 내부 구조를 조성하는 일이었다. 여기서 성왕과 신불신료 그리고 불교계 원로 승려들의 이념적 발원이 중시된다. 이 무령왕과 같이 고승 내지 불보살 같은 군왕의 열반에서 마땅히 고려 · 상기되는 것은 바로 서방정토 왕생극락이다. 그러기에 성왕과 신료 · 원로 승려들의 이상적 염원이 열반의 세계, 서방정토 극락세계로 합치되었을 것은 당연한 귀결이었다. 따라서 그 길지 · 명당은 반드시 궁성 · 왕궁을 기준으로 서방에 위치해야 됨은 물론이다. 실제로 무령왕릉이 궁성의 서방에 자리하고 있는 게 분명하여 이에 부합되었다. 나아가 그 능의 내부구조는 서방정토의 극락세계를 형상화하는 것이 필수적이었다. 이 극락세계는 그대로 연화장세계를 이른다. 그리하여 무령왕릉의 내부를 온통 연화세계로 장식 · 조성하는 게 급선무였던 것이다. 그리하여 그 연화장의 극락세계로 완성하였으니, 지금 무령왕릉의 내부가 이를 실증하고 있다. 그 능의 입구에 진묘수가 수호신으로 그 세계를 지키고, 그 지석과 매지권을 깔아 그 위에 오주전을 놓음으로써 통과의례를 마치었다. 그리고 연도와 현실의 좌 · 우벽 · 뒷벽, 천정 모두가 대소 연화문 전석으로 꽉 짜여 완벽한 연화장세계를 이룩하였다. 게다가 그 3개 벽에 보주형의 감실을 5개나 만들어 찬연한 장등을 밝히고 있으니, 빈틈없는 무량광·무량수의 세계를 재연·부합시킨 것이다.[29] 이것은 불교제국 양나라 무제 때 남조식 묘제의 불교적 구조·장식과 관계가 깊은 터다.[30]

또한 거기에 들어앉을 무령왕과 왕비의 시신은 어떤 방향·방법으로 염습·장엄했을 것인가. 기실 신왕이나 유신·만민과 불교계에서는 이 무령왕과 왕비가 서방정토 무량광·무량수 아미타불의 세계에서 생전의 행적·공적대로 보살신으로 왕생하여 영원 복락을 누리도록 염원했을 것이다. 그러므로 무령왕은 보살적 군왕으로 생전에 미륵보살 내지 미륵불의 차원에서 미륵사의 정토세계를 누리었다면, 열반해서는 대세지보살로서 미타정토에 왕생하여 자유자재로 영생하도록 장식·장엄하는 게 상책이었을 것이다. 따라서 왕비는 생전의 배우자로서 자비행을 실천했을 터인즉, 대세지보살과 조화되는 관세음보살로서 미타정토에 공동 왕생하여 복락·영생하도록 장식·장엄하는 게 가장 적합했을 터이다. 그러므로 이 왕과 왕비의 염습·장엄은 그대로 대세지보살상과 관세음보살상으로 완결했던 것이다. 이는 무령왕릉에서 출토된 각종 유물들을 왕과 왕비로 나누어 유기적으로 재구함으로써, 그 사실이 실증되었기 때문이다.

이 점에 대해서는 「무령왕릉 문물의 제의학적 고찰」에서 상론하였기로, 여기서는 그 대강을 요약해 보겠다. 먼저 무령왕의 대세지보살상에 대해서다. 기실 무령왕의 위용을 보면 대세지보살의 면모가 여실히 드러난다. 원래 왕과 왕비의 장송·안장 절차에서, 그 염습·장엄의 일체 문물은 새롭게 제작하는 게 원칙이었다. 그래서 무령왕의 시신은 염습·장

---

29) 사재동, 「무령왕릉 문물의 서사적 구조」, pp.11~13.
　　김영배, 「무령왕릉 전고」, 『백제연구』 5집, 1974.
30) 岡內三眞, 「百濟武寧王陵と南朝墓の比較硏究」, 『百濟硏究』 11집, 1980.

엄 과정에서 보살의 그것을 이상적으로 본뜨게 되었다. 그 왕의 용모는 본래 '眉目如畵'로 원만하고 아름다운 터에 갖가지 제례적 분장을 하고 그 보살적 머리에 찬란한 금관장식을 갖추었으니, 어느새 보살의 위풍을 차리고 커다란 동경을 머리 뒤에 묶어 보살의 광배까지 겸유하게 되었다. 여기에 각양각색 금은 연화문 및 연엽문 장식을 붙인 의상을 다 입고, 귀걸이와 염주·목걸이·팔지 그리고 머리 장식 등으로 장엄됨으로써, 원만·특출한 보살상이 되었던 것이다. 거기에다 항마의 금동 신발을 신고, 여러 가지 보검을 지참함으로써, 탁이한 영웅적 위엄을 갖추게 된다. 이것은 무령왕의 무위를 나타내거니와, 이를 보살상에 견준다면 바로 파사현정의 대세지보살을 연상케 된다.

그렇다면 이 무령왕이 그 연화장세계에서 대세지보살로 상정되어, 그 보살로 꾸며지고 그 보살의 권능을 발휘하며 그 세계를 제어할 뿐만 아니라, 백제 왕조와 신민들까지 음조하기를 염원했던 바라 하겠다. 이것은 당시 성왕이나 왕족, 신민들이 그들의 장례 신앙과 불교적 관례에 따라 최고도로 예우·추숭하는 방편이었던 터다. 그 보살적 장엄·장식의 시신 위에, 위 금은 연화·연엽 장식을 크게 붙인 이불·덮개를 덮은 다음, 은제 대형 연화로 장식된 관곽 속에 안치하고는, 그 관 위에 다시 그만한 장식의 덮개를 덮었으리라 보아진다.

다음 왕비의 관세음보살상에 대해서다. 이 왕비의 용모를 살피면, 관세음보살의 면모가 뚜렷이 드러난다. 원래 왕비의 미모는 '美艶無雙'하여 가장 빛났으리라 짐작된다. 당시의 장속에 따라, 거기에다 온갖 화장을 다하고 화려·찬란한 관식을 하고 두발을 각별히 장식한 다음, 다시 그 동경을 광배처럼 뒷받침하니, 이것만으로도 관음보살의 아려한 자비상이 족히 부각되는 터다. 더구나 거기에 각종 금은 연화문·연엽문으로 수식된 찬연한 의상을 걸치고 다양한 귀걸이·목걸이·팔지 등을 착용함으로써, 영락·염주로 꾸며진 관음보살의 면목이 더욱 강화된다. 게다가 그 왕비가 파사형 금동 신발을 신고 은장도를 가진 것은 관음보살의 면모를 강조하고 있는 바라 하겠다. 따라서 이 왕비의 장식·장엄은 그 미모·자비의 특징을 나타냄으로써, 보살치고는 관음보살의 외모·권능을 그대로 보이는 것이라 하겠다. 이런 점은 무령왕처럼 당대 왕실·백관·민중의 장례신앙과 관습에 의거하여 필연적으로 수행된 결과이기 때문이다. 그리고 그 보살적 장엄·장식의 시신 위에 금은 연화·연엽 장식을 크게 붙인 이불 덮개를 덮은 다음, 은제 대형 연화로 장식된 관곽 속에 안치하고는, 그 위에 다시 그만한 장식의 덮개를 덮었으리라 추정된다.[31]

이와 같이 위 연화장세계에서 무령왕과 왕비가 아미타불의 무량수·무량광의 광명 아래, 대세지보살과 관세음보살로 승화·상념되어, 그 모양·권능을 그대로 갖추고 입관·장엄됨으로써, 더욱 신격화되고 신앙의 대상으로 확신되었을 터다. 그리하여 그 극락세계에서 극락조·원앙조의 가창과 각종 악기의 음성공양이 이루어지고, 그 앞에 올리는 여러 재의의 금은제 연화문 용기와 각양 연화문 공양구·도자기들이 배설되었던 것이다. 따라서 무령왕과 왕비는 그 극락정토·연화장세계에서 대세지보살과 관세음보살로 화생·승화되어, 구품 연화대를 통하여 화생하는 대중들을 접인하면서 영생을 누리는 것으로 상정·신앙되고 제반 제례를 받았으리라 추단된다. 이것이 그대로 무령왕릉의 문물을 통하여 재구되는 극락세계·연화장세계의 원형이라고 보아진다. 그러기에 이 무령왕릉문물은 ≪관무량수경≫의 세계를 저본으로 하고, 성왕과 당대의 신민들이 능침신앙과 그 경영관례에 준거하여 창조적으로 완성한 극

31) 사재동, 「무령왕릉문물의 제의학적 고찰」, 『백제권 충남지방의 민속과 문학』, 중앙인문사, 2006, pp.77~78.

락정토·연화장세계로서, 한국 능침문화의 정화이며 전범을 이루는 것이라고 하겠다. 따라서 이 무령왕릉의 모든 문물은 불교문화의 금자탑으로 불멸의 보고가 되리라 본다.

2) 무령왕에 대한 추모재의

이 무령왕의 열반에 대한 통곡과 애도는 능침의 완성과 함께, 위로 군왕과 아래로 백성에 이르기까지 모두가 추모재의로 전환될 수밖에 없었다. 그 종묘와 능침에 대한 추모재의가 그 서방정토·극락세계에서의 영원 복락을 보장하면서, 그 선왕의 보우를 받을 수 있는 유일한 길이었기 때문이다. 이때의 재의도 무령왕과 성왕대에 이르러 발전·융성한 불교사상·모범의례에 의하여 진행되었을 것이다. 왕가·군왕 중심의 불교의례는 미륵신앙이나 미타사상 등을 중심으로 그 재의양식을 따르는 게 당연하였기 때문이다. 여기서 종묘에서의 제례와 능침 앞에서의 재의는 정기적으로 장엄하게 진행되었을 것이지만, 상하 군신과 백성들이 바치는 추모의 거대한 질량에 비하여 한계를 드러낼 수밖에 없었다. 실로 이러한 국행대제는 그 규모의 장엄함에도 불구하고, 그 동참자에게 불가피한 제한이 따랐을 것임으로써. 그리하여 동시에 국찰·원찰 등 사원에서의 재의가 성행하여 시간·공간에 따라 승속 간에 모두가 참예할 수가 있었으리라 본다.

전술한 바 궁성 내의 대통사 같은 국찰·원찰이며 사방의 외호사찰들, 그리고 미륵사 같은 외곽 대찰들이 본격적인 대규모 재의를 정기적으로나 특별한 계기에 따라 장엄하게 치렀을 것이다. 원래 국상을 당하면 국내의 대소 사찰에서 추천재의를 거행하는 게 당연한 일이거니와, 특히나 무령왕이 창건한 사찰에서야 그 왕에 대한 추모재의가 얼마나 숭엄하게 수행되었을 것인가 족히 짐작되기 때문이다. 실은 대통사나 미륵사를 중심으로 여러 사찰에서는 무령왕의 생전에도 탄신일이나 애경사를 당하면, 그에 상응하는 재의가 빠짐없이 거행되었지만, 국상 이래의 추모재의는 국가적 능행제와 더불어, 대통사·미륵사 등의 추모재의로 가닥을 잡아 정례화될 수밖에 없었다. 그런 가운데 성왕이 그 16년에 부여로 천도할 것을 예정하면서, 본능을 그대로 영구 보전할 방책을 모색하게 되었다. 그 백제 불교문화의 기념비적인 보고, 무령왕릉의 문물을 국내의 도굴꾼이나 외적의 침범·약탈로부터 안전하게 보존키 위해서는 일대 결단을 내리지 않을 수 없었다. 궁성과 왕릉·대통사 등의 긴밀한 관계를 명분있게 청산하고, 그 왕릉을 외곽 원찰 미륵사 근처로 이전하여 능사의 관계를 새롭게 설정하는 게 상책이었기 때문이다.

여기서 영명한 성왕과 총신은 궁성 내외와 외국의 사절이 확인·공인하는 가운데, 그 본능을 완전히 폐쇄하고, 그 능내의 찬연한 문물을 모두 수레에 실어 옮겨, 금마의 쌍릉으로 조영하게 되었다. 그러나 실상은 그 본능 문물의 진품은 그대로 두고 묻어서 영구 보존의 방편을 타게 되었고, 그 가장된 문물이 감쪽같이 쌍릉 속에 묻히고, 국내외의 이목을 이끌어 고정시켰던 것이다. 이로부터 그 미륵사와 쌍릉은 마주 보면서, 무령왕의 추모재의에서 상보·입체적 관계를 정립하게 되었다. 그러기에 무령왕의 추모재의에 왕이 친행하면, 그 쌍릉의 제례와 미륵사의 재의를 시차에 따라 겸행하는 편의까지 보장되었던 것인가 한다.

이러한 능묘 제례와 사찰 재의는 백제가 멸망하기 전까지는 매년 정례적으로 시행되었을 게 분명하다. 그리고 이러한 제례·재의는 백제 유신·유민들에 의하여 상당기간 명맥을 유지하였으리라 보아진다. 기실 백제 유신·유민들은 외세에 저항하는 언행과 부흥운동을 통하여 중흥주 무령왕을 추숭하고 그 왕의 위신력과 음조를 갈망하는 의미에서, 그

런 제례·재의를 계속했을 가능성이 얼마든지 있었기 때문이다.[32]

이러한 국행·사찰재의는 무령왕의 추모재를 중심으로 매년 정기적으로나 특별 계기에 의하여 찬연하게 성행하였던 터다. 여기서 무령왕의 일생 행적을 기준하여, 그 재의가 다양하게 전개됨으로써, 입체적인 재의문화를 형성·발전시켰던 것으로 보인다. 이처럼 광범하고 총체적인 재의는 그것이 불교재의로서 문화적 면모를 확보하고 있을 뿐만 아니라, 다양한 불교문화를 포괄·육성하게 되었던 것이다.

그리하여 여기에 유관한 불교언어와 각종 경전·불서 등의 불교문헌, 거기서 울어 나온 불교민속은 물론, 여러 측면의 불교윤리가 발전·전개되었다. 나아가 이런 재의의 연극적 연행에 따른 불교미술은 건축·회화·조각·공예 등으로 분화·성숙되어 그 배경과 장엄을 이루었다. 이에 상응하여 모든 재의·기원에 시종 수반되는 불교음악은 성악과 기악으로 조화되어 음성공양의 역할을 하는데, 역동적이고 법열에 넘치는 불교무용은 음악과 함께 부처님의 경지로 승화되고 있는 터였다. 여기에 그 불교미술을 무대로 그 음악과 무용을 아울러 그 재의의 종합예술을 문학적 대본으로써 공연하니, 이것이 바로 당시의 불교연극이었다. 이와 같이 이 무령왕의 추모재의는 총체적으로 불교예술 내지 불교문화의 극치를 이루었던 것이다.

이와 같은 무령왕의 추모재의가 연극적으로 발전·전개되는 과정에서, 그 왕의 일생 행적은 신화화·전설화되었던 것이다. 원래 이러한 재의는 그 주인공의 행적을 신격화·영웅화시킴으로써, 그 신화 내지 전설을 형성·발전시키는 게 상례였던 것이다. 역대의 대소 인물신화는 모두 이런 신앙·재의를 통하여 그 구비상관물로서 형성·유통되었기 때문이다.

---

32) 사재동, 「무령왕릉 문물의 제의학적 고찰」, pp.82~83.

게다가 무령왕의 영웅적 행적은 그 자체로서 신격화·신화화되기에 적합한 모든 여건을 갖추고 있었다.

　이런 점에서 무령왕에게는 생전의 신화가 생길 가능성도 없지 않았다. 하물며 열반 후의 갖가지 추모재의를 통하여 그에 상응하는 신화가 형성되었던 것은 당연한 일이었다. 따라서 이 무령왕 추모재의의 모든 현장에는 그 행적을 찬양·미화하고 신이화하며 성웅적 권능과 보살적 위신력을 강조하는 신화가 다양하게 형성·행세하였으리라 본다. 먼저 능묘의 제례 현장에서 그 신화가 형성·전개되었던 것이다. 우선 熊津의 무령왕릉에서 성왕이 재위 16년까지 추모제례를 정기일이나 특정일에 크게 진행하면서, 그로부터 신화·전설이 형성·유전되었을 가능성은 얼마든지 있다. 이 무령왕과 왕비의 장엄한 장례와 함께, 화려·장중한 왕릉의 조성·경영은 참으로 경이·신비 그 자체였던 것이다. 잘 알려진 대로 전무후무한 무령왕릉의 문물이 공개된 비밀로 상하 민중에 구전·유포되었다면, 그 자체가 이미 무령왕의 신화·전설로 설화될 수가 있었던 터다. 이 무령왕과 왕비가 상상을 초월하는 금은보배로 의장되어, 연화장세계에서 대세지·관음보살로 승화·안정되고 있다는 사실이 알려진 비밀로 유전되면서, 벌써 그 신화·전설의 역할·권능을 상당히 발휘하고 있었기 때문이다.

　더구나 이 무령왕릉을 영구 보전하려고 익산 미륵사의 근방으로 이전하여, 이른바 쌍릉으로 조성·경영하고 미륵사를 능사로 삼으면서, 그 행적을 신화·전설화하는 현상이 더욱 심화·촉진되었을 것이다. 그 천릉의 내밀한 의문과 호기심이 상상력을 타고 증폭되고, 그것이 그 신화·전설화의 매개 촉진제가 되었기 때문이다. 게다가 국가에서는 그 원릉의 안보와 쌍릉의 신빙·숭앙을 강화하기 위하여 매년 능행제를 더욱 화려·장엄하게 거행하고, 미륵사와 제휴하여 그 추모재의를 입체화함으로써, 쌍릉의 현장을 기반으로 무령왕의 행적이 불교적 신화·전설로 설화되는 데에 박차를 가하였을 것이다.

한편 위 각개 사찰에서는 그 창건이나 중흥과 관련되어, 무령왕의 추모재의를 정기적으로나 특별한 계기로 지성껏 거행하는 가운데, 그 불교적 행적의 신화화와 전설화가 적극적으로 진행되었을 것이다. 원래 고금의 모든 사찰은 그 탁이한 재의에 따라 오랜 세월 동안에, 그 창건설화나 성전·성물전설이 생기게 마련인데, 이것이 불교적 신성성에 기반을 두고 대개 신화적 내막을 갖추게 되었기 때문이다. 이런 점에서 무령왕 당시나 서거 후에, 위 국찰·원찰이나 외호사찰 내지 외곽사찰 등 대소 사찰에서는 무령왕의 추모재의와 관련되어, 그 행적의 신화화·전설화가 점차적으로 진행되었던 게 사실이다. 그 중에서도 대통사 같은 궁성 내의 대찰에 창건설화가 형성·유통되거나, 미륵사 같은 외곽 대찰에 역시 창건신화가 형성·행세하였던 게 분명하다.

전술한 대로 그 대통사의 창건 사실과 무령왕·양무제·법흥왕과의 관계 등을 미루어 그 추모재의를 통한 신화·전설화의 요건과 환경·역량이 고루 갖추어졌던 것이다. 그러기에 무령왕과 연결된 대통사 창건설화가 실재하였을 가능성이 높은 게 사실이다. 그러나 백제의 멸망과 함께 우여곡절을 겪은 나머지 그 창건설화는 전환·변형되어, '신라 법흥왕이 양나라 무제를 위하여 대통사를 창건했'는 부수적 기록만 남기게 되었으리라 본다. 그런데도 다행히 미륵사의 창건설화는 무강왕⇄무령왕의 행적을 중심으로 성립·변모·기록되어 《삼국유사》에 현전하고 있는 것이다.

널리 알려진 서동설화는 彌勒寺創建說話로서 불교적 신이성·신성성으로 하여 그 창건신화라고 해야 마땅할 것이다. 전술한 대로 미륵사가 무령왕의 창건임을 확인한 터이므로, 이 창건신화의 역사적 주인공이 무령왕임을 부인할 수가 없다. 그렇다면 이 미륵사창건설화 즉 서동설화는 무령왕의 불교적 행적, 미륵사의 창건사실을 설화화한 것이라 보아진다. 여기서 모든 사찰창건설화의 보편적 성향과 불교문화적 실상·가치를 바탕으로, 이 무령왕 미륵사창건설화의 불교문화적 실상과 위상을 살펴볼 필요가 있다.

이러한 관점에서 가장 주목되는 게 이 미륵사창건설화다. 이 설화는 위와 같이 무령왕의 추모재의에서 보여 준 불교문화적 실상을 모두 응축·포괄하고 있을 뿐만 아니라, 또한 그 이상의 불교문화적 내용과 가치를 포괄하고 있기 때문이다. 이 설화의 원형·원본을 재구·복원하여 보면, 무궁무진한 내면적 가치를 탐색해 볼 수가 있다. 그동안 역사학계·불교학계나 고고미술사학계·문학계·예술계 등에서 주목·고찰해 온 것이 집성되어 연구사를 형성하고 있는 게 사실이다. 그런데 이 설화를 佛敎文化學的으로 총합·검토한 사례는 거의 없는 것 같다.

기실 이 미륵사창건설화는 불교문화의 보고라고 하겠다. 우선 이 설화는 그 거창한 규모의 미륵대찰이 표방하듯이, 그 당대나 후대의 미륵사상·미륵신앙을 주도하여 도량을 유지하고, 사부대중을 접인하여 왔던 것이다. 그리고 사찰의 환경과 지리적 위치를 제시하여 준다. 용화산 아래 대지변, 사찰의 환경과 위치로서는 최적지를 알려 주고 있기 때문이다. 이어 미륵사의 전체 규모의 방대함과 가람배치, 그 주존 미륵삼존을 명시하고 있는 터다. 그 대지와 그 초석 위에 세워진 그 방대·다양한 불교건축, 각개 전각이나 탑상의 웅장한 위용을 짐작케 한다. 그리고 그 전각을 장엄한 찬연한 단청과 불교회화, 그 내부에 자리하여 위신력을 보이는 불상·보살상 내지 신중상 등 불교조각과 이에 상응하는 불교공예를 예상케 하는 것이다.

그러한 성전·도량에 불보와 법보가 충만하니, 승려 승보가 집단을 이루어 사부대중을 접인·제도한다. 거기에는 불교재의·기도로 생동하는 가운데 불교언어와 불교문헌이 활용되며, 불교윤리와 불교민속까지 어울리는 것이다. 그런 중에도 승속 간에 화목·정진하는 데서 응용되는 불교음악과 이를 역동화하는 불교무용, 나아가 이 모든 것을 종합·공연하는 불교연극까지 모두 복원·재활시킬 수가 있는 것이다.

나아가 이 설화는 불교문학으로서 응축·완결되었던 터다. 이 설화는 문학작품 서동설화로서 그 속에 유명한 시가 <서동요>를 포괄하였고, 사찰사화로서는 해설·설명의 수필로 행세하였다. 이어서 그 서사문맥, 애정담으로 하여 소설형태 <서동전>의 양상을 띠었고, 그 시가와 서사문학의 교합으로 연극적 공연의 대본이 되니, 그게 바로 극본·희곡 양식이 되었던 것이다. 이와 같이 이 무령왕의 서동설화는 불교문화의 보고로서, 그 문예·문화적 장르를 모두 포괄·입체화함으로써, 그 실상과 가치를 과시하고 있는 터라 하겠다.[33]

5. 무령왕의 불교문화사적 위상

실제로 무령왕대의 불교는 백제불교사의 발전·융성기를 이루었다. 따라서 무령왕은 국가·왕권 중심의 불교문화를 발전·융성시킨 중흥주로서, 그 불교사적 전통을 성왕대의 난숙기로 넘겨줌으로써, 그 위상을 확고히 하였다. 이 무령왕의 불교문화적 실상과 위상은 백제 군왕 중에서 으뜸이며, 신라 법흥왕이나 중국 양무제의 불교사적 위치에 비해서도 결코 손색없이 탁월하였다. 이는 전술한 바 무령왕이 고승대왕으로서 쌓

---

33) 이상은 사재동, 「무령왕릉 문물의 제의학적 고찰」, '무령왕의 추모재의와 신화·전설' pp.82~93을 요약한 것이다.

아울린 보살적 행적을 통하여 실증되고 있다. 이러한 무령왕의 불교적 역량과 불교문화사적 위치를, 당대나 후대에 국내 각 지방에 끼친 영향과 동양 각국과의 교류 관계를 중심으로 대강 살피려 한다. 여기서는 백제시대 국도지역, 熊津과 부여지방을 비롯하여 익산지방, 그리고 신라와 양나라·일본 등 동방권으로 나누어 검토하겠다.

1) 백제 국도지역에 끼친 영향

이 무령왕의 당시나 열반 후에 그 찬연한 불교와 불교문화는 더욱 발전·난숙하여 당대의 사찰이 중흥되고 새로운 사찰들이 세워지게 되었다. 적어도 성왕이 숭불 중흥주로서 '聖明王'으로 존숭받으며 부여로 천도하기 전까지 16년간이나 부왕을 이어 불교와 불교문화를 융성·난숙케 하였다. 이것이 모두 무령왕의 불교·불교문화를 계승·발전시킨 결과라고 하겠다. 따라서 성왕이 천도를 결정하고 실행하기까지, 나아가 천도 후에까지 웅진 궁성과 그 외호·외곽의 모든 사찰을 중심으로 불교와 불교문화가 성세를 보게 되니, 이것은 무령왕대, 무령왕의 직접적인 영향에 크게 힘입은 바라 하겠다. 나아가 성왕이 부여로 천도하여 불교와 불교문화를 난숙시킬 때도 웅진지역의 불교문물은 무령왕의 위세를 타고 여전히 융성하였으리라 본다. 기실 성왕은 천도 후 서세하기 전까지 15년에 걸쳐 부왕을 추모하는 효행을 불사로 표현하되, 웅진 원릉 대신에 구도 원찰이나 외호 사찰을 통하여 성심을 다하였기 때문이다. 그리고 성왕을 이은 위덕왕도 대단한 숭불주로서 부여 도성지역의 불교를 중흥시킴과 동시에 웅진 도읍의 사찰을 옹호하고 불교문물의 성세를 유지시켰을 것이다. 이 위덕왕도 무령왕과 성왕의 불교적 유덕과 그 영향을 잊을 수가 없었기 때문이다.

실제로 이러한 무령왕과 웅진시대의 불교·불교문화는 신도 부여시대로 연장·난숙하게 되었다. 전술한 대로 성왕이 부여로 천도하면서 도성 궁궐을 건설함에 있어, 도성 내의 원찰로 정림사 같은 대찰을 조영한 것은 당연한 일이다. 이 정림사를 중심으로 왕흥사 같은 외호 사찰과 외곽 사찰을 건립하는 체계와 조직은 대강 웅진시대의 그것을 방불케 하는 것이었다. 따라서 성왕대와 위덕왕대를 이어 백제불교의 난숙·전개를 주도하게 되었다. 그리하여 일본에 불교와 불교문화를 전파하고, 중국 양나라와 교류하는 등 성세를 보인 것도 실은 무령왕의 개발과 전통에 의지해 온 면이 많았던 것이다. 한편 성왕대까지 신라와 화친하며 불교·불교문화를 전파·교류한 것도 실제로는 무령왕의 시발·증진에 의존해 온 것이 사실이다.

이와 같이 무령왕의 불교적 역량이 부여시대의 불교계에 영향을 끼친 사례가 나타나게 되었다. 그 하나는 무강왕전설이 부여 '남궁지'에 결부되어 변용·정착되었다는 사실이다. 이 남궁지 전설이 언제부터 형성·유전되었는지 장담할 수 없지만, 적어도 무강왕전설이 武王傳說로 둔갑한 이래, 상당한 세월에 걸쳐 성립·유통되었으리라 짐작될 따름이다. 따라서 이 부여지역에서는 무령왕의 그것이 '무강왕' 내지 '武王'의 변용 과정을 겪으면서까지 영향력을 행사한 게 사실이라 하겠다.

그리고는 이러한 기반과 환위 속에서 당대 대찰들의 창건사실에 武寧王↔武康王→武王의 역할이 작용하고 있다는 사실이다. 부여시대에 법왕이 창건하고 武王이 완성한 왕흥사에 무령왕·무강왕의 창사전설이 결부되었기 때문이다. 그러기에 이 왕흥사가 일명 미륵사라 불리게도 되었다는 것이다. 이것은 결국 왕흥사의 창건설화 속에서 빚어진 이화현장이지만, 무령왕·무강왕의 영향이 여기까지 미치고 있다는 증좌라고도 하겠다.[34]

2) 익산 금마지방에 끼친 영향

이 익산 금마지방에는 무령왕이 창건한 미륵사와 그 쌍릉이 실재하여, 확고한 근거로써 그 영향을 실증하여 왔다. 그런데 세월과 인사가 무상하여 어느새 '武寧王'은 '武康王'으로 표현되고, 이 고본의 '무강왕'이 ≪삼국유사≫ 武王조에서 '武王'으로 둔갑·기록되면서, 그 武王이 실제적인 영향권을 장악하고 무령왕·무강왕은 지하에 매몰딘 형편이었다. 그러나 위에서 논의된 것처럼, 무령왕↔무강왕→무왕의 변모에도 불구하고, 본연의 원형, 무령왕의 법력·권능을 발굴·재구할 수가 있었다. 위 武王은 무강왕의 임의 개찬이요, 무강왕은 바로 무령왕이기 때문이다. 따라서 다음에 보이는 바 武王과 결부된 명제들은 모두 무령왕↔무강왕의 그것임을 전제하지 않을 수 없다.

우선 미륵사창건설화의 문제다. 전술한 대로 이 미륵사는 무령왕의 창건임에 틀림이 없고, 그 창건 사실이 신화·전설화되면서, 무령왕이 역사적 주인공으로 군림하되, 그 명칭이 무강왕으로 바뀐 것이다. 다만 그것은 설화화 과정의 편의에 따라 '寧'자가 '康'자로 변화되었을 뿐이다. 그리하여 '古本'에 무강왕전설로 기록된 것을 ≪삼국유사≫에 변형·전재하면서, 백제에는 '무강왕'이 없으니 '武王'으로 고친다고 큰 착각·과오를 저지른 것이었다. 여기서 더 황당한 것은 그 무강왕이 마한의 왕이라고 결부시킨 점이니, 이는 전설의 역사화에 따르는 임의의 선택이라 보아진다. 그러므로 이 미륵사의 창건은 무령왕의 것이고, 따라서 그 창건 당시부터 이 사찰이 유지되는 동안, 폐사되어 사지만 남아 있는 현재까지 무령왕의 영향을 받고 있는 게 분명하다.

---

34) 사재동, 「무강왕전설의 연구」, 『불교계 서사문학의 연구』, 중앙문화사, 1996, pp.484 ~487.

다음 그 쌍릉의 주인공에 대한 문제다. 전술한 대로 이 쌍릉은 웅진 원릉을 영구 보전키 위하여 가구된 무령왕과 왕비의 가릉이다. 그러기에 무령왕은 왕비와 함께 그 주인공으로 지금까지 표상·행세하고 있는 게 사실이다. 그것이 전래되고 전설화되는 과정에서 그 이름을 무강왕으로 바꾼 것은 미륵사의 무강왕창건설화와 맥이 통하는 것이었다. 그런데 그 무강왕이 武王으로 둔갑하면서, ≪삼국유사≫에 이어 ≪고려사≫ 지리 지에서는 武王의 쌍릉이라 하기도 하며, 후조선 무강왕의 그것이라고도 기록하니, 전설의 임의성과 함께 역사적 혼잡성을 드러내고 있는 터다. 그러기에 그 원형·조본에 따라 이 쌍릉이 무령왕·무강왕과 왕비를 그 주인공으로 하여 왔다는 사실을 재확인할 수가 있겠다.

그리고 그 오금사의 창건에 대한 문제다. 이 절은 서동이 지효하여 마 를 캐다가 홀연히 오금을 얻고, 그로 하여 창건했다는 것이다. 이것은 무강왕전설 서동설화의 역사적 주인공 무령왕이 창사한 사실을 전하고 있다. 이 창사 전설은 사실 여부간에 무령왕·무강왕의 그 영향을 받고 있는 게 사실이다. 기실 무령왕 당대에 미륵사 창건의 영향으로 이 오금 사를 지었을 가능성도 없지는 않다. 설령 이 오금사가 후대적 조성이라 하더라도, 그 권능을 높이기 위하여 무령왕·무강왕·서동의 창건을 강 조한 것은 역시 이 지방에 끼친 무령왕의 영향이 오래 유지되었음을 시 사하는 바라고 하겠다.

끝으로 마룡지와 서동의 관계에 대해서다. 위 사례들과 같이 ≪동국여 지승람≫에서 이 '마룡지'를 '서동대왕'의 어머니가 집을 지었던 곳이라 고 증언·기록하였다. 여기서도 무령왕·무강왕·서동의 영향이 엿보인 다. 그 '서동대왕'이 그 내막을 실증하고 있기 때문이다. 이른바 서동설 화에 나오는 그 어머니의 축실처가 여기냐, 아니냐의 확증은 없다. 그래 서 미륵사를 전거로 하는 武寧王創寺神話→武康王傳說→薯童說話의 유통

세력이 확대되면서, 이 마룡지에 그만한 전설이 결부되었었으리라 추정할 수는 있겠다. 따라서 분명해지는 것은 무령왕·무강왕·서동대왕의 영향이 이 익산의 마룡지에까지 미쳐 왔다는 사실이다.

한편 익산 금마에는 '武廣王'이 천도하여 제석사를 지었다는, ≪觀世音應驗記≫의 백제기사가 결부되어, 한·일 학계에서는 별다른 전거 없이 그 '무광왕'을 武王으로 확인하고, 武王이 이곳으로 천도하였다고 고증·공언하였다. 따라서 익산 금마지역은 武王의 천하, 백제의 고도로 행세하고, 각종 武王文化事業을 공공연히 추진하고 있는 실정이다. 그도 그럴 것이 ≪삼국유사≫ 무왕조 이래 ≪고려사≫ 지리지나 유관한 학자들이 거의 모두 미륵사·쌍릉 등 저명한 유물들을 武王과 직결시키는 마당에, 권위 있는 한·일 대표급 학자들이 武王金馬遷都說을 내세웠기에, 이를 진신하고 문화사업을 벌이는 게 당연하기 때문이다.

그러나 위에서 무령왕↪무강왕→무왕의 변화과정을 역추적하여 결국 무령왕의 원형성·사실성을 발견·재구함으로써 그 변형적 영향을 추정하였듯이, 이 무광왕을 武王으로 간주하여 武王金馬遷都說을 제시한 것은 재고의 여지를 가지는 터다. 이 점에 대해서는 지헌영의 「서동설화연구의 평의」와 필자의 「무강왕전설의 연구」에서 비교적 자세히 논의하였거니와, 결론부터 말하면, 이 '武廣王'은 결코 武王이 될 수 없다는 것이다. 이것은 武康王 내지 武寧王이 武王으로 될 수 없다는 엄연한 이치와 똑같기 때문이다. 여기서 이 武廣王은 후백제 甄萱王의 시호라는 사실이 들어나고, 武康王은 바로 무령왕이라는 사실이 밝혀진 터이니, 武王은 백제 30대 璋의 시호로 언제 어디서나 '武王'일 따름이라는 것이다. 그렇다면 위 무광왕이 금마로 천도하여 제석사를 지었다는 기사는 견훤왕이 무진주에서 건국을 선언한 이래, 완산의 속현 금마지역으로 천도하여 창사하였다는 사실을 기록한 것이라고 보아야 옳겠다. 다만 이러한 무광왕의 천도·창사전설이 제석사웅험기로 부연되고, ≪삼국유사≫ 견훤전설과 결부되는 데에는, 무강왕전설의 간섭이 있었으리라 추정될 따름이다. 따라서 여기에도 무령왕의 영향이 변형된 채로, 간접적으로 작용했으리라고 보아지는 터다.[35]

위와 같이 익산 금마지역의 저명한 유물·유적 특히 불교문물은 武王과의 관계를 벗어나, 무령왕과 직·간접의 관계를 유지해 왔고, 나아가 그 영향권 아래에 있었다는 게 분명한 사실이다. 다만 그 상관성과 영향력이 전설·설화적 가변성·유동성에 힘입어, '무령왕'으로부터 '무강왕'을 통하여 '武王'으로 오해·둔갑되면서, 사실상에 선의의 과오를 저지르게 되었을 뿐이다. 이처럼 무령왕의 원형적 실체와 사실이 확인된 바에는 학계에 보편화된 그 武王說을 재론할 여지가 있고, 익산 금마지역의 武王文化事業을 재고할 필요가 있겠다. 겸하여 서동전승을 武王 중심으로 작품화해 온 모든 문학·연예물들은 그 모순되고 궁벽한 틀에서 과감히 탈피하여, 영웅적이고 찬연한 생애의 '무령대왕'을 주인공으로 하여, 재창조의 길을 열어 가야 할 것이다.

3) 동양권 불교문화와의 교류관계

여기서 동양권이란 인도 불교의 영향을 받은 북방계 불교권 중에서도 신라와 중국 양나라, 그리고 일본 등을 가리킨다. 전술한 바와 같이 무령왕은 이들 삼국과는 각별히 화친하여 폭넓은 국교와 더불어 불교문화의 교류가 빈번하였다. 위에서 무령왕이 사찰을 창건할 때, 그들 나라와 불교문화를 직접 교류하고 원조까지 받았던 사실을 거론하였다. 여기서

---

35) 사재동, 「무강왕전설의 연구」, '후백제 견훤의 시호'(pp.470~475), '武廣王傳說의 형성과 武康王傳說의 간섭'(pp.488~506) 참조.

는 그러한 교류를 통하여 무령왕의 불교문화적 주도 역량과 문화사적 위치를 어림해 보려는 것이다.

우선 무령왕 당시 신라와의 관계에 대해서다. 이미 무령왕은 신라와 국혼을 치른 후부터 양국의 교류는 더욱 활발해지고, 불교문화의 교환은 더욱 왕성해질 수밖에 없었다. 이전에 무령왕이 신라의 원조와 성원을 받아 백제의 대찰을 완공할 수 있었다면, 그 다음에 신라 왕조가 사찰을 창건·경영할 때에는 무령왕의 이름으로 그 원조와 성원을 배가시키는 게 당연한 일이었기 때문이다. 잘 알려진 대로 신라에서는 법흥왕대에 이르러 불법 홍포가 본격화되고 따라서 사찰 창건이나 불상 조성 등 불교문화적 불사가 성행할 수밖에 없었던 터다. 이때에 아무래도 불교와 불교문화의 여러 측면에서 앞서 있던 백제의 熊津時代 무령왕이 신라의 불사에 적극 협조하고 원조했던 것은 필연적인 일이었다.

이러한 백제의 협조와 원조는 무령왕에 이어 성왕 31년 이전까지 계속 증진되었으리라 본다. 先王代의 양국 화친·교류가 긴밀하였기에, 그 관계를 더욱 증진시키는 게 新王의 도리였기 때문이다. 기실 성왕대에 이르러 불교문물이 전성기를 맞은 시기와 맞물려, 법흥왕대의 불교·불사의 성황이 백제의 협력·원조를 더욱 간절히 요망했을 것이기 때문이다. 백제의 고승이 파견되고 불상·불경 등 성물이 전달되었을 것이지만, 그보다는 큰 불사에 따르는 온갖 소재와 백공이 원조되었을 가능성이 크다. 오늘날의 전문가들이 공언하듯이, 현전하는 신라의 불상·탑파 등 저명한 불교문물이 거의 백제불교의 양식에 근사하고, 따라서 대부분 백제 장인의 솜씨라는 점이 그 사실을 뒷받침하고 있다. 그러나 성왕이 나제 간의 불화·전투로 신라 군사에게 시해된 뒤부터는, 구수간이 되어 싸움을 계속했을 뿐이니, 그 전투의 선봉이었던 武王代에 신라 백공의 도움으로 미륵사 같은 대찰을 창건하였다는 것은 상상조차 할 수 없는 일이었다.

다음 무령왕 당시 중국 양 무제와의 관계에 대해서다. 전술한 대로 무령왕과 양나라 무제와는 여러 가지 정황에서 각별한 친분·친교가 있었던 것 같다. 즉위 상황에서 1년 차이로 왕위에 오른 내막도 공교롭거니와, 그 후 양국의 문물 교류가 각별히 활발해진 것은 물론, 그 시호가 각각 '武'자를 같이하고 있는 것도 심상치 않다. 특히 두 왕이 숭불주 내지 불사 중흥주로서 공통점이 너무 많았기에, 교묘·신통한 공감대가 형성되었으리라 추단된다. 일찍이 무제가 무령왕의 대작불사에 협조·후원하였거니와, 따라서 무제의 광범한 대작불사에 무령왕도 보답·보시로 커다란 협조·후원이 없지 않았으리라 본다. 이러한 대작불사에는 상호 균등한 호혜적 교환이 당연하고도 필연적인 일이었기 때문이다. 그렇게 진행되던 불교문화의 교류와 협력은 매거할 수 없이 빈번·왕성했을 것이지만, 이렇다 할 공식 기록이 나타나지 않는 실정이다.

이처럼 무령왕과 무제가 20여 년간 재위·교환하다가 먼저 무령왕이 서거하니, 무제의 애도가 간절했고 그 부의가 융숭했을 것이다. 그러기에 무령왕의 능침 경영에서 그 연도·현실이 온통 연화장세계를 이룩한 것이 남조 양나라의 그 구조·풍모를 지니었고, 능 내의 도자기나 장식품 등 문물이 남조풍을 나타내고 있는 점은 심상치 않은 상관성을 감지케 하는 터다. 이것이 단순한 문물 교류가 아니고 저 무제의 특별한 배려에 의한 것이라면, 그 불교적 문물은 생전의 두 왕이 교류한 불교문화의 방대·성황을 증언하는 빙산의 일각이라고 보아지기 때문이다. 이어 성왕은 무령왕의 연장선상에서 무제와의 친선을 더욱 돈독히 하고 선왕을 대하듯이, 불교문화를 보다 적극적으로 교류·촉진하여 백제불교의 난숙시대를 이룩하였으며,[36] 그 보은 차원에서라도 무제의 대작불사에 후원·협력을 아끼지 않았을 것이다. 이것은 무령왕의 불교문화적 역량·권능의 발전적 계승이요, 그 실천이라 하겠다.

그리고 무령왕 당시 일본과의 관계에 대해서다. 전술한 대로 무령왕은 만삭의 모비가 곤지와 함께 일본으로 가다가 섬 중에서 탄생하여 신비에 싸인 채 그 탄생설화까지 형성되었고, 일본의 백제세력권에서 어렵게 성장하여 깊은 인연을 맺게 되었다. 마침내 무령왕이 백제왕으로 즉위하여 양국 관계가 더욱 긴밀하고 활발해진 것은 물론이다. 이미 알려진 대로 무령왕대에 집권력의 강화와 경제기반의 확대가 이룩되면서, 무령왕은 일본에 대하여 정치적·경제적 영향력을 크게 발휘하였다. 이에 따라 무령왕은 왕권 중심의 불교문물을 일본에 전파·보급하는 데에 주력하여, 일본 불교의 신기원을 이루게 하였다. 이러한 사실이 한·일의 공식 기록에 남은 바는 발견되지 않지만, 이 불교문화는 다른 문물 교류의 여파로서 진출케 되는 게 원칙이기 때문이다.

이러한 무령왕의 불교문화적 역량과 권능이 바로 성왕으로 이어져, 백제불교의 융성·중흥을 가능케 하고, 그 여력으로 찬연한 불교문화를 일본으로 전파·보급하기에 이르렀던 것이다. 무령왕·성왕의 불교문화적 권능이 일본 불교문화의 기틀을 마련하고 발전·난숙의 계기를 만들었기 때문이다. 그로부터 양국은 불교문화를 원만히 교류하되 백제 측의 일방적 시혜로 일관한 것 같지만, 그런 교류는 호혜의 원칙을 지키는 법이었다. 이 불교문화의 교류에 있어, 일본 측의 협력·후원이 기록으로 남은 바는 없지만, 이 무령왕의 능침을 불교적 문물로써 축조·경영하는 데에, 그 왕과 왕비의 관재로 일본산 목재를 헌상한 사실은 시사하는 바가 크다고 본다. 한·일 고대사를 많이 왜곡하면서도 양심있는 학자들이 일본문화사상의 무령왕의 실체와 위상을 계속 고찰·조명한 나머지, 그

---

36) ≪梁書≫ 卷54 東夷百濟조에 '大同七年 累遣使獻方物 並請涅槃等經義 毛詩博士並工匠 畫師等 勅並給之'라 하여 그 교류 상황을 증언한다.

공헌·공적이 지대하였음을 확인하게 되었다. 여기서도 무령왕·성왕이 일본 불교와 불교문화에 끼친 영향·공덕이 밝혀졌거니와, 오늘에 이르러 그 대단한 은덕에 대한 사은의 기념비를 무령왕의 탄생전설이 전해지는 사가현 가라츠시의 가카라섬에 세우게 되었다는 것이다.[37]

6. 결론

이상과 같이 백제 무령왕의 행적을 불교문화사적 관점과 불교문화학적 방법론으로써 검토하되, 그 왕대의 불교사적 위상을 전제하고, 그 생장과 즉위 과정을 비롯하여 그 불교문화적 행적과 그 왕의 서거에 따른 불교문화적 추존작업, 그 행적의 불교문화사적 위상 등을 고찰하였다. 지금까지 거론된 것을 요약하면 다음과 같다.

1) 무령왕대의 불교사적 위치에 대하여 논의하였다. 백제불교사의 필연적인 흐름에 따라, 한성시대의 전래·정착 과정을 이어 받아서, 웅진시대에는 그 발전·융성한 대세 위에 그 절정을 이루었고, 그 불교적 역량을 부여시대로 넘기어 그 난숙·전개의 양상을 보게 되었다. 이러한 백제불교사의 중앙부를 이루었던 웅진시대, 그 국가·군왕을 중심으로 하는 불교의 정상에 무령왕이 자리하여, 불교 중흥주의 법력·권능을 족히 발휘하였고, 그 여세를 성왕에게 전수함으로써 부여시대 불교의 난숙을 이루어 나갔던 것이다.

2) 무령왕의 불교문화적 행적에 대하여 거론하였다. 무령왕은 왕통에서 동성왕의 2자로 되었지만, 원래 개로왕의 친자로서 모비의 만삭 중에

---

37) 《중도일보》, 「일본에 세워질 무령왕기념비」, 2006. 3. 30, 21면.

왕제 곤지를 따라 일본으로 가다가 섬에서 탄생하여, 곤지의 주변에서 모비와 더불어 그 아들로 행세하며 성장하니, 팔척 장신에 미목이 그림 같고 인자 관후한 영웅적 군왕상이었다. 이에 무령왕은 곤지의 본실 5자와 함께 갈등과 박해 속에서 크게 결심하고, 모비와 함께 고국으로 잠입해서 야인 서동으로 숨어 살다가, 마침내 출가하여 보살과 같은 고승이 되었다. 이어 무령왕은 자비·영명한 고승으로서 보살행을 통하여 백성·대중을 교화·구제하니, 모두가 감화·귀의하여 공경·존숭하기에 이르렀다. 여기에 민심이 쏠리고 유명해지자 동성왕이 알고 무령왕을 청하여 극적인 상봉을 하였고, 무령왕은 고승으로서 동성왕을 예우·보좌하고, 또한 왕사로서 백성을 교화함은 물론, 왕의 특사로서 신라 등과의 국교를 원활히 하는 가운데, 그 신망과 권능은 날로 높아 가고 있었다. 그 무렵에 동성왕이 무도·실정하여 민심의 악화로 반대 세력에 의하여 살해·제거되니, 이때에 무령왕은 상하 신민의 추대로 즉위하여, 고승대왕으로서 선정을 베풀고 불교를 일으켜 태평성대를 이루었다. 그리하여 무령왕은 불교를 더욱 옹호·발전시켜, 궁성 내에 대통사 같은 원찰을 창건하고, 사방에 네 혈사 같은 위호사찰을 세우며, 외방에는 미륵사 같은 외곽사찰을 창립함으로써, 불교와 불교문화의 발전·융성을 이룩하여, 성왕대 불교문화 난숙의 계기를 마련해 주었던 것이다.

3) 무령왕의 서거에 대한 불교문화적 추존작업에 대하여 논의하였다. 이 무령왕이 고승대왕으로 열반하니, 우선 그 장례 절차가 모두 불교식으로 진행됨으로써 불교문화의 모범을 보였고, 그 능침의 경영에서 그 내부 구조와 시설물 내지 장엄이 일체 서방정토·연화장세계를 이루었다. 여기에 무령왕은 대세지보살로, 왕비는 관세음보살로 상념·장식되어, 미타정토·극락세계에서 양대 보살로서 중생을 접인하여 영생하도록 최상으로 추존되었다. 이에 신왕과 신민의 정성·희원으로 이룩된 그

왕릉의 불교문물은 불교문화의 정화로서 전무후무한 금자탑을 수립하였던 것이다. 더구나 왕궁·종묘와 국찰·원찰 등에서 거행한 제반 추모재의는 최고의 추존의례로서 그 가운데에는 재의도량을 장엄하는 불교미술과, 그 음성공양의 불교음악, 율동적 육신공양의 불교무용, 입체적 연예공양의 불교연극 등이 언어예술인 불교문학과 함께 총체적인 불교예술을 이룩하고, 나아가 불교언어와 불교문헌·불교윤리·불교민속 등 불교문화로 전개되었던 것이다. 이처럼 총합적인 추모재의를 통하여 그 구비 상관물로서 무령왕의 행적이 신화·전설로 부연·전개되어, 무령왕신화는 무강왕전설을 통하여 서동설화로 정리·정착되었으니, 이것은 불교문학·불교예술·불교문화의 백미편으로 행세하였던 것이다.

4) 무령왕의 불교문화사적 위상에 대하여 거론하였다. 무령왕의 불교문화적 공적·권능은 생전과 열반 후에 걸쳐 실로 찬연하였으니, 그것이 웅진과 부여의 왕도지역과 익산지역에 끼친 영향은 지대한 것이었다. 웅진지역에 있어서의 그 영향으로 불교와 불교문화는 궁중원찰과 외호사찰 내지 외곽사찰을 기반으로 융성의 대세를 보였고, 그 여세를 몰아서 부여시대의 불교와 불교문화에 난숙의 계기를 마련하게 되었다. 따라서 무령왕의 역량과 전범은 부여지역의 궁남지전설에도 영향을 주었고, 武王의 왕흥사 조성전설에도 간섭하게 되었다. 이러한 무령왕의 불교문화적 영향력은 익산 금마지역에까지 미쳐서, 무강왕으로 변모되거나 武王으로 둔갑하여 전승되어 왔고, 그 쌍릉의 조성사실과 그 전설에도 관여하게 되었다. 나아가 오금사의 창건전설에도 무령왕·무강왕·서동의 역량·권능이 미치고, 마룡지의 전설에도 여전히 그 잔영을 보이게 되었다. 나아가 무령왕의 불교문화적 업적과 성과는 당시 신라와 활발히 교류되면서, 고승을 통하여 불상이나 불경 등을 전달함은 물론, 불교문화의 전문가와 해당 공인을 파견하여 그 불교문물을 조성하는 데에 적극

협조·후원하였던 것이다. 한편 무령왕의 불교문화적 공능은 양나라의 그것과 교류를 더욱 증진시키면서 백제불교문화의 발전·융성을 이룩하였고, 양나라의 그것에도 상당히 협력하며 적지 않은 영향을 끼쳤던 터다. 끝으로 이 무령왕의 그 권능과 성과는 일본 불교계에 적극 전수되어 그 불교문화의 형성·발전에 크게 기여하였던 것이다.

이상과 같이 무령왕의 행적은 불교문화적으로 완벽하고 찬란한 것이었다. 따라서 그 생장으로부터 등극 재위 기간을 거쳐, 열반 후에 이르기까지의 불교문화적 업적은 실로 백제불교문화사상에서 불멸의 위상을 유지하면서 길이 빛나리라 확신한다. 이런 점에서 이 논고는 그 빙산의 일각을 개괄적으로 살핀 것에 불과하다. 다만 이 논고를 통하여 무령왕의 불교문화적 행적에 대하여 전체적 윤곽을 어림해 보고, 그 연구의 방향을 나름대로 잡으면서 거기에 담긴 많은 과제와 문제를 제기했다는 점에 작은 의미를 둘 따름이다. 그에 대한 본격적이고 전문적인 고구는 이제부터이기 때문이다.

무령왕 불사의 국제적 친연관계

1. 서론

백제 무령왕이 즉위한 이래 많은 불사를 다양하게 이룩한 것은 백제 불교사 내지 불교문화사상에서 가장 빛나는 위업이었다. 적어도 불교사 중심의 한국문화의 실상과 그 역사적 위상을 합리적으로 새롭게 조명하는 마당에서 이 무령왕의 불사, 불법홍포·사찰창건·불탑건립 등을 올바로 검토·고찰하는 것은 사계의 긴요한 과업이라 하겠다. 그 동안 무령왕의 위대한 행적이나 정치적 공적, 백제사상의 위치 등에 대해서는 비교적 광범하게 논의되어 왔지만, 그 불교문화적 공헌이나 업적에 대해서는 홀시되거나 묵살되어 온 게 사실이기 때문이다.

일찍이 필자는 이 점에 착안하여 무령왕의 행적을 불교문화사적으로 고찰하는 가운데, 무령왕대의 불교사적 위치와 무령왕의 불교문화적 업적을 검토하면서 그 생장과 불교적 즉위절차, 불교옹호와 사찰창건 등을 거론하고, 그 불교문화사적 위상까지 파악하였다.[1] 나아가 여기서 제기된 문제에 대하여 구체적으로 확대·심화시킨 논고를 낸 바가 있으니, 이른바 서동설화의 역사적 주인공을 무령왕으로 추정하고, 그 즉위과정과 미륵사 창건사실을 거론한 것이었다.[2] 그리고 웅진 왕도기의 거의 모든 사찰이 무령왕대의 창건임을 전제하고, 사방 혈사 중의 북혈사에 해당하는 연기 비암사,[3] 대전 계족산 비래사 등이 그 왕의 창건임을 고증하는 한편,[4] 무령왕릉 문물의 불교문화적 실상을 조명한 적이 있다.[5]

그런데도 학계에서는 무령왕이 불교적 인물임을 시인하기 어렵고, 더구나 그 왕이 그리 많은 사찰을 집중적으로 창건한 점에 대하여 수긍할 수가 없다는 것이었다. 하기야 필자 자신도 무령왕이 이룩한 그 일련의 대작불사에 대하여 놀라지 않을 수 없었으니, 학계의 그러한 반응은 오히려 당연한 것인지도 모른다.

그러나 무령왕이 그만한 불사를 감행한 데에는 국제적인 대작불사와 친연관계를 가지고 그만한 필연성이 작용했던 것이다. 위로 인도 아육왕의 숭불과 대작불사가 불가피한 전범으로 강력한 영향을 미치고, 이웃한 양나라 무제의 숭불과 대작불사가 외교적인 필수조건으로 획기적인 공감대를 형성하였기 때문이다. 나아가 삼국의 대작불사가 신라 법흥왕의 숭불과 대작불사에 직접적인 영향을 끼쳤던 것이다.

이에 본고에서는 무령왕 대작불사의 국제적 친연관계를 불교문화학적으로 고찰하려는 것이다. 첫째 무령왕의 불교적 등극과 불사의 여건을 국내외 불교적 사정과 결부시켜 검토하겠고, 둘째 무령왕의 불사에 영향을

---

1) 사재동, 『백제무령대왕과 불교문화사』, 중앙인문사, 2006, pp.60~62.
2) 사재동, 「서동설화의 불교문화적 고찰」, 『불교문화학의 새로운 전개』, 중앙인문사, 2006, pp.523~526.
3) 사재동, 『불교문화학의 새로운 과제』, 중앙인문사, 2010, pp.241~248.
4) 사재동, 「계족산 비래사 문물의 불교문화학적 고찰」, 『불교문화연구』 10집, 한국불교문화학회, 2011, pp.88~90.
5) 사재동, 『불교문화학의 새로운 과제』, pp.556~558.

미친 선행적 친연관계로 인도 아육왕의 대작불사와의 연관성을 추적하겠으며, 셋째 무령왕의 불사에 공감대를 이룩한 동시적 친연관계로 양나라 무제의 대작불사와의 상관성을 점검하겠다. 넷째 무령왕의 불사가 영향을 준 후행적 친연관계로 신라 법흥왕의 숭불·불사와의 연결성을 간파하겠고, 다섯째 이로 하여 무령왕이 추진한 실제적 불사를 구조적으로 개괄해 보겠다. 그리하여 무령왕대의 집중적인 대작불사가 성취된 필연성과 당위성을 확인하고, 그 불교문화적 실상과 문화사적 위상을 파악하는 데에 일조가 되었으면 한다.

2. 무령왕의 등극과 불사 여건

이미 논의한 대로 무령왕 즉 사마는 생장·즉위로부터 치세 전반에 걸쳐 그 행적에 불교적 성향이 뚜렷한 게 사실이다.6) 실제로 한·일 사서에 그런 전거는 없지만, 서동설화의 역사적 주인공이 무령왕이라 전제하고, 그 생장과정의 어려운 처지나 당시의 불교적 배경 등으로 미루어 볼 때, 그 즉위 절차조차도 불교와 깊은 관련이 있었으리라 추정되기 때문이다. 그는 개로왕의 혈통을 받고 주몽처럼 신비롭게 출생하여 비범한 모습과 신이한 언행을 보였던 것이다. 이런 점에서 ≪삼국사기≫ 백제 무령왕 조에서 '身長八尺 眉目如畵 仁慈寬厚 民心歸附'라7) 한 것은 시사하는 바가 크다. 이런 모습은 불교적 관점에서 고승·대덕이나 불보살상을 연상케 하기 때문이다. 이 기록이 백제본기를 폄하·축소시키는 사관을 거친 것이라면, 그 내용을 더욱 확대·복원시킬 수가 있는 터다. 그

---

6) 사재동, 「무령왕 행적의 불교문화적 고찰」, 『백제 무령대왕과 불교문화사』, pp.26~32.
7) 김부식, ≪삼국사기≫, 백제본기, 무령왕조 참조.

모습을 정치적 안목으로 보면 영웅적 왕재라 하여 조금도 손색이 없었던 것이다. 실제로 그는 어려서부터 고승·제왕의 재예와 풍도를 지녀 왔던 것만은 분명한 일이다. 그러기에 그의 영웅적 일생은 고난과 역경으로 이어질 수밖에 없었다.

이 사마는 모비와 함께 곤지 아래서 자랄 때부터 불안과 고통에 시달리게 되었던 터다. 일본의 백제 담로에서 실세를 보이던 곤지에게는 이미 정실이 있어 5남을 두고, 사마 모자를 멀리 방치하며 압제·구박하는 게 당연한 일이었기 때문이다. 더구나 왕의 혈통을 이은 사마는 성장할수록 신통한 왕재를 드러내면서, 그 자식들과 비교·경쟁을 통하여 시기·견제의 대상이 되었을 터다.

마침내 고구려가 한성 백제를 대거 침공하여 왕과 정비·왕자들을 참살하여, 사마는 14세의 나이로 겨우 그 참변을 면했으나, 개로왕의 혈통을 이은 존귀한 왕자로되, 그 왕권의 계승문제와 결부되어 신변이 더욱 불안하고 위험해질 수밖에 없었다. 다행이 신라 경주로 구원병을 청하러 갔던 태자만이 살아남아 문주왕이 되어 수도를 웅진으로 옮겼지만, 불확실하고 위태로운 왕권과 직결되어 사마는 계속해서 주목·감시를 받게 되었다. 예견된 대로 백제 왕권이 문주왕의 시해와 삼근왕의 단명으로 지극히 위태로워지자, 이 사마에 대한 감시·견제의 손길이 급박한 위협으로 다가왔던 것이다. 당시 사마가 19세의 왕자로 우선 왕통을 이을 수 있는 왕재인데다, 곤지가 백제 조정의 실권자로 부각되면서 자신의 아들 중 누구를 왕으로 만들려는 야심을 품고 있었기에, 이 사마는 격리·제거의 대상일 수밖에 없었다.

이에 사마는 부왕·형제의 참사를 원한으로 되새기면서, 큰 뜻을 품고 앞날을 기약하며 모비를 모시고 일본의 험지를 탈출하여 백제 본지로 잠입해서 생명을 부지하게 되었을 터다. 그 모비는 가난한 과부요 무령왕은 지룡의 아들이라 이름도 없이 산에서 약초를 캐다가 연명하는 '薯童'으로 숨어 살았다[8]. 마침내 곤지의 둘째 아들 모대가 즉위한 백제 천지에서, 사마는 오히려 추적·체포·살해의 포위망을 벗어나지 못한 채, 대망을 실현하려는 방편으로 출가를 결심하게 되었다. 실로 당시 중국 남조나 백제의 불교적 기반과 승려들의 위상으로 미루어, 출가 승려로 수행·교화하는 것은 안전한 보신책일 뿐만 아니라, 백제와 백성을 위하여 크고 보람찬 과업을 이룩하는 첩경일 수밖에 없었다.

그리하여 '剃髮'한[9] 승려 사마는 천부적 신앙과 정진으로 실달태자가 출가·성불한 그 불연을 자부·실감하면서, 삼보에 전념하여 상상 외로 법력과 권능을 완비한 걸출한 고승이 되었을 터다. 그러기에 장신에 수려한 미모를 갖추고 인자 관후하여 보살행을 베풀고 백성을 제도함에, 민중이 다 귀의·존숭하게 되었다고 본다. 이 사마는 '器量難測'한[10] 권능을 가지고 사해일가의 대승적 법안을 통하여 백제를 중심으로 하는 인도 서역이나 중국·신라·일본 등 불교권을 공동 번영케 하는 큰 서원을 세우고 이를 실현하려고 초인적 교화활동을 전개하였을 것이다. 우선 백제의 불교를 발전시키는 데에 앞장섰을 뿐만 아니라, 멀리 인도나 서역의 불교를 탐구·교류하고 가까이 중국 남조 제나라의 불교를 적극 수용·교류하는 데까지 나아가야만 했던 것이다. 그러는 과정에 이 사마는 주변의 선진 불교국을 직접 드나들면서 불서·불법을 들여오는 한편, 그 나라 고승이나 저명한 인물들과 교유함으로써 스스로가 국제적 고승으로 격상되고, 백제의 불교를 더 한층 발전시키고 신라의 불교에도 영향을 주었으리라 본다.

---

8) 사재동, 「서동설화의 불교문화학적 고찰」, 『백제무령대왕과 불교문화사』, p.215.
9) ≪삼국유사≫, 무왕조 '剃髮'은 출가 승려가 된 것을 표상하고 있다.
10) 서동설화에 보이는 이 기사는 사마의 권능과 지혜로운 웅지를 표상한 것이다.

여기서 이 사마는 석가불의 행적을 전범으로 하여 위대한 불사를 하되, 아육왕의 공적을 본받아 백제를 불교대국으로 중흥시키리라는 대원을 세우고 이를 실천하는 구체적인 작업을 진행시킬 수 있었다. 원래 아육왕은 천하의 숭불주 승왕으로서 불교숭상과 대작불사를 통하여 인도 사상 가장 위대한 통일제국을 건설한 제왕으로 세계적인 명성을 떨쳐왔다. 따라서 그 제왕의 행적을 기술하여 ≪阿育王傳≫이나 ≪阿育王經≫ 등 불경으로 만들어 존숭하면서 본받아 오게 되었다. 그러기에 웬만한 불교국에서는 영명한 제왕이 나서 이를 전범으로 그 나라를 중흥시키는 사례가 적지 않았다.11) 따라서 이 사마가 여기에 민감하게 착안하여 아육왕식의 백제 중흥을 다짐한 것은 너무도 당연한 일이었다. 그러기 위해서는 이웃한 불교선진국 남조 제나라에서도 아육왕식 불교중흥이 이룩되기를 기대할 수밖에 없었다. 그러나 당시의 제나라는 쇠미해지는 말기적 현상을 보이고 있는 터라, 새로운 영웅, 승왕의 출현을 고대하고 교류·협력하는 게 상책이었던 것이다. 나아가 불교적 후진국 신라나 일본에 대해서도 그러한 관심과 협조를 아끼지 않았으리라 본다. 이러한 불교적 공영 속에서 백제의 불교적 융성, 백제의 중흥이 올바로 성취될 수 있었기 때문이다.

실제로 고승 사마는 동성왕의 백제를 중흥시키려고 승왕을 자부하면서 불교의 숭상·발전을 통하여 민심을 모으고 실제로 민생을 구제·향상시키는 불사를 추진하여 다대한 성과를 올리게 되었을 터다. 이에 민감한 민심은 이 사마에게로 쏠리고 합심·존숭하기에 이르렀을 터다. 그 소문은 삽시간에 퍼져나가 이 사마가 가는 곳마다 민중이 귀의·복종하여 다함께 평안하고 잘 살게 되니, 그는 구원주요 구제보살이었다. 나아

---

11) 이러한 '승왕'으로는 제 무제, 양 무제, 서장 송찬감포, 고려 문종, 원 세조, 명 태조·성조, 조선 세조 등을 들 수 있다.

가 그는 민생에 새로운 희망을 안겨주는 미래불·미륵불로 숭앙되었을 가능성이 짙다. 역대 제왕 중에는 미륵불로 신념·군림하는 사례가 얼마든지 있었기에[12] 이 사마 역시 민중의 염원에 따라 석가불·아육왕·미륵불로 융화된 그 위치에서 위대한 권능을 행사했을 것이기 때문이다.

이쯤 되면 동성왕이 그 사실을 족히 인지하고 그 고승 사마를 평화리에 만나지 않을 수 없었으리라 보아진다. 국정의 어려움 속에서 그러한 불교적 영도자를 접견·중용하는 것은 필연적인 일이었기 때문이다. 진정 동성왕이 牟大로서 적대하고 제거하려던 그 사마가 고승이 되어 그 왕과 극적으로 만나니, 대승적 화해와 동시에 협력의 관계로 굳어지는 게 당연한 일이었다.

이에 고승 사마는 직위를 초월하여 불교는 물론 국내외 정책이나 민생문제 등에 관하여 전반적으로 자문하고 솔선했을 것이다. 그래서 사마가 불교적 역량을 통하여 관여하는 일마다 백성들의 합심·협력으로 모두 여의하게 성취되니, 그 권능은 불교정책을 비롯하여 정치·경제·군사·문화 등에 걸쳐 왕권을 초월하는 것이었을 터다. 따라서 동성왕은 크게 환영·극찬할 일이지만, 한편 상대적으로 정권상의 위협을 실감하고 경계하며 갈등하지 않을 수 없었다. 그러기에 동성왕은 이 사마에게 불교적 내치보다는 외교적 임무를 부여하여 밖으로 나돌게 하는 방책을 쓸 필요가 있었을 터다. 우선 이 사마에게 쏠리는 백성 내지 신료들의 관심·숭신을 차단하면서, 당시 가장 화급하던 중국·신라·일본 등과의 외교문제를 원만히 해결하고 증진시키는 일거양득의 효과를 기대할 수 있었기 때문이다.

기실 고승 사마는 제도권을 벗어나 대왕의 특사로서 그런 외교전을

---

12) 김부식, 《삼국사기》, 열전, 궁예전에도 '善宗自稱彌勒佛云云' 하였다.

벌이기에 가장 적합한 인물이었다. 이 사마는 이미 걸출한 고승으로 그 인국과 교류하여 불교계 내지 조정의 인물들과 잘 소통하는 입지를 확보하고 있었다. 실제로 동성왕은 재위 12년에 제나라에 사신을 보냈는데[13], 이 때 사마가 29세의 고승으로 위와 같은 위치에 있었으니, 그 특사로 파견되었을 가능성이 크다. 그렇다면 이 사마는 백제의 고승 국사로 특파되어 제나라 황제에게 국빈 예우를 받고 외교적 역량을 최대한 발휘했을 것이다. 그 특파 목적이 상호 화친과 원조·협력에 있었다면 이를 족히 달성했을 것은 물론, 그 나라 조정 신료나 불교계 인물, 고승들을 만나 불교문화의 교류에도 상당한 성과를 올렸으리라 추정된다. 그러는 과정에 전술한 바 제나라의 쇠퇴와 함께 새로운 제국, 불교왕국을 꿈꾸는 영웅적 인물을 은밀히 만나 미래적 외교를 예비하는 데도 소홀히 하지 않았을 것이다. 실제로 제나라 조정이나 불교계의 중심부에서도 이 사마를 차기 군왕으로 지목·전망했을 때, 그와 예비적 교류를 갈망할 수도 있었을 터다. 이에 이 사마가 당시 제나라에서 젊은 영웅으로 부상하고 있는 소연과 만나 장래의 대망을 대화·격려했을 가능성까지 있는 터다. 영웅은 영웅을 알아본다고, 이 사마는 그로부터 11년 만에 백제 25대 제왕으로 등극하고, 소연은 그로부터 12년 만에 양나라를 세워 고조가 되면서 양자가 모두 유명한 숭불주가 되었기 때문이다.

이처럼 사마가 외교적 성공을 거두고 환국하면서, 조야 신민들은 그가 상국의 공인을 받은 것으로 인식·신뢰하고 장차의 왕재로 추앙하게 되었을 터다. 이어 동성왕은 그 15년 신라에 화친 특사를 보내어 국혼을 청하였는데, 이때 사마가 32세의 고승 국사로 특파되었을 가능성이 크다. 그렇다면 이 사마가 신라 왕정에 가서 국빈 대우를 받고 국혼 외교

---

13) 田中俊明, 「百濟의 對梁外交」, 『대백제국의 국제교류사』, 충남역사문화연구원, 2008, p.110.

에 성공하고 나아가 불교적 후진국에 불법 홍포의 계기를 마련했으리라 추정된다. 그렇다면 이 고승 사마는 그 국혼의 주인공으로서 신라 조야의 공인·숭신을 받고, 장차 법흥왕이 될 26세의 걸출한 원종을 접견·격려하였을 가능성을 배제할 수가 없다. 소연이 건국한 지 13년, 사마가 등극한지 14년 만에 원종이 등극하여 삼국의 친교 속에 불교를 공인하고 숭불주가 되었기 때문이다. 그리하여 이 사마가 신라와의 외교에 성공하고 귀국했을 때, 백제 신민의 그에 대한 신뢰·숭신이 더욱 높아졌을 것은 당연한 일이었다. 한편 이 고승 사마가 일본에 대한 외교활동에도 역시 성공을 거두었다면, 백제 신민의 그에 대한 귀의·존숭은 더욱 굳어졌으리라고 보아진다.

이와 같이 고승 사마의 왕위 계승에 대한 기대와 소망, 추대·염원이 국내외적으로 대세를 이루면서, 동성왕은 불안과 경계 속에서도 그런 사마를 적대시하거나 제거할 수 없는 현실에 직면하여 갈등과 좌절에 빠질 수밖에 없었다. 그 왕은 말기에 가까워지면서 실정을 거듭하고 폭정을 베풀며 민생을 돌보지 않은 채, 임류각 같은 별전을 지어 주색·풍류에 빠지거나 사냥에 골몰하는 일이 허다하였다. 이에 실망하고 분노한 백성들이 등을 돌리고 증오하는 분위기 속에서 동성왕은 근신으로 원한을 품은 백가에 의하여 사냥터에서 시해되니, 모든 신민의 추대와 외국의 지지·신임을 통하여 고승 사마가 무령왕으로 등극하게 되었다. 그는 고승으로 왕위에 오르니 불교왕국의 이상적 승왕, 고승대왕이 된 것이었다.

이제 무령왕은 고승시절에 품었던 불교사업을 통한 백제의 중흥과 불교권의 공영을 위한 큰 꿈을 얼마든지 실현할 수가 있었다. 그 왕은 40대의 원숙한 불교적 영웅이요 치국의 영주로서 외교적 역량까지 겸비하고 있었으니, 자국과 인국의 중흥·번영을 위한 대작불사의 여건을 완비하였기 때문이다.

그러기에 무령왕은 등극과 동시에 백제가 위대한 불교왕국을 지향한 다는 선언과 동시에 그 완벽한 실천을 발원했던 것이다. 따라서 그 불교 사상은 호국불교로 결집·무장할 수밖에 없었고, 이상적 불교왕국을 실 현할 희망적 미륵신앙으로 일관·매진하는 게 필연적 추세였으리라 본 다. 이 때의 무령왕은 불교와 정치를 일치시켜 강력하게 밀고 나가는 미 륵불격 영주로서 백성들의 호응·존숭과 인국의 공인·협력을 한 몸에 받고 있었던 터다.

이에 무령왕은 이상적 불국토, 불교왕국을 건설·발전시키는 것이 지 상의 목표였던 것이다. 따라서 백제 전국토의 불교화와 만백성의 신도화 가 구체적 실천방안일 수밖에 없었다. 실제로 승왕인 무령왕으로서는 그 동안의 무단 정치를 청산하고 불법정치로써 백제대국을 중흥·발전시키 려 그 웅지를 펴게 되었다. 그러자면 민생을 살피고 국가·지방의 경제 를 살리는 것이 급선무였던 것이다. 그러면서 각 지방의 호족을 중심으 로 정치·경제·사회 내지 군사력까지도 분산되어 있던 현실 아래서, 무 령왕은 획기적인 방안을 수립·실천했던 것이다. 말하자면 각 지방의 호 족들로 하여금 그 지역에 중심적 대찰을 건립하고 불탑을 조성하여 불 교적 협력·단결의 본거지로 삼게 하며, 그 지역별 대찰·불탑들을 왕권 하에 직속시켜 경영하는 방식이었다.

따라서 무령왕은 이러한 통치적 대작불사에서 거시적 국제관계를 중시· 주목하지 않을 수 없었다. 그동안 국내적으로 유례가 없었던 이 대작불사의 추진방법과 그 실행에는 국제적인 대세와 전형적 사례를 수용·활용하는 것이 상책이었기 때문이다. 따라서 이미 불교계의 국제적 사정에 밝은 무령 왕은 외교적 발편을 타고 대작불사의 국제적 친연관계를 강화·실용하는 게 당연한 일이었다. 이미 알려진 대로 무령왕대에 선행하는 인도 아육왕의 법치제국에서 실현된 대작불사를 전범으로 수용하고, 백제와 대등한 양나라 무제의 불교정책과 대작불사를 상대하여 적극적으로 교류·협력하며, 불교적 후진국 신라에도 불교 전파와 대작불사를 권장·보조하는 것이 필연적 불연이라 하여 마땅할 것이었다. 적어도 역대 불교권의 국가 간에서는, 그런 대작불사가 긴밀한 친연관계로 진행·전개된 것이 보편적 현상이었기 때문이다.

3. 무령왕 불사의 선행적 친연관계

당시 전체 불교권의 모든 홍법·불사의 전범은 으레 인도의 그것이었다. 그 종주국 인도의 불교와 그 정책 실현 내지 대작불사가 여타 불교국의 기준·원칙이 될 수밖에 없었기 때문이다. 그중에서도 아육왕의 숭불제국 건설과 대작불사의 사적이 가장 유명하고 보편적인 것이었다. 그 왕의 불교적 행적은 역사적으로 저명하여 사서나 외교를 통하여 인국에 전파·준용됨은 물론, 그것이 전게한 ≪아육왕전≫이나 ≪아육왕경≫ 등 불경으로 집성·유통되어, 어떤 불교권 국가에도 전파·보급되지 않은 곳이 없었다. 그러기에 승왕인 무령왕이 일찍부터 이 아육왕의 행적과 그 대작불사를 익히 알고 수용·준용했을 것은 당연한 일이었다. 그 아육왕의 행적·불사의 대강이 무령왕의 그것과 유사한 것은 그 친연관계를 방증하는 것이라고 보아지기 때문이다. 적어도 그 ≪아육왕경≫ 등이 중국 남조 양 무제 시절에 한역·유전된 것이 확실하므로,14) 무령왕과 맞닿은 그 당시에 백제 불교계에 유입·통용된 것은 거의 분명한 터다. 그러기에 무령왕 같은 승왕이 이를 치국·불사의 전범으로 삼았을

---

14) ≪아육왕전≫은 서진 안법흠이, ≪아육왕경≫은 양 승가바라가 번역하였다, 新修大藏經 99, 佛敎大乘會, 19765, p.2.

것은 필연적인 일이라 하겠다.

기실 아육은 마가다국에서 건설된 마우리아국 제2대 빈두사라왕의 아들로 태어났다. 그 왕은 이미 장자를 두고도 파라문가의 미녀를 제일왕비로 맞아 아육을 낳았는데, 그 외모가 추하다고 미워하며 멀리하였다. 그러나 아육은 많은 고통과 시련을 겪으면서 성장하여 하늘의 뜻과 백성·신료들의 추대로 왕위에 오르니, 기원전 268년 경의 일이었다.[15]

이 아육왕은 즉위 후 인도의 전통적 신앙에 의지하여 불손한 신하나 궁녀들을 마구 죽이는 폭군이 되었다. 그러나 그 왕은 살인의 잔혹한 감옥에서 한 비구의 신통한 법력에 의하여 전생의 불연과 함께 불법의 위대함을 깨닫고 숭불영주가 되었다. 그는 숭불심과 수도·계행이 승려보다 수승하여 삼보를 지극히 존숭하고 호지하였다. 먼저 석가불의 진신과 위신력을 탐구하기 위하여 그 부처를 친견한 130살의 비구니를 찾아 그 진상을 알아보는 지경에 이르렀고, 그 부처의 발자취를 순방하여 감격의 눈물까지 흘리었다. 여기에 불경을 결집·독파하고 널리 유통시키며 승려들을 경배·공양하는 데에 정성을 다하였으니 가히 숭왕이라 하여 마땅할 것이다.

이에 아육왕은 인도 전체를 불국정토로 만들어 불교제국을 건설하려고 발원하였다. 그러기에 전국토의 불교화와 만백성의 신도화를 꿈꾸고 이를 실현하게 되었다. 따라서 인도 역대 제국의 무단정치를 종식시키고 달마정치 즉 불법정치를 시행한 것이었다. 여기 불법정치는 불·법·승을 중심으로 선행 위주의 보편적인 윤리까지 확대·실천하는 통치이념이었다. 그리하여 불상생을 비롯하여 올바른 인간관계로 부모에게 효순하고, 붕우·동료·친족에게 우애·시여하며, 사문·장노·은사에게 존

---

15) 山崎元一, 『アショーカ王傳説の研究』, 春秋社, 1979. pp.3~4.

경·순종하고, 노예·빈자에게 자비하며, 자성하고 타자를 존중하라는 등의 덕목을 내세워 백성들을 교화·선도하였다. 이에 아육왕은 백성들을 자식관계로 설정하고, 세상의 모든 생류, 백성들의 현세·내세적 이익·안락을 위하여 헌신하는 것을 필수적인 의무로서 궁행하였다. 특히 관리들의 의무를 엄정히 하여, 지방민, 미귀순지역의 주민들을 감화·순종시키는 데에 성공을 거두었다.[16] 실질적 대방편은 바로 지방 관리를 통한, 지방민의 융화·합력에 의한 대작불사였던 것이다. 먼저 아육왕은 친히 석가불의 유적지를 순행·개발·기념하여 재세시의 그 법력·권능을 적극적으로 부각시키고, 그 10대 제자 등 많은 고승의 신이한 행적을 찬양·기념하여 승단의 위력을 강조하고 백성들에게 수범을 보였다. 실제로 아육왕은 당시 승려들을 만나는 대로 극진히 예경·공양하였고, 때로 2만 명, 많으면 30만 명의 승려들을 한꺼번에 크게 예우·공양하였던 것이다.[17]

한편으로 석가불의 설법을 현실적으로 광포하기 위하여 그 법문을 문자로 결집하니, 그것이 유명한 '제3결집'으로 이루어졌다.[18] 이렇게 결집된 경전은 통일제국을 건설하는 대작불사에 견인차가 되었고, 타국에 전도하여 이를 합병시키는 포교작전의 선봉이 되었던 것이다.

여기서 가장 기념비적인 대작불사는 아육왕이 그 제국의 도처에 수많은 사리탑을 건립한 것이었다. 그 왕은 불교제국을 불법정치로 개척하는 과정에 의미있는 요소마다 사리탑을 창건하니 이름하여 8만4천 사리탑이 성취되었다. 이 탑들은 사원을 겸하여 그 지역 불교정치의 중심·본거지가 되고, 제왕의 중앙집권과 직결되어 있었다. 나아가 이 사리탑은

---

16) 山崎元一, 앞의 책, pp.307~329.
17) ≪阿育王傳≫, ≪新修大藏經≫ 99, p.105.
18) 山崎元一, 앞의 책, pp.127~128.

불교전파와 외교적 방편을 타고 당시나 후대의 불교권에 아육왕탑으로 건립되기도 했던 것이다.[19]

결국 아육왕은 그 불교제국의 확장과 불교권의 공영을 명분으로 하여 그 전파사업에 국력을 기울였다. 그것은 불교제국의 대작불사와 만백성의 숭불대세를 배경으로 하여, 그 주변국에 포교적 영향력을 발휘하고 불국토를 확장하는 외교전으로 자리 잡게 되었다.

이상과 같은 아육왕의 위업과 그 행적은 전게한 바 그 전기나 경전으로 집성·유통되어 불교권 제국에서 그 대망의 불교적 영주들에게 족히 그 전범이 되었던 것이다. 전술한 대로 인도나 그 주변 불교국의 제왕들이 이를 본받아 왕위에 오르고 대작불사를 통하여 대망을 성취했던 사례가 많았던 터다. 그리하여 무령왕이 아육왕의 그 위업·행적을 전범으로 하여 대백제 그 불교왕국을 건설한 것이라 보아진다. 적어도 한·중·일 사서에 나타난 무령왕의 행적을 전거로 그의 위업, 특히 그 불사를 복원·재구할 때 아육왕과의 유사성을 유추할 수가 있기 때문이다. 실제로 위에서 거론된 것만 비교해도 그만한 공통점이 발견되는 터다.

이 무령왕이 즉위하는 과정이나 승왕·숭불 영주의 면모를 비롯하여 불교왕국을 통하여 대백제를 중흥하려는 통치이념으로 전국토의 불교화, 만백성의 신도화를 지향하여 불법정치로써 백성의 현세·미래의 이익과 안락을 보장·실증한 것이나, 미귀순·불복속의 호족 세력을 승복·귀화시키는 데에 헌신한 것 등이 거의 다 아육왕의 행적과 상통하는 터다. 따라서 무령왕은 그 구체적 실천 방편으로 대작불사를 일으켜 석가불의 위신력을 부각시키고, 여러 경전을 수입·유통시킴은 물론, 모든 승려들을 존숭·공양했던 것이다. 그리고 그 과정에서 의미있는 요처마다 기념

---

19) 사재동,「≪아육왕전≫의 형성과 전개」,『불교문화학의 새로운 과제』, pp.677~682.

비적인 사찰·불탑을 세워 그 지방의 숭불·행정의 중심으로 삼고, 중앙
집권 조직의 일환에 직결시키는 사업이 가장 중대했던 것이다.

나아가 무령왕은 이미 형성된 불교제국의 국력과 불교세를 바탕으로
홍법외교를 추진하고 아육왕대의 불교문물을 직접 수용·선양하는 데에
최선을 다했을 것이다. 그러기에 왕도에 홍륜사를 짓고 겸익 같은 고승
을 인도에 유학시키는 불교의 성세를 타고[20] 아육왕 불사의 금자탑이라
할 그 사리탑을 백제의 요지에 건립했으리라 추정된다. 후대의 기록에서
는 중국과 한반도 전역에 아육왕탑이 전래·건립되었음을 증언하면
서[21], 백제지역 천관산 등에도 그런 탑이 있었던 점을 입증하고[22] 있기
때문이다. 기실 이런 아육왕탑이 반드시 무령왕대에 건립되었다는 확증
은 없지만, 적어도 아육왕의 불탑문물이 그 후대의 중국이나 한반도 전
역에 전래·정착되어 통일신라·고려 내지 조선 초기까지 유지되었다면,
거기에 민감했던 무령왕 시대에 그런 불탑이 조성되었으리라는 점은 의
심할 여지가 없는 터다.

4. 무령왕 불사의 동시적 친연관계

전술한 대로 무령왕과 양 무제는 즉위·건국 이전부터 직접 만나 대
망·웅지를 긴밀히 토로·공감했을 가능성이 크다는 것이다. 이미 고승

---

20) 노중국, 「백제문화교류의 국제성과 고대동북아시아 공유문화권의 형성」, p.40.
21) 일 연, 《삼국유사》 권제4, 탑상 4, 遼東城育王塔 조에 '育王所統一閻浮提州 處處
    立塔'이라 전제하고 요동·고구려 등지에 아육왕탑이 건립·전래되어 현서·감응
    이 크다고 하였다.
22) 수양대군, 《석보상절》 권24에 '그 탑이 진단에 잇나니도 열아호비니 우리나라해
    도 전라도 천관산 강원도 금강산에 이 탑이 이셔 령혼 이리 겨시니라.'(25장 1〜2면)
    하였다.

이 된 채 백제왕의 특사로서 대망을 품은 시대의 영웅 사마가 제나라 군정의 요직을 맡아 대망을 이루려는 희대의 영웅 소연과 외교적으로 만나 긴밀한 대화·격려를 아끼지 않았을 것이기 때문이다. 그것은 백제 국왕이 될 사마와 양나라를 세워 황제가 될 소연일 진대, 그들의 만남은 역사적 사건이 아닐 수 없었다. 그들은 전생의 불연을 나눈 듯이 사마는 501년에 40세로 즉위하고 소연은 502년에 39세로 건국하니 나이는 2살 차이요 등극은 1년 차이다. 이 사마는 소연보다 2년 연장이요 1년 앞서 등극한 승왕, 미륵불격 영주였다. 그런데 국격은 양나라가 상국이요 백제가 번국이니, 무제는 황제요 무령왕은 군왕이라 참으로 절묘한 대조를 이루며 친교가 깊을 수밖에 없었다. 그러기에 제왕 간의 친분이나 양국 간의 교류가 긴밀하지 않을 수 없었던 것이다.

실제로 양국 간의 교류는 빈번하여 중국 측 사서에 기록된 것만도 어느 시대 어느 나라보다 현저했던 터다. 이 무령왕이 즉위한 이듬해, 무제가 등극하던 천감 원년(502)에 백제왕에게 작호를 주었고,[23] 천감 11년(512)에는 무령왕이 무제에게 사신을 보내 방물을 헌상했으며,[24] 보통 2년(521)에는 무령왕이 재위 21년을 맞아 무제에게 사신을 보내 표문을 올리고 무제의 조서를 받아 그 외교관계를 각별히 돈독하게 이끌었다.[25] 이로 보아 기록되지 않은 양국의 교류가 매우 성행하였음을 족히 유추할 수 있겠다. 실제로 지극히 친밀한 교환은 공식 사서에 기록될 수 없

---

23) 《梁書》 卷2, 本紀 第2, 武帝 中, 天監元年 4月 戊辰조에 '百濟王 餘大 進號征東大將軍'이라 하여 동성왕이 작호를 받았다고 했지만 그 해에는 이미 그 왕의 서거에 이어 무령왕이 즉위한 지 2년을 맞으니, 그 진호는 무령왕에게 내린 것이라 볼 수밖에 없다.

24) 《梁書》 卷2, 本紀 第2, 武帝 中, 天監 11年 4月조.

25) 《梁書》 卷54, 列傳 第48, 諸夷 百濟傳(鼎文書局, 1978, p.804)에 '其年 高祖詔曰行都督百濟諸軍事 鎭東大將軍百濟王餘隆 守藩海外 遠修貢職 迺誠款到 朕有嘉焉宜率舊章 授玆榮命 可使持節 都督百濟諸軍事 寧東大將軍百濟王'이라 하였다.

었기 때문이다.

이러한 양국 간의 친밀한 관계를 바탕으로 양국 제왕의 숭불 통치와 대작불사의 문물 교류가 지극히 활발하고 원활했던 게 사실이다. 이 무령왕이 승왕이요 숭불 영주라면, 저 무제도 승황에 오른 숭불 영주로서 그 통치와 불사가 그만큼 위대하고 찬연하였기 때문이다. 이에 먼저 무제의 불교적 행적과 그 불사에 대하여 거론할 필요가 있다.

기실 무제는 양나라의 건국 전후까지도 도교를 신봉하고 있었다.[26] 그렇다면 무제가 불교를 가까이 하지 않고 따라서 불경화되어 있는 아육왕의 불교적 행적과 대작불사에 관한 소식을 수용하지 못했던 것이라 본다. 그가 어떤 계기로 숭불에 눈을 뜨고 '捨道歸佛'의 영단을 내리게 되었는지 확실한 전거나 분명한 거론이 없지만,[27] 적어도 ≪아육왕전≫이나 ≪아육왕경≫을 통하여 그에 감복하고 귀의했다는 것만은 부인할 수 없다. 그 후 무제의 불교적 행적이나 대작불사가 아육왕의 그것을 거의 그대로 따르고 있기 때문이다.

일단 무제가 천감 3년(503) 4월 8일에 궁전에서 <捨道事佛文>을 친제·선포한 이래,[28] 완전한 숭불황제·불교영주가 되었다. 그는 황제의 몸으로 수행·정진하고 계율을 엄수함이 출가 승려들을 능가할 지경이었다.[29] 실제로 무제는 신심과 구도에 겨워 스스로 삼보의 노예라고 신념하면서, 4번이나 몸을 바쳐 사찰로 출가하여 '皇帝菩薩'로 신민 사이에 이름이 높았다.[30] 이만하면 무제는 숭불황제 불법영주로 아육왕이나 무령왕과 대등한 승황이라고 보아진다.

---

26) 李國榮,「出走皇宮四次捨身入寺的梁武帝」, 『佛光下的帝王』, 団結出版社, 1995, p.144.
27) 李國榮, 앞의 논문, p.143.
28) 廣弘明集 卷4, ≪新修大藏經≫ 103 및 李國榮, 앞의 논문, pp.144~145.
29) 李國榮, 앞의 논문, pp.148~149.
30) 李國榮, 앞의 논문, pp.160~161.

이에 무제는 이상적 불교제국을 건설하기 위하여 전국의 불국토화와 만백성의 신도화를 실현코자 발원하였다. 그러기 위하여 가까운 황족으로부터 대소신료나 지방 관료들에게까지 숭불을 강권하고 조서를 통하여 백성들의 신불을 독려·감독하였다. 이러한 홍법·포교를 방편으로 치민·행정의 기틀을 잡아가게도 되었다.

그리하여 무제는 그동안 역대 제국의 무단정치를 청산하고, 정법·자비로 애민하여 현재·미래의 이익·안락을 이룩하는 통치이념을 정립·실현하였다. 제국의 신민 모두가 숭불 덕목을 실천케 하여 구체적으로 민생을 복되게 함으로써, 전국토·백성을 승복·순응시키고 그 영토를 넓혀 나갔던 것이다.

그리하여 무제는 승황·황제보살로 사찰이나 민생의 현장에 뛰어 들어 솔선수범하여 모두의 존숭을 받았다. 그는 우선 석가불의 법력이나 위신력을 부각시키고 그 제자들의 도력·위신을 강조하며, 실제 모든 승려들을 존숭·교류하고 예우·공양하였던 것이다. 그는 당대의 고승 혜초나 혜약·진제 등과 교류하고 특히 유명한 달마와의 면대·법담은 중국 선교사에 길이 남을 일이었다.[31] 무제가 달마를 만나 그의 전국에 걸친 대작불사를 자랑하며 그 공덕이 얼마나 크냐고 물으니, 달마가 대답하기를 '아무런 공덕이 없다.'고 했다는 것이다. 나아가 무제는 전국 불교계에 출가를 독려하는 한편 대량으로 배출되는 승려들을 모두 예경·공양하는 데에 국가 재산을 아끼지 않았다.

또한 무제는 숭불·존숭에 걸맞게 모든 불경을 수입하여 역경하고 강경하여 유식한 상하 민중에 불법을 펴고, 다양한 법회를 열어 불법의 유통을 촉진시켰다.[32] 당시에 수입할 수 있는 모든 경전을 수합하여 한역

---

31) 李國榮, 앞의 논문, pp.150~153.
32) 李國榮, 앞의 논문, p.154.

하는 가운데, ≪대육왕경≫이 가장 주목되는 터다. 그것은 아육왕계의 불경을 대표하여 무제의 불교적 도사·교과서가 되었기 때문이다. 이런 경전이 변방의 불교국 백제·신라·일본 등에 전파되었을 가능성까지 시사하고 있는 터다. 게다가 무제는 능란한 문장력으로 각종 찬불문·참회문·포교문 등을 지어 펴서 전교에 이바지하였던 것이다.

나아가 무제는 위와 같은 불교활동에 상응하여 다양한 명분과 목적으로 궁성 내외 요처에 대찰을 건립하고 각종 불보살상을 조성하여 나갔다. 물론 쌍친을 추모하거나 구거를 회념하고, 고승을 추념하여 그런 불사를 하였거니와, 실제적인 통치이념에 입각하여 전국 각지 요처에 대찰·거불을 조성하여 그 지역주민을 결집·복속케 하고 숭신·치민의 본거지로 만들어 중앙집권에 직속시키는 일이 가장 중요한 과업이었다. 그 당시 유명한 대애경사나 대지도사·광택사·동태사 등은 물론 전국 각지 요소요소에 그만한 대찰을 건립하고 거불을 조성한 사례는 매거할 수 없을 만큼 다양하고 많았던 것이다. 그리하여 마침내 무제의 대작불사는 불교사에서 찬연하여 아육왕의 조탑불사와 족히 비견되는 터다.

마침내 무제는 그러한 숭불제국과 대작불사의 위력을 바탕으로 외교전을 통하여 변방국의 불교와 교류하고 그 번영·중흥을 적극 선도하였던 것이다. 그것은 불교권 공영의 대승적 사업이지만, 실제로는 그 국력의 불교적 신장이었던 터다. 따라서 그 무제의 대작불사, 그 선진하는 교세와 발전된 불교문물은 한반도 백제와 고구려·신라에까지 교류·전파될 수밖에 없었다.[33] 그중에서도 무령왕의 백제에서는 그 불교세와 불교문물을 대등하게 교류하고 적극 수용·소화하여 백제의 불교왕국, 불교문화의 발전에 획기적인 황금시대를 열게 되었던 것이다.

---

33) 李國榮, 앞의 논문, p.163.

이러한 과정에서 무령왕은 무제와의 국교 내지 불교적 친연관계가 더욱 심화·돈독해지고, 다양한 명분과 의례, 교역 등의 정경관계로 사신을 빈번히 특파·교류하였다. 이런 바탕 위에서 그 불교문물의 교류·수용을 위하여 발정 같은 고승을 유학시키거나[34] 불사분야의 전문가들을 파견하는 등 상호 교류가 빈번하였던 것이다. 그러기에 무제 이래의 양나라 불교사·불교문화사와 무령왕 이래의 그것이 그 실상과 조류를 거의 같이하는 터라 하겠다. 따라서 무령왕 이래 백제의 불교문물, 사찰의 가람배치나 건축구조, 회화풍조, 조각양식 내지 공예기법[35] 그리고 무령왕릉 같은 불교적 능묘의 문물[36] 등이 무제 이래 양나라·남조의 그것을 수용하여 재창조하고 있다는 것은 당연한 일이라 하겠다.

5. 무령왕 불사의 후행적 친연관계

전술한 대로 무령왕이 고승으로 백제왕의 특사로서 신라에 왕래할 무렵, 소지왕이 후반기로 접어들어 무자하고 무력하여 왕의 재종제인 지증왕이 보좌할 때는, 그 장자 원종이 이미 장성한 왕족으로서 '身長七尺 寬厚愛人'하는[37] 왕재를 보이며 두각을 나타내고 있었다. 따라서 무령왕이 특사의 역할을 할 때 그 원종을 만나 법연을 맺었을 가능성이 충분했던

---

34) 牧田諦亮, 『觀世音應驗記の硏究』, 平樂寺書店, 1960, pp.58~60.
35) 양 홍, 「고고자료를 통해 본 백제와 중국 남·북조의 문화교류」, 『대백제국의 국제교류사』, 백제문화제추진위원회 국제학술회의, 2008, pp.133~135.
36) 사재동, 「무령왕릉 문물의 불교문화적 실상」, 『불교문화학의 새로운 과제』, pp.492~493.
   戶田有二, 「武寧王陵の蓮華紋さをめくつて」, 『백제문화』 제31, 공주대학교 백제문화연구소, 2002, pp.112~113.
37) 김부식, ≪삼국사기≫ 권제4, 신라본기 제4, 법흥왕조.

것이다. 명실공히 지증왕이 64세의 노령으로 등극했을 때는 원종이 33세의 세자로서 국정을 주도하며 숭불의 경지에 이르렀을 것이라 본다. 지증왕의 즉위 1년 후에 등극한 무령왕은 40세의 승왕으로 족히 치국 영주가 되어, 신라의 실세요 7세 연하인 원종과 직·간접으로 소통하여 백제의 불교문화를 신라에 전파·유통시키는 데에 주력했을 것은 필연적인 일이었다. 무령왕은 무제와 같이 불교권의 공영과 함께 불교적 국력을 대외적으로 신장시키는 것이 급선무였기 때문이다.

그러기에 무령왕 14년 백제의 불교가 흥왕하고 불교문화 대작불사가 성행할 무렵, 법흥왕이 47세의 원숙한 장년으로 즉위하니 그는 이미 숭불 영주가 되어 있었다. 그가 자극전에서 등극하였을 때, 예전에 한 명제가 꿈에 성인의 감응을 받아 불법이 동류하였음을 전제하고, '내가 즉위한 때로부터 창생을 위하여 복을 닦고 죄를 없이 할 처소를 만들려고 한다'고38) 선포한 것이었다. 그 왕은 이차돈의 순교로 불법을 국교로 공인하고 아육왕·무제·무령왕의 그것을 본받아 불교왕국을 건설하기 위한 통치이념과 대작불사를 과감하게 추진하고 있었다. 그는 이미 신민으로부터 '聖主'로 추앙되었고, 그 인연 공덕으로 마침내 출가하여 법운으로 행세하였으니, 명실공히 승왕·영주임에 틀림이 없었다. 그때까지도 양나라와 교통이 없었던 법흥왕은 무령왕과 백제의 불교세에 의존하여 위 세 왕으로 이어지는 전형적인 불법통치와 대작불사를 감행하였으니, 승려들의 우대·공양은 물론, 경전의 수입과 유통에 정성을 바쳤던 것이다.

그리고 법흥왕은 중대한 불사로 궁성 내외에 수많은 사찰·불탑을 세웠으니, 이차돈의 순교를 기념한 자추사를 비롯하여 국교를 표방한 대흥

---

38) 일 연, 《삼국유사》 권3, 흥법 제3, 원종흥법 염촉멸신조.

류사, 왕비의 출가를 위한 영흥사 등이 바로 그것이다. 그로부터 이런 대작불사는 전국 각지 요소에 진행되었고, 법흥왕은 무령왕과 무제의 전교·사은의 뜻으로 백제의 미륵사나 대통사의 창건에 적극 협조했던 터다.[39] 무령왕 21년, 법흥왕 8년에 신라가 백제의 주선으로 양나라와 외교를 트고 불교문물을 직접 수용한 이래, 신라의 불사는 매우 성행하여, '사찰이 별처럼 벌려 있고, 불탑들이 기러기 행렬과 같이 연하였으며 법당을 세우고 범종을 다니 용상 승려는 천하의 복전이 되고 대소승법은 경국의 자운이 되었으며, 타방에는 보살이 세상에 출현하였다'는[40] 것이다. 이로써 신라는 이상적 불국토가 되고 그 대작불사가 성취되니, 이것이 다 법흥왕의 불사공덕이라 하겠다. 따지고 보면 이런 불교문물이 무령왕과 백제의 불사문물이 영향·후원한 데서 연유된 것이니, 현존하는 신라의 불교문물·유적이 상당수 백제의 풍모나 양식을 보여 주고 있는 사실이 이를 방증하는 터다.

6. 무령왕 불사의 실제적 전개

위와 같이 무령왕이 승왕·영주로서 그만한 권능과 불교적 통치이념을 가지고 상술한 국제적 친연성의 보장 아래, 실제적으로 궁성 내외 전국토에 걸쳐 대작불사를 일으켰던 것이다. 그 왕이 석가불과 제자들을 숭모하여 경전을 널리 펴고, 모든 승려들을 예경·공양함은 물론이거니

---

39) 일 연, ≪삼국유사≫ 권제2, 기이 제2, 무왕조에 '額曰彌勒寺 眞平王 遣百工助之'라고 한 것은, 법흥왕의 기사로 보아진다. 그리고 동서 권제3, 홍법 제3, 원종홍법·염촉멸신조에 '爲梁帝創寺 於熊川州 名大通寺'라 하였다.

40) 일 연, ≪삼국유사≫ 권제3, 홍법 제3, 원종홍법·염촉멸신조에 '寺寺星張 塔塔雁行 堅法幢 懸梵鏡, 龍象釋徒 爲寰中之福田 大小乘法 爲京國之慈雲 他方菩薩出現於世'라 하였다.

와, 그 궁성 내외 요소요소에 사찰·불탑을 건립하는 데에 총력을 기울이게 되었다. 그 불사가 왕권을 위엄있게 신장하고 전국토·만백성을 복속·귀순시켜 불교적 이상국가, 백제대국을 건설하는 실제적 작업이었기 때문이다.

그러기에 무령왕은 우선 그 불사의 전체적 체계를 구축하였다. 첫째로 궁궐·왕성을 옹호·보위하는 불사가 중시되었다. 그 궁성 내에 왕권의 영속과 국가의 번영을 기원하는 원찰이 필수되어야 하고, 궁궐의 4위에 성곽과 더불어 호위 원찰이 자리잡는 것이 가장 중요한 일이었기 때문이다. 둘째로 전국 각지의 호족들이 발호하여 독자적인 재정과 무력으로 중앙정부에 통합·협조하지 않는 영역의 중심 요지에 대찰을 지어, 그들의 신앙적 본거지요 자치적 행정기구로 겸용하는 것이 중대한 작업이었다. 이는 전술한 대로 당시까지 복속·귀순하지 않은 호족·백성들을 결속시켜 중앙왕권 아래 병합·통일시키는 절묘한 방책이었다. 그 사찰·불탑이야 말로 불교적 왕권이 직접 장악하는 법당·시어소의 이중적 역할을 수행할 수밖에 없었다. 따라서 그 당시로서는 그 사찰 성역이 지방행정의 치소를 대신하거나 보강하였으리라 추정되는 터다. 그러니까 왕도와의 거리나 그 사찰의 규모에 따라서는 별궁과 같은 역할까지 해냈으리라 보아진다. 셋째 그 국경 외방의 성곽지대에 사찰을 세워 국토 수호와 함께 장병들의 무운을 기원·격려하고 그 호국영령들을 천도·위무하는 역할을 다하는 것이 긴요한 일이었다. 이런 호국사찰은 그 변방지역 주민들의 신앙·애국의 중심적 도량으로 활용될 수도 있었다.

이러한 삼중 체계로 거국적 대작불사를 수행하는 데에는 막대한 재정이 요구되었으니, 중앙 조정의 예산으로는 결코 감당키 어려운 것이었다. 이에 무령왕은 신묘한 불교적 권능과 강력한 왕권·군사력으로써 불교대국의 중흥을 대의명분으로 삼아 지방 호족을 감화·설득시켜 그 경비 일체를 분담 출연케 하였을 터다. 나아가 그 지역의 호족을 중심으로 주민들의 산업을 일으키고 민생을 살려 그로부터 자발적인 헌금을 모으는 데도 착수했을 것이다. 그러한 자발적인 불사는 상하 주민의 현실적 이익과 미래적 안락을 보장하는 그 성역의 건설이었기 때문이다. 따라서 무령왕이나 중앙관리들은 그 불사의 규모·양식이나 그 작업방법, 그리고 시공절차만 감리·감독하면 되는 것이었다. 다만 궁궐 내외의 근접사찰에 한하여 왕과 왕족 그리고 고관들의 출연과 지방 호족들의 보시·헌금을 모아 그 경비를 충당했으리라 보아질 따름이다.

한편 이 대작불사에는 막대한 노동력과 기술력이 동원될 수밖에 없었다. 여기서도 중앙의 주선과 감독을 받아 그 지역별로 자담하는 게 당연한 일이었다. 그 대지 조성이나 자재 운반 기타 잡역 등은 그 주민이 자발적으로 전담하고 목공·석공·와공·화공·불모 등은 전국적인 기술자를 공모하여 분견·작업케 하였을 터다. 만약 국내적 기술자로서 미치지 못할 분야·부분에서는 양나라나 신라 등지에서 그 전문가를 초청하여 파견·시공케 하였을 것이다.

이상과 같은 사업절차와 완벽한 준비과정이 무르익었을 때, 이 전국적 대작불사는 우선순위에 따라 동시 다발적으로 진행·진척시킬 수가 있었다. 국제적 평화·협조의 친연관계 아래서, 무령왕으로서는 이 대작불사가 그대로 불교대국을 건설·중흥시키는 실제적인 작전·작업이었기 때문이다. 당시 조정 신료나 호족·백성들이 미륵불로 숭신하는 무령왕의 권능과 위신력 아래, 중앙의 관리·군사가 각개 불사의 현장에 분견·전담하여 그 감리·감독에 주력하면 되는 것이었다. 그러면서 무령왕은 자비로운 부처나 어버이 같이 여유 있게 그 현장을 순행하면서 점검·격려만 하면 흡족한 일이었다.

그리하여 당시 궁성 내외 전국 요지에 건립된 사찰·불탑은 그 위용이 실로 경이로운 것이었고, 일국의 국력으로는 불가능하다고 이를 만큼 대단한 것이었다. 지금 백제의 고도 지역이나 구강지역에 현전하는 고찰·사지와 결부시켜 그 당시의 사찰·불탑을 복원해 보면, 그 대작불사의 대강을 유추할 수가 있다. 위에서 제시한 3단계적 체계로 나누어 그 사찰들을 개관하면 다음과 같다.

첫째, 그 왕도 궁궐과 거의 동시에 세워진 궁성 내의 원찰에 대해서다. 백제가 웅진에 신도를 건설하면서 우선적으로 왕실 원찰이 창건된 것은 역대 불교국의 경우에 거의 공통되는 현상이었다. 백제가 한성에 도읍을 정하고 불교를 수입하면서 바로 궁성 내에 원찰을 짓고 승려들을 주석케 하고,[41] 사비에 도읍을 옮기어 궁궐을 경영할 때도 정림사 같은 원찰을 지었다는 사실이[42] 이를 방증하기 때문이다. 대체로 그 웅진 궁성 원찰로 대통사와 홍륜사·수원사를 들 수 있다.

먼저 그 중에서도 대통사가 주목된다. 이 사찰은 그 규모가 매우 큰데다 그 궁궐터로 지목되는 지역의 거의 중앙에 자리하고 있기 때문이다. 흔히들 이 사찰은 신라 법흥왕이 재위 14년 양나라 대통 원년에 무제를 위하여 창건하였다는 것이다. 이런 주장은 상게한 ≪삼국유사≫의 그 기사에 의하여 신라의 관점에서 본 것이니 그대로 믿을 수가 없고, 다만 법흥왕이 그 불사에 협력·보조했다는 정도로 이해하면 될 터이다. 이에 백제 불교사의 입장에서 상술한 바 제반 여건으로 볼 때, 무령왕은 무제가 그 궁성 내에 여러 원찰을 세운 것과 직결시켜, 이 대통사를 창건하였으리라 본다. 그런 것이 성왕 5년 무제의 대통 원년을 기해서, 그 외교를 강화하기 위하여 신라와 손잡고, 그 '대통'을 강조하며 증축·완공 불사를 감행했을 가능성이 큰 것이다. 이 때를 기하여 무령왕과 무제

---

41) 김부식, ≪삼국사기≫, 백제본기, 침류왕 2년조에 '創佛寺於漢山 度僧十人'이라 하였다.
42) 지헌영, 「서동설화 연구의 평의」, 『향가·여요의 제문제』, 태학사, 1991, p.286.

를 상징하는 미륵불이나 아미타불 정도의 주불을 조성·봉안했으리라 추정된다. 이는 무령왕이 서거한 지 5년이나 지나서 무제와 친밀했던 부왕을 추모·기념하여 그 불교정책을 계승하겠다는 깊은 의미가 서렸을 것이기 때문이다.

이어 궁성 안에 흥륜사가 창건되었으니 이 또한 무령왕의 공업이라고 본다. 무령왕 말년에 인도에 유학하고 성왕 4년에 귀국한 겸익이 그 흥륜사에 머물면서 가져 온 불경을 번역하였으니, 그 대찰이 적어도 무령왕대의 창건이라고 보는 게 순리라 하겠다.[43] 더구나 무령왕이 미륵불로 존숭되었다면, 이 흥륜사가 미륵불광사와 결부되어 행세한 것과 깊은 관련이 있으리라고 추정되기 때문이다. 겸하여 수원사가 궁성 안에 있었다면, 그 미륵신앙과의 관련성과 여타 여건으로 미루어 역시 무령왕대의 창건이라고 볼 수가 있겠다. 그렇다면 이들 3사가 궁성 내의 원찰로 짝을 짓고, 삼보·삼존불 신앙과 연관되어 보다 깊은 의미를 가지고 행세하였으리라 추정되는 터다.

그리고 이 궁성 주위에서 왕실·궁궐을 옹위하는 호국원찰이 창건되었던 것이다. 이미 알려진 서혈사와 남혈사는 궁성에 비교적 근접해 건립되고, 동혈사와 북혈사는 나성과의 관련성으로 하여 약간 먼 지점에 창건되어 있었다. 그 중에서도 북혈사는 연기 운주산 산성 근처에 건립되어 후대적으로 비암사로 행세하면서 성곽 외방을 옹호하는 호국원찰의 역할까지 겸하였던 것이다. 이 사찰은 그 대지나 가람배치 등 제반 여건이 무령왕대의 소창이라고 보아도 무방할 것이다.[44] 더구나 이 사찰은 연기 지역 호족들이 국가의 불교정책에 호응하여 합력·건설한 흔적

---

43) 노중국, 앞의 논문, pp.40~41.
44) 사재동, 「비암사 문물의 불교문화적 전개」, 『불교문화학의 새로운 과제』, pp.241~248.

이 남아서 흥미로운 방증이 된다. 여기서 웅진 왕성과 근접해 있는 계룡산의 갑사가 503년 무령왕 3년에 창건되었다면[45] 이 사찰이 도성의 외호사찰로 행세하였을 가능성이 높다.

둘째, 전국 각지 호족들이 득세한 중요지역에 건립한 대찰에 대해서다. 이 대작불사로 대찰·불탑을 건립한 것은 왕의 영도 하에 이룩된 핵심적 위업이었다. 이 불사를 착수·진행하고 완공·운영하는 과정과 성과 자체가 불교왕국·백제대국을 건설하여 '更爲强國'한[46] 결과로 나타났기 때문이다. 이러한 역사적 대찰들이 지방마다 요처에 건설·운영되었을 것은 당연한 일이나, 현전하는 고찰이나 사지는 그리 많지 않은 실정이다. 그 대강을 추정적으로 파악해 보면, 유명한 익산 미륵사지를 비롯하여 부여 대조사, 예산 수덕사, 보은 법주사, 김제 금산사, 장성 백양사, 해남 대흥사 등을 들 수가 있다.

먼저 미륵사가 익산시 금마면 기양리에 창건되어 중시된다. 이 대찰은 무왕대에 창건되었다는 견해가 대세를 이루고 있지만, 그 사지에서 발굴된 문물이나 현존 석탑만 가지고 ≪삼국유사≫ 서동설화의 역사적 주인공과 결부시켜 보아도, 그 창건주가 바로 무령왕임을 확인하게 된다. 이 사찰이야말로 그 위치나 그 주변 호족들의 성세, 왕비를 배출한 호족출신의 중심적 역할로 미루어 무령왕의 불교정책을 가장 적절하게 수행하던 대표적 사찰이라 하겠다. 그 석탑 출토의 <사리봉안기>에 의하면 무령왕 19년을 전후하여 그러한 국찰로 창건되었으니, 그것은 호족들의 신앙·치민을 결집하면서 왕권이 미치는 별궁의 역할까지 했던 것이다.[47] 그러한 근거에서 이 미륵사와 관련하여 익산에 천도했다거나 별궁을 경

---

45) 갑사사적비 및 이정, 『한국불교사찰사전』 갑사조, 불교시대사, 1996, p.20.
46) ≪梁書≫ 卷45, 列傳 第48, 百濟傳(p.408) 중에 '百濟更爲强國'이라 하였다.
47) 사재동, 「미륵사지 문물의 예술적 고찰」, pp.131~134.

영했다는 역사적 전설이 형성·유전될 수도 있었던 터다. 이러한 전승들이 사명과 함께 미륵신앙을 내세우고 있는 것은 무령왕을 미륵불로 숭신하던 당시의 상하 민심과 결코 무관하지 않을 것이다.

그리고 대조사가 부여군 임천면 구교리 성흥산에 건립되어 주목된다. 이 사찰은 백제 성왕 초년(3~4년)에 겸익 또는 담혜가 창건했다고 되어 있지만,48) 그 시기나 지역 여건 등을 고려할 때, 아무래도 무령왕대 대작불사의 일환으로 세워졌을 가능성이 짙은 터다. 이 사찰은 미륵불을 중심으로 창건·경영되어 왔기로 무령왕과의 관계가 긴밀했으리라 추정되고, 더구나 백제 당시 외방을 위한 성흥산성의 호국원찰로도 중요한 역할을 겸했기에 무령왕의 불교정책과 부합되는 면이 없지 않은 터다. 따라서 이 사찰이 무령왕대에 창건되고 성왕대에 완공·유지되어 오다가, 신라 통일기에 새로운 모습으로 중창되었다고 볼 수도 있겠다.

이런 점에서 수덕사가 예산군 덕산면 사천리 덕숭산에 창건되어 중시된다. 이 대찰이 백제 말기 무왕대 법사 숭제가 창건하였다고는 하지만,49) 당시의 불교정책이나 그 지역의 산업여건 등으로 보아 아무래도 무령왕대 대작불사의 일환으로 창건된 것이라고 추단되는 터다. 이 사찰은 전통적으로 미륵도량의 성향이 있어, 후대에 경내에다 미륵불석상을 조성하여 놓은 것이 눈에 띈다. 그러기에 이 사찰이 무령왕대에 창건되어 무왕대의 중창을 거쳐 유지되어 왔다고 보는 편이 오히려 합리적이라 하겠다.

이어 금산사가 김제시 금산면 금산리 모악산에 자리하여 주목된다. 이 대찰은 지금껏 백제 법왕이 창건한 것으로 알려졌지만, 무령왕의 불교정

---

48) 권상로, 『한국사찰전서(상)』, 대조사조, 이화문화사, 1990, p.448. 및 이정, ≪한국불교사찰사전≫, 대조사조, p.127.
49) 권상로, 앞의 책, 수덕사조, p.1105 및 이정, 앞의 책, 수덕사조, pp.360~361.

책이나 그 주변 환경을 고려할 때, 이보다 적합한 사례는 별로 없을 것이다. 더구나 이 사찰은 미륵사와의 관계가 긴밀할 뿐만 아니라, 미륵불을 주불로 모신 대도량이니,[50] 무령왕과의 친연성이 가장 뚜렷한 터다. 따라서 당시에도 이 사찰은 무령왕 대작불사의 중심을 이루었으리라 추정된다. 또한 법주사가 보은군 내속리면 사내리 속리산에 창건되어 중시된다. 이 사찰은 진흥왕 14년 의신이 창건했다고 전하지만, 그 위치나 주변 여건 등으로 미루어 아무래도 무령왕대 대작불사의 일환으로 창건되었으리라 보아지는 터다. 더구나 이 사찰은 금산사와 깊은 관계를 가지고 미륵도량을 이루어 놓았으니 무령왕의 불사와는 밀접한 관계였으리라고 보아진다.[51]

한편 백양사가 장성군 북하면 약수리 백암산에 위치하여 중시된다. 이 사찰은 무왕 3년에 여환이 창건하였다지만,[52] 역시 제반 여건으로 미루어, 위 무령왕대로 소급될 수가 있겠다. 당시 무령왕의 불교정책을 수용하면서 우선적으로 그만한 사찰이 창립·운영되는 게 당연하였기 때문이다. 나아가 대흥사는 한반도의 남단 해남군 삼산면 구림리 두륜산에 자리하여 더욱 주목된다. 이 대찰은 백제시대의 소창으로 공인되어 무령왕 8년이나 동왕 14년에 창건되었다는 두 가지 설이 전한다. 그 어느 쪽이든지 무령왕대에 이 사찰이 건립된 것만은 틀림없는 사실이다. 실제로 이 대흥사만큼 무령왕대의 대작불사에 적합한 사찰은 매우 드물었을 것이다.

셋째, 국경 외방 성곽지대의 요충지역에 창건된 호국원찰에 대해서다.

---

50) 김위석, 『한국민족문화대백과사전』 4, 한국정신문화연구원, 1992, pp.267~269.
51) 사재동, 「법주사문물의 불교문화학적 고찰」, 『불교문화학의 새로운 전개』, pp.182~183.
52) 사재동, 「백양사문물의 불교문화학적 고찰」, 『불교문화학의 새로운 과제』, pp.182~183.

이 원찰은 국방을 위한 필수적인 도량으로 장병들의 사기를 진작시키고 그 무운을 빌면서 호국영령까지 천도·위로하니, 그 실제적인 기여도가 너무도 컸다. 나아가 국경지대 주민들의 국방의식을 높이고 단결·협력의 활동을 강화하는 데도 공헌한 바가 지대하였다. 그 국방 외성은 주로 고구려를 방비하고 신라를 예비하여 궁성 동북방 지역에 배치되었거니와, 그 지대 요소에 이 사찰들이 창건되어 그 역할을 다했던 것이다.

상술한 바 북혈사 즉 비암사 등이 궁성 옹위와 외곽 성채 옹호의 역할을 겸하였다. 그 연장선상에서 연기 북방 운주산성을 비롯한 여러 겹의 산성과 그에 연접된 대덕지역, 지금의 대전 변방 계족산·식장산·산장산 등의 산성에는 예외없이 그만한 호국원찰이 창건·운영되었던 게 사실이다. 최근에 계족산성의 호국원찰로 비래사가 무령왕대에 창건되었다고 조명된 바가 있다.[53] 나아가 이와 맥락을 같이하는 계족산의 법천사지나 식장산의 고산사 같은 사지·고찰들이 그런 방향에서 발굴·고증될 단계에 이르렀다.

이상과 같이 무령왕의 대작불사가 국제적 친연성을 가지고 불교대국을 건설하여 백제의 중흥을 이룩한 것은 실로 역사적 위업이었다. 이로써 백제대국을 건설한 그 정치사적 위상은 물론, 불교사·불교문화사상의 위치가 광범하게 그 찬연한 윤곽을 나타내게 되었다. 이처럼 획기적인 사실이 위 3단계적 체계의 대작불사로 확고하게 증명된 것이었다.

---

53) 사재동, 「계족산 비래사 문물의 불교문화학적 고찰」, 위의 책, pp.12~14.

7. 결론

이상 무령왕이 평생에 걸쳐 불사를 크게 이룩하는 과정에서 외방 불교국과 교류했던 국제적 친연관계를 불교문화학적 방법으로 고찰하여 보았다. 지금까지 논의해 온 것을 요약하면 다음과 같다.

1) 무령왕의 불교적 등극과 불사의 여건에 대하여 검토하였다. 이 무령왕, 사마는 개로왕의 혈통을 타고 후궁에게서 고난 속에 태어난 영웅적 왕자로서, 성장할수록 가중되는 왕권 싸움에 휘말려 개로왕의 왕자들이나 곤지의 아들들에게 적대시되고 제거의 대상이 되었다. 사마는 최후의 결단으로 동성왕이 즉위한 백제 땅에 은거하다가 출가하여 고승이 되고 그 법력과 영웅적 영도력으로 홍법·불사를 통하여 불교대국을 건설하며 백제중흥을 성취하겠다고 발원하고 그대로 실천하였다. 이에 호응하는 신료들과 만백성이 그에게 감복하고 승왕이나 미륵불의 화신으로 숭앙·추수할 때, 이 고승 사마는 동성왕과 만나 불교정책과 외교시책 등으로 국정을 보좌하니, 국내외 민심이 모두 그에게 기울고 그 왕의 제거에 이어 무령왕으로 추대·즉위하였다. 이 숭불 영주는 이미 수립·염원한 불교적 통치이념으로 전국토의 불교화와 만백성의 신도화를 위하여 실제적인 대작불사를 일으키고 전국 각처 요지에다 대찰·불탑을 건립·조성하는 사업에 착수하였으니, 그만한 국내적 여건이 완비되었지만, 인도의 아육왕이나 양나라 무제, 신라의 법흥왕 등이 이룩한 홍불·불사와 국제적 친연관계를 맺는 일이 필수적인 급선무였던 것이다.

2) 이 무령왕의 불사에 영향을 끼친 선행적 친연관계로 아육왕의 대작불사와의 연관성을 추적하였다. 그 아육왕은 숭불 영주로서 인도정치사·불교사상 가장 유명한 불교제국을 건설하고, 불법을 홍포하려 불경을 결집하며 모든 승려들을 예경·공양하면서 전국 각지 내지 주변 불

교국 등지에 대찰 겸 사리탑을 무수히 건립하고 외교전까지 벌려 다른 숭불 영주들의 불교적 통치와 대작불사에 전범이 되었다. 이에 무령왕은 즉위를 전후하여 아육왕의 행적을 인지하고, 나아가 ≪아육왕전≫이나 ≪아육왕경≫ 등을 통하여 확인·존숭하며, 그 전범을 본받아 백제의 대작불사를 추진·성취했던 것이다.

3) 이 무령왕의 불사에 공감대를 이룩한 동시적 친연관계로 양 무제의 대작불사와의 상관성을 점검하였다. 그 무제는 무령왕의 2년 연하로 1년 후에 양나라를 세워, 양국의 숭불 영주는 운명적 친연관계를 가지고 불교중흥과 불교문화교류에 주력하게 되었다. 그 무제는 등극 3년에 숭불 영주로 자처하고 아육왕의 행적과 아육왕계 경전을 직접 수용·실천하여 중국사상 가장 빼어난 불교제국을 건설하고 불법 홍양과 역경 홍포, 모든 승려의 예경·공양은 물론, 도성 내외 전국 각지에 무수한 대찰·불탑을 건립·조성한 다음, 인근 불교국에 전법 외교까지 강화하였다. 이에 무령왕은 민감하게 상응하여 불교적 교류와 정치적 외교를 겸용하여 국익을 증진하는 가운데, 자국의 대작불사를 고무적으로 확대·추진하였던 것이다.

4) 이 무령왕의 불사가 영향을 준 후행적 친연관계로 법흥왕의 숭불·불사와의 연결성을 간파하였다. 그 법흥왕은 국정을 좌우하던 장년의 왕손으로 일찍이 고승 사마와 외교적 접근을 통하여 불교적 감화를 입었다는 전제 아래, 즉위 후에는 무령왕과의 불교적 교류가 정치적 외교와 병행·강화되었다. 이에 무령왕은 국내의 대작불사를 성취한 여력으로써 불교권 공영의 이념으로 신라에 불법을 일으켜 불사에 진력하라는 전범과 방편을 적극 제공하였다. 따라서 법흥왕은 그 영향 아래 불법을 공인·중흥하고, 나아가 아육왕의 행적, 무제의 불사, 무령왕의 홍불까지 복합적으로 수용하여 불교왕국을 건설하고 궁성 내외 전국 각지에

많은 사찰·불탑을 건립하게 되었던 것이다.

5) 이 무령왕이 그 국제적 친연성을 기반으로 하여 실제적으로 추진한 대작불사의 실상을 개관하였다. 이 무령왕은 왕권을 신장하고 전국토·만백성을 복속·귀순시켜 불교적 이상국가 백제대국을 건설하는 실제적 작업으로 전국 요지에 사찰·불탑을 건립하였다. 거기서는 궁궐원찰·왕성옹위권, 호족지역 통할권, 외방 성채옹호권 등 조직적 체계를 유지하고, 모든 경비·인력은 각기 해당지역에서 자담하게 되었다. 이리하여 건립·경영된 사찰·불탑 중에서 현전하는 고찰이나 사지로는 대강 궁궐 원찰에 공주의 대통사·흥륜사·수원사, 왕성 옹위사찰에 공주 주변의 동혈사·서혈사·남혈사·북혈사, 호족지역 통할 사찰에 익산 미륵사를 비롯하여 부여 대조사와 예산 수덕사, 김제 금산사와 보은 법주사, 장성 백양사와 해남 대흥사 등이 추정되었던 것이다.

이로써 무령왕대의 집중적인 대작불사가 그만한 국내적 필연성과 국제적 당위성을 가지고 추진·성취되었음을 확인하게 되었다. 따라서 이 무령왕의 대작불사는 아육왕이나 무제의 그것과 대등한 실상과 그 위상을 유지하였음을 전제·준거로 하여 재구·복원되어야 마땅할 터다. 그리하여 이 무령왕의 대작불사, 그 사찰·불탑의 불교문화적 실상·가치와 백제문화사 내지 한국문화사상의 위업·위상이 올바로 밝혀져야만 할 것이다.

무령왕릉 문물의 불교문화적 실상

1. 서론

주지하는 바와 같이 무령왕릉의 발견은 실로 역사적인 사건이었다. 이미 사학계나 고고미술사학계의 학자들이 무령왕릉 발견의 역사적 의의를 다각도로 논의한 바가 있었거니와,[1] 타 학계에서도 그 발견의 중요성에 대하여 깊은 관심을 가지게 되었다. 실제로 무령왕릉의 발굴과 그 출토문물에 의하여 백제사를 올바로 파악하게 되었고, 나아가 그것은 삼국사를 합리적으로 고구하는 지표로 등장하게 되었던 것이다. 뿐만 아니라 그것은 백제의 사회·경제사와 국제관계사, 그리고 문화·예술사와 고고미술사를 구명하는 직접적 근거가 되었으며, 또한 백제의 종교·의식사 내지 민속·문화사를 추정하는 기본적 사료가 될 것으로 믿어지는 터다.

---

1) 李丙燾, 「武寧王陵 發見의 意義」, 『武寧王陵發掘報告書』, 文化財管理局, 1974.
   成周鐸, 「武寧王陵」, 『百濟研究』 第2輯, 忠南大學校 百濟研究所, 1971.

그동안 국내외 학계에서는 무령왕릉 발굴 이래 그 출토문물을 검토·분석하여 다양한 업적을 내놓았다. 문화공보부의 『무령왕릉발굴보고서』를 기점으로 하여, 사학계에서는 백제사 전반에 새로운 조명을 가함으로써[2] 사회·경제사, 국제관계사, 문화·예술사 등에 관한 본격적인 연구의 계기를 마련하게 되었다.[3] 이러한 학술적 분위기를 배경으로 하여, 고고미술사학계에서는 무령왕릉 출토문물 자체를 분석·고구하여 괄목할 만한 업적을 내었다. 거기에서 그 출토문물의 하나하나를 과학적으로 분석하고 양식사적으로 비교·고찰함으로써[4] 백제고고미술사학의 새로운 장을 열었을 뿐만 아니라, 백제학을 국제적 수준에 올려놓고 국내학계에 커다란 자극을 주었던 것이다.

그런데도 종교학계나 민속학계·국문학계 등에서는 무령왕릉 출토문물과 그 연구업적들에 대하여 무관심해 왔으며, 더구나 그 출토문물에서 당해분야의 연구를 본격화할 착안조차 하지 않고 있는 실정이라 하겠다.

---

2) 李基白, 「百濟史上의 무령왕」, 『무령왕릉발굴보고서』.

3) 金庠基, 「熊津時代에 있어서의 百濟의 大陸關係」, 『무령왕릉발굴보고서』.
    金哲埈, 「百濟社會와 그 文化」, 『무령왕릉발굴보고서』.
    大谷光男, 「武寧王과 日本의 文化」, 『백제연구』 제8집, 충남대학교 백제연구소, 1977 등 참조.

4) 金元龍, 「백제무령왕릉과 出土遺物」, 『佛敎藝術』 第83號, 1972.
    樋口隆康, 「武零王陵 出土 鏡과 七字鏡」, 『史林』 第5輯, 1974.
    伊藤秋男, 「武零王陵 發見 金製耳飾について」, 『百濟研究』 第5輯, 충남대학교 백제연구소, 1974.
    秦弘燮, 「무령왕릉 發見 頭枕과 足座」, 『百濟研究』 第6輯, 충남대학교 백제연구소, 1975.
    尹武炳, 「무령왕릉의 木棺」, 『百濟研究』 第6輯, 충남대학교 백제연구소, 1975.
    金元龍, 「무령왕릉 出土 獸形裝飾」, 『百濟研究』 第6輯, 충남대학교 백제연구소, 1975.
    尹武炳, 「무령왕릉 石獸의 研究」, 『百濟研究』 第9輯, 충남대학교 백제연구소, 1978.
    成周鐸, 「무령왕릉出土 '童子像'에 대하여」, 『百濟研究』 第10輯, 충남대학교 백제연구소, 1979 등 참조.

이러한 차원에서, 종래의 업적을 검토할 때에, 몇 가지 아쉬운 점이 발견된다.

첫째, 역사적인 무령왕릉 발굴에 즈음하여 후대에 책임질만한 학술적 보고서를 내놓았는가.[5]

둘째, 무령왕릉 출토문물의 미시적이고 과학적인 분석·고찰을 통하여, 그 왕릉 내외 문물의 종교·예술적 면모를 거시적으로 종합·복원할 수는 없었는가.

셋째, 이러한 왕릉의 원형을 전시하고, 그 왕릉이 조성되기까지의 필연적인 조건과 과정 등을 사회제도·민속관례·종교의식 등의 측면에서 추적해 볼 수는 없었는가.

넷째, 이 무령왕릉의 내외문물을 기초로 하여 무령왕대를 중심으로 하는 백제의 종교·민속·문학 등의 정신문화를 추구해 볼 길은 없었던가.

위와 같은 아쉬움과 간곡한 바램은 결코 불가능한 꿈만은 아니라고 믿는다. 필자는 무령왕릉의 현장을 답사하고 그 출토문물을 친견한 이래 발굴보고서나 그 방면의 연구업적을 대할 때마다 '眉目如畵 仁慈寬厚' 한 무령왕과 선화공주류의 '美艷無雙'한 왕비가 생전에 받은 숭앙과 사후의 장례는 얼마나 화려·엄숙했으며, 그처럼 찬란한 능침에 안장된 이래, 그 추모재의는 어느만큼 풍성·근엄했을 것인가, 그 일련의 과정을 생동하는 서사적 맥락으로 파악할 수 있으리라고 보아왔기 때문이다. 이

---

5) 『무령왕릉발굴보고서』, 「埋葬原狀 및 整理作業」(p.16)에서 '以上의 遺物採取作業은 墓밖에 發電機를 놓고 急히 架設한 電燈밑에서 徹夜續行하였는데 光力도 不足하지만 유물들은 바닥에 깔린 나무 썩은 것과 나무뿌리들의 섞인 層속에 틀어박혀 있어 細小한 玉類 따위의 原狀을 把握하기란 거의 不可能하였고 따라서 눈에 띄는 유물 一切를 들어내고 바닥에 남은 塵土를 빗자루로 쓸어 내서 그것을 쌀가마니 2개에 넣어 後에 다시 精密하게 玉類 其他 유물 殘滓의 有無를 檢查키로 했다'라고 하였다. 이런 程度의 發掘作業이었다면 果然 後代에 責任질 만한 보고서가 되겠는지 자못 의심스럽다.

처럼 중대한 작업은 무령왕릉 문물의 입체적이고 종합적인 연구를 통하여 족히 성취할 수 있다고 본다. 사학계에서 그 문물을 역사적 측면에서 다각도로 고증하고 고고미술사학계에서 그 문물 자체의 양식·형태와 그 사적 위치를 보다 정확히 분석·고찰함으로써 그 문물의 원형적 구조를 제대로 복원해 놓았더라면, 거기에서 종교학계는 백제의 종교를 찾아내고, 민속학계는 백제의 민속을 캐내며, 국문학계는 백제의 문학을 읽어낼 수가 있었을 것이기 때문이다.

필자는 일찌기 「서동설화의 연구」와 「무강왕전설의 연구」에서 이 설화의 역사적 주인공이 무령왕임을 밝힌 바가 있다.[6] 이 전설은 그 작품 자체의 구조·형태로 보아 한국의 전형적인 서사문학으로서, <서동전>·<무강왕전>이라 불려도 무방할 것이라 했다. 한편 이 전설은 미륵사창건연기전설로서 신화적 성격을 구비하였기 때문에, 불교재의와 깊은 연관을 가져왔던 것으로 추정되었다. 더구나 이 전설의 역사적 주인공이 신격화됨으로써 그것은 그 주인공, 무령왕(王妃 포함) 추모재의와 보다 긴밀한 관계를 맺어 왔으리라고 내다보았던 터이다. 게다가 무령왕은 호국·충효, 신행·발원 등의 복합적인 목적으로 익산에 미륵사를 조영한 창건주였음으로 하여, 그 추모의 제의는 실로 장엄했으리라고 보아진다.

여기서 그 추모재의의 현장이 미륵사였으리라는 것은 추측하기에 어렵지 않겠다. 그런데 미륵사가 무령왕 추모재의의 전용 도량일 수는 없었을 것이니, 고금을 통하여 사원이면 상하 대중 누구의 추선제의도 다 맡에서 시행하는 것이 관례였기 때문이다. 그러기에 무령왕 추모재의의

---

6) 史在東, 「薯童說話의 研究」, 『藏菴池憲英先生華甲紀念論叢』, 語文研究會, 1971, p.906.
史在東, 「武康王傳說의 研究」, 『百濟研究』 第5輯, 1974, p.101.

근원적 현장으로서 그 왕릉을 탐사하게 되었던 것이다. 실로 무령왕릉의 제반 문물은 그 추모재의의 규모와 내질, 그리고 종교적 성향 등을 증언하기에 족한 것이었다. 그 출토문물이 대부분 無上財寶로 이루어졌을 뿐만 아니라, 거의 모두가 불교적 성향을 강하게 지님으로써 우리에게 중대한 시사점을 던져주고 있기 때문이다.

신행이 돈독하고 일대 국찰을 창건한 무령왕이 서거함에 그분의 영원한 안식처로서 그 왕릉이 조영되었음을 전제하고, 그 陵室의 규모·양식과 부장물의 세부형태까지 결부시켜 볼 때에, 그 문물의 전체구조는 그대로가 서방정토 극락국이요 연화장세계라 하겠다. 사후의 이상세계로서 극락정토를 설한 경전은 실제로 ≪아미타경≫·≪무량수경≫·≪관무량수경≫ 등 정토삼부경이다. 그 중에서도 극락정토를 연화장세계로써 연설한 경전은 실로 ≪관무량수경≫뿐이다. 여기서 우리는 무령왕릉의 문물과 ≪관무량수경≫의 내용 사이에 친연성이 있음을 직감할 수 있었던 것이다. 그처럼 찬란하고 장중한 왕릉의 문물이 이상적인 구조와 유기적인 조직을 가지고 조영되었던 것은 당연한 일이다. 게다가 ≪관무량수경≫은 서사성이 뚜렷하면서 극락세계를 가장 화려하고도 장엄하게 묘사하고 있으므로 하여 그 왕릉의 조영과 결연될 가능성이 더욱 짙은 바라 하겠다. 백제의 무령왕·성왕대 이전에 정토신앙이 그 삼부경의 수입과 함께 준행되었다는 것을 전제한다면, 무령왕릉의 조영은 ≪관무량수경≫의 세계를 기반으로 하여 진행되었으리라는 추측이 가능하기 때문이다.

이렇게 볼 때에, 무령왕에 대한 추모재의는 그 왕릉을 기점으로 하여 불교식으로 진행되었을 것은 물론이며, 미륵사를 주축으로 하여 다양한 천도불사로 전개되었을 것이 사실이다. 이러한 추모재의가 신성·장엄하게 되풀이되면서, 무령왕을 신격화하는 신화·전설을 형성시켰으리라 추측해 볼 수가 있는 터다.

이에 본고에서는 서동설화·무강왕전설에 대한 근원적 고찰의 일환으로서 무령왕릉의 제반 문물을 검토해 보려는 바

첫째, 무령왕릉 문물의 불교사적 배경을 개관한 다음, 둘째 무령왕릉 출토문물의 불교적 성향을 구명하고, 셋째 무령왕릉 문물의 원형을 복원하여 그 제의적 성격을 고찰하겠으며, 넷째 무령왕에 대한 추모재의의 현장을 추상하고 그 제의의 구비상관물로서 무령왕의 신화·전설이 형성·전개되었음을 추정하며, 다섯째 무령왕릉 문물과 그 제의의 문화적 실상과 위상을 문화적 장르별로 검토해 보고자 한다.

그리하여 본고는 그동안 사학계와 고고미술사학계에서 쌓아 올린 업적을 참고로 하여 종교학·민속학·신화학 등의 관점에 입각하여 구원의 역사 속에 생동하는 무령왕릉 문물의 제의·서사적 맥락을 불교문화적으로 파악함으로써, 백제불교문화의 실상을 구명하고 그 문화사적 위상을 파악하는 데에 일조가 되고자 한다.

2. 무령왕릉 문물의 불교사적 배경

주지하는 바와 같이 백제시대의 불교문화는 실로 찬란한 것이었다. 백제구강지역에 산재해 있는 불교계 유물·유적과 백제불교를 전수해 간 일본의 불교문물이 직·간접으로 그 사실을 입증하고 있기 때문이다. 이러한 불교문화사에서도 가장 절정을 이루었던 때가 바로 무령왕대와 성왕대였던 것이다.[7]

---

7) 李基白, 「百濟史上의 무령왕」, p.66.
　安啓賢, 「百濟佛敎에 관한 諸問題」, 『百濟硏究』 第8輯, 충남대학교 백제연구소,

동성왕대에 축성·외방으로 國基를 다져 놓은 다음, 무령왕대에 비교적 태평을 누리며 문화적 내실을 기하게 되면서, 왕실·조정과 상하 민중 사이에서는 호국·안녕을 위하여 불교를 본격적으로 신행하게 되었으리라고 보아진다. 그러하기로 무령왕과 왕비가 信行이 돈독했으며, 전술한 바 복합적인 목적을 달성하기 위하여 미륵사 등을 창건하게 되었던 것이라 하겠다.

그동안 학계에서는 고유섭의 『조선탑파의 연구』를 비롯하여 거의 모두가 ≪삼국유사≫ 卷2 武王조를 史實로 盡信함으로써, 미륵사를 무왕대의 창건이라고 규정해 놓았던 것이다.[8] 그러던 차에, 이병도가 「서동설화에 대한 신고찰」에서 종래의 무왕창건설을 전반적으로 뒤엎고, 동성왕대의 나제 간 통혼 사실을 근거로 하여 東城王을 그 설화의 주인공이라 고증한 다음, 미륵사의 동성왕창건설을 내세웠던 것이다.[9] 거기에 대하여, 필자는 「서동설화의 연구」와 「무강왕전설의 연구」에서 그 설화·전설의 역사적 주인공이 무령왕임을 주장하면서, 제반 문헌의 분석과 미륵사지 유물·유적의 종합적인 검토를 통하여 미륵사의 무령왕창건설을 제기했던 터이다.[10]

이에 대하여, 지헌영은 「百濟瓦塼圖譜」에서

> 익산 彌勒寺塔 조성연대와 彌勒寺 창건연대는 자연 聖王 16년 이전인 公州奠都期, 文周王～東城·武寧·聖王代로 올라가게 마련될 것이다. 高裕燮氏의 卓見이 있음과도 같이 彌勒寺塔은 정림사탑에 선행한 조성양식으로서 木造塔婆의 조형양식이 어느 石造塔婆에서 보다 두드러지게 나타나기 때문인 것이다.[11]

1977, p.33.
8) 高裕燮, 『朝鮮塔婆의 研究』, 乙酉文化社, 1954, pp.70～71.
9) 李丙燾, 「薯童說話에 對한 新考察」, 『歷史學報』 第1輯, 1953, pp.52～53.
10) 史在東, 「武康王傳說의 研究」, 앞의 책, pp.100～101.

라고 필자의 견해를 뒷받침해 주었고, 근년에 이병도는 「백제문화연구의 현황과 과제」에서

> 따라서 미륵사지 창건연대는 동성왕 때 시작하여 무령왕 때 완성된 것이 아닌가 생각됩니다. 또한 武王 때는 백제말기로 의자왕대와 비슷하며 또 부여 5층탑도 백제 말기의 것인데, 백제말기에 5층탑 같은 세련된 탑과 彌勒寺址塔이 그 양식상 커다란 차이를 나타내고 있으므로 같은 시대의 것으로 보기는 어려운 것이며 따라서 彌勒寺址는 무령왕 때의 것이라 볼 수밖에 없을 것입니다.[12]

라고 전게 논문의 주장을 누구림으로써, 필자의 견해와 접근되어 있는 실정이다.

그래서 미륵사와 같은 대찰이 무령왕대에 창건되었다면, 왕과 왕비의 신행도 그렇거니와 그 시대 불교문화가 바야흐로 황금기에 접어들었으리라는 추정이 가능해진다. 그것은 후술할 바, 성왕대의 불교문물과 무령왕릉 출토문물이 결코 무령왕대의 그것을 계승·발전시킨 결과라는 점에서도 족히 짐작되는 터라 하겠다.

다음 성왕대의 불교문화가 명실공히 황금시대를 이루었던 것은 학계 주지의 사실이다. 우선 웅진천도 시대에는 도성 내에다 大通寺와 같은 거찰을 경영했음이 밝혀지고, 부여천도 이후에도 궁성 내에다 정림사와 같은 大刹을 조영했음이 추정되고 있다. 왕호 '聖明'이 주는 신행적 차원을 상기하고, 이들 寺觀의 찬란한 위용을 복원·추단해 볼 때, 그 당시 불교문화의 성황을 대강 어림해 볼 수가 있겠다.

---

11) 池憲英,「百濟瓦塼圖譜」,『百濟研究』3, 충남대학교 백제연구소, pp.100~101.
12) 李丙燾,「百濟文化研究의 現況과 課題」,『馬韓·百濟文化 第』3輯, 圓光大學校 馬韓·百濟文化研究所, 1979, p.81.

게다가 성왕은 무령왕대를 이어 인도·중국 등지에 승려를 유학시키거나 수학한 승려들을 영입하는 데에도 힘을 기울였던 것이다. 즉위 4년에 승려 謙益을 인도에 유학시키고 梵文 經典을 가져오게 한 것이라든지[13] 梁의 天監年間(무령왕 2~19年)부터 중국에서 30년간 수학한 發正을 귀국시켜 예우한 것 등이[14] 그 대표적인 사례가 될 터이다. 더구나 聖王은 재위 19년에 양나라에 사신을 보내어 涅槃 등 經義와 工匠·畵師 등을 청하는 데에까지 나아감으로써[15] 불교문화의 수입·발전에 박차를 가했던 것이다.

그리하여 찬란하게 꽃핀 불교문화는 위세를 갖추어 일본으로 전파될 수밖에 없었다. 이 방면에는 김동화의 「백제불교의 일본전수」와 같은 전문 논고가 있거니와, 일본 전래의 각종 문헌과 불교문물이 백제불교의 적극적인 전래·수용을 증언·자처하고 있는 현상이다. ≪일본서기≫에는 欽明天皇 6年(聖王 23年) 9月에 백제로부터 불교문물 및 그 사상이 전래되었다고 기록한 것을 비롯하여, 同王 13年 冬 10月에 백제의 聖明王이 百濟僧을 시켜 釋迦佛像과 經論 등을 보냈다고 기재한 것이 보인다.[16] 한편 일본의 ≪河內名所記≫와 ≪伽藍開基記≫에서는 백제의 聖明王이 재위 30년에 일본에다 釋迦像, 十一面 觀音像과 經典·舍利 등을 보냈다고 하였고, ≪扶桑略記≫에는 백제의 聖明王이 그 30년에 일본에다 아미타불상과 관음·세지상을 보냈다고 증언하였다.[17] 이들 기록의 사실 고증에 앞서, 그 당시에 일본 승려들이 대량 백제에 유학을 왔었다

---

13) 安啓賢, 「百濟佛敎에 關한 諸問題」, pp.41~42.
14) 金煐泰, 「百濟의 觀音思想」, 『馬韓·百濟文化』 第3輯, pp.17~18.
15) ≪三國史記≫ 百濟本紀 聖王 19年條에 '王遣使入梁朝貢 兼表請毛詩博士 涅槃 等 經義 并工匠畵師等 從之'라고 하였다.
16) 金東華, 「百濟佛敎의 日本傳授」, 『百濟研究』 第2輯, 1971, p.36.
17) 金煐泰, 「百濟의 觀音思想」, p.22.

는 사실과 일본에 있는 百濟寺·法隆寺의 백제관음 말고도 일본불교 내의 백제적 요소 등을 부인할 수 없다면, 백제불교문화의 융성했던 실상을 짐작하고도 남음이 있을 것이다.

이와 같이 무령왕대를 계승·발전시킨 성왕대의 불교문화는 황금시대를 맞이하여 실로 국제적인 수준을 유지하고 있었다 하겠거니와, 그 당시에 주류를 이루고 있었던 불교신앙·사상은 과연 어떤 것이었을까, 따져봐야만 되겠다. 그 당시에는 이미 ≪화엄경≫·≪법화경≫·≪정토삼부경≫ 등의 대승경전이 한역되어 있었고, 게다가 불교문물의 국제적 교류가 성행하였던 터라, 그 경전류가 백제불교계에 수입되고도 남음이 있었던 것이다. 그러기에 그 불교신앙이 어떤 계열의 것에 국한되지 않고 폭넓게 전개되었을 것이나, 그 중에서도 정토신앙이 상당한 세력을 유지했으리라 추정된다. 불교전래 이래, 고금을 통하여 대승불교의 기본정신이 현세 대중을 자비로 구제하는 일이요, 死去 대중을 극락으로 왕생시키는 일이었기 때문이다. 실로 정토신앙은 대승경전의 핵심을 꿰뚫으면서 현세 대중의 자비구제와 死去 대중의 극락왕생을 자유자재로 성취시키는 지고지선의 방편이었던 것이다.

김영태는『백제의 관음사상』에서 불전소설의 관음 유형을 화엄경류·법화경류·미륵경류·십일면관음경류·천수관음경류·반야심경류 등으로 분류하면서, '發正所傳의 觀音靈驗'과 '聖德山 觀音寺緣起' 등을 백제적 사례로 들고, 일본측 ≪河內名所記≫·≪伽藍開基記≫·≪扶桑略記≫·≪元亨釋書≫ 등의 백제관음기사와 일본에 있는 百濟寺 觀音像, 法隆寺 百濟 觀音像 등을 보완자료로 하여 백제의 관음신앙을 추정·구명하였다.[18] 이제 위와 같은 관음의 유형을 실상적인 기능면에서 볼 때에, 크게 양면

---

18) 金煐泰, 앞의 논문, pp.34~35.

으로 나누어짐을 알 수가 있다. 첫째는 현세 대중을 자비로 구제하는 위신력이요, 둘째는 사거 대중을 극락으로 왕생시키는 신통력이다. 이 첫째의 권능은 주로 화엄경류와 법화경류에서 연설되고 있는 바인데, 이 경우의 관세음보살은 사바세계에서 독자적으로 현세 대중을 제도하는 위신력을 발휘한다. 그리고 그 둘째의 권능은 주로 아미타경류에서 연설되고 있는 바인데, 이 경우의 관세음보살은 서방정토에서 아미타불의 협시보처로 대세지보살과 함께 사부 대중을 극락왕생시키는 신통력을 운용한다. 그러기에 이들 양자는 둘이면서 하나요, 하나이면서 둘이다. 말하자면 정토신앙이 현세 대중에게 눈을 돌려 관음중심으로 확대·전개되면 관음신앙으로 드러나고, 관음신앙이 사거 대중에게 눈을 돌려 미타중심으로 收斂·復歸되면 정토신앙으로 나타난다고 하겠다.

그래서 전자가 주체적 관음에 대한 신앙으로서 그대로 관음신앙이라 한다면, 후자는 彌陀中心·補處觀音에 대한 신앙으로서 이른바 정토신앙이라고 보편화되어 있는 것이다. 이러한 관음신앙·정토신앙이 당시 백제불교의 주맥을 이루고 있었다면, 여기서 중시되는 것은 오히려 정토신앙의 부면이 아닐 수 없다. 무령왕의 喪事를 당하여, 장례절차·陵寢經營·追慕祭儀 등이 정토신앙에 의거하여 진행되었을 것은 의심할 여지가 없겠기 때문이다.

기술한 바와 같이 백제불교문화의 절정, 황금기에 처하여 정토신앙이 성행하던 당시에, 국가·불교의 중흥주인 무령왕이 서거하였으니, 숭불의 聖王이 主喪으로서 葬事의 모든 절차를 어떻게 치렀을 것인가, 족히 짐작할 수가 있다. 여기에 정토신앙의 모든 궤범이 동원되었을 것은 물론, 그 전거로서 정토삼부경이 등장했으리라는 것은 추정하기에 어렵지 않다. 그렇다면 이 삼부경 중에서도 《관무량수경》이 樞要한 전범이 되었을 것은 자명하다. 전술한 바와 같이 이 경전만은 극락정토를 연화장세계로 연설했을 뿐만 아니라, 고금을 통하여 인도·중국·한국·일본 등 대승불교권의 葬事信仰이 으레 극락왕생·연화화생으로 일관되어 왔었기 때문이다. 더구나 主喪이 된 聖王이 호국·충효, 신앙·발원 등의 조화로운 이상을 구현하기 위하여 부왕의 陵寢을 가장 찬란·화엄하게 경영했던 것이라면, ≪관무량수경≫이야말로 그 최선의 원전·대본이 되기에 족한 것이었기 때문이다.

그렇다면 武寧王·聖王代에 ≪관무량수경≫이 백제불교계에 확실히 수용되어 있었던가 하는 문제가 나온다. 기술한 바와 같이 화엄경류·법화경류·아미타경류의 대승경전이 그 당시 불교문화의 국제적 교류에 따라 이미 수입되어 있었다면, 서사적 감화력을 갖춘 ≪관무량수경≫이 그 속에 끼어 있었을 것은 의심할 여지가 없다. 대승불교의 이념이 하화중생, 대중포교에 있었으므로, 무명 대중을 죽음의 공포로부터 구제하고 사후의 이상세계, 극락정토로 승화시키는 정토신앙은 불교전래와 함께 비교적 빨리, 보다 깊게 뿌리박았던 것이며, 따라서 그 중에서도 극락정토를 연화장세계로써 서사화한 ≪관무량수경≫의 내용이 가장 빨리, 가장 깊게 수용되었으리라고 보아지기 때문이다. 그것이 중국을 통하여 한 역본으로 유입될 수도 있고, 인도로부터 梵文本으로 직수입될 수도 있으며, 한편 구두설법이나 내용초기 등으로 전래될 수도 있었으리라는 점에서, 그 경전의 내용이 어느 면으로든지 그 당시 백제불교신앙에 수용되어 있었다는 것은 부인할 수 없는 사실이다. 먼저 백제불교에 영향을 주었던 고구려불교에 일찍이 정토신앙이 정립되어 있었다는 사실과[19] 백제불교의 영향을 받았던 신라불교에 정토신앙이 성행하고 있었다는 사실을[20] 상기할 필요가 있다. 게다가 전술한 바 聖王이 그 30년에 일본에

---

19) 大谷光男, 「武寧王と 日本の文化」, p.154.
20) 金東旭, 「新羅淨土信仰의 展開와 願往生歌」, 『韓國歌謠의 研究』, 乙酉文化社, 1961.

다 아미타불상과 관음·세지상을 보냈다는 증언을 고려한다면, 그 당시 백제에 실존했던 정토신앙, ≪관무량수경≫의 수용실태는 족히 추정될 수가 있겠다.

그러면 먼저 ≪관무량수경≫에서 설한 극락정토·연화장세계를 개관해 보겠다.[21] 불타는 아난존자를 통하여 좌절·실의에 빠져 있는 위제희부인에게 극락세계를 관하도록 說示하되, 16개 단계의 관법을 방편으로 하였다.

第一觀은 '日想'이라 하여 일몰을 '正坐西向諦觀'함으로써 서방정토의 향방을 정립하도록 마련한다.

第二觀은 '水想'이라 하여 '水想'의 澄淸明了함을 미루어 '氷想'에 이르고 '氷想'을 이루어 '瑠璃想'에 이르고, '瑠璃想'을 통하여 '金剛·百寶·光明樓臺·百億華幢·無量樂器' 등으로 장엄된 '瑠璃地'를 想見케 함으로써, 극락세계에 想到하는 과정을 구상화한다.

第三觀은 '地想'이라 하여 '水想'을 실체적으로 '一一觀之'함으로써, 그 실존의 근거를 밝히는 가운데에 극락세계의 공간적 기반을 확인하고 있다.

第四觀은 '樹想'이라 하여 寶樹를 관하되, 그 장엄한 모습을 일일이 묘사함으로써, 극락세계의 면모를 보여 주기 시작한다. 그 寶樹는 八千由旬 크기로서 '七寶華葉'을 갖추고 一切衆寶로 映飾되었으며, 一一樹上에 '七重網'이요 一一網間에 '五百億 妙華宮'이 마련되고 諸天童子가 들어 있으니, 오백억씩의 摩尼寶로 瓔珞을 만들어 그 광명이 백억 일월보다 더하다. 그런 寶樹들이 줄줄이 늘어서고 엽엽이 相次한데 妙華 만발하고 七寶界가 어울림으로써, 그 속에 十方佛이 그대로 나타난다.

---

21) 이 원전은 新修大藏經 第十二卷 寶積部下 涅槃部全 365號 佛說觀無量壽經(劉宋畺良那舍 譯)을 택하였다. 이하 ≪觀無量壽經≫의 모든 인용문은 이 원전의 것임을 밝혀둔다.

第五觀은 '八功德水想'이라 하여 극락정토에 '八池水'가 '七寶所成'으로 되어 있고, '一一水中'에 육십억의 '七寶蓮華'가 團圓正等하게 피어 있다. '摩尼水'가 蓮華間에 흘러들어 微妙聲으로 불법을 연설하고, '如意珠王'이 용출하여 '微妙光明'을 내매, 그 光明이 '百寶色鳥'로 화하여 불법을 常讚한다.

第六觀은 '總觀想'이라 하여 '衆寶國土'의 一一界上에 '五百億寶樓'가 있고, 그 누각마다에 無量諸天이 伎樂을 울리며, 또한 악기가 허공에 달려 스스로 노래하되 불법을 염하는 소리가 된다. 이 극락국토와 寶樹·寶地·寶池'를 조화시켜 완벽한 극락세계를 이룬다.

第七觀은 '華座想'이라 하여 無量壽佛이 공중에 住立하고 좌우로 觀音·勢至가 侍立하여 있는 威儀·光明을 내세우면서, 이 佛·菩薩을 親觀하고자 할 때에는 '七寶地上'에 '蓮華想'을 지어야 한다. 그 蓮華는 一一葉이 百寶色으로 되어 八萬四千脈, 八萬四千光을 갖추고 있는데, 그 八萬四千葉에 각기 百億摩尼珠王이 있어 일천광명을 발하며 여타 衆寶와 어울려 '金剛臺·眞珠網·雜華雲' 등을 이루고 十方國에 隨意變現한다.

第八觀은 '想像'이라 하여 '心想佛時 是心是佛'이라 하고 '想彼佛者'는 '先當想像'해야 된다. 그래서 一大蓮華를 만들어 無量壽佛을 모신 다음, 그 左邊에 또한 一大蓮華를 만들어 觀世音菩薩을 앉히고, 그 右邊에 또한 一大蓮華를 만들어 大勢至菩薩을 앉히면, 그 佛·菩薩像이 모두 放光하여 그 금색광명이 諸寶樹를 비춘다. 그러면 一一樹下에 다시 三蓮華가 있고 그 蓮華上에 각기 一佛과 二菩薩像이 있어, 그 국토에 遍滿함으로써, '水流·光明·寶樹·鳧雁·鴛鴦' 등이 모두 묘법을 설한다.

第九觀은 '遍觀一切色身想'으로 무량수불의 무상한 威儀와 무량한 권능을 설파한다. 이러한 무량수불을 친견한 자는 十方의 無量諸佛을 만나 무량공덕을 받을 수가 있다.

第十觀은 '觀觀世音菩薩眞實色身想'이라 하여 관세음보살의 찬란한 상모와 무제한 자비·신통력을 묘파한다. 이 보살은 七寶色을 갖추어 '八萬四千種光明'을 발함으로써 무량 무수한 불·보살의 화신을 나투어 十方世界에 變現自在하며 또한 '五百億雜蓮華色'을 지어 내어 八萬四千色이 각기 八萬四千光明을 발함으로써, 일체를 普照하고 寶手로 중생을 접인하되 무수한 영험을 나타낸다.

第十一觀은 '觀大勢至菩薩色身想'이라 하여 大勢至菩薩의 장엄한 용모와 長廣한 위신력을 설파한다. 이 보살은 몸 전체에서 '淨妙光明'을 발하여 十方國土를 普照하며 有緣衆生에게 無量諸佛을 即見케 하고 三惡途를 벗어나 無上力을 얻게 한다. 이 보살이 유행할 때에는 十方世界가 진동하고 오백억 보화가 나타나 극락세계를 장엄하며, 이 보살이 앉을 때에는 칠보국토가 동요하고 상하 佛刹이 열리면서 무량수불과 관세음·대세지보살의 무량 분신이 공중에 가득히 연화대에 앉아 묘법을 연설한다.

第十二觀은 '普觀想'이라 하여 마땅히 극락세계 연화대에 왕생하겠다는 마음을 일으킬진되, '蓮華合想·蓮華開想' 등을 지어야 한다. 蓮華가 필 때에 五百色光이 나타나 照身·開眼함으로써 허공중에 가득한 諸佛菩薩을 보게 되고 水鳥·樹林 諸佛의 妙法演說을 듣게 된다.

第十三觀은 '雜像觀'이라 하여 서방정토에 나고자 하면, 먼저 아미타불의 具足身相과 神通如意·變化自在함을 보고, 위와 같은 觀世音·大勢至菩薩이 阿彌陀佛을 보좌하여 일체를 보화함을 알아야 한다. 이로써 서방정토 극락세계와 그 세계를 주재하는 彌陀三尊에 대한 일체 실상을 총괄하고 있다.

第十四觀부터는 극락왕생의 실제적 층위를 연설하니, 여기서는 우선 '上輩生想'이라 하여 上品往生에 대한 내막을 설화한다. 그것도 생전의 信行水準에 따라서 上品上生·上品中生·上品下生의 층위로 나누어지니

수행의 최고 등위로부터 하순위로 내려오며 왕생의 속도와 예우·복락의 정도가 하강한다. 그래서 上品往生者는 命絡時에 아미타불과 관세음보살·대세지보살이 金剛臺(上品上生者), 紫金臺(上品中生者), 金蓮華(上品下生者) 등으로써 극락세계로 접인하여 무수히 찬탄하고 연화세계에서 무한복락을 누리게 한다.

第十五觀은 '中輩生想'으로 中品往生의 실상을 설화하고 있다. 그것도 信行의 정도에 맞추어 中品上生·中品中生·中品下生의 순위로 나누어진다. 그리하여 中品往生者는 명종시에 아미타불과 관세음·대세지보살이 칠보연화로써 극락세계로 데려가며 찬탄하고 연화세계에서 복락을 누리게 한다.

第十六觀은 '下輩生想'이라 하여 下品往生의 실태를 연설하고 있다. 그것도 수행의 차등에 따라서 下品上生·下品中生·下品下生의 순위로 나누어진다. 그래서 下品往生者는 임종시에 선지식의 법력으로 연화에 쌓여 극락세계로 왕생하는데, 오랜 세월이 지난 뒤에야 연화가 方開하여 비로소 관세음·대세지보살을 친견하고 설법을 듣는다.

이상과 같이 ≪관무량수경≫은 16個觀을 통하여 극락정토·연화장세계의 실상과 미타삼존의 권능을 연설하고 있다. 그 세계의 구조적 양상은 종교예술의 극치요 그 세계의 구상적 묘사는 종교문학의 최고봉이다. 그처럼 숭엄·신성하면서도 미려·찬란한 이상세계가 입체적 조직을 통하여 사실세계로 화현되었으니, 문자 그대로 극락세계가 아닐 수 없다. 죽음을 눈앞에 둔 자라면 누구든지 이 세계에 왕생하기를 갈망할 것이요 자손된 자 누구든지 先亡 祖先들이 그 세계에 왕생하기를 기원할 것은 물론이다. 여기서 우리는 역대 王陵·大人墓나 追善願刹·石窟庵 등이 이 극락세계를 그대로 조형화했을 가능성을 충분히 발견할 수 있는 것이다.

인도는 물론 가까운 중국에서도 六朝 이래 불교성행의 시대에 石窟庵類나 陵墓類의 경영에서 극락세계를 조성해 놓은 사례를 발견할 수가 있고[22] 고구려와 신라에서도 그런 유형을 찾아 볼 수 있다. 고구려의 三室塚·龕神塚·雙楹塚·舞踊塚·遇賢里 大墓 등의 玄室에 蓮華唐草文·飛天像類를 그렸다는 것은[23] 그 실내를 극락정토·연화장세계로 상념하는 실상을 시사하는 바라고 하겠다. 신라 경주의 석굴암이 文武王의 천도원찰이라는 전제하에, 그 구조를 경주 남산 七佛庵의 미타삼존과 결부시켜 볼 때에, 그것이 바로 극락세계를 조형화한 것이라는 추정이 가능해진다.[24] 百濟時代와 그 舊疆地域에도 그러한 사례가 있었을 것은 물론이지만,[25] 忠南 燕岐 所在 石佛碑像 등에서 그 편린을 짐작할 수 있을 뿐이었다.[26] 그러던 차에 무령왕릉의 발굴에서 그 전형적인 사례를 발견할 수가 있었던 것이다.

3. 무령왕릉 출토문물의 불교적 성향

무령왕릉의 문물이 ≪관무량수경≫의 극락정토·연화장세계를 집약하여 조형화했다는 전제 하에서, 그 문물의 불교적 성향을 검토해 보고

---

22) 중국 龍門石窟 중 北魏窟의 천장에 蓮華文類가 그려지고, 그 窟內에 無量壽佛造像記가 있다는 것은 그 窟을 극락세계로 나타내려는 성향이 짙은 바 하겠고, 南朝大墓의 蓮華文塼室은 그대로가 극락세계·연화대를 표상한 것이라고 보아진다. 岡內三眞, 「百濟武寧王陵と 南朝墓の 比較硏究」, 『百濟硏究』 第1輯, 1980, pp.241~245 및 金東旭, 「新羅淨土信仰의 展開와 願往生歌」, p.77 등 참조.
23) 成周鐸, 앞의 논문, p.113.
24) 黃壽永의 견해를 기점으로 斯界 일각에서 이러한 해석을 내리고 있다.
25) 충남 서산군 운산면 소재 磨崖三尊佛이라 하면, 백제시대의 정토신앙과 석굴경영의 편린을 짐작할 수가 있겠다. 松原三郞, 『東洋美術全史』, 東京美術, 1972, p.34 참조.
26) 황수영, 「忠南燕岐 石像調査」, 『韓國의 佛像』, 문예출판사, 1990, pp.267~271 참조.

자 한다. 따라서 그 문물의 제반 실태는 무령왕릉의 현장답사와 출토문물의 실물 관찰을 토대로 하고, 문화재관리국에서 펴낸『무령왕릉발굴보고서』(이하 보고서)에 의거하여 파악할 수밖에 없겠다.

1) 연화문 塼室

주지하는 바와 같이 무령왕릉의 전체구조는 일괄하여 연화문전실이라 하겠다. 그 羨道와 玄室이 모두 대소 蓮華文塼으로 축조되어 있기 때문이다. 이 왕릉의 전실구조에 대해서는 일찍이 尹武炳・姜仁求・岡內三眞 등 전문가들의 분석・고증과 비교 연구가 있어 주목할 만하거니와[27] 여기서는 그 연화문에 역점을 두어 검토하여 보겠다. 전술한 바와 같이 이 연화문전실은 다음에 언급될 연화문계 각종 장식・용기 등과 함께 화려・장엄한 연화장세계를 이루고 있다. 이것이 바로 기술한 바 ≪관무량수경≫ 소설의 극락정토・연화장세계를 조형화한 것이라는 점이다. 연화가 불교의 최상 상징으로서 고금을 통하여 제불보살이 연화로 장엄되었거니와, 이 경전에 나타난 극락세계의 연화장엄을 우선 살펴보겠다.

第五觀에서
'一一水中 有六十億七寶蓮華 團圓正等十二由旬 其摩尼水流注華間 尋樹上
下 其聲微妙演說苦空'(p.342)
第七觀에서
'欲觀彼佛者 當起想念 於七寶地上 作蓮華想 令其蓮華 一一葉作百寶色 有
八萬四千脈猶如天畫 一一脈有八萬四千光 了了分明 皆令得見 華葉小者縱廣二

---

27) 尹武炳,「무령왕릉 및 宋山里 6號墳의 塼築構造에 對한 考察」,『百濟研究』第5輯,
    1974.
    姜仁求,「中國墓制가 武寧王陵 塼築構造에 미친 影響」,『百濟研究』第10輯, 1979.
    姜內三眞,「百濟武寧王陵과 南朝墓의 比較研究」,『百濟研究』第11輯, 1980 등 참조.

百五十由旬 如是蓮華有八萬四千大葉 一一葉間 有百億摩尼珠王 以爲映飾 …
此蓮華臺 八萬金剛甄叔迦寶 梵摩尼寶妙眞珠網 以爲交飾 於其臺上 自然而有
四柱寶幢'(pp.242～243)

第八觀에서

'復當更作一大蓮華 在佛左邊 如前蓮華等無有異 復作一大蓮華 在佛右邊 想
一觀世音像 坐左華座 亦放金光如前無異 想一大勢至菩薩像 坐右華座 此想成
時 佛菩薩像皆放妙光 其光金色照諸寶樹 一一樹下亦有三蓮華 諸蓮華上各有一
佛二菩薩像'(p.343)

第十觀에서

'變現自在滿十方界 臂如紅蓮華色 有八十億微妙光明 以爲瓔珞 其瓔珞中 普
現一切諸莊嚴事 手掌作五百億雜蓮華色'(p.343)

第十一觀에서

'於其中間 無量塵數分身無量壽佛 分身觀世音大勢至 皆悉雲集極樂國土 側
塞空中坐蓮華座 演說妙法 度苦衆生'(p.344)

第十二觀에서

'當起想作心 自見生於西方極樂世界 於蓮華中結跏趺坐 作蓮華合想 作蓮華
開想 蓮華開時 有五百色光來照身想'(p.344)

第十三觀에서

'阿彌陀佛神通如意 於十方國變現自在 或現大身滿虛空中 或現小身丈六八尺
所現之形皆眞金色 圓光化佛及寶蓮華 如上所說 觀世音菩薩及大勢至 於一切處
身同'(p.344)

第十四觀에서

'如一念頃 卽生彼國七寶池中 此紫金大如大寶華 經宿卽開 行者身作紫磨金
色 足下亦有七寶蓮華 佛及菩薩俱放光明(上品中生) 阿彌陀佛及觀世音幷大勢至
與諸眷屬持金蓮華化作五百化佛 來迎此人 … 卽自見身坐金蓮華 坐已華合 隨
世尊後 卽得往生七寶池中 一日一夜蓮華乃開 七日之中乃得見佛(上品下
生)'(p.345)

第十五觀에서

'自見其己身坐蓮華臺 長跪合掌爲佛作禮 未擧頭頃 卽得往生極樂世界 蓮華
尋開 當華敷時 聞衆音聲讚歎四諦(中品上生) 命欲終時 見阿彌陀佛與諸眷屬放
金色光 持七寶蓮華 … 行者自見坐蓮華上 蓮華卽合 生於西方極樂世界 在寶池

中 經於七日 蓮華乃敷 華旣敷已 開目合掌讚歎世尊'(p.343)

　第十六觀에서

'卽便命終 乘寶蓮華 隨化佛後 生寶池中 經七七日 蓮華乃敷 當華敷時 觀世
音菩薩及大勢至放大光明 住其人前 爲說甚深十二部經(下品上生) 化佛菩薩迎接
此人 如一念頃 卽得往生七寶池中 蓮華之內 經於六劫 蓮華乃敷 當華敷時 觀世
音大勢至以梵音聲安慰彼人(下品中生) 命終之時 見金蓮華 猶如日輪 住其人前
如一念頃 卽得往生極樂世界 於蓮華中 滿十二大劫 蓮華方開 觀世音大勢至以
大悲音聲 爲其人廣說實相除滅罪法(下品下生)'(p.346)

　이상과 같이 서방정토와 무령왕릉의 蓮華文塼室을 비교해 볼 때에, 후
자가 전자의 세계를 조형화했다는 가정은 실증되는 셈이라 하겠다. 오히
려 무령왕릉의 경우가 보다 철저하게, 보다 화려하게 연화세계를 조성하
고 있다는 것을 확인하게 된다. 이로써 무령왕릉의 연화문전실은 어느
모로 보나 極樂淨土·蓮華藏世界 그 자체라고 규정하여 무방할 것이다.
상게 학자들이 공통으로 지적한 南朝大墓의 蓮華文塼室이 무령왕릉의 경
우처럼 극락정토·연화장세계를 상념하여 조영된 것이었음을 추리할 수
가 있겠다. 여지껏 사계 전문가들은 양자의 외형상의 영향관계만을 고증
하는 데에 주력해 왔지만, 이제는 그들 양자의 정토신앙적 공통이념을
구명함으로써 무령왕릉 蓮華文塼室이 지닌 極樂淨土·蓮華藏世界의 성향
을 더욱 분명히 할 수가 있겠다.

　2) 보주형 壁龕

　蓮華文 塼室 3면 벽에 벽감이 5개나 있고, 그 속에 백자 등잔이 하나
씩 들어 있어 불을 밝힌 흔적을 보인다. 壁龕의 모양이 寶珠形인데다가
그 주변에 불보살의 背光과 같은 火焰文이 얇게 새겨 있는 것이 특색이
라 하겠다. 그동안 藤澤一夫와 같은 학자들은 이것이 燈龕으로서 燃燈供

養의 잔존이라고 했는가 하면,[28] 岡內三眞은 이것을 중국 南朝陵墓의 사례와 비교 검토한 나머지 佛龕說이 성립되기 어렵다고 주장한 바도 있다.[29] 위와 같이 蓮華文 塼室을 극락정토·연화장세계로 보는 입장에서, 그 벽감을 연등공양의 燈龕으로 취급하려는 것은 상식에 속하는 일이거니와, 필자는 다른 차원에서 그 보주형과 화염문을 주목해야만 되겠다. 그 壁龕 속에 白磁燈火의 광명이 있어 화염문과 찬란한 조화를 이룰 때에, 그것은 그대로 마니보주, 여의보주를 표상하는 바라고 보아지기 때문이다.

摩尼寶珠는 如意輪觀音의 여의주와 같이 桃形의 공간 속에 백자등잔과 같은 광원체가 들어 있고, 그 桃形의 주변에는 화염이 熾盛하고 있는 현상을 보인다. 그것은 모든 중생의 소망을 如意成就케 하는 불법의 권능을 상징하되, 무상의 광명으로 나타나는 것이 보편적이다. 중생을 제도하려는 모든 보살과 성중들이 이 보주를 다양하게 운용하고 있거니와, 특히 극락정토·연화장세계를 장엄하고 불보살의 권능을 표상하는 방편물로 등장함을 볼 수가 있다. 그러기에 ≪관무량수경≫에는 摩尼寶珠가 많이 나오는 바 寶珠·摩尼珠·摩尼寶·如意珠 등으로 다양하게 표현되어 있는 터다.

　　第二觀에서
　'其幢八方八楞具足　一一方面百寶所成　一一寶珠有千光明　一光明　八萬四千色　映瑠璃地　如億千日不可具見'(p.342)
　　第四觀에서
　'五百億釋迦毘楞伽　摩尼寶　以爲瓔珞　其摩尼光照百由旬　猶如和合百億日月'(p.342)

---

28) 姜仁求, 앞의 논문, p.107.
29) 岡內三眞, 앞의 논문, p.238.

第五觀에서

'復有讚歎諸佛相好者 如意珠王涌出金色微妙光明 其光化爲百寶色鳥 和鳴哀
雅'(p.342)

第七觀에서

'如是蓮華有八萬四千大葉 一一葉間 有百億摩尼珠王 以爲映飾 一一摩尼放
千光明 其光如蓋七寶合成 偏覆地上'(p.343)

이와 같이 마니보주는 극락세계의 장엄과 권능을 표상한 광명이 되어
있는 것이다. 더구나 그 보주가 영락이나 연화와 깊이 연관되어 있음이
주목되거니와, 특히 그것이 연화엽 사이에 위치한다는 점은 시사하는 바
가 크다고 하겠다. 이로써 본다면 위 연화문 전실의 壁龕은 그 樣貌로
보나 蓮華文塼, 蓮華葉 속에 자리하고 있는 위치로 보나 간에, 그것 그대
로가 마니보주를 나타내고 있는 터라 하겠다. 따라서 그것은 연등공양의
의미도 지니면서 그 연화문 전실을 극락세계로서 밝혀주는 微妙極致의
光明源이 되어 있는 것이 분명하다.

3) 金製蓮華寶珠文 鳥形裝飾

이것은 그동안 왕의 금제뒤꽂이라고 소개되어 온 것이다. 발굴보고서
에서는 이 장식을 두고

金板으로 된 三角形部와 세 개의 꼬챙이로 구성된 뒤꽂이로서 三角形部
는 상부에 새가 날개를 벌리고 있는 모습이고 三叉部는 긴 꼬리처럼 되어
全形이 나르고 있는 鳥形으로 되어 있다. 날개부에는 양쪽에 打出八花文이
각 1개씩이 상하 두 개의 打出文을 사이에 두고 배치되어 있는데 … 그 아
래 신체부에는 끌로 打出된 S형 忍冬文이 두 줄기 서로 對向하고 있으며 새
의 머리 및 날개 부분 윤곽은 두 줄기의 끌 끝으로 찍은 細點列로 되어 있
다.[30]

라고 묘사하였다. 이러한 관찰은 전체적으로 볼 때 비교적 타당한 면을 지니고 있다. 그러나 이것은 단순한 외양윤곽만을 설명한 정도에 머물고 있으므로, 그 장식이 표현하고 있는 깊은 의미를 해석해 내야 되겠다.

그 장식의 전체 윤곽이 鳥形이라는 데에는 이의가 없다. 그러나 그 새가 그대로 단순한 새가 아닐 터이므로. 그것이 과연 어떠한 새인가를 찾아보아야 한다. 그 새는 광휘 찬란한 紙金板으로 되어 있다. 그런데 머리와 날개의 윤곽에 두 줄기 끌로 찍은 細點列은 金板 이상의 보배로운 색상을 나타내고 있는 것으로 보인다. 그리고 두 날개 부분에 각기 打出八花文이 보이거니와, 그 입체문이 바로 蓮華라는 것은 八瓣 연화문과의 비교에서 쉽사리 확인된다. 또한 그 새의 목 부분과 등 부분에 각각 1개씩의 원형 입체문이 부각되어 있는데, 그것이 珠形인 것으로 보아 보주를 표현하고 있는 것만은 확실하다. 그것이 연화문 사이에 놓인 것으로 본다면, 위 ≪관무량수경≫의 第七觀에서 설한 바 연화엽 사이에 자리하고 있는 摩尼寶珠, 如意珠를 표상한 것이라고 추단할 수가 있겠다. 그 새의 몸통 부분을 지나 꼬리와 연결되는 부분에 소위 S형 忍冬文이라는 게 새겨졌는데, 그것은 단순한 忍冬文만은 아닌 것 같다. 새의 머리가 곧바로 공중을 향했을 경우, 거기에 보이는 굵은 수직선은 무슨 줄기 같은데, 그 줄기를 중심으로 S형으로 그어진 굵은 선은 물줄기 같이 자연스럽게 굽이치면서 서로 만나 상하에 하나씩 蓮葉形의 윤곽을 만들었다. 그리고는 나머지 공간을 인동문으로 적절하게 장식하여 놓았다. 이 문양은 위 연화문과 결부시켜 크게 본다면, 蓮葉과 줄기를 나타내고 있는 것 같이 느껴지기도 하거니와, 한편 극락세계의 묘사에서 흔히 나오는 寶樹를 연상한다면, 그런 유형의 寶樹形을 나타낸 것 같이 추상되기도 한다. 끝으

---

30) 『무령왕릉발굴보고서』, p.21.

로 세 갈래의 꼬리가 주목된다. 그것은 단순한 새의 꼬리를 나타내면서 머리꽂이에 편리한 실용적 尖形이라고만 보아 넘길 수는 없다. 그것의 '세' 갈래에도 의미가 있겠지만, 광선처럼 길게 뻗어나간 것이 의미가 깊다고 본다. 그 셋(三)이야, 동양의 三數觀念을 배경으로 하여 佛經, ≪관무량수경≫ 등에 나타난 三寶·聖數의 전형으로 판단되거니와, 그 모양이 광선형으로 뻗어 나간 것은 그대로가 금색광명의 표현이라고 볼 수가 있겠다.

온갖 寶色으로 수식된 머리와 날개, 두 날개에는 蓮華요 목과 등에는 여의주며, 蓮葉·寶樹·忍冬文을 거쳐서 금색광명을 길게 이끌고 나르는 새, 그것이 무엇인가 이념을 표시하기 위한 상상의 새인 것만은 분명하다. 여기서 우리는 이 새를 蓮華文塼室의 현장에 놓고 극락정토·蓮華藏世界와 결부시켜 볼 수밖에 없다. ≪觀無量壽經≫ 所說의 극락세계에는 그런 유형의 새가 있기 때문이다. 그 경전의 第五觀에

──水中 有六十億七寶蓮華 團圓正等十二由旬 其摩尼水流注華間 尋樹上下
其聲微妙演說若空 無常無我 諸波羅密 復有讚歎諸佛相好者 如意珠王涌出金色
微妙光明 其光化爲百寶色鳥 和鳴哀雅 常讚念佛念法念僧(p.342)

이라고 한 새가 바로 그것이 아닌가 한다. 七寶蓮華에 摩尼水가 華間·樹上을 넘나드는 가운데 華葉間의 여의주가 용출한 金色微妙光明, 그 광명이 화하여 이룩된 百寶色鳥라면, 이 새를 그대로 조형화한 것이 무령왕릉의 鳥形이라고 볼 수가 있겠기 때문이다. ≪관무량수경≫ 所說의 새를 극락조라고 한다면, 또한 무령왕릉의 새도 극락조라고 하여 무방할 것이다.

4) 금은제 연화형장식

연화문 전실과 보주형 벽감 등으로 이룩되는 극락정토·연화장세계라면, 그 공간을 장식하는 갖가지 금은제 연화가 있게 마련이다. 무령왕릉 발굴보고서 이래 학계에서 지칭하는 소위 銀製花形大形裝飾, 花形二重棺고리裝飾, 花形圓頭棺釘, 銀板花形棺釘받침 그리고 金製花形瓔珞付大形裝飾, 金製花形瓔珞付小形裝飾, 金製花形小形裝飾, 王頭枕足座付着金製花形小形裝飾 등은 모두 金銀製蓮華를 표상하고 있는 것들이다.

이 銀製花形大形裝飾은 직경 6.1cm, 中央花心部 직경 3cm의 크기로 모두 92개가 나왔는데, 발굴보고서에서는

> 棺材表面과 바닥에 흩어져 있었으며 玄室莊嚴用으로 살포했던 것이 아니
> 면 장막같은 것에 장착했던 것이라고 생각되며 9瓣과 11瓣 2종이 있다. …
> 각 花瓣의 基部, 옆 花瓣과의 접촉부에 조그마한 못구멍이 하나씩 있다[31]

라고 설명하여 놓았다. 이 장식이 9瓣 및 11瓣의 대형 蓮華라는 것은 실물을 모아 확인할 수가 있다.

그런데 그 연화장식이 어디에 쓰였었느냐 하는 것이 문제가 된다. 위에서 '玄室莊嚴用으로 살포했다'는 말은 자그마한 못구멍이 있는 것으로 보아도 타당성을 지니지 못하지만, 장막같은 것에 장착되었었다는 견해는 비교적 합리성을 지닌다고 하겠다. 여기서 장막이라 함은 현실의 장식으로 천장으로부터 아래로 늘어뜨린 막을 연상케 하는데, 아무래도 그런 식의 장막은 아니었던 것 같다. 그 장식은 한 폭이나 몇 폭의 장막에 부착되어 있다가 떨어져 쌓인 것처럼, 그 상하면이나 위치 등에서 불규

---

31) 『무령왕릉발굴보고서』, p.42.

칙 내지 무질서를 보이지 않기 때문이다. 실제로 그 장식은 비록 原形을 잃은 棺材 상에서지만, 花心의 圓形突出部를 한결같이 위로 하고 안전하게 부착된 모양을 보이며, 그 위치도 상당한 규칙성을 나타내고 있음이 주목된다. 그 장식은 아무래도 관을 莊嚴해서 덮었던 포장이 있었다는 전제 하에서, 그 위에 문양처럼 부착되었던 것이 아닌가 느껴지는 터다. 그렇게 될 때에, 두 관을 덮은 포장 위에 장식된 銀製大形蓮華가 조응함으로써, 관 전체를 蓮華臺로 승화시켰으리라고 보아지기 때문이다.

花形二重棺고리裝飾이나 花形圓頭棺釘, 銀製花形棺釘받침 등이 바로 蓮華形인 것은 직접 보아서 확인되는 바다. 그것들이 모두 蓮華로 표상될 때에, 관은 그 자체로서 연화대를 이룩하며, 위 銀製大形蓮華裝飾의 포장과 어울려 보다 장엄한 蓮華臺로 완성되는 터라 하겠다. 그 점은 왕과 왕비의 兩棺이 棺蓋의 좌우 경사로 말미암아 하나의 가옥형태로 구성되어 있음을 보아 더욱 뚜렷해진다고 하겠다.

그리고 金製花形瓔珞付大形裝飾은 花形徑 4cm 高 0.7cm의 크기로 모두 38개인데, 29개는 왕비의 팔찌 위 曲玉 부근에서, 9개는 왕비 머리위 托盞 부근에서 나왔다. 발굴보고서에서는 '큼직한 半球形 圓座 주위에 8葉 혹은 7葉의 花瓣을 찍어낸 裝飾具'라고만 했거니와,[32] 그것은 그 모양으로 보아 金製大形蓮華임이 분명하다. 그것은 佛菩薩의 장식으로 無價之寶라고 하는 瓔珞이 부착됨으로써 불교적 성향을 더욱 강화하고 있기 때문이다. 게다가 花瓣과 瓣根 사이에 小孔이 있으니, 그곳이 왕비의 冠部나 胴體部 의류의 장식용으로 부착되어 있었던 것임을 미루어 알겠다.

金製花形瓔珞付小形裝飾은 花形徑 1.9cm 圓座徑 1cm의 크기로 王冠飾 부근에서 438개가 나왔다. 중앙에 큼직한 半球形 圓座가 있고 그 주변에

---

32) 『무령왕릉발굴보고서』, p.23.

같은 간격으로 6葉·7葉·8葉의 花瓣을 돌렸고, 圓座 중앙에는 金絲를 꼬아서 圓形 瓔珞을 달았다. 따라서 이것은 왕비 측 金製花形瓔珞付大形 裝飾의 축소형으로서 그대로가 金製小形蓮華임을 확인할 수 있다. 게다 가 그 蓮華의 3개 花瓣에 각각 小孔이 있으니, 그것은 왕의 冠部나 흉부 의류의 장식용으로 부착되어 있었던 것이라 보아진다.

金製花形小形裝飾으 徑 1.9cm의 크기로 12개가 왕의 銙帶에서, 銀粧刀 一帶에서 나왔다. 모두가 六花形으로서 영락만 없을 뿐 위 金製小形蓮華 와 동일한 형태다. 따라서 그것은 金製小形蓮華임이 분명하다. 또한 연화 에는 3개씩의 小孔이 있으니, 그것은 왕의 胴體部를 중심한 의류의 장식 용으로 부착되어 있었던 것이라 생각된다.

王頭枕足座付着金製小形裝飾은 왕의 頭枕과 足座에 부착된 원형이 그 대로 남아 있어 독특하다. 그리고는 그 크기와 형태에서 위 金製花形瓔 珞付小形裝飾과 동일하다. 말하자면 동일 모형으로 찍어내어 만든 것들 이라 하겠는데, 다만 용도의 성격과 용처가 다를 뿐이었다 하겠다. 따라 서 그 장식이 金製小形蓮華임을 부인할 수가 없거니와, 왕의 頭枕과 足座 가 이와 같은 연화장식으로 장엄되어 있다는 것은 왕의 전신이 머리로 부터 발끝까지 金製蓮華로써 둘러 쌓여 있었다는 것을 직증해 주는 바라 고 하겠다.

5) 금제 蓮葉形 장식

위와 같이 각종 금은제 연화가 있었다면, 그 기반과 배경으로서 금은 제 연엽이 있어야 할 것은 당연하다. 발굴보고서 이래, 학계에서 지칭하 고 있는 이른바 金製圓形瓔珞付小形裝飾과 金製圓形小形裝飾 등은 모두 金製蓮葉을 표현하고 있는 것이라고 보아진다.

金製圓形瓔珞付小形裝飾은 徑 1.6cm, 圓座底徑 1.1cm 크기로 모두 970 개인데, 왕의 頭部 일대에서 182개, 왕의 銙帶 일대에서 237개, 왕의 족좌 부근에서 80개, 그리고 왕비의 가슴 부분에서 84개가 나왔다. 圓板 주위에 얕은 전을 남기고 중앙에 큼직한 半球形 圓座를 낸 다음, 원형 영락을 달았다. 그것은 얕은 전에 각기 3개의 小孔을 가지고 있어 왕의 冠部나 胴體部·下半部 그리고 왕비의 胴體部 등 의류에 장식용으로 부착되었던 것을 알려 준다. 이 장식을 부착되기 좋은 형태대로 놓아 두고 본다면 좀채로 蓮葉이라 단정하기 어려우나, 그것을 뒤집어 들고 본다면 그것이 곧 蓮葉의 모습인 것을 알게 된다. 이 장식은 위 金製花形瓔珞付 小形裝飾과 대응되는 蓮葉으로서, 저 金製蓮華와 적절하게 어울려 자연스러운 蓮華園을 마련했던 것이라 하겠다. 위에 든 金製蓮華裝飾들은 花葉이 선명하여 어떤 방향으로 놓아두던 그것이 蓮華라고 바로 판단되거니와, 실은 그것들이 어디에 부착하기 좋도록 엎어져 있는 모양이라고 볼 수가 있다. 이런 점에서도 양자는 瓔珞을 다 같이 갖춘 연화와 연엽의 관계로 조화되는 것임을 알 수가 있겠다.

金製圓形小形裝飾은 徑이 약 1.5cm 半球形 圓座底徑 약 0.9cm 크기로 28개가 王冠飾 부근에서 나왔다. 이 장식은 영락을 제외시킨다면, 위 金製圓形瓔珞付小形裝飾과 동일하다. 따라서 이 장식은 蓮葉의 형태임이 틀림없으며, 위 金製花形小形裝飾과 어울려 王冠의 주변에 자연스러운 蓮華園을 이룩했던 것이라 보아진다.

6) 왕비 頭枕足座畵面 연화문

먼저 왕비의 頭枕이 그 표면화식에서 주로 연화문을 나타내고 있는 점은 주목할 만한 사실이다. 발굴보고서에서는 그 頭枕의 표면 畵文을

지금 그림이 그려 있는 완전 龜甲은 일면에 5개씩이고 일부가 잘려 나
간, 그러나 그림이 들어 있는 龜甲이 14개나 된다. 우선 身體側 즉 內側이
되는 쪽에는 5개의 完形 龜甲과 16개의 공간 부족에 의한 不完龜甲形이 있
는데 내부 畫文은 모두 滿開 및 측면에서 본 蓮花文이고 반대쪽인 외측 표
면에는 좀 細長한 7개 龜甲文, 15개의 不完龜甲 속에 蓮花·魚龍·鳳凰·四
花文 등이 세밀한 필치로 그려져 있다.[33]

라고 판독함으로써 그 화문에서 연화문이 주류를 이루고 있음을 시사하
였다. 그후로 秦弘燮이 「무령왕릉 發見 頭枕과 足座」에서 왕비 頭枕의 畫
面을 繪畫史的으로 판독·분석하는 가운데 그 畫文의 주류가 연화문임을
간파하고 그것의 불교적 성향을 의심할 수 없다고 지적한 바도 있다.[34]
그런데 吉村怜은 이 頭枕의 畫面을 두고 저 중국 龍門石窟 北魏窟의 天井
畫像들과 비교 고찰함으로써 주목할 만한 견해를 보였다. 그는 「武寧王
陵 木枕圖像」에서

　　왕비의 木枕에는 龜甲形으로 구획된 공백에 각각 십자형으로 꽂힌 蓮華,
頭部에 蕾形의 것을 붙여 異形의 胴體를 지닌 變化生, 流雲에 타는 天人들
의 여러 가지 圖像이 보이는데 흥미있는 것은 이들이 龍門石窟의 北魏窟 天
井에 조각된 圖像과 일치하고 있다. … 당시의 불교도들은 사후의 세계로서
佛이 거처하는 淨土의 실재를 확신하고 있었다. 그리하여 그 淨土에 다시
왕생하여 佛을 만나 聞法할 것을 염두하고 있었으며 … 따라서 그 세계에
피는 蓮華 속에 태어나는 것이 그들의 절실한 염원이었다.[35]

라고 하여 연화문 중심의 그 頭枕畫面이 극락정토와 깊이 관련되어 있음
을 밝혀 놓았다. 이로써 그 頭枕畫面의 연화문이 왕비의 頭部를 蓮華臺

---

33)『무령왕릉발굴보고서』, p.44.
34) 秦弘燮, 「武寧王陵發見 頭枕과 足座」, p.174.
35) 成周鐸, 「武寧王陵出土 '童子像'에 對하여」, p.113.

로써 떠받들고 있었음을 확인할 수가 있다.

다음 왕비의 족좌에 그려진 화면에 연화문이 주축을 이루고 있음도 주목되는 바다. 발굴보고서에서는

> 이 足座는 전면에 朱칠을 하고 전후면과 양측면(좁은쪽)에는 폭 4cm의 金箔帶를 윤곽에 붙여 돌린 다음 그 내부에 흑색으로 그림을 그렸는데, 전면에는 중앙 ∧자부 아랫쪽에 側視蓮花文을 그렸고 그 양측에서부터 공작 꼬리 같은 것을 뽑아 W자형 옆의 주공간을 메우고 있고 후면도 비슷한 그림인데 부식 때문에 확실치 않다. 한편 상면 한쪽 方形面에는 중심부에 高 1cm, 徑 8mm 정도의 목침이 꽂혔고 그것을 중심으로 瓣端에 일점이 있는 蓮花文을 그리고 있다. 그리고 다른 方形面에는 중심부에 徑 6mm, 깊이 4cm의 구멍이 있고 그 주위에 연화문이 그려 있는데 원래 목침이 꽂혔던 것이라고 생각된다.[36]

고 하여, 이 足座의 화면이 위 頭枕의 그것과 동질적이라는 점을 알려주면서, 역시 연화문이 그 화면의 주축을 이루고 있음을 증명해 주었다. 이로써 족좌화면의 연화문이 왕비의 足部를 연화대로써 감싸고 있었다는 것을 입증해 준 셈이라고 하겠다.

7) 연화문 容器

위와 같은 極樂淨土・蓮華藏世界이고 보면, 그 세계에서 활용된 각종 용기가 불교적 색채를 강하게 띠면서 적어도 연화문양으로 장식될 필연성을 지니게 마련이었다. 실제로 연화문 전실 내부에서 활용되었던 금속류 내지 도자류의 각종 용기들이 대부분 연화문으로 수식되어 있음을 보게 된다. 금속류의 銅托銀盞과 靑銅盞 그리고 도자류의 靑磁六耳壺(大)

---

36) 『무령왕릉발굴보고서』, p.45.

와 또 다른 靑磁六耳壺(小) 등이 현저한 사례가 되겠다.

銅托銀盞 1습은 왕비의 頭部 남쪽 木枕 가까이 놓여 있었다. 蓋盞은 銀製로서 紫色의 녹이 덮혀 있고 보존이 좋았으며, 托(盞臺)은 銅製로서 부식이 꽤 심하였다. 臺·盞·蓋의 3부분으로 된 托盞은 백제 특유의 부드러운 細線으로 음각된 연화문 중심의 문양이 표면에 나타나 있다. 발굴보고서에서 밝혀낸 연화문을 3단으로 나누어 요약해 보면 다음과 같다.[37]

盞臺는 얇고 넓은 굽이 있는 접시형 중앙에 높은 받침이 있다. 이 받침 하단을 중심으로 폭 1.5cm의 蓮華文帶가 있고 그 外周에도 文樣帶가 있으나 자세하지 않다.

盞은 높은 굽이 달린 碗形인데, 그 문양은 口緣에서 3.3cm 밑에 일조의 음각 橫帶를 돌린 아래에는 8葉의 單瓣蓮華가, 위에는 雲龍이 있다. 蓮華는 瓣端이 뾰쪽하고 盞臺에서와 같이 모자를 씌우듯 瓣內에 陰刻線을 긋고 그 사이에 縱線을 그었고 밑에는 5 내지 6줄의 고사리같은 꽃술이 있다.

蓋는 일부에 녹이 있을 뿐 完存하며 장식문양도 가장 많다. 표면은 백제시대 蓮瓣을 측면에서 보는 듯한 부드러운 곡선으로 그렸고, 鈕까지 해서 三重의 蓮華와 蓮蕾·三山·水禽 등이 전면에 시공되었다. 鈕는 蓋中央에 높은 받침이 있고, 그 위에는 瓣端에 사선을 그은 길죽한 單瓣蓮華 8葉이 조각된 金板이 붙어 있다. 이 金板 밖에는 金板의 蓮瓣에서 半月形의 투각을 생략한 형식의 瓣端이 둥글고 縱線이 있는 單瓣蓮華 8葉과 蓮瓣 사이에, 끝이 날카롭고 짧은 縱線이 있는 瓣端만 보이는 重瓣形式의 蓮華가 음각되었다.

---

37) 『무령왕릉발굴보고서』, pp.38~39.

이로써 볼 때에 銅托銀盞이야말로 연화문 일색으로 장식되어 있는 전형적인 용기라고 할 수가 있겠다. 이 용기는 그 자체가 그대로 연화세계를 이룩하고 있는 바, 그것은 어찌보면 연화보탑과 같이 느껴지기도 한다. 그것은 그 모양이나 발견된 위치로 보아 불보살 또는 왕·왕비의 성상에게 무엇을 바치는 데에 사용했던 것이라 추정된다. 이것은 잔일진되 극락정토에 어울리는 甘露茶를 공양했던 茶器였으리라고 보아지기도 한다.

다음 靑銅盞은 棺臺 앞과 羨道와의 접촉부 가까이서 2개, 羨道의 東北隅 玄室 가까이서 木板 밑에 깔려 1개, 왕쪽 棺臺 앞 陶瓶 동남쪽에서 1개, 棺臺 바로 앞 중심부 가까이서 1개가 나왔으며, 거의 同形同大의 盞들이다. 이들 盞의 문양은 바닥에 배를 마주 대고 있는 雙魚가 있고 그 주위에 약 30개의 滿開된 蓮華, 蓮實, 蓮蓄 등이 蓮莖과 함께 표현되었다. 이것은 아무래도 연지 속에 노니는 雙魚를 나타내고 있다고 보는 편이 합당할 것 같다.

이에 그 盞들은 내외면에 약 30개의 다양한 蓮華文을 雙魚와 함께 장식함으로써 그 자체가 생동하는 蓮華池로 입체화된 것이라 하겠다. 이와 같이 同形同大의 蓮池形盞이 5개 이상이나 함께 있었다는 것은 불교적인 측면에서 어떤 의미를 지니는 것인가, 정토신앙을 중심으로 推究해 보아야 되겠다.

《觀無量壽經》에서는 극락세계에 팔공덕 연화지와 五品往生 蓮華池가 있음을 설하고 있다. 이 경전 第五觀에

極樂國土　有八池水　一一池水七寶所成　…　一一水中　有六十億七寶蓮華
(p.342)

라고 하여 八功德蓮華池가 있음을 연설하였고, 같은 경전 第十四觀 내지 第十六觀에서 이미 인용된 바와 같이,

上品中生者 ; 卽生彼國七寶池中 … 足下高有七寶蓮華(p.345)
上品下生者 ; 卽得往生七寶池中 一日一施蓮華乃開(p.345)
中品中生者 ; 蓮華卽合 生於西方極樂世界 在寶池中(p.345)
下品上生者 ; 乘寶蓮華 隨化佛後 生寶池中(p.345)
下品中生者 ; 卽得往生七寶池中 蓮華之內(p.345)

라고 하여 五品往生蓮華池가 있음을 설파하였다.

이와 같은 극락정토 蓮華池信仰에 의하여 자고로 사원이나 궁중, 신불대가에서는 그 전각 주변이나 정원 내에 연화지를 실제로 조성하는 사례가 많았고, 사찰 내의 성물에도 石蓮池를 刻造하는 실례가 남아 왔던 것이다.[38] 이런 점에서 극락정토·연화장세계를 조영한 무령왕릉의 현실 내에 연화지를 表徵하는 문물을 설치하려 했을 것은 당연한 일이었다. 그리하여 생동하는 연화지로서 상게 연화문청동잔을 만들어 놓았던 것이 아닌가 한다. 그렇다면 이 청동잔은 八功德蓮華와 五品往生蓮華池 中에서 어느 쪽을 보다 두드러지게 표징하고 있는 것인가. 살피건대 八功德蓮華池는 第五觀에 속하여 극락세계의 입문과정을 장엄하는 미화방편으로 연설된 것이요, 五品往生蓮華池는 第十四觀 내지 第十六觀에 계하여 극락세계의 최고·최후 단계를 權化시키는 위신·기능으로 설파된 것이다. 이렇게 본다면 극락세계상의 위치·권능으로나 수량상의 합치점으로 미루어, 5개의 연화문청동잔은 아무래도 오품왕생연화지를 보다 적절하게 표징하고 있는 것이라 추정된다. 이로써 그 청동잔들은 무령왕

---

38) 충북 보은군 속리산 법주사 彌勒大佛 앞에 있는 石蓮池는 그 전형적인 예가 될 것이다.

릉의 극락세계에서 왕생연화지의 권능을 발휘하면서 한편 불보살께 청정보수를 공양하는 聖器의 역할도 겸했으리라고 추단할 수가 있겠다.

그리고 靑磁六耳壺(大) 1개는 羨道 입구의 동남우에, 동벽에서 6cm 가량 떨어지고, 입구 폐색부에 붙어 세워 있던 것이며, 뚜껑은 誌石 쪽에서 뒤집혀서 발견되었다. 그 器身 주위에는 肩部에서 시작해 끝을 아래로 향한 11개의 蓮華瓣이 간단한 剝地를 배경으로 윤곽을 드러내고 있다. 한편 뚜껑은 周緣에 2조의 陰線을 돌리고 그 안에 5瓣 蓮華文을 역시 剝地로 배치하고 있다. 鈕는 蓮華文 중심에 있고 方形인데, 가운데가 패여져 몹시 얕은 것으로 실용이 못된다. 釉는 같은 담록색인데, 여기서는 밝고 광택있는 현상을 보이고 있다.[39]

여기서 器身과 뚜껑의 蓮華文을 종합적으로 점검할 때에, 그것은 단순한 수식을 위한 것이 아니었음을 알겠다. 실제로 그 蓮華文들을 입체적으로 부각시켜 볼 때에, 그것은 器身과 뚜껑을 華臺로 하는 일대 연화가 되는 것임을 발견한다. 거기에서 담록색의 蓮葉 바탕 위에 피어난 칠보연화를 충분히 연상할 수가 있겠기 때문이다. 이 靑磁壺가 칠보연화를 표상하는 것이라면, 거기 寶水를 수용할 수 있는 내부 공간과 외부의 청명광택은 실로 심상치 않은 의미를 지니는 터라 하겠다. 이처럼 이상적인 칠보연화라면 그것은 서방정토 극락세계에서만 존재하는 것임으로써다.

이미 인용된 바 ≪관무량수경≫의 第五觀에

――水中 有六十億七寶蓮華 團圓正等 十二由旬 其摩尼水流注華間 尋樹上
下 其聲微妙 演說若空無事無我諸波羅蜜(p.342)

이라고 한 가운데, 특히 '其摩尼水流注華間'을 주목하게 된다. 위 경전 第

39) 『무령왕릉발굴보고서』, p.43.

七觀에서 이미 百寶色 蓮華葉間마다에 각기 摩尼寶珠가 자리하고 있음을 밝혔거니와, 여기서는 七寶蓮華의 摩尼寶水가 蓮華間에 흘러들어 화방에 고여 있는 상태를 유추할 수가 있겠다. 따라서 六十億七寶蓮華들이 하나 같이 마니보주를 안으로 머금어 찬란히 빛나고 있는 실상을 어림해 볼 수가 있는 터다.

여기서 七寶蓮華를 표상하면서 안으로 寶水를 포용할 수 있는 공간과 밖으로 찬연히 빛나는 청명광택을 갖추고 있는 青磁六耳壺야말로 그 극락세계의 칠보연화를 그대로 표징하고 있는 것이라 추상된다. 마침 이 청자호는 六耳를 지니고 있는 데다 그것마저 실용성이 없으므로 하여, 그것이 혹 '六十億'을 상징하는 바가 아닌가 상상해 볼 수도 있겠다.

이상과 같이 두 개의 청자호는 무령왕릉의 극락정토·연화장세계에서, 六十億七寶蓮華의 표징으로 그 안에 마니보수를 가득히 머금어 스스로 청명광택을 발휘했으리라고 추상된다. 그리하여 그것은 연화문전실의 3개 벽에 자리한 摩尼寶珠(燈火)의 무상광명과 조응함으로써 그 극락세계를 더욱 찬란하게 장엄했으리라고 보아진다. 이들 청자호와 동일 유형인 남조의 單蓮瓣文六耳壺들도 대부분 능묘전실 출토라는 점에서, 그 기능·역할이 서로 동일했던 것이라고 추단할 수가 있겠다.[40]

8) 금제관식

왕과 왕비의 금제관식은 그 양식이 정묘하고 독특하여 백제 미술의 정화라 하겠다. 발굴 보고서에서는 그 구조·형태와 문양에 대하여 구체적으로 검토하였거니와, 그중에서도 그 형태와 문양의 불교적 성격에 관하여 언급한 것이 주목된다. 이제 왕과 왕비의 관식을 별도로 분석·고

---

40) 岡內三眞, 앞의 논문, pp.263~267.

찰하여, 그 불교적 성향을 보다 분명히 할 필요가 있겠다.

먼저 왕의 관식은 冠前面, 冠後面의 同樣 1쌍으로, 머리 위치에서 포개진 상태로 발견되었다. 이 관식의 투각문양은 전체적으로 인동당초문이며 중앙에 꽃송이와 꽃봉오리 같은 부분을 두고 그 좌우에 각각 잎줄기들을 배치한 것이다. 꽃이라고 생각되는 중앙부는 三枝 중 가운데 가지 양면에 갈구리 같은 잎(잔 가지) 몇 개씩이 달려 있고, 그 상부에는 八瓣의 화형을 두었으며, 그 위에서 다시 세 개의 꽃술 같은 것이 맺어져 그 끝은 화염처럼 올라가 있다. 그 중심부의 좌우측에 자리한 5枝씩의 인동당초는 그 잎이 아래쪽을 향하여 있고, 그 끝은 역시 화염처럼 솟아 올라간 것이다.[41]

여기서 이 문양을 분석할 때에, 그것은 인동당초문의 바탕 위에 핵심적인 八瓣花文을 수놓고 그 다음 인동당초의 끝이 화염문을 이룩하고 있다는 점이다. 그렇다면 이 문양이 어느 면으로 보나 불교적 성향을 강하게 지니고 있다는 것은 의심할 여지가 없다. 여기 인동당초문이 불교문양의 전형적인 양식인 것은 주지된 사실이고, 위 八瓣花가 불교의 연화를 나타내고 있는 것은 분명한 일이며, 그 화염문이 보편화된 불보살의 光背火焰文과 직결되어 있다는 것도 확인되는 바이기 때문이다. 더구나 그것은 보살의 장엄장식인 영락을 군데군데 달아 놓음으로써, 그것의 불교적 성향은 움직일 수 없는 사실이라 하겠다.

그런데 불교 일색의 이 관식을 불교계의 벽화나 광배문 등과 간접적으로 결부시켜 보기보다, 이제는 보살 내지 천왕들의 관식과 직접적으로 비교해 볼 수가 있다는 것이다. 이 왕의 관식은 일본 법륭사에 전래되는 백제계의 보살·천왕들의 관식과 너무도 유사한 것이 주목된다. 法隆寺

---

41) 『무령왕릉발굴보고서』, pp.18~20.

夢殿의 救世觀音, 寶藏殿의 百濟觀音, 金堂의 四天王 등등의 透刻金銅冠飾은 실로 그 구조·양태면에서 무령왕의 그것과 동류라는 인상을 주기 때문이다. 彼此는 금동판으로 투각한 半墮圓形의 天冠型 구조를 지니고, 인동당초문 일색으로 그 끝이 뾰쪽한 광배형 화염문양을 들어냄으로써, 상호 동류·동계의 친연성을 느끼게 한다. 위 법륭사의 보살·천왕상 등은 백제관음을 원형으로 하여 전개된 것 같은 동일 유형의 실상을 보이고 있거니와, 실은 그것들이 백제계의 渡來 匠人 止利派의 작품이라는 사실이 일본 측 학자들에 의하여 밝혀진 터다.[42]

그런데 무령왕의 관식이 법륭사의 그것들과 동류적 친연성을 지녔다고 볼 때에, 그것은 저 관음계보다는 오히려 사천왕계의 구조·양태와 더욱 친근한 듯한 질량감을 주는 게 사실이다. 그 입체적 다양성과 화염문의 활발성이 비교적 강인한 남성적 분위기를 자아내고 있기 때문이다. 그래서 이 왕의 관식은 전형적인 보살·천왕의 寶冠·天冠의 양식이며, 그 위에 寶華와 蓮華·瓔珞 등을 장식함으로써 법륭사의 그것보다 불교 색채를 더욱 강조하고 있음이 분명하다.

그러고 보면 이 왕의 관식은 그 생존시에 상용하던 왕관이었다고 단정할 수가 없겠다. 그다지 당시의 불교문화가 융성하고 왕의 신행이 돈독했기에 생시 평상의 왕관에다 그런 보살·천왕의 관식을 했을 가능성은 있지만, 관례적으로 왕관이 왕통 계승의 상징으로 옥새와 함께 계승되는 것이라면, 그런 왕관을 특정한 왕릉에 부장할 수가 없었을 것이기 때문이다. 그러므로 이 왕의 관식은 그 왕을 왕릉의 극락세계·연화대로 모시는 마당에서, 거기에 조화되는 성상으로 전환·장엄하기 위하여 새로이 마련된 장식이었으리라고 보아진다. 그러한 성역에 영주하기 위해

42) 上原昭一, 『日本の美術』, 至文堂, 1968, pp.46~47.

서는 그 왕이 俗身을 해탈하여 聖身으로 승화되어야만 하였기 때문이다. 그렇다면 그 관식이 보살·천왕의 천보관식을 본뜨게 된 것은 오히려 자연스러운 일이라 하겠다. 그러면 이러한 관식으로 장엄된 왕은 어떠한 聖像으로 전환·승화되었을 것인가 추정해 볼 필요가 있겠다.

전술한 바 ≪관무량수경≫ 第十觀 내지 第十一觀을 중심으로 보면, 극락정토·연화장세계에는 관세음보살과 大勢至菩薩, 이대 聖像이 아미타불을 좌우에 모시고 중생을 접인하고 있다. 여기서 무령왕을 위 二大 聖像 중에서 어느 한편으로 지정·승화시키기로 했었다면, 아무래도 남성적 성향을 띠고 있는 대세지보살 쪽이 아니었을까 생각된다. 그 왕은 생전의 武寧的 행적으로나 사후의 호국·호법적 신념으로 미루어, 대세지보살적 경향을 강하게 지니고 있었기 때문이다.

이와 같이 무령왕이 대세지보살적 성상으로 승화되어 그 보관을 눌러 썼을 때, 그 관식이 대세지보살의 그것과 동류이어야 했을 것은 물론이다. 이제 ≪관무량수경≫ 第十一觀에서 대세지보살의 寶冠을 두고

此菩薩天冠 有五百寶華 一一寶華 有五百寶臺 一一寶臺中 十方諸佛淨妙國土 廣長之相皆於中現(p.344)

이라고 한 것을 보면, 대강 어림해 볼 수가 있겠다. 이것이 대세지보살의 百寶天冠의 실상이라면, 여러 寶華와 蓮華·瓔珞 등으로 장엄된 무령왕의 관식은 저것과 깊은 상관성을 가지고 있는 것이라 파악된다. 말하자면 무령왕의 관식은 대세지보살의 보관을 본떠 창조적으로 제작됨으로써, 무령왕 쪽에 속하는 여타의 장식물들과 함께 그 왕을 대세지보살로 전환·승화시키고 극락정토·연화장세계에서 그 위세를 떨치도록 마련했던 것이 아닌가 한다.

다음 왕비의 관식은 관전면·관후면이 同樣 1쌍으로 머리 위치에서 발견되었다. 이 관식의 투각문양도 왕관과 같이 전체적으로 인동당초문이면서 좌우 상칭으로 정돈되고 영락이 없어 매우 정연한 인상을 주고 있다.

그 문양은 중심부에 七葉의 單瓣伏蓮으로 둘러 싸인 臺座가 있고, 그 위에 빙둘러 7개의 작은 透窓이 뚫린 또 하나의 臺가 있으며, 그 위에 方形의 방석 같은 것이 깔리고 그 위에 하나의 甁이 놓여 있다. 그리하여 그것은 마치 장엄한 연화대 위 불좌에 寶水淨甁을 모셔 놓은 것 같다. 그 甁口 위의 사각형 받침대 위에서 곧바로 뻗어 올라간 줄기에 한 송이 큰 연화가 만개·생동하고, 그 연화 위에 인동이 보화처럼 올라 앉아 그 뾰쪽한 끝을 화염으로 뽑아 올리고 있다. 그 병과 연화 줄기를 주축으로 하여 좌우로 각기 3가지씩의 인동이 만개한 보화처럼 대응적으로 휘영청 뻗어 올라가 그 뾰쪽한 끝을 역시 화염으로 뻗쳐 올리고 있다. 그리고 중심부 七葉單瓣伏蓮의 꼬리를 물고 5가지의 인동당초가 하향·좌우로 적절하게 寶華形을 드리우고 있는 것이다.

이만한 정도라면 그 문양이 불교일색의 성향을 지니고 있다는 것을 장담할 수가 있다. 게다가 이 문양의 중심부 연화대 위에 놓인 寶水淨甁을 관세음보살의 그것과 결부시켜 본다면, 이 문양의 불교적 성향은 왕의 관식보다 훨씬 심각하고 절실한 것이라 하겠다. 그리하여 발굴보고서에서도 이 伏蓮臺座 위의 화병은 6세기의 중국 불상대좌 앞 조각에도 나타나고, 중앙에 花形을 두고 좌우 대칭으로 인동문을 배치한 透作品은 법륭사 天蓋天人像과 같이 7세기의 일본 불상에서도 볼 수 있다고 전제하면서

이렇게 왕비의 관식의 경우는 특히 불교적 성격이 뚜렷하며, 그것이 육

> 조의 불교미술에서 직접 받아드린 것이겠으나 백제왕실의 불교숭상의 일면
> 을 잘 보여 주고 있다.[43]

고 결론하였다.

이제 우리는 이 관식이 육조 불교미술의 수입이었다거나 일본 古佛의 관배문과 유사하다는 식의 막연한 추정을 벗어나, 이것과 직결될 수 있는 보살·천왕의 보관과 비교해야만 되겠다. 전술한 바 법륭사의 관음계 내지 천왕계의 관식은 왕비의 그것과 동류라고 보아지기 때문이다. 양자의 보물이 직증해 주는 바와 같이 왕비의 관식은 정연하고 평온한 기품이 여성적이어서, 천왕계의 그것보다는 오히려 관음계의 그것과 긴밀한 관계를 가지고 있는 터라 보아진다. 전게한 백제관음과 구세관음의 관식 사이에 왕비의 관식을 同列시킬 때에, 그것들의 친연성을 부인할 도리가 없겠기 때문이다. 이 왕비의 관식이 單瓣伏蓮臺座와 寶水淨瓶, 그 위에 핀 연화송이로 하여 저 관음계의 그것보다 불교적 색채를 더욱 두드러지게 표출하고 있다고 보아지는 터다.

그렇다면 이 왕비의 관은 왕비의 생존 시에 상용하던 바가 아닐 가능성이 짙다고 하겠다. 왕비의 경우, 왕을 따라서 대례나 국가적 행사에서 간혹 그런 류의 관을 사용하였으리라는 추측은 가능하지만, 그 왕관의 관례와 같이 이를 부장하지 않았을 것이기 때문이다. 그러므로 왕비의 관식도 그 왕비를 왕릉의 극락세계·연화대로 모시는 마당에서, 거기에 조화되는 성상으로 전환·장엄하기 위하여 각별히 마련된 장식이었으리라고 볼 수밖에 없겠다. 그러면 이러한 관식으로 장엄된 왕비는 어떠한 聖像으로 전환·승화되었을 것인가, 그 추정은 그리 어렵지 않겠다. 기술한 바 《관무량수경》의 극락정토·연화장세계에는 아미타불을 중심

---

43) 『무령왕릉발굴보고서』, p.28.

으로 관세음보살과 대세지보살 二大 聖像이 좌우에 侍立하고 있거니와, 이미 무령왕이 그 성상 중의 대세지보살로 전환·승화되었으리라고 추정되었으니, 그 왕비는 관세음보살로 전환·승화되는 것이 당연하기 때문이다.

주지하는 바와 같이 관세음보살은 자비화현으로서 여성적 경향을 지니고 있거니와,[44] 왕비는 국모적 생애로나 자비구원적 염원 등으로 미루어 족히 관세음보살로 추앙될 수가 있었을 것이다. 더구나 왕비의 관식이 법륭사 백제계 관음의 관식과 그만한 친연성을 지니고 있는 데다, 그 관식의 중심부에 자리한 연화대와 보수정병, 그 만개한 연화 등이 '化佛'을 상징함으로써 관세음보살과 깊은 관련성을 가지고 있다는 점이다. ≪觀無量壽經≫ 第十觀에서는 관세음보살의 寶冠을 두고

頂上毗楞伽摩尼寶 以爲天冠 天冠中 有一立化佛 高二十五由旬(p.343)

이라고 하였거니와, 백제관음이나 백제계 관음의 관식에서는 그 '化佛'을 직역·표출하지 않은 것이 특색이다. 그러니까 후대의 관음관식에서 직접 화불 일위를 조각하는 사례와는 달리, 백제의 관음관식에서는 그 '化佛'을 상징적으로 표출했던 것이라 보아진다. 초기 불상의 경우 그 조각이나 벽화 등에서 연화 및 보화의 불단에 등신불의 실상을 나타내지 않고 허공으로 남기던가 菩提樹, 法輪 등의 聖物로 상징·암시하던가 하는 사례가 없지 않거니와,[45] 위 관음관식에서 '化佛'을 상징적으로 표출한 것은 오히려 자연스러운 일이며, 나아가 그것은 백제관식의 창조적

---

44) 관세음보살을 여성시하는 경향은 한·중·일 불교권에 공통되나 한국의 경우가 독특하다. ≪三國遺事≫ 第三, 南白月二聖, 洛山二大聖條 참조.
45) 望月信亨,「佛像」,『望月佛敎大辭典』, 地平線出版社, 1979, p.4460.

경향이라고 판단할 수도 있겠다.

이런 점에서 왕비의 관식은 오히려 백제 관음관식의 특색을 강하게 부각시키고 있는 터라 하겠다. 이러한 관식은 왕비 쪽에 속하는 여타의 장식물들과 함께 왕비를 관세음보살로 전환·승화시키고 極樂淨土·蓮華藏世界에서 그 권능을 부리도록 마련했던 것이라 보아진다.

9) 금제 耳飾

왕과 왕비의 금제 이식은 그 금제관식과 함께 백제 금속세공예의 극치를 이루는 수작이다. 그리하여 발굴보고서에서는 그 구조·양태에 대하여 자세한 분석·고찰이 있었고, 伊藤秋男은 「무령왕릉발견의 金製耳飾에 대하여」에서 그 양식사상의 계보와 위치를 비교 검토함으로써 주목할 만한 성과를 내었다.[46] 그런데도 그 耳飾들의 불교적 성격에 대하여는 별다른 언급이 없었던 것이다. 물론 그 耳飾 자체만을 떼어 놓고 볼 때에, 그것의 불교적 성향이 두드러지게 나타나지 않는 것은 사실이다. 그러나 그 耳飾을 冠飾과의 관련 하에서 왕과 왕비의 장식 전체와 유기적으로 결부시켜 볼 때에, 그것의 불교적 성향은 자연스럽게 부각되는 바라고 하겠다.

흔히 耳飾이라고 통용되어 왔지만, 실제로 그것이 생사 간 왕과 왕비의 귀걸이로서 패용되기 어려웠으리라는 것은 그 보물의 규모와 질량으로 보아 족히 짐작되는 터다. 그러므로 그것은 耳飾用임에는 틀림없지만, 왕과 왕비의 실제 兩耳에 직접 꿰어 매단 것이 아니고, 그 冠의 둘레 布革類에 매달아 兩耳部分에 늘어뜨림으로써 耳部裝飾으로 삼았던 것이라 보아진다. 그 점은 전게한 백제 및 백제계의 관음상이 그 寶冠의 둘레에

---

46) 伊藤秋男, 「武寧王陵發見の 金製耳飾 ついて」 참조.

잇대어 리본식의 투각장식을 兩耳側으로 길게 늘어뜨림으로써, 효과적인 耳飾을 삼고 있는 사례와 동궤라는 데에서 비교적 분명해진다. 이런 점에서 그 耳飾과 冠飾 사이의 긴밀한 관계를 전제하고, 그 耳飾들의 불교적 성향을 점검해 보겠다.

먼저 왕의 耳飾은 비교적 조그만 細鐶에 두 개의 두껍고 작은 고리를 달아 그 밑에 각기 화려한 垂飾을 매단 것이다. 그 하나는 공중의 圓筒形 中間飾에 平面寶珠形裝飾과 이 장식의 핵심이 되는 立體寶珠形小形裝飾을 함께 매달아 놓았다. 이 원통형은 상하에 金線과 金珠로 윤곽된 六花文 修飾의 마개가 자리하고, 중간부 상하에 金線·金珠의 寶珠形 장식 3개씩이 둘러리하여 대향·접합됨으로써, 그 전체가 七寶妙華·寶珠의 圓筒世界를 이루었다. 게다가 일월같은 마니보주를 영락으로써 달아 놓았으니, 그대로가 寶華·寶珠·瓔珞의 세계를 집약하고 있는 터라 하겠다. 그리고 또 하나의 垂飾은 細鐶線으로 구성된 重網球形裝飾에 5개의 寶葉形 瓔珞을 사슬로 매달았는데, 그런 것이 5뭉치나 연결되어 있고 맨 끝머리 重網半球長形裝飾에 曲玉을 열매처럼 끼워 놓고, 다시 2개의 寶葉形 瓔珞을 매달았다.[47] 이것은 寶葉·寶實과 七重寶網이 瓔珞으로 하여 어울린 衆寶世界를 응축시키고 있는 바라 하겠다.

이렇게 볼 때에, 왕의 耳飾은 寶華·寶珠·寶葉·寶實과 七重寶網이 영락으로써 조화된 寶樹世界를 응집·표징하고 있는 것이라 보아진다. 여기서 이러한 寶樹世界는 현실계를 초탈하여 서방정토·극락세계에만 설정되어 있음을 직감하게 된다. ≪관무량수경≫ 第四觀에

其諸寶樹 七寶華葉無不具足 一一華葉作異寶色 … 一切衆寶以爲映飾 玅眞
珠網彌覆樹上 一一樹上有七重網 一一網間有五百億妙華宮殿 如梵王宮 諸天童

---

47)『무령왕릉발굴보고서』, p.21.

子自然在中　一一童子有　五百億釋迦毘楞伽摩尼寶以爲瓔珞　其摩尼光照百由旬

猶如和合百億日月　不可俱名　衆寶間錯色中上者　此諸寶樹行行相當　葉葉相次

於衆葉間生諸妙華　華上自然有七寶果(p.342)

　　라고 寶樹世界를 묘사하고 있음이 주목된다. 여기에 나오는 '七寶華葉',
'七重網・妙華宮殿', '摩尼寶・瓔珞', '寶樹葉・妙華', '七寶果' 등을 중심
으로 이 寶樹世界를 응집・표출했다면, 왕의 耳飾과 같은 조형예술로 승
화될 수밖에 없었을 것이기 때문이다.

　　다음 왕비의 耳飾 2쌍은 구조・양태면에서, 왕의 耳飾에서와 같은 사
실을 더욱 분명하게 입증해 주고 있다. 그중 대형 耳飾은 主鐶에 다시 小
細鐶을 하나 걸고 거기에 두 줄기 垂飾을 매단 것이다. 한 줄기는 4개씩
의 圓形瓔珞群이 7절로 연결된 끝에 6개의 圓葉形 瓔珞과 金絲網帽로 쌓
인 고추형 장식이 매달려 있다. 그것은 인동덩굴과 같은 사슬로 엮어져
있으면서 원형 영락을 잎사귀 같이 달아 놓음으로써, 그 고추형 장식이
신종 寶實인 것을 알려 준다. 그리하여 忍冬形 寶蔓과 圓形 寶葉의 瓔珞,
그리고 新奇 寶實 등이 극락세계에서 볼 수 있는 寶樹世界를 지향하고
있음을 실증하는 터라 하겠다. 그리고 또 한 줄기는 제일 위에 細鐶重複
式으로 투각된 투각반구형 금모가 씌워진 담연색 유리 球玉이 자리한 다
음, 4개씩의 寶葉形 瓔珞群이 2절로 연속되었고, 맨 끝에 寶實形 장식이
매달려 있다. 이 寶實形은 2개의 펜촉형 장식을 직교시킨 四翼形이며 그
사이마다 1개씩, 4개의 寶葉形 瓔珞이 따로 달리고 周緣에는 모두 鍍金
으로 윤곽이 돌려져 있다.[48] 이것은 왕비의 소형 이식과 동류인데, 寶
葉・寶實과 七重寶網이 瓔珞으로 조화된 衆寶世界를 표상하고 있는 바라
하겠다.

---

48) 『무령왕릉발굴보고서』, p.29.

그렇다면 왕비의 이식은 왕의 이식과 동계의 조형예술로서 극락정토의 보수세계를 집약·표출하고 있음이 분명하다 하겠다. 그동안 한·중·일 간에 출토된 동일 유형의 이식들이 결코 단순한 장식이 아니고, 피장자를 위한 신앙적 염원의 징표로서 조형화된 것이었으리라고 추정되기 때문이다. 실제로 이 이식들은 보살들의 그것과 유형을 같이하고 있는 것이라 하겠다.

10) 瓔珞系 각종 장식

영락계의 장식들은 연화계의 그것과 쌍벽을 이룰 만큼 질량 면에서 중요한 위치를 점하고 있다. 전술한 바 영락이 부착된 금제연화형대형장식, 금제연화형소형장식, 금제련엽형소형장식, 왕관식, 금제이식 등은 실제로 영락계의 장식임에 틀림이 없다. 나아가 이보다 적극적이고 전형적인 영락계 장식에는 왕 쪽에서 발견된 金製圓形瓔珞, 金製寶珠形瓔珞, 金製寶珠·銙形瓔珞, 銀製瓔珞式銙帶, 瓔珞付金銀製腰佩 그리고 유리제 曲玉(金帽 포함), 嵌金炭木偏玉(炭化木獸形佩飾 포함) 등속의 옥류 영락과, 왕비 쪽에서 발견된 金製瓔珞付四角板裝飾, 金製耳飾形瓔珞, 瓔珞付靑銅製二叉裝具 그리고 유리제 曲玉(金帽 포함), 유리 連珠玉, 琥珀管玉, 유리管玉, 琥珀棗玉, 炭火木棗玉(炭火木獸形佩飾 포함) 등류의 衆寶珠 영락 등이 있다. 그런데도 발굴보고서에서는 금제원형영락과 금제보주형영락만을 영락으로 취급했을 뿐, 여타에 대해서는 이렇다 할 언급이 없었던 것이다. 그 후로 학계에서도 이 瓔珞系 장식에 관하여 전문적으로 논급된 바가 없었고, 따라서 그 장식들의 불교적 성향에 대하여 구체적으로 검토된 바가 없었음은 물론이다. 실제로 영락은 소재와 양태가 다양한 터에, 그것이 蓮華와 같이 불교적 성향을 가장 강렬하게 나타내는 장식 중의 하나라는 것은 잘 알려진 사실이다.

전술한 바와 같이 영락은 불보살을 장엄하기 위하여 衆寶珠玉으로 만들어진 佩帶用 장식이라 하겠다. 원래 인도에서는 그 영락이 王公貴人의 장신구로 활용되었던 것이나, 불교전파 이래 그것은 佛菩薩·聖衆의 장엄 장식으로 전용되기에 이르렀던 터다. 나아가 영락은 확대·전용되어 불보살의 주위환경이나 서방정토를 장엄하는 데까지 사용되었다. 이러한 관용을 통하여 어느새 영락은 불보살과 불국토를 장엄하는 무상보의 장식으로 전용·행세하였던 것이다. 《중아함경》·《기세경》·《대방등대집경》·《십송율》·《오분율》 같은 경전에 그런 묘사가 나오지만, 《법화경》 관세음보살보문품에

> 無盡意菩薩白佛言 世尊 我今當供養觀世音菩薩 卽解頸衆寶珠瓔珞 價値百千兩金 而以與之 作是言 仁者受此法施珍寶瓔珞 … 卽時觀世音菩薩愍諸四衆及於天龍人非人等 受其瓔珞[49]

이라고 한 것만을 보아도, 그 실상을 알 수가 있겠다. 그리하여 영락은 연화와 함께 불법을 상징하는 표식으로 승화되었던 것이라 하겠다. 《보살영락본업경》 集中品 같은 데에

> 昔始得佛 光影甚明 今復放光 四十二光 光光皆有 百萬阿僧祇功德 光爲瓔珞 嚴好佛身 彌滿法界 諟若虛空 凝身照寂 樂常住性 窮化體神 大用無方 法王法主 於一切衆生 而作父母 自然百千寶蓮華 師子之座 … 是時敬首菩薩 入十方刹 諸佛神力 大師子吼 發問一切 菩薩無量 大寶藏海 金剛瓔珞法門[50]

49) 《新修大藏經》 第九卷 法華部·華嚴部 262號 <妙法蓮華經>, p.57.
50) 《新修大藏經》 第二十四卷 律部三 1485號 <菩薩瓔珞本業經>, p.1010.

이라고 한 것을 보면, 瓔珞이 불법의 무상장엄을 상징하고 있다는 것은 분명하기 때문이다.

이와 같은 영락이 극락세계와 그곳의 불보살·성중 등을 장엄하기 위하여 중용되었던 것은 당연한 일이다. ≪무량수경≫에

> 無量壽佛其道場樹 … 一切衆寶自然合成以月光摩尼 持海輪寶衆寶之王 而 莊嚴之 周帀條間 垂寶瓔珞 百千萬色種種異變 無量光燄照耀無極[51]

이라 하여 영락이 그 보주세계를 장엄하고 있는 실태를 보여 주었고, 또한 같은 경전에

> 無量壽國其諸天人 衣服飮食 華香瓔珞繪蓋幢幡 微妙音聲 所居舍宅 宮殿樓 閣稱其形色[52]

이라 하여, 瓔珞이 菩薩·天人 등의 신변 주위를 장엄하고 있는 면모까지 나타내 주었던 것이다. 말하자면 그것은 극락세계가 전면 영락으로 장엄된 이상세계임을 확인하고 있는 터라 하겠다.

이상과 같이 전제한다면 무령왕과 왕비의 주변에서 영락계 각종 장식이 그만큼 쏟아져 나온 것은 실로 주목할 만한 일이다. 그 모든 영락계의 장식을 종합·복원해 볼 때에, 영락으로 장엄된 이상세계가 바로 극락세계라는 일면을 집약·표출한 것이라 믿어지기 때문이다. 이로써 기술한 바 금제연화형대형장식, 금제연화형소형장식, 금제연엽형소형장식, 왕·왕비관식, 금제이식 등에 부착된 각양각색의 영락들까지도 각기 불

---

51) ≪新修大藏經≫ 第十二卷, 寶積部下·涅槃部全, 360號 ≪無量壽經≫, p.271.
52) ≪新修大藏經≫ 第十二卷, 寶積部下·涅槃部全, 360號 ≪無量壽經≫, p.272.

교적 성향을 강하게 띠면서 그대로 극락세계의 장엄 장식으로 사용하고 있었다는 것이 더욱 분명해진다. 위와 같은 영락의 장엄세계는 ≪관무량 수경≫에서 설한 바 극락세계의 영락장엄을 거의 그대로 조형화한 것이라 판단되는 터다. 위 경전의 第四觀과 第十觀에서

一一樹上有七重網 一一網間有五百億妙華宮殿 如梵王宮 諸天童子自然在中 一一童子有五百億釋迦毘楞伽摩尼寶 以爲瓔珞 其摩尼光照百由旬 猶如和合百億日月(p.342)
臂如紅蓮華色 有八十億微妙光明 以爲瓔珞 其瓔珞中 普現一切諸莊嚴事 (p.343)

라고 하여, 극락세계와 그곳에 있는 菩薩 聖像이 온통 衆寶珠瓔珞類로 장엄되어 있음을 밝히고 있기 때문이다. 실로 위 瓔珞系 장식들은 왕과 왕비의 신변 장엄에 역점을 두어, 그 영락 장엄세계를 보다 적극적으로 조성함으로써, 왕릉의 극락정토·연화장세계와 조화롭게 상응하고 있는 터라 하겠다.

11) 염주형 頸飾

이러한 경식은 넓은 의미에서는 다 영락에 들 것이지만, 왕 쪽에서 나온 소위 金製球玉, 蜜柑形金玉 등과 왕비 쪽에서 나온 金製小珠, 유리제 球玉 등은 그 구조·양태가 특수하기 때문에 별도로 취급할 수밖에 없다. 발굴보고서에서 그 전모를 개괄·소개한 이래, 이들 頸飾에 대한 구체적인 논고가 보이지 않았고, 더구나 그것들의 불교적 성향에 대해서는 언급된 바가 없었던 것이다. 그런데 상게한 頸飾들은 그 자체의 구조·양태로나 출토문물 전체의 불교적 맥락으로 보아, 그대로가 염주라는 것을 직감하게 된다. 그렇다면 염주야말로 염불보주로서 성물자체이니, 그

것의 불교적 성향에 대하여는 재론할 필요가 없겠다.

자고로 온갖 珍寶의 염주를 목 또는 팔에 걸거나 손에 쥐고 염불하면, 소원성취하고 극락왕생한다는 신앙이 불교계에 보편화되어 있었던 것이다. 이러한 염주신앙은 염불공덕과 함께 정토신앙에 기반을 두고 있는 것이 분명하다. ≪금강정유가염주경≫에

珠表菩薩之勝果 於中間絕爲斷漏 繩線貫串表觀音 母珠以表無量壽 愼莫驀過
越法罪 皆由念珠積功德[53]

이라 하여, 무량수불과 관세음보살의 조화로써 염주공덕을 설파하고 있거니와, 그것이 바로 정토신앙의 핵심을 이루는 것이기 때문이다. 그리고 이 ≪염주경≫에서는

硨渠念珠一倍福 木槵念珠兩倍福 以鐵爲珠三倍福 熟銅作珠四倍福 水精眞珠
及諸寶 此等念珠百倍福 千倍功德帝釋子 金剛子珠俱胝福 蓮子念珠千俱胝 菩
提子珠無數福 佛部念誦菩提子 金剛部法金剛子 寶部念誦以諸寶 蓮華部珠用蓮
子 羯磨部中爲念珠 衆珠間雜應貫串[54]

이라 하여 염주의 종류에 따라 복덕의 단계가 있음을 알려주며. 그 운용법식까지를 일러 주고 있다. 여기서 매우 중요한 사실을 발견하게 되니, 왕과 왕비의 염주류가 바로 위의 念珠譜에 들어 있기 때문이다.

먼저 金製球玉은 徑 1.1cm의 中空玉으로 총 265개가 왕의 가슴에서 허리밑 부분에 걸쳐 흩어져 나왔다. 그리하여 발굴보고서에서 그것을 '頸飾'이라고 믿은 것만은 당연한 일이다. 그런데 그 주옥들을 모두 繩絲

---

53) ≪新修大藏經≫ 第十七卷 經集部四 389號 <金剛頂瑜伽念珠經>, p.727.
54) <金剛頂瑜伽念珠經>, p.727.

로 꿰어 원형을 복원해 본다면 그것이 바로 菩提子念珠의 조형이라는 것을 직감하게 된다. 그것은 불교권에서 고금으로 통용되고 있는 菩提子念珠와 동일한 구조·양태를 가지고 있기 때문이다. 불타가 菩提樹 하에서 성도했다 하여 菩提子念珠를 몸에 지니고 염불하면, 그 공덕이 무량하다는 신앙은 그 연원이 매우 오랜 것이었다. 그 점은 위 ≪염주경≫에서 '菩提子珠無數福'·'佛部念誦菩提子'라고 한 데에서도 실증이 된다. 이로써 왕의 금제 구옥이 菩提子念珠로 규정된다면, 그것은 '諸寶' 중의 金製이기 때문에 더욱 큰 공덕을 나타낸다고 신념되었으리라 보아진다.

다음 蜜柑形金玉이라는 것은 高 0.7cm, 徑 0.6cm의 中空玉으로 72개가 왕의 腰帶 부근에서 나왔다. 발굴보고서에서는 '八稜의 껍질 벗긴 半截蜜柑形을 상하 두 개 맞붙인 中空玉'이라 하여, 그 모양을 묘사하는 데에 힘을 기울였을 뿐, 다른 언급은 하지 않았다. 그런데 이것 역시 繩絲로 꿰어 원형을 복원해 보면, 그것이 바로 栴檀木念珠의 조형이라는 것을 실감하게 된다. 그것은 인도로부터 숭상되어 한·중·일에서 유통되고 있는 栴檀香木刻念珠와 동일한 구조·형태를 지니고 있기 때문이다. 고래로 栴檀香木이 신성시되어 불보살의 성상이나 불기·성물을 만드는 중요한 자료로 사용되었거니와, 그 향목을 '蜜柑形'으로 조각하여 염주로 제작·활용했다는 것은 너무도 당연한 일이었다. 이로써 왕의 蜜柑形金玉을 栴檀香木刻念珠라고 본다면, 위 ≪念珠經≫에 '木槵念珠兩倍福'이라 한 것과 결부되는 것이라 하겠다. 이처럼 목각 염주의 복덕이 비교적 작다고 하겠지만, 그것이 실제로는 순금으로 제작되었기 때문에 '諸寶'계 염주의 '百倍福'을 가져온다고 신앙되었으리라 보아진다.

그리고 金製小珠라는 것은 徑 0.6cm의 中空珠로 모두 171개가 왕비의 頭部 일대와 가슴 부근에서 나왔다. 그리하여 발굴보고서에서 '頸飾'이라고 생각한 것이며, 그 小珠의 형상을 제대로 판단하지 못한 끝에 '圓形

이 확실치 않다'고 결론하였던 터다. 그런데 이 小珠의 형상을 제대로 살피고 그것을 繩絲로 꿰어 본다면, 그대로가 金剛子念珠의 조형이라는 것을 확인하게 된다. 그것이 인도를 기점으로 불교권에 통용되고 있는 金剛子念珠와 동일한 구조·양태를 보이고 있기 때문이다. 그 열매의 진귀한 모양과 강경한 물성으로 하여 金剛子라 이름한 것이 불법의 금강과 상통함으로써, 그것은 어느새 불법을 대변하는 상징물로 등장하게 되었다. 그리하여 금강자염주를 지니고 염불 정진하면 소원성취·극락왕생한다는 신앙이 일찍부터 보편화되었던 것이다. 그 점은 상게 ≪염주경≫에서 '金剛子球俱胝福'·'金剛部法金剛子'라고 한 것으로 보아 더욱 분명해진다. 더구나 왕비의 金製小珠라는 것이 금강자염주이면서도 실제로는 순금제이기 때문에, 그것은 보다 큰 공덕·권능을 발휘한다고 신앙되었으리라 본다.

한편 유리製球玉이라는 것은 徑 0.3cm의 소형으로부터 徑 2.5cm의 대형에 이르기까지 다양한 크기로 무수히 나타났다. 발굴보고서에서는 그것이 '왕비의 가슴 부분에서 나온 것으로 금색 유리이며 유리 표면에 금박을 씌운 것'이라는 설명과 함께, 그 대소 球玉이 뒤섞여 있는 한 무더기의 흑백사진 1장을 보여주고 있을 뿐이다. 이들 구옥들이 원래부터 그처럼 뒤섞여 있었던 것인지, 본래는 그 크기와 색채에 따라 유별되어 있었던 것이 발굴과정에서 그렇게 뒤섞여 버린 것인지 도대체 종잡을 수가 없다. 발굴보고서의 일부에서

細小한 玉類 따위의 原狀을 파악하기란 거의 불가능하였고 따라서 눈에 띄는 유물 일체를 들어내고 바닥에 남은 塵土를 빗자루로 쓸어내서 그것을 쌀가마니 2개에 넣어 후에 다시 정밀하게 玉類 기타 유물 殘滓의 유무를 검사키로 했다.[55)]

고 한 놀라운 실토를 그대로 믿는다면, 그 속에서 나온 '조그만 구슬'·'細小한 玉類 따위'가 위 옥류 무더기에 포함되었을 가능성이 크다. 그렇다면 위 옥류 무더기가 모두 왕비의 가슴 부분에서 나왔다고 장담할 수도 없으므로, 그에 대한 실태 파악이 수습하기 어려운 혼잡에 빠져 버린다.

그런데도 위 보고설명과 사진을 통하여 중요한 사실을 발견하게 된다. 그 옥류들이 주로 왕비의 가슴 부분에서 나왔다는 것, 그리고 그것들이 세분하여 6개 유형, 대분하여 3개 유형 정도로 나누어질 수 있다는 것 등이 바로 그것이다. 이러한 사실을 토대로 하여 그 옥류를 유형별로 꿰어 본다면, 3개 내지 6개의 옥류 꾸러미가 이룩되니, 그것 그대로가 옥류 염주라는 점이다. 이 ≪염주경≫에서 '水晶眞珠及諸寶 此等念珠百億福'이라고 하여 그 점을 뒷받침하고 있기 때문이다. 이렇게 볼 때에 왕비의 목·가슴에 여러 종류의 염주가 조화롭게 장엄되어 있었다는 이야기가 된다. 그것이 바로 ≪염주경≫에서 말하는 '衆珠間雜應貫串'의 실상을 보여 주는 것이 아닌가 한다. 왕비의 이러한 염주장엄은 보살계 성상 특히 관음성상의 그것에서 흔히 보이는 사례라고 믿어진다.

이상과 같은 念珠信仰과 儀헐이 언제부터 어떤 과정을 겪어 백제 사회에 정착되었는지 장담할 수는 없으나, 적어도 무령왕대 이전에 그것이 정착·실행되었다는 것은 틀림없는 사실이다. 그렇다면 신행이 돈독한 왕과 왕비로서는 생전에 염주신앙에 젖어, 위 염주들을 실용했을 가능성은 얼마든지 있다. 그리고 그 禮葬의 바탕에서 생전의 신행과 사후의 극락왕생을 회고·염원하려고 금제·옥류의 염주를 만들어 성상으로 장엄해 주었다는 것은 필연적인 일이었다 보아진다. 더구나 그 염주신앙이 정토신앙을 핵심으로 하고 있다는 사실을 상기할 때에, 왕과 왕비가 각

---

55) 『무령왕릉발굴보고서』, p.16.

기 衆寶念珠로 장엄됨으로써, 極樂淨土·蓮華藏世界의 聖像으로 더욱 적절하게 어울렸으리라고 추상된다.

12) 유리제 동자상

유리제 동자상은 왕비의 썩어 있는 비단 허리띠에 달려 1쌍이 발견되었다. 이에 대하여 발굴보고서에서는 그 사진 1장만 싣고 이렇다 할 해설도 붙이지 않았으며, 김원룡은 그의 저서 『무령왕릉』에서, 그것을 '祈福, 辟邪 혹은 왕자 생산을 위한 呪術道具'라고 간단히 처리해 버렸던 것이다.[56] 그런데 최근에 성주탁이 「무령왕릉出土 童子像에 대하여」에서 그 동자의 종교·사상적 성격을 폭넓게 구명하여 놓았다. 그동안 학계의 무관심 속에 굴러오던 소형 동자상을 종교·사상적 측면에서 검토한 점은 실로 주목되거니와, 그 논문에서 그 동자상의 불교적 성격을 밝혀낸 것은 매우 합당한 바라고 보아진다.[57] 그런데 이 논문에서는 그 동자상을 출토문물 전체와의 관련하에서 보다는 그 자체로서 고립시켜 고찰하였으므로, 그 동자상이 유교 또는 도교적 성격까지 구유하고 있다는 결론에 이르게 되었다. 그 동자상의 성격을 종합적으로 파악하려 한 점은 마땅하다 하겠으나, 그 논지의 핵심이 삼파로 분산되면서 그것의 불교적 성격을 오히려 희미하게 만든 점은 아쉬운 바라 하겠다. 그러므로 여기서는 그 동자상을 전체 문물과의 유기적 관련하에서 분석·고구함으로써, 그 불교적 성향을 보다 분명히 부각시키고자 할 따름이다.

전술한 대로 무령왕릉을 극락세계라 관념하고 왕비를 觀音的 聖像으로 장엄·승화시키려는 문물의 의도를 시인한다면, 그 동자의 불교적 성

---

56) 成周鐸, 「武寧王陵出土 '童子像'에 대하여」, p.109.
57) 成周鐸, 앞의 논문, pp.113~114 참조.

향은 자명해진다고 하겠다. ≪觀無量壽經≫에 의하면 극락세계에는 諸天童子가 영락으로 장엄되어 있음을 알 수가 있다. 이 경전 第四觀에서 寶樹世界를 묘사하는 가운데

──樹上有七重網 ──網間有五百億妙華宮殿 如梵王宮 諸天童子自然在中
──童子有五百億釋迦毘楞伽摩尼寶 以爲瓔珞(p.342)

이라고 한 것이 바로 그것이다. 이러한 '諸天童子'들이라면, 미타삼존, 그 중에서도 여성 즉 모성을 띠고 있는 관세음보살과 깊은 관계를 지니고 있었을 것은 물론이다.

여기서 위 瑠璃製童子像은 저 極樂世界 寶樹上妙華宮의 諸天童子들을 집약·표출하고 있는 것이 아닌가 추상된다. 이왕에 왕릉현실을 극락세계로 상념하는 마당이고 보면, 그 가운데에 제천동자가 존재해야 될 것은 필연적인 일이기 때문이다. 게다가 그 瑠璃製童子는 왕릉의 극락세계에서 관세음보살로 전환·승화되어 있는 왕비 쪽에 소속되어 있었다는 것이 중시된다. 그것은 저 극락세계에서 제천동자들이 관세음보살과 깊은 관계를 지니고 있었다는 사실을 입증해 주는 터라 보아진다.

한편 이 瑠璃製童子가 마침 1쌍이라는 데에 역점을 둔다면, 그것이 관세음보살과 유관한 善財童子·南巡童子를 표징하고 있으리라는 추측을 해 볼 수도 있다. ≪화엄경≫ 入法界品에 나오는 바로는 善財童子가 親見·問法한 善知識 중에 관세음보살이 秀勝하기로, 그 보살과 동자는 항상 모자처럼 관념되어 왔던 것이다. 그리고 관세음보살이 서방정토를 벗어나와 南閻浮州 娑婆衆生을 일일이 제도하며 순행할 때에, 항상 동자 하나가 따라 다니는 것으로 신앙되어 왔으니, 그것이 다름 아닌 관세음보살의 南巡童子라는 점이다. 이처럼 관음신앙의 오랜 전통으로 미루어

본다면, 그 동자들이 바로 선재동자·남순동자를 표징한 것이라고 추단하는 것도 무리는 아니다.

다시 정토신앙의 극락세계로 돌아가면, 그 1쌍의 유리동자가 결국 무수한 제천동자를 표징하고 있는 것이라 추상될 수밖에 없다. 그리하여 왕비가 허리 부분에 각종 장식과 함께 1쌍의 동자를 영락처럼 장엄함으로써 왕비는 왕비대로 관세음적 성상으로 승화되었을 것이고, 나아가 그 왕릉의 극락세계와 조응되어 그 세계를 더욱 빛냈으리라 보아진다.

13) 금은제 樹葉·花瓣形 장식

왕과 왕비의 신변에서 樹葉·華瓣形 장식이 많이 나왔다. 발굴보고서에서는 왕 쪽에서 銀製五角形裝飾과 왕비 쪽에서 金製四葉形裝飾, 金製菱形 및 葉形裝飾, 銀製草花文五角形裝飾 그리고 소속 미상의 金製五角形裝飾, 金製三葉形裝飾付鐵枝 등이 나왔음을 알려 주고 있다. 그리고 그것들이 왕과 왕비의 장식이었다는 점과 기껏해야 장례용 특별 장엄구라는 점을 설명하고 있을 뿐, 별다른 언급이 없다. 기실 이 장식들을 출토문물의 전체 맥락에서 살피지 않고 독립적 문물로 본다면, 위와 같은 견해 이상으로 논의될 여지는 없다. 그러므로 이 장식들을 문물 전체와 결부시켜 유기적인 맥락 속에서 파악해야 될 것은 물론이다.

먼저 이 장식들은 크게 樹葉形과 華瓣形으로 유별된다. 왕비의 金製四葉形裝飾을 비롯하여 金製菱形 및 葉形裝飾, 金製三葉形裝飾付鐵枝 등이 樹葉形에 속함은 물론이고, 왕의 銀製五角形裝飾을 비롯하여 여타 오각형계 장식들이 모두 華瓣形에 속하리라는 것이다. 樹葉形은 쉽사리 판단되거니와, 華瓣形은 그것이 單瓣華葉을 장식용으로 도형화한 것임을 전제할 때에, 비로소 그럴듯하게 이해될 터이다.

그렇다면 이들 樹葉形과 華瓣形들은 金銀製라는 점에서 그대로가 寶樹葉과 寶華瓣이 될 것이 분명하다. 이렇게 될 때에 이 장식들은 비로소 왕릉의 극락세계에서 제대로의 위치를 찾게 되는 것이다. 저 극락세계에는 반드시 그 세계를 장엄하는 寶樹葉과 寶華瓣 등이 늘어서 있기 때문이다. ≪관무량수경≫ 第四觀에서

此諸寶樹行行相當 葉葉相次 於衆葉間生諸妙華 華上自然有七寶果(p.342)

라고 극락정토를 장엄하고 있는 寶樹世界가 바로 그것이다. 나아가 ≪무량수경≫에서는 그 寶樹世界를 묘사하는데 있어서

其國土七寶諸樹周滿世界 金樹銀樹 … 乃至七寶轉共合成 或有金樹銀葉華果 或有銀樹金葉華果[58]

라 하여, 실제로 金銀樹를 전계로 한 金銀葉華果의 相雜調和相을 내세우고 있는 실정이다.

이로써 왕과 왕비의 金銀製 樹葉·華瓣形裝飾은 그대로 극락세계의 寶樹世界·金銀葉華果相을 나타내고 있음이 확실해졌다. 왕과 왕비가 이와 같은 金銀製葉華果裝飾으로 조화롭게 장엄됨으로써, 당신들이 보살계 성상으로 한층 더 승화되었음은 물론, 왕릉의 극락세계를 더욱 찬란하게 만들었던 것이라 하겠다.

---

58) 위의 ≪無量壽經≫, p.270.

14) 광배형 동경

이 銅鏡은 왕의 頭部와 왕비의 頭部에서 각각 1개씩 나왔다. 발굴보고
서에서는 그것들을 宜子孫獸帶鏡과 獸帶鏡으로 命名하고 전문적인 형태
분석과 비교 검토를 해놓았다. 이 발굴에 재빨리 반응을 보인, 樋口隆康
은 <武寧王陵出土鏡과 七子鏡>에서 양식사적인 비교 연구를 본격적으
로 진행하였다.[59] 그런데 위 업적들이 그 동경들의 불교적 성격에 대해
서는 별다른 논급을 하지 않았던 것이다. 물론 이들 동경을 별도의 문물
로 독립시켜 본다면, 거기에서 불교적 성격을 논의하기 어려운 것은 사
실이다. 그렇지만 동경들이 그 출토문물의 일환임에 틀림없다는 전제하
에서, 그 동경 자체의 구조・양태와 그 존재의 위치・양상 등을 엄밀히
점검할 때에 매우 중요한 사실을 발견할 수가 있다.

먼저 宜子孫獸帶鏡은 직경 23.2cm, 緣高 0.7cm의 크기로 왕의 頭部,
소위 금제뒤꽂이 아래서 背文部를 위로 하고 놓여 있었다. 그 全體構造
가 正圓形임은 물론이고, 그 중심에 있는 圓座鈕에는 貫通孔이 하나 있
어 그 구멍에는 직물 조각의 끈이 꿰어져 있었다. 그 圓座鈕의 주위에는
9개의 圓座乳를 배치하였으며 그 사이 사이에는 불투명한 祥瑞文樣과 宜
子孫의 銘文이 있다. 그 주위를 櫛齒文과 二重의 素文帶 그리고 다시 櫛
齒文帶로 둘러쌌으나 그중 이중의 素文帶 사이에는 有節線條의 가는 圈
帶를 만들었다. 內區에는 7개의 四華葉座乳를 배치하고 그 사이에 7개의
도형을 나타냄으로써 주요 문양대를 이루고 있다. 그것이 상서문양이라
는 것만 짐작할 수 있을 뿐, 그 주위에 윤곽선을 둘러 특징으로 삼고 있
다. 이러한 內區의 配圖를 둘러서 그 밖에는 폭이 좁은 銘文帶가 있으며,
平線인 外區에는 鋸齒文帶와 그 外周에 또 하나의 폭넓은 문양대가 있

---

59) 樋口隆康, 앞의 논문 참조.

다.[60)

이와 같이 이 동경은 대형원반에 圓座鈕를 중심으로 9개의 圓座乳와 7
개의 四華葉座乳가 빙둘러 배치되고, 또한 원형윤곽선이 중첩으로 둘러
리하였는데, 그 사이사이에 빛살모양의 각양 齒形文과 불교계의 상서문
양이 조화로이 자리하였다. 이렇게 볼 때에 이 동경은 圓座乳를 중심으
로 마치 불타의 법륜같은 모습을 보이며, 전체적으로는 보살·성상의 광
배처럼 보인다. 실제로 불투명한 상서문양은 제처놓더라도 빛살을 표상
하는 각양 齒形文과 불법을 표징하는 圓相 일색의 윤곽선은 圓座鈕 중심
의 圓座乳와 함께 불교적 성향으로 집중되는 강렬한 인상을 주고 있기
때문이다. 더구나 동경이 回光返照의 권능으로 하여 '明鏡'·'業鏡' 등의
관념 하에서 불교적 신앙과 깊이 관련되어 있다는 것을 고려한다면, 그
것의 불교적 성향은 더욱 분명해지는 터라 하겠다.

실로 이 銅鏡이 법륜 겸 광배의 구조·양태를 지녔다면, 그것이 발견
된 위치·양상이 주목된다. 그것이 왕의 두부, 소위 금제뒤꽂이 아래서
背文部를 위로 하고 있었다는 사실과 그 중심부 圓座鈕의 貫孔에 직물의
끈이 꿰어 있었다는 현상을 상기할 필요가 있다. 그것은 왕의 頭部 장식
을 완료한 다음에, 마지막으로 왕의 두부 뒷면에 그 동경을 매달았음을
실증해 주기 때문이다. 이렇게 본다면 그 동경은 마치 보살·성중의 광
배처럼 왕의 뒷머리에 붙어있었던 것이 확실하다. 고래로 불보살·성중
의 입체상에서, 그 광배가 동경처럼 만들어져 별도로 부착되어 있는 사
례는 얼마든지 있었거니와, 특히 전게한 법륭사의 백제계 관세음보살상
과 천왕상의 광배에서 이와 유사한 점이 보여 흥미롭다.

이처럼 왕이 동경을 광배로써 달았을 때, 그것은 보살·성상의 모습

---

60) 『무령왕릉발굴보고서』, p.36.

그대로였으리라고 연상할 수가 있겠다. 나아가 그 현상은 전술한 바 왕
릉의 극락세계에서 왕을 보살·성상, 대세지보살로 장엄·승화시키려는
경향과 부합되는 바라고 하겠다. 실제로 왕을 대세지보살로 전환·승화
시키려 했다면 여타의 모든 장엄·장식에도 불구하고 광배만은 불가결
의 필수조건이 되었으리라고 믿어진다. 광배야말로 모든 불보살·성상
의 필수적인 특징이거니와, 특히 대세지보살의 두부 광배(원광)는 그만큼
위엄·찬란한 것이었기 때문이다. ≪觀無量壽經≫ 第十一觀에

次觀大勢至菩薩 此菩薩身量大小亦如觀世音 圓光各面二百二十五由旬 照二
百五十由旬 擧身光明照十方國 作紫金色 有緣衆生皆悉得見 但見此菩薩一毛孔
光 卽見十方無量諸佛淨妙光明 是故號此菩薩名無邊光(p.344)

이라고 한 것을 보면, 그 光背의 정도가 실증되는 터라 하겠다.

다음 獸帶鏡은 직경 18.1cm, 緣高 0.6cm의 크기로, 왕비의 두부 관식
밑에 걸쳐서 역시 背文部를 위로 하고 나타났다. 그 전체구조가 정원형
임은 물론이고, 그 중심에 있는 圓座鈕에는 貫通孔이 하나 있어 왕의 그
것처럼 끈을 꿰었던 것이라 보아진다. 그 圓座鈕의 주위에 9개의 圓座乳
가 있고, 그 사이사이에 간단한 초화문이 배치되었다. 이들에 연속하여
櫛齒文帶·素文帶·櫛齒文帶의 순서로 3대가 마련되었다. 內區에는 內行
八弧文이 있는 圓廓을 수반한 7개의 圓座乳를 두고 그 사이에 四神과 三
瑞獸의 도형을 새겼다. 外區는 平線인데 여기에는 안쪽에 鋸齒文帶를 그
리고 그밖에는 선회되는 당초문을 배치하였다.[61]

이 銅鏡도 왕의 그것과 같이 대형 원반에 圓座鈕를 중심으로 9개의 圓
座乳와 7개의 이중 圓座乳가 빙둘러 배치되고 또한 원형윤곽선이 중첩으

---

61) 위의 보고서, p.35.

로 둘러리 하였는데, 그 사이사이에 빛살모양의 각종 齒形文과 불교계의 당초문양이 적절하게 위치하였다. 그렇다면 이 동경도 왕의 그것처럼 불타의 법륜 겸 보살·성중의 광배로 취급되어 무방할 터이다.

이렇게 볼 때에, 이 동경이 왕비의 두부, 관식 밑에서 貫孔 圓座鈕의 背文部를 위로 하고 나타났다는 사실이 중시된다. 말하자면 이 동경도 왕의 경우처럼 왕비의 頭部 장식이 완료된 다음, 그 뒷머리에 광배처럼 부착되어 있었음이 확실하기 때문이다.

이렇게 왕비가 동경을 달았을 때에, 그 모습은 왕의 그것과 같이 보살·성상의 형상을 그대로 보이는 것이라고 추상할 수밖에 없다. 그리하여 그 모습이 기술한 바 왕릉의 극락세계에서 왕비를 관세음보살로 장엄·승화시키려는 의도와 일치되는 것은 자연스러운 현상이라 하겠다. 실제로 왕비를 관세음보살로 전환·승화시키려 했다면, 왕의 대세지보살처럼 그 광배가 필수 장엄이 되었을 것은 확실하다. 그 광배가 보살·성상의 필수조건임은 물론이거니와, 관세음보살도 대세지보살과 같이 그 두부의 圓光이 휘황찬란한 것이었기 때문이다. ≪관무량수경≫ 第十觀에

次亦應觀觀世音菩薩 此菩薩身長八十億那由陀恒河沙由旬 身紫金色 項有肉髻 項有圓光面各百千由旬 其圓光中有五百化佛(p.343)

이라고 한 것을 보면, 그 光背의 수준이 입증되는 바라 하겠다.

이상 검토한 바와 같이 왕과 왕비의 동경이 각기 뒷머리에 부착됨으로써, 그것들은 보살·성중의 광배처럼 왕과 왕비를 보살계 성상으로 전환·승화시키는데 결정적 역할을 했으리라고 보아진다. 이러한 광배를 달아서 성화된 왕과 왕비가 왕릉의 극락세계에서 대세지보살과 관세음보살로 군림하게 되었다면, 그 광배에서는 무량광명이 쏟아져 나와 극락

세계는 물론 사바세계까지도 비추어 주리라고 관념·신앙되었으리라 추단된다.

15) 목제 鳥形과 악기류

출토문물 중에서 목제 조형과 악기류 殘形은 비교적 특이한 것이면서도, 발굴보고서 이래 학계의 무관심 속에 묻혀 있었던 것이다. 실제로 그것들은 그 자체만을 가지고서는 鳥形과 악기라는 사실 밖에 이렇다 할 내질과 계통, 불교적 성격 등을 잡아 보기가 어려웠을 것이다. 그런데도 이 鳥形과 樂器類는 그 전체문물의 맥락 속에서 비교적 선명한 성격을 들어낸다는 점이 주목된다.

먼저 목제 조형은 한 쌍으로 왕비 頭枕 앞에 떨어져 있던 것인데, 원래 목침의 상면에 전면을 보고 얹혀 있었던 것이라 추정되었다. 발굴보고서 이래 그것이 목제 봉황두라고 통칭되고 있지만, 얼핏 보아도 전체 양태가 봉황같지 않다. 더구나 실물을 엄밀히 살피고 보고서에서

> 나무에 엷게 黑漆을 하고 부리 내부와 周緣, 귀밑의 아랫면두, 목 뒤 그리고 頭頂中央에서 뒤로 뻗은 깃에는 각각 朱칠을 하고 따로 금박을 頭頂 깃, 부리 基部를 옆으로 스쳐 뒤로, 頸部 전면 양측에 각각 帶狀으로 돌려 전체에 액센트를 주고 있다. … 그리고 후두부에서 목 상부에 걸쳐서 흰 칠을 하고 그 위에 사이가 있는 평행흑선을 세로 그려 羽毛를 표현하고 있다.[62]

라고 설명한 것을 자세히 본다면, 그것은 봉황과의 거리가 점점 멀어지는 터라 하겠다. 위와 같이 드러난 구조·양태와 세부 표현까지를 종합 검토

---

62) 위의 보고서, p.46.

할 때에, 그것은 봉황이라기보다는 오히려 원앙이라고 판단해야만 마땅할 터이다. 우리가 보물이나 그림에서 흔히 볼 수 있는 원앙의 전체 윤곽이나 세부형태 그리고 깃털의 색상·선형까지를, 그 목제 조형은 근사하게 집약·표출하고 있기 때문이다.

이와 같이 그 木鳥를 원앙으로 파악할 때에, 그것은 왕과 왕비의 상관성을 입증해 주는 의례적 의미로도 적합하거니와, 나아가 정토신앙적 의미로도 부합되는 바가 있다. 더구나 그것이 원앙일진대, 입을 벌리고 있는 모습과 눈이 불룩하면서도 깃처럼 꼬리지고 뒷머리 긴 깃이 뿔처럼 뻗고 있는 모양은 마치 극락세계의 원앙을 연상케 하는 바가 있다. 적어도 한 쌍의 원앙이 이런 모습으로 상응하여 있다 하면, 그것은 서로가 환희하며 노래하거나 이야기하는 모습일시 분명하기 때문이다. ≪관무량수경≫ 第八觀에

──樹下亦有三蓮華 諸蓮華上各有一佛二菩薩像 遍滿彼國此想成時 行者當
聞水流 光明及諸寶樹鳧雁鴛鴦皆說妙法(p.343)

이라고 한 것을 보면, 극락세계에 자리하고 있는 원앙의 모습을 확인할 수 있겠다. 마침 돈황동굴 제329굴에 서방정토·극락세계를 벽화로 그려 놓았는데, 칠보누각 위에는 이대보살이 屹立하여 많은 장엄과 신상들에 둘러 싸여 있고, 그 아래 淸淨池水 위에는 원앙인 듯한 한 쌍의 조류가 상화하여 노닐고 있음을 보여 준다. 이 조류가 원앙임에 틀림없다면, 극락세계에서 차지하는 원앙의 위치가 더욱 분명해진다고 하겠다. 게다가 정토삼부경에 계하여 미타삼존의 본생담을 소설로 엮어 놓은 <안락국태자경>에서 관세음보살의 전신이 원앙부인으로 되어 있다는 사실도,[63] 따지고 보면 극락세계에서 차지하는 원앙의 좌표를 방증해 주는 것이라 보아

진다.

그리하여 원앙이 극락세계의 필수물이라고 한다면, 왕릉의 극락세계에서도 원앙을 필수적으로 갖추어야만 했을 것은 물론이다. 따라서 위목제 조형 한 쌍이 원앙으로서 왕릉의 극락세계를 제대로 장엄했던 것이라고 추상할 수가 있겠다.

다음 악기류는 원형 전모로서가 아니고 그 잔형으로 발견되었다. 그런데 발굴보고서에서 그 잔형을 날카롭게 복원하여 결국 玄室의 남북에 각각 1개씩의 玄琴이 놓였고 羡道에도 1개의 악기가 있었던 것으로 추정하였다.64) 그것이 정말 현금이었는지는 장담할 수 없으나, 그들 3개 내지 3종의 악기가 그 자리에 있었던 것만은 확실하다 하겠다.

이들 악기류는 그 자체만을 떼어 놓고 볼 때에는 대체로 왕과 왕비가 생전에 사용하던 것이거나 즐겨 듣던 것이 부장된 것이라고 판단하기가 쉽다. 그런데 이 악기류를 문물 전체의 맥락에서 살필 때에, 그것은 매우 중요한 의미를 지닌다. 왕릉의 극락세계를 인정하는 마당에서, 위 악기류는 그 세계의 중요한 莊嚴具로 위치하고 있는 것이 분명하기 때문이다. ≪관무량수경≫ 第六觀에

重寶國土 ——界上有五百億寶樓 其樓閣中有無量諸天 作天伎樂 又有樂器懸
處虛空 如天寶幢不鼓自鳴 此衆音中 皆說念佛念法念比丘僧(p.342)

이라고 하여 '無量諸天'의 기악과 악기가 극락세계의 필수적인 장엄물임을 실증해 주고 있다. 그렇다면 위 왕릉의 극락세계에서 악기류가 필수적인 존재로 자리잡고 있는 것은 당연한 일이다. 전술한 바 돈황동굴에 속

---

63) 史在東, 「安樂國太子傳 硏究」, 『語文硏究』 第5輯, 1967, pp.107~109.
64) 『무령왕릉발굴보고서』, pp.41~42.

하는 극락세계의 벽화에 諸天奏樂圖가 그려져 있는 것은 저 극락세계와 제천기악 및 악기와의 밀접한 상관성을 구체적으로 실증해 주는 것이라 본다. 그리하여 고구려의 三室塚이나 舞踊塚 같은 고분 현실에 天人奏樂圖가 蓮華・唐草文 등과 어울려 그려진 것은 아무래도 그 현실 내부를 극락세계로 장엄하려는 징표로 간주하여 무방할 터이다.

그래서 이들 악기류는 왕릉의 극락세계에서 필수적인 장엄물로 위치함으로써, 전게한 百寶色鳥, 極樂鳥의 '和鳴哀雅' 그리고 원앙의 '演說妙法' 등과 어울려 그 세계를 보다 극락스럽게 조성하는 데에 이바지했던 것이라 하겠다.

16) 여타 문물

여타의 문물도 왕릉의 내부에 들어있던 것이므로, 왕릉을 극락세계로 인정하는 마당에서는 일괄하여 불교적 성향을 지녔다고 추정해 볼 수도 있겠다. 그런데 그것들은 일부 불교적 성격을 띠면서도 백제 고유의 토착성과 역사성을 더 많이 띠고 있다는 점에서 주목된다. 그리하여 그 문물들을 대강 裝身具類・鎭墓護法用具類・供養祭器類・生前使用具類 등으로 대별하여 개관해 볼 필요가 있겠다.

먼저 裝身具類에는 왕비의 金製七節頸飾과 金製九節頸飾 그리고 金製釧과 銀製釧 등이 있다. 이들 장신구들은 銀製釧이 龍文을 부각시킨 것 이외는 그 자체가 불교적 색채를 드러내고 있는 바는 없다. 다만 왕릉의 극락세계를 전제하고 왕비를 관세음보살로 성화시키려 한 문물의 의도를 파악한 이상, 위 頸飾이 불교적 특징을 지닌 다른 장식물들과 함께 관음적 장엄으로 사용되었음을 추지할 수가 있겠다. 그리고 金銀諸釧類도 한・일간 고래 관음상들이 대부분 釧形式의 장식물을 끼고 있었다는

점을 고려한다면, 왕비를 관음성상으로 장엄하려는 장식의 하나로 활용
되었던 것이라 볼 수도 있겠다.

다음 鎭墓護法用具類에는 왕의 單龍鐶頭刀와 金銀粧刀子 그리고 왕비
의 金銀粧刀子, 왕과 왕비의 金銀銅裝飾履·鈇鉾·石獸·方位石·五銖錢
등이 꼽힌다. 單龍鐶頭刀는 單龍透刻裝飾이 불교와 유관한 듯하고 그밖
에는 불교적 특색을 나타냄이 없다. 刀劍類가 무력을 상징함은 보편적인
사실이거니와, 일단 그것이 무령왕의 위세를 표상하고 있는 터라 보아도
무방할 것이다. 그런데 明王을 비롯한 破邪顯正·護法神衆들이 槍劍을
들어 그 위세를 보이고 있다는 점을 고려한다면, 그 王刀가 辟邪·護法
의 불교적 성향과 무관하다고 할 수는 없다. 더구나 왕을 대세지보살로
성화시키려는 문물의 의도를 알고 보면, 그 보살의 무량한 위세를 표상
하기 위하여 왕에게 그런 刀劍을 채워 준 것은 결코 무리한 일이 아니었
을 터이다. 그러한 왕의 모습에서 武寧王的 大勢至菩薩의 위엄을 족히
발견할 수가 있겠기 때문이다.

金銀粧刀子는 백제 전통의 刀子民俗을 비교적 강하게 반영하고 있다.
그런데 千手觀音을 중심으로 많은 聖衆들이 보살의 위신력과 벽사·호
법의 상징으로 小刀를 수지하고 있음을 보게 된다는 사실이다. 따라서
왕과 왕비가 莊嚴·聖化되는 마당에 金銀粧刀子로 장식되어 있다는 것은
결코 어긋나는 일은 아닐 터이다.

金銀銅裝飾履는 생전의 평상용이 아니고 장례용 부장품으로 특별히
제조되었을 것이다. 그런데 그것이 전체적으로 인동당초문양과 소형원형
영락으로 장식되어 있음을 보아, 그 불교적 성향을 강하게 느낄 수가 있
다. 법륭사의 백제계 천왕들이 邪鬼를 짓밟고 있는 형상을 보이는데, 그
特殊履에서 그와 유사한 履形을 찾아 볼 수도 있겠다. 더구나 위 飾履들
은 다 같이 그 바닥에 날카로운 못을 내세워 보다 강인한 인상을 주고

있다. 왕과 왕비가 보살·성상으로서 그런 飾履를 신었다고 한다면, 그 것은 극락세계의 부정을 몰아내고 邪氣를 진압하며 청정법계를 수호하는 역할을 제대로 감당해냈으리라고 믿어진다.

鐵鉾라는 것은 그 보물을 여러 모로 비교 검토해 본 결과, 鐵鉾이기보다는 오히려 불국토의 호법신중들이 소지하고 있는 金剛杵의 형태라고 판단함이 옳을 것이다. 그렇게 본다면 어떤 존재가 그것을 운용했느냐가 문제되지만, 그러한 金剛杵는 그 자체만으로도 파사·호법의 기능을 발휘하는 성물로서 신앙되어 왔던 것이다. 그것이 王妃棺臺 前面에서 발견됨으로써 판단을 더욱 어렵게 하거니와, 아무래도 백제의 전통적 민속과 관련시켜 검토되어야 할 터이다.

石獸는 형태가 특이하여 그 유례를 찾기 어렵거니와, 일찍이 윤무병에 의하여 鎭墓獸라고 규정된 바가 있다.65) 그만큼 그것은 백제의 장례의식을 강하게 반영하고 있는데, 또한 그것은 벽사·호법의 불교적 성향이 없지도 않다. 그 왕릉의 극락세계를 전제할 때에, 이승과 저승의 분기점, 극락세계의 문턱에서 괴상한 모습으로 버티고 서 있는 석수는 외침하는 邪氣를 물리치고 극락의 청정법계를 수호하는 천왕적 실존이라 볼 수가 있겠다. 그 석수는 오랜 전통의 처용적 성격을 지니면서도 파사·호법의 신중들이 패용하는 괴수·귀면 등이나 동양권 고찰에 보이는 괴수·귀면의 조형과 회화물들처럼 벽사·호법의 기능을 족히 발휘했으리라 보아지기 때문이다.

방위석은 방위표라 하여 장방형의 석판에 十二支 方位를 새겨 석수 바로 앞에 나란히 깔아 놓았던 것이다. 그런데 석판 4변 중에 3변에만 방위를 표시하고 석수를 향한 면, 즉 현실과 맞대있는 서쪽 부위 1변에는

---

65) 尹武炳, 「武寧王陵 石獸의 硏究」, pp.34~35.

그 표시를 않고 공백으로 남겨 두었다. 발굴보고서에서는 대만의 어떤 학자가 '서방을 비운 것은 서쪽이 중국에 해당되므로 중국을 높이는 의미에서 비웠다'고 주장했다는 것을 터무니 없는 망설이라고 비판하면서

> 이것은 이 석재 자체가 정방형이 아니었기 때문이다. 24방위를 기입함에 있어서 정방형이 아니고서는 방위의 위치를 제대로 설정할 수 없기 때문이다. 곧 正西에 해당하는 부분은 적어 넣을 수 있다 할지라도 西北隅와 西南隅의 명칭을 기입할 자리가 없게 된다. 그러므로 서방 일면을 비워 두지 않을 수 없게 된 것이다.[66]

라고 그 缺刻의 이유를 설명한 바가 있다. 이런 식의 설명은 아무리 풍부한 자료를 동원했다 하더라도 대만학자의 그것처럼 설득력이 없다. 왕의 장례에 꼭 필요한 방위기록이었다면, 어떤 방편을 쓰든지 다 기입했을 일이지, 石材가 正方形이 아니라는 이유 하나만으로 서방 전체를 비워 두었으리라는 것은 상상조차 할 수 없겠기 때문이다. 더구나 보고서에서는 이 방위표가 처음부터 계산에 넣은 것이 아니고, 왕비의 석판 양면에 글자를 새기면서 왕의 석판 1면이 비어 있음을 이상히 여긴 나머지 추가로 새겨 넣은 것이라고 추정하였다. 그렇다면 석판의 빈자리를 메꾸려고 우연히 새기기 시작한 것이 방위표요, 그러다가 새길 자리가 마땅치 않아 서방쪽은 새기지 않은 것이 지금 보는 결과를 내었다는 이야기가 된다. 이것은 정말 무책임하고 안이한 추론이거니와, 그 방위표는 당시 백제의 신앙·의례에 준하여 필요 불가결의 葬物이었던 것은 물론이고, 더구나 서방을 비우는 데에는 꼭 그럴만한 이유가 있었던 것이 분명하다.

이 왕릉은 궁성이 자리했을 공주 중심지를 주축으로 하여 대체로 西方

---

66) 『무령왕릉발굴보고서』, p.53.

丘陵에 위치하고 있다는 점과 그 능의 방위가 전면을 동, 후면을 서로 하고 있다는 사실을 주목하면서, 왕릉의 현실을 서방정토·극락세계로 시인해 온 것을 상기할 필요가 있다. 그러고 보면 그 방위표가 맞대고 있는 서방이 바로 왕릉의 현실, 서방정토의 현장이 된다는 것이다. 그러니까 서방정토의 현장에 입각하여 他邊 방위를 기입·표시하자니 자연 서방현장을 표시할 필요가 없었던 것이며, 따라서 방위표의 서방이 缺刻으로 되어 있음은 너무도 당연한 일이다. 그렇다면 그 서방의 결각 현상은 오히려 그 능의 현실이 서방정토의 현장이라는 것을 입증해 주는 터라고 하겠다. 이런 점에서, 大谷光男이 이 방위표의 서방 결각을 두고 아미타신앙의 영향이라고 본 것은[67] 날카로운 바가 있다고 하겠다. 그러므로 이 방위표는 왕릉의 현실을 서방정토로 좌정시키고 확고부동하게 진정시키는 절대적인 역할을 담당했던 것이라 보아진다.

五銖錢이라는 것도 그 놓인 자리로 보아 백제 장례의식의 중요한 일면을 암시해 주고 있다. 그것은 왕릉 토지를 매입하는 금액으로 간주되기 때문이다. 이점 인류학·민속학 쪽에서 보다 자세한 검토가 있기를 기대하거니와, 우선 이 錢類의 정토신앙적 측면을 살펴 볼 필요가 있겠다. 정토신앙의 오래된 전통으로 死者를 극락세계로 왕생시키는 재의가 있어 왔다. 그 의식에서는 반드시 지전이나 동전을 놓고 극락왕생을 기원하되, 그 錢類를 死者가 지참하여 극락길을 가면서 보시공덕을 쌓고 극락문전에서 수문장에게 모든 것을 희사함으로써, 부정 없는 마음으로 극락세계에 들어갈 수 있다고 믿었던 것이다.[68] 이렇게 본다면 五銖錢은 백제의 전통신앙이 두루 얽혀 있을 것이라는 전제하에서, 왕과 왕비가

---

67) 大谷光男, 앞의 논문, p.154.
68) 고금 사찰에서 亡者의 극락왕생을 비는 齋儀가 이런 식으로 진행되어 왔고, 고금의 무속에서도 그런 경향을 보인다. ≪三國遺事≫ 卷第五, 月明師兜率歌條 참조.

극락세계로 들어가 聖化되기 위해서 수문장(석수)에게 보시·희사했던 것이 아닌가 추단되기도 한다. 그래서 위와 같은 鎭墓護法用具類들이 불국토를 수호하는 호법신중들의 기능을 발휘함으로써, 왕릉의 극락세계는 보다 완벽하게 정좌하였다고 보아진다.

그리고 供養祭器類에는 靑銅鉢와 靑銅蓋, 靑銅製접시形容器, 靑銅匙, 靑磁四耳瓶, 靑磁盞 등이 있다. 이것들은 그 자체로서 불교적 특색을 가지고 있지 못하므로, 백제의 전통의식에 의한 배치라고 일단 주목해야만 되겠다. 그러나 그것이 서방정토로 설정·확립된 왕릉의 현실내에 있었다는 점에서 그것들은 정토신앙에 입각한 공양제의의 용기였으리라는 사실을 부인할 수가 없겠다.

끝으로 生前使用具類에는 왕의 方格規矩神獸鏡과 왕비의 靑銅製 다리미, 金銀製 小形釧 등이 있다. 왕의 神獸鏡은 별도의 상자에 넣어 왕의 족좌부에 위치하였으므로, 생전의 사용구가 아니었던가 짐작된다. 그 神獸鏡은 方格規矩와 人獸相和의 양태로 보아 天下國土·人間萬物을 太平光明으로 다스리는 왕권을 표징하고 있는 듯이 보인다. 그러니까 왕이 생전·평소에 이 신수경을 거울삼아 왕위를 누리다가 생전 왕권과 사용구의 대표물로 사후까지 지니고 왔던 것이라 판단할 수가 있겠다.

그리고 靑銅다리미와 金銀釧類는 그것의 성격과 형태로 보나 왕비의 족좌부에 위치했던 점으로 미루어, 생전의 사용구였으리라고 믿어진다. 이 다리미가 규중 가사의 중요용구임은 물론, 그 釧類가 또한 여자 장식의 전형적인 물품임으로 하여, 그것들은 여성 상징의 기물로서 왕비를 대변하고 있었던 것이라 생각된다.

이런 류의 생전 사용구를 사후세계까지 휴대하여 저승 극락의 생활에 활용하게끔 배려한 葬儀信仰은 그 전통이 구원하다고 보아진다. 이러한 문물의 토착성과 역사성은 위에 든 문물의 백제적 극락세계의 그것을 본떴다 하더라도, 거기에 송두리채 말려들지 않았다는 점에서 토착성과 역사성으로 정립되는 백제의 창조적 기저를 벗어날 수가 없다는 것을 밝혀주고 있다.

이상 고찰해 온 바와 같이 무령왕릉의 출토문물은 거의 모두가 불교적 성향을 띠고 있을 뿐만 아니라, ≪觀無量壽經≫에서 소설한 極樂淨土·蓮華藏世界의 문물과 친연성을 가지고 있다. 蓮華文 일색의 塼室과 연화계의 각종 문물, 영락계의 衆寶莊嚴과 金銀製樹葉·華瓣形 각양 장식 그리고 그 안에서 大勢至菩薩·觀世音菩薩의 성상으로 승화되어 군림하고 있는 왕과 왕비의 위용, 게다가 다시 각종 鳥類와 樂器까지 배치한 왕릉의 제반 문물은 그것만으로도 극락세계를 족히 조성하고 있는 것이다. 거기에다 황금색이 편만하고 衆寶珠瓔珞이 영롱한데 摩尼寶珠의 무량광채와 菩薩光背의 無邊光明이 융합하였으니, 완벽한 극락세계를 이룩하고 있음이 분명하다. 이로써 이 왕릉의 문물은 ≪관무량수경≫의 극락세계를 집약하여 조형화한 것임을 확인할 수가 있다.

그런데 이 왕릉의 문물은 ≪관무량수경≫의 세계를 그대로 직역해 놓은 것이 아니다. 이 문물이 저 경전의 세계를 전범으로 하였으되, 그것은 백제의 토착성과 역사성으로 조화된 고차원적 정신문화를 융화시킴으로써 백제예술로 창조되어 있기 때문이다. 따라서 이 문물들은 다같이 극락세계를 조형화 하였으되, 중국계의 동굴·능묘나 고구려·신라계의 고분·석굴들과는 유형을 달리하며, ≪관무량수경≫의 그것을 뛰어 넘어 극락의 眞如世界를 백제 위에 구현하고 있는 터라 하겠다.

그러므로 ≪관무량수경≫을 주축으로 하고, 백제의 풍토와 역사를 기반으로 하여, 이 왕릉문물의 원형을 족히 복원할 수가 있겠다. 그리하여 이 문물의 원형에서 백제의 佛教齋儀와 그에 따른 불교문화현상을 탐색해 낼 단계에 이르렀다고 보아진다.

4. 무령왕릉 문물의 원형과 제의적 성격

1) 무령왕릉 문물의 원형

위에서 살펴 본 대로, 이 무령왕릉은 극락정토·연화장세계로 조성되니, 거기에 안치된 모든 문물이 이를 실증하고 있는 터다. 결국 이 무령왕릉의 전체적 구조와 그 문물은 ≪관무량수경≫을 원전으로 하여 이상적인 극락세계를 조형화함으로써, 무령왕과 왕비가 그 세계의 주인으로 영생·복락을 누리도록 조영하였다는 것이다. 그러기에 이 능묘의 내부는 온통 무령왕과 왕비의 극락정토·연화장세계라는 점이 확인되었다. 그것은 무령왕과 왕비의 서거 이래, 상주인 성왕 당시의 능묘 신앙과 풍속을 승화시켜, 최고 지선의 이상향으로 성취된 것이었다. 따라서 그 왕릉의 세계는 시공을 초월하여 왕과 왕비의 영생 극락을 길이 보장하게 되었다. 위에서 고증된 그 왕릉의 문물이 이를 유기적으로 완벽하게 실현하고 있기 때문이다.

이 왕릉의 극락정토·연화장세계에서는 서방교주 아미타불이 불가사의한 위신력을 나투고 있다. 원래 아미타불은 무량수·무량광으로 현현하여 일정한 형색을 보이지 않고 자유자재한 것이다. 그래서 아미타불은 무량수의 면모도 중요하지만, 무량광의 면목이 더욱 뚜렷하다. 그러기에 서방정토의 주재자는 광대·무변의 광명으로 충만되어 무량수의 무한생명과 조화된다. 따라서 이 왕릉의 그 세계에서는 아미타불이 구체적인 형상을 보이지 않고, 그 속의 금은 칠보의 조화로운 광채를 바탕으로, 3개 벽의 감실에서 방출되는 마니보주의 찬연한 광명을 통하여 상징적으로 자리한다.

그리하여 이 세계에서 실제적으로 위력·권능을 발휘하는 것이 바로 관세음보살과 대세지보살이다. 이 두 보살은 아미타불의 좌우 보처로서 그 찬란한 위풍을 장엄하고, 이른바 권보살의 권능을 발휘하는 터다. 그래서 여기서는 예상된 대로 무령왕이 대세지보살로, 그 왕비가 관세음보살로 승화·작용하게 된 것이라 하겠다. 실제로 위 왕릉의 문물을 통하여 재구되는 왕과 왕비의 위용·장엄은 그대로 대세지보살과 관세음보살의 실상을 보여 주기 때문이다.

먼저 무령왕의 위용을 보면, 대세지보살의 면모가 여실히 드러난다. 원래 군왕과 왕비의 장송절차에서 장엄·장식의 일체 문물은 새롭게 제작되는 게 원칙이다. 그래서 무령왕의 시신은 염습·장엄 과정에서 보살의 그것을 이상적으로 본뜨게 되었던 터다. 그 왕의 용모는 본래 '眉目如畵'로 잘 생긴 터에, 갖가지 제례적 분장을 하고 그 보살적 관식을 갖추었으니, 그 보살의 광배와 같은 동경을 곁들여 어느새 보살의 위풍을 갖추기 시작한다. 여기에 각양 각색의 금은 연화문 및 연엽문 장식을 붙인 의상을 입고, 귀걸이·목걸이·팔지 등으로 장식됨으로써 원만·완연한 보살상이 되는 터다. 게다가 항마의 금동 신발을 신고 여러 가지 보검을 지참함으로써, 심상치 않은 영웅적 위엄을 갖추게 된다. 이것은 무령왕의 무위를 나타내기도 하지만, 이를 보살상에 견준다면, 바로 파사현정의 대세지보살을 떠올리는 것이다. 그렇다면 이 무령왕은 그 연화장세계에서 대세지보살로 상정되어, 그렇게 꾸며지고, 그 보살적 권능을 발휘하며 그 세계를 다스릴 뿐만 아니라, 백제의 조정과 백성들까지 음조하기를 염원했던 터라 하겠다. 이것은 바로 당시 성왕이나 왕족, 신민들이 그들의 장례 신앙과 그 풍습에 따라 취하여진 최선의 방편이었던 것이다.

이어 그 왕비의 용모를 살피면 관세음보살의 면목이 뚜렷이 보인다. 원래 이 왕비의 미모는 '美艶無雙'하여 가장 아름다웠으리라 추정된다.

여기에다 당시의 장속에 의하여 갖가지 화장을 하고 화려·찬란한 관식과 함께 머리를 특별히 수식하면서 다시 광배와 같은 동경을 곁들이니, 이것만으로도 보살의 자비상이 돋보인다. 나아가 거기에 각종 금은 연화문 및 연엽문으로 장식된 의상을 입고 다양한 귀걸이·목걸이·팔지 등을 착용함으로써, 보살의 면모가 더욱 강화된다. 더구나 그 왕비가 파사형 금동 신발을 신고 은장도를 지참한 것은 보살의 일면을 추가하는 터라 하겠다. 따라서 왕비의 장식·장엄은 미모·자비의 특징을 보임으로써, 보살로 치자면 관세음보살의 외모·권능을 들어낸다고 하겠다. 이점은 무령왕의 경우와 같이 당대 왕실·백관·민중의 장례 신앙과 관습에 따라 필연적으로 승화된 것이라 보아진다.

이와 같이 그 연화장세계에서 무령왕과 왕비가 아미타불의 무량수·무량광의 광명 아래, 대세지보살과 관세음보살로 상념·승화되어, 그 모양·권능을 그대로 갖추고 입관·장엄됨으로써, 더욱 신비화되고, 신앙의 대상으로 확신되었다. 그리하여 그 세계에서 극락조와 원앙조의 가창·설법과 악기의 음성공양이 이루어지고, 각종 재의의 금은 용기와 여러 도자기들이 배설되었던 터다. 따라서 무령왕과 그 왕비는 그 극락정토·연화장세계에서 대세지보살과 관세음보살로 화생하여 구품연대로써 화생 대중을 접인하며 영생하는 것으로 신앙·재례되었으리라 추정된다. 이것이 바로 그 왕릉의 문물을 통하여 재구해 본 극락정토·연화장세계의 원형이라고 보아진다. 그러기에 무령왕릉 文物은 ≪觀無量壽經≫의 세계를 저본으로 하여 성왕대의 인물들이 능침신앙과 관례에 따라 창조적으로 완성한 극락정토·연화장세계로서, 한국 능침문화의 정화·전형이라고 하겠다.

2) 무령왕릉문물의 제의적 성격

이 무령왕릉 文物은 그 ≪관무량수경≫을 원전·저본으로 삼은 이상, 그것이 정토삼부경과 직결된 바 정토사상과 그 신앙의 성격을 띠는 게 당연한 일이다. 전술한 대로 백제의 불교는 무령왕·성왕대에 이르러 난숙·융성을 보아 미타사상 내지 미륵사상을 주축으로, 그 신앙이 왕실이나 민중에 널리 유통되고 있었던 게 사실이다. 말하자면 망자의 천도나 사후의 세계를 위하여는 주로 미타정토를 숭신·갈망하였고, 생자의 복락이나 미래의 세계를 위해서는 주로 미륵정토를 동경·희망하였다는 것이다. 따라서 위 두 사상·신앙은 서로 대립하지 않고 정토를 공통기반으로 융화·상생의 길을 걸어 왔던 터다.[69] 그러기에 이 무령왕릉 文物이 미타사상과 그 신앙에 입각하여 조성된 것은 필연적인 일이고, 나아가 그것이 미륵사상·신앙과 공존하여 미륵사와 결부되었을 가능성이 크다.

이러한 왕릉문물은 전술한 대로, 그 극락정토·연화장세계 자체 내에서도 제례가 행하여지도록 설시되어 있었다. 실제로 금은 제기나 공양도자기 등이 배치되어 제례를 올리는 상징적 표현을 하고 있기 때문이다. 그런데 이것은 어디까지나 왕릉 내부의 실상·정황일 뿐, 외부·형상은 다만 산봉우리 같은 왕릉일 따름이다. 따라서 이 무령왕릉에 대한 의례에서는 왕실 중심의 불교적 재의를 겸하여 조정 위주의 전통적 제례를 행하였으리라 추정된다. 어떤 면에서는 불교적 국행제를 연상케 되는데, 여기서는 미타사상·신앙에 의한 불교식 재례보다는 국가적 법

---

69) 이렇게 정토사상을 기반으로 미타사상과 미륵사상이 공존하고 있는 현상은 백제·신라가 공통점을 가지고 있었다. ≪삼국유사≫ 권3 <南白月二聖>에서는 '노흘부득'과 '달달박박'이 친구로서 출가·정진하여 부득은 미륵불로, 박박은 아미타불로 성불한 사례를 보인다.

도·의례에 준한 전통적 제의가 주축을 이루었으리라 본다.

그래서 국가에서 행하는 무령왕릉의 불교적 재의는 한계에 부딪치고, 동시에 당시의 명찰, 국찰이나 원찰에 붙여 여법하고 본격적인 추천재의를 거대하게 거행하였으리라 본다. 원래 국상을 만나면 대소 사찰에서 그 추모재의를 치르는 것이 당연한 일인데, 당시 국도 웅진의 대찰들이 이에 순응하였을 것은 물론이다. 그중에서도 무령왕이 창건한 국찰·원찰로 궁성 대통사나 익산 미륵사 등에서 그 왕의 추천재의를 여법하게 본격적으로 거행했을 것은 당연한 일이다. 그 무령왕의 생전에도 탄신일이나 애경사를 당하면 이 미륵사 등에서 빠짐없이 큰 재의를 지냈으리라 짐작되거니와, 그러한 왕의 병중이나 상사에서 치병재의와 국상재의를 지내는 것이 국찰의 사명이었기 때문이다. 그리하여 무령왕의 국장 이래, 그 추모재의는 그 국가적 능행제와 대통사나 미륵사 중심의 천도재의로 가닥을 잡아 정례화될 수밖에 없었다.

그러는 가운데 성왕이 그 16년 부여로 천도할 것을 예정하면서, 국가의 보장적 능침, 무령왕릉을 수호·제례할 방도를 적극적으로 모색할 수밖에 없었다. 웅진 국도의 경내나 근접 지역에 있는 무령왕릉은 금은보배로 가득 찬 내막이 알려질 때에, 신도 부여에서는 안보·관리가 거의 불가능하였기 때문이다. 하기야 많은 파수병을 동원할 수는 있었지만, 그것은 국내 도굴꾼을 방어할 수 있을 뿐, 삼국의 각축 시대에 외적의 침범·약탈을 막을 수는 없는 게 엄연한 사실이었다. 여기서 계획된 묘안이 바로 그 본능을 폐쇄하고 이어 가능을 경영하는 일이었다. 말하자면 원능의 일체 문물을 그대로 두고 완전 폐쇄한 채로, 그 문물을 모두 이전하는 것처럼 가장하여 가능을 조성·이전하는 희대의 작업이 벌어졌던 것이다.[70] 그리하여 이 원능은 황폐된 산봉우리로 초목이 무성하여 세인의 이목과 관심에서 완전히 벗어나고, 그 대신 이 가능이 주목·각광을 받게 되었다. 지금 익산 금마에 미륵사와 조응하고 있는 이른바 무강왕과 왕비의 쌍릉이 바로 그것이라 본다. 그러한 가릉이 이 지역에 조성된 것은 그만한 명분이 있었을 터다. 무령왕이 창건한 국찰·원찰 미륵사에서 그 추모재의를 정례적으로 거행하는 마당에, 부여 천도를 계기로 이 능을 그 사원 근처로 옮겨, 이 대찰로 하여금 수호·관리와 제례를 주관하여 능사의 역할을 하게 만드는 것이 합리적이었기 때문이다. 그러기에 무령왕의 추모재의에 왕이 행행하면, 능묘 제례와 사찰 재의에 시차를 두고 겸행할 수 있는 편의가 보장되었던 것이다.

이러한 능묘 제례와 사찰 재의는 백제가 멸망하기 전까지는 매년 정례적으로 시행되었을 게 분명하다. 그리고 이러한 제의는 백제 유민들에 의하여 상당 기간 명맥을 유지하였으리라 보아진다. 기실 백제 유민들은 외세 저항적 성향과 부흥운동을 통하여 중흥주 무령왕을 추숭하고 그 왕의 사후 위신력과 그 음조를 갈망하는 의미에서, 그 제의를 계속했을 것이기 때문이다. 마침내 냉엄한 시대적 변천에 따라 그 제의는 다 사라졌지만, 그 원능만은 천년의 신비를 간직한 채 완연한 산봉우리로 남았던 것이다.[71] 실로 성왕 당시의 역사적 혜안에 감탄할 수밖에 없다.

5. 무령왕의 추모재의와 신화 · 전설

1) 무령왕의 추모재의

잘 알려진 대로 모든 제의는 그 구비상관물로서 신화 내지 전설을 형

---

70) 史在東, 「서동설화의 시대적 배경과 역사적 주인공」, 『애산학보』 28, 애산학회, 2003, pp.35~37.
71) 문화재관리국, 「무령왕릉의 위치와 발견경위」, 『무령왕릉발굴보고서』, p.1, 5.

성시킨다.[72] 그러기에 무령왕의 위 추모재의는 그 서거·예장 이후 장구한 세월에 걸쳐 시행되면서, 많은 곡절과 무상한 변모에 따라, 그 신화나 전설을 형성시켰으리라 본다. 그래서 그 추모 제례가 진행된 내용과 과정에 대하여 살펴 볼 필요가 있다. 전술한 대로 익산 금마를 공동지역으로 하는 가능, 무령왕과 왕비의 쌍릉에서 실시된 추숭제의와 그 창건 원찰, 미륵사에서 거행된 앙모재의가 바로 그것이다.

첫째, 쌍릉에서의 추숭제의에 대해서다. 이 쌍릉은 원래 가릉이지만, 그 이전 당시 극비리에 진행된 내막을 아는 주요인물이나 그 전문자 이외에는 모두가 진릉으로 믿을 수밖에 없었다. 실제로 원릉이 폐쇄되거나 실전되어 가릉을 조영하였을 경우, 일정한 제의절차를 밟은 이후부터, 그것은 진릉으로 공인·숭신되는 게 당연한 일이었다. 따라서 그 왕릉에 매장된 금은보배와 각종 문물이 화려·찬란하다는 소문까지도 전설처럼 맴돌았을 것이다. 이러한 현상은 원릉의 안보와 가릉의 권능을 강조하는 데에 중요한 역할을 했으리라 본다. 그리하여 이 쌍릉에서 국가·왕실 차원의 정례제의와 특별 제례가 거행되었던 것이다. 고금을 통하여 이러한 능행제는 그 규모가 크고 화려·장엄하였던 게 사실이다. 이것은 국행제에 준하여 무령왕의 재생·강림을 실감하고 국가의 존엄성을 각인시켜 백성·민중이 감동·복속하도록 하려는 치민의 방편이기도 했기 때문이다. 이런 점에서 이 능행제는 역대 종묘제례와[73] 동일한 차원이었다고 보아진다.

따라서 그 왕릉에는 당대의 왕이 친임하기에 알맞은 처소와 제의무대가 별궁·행궁처럼 설치·조성되어야 했다. 그 제례현장이 제단과 함께 그 주변이 지상극락처럼 화려·진중하게 장엄·설치됨은 물론, 그 제물

---

72) 김열규, 『한국민속과 문학 연구』, 일조각, 1971, pp.132~133.
73) 고영진, 「종묘의궤 해제」, 宗廟儀軌(上), 1997, pp.5~6.

이 온갖 장식과 더불어 법도에 맞추어 준비되었을 터다.

이때에 웅진이나 부여의 왕도에서 왕이 능행제의 행렬을 이끌고 무령왕릉으로 행차할 때, 그것은 일대 장관이요 장편 연극이었다.[74] 역대 군왕의 정식 행차는 마땅히 이러한 위엄과 연행을 보여 주어야 했기 때문이다. 이러한 행차의 절차와 과정에서는 적절한 장면을 설정하여 왕과 왕족이 친임하는 가운데 갖가지 의미 있고 정중한 의례·연행을 폈던 것이다.[75] 이러한 행차는 왕과 왕족, 만조백관과 백성·대중이 함께 하는 뜻 깊은 구경거리였다. 마침내 그 행차가 쌍릉 현장에 도착했을 때, 이를 영접하고 좌정시키는 장면도 가히 법도 있는 연행으로 치러졌을 것이다.

드디어 본격적인 제례가 시작될 때, 그 왕은 제주로서 헌작하고 배례하며, 왕의 이름으로 축문을 읽어 올리는 게 핵심적 절차였다. 이 제문은 실로 신성한 것이어서, 그 속에 무령왕과 왕비의 영가가 재생·강림하기를 간청하고, 생전의 행적, 그 엄중한 무위와 탁월한 경륜으로 국가의 중흥을 이룩한 불후의 공업에 찬탄을 올리고, 백제국의 부단한 융창을 위하여 부디 흠향·음조하시라는 비원이 서리어 있었다. 이것은 전통적인 의식일 뿐만 아니라, 무령왕이야말로 이러한 찬탄을 받기에 오히려 넘치는 성군·영주였던 것이다. 이 극적인 절차에 맞추어 이런 분위기를 고조시키는 관현을 연주하니, 바로 종묘제례악의 강림악이었다. 그리고 이 음악에 알맞은 무용이 장중하게 펼쳐지니, 그게 곧 종묘제례무의 강

---

74) 역대 군왕의 행차에는 엄중한 절차와 연극적 연행이 필수되었는데, 그 의궤가 기록되는 게 원칙이다. 그것이 문헌으로 현존하는 것은 조선조의 행차 의궤뿐으로 음악 문헌의 일환으로 취급되고 있다. 史在東, 「한국음악문헌의 희곡론적 고찰」, 『열상고전연구』 16집, 열상고전연구회, 2002, pp.368~372에서 그 의궤들의 연극적 공연과 그 대본의 희곡성을 지적하였다.

75) 오수창, 「원행을묘정리의궤 해제」, 園幸乙卯整理儀軌(上), 서울대학교 규장각, 1994, p.3~4.

림무였다. 이러한 제례가무는 그 영가들의 강림을 간청·찬탄하는 감동적인 가무극의 형태로 공연·승화되는 터였다.[76]

　이어 왕과 왕비의 영가가 만반 성찬을 식음하면서 생전·사후의 영화 속에 안평·복락을 누리라고 더욱 아름답고 감명어린 가무를 실연하였다. 이 연행은 완벽한 가무가 되어, 천지신명과 그 영가 그리고 왕과 왕족, 백관과 백성들을 하나로 융화시키는 것이었다. 바로 이 가무의 내용은 역시 무령왕과 왕비의 생애 중에서 획기적이고 탁이한 행적이었을 것이다. 고금의 보편적인 제의에서 그 제례대상의 신격을 찬탄·승화시키는 이른바 본풀이는 으레 이러한 경향을 띠어 왔기 때문이다. 그러기에 여기서는 대강 무령왕의 왕계·혈통, 출생·성장, 권능·위용, 결연·국혼, 등극·선치, 창사·외방 등이 본격적으로 서술되어 연행될 수가 있었던 것이다.

　그래서 이 제례의 마무리 단계에서 동참자 모두가 무령왕과 왕비의 영가를 환송·천도하는 연행이 필수되었던 터다. 다시 극락정토·연화장세계로 돌아가 영생·복락을 누리라고 기원하는 게 상례였기 때문이다. 여기서도 송신에 적합한 음악과 무용이 가무형태로 연행되어, 그 영가들을 향하여 마지막 정성·기원을 바치는 것이었다. 이것 역시 동참자 모두가 작별의 안타까움을 지긋이 수렴하고 여운을 남기는 후회없는 한 판 연극으로 승화되는 터였다. 이러한 분위기를 합리화하고 강조하는 것이 승가의 천도재의였다. 적어도 그 미륵사 창건주의 능행제에 있어, 그 절의 승려들이 여기에 그만한 기원·재의를 바치는 것은 필연적이고 당

---

76) 역대 종묘제례가무는 국행제에 두루 활용되었으니, 무령왕의 능행제에서도 준용되었을 것이다. 그 종묘 가무의 실상이나 연행에 따른 의궤 기록은 조선조의 상게 ≪宗廟儀軌≫(上) 정도가 남아 있다. 이 책의 <宗廟時用登歌圖說>·<時用軒架圖說>·<宗廟時用保太平之舞圖說>·<時用定大業之舞圖說>·<宗廟登歌圖說>·<宗廟軒架圖說>·<宗廟文舞圖說>·<宗廟武舞圖說>(pp.23～28) 등을 참조할 것이다.

연한 일이었기 때문이다. 이러한 천도재의가 비록 축소되어 그 제례의 일부로 자리했다 치더라도, 그것 역시 음악·가창과 무용을 부득이 수용·활용함으로써, 신성한 가무극의 면목을 보여 주었을 터다.

이상 그 능행제에서 그 시종 절차와 진행과정이 온통 무령왕과 왕비의 생애·행적을 추모·찬탄하는 음악과 무용으로 조화·일관되니, 이게 바로 제의극, 가무극으로 형성·전개된 것이었다.[77] 이런 제의극은 그대로 일반 연극의 실상을 보이고 때로 종교극·민간극의 연원·주류가 되어 왔던 터다.[78] 여기서 제례의 대상 신위 무령왕과 왕비의 본풀이에다 제례 현장의 연행을 유기적으로 연결시키면, 그 구비상관물이 바로 그 신화·전설로 성립·정착될 수 있었던 것이다.[79]

이러한 능행제는 여세를 몰아 당대 왕의 자비·선정을 강조하기 위하여, 인근 주민 내지 전국 백성들과 함께 즐기는 여흥·연희를 베푸는 게 관례였던 것이다. 역대 군왕들이 출궁하여 능행제나 대외 행사에 행차하였을 때는 으레 경로의 연희를 베풀고, 오륜에 탁이한 백성들을 가려 포상·격려하여 왔기 때문이다.[80] 여기서도 비록 장소는 다를 지언정, 이미 준비된 악사·기녀·광대들을 동원하여 흥미로운 민간의 음악·무용으로 가무극을 연출하고 대중적 공연을 내세워 군민이 함께 즐겼던 것이다. 이로 하여 무령왕의 음조와 당대 왕의 은택이 백성에 두루 미치고 태평성대를 구가하는 것이었다. 이런 가운데서 무령왕의 신화·전설이

---

77) 田仲一成, 『中國的宗教與戲劇』, 上海古籍出版社, 1992, pp.46~47.
78) 李敬惠, 『韓國假面劇的起源, 祭禮, 儺俗與民間戲劇』, 中國戲劇出版社, 1999, pp.625~626.
79) 현용준, 『무속신화와 문헌신화』, 집문당, 1992에서 '본풀이와 제의'(pp.285~286), '고대신화와 제의'(pp.300~302)를 논의하였다.
80) 오수창, 「원행을묘정리의궤 해제」(p.3)에서 '(그 행행과정에서)14일에는 신풍루에서 사방의 백성들에게 쌀을 나누어 주고 낙남헌에서 조정과 민간의 노인들에게 연희를 베풀었다'라고 하였다.

형성·전개되는 기반과 분위기가 이룩되고, 이에 유관한 미풍·양속이 자생·유통될 수가 있었던 것이다. 이런 현상은 백제가 멸망하고 그 유민들이 추모제를 축소·변모시켜 민간 차원으로 시행하는 과정에서, 구비전승의 흐름을 탈 수밖에 없었던 것이라 하겠다. 이러한 환경 속에서 역대 왕들의 행궁·별궁의 관념이 생기고, 실제로 그것이 실현될 수도 있었던 터다. 이런 사실과 상상·희망 등이 얽히고, 후백제의 정도와 혼돈되어 이 지역에 백제의 천도설까지 확대·전개되었던 것이라 하겠다.

둘째, 미륵사에서의 추모재의에 대해서다. 전술한 대로 이 미륵사는 무령왕이 창건한 백제의 국찰이요 원찰 내지 능사이었다. 따라서 왕과 왕족의 경사나 애사에 대하여 그 재의를 민감하고 정중하게 거행하는 게 사명이요, 당연한 업무이기도 하였다. 그 중에서 무령왕과 왕비에 관해서는 그 재의가 더욱 엄중하고 철저할 수밖에 없었다. 그러기에 무령왕과 왕비의 생전에도 탄신·축의나 건강 발원은 물론, 상사시에 빈전·출상·장례·매장 등에 따르는 재의와 49재류의 천도재가 시행되었다. 그 후로 매년 돌아오는 정례재의가 3가지 있으니, 탄신재의와 기신재의, 창사재의가 바로 그것이다.

먼저 탄신재의는 무령왕의 탄신일에 지내는 추모재의를 말한다. 그것은 불탄일을 기념하는 것처럼 서거 후에 오히려 강화되었을 가능성이 크다. 그 탄신일은 생전의 국가적 경사이기에, 서거 후에도 국가적 제례로서 거국적인 재의로 전개되었으리라 보아진다. 이런 경사적 추모재의는 국왕이나 왕족이 주체가 되고, 미륵사에서 주관·시행하는 체재로 계획·실행되었을 터다.

적어도 무령왕과 왕비가 서거한 후에는 미륵사에 이 두 영가를 영정과 함께 모시는 특별 전각이 보살전이나 조사전처럼 설치되었을 것이다. 자고로 그 사찰 창건과 직결된 저명 인물들에 대해서는 특별히 영각을 마련하여 추모제례를 베풀어 왔었기 때문이다. 지금도 영주 부석사의 선묘각,81) 곡성 관음사의 홍장각(유적),82) 화성 홍법사 홍랑각83) 등이 그 흔적을 보여 주는 마당에 국찰·원찰을 창건한 무령왕 양위의 영각이 미륵사에 건설·재례되는 것은 당연한 일이었을 것이다.

그렇다면 무령왕의 탄신기념 추모재의에서 미륵사의 준비 상황은 원칙적으로 짐작되는 바가 있다. 전술한 바 재의 장소를 그 영각에다 잡았을 것인가, 아니면 사찰 금당이나 중심 광장에 설치했을 것인가. 아무래도 그 영각이 다른 전각과 균형을 유지하면서 건설되고, 따라서 그 안에서 소규모 재의나 조석 공양을 올리는 데에 효율적으로 활용되었다면, 이 탄신기념 추모재의 같은 국가적 행사에는 적합하지 않았을 터다. 그러기에 그 재의 행사에서는 미륵사 금당이나 중심 광장에 그 무대를 특설할 수밖에 없었을 것이다. 말하자면 궁중이나 대찰에서 야외공연을 위하여 그 행사에 적합한 무대를 화려한 채붕 형태로 조성하는 관례에 따라, 그 무대의 규모와 형식이 결정되었을 터다. 먼저 재의 대상인 무령왕 양위의 영좌를 설정·장엄하여 영정과 위패를 모시고, 그 앞에 법도에 맞는 제물을 최고의 제기와 장식물로 차린다. 그 주변에 최상의 회화·조각·공예물을 불교식으로 배열·성화시키고, 각양각색의 등촉을 밝혀 놓는다. 이어서 재례를 지낼 만한 넓은 공간을 마련하고 고아하게

---

81) 경상북도 영주시 부석면 북지리 봉황산 중턱에 자리한 부석사의 무량수전 옆에 의상대사를 적극 도와서 이 절을 창건하였다는 전설적 인물 선묘의 '선묘각'을 세우고 그 화상을 모시고 재례하고 있다. 한국불교연구원, 『부석사』, 일지사, 1976, p.19.

82) 전라남도 곡성군 오산면 선세리 성덕산에 자리한 관음사의 원통전 주변이나 경내에 이 절의 창건에 직접 공덕을 세운 원홍장황후의 '홍장각'을 지어 그 화상과 위패를 모시고 재례하였을 것이라 추정하였다. 사재동, 「<원홍장전>의 실상과 <심청전>의 관계」, 『예산군의 효행과 우애』, 예산군청, 2002, pp.137~138.

83) 경기도 화성군 서신면 홍법리 청명산에 자리한 홍법사 경내 입구 좌편에, 이 절의 창건계기를 직접 제공한 홍랑 후궁의 '홍랑각'을 세우고 그 화상을 모시고 재례하고 있다. 사재동, 「<원홍장전>의 실상과 <심청전>의 관계」, pp.113~114.

장식한다. 재주인 왕과 왕족이 진퇴하고 머무는 처소와 함께, 재의를 주제하는 승려들이 자유롭게 용신하며 그 집사자·보조자들이 걸림 없이 드나들 여지가 있어야 되었기 때문이다. 이렇게 재단이 마련되면, 이어서 여러 관현악사와 출연자들이 좌정하는 자리가 지정되고, 나아가 각계각층 승·속간 인물들이 동참·관람하는 이른바 객석이 아주 넓게 시설되어야 한다.

이에 맞추어 왕과 왕족의 행차는 여법하게 궁성을 떠나 장엄·화려한 연행 절차를 밟으며 미륵사에 접근하고, 승·속 만인의 환대·경배를 받으며 입사한다. 어가에서 내려 왕과 왕족은 이미 마련된 처소에 들어가 다담의 융숭한 대접을 받으며 재의에 대비하고 있다. 마침내 재의가 시작되면 승려들의 집전 순차에 따라 왕이 친임하여 영신 절차를 진행한다. 그래서 무령왕과 왕비의 영가가 왕림·좌정하면, 왕이 헌작하고 제문을 읽어 감응·흠향하기를 빌며, 무령왕의 행적을 찬탄하며 국태민안을 발원한다. 여기서 그 영가에게 음악·무용 등 작법공연을 바치어[84] 위로 불보살과 왕 및 왕족, 신민이 다 즐기고 감동하는 데까지 나아갔을 터다.

실로 이 영가와 제주, 동참자들이 하나로 즐기고 융합하는 단계가 흡족하게 끝나면, 그 영가를 봉송하는 과정이 필수된다. 여기서도 여한이 없는 원만한 절차가 진행된다. 바로 재주는 집전 승려가 안내·인도하는 대로 극락왕생을 비는 의례를 다하고 나머지 봉송 연행을 곁들여 그 마무리를 장식한다. 그리고는 식당작법이 이어지고, 왕과 왕족이 친임한 가운데 뒤풀이의 이름으로 동참·관람한 모두에게 만발공양을 베풀며, 승·속간에 법열을 누리는 연예 공연을 펼치는 것이었다. 여기서 무령왕

---

84) 박세민, 『한국불교의례자료총서 I』, 삼성암, 1993, pp.25~26.

의 음덕과 당대 왕의 은택이 미륵사의 불보살을 통하여 만백성에게 내려졌던 터다.

다음 이 미륵사에서 무령왕의 기신재의를 시행하는 경우를 유추할 수 있다. 기실 이 기신재의는 위 탄생재의와 크게 다를 바가 없다. 어차피 추모재의라는 점에서 동질적이기 때문이다. 이것은 불탄재와 열반재가 서로 다르면서 결국 동일하다는 점과 대비되는 터다. 실제로 재주나 재의를 주관·동참하는 입장에서는 탄생과 열반의 차이를 느끼겠지만, 그 재의 자체는 그 유형이 같을 수밖에 없다. 원래 재의는 '생사일여'라는 관점에서, 그 영가를 앙청·좌정시키고 온갖 공양과 절실한 찬탄, 간곡한 서원을 감동적 공연으로 봉헌한 다음, 이를 극락세계로 봉송하는 데서 마무리되고, 식당작법에다 뒤풀이 연행까지 하는 데서 끝나기 때문이다.[85]

그러기에 미륵사에서는 기신재의 준비가 위 탄생재의의 그것과 거의 동일하게 진행된다. 다만 여기서는 천도재의라는 특성이 강조될 따름이었다. 역시 명분·표제가 기신재의이었기 때문이다. 우선 그 준비과정의 분위기부터 보다 근엄·장중할 수밖에 없다. 국상 당시의 비장은 점차 불교적 차원으로 승화되었던 것이다. 그리하여 영가의 자리, 영정과 위패를 모시고 그 주위를 장엄하는 것도 그 취지와 분위기만 그렇게 맞추면 된다. 그러기에 여타 재단의 차림은 모두 영단의 그것에 준하여 마련되는 게 당연하다. 나아가 단하의 악사나 출연자의 자리, 각개 각층의 객석조차도 그 분위기만 추모의 방향으로 잡히면 되는 것이었다.

이에 무령왕과 왕비의 영가를 왕림·좌정케 청배하는 의식도 그 명분·표제에 맞게 분위기를 조정하게 된다. 그 앙청문·기도문의 내용과

---

85) 박세민, 앞의 논문, pp.26~27.

낭송어조, 연주곡의 정조가 기신의 정성을 드러내게 마련이었다. 그 두 영가의 좌정 후 여기에 바치는 온갖 공양과 재례, 그 제문 내지 발원문의 내용과 봉독의 어조, 그리고 주악의 곡조가 자연 근엄·장중하게 강조되었을 터다. 따라서 영산재처럼 작법 가무가 더욱 심각하고 다양하게 연행되었을 가능성이 있다.[86] 나아가 이러한 분위기 속에서 무령왕과 왕비의 행적은 그 제문 및 발원문과 직결되어 보다 찬연하게 칭송·서사될 수 있었을 것이다. 그래서 위 능행제나 탄신재의 경우 이상으로, 그 생애와 탁이한 행적이 좀더 장중하게 극화·연행되었으리라 본다.

그래서 그 양위 영가를 봉송할 때도 위 재의에서처럼 극락왕생을 보다 흡족히 기원했을 것이다. 이러한 재의와 연행은 최후로 바치는 최상의 정성이요 희원이었기 때문이다. 그래서 양위 영가는 우선 미륵사 내의 영각에 다시 안치되고, 나아가 가까운 거리의 쌍릉 내에 상정된 서방정토·연화장세계로 환위·안정되었으리라 본다. 그 원릉의 문물과 그 신앙·관념이 모두 이 쌍릉으로 옮겨 왔기 때문이다. 이어 그 뒤풀이의 공연이나 왕과 왕비의 대민 친화의 절차·진행이 기신재 나름의 심중한 분위기를 유지하는 것은 당연한 일이었다고 하겠다.

위와 같이 탄신재의와 기신재의는 추모재의라는 점에서 공통성과 동질성을 유지하면서도, 각기 특성을 갖추고 연행·공연되었던 게 사실이다. 그런데 이 두 재의에서 분명히 공통되는 것은 무령왕과 왕비의 행적을 가능한 한 미화·찬양하고 이를 가장 효율적으로 극화·연행하였다는 점이다. 원래 이러한 천도재의에서는 그 재의 대상의 일생·행적을 화려·장엄하게 풀이하고, 그에 어울리는 재의·기원의 온갖 절차를 여법하게 진행하는 게 원칙이었다. 따라서 무령왕과 왕비의 추모재의에서

---

86) 김응기, 『영산재 연구』, 운주사, 1999, pp.19~22.

도 그러한 행적 본풀이와 각종 의례 절차가 연극적으로 진행된 것은 당연한 일이었다.

여기서 이러한 행적 본풀이와 제례 절차들이 일관되게 극화·연행될때, 그것은 일단 제의극의 면모를 보이게 된다. 그 가운데 가장 중요한것은 이 재의 전체가 구비상관물로서 연설되면 그대로가 신화·전설이된다는 점이다. 원래 신화는 모든 제의 과정의 구비상관물이라는 제의학파적 이론이 보편화되어 있기 때문이다. 따라서 이 무령왕과 왕비의 추모재의가 전통적 관례에 따라 그 신화·전설로 형성·구연될 수 있는모든 환경·조건을 갖추고 있었다는 이야기다. 이러한 환경·조건은 백제가 멸망한 이후 미륵사가 유지될 때까지 사찰 당국과 유민들에 의하여 계승되었을 것이라 본다. 이상의 추모재의는 백제의 왕이나 왕족의참여 없이도 사찰을 중심으로 변모를 거듭하면서 유민들과 함께 계속진행되었을 것이기 때문이다.

한편 창사재의는 미륵사에서 그 창건을 기념하고 창건주를 추념하는경찬재의를 가리킨다. 원래 고금의 모든 사찰에서는 그 창건을 기념하고창건주의 공덕을 기리는 창사재의가 보편화되어 왔다. 따라서 미륵사가국찰·원찰 내지 능사로서 그 위상을 강화하고 사세를 선양하기 위하여매년 창사재의를 거행하고, 그 창건주 무령왕의 공덕을 찬탄·선양하여온 것은 너무도 당연한 일이었다.

이 창사재의는 명실공히 사찰 주지·법주가 주최·주관하는 터이므로왕과 왕족 내지 조정 관원들의 동참이 필수적인 것은 아니었다. 따라서이 창사재의는 미륵사 당국의 전통과 관례대로 그 특성을 따라 준비·진행될 수밖에 없었을 터다. 그 재단을 설비함에 있어서도 불보살의 상단과 신중들의 중단을 화려하게 장엄함은 물론, 무령왕과 왕비의 영가를영정과 위패로서 보살 지위에 좌정토록 특별한 치장을 하고, 온갖 재물을 차려 여법한 육법공양을 올리게 마련이었다.

그리하여 법주와 의식승의 집전으로 불보살의 감응·좌정을 권청하고, 무령왕 양위 영가의 강림·안좌를 앙청하는 의식이 진행된다. 이렇게 그 좌정·안좌 이후에 본격적으로 경찬재의가 벌어진다. 먼저 법주의 주관으로 불보살께 공양을 드리며 보은·찬탄의 축원을 올린다. 미륵사의 창건과 그 사세의 번영에 가호와 위신력을 베풀어 주신 불보살께 그 보은의 정성과 무한한 찬양을 서사·연설하고 앞으로 본사의 무궁한 발전을 발원한다. 따라서 이러한 기도·발원문 가운데에는 창사의 내력과 그 발전 과정이 서사적으로 설화되는 게 순리적인 일이었다.

이어 법주와 그 주변에서는 무령왕과 왕비의 영가에 정성껏 공양하고, 이 사찰의 창건 공덕과 찬연·탁이한 행적을 미화·서사하여 감명 깊게 설화하는 게 필수되었을 터다. 그리하여 위 불보살·신중과 무령왕 양위 영가들이 감동·보우하도록 사찰의 작법무와 미려한 가무를 연행함으로써, 동참자들 모두가 하나같이 법열에 드는 게 사실이었다. 여기서는 창사재의가 경찬재의로 진행·되풀이되는 과정과 특징이 전통적인 계맥을 이어가고 있었을 터다.

그 후에 불보살·신중들을 원좌로 되모시고 왕과 왕비의 영가를 서방정토·연화장세계로 봉송하는 절차를 여법하게 밟고 흡족하게 연행함으로써, 원만한 마무리가 이룩되었으리라 본다. 여기서 주목되는 것은 사찰이 주체적으로 뒤풀이 연행을 풍성하게 해 왔으리라는 점이다. 이 창사재의는 국행재의라는 틀을 벗어나 경찬 연행의 의미를 강조할 수밖에 없었기 때문이다. 그리하여 이 미륵사에서는 사부대중을 중심으로 화합이 되고, 포교적 성과를 극대화할 수가 있었던 터다.

이러한 재의극적 연행 과정에서 특히 무령왕과 왕비의 탁이한 행적이 극화·연행되었다는 사실은 이른바 본풀이와 재의절차가 구비상관물로 나타나, 그 신화·전설로 전개되었으리라는 점을 실증해 준다. 기실 이 창사재의는 창건주 무령왕의 행적이 신화·전설화될 환경·요건을 보다 충실하게 갖추고 있기 때문이다. 이러한 환경·요건은 백제가 멸망한 후 미륵사가 유지될 때까지, 승려와 신도, 유민들에 의하여 계승·유지되었던 것이다. 그리하여 일단 무령왕과 왕비의 신화·전설이 형성·전개되었다면, 그것은 그 쌍릉과 미륵사지에 현전하는 대로, 지역민에 의하여 명맥을 지켜 왔으리라 보아진다. 오늘날의 이른바 미륵사창건연기설화가 이러한 과정과 내막을 증언하고 있기 때문이다.

2) 무령왕의 신화·전설

위와 같이 무령왕릉 문물은 그 행적과 함께 그 원릉의 원형과 제의적 성격이 밝혀지고, 익산지역의 가릉인 쌍릉과 국찰·원찰·능사인 미륵사에서 추모재의를 벌인 과정까지 추정되었다. 이에 상응하는 두 공간과 시대적 배경이 제의적 환경을 이루고, 그 현장에서 벌어진 재의의 온갖 요건이 여기에 동참한 역대 인물들에 의하여, 무령왕의 저명한 행적을 신화·전설화하는 데에 필연적으로 작용하였던 터다. 따라서 무령왕의 역사적 생애·행적이 그 왕릉문물의 불교 신앙적 원형으로부터 신화화의 계기를 마련했고, 오랜 세월 그 쌍릉과 미륵사에서 거행된 추모재의를 통하여 신화화되어 오다가, 백제의 멸망과 함께 사세가 쇠퇴되면서 그 신화적 권능이 소멸되고, 쌍릉과 미륵사를 증거물로 하는 전설의 모습을 띠게 되었다고 보아진다. 그 무령왕의 신화·전설이 바로 전개한 미륵사창건연기전설, 이른바 서동설화로 정착되었기 때문이다.

일찍이 「서동설화의 연구」에서 '이 서동설화의 역사적 주인공은 무령왕이다'라고 한 것을 상기할 필요가 있다. 거기서 이미 '서동설화는 바로 무령왕의 신화·전설이다'라는 결론이 나와 있었던 것이다. 다만 그 무령왕의 역사적 행적이 오랜 세월 어떠한 과정을 거쳐 신화화·전설화 되었느냐는 그간의 제의적 내막과 전승이 구체적으로 밝혀지지 않았을 뿐이었다. 이제 그 왕릉문물을 주축으로 하여 그 제의적 절차가 밝혀진 것을 전제로, 이 무령왕의 신화·전설이 형성·전개된 과정을 추정해 보겠다.

첫째, 무령왕은 역사적 생애와 행적이 특출·탁이하여, 신화·전설로 설화될 소지가 충분한 터다. 잘 알려진 대로 무령왕은 '身長八尺 眉目如畵 仁慈寬厚 民心歸附 牟大在位二十三年薨 卽位'[87]라 하여 벌써 범상치 않은 면모를 보인다. 그리고 그 부계가 분명치 않아, ≪삼국사기≫에서는 東城王 '牟大'의 '第二子'라 하고, ≪일본서기≫에서는 '昆支'의 子로 '末多王'(牟大)의 '異母兄'이라 하여 혼돈을 일으키면서 설화적 분위기를 드러내는 터다. 실제로 군왕의 부계가 불투명할 때, 그것은 집단적 호기심과 상상에 의하여 신화·전설의 소용돌이에 휘말리는 법이기 때문이다.

더구나 무령왕은 휘를 '斯麻'라 하고 별칭을 '嶋王'이라 하였는데, 이에 대하여는 '昆支向倭時 至筑紫嶋 生斯王 自嶋還送 不至於京 産於嶋 故因名嶋 今各羅海中 有主嶋 王所産嶋 故百濟人號爲主嶋'[88]라 하였다는 설화가 일본측 사서에 전한다. 이것은 '斯麻', '사마'가 일본의 '嶋', '시마'와 우리의 '섬·서므'가 혼효·동일시되는 가운데에 생긴 인명전설과 지명전설의 면모를 나타내고 있다. 따라서 백제나 일본에서는 무령왕의 행적이 일부나마 신화화·전설화되는 과정에 있었음을 추증할 수가 있겠다.

그리고 무령왕은 즉위사실이 극적이고 전절적이다. 전게한 '民心歸附'와 관련하여 일본측 사서에서는 '是歲 百濟末多王無道 暴虐百姓 國人遂除

87) ≪三國史記≫ 백제본기 권4, 무령왕 즉위조.
88) 이병도, 「薯童說話에 대한 신고찰」, p.67에서 인용함.

而立嶋王 是爲武寧王'이라 하고, 또한 이를 뒷받침하여 '末多王無道 暴虐
百姓 國人共除 武寧立 諱斯麻'[89]라 하였으니, 이는 당시 정상적 즉위 절
차에 따르면, 역사적 사실로 공인하기 어려운 점이 있었다. 이러한 비상
적 즉위 사실은 역대 군왕의 그것과 같이 그 당시나 후대에 바로 상하
민중 사이에서 신화·전설로 설화되는 게 필연적이었던 것이다.

한편 무령왕은 8척의 헌헌장부로서 '眉目如畵'하고 '仁慈寬厚'하여 민
심이 모두 쏠리는 천하 왕자인 터에, 어떤 여인을 어떻게 배필로 맞았는
가, 이것이 궁성 내외 만인의 관심사가 아닐 수 없었다. 그 사실은 뚜렷
이 공개된 적도 없고, 어떤 문헌에 기록된 바도 없었다. 따라서 상하 민
중은 이 점에 대하여 집단적 호기심과 상상력을 발휘하여 추리에 추리
를 거듭했을 것이다. 기실 이러한 상상적 추리가 그 배우자를 이상적으
로 상정·창출할 수가 있으니, 그 武寧王·斯麻의 천정배필은 적어도
진·선·미를 두루 갖춘 '美艶無雙'한 '善花公主'로 설정되었을 것이다.
실제로 무령왕 사마가 혼기를 넘겼을 때, 東城王이 그 15년 춘 3월에 사
신을 신라에 보내어 청혼하니, 신라왕은 '伊飡比知女'를 시집보낸 사실이
있었다. 그러기에 모든 민중들은 이 국혼을 東城王보다는 사마와의 결연
으로 설화하였을 가능성이 크다.

나아가 무령왕은 즉위 초기에 국찰·원찰로 미륵사를 창건·완공하였
다.[90] 실로 그만한 영주가 그만큼 장엄·신비한 대찰을 완성·봉헌한
사실은 그 자체가 신화적이고 전설적인 일이 아닐 수 없었다. 더구나 그
미륵사가 미륵신앙을 중심으로 불가사의한 위신력을 신앙하는 호국 원
찰이었다면, 역대 군왕의 천도와 보우를 기원하는 데서, 무령왕의 원력
과 공덕은 신격화되기에 족한 것이었다고 본다. 게다가 무령왕이 왕비와

---

89) 이병도, 앞의 논문, p.56에서 인용함.
90) 이병도, 「薯童說話에 대한 신고찰」, p.67.

함께 미륵사에 행차·유숙하고 기도·발원을 다했다면, 그리고 왕의 양주가 서거 후에 그 영각을 세워 천도재의나 창사재의를 정례적으로 거행했다면, 그 행적이 미륵사창건전설로 형성·전개될 수가 있었을 터다.

또한 무령왕은 영명무쌍하고 무위출중하여 즉위초부터 호국 기강을 바로잡고 외침을 단호히 격퇴하며, 명분에 따라 솔군 출정하면 연전연승하여 국태민안을 이룩하였다. 그리하여 천하 민심이 무령왕을 영주로 받드는 데에 정성을 다하였다. 그러기에 무령왕이 서거함에 나라에서는 시호를 '武寧'이라고 올려 바친 것은 당연한 일이다. 따라서 이 무령왕의 영웅적 위신력을 신격화하는 것은 필연적인 일이었다고 하겠다. 이 왕에 대한 상하 민중의 신앙적 추숭은 그의 행적을 신화·전설로 설화하는 기틀을 이루고 있었던 터다.

그래서 무령왕과 왕비가 서거한 이래, 거국적 애도는 물론 장엄한 장례와 함께, 그 화려·장중한 왕릉의 조성·경영은 참으로 경이·신비 그 자체였던 것이다. 위와 같이 전무후무한 무령왕릉의 문물이 공개된 비밀로 상하 민중에 구전·유포되었다면, 그 자체가 이미 무령왕의 신화·전설로 설화되는 터였다고 하겠다. 전술한 대로 무령왕과 왕비가 상상을 초월하는 금은보배로 의장되어 연화장세계에서 대세지·관음보살로 승화·안정되었다는 사실이 비밀리에 유전됨으로써, 벌써 그 신화·전설의 역할·기능을 상당히 발휘하고 있었기 때문이다. 더구나 이 무령왕릉을 영구 보전하려고 익산의 미륵사 근방으로 이전하여, 그 가릉을 쌍릉으로 조성·경영하고, 미륵사를 능사로 삼으면서, 그 행적의 신화·전설화는 더욱 심화·촉진되었을 것이다. 그 원릉의 일체 문물이 온전하게 쌍릉으로 옮겨졌느냐, 아니면 그 문물은 그대로 둔 채, 위장한 것이냐 하는 집단적 의문이 상호 간에 갈등을 일으키면서, 그에 대한 호기심과 상상력이 증폭되고 따라서 그 신화화·전설화의 매개·촉진제가 되었기 때문이다. 게다가 국가에서는 그 원릉의 안보와 쌍릉의 신빙·숭앙을 강화하기 위하여 매년 능행제를 더욱 화려·장엄하게 봉행하고, 미륵사와 제휴하여 추모재의를 입체화함으로써, 무령왕의 행적이 신화·전설로 설화되는 데에 박차를 가하게 되었던 것이다.

둘째, 위와 같은 무령왕의 행적이 전개한 서동설화의 역사적 주체로 자리하여, 그 신화·전설의 실제적 면모를 보이고 있다. 이 점에 대해서는 이미 상론된 바가 있기로, 여기서는 그 논지의 대강만을 들어 보겠다. 요컨대 서동설화의 역사적 주인공이 바로 무령왕이란 점을 논의한 것이었다.

우선 이 서동설화는 《삼국유사》 권2 기이 무왕조에 실려, 그 제목에 주기한 '古本作武康 非也 百濟無武康'이라 한 것을 보면, 원래 그것이 무강왕전설이었는데, 그 편찬자가 이를 인용하는 과정에서 오해하고 '武王傳說'로 바꿔 놓았던 터다. 그래서 '古本'의 기록대로, 이 서동설화를 무강왕의 것이라 보고, 그 왕의 실체를 파악하게 되었다. 이미 알려진 대로 그 '武康王'은 바로 '武寧王'임에 틀림이 없다는 것이다. 그러기에 이 서동설화의 역사적 주인공은 곧 무령왕이라는 사실이 거듭 실증되는 터다. 그렇다면 이 서동설화의 내용과 무령왕의 생애·행적 사이에 어떤 유사점 내지 공통성이 구체적으로 입증되어야 할 것이다.

먼저 주인공의 부계 문제다. 서동은 '池龍'의 아들이요, 무령왕은 '牟大王'의 아들이다. 이를 표면적 문자만으로 그 의미를 비교해 보면, 연관성이 전혀 없는 것 같다. 그런데 설화적 차원의 민간어원적 관점에서는 어느 정도 결부될 여지가 없지 않다. 이 '池龍'의 '池'는 못(몯)이요 '龍'은 왕이다. 따라서 '池龍'은 '못의 왕' 내지 '몯의왕'이라 풀 수가 있다. 그러니까 '모듸왕'이나 '모디왕~모대왕'으로 설화되었을 가능성이 있다는 것이다. 그리고 이 '牟大王'은 그대로 '모디왕~모대왕'으로 불리는 것이 당연하다. 그러기에 양자는 민간어원적 차원에서 유사·공통점을 상정하여 동일시되었으리라 추정된다. 말하자면 모대왕은 그 행적과 여러 여건 상에서 '모대왕~모듸왕~못(몯)의 왕' 즉 '池龍'으로 연상·설화될 수도 있었기 때문이다.

다음 주인공의 이름들이 문제시된다. 말하자면 '薯童'과 武寧王의 '斯麻'가 어떤 연관성을 가졌는가 추정해 보자는 것이다. 이 '薯童'의 '薯'는 훈이 '마'요 음이 '서'이다. '서'는 즉 '마'요, '마'는 즉 '서'라, 그것은 '마서'나 '서마'로 혼용·설화될 여지가 충분하다. 그 '童'이야 '아이'를 나타내는 보편적 접미사이니, 그 '마서~서마'가 중심·주축이 된다. 여기서 민간 언중의 유연하고 경제적인 발음현상에 따라, '마서'보다는 '서마'가 '스마~사마'로 실세를 보였다고 하겠다. 이 '斯麻'는 음독하여 '사마'로 불리게 되니, 그대로 상통한다고 보아진다. 그렇다면 武寧王의 '斯麻'는 설화화 과정에서 아동·총각의 인상과 함께 '薯童'으로 이야기되고 '마둥'을 거쳐 '末通'으로까지 전개될 수 있었을 것이다. 전술한 대로 일본측 사서에서 이 '斯麻'가 '嶋', '시마'~'사마'로 인식되고, 우리의 '섬'~'서므'에서 '사마'로 유추·설화되고 있었다는 사실이 이를 뒷받침하고 있기 때문이다.

이어 주인공의 성격이 상통하고 있다는 점이다. 薯童은 설화 일반의 영웅적 주인공이 그러하듯이 걸출·미남형이다. 이 설화에서는 薯童을 완전무결한 소년상으로 부각시키고 있다. 그래서 薯童은 미려·장대할 뿐만 아니라, 기발·장쾌하고 인자 관후한 면모를 드러내게 되었다. 이에 무령왕은 전술한 대로, '身長八尺 眉目如畵 仁慈寬厚'하였으니, 걸출한 대장부임에 틀림이 없다. 그래서 무령왕은 군왕으로서 완벽한 영웅상을 갖추고 있는 터다. 미목이 수려·탁월하고, 영명한 무위는 지략과 경륜을 겸한 데다 인자와 관후를 방편으로 삼았던 터다. 그러기에 서동과 무령왕은 그 유형을 같이하고 있는 게 분명한 터다. 말하자면 무령왕의 역사적 영웅상이 서동의 설화적 영웅상으로 변용·전개될 수 있다는 것이다.

한편 주인공의 혼인 사실이 주목된다 서동은 백제 소년으로 신라 경사에 들어가 교묘한 수단으로 그 나라 선화공주를 손쉽게 취하여 백제로 돌아왔으니, 실제로 국혼관계가 성립된 터다. 이에 무령왕은 당년 33세의 왕자로서 東城王 15년 3월에 신라와의 국혼을 맞이하게 되었다. 전술한 바 신라에서 맞아온 '伊飡比知女'가 東城王의 후궁으로 되었는지, 그 왕자 사마의 배우로 되었는지는 알 길이 없지만, 이 사실을 전문한 상하 민중은 희망적 차원에서 그 '美艶無雙'한 선화공주가 저 '無道·暴虐'한 東城王보다는 '眉目如畫 仁慈寬厚'한 무령왕의 배필이기를 염원·상정했을 것이다. 따라서 薯童의 국혼 관계와 무령왕의 국혼 사실은 나제 간을 기반으로 공통점을 가지고 있는 터다. 특히 서동은 신라에 제한 없이 들어가 자유로이 활동하고 공주를 데리고 마음대로 귀국·활동함으로써, 양국에서는 적대 관계를 벗어나 우호적으로 교류하였음을 알려주고 있다. 이에 무령왕은 東城王代로부터 본격화된 나·제의 통호 관계를 계속 유지·발전시켰던 게 사실이다. 그리하여 국혼 관계가 성립되고 양국이 고구려의 침공에 대비해서 상부상조하는 데까지 나아감으로써, 양자의 공통점을 뒷받침하고 있는 터다. 이로써 전술한 바 무령왕의 국혼 사실이 신화·전설의 차원에서 薯童의 국혼관계로 부연·설화되었을 가능성이 더욱 높아진다고 하겠다.

그리고 주인공이 황금·보배를 소유·수용하였다는 점에 대해서다. 薯童은 결혼생활 중에 선화공주의 덕분으로 황금을 모아 '積如丘陵'의 만금장자가 된다. 이에 무령왕은 생전 왕좌에서 황금·보배를 마음껏 누린 것은 물론, 사후 왕릉의 문물이 온통 금은 보배로 그처럼 찬란하니,

신화에나 나올법한 부장품에서 순금만 모아도 '積如丘陵'의 수준이었다. 물론 그 황금의 소유·수용 방법이 다르기는 하지만, 그 많은 황금의 주인이라는 점에서 양자는 공통점을 가지고 있는 게 분명하다. 그리하여 무령왕이 생사 간에 황금을 누렸다는 사실이 이를 전문한 민중에 의하여 薯童의 황금으로 변이·설화될 수가 있었으리라 본다.

또한 주인공의 즉위 상황이 주목된다. 薯童은 '得人心 卽王位'하게 된다. 薯童이 지명법사의 신통력으로 그 황금을 신라왕에게 보내고, 그 왕의 존경과 성원으로 민심을 얻고 호응을 받아 왕위에 오른 것은 당시 세습제도 아래서는 불가능하리만큼 혁명적인 일이었다. 이에 무령왕은 '民心歸附'하여 東城王이 제거되면서 즉위하였다. 여기서도 왕위 계승이 세습에 의한 정상적 절차를 버리고 민중의 혁명적 추대로 이룩되었음을 감지할 수가 있다. 전술한 대로 일본측 사서에서 그 즉위 상황과 내막을 구체적으로 밝히고 있기 때문이다. 말하자면 東城王이 무도하고 백성에게 포학하여 백성들이 함께 왕을 제거하고 사마를 신왕으로 추대·옹립했다는 게 바로 그것이다. 이런 점에서 양자의 즉위 상황과 내막이 공통되는 게 확실하다. 그러기에 무령왕의 혁명적 즉위 사실이 薯童의 그것으로 족히 설화될 수 있었다고 본다.

끝으로 주인공이 불사 즉 미륵사를 창건했다는 사실에 관해서다. 서동은 왕위에 오르면서 대작 불사를 일으켜 미륵사를 완성하여 창건주의 위치를 확보하고 있다. 이에 무령왕은 백제불교의 전성시대를 이루면서 호국불교·안민불교에 전심하고 당시의 국력을 이용하여 다목적 국찰·원찰로 미륵사를 창건함으로써, 창건주의 위상을 지키고 있는 터다. 그러기에 薯童과 무령왕은 동일한 사찰을 창건·완성한 창건주로서 동일한 인물임을 확인하게 된다. 그것은 무령왕의 창사 사실이 서동의 창사 기사로 반영·설화되었기 때문이다.[91]

이상 7가지 측면에서 서동설화의 내용과 무령왕의 행적·사실을 검토함으로써, 양자간의 유사성과 공통점을 추출하게 되었다. 그리하여 이 무령왕이 바로 서동설화의 역사적 주인공이라는 점을 확인하고, 나아가 이 서동설화가 무령왕의 신화·전설 중 현전 유일의 이본임을 검증할 수 있겠다.

셋째, 위 무령왕의 행적과 그 왕릉의 문물을 기반으로 후대에 거행된 각종 제의를 통하여, 그 왕의 신화·전설이 형성·전개된 과정을 추정할 수가 있겠다. 잘 알려진 대로 모든 제의에서 그 주인공의 본풀이와 제례의 실제가 총합되어 구비상관물로 정리·고정된 것이 바로 신화·전설이라는 이론·방법론이 여기서도 적용될 수밖에 없다. 그리고 위에서 무령왕릉과 미륵사의 현장에서 벌인 제의 관계를 거론하는 가운데, 그 행적의 추모적 찬탄·풀이와 제례·연행 등이 총합되어 구비상관물로서 그 왕의 신화·전설이 형성·전개될 여건과 가능성을 논의·전제한 바가 있다.

이 무령왕 관계의 제의는 오랜 세월 다양하게 진행되었다. 우선 공간적으로는 그 쌍릉과 미륵사에서 주로 거행되었고, 그 성격·주제로는 대강 정기적인 탄신제의와 기신재의가 추모적 성향을 띠고 봉행되었다. 그 구체적 제의는 전술한 대로, 능행제로서 추모제와 미륵사에서의 탄신재의, 기신재의 그리고 창사재의로 진행되면서, 그에 따른 신화·전설을 형성·전개시킨 것이 사실이다. 기실 이런 유형의 제의들은 무령왕의 추모재의라는 공통 기반을 가지고 있지만, 각기 시간·공간을 달리하고 주제·내용에서 구체적 특성을 가지는 게 당연하다. 이런 점에 유의하면서 그 제의에서 형성·전개되는 신화·전설의 면모를 어림해 볼 수밖

---

91) 이상 서동과 무령왕의 유사성 내지 근접성에 대한 논의는 전게 「서동설화 연구」 (pp.908~917)를 요약한 것이다.

에 없다.

우선 위 쌍릉에서 거행된 추모재의는 궁성 내의 종묘 제례와 조응하여 가장 진중·장엄한 제례였다. 전술한 대로 가장 완벽한 제의일 때, 거기에는 무령왕의 행적 본풀이가 완벽하고, 그에 따른 제례·연행이 완전해야만 된다는 것이다. 말하자면 이 추모재의에서 가장 충실한 신화·전설이 형성·전개될 수 있었다는 이야기다. 백제왕국의 중흥주인 무령왕의 생애와 행적은 국가적 추모와 정성을 통하여, 이른바 '영웅의 일생'으로 승화·전개되어야 했기 때문이다. 그래야만 그 무령왕의 권능과 위신력이 해마다 찬연하게 발휘되어 국가와 백성에게 감동과 희망을 줄수가 있었던 것이다.

그러기에 이 제의를 통하여 형성·전개된 그 '영웅의 일생'은 실제로 가장 완벽한 서사문학으로 완결되었을 터다. 전술한 대로 무령왕의 왕계·혈통, 출생·성장, 권능·위용, 결연·국혼, 등극·선치, 창사·외방 등이 장쾌한 서사구조를 갖추고 찬탄·미화됨으로써, 위풍이 넘치는 신화로 형성되었던 것이다. 기실 무령왕은 생전에도 백제의 신민 간에는 신화적 존재로 군림할 수 있었다. 원래 국왕이 모두 그렇다지만, 무령왕은 그 실제적 치적에 있어 신격화될 수밖에 없었기 때문이다. 그것은 살아 있는 신화였던 것이다.

그러한 무령왕이 서거하여 장례과정에서부터 벌써 신화화되기 시작하였다. 위 무령왕릉의 문물이 서방정토·연화장세계로 조성되면서, 그것은 이미 신화의 세계를 구축하고 있었기 때문이다. 그 추모재의가 쌍릉을 중심으로 장엄·성대하게 거듭되면서 무령왕이 더욱 신격화되고, 그 찬연·탁이한 행적은 본격적인 신화의 단계로 들어서게 되었다. 그 기신재의 때마다 제문·발원문과 직결되어 그 신화적인 일대기가 당대의 최고 문사들에 의하여 가장 완벽한 서사문학, 신화로 정립·전승되었기 때문이다. 이러한 신화의 내용은 서동설화를 통하여 대강 윤곽을 잡아 볼수는 있으나, 그와는 다른 특성을 지닐 수밖에 없었던 터다. 이것은 국가적 차원의 제의와 직결되어 군왕·영주의 면모와 경륜·영단의 권능, 선치·외방의 무위 등 정치적 공적이 강화·강조되는 게 당연한 일이었다. 그러기에 이 신화가 군왕신화 내지 정치신화로서 위국·존왕의 성향을 띠는 게 순리적인 현상이었다.

이러한 무령왕의 신화는 서거후 기신재의로 시작하여 3년 이상을 지나면서 형성되었으리라 보아진다. 역대 군왕이나 명인의 경우 3년상을 마치면서 그 신화적 일대기가 성립되는 게 상례이기 때문이다. 이러한 신화의 형성·전개는 엘리아데의 견해와는 달리[92] 특수한 조성 경향을 보였던 터다. 이 무령왕의 신화는 그 능행제·추모재의가 계속되는 한, 그 구비상관물로서, 그 제의 연행의 대본이 되어 신화의 역할을 다하였으리라 본다. 적어도 이 신화는 그 제의가 시작되어 종료될 때까지, 백제와 운명을 같이하면서 그 권능을 발휘하였기 때문이다. 실제로 이 신화는 백제가 멸망하고 능행제·추모재의가 단절되면서, 그 신화적 권능을 상실하게 마련이었다. 이미 무령왕의 신화는 마침내 그 권능을 잃고 무령왕의 전설로 전락·변화될 수밖에 없었다. 원래 모든 신화는 그 신화적 권능을 상실하면서, 전설로 변모되는 법이기 때문이다.

이른바 이 무령왕의 전설은 그 쌍릉을 근거·중심으로 잠시 신화적 역할을 하였겠지만, 머지않아 武康王의 전설로 변용의 과정을 겪게 되었다. 신라의 통치 하에서도 백제의 유민들이 추모재의를 계속하였으리라는 전제 아래, 그 전설은 신화적 기능을 어느 정도 유지하였을 테지만,

---

92) Mircea Eliade, The Myth of the Eternal Return or, Cosmos and History(Princeton University press, 1971, p.43)에서 '한 인물의 역사적 행적은 적어도 2·3세기 정도를 지나서야 전설화(유형화)된다'고 주장하였다.

그것이 제한·폐지되었을 때에는 벌써 武康王의 전설로 행세·유전되었기 때문이다. 이미 망국의 군왕인 무령왕릉의 추모재의가 계속될 수 없고, 그 신화·전설마저도 무령왕을 떳떳하게 내세우기 어려웠을 것은 물론이다. 이에 어떤 형태로든지 무령왕을 기휘할 수밖에 없었다면, 그 '寧'을 '康'으로 바꾸는 것이 가장 무난한 중론이었을 것이다.

그리하여 武康王傳說이 민중에 의하여 쌍릉을 기반으로 유전될 때는, 이미 무령왕의 신화적 권능은 사라졌던 것이고, 따라서 그 왕의 행적 중에서 영웅적인 면모나 선치·외방의 업적 등은 점차 퇴색·변용될 수밖에 없었다. 신라나 고려 통치기에는 그래도 쌍릉을 근거로 유민들의 음성적 추념에서, 그 전설이 막연하게 유지·전승되면서 여러 이본(이화)을 형성시켰던 것이다. 그리하여 고려 말기 ≪삼국유사≫의 편간 이후에 이르면, 그 武康王傳說이 얽힌 쌍릉이 後朝鮮武康王陵으로 착오·인식되고,[93] 따라서 그 전설의 주인공이 '후조선왕'으로 환치되었던 것이다. 그 무렵부터 이 쌍릉과 전설의 주인공은 '一云百濟武王 小名薯童'이러거나 '末通大王'으로까지[94] 변모를 거듭하게 되었다. 이와 같은 전설의 전파 경향은 금마에 정도한 견훤왕의 武廣王傳說의 형성에도[95] 영향을 미치고, 부여의 궁남지전설에서[96] 잔영을 드러내면서, 일본에 파급되어 전술한 바 무령왕의 출생·명명전설 내지 즉위전설까지 형성시켰던 것이다. 이러한 武康王傳說이 '古本'에 기록되어 있다가 그나마 武王傳說로 개찬되었기에, 그 원형·원본은 찾을 길이 없다. 따라서 이 무강왕전설이 그

---

93) ≪高麗史≫ 地理志 金馬郡조에 '又有後朝鮮武康王及妃陵 一云百濟武王 小名薯童'이라 하였다.

94) 世宗實錄 地理志 益山郡조에서 '後朝鮮武康王及妃雙陵 在郡西北五里許俗呼 武康王爲末通大王'이라 하였다.

95) 史在東, 『불교계 서사문학의 연구』(중앙문화사, 1996)에서 「武廣王傳說의 형성과 무강왕전설의 간섭」(p.488)을 논의하였다.

96) 김석기, 『부여의 전설집』, 화산출판사, 1989, pp.11∼13.

대로 서동설화라고 속단할 수는 없다. 다만 서동설화를 통하여 그 武康
王傳說의 원형을 재구·복원할 수 있을 따름이다. 이런 점에서 그 武康
王傳說은 그 자체로서 무령왕의 신화·전설을 계승·변형시킨 바 원형
적 서사구조를 갖추고 있었으리라 추측된다.

다음 위 미륵사에서 거행된 무령왕 관계의 재의는 탄신재의나 기신재
의와 함께 그 창사재의가 주목된다. 기실 이 미륵사의 창사재의는 국행
제의가 아니고, 사찰 자체의 최고 명절재의요 경찬재의로서 어느 제의보
다 화려·장엄하고 감명 깊게 진행되는 게 당연하다.[97) 이에 미륵사의
역사와 사세를 걸고 불보살의 위신력을 찬탄하면서, 창건주의 무변한
공덕을 위없이 기리는 창사재의는 결국 무령왕의 행적을 창사 사실 중
심의 찬연한 신화로 형성시키는 데로 집중·연행되었던 터다. 이것은
이른바 무령왕의 창사신화로서 '영웅의 일생'으로서도 완벽할 수밖에
없었다.

이 창사신화는 저 쌍릉의 추모재의 신화에서 서사적 구조를 본받고,
거기서 군왕의 무위·경륜, 선치·공덕 등 정치적 영웅성을 배제·조정
하면서, 위 전형적인 탄신재의·기신재의의 신화에서 불교 성향을 수용
하여, 창사신화로서의 모든 요소를 입체화함으로써, 가장 풍성하고 아름
다운 서사문학으로 완결·승화된 것이었다. 따라서 이 창사신화는 매년
되풀이되는 창사재의의 훌륭한 대본이 되었고, 그 재의의 연행을 통하여
점차 보완·개선되면서 그 기능을 십분 발휘하였던 터다. 이에 가장 주
목되는 사실은 백제가 멸망한 뒤에도 위 신화들이 모두 전설화되는 가

---

97) 역대 왕국에서는 국찰·원찰을 낙성했을 때, 그 경찬재의가 성대하게 벌어졌으니,
세종 32년 궁중에 열성조의 자복사찰로 내불당을 창건하고 그 경찬법회를 베푼 것
이 그 전형적인 사례다. 김수온의 「舍利靈應記」를 종범스님이 解題하고(『中央僧伽大
學 論文集』 3, 1994, pp.2~3), 박범훈의 「세종대왕이 창제한 불교음악 연구」(『한국
음악사학보』 23, 1999, p.29)에서 그 음악예술적 실상을 분석·고찰하였다.

운데, 이 창사신화만은 신화적 면모와 기능을, 미륵사가 경영되어 창사 재의를 계속할 때까지 유지해 왔다는 점이다. 기실 창사의 공덕과 불보 살의 위신력이 지속되는 한, 미륵사의 창사재의가 신이와 영험을 확보하 여 계속되었기에, 이 창사신화는 그 형태와 역량을 그대로 보존하였던 터다.

이 창사신화의 원형·원본은 거의 완전하게 그 '古本'에 기록·정착 되었을 것이다. 그래서 이 고본을 인용·개찬한 무왕조 기사, 미륵사창 건전설m 서동설화를 원전으로써 추적해 가면, 창사신화의 원형적 면모 와 신화적 성격을 족히 재구·복원할 수가 있을 터다. 이로써 무령왕의 창사신화를 추적·추인하게 되었다. 이러한 창사신화는 고려말기 일연 에 의하여 창사연기전설로 개찬되어 서동설화로 공인되었지만, 거기에는 신화적 요소로 신이·영통한 사건들이 내재하여 있는 게 사실이다. 따라 서 그 창사신화에서 빚어 나온 전설적 이본이 확인된 것이다. 이처럼 이 창사신화가 전설의 면모를 가지게 될 때, 그만한 이본(이화)들이 형성· 유전되었으니, 기실 그것이 武王創寺傳說로 개찬됨으로써, 武康王傳說의 이본으로 행세한 사실은 물론이고, 그것이 馬韓武康王創寺緣起說話로 이 본화된 점이[98] 주목된다. 나아가 익산지역 오금사의 창건전설과[99] 부여 지역 왕흥사의 창건전설[100] 등이 바로 그 이본으로 유전된 것을 보게 되었다. 결과적으로 무령왕의 신화·전설은 신화와 전설의 양면성을 겸

---

98) 東國與地勝覽 권33에 '彌勒寺在龍華山 世傳武康王 旣得人心立國馬韓 一日 王與善花 夫人 欲行獅子寺 至山下大池辺 三彌勒出現池中 夫人謂王曰 願建伽藍於此地 王許之 詣知命法師 問塡池術 師以神力 一夜頹山塡池 乃創佛殿 又作三彌勒像 新羅眞平王 遣 百工助之'라 하였다.
99) ≪동국여지승람≫ 권33 익산·불우조에 '世傳 薯童事母至孝 掘薯蕷之地 忽得五金 後爲王創寺 其地因名焉'이라 하였다.
100) ≪三國遺事≫ 卷3 法王禁殺條에서 법왕과 武王代의 王興寺를 창건했다 하고, 그 절을 彌勒寺로 혼동하면서 그 창건연기설화를 약기하여 놓았다.

유한 서동설화가 현존 유일의 원전으로서 행세하고 있는 터다.

6. 무령왕릉 문물과 제의의 문화사적 위상

이 무령왕릉 문물과 그 제의의 문화사적 위상을 개관할 필요가 있다. 무령왕의 생애·행적과 그 왕릉문물, 그에 따른 일체의 제의 그리고 그로부터 형성·전개된 신화·전설 등에 걸친 일련의 문화영역이 그만큼 중요한 내용과 높은 가치를 갖추고 있기 때문이다. 그리하여 그 문화의 실상을 문화학적 분야별로 검토하고, 그 문화사적 위상까지 어림해 보려는 것이다.

우선 무령왕릉의 조영에 있어 외형상의 제도적 관례나 장례의 습속 등이 주목된다. 이 무령왕릉은 모든 점에서 백제왕릉의 전형을 보이고 있다. 기실 이 무령왕릉은 도성 궁궐을 기준으로 서방 송산리에 위치하여 자연스러운 산형을 보인다. 그것은 왕릉 내부의 값진 문물을 보존하기 위한 위장법으로 관례화된 것이라 하겠다. 기실 이 왕과 왕비가 서거한 뒤, 그 거상·장례의 규모와 절차도 예상되거니와,[101] 그것 역시 그 당시 치상·장법을 그대로 보이는 터다. 비록 일국의 왕과 왕비라 할 지라도, 그 장지를 토지신에게 매수해야 되고, 따라서 실제로 매매 계약과 함께 현금을 지불하는 절차를 밟아야 한다는 관습을 나타내고 있다. 실제로 이 왕릉에서는 모든 능침·분묘가 저승천하·이상세계·생활공간으로 상념·신앙되는 관습·풍조를 시사하고, 서거후 가장하여 상당기간을 지낸 다음, 그 백골을 정식으로 염습해서 영구 장지에 완장하는 매

---

101) 오수창, 「정조건릉산릉도감의궤 해제」, 正祖建陵山陵都監儀軌, 서울대학교 규장각, 1995 참조.

장법을 보여 준다. 그리고 이 왕릉을 증거하고 고인을 기리기 위하여 지석을 능의 입구에 묻은 사실은 모든 능침·분묘에 원칙적으로 지석을 배치한다는 전례를 입증하는 터다. 이러한 사항들은 백제사를 바탕으로 장례·관습법, 묘제·매장법에 직결되어 고대사학·고고학·금석학·민속학 등의 분야에서 관심을 가질 수밖에 없다.

이어 무령왕릉의 내부구조와 소장문물 전체가 크게 주목된다. 이미 알려진 대로 그 연도를 거쳐 넓은 현실에 이르러 왕과 왕비의 관을 중심으로 배치·장식된 각종 보배로운 문물은 문자 그대로 백제문화의 보고이기 때문이다. 그 연도에 이어 현실 전체가 연화문 전석으로 축조됨으로써, 현실 묘제의 전형을 보이고 있다. 나아가 그 전석의 연화문이 형성하는 이상적인 연화천지를 현실적으로 조성하여, 이 공간·성역이 서방정토·연화장세계를 표상하고 있다는 게 밝혀진 터다. 따라서 이들 문물이 정토신앙, 미타사상에 의거하여 찬란한 극락세계를 이룩하고 있다는 것이다. 아미타불, 무량광·무량수의 주재 아래, 왕과 왕비가 대세지보살과 관세음보살로 장식·승화되어 그 세계에서 영생극락을 누린다는 사실이다. 그리하여 이 왕릉의 문물은 백제문화를 세계적으로 과시하는 매장문화재의 절정으로서 우뚝한 자리를 차지하는 것이라 하겠다. 그러기에 이 왕릉문화를 통하여, 국내외 문화학의 각 분야에서 비상한 관심을 갖고 활로를 모색하게 되었다. 백제의 능묘 건축, 불교건축·연화문과 각종 문양의 부조·회화, 각양각색의 금은 세공, 목공예·도자기 등 미술·불교미술, 그 악기를 통한 기악과 극락조 등의 성악이 부각·복원되고, 그 문물의 불교적 성격을 통하여 당시 백제의 불교사상, 미타정토 내지 미륵정토 신앙이 엿보인다.[102] 그 목관의 제작·장식, 무령왕과 왕

---

102) 김영태, 『백제불교사상 연구』, 동국대학교 출판부, 1985에서 '彌勒思想'(p.97)과 '관음사상'(p.123)을 논의하였다.

비의 관식·분장, 의상과 장신구, 신발과 소도구 등이 유기적으로 재구되고, 나아가 그처럼 정교하고 빛나는 문물의 제작기술과 국제 교류관계, 그 문물을 담당한 경제력과 왕권의 위력 등까지 탐색해 낼 수가 있는 것이다. 그러기에 백제문화사학·민속학·고고미술학·음악학·의상학·장식학·경제학·제왕학·국제교류학 등에 걸쳐 모든 분야가 긴장·주목하지 않을 수 없는 터다.

　다음 이 무령왕과 왕비에 대한 제의로서, 왕궁의 종묘에서는 물론, 주로 쌍릉과 미륵사에서 벌인 온갖 제의 즉 추모재의가 탄신재의·기신재의 내지 창사재의 등에 걸쳐 장엄하고 여법하게 거행되었다. 그 제의 도량의 정화와 환경조성, 제단의 전체적 장엄과 장식, 능행제에 있어 무령왕과 왕비의 영단, 제주인 왕과 왕비의 제석·처소 등을 꾸미고, 사찰재의에 있어 불보살의 상단과 신중들의 중단, 무령왕과 왕비의 영단, 재주인 왕과 왕비의 제석·처소 등을 마련하는 것이 중요하고, 모든 제기·공양구, 향촉과 공양 음식, 이에 따르는 소도구 등을 제작·배치하는 게 필요한 터다. 나아가 제주와 집사자 내지 동참자들의 관식·분장·의상·신발·소도구 등이 법도에 맞게 차려지고, 제례 절차가 여법하게 진행되어야 하며, 이에 조응하여 집사자의 홀기 낭독, 기악과 성악 내지 의식무·작법무 등이 조화롭게 연행되는 게 소중하다. 여기서 제문으로 일괄되는 기도문·발원문·청원문, 특히 무령왕의 행적 찬탄문 등이 최고의 문사·문승들에 의하여 원만히 제작되고 유창·아려하게 낭송되는 게 필수적이다. 이러한 일련의 제의는 그 총체적인 면모 자체가 매우 중요한 문화재라 하겠다. 따라서 제의학·의례학 등에서는 이를 보배로운 원전으로 여기고, 연구·고찰할 수밖에 없다. 게다가 이 다양·거창한 제의계 문화재는 단순히 제의학·의례학의 대상에 머물지 않고, 그 총합적 실체가 여러 분야의 예술장르로 분화·발전해 간 사실이 더욱 중시되는 터다.103) 이른바 제의예술의 전개가 바로 그것이다.

제의 과정에서 먼저 제의미술을 설정·추출할 수가 있다. 위 제의들에 설치·활용된 시각적 요소들은 건축물로부터 회화·조각·공예품·서예·의상 등에 해당되는 것은 모두가 제의미술이라고 하겠다. 그 중에서 쌍릉의 추모재의에 활용된 미술을 궁중미술 내지 일반 미술이라 한다면, 미륵사의 재의에서 이용된 미술은 대체로 불교미술로서 장엄된 터였다.

그리고 제의 과정에서 제의음악을 추정·유추할 수가 있다. 위 제의들의 진행과정에서 적절하게 연주된 각종 기악과 제의무용의 반주, 그리고 그에 필수되는 가창·성악, 홀기의 낭독성, 제문에서 기도문·발원문·청원문의 낭송, 무령왕 행적의 찬탄성 등이 결국 제의 음악을 이루어 그 분위기를 조화시켰던 터다. 이런 재의 음악에서도 쌍릉의 궁중음악과 미륵사의 불교음악이 자연스럽게 구분되는 터였다.

나아가 위 제의 과정에서 제의 무용을 찾아 낼 수가 있다. 쌍릉의 추모제에서 제례무나 의식무가 필수되었고, 미륵사의 재의에서 작법무 내지 승무가 연행된 것은 당연한 일이었다. 제의 무용은 반드시 악무·가무의 형태를 띠고, 역시 궁중무용과 불교무용으로 유별될 수가 있었다.

드디어 제의 과정에서 제의 연극을 종합해 낼 수가 있다. 원래 모든 제의는 연극이라 하거니와, 위 제의들은 거의 다 극화·연행된 형태였던 터다. 이러한 제의극은 궁중연극과 불교연극으로 대별되는데, 그것이 가창극·가무극·강창극·대화극·잡합극 등의 장르를104) 따라 전개되었을 터다.

---

103) 陳榮富, 宗敎禮儀與古代藝術(江西高校出版社, 1994)에서 '宗敎禮儀與繪畵和工藝美術'(p.44), '宗敎禮儀與彫塑'(p.102), '宗敎禮儀與建築'(p.143), '宗敎禮儀與樂舞'(p.181), '宗敎禮儀與文學(p.216) 등에 대하여 논의하였다.
104) 史在東, 『한국희곡문학사의 연구』Ⅰ(중앙인문사, 2000, p.16)에서 한국의 연극을 이러한 5대 장르로 구분·논의하였다.

한편 제의 과정에서 연행된 대본으로서 제의문학이 그 실체를 들어 낼 수가 있었다. 그 제의들의 가창·가무의 운문, 제문 중 기도문·발원문·청원문의 운문 또는 산문, 무령왕 행적의 찬탄문 같은 '영웅의 일생' 서사문학, 각개 제의 전체의 총체적 대본문학 등이 그 위치를 드러냈던 것이다. 이러한 제의문학은[105] 대강 궁중문학과 불교문학으로 유별되는데, 그것은 시가·수필·소설·희곡 등의 장르로 분화·전개되었던 터다. 그러기에 제의 예술의 각 분야에 대하여 예술학을 바탕으로 미술학·음악학·무용학·연극학 내지 문예학 등 각 분야에서 적극적으로 접근하는 것은 당연한 일이었다.

그래서 제의 과정에서 그 구비상관물로 형성·전개된 무령왕의 신화·전설 가운데 현전하는 대표적 작품 서동설화를 중심으로 왕릉문물과 그 제의 전체를 통관하는 문학적 계맥·체계를 세워 볼 수가 있겠다. 이 문학세계는 전술한 대로, 그 장르를 유지하면서 다시 융합하여 큰 흐름을 형성하는 역정을 거친 것이었다. 기실 이 서동설화는 이미 문학적으로 검토되어 <서동전>이란 소설형태로 평가되었지만, 이것은 그렇게 단순한 작품이 아니다. 전게한 바 이것은 무령왕 관계의 모든 문화영역을 전체적으로 수용·응축시키고 유일하게 생존한 문학적 복합체이기 때문이다. 이 작품에는 잘 알려진 <서동요>가 들어 있어, 시가적 형태를 유지하고 문예적 기능을 다하고 있다. 이 시가 역시 그 오랜 전통 속에서 유일하게 현존하는 전형성을 갖추고 있다. 따라서 이 작품을 근거로 전술한 제의계의 시가들이 하나의 장르를 이루고, 그 계맥을 이룩하였다고 하겠다. 그리고 이 서동설화를 수필식으로 응축시키거나 그 속에 응축·음성화된 수필적 작품을 재구해 낸다면, 그것은 전게한 제의계 수

---

105) 中鉢雅量, 『中國の祭祀と文學』, 創文社, 1986에서 '古代の祭祀と神話'(p.5), '祭祀から文學へ'(p.211) 등을 논의하였다.

필들과 함께 하나의 장르 아래서 그 계통을 유지하였을 터다. 나아가 이 서동설화는 상술한 대로, 이미 서사문학·소설형태로서 <서동전>으로 규정된 게 당연하다.[106] 이 작품은 그 원형·원본을 재구·복원했을 때, 무령왕의 '영웅의 일생', 일대 서사문학·소설로 평가되어 마땅했을 것이다. 이 작품을 전거로 하여 무령왕의 신화·전설 그 후대적 이본(이화) 들이 하나의 서사적 전통을 이룩하고, 그 장르의 영역을 실질적으로 유지하였을 터이다. 마지막으로 이 서동설화는 실제로 위 제의극의 대본이었기에, 그 자체가 이미 극본·희곡의 자질과 성격·기능을 보존하고 있다. 그러기에 이 작품은 극화·연행을 전제할 때, 극본·희곡으로 재구·생동하게 되어 있었다. 이 서동설화의 많은 이본들이 널리 오래 부침하면서 극화·연행됨으로써, 극본·희곡으로 작용·기능하고, 이 작품을 중심으로 합세·유전의 장르적 명맥을 겨우 유지해 왔던 것이다. 이러한 희곡 장르는 연행·전승의 현장에서 실질적으로 가창극본·가무극본·강창극본·대화극본·잡합극본으로 존립·행세하였던 터다.

7. 결론

이상 무령왕릉문물의 불교적 실상과 그 제의에 따르는 문화현상을 불교문화학적 관점에서 고찰하였다. 지금까지 논의해 온 것을 요약하면 다음과 같다.

1) 무령왕릉 문물은 그 왕대를 중심으로 하는 백제의 불교와 그 문화를 배경으로 하였다. 웅진으로 국도를 옮기면서 궁성내외에 국찰·원찰

---

106) 史在東, 「서동설화 연구」, p.432.

을 세우고 호국·안민의 불교가 발달하기 시작하여, 무령왕대에 이르면 그 황금시대를 이루고, 그것이 성왕대로 이어져 그 성세를 유지하면서 국내의 불교문화는 물론, 일본에까지 영향을 미쳤다. 더구나 무령왕은 인자관후하고 신심이 깊어, 당대의 국력과 원력을 통하여 국찰·원찰로 미륵사와 같은 대찰들을 창건·경영하였다. 그때의 불교계는 성왕을 주축으로 미륵신앙·사상과 함께 미타신앙·사상이 숭신·제고되어 아미타불과 관음보살·대세지보살의 극락정토·연화장세계를 희원·신행하는 게 대세였던 것이다. 이런 신앙·사상은 정토삼부경 가운데 ≪관무량수경≫에 기반을 두고 발전·전개되었으니, 그 16관법에 의거한 극락정토 9품연대에서 아미타불의 무량광 무량수 아래, 관음보살과 대세지보살이 화생 대중을 접인한다는 사후세계로 전개되었다. 그리하여 무령왕과 왕비가 서거하였을 때, 그 아들 성왕의 신심·효성과 신민의 추모·정성에 따라 서방의 극락정토·연화장세계를 찬연하게 조성·장엄하고, 왕과 왕비가 그 세계에서 대세지보살과 관음보살로 승화·안주하며 영생 복락을 누리도록 갈망·실현해 놓은 것이 바로 무령왕릉 문물이었다.

2) 이 무령왕릉 文物은 실제로 ≪관무량수경≫을 전거로 하여 극락정토·연화장세계를 집약·조형화하였다. 그 연도·현실이 온통 연화문전으로 축조되어 완벽한 연화장세계를 이룩하고, 그 안에 설시된 금은보배의 온갖 조형물들이 모두 그 경전의 표현대로 조성·배치됨으로써, 완벽한 극락정토를 구성하고 있었다. 그 가운데 무령왕과 왕비는 그 관식 분장·의상·장신구·신발 내지 소도구에 이르기까지 대세지보살과 관음보살의 위용으로 장식·승화되고, 그 문물은 유기적 관계를 유지·활용하여 그 생동성을 보이고 있었다.

3) 이 무령왕릉 문물은 그 대본 경전의 원전대로 극락정토·연화장세계를 조영함으로써, 정토신앙·사상의 본향·원형을 성취한 것이었다.

거기서 무령왕과 왕비는 대세지보살과 관세음보살로 승화·화생하여 무량수·무량광의 영원광명을 타고, 그 위신·권능을 극락정토·9품연대에 뻗쳐, 공덕 수행한 중생들의 연화 화생을 환영·접인하는 것으로 예배·공양되고 신앙·제례되었던 터이다. 여기 무령왕릉 문물은 내외적으로 제의의 성격을 드러내게 되었으니, 이 왕릉의 국가적 제의와 함께 불교적 재의가 겸수되었던 것이다. 이 무령왕은 백제 중흥주의 행적을 보이고 국태민안의 공적을 쌓아, 왕과 왕족 내지 만인의 추모·찬양의 제의가 이 왕릉으로 집중될 수밖에 없었다. 이 왕릉이 익산으로 이전되어 쌍릉으로 조영되면서, 그 제의는 더욱 강화·성세를 보였고, 그 주변의 미륵사가 능사의 역할을 하는 가운데, 그 제의는 범위를 넓혀 사찰 내의 재의로 확대되었던 것이다.

4) 이 무령왕과 왕비에 대한 제의는 쌍릉에서의 능행제 추모재의와 미륵사에서의 추모재의로 확대·전개되었다. 이 능행제는 국가 차원의 추모재의이기에, 궁중의 종묘제례와 상응하여 대단한 규모에 화려·장엄한 제단·영단·제석을 차리고, 여법한 제례 절차와 연행이 엄숙하게 진행되었다. 여기서는 제문으로 발원문·청원문 등과 함께 무령왕의 걸출·탁이한 행적을 기리는 찬탄문이 주축을 이루었던 것이다. 그리고 미륵사에서의 추모재의는 그 탄신재의나 기신재의와 함께, 그 왕이 미륵사의 창건주요, 이 절이 능사의 직분을 가진 터라, 창건일을 기하여 창사재의로 여법하게 거행하였으니, 그 행적이 찬연하게 연설되었던 터다. 이러한 사찰에서의 추모재의는 모두 불교성향을 띠고 특성 있게 연행되었고, 따라서 그 재문으로 기도문·발원문·청원문이 불교식으로 윤색됨에 따라, 무령왕의 행적이 찬탄·서술되는 서사문맥도 '영웅의 일생'으로서 더욱 미화·확충되었던 터다. 특히 창사재의 가운데 서술·연행된 왕의 탁이한 행적은 창사 공덕을 중심으로 보다 장쾌하고 감명 깊게

미화·연설되었던 것이다.

5) 이러한 무령왕에 대한 제의는 완벽하게 진행되어, 그 구비상관물로서 그 성격에 따라 무령왕의 신화를 형성·전개시켰다. 여기서 쌍릉의 능행제에서 이룩된 그 신화는 왕계·혈통, 출생·성장, 권능·위용, 결연·국혼, 등극·선치, 창사·외방 등에 걸쳐 일관된 영웅서사시, 일대 서사문학으로 성립되었으니, 왕의 특출한 행적과 신화화의 성숙된 여건이 뒷받침되었던 것이다. 그 웅장한 신화는 백제가 유지될 때까지 신화의 권능과 기능을 발휘하다가 그 멸망 후부터 무강왕전설로 전환·위축되었고, 그 후대적 축소·개변에 따라 여러 이본(이화)으로 분화·전승되었던 것이다. 그리고 미륵사에서 그 탄신재의·기신재의와 함께 그 창사재의에서 생겨난 무령왕의 창사신화는 보다 극적인 서사문학으로 완결·행세하였고, 백제 멸망 후에도 신화의 면모와 기능을 잃지 않았던 것이며, 사찰의 폐허로 그 창사재의가 끊어지면서, 그것은 전설화의 길을 걸어 미륵사창건전설로 정착되었다. 이 전설의 원전이 변화·정착되어 무왕전설도 개찬되고, 따라서 서동설화로 현존·유통되었으며, 그간에 여러 이본(이화)을 형성·유전시키고도, 그 작품 자체는 신화성과 전설성을 조화롭게 겸유하고 있는 것이었다.

6) 이 무령왕릉 문물과 그 제의의 문화사적 위상은 그 왕의 생애·행적과 함께 그 능 내외의 조형물, 그에 따르는 일체 제의의 제단 구성, 진행절차와 연행 실태, 그리고 그로부터 형성·전개된 신화·전설 등에 걸쳐 광범한 문화영역으로서 중요한 내용과 높은 가치를 지니는 것이었다. 우선 그 무령왕과 왕비가 서거한 이후 장례 풍습과 신앙, 왕릉 조영의 관념과 방법 등으로부터 그 능의 내부 구조가 극락정토·연화장세계를 이루고 있다는 점, 그 내장문물이 ≪관무량수경≫의 주제·내용을 집약·조형화한 사실까지 유기적으로 연결시켰다. 그 가운데에서 장례문

화와 왕릉조영을 비롯하여 능묘의 건축과 함께 그 회화와 조각·공예 등 미술세계가 확인되고, 기악·성악 등 음악세계가 파악되며, 그 조형물의 원전에서 훌륭한 정토문학을 유추할 수가 있었다. 이어 그 무령왕과 왕비에 대한 다양한 제의가 독자적 의례문화로서 그다지 중요한 것은 물론, 그로부터 제의예술이 형성되어 제의미술·제의음악·제의무용·제의연극, 그 연행의 대본 문학으로 전개되었던 터다. 이어 그 제의에서 형성·현존하는 서동설화를 중심으로, 이 왕릉문물과 제의의 문화영역을 통관하는 문학세계가 신화문학, 서사문학의 실상을 갖추고 시가·수필·소설·희곡 등의 장르로 분화·전파되었던 것이다. 이처럼 무령왕릉 관계의 문화영역은 백제문화의 정화로서 그 중심에 자리하고, 따라서 삼국문화사 내지 한국문화사상에서 매우 소중하고 확고한 위상을 차지하여 왔던 것이다. 따라서 인문학·문화학의 각개 분야에서 이를 새롭게 인식하고 적극적이고 본격적으로 연구할 단계에 이르렀다고 믿는다.

제2부
무령왕 행적의 설화적 양상

무강왕전설의 형성과 전개

1. 서론

≪삼국유사≫ 卷第二 紀異에

武王 古本作武康 非也
百濟無武康

라고 보이는 소위 서동설화는 그 題下의 註記대로 '古本'에는 '武康王'으로 되어 있었던 것이다. 이 武康王傳說이 ≪삼국유사≫의 찬자에 의하여 武王記事로 개찬되었다는 점은 주지의 사실이다. ≪삼국유사≫가 印布된 이후에도, 그 전설이 익산의 현장에서 여전히 武康王의 전설로 설화되고 있었던 흔적을 우리는 찾아 볼 수가 있다. 즉 ≪동국여지승람≫ 익산 佛宇條에

彌勒寺 在龍華山 世傳武康王旣得人心 立國馬韓 一日 王與善花夫人欲幸師

子寺 至山下大池邊 三彌勒出現池中 夫人謂王曰 願建伽藍於此地 王許之 詣知

命法師 問塡池術 師以神力 一夜頹山塡池 乃創佛殿 又作三彌勒像 新羅眞平王

遺百工助之 有石塔極大 高數丈 東方石塔之最[1]

라고 익산 미륵사 주변에서 武康王傳說로 전승되고 있음을 볼 수가 있으
며, 또한 同書 古蹟條에서도

雙陵 在五金寺峰西數百步 高麗史云 後朝鮮武康王及妃陵也 俗號末通大王陵

一云 百濟武王 小名薯童 末通卽薯童之轉[2]

이라고 한 것을 볼 수가 있어, 고려대와 조선초를 통하여 '武康王'의 전
설이 익산지역에서 설왕설래되었음을 증명하고 있다. 그리하여 본고는
'古本'에 준거하고 현지의 所傳을 존중함으로써, 서동설화를 武康王傳說
이라 명명하여 보았다. 이러한 설화·전설적 측면에서 소위 서동설화를
재검토하는 것이 마땅하다고 생각했기 때문이다.

주지하는 바와 같이 종래 학계에서는 이 武王(古本作武康王)傳說을 역
사적 사실로 신빙하는 한편,[3] 그 무왕설을 부정하고 동성왕에다 比定하

---

1) 盧思愼 等撰, ≪新增東國輿地勝覽≫ 卷33, 益山 佛宇條.
2) 앞의 책, 익산 古蹟條.
3) 국문학계에서는 양주동(『증보고가연구』, p.448), 조윤제(『한국시가사강』, 정정판, p.42),
   김사엽(『개고국문학사』, p.157), 정주동(『국문학사』, p.21), 구자균(『국문학개고』, p.268),
   조지훈(「신라가요연구논고」, 민족문화연구 제1집, p.138), 정병욱(『한국시가발달사』,
   p.791), 김준영(『고전문학사』, p.118) 등 제 학자가 그와 같은 경향을 보여왔고, 고고
   학계에서는 고유섭(『조선탑파의 연구』, pp.64~70), 황수영(「백제의 건축미술」, 『백
   제연구』 제2집, pp.88~90), 홍사준(「백제지명고」, 『백제연구』 제1집, p.35), 이양수
   (「이병도박사의 서동설화에 대한 이설을 박함」, 『충청』 제21호, pp.30~34) 등 제씨
   가 그러한 입장을 고수하여 왔다.

는가 하면4) 또한 원효와 결부시키기도 했던 것이다.5)

이러한 학계의 경향에 대하여 필자는 「서동설화 연구」에서 이 전설을 설화 그것으로 간주하고 거기에 설화문학적 분석·고찰을 시도했던 것이다.6) 그리하여 이 전설의 역사적 측면을 분리해 내고 그 설화적 내면을 밝혀내는 데에 주안을 두었던 것이다.

그 결과 이 전설의 주인공으로 분장된 역사적 인물은, '古本'에 나타난 그 명칭 '武康'으로나 이 전설에 투영된 역사적 사항들로 미루어, 무왕이나 동성왕·원효 등에 비정하느니보다는 오히려 무령왕에 맞대어질 것 같다고 지적했던 것이다. 이 武康王傳說은 원래 단순한 서동의 설화로서 유포되어 있던 것이 무령왕⇌무강왕의 사실과 유추적으로 결부·습합됨으로써, 의장된 역사적 전설의 모습을 갖추게 되었다고 하였다. 그러니까 薯童 즉 무령왕이 될 수 없음은 물론이고, 다만 서동은 설화의 원래적 주인공이요 무령왕은 그 역사상 인물로 분장된 안면(가면)으로서의 주인공이라고 보았던 것이다. 따라서 이 설화의 주인공인 서동은 소설, 전기 중의 작중인물과 같은 것이어서 역사적 인물이거나 실재적 인물이 아님은 물론, 또한 그는 실제로 薯蕷를 캐다 활업으로 삼던 서동(庶童·庶民)들이 그들을 상징·대표하는 전형으로서 상정해 낸 가공인물이요 영웅상이라 했었다. 그러므로 서동설화는 소위 <서동요>를 내포하고 서민들의 꿈을 모두 성취시켜 주는 민간전설 그것이 고래로 널리 알려진 야래자전설, 奇男妙計娶女說話, 선자득보횡재설화, 서동출세설화, 도승신통설화 등류의 단원설화를 적층적, 허구적으로 총화·응축시킨 구조를 지니고 있다고 하였다. 그러한 서동의 성공담으로 민간설화·고

---

4) 이병도, 「서동설화에 대한 신고찰」, 『역사학보』 제1집, 1953, pp.52~53.
5) 김선기, 「쑈뚱노래」, 『현대문학』 제151호, p.302.
6) 사재동, 「서동설화 연구」, 『장암지헌영선생화갑기념논총』, 호서문화사, 1971, p.929.

전소설에 보이는 전형적 영웅의 일생담과 상통하는 것이니, 이름하여 <서동전>이라 할 수도 있으리라 했던 것이다.[7]

그 결과 무강왕전설을 사실과 혼동하여 서동을 실재인물로 고증하려던 종래의 제반 업적에 대하여 비판을 가하고, 필자 나름대로의 설화문학적 연구방향을 제시한 셈이 되었다. 이는 송재주의 「서동요의 형성연대에 대하여」[8]와 보조를 같이 하는 바로서 학계의 질정·논란이 있기를 기다렸던 것이다.

그러던 차에, 황수영이 「百濟 帝釋寺址의 硏究」에서 제석사에 대한 새로운 문헌이라 하여 일본에서 입수한 六朝代 陸杲等撰 ≪觀世音應驗記≫ 부록 중

　　百濟武廣王遷都 枳慕蜜地 新營精舍 以貞觀十三年歲次己亥冬十一月 天大雷雨 遂災帝釋精舍 佛堂七級浮圖 乃至廊房一皆燒盡 塔下礎石中有種種七寶 亦有佛舍利 綵水精瓶 又以銅作紙 寫金剛般若經 貯以木漆函 發礎石開視 悉皆燒盡 唯佛舍利瓶與般若經漆函如故 水精瓶內外徹見 盖亦不動 而舍利悉無 不知所出 將瓶歸大王 大王請法師 發卽懺悔 開瓶視之 佛舍利六箇俱在處內瓶 自外視之 六箇悉見 於是大王及諸宮人 倍加敬信 發卽供養 更造寺貯焉 右一條 普門品云 火不能燒 夫聖人神迹 導化無方 若能至心仰信 無不照復捨 右條追繼焉

이라고 한 기사를 소개하고

　　첫째, 제석사의 창건과 그 연대가 종전의 추정을 명확하게 뒷받침하여 주었으니 이 기사는 그 첫머리에 '百濟武廣王遷都 枳慕蜜地 新營精舍'라 하였다. 백제무강왕이란 곧 무왕이니 ≪삼국유사≫ 왕력 또한 '或云武康'이라

7) 사재동, 앞의 논문, pp.950~951.
8) 송재주, 「서동설화 <서동요>의 형성연대에 대하여」, 『장암지헌영선생화갑기념논총』, p.953.

전하여 주었다. 이 무왕의 익산 천도는 일찍부터 주목되어서 고산자 김정호의 大東地志에도 別都를 두었다고 하였으며 상기한 바와 같이 해방 후부터이 지구에 대한 고적답사 또한 그같은 사실을 넉넉하게 뒷받침하였는 바이제 다시 새로운 종래의 문헌은 역력하게 이같은 천도 사실을 전하여 주었다. '枳慕蜜地'라 한 枳慕蜜이야말로 필자의 현지 조사에 따르면 오늘 왕궁리 5층석탑의 북방 구릉 일대에서 '모지밀'이라는 지명으로 傳稱되고 있는 점이라고 추정된다. 이 '모지밀'이야말로 백제 무왕이 別都를 두고 궁궐을 건립한 그 중심지점으로 가리킨 것으로 추정하고자 한다. 다음에 新營한정사가 바로 帝釋寺를 가리킴은 그 다음의 기사에서 미루어 다시 말할 나위도 없다.[9]

라고 결론함으로써, 무강왕전설과 관련될 문제를 제기하게 되었다. 황수영은 우선 武康王은 무왕이라고 강조했고, 다음으로 武康王은 '武廣王'이라 異樣 표기되기도 한다 전제하고 '武廣王'은 곧 무왕이라고 단정하였으며, 그리고 武廣王記事 내용을 무왕의 사실로 단정함으로써, 무왕이 익산 모지밀로 遷都(別都)하는 동시에 제석사를 創建·更造했다고 단정하였던 것이다.

이리 하여 황수영의 논문은 武王(武康·武廣)이 익산지방에 산재해 있는 두드러진 유물(미륵사·왕궁리 오층석탑·제석사)·유적(왕궁평 왕궁지)을 축조했던 王者라고 단정한 것이 되었으며, 따라서 무왕조 기사와 여지승람 등에 보이는 서동설화 그것도 백제 武王 관계의 사실기록이라고 결론한 셈이 되었다.

황수영이 결론한 조목들은 우리에게 새로운 의문을 제기케 한다.

1) ≪삼국유사≫ 기이 무왕조의 무강왕전설은 ≪관세음응험기≫ 중의 武廣王記事와 더불어 과연 武王代 사실의 기록이었겠는가?

---

9) 지헌영, 「薯童說話 硏究의 評議」, 『新羅時代의 言語와 文學』, 한국어문학회, 1974, p.12.

2) 武康王 및 武廣王과 武王은 ≪삼국유사≫와 ≪관세음응험기≫를 매개로 하여 어떻게 관련되어질 것이며, 특히 ≪관세음응험기≫의 武廣王記事는 어떻게 파악되어야 하겠는가?

이러한 문제들이 우리의 연구과제로 제기될 수 있겠다. 그리하여 본고는 이러한 문제점을 구명하고 동시에 파생될 부대적인 문제들에 대해서도 鄙見을 피력해 보고자 한다. 따라서 본고는 전게 「서동설화의 연구」와 직결이 되겠고, 공동연구라는 인연으로 하여 지헌영의 논문 「서동설화 연구의 평의」10)와 횡적 관계를 맺는 것이 되겠다.

2. 무왕대의 사회적 배경 및 왕흥사 건조경위

황수영이 무강왕전설은 무왕의 사실이라고 한 종래의 견해를 재강조한 것은 확실히 주목할 만한 발언이라고 하겠다. 황수영의 연구는 익산군 왕궁면 제석사지와 왕궁평 5층석탑 부근 출토 유물을 물적 증거로 삼고 새로운 자료인 ≪관세음응험기≫의 문헌 해석을 근거로 하여 내려진 견해로서 서동설화에 관한 여러 견해11)에 대한 반론이 아닌 묵살이므로 하여 우리의 주목을 더욱 집중케 하는 것이다.

첫째로, 무강왕전설(서동설화) 그대로가 어떤 실재인물의 사실기록이냐는 문제는 재론할 필요조차 없을 것 같다. 이 무강왕전설 그것이 하나의 설화로서 어떤 사실과 유추적으로 결부됨으로써, 역사적 사실인 것처럼 의장되어 있다는 점은 전게 졸고에서 누누이 따져 본 바요, 설화·전설학계와 학자들의 상식에 속하는 일이기 때문이다. 이곳에서는 다만 이

───────────────

10) 지헌영, 「薯童說話 研究의 評議」, 『新羅時代의 言語와 文學』 참조.
11) 이병도, 김선기, 지헌영, 송재주 및 필자의 앞의 논문 참조.

전설의 양면을 감싸고 있는 역사적 면모에다 중점을 두어, 이 전설이 무왕과 어떤 관계가 있는 것인가를 살펴보기로 한다.

실제로 이 전설이 무왕의 사적과 무관하다는 논의는 여러 차례 있어 왔다. 전술한 바대로 이병도가 이 전설의 주인공 서동을 동성왕에다 비정했을 때나 김선기가 서동을 원효에다 결부시켰을 때에, 그리고 필자가 전게 졸고에서 의장된 역사적 주인공으로 무령왕을 들었을 때와 송재주가 「서동요의 형성연대에 대하여」를 논의했을 때에, 이미 이 전설이 무왕과 무관하다는 데에는 모두가 일치된 결론을 내렸던 것이다. 그런데 황수영은 전게 제가의 일치된 견해를 묵살하고 새삼스런 주장을 하게 된 것이라 보이는데, 우리는 무강왕전설은 史傳記錄이 아닌, 어디까지나 전설·설화가 문자로 정착한 모습이라는 관점을 견지하고 시종일관할 뿐인 것이다.

이 무강왕전설이 彌勒寺創建緣起傳說이라 판단한 것은 지헌영과 필자 및 송재주의 일치된 견해이었던 것이다. 전게한 ≪삼국유사≫ 武王조의 말미주기와 ≪東國輿地勝覽≫ 益山 미륵사조에서도 무강왕전설의 편모를 엿볼 수가 있고, 동서 馬龍池조에서

在五金寺南百餘步 世傳 薯童大王母築室處[12]

라든가 동서 五金寺조에

在報德城南 世傳 薯童事母至孝 掘薯蕷之地 忽得五金 後爲王創寺[13]

라 한 데서도 그 전설의 편린을 찾을 수도 있다. 이 유적들은 그 전설에

---

12) ≪新增東國輿地勝覽≫ 卷33, 益山 山川條.
13) 앞의 책, 益山 佛宇條.

부대되어 증거물로서 전설 청자들에게 제시되고 있다 하겠다. 이들 무강왕전설의 무대로 제시된 지명·사명·능침보다도 미륵사와 그 사지의 유물·유적이야말로 이 전설의 가장 뚜렷한 증거물이라고 할 수밖에 없다. 따라서 우리는 이 미륵사의 조성연대를 추정함으로써 이를 창건·조영한 왕자를 지적 내지 추정할 수가 있다 하겠다.

일찍이 미륵사의 유물·유적과 무왕과의 관계를 연관시킨 학자는 고유섭이었다. 그는 『조선탑파의 연구』에서 미륵사의 석탑을 양식사적으로 검토하여 무왕대의 所成으로 판단했던 것이다.

> 이리 볼 제 이 전설 속에는 여러 혼재와 신비화가 있다손 치더라도 무강왕을 백제 무왕으로 개찬한 ≪삼국유사≫ 필자의 영단(?)도 과히 허물되지 아니할 것 같다. 백제는 무왕의 자 의자왕으로 말미암아 멸망하지 않았던가! 우리는 미륵탑이 양식적으로 정립탑에 선행하고 정립탑이 영니산탑에 선행하고 영니산탑의 상한은 선덕왕 3년에, 하한은 신문왕 2년까지에 있을 수 있다는 것을 설명하였지만, 이에 선행하여 미륵탑이 무왕대에 성립되었을 것에 하등 무리를 느끼지 않게 된다.14)

라고 무강왕전설이 무왕대의 사실과 어긋나지 않는 것으로 논조를 전개시켰던 것이다. 이리하여 미륵사지석탑의 무왕건조설은 고고학계·사학계·국문학계에서 묵수되어 오늘에 이르렀던 것이다.

황수영의 제석사무왕창건설, 고유섭의 미륵사무왕창건설 등을 검토하기 위하여, 이곳에서 백제 30 무왕대에 경영되었던 사관조영에 관한 지식을 확대함으로써 무왕대의 시대배경을 고찰해 보기로 한다.

주지하는 바와 같이 ≪삼국유사≫ 法王禁殺조에 '父基子構 歷數紀而畢成'이라 한 王興寺는 ≪三國史記≫ 百濟本紀 武王 35년 2월조에

---

14) 고유섭, 『朝鮮塔婆의 研究』, 을유문화사, 1954, pp.70~71.

王興寺成 其寺臨水 彩飾壯麗 王每乘舟入寺 行香

이라 하여, 그것이 무왕말기에 완성된 것임을 확인할 수가 있었다. 그런데 황수영은 앞의 논문에서 제석사라는 巨刹이 다시 무왕대의 창건임을 주장하고 나아가 홍사준 같은 이는 「修德寺舊基와 白石寺考」에서 대찰 수덕사마저도 무왕대의 開創이었을 것으로 추정하고 있는 것이다.[15] 우리가 황수영·홍사준 양씨의 학설에 따라간다면 무왕은 왕흥사를 완성하는 데에 35년이 넘도록 힘을 들인 그 사찰의 창건주인이거니와, 동시에 무왕은 왕흥사보다도 대규모의 미륵사·제석사·수덕사 등을 연이어 창건했다는 결론이 된다.

무왕은 백제의 국운이 이미 기울기 시작한 때에 失土를 회복하기 위하여 악전고투한 왕으로서 그의 시호는 이를 단적으로 증언하고 있다보아진다. 백제는 부여 천도 후 성왕 31년 신라와의 화친관계를 깨고, 그 이듬해 7월에 신라의 복병에 의하여 성왕이 전사함으로써[16] 羅·麗의 끊임없는 침공 앞에 부딪혀 이로부터 난국에 들어갔다고 보아야 할 것이다. 위덕왕대의 국위 보전을 위한 外交·戰役에도[17] 불구하고 기울기 시작한 백제 국운은 만회를 보지 못한 채 무왕대로 계승되었던 것인가 한다. 즉 무왕은 즉위초부터 국세를 되찾기로 본격적인 움직임을 보였으니 ≪三國史記≫에 남은 것만도, 동왕 3년의 '王出兵圍新羅阿莫山城(一名母山城)'으로부터 시작하여 동 6년의 '新羅侵東鄙', 동 8년의 '高句麗攻松山城', 동 12년의 '圍新羅椵岑城', 동 13년의 '王嚴兵於境 聲言助

---

15) 홍사준, 「修德寺舊基와 白石寺考」, 『백제연구』 제4집, p.38.

16) ≪三國史記≫ 百濟本紀, 聖王 37年 秋7月條에 '王欲襲新羅 親帥步騎五十 夜至狗川 新羅伏兵發與戰 爲亂兵所害薨'이라 하였다.

17) 앞의 책, 威德王 8년, 14년, 19년, 24년, 28년, 29년, 31년, 33년, 36년, 45년 등에 걸쳐 外交 戰役의 현황이 엿보인다.

隋', 동 17년의 '攻新羅母山城', 동 19년의 '新羅將軍邊品等來攻椵岑城復
之', 동 24년의 '遣兵侵新羅勒弩縣', 동 25년의 '攻新羅…六城取之', 동
27년의 '遣兵攻新羅王在城', 동 28년의 '王命將軍沙乞 拔新羅西鄙二城…
王欲復新羅侵奪地分大擧兵', 동 29년의 '遣兵攻新羅椵岑城', 동 33년의
'發兵伐新羅' 등을 거쳐 동 37년의 '王命將軍于召…往襲新羅獨山城'에 이
르기까지 거의 불리한 戰役으로 일관하였다고 하겠다. 무왕은 그 말기에
'穿池於宮南 引水二十餘里 四岸植以楊柳 水中築島嶼 擬方丈仙山'[18]하여
'王率左右臣僚游燕於泗沘河北浦…王飮酒極歡'[19]하고, '王與嬪御泛大池'[20]
하는 등 歡樂을 누리기도 하였으나 대부분의 행적은 武力行事로 일관했
던 것으로 보이고 있다 하겠다.

이와 같은 장구한 戰役과 만만치 않은 환락으로 하여 국력은 상당히
탕진되었던 것이라 보여진다. 그러기에 무왕 31년에

春三月 重修泗沘之宮 王幸熊津城 夏旱 停泗沘之役 秋七月 王至自熊津

이라 하는 상황도 벌어졌던 것인가 한다. 얼마나 국력이 탕진되었으면,
일단 중수키로 결정한 중대한 궁궐중수의 국역을 여름 가뭄 때문에 그
대로 정지시켰던 것인가 가히 그 쇠퇴의 정도를 짐작할만한 일이라 하
겠다.

이러한 형편 하에서는 전술한 바와 같은 천도나 별궁경영 등은 거의
불가능했으리라고 볼 수밖에 없겠다. '遷都・別宮經營'이라는 일대 국사
가 내외 史書에 일체 반영되지 않은 것이 무엇보다도 의심되는데,[21] 무

---

18) 앞의 책, 무왕 35년 3월조.
19) 앞의 책, 무왕 37년 3월조.
20) 앞의 책, 무왕 39년, 춘3월조.
21) ≪三國史記≫ 百濟本紀 武王條의 기술태도를 보면 '穿宮'・'游宴'・'飮酒' 등에 걸

왕대의 백제 국정으로 보아 천도·별도경영할 필요성이 발견되지도 않거니와, 또한 그렇게 천도·별도경영할 만한 국력을 보유했다고 보아지지도 아니한다.

무왕대의 무력행사·항전외교에 여념이 없었던 상황 하에서는 왕흥사가 그처럼 오랜 세월에 걸쳐 완성을 본 것도 대간한 일이었을지도 모른다. 그 寺址로 보아서는 그다지 거창한 것 같지도 않은 왕흥사 하나를 국가적으로 경영하는 데에 35년 이상이나 걸렸다고 하면, 아무래도 어떠한 근본적인 이유가 개재된 것이 아니었던가를 생각해 보아야 하겠다. 물론 주된 이유야 전술한 대로 국가보전을 위한 국방전역에 온 힘을 기울이고 또 한편 왕의 향락으로 남모르게 국고를 낭비하며 그 나머지로 그 사찰을 지어 나갔다면, 그 사찰의 완성이 그만큼 늦어진 것은 자연스러운 결과라고 볼 수밖에 없다. 그러나 그렇게 결과되는 데에는 보다 근원적으로 무왕 자신의 정신내면에 매인 바가 컸으리라고 생각된다. 즉 무왕이 얼마만큼의 숭불심을 가지고 있었느냐 하는 것이 문제가 되겠다. 전제왕권 시대에 만약 무왕이 부왕인 법왕과 같은 숭불심을 지니고 있었다면 戰役費나 國帑中 어느 국비를 끌어내더라도 당대의 願刹을 미완성인 채로 35년 동안 연장해 가며 방치하지는 않았으리라 추측되기 때문이다.

무왕은 ≪삼국사기≫ 백제본기가 전하는 대로 '風儀英偉'하고 '志氣豪傑'한 왕으로서, 羅·麗양국에 대한 적개심을 불살라 왔을 것으로 보아진다. 무왕이 즉위하면서부터 계속된 치열한 전역에서 그는 인명살상의 상흔을 심신으로 체험했을 것은 물론이요, 이러한 무자비한 전황이 그의

처 사소한 것까지 언급하고 있는데, 천도나 별궁경영과 같은 일대 국사가 보고되지 않았다는 것은 아무래도 그러한 사건이 없었다는 것을 裏證해 주는 것이라 보아진다.

정신내면과 생활상태에 무시 못할 영향을 미쳤으리라고 친다면, 무왕은 평생을 두고 참된 숭불심·자비심을 가져 보기도 어려웠을 것이다. 또 부왕의 禁殺精神과 묘한 갈등까지 일으키어 상대적으로 불법에 어긋나는 자세를 지녔을 가능성도 없지 않은 터라 하겠다. 그래서 무왕은 거칠어지고 얼어붙은 심정을 달래기 위하여 부처님 앞에 참회·기도하기보다도 遊樂의 길을 찾았던 것이 아니었던가 한다. 이러한 환락에의 갈구는 불법을 벗어난 정신상태의 구체적인 행동화로 간주될 수밖에 없거니와, 이처럼 전역과 환락의 극단을 방황하였던 무왕이라면 법왕과 같은 정도로 숭불심을 지니지 못했을 것은 뻔한 일이라 하겠다. 따라서 그가 왕흥사를 창건하려던 부왕의 신념과 국가적 염원을 저버리지는 못하여 위와 같은 고갈된 국력(국고)의 나머지로써 그 役事에 임했으리라고 본다면, 開創 35년 만에 그 사찰이 완성된 것은 오히려 당연한 결과였다고 할 수도 있겠다. 이와 같이 왕흥사의 역사가 힘에 겹고 그만큼 지루했으므로, 그 완성의 마당에 사관들은 '王興寺成'을 강조·기록했는지도 모를 일이다.

전게한 바에 따르면, 무왕은 왕흥사가 완공된 후에도 '其寺臨水'하고 '彩飾壯麗'하므로 '每乘舟入寺'하여 의례적으로 '行香'한 정도지, 그의 숭불심을 참되게 드러낸 문면이 나타나지 아니한다. ≪삼국유사≫ 法王禁殺條에서도 법왕에 대하여는

法王諱宣 或云孝順 開皇十年己未即位 是年冬 下詔禁殺生 放民家所養鷹鸇之類 焚魚獵之具 一切禁止 明年庚申 度僧三十人 創王興寺 於時都泗沘城

이라고 법왕의 경허한 숭불심을 나타내고 있는데 반하여 무왕의 행적에 대하여는

武王繼統 父基子構 歷數紀而畢成 其寺亦名彌勒寺 附出臨水 花木秀麗 四時
之美具焉 王每命舟 沿河入寺 賞其形勝壯麗

라 하여 그 역사에 소극적이었고, 왕흥사의 '形勝壯麗'만을 완상했을 따
름이지 그만한 신심의 증표가 없었음을 암시하고 있는 것이 아니겠는가.
이와 같이 숭불심을 지니지 못했던 무왕이 가뜩이나 고갈된 國資를 짜내
어 35년을 넘겨 걸려서 겨우 왕흥사를 완성한 것은 실로 어려운 일이
아닐 수가 없었다 하겠다. 따라서 전술한 바 그 遺址로나마 왕흥사보다
도 대규모로 추정되는 제석사나 수덕사 등의 조영을 무왕대의 역사로
추정할 수는 없다. 하물며 미륵사의 結構는 국가의 재력이나 정신력이
그만큼 집중될 수 있어야 할 뿐만 아니라, 그 창건을 발원한 왕의 강인
한 신념과 不退轉의 숭불심이 아니고는 그 완성은 거의 불가능했으리라
고 보지 않을 수 없다 하겠다.

3. 미륵사의 창건연대

여기서 우리는 미륵사지의 유물로 다시 돌아가 보기로 한다. 고유섭은
미륵사석탑이 저 정림사석탑에 선행하고, '定林塔은 彌勒塔의 架構的 특
질을 최대공약수로 간소화하려 하여 그에 성공하였음'[22]으로써 이들 양
탑은 양식사적으로 직결된 선후관계를 유지하고 있는 것이라 했다. 따라
서 고유섭의 탁견을 존중한다면, 이 兩塔婆 중에서 어느 것 하나만이라
도 그 연대가 확정되면 그 나머지는 그 연대가 자연 추정되기 마련이다.
그러니까 고유섭도 먼저 미륵사석탑을 무왕대의 所成으로 단정하고 나

---

22) 고유섭, 앞의 책, p.42.

아가 정림사석탑을 백제말기 의자왕대의 所造라고 추정할 수가 있었던 것인가 한다.[23] 역으로 정림사석탑이 의자왕대의 조성일 때, 미륵사석탑이 '무왕대에 성립되었을 것에 하등 무리를 느끼지 않게 된다'고 할 수 있었던 터라 하겠다.

이러한 고유섭의 추론이 오늘의 학계에 통용되고 있으나, 우리는 여기서 고씨의 추정에 무조건 追隨할 수는 없다. 그리하여 미륵사석탑과 양식사적으로 직결되어 있는 정림사석탑의 성립연대를 우리는 간과할 수가 없게 된다.

이 정림사와 그 석탑이 무왕 이후 의자왕대의 성립이라고 한다면, 우리는 여기서 의문점에 가로 막힌다고 하겠다. 우선 정림사의 거대한 규모나 그 석탑의 웅장한 가풍으로 보아서, 그것이 외세에 시달리다 못해 멸망을 가져온 의자왕대에 조성되었을 것 같지 않다는 점이다. 의자왕은 무왕대에 국세회복·보전을 위한 악전고투에도 불구하고 기울기 시작한 국운과 고갈된 국력으로 하여 '不利한 戰役'만을 치렀던 망국의 고빗길에서 벗어날 수가 없었던 것으로 파악된다. 왕은 즉위 초부터 '遣使入唐朝貢'하여 외교전을 펴고,[24] '親帥兵侵新羅 下獼猴等四十餘城'[25]하는 등 기세를 올리는 한편, 고구려와 화친하여 '謀欲取新羅黨項城 以塞入朝之路 遂發兵攻之'[26]하려는 계책까지도 세워 놓았다. 그런데도 대세가 기울었음인지, 외교전은 오히려 신라 측에 유리하여 당고종은 의자왕에게 내린 詔書에서

---

23) 고유섭, 앞의 책, p.71.
24) ≪三國史記≫ 百濟本紀 義慈王 元年, 2年, 3年, 4年, 11年, 12年 등에 걸쳐 빈번했던 入唐朝貢은 義慈王의 외교전의 현황을 증언하고 있다.
25) 앞의 책, 義慈王 2年 7月・8月條.
26) 앞의 책, 義慈王 3年 冬11條.

去勢高句麗新羅等使並來入朝 朕命釋茲讎怨 更敦款睦 新羅使金法敏奏言 高
句麗百濟脣齒相依 竟擧干戈 侵逼交至 大城重鎭 並爲百濟所倂 疆宇日蹙 威力
並謝 乞詔百濟 令歸所侵之城 若不奉詔 卽自興兵打取 但得古地 卽請交和 朕以
其言旣順 不可不許…王所兼新羅之城 並宜還其本國 新羅所獲百濟俘虜亦遣還
王…王若不從進止 朕己依法敏所請 任其與正決戰 亦令約束高句麗 不許遠相救
恤 高句麗若不承命卽令契丹諸藩 度遼深入抄掠 王可深思朕言 自求多福 審圖
良策 無貽後悔[27]

라고 신라의 정략대로 경고하며 응징·위협까지 암시받게 된다. 그런데
도 의자왕은 신라 침공을 계속하였지만, 역부족으로 史記에 보이는 바와
같이,

七年冬十月 將軍義直帥步騎三千 進屯新羅茂山城下 分兵攻甘勿·桐岑二城
新羅將軍庚信親勵士卒 決死而戰 大破之 義直匹馬而還
八年春三月 義直襲取新羅西鄙腰車等一十餘城 夏四月 進軍於玉門谷 新羅將
軍庚信逆之再戰 大敗之
九年秋八月 王遣左將殷相帥精兵七千 攻取新羅石吐等七城 新羅將庚信·陳
春·天存·竹旨等逆擊之 不利 收散卒屯於道薩城下再戰 我軍敗北

라고 연전연패를 거듭했던 것이다.
이와 같이 외교나 실전에서 패배를 면할 길이 없으므로 왕은 자포자
기의 형편 속에서, 승산없는 戰役을 강행하여 나·당연합군의 결전을 자
초하는 한편 그러한 불안과 번뇌를 달래기 위하여 향락의 구렁에 빠질
수밖에 없었으니, 史記에

十六年春三月 王與宮人淫荒耽樂 飮酒不止 佐平成忠(或云淨忠)極諫 王怒囚
之獄中 有是無敢言者

---

27) 앞의 책, 義慈王 11年條.

라 한 것이 단적인 실례라 하겠다. 상술한 대로 망국의 고빗길에 처한 의자왕이 외교전의 실체와 사력을 다한 對羅戰의 역전패를 거듭 당하면서 殺意와 적개심의 火宅 속에서 어느 여가에 무슨 신심을 가지고 새삼스럽게 정림사와 그 석탑을 창건했을 것인가. 더구나 그 당시는 왕흥사를 비롯하여 오함사·천왕사·도양사·백석사 등이 엄존하여[28] 왕이 어떤 목적·의도로든지 사용할 수 있게 마련되어 있었는데 무엇 때문에 새로이 정림사를 지었을 것인가. 우리는 의자왕대에 그러한 정림사나 그 석탑을 손쉽게 창건할 수 있었으리라고는 상정할 수가 없다 하겠다. 지헌영의 의견대로 '정림사는 아무래도 그 위치로 보아 왕궁내의 寺觀이었거나 혹은 왕궁의 직할에 속했을 것 같음으로써'[29] 성왕 16년 부여로 천도한 이래, 100여 년간이나 왕궁 내나 그 주변에 왕궁 직할사찰을 세우지 않고 내려오다가 최후왕인 의자왕대에 이르러서야 비로소 그런 사찰을 창건했다고 볼 수는 없기 때문이다. 백제는 불법이 전래된 이후로 멸망의 혼란기를 제외한다면 줄곧 성실한 불교국이었다고 하겠다. 더구나 무령왕대로부터 성왕대를 중심으로 위덕왕대에 이르는 시대는 불교문화의 융성기였다고 보아지매[30] 성왕 16년 부여로 천도하면서 新都經營과 더불어 왕궁 내 또는 왕궁 주변에 사찰을 新造했을 가능성이 짙다 하겠다. 더욱 정림사의 규모·명칭이나 그 석탑의 건실·웅장한 기풍 등이 무엇인가 천도·정초의 국가적 염원과 재출범의 誓盟을 집약·상징하고 있는 듯이 직감되기도 하기 때문이다.

이리하여 정림사와 그 석탑이 무왕 이후 의자왕대의 所成으로 보기는 어려우며, 일찍이 지헌영이 「百濟瓦塼圖譜」에서

---

28) 앞의 책, 義慈王 15年 夏5月條에 '騂馬入北岳烏含寺'라 하고 동 20年 5月條에 '震天王·道讓二寺塔又震白石寺講堂'이라 하였다.

29) 지헌영, 「百濟瓦塼圖譜」(書評), 『百濟研究』第3輯, 1972, p.182.

30) 우정상·김영태, 『한국불교사』, 진수당, 1970, pp.30~31.

이곳에서 우리는 전술한 금성산사지 출토 平瓦(pl.28)의 '天平'(?) '太平'(?)銘
을 다시 회상하게도 되는데 國都를 공주에서 부여로 천도시킨 전후인 성왕
말년~위덕왕 초년을 직관·투시해 본다. 정림사는 아무래도 그 위치로부아
왕궁내의 寺觀이었거나 혹은 왕궁의 직할에 속했을 것 같음으로써 정림사의
창건은 扶餘國都奠定年間인 聖王十六年(A.D.538) 전후에 있었던 것이 아니겠는
가 하는 것이다.[31]

라고 언급한 것은 매우 타당한 견해라 아니할 수 없다.

이상과 같이 정림사와 그 석탑이 무왕 이후 의자왕대의 창건이 아니
요 적어도 성왕 16년 이후 위덕왕 초년, 나아가 위 16년을 전후하여 성
립된 것이라면, 여기 양식사적으로 정림사석탑에 선행할 미륵사석탑은
무왕대의 소성일 수 없음은 물론이며, 자연 성왕 16년 이전인 公州奠都
期에 창건되었다고 볼 수밖에 없는 것이다. 이로써 우리는 문제의 미륵
사와 그 석탑이 그 역사적 배경으로나 양식사적 순차로 보아 결코 무왕
대에 성립될 수 없다고 추정할 수밖에 없겠다.

4. 미륵사의 창건주인

우리는 미륵사 창건과 관련된 역사적 인물을 탐색하기 위하여 백제의
公州奠都期로 되찾아 가야만 하게 되었다. 전술한 바와 같이 무강왕전설
의 주인공으로 의장된 인물은 백제의 무령왕이라고 주장하면서, 필자는

이 미륵사의 창건에 대한 고고학계의 논의는 새로운 실증자료가 나오지
않는 한, 하나의 가설로 머무를 것이며, 오히려 서동설화의 창사 기사는 무

---

31) 지헌영, 「百濟瓦博圖譜」 p.182.

령왕대의 그 창사와 관련지을 수 있을 것인가 생각된다.[32)

라고 미륵사의 창건을 무령왕과 결부시킨 바가 있는 것이다.

　무령왕은 공주 천도 이래, 동성왕의 축성·외방으로[33) 국세가 바로잡힌 뒤에 즉위하여 시호 그대로 '武寧'을 누린 왕이었다. 공주의 자연·지리적 여건과 동방축성의 외방적 호조건으로 해서 고구려와의 대전은 언제나 유리한 위치에 있었고, 더구나 동성왕대부터 본격화된 신라와의 화친은[34) 더욱 돈독히 되어 외침의 화변을 당할 까닭이 없었다. 무령왕은 즉위하면서

　　春正月　佐平苩加據加林城叛　王帥兵馬至牛頭城　命杆率解明討之　苩加出降
　　王斬之　投於白江[35)

함으로써, 그 왕을 刺殺케 한 苩加의 대역죄를 벌하여, 군왕의 威武를 엄연하게 수립하였고, 한편으로 '遣達率優永 帥兵五千 襲高句麗水谷城'[36)하거나 '遣兵侵高句麗邊境'[37)함으로써, 외방의 굳건함을 천하에 과시하였다. 그리고 왕은 서너차례 고구려와 말갈의 침범을 받았는데, 그때마다 그를 물리쳐 버렸으니, 史記에서

　　三年秋七月　靺鞨燒馬首柵　進攻高木城　王遣兵五千擊退之

---

32) 사재동, 「서동설화의 연구」, p.917.
33) ≪三國史記≫ 百濟本紀 東城王條에 보이는 바로 그 왕이 축성·외방에 주력한 것을 알겠으니 그 시호가 '東城'인 것으로써 증명이 된다.
34) 앞의 책, 東城王 7年 夏5月條에 '遣使聘新羅'라 하고 同 15年 春3月條에 '王遣使新羅 請婚 羅王伊飡比智女歸之'라 하였다.
35) 앞의 책, 무령왕 元年 春正月條.
36) 앞의 책, 무령왕 元年 冬11月條.
37) 앞의 책, 무령왕 2年 冬11月條.

七年冬十月 高句麗將高老與靺鞨謀 欲攻漢城 進屯於橫岳下 王出師戰退之

二十年秋九月 高句麗襲取可弗城 移兵破圓山城 殺掠甚衆 王帥勇騎三千 戰於葦川之北 麗人見王軍小易之 不設陣 王出奇急擊大破之

라고 증언하여 주고 있다. 이렇게 됨에 국력이 충실하여 왕은 '下令完固提防驅內外游食者歸農'[38]할 수가 있었고, 국력이 비축되어 '不雨民饑'하면 '發倉賑救'[39]할 수도 있었던 것이다. 따라서 왕은 21년 冬11월에

先是爲 高句麗所破 衰弱累年 至是上表 稱累破高句麗 始與通好 更爲强國

이라고 백제의 국력을 해외로 선양할 수가 있었다. 그러기에 그해 12월에 梁高祖도

詔冊王曰 行都督百濟諸軍事鎭東大將軍百濟王餘隆 守藩海外 遠修貢職 酒誠款到 朕有嘉焉 宜率舊章授玆榮命 可使持節都督百濟諸軍事寧東大將軍

이라고 무령왕의 영예를 평가·확인했던 것이다.

이처럼 국력의 여유가 생기고 내외로 안녕을 누리게 되니, 자연 정신문화가 그 기틀을 잡아갈 수 있었다. 실로 성왕대를 중심으로 융성했던 불교문화는 무령왕대에 이미 그 기반을 완성한 것이었다고 보아진다. 그러므로 이러한 무령왕대의 제반 여건으로 미루어, 미륵사와 같은 巨刹을 창건할 능력이 있었다는 이야기가 된다. 추측컨대 무령왕은 몇 가지 깊은 의도를 가지고 미륵사를 창건했을 가능성이 짙은 바 있다.

우선 治民의 방편으로써 대찰을 고려하였을 것이다. 그 당시는 동성왕

---

38) 앞의 책, 무령왕 10年 春正月條.
39) 앞의 책, 무령왕 6年 5月條.

이후 國基가 바로 선 때이기는 하였지만, 미륵산(용화산) 이남의 광활한 평야지대는 풍성한 산물과 일찍부터 개척된 호족들의 자활능력으로 해서 중앙집권적 통치세력권에 완전히 장악되지 않았던 것이라 추정된다.[40] 그렇다면 백제왕국이 이 남방지역을 완전히 포섭·통치하기 위하여, 그 지대를 一瞥할 수 있는 미륵산 아래에 왕권을 상징·과시하는 호국적 미륵대찰을 세워 그 곳의 민심을 불교적으로 통일·귀의시키고 나아가 순화·복종시킴으로써, 자연 정치·경제적인 치민 목적을 달성하려 했던 것이 아니었던가 한다.

국가태평 시의 현명한 군주는 그 근본을 찾아 선양하기를 잊지 아니하거니와, 무령왕도 그 선왕이 축성·외방에 전념한 유덕을 잊을 수 없었을 것이고, 나아가 거기에 바쳐진 무수한 인명을 져버리지 못했을 터이다. 그러니까 그 축성의 주변에 미륵사 같은 대찰을 세워, 선왕의 높은 공덕을 기리고 희생된 영혼들을 위무·천도하려고도 기도했을 것은 민심을 모으기 위해서도 있음직한 일이 아니었던가 한다.

그리고 무엇보다도 그 創寺의 실제적인 동기가 되었던 것은 그 선왕의 추천불사를 하겠다는 성심이라 하겠다. 선왕, 동성왕이 축성·외방에 전념하였기로 국기가 확립된 것은 사실이나, 한편으로 거기에 시달리며 목숨을 바치던 백성들이나 일부 관료들 사이에서는 원한을 살 수도 있었으리라, 동성왕은 ≪삼국사기≫가 보이는 대로

二十三年 十一月 獵於熊川北原 于田於泗沘西原 阻大雪 宿於馬浦村 初王以 苩加鎭加林城 加不欲往 辭以疾 王不許是以怨王 至是使人刺王 至十二月乃薨

---

40) 앞의 책, 東城王 20年 8月條에 '王以耽羅不修貢賦 親征武珍州 耽羅聞之 遣使乞罪乃 止'라고 한 것은 그러한 분위기를 암시하는 것으로 보여진다. 송재주, 앞의 논문, p.963 참조.

이라 비명횡사한 것이었다. 무령왕은 苔加를 친히 목을 베어 白江에 던짐으로써 일차로 報寃했던 것은 물론이지만, 무령왕의 심중에 못박힌 비통과 원한이 쉽사리 풀릴 수는 없었으리라. 더구나 선왕의 희생적 공덕으로 국기가 확립되었다는 것을 되새기는 마당에서, 선왕이 신하의 怨情으로 刺殺되었다는 점은 천추의 한이었을 것이다. 그리하여 무령왕이 비명횡사한 선왕의 원혼을 용화세계 미륵불의 연화대로 천도함으로써 스스로 호국보살이 되도록 하기 위하여 미륵대찰을 세웠으리라는 것은 있음직한 일이라 할 수밖에 없다. 불교신앙이 본격화되던 당시에 新王의 體禮와 道理로서 이와 같은 불사를 했으리라는 것은 매우 그럴듯한 일이라 하겠다.

요컨대 가장 핵심적이고 본격적인 바탕이 된 것은 무령왕의 숭불심 그 자체의 발원이었다고 할 수밖에 없다. 무령왕은 ≪삼국사기≫의 표현을 빌리면, '身長八尺 眉目如畵 仁慈寬厚 民心歸附'하였다고 한다. 그 당시의 숭불신앙이 본격·보편화하고 성왕대를 중심으로 융성했던 불교문화가 이 무령왕대에 그 기반을 완성했으리라고 전제한다면, 이 사기의 표현은 결코 심상치 않다고 보아진다.

여기 직립해 있는 불보살상이 있다고 가정하고, 그 원만한 모습을 생생하게 요약한다면, 결국 '眉目如畵 仁慈寬厚'라는 표현 밖에 더 어울릴 것이 있겠는가. 여기서 상상의 날개를 편다면, 그 당시의 신하나 백성들이 그 왕의 신심과 행적을 보아 불보살이나 그 화신처럼 관념하고 경배한 데에서, 그 왕의 모습을 이상적으로 표출해 놓은 결과가 위와 같이 된 것이 아니었던가 한다. 그래서 무령왕의 서거후에 新王이나 신하·백성들이 그를 극락세계(정토세계)의 연화대에 안치된 호국보살로 관념하고 또한 그렇게 되기를 염원했으리라는 것은 그 무령왕릉에서 나온 온갖 문물이 암시하고 있다고 본다.[41] 무령왕릉의 내부가 온통 연화문으로 장식되어 그대로가 극락정토 연화대를 조성한 것이다. 玄室에서 지켜 선 處容的 괴수는 그 연화대를 더럽히는 일체의 부정을 물리치는 사천왕적 기능을 발휘하는 것으로 보인다. 그 세계의 내부, 연화대의 평탄한 밑바 닥 왕과 왕비의 관이 놓인 자리는 금제소형 연화·연엽으로 수놓은 넓 은 방석을 깔았을 것이고, 그 위에 관이 놓인 다음에는 또한 위와 같은 금제연화·연엽의 덮개가 그 관을 완전히 덮어쌌을 것이었다. 실은 그 목제관도 접착부나 고리부분에 은제대형연화가 부착되어 있음을 보게 된다. 그리고 그 관 속 시신을 이불처럼 둘러싼 衣衾이 있었다면 거기에 도 금제대소형연화가 보다 아름답게 장식되어 있었으리라고 추측된다. 여기까지가 왕을 겹겹이 둘러싼 연화대의 실상이다. 그러면 그 속에 안 치된 시신은 어떻게 꾸며져 있었을까. '眉目如畵 仁慈寬厚'한 얼굴에 양 옆으로 금제관식이 달린 관을 썼는데 그 관식이라는 것이 불보살의 후 광·화염의 형상을 집약하고 있다. 다만 그것이 에밀레종 동자상의 그것 처럼 인동문으로 상당히 조화되어 있어 樹狀文樣으로만 보아 넘길 소지 를 가지고 있을 따름이다. 그리고 왕은 금제 귀걸이를 달았을 것이니, 이는 男像 보살의 그것과 같은 점이라 하겠다. 또한 왕은 유리제 대소 옥목걸이며 금제 원형세공화형 염주를 중복해서 목에 걸었을 것이니, 이 는 결국 보살상에 흔히 보이는 장식 그대로가 아닌가 한다. 그리고 손에 는 장검을 지니고 발에는 바닥으로 날카로운 가시가 돋힌 靑銅製履를 신 었으니, 이쯤 되면 호법신장·보살의 그것에 비길만한 위엄이 아니겠는 가. 과연 극락세계 연화대에 안치된 호국보살의 면모를 유지하고 있다고 이를 만하겠다.[42] 신라의 문무왕이 동해의 호국룡이 되었다는 이야기가

---

41) 국립공주박물관 소장, 무령왕릉 출토물품 참조.

42) ≪三國史記≫ 列傳 弓裔傳에 '善宗自稱彌勒佛 頭戴金幘 身被方袍 以長子爲靑光菩薩 季子爲神光菩薩 出則常騎白馬 以綵飾其鬃尾 使童男童女奉幡蓋香花前導 又命比丘二

회자되거니와[43] 무령왕대의 백제인이 연화대를 마련하여 무령왕이 호국보살로 臨位하기를 모두들 염원했다면, 너무도 유서 깊은 백제정신의 발로라 할 수 있겠다. 무령왕릉 출토 문물 자체만으로도 우리는 그 당시의 불교문화를 어림할 수가 있거니와, 이로써 무령왕의 생전 신심과 행적을 족히 짐작할 수가 있다 하겠다. 왕릉의 문물은 적어도 그 왕의 생전 소행을 그대로 집약·암시하고 있다고 믿어지기 때문이다.

이러한 무령왕이었기로 지극한 숭불심과 보살행을 밑바탕으로 하여 치민의 방편, 국기확립에 대한 기념비적 경영, 선왕의 추천불사 등의 깊은 의도를 합일시켜 익산산성하(南方要衝彌勒山城下)에다 미륵사와 석탑을 세웠으리라는 것은 매우 있음직한 일이라고 하겠다.

이와 같이 미륵사와 그 석탑은 무령왕대의 소성이라고 추정할 때에, 백제 탑파양식의 양식사적 관점에서 뿐만 아니라 무령왕대의 시대정신, 무령왕의 신심 등과도 자연스럽게 합치되리라고 보아진다. 일찍이 지헌영은 앞의 논문에서

위에서와 같이 보아 내려온다면 익산미륵사탑 조성연대와 미륵사 창건 연대는 자연 성왕 16년 이전인 공주전도기(문주왕~동성왕·무령왕·성왕대)로 올라가게 마련될 것이다. 고유섭의 탁견이 있음과도 같이 미륵사탑은 정림사탑에 선행한 조형양식으로서 목조탑파의 조형양식이 어느 석조탑파에서보다 두드러지게 나타나기 때문인 것이다.[44]

百餘人梵唄隨後'라고 한 것을 보아 왕과 왕자들이 미륵불·보살로 동일시되는 미륵 신앙 상의 한 경향을 짐작할 수도 있겠다.
43) ≪三國遺事≫ 卷第2, 文虎王法敏條에 '王平時常謂智義法師曰 朕身後願爲護國大龍崇 奉佛法 守護邦家'라 하고 同 萬波息笛條 註記에 '文武王欲鎭倭兵 故始創此寺未畢而 崩 爲海龍'이라 하였다.
44) 지헌영, 『百濟瓦塼圖譜』, p.182.

라고 한 바가 있다. 이처럼 미륵사석탑과 정림사석탑이 양식사적으로 직결된 선후관계를 유지하고 있거니와, 전술한 대로 정림사석탑의 성립연대가 성왕 16년~위덕왕 초년이거나 성왕 16년 전후라 한다면, 여기 미륵사석탑은 공주전도기인 무령왕대에 조성되었어야만 양식사적 순차로 무리없이 들어맞는다고 하겠다. 다시 말하자면 미륵사석탑은 무령왕대에 조성되어 '木造塔婆의 樣式을 가장 충실히 직역함으로써 樣式史的 순차에 있어 爲先 第一位에'[45]서 있고, 정림사석탑은 성왕 16년 전후에 조성되어 '彌勒塔의 架構的 특질을 최대공약수로 簡化하여 그에 成功하였'음으로써 '第二位'[46]에 놓인다고 할 수가 있겠다.

이런 점은 앞으로 전문가들의 세밀한 고구에 기대할 것이지만, 내킨 김에 미륵사지 출토 백제기 와당 및 金銅風鐸 등의 연화문양과 무령왕릉塼의 연화문양을 비교해 볼 때,[47] 거기서 심상치 않은 암시를 받을 수가 있겠다. 이들 양 문양이 그 형태나 중후한 수법, 안정된 기품 등으로 해서 미묘한 和同·親緣性을 지니고 있는 것으로 느껴지기 때문이다. 이런 데에서도 미륵사와 무령왕은 서로 결연되어 있음을 눈치챌 수가 있을 것인가 한다.

이상 고찰한 바와 같이 미륵사와 그 석탑은 역사적인 배경으로나 양식사적 순차 또는 사지출토 瓦當 및 風鐸의 문양 등으로 미루어 보아 무령왕대의 소성임을 추정할 수가 있겠다. 이렇게 미륵사와 무령왕이 직결되어 있음을 밝혀냄으로써, 미륵사창건연기전설인 무강왕전설, 서동설화의 역사적 주인공이 무령왕의 가면이라는 종전의 필자 소견이 재강조될 뿐이다. 따라서 이 전설의 역사적 주인공이 백제사상의 武王일 수 없음

---

45) 고유섭, 앞의 책, p.36.
46) 고유섭, 앞의 책, p.41.
47) 백제연구소, 『百濟瓦塼圖譜』, 충남대학교, 1973, p.75, p.83.

은 물론, 더구나 무강왕전설 자체가 무왕의 事實일 수 없다는 것은 재언
을 요치 않는 바라고 하겠다.

5. 무강왕전설의 원초형태와 복합성

상술한 바와 같이 무령왕이 미륵사의 창건주인일 터요 그 창건연기전
설의 역사적 주인공이라 하더라도, 무강왕전설 그것 그대로가 무령왕의
事實일 수 없음은 물론이다. 그러나 이 전설이 익산 금마면의 미륵사와
그 주변의 자연·인문 경관을 그 전설 내용의 증거물로 내세우고 있으
므로, 또 武康王創寺傳說의 핵심적 증빙물인 미륵사에 남아있는 석탑의
창조연대가 동성왕~무령왕대로 소급된다면, 무강왕전설은 創寺主人인
무령왕의 創寺事實을 주축으로 삼아 전승되었으리라고 추측할 수가 있
을 것 같다. 즉 미륵사가 창건된 이래로 그 주변에서는 창건주인(무령왕)
의 창사사실 그대로가 간명하게 구전되었으리라고 추측된다. ≪삼국유
사≫에 수록된 그 무강왕전설의 창사 사실과 ≪동국여지승람≫에 기재
된 그 '世傳'(구두전승)은 우리에게 그러한 면모를 암시하는 것으로 가정
해 본다. 그 무강왕전설의 창사기사는 ≪동국여지승람≫의 世傳과 일치
점을 보이고 있는데, 이러한 일치는 우선 世傳의 수집자가 전게 전설의
창사기사를 참고한 결과라고 볼 수도 있다. 그러나 이들 양자를 세밀히
검토할 때, '世傳'의 수집자는 그 전설의 창사기사를 그대로 인용·요약
하지 않은 것이라 간주된다. ≪동국여지승람≫의 어느 부분에서는 ≪삼
국유사≫에서의 인용을 밝히고 있는 반면에 미륵사기사의 기술에 와서
는 그 인용 사실을 밝히지 않고 '世傳'이라고 명시한 것이 주목된다. 그
리고 그 전설에는 '百濟'의 '武王'으로 소전되어 있는 것이 이 世傳에서

는 '馬韓'의 '武康王'으로 나타나고 있으며, 나아가 그 문장의 어휘 구사 등이 상당한 독자성을 드러내고 있음을 볼 수가 있다. 따라서 이 世傳은 당시 현지의 구두전승의 충실한 채록이라고 보아 마땅할 것 같다. 그러므로 이들 양자의 일치란 상호간의 직접적인 인용에서 이루어진 결과라 기보다도 미륵사 주변의 구전이 세대를 달리하여 채록된 결과라고 볼 수밖에 없다. 바꾸어 말하자면, 동일한 史實口傳의 원초형태가 시대를 따라 전승·정착된 서로 다른 기록이라고 간주할 수가 있다는 것이다.

전기 두 기록을 통하여 그 원초적 史實口傳을 더듬어 올라가면 대략

一日王與夫人(欲幸某寺)至山下大池邊 夫人謂王日願建大伽藍於此地 王許之
頹山塡池爲平地 乃法像彌勒三會 殿塔廊廡各三所創之

라는 부분이 그 핵심체이었던가 한다. 말하자면 본원적인 사실이야 '王與夫人發願創此寺'로 끝났을는 지도 모른다. 하지만 그 사실이 일단 구전에 오르게 되면, 망각·부연을 겪기 시작했을 것은 설화 일반의 전파 현상에서 이를 족히 추측할 수가 있겠다.[48] 그리고 상당한 세월을 지나 구전자들이 거기에 거리감을 느끼게 될 무렵이면, 그 史實口傳은 사실과 관계없이 구두전승되는 동안에 다시 망각되고 부연되게 마련이었을 것이라 상상된다. 그리하여 익산지역의 민간에 전승된 그 구전은 創寺의 동기로 미륵사의 堂主佛과 관련시켜 '彌勒三尊出現池中 留駕致敬' 정도를 補添해 넣을 수도 있었던 것인가 한다. 미륵사 창건의 史實口傳은 저 동성왕~무령왕대를 정점으로 전개되었던 신라와의 화친관계를 나·제간의 交聘으로 대치시켰을 가능성도 없지 않다. 이렇게 볼 때 이병도가 「薯童說話에 대한 新考察」에서 '善花公主'를 동성왕대에 신라에서 聘入한

_____

48) 김열규, 「민담과 문학」, 『한국민속과 문학연구』, 일조각, 1971, p.29.

'比智女'에다 비정해 본 것은 일리가 있는 합리화 작업이었다고 할 수도 있겠다.

이러한 부연과정을 겪은 史實口傳은 이제 시대의 경과에 따라 순수한 전설 그것과 같은 성향을 띠게 마련이었을 것이다. 말하자면 創寺 사실에 영험담이 결부되고 또 후대적 요소가 부연·첨가됨으로써 그것은 원초형태와 동떨어진 전설의 양상을 지니게 되었으리라는 것이다. 이렇게 되기까지는 생각보다 오랜 세월을 요했을 것은 설화의 기본적인 성격에서 추정할 수가 있겠다. 이 방면의 보편적 의견을 참조하여 어림해 볼 때, 이런 史實口傳이 전설의 성향을 띠기까지는 적어도 몇 세기 정도는 넘겨야 했으리라 추정할 수 있을 뿐이다.

그렇다면 미륵사의 史實口傳이 전게 전설의 창사사실이나 世傳에 가까운 전설의 양상을 갖추게 된 것은 적어도 백제의 멸망을 전환기로 하여 신라통일기를 얼마쯤 겪어 내려와서야 가능했으리라 상상해 볼 수는 있겠다.

미륵사의 史實口傳이 전설의 양상으로 전환·변용되었다면, 우리는 이 史實口傳의 전설화 과정에서 몇 단계의 전승·전파·변용을 상정하지 않을 수가 없겠다. 적어도 이러한 변화단계를 무시하고서는 저러한 史實口傳이 무강왕전설로 전개되어 오는 복잡한 과정을 설명할 도리가 없겠기 때문이다.

이제 그 史實口傳 즉 創寺主人의 創寺傳承이 상당한 기간과 그럴듯한 계기로 말미암아 일전하여, 당시 민중 사이에 유전되던 민담적 서동설화와 유추적으로 결부됨으로써 미륵사창건연기전설로 일차 형성을 보았으리라고 推量할 수 있지 않을까 한다. 이렇게 양자가 상호 결부되는 데에는 결코 우연으로만 돌릴 수 없는 어떤 계기가 작용했으리라는 생각이 든다. 여기에서 무강왕전설의 민간전승적 본질을 전제할 때, 저 미륵사

창건주인의 구비전승과 민담적인 서동설화 사이에 유사성 내지 동질성이 개재되어 있어야만 그 결합이 가능했을 것이라 보아진다. 이 점에 대해서는 이미 전게 졸고에서 그런대로 지적해 둔 바가 있기에 여기에서는 재언급을 생략할 수밖에 없다.[49)]

다만 이러한 일차 형성이 가능했으리라는 시대적 배경은 엘리아데가 지적한 대로 한 역사적 인물이나 사건이 적어도 2~3세기를 지내야만 완전한 전설의 모습을 갖추게 된다고 한다면,[50)] 이 미륵사창건연기전설의 형성은 적어도 무령왕의 創寺史實만이 구전되다가 2~3세기를 넘겨 헤아려지는 나말·려초(후삼국)까지를 기다려서야만 가능했었을 것으로 추측해 보고 싶다. 이런 시간적 경과가 있은 다음에야 創寺 당시의 인물·사건들이 민중의 기억 속에서 유형화되고 범주화되어 비로소 무강왕전설의 원형적 형태가 형성되었을 것이라 보아지기 때문이다. 더구나 미륵사창건연기전설의 성립은 영락한 미륵사의 화려했던 역사를 회고하며 다시금 미륵도량을 神異化시킴으로써 寺勢를 부흥시키려 한, 또는 어떤 경쟁상대와의 대립에 부응하려한 불교사회 내부의 의지를 투사시킨 것이라 하겠다. 그래서 創寺緣起의 형성이 대체로 창건 이후 수세기쯤 후대에 현출되는 문화현상이라는 통례를 감안할 때, 미륵사창건연기전설의 형성기를 대강 羅末 혹은 麗初로 내려놓을 수밖에 없는 터라 하겠다.

그러나 우리는 나말·려초에 미륵사창건연기전설⇌무강왕전설이 그대로 완성을 본 것이었다고 속단할 수 없는 노릇이다. 한 원초적 무강왕전설이 현전하는 모습대로 완성·성문화되기까지에는 그 전설의 무대인 익산지방에서 전개된 역사적 사건에 의하여 여러 차례의 견인·배제, 부

49) 사재동, 앞의 논문, pp.908~916.
50) Mircea Eliade, Cosmos and History, New York : Harper Torchbooks, 1959, pp.23~24.

연·망각 등을 통과한 복합작용을 입지 않을 수가 없었던 것이라 보아지기 때문이다. 주지하는 바와 같이 미륵사가 창건된 용화산 아래 금마면·왕궁면 일원은 그 자연환경의 조건으로 하여 일찍부터 인문이 열리고 정치·경제의 지방적 중심지로서 公州奠都期 이후에도 역대 왕조가 계속적으로 관심을 모아오던 지방으로 미륵산성의 축성사실이 보이고, 더구나 신라통일 이후 보덕성 유지까지 남기었던 것이다. 이렇게 유서 깊은 지방이고 보매 고려나 조선기에도 결코 경시할 수 없었던 지역이 었던가 한다. 그렇다면 이 지방은 빈번한 교류와 왕래에 의하여 문화의 복합지대였을 것이며 자연 유물의 적층지역이 되었으리라 상상된다. 그 중에서도 문제의 대상이 되고 있는 미륵사지가 구체적인 복합상황을 투사시켜 놓고 있는 것을 우리는 주목할 수가 있다. 지헌영은 앞의 논문에서

여하간(pl.157)(pl.158)을 출토시킨 미륵사지는 동시에 이와는 문양의 차이가 있는(pl.159)와 (pl.162)를 출토시켰고 또 이조기 내지 고려기의 와편으로 문제시되는(pl.160)(pl.161)을 출토시킨 것을 圖譜를 통하여 엿볼 수가 있다. 더더구나 동일 장소인 미륵사지에서 '延祐四丁巳彌力'(高麗忠肅王四年丁巳元仁宗延祐四丁巳)이란 印名이 있는 와편이 출토되었다는 사실을 무엇보다도 우리는 주목하지 않을 수 없다. 이 유명 와편의 출토는 미륵사지가 백제기(웅진부여천도기)~신라통일기~고려기~이조초기의 유품이 적층된 지층이란 것을 웅변하고 남음이 있기 때문이다.[51]

라고 구체적인 실증을 보이고 있는 것이다. 이 지방이나 미륵사지의 유물·유적의 적층성과 같은 정도로, 금마면 일원의 環圍를 전설의 무대로 삼고 있는 이 전설에서도 부연·망각·첨보 등 보합작용이 起伏했을 것

---

51) 지헌영, 앞의 논문, p.182.

은 더 말할 나위도 없는 바라 하겠다.

6. 후백제 견훤의 금마 정도

이곳에서 무강왕전설이 미륵사창건연기전설로 형성되는 과정에서 어떠한 획기적인 역사적 사건을 겪었던가를 우리는 탐색해 보아야 되겠다.

첫째로, 견훤의 후백제가 국도를 완산지방에 정했었다는 사건을 고려해 보아야 하겠다. 견훤의 완산정도는 신라통일기의 新附地(百濟舊疆) 통치나 報德國(報德城)52)의 暫定的인 정착보다는 강력한 영향력을 끼쳤으리라 보아지기 때문이다. 견훤의 정도사실에 대하여는 지헌영이 추정을 시도했던 터로 근래에 송재주가 앞의 논문에서

> 필자는 연내로 이 龍華山下 '王宮面', '王宮塔', '王宮井' 일원을 견훤의 후백제 왕도로 주목해 오고 있다. 더욱이 이 지역에 남아 있는 중요한 유물의 하나인 '王宮塔'은 나말 여초의 조형양식을 지니고 있는 터로서 역사학계의 유적 조사나 발굴연구를 주시해 오고 있는 터다.53)

라고 주장한 바가 있다. 필자도 수차의 현지답사에서 심증을 굳히고 있는 터이지만, 그래서 익산군 왕궁면 일원이 어느 왕조의 왕도였다는 것은 틀림없을 것으로 보아진다. 왕궁탑이 서있는 소위 '모칠매' 토성은 미륵산하 금마산으로부터 대평원을 향해 길게 뻗어 내린 지맥의 지기가 뭉친 곳에 자리하여 있으며, 성곽처럼 둘러 쌓인 원산을 거느려 사방을 제압하는 위치라 할 수가 있겠다. 그 자연적 형세로나 풍수지리적 여건

---

52) 《新增東國輿地勝覽》 卷33, 益山 古蹟條.
53) 송재주, 앞의 논문, p.988.

으로 보아서 그럴 뿐만 아니라, 현지의 유물·유적들이 왕궁지였음을 실증하고 있기 때문이다. 그 중에서도 왕궁면 왕궁탑 주변에서 출토된 와편에 있는 '上卑大宮'·'宮'·'宮寺' 등의 印銘이 그 일원을 왕궁지로 추정하는 데에 확실한 근거가 되고 있다.[54]

그러면 이 왕궁리의 왕궁지, '古宮闕址'[55]는 어느 왕조의 것이었더냐가 문제가 되겠다. 현지의 世傳으로 ≪益山邑誌≫에 기록된 바로 보아서는 王宮址, 王宮坪은 宮坪과 더불어 '馬韓時朝宮'[56] 또는 '馬韓時內宮'[57]터로 전해져왔음을 알 수가 있다. 그런데 이러한 지방전설은 ≪三國史記≫ 列傳 <견훤전>에 '馬韓先起…'라고 보이는 것이나 ≪東國輿地勝覽≫ 益山 建置沿革에 '本馬韓國'[58]이라고 한 기록과 유관한 것일 터이지만, 이들 史實記錄 그대로를 부연하여 이 王宮坪을 馬韓宮址라고 단정할만한 근거로 삼을 수는 없다. 아무래도 '馬韓王金馬開國'·'後朝鮮金馬開國'·'百濟金馬開國' 운운의 전설들은 <견훤전>에 보이는 견훤의 公言(하문 참조)이나 그에 근거를 둔 듯한 益山 建置沿革 등의 기록이 민간에 와전되어, 기존 왕궁지에 그러한 전설이 들러붙은 결과가 아니었던가 생각되기 때문이다.

다음으로 이 지역을 백제 무왕의 遷都 또는 別都의 궁지라 보는 황수영 등의 새로운 주장이 있어 이에 대한 검토가 불가피하게 된다. 기술한 바와 같이 황수영은 前引 武廣王記事와 김정호의 ≪大東地志≫ 益山조의 기록을 들어[59] 이 지역을 무왕이 '別都를 두고 궁궐을 건립한 곳'이라고

---

54) 황수영,「百濟 帝釋寺址의 硏究」, p.11 및 전라북도 익산군, 관광익산, 1973, p.9.
55) ≪新增輿地勝覽≫ 卷33, 益山 山川條에 '王宮井 在郡南五里 世傳古宮闕遺址'라 하였다.
56) 益山邑誌 上卷, 古蹟 王宮坪條에 '世傳馬韓時朝宮舊城址宛然'이라 하였다.
57) 앞의 책 上卷, 古蹟 宮坪條에 '山下有宮墟 世傳馬韓時內宮 至今階砌石尙存'이라 하였다.
58) ≪新增東國輿地勝覽≫ 卷33, 益山 建置沿革에 '本馬韓國'이라 하고 그 註記에서 '後朝鮮王箕準 箕子四十一代孫也 避衛滿之亂 浮海而南至韓地 開國仍號馬韓'이라 하였다.

추정한 바가 있지만, 百濟 第三十武王(璋)의 金馬 遷都란 앞에서 언급한 대로 결코 타당한 견해라고 인정할 수가 없다. 더욱이나 조선조 말기(?~고종)의 김정호가 전거없는 지방전설 소전을 무비판적으로 채록한 기록 그것을 그대로 믿어 버린다는 것은 매우 어리석은 일에 속한다고 볼 수밖에 없을 터이다.

<견훤전>에

萱西巡至完山州 州民迎勞 萱喜得人心 謂左右曰 吾原三國之始 馬韓先起 後赫世勃興 故卞辰從之而興 於是 百濟開國金馬山六百餘年…今予敢不立都於完山 以雪義慈宿憤乎 遂自稱後百濟王

이라고 하여 견훤이 완산(완산주)[60]에 도읍한 것으로 되어 있다. 그래서 종래에는 이 완산을 전주시내로 한정시킴으로써 그 지역에서 견훤의 궁궐지를 찾으려 했고 그러한 의욕이 그 지방의 토성지같은 것에다 그 도읍지를 附會해 보려는 전설까지도 낳게 마련이었던 것이다.[61]

완산은 《三國史記》 地理志 百濟조에 따르면, 原豆伊縣・仇智山縣・金馬渚縣 등 40여 군현을 통할하는 광역이었고, 그것이 삼국통일 이후 전주로 개명돼서도 직속영역은 3개 현이었으나 그 통할지역은 백제기와 같은 40여 군현이었다고 보아진다. 그러면 전게 <견훤전>의 소위 '完山'이란 것이 백제기나 신라통일기의 그 광역을 지칭한 것이겠느냐 그렇지 아니하면 전주 직속의 3현을 지적한 것이냐 또 혹 근세의 지역관념대로 좁혀 현 전주시 일원인 '전주'로 한정시킬 것이냐는 의문이 제기되

59) 김정호, 《大東地志》, 益山條에 '古土城 在府北五里有基址 甄萱所築'이라 한 것이 그 전설의 근거가 되는 것 같다.

60) 《三國遺事》 卷第2 後百濟・甄萱條.

61) 《新增東國輿地勝覽》 卷33, 全州 古蹟條에 '古土城 在府北五里有基址 甄萱所築'이라 한 것이 그 전설의 근거가 되는 것 같다.

었다. 百濟舊彊으로 민중의 머리 속에 전래되던 보수적 지역관념을 고려하고 견훤의 백제계승이란 명분과 저의까지를 추산한다면, '完山'이라 표현한 것은 아무래도 백제·신라통일기의 그 완산주 전역에 역점을 둔 것이었다고 할 수가 있겠다. 따라서 <견훤전>의 '完山'은 그것을 후대의 '全州'로 한정시킬 필요는 없겠다.

완산에는 金馬渚縣이 영속되어 있었음을 주목해야 하겠다. 동시에 '百濟開國金馬山六百年'이란 견훤의 공언을 주목하지 않을 수가 없다. 이 견훤의 공언은 ≪東國輿地勝覽≫ 찬자의 말대로 '萱之言 未知所據'[62]라고 할 수가 있겠으니, '百濟金馬山開國六百年' 운위하기에 앞서 百濟金馬山開國傳說이 유포되어 있었으리라 가상해 볼 수도 있겠고, 또 견훤의 공언은 그의 어떤 저의를 드러낸 언동이라고 파악할 수도 있겠다. 견훤이 백제의 宿憤을 씻겠다 本百濟(南扶餘)를 계승·재건하고 새로이 定都한다는 마당에서 '百濟金馬山開國六百年' 운운하고 금마산을 결부시켜 강조한 그것과 견훤이 정도한 지점이 金馬山(金馬渚·金馬)에서 벗어나 멀리 떨어지면 떨어져 있을수록 견훤의 공언(金馬山開國)은 무의미한 언동이 되고 말 것이다. 반면 견훤의 완산이 '金馬渚'(金馬山)를 포괄하거나 또는 金馬渚(金馬)와 유관할 때에만이 견훤의 공언은 史書記錄에 傳錄될 만큼 진실성 있는 것으로 된다 하겠다. 또한 전술한 대로 금마지방에 정착·유전되고 있는 馬韓金馬開國·後朝鮮金馬開國·百濟金馬開國 운운의 전설들이 견훤의 정도를 위한 공언과 결부된 것이라고 전제한다면, 그 공언의 현장은 금마(익산)지방과 무관하지 않다고 보아야 할 것이다.[63] 여기

---

62) 앞의 책, 益山 古蹟 金馬山條.
63) 이러한 전설들은 견훤의 '後百濟金馬開國'이 오랫동안 구전되면서 고의적이나 자연적으로 견훤적 요소가 배제되는 가운데에 오해·혼융·합리화의 과정을 겪어 변형·생성되는 바가 아닌가 생각되기도 한다.

서도 견훤의 정도지점과 금마지방이 유관하리라는 것을 짐작해 볼 수가 있다고 하겠다.

우리는 후백제(신검)와 왕건태조 간의 최후의 결전장이었던 '一利川戰'의 기록과 견훤의 왕도와를 관련시켜 볼 때에도, 견훤의 왕도는 금마지역으로 추정하는 것이 합당하리라 본다. 왕건태조와 신검과의 결전장이었던 일선군 일리천(於崇善城邊)[64]을 학계의 통설대로 경북 선산에다 비정할 때, 후백제(신검)군이 왕도 완산을 향하여 퇴각한 노정이 충남 논산군 연산면을 경과하고 있음은 《고려사》의

> 我師追至黃山郡 踰炭嶺 駐營馬城 神劍與其弟菁州城主良劍光州城主龍劍及文武官僚來降[65]

과 《삼국유사》의

> 秋九月 太祖率三軍至天安 合兵進次一善 神劍以兵逆之 甲午 隔一利川相對…太祖命將軍公萱等 三軍濟進挾擊 百濟軍潰北 至黃山郡炭峴 神劍與二弟‧將軍富達‧能奐等四十餘人生降[66]

으로써 명확히 할 수가 있다. 이 《고려사》와 《삼국유사》의 기록에 나타나는 '黃山郡'‧'黃山'이 연산현의 古號임은 더 말할 나위도 없겠다. 그리고 《고려사》의 '踰炭嶺' 운운의 '炭嶺'과 《삼국유사》의 '黃山炭峴'이 동일장소로서 지헌영의 비정대로 현 논산군 연산면 고정리(우두리)의 '쑥고개'(숫고개)임은 틀림이 없다고 보아진다. 또 《고려사》의 '踰炭

---

64) 《新增東國輿地勝覽》 卷18, 連山 佛宇 開泰寺條.
65) 《高麗史》, 世家 卷第2, 太祖 19年 丙申 九月條.
66) 《三國遺事》 卷第2, 後百濟‧甄萱條.

嶺 駐營馬城'의 '馬城'은 탄현 남방인 논산군 연무읍의 통칭 견훤대왕묘
와 인접한 '馬山'에다 비정하고 있음도 합리적이라 생각된다. 그렇다면

　　一善郡 一利川→黃山(連山)→炭峴(고정리 · 숯고개)→馬城(연무읍 馬山)→
後百濟 王都

를 경과한 후백제군의 퇴각로, 왕건태조의 진격로는 후백제의 왕도가 현
전주시 지역이 아니라 현 익산군 왕궁지역이었던 것임을 암시하는 것으
로 보아야 하겠다.

끝으로 금마면 왕궁리의 왕궁지로 추정되는 그 일원에서는 백제기나
신라 통일기에 해당되는 유물이 발견되지 않고, 대략 신라말 · 고려대의
것으로 추정되는 연화문와당 및 '上卑大宮' · '宮' · '宮寺'銘 瓦片이 수점
출토되었을 뿐인데, 더욱 왕궁탑이 그 자리에 남아서 나말 · 여초의 조형
양식을 보이고 있다는 것은[67] 크게 주목할 방증자료가 된다고 하겠다.

일찍이 황수영은 「新羅 黃龍寺九層木塔 刹柱本記와 그 舍利具」에서

　　왕건태조 건국초에 새로운 국도인 개경에 7층탑, 서경에 9층탑을 각기
새로 건립하여서 '合三韓爲一家'를 기원하였거니와 신라의 故土에 있어서는
황룡사대탑이 그대로 존속되어 있었기에 新塔을 건립하지 아니하고 이 대
탑에 대한 보호를 가중하였던 것이다. 필자는 이와 같은 관점에서 백제구역
에도 고려국초부터 같은 의의를 지니고 건탑된 遺構가 있었다고 생각하여
왔으며 그것이 혹시 백제고도의 宮墟인 오늘의 전북 익산군 왕궁면에 屹立
하는 5층석탑으로 비정되지나 않을까 생각하여 왔다.[68]

---

67) 고유섭, 앞의 책, pp.74~75 및 황수영, 「익산왕궁리석탑조사」, 『고고미술』 제7권 6
　　호, 고고미술동인회, 1966, pp.8~9.
68) 황수영, 「新羅 黃龍寺九層木塔 刹柱本記와 그 舍利具」, 『동양학』 제3집, 단국대학교
　　동양학연구소, 1973, p.270.

라고 주목할 만한 견해를 피력한 바가 있다. 황수영의 견해대로 왕궁탑이 고려국초에 위와 같은 의의를 지니고 창건된 것이라면, 그것은 그 탑이 서있는 자리가 왕궁의 중심 지점이었다는 것을 뒷받침해 준다고 볼수가 있겠다.

추측건대 '百濟古都의 宮墟'에 상기한 목적을 가지고 고려왕국이 신탑을 건립했다면 도리어 부여지방이 적지가 될 것이요, 또 기존 탑을 가중보호하거나 중수하기로 했다 하더라도 부여의 정림사석탑이 오히려 적격이었을 것이 아니었겠느냐 생각된다. 그리하여 익산의 왕궁탑지역은 '百濟古都의 王墟'일 수는 없고 백제를 계승·재건했다 하던 견훤의 '後百濟王都의 宮墟'라고 추정할 수 있는 확률은 높아질 것이 아니겠는가.

왕건은 실로 부여의 본백제왕국과는 관계가 없었고 완산의 후백제와 치열한 적대로서 악전고투하였고 한 때는 궁지에 몰리거나 생명의 위협까지 받은 일이 있었기로 후백제를 통합한 후에도 그 적대세력이 정도했던 궁허에 대탑을 창건하거나 중수하여 그 지방을 진압하려 했을 가능성이 오히려 농후하지 않겠는가.69) 더욱 왕건태조는 숭불심이 돈독한데다 風水信仰·神補思想에도 현혹되었던 王者였음을 감안할 때,70) 왕건이 중수 내지 신조한 塔婆는 견훤왕국과 유관한 조영이 아니겠는가. 그런데 왕건이 후백제의 궁지에다 왕궁탑을 새로 세우지 않고 기존한 황룡사의 대탑에 대한 보호를 가중하였던 것처럼, 백제의 고도 부여에다 관심을 두었다고 하면 그곳 정림사석탑의 보호를 가중하는 정도에 머물렀을 것이니, 따라서 후백제의 고도에도 대탑이 기존했을 경우 역부로

---

69) ≪高麗史≫, 世家 卷第1, 太祖 10年 8月 丙戌條에 '親帥精騎五千 邀萱於公山桐藪 大
   戰不利 萱兵圍王甚急 大將申崇謙 金樂力戰死之 諸軍破北 王僅以身免'이라 하였다,
   益山邑誌 卷上, 古蹟 王宮塔條 참조.
70) 앞의 책, 世家 卷第2, 太祖 26年 4月 <訓要> 其1, 其2, 其5條 참조.

신탑을 세우기에 앞서 그 기존탑을 중수·보호했을 가능성이 오히려 짙다. 더구나 ≪高麗史≫ 列傳 <崔凝傳>에

昔新羅造九層塔 遂成一統之業 今欲開京建七層塔 西京建九層塔 冀借玄功除
群醜 合三韓爲一家

라고 한 바와 같은 목적에서 왕궁탑이 新造에 系했다면 모든 여건으로 보아 史錄에 오를 법도 한데 그렇지 못하므로 하여, 그것은 황룡사의 大塔에 대한 措置와 동일한 것이 아니었던가 보아지기도 한다.

생각건대 견훤이 익산 왕궁면에다 왕도를 정하고 그의 '百濟繼承·再建'이라는 豪言(百濟金馬山開國六百年)을 명실공히 과시하기 위하여, 그 궁궐을 백제양식대로 경영했을 가능성을 엿볼 수 있는 것이다. 백제는 공주전도기에는 궁성내에 대통사를 지었고 부여 전도기에는 정림사를 왕궁내 寺觀이나 直轄寺로 두었으리라 보아짐에, 불교신앙의 전통을 벗어날 수 없었던 견훤과[71] 그 측근들이 백제의 제도·격식을 본받아 궁성 내에 왕궁사와 그 석탑을 창건했던 것이나 아니었을까 추측해 본다. 이 점은 신라·고려의 궁궐제도와도 상통하는 바이지만, 우선 왕궁탑 부근에서 '宮寺'銘 와당이 출토됨으로써 방증이 되리라 생각한다. 그 와당을 왕궁탑과 관련시켜 볼 때, 그것은 문자 그대로 '宮寺'(王宮寺)가[72] 그 궁성 내에 있었으리라는 추측을 가능케 하기 때문이다. 그리고 보다 중요한 점은 왕궁탑이 양식사적으로 나말·여초의 것이면서도 고유섭의 탁견대로 세부적 형식 내지 수법에 있어서 미륵사석탑과 정림사석탑을 모방한 점이 있다는 것이다.[73] 적어도 견훤이나 그 측근들이 왕권을 상징

---

71) 우정상·김영태, 앞의 책, p.88.
72) '宮寺'를 궁중의 官署라고 볼 수도 있겠으나, 그 官署에는 大常寺·光祿寺 등이 있었고 '宮寺' 또는 'ㅇ宮寺'는 없었다. 고려시대의 관제 참조.

하는 석탑을 세운다고 했을 때, 백제의 전통을 계승한다는 명목으로 백제의 석탑을 모방·지향했음을 엿볼 수 있기 때문이다.

이와 같이 보아 올 때에, 저 공주에서 대통사와 홍륜사가 대응하고 부여의 정림사와 왕홍사가 조응하듯이 여기 왕궁사도 서로 호응할 수 있는 남매관계의 사찰을 마련했던 것이 아니겠느냐 하는 의문이 돋아난다. 전술한 대로 世傳 '朝宮(外宮)터'와 근거리로 상대하고 있는 俗傳 '內宮터'라는 宮坪(구 제석면)에 제석사가 있었음을 우리는 주목치 않을 수 없다. 이로써 우리는 상게 왕궁사와 호응하는 사찰로서 제석사를 지목할 수 있거니와, 견훤의 왕도는 궁궐과 사관의 배치, 문물조영에 있어서도 백제의 그것을 거의 그대로 수용하였음으로써 후인들이 자칫 百濟別都로 오인할 정도의 외관·실태를 보이고 있었던 것인가 한다.

위에서와 같이 우리는 견훤의 왕궁내에 이미 건립되어 있던 왕궁사의 왕궁탑을 왕건이 중수·보호했을 가능성을 타진해 보았거니와, 여하간 우리는 東古都里·西古都里와 연접하여 왕궁탑이 屹立해 있는 '모질매' 주위 일원을 후백제 견훤의 王都遺址로 추정할 수가 있는 것이다.

7. 후백제왕 견훤의 시호

이상에서 고찰해 내려온 바와 같이 <견훤전>의 기록으로나 그 지역의 유물·유적으로 보아서 견훤이 용화산하 왕궁면 왕궁탑을 중심으로 하는 그 일원에다 왕궁을 정했던 것을 추정해 보았다. 이리하여 우리는 왕궁면을 비롯한 금마면·삼기면·팔봉면 등 금마(익산)지역이 모두 견훤

---

73) 고유섭, 앞의 책, p.215.

의 도읍권(동고도리·서고도리)에 들어서 그로 인한 유형 무형의 영향을 상당히 받았으리라고 추정할 수가 있겠다. 이는 무엇보다도 전게 견훤의 '公을'이라는 것이 그 지방 전설형성에 실질적인 영향을 끼친 점을 미루어 짐작할 수가 있기 때문이다. 견훤의 금마지역 정도는 용화산(미륵산)하 미륵사와 그 주변에 직접적인 영향을 미치고 따라서 미륵사창건연기전설, 무강왕전설의 형성 과정에서도 강력한 복합작용을 가했으리라고 우리는 상정할 수가 있겠다.

주지하는 바와 같이 견훤의 활동은 ≪삼국사기≫ 신라본기(진성여왕이후) 및 동 열전 <견훤전>과 ≪삼국유사≫ 후백제·견훤조, 그리고 ≪고려사≫ 태조조에 간략히 나타나 있다. 그는 나말 난세의 군웅으로 일어나 후백제 왕국을 세워 45년간이나 왕위에 있었던 '體貌雄奇'한 군왕이었다. 그러기에 그의 沒後 2~3세기를 기다려 이룩된 상게 기록들은 그 일생의 전설적인 일면을 삽입하고 있지만, 사실적 면모를 전해 주고 있는 것이다. 물론 후백제가 고려의 유일한 적대국이었던 관계로 상게 史書의 찬자들이 견훤을 '王建太祖'의 적대자로 의식함으로써 빚어진 그 무엇인가 曲筆·訛傳한 혐의가 없는 바도 아닌 듯하나, 견훤관계 기사는 일부의 전설을 제외한다면, 그런대로 사실에 충실했던 기록이라 할 수밖에 없을 듯하다. 상게 사서들에 일관되어 있는 견훤의 실록이 후백제의 어떤 사록에 의거한 것처럼 공통성을 지니고 있기 때문이다. 그래서 우리는 견훤의 전기와 무강왕전설이 어떤 부면에서 얼마만큼 유사점을 가지고 있는가를 검토할 수가 있다. 양자간에 발견되는 유사점으로써 부분적이나마 무강왕전설이 견훤의 전기와 상관관계를 지니고 있음을 우리는 간파할 수가 없기 때문이다.

첫째로, 이 전설의 '武康'이라는 왕호가 주목된다. 현전하는 무강왕전설이 무령왕(虎寧王)[74]의 創寺史實을 주축으로 했다면, 그것은 원래 武寧

王傳說이었을 터인데 어찌하여 '古本'에 무강왕전설로 변용되었던 것인가 의문이 된다. 다시 말하면, 어떤 계기에 의하여 '寧'이 '康'으로 변화하였느냐는 문제이다. 물론 이 '寧'·康 양자가 상호 전용될 수 있음은 자의의 상통이란 점에서 유추되겠지만, 어떤 계기로 말미암아 그렇게 전용된 것인가는 쉽사리 판단이 되지 않는다.

우선 '고본' 이전의 고려 王諱에 '寧'자를 지닌 王者가 있었다면 그것을 忌諱하기 위하여 동일한 의미의 '康'자로 고쳤을 가능성은 있다고 할 수가 있겠다. 또한 고려와 직결되어 있었던 송(남송)이나 契丹의 王諱에 '寧'자가 있었다면 그것을 忌諱하여 '康'자로 고쳐 썼을 가능성도 없지 않다고 할 것이다. 그리고 고려와 연접해 있던 신라말기의 왕호와 어떤 연관성을 지녔을 것이 아닌가 의심해 볼 수도 있겠다.

신라말기 고대사회체제의 변동기에 즈음하여 사회적·사상적인 요동은 익산 미륵사 주변에도 적지 않게 작용했을 것으로 보아진다. 특히 신라 중엽 이후에 하나의 파문을 일으킨 九山禪宗의 대두는[75] 교종계의 미륵신앙에 적잖은 충격을 던졌을는 지도 모른다. 저러했던 불교계의 파동 속에 미륵사 주변에서는 창건연혁이 회고되는 가운데에 새로운 神異緣起가 첨삭되었을른 지도 모른다. 이러한 요동의 와중에서 역사적으로 퇴색되어 있던 '武寧'이 때마침 僖康·憲康·定康 등 '康'자를 지닌 나말의 왕호와 화동한 나머지 '武康'으로 돌변했을른 지도 모른다. 또 혹은 고려나 宋·契丹 등의 왕호와 관련시켜 생각해 볼 수도 있겠다. 주지하는 바와 같이 고려는 왕호·묘호를 붙임에 있어 동시대의 중복을 피하는 한도 안에서 송대의 왕호를 자주 차용하는 예를 보여 왔었다. 그런데 마침 그 중에서 남송의 '寧宗'과 동시대의 고려 왕호에 '康宗'이 있어 주

---

74) ≪三國遺事≫ 卷第1, 王曆 百濟 第二十五.
75) 우정상·김영태, 앞의 책, pp.74~80.

목된다. 따라서 혹 康宗 이후의 어떤 好事者가 寧宗과 康宗 관계까지를 나름대로 고려하여 '武康'으로 바꿔 썼을 가능성이 없는 바도 아니겠다. 하지만 이런 우연한 착상이 '武寧'을 '武康'으로 개찬한 계기가 되었으리라고 晏然할 수가 없으니, 우리는 금마지역에서 있었던 견훤의 사실로 눈을 돌려 보게 되는 것이다.

견훤은 내외로 완전한 국가체재를 갖춘 후백제를 다스려 '大王'으로서 45년간을 누리고 간 다음 그에 상응한 시호를 지녔을 가능성이 크다고 보아진다. 견훤이 '設官分職'한 이래, 후백제에도 문무관료, 사관이 있어 나름대로의 史錄을 갖추어 왔으리라는 것은 추단하기에 어렵지 않겠다. 이러한 전통과 제도하에서 견훤이 퇴위한 직후부터 그 '大王'의 행적을 숙지하는 관료들이 그 행적에 상응하는 시호를 정했을 가능성도 없는 바 아니겠기 때문이다. 그가 왕자 신검 등의 난으로 왕위를 물러나 고려에 入朝하여 고려태조와 함께 그 '賊子'를 토벌함으로써 후백제는 견훤을 정통으로 하였고 능환·양검 등에 의한 작란으로 해서 일찍 종말을 가져온 것이었다고 사유되어 왔었다.76) 그러므로 견훤이 고려로 도피·입조할 때에 이미 후백제는 고려에 통합된 셈이었고, 따라서 '賊子'의 작란을 보복·평정하고 頓死한 견훤은 후백제의 태조이자 최후왕으로 되는 것이었다. 따라서 견훤의 행적이 그의 遺臣(일부 고려에 귀순 사관)들에 의하여 정상적으로 정리되었거나 고려태조 및 사신들의 배려에 따라 제대로 처리되었다면, 그에게는 그의 행적에 마땅한 시호가 수여되었으리라고 생각된다. 후백제 유신들의 처지로서는 그는 유일한 '先大王'77)이었고 고려태조 및 사신들의 입장에서는 그가 고려백관의 위에 앉은 '尙

---

76) ≪고려사≫ 세가의 사관 참조.
77) ≪三國史記≫ 列傳 견훤전에서 甄萱壻英規는 '大王勤勞四十餘年 功業重成'이라 하였고 長子 神劍은 '恭惟大王神武超倫 英謀冠古'라 하였다.

父'78)였던 것이니, 45년간의 社稷과 그 舊疆의 유민들을 생각해서라도 그에게 시호를 부여하는 일은 필요했으리라고 보아진다. 후백제와 함께 삼국의 하나이던 신라의 末王으로 견훤과 동일한 '尙父'의 처지에 있었던 金傅에게 '乃封正承公爲尙父令公 至大宋興國四年戊寅薨 諡曰敬順(一云孝哀)'79)한 것을 보면, 견훤이 '尙父'로서 시호를 받았으리라 함은 결코 무리한 논법이 아니라고 생각된다.

다만 후대 고려 사관들이

> 新羅數窮道喪 天無所助 民無所歸 於是 群盜投隙而作 若猬毛然 其劇者弓裔甄萱二人而已…甄萱起自新羅之民 食新羅之祿 而包藏禍心 幸國之危 侵軼都邑 虔劉君臣 若禽獮而革薙之 實天下之元惡大憝故弓裔見棄於其臣 甄萱産禍其子 皆自取之也 又誰咎也 雖項羽李密之英才 不能敵漢唐之興 而況裔萱之凶人 豈可與我太祖相抗歟80)

라고 할 만큼의 고려왕씨 중심의 실용사관에 충실하여, 후백제의 역사를 사기열전의 <견훤전> 정도로 압축·곡필하면서 견훤의 시호를 묵살해 버렸던 것이 아닌가 생각될 따름이다. 후대로 내려오면서 사관들이 고려 태조의 삼한 통합을 더욱 찬양하게 되고, 따라서 당시 충신(공신)들의 공덕을 한층 고양하게 되면서 상대적으로 견훤을 '元惡大憝'으로 몰아세우는 작업이 강화되었으리라고 보아진다. 가령 개국공신 김락과 신숭겸을 추모하면서81) 자연 태조의 생명을 위협하고 두 공신의 생명을 앗아간

---

78) ≪高麗史≫, 世家 卷第2, 太祖 18年 夏6月條에 '(甄萱)請入朝 遣將軍庾黔弼大匡萬歲 元甫香人吳淡能宣忠質等 領軍船四十餘艘 由海路迎之 及至復稱萱爲尙父 授館南宮位百官 上 賜楊州爲食邑 兼賜金帛奴婢各四十口廐馬十匹 以先降人信康爲衛官'이라 하였다.

79) ≪三國史記≫ 新羅本紀, 敬順王 末年條 및 高麗史, 世家 卷第2, 景宗 3年 4月條.

80) ≪三國史記≫ 列傳 견훤전 '論曰'참조.

81) ≪高麗史≫, 世家 卷第14, 睿宗 15年 冬十月條에 '設八關會 王觀雜戲 有國初功臣 金樂申崇謙偶像 王感歎賦詩'라 하였다.

견훤을 더욱더 적대시했을 것은 물론, 이런 데에서 견훤의 혁혁한 史實이 왜곡·와전될 가능성은 얼마든지 있는 것이라 하겠다.

만약 왕건태조가 견훤의 생전에 극진했던 예우와 그의 졸후에 '大王墓'를 건조하여 厚葬했던 바와는 달리 견훤에게 시호를 주지 않았다고 가정한다 하더라도, 그와는 상대적으로 후백제의 유신·유민들(일부 고려 入朝受爵)이 舊都를 중심으로 舊疆地域에서 후백제의 '先大王'을 추모하는 그럴듯한 시호를 지어 불렀을 가능성은 고려해 봄직하다.

왕건태조의 <訓要> 其八條에

> 車峴以南公州江外 山形地勢並趨背逆 人心亦然 彼下州郡人參與朝廷 與王侯
> 國戚婚姻 得秉國政 則或變亂國家 或啣統合之怨 犯蹕生亂 且其曾屬官寺奴婢
> 津驛雜尺 或投勢移免 或附王侯宮院 姦巧言語 弄權亂政 以致災變者必有之矣
> 雖其良民 不宜使在位用事

라고 한 것을 보더라도 후백제의 유신·유민들이 왕건의 統合 이후 상당한 기간을 두고 고려에 대한 종래의 적대감정(統合之怨)을 지니고 있을 것이라 하여 후백제 구강의 유민들을 경계·기피한 것을 엿볼 수가 있겠다. 이러한 후백제 유민들의 적대감정과 상대적으로 그들의 백제왕 견훤에 대한 추모심이 그만치 간절하였으리라는 것은 상상하기에 어렵지 않겠다. 그러한 유신·유민들이었다면, 그 왕국의 태조이자 말왕인 견훤을 '先大王'으로 받들어 찬양하고 그 영웅적 武威의 가호와 음우를 기원했을 것은 인지상정이라 하겠다. 그러기에 그들은 국위를 떨치던 당시, 고려를 제압하던 '先大王'에게 왕호를 추존하고 그 '大王墓'를 왕릉으로 유지하면서 망국의 원한을 호소했던 것이 아니었던가 한다. 지금은 논산군 연무읍 금곡리 '왕총날맹이'에 왕릉규모의 '大王墓'만이 덩그렇게 솟

아 있고[82] 그 지방 주민들 사이에 '견훤의 최후'에 대한 비극적 전설만
이 나돌고 있을 뿐이다.[83] 그래서 우리는 견훤에게 시호가 있었으리라는
가정을 세워 볼 수가 있겠다.

≪삼국사기≫ <견훤전>에 따르면, 그는

初萱生孺褓時 父耕于野 母饁之 以兒置于林下 虎來乳之 鄕黨聞者異焉 及壯
體貌雄奇 志氣個儻不凡

이러한 전설이 상징하고 있는 대로 '雄奇不凡'한 무인이었던 것이다.
그는 '神將'으로 출발하여 '完山'에 정도하고, '遂自稱後百濟王 設官分職'
한 이래 구백제지방의 강역을 확보함으로써 고려태조의 세력을 제압하
였으며, 밖으로는 후당으로부터 '檢校大尉兼侍中判百濟軍事'를 내리받고,
'持節都督全武公等州軍事行全州刺史海東西面都統指揮兵馬制置等事百濟王'
(甄萱傳)을 인정받았던 것이다. 또 그는 후백제의 강역을 넓히기 위하여
左衝右突 총력전을 굳건히 전개함으로써, 신라왕실을 좌우하고 고려태조
를 사경에 몰아 넣는 전성기를 이룩하였던 터이다. 일시적이었지만 후백
제는 후삼국 중에서 가장 강력한 국세를 보였던 것은 물론, 따라서 '大將

---

82) ≪新增東國輿地勝覽≫ 卷18, 恩津 塚墓條에 '甄萱墓, 재현남십이리풍계촌 속칭왕묘'
라 하여 있다. 현지에 <後百濟王甄萱陵碑>(碑文, 庚戌正月, 한택수찬)가 서 있다.
83) 견훤이 마산(마성)에서 진을 치게 되었는데, 그가 좌우에게 주둔한 이 자리가 어디냐
고 물었다. 좌우에게 대답하기를 여기가 "닭털이 펀디기"라 하니, 견훤이 듣고 놀라
며, "나는 이번 싸움에서 이 자리를 벗어나지 못하고 죽게 될 것이다"라고 예언을
하였다. 알고 보니 견훤이 지렁이 아들인지라 닭의 기운이 서린 그 자리에서는 힘을
쓰지 못하고 죽게 마련이라는 것이었다. 다음날 과연 싸움이 벌어져 견훤은 예언대
로 힘을 쓰지도 못한 채 전사하게 되었는데, 유언하기를 "내 원통하게 죽어가니 저
전주(완산)땅이 바라보이는 높은 날맹이에 묻어주기 바란다"고 하였다. 그래서 그
유언대로 지금의 왕총날맹이에 묻어 주게 되었다.(김영섭, 52세, 남, 본적·주소 : 논
산군 연무읍 신화리 341번지, 삼례농림학교 졸, 1974년 7월 10일 오후, 상게 주소에
서 충남대학교 법경대학, 김기형 채록)

軍'이자 '大王'인 견훤의 무위는 널리 천하에 떨쳤다고 간주할 수가 있겠다. 그러므로 부왕을 폐위시키고 등극한 신검도 당시 신료들의 공론에 따라 그 교서에서 부왕(상왕)을 두고

恭惟大王神武超倫 英謀冠古 生丁衰季 自任經綸 徇之三韓 復邦百濟 廓淸塗炭而黎元安集 鼓舞風雷 而邇遐駿奔 復邦百濟 功業幾於重興[84]

이라고 했던 것이다. 이러한 견훤이 고려에 투항한 후 70노령임에도 태조와 함께 觀兵하고 '尚父'·'大將軍公'·'大王'으로서 친히 대군을 거느려 신검의 백제군을 몰아치니, 이로써 백제장군들은 '投戈降于甄萱馬前'[85]하고 백제군들은 '潰北'하여 드디어 신검과 그 二弟가 諸將軍과 함께 항복하게 되었던 것이다. 어느 면에서는 견훤이 협조한, 혁혁한 무공으로 하여 고려태조의 삼한 통합도 가능했던 것이라고 볼 수 있겠다.

견훤의 이러한 행적을 집약·상징하여 그의 시호를 議定한다고 했을 때, 우리는 신검의 상게 教書를 주목하지 않을 수 없겠다. 따라서 그것을 다시 집약·상징할 때에, '武'자로 표상될 것은 분명한 일이며 '徇地三韓 復邦百濟 邇遐駿奔 功業幾於重興'에서 견훤(尚父·父王)의 무위·공업이 널리 뻗쳐있음을 나타내는 '廣'자를 추출할 수가 있으리라고 보아진다.[86] 말하자면 견훤의 행적은 '武廣'으로 집약·상징될 수 있는 면모를 지니고 있다 하겠다. 결국 견훤의 시호를 '武廣'으로 추정할 수가 있다는 것이 되겠다. 역대 군주의 왕호는 그 왕의 행적을 집약·상징한 것이거니와, 견훤의 시호가 '武廣'이었을 때, 그것은 그의 일생 행적과 제대로 어울릴 뿐만 아니라, 후백제 유민들의 추모와 소망에도 부합되는 바라고

---

84) ≪三國史記≫, 列傳 견훤전.
85) ≪高麗史≫, 世家 卷第2, 太祖 19年 9月 甲午條.
86) ≪高麗史≫, 世家 卷第2, 太祖 19年 9月 甲午條.

하겠다.

전게 武廣王記事에 '百濟武廣王遷都枳慕密地'라고 한 대목이 있어 견훤의 행적과 관련성 여부가 매우 주목된다. 만약 武廣王記事에 그의 史實이 반영되었다면, 그 기사 중의 '百濟'는 바로 후백제를 지칭한 것일 수가 있겠다. 만약 금마에 遷都한 武廣王이 바로 견훤의 왕호였다고 한다면, 견훤의 '金馬遷都'와 武廣王의 '枳慕密地遷都'는 서로 직결시켜 생각해 볼 만한 것이겠다.

8. 무강왕전설의 형성과 견훤전설의 복합작용

위에서 상정한 바와 같이 견훤의 시호가 武廣으로서 금마지역에서 武廣王이라 전설되었다고 한다면, 甄萱의 행적이 구전 내지 전설로 설화되는 과정에서, 전래해 오던 동성왕~무령왕의 창사전승은 견훤(武廣王) 입도의 강력한 영향으로 혼효작용을 입었으리라 추측할 수가 있겠다. 말하자면 동성왕~무령왕의 창사사실이 장기간 구전되어 신라의 삼국 통일기를 지나는 동안에 역사적으로 퇴색되어 가고 있던 상황에서, 그 창사전승인 무강왕전설은 보다 뚜렷하고 강력한 역사적 사건을 배경으로 하여 새로운 현실 앞에 변용·동화되었으리라 상정해 봄직도 하다.

전술한 바와 같이 신라말기 사회 사상적인 요동의 와중에서, 후백제 견훤이 금마(왕궁면 왕궁리) 奠都와 동시에 왕궁의 원찰로 왕궁사와 제석사를 창건하여 관세음신앙·금강경숭신을 내세워 理判인 선종계 사찰로 행세하였다면, 事判인 교종계의 미륵사와는 미묘한 교리적 대립을 이루어 작용·반작용을 일으키게 되었을 것을 상상할 수가 있겠다. 이러한 理判·事判의 간섭이 잠행하는 가운데에도 후백제왕 견훤의 왕권이 간여했던 45년 동안에는 미륵사와 왕궁사 간의 회동·회합은 표면적으로 나마 별다른 파문없이 유지되었을 것으로 추상된다.

고려 태조 19년 병신 9월 8일 후백제군의 일리천·황산·마성의 투항과 견훤의 頓死를 뒤따라, 이해 9월 후백제 왕도에 평화적으로 입성한 왕건태조군에 의하여 '秋臺不犯'[87]한 채로 금마왕도의 寺觀 상설은 완전히 보호되었던 것으로 보아진다. 그리고 이 해에 왕건태조는 광흥사·현성사·미륵사(소재 미상)를 창건하고 또 황산 천호산하(연산면 광석리)에 개태사를 창건한 것으로 보아[88] 익산 금마의 미륵사와 왕궁사의 오층석탑 및 제석사의 칠층석탑 등 상설은 후백제 전도의 옛 모습대로 유지되었을 것이 추정된다 하겠다.

그러나 후백제왕국의 와해 후에 문화·경제 중심권에서 소외되기 시작한 금마 일원의 사관은 점차 衰微의 길을 밟았을 것으로 상정된다. 뒤따른 檀越의 감소, 신앙의 퇴색 등의 결과는 이들 사관이 갱생을 위한 새로운 신이전설(靈異記)~연기전설을 불러들일 동기를 만들었을 듯하다. 이리하여 미륵사창건연기전설(薯童說話)은 미륵사·오금사·사자사 주변에서 성장되어, 왕궁사·제석사 등의 교세와 은영중 대립하는 양상으로 편차되고 유포되었을는지도 모른다.

그래서 원래의 동성왕~무령왕·백제왕 창사전승이 무강왕전설(薯童說話)로 그 모습을 갖추었다고 할 때, 구전에 의지하던 승려 또는 민중들은 당시에 유포되어 있던 흥미 중심의 민간설화와 견훤(무광왕)전설을 혼효시켜 새로운 상상 연합의 세계, 서동설화를 창조할 수도 있었을 것 같이 상정해 본다.

---

87) ≪高麗史≫, 世家 卷第2, 太祖 19年 秋9月條.
88) 앞의 책, 太祖 19年 冬12月 丁酉條下에 '是歲 創廣興現聖彌勒內天王等寺 又創開泰寺 於連山'이라 하였다.

무강왕전설의 형성동기를 탐색하기 위하여, 또 무강왕전설과 甄萱傳說의 간섭을 검토하려면, 우선 薯童(武康王·末通大王)의 출생담과 견훤의 출생담 사이에 나타나는 유사점을 고찰할 필요가 있다. 무강왕전설의 출생담에서 보인 바와 같이 서동은 獨女와 池龍사이에서 태어난 신이성을 지니고 있다. 그런데 견훤은 ≪삼국유사≫ 卷2 後百濟·甄萱조에 따르면

昔一富人居光州北村 有一女子 姿容端正 謂父曰 每有一紫衣男到寢交婚 父謂曰 汝以長絲貫針刺其衣 從之 至明 尋絲於北墻下 針刺大蚯蚓之腰 因姙 生一男 自稱甄萱

이라 하여 獨女와 大蚯蚓 사이에서 태어난 것으로 되어 있다. 이들 양자는 다 같이 소위 夜來者傳說의 유형에 속하는 것으로서[89] 동질성을 띠었다고 말할 수가 있겠다. 더구나 저 '池龍'을 속칭 '지룡이'~'지룡이'~'지렝이'~'지렁이'로 읽을 수 있다면, 저 '蚯蚓' 즉 '지렝이'~'지렁이'와 동일한 것이라 보아야겠고, 따라서 양자는 거의 동일성을 지니는 터라 하겠다. 이들 양자의 관계는 동일 원형으로부터 파생한 변형들이라고 할 수도 있겠고, 상호 선후를 따라서 영향을 받았으리라고 볼 수도 있겠지만, 아무래도 전술한 바와 같이 견훤의 출생설화와 무강왕전설 사이에 어떤 교류·연합이 있었던 결과가 아니었던가 의심된다.

서동의 출생 과정이 현존하는 구전에서는

무왕의 어머니가 과부가 되어 서울(扶餘) 남지 가에 집을 짓고 살았을 때의 일이었다. 밤마다 잠자는 밤중에 불그스름한 옷을 입은 이름도 성도 말하지 않는 고운 사나이 하나이 아무 소리도 없이 어느 틈에 와서는 과부의

89) 손진태, 『민족설화의 연구』, 을유문화사, 1950, pp.199~204.
장덕순, 『한국설화문학연구』, 서울대출판부, 1970, pp.137~139.

자는 잠자리 속으로 슬그머니 들어와 자고는 밤이 새기 전에 나가고 하는 것이었다. 그 과부는 부끄럽고 한편으로는 남이 알까 두렵기도 하여 이러한 이야기를 감히 입 밖에 내지는 못하였다. 그러다가 자기의 몸이 이상하여지고 또 배가 점점 불러오므로 이 일을 끝내 숨길 수가 없어서 하루는 친정아버지에게 사실대로 알리었더니 그 아버지는 참으로 이상한 일이다 하고 말하기를 "그러면 그 사나이가 오늘 밤에도 또 올 것이니 실패에다 많은 실을 감고 또 바늘을 꿰어 두었다가 그 사나이가 돌아갈 때쯤 해서 옷자락에 찔러 두어라"하고 가르쳐 주므로 그 과부는 그날 밤 친정아버지가 시키는 대로 옷자락에다 살그머니 바늘을 찔렀더니, 그 사나이는 대경실색을 하고는 황급히 달아나 버리었다. 그 이튿날 새벽 일찍이 그 실의 끝 간 데를 찾으니, 그것이 남지 못 속에 들어가 있었다. 그 과부는 더욱 이상하여 그 실을 살금살금 잡아당기니, 큰 어룡 하나이 나오는데 보니까 그 허리 쪽에 바늘이 찔리어 있었다. 그 뒤 과부는 달이 차서 한 사내아이를 낳았는데, 점점 자라매 비범하여 도량을 헤아리기 어려웠고 항상 마를 캐어 팔아서 살았으므로 인하여 나라 사람이 그를 맛동이라 하였다고 한다.[90]

와 같은 형태로 설화되어 이곳저곳에 남아 있다. 그런데 이들 전설들이 얼마만큼 원형성을 유지하고 있는지 또한 얼마쯤 후대적 첨삭·부연을 입었는지는 확연히 판단하기 어렵지만, 좌우간 그것이 견훤식 출생담의 변용된 패턴임은 확실하다고 하겠다. 그러한 변용·개신의 작용은 기록 정착 이전에도 끊임없이 진행되어 왔으리라고 추측할 수 있겠다.

이와 같이 서동의 출생설화와 甄萱의 출생설화가 交互 作用의 관계를 지녔다고 하면, '서동'과 '甄萱' 사이에도 그와 유사한 관계가 성립되지나 않을까 의심이 간다. 즉 '薯童'은 '마돌'~'마둘'로 읽혀, 저 '甄萱'을 '맥딜'~'막딜'~'마딜'로 읽을 경우와 상통할 수도 있을 것이기 때문이다. 이런 상상 연합은 가상이기로 굳이 접어둔다 하더라도, 설화의 문법상 '서동'과 '甄萱'은 서로 무관하지 않다는 점만은 내처 버릴 수가 없겠다.

---

90) 최상수, 『한국민간전설집』, 통문관, 1958, pp.120~122.

다음으로 서동이 공주를 취하고 만금재보를 습득했다는 이야기의 간섭도 문제로 되겠다. 어찌 보면, 이 전설의 취금 삽화는 '金馬'의 '金'에 얽힌 민간어원적 지명전설같이 느껴지기도 하거니와, 여기에 나타난 대로 서동은 신라의 京師에 들어가 술책함으로써 그 나라 공주를 취하였고 나아가 공주가 소지한 순금은 물론, 지난날 薯蕷를 캐던 자리에서 '積如丘陵'의 황금을 취득하였다. 그런데, 견훤은

　　卒入新羅王都 新羅王與夫人出遊鮑石亭 時由是甚敗 萱強引夫人亂之 以王之族弟金傅嗣位…又取國珍寶兵杖子女百工之巧者 自隨以歸[91]

한 사건의 주인공이었던 것이다. 이와 같은 사실을 고려 태조는

　　姬妾則取而同車 珍寶則奪之相載[92]

라고 증언했던 바가 있는 터이다. 이러한 사실이 민간설화적 지향에서는 서동의 신라왕녀 취녀설화와 결부될 가능성이 없지 않다고 하겠다. 가령 견훤의 그러한 姬妾·黃金掠奪 사건이 오랜 세월을 두고 구전·설화되는 동안에 영웅적 낭만으로 부연되었을 때, 그것은 서동의 '娶善花公主而同歸·取黃金積如山'과 상통될 수도 있다고 보아지는 것이다. 여기서 견훤의 신라왕도 침입사건이 구전 설화상에서는 서동설화의 신라 잠입과 공주 감통의 형성에 보이지 않는 교류작용을 가했으리라고 추측해 볼 수도 있겠다.

　　그리고 서동의 즉위상황도 견훤의 금마 정도와 비교되겠다. 이 설화에

---

91) ≪三國遺事≫ 卷2, 後百濟·甄萱條.
92) ≪高麗史≫ 世家 卷2, 太祖 11年 春正月 '王答甄萱書'.

서 들어난 대로, 서동은 인심을 얻어 왕위에 오르게 되었다. 그런데 견훤은

西巡至完山州 州民迎勞 喜得人心 謂左右曰 百濟開國六百年…予今敢不立 都以雪宿憤乎 遂自稱後百濟王[93]

하기에 이르렀던 것이다. 여기 '喜得人心'하여 '遂自稱後百濟王'한 것은 저 서동의 '得人心卽王位'라 한 것과 동일한 것이라고 할 수 있겠다. 그러므로 견훤의 즉위사건은 '自稱'이란 관념이 사그라지면서 그대로 서동의 즉위 상황으로 둔갑할 수 있는 것이나 아니었을까.

끝으로 서동의 즉위후의 佛事가 문제될 수 있겠다. 이 설화에 나타난 대로 서동은 왕이 되어 원찰로서 미륵사를 창건하였는데, 신라 '百工'의 도움을 받았던 것이다. 그런데 견훤은 전술한 대로, 궁성안의 원찰로 왕궁사(왕궁리 오층석탑지 사찰)를 지었을 터이고, 이 원찰과 상응하여 마주 보이는 속전 내궁 터에 제석사를 건조했을 것이었다. 이처럼 양자의 불사 관계가 상통할 뿐만 아니라, 견훤이 신라에서 끌어 온 전게 '百工之巧者'가 불사에 관계했을 것을 감안한다면, 그것은 저 미륵사의 창건에 신라왕의 '遣百工助之'라 전설되어 있는 그것과도 전설·설화문법의 상상·연합이란 관점에서라면 무관한 것이 아니었을는 지 모른다. 견훤이 신라의 '百工'을 끌어다가 불사에도 종사케 하였다면, 그것은 어떤 계기로 하여 신라왕의 자발적인 원조행위로 부연되면서 그대로가 '新羅王遣百工助之'라고 표현되었을 가능성도 있다 하겠다.

이상으로써 우리는 무강왕전설의 표면적인 상당부분이 견훤의 행적·전설의 그것과 조응된다는 것을 검토하였거니와, 이제 그것은 전자가 후

---

93) 《三國遺事》 卷2, 後百濟·甄萱條.

자로부터 받은 복합작용의 결과에서 나타난 유사점이라고 간주할 수도 있을 것 같다. 적어도 동성왕·무령왕대의 창사 사실을 주축으로 발단하여 그것이 무령왕의 행적과 유사한 민담적 설화와 유추적으로 결부됨으로써 미륵사창건연기전설의 원형적 형성을 보았다면[94] 그 연기전설의 원초형태는 대체로 무령왕의 사실과 유사한 경향을 띠고 있었으리라 가정할 수밖에 없겠다. 그런데도 이 무강왕전설이 현전의 모습으로 완성되는 단계에서, 그 역사적 주인공이 무령왕의 그것과는 달리 미륵사 주변, 금마지역에서 출생·성장·창사한 것으로 변모되었다고 할 때, 이러한 전설의 변용은 금마에 정도했던 견훤의 행적·전설에 의하여 강력한 복합작용을 받지 않고서는 거의 불가능했던 것이나 아니었을까 한다.

위에서 설왕설래해 내려온 바와 같이 원래 무령왕창사전승이었을 원초적 미륵사창건전설은 오랜 세월을 겪는 동안에 무강왕전설(서동설화)=미륵사창건연기전설로 완성되어 현전하는 면모를 갖추고 전게 '고본'에 정착되었을 것이라 상상 연합의 날개를 펴 보았다. 현존하는 문헌만을 기본자료로 할 때, 문헌사학적인 방법을 통한 귀납적인 결론을 기대할 수가 없기 때문이었다. 다만 우리는 익산군 금마면·왕궁면 일원이 미륵사지석탑 및 미륵사지출토 와당·풍탁 등 유물과 왕궁리 왕궁전설 및 왕궁리 오층석탑 그리고 왕궁리 출토 기명와편 등 출토품을 남기고 있으므로, 이들 실증적 유물에 대한 검토를 가하여 문헌자료의 부족한 면을 보완하면서 무강왕전설의 형성과정을 탐색해 보려는 의도를 보였을 뿐이다. 이러한 연역적 방법은 문헌에 의한 귀납적 직증에는 미치지 못한다 할지라도 무비판적인 문헌신봉보다는 오히려 합리성을 추구할 수 있으리라 믿어졌기 때문이다.

---

94) 사재동, 「서동설화 연구」, pp.941~942.

이상의 고찰에서 우리는 무강왕전설(서동설화)과 견훤의 행적 내지 전설과의 유사점을 지적할 수가 있었다. 즉 무강왕전설과 견훤전설(史實의 전설화) 사이에 상호 혼효작용이 진행되었음을 인지할 수가 있었다 하겠다. 추상적이고 대담한 연역이라 할지 모르나 실증자료를 결여하고 있는 오늘의 상황에서는 전설·설화학적 유추를 수용하여 상기와 같이 시도해 볼 수밖에 없었다. 금마지방 출토 유물 및 문헌기록을 매개로 하고 무강왕전설을 전설·설화학적 관점에서 종합해 보려 시도한 것이었다.

이에 위에서 가설로 내세운 대로 견훤의 시호가 실제로 '武廣王'이었다면, 무강왕전설과 甄萱(武廣王)전설은 더욱 긴밀한 관계가 맺어질 것은 두말할 나위도 없다 하겠다.

무강왕전설이 현전의 모습으로 완성된 시기를 어림해 보고 싶다. 굳이 우리는 저 원형적 미륵사창건전설이 동성왕·무령왕의 창사 사실 이후 대략 2~3세기를 넘겨 헤아리는 나말·여초(후삼국)까지를 기다려서야 형성되었으리라는 앞에서의 추정을 상기하거니와, 이 전설이 다시 견훤의 금마정도와 왕궁사·제석사의 창건 등에 의하여 복합 작용을 입어서 현전의 미륵사창건연기전설 즉 무강왕전설로 완성되는 데에까지는 적어도 견훤의 정도·멸망 사실이 전설화될 만큼 2~3세기 정도의 긴 세월을 또한 요했으리라는 생각이 드는 것이다. 그러니까 무강왕전설은 견훤의 사실이 전설화되는 장기간을 통하여 점차적으로 완성되었을 것이나, 그 것은 아무래도 고려중·말기를 기다려서야 가능했던 것이나 아니었던가 추산된다.

위에서 우리는 '武寧王'이 '武康王'으로 변용되는 계기가 신라통일 희강왕·헌강왕·정강왕 등 '康'자를 지닌 왕대를 지나는 동안 이들 '康' 자 왕호와 화동하는 데에서 마련되었으리라 했고, 또한 그것이 고려 강종 이후의 어떤 호사가가 오랜 동안 퇴색되어 막연해진 '武寧'을 '武康'

으로 바꿔 쓰는 데에서 이룩되었으리라는 추산도 해 보았다. 만약에 이러한 가설이 그런대로 적중될 수 있다면, 무강왕전설로서의 그 모습은 신라말기의 변용을 겪어 고려의 강종 이후에 고정된 듯이 느껴 볼 수도 있지 않을까.

다음으로 견훤의 출생담이 견훤의 전기에 끼어 든 시기를 어림해 보고자 한다. ≪삼국사기≫ 列傳 <견훤전>에 견훤이 獨女와 蚯蚓 간의 소생이라는 이야기가 끼어 들지 않은 것은 그 전설의 虛誕性으로 인하여 史錄에서 탈락된 것이라기보다는 그 때까지도 池龍所生傳說이 견훤의 전기와 결부되지 않았었다는 사실을 반영시키고 있는 것이 될 수 있겠다.

이와 같이 보아 온다면 ≪삼국유사≫ 卷2 후백제·견훤조에 들어 있는 그의 출생담은 아무래도 ≪삼국사기≫가 편찬된 고려 인종 이후에 그의 출생담으로 삽입된 것이라 가정해 볼 수 있겠다. 따라서 견훤의 출생담과 작용·반작용의 교류를 겪었으리라고 보아지는 '武康王'(末通大王·薯童大王)의 출생담도 인종 이후에 현전 무강왕전설에 첨부되었으리라는 생각이 들기도 한다. 그래서 우리는 전설 자체의 생리와 그 전설의 형성원리를 감안하여 이 무강왕전설이 통념과는 달리 고려중·말기에 완성·정착되었으리라는 추정을 시도해 볼 수 있을까 한다. 그런데다가 이 전설에 삽입되어 있는 소위 <서동요>를 두고 지헌영과 송재주가 어학사적인 측면에서 표기부호 체계의 비교를 통하여

　　본 논문은 전장(Ⅲ)에서 <서동요>적 표기형식의 성립연대가 고려시대(광종~충렬왕)였을 것으로 매듭지웠다. <서동요>표기에서 두드러지게 '乙'자 전용의 흔적이 남아 있는 것으로 보아 薯童謠歌詞 표기연대는 오히려 문종~충렬왕대로 나리어 놓는 것이 합리적이라 했던 것이다. 이에 따라 '古本武康王傳說→武王傳說'(A)·(B)·(C)·(D)의 (B)에 소위 <서동요>가 삽입가요(?)로 등장한 시대도 일연 시대 또는 일연 시대에서 그다지 동떨어

져 있지 않은 시대였으리라는 결론으로 대치되겠다.[95]

라고 이 전설의 완성·정착의 시대를 문종~충렬왕대일 것이라 지적하고 있음은 결코 우연한 일이 아니라 하겠다.

9. 무강왕전설의 전파와 부여 무강왕전설의 형성

위에서 지적해온 무강왕전설의 제일차적인 변용만으로 그 전설이 생물학적 생장·발전을 멈추지는 않았을 것이다. 이 전설이 견훤의 행적 내지 전설과의 복합·혼효작용을 주고받으면서, 금마지역에 뿌리깊이 정착·전승되었을 것은 짐작하기에 어렵지 않겠다. 그리하여 이 무강왕전설은 고려대를 거쳐 조선 초기까지 武康王의 전설로 혼효되어 면면히 계승되었던 관계로, 전술한 바와 같이 그 전설의 편린들이 금마지역의 쌍릉·마룡지·오금사 등과 世傳(민간전승)으로 결부되어 있는 것을 볼 수 있는 터라 하겠다.

그런데 한편으로, 이 무강왕전설은 유전지역의 확대와 더불어 한 異話를 백제 구도라는 분위기를 따라 부여지방으로 전파하기에 이르렀던 것인가 한다. 전설의 전파과정에서 으레 나타나는 것과 같이 이 무강왕전설의 異話도 일단 부여지방에 전파되면서 그 내용과 들어맞는 그럴듯한 근거물과 결부될 수밖에 없었던 것이겠다. 이 전설의 異話는 부여 궁남지(속칭 마래방죽 : 마룡지와 동 유형 지명)를 서동 貧母의 築室處로 전설하고, 또한 부여의 왕흥사를 서동이 즉위 후 창건한 미륵사로 설화하게 되었던 것이다. 새로 이동·전파된 전설이 이 지방의 憑據物들과 결합하는

---

95) 송재주, 「<서동요>의 형성연대에 대하여」, 『지헌영선생화갑기념논총』, 1971, p.987.

데에는 그 憑據物들에 이미 그런 전설과 혼효·결부될 만한 소지로서 나름대로의 전설을 지니고 있었지 않았나 추측되기도 한다.

가령 부여 궁남지(마래방죽)의 경우, 거기에도 소위 夜來者傳說 패턴의 전설이 소박하게나마 붙어 있었으리라는 생각이 든다. 이 점은 지금의 문헌자료나 전계한 구전 등으로써 추단할 수는 없으되, 그런대로 현전의 자료를 통하여 자고로 저명한 池潭에 대개 그런 異物交婚式 전설이 결부되어 있음을 고려한다면,96) 저 남궁지(마래방죽)가 마룡지(마래방죽) 전설과 유사한 전설을 일찍이 지녀왔었을 가능성은 없지 않다고 보아진다.

그리고 왕흥사의 경우에도 그곳이 미륵도량으로서 미륵불에 관련된 靈異傳說이 소략하게나마 설화되었으리라는 짐작이 간다. 이 왕흥사는 법왕의 원찰로서 미륵신앙이 지배했던 시대풍조에 따라 미륵을 堂主佛로 정치했었을 가능성이 농후하다. 法王禁殺조에 '其寺(王興寺·필자주) 亦名 彌勒寺'라고 註記한 것은 그 사찰의 본명은 왕흥사로되 미륵을 당주불로 봉안했기로 상하민중(신앙인) 사이에서 통상 '미륵절'(미륵사)로 별칭되었던 상황을 보여 주는 것이 아닌가 한다. 따라서 저 부여박물관에 소장된 부여출토의 秀品 미륵석상이나 국립박물관에 소장된 백제기의 일품 미륵반가사유금동상 정도의 불상이 왕흥사에 안치·봉안되어 있다고 보아지기 때문이다. 그것은 마치 저 은진 관촉사가 유명한 미륵석불을 안치했음으로 하여, 그 지역뿐 아니라 타지방 민간에까지 그 사찰을 '은진미륵절'로 통칭하고 있는 상황과 상응한다고 할 수도 있겠다. 이와 같이 왕흥사에 미륵도량의 靈異傳說이 일찍이 발단되어 있었으리라는 것을 추측하기는 그다지 어렵지 않겠다.

이상과 같이 부여지방의 저명한 근거물들이 그만한 소지를 마련하고

---

96) 손진태, 앞의 책, pp.202~203.

있을 때, 무강왕전설의 異話가 그 지역에로 전파되었다는 것은 그것이 능동적으로 이동해간 것이라기보다 오히려 그 쪽의 흡인력에 의하여 수동적으로 전입된 것이라고 볼 수도 있겠다. 그래서 이 무강왕전설의 異話가 부여지방의 근거물들과 결부됨으로써 부여지방의 전설로 인식이 되고 따라서 그것은 宮南池傳說 겸 王興寺(미륵절)緣起傳說로 유전하게 되었으리라 보아진다. 그런데 원래의 무강왕전설은 그것이 百濟王者에 의한 미륵사창건연기전설이었기 때문에 법왕·무왕이 건조한 왕흥사의 창사전설로 결부되고 용이하게 변용되었던 것이 아니었던가 보아진다. 이 전설의 異話는 민간에서는 어엿한 王興寺緣起傳說로 굳어져 가면서 왕흥사 주변에 '龍華山' 또는 '사자산'(현존)이나 지명법사의 '師子寺'와 같은 부대 근거물을 설정하려 하기에 이르렀던 것이 아닌가 한다. 이러한 단계에 놓여 있던 이 전설의 이화는 그 역사적 주인공의 막연한 名號 '武康王'을 개성이 분명한 '武王'으로 대치하기도 했었으리라고 보아진다.

이 異話의 저명한 근거 중에, 궁남지는 ≪三國史記≫ 百濟本紀대로 무왕이

穿池於宮南 引水二十餘里 四岸植以楊柳 水中築島嶼 擬方丈仙山[97]

하였던 유적지요 왕흥사는 전술한 대로 무왕이 완성하여 고려중·말기까지 유지되었던 遺刹이다. 부여에서 낳고 자라 즉위하여 그런 궁남지와 왕흥사를 남긴 王者로 '武'자 명호를 가진 분은 武王 밖에 없었기 때문이었을 것이다. 그러므로 이 전설의 異話는 그 원화의 '古本作武康'을 '非也 百濟無武康'이라 부정하고 '武王'을 그 주인공으로 맞아들였던 것이라 하겠다.

---

97) ≪三國史記≫ 百濟本紀 武王 35年 春3月條.

그리하여 그 異話는 서두에

第三十武王名璋 母寡居 築室於京師南池[98]

라고 하면서 여기에 대응되는 신라측의 王者를 내세웠으니, '新羅眞平王
第三公主', '眞平王異其神變'·'眞平王遣百工助之'[99] 등의 어구가 竄入되
었던 것으로 파악된다. 따라서 신통이적을 들어낸 '知命法師'도 진평왕
대의 신라 고승 '智明法師'와[100] 관련되는 데에서 이입된 것이 아니었던
가 생각된다. 그리하여 이 무강왕전설의 異話는 소위 武王事蹟으로 변환
하고 역사화되어 王興寺緣起傳說로 귀착됨으로써, 王興寺創建史蹟과 통
합·연계되기에 이르렀던 것이라 보아진다.

　일연이 ≪삼국유사≫를 修撰하려고 그 자료를 채집했을 때, 당대에 존
속하고 있던 왕흥사사적 및 연기전설이 왕흥사를 통하여 입수되었을 것
은 짐작하기에 어렵지 않겠다. 그러니까 일연이 이 왕흥사사적 및 연기
전설을 익산 금마의 미륵사창건연기전설과 비교하여 역사·지리적으로
정확히 分析·剔別하지 못하고 그 무강왕전설→武王事蹟을 왕흥사의 사
적기로 혼동한 채 机上에서 적당한 自家見을 주기했던 것인가 한다. 그
러므로 일연은 전게 武王조의 題下에

古本作武康 非也 百濟無武康

---

98) ≪三國遺事≫ 卷2 紀異 武王條.
99) 위와 같음.
100) 신라승으로 진나라에 가서 법을 구하고 돌아오니 진평왕이 그 도덕을 사모하고 계
　　율을 존경하여 大德을 삼고 뒤에 다시 大大德을 삼았다. 신라에서 처음 보는 율승
　　으로 수덕사 등 대찰을 창건했다. 이운허, ≪불교사전≫, 홍법원, 1971, p.819.

이라고 하는 데에 합의하게 되었고, 그 본문 중 '額曰彌勒寺' 아래에다 '國史云王興寺'라고 첨기하였으며, 또 그 본문 말미에

三國史云 是法王之子 而此傳之 獨女之子 未詳

이라고 의문을 제시했던 것이다. 또 한편으로 그는 法王禁殺조의 主文 말미에서

與古記所載小異 武王是貧母與池龍通交而所生 少名薯蕷 卽位後諡號武王 初 與王妃草創也

라고 하여 오히려 ≪삼국유사≫ 卷2의 무왕전설(武王事蹟)을 王興寺緣起傳 說로서 더욱 치중·신빙하는 듯이 주견을 보이었던 것이다. 이와 같이 익산 미륵사창건연기전설인 무강왕전설의 한 異話가 부여지방에 전파·흡입되어 왕흥사연기전설로 부합·정착되고 소위 무왕전설로 改竄되어 역사화된 형태 그대로가 ≪삼국유사≫ 紀異에 수록된 것이라 판단된다.

본고는 무강왕전설이 익산 금마의 미륵사를 근거물로 삼고 무령왕의 창사 사실을 주축으로 하여 발단된 이래 장구한 세월을 거쳐 익산 미륵사 주변에서 미륵사창건연기전설로 완성을 보아 그 본향에서 구비·유전되었던 일방에, 그 하나의 이화가 부여지방에 전파되어 무왕의 사적과 결부·정착되기까지의 복잡 미묘한 성장·변화 과정을 추적해 본 것이었다. 그것이 비록 실증적으로 체계화되지는 못했다 하더라도, 우리는 저 미륵사의 유물·유적을 그 실증적 근거로 삼고 전설·설화의 일반적인 원리와 문법을 매개로 하여, ≪삼국유사≫ <무왕>(무강왕전설)조에 대하여 분석적인 작업을 시도해 본 것이 되겠다. 그러니까 거기에는 적잖

은 억측이 개입했을 혐의가 없을 수 없겠고, 미해결된 착잡한 문제들이 가로 놓여 있다고 보아지기도 한다.

그러기에 작금 몇몇 분들이 부여 궁남지(마래방죽) 주변에다 서동의 유적지를 나름대로 설정해 내려는 의욕을 드러내고 있는 점도[101] 일단 우리는 호의로 이해할 수는 있겠다. 그러나 하나의 事象을 분석·고찰하는 일이 인문과학의 정상적인 작업이라면, 오직 종합과학적 분석 종합의 방법이 요청될 따름이요, 부질없이 문헌을 盡信하려는 안이주의나 향토유적을 선양하려는 선의의 의욕 같은 것은 학문권외로 제외될 수밖에 없음을 명심할 필요가 있다 하겠다.

10. 무광왕전설의 형성과 무강왕전설의 간섭

전게한 바 ≪관세음응험기≫ 중의 소위 武廣王記事는 그 문헌의 성질이나 기사의 내용으로 보아 사실 그대로의 기록이라고 간주할 수 없다. 따라서 그 武廣王記事는 武廣王創寺傳說 또는 帝釋寺創建緣起傳說로서 武廣王傳說이라고 하여야 마땅할 것이다. 그렇다면 무광왕전설은 제석사를 그 빙거물로 삼고, '武廣王'의 제석사 창건 사실을 그 주축으로 하여 형성돼 왔으리라고 추측할 수가 있겠다.

제석사와 그 본탑은 전술한 대로 황수영이 익산군 왕궁면 궁평에서 유물·유적을 발굴·고증함으로써 그 존재가 분명해졌다. 그런데 이 제석사의 창건주인에 대하여는 아직도 정설을 얻지 못하고 있는 실정이다. 기술한 바와 같이 황수영이 그 무광왕전설을 무왕의 史實이라고 규정함

---

101) 이양수, 「이병도박사의 薯童說話에 대한 異說을 駁함」, 『충청』 제21호, 1971, p.34.

으로써, 제석사를 무왕의 所創이라고 단정했던 것은 국내의 사서기록을 통한 문헌사학적 검토에 의하여 부인될 수밖에 없었다. 그리하여 위에서 지적한 대로 후백제 견훤이 왕궁탑을 중심으로 하는 왕궁리 '모질매' 일원에 궁궐을 경영하면서 그 성내에 왕궁사를 창건하고 동시에 그와 호응하는 남매사찰로 제석사를 조영했던 것이 아닌가 의문을 제기한 바가 있었다. 그리고 견훤의 사적에 비추어 그의 왕호를 '武廣'으로 추정하면서, 그 무광왕전설에 나오는 '帝釋精舍'(帝釋寺)의 창건주인 '武廣王'이 바로 견훤의 왕호가 아니었을까 하는 의문도 품어 본 바가 있었다. 다시금 검토해 보거니와, 무광왕전설의 '百濟武廣王遷都 枳慕密地 新營精寺'라는 대목은 역사적 측면에서 견훤의 사적과 관련시켜 볼만한 것이겠다.

우선 견훤이 후백제의 왕이었는데, 어떻게 그를 '百濟'의 '武廣王'이라 지칭할 수 있었느냐 하는 의문이 생길 수도 있겠다. 그러나 이 점은 국사학계의 상식에 속하는 문제로서 의문의 여지가 없겠다. 주지하는 바와 같이 지금 통칭되고 있는 후백제는 견훤의 사실을 수록하고 있는 ≪삼국사기≫·≪삼국유사≫·≪고려사≫ 등의 모든 사료에서, 본 백제와 별칭해야 되는 부득이한 경우에만 '後百濟'라 지칭되었을 뿐, 나머지는 모두 '百濟'로 통칭되었기 때문이다. 따라서 견훤을 '百濟王'이라 한 것은 자연스러운 일이라고 보아진다.

그러면 그 견훤이 과연 '枳慕密地'에 '遷都'를 했었느냐의 문제를 검토할 필요가 있겠다. 전술한 바와 같이 황수영은 그 '枳慕密地'에서 '枳慕密'만을 따서 그것이 바로 '오늘 왕궁리 오층석탑의 북방 일대'의 '모지밀'이라 추정하고 '이 '모지밀'이야말로 백제 무왕이 별도를 두고 궁궐을 건립한 그 중심 지점을 가리킨 것으로 추정하고자 한다'[102]고 하였

---

102) 지헌영, 「서동설화 연구의 평의」 참조.

다. 여기서 그 '枳慕密地'를 '모지밀'이란 궁궐지로 추정한 데에 대하여 논의를 해야만 되겠다.

'枳慕密地'가 어떻게 '모지밀'로 비약할 수 있는 것인지 보편적인 지명학이나 음운학으로써는 설명할 수가 없다. 다만 필자가 몇 차례의 현지 답사에서 왕궁리 오층석탑의 북방 구릉과 궁평의 소위 제석사지 사이에 길게 뻗어 있는 들에서 '모질매'라는 지명을 찾아낼 수 있을 뿐이었다. 황수영이 지적한 그 지역에 '모지밀'이란 지명은 없었기로, 혹 '모질매'를 잘못 파악했던 것이나 아니었던가 생각된다. 따라서 황수영의 '枳慕密地' 즉 '모지밀'설은 애초부터 성립될 수 없었으리라고 보아진다. 황수영이 왕궁리의 오층석탑 북방 구릉 일대를 궁궐지(왕궁리)로 추정한 것은 마땅하다 보아지나, 바로 그 지대를 '枳慕密地'의 현장이라고 제시한 것은 재고되어야 하겠다.

여기서 소위 '모지밀'이 실제로는 '모질매'라고 할 때, 이 '모질매'와 '枳慕密地'는 전혀 관련될 수 없는 별개의 지명 표기라고 할 수밖에 없다. 그 '모질매'는 전술한 대로, 전국 유일의 예로서 '薯童'(마들~마돌)이나 '甄萱'(맥딜~막딜~마딜) 또는 '上院'(말울·맏돌)~마들) 및 '南院'(마들) 등과 상관될 수 없는 것이라면, 지형 명명이란 관점에서 살펴 볼 수도 있겠다. 그것은 현지 古老들의 '모질매들'이란 증언이나 그들의 삼각형적 저지형 등으로[103] 미루어 '모진 들'(角野)을 표상하고 있는 것이 아닌가 상상된다.

그러면 문제의 '枳慕密地'는 어떻게 풀이할 것인가. 그것은 지헌영의 의견대로, 그 지명표기법이 신대구의 ≪寒水齋遺稿≫에 나타나는 '職麻又曰欲'(짐돍='大丘'·'公山')의 표기방식과 유사한 바가 있다. 그리하여 그

---

103) 필자가 1974년 8월 5일 오후에 현지답사에서 홍성천옹(본적·주소 : 익산군 왕궁면 왕궁리 궁평 232번지, 남, 당 67세, 농업)과 홍순두옹(본적·주소 : 동상 209번지, 남, 당 64세, 농업)을 만나 증언을 들었고 현지형도 확인하였다.

'枳慕蜜'만은 '김미~짐미'로서 '金馬'(김ㅁ~짐ㅁ)에 비정될 것이며, '枳慕蜜地'까지는 '金馬渚' 혹은 '只馬馬只'[104])에다 비정해 볼 수도 있겠다.[105]) 그래서 '枳慕蜜地'는 '金馬渚~金馬'를 벗어날 수 없는 지명이라고 추정하여 무방할 것이다. 주지하는 바대로 '金馬(渚)'는 백제대의 '金馬渚'요 신라~고려대의 '金馬'에 지금의 익산이다. 그렇다면 '金馬渚'~'金馬' 시대에 이 지방에 도읍 또는 천도한 왕조가 있었던가. 여기서 우리는 전술한 바 견훤의 후백제가 신라 말에 그 지역에 도읍했으리라는 추정을 더욱 굳힐 수가 있겠다. 현재의 자료상황으로써는 또 다른 어떤 왕조가 그 지역에 도읍했었다는 실증을 세울 수가 없겠기 때문이다.

이와 같이 후백제의 '金馬'(枳慕蜜地) 도읍을 시인할 때, 그것이 定都(신도)가 아니라 '遷都'라고 기록된 점을 문제 삼을 수도 있겠다. 그런데 '定都'와 '遷都'는 실질적으로 다를 바가 없으며, 또한 이 양자는 전설적 전승과정에서 얼마든지 혼동되거나 동일시될 수가 있다 하겠다. 그리고 견훤은 무진주에서 기병하여 이미 왕을 자칭한 다음 완산에 立都했었으므로, 그 도읍이 '遷都'라고 표현될 소지를 지니고 있다고 보아진다. 견훤의 도읍지는 그동안 <견훤전>의 '立都於完山'이라 한 기록에만 의존하여 완산 즉 전주지역으로 추정되어 왔었다. 견훤이 '遂襲武珍州自王'[106]) 했다는 사록을 따른다면, 무진주 즉 광주지역에 소규모나마 소박한 정도지가 있었을 가능성이 농후하다고 하겠다. 그러므로 여기 견훤의 '金馬'(枳慕蜜地) 도읍은 민중적 관념・전승에서는 '遷都'라고 표현되는 것이 오히려 타당했으리라 생각된다.

그러면 견훤이 실로 제석사를 '新營'했었더냐의 문제가 남는다. 위에

---

104) ≪三國史記≫ 卷31, 地理志 4.
105) 지헌영, 「薯童說話 硏究의 評議」, 『신라시대의 언어와 문학』, pp.415~416.
106) ≪三國史記≫ 列傳 甄萱傳.

서 추정한 바와 같이 '枳慕蜜地'에 '遷都'한 '百濟武廣王'이 견훤에 비정되고 본즉, 상게 문면에 나타난 대로 견훤이 제석사를 신영(창건)했다는 점은 일단 시인될 수가 있겠다. 전술한 대로 견훤은 몇 가지 의도에서 제석사와 같은 사찰을 경영했을 가능성이 짙기 때문이다.

먼저 백제를 계승·부흥한다고 표방한 견훤이 그 궁궐 경영에 있어 백제의 제도·양식을 모방할 수밖에 없었다면, 백제의 그것과 같이 궁성 내의 왕궁사와 상응하는 제석사 정도를 창건했었으리라는 추측이 가능하다. 실로 궁성내에 왕궁사와 오층석탑이 건립되어 있었고 그에 호응하는 제석사와 칠층석탑이 屹立하여 있었다면, 그것은 신라나 고려의 그것에 손색이 없는 경관이었을 터이고, 그대로가 후삼국 爭覇의 왕권·국력을 과시하려는 표상이 되었을 것이라 생각된다.

다음으로 신라의 彊城을 점거하여 국도를 정했던 견훤이 불안한 민심을 신앙적으로 통일·복종시키기 위하여 제석사와 같은 거찰을 경영했을 가능성은 있다고 하겠다. 국초의 혼란기에는 어떤 국가든지 신앙적 지도이념을 제창하여 민심을 귀의·순화시키는 것이 상식이었거니와, 견훤이 전통적 불교사상에 기반을 두고 제석신앙을 강조하여 제석사와 칠층석탑을 건조했을 때, 그것은 견훤의 왕권이 불보살과 제석천으로부터 유래되고 또한 그 보우 속에서 엄연한 것임을 암시하는 징표였을 터이고, 그대로가 '喜得人心'하는 기념관으로써 민중을 귀의·교화시키는 대표적 도량이 되었을 것으로 추단된다.

무엇보다도 불교적 생활 속에 젖어 있던 견훤이 王運을 기원하거나 신심을 선양하기 위해서도 제석사와 같은 대찰을 건립했을 가능성은 없지 않다고 하겠다. 실제로 견훤은 일생의 가장 艱難한 때와 그 최후를 마칠 때에, 佛舍를 그 거처로 하고 있었다. 《삼국사기》와 《삼국유사》가 증언하듯이 견훤은 그 아들 신검에게 왕위를 빼앗긴 '上王'으로서 가장 불은한 시기를 '金山佛字'에서 기거했었고, 또한 그는 '賊子'를 토벌한 뒤에 '憂懣發疽'하여 '黃山佛舍'에서[107] 卒했던 것이다. 위와 같은 상황 하의 견훤이 佛舍에서 거처했었다는 사실은 그것이 타의였던 자의였던간에 그의 바람직한 생활상태가 佛教·佛舍와 그만큼 밀착되었던 것을 반영하고 있다 보아진다. 말하자면 견훤이 궁중이나 그 주변의 생활에서 불교신앙 내지 그 의식 범절에 그만큼 젖어 있었기 때문에 가능한 대로 사찰을 경영하여 유사시에는 으레 佛舍를 찾아 적응하면서 괴로운 심신을 달래고 최후의 영혼까지를 의지했던 것이 아니었던가 싶어진다.

이처럼 불교신앙이 생활화되어 있던 견훤이었다면, 그가 돈독한 신심을 가지고 국초 왕궁의 체모를 갖추며 민심의 귀의·순화를 위하여 왕권을 표상·과시하는 제석사와 그 칠층석탑을 창건했으리라는 것은 있음직한 일이라 하겠다.

그러면 이 제석사의 제반 문물이 비록 그 유물·유적을 통해서나마 견훤의 시대와 무리 없이 조화될 수 있겠느냐의 문제가 남는다. 지금까지 제석사지에서 발굴된 유물·유적 중에는 그 시대를 확정지을 만한 것이 하나도 없는 실정이다. 다만 그 곳이 寺址임을 알리는 다수의 초석이 지표에 드러나거나 파묻힌 상태로 알고 寺址의 여기저기서 출토된 다량의 와편들이 잡다하게 수습되었다.[108] 일부 파손된 八角石燈屋蓋와 銅鍾破片 등이 부여박물관에 이관되어 있으며,[109] 長方孔의 塔下礎石이 양단되어[110] 그 현장에 방치돼 있는 정도라 하겠다. 그 중에서 그런대로 주

---

107) ≪三國史記≫ 列傳 甄萱傳 및 ≪三國遺事≫ 卷2 後百濟·甄萱條.
108) 익산군 금마·왕궁평 일원을 와당·와편의 수집가이며 향토문화연구가인 익산의 송상규의 수집품목에 의함.
109) 현지주민으로 한자에 밝고 고고미술에 관심이 있는 홍성창씨(본적·주소 : 익산군 왕궁면 왕궁리 궁평 231번지, 님, 당 59세, 농업)의 증언에 의함.
110) 황수영, 앞의 논문 부록 도판 6~7 참조.

목되어 온 것은 와편 들 가운데의 帝釋寺銘 平瓦片(백제와편도보 도판 133)[111] 과 蓮華文圓瓦當(동상 도판 150, 152, 153)[112] 忍冬文平瓦當(동상 도판 154)[113] 수점에 八角石燈屋蓋와 長方孔 塔下礎石 등이 있을 뿐이었다.

그런데 황수영은 전게 「백제제석사지의 연구」에서 제석사를 무왕대의 所創으로 단정하고 그것을 더욱 완벽하게 실증하기 위하여 상게 유물들을 고고미술사의 측면에서 검토한 바가 있다. 즉 황수영은 그 瓦片들에 대하여

紋平瓦片 1개가 공주박물관에 진열되어 있었으며 특히 이곳 궁평 유적에서 출토한 圓平瓦當들이 주목되었는데 그들 蓮華文圓瓦當과 忍冬文平瓦當은 모두 시기 600년을 넘어서는 우아한 유품으로서 전자에는 蓮瓣 안에 다시 忍冬文子葉이 있어 이곳 彌勒寺址 出土瓦와는 동계임을 말하는 동시에 후자는 일찍이 공주박물관에 소장된 것과 또한 동계품으로서 이들 兩品이 모두 이 유적의 出土瓦 중 오랜 것에 속하는 것으로 추정되었다.[114]

라고 언급하고, 그 팔각석등옥개에 대하여는

그 후 물적 자료로서 중요한 것은 이곳 민가에서 八角石燈屋蓋의 조사를 들어 두어야 할 것이다.[115]

라는 정도로 해 두었으며, 長方孔 塔下礎石에 대해서는

그리하여 칠층의 목탑이 무왕 창사 당초에 건립된 사실에서 백제 木造塔

---

111) 백제연구소, 『백제와전도보』, p.67.
112) 백제연구소, 앞의 책, pp.72~73.
113) 앞의 책, p.73.
114) 황수영, 앞의 논문, p.11.
115) 위와 같음.

婆의 또 하나의 자료를 얻었을 뿐 아니라 필자의 조사에서 이 목탑지만이 오늘 그 寺墟의 중심인 地表에 엄존하고 있다는 것이다.…그리하여 二枚로 분단된 이(塔下)초석 중앙에 穿鑿된 長方孔은 원래 칠층석탑의 舍利孔으로 서 일찍이 제석사 목탑의 藏置物을 간직하였던 것이라 할 것이다.116)

라고 논술하였던 것이다.

여기서 황수영의 주장을 재검토할 때, 그대로 수긍할 수 없는 면을 발견할 수가 있겠다. 무엇보다도 제석사가 무왕의 所創이라고 확고하게 전제한 다음, 모든 유물들을 아전인수격으로 안이하게 처리한 점이 눈에 띠인다. 이제 다시금 일체의 선입견을 버리고 그들 유물 자체를 객관적으로 고찰할 때, 이미 지적한대로 그것들을 어느 것 하나 백제시대를 증언할 만한 근거를 가지고 있지 못한 실정이다.

우선 그 '帝釋寺'銘平瓦片으로 말하면 그것이 지닌 松葉文樣으로 하여 고려시대의 것이라 학계의 공인을 받고 있으니 문제 밖의 이야기가 되겠다. 그리고 그 蓮華文圓瓦當들은 그것을 백제시대의 소산이라고 정평이 있는 미륵사지 출토품 蓮華文圓瓦當(동상 도판 157, 158)117)과 비교해 볼 때, 그와 동일시대, 동일양식이라고 시인할 수가 없다. 겸하여 그 忍冬文平瓦當은 비교의 대상조차 확실하지 못하여 어느 모로나 백제시대의 양식을 어림해 볼 도리가 없는 것이다. 말하자면 이들 蓮華文圓瓦當과 忍冬文平瓦當은 백제기의 와당들과 동일계통의 양식에 넣을 수는 있을지라도 결코 백제시대의 것이라고 볼 수는 없을 것이다. 따라서 황수영이 '모두 서기 600년을 넘어서는 우아한 유품'이라 한 주장은 어디에 근거를 둔 것인지 되묻지 않을 수가 없다.

그래서 전게 와당들은 고려시대 양식에 속하는 왕궁탑 부근 출토와당

116) 황수영, 앞의 논문, p.14.
117) 백제연구소, 앞의 책, p.75.

들(동상 도판 151, 155)[118]과 대비시켜 보거나 익산지방의 와당수집가·현지 연구가인 송상규가 수년간 연구한 결과에[119] 의하면 지헌영이 이미 지적한 바대로 그것들을 신라말 내지 고려시대의 와당으로 귀속되어야 마땅할 것이다.[120]

그리고 그 팔각석등옥개에 대하여 황수영이 그 형태와 양식을 어떻게 가늠하고 백제시대의 유물인양 취급하고 있는지는 전혀 알 도리가 없다. 황수영이 현지 언증을 들었다는 그곳 古老들의 말에 따르면, 그 石燈屋蓋의 '八角'양식에 중점을 둔 것 같기도 하다.[121] 만약 그렇다면 별다른 특징도 지니지 않은 팔각의 양식이 어찌 백제시대에만 존재했었더냐 하는 의문을 씻을 수가 없겠다. 그 '八角'이 八正道나 八相 이외에 무엇을 상징하고 있는지 장담할 수는 없으되, 그것이 백제시대에 주로 통용되던 양식이라 하더라도, 그 양식이 엄연히 존재하였던 백제의 舊疆地域, 신라시대나 후백제시대에 그 전통을 계승하여 얼마든지 八角石燈을 만들어 낼 수도 있는 게 아닌가 한다. 따라서 그 팔각석등옥개를 백제시대의 것이라고 고집할 아무런 근거도 없다고 하겠다.

나아가 長方孔 塔下礎石에 대하여도 문제가 없지 않다고 하겠다. 황수영이 위에서 제석사에 칠층석탑이 건립되어 있었음을 제시하고, 방치되었던 長方孔의 大石片을 종래의 통설과는 달리 그 목탑의 '塔下礎石'이

---

118) 백제연구소, 앞의 책, pp.72~74.
119) 필자가 1974년 8월 5일 익산 현지에서 면담했을 때나 지헌영 선생이 1974년 8월 20일 미륵사지 사적시굴식 석상에서 대화했던 바를 종합해 보면 송상규는 '彌勒寺 王宮坪 五層石塔 부근이라든가 猪山下 五金寺址와 彌勒山上의 師子寺 일원에서는 고려시대의 와편·와당만이 발견될 뿐이며 오직 미륵사지에서만이 백제기 와당을 수습할 수가 있다'고 주견을 내세우고 있다. 지헌영, 「薯童說話 研究의 評議」, p.445.
120) 지헌영, 「백제와전도보」, p.182.
121) 전계 송상규·홍성창의 증언에 의함.

라고 규정하면서 그 長方孔을 목탑의 장치물을 간직하였던 舍利孔으로 추정한 것은 탁견이라 하겠으나, 그 목탑이 무왕 소창의 백제탑이라는 데에는 결코 동조할 수가 없다. 이제 우리는 그 목탑이 무왕의 건립이라는 점은 고사하고 그것이 백제시대의 소산이라는 근거조차도 일체 가지고 있지 못하기 때문이다. 황수영이 유일한 물적 증거로 내세우고 있는 그 '塔下礎石'이라는 것은 객관적으로 아무런 증언도 하지 못하고 있는 '長方孔大石'일 따름이고, 어느 시대에다 몰아쳐도 거기에 어울릴 수밖에 없는 운명을 지니고 있을 뿐이다.

이러한 목조탑파는 고유섭의 소견인대로 '백제에 있어서도 우위를 차지했다'[122]고는 하나 '그 경영의 유적은 해명되고 있지 않다'.[123] 그러하므로 황수영이 '칠층의 목탑이 무왕창사 당초에 건립된 사실에서 백제 목조탑파의 또 하나의 자료를 얻었다'고 만족하는 것도 무리한 일은 아니라 하겠다. 그러나 塔婆 연구에 신기원을 이룬 고유섭과 그 학통을 이어 받은 황수영이 그 遺址로나마 塔婆의 자료를 발굴하기로 심혈을 기울여 온 결과, 현금까지도 백제 목조탑파의 자료가 그다지 영성하다면, 백제의 목조탑파에 대하여는 재고할 필요가 있다고 하겠다. 그동안 斯學의 일반에서 복조탑파였으리라고 추정되어 왔던 저 미륵사지 동탑마저도 그 발굴작업의 초기로부터 석조탑파였으리라는 고증이 가능해지는 실정이고 보면,[124] 백제의 목조탑파가 그다지 성황(우위)을 이루었다고 장담할 수는 없을 것인가 한다.

그런데 반하여 목조탑파는 일찍이 고유섭이 설파한대로 '특히 신라에 있어서', '문헌적으로나 유적적으로 가장 명료한 존재라'[125]고 할 수가

---

122) 고유섭, 조선탑파의 연구, p.170.
123) 고유섭, 앞의 책, p.178.
124) 마한·백제문화연구소, 『익산 미륵사지 동탑지 및 서탑조사보고서』, 원광대학교, 1974, pp.28~31.

있겠고, 나아가 그의 정론대로 '고려에 들어서면서부터 의연히 목조탑파는 탑파의 진면목을 유하는 것으로서 중요시하였던'[126] 것이었다. 이것이 사실이라면, 전술한 바 제석사지 출토 와당들의 시대양식과 결부시켜 볼 때, 제석사의 목탑은 신라와 고려 사이에 이어진 '목탑 중시의 풍조' 속에서 조성되었던 것이 아니었던가 추측되기도 한다.

이와 같이 볼 때, 제석사지의 유물·유적들은 황수영의 백제시대소산설과는 달리 신라와 고려시대를 이어가는 시대양식을 지닌 것이라고 추정할 수가 있겠다. 위와 같은 추정을 간접적으로나마 뒷받침하고 있는 것은 무광왕전설이 제시하고 있는 그 '塔下礎石'의 장치물들이라 하겠다. 이제 우리는 이 전설에서 예거된 그 품목을

塔下礎石中有種種七寶 亦有佛舍利 晬水精瓶 又以銅作紙 寫金剛般若經 貯以木漆凾

이라 한 대로 일단 믿고, 저 왕궁탑에 藏置되었던 聖寶의 품목을 당시 발굴 책임자였던 황수영이

제1층 상면에는 장방형의 화강석판이 있고 이 석판 위에는 동서로 方孔 2개가 뚫려 있어 각기 유물이 있었다. 그리하여 그중 東孔에는 다시 方形金盒안에 녹색 유리병이 직립하고 있었으며 西孔에는 또한 金銅盒안에 金板十九枚로 연결된 金剛般若波羅密經이 들어 있었다. 이 金板經은 세계에 다시 그 유례가 적은 귀중품인데, 그 經盒은 舍利盒과 더불어 다시 대소 金銅外凾 2개에 각기 들어 있었다.[127]

125) 고유섭, 앞의 책, p.170.
126) 고유섭, 앞의 책, p.178.
127) 황수영, 앞의 논문, p.14.

라고 보고한 것을 그대로 따른다면, 상게 양자의 所藏 품목과 그 藏置 방식이 너무도 유사함을 주목하지 않을 수 없다. 이 같은 사실은 황수영의 탁견이 있는 대로 '제석사 목탑과 왕궁리 오층석탑의 親緣을 말하는 것으로서 앞으로 더욱 해명을 위하여 힘을 모아야 할 것이다'. 그리하여 '불과 五里 相距하여 서로 동서로 바라 보는 고대 寺墟와 宮地 남단에 屹立하는 一기의 고대 석탑 사이에 맺어진 因緣이 더욱 밝혀져야만 할 것이다'.128) 그런데 위에 든 '親緣'이나 '因緣'은 흔히 말하는 제도상의 상호 유사와 양식상의 선후 계승 등으로 설명되기는 어렵다고 보아진다. 따라서 위 양탑은 거의 동일시대, 동일인의 동일한 의도와 동기에 의하여 조성된 것이라고 보아도 무리하지는 않을 것이다. 그렇다면 전술한 대로 견훤 즉 '武廣王'이 저 왕궁탑(왕궁사)과 더불어 그 칠층석탑(제석사)을 '新營'했으리라고 추정할 수가 있을 것이다.

이제 우리는 '帝釋寺'라는 명칭이 상징하고 있는 帝釋信仰과 무광왕전설의 핵심을 이루고 있는 觀音信仰 및 金剛經崇信 등을 한국불교사상사와 결부시켜 살펴볼 필요를 느낀다. 주지하는 바와 같이 제석신앙과 관음신앙 및 금강경숭신은 신라대와 고려대를 걸쳐 九山禪宗이 성행하던 분위기를 타고 본격화 내지 융성했으리라 추정해도 무방할 터이다. ≪삼국유사≫와 ≪高麗史≫에 반영된 제석신앙과 관음신앙 및 금강경숭신의 내면상을129) 검토함으로써 위와 같은 추정은 가능한 것이라 하겠다. 이

---

128) 황수영, 앞의 논문, p.15.
129) ≪삼국유사≫에서 帝釋信仰에 관해서는 <檀君神話>(卷1)에 '帝釋桓因'이라 했고 <天賜玉帶>(卷1)조에 '駕幸內帝釋宮'이라 했으며 王曆篇에 왕건태조가 內外帝釋院을 창건했다는 정도로 기록되었으며 觀音信仰을 반영하고 있는 것으로는 <三所觀音衆生寺>(卷3) <芬皇寺千手大悲>(卷3) <洛山二聖觀音・正趣>(卷3) <臺山五萬眞身>(卷3) <廣德 嚴莊>(卷5) 등이다.
≪고려사≫에서는 제석신앙에 관한 것으로 '帝釋院'(卷1, 2, 5, 7, 53, 志7), '帝釋道場'(卷13, 16, 17, 19, 20, 21, 22), '帝釋齋'(卷19, 22), '帝釋觀音須菩提'(卷123,

러한 전제 하에서, 무광왕전설의 내면을 무심히 바라볼 때, 제석사와 그 주변상황들은 그 禪宗宗團이 체계를 잡았던 신라말기와 고려 초기에 자연스럽게 어울릴 수 있다고 판단되는 것이다. 따라서 이와 같은 신앙·사상사의 배경을 타고 제석사가 창건되었으리라는 데에 하등의 무리를 느끼지 않을 터이다.

이상과 같이 보아 올 때 제석사의 제반 문물은 한결 같이 신라대와 고려대를 잇는 그러한 시대적 배경을 벗어날 도리가 없다고 하겠다. 그렇다면 그 제석사의 문물은 신라말·고려초에 풍운을 일으킨 견훤의 시대로 귀속시켜 결코 무리한 바가 없을 것이다. 더구나 그 제석사의 문물이 대체로 백제의 그것과 동일계통의 것으로써 백제풍을 애써 모방한 듯한 면모를 드러내고 있는 점은 '復邦百濟'를 표방한 견훤의 시대정신과 부합되는 것으로 보아지며, 그 문물은 견훤에게 귀착되어야 오히려 자연스러우리라고 생각되는 것이다. 이상으로써 무광왕전설의 역사적 측면에 반영된 사실과 견훤의 사실은 여러 모로 동질 내지 동일 관계가 성립되는 것으로 추정되었다. 그리하여 무광왕전설의 역사적 주인공 '武廣王'은 바로 후백제 견훤의 왕호라고 파악될 수 있겠고, 따라서 武廣王 견훤은 제석사의 창건주인이라고 간주될 수가 있겠다.

상술한 바와 같이 武廣王 견훤이 제석사의 창건주인으로 그 창건연기전설의 역사적 주인공이라 하더라도 무광왕전설 그것 그대로가 武廣王 견훤의 사실일 수 없음은 물론이다. 그러나 이 전설이 제석사를 그 빙거물로 삼고 武廣王 견훤의 창사사실을 그 주축으로 하여 형성되어 왔으리라는 추측은 가능하다 하겠다. 그러니까 제석사가 창건된 이래로 그 주

傳36) 등의 기사가 보이며, 관음신앙과 관련하여 금강경승신에 관해서도 '金剛寺'(卷10, 11, 13, 14, 129, 傳42), '金剛法席'(卷27), '金剛院'(卷105, 傳18), '金剛經'(卷13, 14), '金剛經道場'(卷7, 10, 11, 12, 16, 17) 등의 기록이 나타난다.

변에서는 창사주인 '武廣王' 견훤의 창사사실 그대로가 간요하게 구전되었으리라 생각된다. 이러한 史實口傳은 무광왕전설을 통하여 볼 때, 그 원초적 형태로서 대략

武廣王遷都 枳慕密地 新營精舍

라는 정도가 아니었던가 싶다. 좀더 찾아 올라가면, 그 본원적 사실이야 '王遷都 新營精舍'로 끝났을지 모른다. 그런데 여기 '新營精舍'의 '精舍'가 제석사만을 지칭한 것이냐 아니면 천도 당시 경영했던 또 다른 寺觀을 포함하는 것이냐 하는 의문이 생긴다. 전게 기사의 문맥으로 보아 만약 그 '精舍'가 복수적 성격을 띠고 왕궁사의 경영 정도라도 포괄할 수 있다면 상게한 史實口傳은 제석사에만 해당되는 것이 아닐 가능성도 있다 하겠다.

그래서 이처럼 포괄성있는 史實口傳이 좀 막연하게 전승되다가 보다 분명하게 제삭사와 밀착된 것은 아무래도 제석사에 획기적 사건이 일어난 다음부터가 아니었던가 한다. 제석사에 화재가 있었다는 상게 전설의 기사는 사실일 가능성을 충분히 지니고 있다 보아진다. 자고로 대소 사찰에 화재가 나서 불당이나 성보 등이 소진된 사례는 얼마든지 있어 왔기 때문이다.

이것이 사실이라면 제석사의 화재 이후 어느 시기에 이르러 위 史實口傳에는 적어도

逢災帝釋精舍 佛堂七級浮圖 乃至廊房一皆燒盡

이라는 사건담이 현실적으로 첨부되었을 터이고 거의 동시에 제석사의

승려나 특별한 신도들에 의하여

塔下礎石中 有種種七寶 亦有佛舍利晬水精瓶 又以銅作紙 寫金剛般若經 貯
以木漆函 發礎石開視 悉皆燒盡

이라는 이야기가 구체적으로 첨가되었을 것이라고 추측된다. 여기까지는
누가 어떻게 보든지 事實(史實)이라고 하여 결코 무리한 바가 없겠기 때
문이다.

다음으로 이러한 史實口傳은 제석사의 화재 원인으로 '天大雷雨'를 들
고 나오게 되고, 그 화재의 결과로써 '唯佛舍利瓶與般若經漆函如故'를 강
조하게 되면서부터 신비화 · 전설화 경향을 띠기 시작했던 것이 아닌가
싶다. 물론 현실적으로 '天大雷雨'가 화재의 원인으로 될 수가 있고, 또
한 유사시를 대비하여 장치한 聖物들이기로 화재 후에 '如故'할 수도 있
을 것이다. 하지만 그것이 사실이라 하더라도 신불대중들은 그것을 奇蹟
에 속하는 사건으로 판단할 여지가 얼마든지 있는 것이라 하겠다. 따라
서 그 奇蹟을 실마리 · 매개로 하여 위와 같은 史實口傳은 신비화 경향을
띠고 영험담으로 전설화될 가능성을 지녔으리라고 추측할 수가 있겠다.
고금을 통하여 '天大雷雨'는 전설 · 설화의 저명한 모티프가 되어 왔거니
와130) '聖寶不能燒'의 기적은 佛敎異蹟說話 특히 觀世音應驗譚의 중요한
기반 · 단서가 되어 왔던 것이다.131)

---

130) 자고로 사악한 무리들의 악행으로 해서 선량한 존재들이 고난을 받게 된다는 내용
의 전설 · 설화에서 그 악행에 대한 大罰이 大雷雨로 되는 경우가 많다.
131) 消災寺聖像不燒傳說 : 어느 때, 경상북도 八公山 消災寺에 불이 났다. 동리사람들이
모두 모여 불을 끄는데 불속에서 무엇이 날아 나왔다. 한 사람이 바라보니 그것은
관세음보살의 조그만 탱화였다. 그는 '부처님은 참으로 영험하시다'하고 다른 곳으
로 모시고 가려 할 때, 여러 사람들은 '참으로 영험이 있으면 절을 못 타게 할 것이
지 절은 다 타게 두고, 혼자서 날아 나오는 것이 무슨 영험이냐'하고 그것을 빼앗

그래서 그 史實口傳이 제석사의 화재 사건으로써 완결된 다음, '唯佛舍利瓶與般若經漆函如故'라는 기적성을 대동하고 행세하는 가운데에

水精瓶內外徹見 盖亦不動而舍利悉無 不知所出 將瓶以歸大王

이란 異變譚을 맞아들이고 따라서

大王請法師 發卽懺悔 開瓶視之 佛舍利六箇俱在處內瓶 自外視之 六箇悉見

이라는 神異譚(法師神通譚)을 끌어들일 수 있었던 것이 아닌가 한다. 이로써 史實口傳은 하나의 영험담으로서 불교전설의 면모를 구비하게 되었던 것이라 하겠다. 여기에 이르러 무광왕전설은 帝釋寺靈異記로서, '火不能燒'의 한 관세음응험기로서 완성된 것이라 보아진다.

이 무광왕전설은 帝釋寺創建緣起傳說로 범칭되어 왔지만, 그 전설의 말미가

於是 大王及諸宮人倍加敬信 發卽供養 更造寺貯焉

이라고 종결됨으로써 그것은 제석사창건연기전설로 완결됨으로써 제석사가 '武廣王'의 발원과 發卽法師의 신통력에 의하여 조성된 것임을 표면적으로 내세우고 있다. 그런데 그 전설에 내장되어 있는 주제는 '火不能燒'의 '觀世音應驗'이라는 것을 우리는 간파할 수가 있겠다. 그러니까 이 전설은 제석사가 관세음응험에 힘입어 대왕의 발원과 고승의 신통·

아 불 속에 던져 태워 버렸다. 며칠 뒤에 그 동리에 불이 나 온 동리가 다 타 버렸으나, 다만 관세음보살 탱화를 모시려 하던 그 사람 집만은 무사했다. 권상노, 관음경(국역 및 영험담), 불교사상사, 1931, pp.16~17.

공양에 의존하여 성립된 靈寺聖刹임을 의도적으로 강조하고 있는 셈이 되는 것이다.

일반적으로 사찰연기전설들이 그 사찰을 미화하고 권위를 선양함으로써 寺運을 일으키며 교세를 확장하려는 저의를 지니고 있는 게 사실이거니와, 이 무광왕전설이 특히 관세음응험을 앞세워 사찰연기전설로서의 저의를 강력히 드러내고 있음은 주목할 만한 일이라 하겠다. 이 전설은 그 주제에 중점을 두어 분석해 볼 때, ≪법화경≫ <관세음보살보문품> 중의

設入大火 火不能燒 由是菩薩威神力故

라는 대문을 구체적으로 허구·연설한 변문적 예화라고 간주할 수도 있을 터이다.

이러한 변문적 예화는 불교계에 보편화되어 있는 실정이거니와, 그것이 목적하는 바 불교 진리의 선양을 위해서는 대중들의 이목을 집중시킬 만큼 재미있고 유익한 이야기로 꾸며진다는 관례가 있다. 말하자면 이러한 예화는 진리를 보증하기 위하여 불경에 근거를 두고 또한 대중에게 실감과 확신을 주기 위하여 역사적 증빙물 및 사건을 주축으로 삼아서 얼마든지 소설적으로 허구·연설되는 것이 상례라 하겠다. 여기 무광왕전설이 위와 같은 통례를 따라 역사소설적으로 허구·연설됨으로써

夫聖人神迹 導化無方 若能至心信仰 無不照復捨

라고 관세음보살의 至心信仰을 실감·확신하도록 교화·선양하고 있는 점은 더욱 주목해야만 되겠다.

이와 같이 무광왕전설이 관음신앙을 강조하고 있는 것으로 미루어 본다면, 그 전설의 빙거물인 제석사가 관음도량이었으리라는 추측도 가능해진다 하겠다. 인하여 이 제석사를 중심으로 해서 관음신앙이 강세를 보이고 있었거나 또는 강세를 보이려 움직였던 시대적 단면을 간취할 수도 있을 것인가 한다. 이러한 제석사가 위치한 그 지방은 미륵신앙을 숭상하던 백제의 구강지역으로서 용화산(미륵산) 아래 미륵사를 거점으로 하여 득세하였던 미륵신앙이 전통적으로 영향을 끼쳐 왔던 영역이기도 한 것이다. 여기서 금마면 미륵사가 미륵도량으로서 미륵신앙의 전통적 파문을 일으키고 있는 데에 반하여 왕궁면 제석사가 관음도량으로서 관음신앙의 改新的 作動을 벌여 왔으리라는 가능성은 추측해 볼 수 있겠다. 위에서 언급한 바와 같이 종파간에 대립·상쟁하거나 화동·상합하는 사례는 허다하였거니와, 상호 인접해 있는 미륵사와 제석사가 종파를 달리하면서 신도를 영입하여 寺勢를 올리려고 했다면 그 양자의 대립·상쟁은 보다 심각하고 다양했으리라는 생각이 든다. 즉 신앙 대상의 영험력, 창건주인의 권위, 상주법사의 신통력, 사찰경관의 장엄 등에 걸쳐, 양 사찰은 각자의 우위를 과시하기 위하여 갖가지 방편으로 민중에게 영합했던 것이라 상정된다.

이러한 경합의 와중에서 양 사찰의 창건연기전설이 형성·전개되었으리라고 전제한다면, 제석사창건연기전설로서의 무광왕전설은 그보다 먼저 형성·유전되던 미륵사창건연기전설 즉 무강왕전설과 대립·상쟁하고 화동·상합하는 관계를 유지하면서 성장해 왔으리라는 추측이 가능할 것이다. 실제로 무광왕전설은 제반 여건을 무강왕전설의 그것과 대등하게 경합시키고 있는 상태를 나타내고 있다 하겠다. 즉 무광왕전설은

· 신앙 이념으로 미륵신앙에 대한 관음신앙

· 창건주인으로 '武康王'에 대한 '武廣王'
· 상주법사로 지명법사에 대한 발즉법사
· 사찰경관으로 미륵본전과 대석탑에 대한 제석본당과 칠층석탑

등을 내세움으로써 제석사의 권능·영험이 미륵사의 그것에 손핵이 없음을 보여주고 있다 하겠다.

이와 같이 무광왕전설이 무강왕전설과 대등하게 대립·상쟁함으로써 도리어 그와 화동·화합하는 결과를 얻게 되는 것은 전설·설화상의 보편적인 현상으로서 자연스런 일이라 하겠다. 이러한 화동·화합을 촉진했던 것은 아무래도 견훤의 행적·전설이 아니었던가 추측된다. 기술한 바와 같이 견훤(무광왕)의 행적·전설은 무강왕전설의 완성 과정에서 거기에 복합작용을 가해 왔으리라고 추정하였거니와, 동시에 그의 제석사 창건사실이 무광왕전설의 주축을 이뤄 왔으리라고 보아지기 때문이다.

여기서 우리는 무광왕전설이 그 형성·전개과정에서 무강왕전설의 간섭을 받아 동화되어 온 일면을 발견할 수가 있겠다. 그것은 무광왕전설의 주인공인 '武廣王'이 무강왕전설의 주인공인 '武康王'→'武王'과 동일시되는 현상으로 나타났다고 보아진다. 전술한 무광왕전설(武廣王記事)에

百濟武廣王遷都枳慕密地 新營精舍 以貞觀十三年歲次己亥冬十一月 天大雷雨 遙火帝釋精舍

라고 한 것이 주목된다.

우선 '百濟武廣王'이 저 '百濟武康王'과 음운이나 자형으로 보아 유동·유사함을 우리는 알 것이다. 양자를 객관적으로 대비할 때에도 문제는 '廣'자와 '康'자의 차이 뿐이라 하겠다. 이 양자는 의미상으로도 내통하는 바가 없지 않은 데다 음운의 유사성과 자형의 근사성으로 하여

서로 혼동될 만한 여지를 족히 지니고 있다 할 것이다. 따라서 민중들의 표현의식으로서는 '百濟武廣王'과 '百濟武康王'이 상호 동화·혼동될 수 있다고 보아진다.

이러한 기반 위에서 저 '百濟武康王'이 '百濟第三十代武王'으로 역사화 되면서 이 '百濟武廣王'도 상대적으로 百濟武王的인 역사화 과정을 겪게 되었던 것인가 한다. 상게 무광왕전설에서 '武廣王'의 역사시기가 백제 무왕의 활동기간(40년)인 '以貞觀十三歲次己亥冬十一月'로 확정되어 있음 이 바로 그 실례가 하겠다. 여기 '貞觀十三年' 운운의 절대연대는 '武廣王'이 백제 무왕이 아니고 후백제 견훤이라고 추정된 이상, '武廣王'의 사실과는 근본적으로 부합될 수 없는 것이 확실하다. 뿐만 아니라 그것 은 史記에나 알맞을 구체적인 절대연대로서, 그 記載가 무광왕전설과 같 은 靈異說話의 문제에는 제대로 어울리지 않는 터라 하겠다. 그 전설의 문장을 무심히 통독할 때, 그 어구가 생경하게 드러나는 것을 볼 수가 있기 때문이다.

무광왕전설의 연대표기도 ≪삼국유사≫에 보이는 靈異傳說의 그것처 럼 추상적이었거나 또는 전게 ≪觀世音應驗記≫ 중의 백제기사 <發正法 師見聞記>에서 '梁天監中'이라 한 정도로 막연하게 기재되었더라면 그 본문과 제대로 어울렸을 것이라 보아진다.

그렇다면 무광왕전설은 본래 그 연대를 불명하게 또는 막연하게 표시 했을 것인데, 무강왕전설→무왕전설의 간섭으로 말미암아 '武廣王'을 백 제 무왕과 동일시할 의도에서 그와 같이 寫實的인 절대연대를 끌어들였 던 것이라 추측이 된다. 이로써 무광왕전설의 형성된 시기를 어림해 볼 단계에 이르렀다. 일찍이 황수영은 무광왕전설의 형성연대를 牧田諦亮이 앞의 논문에서 추정한 대로

牧田 교수는 이에 주기하여 "이 百濟二條를 陸呆本의 編後에 계속한 撰
者에 대하여서는 물론 그 인명을 밝힐 수는 없으나 백제의 武廣王(百濟第三
十代武王, 六百~六百四十在位?)의 천도후 新建寺院에 落雷하여 佛舍利瓶과
반야경의 漆函만 남았다고 하였다. 貞觀十三年(693)己亥冬十一月 운운의 문
자가 보이므로 아마도 그 때를 지나서 멀지 않은 때의 補編일 것이다"라고
註記하였다.132)

　라고 별다른 논의 없이 시인하였던 것이다. 전술한 바와 같이 '武廣王'은
백제 무왕으로 보지 않고, 더구나 그 '貞觀十三年歲次己亥' 운운을 그 전
설의 역사화 과정에서 삽입된 절대 연대라고 간주할 때, 이런 주장은 근
본적으로 성립될 수가 없다고 하겠다. 이는 牧田이나 황수영이 다 같이
문헌소전을 액면 그대로 진신하고 전설·설화의 형성과정에 대한 일반
론조차 고려하지 않은 탓으로 빚어낸 과오라고 보아 무방할 터이다. 그
러므로 우리는 이 전설의 유일한 시대근거였던 그 연대기에 대하여 일
체의 선입견을 버리고 기술되어 온 논거를 바탕으로 이 전설의 상대연
대를 추정할 도리밖에 없다.
　武廣王이 후백제 견훤의 시호였으리라는 전제 하에 전설·설화학의
일반론을 따른다면, 견훤이 금마에 정도하고 멸망한 이후 적어도 2~3세
기를 경과하면서, 무광왕전설은 형성의 실마리를 잡았으리라고 일단 추
정할 수가 있겠다. 한편 이 무광왕전설은 帝釋寺創建緣起傳說이기 때문
에 그 전설의 형성이 제석사의 창건·유지 시기와 실제적으로 관련되어
있음을 파악할 수가 있겠다. 기술한 바와 같이 제석사가 나말·여초 견
훤의 所創이라고 한다면, 그 사찰이 견훤의 정도·멸망 이후 수세기를
유지해 오면서 사세의 침체·퇴색, 寺觀의 恢盡·更造 등 우여곡절을 겪
는 동안에 무광왕전설은 새로운 靈異傳說인 帝釋寺創建緣起傳說로 그 모

---

132) 황수영, 앞의 논문, pp.13~14.

습을 갖추었으리라고 추상되는 것이다. 그것은 대강 고려의 중·말기에
해당되는 일로서 저 무강왕전설(彌勒寺創建緣起傳說)의 변용·정착기와 거
의 같은 무렵이었을 것으로 추상된다. 古刹 미륵사를 중심으로 衰微의
길을 밝고 있던 미륵신앙(교종)을 부흥·선양하기 위해서 기존한 미륵사
창건연기전설인 무강왕전설이 재정리·고정되던 무렵에, 그와 대립·상
응하는 처지에서 제석사를 주축으로 퇴조일로를 걷고 있던 관음신앙(선
종)을 복구·강조하기 위하여 帝釋寺創建緣起傳說인 무광왕전설이 형성
되었으리라 보고 싶은 것이다.

그런데 무광왕전설이 '貞觀十三年歲次己亥' 운운의 절대연대를 타고
百濟武王事蹟으로 역사화된 시기는 대개 언제쯤이었을까. 그것은 아무래
도 저 무강왕전설이 扶餘武康王傳說→무왕전설로 개찬된 이후를 잡아야
할 것이다. 위와 같이 무왕전설로 개찬된 시대는 일연의 ≪삼국유사≫
修撰期인 충렬왕대(1280)를 하한선으로 하여 상당한 기간을 올라갈 것이
예상되므로 무광왕전설의 역사화 시기도 ≪삼국유사≫ 修撰期를 전후하
여 폭넓은 시기를 신축성있게 잡아 보아야 할 것이다. 적어도 扶餘武康
王傳說→무왕전설이 금마지역으로 還流하여 무광왕전설과 교섭한 결과,
무왕대의 절대년대에 의한 역사화 작업이 가능했을 터이므로, 그 시기는
≪삼국유사≫ 修撰期를 거점으로 하는 고려 말엽을 멀리 벗어나지는 않
으리라고 생각된다.

여기서 우리는 전게 <發正法師見聞記>나 무광왕전설과 같은 靈異傳說
이 ≪삼국유사≫의 廣搜·博採의 網羅에 걸려들지 않은 이유를 추정함
으로써, 무광왕전설의 역사화 시기를 좀 더 구체적으로 어림해 볼 수가
있겠다. 우선, 무광왕전설이 ≪삼국유사≫ 修撰 당시까지 아직 형성되지
않았던 관계로 ≪삼국유사≫에 수록되지 않았으리라는 추정이 가능하다.
이 경우에 무광왕전설이 역사화된 상대연대는 ≪삼국유사≫ 修撰期인

고려 충렬왕대로부터 금마군(枳慕密地)을 익주(익산)으로 개명했던 고려 忠惠王 復位5年(1354)에 이르는 기간으로 잡아 볼 수가 있겠다. 이 연대가 대체로 일본의 鎌倉時代에 해당되는데, 무광왕전설의 원전인 ≪관세음응험기≫의 필사연대가 牧田의 고증대로 鎌倉時代인 것이 틀림없다면, 무광왕전설은 완성된 직후에 그 원전으로 이입·정착된 것이라 하겠다.

그리고 한편으로 무광왕전설이 형성·역사화되어 있었음에도 공교롭게도 일연의 견문을 벗어났거나 그 당시에 제석사가 몰락하여 그 연기전설이 근거물을 잃고 일본으로 건너 간 이래 자취를 감추었던 까닭에, ≪삼국유사≫에 채록되지 않았으리라고 추정할 수도 있겠다. 이 경우에는 무광왕전설의 역사화 시대가 ≪삼국유사≫ 修撰期 이전으로 좀 더 올라갈 가능성이 짙다 하겠다. 그러니까 무강왕전설이 무왕전설로 개찬되면서 ≪삼국유사≫의 修撰刊行과는 관계없이 그 자연스러운 간섭을 받아 무광왕전설은 武王事蹟으로 역사화되었으리라 추측된다는 것이다. 그렇다면 이 무광왕전설은 상당한 기간을 두고 무리 없이 전파·유전되다가 일본 鎌倉時代의 사본 ≪관세음응험기≫에 수록될 수가 있었다 하겠다.

이상의 두 경우를 놓고 볼 때 아무래도 후자가 보다 합당한 것으로 믿어진다. 그러나 지헌영의 지론대로, 牧田의 연구는 ≪관세음응험기≫의 필사본이 고려인의 필사에 의한 한지본인지 또는 일본인 승려에 의한 일본지본인지를 명시하지 않고 있어, 그가 고증한 鎌倉時代의 필사본이라는 추정에 대해서도 그것을 그대로 遵信하여야 할 것인지 의문이 없을 수 없다. 이 점은 京都 靑蓮院吉水藏 ≪관세음응험기≫ 원본의 제반 사항과 면모를 두루 재검토해야 되기 때문에 후일의 연구과제로 돌릴 수밖에 없겠다.

11. 결론

본 논문은 황수영이 「百濟帝釋寺址의 研究」에서 제기한 몇 가지 문제점을 좇고 「薯童說話研究」와 관련시켜 재검토하고자 집필한 것이었다. 그리하여 거론된 무강왕전설과 무광왕전설 등이 무왕의 史實記錄으로 인정될 수 없는 사회적 배경을 검토하고, 그들 전설상에서 武康王 및 武廣王이 武王과 혼효·동일시되기까지의 과정을 추정하였다. 그리고 무광왕전설의 설화적 내막을 분석하면서 무강왕전설과의 상관성을 아울러 고찰하게 되었다. 이상 논술해 온 내용을 요약하면 다음과 같다.

1) 무왕대의 백제국정은 무력행사·항전외교에 온 힘을 기울인 나머지 국력이 고갈·탕진되어 일단 결정된 궁궐 중수의 국역을 한 해의 여름 가뭄 때문에 그대로 정지시키던 형편이었다. 게다가 무왕은 그다지 숭불심을 지니지 못하고 만만치 않은 환락을 누리기도 하였으므로 부왕이 開創한 왕흥사를 35년만에 완공하기에도 힘에 겨웠던 것이며, 더구나 金馬遷都나 別都經營을 해내기란 실로 불가능했던 것이라 하겠다. 따라서 그 遺址로나마 왕흥사보다 대규모로 보이는 미륵사와 제석사의 조영을 무왕대의 役事로 추정할 수는 없었다. 그러므로 미륵사창건연기전설인 무강왕전설과 帝釋寺創建緣起傳說인 무광왕전설 등이 무왕의 史實記錄으로 취급될 수 없음은 자명한 일이라 하겠다.

2) 무강왕전설의 정체를 추적하기 위하여 그 증거물인 익산 미륵사의 창건연대를 추정하는 일이 간요하였다. 유일한 빙거로 남아 있는 미륵사석탑은 그 양식사적 위치로 보아 부여 정림사석탑에 선행하는 것이 분명하고 또 정림사석탑은 그 양식·기품이나 당대의 국세로 미루어 성왕 16년을 전후하여 성립된 것으로 추정된다 하였다. 그러니까 정림사석탑에 선행하는 미륵사와 그 석탑이 적어도 성왕 16년 이전의 어떤 왕대에

창건되었으리라는 추정이 가능한 것이었다.

3) 이렇게 되고 보니 무강왕전설의 역사적 주인공인 미륵사의 창건주인은 어느 정도 그 윤곽을 드러내게 되었다. 무강왕전설이 제시한 실마리를 따라 당시의 국세와 종교·사상적 상황을 검토함으로써, 미륵사는 무령왕대의 국가적인 창건이었음을 추지할 수가 있었다. 이처럼 무령왕이 창건주인으로 추정될 때에, 미륵사와 그 석탑 그리고 기타 유물 등의 시대 양식이나 역사적 배경이 제대로 조화되어 무강왕전설과 조응관계를 맺을 수가 있으리라 추론하였던 것이다.

4) 무령왕이 미륵사의 창건주인으로서, 그 창건연기전설인 무강왕전설의 역사적 주인공이라 전제하고, 무강왕전설은 무령왕의 미륵사창건사실을 주축으로 하여 전승되었으리라고 추측하였다. 즉 미륵사가 창건된 이래로 그 주변에서는 창건주인 무령왕의 創寺史實 그대로가 간명하게 구전되었으리라고 추측하게 되었다. 이러한 史實口傳이 무강왕전설의 핵심을 이루는 원초형태였으리라 가정하고, 史實口傳이 상당한 시간과 그럴듯한 계기로 말미암아 一轉하여 당시 민중사이에 유전되던 민담적 서동설화와 유추적으로 결부됨으로써 미륵사창건연기전설로 일차 형성을 보았으리라고 요량할 수가 있다 하였다. 이 전설의 일차 형성은 創寺史實이 있은 이후 적어도 2~3세기를 헤아리는 나말·여초에 가능했으리라고 보았거니와 그 원형적 전설이 현전하는 무강왕전설로 완성되기까지는 또 다시 상당한 연월에 걸쳐, 그 전설의 무대인 익산지방에서 전개된 역사적 사건에 의하여 여러 차례의 견인·배제, 부연·망각을 통과한 복합작용을 입지 않을 수가 없었으리라고 상정하였다.

5) 무강왕전설의 변용·정착 과정에서 복합작용을 가했을 획기적인 역사적 사건으로 후백제 견훤의 금마(익산) 정도사실을 들었던 것이다. 견훤의 史實과 왕건태조와의 관계를 검토하고 금마 현지의 지세·환경이

나 유물·유적·전승 등을 상고한 나머지 견훤이 金馬地域~東古都里·
西古都里와 연접해 있는 모질매 주위 일원에 후백제 국도를 정하고 45
년간 왕위를 누렸으리라 추정했던 것이다.

6) 무강왕전설이 견훤의 역사적 사건에 의하여 복합작용을 입었으리
라는 전제 하에 무강왕전설과 견훤의 전기가 어떤 부면에서 얼마큼 유
사점을 가지고 있는가를 검토함으로써 양자간의 상관관계를 파악하고자
하였다. 그리하여 원래는 武寧王傳說이었을 미륵사창건연기전설이 무강
왕전설로 변용되었던 과정을 추정하고, 그와 관련하여 견훤의 시호를 武
廣王이라 추정하기에 이르렀던 것이다.

7) 이와 같이 武寧王創寺傳說이 무강왕전설로 변용되고 甄萱의 행적이
武廣王의 전설로 구전·설화되는 과정에서 전자가 후자의 강력한 영향
으로 혼효작용을 입었을 가능성을 타진해 보았다. 말하자면 무강왕전설
과 甄萱傳說이 주인공의 出生譚·名號, 娶女·得寶, 卽位·佛事 등에서
상호 유사점을 지니고 있음으로써 무강왕전설이 甄萱傳說의 복합·혼효
작용에 의하여 완성된 것임을 추정할 수가 있었다. 그리하여 이 무강왕
전설이 변형·정착된 시기는 대체로 견훤의 행적이 전설화되었으리라고
보이는 고려중·말엽에 해당되리라고 추단했던 것이다.

8) 이 무강왕전설은 고려대를 거쳐 조선 초기까지 武康王의 전설로 혼
효되어 금마지역에 면면히 계승되는 한편, 그 유전지역의 확대와 더불어
하나의 異話를 百濟舊都라는 분위기에 따라 부여지방으로 전파시켰던 것
이라 추측하였다. 이 무강왕전설의 異話가 일단 전파되면서 그 내용에
들어맞는 그럴듯한 증거물과 결부될 수밖에 없었던 터이니, 부여 궁남지
를 서동 빈모의 축실처로 전설하고, 또한 부여의 왕흥사를 서동이 즉위
후 창건한 미륵사로 설화한 결과를 내었던 것이라 하였다. 그리하여 그
異話는 부여지방의 전설로 인식되고 따라서 역사적으로 퇴색된 武康王

대신에 실제로 부여에서 생장·즉위하여 궁남지와 왕홍사를 만들어 남긴 무왕을 새로운 역사적 주인공으로 맞아들이게 되었던 것이라 보았다. 이로써 무강왕전설의 한 異話는 부여무강왕전설 즉 무왕사적으로 변환·역사화되어 왕홍사창건연기전설로 귀착되고, 소위 무왕전설로서 유전되다가 ≪삼국유사≫ 기이조에 수록된 것이라 판단하였다.

9) 무광왕전설은 그 문헌의 성질이나 기사의 내용으로 보아 史實 그대로의 기록이라 할 수 없고, 무광왕창사전설로서 제석사창건연기전설이라 간주할 수밖에 없다고 하였다. 武廣王이 견훤의 시호였으리라 전제하고 견훤이 제석사를 창건했을 가능성을 다각도로 검토한 나머지 무광왕전설은 견훤의 제석사 창건사실과 결부된 것이라고 추정하였다. 무광왕전설 자체를 분석·고찰함으로써 그 변문적 설화로서의 실상을 파악하였고, 그 전설이 제석사 창건의 史實口傳을 원초형태로 하여 상당한 연월에 걸친 망각·부연의 과정을 지낸 다음에 제석사창건연기전설(帝釋寺靈異記)로 완성된 것이라 추단하였다. 이 전설은 帝釋寺(觀音信仰·帝釋信仰)를 거점으로 형성·변용되는 과정에서 미륵사(彌勒信仰)가 혼합되는 우여곡절을 겪는 동안에, 자연 선행한 무강왕전설의 간섭을 받게 되었으리라고 추측하기도 하였다. 그리하여 무강왕전설이 扶餘武康王傳說 즉 무왕전설(武王事蹟)로 역사화된 이래, 무광왕전설도 역사화의 전철을 밟아 역시 무왕전설(武王事蹟)로 둔갑하였으리라고 상정하였다. 그리고 무광왕전설은 견훤의 제석사 창건사실이 있을 후 2~3세기를 헤아리는 고려중·말엽, 무강왕전설이 변용·정착될 무렵에 그 형성을 보았고, 또 그 전설은 무강왕전설이 무왕전설로 개찬된 이후 ≪삼국유사≫가 修撰되기 이전에 무왕사적으로 역사화되어 유전되다가 일본 鎌倉時代의 寫本 ≪관세음응험기≫에 수록된 것이라 추정하였던 것이다.

이로써 우리는 무강왕전설과 무광왕전설이 어떤 王者의 史實記錄이라는 집착으로부터 벗어나게 되었다. 그리고 武康王 및 武廣王과 武王을 동일인으로 혼동할 필요도 없게 되었다. 따라서 우리는 익산지방에 산재해 있는 두드러진 유물·유적을 모두 무왕대의 축조라고 몰아부친 강력한 주장으로부터 벗어나, 각기 그들 유물·유적의 所從來를 합리적으로 밝힐 수가 있게 되었다. 이제 우리는 다만 익산지방의 古刹遺墟에 얽힌 순연한 전설·설화를 대면하여 설화를 설화로서 고구할 단계에 이르렀다. 이제까지 고고미술·역사학 등을 援用하여 종합과학적인 논의를 장황하게 벌여온 실질적인 목적은 바로 여기에 있었던 것이다.

실로 무강왕전설(薯童說話)은 유서깊은 설화문학의 하나다. 백제 전성시대의 國刹, 장엄한 미륵도량을 바탕으로 그 創寺史實을 풀어나간 이 전설은 장구한 세월에 견인·배제, 망각·부연을 통과하고 복합·혼효작용을 입으면서 상상·연합·역사화의 과정을 겪어 완성됨으로써, 백제의 舊疆地域에 부침했던 역사적 사건들을 제대로 용해하고 그 민중의 꿈(이상)을 알뜰이 반영시킨 한편의 성장문학, 민족의 서사시로 승화된 것이라 본다. 동성왕·무령왕대의 미륵사 창건에 연원하면서도 고려중·말기에서 변용·정착된 무강왕전설(서동설화)은 고려대 불교계의 서사문학, <서동전>이라 하여 무방할 것이다. 이 전설이 명실공히 서사문학의 형태와 소설의 내부구조를 구비했다고 전제할 때, 그것은 무강왕전설을 비롯하여 ≪삼국유사≫와 ≪삼국사기≫(열전) 등에 실린 동류의 전설·설화들을 서사문학·소설형태로 고찰하는 데에 하나의 표본이 될 것이며, 나아가 한국소설형성사를 어림하는 데에도 뚜렷한 지표가 될 것이라 믿는다.

서동설화의 불교문화적 양상

1. 서론

이 서동설화는 미륵사창건설화로서 날이 갈수록 그 복합적인 가치를 드러내고 있다. 최근에 대두된 불교문화학의 관점에서[1] 그것은 참으로 완벽한 원전이 되겠기 때문이다. 이제 서동설화의 실상과 그 형성·전개 과정이 새롭게 조명되어, 그 문화사적 위상을 제대로 유지할 수 있게 되었다. 따라서 서동설화의 입체적인 조명은 불교문화를 체계화하고 그 문화사의 계통을 정립하는 데에 전범이 되리라 본다. 이러한 서동설화는 입체적 실상과 복합적 위상이 학제 간 연구와 종합과학적 방법론에 의하여 그 진가를 발휘할 단계에 이르렀다. 그동안 이 서동설화에 대한 연구성과를 긍정적으로 재검토하고, 그 연구의 올바른 방향과 합리적인 방법론을 새롭게 수립·적용할 필요성이 절실한 터다.

---

1) 사재동, 「불교문화학의 방향과 방법론」, 『불교문화학술대회 논문집』, 한국불교문화학회, 2002, pp.5~6.

그간에 이 서동설화에 대한 연구성과는 여러 측면에서 다양하게 나타났다. 따라서 그 연구사가 엮어질 수 있고, 그 대소 논문들이 숲을 이루게 되었다. 그리하여 상당수 논문들이 서동설화의 각개 측면을 합리적으로 밝혀내었던 것은 사실이나, 한편 그 양적인 퇴적이 그 설화의 진면목을 가리고 있는 것도 부인할 수 없다. 그러기에 이 연구 논문의 복잡한 숲을 헤치고 정리하여, 그 면목을 제대로 들추어내며, 나아가 그 실상과 위상을 올바로 찾아내는 일이 시급한 실정이다.

기실 이 서동설화를 연구하는 데에 있어, 핵심적인 당면과제는 '서동설화의 시대적 배경과 역사적 주인공'이라 본다. 이런 문제가 합리적으로 선결될 때, 그 본질적이고 중심적인 과제가 제대로 해결될 것이기 때문이다. 이런 과제에 대한 논의는 상당히 진행되었지만, 참신하고 합당한 결론에는 이르지 못하고, 막연한 상대론만 되풀이되고 있는 실정이다. 말하자면 이 서동설화의 시대적 배경은 백제 武王代이고 그 역사적 주인공은 당연히 무왕이라는 주장이 주류를 이루어 왔기 때문이다.[2] 한때 이병도는 미륵사의 창건이 동성왕대라고[3] 끌어 올림으로써, 이 설화의 시대적 배경도 그 만큼 소급하고, 그 주인공도 그렇게 바꾼 적이 있었다. 이어 김선기는 이 설화의 주인공 서동이 원효라고 추론하여,[4] 그 시대적 배경과 역사적 주인공을 원효로 지정했던 것이다. 그리고 지헌영과 필자는 그 시대적 배경을 무령왕대로 올리고, 그 역사적 주인공을 자연히 그 왕으로 대치시켰던 것이다.[5] 그런데도 이런 주장들은 잠시 선을

2) 일연의 ≪삼국유사≫ 기이 권제2 '武王'이래, 薯童說話를 논의한 학자들이 모두 武王代를 진신·주장하고 있어, 그 논저를 일일이 거론하지 않겠다.
3) 이병도, 「薯童說話에 대한 신고찰」, 『역사학보』 1집, 역사학회, 1952, p.59.
4) 김선기, 「쑈뚱노래(薯童謠)」, 『현대문학』 151호, 현대문학사, 1967, p.302.
5) 지헌영, 『향가여요의 제문제』, 태학사, 1991. p.282.
   사재동, 『불교계 서사문학의 연구』, 중앙문화사, 1996, pp.399~400.

보이다가 그 무왕설에 밀려 난 듯이 도로 武王의 천하가 되고 만감이 없지 않은 터이다.

그런데 최근에 윤무병이 정림사지를 발굴·조사하고 그 보고서 ≪定林寺≫를 펴내는 데서, 정림사지 석탑이 성왕의 천도와 때를 같이하여 사찰 창건 당시에 건립되었음을 고증하고, 그 미륵사지 석탑 내지 사찰의 양식사적 위상을 재고해야 된다고 문제를 제기하였다.6) 이제 미륵사의 창건 내지 그 석탑의 건축에 직결된 서동설화의 시대적 배경과 그 역사적 주인공을 재론할 계기가 마련된 것이다. 그래서 서동설화에 관련된 무왕설이나 동성왕설·원효설에 승복하기 어려웠던 입장에서 武寧王說을 다시 강조하되, 종전의 논의와는 각도를 달리하여, 서동설화의 시대적 배경과 역사적 주인공을 주축으로, 여기에 얽힌 바 미진했던 제반 문제를 다시금 풀어 보려고 한다.

이에 본고에서는, 첫째 이 서동설화의 상한연대를 기점으로 하는 시대적 배경을 관계 문헌과 유물에 의하여 새로운 각도에서 무령왕대로 추론하고, 둘째 따라서 이 서동설화의 역사적 주인공을 무령왕으로 다시 확인하고, 그 왕의 미륵사 창건사실, 나아가 그 능침 경영 등을 신화·전설적 배경으로 고찰하겠으며, 셋째 이 서동설화가 형성·전개되면서 유통·연행된 점을 전제·기반으로 하여, 이 설화의 문화사적 위상을 재론해 보려고 한다. 그리하여 복합적 실상과 가치를 지닌 이 서동설화, 그와 유관한 문화현상 등을 불교문화학에 입각하여 입체적으로 고구하는 데에 다소나마 도움이 되었으면 한다.

---

6) 윤무병, 「석탑의 건립 연대」, 『정림사』, 충남대학교 박물관, 1981, p.68.

2. 서동설화의 시대적 배경

이 서동설화의 시대적 배경은 그 상한연대를 기준하여, 그에 해당되는 왕대를 기점으로 하는 것이 당연하다. 여기서는 우선 각종 사서·문헌을 전거로 그 상한왕대를 고증해 내는 일이 필요하다. 그런데 실제로는 이러한 문헌의 기록·기사들이 그 실증적 전거로서 충분한 요건을 갖추지 못함으로써, 그 확증을 이끌어 내지 못하고, 재론의 여지를 가지게 되는 터다. 그러기에 이러한 문헌적 한계점을 극복하기 위하여, 그 사실에 결부된 유물·유적을 근거로 여러 가지 측면의 고증·추론을 시도할 수밖에 없는 것이다. 기실 이러한 유물·유적은 적절한 경우에, 웬만한 문헌보다도 증거력이 뛰어나기 때문이다. 이에 그 문헌을 전거로 하거나 그 유물을 근거로 하여, 그 상한왕대를 추정하고 그로부터 이 시대적 범위를 연역해 내는 것이 옳겠다.

1) 서동설화 상한왕대의 문헌적 전거

잘 알려진 대로, 이 서동설화는 ≪삼국유사≫ 기이 권제2 무왕조의 기사에 의하여, 무왕대를 상한으로 하고, 그 왕을 역사적 주인공으로 삼아 왔다는 것이 상식적 중론이다. 이러한 중론은 문헌사학적 관점에서 기록된 기사대로 진신하는 것이 원칙일진대, 아무런 하자도 없고, 이렇다 할 문제도 없어 보인다. 그러나 이러한 중론에도 불구하고, 그 사실의 진실 여부를 끝까지 과학적이고 합리적으로 탐구·실증하는 것이 학술적 사명이라는 점에서, 재론의 메스를 가해 온 것은 일단 타당한 일이었다고 본다. 이러한 재론의 단서가 위 무왕조의 주기 '古本作武康 非也 百濟無武康'이라 한 기사와 그 설화 내용 자체에서 드러났기 때문이다.

이에 이병도는 「서동설화에 대한 신고찰」에서 종래의 무왕설에 대하여 반론을 제기하였다. 그는 서동설화의 내용과 무왕 및 무왕대의 역사적 사실을 비교하여, 서로 무관한 것임을 역설한 다음,[7] 《三國史記》 百濟本紀 東城王 十五年 春三月조에

王遣使新羅請婚 羅王以伊飡比智女歸之

라 보이는 기록과, 같은 책 新羅本紀 炤知麻立干 十五年 春三月조에

百濟王牟大 遣使請婚 王以伊伐飡比知女送之

라고 한 것을 근거로 하여, 東城王이 신라 귀공녀를 배우자로 맞았으리라는 점에 주목하였다.[8] 나아가 東城王의 휘 '牟大'(三國史記·三國遺事·南齊書), '麻帝'(三國遺事), '牟都'(牟大의 이칭), '末多'(百濟新撰·日本書紀) 등이 어음상 '서동'(마둥) 및 '末通'과 매우 근사하다는 점을 강조하면서,

서동은 다른 사람이 아니라 바로 東城王 其人이라고 하지 않으면 아니되겠다.[9]

라고 새로운 견해를 내세움으로써, 학계에 파문을 던지게 되었다.

이러한 견해에 대하여 김선기는 「향가의 새로운 풀이」(쏘뚱노래·薯童謠)에서 '東城王을 薯童謠의 작자로 보기에는 여러 가지 점에서 무리가 간다'고 전제하며, 소위 8개 조항의 이유를 들어, 이병도의 '서동 즉 東城

---

7) 이병도, 앞의 논문, pp.52~53.
8) 이병도, 앞의 논문, pp.53~54.
9) 이병도, 앞의 논문, p.59.

王'이란 주장을 강력히 부정하였다.10) 그리고는 역시 ≪三國遺事≫ 제4권 <元曉不羈>의 기사를 들어 서동설화와 비교한 다음, '여덟 가지 점에서 武王 이야기와 원효의 일화는 일치한다'11)고 내세웠던 것이다. 그리하여 김선기는

　　　이에서 살펴 본 여러 가지 점을 생각하여 볼 적에 이 일화(薯童說話)의 주인공은 원효밖에 될 사람이 없다는 판단이 나서게 된다. 그러므로 나는 薯童謠의 작자를 '원효'로 본다.12)

라고 결론을 내렸던 것이다. 이상과 같이 종래 학자들이 서동을 실제 인물로 보고 각양각색의 의견을 섞어 놓았던 것이다.

　여기서 위 견해들을 검토해 볼 필요가 있다. 우선 서동 즉 무왕설을 보면, 그렇게 주장할 만한 근거가 바로 그 무왕조에 있는 게 사실이다. 그 무왕조의 머리기사를 진신한다면, 마땅히 薯童 즉 武王이라는 주장이 나올 수밖에 없기 때문이다. 그런데 전술한 대로, 무왕조의 주기에서 이 서동설화는 원래 '古本'의 武康王傳說이었던 것이 一然에 의하여 武王傳說로 바뀌었다는 사실을 명시하고 있다. 따라서 이 서동설화는 원래 '武康王'의 것이지, 결코 '武王'의 것이 아니라는 점을 확인하게 된다. 아무리 백제에 '武康王'이 없다 하더라도 그대로가 '武王'으로 대치될 만한 근거는 전혀 없기 때문이다. 그리하여 이병도가 해박한 논거로써, 이 서동설화의 전체적 사실과 武王의 역사적 사실을 일일이 비교한 결과 양자가 아주 무관하다고 주장한 것은 참으로 타당성을 지닌다. 나아가 이러한 고증과정에서 양자 간에 오히려 상이점·상치점까지 발견되는 터라

---

10) 김선기, 앞의 논문, p.297.
11) 김선기, 앞의 논문, pp.301∼302.
12) 김선기, 앞의 논문, p.302.

하겠다. 따라서 이 서동설화가 武王과 일체 결연되지 않았다는 것은 재론의 여지가 없다. 어떤 경우든지 한 인물의 사실과 전설 사이에는 유사점 내지 동일성이 존재하기 때문이다. 그러기에 백제에 武康王이 없다고, 그 전설을 武王의 것으로 개찬한 일연의 손쉬운 작업은 후대 많은 학자들을 오도한 대신에, 그 진실을 밝힐 수 있는 단서를 제공하였다는 데에 큰 의미가 있다고 본다.

다음 이병도의 서동 즉 동성왕설에도 그대로 수긍할 수 없는 바가 있다. 그가 취하였던 방법 그대로를 따라, 이 서동설화의 내용과 동성왕대의 사실을 비교·검토할 때, 양자의 관계가 생각보다 멀기 때문이다. 여기서 그가 중점적으로 강조한 東城王 15년(소지왕 15년) 나·제의 국혼사실도 그대로 동성왕의 왕비·후궁을 맞은 것이라 단정할 수가 없는 실정이다. 그렇다면 그것이 동성왕의 태자·왕자의 배우자를 맞이하기 위한 국혼이었을 가능성을 배제할 수가 없다. 당시 그 선왕의 왕자로 사마가 오히려 혼기를 넘긴 나이로 엄존하고 있었기 때문이다. 백제의 관례에 따라 그만한 국혼기사라면 마땅히 동성왕의 배우자로 보아야 한다는 당위성이 있다 하더라도, 후대인의 인식이나 전설·설화화의 분위기에서는 으레 사마의 배우자로 취급·간주되었을 개연성이 없지 않은 터다. 이런 점에서 김선기가 고증한 대로 서동과 동성왕이 상호 무관하다는 것이 확실해진다. 더구나 서동과 東城王의 명칭을 유사·근접하다고 논증한 결과는[13] 고금 언어의 음운론·형태론 어느 쪽에서도 합리적 타당성을 공인 받기가 어려운 실정이다.

그리고 김선기의 서동 즉 원효설은 이병도의 그것보다 타당성을 갖추지 못한 게 사실이다. 그는 더욱 두드러지게 사실과 설화를 혼동함으로

---

13) 이병도, 앞의 논문, pp.58~59.

써, 이병도의 학설을 부정하기 위한 억설을 내세웠기 때문이다. 그가 서동 즉 원효설을 주장하려고 내걸은 8개 조항의 '일치점'이란 것은 거의 핵심에서 벗어나, 무리한 점을 감추지 못하고 있다. 실제로 그가 취한 방법을 그대로 따른다 하더라도, 그 8개 조항은 양자의 주지 중에서 비슷한 것을 임의로 뽑아 견강부회한 것이지, 전체적 서사문맥을 순차적이고 순리적으로 대비시킨 것이 아니다. 이런 점에서 양자의 전체를 비교·검토할 때, 상호 부합되는 것이 아님을 확인할 수가 있다.

이상과 같이 이론이 분분할 때는 그 원전으로 돌아가는 것이 상책이다. 그 원전은 그 제목의 주기에서 분명한 사실을 제시하고 있기 때문이다. 누언한 대로

古本作武康 非也 百濟無武康

이라 한 것이 크게 주목된다. 여기서 원전으로서 그 '古本'을 중시할 때, 거기에 명시된 '武康'을 중시하지 않을 수 없다. 그 '武康王'이 그 원본의 역사적 주인공이기 때문이다. 그래서 일연의 부정적인 판단은 뒤로 미루고, 그 武康의 본체·실체를 탐색하는 데에 주력해야 된다. 기실 武康王은 역사·전설적 인물로 널리 알려져 ≪고려사≫ 지리지나 ≪세종실록≫ 지리지에는 '後朝鮮武康王'으로 기록되기도 하여,[14] 역사적 판단에 혼선을 가져 오게 되었다. 그러기에 일연이 백제에 武康王이 없다고 속단하여, 그 기사를 武王의 것으로 고쳐 놓은 것도 있음직한 일이었다.

그러나 고금을 통하여 ≪삼국사기≫나 ≪삼국유사≫ 등의 사록에서

---

14) ≪高麗史≫ 지리지 금마군조에 '又有後朝鮮武康王及妃陵 俗稱末通大王 一云百濟武王 小名薯童'이라 하고, 世宗實錄 지리지 익산군조에 '後朝鮮武康王及妃雙陵 在郡西北五里許 俗呼武康王爲末通大王'이라 하였다.

왕의 이름이나 시호를 표시하는 데에, 같은 의미의 다른 문자를 사용하는 관례가 있음을 상기하는 게 필요하다.[15] 실제로 ≪삼국사기≫ 백제본기의 '武寧王'을 ≪삼국유사≫ 연표 백제조에서는 '虎寧王'으로 기휘·표기하고 있다. 고전 기록에서 '武'자는 얼마든지 '虎'자로 호환·대용될 수가 있기 때문이다. 이런 논리와 실제에 의하면, 여기 '寧'자를 필요에 따라, '康'자로 호환·전용하는 것도 얼마든지 가능한 일이었다. 이 두 글자가 같은 의미를 나타내는 다른 표기라는 것은 자명하다. 한·중의 모든 자전·사원에서 '寧 安也'라거나 '康 安也'라 하여 같은 의미를 다른 글자로 쓰는 사례를 실증하고 있기 때문이다. 그러므로 武寧王을 형편에 따라 武康王으로 표기하는 것도 당연하다고 본다. 그렇다면 백제에는 武康王이 없는 게 아니라, 武寧王의 이름으로 엄연히 실존했던 것이라 하겠다.

따라서 이 문제의 武康王을 武寧王으로 규정하고, 그 '古本'의 역사적 주인공이 바로 무령왕이라는 것을 거듭 확인하게 된다. 그러기에 이 서동설화의 상한왕대는 바로 무령왕대라는 것이 확실해졌다. 실제로 이 무령왕은 ≪삼국사기≫ 백제본기 및 연표, ≪삼국유사≫ 연표 등에 제25대 군왕으로 명기되어 있는 터다.

武寧王 諱斯麻(或云隆) 牟大王之第二子也 身長八尺 眉目如畵 仁慈寬厚 民心歸附 牟大在位二十三年薨 卽位

---

15) 이병도는 앞의 논문(p.67)에서 '여기서 나에게 연상된 것은 '武康王'이란 왕호와 거의 일치한 백제의 '武寧王'이었다. '康'자와 '寧'자가 동의인 것은 더 말할 것도 없거니와, 왕호에 있어 이러한 유의자의 통용은 고구려의 '陽原王 一云 陽崗王'·'平原王 一云 平崗王' 등등과 신라의 '孝昭王 一云 孝照大王'이라고도 하는 예에서 볼 수 있다'라 하였다.

라 하고, 재위 23년간의 행적을 분명히 밝혀 주었다. 이 무강왕 즉 무령왕의 역사적 행적은 그 능침이 발굴되고 그 중의 지석을 통하여 확증되었다.[16] 이런 점에서 무령왕의 행적·전기의 사실이 이른바 武王記事, '古本'의 武康王傳說의 내용과 상통·근접하고 있다는 게 주목된다. 이에 관한 구체적 논의는 뒤로 미루겠거니와, 그 양자의 상통·근접 사실만 의거해도 무령왕이 이 서동설화의 상한왕대를 차지하고, 나아가 그 역사적 주인공으로 자리한 점이 더욱 명백해지는 터라 하겠다. 이러한 문헌적 전거를 통한 고증에 한계가 있고, 또한 보완의 여지가 있다면, 그것은 이 서동설화의 상한왕대와 직결된 현존 유물·유적을 근거로 하여 상대적 추론으로 나갈 수밖에 없다.

2) 서동설화 상한왕대의 유물적 근거

위와 같이 무령왕이 이 서동설화의 상한연대를 이루고 그 역사적 주인공이라는 것이 지적된 바에는, 바로 이 설화가 미륵사창건설화라는 관점에서, 무령왕과 관련된 그 창건연대를 추정할 필요가 있다. 이 미륵사나 그 유물들이 무령왕대에 창건되었다는 사실이 입증되어야만, 위 상한연대가 더욱 확고하게 정립되겠기 때문이다. 그리하여 현존 미륵사지 유물의 대표격으로 그 석탑을 주목할 수밖에 없다.

이른바 미륵사지석탑은 일찍이 고유섭에 의하여 양식사적으로 논의되었다. 그는 미륵사지석탑이 저 정림사지석탑에 선행함을 전제하고, '정림탑은 미륵탑의 가구적 특질을 최대공약수로 간화하려 하여 그에 성공함'으로써,[17] 이들 양탑은 양식사적으로 직결된 선후관계를 유지하고 있

16) 문화재 관리국, 「부장품, 매지권에 대한 고찰」, 『무령왕릉』, 삼화출판사, 1974, p.46.
17) 고유섭, 한국탑파의 연구, 을유문화사, 1954, p.42.

는 것이라[18] 하였다. 따라서 고유섭의 탁견이 존중되어 이 양탑 중의 어느 하나라도 그 조성 연대가 확정된다면, 다른 하나의 그것은 자연 추정되기 마련이었다. 그래서 그는 위 무왕조의 기사를 진신하여 미륵사지석탑을 무왕대의 소성으로 단정하고, 나아가 정림사지석탑을 백제 말기 의자왕대의 소조라고 추정하게 되었다. 역으로 그는 정림사지 석탑이 의자왕대의 조성일 때, '미륵사지석탑이 무왕대에 성립되었을 것에 하등 무리를 느끼지 않게 된다'[19]고 하였다. 이러한 고유섭의 추론이 학계에 통용되고 그의 양식사적 선후관계는 불변의 탁견이라 하겠으나, 그 왕대의 추정에는 그대로 찬동할 수 없다.

이에 이병도는 전게한 「서동설화에 대한 신고찰」에서, 이러한 무왕대 성립설을 부정하고 동성왕대 창건설과 함께 무령왕 초년 완성설을 주장하게 되었다.[20] 이 견해는 동성왕을 부각시키는 논증과정에 무리가 있는 게 분명하지만, 그 결론에서는 무령왕설에 근접하고 있는 게 사실이다. 이에 필자가 「무강왕전설의 연구」에서 미륵사의 무령왕대 창건설을 내세운 것에[21] 조응하여, 지헌영은 「백제와전도보」에서 의자왕대에 정림사를 창건하기 어려운 여러 가지 여건을 들고

이곳에서 우리는 전술한 금성산 사지 출토 평와 '天平'·'大平' 명을 다시 회상하게도 되는데, 국도를 공주에서 부여로 천도시킨 전후인 성왕 말년 ~위덕왕 초년을 직관·투시해 본다. 정림사는 아무려도 그 위치로 보아

---

18) 고유섭은 앞의 책(p.41)에서 '즉 미륵탑·정림탑·왕궁평탑 삼자의 양식사적 순위 문제이다. 이 때 필자는 양식 발전사적으로 보아 정림탑이 왕궁평탑보다 앞선 것으로, 따라서 이 삼자의 순차를 정한다면, 미륵탑이 제1위, 정림탑이 제2위, 왕궁평탑이 제3위로 나립하게 된다'고 하였다.
19) 고유섭, 앞의 논문, pp.70~71.
20) 이병도, 앞의 논문, p.67.
21) 사재동, 「武康王傳說의 硏究」, 『불교계 서사문학의 연구』, 중앙문화사, 1996, p.453.

왕궁내의 사관이었거나 혹은 왕궁의 직할에 속했을 것 같음으로써, 정림사의 창건은 부여국도전정기간인 성왕 16년(AD.538) 전후에 있었던 것이 아니겠는가 하는 것이다.[22]

라고 하여, 무령왕대에 미륵사와 그 석탑이 창건되었다는 데에 하등의 무리를 느끼지 않는다는 것이었다.

그 후로 윤무병이 위 정림사지 발굴 보고서 『정림사』의 「석탑의 건립 연대」에서 실증적인 결론을 내렸다.

정림사지는 도성내 중앙에 위치하였으며 창건 연대는 천도(AD.538) 후 얼마 되지 않은 시기에 이루어진 것으로 짐작된다. 이 정림사지의 가람배치는 전형적인 일탑식인데 현재 사지에 잔존한 오층석탑(국보 제9호)은 창건 당시의 유구임이 틀림없으며 또 후대에 재건된 흔적도 찾지 못하였다. 그리고 이 석탑에 선행하여 다른 목조탑파와 같은 것이 건립된 형적도 남아 있지 않았다. 만약 정림사지의 창건 연대를 사비 천도의 전후로 추정할 수 있게 된다면 이 오층석탑에 대한 연대도 따라서 6세기 중엽의 건립으로 간주하지 않을 수 없게 되는 것이다.[23]

라고 탁견을 제시하여, 지헌영의 성왕대 건립설을 굳게 뒷받침하고, 나아가 미륵사와 그 석탑의 창건연대에도 새로운 문제를 제기하게 되었다. 기실 고유섭의 양식사적 선후 관계설을 불변의 탁견으로 수용하고, 지헌영의 순리적인 미륵사지석탑 선행설을 그대로 따른다면, 윤무병의 실증적인 결론, 정림사지석탑의 성왕대 건립설은 무령왕대에 미륵사와 그 석탑이 창건되었음을 가장 강력하게 증거할 것이었기 때문이다.

그런데 윤무병은 미륵사지석탑의 무왕대창건설을 진신함으로써, 다시

---

22) 지헌영, 「백제와전도보(서평)」, 『백제연구 3집』, 충남대학교 백제연구소, 1972, p.182.
23) 윤무병, 석탑의 건립 연대, p.68.

금 무리한 시도를 하게 되었다. 그는 그 무왕대창건설을 근거로 삼고, 그 정림사지석탑의 성왕대 건립설을 내세워, 고유섭의 양식사적 순차설을 근본적으로 시정하려 하였다. 그리하여 이른바 미륵사지석탑 선행설을 일체 부정하고, 오히려 정림사지석탑 선행설을 주장하게 되었다. 이에 그는 앞의 논문에서

이는 종래의 미술양식사적인 입장에서 정설화되어 있는 익산미륵사석탑 선행설에 대하여 고고학적인 측면에서 문제를 제기하는 것이며 재검토를 필요로 하게 되었다고 생각한다.[24)]

라고 하여, 미륵사지석탑의 후행설을 강조하고 있다. 나아가 윤무병은 이 두 사지에서 발굴된 와당의 형식과 금당의 기단을 비교함으로써, 미륵사의 모든 것이 정림사의 그것보다 후행하는 요소·형식을 현저히 나타낸다고 하였다. 그는 앞의 논문에서

사지에서 발견된 백제시대 와당의 형식문제인데, 정림사지 출토의 것은 모두가 8엽단판연화문화당임에 대하여 미륵사지를 대표하는 와당은 6엽단판의 연화문이며 판엽 내부에 인동문 요소가 새로 등장하고 있다. 이들은 또 자방의 직경이 확대되었을 뿐만 아니라 무엇보다도 현저한 특징으로서는 녹유를 시유한 와당이 적지 않게 발견된다는 사실을 들 수 있는데 이러한 요소들은 모두가 후기적인 소산임이 분명한 것들이다. 다음으로 유적에 대하여 비교가 가능한 것으로는 이미 발굴이 완료된 미륵사 동탑지 후면에 위치한 금당의 기단이 정림사 금당의 그것처럼 2층기단형식을 취하고 있다. 그러나 양자간에 있어서의 큰 차이점은 정림사의 경우 하층기단 상에 초석이 배열되어 있으나 미륵사의 하층기단은 이미 그러한 기능을 상실하였으며 반석재로 된 큰 갑석을 배열하여 마치 통일신라시대의 석탑기단으

---

24) 윤무병, 앞의 논문, p.68.

로 이행하는 과도적인 형식을 성립시키고 있다.[25]

라고 하여, 미륵사의 창건을 마치 백제 말기의 것으로 고증하는 데에, 유물·유적을 통한 실증적인 방법을 동원하고 있다. 그러나 여기에는 수긍하기 어려운 문제점이 없지 않다.

먼저 두 사지 출토 와당의 형식문제를 논의한 데서, 작지 않은 모순이 드러난다. 기실 이런 와당형식의 선후관계를 결정하는 전형적 기준이 있는 것도 아닌데, 미륵사지의 와당이 6엽단판에다 자방의 직경이 확대되고 인동문 요소가 새로 가미되며 유약을 바른 흔적이 있다는 이유로 후기적 소산이라고 판단하는 데에는 아무래도 무리가 따른다. 그래서 정림사지의 와당이 8엽단판이고 자방이 작은 데다 인동문이나 유약의 자취가 없다는 이유만으로 미륵사지의 그것에 선행한다는 논리에는 상당한 비약이 없지 않다. 실제로 백제시대 웅진이나 부여지역 사지 내지 능묘 등지에서 발견·집성된 와당·전·공예물을 통하여 연화문의 형식을 비교·검토해 보면, 시대가 올라갈수록 6엽단판에다 자방의 넓이가 크다는 것을 확인하게 된다. 공주 송산리 고분군, 특히 무령왕릉 출토문물의 다양한 연화문은 주로 6엽단판에 8엽단판을 일부 곁들이고 자방은 한결같이 크기 때문이다.[26] 이에 비하여 같은 지역의 후대적 사지 등에서 발견된 여러 모양의 와당은 모두 8엽단판에 자방이 매우 작아지는 방향으로 전형화·보편화되어 있는 게 사실이다.[27] 그렇다면 미륵사지의 와당이 오히려 정림사지의 그것에 선행한다고 보는 것이 순리적이라 하겠다. 그리고 판엽에 인동문 요소가 있다든가 유약을 칠했다는 것이 결코 후

25) 윤무병, 앞의 논문, p.68
26) 문화재관리국, 『무령왕릉』, 도판 10, 목제족좌(왕), 도판 34·35·연도·현실 전 연화문, 도판 51·금제화형 장식 등 참조.
27) 성주탁, 『백제와전도보』, 충남대학교 백제연구소, 1972, 도판 참조.

대적 요소가 될 수도 없거니와, 그것이 사실이라 하더라도 미륵사지의 전형적인 와당(백제와전도보, 도판 157·158)에는 그런 징후가 전혀 없는 터다. 다만 미륵사지에서 발견되었다는 후대적 와당(도판 159~162)에는 그런 징후가 보이지만, 그것은 미륵사가 유지되던 백제 이후의 어느 시기에 제작되었다고 보는 게 온당하다.

다음 두 사지의 금당 기단의 선후문제를 논의하는 데서도 주관적 선입견이 작용한 것 같다. 양자간의 금당 기단이 2층기단형식으로 동일하다면, 그것으로 양자의 긴밀한 관계를 확인하는 데까지는 좋겠다. 그러나 그 하층기단에 초석이 배열된 정림사의 것이 그러한 기능을 상실한 미륵사의 것보다 선행한다고 주장하기에는 어려운 점이 있다. 그런데도 윤무병은 미륵사의 이러한 상황·현상을 들어 '통일신라시대의 석탑기단으로 이행하는 과도적인 형식'으로 보아 넘기는 점은 수긍하기가 어렵다.

이와 같이 윤무병이 주장하는 논거는 정림사가 미륵사에 선행한다는 사실을 입증하는 데에 결코 큰 힘이 되지 못하는 실정이다. 이 모든 논증을 무리하게 인정한다 하더라도, 그것은 양사 탑파의 양식사적인 선후관계설을 극복하고 정림사와 그 석탑의 선행설을 합리적으로 고증할 수는 없기 때문이다. 전술한 바 고유섭의 불변적 탁견은 미륵사지석탑의 선행설을 여전히 견지하고 있거니와, 이것이 부정되고 깨진다면, 한국의 사찰건축사와 탑파형성발전사는 근본적으로 계통·체계를 상실할 터이므로 신중을 기해야 된다.

그래서 미륵사지의 유물·유적을 통하여 그것이 적어도 정림사지의 그것보다 선행한다는 사실을 입증함으로써, 그 상한연대가 무령왕대임을 재확인하게 되었다. 이로써 서동설화의 상한연대는 문헌적 전거에 의하여 무령왕대로 비정된 것이 다시 유물적 근거에 입각하여 제대로 보완·확증된 터라 하겠다. 그리하여 이 서동설화는 무령왕대의 미륵사창건을 상한선으로 하여, 그 형성·전개의 시대적 배경을 얽어 나갔으리라고 본다.

3) 서동설화의 형성·전개와 시대적 범위

이 서동설화는 미륵사창건설화로 볼 때, 그 형성·전개의 시기는 무령왕대 이후 백제시대일 것이라고 인식되기가 쉽다. 그러나 이 설화는 무령왕대의 미륵사 창건을 상한·기점으로 하여, 생각보다는 장구한 시간에 걸쳐 형성·전개되었으리라 보아진다. 이 설화는 결국 백제의 한 군왕, 무령왕을 주인공으로 하여 기원·형성된 것이기에, 그 행적·생애의 신화·전설로 성장·전개되었을 것이다. 그리하여 그것의 시대적 범위는 이 설화가 형성·전개된 단계를 대강 어림하면서, 그에 따른 상대 연대를 추정하는 수밖에 없겠다.

우선 이 서동설화의 역사적 단계를 설정할 수 있다. 이 무령왕이 복합적인 목적과 동기에 따라 국가적 차원에서 미륵사를 창건하였다면, 그것은 일대 사건이 아닐 수 없었을 터이다. 당시 불교국가 백제가 대규모의 국찰을 건립한 것은 실로 획기적인 일이요, 더구나 불교계 승단 내지 사부대중으로서는 역사적 불사였을 것이기 때문이다. 그러기에 무령왕 당시부터 그 미륵사 창건의 사실이 역사화되기 시작하여, 백제사에 삽입되기보다는 미륵사 창건역사로서 정립·기록되었을 터이다. 기실 창건의 사적은 그 사찰의 낙성·개문과 동시에 작성·기술되는 게 고금의 상례라 하겠다. 그것은 대강 6세기 초반 무령왕의 행적으로 특기되고, 그 공덕으로 널리 찬양되었으리라 본다. 원래 무령왕은 민심을 얻고 추대된 저명한 군왕인데다, '仁慈寬厚'하여 '寧王'으로서[28] 태평성대를 이룩하였기 때문이다.

이어 무령왕이 서거한 이래, 그 생애와 행적은 백제사상의 뚜렷한 사실로 입전되고, 대규모의 찬란한 능침을 경영하여 매년 국행제를 지냈으며, 미륵사에서는 그 왕의 추모재를 올려 그 공덕을 찬양하는 한편 왕생극락을 기원했을 것이다. 이러한 추모재의와 제례·행사가 조정과 사찰에서 거행되고 백성·민중이 공감·호응하는 동안에, 그 군왕의 행적과 사찰의 창건사실은 점차 유형화 내지 신화·전설화되기 시작했을 터이다. 그리하여 무령왕을 주인공으로 하는 彌勒寺創建傳說이 역사적 전설의 차원으로 형성되었으리라 본다. 잘 알려진 대로, 한 역사적 인물의 행적이 유형화·전설화되기까지는 1세기 이상 2·3세기까지 걸린다 하거니와,[29] 무령왕의 사실도 서거후 100년 이상에 걸쳐서 유형화 내지 전설화되어, 상하 민중에 회자되었을 가능성이 짙다. 이러한 현상은 적어도 백제왕국이 유지되던 7세기 후반까지도 계승되었을 것이고, 그리하여 彌勒寺創建傳說의 틀을 잡았을 터이다. 이와 같은 사찰창건전설의 원형은 곧 武寧王創寺傳說로 굳어져, 거기에는 각종 재의·제례와 관련된 신화적 요소가 끼어들고, 따라서 미화·허구적 성격을 갖추게 되었을 것이다. 이로써 서동설화는 신화적 단계와 직결된 전설화 단계로 접어든 터라 하겠다.

다음 백제가 멸망한 뒤, 그 유민들은 신라의 통치 아래서도 부흥운동에 공감·호응하면서 호족 중심의 독자적인 생활을 영위하는 한편, 백제 선대의 영명한 군왕을 추모·회고하는 정서와 분위기를 끊임없이 유지

---

28) 丁載臣, ≪中文辭源≫ 2책, 남등문화공사, 1987, p.855에 '寧王安定天下的帝王, 書經
大誥 : 寧王遺我大寶龜, 紹天明卽命.指周文王'이라 하였다.

29) Mircea Eliade, The Myth of the Eternal Return or, Cosmos and History, Princeton
University Press, 1971, p.43.

하여 왔을 것이다. 그리하여 익산 금마 중심의 유민들은 집단적으로, 이미 천장되어 온 武寧王 즉 武康王과 왕비의 쌍릉에 제례하고, 나아가 미륵사의 창건주 武寧王 즉 武康王을 사찰 현장에서 추모·재의하는 데에 뜻을 모았던 게 아닌가 한다. 이러한 재의·제례가 적어도 신라 말까지 계속되면서, 그 제의와 신화의 상관성에 따라 무령왕이 신격화되고 그 武寧王創寺傳說이 신화적 성격을 강화하게 되었으리라 본다. 이러한 설화의 신화적 단계에서 武寧王創寺傳說이 어느새 武康王創寺傳說로 탈바꿈된 것이라 하겠다. 따라서 동일지역의 武寧王 쌍릉이 武康王 쌍릉으로 통일·호칭된 것이 아닌가 싶다. 마침내 이 익산지역은 동일한 산업·문화권으로서 자치적 공동운명체라는 의식에서, 여기는 武康王의 왕국이요 나아가 유민은 그 백성이라는 신념과 신앙을 가졌을 것이라 보아진다. 이러한 백제 유민들의 신념과 염원이 뭉쳐서 견훤의 후백제가 건립되어, 그 중심지인 금마지역에 왕도를 세우고,[30] 반세기에 가깝도록 백제부흥의 꿈을 이루었던 것이다. 이러한 전통과 분위기 속에서 이 서동설화는 武康王創寺傳說로 거의 완벽한 유형을 갖추었을 것이라 본다. 이러한 현상은 대강 후백제 내지 신라가 망하고 견훤의 행적이 전기·전설로 형성되기 이전, 적어도 10세기 초반 경에 마무리된 것이 아닌가 한다.

이 서동설화는 불교계 사부대중이나 유민·대중 사이에 전승·유지되면서, 획기적인 탈바꿈의 기회를 맞이했던 것이라 하겠다. 후백제가 건국되고 불교를 숭신하면서 득세하는 과정에, 이 금마지역에는 호국불교 차원의 사찰, 왕궁사나 제석사 등이 창건되었다. 그 무렵에 유구한 역사를 가진 대찰 미륵사가 노쇠하여 명맥을 겨우 유지하고 있었으니, 이 숭불·성세의 분위기를 타고 그 중흥을 꾀하려 발버둥 쳤을 것은 당연한

---

30) 사재동은 「무강왕전설의 연구」(p.463)에서 後百濟 甄萱의 '金馬定都'를 거론하였다.

일이었다. 그러기에 이때는 미륵사가 역사적 우위를 내세워 들고 일어나, 이 사찰을 정비하고 외관을 일신할 뿐만 아니라, 그 내실을 기하여 법회·재의·행사 등에서 새로운 운영 방침을 모색·실현했을 것이라 본다. 그 무렵에 이 사찰의 武康王創寺傳說은 위 모든 활동의 전거 내지 대본이 되었을 것이라 하겠다. 그리하여 이 서동설화는 전래의 창사전설에서부터 감명깊은 서사문맥으로 창조적 탈바꿈을 하지 않을 수 없었던 것인가 한다. 따라서 이 설화가 이른바 서동과 선화공주의 결연담까지 갖추게 된 것은 아무래도 신라 말기를 지나서였으리라 추측된다. 이 설화 속의 <서동요>가 그 향찰표기에서 신라 말기·고려 전기의 시대성을 반영하고 있기 때문이다.[31] 나아가 고려 초기 ≪삼국사기≫ 원간본이 찬성되면서, 그 열전이 미화·입전된 후에, 김부식의 개찬본에서 새롭고 감명깊은 열전이 개편되는 분위기를 타고, 이 서동설화는 문종대 혁연정의 <균여전>처럼 소설적인 서사물을 지향하여 계속 유전되었을 터이다. 그러기에 이 서동설화는 적어도 11세기를 거쳐 12세기 후반까지 그 서사적 변화·부연단계를 간단없이 이끌어 왔으리라 본다. 그리하여 이 서동설화는 ≪삼국유사≫가 찬성된 13세기 후반 이전에 '古本'의 武康王創寺傳說로 정착·유통되었던 것이 분명하다. 이것이 바로 서동설화의 실질적 하한 연대라 하겠다.

드디어 이 서동설화는 ≪삼국유사≫에 편입되는 과정에, 일연에 의하여 武王創寺傳說로 개찬된 것이 현전의 모습으로 기록되었다. 이것이 바로 서동설화의 역사적 하한선이라 본다. 이로써 이 서동설화의 하한연대가 13세기 후반으로 확정되고 그 상한연대가 6세기 초반으로 소급되었

---

31) 송재주는 「<서동요>의 형성 연대에 대하여」, 『지헌영선생화갑기념논총』, 1971, p.987에서 '<서동요>적 표기형식의 성립연대가 고려시대(광종~충렬왕)였을 것으로 매듭지었다.'고 하였다.

다. 그리하여 이 설화가 형성·전개된 시대적 범위는 실로 700여 년의 장구한 세월에 걸쳐 있다는 것이 대강 조감되었다. 이 설화의 시대적 배경이 여러 왕조에 걸쳐 그만큼 장구한 시간을 요구하게 된 것은 실로 주목할 만한 일이다. 이 서동설화가 상식적인 속단과는 달리, 유구한 역사를 통하여 복잡다단한 시대적·민중적 여건에 순응·조화되고, 상호 영향을 주고 받으면서 형성·전개됨으로써, 그 설화적 실상과 불교문화사 내지 한국문화사상에서 값지고 뚜렷한 위상을 차지하여 왔기 때문이다.

3. 서동설화의 역사적 주인공

이 서동설화의 역사적 주인공이 문헌적 전거와 유물적 근거에 의하여 일단 '武康王' 즉 무령왕으로 지적되었거니와, 그 구체적인 고증은 이제부터 시작되는 터다. 우선 무령왕의 생애·행적이 어떠하며 그것이 이 서동설화의 전기적 내용과 얼마나 근접·부합되는가를 밝혀야 한다. 이것이 비록 설화적 행적이라 하더라도, 그 내용은 역사적 주인공의 생애·행적과 근접·부합되어야 마땅한 일이기 때문이다. 그래서 무령왕이 여러 가지 여건과 동기에 의하여 미륵사를 창건한 사실과 추모재의가 계속 진행되었으리라는 점이 분명히 입증되어야 한다. 이러한 사실들이 불투명하거나 미약할 때는, 이 무령왕 즉 무강왕의 창사전설이 성립될 수 없는 것이다. 그리고 이 무령왕이 서거한 뒤, 그 능침의 경영이 어찌 되고 그 추념제례가 제대로 진행되었는지 합리적으로 추정되어야 한다. 이런 상황이 올바로 검증되지 않으면, 사후 행적과 추모재의·제례 등이 애매모호하여 무령왕의 행적이나 창사사실 등과 결부된 그 武康王 創寺傳說이 형성·전개되는 필연적 관계를 해명할 수가 없기 때문이다.

이에 이런 몇 가지 사항은 이미 논의되었지만 여기서는 좀더 구체적이고 유기적으로 검토하게 될 것이다.

1) 무령왕의 행적과 설화화

여기서는 무령왕의 생애와 행적이 어떤 측면에서나 서동설화 서동의 전기적 내용과 근접·부합되는 점을 탐색하는 게 중요하다. 그러기에 이러한 탐색작업에는 본격적인 역사학을 기반으로 삼고, 민속학적 방법론을 적용하여 설화학 내지 민간어원론 등을 널리 활용하게 될 것이다. 따라서 무령왕의 생애와 행적에 대해서는 ≪삼국사기≫ 백제본기 武寧王조의 기사를 중심으로 하고, 서동의 전기적 행적은 ≪삼국유사≫ 권2 기이편의 무왕조를 원전으로 삼아, 몇 가지 문제점을 비교·검토하겠다.

첫째, 무령왕의 부왕과 서동의 생부에 대해서다. 무령왕의 부왕 '牟大'와 서동의 생부 '池龍'의 관계를 밝히자는 것이다. 무령왕의 왕통에 대해서는 아직도 사학계에서 논의되고 있거니와, 전게한 바 백제본기 무령왕조에는 '武寧王 諱斯麻牟大王之第二子也'라 명시하였으므로, 상하 백성·민중은 그렇게 믿을 수밖에 없었다. 이와 같이 무령왕의 부왕 '牟大王'과 서동의 생부 '池龍'은 역사적 사실로서는 아무런 관계가 성립되지 않는다. 그러나 상하 민중의 민간어원설이나 설화적 표현심리로 보아서는 어느 만큼 연결지을 수가 있겠다. 먼저 '牟大王'은 무심코 발음하면, '모대왕'으로서 '모더왕'·'모듸왕'으로 읽혀지며, 그것이 '몯의왕' 내지 '못의왕'이 되어 '池王'을 연상하고, 그 '王'을 '龍'으로 대치시켜 '池龍'이라고 표현했을 가능성이 없지 않다.

더구나 모대왕은 그 말년의 행적으로 보아 池龍으로 설화될 측면이 있었던 터다. 그 왕이 막바지에 궁정 동쪽에 임류각을 높이 짓고 연못을 파서 호화로운 풍류를 즐기었다. 그러던 중에 모대왕은 폭군으로서 국인에 의하여 제거되었다고 전해진다. 이러한 국인·민중은 그 폭군이 죽어 구렁이나 용으로 변신하여 池龍이 되었으리라 상상·설화할 수도 있었던 터다. 일찍부터 민중 사이에서는 그 왕이 사후에 구렁이나 용이 될 수 있다는 관념이 자리잡아 왔기 때문이다. 그래서 신라의 영주 문무대왕이 서거 후에 동해의 호국대룡이 되어 海龍으로 군림하였다는 전설은 크게 주목된다. 이에 영주 文武王은 생전에 왜구를 막기 위하여 동해를 지키다 서거하여 海龍이 되고, 폭군 東城王은 환락에 극하여 누각·연못에서 마구 놀다가 서거하여 池龍이 되었다는 민간어원적 전설에는 대조적인 당연성이 자리하였다고 본다. 다음 池龍은 '池'가 '몯'을 뜻하고 '龍'이 왕을 상징하니, 바로 '몯왕'이 되고, '몯의 왕'·'모듸왕'·'모디왕'으로 연상되어, '모대왕'을 표상하여 '牟大王'으로 결부될 수도 있었겠다. 그리하여 모대왕은 池龍이 되고 池龍은 모대왕이 되어 상즉 동일시될 수 있다는 이야기가 된다.[32] 그렇다고 이러한 민간어원적 내지 설화적 연관성을 역사적 상관성으로 고집하려는 것은 아니다. 적어도 이 양자가 어느 면에서나 배타적 관계에 있지 않다는 것을 강조할 뿐이다.

둘째, 양쪽 주인공의 이름에 대해서다. 武寧王의 휘 '斯麻'와 '薯童'의 관계를 음훈론으로 풀어 보자는 것이다. 먼저 '武寧'은 '武'의 고음이 '무'·'므'·'ᄆ'로서 '마'와 모음변환·음운이화될 수가 있고, '寧'의 고훈이 'ᄃᆞᆯ'·'둘'이었을 것이니, 결국 '무ᄃᆞᆯ'~'므ᄃᆞᆯ'~'ᄆᄃᆞᆯ'~'ᄆᄃᆞᆯ'~'마ᄃᆞᆯ'~'마돌'이 될 수도 있겠다. 그리고 '薯童'은 '薯'의 고훈이 '마'요 '童'은 '둥'·'돌'이니, 결국 '마둥'~'마돌'이 되는 터라 하겠다. 그러니까 '武寧'과 '薯童'은 '마돌'이라는 점에서 상통한다고 볼 수가

---

32) 이상 사재동,「薯童說話의 연구」, pp.402~404 요약·조정.

있겠다. 그리고 이 '斯麻'는 '斯'의 고음이 '스'·'시'··'서'로도 될 수 있고, '麻'의 고음이 '口'~'마'이었을 것이니, 결국 '스口'·'시마'··'스마'로 되어 '서마'라 할 수 있겠다. 이어 '薯童'을 달리 본다면, '薯'의 고음이 '셔'로 '서'에 통하고 '童'의 고훈은 남아의 의미로서 '물'··'口른'·'마♀'(ㄹ탈락)로서 '마'가 될 수 있으므로, 결국 '서마'라고 하겠다. 그렇다면, 이 시호 '武寧'과 휘 '斯麻'는 공히 '薯童'과 결코 무관하지 않다는 것을 유추하게 된다.

셋째, 양측 주인공의 용모와 성품에 대해서다. 먼저 무령왕은 전게한 바 ≪삼국사기≫의 기사대로, '身長八尺 眉目如畵 仁慈寬厚'라 하였으니, 걸출한 미남아였음을 알 수가 있다. 이러한 무령왕의 용모와 성품은 설화 전반에 보이는 전형적 주인공의 그것과 같은 유형이라 보아진다. 한편 서동은 설화 일반의 영웅적 주인공과 같이 걸출한 미남형이다. 이미 이 설화에서는 서동을 완전무결한 전형적 소년상으로 만들려는 의도가 엿보인다. 그래서 서동은 '美艶無雙'한 공주가 처음 만나 누군지도 모르면서 '偶爾信悅'하게 되리만큼 미려·장대하였음을 보여 준다. 나아가 서동은 '器量難測'하여 그 성품이 기발·장쾌한 데다 인자·관후하였음을 밝히고 있는 터다. 이와 같이 무령왕과 서동은 그 용모와 성품에서 상통하고 있음을 추정하게 된다.

넷째, 양자의 국혼 사실에 대해서다. 전술한 대로 무령왕은 30세의 왕자로서 동성왕 15년에 신라와의 국혼을 맞이하게 되었던 것이다. 여기서 국혼으로 맞아 온 신라 '伊飡 比知女'가 東城王의 후궁으로 되었는지, 그 왕자 사마의 배우로 되었는지는 확인할 길이 없다. 그런데 국혼이 언제나 왕 자신을 위해서만 가능하다는 궁중 풍습이 있다손 치더라도, 그 사실을 전문한 민중 사이에서는 '美艶無雙'한 공주가 폭군으로서 제거된 東城王의 후궁이었다기보다 '眉目如畵'한 무령왕의 배우로 결연되었으리라 가상하고 설화하였으리라 본다. 잘 알려진 대로 서동은 백제 소년으로서 신라 경사에 들어가 교묘한 계략으로 선화공주와 손쉽게 통하고 아내로 맞아 백제로 돌아온다. 따라서 그것은 어느 모로 보나 백제·신라의 국혼임에 틀림이 없다. 그렇다면 무령왕이 등극 이전에 치른 신라와의 국혼 관계는 서동이 등극 이전에 겪은 그것과 본질적으로 동일한 유형이라 보아진다.

다섯째, 양자가 황금을 소유한 점에 대해서다. 기실 무령왕은 역대 군왕이 거의 그렇듯이 옥좌·금관·곤룡포 옥대 패물 등과 장엄·소도구 각종 용기에 이르기까지 황금 일색이었을 것이다. 실제로 왕실 내부에 무령왕 소유의 황금덩이가 얼마든지 있었을 가능성도 짙다. 실제로 최근에 발굴된 무령왕릉 출토 문물을 보면, 황금 일색이어서 그 방대한 질량에 놀라게 된다.[33] 그 황금붙이가 생전에 가까이 했던 것이거나 서거 후에 덧붙여 넣었던 것이거나 간에 그만큼 이면, 무령왕은 '積如丘陵'의 황금을 희롱하던 만금장자라고 설화될 정도라 하겠다. 한편 서동은 선화공주와 결혼한 후에 그녀의 지시로, 마를 캐던 자리에 지천으로 디둥굴던 금덩이를 모아 '積如丘陵'의 황금을 희롱하는 만금장자가 되었다. 여기서 무령왕과 서동의 황금이 무엇인가 결연되었으리라는 가능성이 발견되는 터다. 적어도 무령왕이 생사 간에 지녔던 황금붙이의 소문이 퍼져나간 후대에, 민중들은 서동의 그것과 결부시켜 이야기할 수 있었으리라 상상된다.

여섯째, 양자의 즉위 상황에 대해서다. 무령왕은 전게한 대로 모대왕의 '第二王子'로서 왕통을 이을 태자가 아니었는데, 실로 '民心歸附'하여 '卽位'하게 되었던 것이다. 그야말로 사마 왕자 시절에 인심을 얻어 민중

---

33) 문화재관리국, 『무령왕릉』, 도보 전체 참조.

의 추대로써 왕위에 올랐던 터다. 이 사실은 ≪日本書記≫ 武烈紀에

百濟末多王無道 暴虐百姓 國人遂除而立嶋 是爲武寧王

이라 하고, 또 그 註에 인용된 바 ≪百濟新撰≫에도

末多王無道 暴虐百姓 國人共除 武寧王立 諱斯麻

라고 한 것을 보면, 더욱 확실해지는 터이다. 이와 같이 민중이 의거로
써 포악한 東城王을 제거한 다음, 인자・관후한 사마 왕자를 왕으로 세
운 것은 '民心歸附'에 의한 추대라 하여 마땅할 것이다. 따라서 그것은
사마 왕자가 널리 민심을 얻어 왕위에 오른 것과 조금도 다름이 없다고
하겠다. 한편 서동은 산덤이 같은 황금을 공주의 편지와 함께 신라 궁중
에 보내었더니, 마침내 신라왕이 특별 배려하되

異其神變 尊敬尤甚 常馳書問安否 薯童由此得人心 卽王位

하였다는 것이다. 이처럼 서동은 당시 세습 제도로서는 정상적으로 왕위
에 오를 수 없었는데, 널리 민심을 얻어 등극하게 되었다는 사실이다. 이
것이야말로 서동이 그 기량 난측한 기남아로서 널리 민심을 모아들여 왕
으로 추대된 경우라 하겠다. 그렇다면 무령왕과 서동의 즉위 사실은 그
경위와 방법이 결국 동일한 것이라 할 수밖에 없다.

일곱째, 양자의 창사사실에 대해서다. 위에서 지적한 대로, 무령왕은
미륵사를 창건할 만한 당위성과 가능성이 농후하다고 보아진다. 물론 이
러한 사실이 정사에 나타나지는 않았지만, 그 정치적 배경과 불교문화사

적 위상, 불심·제의적 소망, 민중교화의 방편, 왕릉문물의 불교성향 등으로 미루어, 무령왕이 창사에 관여했으리라는 사실은 부인할 수가 없다. 이 무령왕의 창사사실에 대해서는 다음에 상론하겠거니와, 이만한 것만 가지고도 서동의 창사 사실과 조응시킬 만하겠다. 한편 서동의 창사사실은 위 무왕조의 말미에

夫人謂王曰 須創大伽藍於此 固所願也 王許之 詣知命所 問塡池事 以神力一
夜頹山 塡池爲平地 乃法像彌勒三會 殿塔 廊廡 各三所創之 額曰彌勒寺

라 하였으니, 실로 분명해진다. 이렇게 볼 때, 무령왕과 서동의 창사 사실은 일맥상통하는 바라 하겠다. 무령왕의 창사사실이 부인될 수 없다면, 그것은 이처럼 신비롭게 설화될 수 있었겠기 때문이다.[34]

여덟째, 양자의 건사공사에서 신라왕의 도움을 받은 점에 대해서다. 기실 백제 군왕 중에서 국내의 건사 불사에 신라왕의 도움을 받았다면, 아마 무령왕 밖에는 없었으리라 본다. 시종 불화와 적대감으로 대립해 왔던 나·제 관계가 동성왕 15년의 국혼으로 화해되기 시작하여, 무령왕대에 이르러 그 절정에 이르렀기 때문이다. 무령왕대에는 그 시호대로 특히 신라와 화친하고 가장 편안하게 국교를 유지했던 것이다. 그러기에 무령왕이 자비·안녕을 지향하는 대작불사를 일으켰을 때, 신라왕이 화친·협력의 징표로 백공과 물자를 보내어 도와주었을 가능성은 충분한 터라 하겠다. 한편 서동이 왕위에 올라 창사불사를 일으켰을 때 신라왕이 '遣百工助之'한 것은 당연한 일이었다고 보아진다. 그렇다면 무령왕의 창사에 대한 신라왕의 도움이 그대로 서동의 그것으로 전개된 것이라 할 수도 있겠다.

---

34) 이상 사재동, 「薯童說話의 연구」, pp.405~409 요약·조정.

이상과 같이 무령왕의 생애와 행적을 서동의 그것과 대강 8가지 측면에서 대비·조응시켜 보니, 상당히 접근·상통하는 점이 부각되었다. 그리하여 이 서동설화의 역사적 주인공은 그동안의 武王·東城王·원효 등보다도, 바로 무령왕으로 비정하는 것이 합당하겠다. 그렇다고 무령왕과 서동을 동일시하려는 것은 물론 아니다. 실로 무령왕의 역사적 생애와 행적이 위에 밝혀진 바 장구한 세월을 타고 민간어원적 개변과 전설·설화적 망각·부연 등에 의하여, 파란만장한 우여곡절을 겪은 나머지, 신화·전설적으로 유형화됨으로써, 무강왕전설이 되고, 나아가 그것이 설화적으로 미화·부연됨으로써, 서동설화로 정착되어 彌勒寺創建說話의 면모까지 보였던 것이라 하겠다. 따라서 여기서는 저명한 백제국왕 무령왕의 행적이 신화·전설·민담의 단계를 거쳐 설화로 형성·전개되는 과정과 내막을 추적해 본 결과를 내었다.

2) 무령왕의 창사사실과 추모재의

위에서 무령왕이 미륵사를 창건하였으리라는 점은 여러 측면에서 이미 지적·추정되었다. 여기서는 그 창사사실을, 위에서 제시된 바 정치적 배경과 불교문화적 위상, 신앙·제의적 요망, 민중교화의 방편, 왕릉 문물의 불교성향 등 여러 방면에서 재확인하고, 나아가 이 창사의 주인공에게 바친 추모재의에 대하여 살펴보겠다.

먼저 무령왕대의 정치적 배경에 대해서다. 이 왕대에는 그 시호가 말해 주듯이 국제적으로도 평화롭고 국내적으로도 태안하였다. 이처럼 국태민안을 이룩한 제왕을 '寧王'이라 부르는 것은 잘 알려진 사실이거니와, 무령왕이야 말로 내외적으로 평화와 태안을 구가한 주인공이었다. 저 양 무제와는 우호·교류하고, 신라와는 국혼·수호하여 고구려를 적절히 견제하고 있었기에, 외방·내치에서 국력을 고양하여 가위 태평부국을 이루었던 것이다. 그러기에 무령왕대는 호국불교의 차원에서 국운융창과 왕권번영을 염원하고 국리민복을 기원하는 불교신앙을 숭상하게되었던 것이다. 그렇다면 웅진 천도 후 국기가 바로 잡히고 국력이 축적된 마당에, 불교선양을 위한 대소 사찰 내지 국찰을 건립·경영할 만한여건·배경이 족히 준비되어 있었다고 보아진다.

따라서 무령왕대의 불교문화적 위상이 주목된다. 원래 백제가 불교 국가였다는 사실과 증거는 잘 알려져 있거니와, 웅진 도읍기의 불교문화는실로 융성의 경지에 이르렀던 것이다. 그래서 이 시기에 창건된 사찰로,도성 내의 대통사와 그 주변의 동혈사·서혈사·남혈사·북혈사, 그 원근의 갑사와 구룡사·마곡사·수덕사 등이 현존하거나 유물·유적을 보이고 있는 터다. 기실 동성왕대에 외방이 완전해지면서 무령왕대부터는태평기의 불교신앙 내지 불교문화가 미륵사상·정토사상·관음사상 등을 중심으로 융성기를 이룩하게 되었다. 이러한 불교문화는 성왕대로 이어져 전성기를 맞아 절정에 이르고, 그 여력은 부여 천도 이후에까지 미치면서, 일본 불교문화에도 지대한 영향을 끼쳤던 것이다. 이와 같이 무령왕대의 불교문화가 백제불교문화사상에서 찬연한 위상을 차지하였으니, 그 요체가 바로 전술한 바 그 왕릉의 출토 문물에서 확증되는 터다.이러한 맥락에서 무령왕대에 국찰로 미륵사를 창건했을 가능성은 얼마든지 있는 것이다.

기실 이 창사에서 핵심적이고 본원적인 기반과 원동력이 된 것은 무령왕의 숭불심과 그 발원이었다고 할 수밖에 없다. 실제로 무령왕은 전계한 대로, '身長八尺 眉目如畵 仁慈寬厚 民心歸附'하였다. 이것은 본래그 군왕으로서의 완벽한 심신을 표현한 것이라 하겠지만, 그 당시의 숭불·신앙의 관점에서는 실로 심상치 않은 면모를 보여 주는 터다. 여기

장엄하게 서 있는 불보살상을 보고 그 원만한 모습을 생생하게 요약·
표출한다면, 결국 위와 같은 표현 밖에는 더 할 수가 없겠다. 그 '키가 8
척 장신이요 용모는 그림같이 아름답고, 그 마음 인자하고 너그럽기 그
지없으니, 모든 중생이 감복하여 귀의하도다'라는 표현은 불보살상을 보
고 사실적으로 나타낸 것이라 아니할 수 없기 때문이다. 따라서 그것은
당시의 신하나 백성들이 무령왕의 신심이나 권능에 대하여 불보살이나
그 화신처럼 관념하고 경배한 데서, 그 왕의 모습을 이상적으로 표출해
놓은 결과라고 추상된다. 후대 군왕 중에도 백성들이 불보살로 숭앙·복
종하였던 사례가 있기에,[35] 그러한 추상에 뒷받침이 되는 터다. 나아가
무령왕이 서거 후에 新王이나 臣民들이 그 왕을 극락세계 연화대에 안치
된 호국보살로 상념하고 그렇게 되기를 염원했으리라 본다. 이 점은 무
령왕릉의 온갖 문물이 그 구성과 양식, 그 배치를 통하여 실증하고 있기
때문이다.[36] 이러한 왕릉의 문물을 통하여 그 당시와 전후의 불교문화를
어림할 수 있거니와, 이로써 무령왕의 생전 신심과 행적을 족히 짐작할
수 있다고 본다. 왕릉의 유물은 적어도 그 왕의 생전 소행을 그대로 집
약·암시하는 관례가 있었기 때문이다.

　이러한 무령왕이었기에, 지극한 숭불심과 보살행으로 우선 국운영창
을 염원하고 역대 선왕의 명운을 기원하여 국찰로서 미륵사를 창건하였
을 것이라 본다. 특히 그 선왕 東城王은 동쪽에 많은 성을 쌓아 외방에
만전을 기하고 국정을 바로 잡았지만, 그 군역의 과도함에 민심을 잃은

---

35) ≪삼국사기≫ 열전 궁예전에 '善宗自稱彌勒佛 頭戴金幘身被方袍 以長子爲青光菩薩
　　季子爲神光菩薩 出則常騎白馬以彩飾其鬃尾 使童男童女奉幡蓋香花前導 又命比丘二
　　百餘人梵唄隨後'라고 하여, 왕과 왕자들이 미륵불·보처보살로 동일시되는 미륵신
　　앙 상의 한 경향을 보여 준다.
36) 사재동, 「무령왕릉 문물의 서사적 구조」, 『백제연구』 12집, 충남대학교 백제연구소,
　　1981, pp.14~15.

데다 말년에 음황하여 원성을 샀다. 드디어 백성이 들고 일어나 그 수장에게 자살되었으니, 그 원한이 너무도 깊었던 것이다. 물론 무령왕은 그 자살한 측근을 목베어 설원하였지만, 그 선왕의 극락왕생을 빌기 위하여 원찰을 동성의 근처에 크게 일으킬 필요성을 절감했을 것이다. 그러한 대찰을 세워 역대 선왕의 영가를 천도할 뿐만 아니라, 그 모두가 호국보살이 되어 나라를 지켜 달라는 염원과 함께 복합적인 동기가 작용했을 터이기 때문이다.

그러한 동기 중의 하나가, 동성 외방에 국찰을 세워 가끔 나들이하면서, 국위를 선양하고 민심을 수습하여 교화함으로써, 백성을 제도하고 국태민안을 강화하자는 것이었다. 기실 이 미륵사가 자리한 익산 금마지역은 넓은 평야가 곡창지대를 이룩하여 호족 중심으로 생활하여 왔기에, 중앙 정치에 민감하고 순종·기여하는 여건이 충분하지 않았던 게 사실이다. 그래서 이처럼 장엄한 국찰을 지어 행궁처럼 자주 행차하며 군왕의 권위를 발휘하고 불교적 인자·관후를 베풀어야만 되었을 것이다.

이와 같이 미륵사가 창건·운영될 때, 이 사찰에서는 무령왕의 생전·사후에 관련하여 어떠한 재의가 어떻게 진행되었을까 관심이 간다. 그것은 서동설화의 형성·전개와 사실상 깊은 관계를 가지고 있기 때문이다. 고금을 통하여 사찰은 재의를 위하여 존재·운영된다고 해도 과언이 아니다. 따라서 미륵사에서도 창건주 무령왕의 생전과 그 사후에 걸쳐 의미있는 재의가 수없이 진행되었을 것이 뻔하다.

먼저 미륵사의 낙성재의가 무령왕 양위의 행차 가운데, 성대히 진행되었을 것이다. 거기서는 경건하고 성스러운 제례와 사찰창건의 내력·경위를 밝히고, 그 왕 양위의 무상공덕을 무한히 찬탄하게 마련이었다. 그 후로 매년 미륵사 창건기념 재의·법회가 열리어 성황을 거듭하였을 것이다. 그때마다 장엄한 재의·법회의 의식은 물론 그 창사연기 공덕담이 승속, 민중에 점차 유전되어 갔을 것이다. 이러한 창건기념 재의·법회 내지 행사 등은 무령왕의 서거 후에도, 그 사세 유지와 그 발전·중흥 등 필요에 따라 계속되면서, 그 창사연기 공덕담은 더욱 변화·부연의 현상을 보이고, 결국 추모재의 성격을 띠게 되었을 것이다.

이어 무령왕은 생전에 춘추제향처럼 그 사찰에서 국운을 빌고 역대 선왕을 추모하는 재의를 매년 백성·민중들과 함께 베풀었을 것이다. 거기에는 제례와 법회 그리고 행사·연행이 부수되었을 것이라 본다. 고금을 통하여 사찰의 모든 재의·법회·행사 등에는 반드시 불교적 연행이 필수되었기 때문이다. 이러한 국행적 재의는 관례화되어, 무령왕의 서거 후에도 그 추모의 정성을 더하여 성황리에 계속되었을 것이다.

그리고 무령왕의 탄일을 기념하는 재의가 매년 거행되었을 것이다. 거기에도 기념재례 및 법회·행사와 연행이 필수되었을 터다. 역대 군왕의 탄일에 국찰에서 벌이는 재의는 경사의 성격에 따라 만수무강을 비는 장엄한 재례·법어와 함께 즐거운 행사·연행이 필수되었기 때문이다. 이러한 탄일에 따른 기념재의는 무령왕의 서거 후에 추모재의의 성격을 겸유하게 되었을 터다. 그로부터 오랜 기간 무령왕의 탄일기념 추모재의는 그 분위기가 경축성을 벗어나 추념적 근엄성을 더했을 뿐으로 여전히 계속되었고, 그때마다 그 왕의 행적과 창사 연기 공덕담이 더욱 아름답고 감동적으로 설화되어 왔을 것이다.

마침내 무령왕이 서거하였을 때, 이 미륵사에서는 무녕 성주, 창건주의 국상에 적극 동참하였을 것이고, 종묘와 함께 49재류의 추천재의를 올렸을 것은 당연한 일이었다. 그로부터 이 국찰에서는 종묘의 기신제와 같이 기신재의를 매년 여법하게 올렸을 터다. 역대 모든 왕조의 국찰·원찰에서는 국왕 기일에 그만한 기신재의를 올리는 것이 관례적인 일이었기 때문이다. 특히나 무령왕의 경우는 창건주이기에 그 재의가 더욱 풍성하였을 것은 물론, 그 능침전 제례와 함께 오랜 세월 계속되었을 것이다.

위와 같이 미륵사에서 생전·사후의 무령왕에 관련된 모든 재의를 거행한 것은 실로 무령왕의 생애·행적이 오랜 세월에 걸쳐 신화·전설·설화로 형성·전개되는 데에 실질적으로 지대한 영향을 끼쳤던 것이다. 그다지 저명한 성주, 창건주로서 무령왕의 행적이 서거 후에 더욱 추모·부연되고 찬탄·미화되는 가운데, 불교적 추모·존숭을 통하여 신비화·유형화되면서 신화·전설·설화화에 가속이 붙게 되었을 터다. 그래서 미륵사에서 능침 제례와 더불어 입체적인 추모·기념 재의가 신성하게 진행되면서, 그 기발한 행적은 점차 신격화되어, 신화적인 성격을 지니게 마련이었다. 그리하여 그 행적이 갖은 재의를 통하여 변환·승화됨으로써, 武寧王神話의 면모를 갖추게 되었다는 것이다. 따라서 그것은 주지된 바 '제의의 구비상관물이 신화'라는 원리를 실증하고, 나아가 서동설화의 형성·전개 과정에서 과도기적 양상을 보여 주었다고 본다.

3) 무령왕릉의 경영과 제반 제례

무령왕이 재위 23년 5월 7일에 서거하여, 성왕 3년 8월 12일 '登冠大墓'로 안장되었으니, 3년여를 거상으로 가매장(權窆)되어 있었던 것이다. 여기서 당시 궁중의 상장제를 알 수 있거니와, 그 절차와 제례가 주목된다. 그 왕이 서거하자 성왕이 등극하여 상주로서 거상의 주체가 되고, 백관과 백성이 함께 그 제례를 봉행했을 것은 물론이다. 그 제례의 구체적 내용은 확인할 수 없으나, 아직은 그 왕을 생전같이 모시는 1일 3시 공양제례를 올리고, 특별한 계기로 매월·매년 정기제례를 베풀었으리라 본다. 이런 관례는 고금의 왕실이나 대가에서 전통적으로 지켜 왔기 때문이다. 이때의 제례방식은 궁중의 법도에 따랐을 것이지만, 미륵사나 당시 대찰들이 동참하여 불교식 재의로 진행되었으리라 추정된다. 당시 명실공히 불교국으로서 숭불심이 높던 무령왕의 각종 상장제례가 불교적으로 실행되었으리라는 것은 족히 짐작되는 터다.

이러한 거상절차를 마치고 대묘에 안장되는 데에서는 '登冠'의 과정을 거쳤으리라 본다. 그동안 위 '登冠'을 고유명사인 지명으로 판단하고 논의를 거듭해 왔다.[37] 그러나 아무래도 그것이 지명이라면, 결코 어울리지 않는 일면이 있음을 감출 길 없다. 이른바 무령왕릉의 당지 '大墓'에 안치되는데, 그 당지의 방위나 지명을 명시할 필요가 있었을까 의문이 간다. 그러한 관례도 없고, 사례도 아직은 발견되지 않았기 때문이다. 잘 알려진 지석의 방위표에 서방의 표시가 생략된 것은 기록해 넣을 공간이 없어서가 아니라,[38] 그 당지가 궁성의 서방이요, 서방정토의 그 자리라 관념하여 굳이 표현할 필요가 없었기 때문일 것이다.[39] 그러한 이치대로라면 능묘 당지에서 그 지명을 거론할 필요가 없었기에, '登冠'은 고유한 지명이 아니라, 이런 장례 절차의 소중한 과정을 나타낸 것이 아닌가 한다. 기실 가매장을 했다가 다시 유골을 거두어 완장을 위해서 그 시신을 각종 장식·장엄으로 개장함으로써, 이상적인 극락세계의 군왕으로 승화시키는 종교적 통과의례였다고 보아지기 때문이다. 무령왕은 그 왕릉의 출토문물에서 복원되는 것처럼, 서방정토 극락세계의 대세지보살과 같은 모든 관식·장식을 하고, 그 극락세계의 주인공격으로 군림했던 것이라 하겠다.[40]

한편 왕비는 성왕 4년 11월에 서거하여, 3년을 거상하고 가묘에 수장

---

37) 문화재관리국, 『무령왕릉』, p.57.
38) 문화재관리국, 『무령왕릉』, p.53.
39) 사재동, 「무령왕릉 문물의 서사적 구조」, pp.45~46.
40) 사재동, 앞의 논문, p.47.

되었다가, 성왕 7년 2월 12일 '改葬'하여 '還大墓'하였던 것이다. 여기서 '改葬'이라는 것은 무령왕의 '登冠'과 같이 가묘시의 유골을 수습하여 그 시신에 극락세계의 보살처럼 이상적 왕비로 장식·장엄하였던 통과의례라고도 보아진다. 여기서 왕비의 장식·장엄이라는 것은 왕의 그것같이 화려·찬란하고 신비했을 터이다. 그것은 저승의 이상세계, 극락세계에서 영구한 복락을 누리라는 최상의 표현이었기 때문이다. 여기서 당시의 신앙과 염원에 따라, 왕과 왕비의 소망스러운 장례를 치르니, 그 합장된 능침의 내부 문물이 극락세계 연화장세계를 이룩하고, 그 양위가 마치 서방정토 아미타세계의 관세음보살이나 대세지보살을 염원·표상하고 있는 것같이 보인다. 이 왕비가 완장되기까지 진행된 모든 제례가 왕의 그것과 같이 실행되었을 터이고, 합장·안치된 이후에는, 양위를 위한 기신제례 내지 특별제례가 대강 불교식으로 전개되었을 것이다.

이 무령왕 양위의 완장 후에는 정기제례와 특별제례가 이 왕릉에서 거행되고, 그 위상이나 부장품으로 보아 당시 국보 제1호가 되었던 무령왕릉은 상하 백성·승속 대중들에 의하여 존숭되었던 터이다. 그 많은 제례와 감시·수호는 국가 차원에서 엄격히 실행되고 가장 크게 주목되었을 것이다. 그러면 그럴수록 왕이나 조정에서는 그 능침의 감시·수호에 보다 신중을 기하였고, 만약에 닥쳐 올 적국의 외침 내지 약탈, 내외의 도굴 등을 모면·예방키 위하여 묘책을 강구하는 데에 주력하였을 것이다. 이러한 모든 계획과 구상, 실제적인 방법이 모두 불교식으로 진행·실천되었으니, 무령왕릉의 출토문물이 일체 연화장세계·극락정토의 구조와 형태를 유지하고 있기 때문이다.

이 무령왕릉의 내부 구조와 구체적 형태를 보면, 모두가 불교적인 점을 확인할 수 있다. 전술한 대로 왕릉의 내부가 온통 연화세계를 이루었고, 거기 설시된 모든 문물이 연화문과 함께 불교적 성향을 띠고 유기적으로 연결되어 있기 때문이다. 그래서 일찍이 이 불교적 문물들을 세밀히 검토하여, 그것은 ≪관무량수경≫의 세계를 조형화한 것이고, 따라서 각종 장식·장엄을 하고 안치된 왕은 대세지보살의 형상이며, 그 왕비는 관세음보살의 화신이라고 논의된 바가 있었다.[41] 그러기에 이 극락정토·연화장세계, 그 보궁의 수호·숭신과 거기에 바친 모든 제례가 미륵신앙과 함께 미타신앙에 입각하여, 엄격하고도 여법하게 진행되었을 터이다. 거기서는 이 선왕과 선왕비가 극락정토 보궁에서 양위 보살로서 영락을 누리고 신왕과 유신·유민들을 보우해 달라고 간절히 기원하였을 것이기 때문이다. 그래서 무령왕과 왕비의 행적은 그 보궁의 지보적 문물과 결부되어, 보살의 차원으로 찬연하게 신격화될 수밖에 없었을 것이다.

그런데 성왕이 치국·통치 차원에서 부여로 천도를 계획·예비하면서, 이 무령왕릉의 수호와 제례가 큰 문제로 대두되었던 것이다. 이 무령왕릉이 웅진 왕궁과는 지척에 자리했으나, 부여 궁전과는 상당한 거리가 있었기 때문이다. 그 무상의 보궁이 내외로 저명해진 터에, 먼 거리에서의 수호·제례는 실로 불안하고 위험한 일이 아닐 수 없었다. 그러기에 성왕과 측신들은 그 무령왕릉을 천장할 방책을 모색하였을 터다. 그러나 영구적 보궁으로 설치된 이 장엄·거창한 왕릉을 있는 그대로 부여 궁전 근처로 옮기는 일은 당초부터 불가능하였고, 그래서 염두에도 두지 않았을 것이다. 여기서 본릉은 영구 보전하고, 그 능을 이운하는 효과는 극대화하는 가릉 즉 별릉을 운영하겠다는 묘안이 나왔을 가능성이 짙다. 이처럼 본릉의 만대 보전을 위하여 천릉을 가탁하고, 이를 산봉처럼 폐쇄하고는 가릉을 적절한 별처에 거대하게 설치·운영함으로써,

---

41) 이상 사재동, 앞의 논문, pp.15~43 요약·조정.

내외 신민의 이목을 그리로 돌려 신빙·숭앙케 하였을 터이다. 이러한 사례는 한·중 고대의 왕릉 경영에서 족히 시사되고 있기 때문이다.[42] 이것은 무령왕릉이 송산리 산봉우리처럼 1500년 가까이 보전되다가, 우연히 발견·발굴된 바가 실증하고 있는 터다. 여기서 무령왕의 가릉을 예상하고, 그 설치과정과 운영 실태를 추정해 볼 필요가 있다.

이 무령왕릉의 이전작업은 그 왕릉의 내막과 보궁의 실상을 잘 알고 있는 성왕이 주체가 되어, 부여 천도 이전 극비·공개리에 추진되었을 것이다. 여기서 가장 주목되는 것은 그 가릉을 설치하는 위치와 웅진의 폐쇄·위장, 그리고 그 이운 절차라고 하겠다. 먼저 그 가릉의 위치는 웅진이나 부여의 주변지역에서 무령왕과 연고가 가장 밀접한 곳이어야 하고, 그 지역 자체가 유서깊고 수려한 곳이어야 한다. 그렇다면 무령왕이 창건한 원찰 미륵사가 위치하고, 그 생전에 기도·재의나 치민의 방편으로 자주 행차하였던 곳이 제일 후보지가 될 것이니, 익산 금마지역이 바로 그곳이라 하겠다. 이 지역은 그 명칭대로 유서가 깊고 수려하기로 이름난 곳이기에, 왕릉의 위치로 손색이 없었으리라 본다. 그리고 거기에 필수적인 것은 그 왕릉을 수호하고 제례할 만한 거대한 기관이 이미 설립되었어야 한다는 점이다. 그렇다면 이 금마지역에 마침 미륵사가 건재하여 동일지역 내의 왕릉을 족히 수호·제례할 수 있었던 것이다. 자고로 궁성으로부터 먼 거리의 왕릉에는 능사·원찰이 건립되어, 그 능을 수호하고 제례하는 사례가 많았거니와,[43] 이 무령왕의 가릉에는 미륵

---

42) 楊　寬, 『中國古代陵寢制度史研究』, 谷風出版社, 1989, p.44에서 '馮太后親自和孝文帝一起選定方山, 營建壽陵, 稱爲永固陵, 同時在陵南起永固石室, 將終爲淸廟焉. 接着孝文帝爲了表示孝順, 在永固陵東北營壽陵. 後來孝文帝遷都洛陽, 選定洛陽以北的北邙山區作爲山園之所, 築在這裏的壽陵就成爲"虛宮", 號稱"萬年宮"'이라 하였다.

43) 楊　寬, 앞의 책(p.45)에서 '在廟院以外的西側建築"有思遠靈圓"(浮屠), 當是一種佛堂建築, 佛堂之西又有齋堂'. '另一方面又採用東漢以來在陵前建築石殿·石闕·石獸·石碑的方式, 再一方面又結合佛教信仰, 使佛堂·齋堂和祠廟結合'이라 하였다.

사가 자동적으로 능사·원찰로 결부되는 것이 필연적인 일이었다고 보아진다. 그러기에 지금 익산 금마에 이른바 '後朝鮮武康王及妃雙陵'이 유전되는 것은 결코 우연한 사실이 아니라 하겠다. 여기 '後朝鮮'은 그 역사화 과정에서 '武王'처럼 가탁된 것이요, 그 '武康王'만이 원형적으로 무령왕과 직결되기 때문이다. 그래서 무령왕의 가릉은 금마에 현전하는 武康王 쌍릉이라 추정되는 터다.

다음 이 무령왕릉의 본릉을 폐쇄하고 산봉처럼 위장하는 일이었다. 이점은 일찍이 무령왕릉을 발견·발굴하기 전에 그곳은 하나의 자연스러운 산봉우리였다는 것과, 그 입구를 개봉할 때, 그 완벽한 폐쇄의 원형을 관찰한 것만으로도 구체적으로 확증되었다. 이어 그 이장 절차는 극비로 삼엄·교묘하게 진행되었을 것이다. 일단 그 능침내의 양위 시신과 일체의 장식·장엄을 모두 끌어내어 이운하는 것처럼 철저히 위장하고, 정식절차를 밟아 여법한 제례를 화려하게 펼쳤을 것이다. 기실 가릉도 숭배·제례의 대상인데다, 그 이운 절차가 장엄하고 진지할수록 본릉의 비밀과 안전이 더욱 보장되는 터이므로, 그 천릉의 법식은 성왕을 중심으로 본릉 앞에서부터 금마의 가릉 현장까지 장엄한 행렬을 이루었을 것이라 본다.

이러한 가릉의 설치도 당대의 왕릉형태와 동일하게 연도와 현실의 구조를 만들고, 양위의 가관을 각기 쌍릉에 안치하고, 기타 장식·부장품 등을 거의 비슷하게 공개적으로 설시·매장했을 것이다. 그래야만 이 가능의 권위가 서고 숭앙·추모의 민심이 생겨나는 데다, 저 본릉의 비밀·안전이 보다 강화될 것이기 때문이다. 이 점은 바로 이 武康王 쌍릉을 발굴한 결과, 그 보고서에서 실증되고 있는 터다. 조선총독부의『朝鮮古蹟調査報告』益山郡 雙陵조에서는 쌍릉 중의 '大王陵'이 그 내부의 현실 구조나 잔존한 관재·도기 등을 미루어, '부여 능산리 백제 왕릉으로 전하는 그것과 전혀 동일하다'는 것이다.[44] 여기서는 이 왕릉이 일찍이 도굴된 것임을 전제로, 별다른 부장품이 없는 가운데도 위 관재를 복원하여 그것이 백제말기 왕족의 관제를 족히 증명하는 유일한 유물이라 하였다. 이어 왕비릉을 발굴한 데서도 그 내부구조나 이미 도굴된 잔영 등으로 미루어, 왕릉의 그것과 동일한 형식임을 밝히었다. 그래서 '이 대소 두 능묘는 그 구조상으로 판단컨대, 백제시대 말기의 왕족의 능묘라는 사실에 추호의 의문도 용납할 수 없다'고 결론하였다.[45] 이것은 바로 웅진정도 시대의 능묘와도 상통하는 점으로서, 무령왕 본릉의 묘제형식을 본뜬 것이라 하겠다. 이로써 무령왕릉의 가릉 경영이 성왕대 부여 천도 이전에, 금마지역 무강왕 쌍릉으로 전개되었다는 사실이 모순 없이 추정된 터이다.

이와 같이 가릉이 천릉으로 경영되면서 백제 신민·민중들은 본릉의 모든 것을 잊고, 이 쌍릉으로 이목을 돌려 모든 수호와 제례를 봉행할 수밖에 없었다. 이후의 수호임무와 제례의 책임은 일체 미륵사에서 위임받아 전담하게 되었을 것이다. 그리하여 부여 천도 이래로, 무령왕 양위의 모든 제례·봉사는 미륵사에서 통합하여 그 사찰과 쌍릉 사이를 오가면서 여일하게 진행하여 왔을 것이다. 그런데도 성왕 당시나 백제 멸망 이전까지는 중요한 기신제례나 특별한 추모행사에 왕이 친행하고 때로 고관이 대행 참석하였으리라 본다. 그러나 백제가 멸망한 뒤부터는 미륵사에서 그 모든 제례를 사찰 중심으로 축소하여 그 신도·유민들과 함께 조국 선왕의 추모제 형태로 이끌게 되었을 터이다. 그러다가 신라 말기 견훤이 백제 부흥의 기치를 들고 이른바 후백제 왕국을 건립하고, 이 금마지역으로 천도한 후에는, 그 무령왕·무강왕의 추모제례가 미륵

---

44) 조선총독부,『조선고적조사보고』, 민족문화사(영인), 1980, p.652.
45) 조선총독부, 앞의 책, p.653.

사를 주축으로 상당히 복원·중흥되었으리라 추정된다. 그러나 후백제가 망하고 고려조정과 불교계가 이 금마지역의 백제적 전통과 후백제의 민중적 기운을 억누르려는 정치·종교적 배려로 하여, 미륵사의 무강왕 추모재의·제례는 위축되고 나아가 존속의 의미를 점차 상실하였던 게 아닌가 한다.

이와 같이 무령왕의 행적은 미륵사와 가릉을 거점으로 계승되어 온 재의·제례와 추모행사 등을 통하여 오랜 세월에 걸쳐 유형화, 신화화·전설화·민담화를 거쳐 무강왕전설로 정착되고, 마침내 미륵사창건설화로서 서동설화로 행세하게 되었던 것이다. 이러한 설화화의 단계는 위에서 이미 추정되었거니와, 기실 이 서동설화는 무령왕의 행적을 기반으로 하여 서거 후 미륵사나 왕릉 사이에서 펼친 재의·제례와 추모행사를 통하여 점차 유형화가 촉진되어 온 게 사실이다. 추단컨대 먼저 그 행적은 백제시대의 신성·장엄한 제례와 추모 행사를 통하여 신격화·신화화되었을 것이고, 망국 후에는 그 제례 등이 점차 축소·약화·폐지의 과정을 밟아 그 신성성이 배제되면서, 전설화되기에 이르렀을 것이다. 나아가 신라 말기·후백제시대·고려시대를 거치면서, 그 행적은 신도·민간의 망각·부연 과정을 거쳐 민담화되었을 것이고, 미륵사가 유지될 때까지는 그 창건설화로 역사성과 사실성을 가지고 행세하였을 것이다. 나아가 미륵사의 폐사 이후에는 이 설화가 그 사지와 쌍릉을 전거로 하여 익산 금마지역의 '신기한 이야기'로서 인근지역까지 전파·유전되었던 것이다.

4. 서동설화의 문화사적 위상

이 서동설화가 형성·전개된 시대적 배경이 700여 년에 걸쳐 있다는 사실을 상기할 필요가 있다. 그리고 이 설화는 ≪삼국유사≫에 기록·유전된 이래로 오히려 더욱 유명하게 유통되었다는 점을 유념해야 될 것이다. 나아가 이 설화는 무령왕의 행적이 유형화되는 과정에서, 신화화·전설화·민담화의 단계를 거치면서 궁중민간, 승속대중 내지 상하 민중 사이에 감동과 흥미의 공감대를 형성하며 널리 유통되었다는 사실이 주목된다. 이와 같이 저명한 전형적 설화는 언제 어디서나 유통·연행되는 것이 기본적 생리요, 실제적 특성이기 때문이다. 기실 이 서동설화 정도라면, 백제시대 궁중에서도 공연이 가능했을 터이고, 미륵사에서는 포교와 사세확장을 위해서 저명 선왕의 추모와 가피를 겸하여, 적절한 계기에 적극적으로 연행되었을 것이라 본다. 더구나 후대적으로 유서 깊고 풍요·화평한 익산 금마지역이나 그 주변의 불교계와 민간에서, 종교적 전통이나 오락적 요망에 따라, 이런 정도의 설화를 무리 없이 구연·연행했으리라는 점은 족히 짐작되는 터다. 이 서동설화는 고금을 통하여 생동·연행되었기에, 각 지역에 흔적을 남기고 현재에도 공주·부여의 백제문화제에서, 재구·공연되고 있는 실정이기 때문이다. 기실 이 서동설화는 현전하는 원전만으로도 문학적 심미감, 예술적 생동감, 문화적 역동성 등 그 종합적 가치가 출중한 터다. 그래서 이 설화의 입체적 실상과 유구한 전통에 입각하여, 문학사·예술사·문화사 이 세 가지 측면에서 개략적인 검토가 이루어질 것이다.

1) 문학적인 전개와 영향

이 서동설화는 우선적으로 문학 작품이라 본다. 이 설화가 생동해 온 과정과 실태를 전제하고, 현전하는 원전을 보면 문학적 생명력이 넘치기 때문이다. 그것은 오래 널리 유통·연행되는 과정에서, 대체로 장르적 성향을 따라 행세하고 그 주변에 영향을 끼쳐 왔던 것이다. 즉 시가·수필·소설·희곡·비평의 차원에서 실세를 보이고, 기능을 발휘한 것이 바로 그것이다.

먼저 시가의 차원에서 보면, 이 설화 중에 삽입된 <서동요>가 주목된다. 이 민요는 그 설화 전체의 빼어난 서사문맥을 그대로 응축시켜 용의 눈처럼 값지고 귀한 작품이다.46) 그 설화의 문맥대로 라면, 서동이 이 노래를 지어 마을의 어린애들을 꾀어 모두 부르게 한다. 그 노래부르는 모습이 실제로 현장적 연행에 해당되는 것이다. 그래서 그 노래는 동네와 이웃 동네로 퍼지고 마침내 궁성에까지 가득하여 왕궁 군신에게도 들리게 되었다. 이 노래의 마력과 감동파는 왕과 왕비를 놀라게 하고, 선화공주까지 감동케 하며, 신하들에게 충격을 주었던 것이다. 이것이야말로 이 노래의 문학적 실상이요 마력적 기능이었다.47) 이것을 듣는 서민·대중들은 다투어 부르고 또 불러서 전국에 유통될 수도 있었던 것이다. 기실 이 <서동요>는 그와 유사한 민요·동요를 생산하고, 함께 어울려 민중의 노래로서, 당대나 후대의 가요에 지대한 영향을 끼쳤던 것이다. 오늘날까지도 이 노래는 전승되어 민요사·시가사의 머리 부분을 이룩하고 있기에, 많은 학자들이 그 실상과 매력, 문학적 가치와 문학사상의 위치를 성실히 검토하고 있는 중이다.

---

46) 한국 역대 학자들이 향가를 보물처럼 중시하면서, 모두 <서동요>를 연구하여 그 논제를 일일이 들지 않는다.
47) 이능우, 「향가의 마력」, 『현대문학』 21호, 현대문학사, 1956, pp.198∼199.

다음 수필의 차원에서 보면, 이 설화는 민중적인 유통·연행과정에서, 족히 수필로서 인식·감상될 수가 있었다. 그 원전은 수필적 관점에서는 분명히 '譚話'의 장르에 소속될 수 있기 때문이다. 더구나 이 설화를 바탕으로 그 전체를 요약해서 설명하거나 주관적으로 해설·부각시킬 때는, 짧은 산문으로서 구비 및 문장을 통하여 수필적 실상과 기능을 유지하여 왔던 터이다. 따라서 이 설화는 오랜 세월 자연스러운 유통과정에서 많은 수필과 유기적 관계를 맺고 실제적 작품으로 그 폭을 넓혀 갔기에, 그 수필적 영향력과 함께 수필사상에서 중요한 위상을 지켜 왔다고 본다.

그리고 서사문학·소설의 차원에서 보면, 이 원전은 참으로 훌륭하고 아름다운 설화로 유명한 터다. 이것은 실로 멋지고 감격적인 서사문학임에 틀림이 없다. 그 저명한 무령왕·무강왕이 낭만적 영웅으로 미화·부연되어, 일대 설화문학으로 완성된 터이다. 그래서 이 설화는 당대나 후대, 그 장구한 유통·연행과정에서 가장 인기 있고 감동적인 설화작품으로 행세하였다. 그래서 궁중민간, 승속대중, 상하민중에 널리 퍼지고 많은 이화와 모방설화를 생산하게도 되었다. 실제로 부여지방에 궁남지전설~서동설화의 이화가 있어[48] 그 끈질긴 전통을 보여 준다. 그리고 잘 알려진 민담 '내 복에 산다'의 유형은 이 서동설화와 직결된 것이라 하겠다.[49] 그리고 익산지역의 용화산이나 그 산성, 마룡지와 쌍릉,[50] 그리고 후술할 바 오금사에 얽힌 무강왕전설은 다 이 서동설화의 여파라 하겠다. 나아가 이 서동설화가 일연 이후 무왕전설로 개찬·행세하였던 것은 유명한 사실이다. 이것은 이 설화의 역사화과정에서 빚어진 착오·개

---

48) 김석기, 『부여의 전설집』, 화산출판사, 1989, pp.11~13.
49) 김대숙, 『한국설화문학 연구』, 집문당, 1994, pp.17~19.
50) 김정호, 《대동지지(상)》, 익산, 충남대 백제연구소, 1982, pp.424~425.

변의 한 사례라 하더라도, 그것이 ≪삼국유사≫와 같은 문헌에 실려, 그로부터 다시 700년 동안이나 유전되며 큰 영향을 끼쳤다는 것이 그만한 의의를 지닌다고 하겠다. 나아가 이 설화는 견훤과 관련되어 무광왕전설 (제석사창건전설)의 형성에도 영향을 미쳤으리라 본다.[51] 이런 점에서 이 설화는 <서동전>이라 규정할 수도 있겠다.[52] 그래서 후대 학자들이 이 서동설화의 서사문학적 실상과 그 문학사적 위상을 주목할 수밖에 없었던 것이다.

또한 극본·희곡의 차원에서 보면, 이 설화는 참으로 멋지고 역동적인 희곡작품이라 하겠다. 이러한 설화는 궁전이나 대찰, 미륵사 등에서 재의·법회·행사 등에서 으레 공연되는 게 상례로 되어 온 터다. 궁내보다도 미륵사 같은 데서 그 선대 저명 군왕이요 창건주인 武寧王·武康王을 추모·찬탄하고 영원히 기리기 위하여 이러한 설화를 대본으로 연행하는 것이 당연한 관례로 되어 왔기 때문이다. 이 설화는 실제로 극적인 사건 구조와 무대·인물·사건 장면, 대화 중심의 행동화 등에서 희곡적 요건을 거의 다 갖추고 있다.[53] 그래서 이것은 그 시대와 형편, 계기에 따라 다양하게 연행되고, 그 대본으로서 희곡적 실상과 희곡사상의 위치를 지켜 왔다고 보아진다. 따라서 현대 학자들이 이 설화의 연행적 당위성과 희곡적 성격을 규명하는 데에 관심을 모으고 있는 터다.

한편 평론적 차원에서 보면, 이 설화는 <서동요>의 문학적 성격 즉 미학적 마력, 주술적 기능 등을 너무도 절실하게 풀어 보이는 가요평론

---

51) 사재동, 「무강왕전설의 硏究」(p.488)에서 무광왕전설의 형성과 무강왕전설의 干涉을 거론하였다.
52) 사재동은 「서동설화의 연구」(p.430)에서 '서동설화는 상하 민중의 꿈을 꽃피운 5개 단원의 설화를 적층적·허구적으로 응축시킨 「薯童傳」이라 하여 무방할 것이다'라 하였다.
53) 유경숙, 「薯童傳承의 희곡성 시고」, 『한국희곡문학사의 연구II』, 중앙인문사, 2000, pp.299~306.

이라고도 하겠다. 기실 향가의 이른바 가요전설들은 그 당해 시가의 평론이라 하겠거니와,[54] 이 서동설화야말로 <서동요>의 실상과 위상을 올바로 제대로 부각·해설하는 평문이라고 규정될 수가 있겠다. 실제로 수준 높은 시가평론은 그 시가와 하나로 조화되어, 그 실체와 진가를 상보적으로 돋보이게 하는 작업이라 본다. 이런 점에서 이 설화의 평론적 기능은 다른 가요전설들과 함께, 그 가요의 문학적 진상과 문학사적 위상을 진솔하게 밝혀 준다고 하겠다.

2) 예술적인 전개와 영향

이 서동설화의 유통·연행을 실제적으로 전제할 때, 그것의 예술적 전개는 필연적인 현상이다. 기실 이 설화의 문학적 진가는 그 예술적 연행에서 발휘되거니와, 이 설화의 정상적 연행이 입체적인 예술형태로 생동·승화되는 것은 획기적인 일이라 하겠다. 이러한 현상은 이 설화의 역사적 주인공 武寧王·武康王과 그 생전·사후의 환경·무대가 그만큼 화려·찬란하고, 그 행적·내용이 '영웅의 일생'으로서 극적인 낭만성을 확보하였기에, 더욱 풍요롭게 전개되었을 것이다. 그래서 예술적 전개 양상이 사계에 끼친 영향도 지대하였을 터이니, 실로 미술·음악·무용·연극의 차원에서, 그 실세를 보이고 기능을 발휘한 것이 바로 그것이었다.

먼저 미술의 차원에서 보면, 이 설화는 직·간접의 증언을 통하여 미륵사의 환경·규모, 건축·회화·조각·공예 등이 생동하는 실상을 보여 준다. 이 설화의 증언과 현전 유물·유적을 통하여 미륵사의 거창한 미술을 재구·복원해 볼 수 있기 때문이다. 나아가 이 사찰미술을 중심

---

54) 사재동, 「한국 가요전설의 희곡적 전개」, 『한국희곡문학사의 연구』, pp.278~279.

으로 다른 불교미술을 비교하여 그 영향관계도 살필 수가 있을 것이다. 그것은 이 건축의 환경과 위치, 그 대지의 형성을 신비롭게 해설하고, 그 규모를 명시한다. 전게한 바 '乃法像 彌勒三會 殿塔 廊廡 各三所創之'라고 한 것이 대강 창건 당시의 건축상황을 알려주는 터다. 지금도 사지에 가서 그 건축의 유구를 보면, 이 설화와 관련하여 당시의 규모가 국찰로서 손색이 없었음을 실감하게 된다. 그 중에서도 현존하는 석탑은 목조대탑의 면모를 지니어, 당시 건축의 원형을 실증하고 있다. 그리고 이 설화의 증언을 바탕으로, 그 건축에 직접 그렸거나 별도로 그려 걸은 회화를 상상·재구해 볼 수가 있겠다. 그 화려한 단청은 물론, 각개 전각 외벽에 그린 벽화, 그 내벽에 그렸거나 장엄한 벽화·불화·후불탱화 등이 족히 추상되고, 미륵전에 미륵하생도 같은 서사화까지 그려질 가능성도 배제할 수 없다. 나아가 창건주 무령왕을 위한 별전과 함께, 그 초상화 내지 행적도 정도가 그려지지나 않았을까 상상해 볼 수도 있다. 이어 이 설화의 증언에 따라, 미륵삼존상과 함께 다양한 불상·보살상·신중상 등 성상조각을 추상해 볼 수 있고, 실용과 장엄을 위한 각종 석조물들이 조성·설시되었음을 족히 확인할 수가 있다. 이에 따라 사찰에서 필수되는 각종 공양구·생활용품 등 금석·목재의 수많은 공예품이 제작·활용되었음을 능히 추측할 만한 터다. 이와 같이 이 서동설화는 미륵사의 미술에 대하여 그 원형과 함께 그 시대적 배경을 증언함으로써, 불교미술사 특히 사찰건축사나 탑파양식사상에서 중요한 의미를 지닌다고 하겠다.

다음 음악의 차원에서 보면, 이 원전에서 직접 성악이 재생될 수가 있다. 상계한 <서동요>가 당시나 후대의 곡조에 의하여 독창 또는 군창으로 불려졌기 때문이다. 원래 향가는 노래하기 위하여 지어진 것이거니와[55] 이러한 성악이 여러 모로 상승되어 궁정이나 대찰에서 연행될 때에는, 그에 상응하는 기악이 결부·등장할 수도 있었을 터다. 나아가 이 설화에서 간접적으로 시사하는 바 미륵사나 궁정 또는 능침 앞에서 베풀어진 역대의 각종 재의·제례에서는 으레 지정된 음악이 연주되었을 것이다. 여기서는 그 용도에 따라 성악과 기악으로 나누어지고, 그 성격에 따라 사찰 중심의 불교음악과 궁정 위주의 제례음악으로 나타날 수밖에 없었다. 이러한 음악의 실상과 그 연주는 다른 장르의 음악에 영향을 끼치고, 따라서 당대나 후대의 불교음악사 내지 궁중음악사상에서 중요한 위치를 차지하여 왔으리라 보아진다.

이에 무용의 차원에서 보면, 위와 같은 음악과 관련하여 다양한 형태의 무용이 연출되었을 것이다. 우선 이 원전에서 <서동요>를 가창할 때, 그 무용이 자연스럽게 수반되거나 의도적으로 결합되는 사례가 나타났을 것이다. 가상컨대 이 <서동요>의 연행과정에서 薯童舞가 형성·유통될 수가 있었기 때문이다. 위에서 지적된 역대의 제반 재의·제례가 사찰이나 궁정을 무대로 진행될 때, 거기서는 해당 음악과 함께 무용이 필수되었던 것이다. 전문적 가창이나 경음악을 제외하고는, 음악과 무용이 필수적으로 결합·연행되는 것이 당연하기 때문이다. 여기서 미륵사를 중심으로 하는 기악 내지 작법류의 불교무용과 궁정을 주축으로 하는 다양한 궁중무용의 실상을 유추할 수가 있겠다. 따라서 이처럼 다채로운 무용은 상당한 세력을 유지하고 주변 무용에 영향을 끼치며 널리 파급되었을 것이다. 나아가 그것은 불교무용사나 궁중무용사에서 소중한 위치를 차지하였으리라고 추정된다.

한편 연극의 차원에서 보면, 이 원전은 그대로 극화·실현될 수 있는 제반 여건을 갖추고 있는 터이다. 전술한 대로 이 설화는 희곡작품으로

---

55) 여기현, 『신라음악상과 사뇌가』, 월인, 1999, pp.204~217.

서의 모든 요소를 제대로 구비하고 있기 때문이다. 원래 이 서동설화와 같은 원전은 武寧王·武康王에 관한 사찰재의나 궁중제례 등에서 그 법석·행사에 이어, 필수적으로 극화·연행되기 마련이었다. 이러한 관점에서 이 설화를 바라보면, 한편의 감동적인 연극이 생동하고 있다는 것을 실감하게 될 것이다. 그리하여 이 설화는 후대의 다양한 계기에 극화·연행될 가능성이 얼마든지 있다고 본다. 따라서 근·현대의 연극계에서는 이 설화를 국극·창극 장르로 극화·공연함으로써, 그 전통을 계승해 온 것이라 하겠다. 한편 이 설화의 직접적인 연행 말고도, 그 군왕에게 바친 사찰재의와 궁중제례는 제의극의 관점에서 모두가 연극적 공연이라고 보아진다. 위에 거론된 모든 재의·제례는 그 장엄·찬란한 시종 절차와, 군왕 중심의 등장인물들이 벌이는 법도있는 언행, 그에 상응하는 가창·가무 등이 조화되어, 그대로 연극의 양태를 보였기 때문이다. 여기서 이 연극적 공연양상을 적극적으로 검토하면, 그것이 몇 가지 장르로 전개되었음을 대강 어림할 수가 있다. 말하자면 그 <서동요>를 중심으로 가창에 역점을 두어 연극적으로 연행하면, 가창극 형태가 되는 것이요, 거기에 薯童舞 같은 것이 가세하여 역동적으로 연행되면 가무극의 형태가 되는 것이다. 특히 이 사찰재의나 궁중제례 때에는, 으레 가무가 주축을 이루는 터이므로, 그 가무극 형태는 더욱 풍성해졌으리라고 보아진다. 그리고 이 설화의 문체는 소설적 서사문맥에 가요가 섞여 있기에, 그 자체가 이미 강창문학 양식을 유지하고 있는 게 사실이다. 그러기에 이 설화를 한 사람의 연행자가 그대로 연창하여도, 바로 강창극 형태가 드러나는 것이다. 위와 같은 연극 형태를 종합하고 입체적으로 조직하여, 무대를 설치·장엄하고, 등장인물이 의상·분장하여 그 사건을 대화와 행동으로 엮어 나가는 것이 전문적이고 본격적인 대화극 형태라 하겠다. 이 설화는 적어도 대찰이나 궁정에서 연극을 크게 벌릴 때,

거의 대화극 형태로 공연되었을 가능성이 짙다. 근·현대에 이르러 이 설화가 대강 선화공주류의 이름을 띠고, 대화극 형태로 공연된 사실은 그 대화극적 전통을 시사하는 바가 작지 않다. 이러한 연극적 형태는 당시나 후대에 인기리에 공연되면서, 다른 연극에도 지대한 영향을 미쳤을 것이다. 따라서 이것이 차지하는 불교연극사·궁중연극사상의 위상은 실로 주목할 만하다고 본다.

3) 신앙·민속적 전개와 영향

이 서동설화는 그 원전에서 문화적인 복합성을 보여주는 게 사실이다. 그 자체가 언어·문헌이나 종교·신앙, 민속·전승 등을 실제적으로 함유하고 있기 때문이다. 이 원전이 자연스럽게 유통·연행되는 과정에서, 그러한 문화현상들은 각기 생명력을 가지고 널리 영향을 끼치게 되었던 터다. 기실 이 설화를 불교문화적 관점에서 살피면, 그것이 차지하는 문화사적 위상이 매우 중시될 수밖에 없다. 이에 문학의 연행이 예술로 전개되고, 그 예술의 파급이 문화를 생산하였다는 논리·맥락에서, 그 신앙과 민속의 측면을 살펴보겠다.

먼저 신앙적 측면에서 보면, 이 설화에는 불교신앙의 여러 면모가 나타난다. 이 설화가 미륵사창건설화라는 점에서, 미륵신앙을 숭앙·전포하는 데에 크게 이바지하였던 것이다. 실제로 여기서는 미륵삼존상이 주불이 되어, 이 도량을 장엄하고 있었으므로, 그 창건 이래 오랜 세월 미륵신앙의 중심지가 되어 왔던 게 사실이다. 이러한 미륵신앙은 백제시대·백제권의 불교신앙에서 주축을 이루고, 후대 금산사 등의 彌勒寺刹과도 연계되어, 큰 영향을 미치며 면면한 신앙사를 이룩해 왔던 것이다. 그리고 이 설화는 이적이나 신통력을 그대로 신빙하는 타력신앙이 주조를 이루는 사실을 밝히고 있다. 여기서 지명법사는 그 신통력으로 그들이 모은 황금과 공주의 편지를 신라 궁중에 보내고, 나아가 왕과 왕비가 용화산하 대지에서 출현한 미륵삼존불에 감복하여 창사를 발원했을 때도, 그 대지를 하루 밤 사이에 메워 절터로 만들었던 것이다. 이러한 법사와 왕·왕비가 신통력을 발휘·체험한 사실은 그 당시나 후대의 타력신앙에 지대한 영향을 주고 그 역사적 맥락을 지켜 왔던 터이다.

나아가 여기서 중시되는 것은 이 왕과 왕비가 발원사상에 바탕을 두고 미륵사를 창건하였다는 사실이다. 이런 창사의 발원과 그 성취는 불교발전의 원동력이 되고 후대 사찰창건의 전범이 되었던 터이다. 이 사실은 미륵사 주변의 몇 개 사찰이 그 창건과정에서 무강왕과 관련을 가졌다는 점으로 미루어 추측된다. 실제로 익산지역에 있었던 '五金寺'의 창건전설은 직접 '薯童'이 주인공으로 되었다. ≪동국여지승람≫ 제33권 益山 佛宇조에

世傳 薯童事母至孝 掘薯蕷之地 忽得五金 後爲王創寺 其地因名焉

이라고 한 것은 이러한 현상을 입증하고 있다. 이 창사전설은 그대로가 서동설화의 이화이기 때문이다. 사실 부여지역의 왕흥사까지 일연 당시는 미륵사로 혼칭되고, 그 武王傳說과 혼효되었던 것이다. 이 서동설화는 위 무광왕전설이 형성되면서 왕궁리 제석사의 창건설화에도 영향을 미치게 되었던 터다.

한편 민속의 측면에서 보면, 이 설화에는 다양한 민속적 사실이 드러난다. 먼저 서동의 출생에서 과부와 지룡의 교통을 통하여 야래자전설의 민간관념을 보여 준다.[56] 그리고 서동의 작명인연을 통하여 민간에서 속명·애칭을 지어 부르는 풍속이 시사되고 있다. 그리고 서동이 꾸며낸

동요의 가창·전파를 통하여 가요의 주력적 기능과 그 가창유희의 일면이 드러나는 것도 사실이다.[57] 나아가 서동이 선화공주와 야합하고 신라 왕실의 혼사 공인을 받으며, 민심을 얻어 왕위에 오르기까지의 소중한 통과의례가 순차적으로 전개되는 것이다.[58] 이와 관련하여 서동과 공주의 야합이 마(서예)의 풍요제의를 상징적으로 표현하고 있다는 추측까지 가능한 터라 하겠다. 한편 이 설화에 반영된 바 모든 사찰재의와 궁중제례 및 능침제도 등은 실로 그 민속의 중요한 반영이라 하겠다. 그리하여 이러한 민속적 측면의 모든 요건은 다른 상하 민속에 지대한 영향을 끼치고 불교민속사나 궁중풍속사 내지 민중민속사 등에서 중요한 위치를 차지해 온 터라 하겠다.

5. 결론

이상 서동설화에 대하여, 그 시대적 배경과 역사적 주인공을 중심으로 불교문화학적 방법론을 통해서 재고하게 되었다. 지금까지 논의해 온 것을 요약함으로써, 그 결론을 삼으려 한다.

1) 이 서동설화는 《삼국유사》 권2 무왕조의 주기에서 밝힌 대로 무강왕전설이라 간주하고, 문헌적 전거에 의하여 그 '武康王'을 '武寧王'이라 고증함으로써, 그 상한연대가 무령왕대라는 점을 추정하였다. 나아가 이 무령왕대가 이 설화의 상한연대라는 논의는 미륵사의 유물·유적, 특히 미륵사지석탑을 근거로 하여 더욱 합리적으로 보증되었다. 한국탑파

---

56) 장덕순, 『한국설화문학 연구』, 서울대 출판부, 1970, p.136.
57) 김열규, 『향가의 어문학적 연구』, 서강대 인문과학연구소, 1972, pp.42~51.
58) 김열규, 『향가의 어문학적 연구』, p.36.

의 양식사적 정설에 의하여, 목조탑파의 양식을 그대로 계승한 미륵사지석탑이 이를 집약·정화하여 성왕 16년경에 건립된 정림사지석탑에 선행한다는 사실을 입증함으로써, 그 미륵사와 그 석탑이 무령왕대에 세워졌다는 점에 하등의 무리를 느끼지 않았던 것이다. 따라서 이 서동설화의 시대적 배경은 무령왕대를 기점으로 하여 백제시대와 신라 통일기, 후백제시기 내지 고려 초·중기를 거쳐 충렬왕대 이전에 '古本'으로 정착되고, ≪삼국유사≫에 기록되기까지, 무려 700여 년에 걸쳐 자리하고 있었던 터이다. 그러기에 이 설화는 무령왕의 행적과 미륵사 창건사실이 오랜 세월에 걸쳐 유형화되고, 신화화단계·전설화단계·민담화단계를 드러내면서, 무강왕전설로 완결·고정된 것이라 추정되었다.

2) 이 서동설화는 그 역사적 주인공이 무령왕이라는 전제 아래, 그 왕의 행적과 미륵사 창건사실, 능침의 경영 등을 통하여, 그 설화화과정이 구체적으로 검토되었다. 먼저 이 무령왕의 행적과 '서동'의 그것을 8가지 측면에서 대비·고찰함으로써, 상호 근접·유사한 사실이 입증되었다. 따라서 무령왕이 그 역사적 주인공이라는 사실을 더욱 신빙하게 되고, 그 왕의 행적이 설화화되는 구체적 양상이 밝혀졌던 것이다. 그리고 무령왕의 창사사실을 규명함으로써, 그 왕의 생전·사후에 그 미륵사에서 베푼 각종 재의·법회·행사 등을 통하여 그것이 신화화·전설화·민담화 단계를 거쳐 미륵사창건설화로 정착되는 과정이 합리적으로 추정되었다. 이어 무령왕의 능침이 송산리에 서방정토 연화장세계의 보궁으로 경영·제례되다가, 부여 천도에 따른 만대 수호와 추모 제례 등 복합적인 동기로, 성왕대에 익산 금마 미륵사 근처의 명당에 가릉, 쌍릉을 설치·운영함으로써, 미륵사가 그 가릉의 수호 원찰로 되어 각종 재의·제례·행사 등을 통일적으로 주재하는 가운데, 그 설화화 현상이 보다 분명한 계통을 잡게 되었던 것이다. 이로써 저명한 역사적 인물의 빛나

는 행적이 오랜 세월 여러 단계의 우여곡절을 겪어 설화화되는 과정과 맥락을 추적해 볼 수가 있었다.

3) 이 서동설화는 형성·전개의 시대적 배경이 장구하고, ≪삼국유사≫에 수록·유통된 기간도 그만큼 오래된 데다가, 그 자체의 생리와 성격에 따라, 각종 재의·제례, 행사·축제 등을 통하여 연행됨으로써, 당대나 후대의 문학·예술·문화와 교류하고 영향을 상호 수수하면서, 문화사적 위상을 정립하여 왔던 것이다. 먼저 문학적 측면에서, 이 설화는 그대로가 문학작품으로서, 그 안에 삽입된 <서동요>가 향찰가요의 면모를 가지고 시가문학의 실상과 시가문학사상의 위상을 차지하게 되었고, 이 설화의 축약·해설·설명으로써 족히 수필문학의 실상과 수필문학사상의 위상을 유지하게 되었다. 그리고 이 설화는 실로 저명한 낭만적 서사문학으로서 소설처럼 행세하며 서사문학·소설사상의 위치를 점유하여 왔고, 나아가 이 설화의 연행을 전제로, 그 구조·구성·표현 등이 희곡 형태를 갖추어 공연의 대본으로 역할하면서, 희곡사상에서 그만한 위치를 유지하였던 것이다. 나아가 이 설화는 그 <서동요>를 사실적으로 해설하고 그 서정적 미학세계를 조화롭게 상보·부각시킴으로써, 시가평론의 기능까지 발휘하며 역사적 맥락을 이어 왔던 것이다. 다음 예술적 측면에서, 이 설화가 문학적 실상과 문학사적 전개를 바탕으로 자연스럽게 연행됨으로써, 미륵사를 중심으로 불교미술의 여러 장르를 증언·부각시켜 불교미술사의 일면을 차지하여 왔고, 그 <서동요>의 가창을 기본으로 각종 재의·제례·행사·축제에서 연주된 음악을 유추하면서 그 기능과 함께 불교음악사의 일부에 자리하여 왔음을 추정하였다. 이어 이 설화의 음악적 연행과 직결되어 <서동요>의 역동적 연출에서 <서동무> 정도가 등장하고 각종 재의·제례에 전문적 무용이 공연되었음을 추측하였고, 그 희곡적 대본에 근거하여 여러 계기에 따라 극

화·연행되되, 가창극·가무극·강창극·대화극 등의 형태로 전개되었으리라 추론하였다.

한편 신앙·민속 등 문화적 측면에서 이 설화는 미륵신앙을 비롯하여 다양한 불교사상과 재의·행사 등을 일으켜 그 신앙을 고취함으로써, 당대나 후대의 불교계에 영향을 끼치고 인근 지역 사찰의 창건연기설화에도 그 잔영을 남기면서, 역사적 의미를 가졌다고 보았다. 그리고 이 설화에는 신이출생, 작명풍습, 가창유희, 남녀 야합으로부터 혼인공인 내지 즉위까지의 통과의례, 풍요제의 내지 사찰제의·궁중제례 및 능묘제도까지 함유·반영하고 있어, 민속적 실상과 그 영향에 따른 민속사상의 위치가 비교적 선명하다고 보았던 것이다.

이로써 서동설화에 대한 불교문화학적 접근을 시도하였다. 이는 어디까지나 역사적 인물의 행적이 유명한 설화로 형성·전개되는 과정을 종합과학적 방법, 불교문화학적 방법론으로 조명한 것이지만, 결국 추론적 시도에 그치고 말았다. 그러나 이 서동설화 정도의 원전을 생동하는 실체로 보고, 그에 상응하는 방법론을 모색하여 입체적으로 분석·종합하는 것이 상책이라고 본다. 앞으로는 이러한 설화를 설화로만 볼 것이 아니라 그 문학적 면모, 그것이 공연되는 예술적 실상, 그로부터 벌어져 나간 문화적 현상으로 간주하여, 그 무궁무진한 가치체계와 그 역사적 위상을 제대로 파악해 내는 것이 당면과제라 하겠다.

서동설화의 문학적 실상

1. 서론

잘 알려진 대로 이 서동설화는 ≪삼국유사≫ 권제2 기이에 실린 무왕조의 기사다. 이 설화는 백제시대의 문화사, 그 정치사를 비롯하여 문학·예술사, 종교·사상사 내지 생황·민속사 등을 연구하는 데에 필수적인 보전이 아닐 수 없다. 그동안 이 설화에 대한 다양한 논의가 하나의 연구사를 이루고 있지만, 그 원전으로서의 중요성과 가치는 여전하기 때문이다. 이러한 연구업적의 삼림 속을 헤치고 적어도 문학과 예술의 관점에서만 살피더라도 재고해야 될 문제점이 얽혀 있는 게 사실이다. 그러기에 새삼스럽게 이 설화에 대한 몇 가지 문제를 제기하고 재론할 필요가 있는 터다.

먼저 이 서동설화와 <서동요>를 중심으로 선행 연구업적을 검토해 보겠다. 일찍이 저 小倉進平의 『鄕歌及吏讀의 硏究』에[1] 이어 양주동은 『古歌硏究』에서 무왕조에 실려 있는 그대로를 부연하였다. 양주동은

> 武王의 幼名은 遺事의 '小名薯童…常掘薯蕷 賣爲活業'이라 하였으나 이
> 는 武王의 幼名이 '末子'의 義의 '맛둥'임에 생긴 傳說이니 '맛둥'(막둥, 마
> 퉁)이 末子의 原義임은 王의 俗名 '末通大王'으로 알 수 있다.2)

라고 하여, '薯童'이 즉 무왕임을 단정하고, 나아가 <서동요>의 작자를
'백제무왕'이라 규정하였다.3)

이에 뒤따라 조윤제를 비롯하여4) 김사엽,5) 김동욱,6) 정주동,7) 이능
우8) 그리고 구자균,9) 조지훈,10) 김기동,11) 정병욱,12) 김준영,13) 양염
규14) 등 여러 학자들이 모두 '서동'이 즉 무왕이며, 무왕이 <서동요>의
작자라는 의견을 내세워 국문학계와 국어교육계에 직접적인 영향을 주
고 있는 실정이다.15) 다만 이종우와 이명선만이 '그 당시의 동요를 전설
적인 무왕에 기탁하여 후인이 꾸며낸 것인지도 모른다'16)고 의심을 품
은 채로 결국에 가서는 '薯童謠는 진평왕대의 薯童(후에 백제의 무왕이 되다)
의 作'17)이라 하여 학계의 일반적 견해에 추종하고 말았던 것이다.

---

1) 小倉進平, 『鄕歌及吏讀の研究』, 京城帝大, 1929, pp.89~91.
2) 양주동, 『增訂 古歌研究』, 일조각, 1965, p.448.
3) 양주동, 앞의 책, p.443.
4) 조윤제, 『한국시가사강』, 박문출판사, 정정판, p.42.
5) 김사엽, 『개고 국문학사』, 정음사, 1956, p.157.
6) 김동욱·이숭녕 공편, 『국어국문학사』, 을유문화사, 1955, p.19.
7) 정주동, 『국문학사』, 형설출판사, 1963, p.21.
8) 이능우, 『국문학개론』, 이문당, 1955, p.37.
9) 구자균, 『국문학논고』, 박영사, 1966, p.268.
10) 조지훈, 「신라가요연구논고」, 『민족문화연구』 제1집, 고대민족문화연구소, 1964, p.138.
11) 김기동, 『국문학개론』, 대창문화사, 1955, p.27.
12) 정병욱, 『한국시가발달사』, 고대민족문화연구소, 1967, p.791.
13) 김준영, 『국문학개론』, 형설출판사, 1966, p.75.
14) 양염규, 『국문학개설』, 정연사, 1959, p.189.
15) 국문학의 일반 참고서나 고교 고전교재는 모두 전게 학자들의 견해를 따르고 있으므
　　로, 그 편저자와 서목을 일일이 들 필요가 없다.
16) 이종우, 『향가문학론』, 연학문화사, 1971, p.24.
　　이명선, 『조선문학사』, 조선문학사, 1948, p.55.

한편으로 고고학계에서는 고유섭을 위시하여[18] 황수영과[19] 이양수[20] 제씨가 ≪삼국유사≫ 소전 그대로 서동, 즉 무왕이라 강력히 주장함으로써, 이러한 견해는 학계의 정설로 굳어진 느낌을 주고 있다.

그런데 이병도는 「薯童說話에 대한 新考察」에서 전래의 견해에 대하여 반론을 제기하였다. 이병도는 서동설화의 내용과 무왕의 역사적 사실을 비교하여, 이 설화가 무왕과 무관한 것임을 역설한 다음[21] ≪삼국사기≫ 백제본기 東城王 十五年 春三月條에

王遣使新羅請婚 羅王以伊伐飡比智女歸之

라 보이는 기록과 同書 新羅本紀 炤知(一云毗處)麻立干 十五年 春三月條에

百濟王牟大 遣使請婚 王以伊伐飡比知女送之

라고 한 것을 근거로 하여, 동성왕이 신라 귀공녀를 그 배우자로 맞았으리라는 데에 착안하고[22] 나아가 동성왕의 諱, '牟大'(≪삼국사기≫・≪삼국유사≫・≪南齊書≫)・'麻帝'(≪삼국유사≫) '牟都'(牟大의 이칭) '末多'(≪百濟新撰≫・≪日本書記≫) 등이 어음상 '서동'(마등), '末通'과 매우 근사하다는 점을 강조하고[23] 인하여 이병도는

---

17) 이종우, 앞의 책, p.23.
   이명선, 앞의 책, p.55.
18) 고유섭,『조선탑파의 연구』, 을유문화사, 1954, pp.64~71.
19) 황수영,「백제의 건축미술」,『백제연구』제2집, 충남대백제연구소, 1971, pp.83~90.
20) 이양수, 이병도의「薯童說話에 대한 異說」을 駁함,『충청』제21호, 1971, pp.30~34.
21) 이병도,「서동설화에 대한 신고찰」,『역사학보』제1집, 1953, pp.52~53.
22) 이병도, 앞의 논문, pp.53~54.
23) 이병도, 앞의 논문, p.59.

薯童은 다른 사람이 아니라 바로 東城王 其人이라고 하지 아니하면 아니
되겠다.[24)

라고 새로운 견해를 내세움으로써 학계에 파문을 던지게 되었다.

이러한 견해에 대하여 김선기는 「향가의 새로운 풀이」(쑈뚱노래·薯童謠)
에서 '동성왕을 서동요의 작자로 보기에는 여러 가지 점에서 무리가 간
다'[25)고 전제하고, 8개 조항의 이유를 들어[26) 이병도의 서동 즉 동성왕
설을 강력히 부정하였다. 그리고는 ≪三國遺事≫ 卷第四 義解·<元曉不
羈>의 기록을 들어 서동설화의 그것과 비교한 다음, '여덟 가지 점에서
무왕이야기와 원효의 일화는 일치한다'고 내세웠던 것이다. 즉

첫째 이름이 비슷한 것,
　　(a) 원효의 어릴적 이름 誓幢.
　　(b) 무왕의 어릴적 이름 薯童.
둘째 (a) 원효는 중이니까 머리를 깎았을 것.
　　(b) 무왕(薯童)은 「削髮來京師」로 머리 깎는 것, 곧 중인 것을 알 것.

---

24) 위와 같음.
25) 김선기, <쑈뚱노래>(薯童謠),『현대문학』통권 제151호, 1967. 7, p.297.
26) 김선기는 앞의 논문(p.297)에서 그 8개조의 불가설을 다음과 같이 제시하였다.
　「첫째로 동성왕은 이름이 '무깐'이나 '마깐'인데 '맏둥'과는 맞지 않고,
　둘째로 동성왕이 머리 깎고 중이 될 수 없고,
　셋째로 서동요는 활 잘 쏘는 사람보다 글 잘 짓는 이어야 할 터인데 동성왕이 노래
　를 잘 지었다는 이야기가 없고,
　넷째 무왕이 장가들었다고 보는 '빋'이나 '비디' 比知의 딸이 선화공주인지 증거를
　댈 도리조차 없고,
　다섯째 서동요는 노래의 된 폼으로 보아 신라노래요 백제노래 같지 않고,
　여섯째 화랑도 이전에 생긴 노래같지도 않고
　일곱째 뿌따 가르침이 들어오기 전에 노래가 그렇게 퍼져서 노래로 궁중에 퍼뜨리
　게 될 만큼 된 것도 같지 않고,
　여덟째 신라나라가 경제적으로 좀 넉넉하여진 것은 사기의 다음 기록으로 보아 지
　증왕 이후로 본다.」

셋째 (a) 원효가 「風顚唱歌」라 하였으니 노래를 길에서 불렀다 하였다.

    (b) 「(閭里)群童親附之 乃作謠 誘群童而唱之」라 한 것이 일치된다.

넷째 (a) 원효는 「誰許沒柯斧 我斫支天柱」라 하였다. 그 뜻은 태종왕의
    해석을 좇으면 「此師殆欲得貴婦 産賢子之謂也」라 하였다.

다섯째 (a) 瑤石宮 寡公主가 상대자다.

    (b) 진평왕 셋째 공주 선화가 상대자다.

여섯째 (a) 원효 「仍作歌流于世 千村萬落且歌且舞 化詠而歸」와 「誘群童而
    唱之童謠滿京 達於禁宮」이 同軌다.

일곱째 (a) 원효의 절은 新幢이나 初開라 하였다. 새더라(새절)이란 뜻.

    (b) 무왕이 지었다는 절은 미륵사다.(국사에선 왕흥사라 하였다)

여덟째 (a) 褫衣曬眼 因以留宿 公主果有娠生薛聰.

    (b) 公主雖不識其從來 偶爾信悅 因此行 潛通焉 然後知薯童名 乃信
    童謠之驗.[27]

이라고 한 것이 그것이었다. 이어서 김선기는

    이에서 살펴본 여러 가지 점을 생각하여 볼 적에 이 일화(薯童說話·筆
者註)의 주인공은 원효 밖에 될 사람이 없다는 판단이 나서게 된다. 그러므
로 나는 薯童謠의 작자는 '원효'로 본다.[28]

라는 결론을 내렸던 것인데, 이렇게 서동 즉 원효설을 내세움으로써 학
계에는 다시금 복잡한 문제가 일어나게 된 것이다. 이와 같이 종래 학설
들이 서동을 실제 인물로 보고, 각양각색의 의견을 錯綜시켰던 것을 우
리는 볼 수가 있다.

    우선 서동 즉 무왕설을 검토해 보면, 그렇게 주장할 만한 근거가 어디
에 있는 것인지는 뻔한 일이다. 이 서동설화가 ≪삼국유사≫ 권제2 무왕

---

27) 김선기, 앞의 논문, pp.301~302.
28) 김선기, 앞의 논문, p.302.

조에 실려 있으므로 그것을 그대로 진신한다면 마땅히 서동=무왕이라는 주장이 나올 수밖에 없다. 그런데 이 설화에 서사된 서동의 활동과 무왕의 사실과를 비교할 때, 이병도가 지적한 바와 같이 서로 어긋남을 확인하게 되는 것이다. ≪삼국유사≫의 찬자, 일연의 '武王' 제하 주기에

古本作武康 非也 百濟無武康

이라고 보인 것만으로도 일연이 武康王傳說을 武王傳說로 고쳐 놓은 것을 파악할 수가 있다. 이러한 일연의 자의적인 改竄·刪削을 의심하고 살펴본다면, 이병도가 의문을 제기한 것은 너무도 당연한 일이 아닐 수 없다. 따라서 서동 즉 무왕설은 재론의 여지가 없게 되었다.

다음으로 이병도의 서동 즉 동성왕설은 어떠한가. 여기에도 그대로 수긍할 수 없는 바가 없지 않다. 이병도가 취했던 방법 그대로를 좇아 이 설화를 동성왕대의 사실과 비교·검토할 때, 양자의 관계가 생각보다 소원하다는 데에 새삼 놀라게 되기 때문이다.

동성왕 15년의 청혼과 그 결연이 반드시 동성왕의 王妃 迎聘을 위한 것이었다는 확증을 얻지 못하는 데다가, 그 왕의 제2자라는 무령왕이 오히려 혼기를 넘긴 나이로 있었다는 것을 간과할 수 없다. 설혹 당시 후궁 영빙의 예가 있었다 하더라도, 무강왕·무왕→마동·말통·모대(동성)의 두운 /m/의 유사성만을 가지고, 서동설화의 주인공이 실재인물인 동성왕이라고 단정한 것은 ≪삼국유사≫의 사료비판을 소홀히 한 속단이라고 보아야 할 것 같다. 더욱 전게 김선기의 고증을 보더라도 양자가 무관한 것임을 알 수가 있다.[29] 다만 일본 측의 그들 식 서칭인 '末多'만

---

29) 김선기는 앞의 논문(p.295)에서 '그리고 보니 동성왕은 '마깐'이나 '무깐'이니까 '마똥'과 같을 수가 없다'고 한 바가 있다.

이 우리 측의 전설적 속칭인 '末通'과 유사성을 지닌 것 같을 따름이다. 그렇다 하더라도 설화의 주인공인 '서동'(末通大王)과 '末多'·'牟大'의 유사성만을 가지고 무강왕=동성왕이라고 단정하여 마땅할 것인가가 의문으로 남지 않을 수 없다. 그것도 '末通'을 반드시 음독하여야만 된다는 원칙이 성립되지 아니하는 한에는 '末多'와 '末通'의 비교라는 것도 일종의 시도 정도에 지나지 않는 것이라 하겠다. 더구나 '薯'의 백제어가 '마'·'맣'·'맛'이었다는 증거도 없는 터요, 또 '童'의 백제어가 '둥'·'둥이'였다는 확증도 없는 터에 薯童=末通=末多=東城이라고 단정할 수는 없는 것이 아니겠는가. 따라서 이병도의 학설은 양주동이 제시한 가설을 액면 그대로 믿고[30] 전설과 실록을 혼동한 데서 도출된 새로운 가설의 제기에 지나지 않았을 따름이라 보아진다.

그리고 김선기는 이병도보다도 더 두드러지게 사실과 설화를 혼동함으로써, 이병도의 학설을 부정하기 위한 새로운 臆說을 주장했다.[31] 그가 서동 즉 원효설을 주장하려고 내걸은 8개 조항의 일치점이란 것은 거의 문제의 핵심을 벗어나, 무리한 점을 감추지 못하고 있기 때문이다. 실로 김선기의 방법을 그대로 따른다 하더라도 서동의 설화와 원효의 전기―이것도 실은 전설이지만―사이에는 일치점을 발견할 수가 없다.

김선기의 소위 8개 조항의 일치점 중에서 '첫째 이름이 비슷한 것' 마저도 그대로 시인하기가 어렵다. 이 '薯童'이 원효의 小名 '誓幢'이라 단언할 수 있겠는가. 우선 양자의 훈이 다르고 음도 '童'과 '幢'에 이르러서는 의문이 없을 수 없다. 즉 '童'은 廣韻·正韻에 '徒紅切'이요 集韻·韻會에는 '徒東切'인데, '幢'은 唐韻에 '宅江切'이요 集韻·韻會에는 '傳江切'이니, 다시 생각할 여지가 있는 것인가 한다. 더 나아가 우리가 나

---

30) 양주동, 앞의 책, pp.447~448.
31) 김선기, 앞의 논문, p.302.

머지 7개 조항을 검토해 나갈 때, 서로 비슷한 듯하면서도 그 근거가 박약함을 알게 될 것이다.[32] 이제 우리가 일보를 양보하여 그 8개 조항이 모두 유사성을 지닌 것이라고 가정하더라도, 그것은 역사적 사실의 일치와는 엄연히 구별되는 바로서, 薯童傳說과 元曉傳說의 同類型性 내지 연결성을 드러내고 있을 따름이다.

거시적 관점에서 서동설화 전체를 <元曉不羈>의 그것과 비교해 볼 때, 그 유사성마저도 극소 부분적인 것에 불과함을 확인할 수가 있을 뿐이다. 주지하는 바와 같이 서동설화의 결연부분과 <元曉不羈>의 중간부 '唯鄕傳所記有一二段異事' 아래에

師嘗一日風顚唱街云 誰許沒柯斧 我斫支天柱 人皆未喩 時太宗聞之曰 此師殆欲得貴婦 産賢子之謂爾 國有大賢 利莫大焉 時瑤石宮 有寡公主 勅宮吏覓曉 引入宮吏奉勅將求之 已自南山來過蚊川橋遇之 佯墜水中濕衣袴 吏引師於宮 褫衣曬眼 因以留宿 公主果有娠 生薛聰 … 曉旣失戒生聰 已後易俗服 自號小姓居士 偶得優人舞弄大瓠 其狀瑰奇 因其形製爲道具 以華嚴經一切無㝵人 一道出生死 命名曰無㝵 仍作歌流于世 嘗持此 千村萬落且歌且舞 化詠而歸 使桑樞瓮牖玃猴之輩 皆識佛陀之號 咸作南無之稱 曉之化大矣哉

라고 한 것만이 어느 정도의 유사성을 지니고 있을 따름이다. 서로 다른 설화 사이에 부분적 유사성 내지 우연한 일치점은 설화의 형성·유전 과정상의 상호 영향 관계거나 동일 원형으로부터의 회동·차용 관계로 해서, 흔히 발견되는 사례다.[33] 따라서 서동설화와 <元曉不羈>의 부분적 유사성을 가지고 양자의 전반적 일치인양 과장 확대하여 서동 즉 원효설을 주장한 것은 아무래도 수긍되지 않는다. ≪삼국유사≫에 함께 실

---

32) 그 7개 조항이 서로 비슷한 듯하면서도 근거가 박약하다 함은 상식적으로 족히 이해될 것이므로 장황한 비판·설명을 생략할 수밖에 없다.

33) Antti Aarne(關 敬吾譯)『昔話の比較硏究』, 東京, 岩崎美術社, 1969, p.36.

린 서동설화와 원효전기는 엄연히 다른 성격을 띠고 독자적으로 행세하는 터로서, <元曉不羈>가 하나의 전설로서 모든 기록과 향전까지를 집대성한 것이라 보아야 할 것이라면[34] 오늘에 와서 사소한 유사점만을 가지고 원효전기의 일부로 서동설화를 병합시킨다는 것은 너무도 대담한 논단이라 아니할 수 없겠다.

이와 같이 우리 학계의 저명한 인사들이 서동의 설화를 각기 역사적 사실처럼 고증하려 하고 있으니, 이는 설화와 역사를 혼동하는 처사로서 그 연구가 빗나간 것을 보이는 것이라 하겠다.

대체로 어떤 설화가 역사적 성격을 띠고 있을 때, 이것을 사실과 혼동하여 연구하는 사례는 세계 공통의 경향이라고 하더라도[35] 이에는 우선 그 설화의 역사적 측면을 분명히 해 두고서, 본격적으로 설화의 분석 작업에 나서야 하는 것이다. 한 설화가 결코 역사적 사실이 아니면서도 或種의 연유로 역사성을 띠게 되는 전설·설화의 민간전승적 특질을 이해한 다음에야 비로소 그 연구가 올바른 방향으로 정립될 수 있기 때문이다.

그러므로 본고는 <서동요>를 내포한 그 설화를 본질적으로 고구하기 위하여 서동을 둘러싼 몇 가지 문제를 제기해 볼까 하는 것이다.

(1) 서동설화는 과연 어떠한 역사적 인물을 그 설화의 주인공으로 분장시키고 있는가?

(2) 역사상의 인물과 <서동요>와는 어떠한 관계를 가지고 있는가?

(3) 서동은 그 실체가 무엇이며 서동설화 존립의 사회적 기반은 무엇

---

34) <元曉不羈>는 '諺云', '古傳', '師之行狀云', '唐僧傳云', '鄕傳所記' 등의 집대성으로 보아진다.

35) 베른하임은 『사학개론』(조기선 역, 정연사, 1954, p.155)에서 '以前에는 이 傳說들은 何等 吟味되는 일 없이 歷史에 採擇되었던 것인데, 傳說이 이와 같이 여러 가지 形態가 있다는 것을 槪觀하면 그 특징을 인식하고 거기 따라서 傳說을 取扱하여야 할 것이 얼마나 중요한 일인가를 잘 알게 될 것이다'라고 했다.

이었던가?

(4) 서동설화는 어떠한 내막으로 조직되어 있는가?

(5) 그리고 그 설화는 어떻게 성장하였으며 어떠한 과정을 밟아 완성된 것인가?

본고는 이와 같은 문제들의 究明을 중심과제로 하여 시도되는 터이다. 그리하여 서동설화와 <서동요>의 문학적 실상을 제대로 밝히고 나아가 이 설화에 대한 국학계의 올바른 연구를 위하여 방법론적 문제를 제기하는 데에 머물고자 한다. 위와 같이 異論이 분분할 때에는 원전으로 되돌아가 차근차근히 살펴 나오는 것이 현명한 일이라고 생각한다. 그럴 경우에 언제나 원전만이 유일한 근거가 될 수 있기 때문이다.

2. 서동설화의 역사적 인물

위에서 지적한 바와 같이 <武王>의 題下에 일연이 註記하기를

古本作武康 非也 百濟無武康

이라고 했다. 그러니까 ≪삼국유사≫ 所傳의 서동설화는 한 '古本'으로부터 인용·수록한 것이 분명하겠다. 그리고 '古本'에 실린 바 그 原題는 '武康王'이었던 것이 일연에 의하여 '武王'으로 개찬되었음을 보이고 있다. 따라서 이 서동설화의 주인공은 원래 武王이었던 것을 窺知할 수가 있다. 즉 일연이 경상지역의 어느 사찰의 机上에서 ≪삼국사≫·≪寺刹緣起≫·≪高僧傳≫·≪神異記≫·≪靈異傳≫ 등의 문헌을 바탕으로 하여36) ≪삼국유사≫를 찬술함에 있어서, 때에 따라서는 刪削·改

竄을 자행하기도 했고 自家見을 첨부 또는 註記했던 흔적을 우리는 현존
≪삼국유사≫의 곳곳에서 발견할 수가 있다.

여기 익산 왕궁면 일원 및 미륵사 주변에 남아 있던 무강왕전설을 익
산 현지의 실상 조사도 하지 않고 武王傳說로 자의 개찬한 예가 바로 그
무왕조라 할 수가 있겠다. 그러기에 익산 왕궁면 일원 및 미륵사 주변의
현지에서는 ≪삼국유사≫를 撰定・印布한 후대(고려말~조선초)에 있어서
도 의연히 옛 모습대로 무강왕전설로 주고받고 했던 실정을 파악할 수
가 있다. 즉 ≪고려사≫ 지리지에

金馬郡…又有後朝鮮武康王及妃陵 俗稱末通大王陵 一云百濟武王 小名薯童

이라 하고 ≪세종실록≫ 지리지에서

益山郡…後朝鮮武康王及妃雙陵 在郡西北五里許 俗呼武康王爲末通大王

이라고 한 기록은 이러한 측면을 실증하고 있는 바라 하겠다.[37]

따라서 우리는 '古本' 그대로 이 '武康王'을 주목해야만 되겠다. 주지
하는 바와 같이 고문헌, 특히 ≪삼국사기≫나 ≪삼국유사≫ 및 동양사
서의 표기예에 따르면 '武康王'은 바로 '虎寧王'이 됨을 직관할 수가 있
겠다. '武'는 '虎'로 대용할 수가 있고, 이와 같은 원리에 따라 '康'은
'寧'으로 돌려 쓸 수가 있기 때문이다.[38] 그러니까 '武康王'은 즉 '虎寧

---

36) 崔南善, ≪新訂三國遺事≫,「解題」, 三中堂, 1946, pp.14~20.
37) 이 武康王傳說은 東國輿地勝覽 卷33에 '彌勒寺在龍華山 世傳武康王 旣得人心 立國
   馬韓 一日王與善花夫人 欲行獅子寺 至山下大池邊 三彌勒出現池中 夫人謂王曰 願建
   伽藍於此地 王許之 詣知命法師 問塡池術 師以神力 一夜頹山塡池 乃創佛殿 又作三彌
   勒像 新羅眞平王 遣百工助之'라고 기입되어 있음을 보게 된다.
38) ≪三國遺事≫ 卷第二, 文虎王法敏條 참조.

王'으로서 바로 '武寧王'이라고 볼 수가 있겠다.[39] 따라서 여기 서동의 표면에 나선 역사적 인물은 武寧王이라고 하는 편이 오히려 타당하리라 보아진다.

武寧王은 ≪三國史記≫「百濟本紀」에

武寧王 諱斯麻(或云 隆) 牟大王之第二子也 身長八尺 眉目如畫 仁慈寬厚 民心歸附 牟大在位二十三年薨 卽位

라 보인다. 즉위 23년간 내외 치적이 현저하여 웅진 천도 이래, 백제중흥의 기틀을 잡아 문물을 크게 일으킨 임금이었다.[40] 그러니까 국외로부터 인정을 받고[41] 백성들에게 숭앙을 받았으니, 그 왕이 崩去 후에 거기에 바친 추모는 실로 놀라운 것이었다고 추측된다. 그것은 최근 발굴된 무령왕릉의 부장품으로 미루어 봐도 짐작이 가는데, 그 찬란한 문물은 신이한 위엄마저 지니고 있는 것이다.[42] 그러기에 무령왕릉 발굴 직후인 작금에 있어서 무령왕(릉)에 관한 새로운 설화가 나돌게 되기도 했다.[43]

---

39) 이재호 역주, ≪삼국유사≫, 한국자유교양추진회, 1970, pp.252~253.

40) 이기백, 「百濟史上의 武寧王」, 月刊 文化財, 서울, 1971. 10, pp.18~19.

41) ≪三國史記≫ 百濟本紀 武寧王二十一年 十二月條에 '梁高祖詔冊王曰 行都督百濟諸軍事鎭東大將軍百濟王餘隆 守藩海外 遠修貢職 迺誠款到 朕有嘉焉宜率舊章 授茲榮命 可使持節都督百濟諸軍事寧東大將軍'이라 하였다.

42) 국립박물관, 『백제무령왕릉유품 전시목록』, 서울, 1971. 10 참조.

43) 무령왕릉의 발굴과 그 유품에 대한 각종 보도가 경향으로 떠들썩하더니(1971. 12, KBS 국내 10대 뉴스 중의 하나로 선정됨) 공주 근방에서는 이상한 소문이 떠돌기 시작했다. 중앙일보(1971. 9. 8)의 기사에 '공주읍 금성동 송산리 무열(령)왕릉에 호랑이가 나타났다는 소문이 나돌고 있다.…이 소식을 전해들은 공주읍 일부 촌로들은 1천 5백년이나 고이 잠든 무열(령)왕의 안혼제를 올리지 않아 산신이 노여워한 것이라고 말하고 있다. 한편 지난달 23일께도 공주군 이인면에 어미호랑이와 새끼 호랑이가 나타나 소동을 빚은 일이 있어 무열(령)왕릉 발굴 이후 공주군내에는 호랑이 소동이 연달아 있으나 읍면의 큰 화제가 되고 있다'라 하였다. 이러한 소식에 이어 충남도 문화당국에서 무령왕릉의 진혼제를 지낸 것은 매우 주목할 만한 일이었

그래서 무령왕은 민중들이 설화의 주인공으로 내세우기에 족하리 만큼 현저한 치적을 남긴 왕이었다고 추정된다.

여기서 우리는 서동에 比定한 역사적 인물로 무령왕→무강왕을 잠정하고, 그 사적을 더듬어 보기로 한다. 서동설화에 반사·투영된 역사적 사항들과 무령왕의 역사적 사실들을 상호 비교함으로써 어떤 시사를 받으리라는 생각에서, 다음 몇 가지 조항에 걸쳐 시험적으로 언급해 보기로 한다.

첫째로, 서동은 '池龍'과 '牟大王' 사이에 어떠한 관련성이 있어야 하겠다. 그런데 이 '池龍'은 소위 夜來者傳說에[44] 흔히 나오는 거시(거위) 蚯蚓이나 大蛇 등과 동질적인 것으로서 역사에 나오는 동성왕의 휘 '牟大'

다. 이러한 분위기 속에서 무령왕릉에 새로운 설화가 얽히게 되었다. 엄성녀(70세·여·온양읍에서 술집경영)에게 얻어 들었다는 금형경(66세·남·경기도 용인군 이동면 송전리)의 이야기를 충남대학교 문리과대학 영문과에 재학군인 이채구군이 1971년 9월 25일 오후에 채록한 것을 보면 그 내용은 이러하다.
'공주 어느 골에 지극히 가난한 사람이 살고 있었는데 이 농부는 매일같이 자기가 남과 같이 잘 살지 못하고 가난한 데 대한 신세타령을 하며 산으로 나무를 하러 다녔다. 그러던 어느 날 하루는 산으로 나무를 하러가서 이 날도 역시 신세한탄을 하며 잠이나 한잠 자려고 누웠는데 곧 잠이 들어 버렸다. 이상하게도 꿈에 마치 옛날 이야기에 나오는 산신령처럼 모습을 한 백발노인이 현몽하여 말하기를 "지금 곧 일어나서 네가 누워 있는 곳을 파 보아라"하고는 자취를 감추었다. 곧 꿈에서 깨어난 나무꾼은 이상하게 생각이 되어 노인의 말씀대로 누워있던 곳을 파보니 바로 지금 무령왕릉으로 알려진 곳의 일부가 보이기 시작하였다. 그런데 파다보니 너무나 거창함에 혼자서 감당하지 못하고 관청에 알려 이를 발굴하기에 이르렀다. 한데 이상한 일은 그로부터 얼마가 지난 후, 이미 왕릉이 발굴되어 유물이 모두 서울로 옮겨진 후의 어느 날 나무꾼은 다시 꿈을 꾸었는데 그 보물의 소재를 알려줬던 노인이 다시 현몽하여 말하기를 "네가 발견한 보물들은 서울로 옮길 것이 아니고 그곳에 그대로 두고 사당을 지어 모셨어야 너에게 복이 있을 것이었느니라"하고는 다시 자취를 감추었다. 꿈에서 깨어난 나무꾼은 그만 어쩔 줄을 모르고 고민을 하다가 병이 나서 앓고 누워 있게 되었다. 이후에 이상하게도 공주 고을에 커다란 비가 와서 물난리를 만나 피해가 생기자 백성들은 위령제를 지내자는 이야기를 입마다 오고 갔다 한다.'

44) 장덕순, 「夜來者傳說」, 『한국설화문학연구』, 서울대출판부, 1970, p.136.

와는 비교의 대상이 되지 아니한다. 하지만 이 서동설화의 모두가 야래 자전설의 그것이라 하더라도, 그 많은 야래자 중에서[45] 하필이면 '池龍'을 취했느냐 하는 의심을 품게 된다.

양주동·이병도·김선기 제씨가 시험하던 방식으로 좀 억지와 사상을 가해본다면, '池龍'의 '池'가 못(못)을 뜻하고 '龍'이 왕을 상징하니, 결국 '못왕'·'모듸왕'·'모디왕'이 될 수도 있겠다. 한편 '牟大王'은 음독하면 '모대왕'이 되는 것이다. 여기서 민간설화적 표현심리를 감안한다면 '모디왕~모대왕'이라 부르면서도 그 '모대'의 뜻을 알지 못했을 후인들이 굳이 민간어원설적인 의미를 찾는다고 했을 때, 거기에 '池王'을 연상·결부시키고[46] 나아가 '王'을 '龍'으로 상징하여 '池龍'이라 할 상상의 날개는 펼칠 수 있을 것인가 한다.

위와 같은 상상은 다소 虛浪하지만 내친걸음으로 아래와 같이 생각해 봄직도 하다. 순연한 민간설화적 차원에서 동성왕의 말년 행적을 살피면 '池龍'으로 설화될 만한 측면이 없지 않다. ≪三國史記≫ 百濟本紀 東城王 二十三年 春조에

起臨流閣於宮東 高大丈 又穿池養奇禽 諫臣抗疏 不服 恐有復諫者 閉宮門

---

45) 장덕순은 앞의 논문(p.138)에서 夜來者의 정체로서, 春木段, 童蔘, 大蛇, 수달피, 龍과 비슷한 것, 蚯蚓, 蛇 등을 들고 있다.

46) 語衆들은 난해하거나 이상한 어휘, 특히 고유명사에 대하여 나름대로 뜻을 붙이고, 이미 잘 알려진 어휘와 희설적으로 결부시키는 경향이 있다. 가령
김구덕→김구덱이(구데기, 연상)
오중택→오중택이(중태기 '물고기' 연상)
이주릉→이지렝이(지렁이 연상)
정구룡→정구렝이(大蛇 연상)
안명태→안명태→(明太 연상)
하는 식으로 연상·결합시켜 희롱하는 경우가 많다. 김열규, 「민담과 민속신앙」~「구술전승에 있어서의 민간어원설」, 『한국민속과 문학연구』, p.119 참조.

이라 한 것이라든지, 동년 5월조에

早 王與左右 宴臨流閣 終夜極歡

이라 한 것을 보면, 동성왕이 말년의 환락을 누릴 때, 그 주 무대가 임류 각과 그 '못'(池)이었음을 알겠고, 이러한 史乘과 전설적 유포는 그 누각 과 못을 무대로 한 왕의 豪遊에 집중될 수도 있음을 짐작하겠다. 그리고 동성왕은 폭군으로서 국인에 의하여 제거되었다 전해지고 있다. 그러면 왕을 제거한 뒤에 민중은 폭악한 왕이 사거하여 '蛇'·'龍'과 같은 것으 로 변신했으리라 상상할 수 있을 것은 민간신앙의 차원에서 있음직한 일이라고 생각된다.[47] 더구나 왕이 사후에 용이 될 수 있다는 설화적 관 념은 민중 사이에 일찍부터 널리 알려졌던 것으로 보아진다.[48] 신라의

---

47) 어떤 사람이 죽어 구렁이가 되었다는 이야기는 흔하다. 그 중 몇 가지 예만을 들더 라도 가령
  ① 한 덕거머리 총각이 장잣집 무남독녀를 짝사랑하다 한을 남기고 죽어서 구렁이 가 되었다는 이야기(안장렬, 46세, 남, 농업, 충청 연기군 금남면 장재리에 40여년 주거, 이 이야기는 우연히 알게 되었다 함. 1969년 11월 2일 저녁 현지 면담)
  ② 한 스님이 수도를 열심히 하다가 단 한번 화를 낸 업보로 사후에 雪中의 구렁이 로 나타났다는 이야기(이행원, 47세, 남, 선사, 서울시 수유리 화계사 주지, 지금은 동경 홍법원원장, 1968년 10월 25일 저녁, 대전시 선화동 성불선원 법회시 면담)
  ③ 한 동네에 거드럭거리고 사는 최부자, 김부자, 이부자가 있었는데, 어쩌다가 최 부자와 김부자가 차례로 죽어서, 이부자가 문상을 가보니, 그 시체 앞자리에 구렁이 가 머리를 들어 반기더라는 이야기(김을순, 67세, 여, 충남 온양읍 온천리에서 24살 때부터 거주, 이 이야기는 동리 古老에게 들었다 함. 1971년 12월 18일 저녁 필자 장인 제사에 참석. 홍성읍 오관리 김제관댁에서 면담) 등이 주목된다.
48) 평상인도 죽어 용이 되려는 이야기가 있다. 그 부친 오희중에게 전해 들었다는 오인 숙(63세, 남, 충남 대덕군 북면 석봉리에 거주)의 이야기를 충남대학교 문리과대학 영문과에 재학 중인 이영례 양이 1971년 7월 29일 오후에 채록한 것을 보면 그 요 지는 이러하다.
  '옛날에 한 아버지가 남매를 두고 죽게 되었는데, 그 아버지는 자기를 동네 가운데 우물에 넣어 달라고 유언한다. 그 남매가 유언대로 하고 4년째가 되었는데, 어느 날

영주 문무대왕이 서거 후에 동해의 호국대룡이 되었다는 전설은 매우 주목되거니와[49] 그와는 대조적으로 나라는 돌보지 않고 '穿池養奇禽'하여 극단의 환락에 침잠했던 동성왕이 서거한 뒤에 민중들은 그 죽음을 '池龍'과 결부시켜 설화할 수도 있었던 것이 아닐까. 이상과 같이 동성왕의 그 王諱와 행적으로 하여 '池龍'과 결부·설화될 수도 있다는 이야기는 민간어원설·민간설화적인 차원에 입각한 것이기로 이것을 그 양자의 관계를 밝히는 논거로 고집하려는 것은 물론 아니다. 다만 민간전승·민간어원설적 상상 아래에서는 '池龍'과 '牟大王'이 상호 배타적 관계에 있지 않다는 점만을 알려 줄 따름이다.

둘째로는 주인공의 이름들이 문제시된다. 즉 '薯童'은 무령왕의 휘 '斯麻'와 어떤 관계에 있느냐 하는 문제다. 우선 양자의 음훈을 가지고 대비시켜 보는 것이 순서이겠는데, 일견 상관성을 발견할 수는 없다. 그러나 종래 몇몇 학자들이 하던 식으로 민간어원적인 추상을 해 본다면, 무엇인가 상관성을 찾을 수도 있겠다. 이 '서동'에서 '童'은 어린아이나 총각을 나타내는 보편적 미사이므로 '薯'만을 가지고 그 음훈관계를 따져야 한다. 이 '薯'는 석독하면 '서는 마야라'로서 '서마'를 유추할 수 있고, 훈독하면 '마서'로 나타나니. 그것은 '서마'와 '마서'를 넘나들면서

동네 노파가 그 샘에서 용의 꼬리 같은 것을 발견하여 동네 사람들에게 알렸다. 사람들은 모두 나서서 샘을 품고 그 정체를 찾아냈다. 그것은 반은 사람이요 반은 용의 형태의 괴물이었다. 이것은 그 아버지의 시체였는데, 누구도 그를 알아보지는 못하였다. 그 남매는 그 아버지를 땅에 묻고, 그날 밤 꿈을 꾸니, 그 아버지가 나타나 말하기를 "내가 4년만 더 있으면 용이 되어 하늘로 올라갈 것을 사람의 눈에 띄어 뜻을 이루지 못하니 원통하다"라고는 어디론지 사라졌다.'

49) 《三國遺事》 卷第二, 文虎王法敏條에 '王平時常謂智義法師曰 朕身後願爲護國大龍 崇奉佛法 守護邦家 法師曰 龍爲畜報何 王曰 我厭世間榮華久矣 若應報爲畜 則雅合朕 懷矣'라 하고, 同 萬波息笛條 註記에 '文武王欲鎭倭兵 故始創此寺 未畢而崩爲海龍 其子神文立 開耀二年畢排 金堂砌下東向開一穴 乃龍之入寺旋繞之備'라 하였다. 유증선, 『영남의 전설』, 형설출판사, 1971, pp.402~405.

'서마~사마'로 통용될 수가 있겠다. 또한 그 '斯麻'는 '시마'(嶋)나 '서마'(섬), '사마'로 통용될 수가 있는 터다. 따라서 이 '薯童'과 저 '斯麻'가 '서마·사마'의 공감대로써 족히 연상·결부되었으리라 추상되는 터다. 그래서 '薯童'과 '斯麻'는 민간어원설적으로 상통하는 터라고 빗대볼 수도 있을 것이다.

셋째로는 주인공의 용모와 성격의 상통성을 들 수 있겠다. 서동은 설화 일반의 영웅적 주인공이 그러하듯이 걸출·미남형이다. 이미 그 설화에는 서동을 완전무결한 전형적 소년상으로 만들려는 의도가 드러나고 있음을 엿볼 수가 있는 것이다. 그래서 그 설화에서 서동은 용모가 미려·장대했음을 은근히 드러내고, 그 성격이 기발·장쾌한 데다 인자·관후했음을 넌지시 밝히고 있는 것인가 한다. 한편 무령왕은 전게 史記에 '長身八尺 眉目如畵 仁慈寬厚'라 했으니, 걸출한 미남이었음을 알 수가 있겠다. 이러한 무령왕의 용모와 성격은 설화 전반의 전형적 주인공과도 유형을 같이 하는 바로서, 서동의 그것과 상통하는 것이라 하겠다. 그러니까 여기서도 서동은 무령왕과 결연되어질 가능성이 있을 듯하다.

넷째로는, 국혼 사실이 다시 문제가 되겠다. 서동은 백제 소년으로서 신라 京師에 들어가 교묘한 수단으로 그 나라 공주를 손쉽게 통하여 백제로 돌아왔으니, 그래서 국혼관계가 성립된 것이다. 한편 무령왕은 당시 32세의 왕자로서 동성왕 15년에 국혼을 맞이하게 되었던 것이다. 기술한 바와 같이 국혼으로 맞아 온 신라 伊飡 比智女가 동성왕의 후궁으로 되었는지, 그 왕자 斯麻(武寧王)의 배우로 되었는지는 알 길이 없다. 그런데 가령 국혼은 왕 자신을 위해서만 가능하다는 궁중습속이 있다손 치더라도, 그 사실을 傳聞한 민중사이에는 '美艶無雙'한 공주가 포악하여 제거된 동성왕의 配偶였다기보다는 '眉目如畵 仁慈寬厚'한 무령왕의 배우로 결연되었으리라 믿고 설화했을 것이 아닌가. 무엇보다도 서동이 즉위 이전에 공주를 娶해 왔다는 전설은 무령왕이 당시 왕자로 있으면서 국혼을 치렀다는 것과 더욱 부합될 가능성이 있다 하겠다. 그러므로 서동은 오히려 東城王보다 武寧王과 더욱 가깝게 결부되는 게 순리라 하겠다.

다섯째로는 황금의 所有 문제가 나온다. 그 설화에서 서동은 '積如丘陵'의 황금을 희롱하는 萬金長子가 된다. 한편 무령왕은 전술한 바 그 능의 문물이 그처럼 찬란하니, 특히 옛날이야기에서 나올법한 金銀寶石의 절묘한 공예품에 이르러서는 그것이 부장품이라는 분위기를 곁들여 참으로 신이한 위엄마저 느끼게 된다. 거기 순금붙이만 모아도 실로 '積如丘陵'이라 할 만큼이었다.[50] 일국의 제왕이 만금장자에 비할 바이리요만, 그 황금붙이가 생전에 가까이 하던 것이거나 서거 후에 덧붙여 넣은 것이건 간에, 그만큼이면 그 왕은 '積如丘陵'의 황금을 희롱하던 만금장자라고 설화될 만하다고 보아진다. 하나의 설화가 망각·부연·개변 등의 우여곡절을 겪어 이룩되는 것이라면[51] 무령왕이 생사 간에 지녔던 황금붙이의 소문이 퍼져 나간 후대에 민중들은 서동의 그것과 결부시켜 이야기할 수 있었으리라고 상상되기도 한다.[52]

여섯째로는, 즉위상황이 주목된다. 서동은 그 설화에서 '得人心卽王位' 하게 된다. 이것은 일찍이 서동이 그 황금을 지명법사의 신통력으로 신라 궁중에 보낸 다음, 羅王의 존경과 성원을 받은 덕분이라 했지만, 당시 세습제도로서는 정상적으로 즉위할 수 없었던 서동이 민심을 얻어, 왕위에까지 오르게 되었다는 이야기라 하겠다. 한편 무령왕은 전게한 바, 史記에

---

50) 註記(44) 참조.
51) 김열규, 「민담과 문학」, 『한국민속과 문학연구』, 일조각, 1971, p.29.
52) 장덕순, 「야래자전설」 참조.

斯麻 牟大王之第二子也…民心歸附 牟大在位二十三年薨 即位

라고 했으니 원래는 嗣位王子가 아닌데도 민심을 얻었기로 동성왕이 제거
되자 왕위에 올랐던 것으로 보인다. 여기 동성왕의 제거에 대하여, ≪三
國史記≫ 百濟本紀 東城王 二十三年 十一月조에서는

又田於泗沘西原 阻大雪 宿於馬浦村 初王以苩加鎭加林城 加不欲往 辭以疾
王不許 是以怨王 至是使人刺王 至十二月 乃薨

이라 하여 마치 苩加의 私怨이 빚은 모반·반란인 것처럼 서술되고 있지
만, 실은 오히려 민중(國人)의 의거와 같은 내막을 지니고 있었던 것인지
도 모른다. 동성왕대의 巨刱한 축성작업과 이에 이은 향락으로 하여 도
탄에 빠진 민중의 원한이 폭발했을 때, 자연히 의거의 형태를 취할 수밖
에 없었을 터이니, ≪日本書記≫(卷16) 武烈紀 四年(壬午)조에

是歲 百濟末多王無道 暴虐百姓 國人遂除而立嶋 是爲武寧王

이라 하고, 또 그 註에 인용한 ≪百濟新撰≫에도

末多王無道 暴虐百姓 國人共除 武寧立 諱斯麻

라고 한 것을 보면, 그 사실이 더욱 분명해진다고 하겠다. 이와 같이 민
중이 의거로써 동성왕을 제거한 다음에, 그 '斯麻'를 왕으로 세운 바는
'民心歸附'에 의한 추대라 하여 마땅할 것이다.53) 그렇다면 무령왕의 즉

---

53) 이러한 史實은 흔치 않으나, 이와 비슷한 예로 비류왕의 경우를 들 수가 있다. 즉 ≪三
國史記≫ 百濟本紀 比流王條에 「仇首王第二子 性寬慈愛人 又强力善射 久在民間令譽

위 사실은 서동의 그것과 같이 '得人心 卽王位'라고 요약될 수밖에 없겠다. 여기에 이르러 서동은 무령왕과 밀접하게 결부된다고 볼 수가 있겠다.

　일곱째로, 불사관계를 따져 볼 필요가 있다. 서동은 그 설화에서 즉위 즉후에 큰 불사를 일으켜 미륵사를 완성하게 된다. 한편 무령왕은 불사의 사실이 정사에 분명치 않다. 그런데 이병도는 앞의 논문에서 '彌勒寺의 공사가 武寧王 초에야 완성된'54)것이라고 추론한 바가 있다. 이 추론이 서동설화에만 의존한 것인지, 다른 어디에 근거를 둔 것인지는 모르겠으나, 지금의 우리로서는 주목할 만한 의견이라 보아진다. 이에 대하여 고고학계에서는 고유섭의 견해를55) 추종하여 미륵사의 창건이 무왕대에 있었다는 주장을 고집하고들 있다.56) 그러나 고고학계의 추론이란 황수영의 지론대로, '造形 그 자체에 무엇보다 충실하여'57) 그 결과로 얻어낸 상대 연대라기보다도, 武康王說話를 武王史實로 개찬한 ≪三國遺事≫의 기록을 그대로 진신하고 이에다가 法王禁殺조의 武王佛事 관계까지 곁들여58) 그 근거로 삼은 연대 추정이라 할 수 있다. 이러한 고고학계의 추정이 과연 이병도의 추론을 뒤엎을 수가 있을 것인가 의문이 없

流聞 及汾西之終 雖有子皆幼不得立 是以爲臣民推戴卽位」라 하였다.
54) 이병도, 앞의 논문, pp.66~68.
55) 고유섭은 앞의 책(pp.70~71)에서 '이 전설 속에는 여러 사실의 혼재와 신비화가 있다손 치더라도 武康王을 백제 武王으로 개찬한 ≪三國遺事≫ 필자의 英斷(?)도 과히 허물되지 아니할 것 같다. …彌勒塔이 전설대로 武王代에 성립되었을 것에 하등 무리를 느끼지 않게 된다'고 하였다.
56) 이러한 계승적 주장은 황수영이 앞의 논문(p.88)에서 '다행히 ≪三國遺事≫(卷二 武王條)가 있어 彌勒寺에 관한 귀중한 문자를 전하여 주었다. 때는 扶餘期에서도 國力과 國富가 절정에 달했던 武王代이며 그 주인공이야말로 상기한 바와 같이 一大一次의 願刹을 이곳에 세우고 발원하였던 王者요 王妃다. 그들에 얽힌 서동과 선화공주의 설화는 이 大刹의 創寺因緣을 말하기에는 참으로 알맞은 내용이요 왕비인 선화의 이름 또한 仙花로서 미륵의 下生化身인 현세의 彌勒仙花이다'라고 한 것으로 대표될 수 있다.
57) 황수영, 앞의 논문, p.88.
58) 이양수, 앞의 논문, p.31.

을 수 없다.

그래서 이 미륵사의 불사에 대한 고고학계의 논의는 새로운 실증자료가 나오지 않는 한, 하나의 가설로 머무를 것이며, 오히려 서동설화의 창사기사는 무령왕대의 그 創寺와 관련지을 수 있을 것인가 생각된다. 무령왕대의 백제국력이 미륵사 정도를 창건할 만한 저력을 갖추었다는 것이 새로이 평가되고 있는 오늘에 있어서[59] 그 왕릉의 문물이 여러 모로 불교적 색채를 띠었다는 점만으로도, 서동의 불사와 무령왕을 관련지우더라도 결코 무리가 없을 것이다.

이상 서동설화와 武寧王의 史實을 비교하는 가운데서, 서동과 무강왕⇌무령왕은 여러 모로 결부될 수 있음을 보았거니와, 이것만으로도 여기 서동에 比定될 역사상의 인물은 '武康' : '武寧'에서 미루어 무령왕에 맞대는 것이 오히려 합리적이라 할 수 있겠다. 이로써 서동의 설화가 어느 백제왕보다도 무령왕의 사실과 밀접하게 결부되어 있음을 추정한 결과가 되었다. 자고로 저명한 인물들은 그 사실이 후대에 회자되어 민간의 설화 속에서 흔히 전설의 주인공으로 분장되는 사례가 많거니와, 여기 설화와 사실이 적절하게 결합되는 하나의 실례를 바로 이 무왕조에서 보는 것같이 느껴지기도 한다.

3. 서동설화의 주인공과 동요

그러면, 이 서동과 무령왕은 어떻게 결부되어 있는가를 살펴 봐야 되겠다. 여기서 우리는 '薯童 즉 武王 또는 東城王'식으로 서동이 바로 무

---

59) 이기백, 앞의 논문, p.19.

령왕이라고 속단을 내려서는 안 될 것이다. 이 서동설화의 표면에 반영된 역사성이 무령왕의 역사적 활동과 유사하거나 동일하더라도 그 설화 전체를 사실로 단정해 버릴 수는 없기 때문이다.

종래의 고고학자·사학자·문학자들은 이러한 전설을 그대로 사실로 파악하려 하거나, 적어도 그 속에도 역사적 사실이 끼어 있으리라고 관념함으로써 적지 않은 혼란을 빚어냈으나[60] 오늘날 안목 있는 학자들은 이와 같은 전설·설화에 대하여 날카로운 비판을 가하고 있는 실정이다. 일찍이 베른하임은 '說話(神話)는 때때로 실제에 있어서, 역사적인 요소는 包藏하고 있지 않으면서도 역사적인 전설의 형태를 취하는 경우도 있다'[61]고 전제하고

> 역사적인 전설이라 하더라도 그것이 사실에 대한 관계에서 본다면, 믿을 수 없는 것이다. 그러므로 각성되고 있는 비판이 최초 행한 바와 같이(중략) 외견상 참된 행위도 신뢰할 수 있다고 생각한 바와 같은 그러한 전설의 취급 방법은 근본적으로 잘못된 것이었다. 실로 전설은 하등 명확한 공상적 색채를 띠지 않고 전혀 어떠한 개개의 사실을 만들어 내는 것을 즐기는 경우가 많다.[62]

라고 경고한 바가 있는 것이다. 이와 같이 진정한 역사전설에 있어서도 역사적 사실성이 부정되고 있는 터에, 소위 擬裝된 역사전설의 사실성 따위는 더더구나 문제 삼을 나위도 없는 것이라 하겠다.

이미 암시된 바와 같이 이 서동설화는 擬裝된 역사전설에 불과한 것이다. 실로 이 설화를 분석할 때, 그 전설적 요소를 파헤치고 들어가면

---

60) 베른하임, 앞의 책, p.151 및 학계현황 참조.
61) 베른하임, 앞의 책, p.152.
62) 베른하임, 앞의 책, pp.155～156.

거기 사실의 진상이 드러나야 할 터인데 그 결과는 그렇지 않다. 오히려 그 표면의 역사적 성격을 얼마큼 벗겨내면 거기 설화 그 자체의 진면목이 보다 분명해짐을 볼 따름인 것이다. 그러므로 이 설화는 원래 무령왕의 사실을 본원이나 기반으로 하여 발생·성장한 것이 아니라, 설화 그자체로서 생장·발전해 오다가 어떤 계기에 무령왕의 사실과 결부됨으로써, 그것을 변형·수용하여 역사적 전설로 擬裝된 것이라고 보아진다. 여기서 우리는 새삼 설화의 역사화라는 경향을 보게 되는 셈이다.63) 베른하임이 말한 바와 같이 우리 주변에 이해할 수 없게 된 어떤 사물(자연 및 인공물, 지명 및 인명, 관습 및 제도, 呪文 및 가요 등)에 대하여, 민중은 갖가지 그럴듯한 설화를 만들어 내고 이것을 다시 旣知의 역사 사건과 결부시켜서 설명하려고 드는 예가 얼마든지 있다.64) 이와 같은 설화의 역사화과정은 국내외 학계에도 널리 알려진 보편적인 사실이거니와, 이것은 원래 단순한 설화(민담)이던 것이 후대로 내려오면서, 그 주제 내용과 현실적으로 유사하거나 유추적으로 근사한 어떤 저명한 사실을 끌어들임으로써 스스로를 보다 신빙성 있게 변장·완비해 나가려는 민간심리적인 공통적 현상이라고 보아지는 것이다.65)

그렇다면 이 서동설화도 이런 역사화 과정을 밟지 않을 수 없었던 것으로서, 원래는 단순한 설화이던 것이 유추적으로 접근성을 지니게 된 무령왕의 사실을 끌어들여 스스로를 보다 신빙성있게 정비해 나간 결과, 현존한 것과 같이 역사성을 지니게 된 것이라고 추정되기도 한다.

그러므로 서동은 무령왕의 실명 '斯麻'로부터 돋아난 명칭도 아니며,

---

63) 柳田國男, 『傳說』, 岩波新書, 1940, pp.52~53.
　　임동권, 『한국민속학논고』, 선명문화사, 1971, p.55.
64) 베른하임, 앞의 책, pp.150~151.
65) 현전하는 전설의 대부분이 이러한 경향을 띠고 있다고 보아진다.
　　장덕순·조동일·서대석·조희웅 공저, 『구비문학개설』, 일조각, 1971, p.42.

더구나 그것은 무령왕의 小名도 아니라고 보아야겠다. 원래 서동은 이 설화의 주인공이던 것이 그 역사화 과정에서 상술한 접근성 때문에 '무령왕⇌무강왕'이란 顔面(假面)으로 변장한 것이라고 보아진다. 그러니까 서동은 이 설화의 실제적 주인공이요 무령왕⇌무강왕은 그 변장된 마스크로서의 역사적 주인공이라고 볼 수밖에 없겠다. 따라서 서동은 즉 무령왕이 아니라 어디까지나 '서동'일 따름이라 보아야겠다.

이로써 서동과 무령왕과의 상관관계가 풀려지면 나아가 서동설화 그것도 설화일 따름이라는 것이 보다 뚜렷해질 것이다. 그렇다면 그 <서동요>는 누가 어떻게 제작한 것인가 궁금한 일이 아닐 수 없다. 종래 학자들은 서동이 어떤 인물인가를 밝히고 나면, 으레 그가 <서동요>의 작자라고 속단을 내려 왔기 때문이다. 이제 우리도 종래의 논리를 그대로 따른다면 김선기의 서동 즉 원효설과 같이 우선 무령왕이 <서동요>를 지었다고 성급한 판단을 내릴 수도 있을는지 모른다. 그러나 우리는 그처럼 안이한 생각에 머무를 수는 없는 것인가 한다.

여기서 우선 분명히 해둘 것은 이 <서동요>가 원래부터 서동설화에 들어 있었던 것이냐, 아니면 그 설화의 역사화 과정에서 무강왕⇌무령왕과 관련되어 끼어든 것이냐 하는 문제가 되겠다. 주지하는 바와 같이 한 설화에 가요가 삽입되어 있는 경우, 그 설화의 그럴듯한 설명에도 불구하고, 실제로는 그 가요가 본원적 핵심일 때가 오히려 흔한 것이다.[66] 즉 어떤 설화가 분명히 가요전설이거나 또는 가요전설의 일면이라도 지닌 정도라면, 가요는 거의 다 그 설화에 선행하는 본원적 핵심체가 되고 있음을 발견하게 되는 것이다. 가요는 원래 설화와는 달리 고정성이 있는 데다, 간명하고 감응력(呪力·魔力)까지 지니고 있으므로[67] 그 가요가

---

66) 베른하임, 앞의 책, p.148.
67) 이능우, 「향가의 마력」, 현대문학 통권 21호, 1956, pp.198~199.

유포됨에 따라서 그 가요를 핵심으로 삼아 설명 설화가 형성될 수 있게 된다.[68] 우리의 저명한 민요나 향가에 얽힌 가요전설들이 이것을 실증하고 있거니와, 일찍이 지헌영은 이러한 가요와 설화의 비밀스런 관계를 설파·역설함으로써, 확고한 과학적 방법론을 정립한 바가 있다.[69]

이렇게 볼 때 여기 <서동요>는 여타의 향가와 마찬가지로 그 전설의 본원적 핵심체가 되어 있다고 볼 수도 있겠다. 그렇다면 이 <서동요>는 원래의 서동설화에 근원적으로 둘러싸임으로써, 이 양자의 관계는 불가불리의 것으로 판정된다 하겠다. 이 <서동요>는 그 설화를 그대로 집약한 것 같고, 또 그 설화는 이 동요를 그대로 해설·부연한 것과 같은 밀착된 관계를 서로 가지고 있기 때문이다. 그러므로 <서동요>는 원래부터 서동설화에 삽입되어 있었던 것이라고 결론할 수 있겠다. 따라서 이 동요는 그 설화의 역사화 과정에서 무강왕과 관련되어 끼어든 것이 아니라 보아야겠다.

여기서 우리는 무령왕⇌무강왕이 <서동요>의 작자가 될 수 없음을 명백히 해 둘 수 있다. 가령 백보를 양보하여 <서동요>의 내용과 무령왕의 史實 사이에 어떤 관련성이 있다손 치더라도, 그 왕은 결코 <서동요>의 작자로 될 수가 없으니, 그는 살아있는 인물로서가 아니라, 화석화된 역사적 안면으로서 '서동'에게 씌워지고 있기 때문이다. 이렇게 본다면 종래 학자들이 서동을 역사적 인물로 간주하고 그 인물을 바로 <서동요>의 작자라고 규정한 일들은 모두 재고의 여지를 지니는 것이

---

68) 지헌영선생은 「단가정형의 형성」, 『호서문학』 제4집, 호서문학회, 1959, p.136에서 '그 작품(작자미상·필자주)이 구송 전승되는 과정에서 그 시대 시대의 형태로 변개·개작도 되고 또 그 중의 포퓰라한 작품은 다시 역사화 경향의 과정을 밟아 이들 단가 그 작자로서 史上의 저명한 인물을 맞아들인 것이나 아니었을까 의심해 보고 싶다'고 하여 가요전설이 형성되는 비밀(근원)을 시사한 바가 있다.
69) 지헌영, 「阿冬音에 대하여」, p.45 참조.

라고 본다.

그러면, <서동요>의 작자는 실제로 누구이겠는가. 생각건대 서동은 어디까지나 설화의 주인공이다. 다 아는 바와 같이 설화의 주인공은 소설의 인물과 상통되는 가공적 인물일 수도 있기 때문에, 단순한 작품과 그 작자가 붙어 다니다가 그 가요전설 속에 포괄되는 경우를 제외하고는, 그 가요설화의 주인공을 그 가요의 실제적 작자로 볼 수가 없는 것이다. 소설에 나오는 주인공의 노래가 대개 그 작가의 창작이거나 기존 작품의 인용일 수 있는 것처럼, 가요설화에서 그 주인공이 지었다는 가요는 그 설화를 형성시킨 사람들의 제작이거나 기존 작품의 인용일 수도 있다는 것을 명심해야 될 것이다. 그러므로 서동을 <서동요>의 작자로 믿고 안심할 수는 없는 것이다. 이렇게 되면 우리는 <서동요>의 작자에 대하여는 빗댈 곳이 없으므로, 작자 미상이라 할 수밖에는 없을 터이다.

이로써 우리는 서동설화의 擬裝的 역사성을 구명하고 그 가면을 벗겨냄으로써, 순전한 동요와 그 설화만을 접하게 되었다 하겠다. 그러니까 앞으로 <서동요>와 그 설화에 대한 본질적인 문제는 모두 그 자체에 의존하여 해결할 수밖에 없다.

4. 서동의 실체와 그 기반

서동의 실체는 무엇인가. 상술한 바와 같이 우리는 서동설화의 역사적 표피를 완전히 벗겨냄으로써, 그 설화의 본래의 면목을 찾아볼 수가 있게 되었다. 다시 말하면 이 서동과 그 설화의 원형적 독자성을 확인한 결과로서 서동은 다만 설화의 주인공일 따름이라는 점이 명확히 되었다

하겠다. 설화 중의 주역, 그것은 소설의 작중 인물과 같이 역사적 인물도 아니며 실재인물이 아닐 가능성이 크다. 그것은 거의가 그 설화를 형성시킨 민중의 꿈(소망)을 집약한 이상적 인물이요, 그 민중을 대표하는 영웅적 인간상이라 할 것이다.[70] 이와 같이 서동이 실재인물이 아니라면 그것은 이미 어느 고유명사라는 굴레를 벗어나고, 여타 어떤 사건의 관련·제약을 받지 않는 순연한 서동 그 자체라고 할 수밖에 없다.

서동은 일단 보통명사로 보아도 무방할 것이다. 그렇다면 서동은 문자 그대로 '常掘薯蕷 賣爲活業 國人因以爲名'한 바로 그것이라고 할 수밖에 없다. 그러나 이 서동은 그 설화의 기반이 될 만한 몇 가지 사항을 밝힌 다음에야, 그 실체가 제대로 드러날 것이다. 어떤 설화든지 그 나름대로의 사회적 기반을 지니고 있는 것처럼, 이 서동과 그 설화도 그런 대로의 역사·사회적 기반을 가지고 있다 할 것이다. 그러면 이 설화를 형성시키고 서동을 주인공으로 내세웠던 바로 그 기반은 어떠한 것이었던가. 여기서 우리는 서동과 관련된 것으로 薯蕷라는 물건과 그것을 캐먹는 습속과 그리고, 그것을 캐다 파는 관습을 주목해야 될 것이다. 그리고는 그 설화에 나타난 이러한 사항들이 전통적인 민속에 얼마나 깊이 뿌리박고 있는 것인가 하는 점을 살펴야만 되겠다. 설화적 기록에 나타난 모든 사항들은 민속의식, 사회제도 등의 뒷받침이 있을 때, 비로소 그 내용이 확증되는 것이기 때문이다.[71]

우선 薯蕷는 고금을 통하여 너무도 유명한 식물이다.[72] 그 구근은 맛

---

70) 장덕순 외 3인, 앞의 책, p.38 참조.
71) 로버트슨, 스미스(永稿卓介譯),『셈족의 종교』, 1943, p.38.
72) 薯蕷는 마과(薯蕷科)에 달린 다년생 덩굴풀로 산야에 저절로 나는데, 구근은 긴 원주형, 잎은 달걀모양의 披針形으로 對生함. 여름에 葉腋에서 담황록색의 單性花가 핌. 과실은 裂果로서 세 개의 깃이 있음. 葉腋에 나는 肉芽는 먹으며 구근은 강장제로 약에 씀. 세계적 분포를 보이고 있으며 우리나라도 도처에 나고 있으나 듣는 바로는 강원도 일부와 충남의 공주·부여 등지, 경북의 안동지방 등이 주산지라고 한다. 대

이 좋고 자양분이 많다 하여 식용으로 누구에게나 인기가 높고, 나아가 한방에서는 그것이 강장제의 약재로서 遺精·夢泄·帶下·腰痛 등에 널리 사용된다.[73] 이 薯蕷가 동양인에게 알려진 것은 퍽 오래인 듯하며, 기록에 나타나기는 ≪산해경≫의 이야기가 처음인상 싶다. 그 후 줄곧 식용·약재로서 유전되니 인구에 회자되고 여러 기록에도 드러나게 되었다.[74] 이 薯蕷를 식용·약재로 쓰는 습속은 현금까지 전래되어 산간에서는 이것이 산삼·도라지·더덕 등과 함께 매우 유용한 것으로 생각하고 소중히 채취된다.

자고로 한방에서는 이 薯蕷 즉 산약을 육미탕이나 십전대보탕과 같은 보약재로 주로 사용하는 터라[75] 지금도 산약다식·산약발어·산약주·산약죽 등을 만들어 건강에 이바지하는 것을 보게 되는 것이다.[76] 이처럼 薯蕷가 고금을 통하여 그 효용성이 큰 것임을 알겠거니와, 식물과 약품이 발달된 현대보다도 그렇지 못했던 시대에 올라갈수록 그 수용과 수요가 높았으리라는 것은 推察하기에 어렵지 않다. 요즘도 경향의 건재 약국에서 행해지는 그 거래상을 보면 어떤 약재보다도 훨씬 활발하다는 것이 실증되거니와, 여기서 우리는 薯蕷를 식품·약품으로 널리 수용하고 그것을 직업적으로 거래하는 습속·습관이 오래 전부터 있어 왔다는 것을 확인할 수가 있겠다.

이제 우리는 다른 採藥과 더불어 薯蕷를 캐다 팔아서 생업을 삼는 사람들이 등장하게 된 것을 추정할 수가 있다. 그들은 그 薯蕷를 캘 때부

전시 중동, 대한건재약국, 유지국(35세·한의사), 1971년 10월 17일 현지 증언.
73) 한글학회, ≪큰사전≫, 을유문화사, 1947, p.1573 참조.
74) 홍만선, 『산림경제』 제9권, 식품조 참조.
75) 유효통 등편, 鄕藥集成方, 本草各論(卷77) 草部 및 許浚, 東醫寶鑑, 湯液篇(卷2~3) 草部 참조
76) 薯蕷 즉 산약으로 만드는 고급음식으로서 자고로 사대부 집안에서 즐겨 먹었고 지금도 舊風을 아는 집안에서는 별미로 만들어 먹는다. 한글학회, 앞의 책, p.1573 참조.

터 지식·기술을 가져야 되고, 그것을 가공해서 팔 때에도 일정한 판로 (약국·단골 수요가)를 찾아 약효와 용법까지도 補設하면서 제값을 받아야 하기 때문에 실로 직업성을 요하게 된다. 따라서 그 방면의 직업인을 보게 된 것이라 하겠다. 이 薯蕷의 직업인들은 젊고 건강해야 제격이 된다. 산에 오르내리며 판로를 찾아 헤매는 데에도 그렇거니와, 특히 깊게 안은 薯蕷(球根)를 캐내는 데에는 젊은 힘이 필요하기 때문이다. 여기 '항상 薯蕷를 캐다 파는 젊은 직업인들'을 가리켜 '서동'이라 부른 것이 아닌가 한다. 여기서 '常掘薯蕷 賣爲活業 國人因以爲名薯童'이란 말의 유래와 사회적 배경을 이해할 수가 있겠다.

이러한 직업인 즉 서동들은 지금도 얼마든지 볼 수가 있다. 필자가 경향의 여러 건재약국을 통해서 조사하고, 계룡산·무성산을 중심으로 몇몇의 산지를 조사한 결과[77] 그런 직업적 관습이 유지되고 있는 것은 물론, 그 생산 판매과정이 보다 전문화하고 있다는 것을 파악할 수가 있었다. 다만 그들을 가리켜 薯童이라 부르지는 않고 있으나, 초동·목동·방자 등 어휘와 같이 보통명사로 불릴 수가 있는 터다. 이 서동설화가 《삼국유사》에 실리던 시대나 그 '古本' 시대에는 '常掘薯蕷 賣爲活業' 하는 서동의 무리들이 이미 존재했음을 추정할 수가 있겠다.[78]

그 서동들은 초동들이나 목동·채동 등과 같이 일정한 생업이 없는 젊은이들이다. 따라서 그들은 예나 이제나 젊고 건강하지만 가난하고 미천한 처지에 놓일 수밖에 없었던 것이다. 그들은 비록 서민의 출신들이었지만, 그들이 가난에 쪼들리고 하시 받는 만큼은 인간적인 욕망이 샘

---

77) 대전시 중동 중도건재약국 김선규(37세, 한의사) 1971년 10월 17일 보고.
78) 본적 공주군 정안면 육산리 소랭이. 온양읍 온천리 30년 거주 김을순노인(67세, 여) 1971년 12월 18일 홍성군 홍성읍 오관리 김제관의 댁에서 경험담 및 공주군 반포면 계룡산 계명정사 법성스님(35세, 여), 1971년 8월 25일 현지 증언 참조.

솟고 젊은 꿈이 부풀었던 것인가 한다. 고금을 통해서 대개의 서민들이 생업을 따라 모일 때 그러하듯이 서동들도 상당한 단결력으로 모임을 가지고 그들의 생활무대를 누비면서 그 젊은 욕망과 꿈이 얽힌 삶을 이끌어 나갔던 것이라 하겠다.

그 서동들의 활동 무대는 산간으로부터 도시에 걸쳐 제한이 없다. 산에 올라 薯蕷를 캐면 다음엔 市井이 그들의 무대가 된다. 이렇게 빈곤한 산지와 번화한 중심지를 번갈아 왕래하면서, 그들은 많은 사람들을 만나 거래상 薯蕷의 효험과 상업적 효과를 노리는 이야기와 인정어린 여담을 주고받는 가운데, 그 생각이 살찌고, 그 꿈이 부풀어 갔으리라 믿어진다. 젊은 그들의 꿈은 평범하면서도 요원한 것이었으리라. 누구나 멋진 남아로 태어나 훌륭한 아내를 얻고, 부귀영화를 함께 누리다가 여생을 깨끗이 마치겠다는 소망을 가지게 마련이다. 더구나 젊은 그들이기에 부푼 가슴에, 우선 美艶無雙한 아내를 손쉽게 맞아, 구릉같은 황금을 지니고 복되이 살며, 게다가 천하를 호령하는 대권을 휘둘러 영화를 누려 보겠다는 꿈까지도 품을 수가 있었던 것인가 한다.

그러나 이러한 서동들의 꿈이 실현될 수는 없으니, 서민의 영원한 꿈으로 돌아 남을 수밖에 없었던 것이다. 그러면 젊은 그들은 그 실현될 수 없는 간절한 꿈을 안고 어떻게 처신했을 것인가. 그들은 결코 낙망하지 않고, 현실과 이상 사이에서 생겨나는 갈등과 비애의 심정을 체념적이고 희망적인 방향으로 승화시켜 표현하는 길을 찾아야만 했던 것이다.[79] 실로 그들은 이러한 표현을 통해서나마 그 꿈의 성취를 실감하면서 낙천적으로 살아나가야만 했기 때문이다.

여기서 우리는 서동들이 그들의 꿈과 현실을 담은 노래와 이야기를

---

79) N.푸라이(김상일역), 『신화문학론』, 을유문화사, 1971, p.38.

만들어 냈으리라는 것을 짐작할 수가 있다. 자고로 그러한 서민의 노래와 이야기가 끊임없이 형성되어 민요와 설화의 흐름을 이룬 것은 너무도 잘 알려진 바이거니와, 실제로 서동들은 산·사찰을 오르내리고 시정·귀족가를 누비고 돌면서, 그들의 뜻을 이루기 위하여 간절한 노래와 신기한 이야기를 만들어 냈던 것이라 하겠다.[80]

이와 같이 그들의 노래와 이야기가 민요와 설화의 형태로 굳어지면서, 그 주인공이 하나의 전형적 인물로 등장하게 된 것은 불가피한 일이었다고 보아진다. 그 서동들이 결국 그 자신들을 대표하는 이상적 인물의 전형으로서 '서동'을 내세워 그 주인공으로 삼은 것은 퍽이나 자연스런 현상이었다고 믿어진다. 현전하는 민요와 설화들의 주인공이 대부분 '서동'형인 것을 알겠거니와, 그래서 서동은 젊은 그들이 표현한 노래와 이야기의 주인공으로 그 자리를 굳힌 것이라 하겠다.

이로써 서동은 그 정체가 드러난 셈이다. 실로 서동은 서민들의 꿈을 실현한 그들의 노래와 이야기의 주인공으로서 서동들이 상정해 낸 이상적 인물이요 영웅적 인간상이라 하겠다. 마치 초동들이 이야기하는 '樵童'이나 목동들의 이야기하는 '牧童'과 같은 성격을 지닌 것이라 보아진다. 그러면서 '서동'은 서동들의 모든 것을 그대로 집약·상징하고 있다는 것을 알아야 되겠다. 그러니까 서동이 의미하는 모든 것은 '서동' 그 자체일 따름이며, 현재 서동들이 표상하는 그 범주를 결코 벗어날 수 없다고 하겠다. 이런 점에서 그 '薯童'을 그대로 '서동'으로 풀었던 지헌영의 해독은[81] 이미 위와 같은 내면을 깊이 통찰한 결과였다고 믿어지는

---

80) 薯童들이 주관적으로 그들의 「꿈」을 성취하기 위해서 설화를 만들어 냈다지만, 그것은 결국 그들의 직업적 성과 즉 薯蕷의 생산이나 판매와 풍요를 거두기 위하여 객관적으로 고려되었으리라고도 보아진다. 이런 점에서 薯蕷의 풍요를 기원하는 의식으로부터 이 설화가 유래되었으리라고 추정하는 것도 있음직한 일이라고 생각된다. 김열규, 「민간산문과 재생의 모티브」, 앞의 책, p.76.

것이다.

5. 서동설화의 문학적 실상

위와 같이 서동이 그 노래와 이야기의 주인공으로 영웅시되는 보편화 과정에서 薯童(庶童)들 사이에는 서민 대중들의 공명을 받는 서동의 노래와 이야기가 여러 가지 유전되었으리라고 추정된다. 지금도 薯童들과 같은 부류인 樵童들 사이에 나무에 얽힌 樵童(나뭇꾼)의 노래와 이야기가 흔한 것은 매우 흥미있는 일이다.[82] 게다가 서동들과 동계인 山菜 캐는 사람들이나 약초 파는 사람들 사이에, 고비·고사리·도라지·더덕·산삼·불로초 등에 얽힌 菜童·草翁의 노래와 이야기가 많은 것은 크게

---

81) 지헌영, 『향가여요신석』, 정음사, 1946, p.71.
82) 나무에 얽힌 나무꾼의 노래는 적잖이 수집된 바 있다. 임동권, 『한국민요집』, 동국문화사, 1961, pp.355~356 참조. 나무꾼의 이야기도 흔히 들을 수가 있는데, 몇 가지만 들면,
　① 마음씨 착한 총각 나무꾼이 사냥꾼에게 쫓기는 사슴을 구해 주고 산삼의 보은으로 선녀와 童參을 얻어 잘 살게 되었다는 이야기(이와 비슷한 이야기가 초등학교 국어 교과서에까지 실린 바가 있고, 필자 또한 어려서부터 고향의 古老들에게 이런 이야기를 흔히 들어 왔음)
　② 홀어머니를 모시고 사는 착한 나무꾼이 산에서 나무를 하다가 백발노인으로 현신한 백년 묵은 구렁이를 퇴치하고 금벼락을 맞아 장가들어 잘 살게 되었다는 이야기(박인숙, 22세, 학생, 충남대학교 의과대학 간호학과 재학중, 이야기는 대전시 대흥동, 동네 노파에게 들었다 함. 1971년 9월 5이 본교 교양과정부 국어과 연구실에서 면담)
　③ 덕거머리 총각 나무꾼이 산중에서 나무를 하다가, 배가 고파 기진한 도승에게 자신이 먹을 점심밥을 대접하고 그 덕분에 도승으로부터 명당자리를 얻어 아버지 산소를 모시고는 장자의 무남득녀와 결혼하여 잘 살게 되었다는 이야기(김광준, 63세, 남, 농업, 충남 연기군 금남면 장재리(질재)에서 60평생을 살며 지관 노릇도 하고 있음. 이야기는 동리 古老에게 들었다 함. 1971년 9월 16일 저녁 현지 면담) 등 잘 알려진 것들이다.

주목할 만한 일이라 하겠다.[83] 더구나 薯蕷를 알고 캐다 먹고사는 젊은
이들에게서 薯蕷의 보양적 약효를 과장하고 자신들의 처지를 웃어넘기
기 위해서, 꾸며진 男女相悅의 이야기를 적으나마 들을 수 있다는 것은
간접적으로 저간의 소식을 말해주는 바라고 믿어진다.[84]

---

83) 이와 같은 산채, 약초에 관한 노래는 임동권의 앞의 책(pp.359~363)를 참조할 것.
　　여기에 얽힌 이야기는 흔한 것이지만 가령,
　　① 한 덕거머리 총각이 산채를 캐러 갔다가 길을 잃고 헤매던 중 큰 바위 밑에서 난
　　데 없는 미녀를 만나 깊은 사랑에 빠지고 또한 뜻밖의 보물을 얻어 잘 살게 되었다
　　는 이야기(정부교, 25세, 남, 당시 군인, 강원도 방산군 동면 몰운리 1구에서 농업에
　　종사했다 함. 1959년 6월 15일 저녁, 강원도 양구 방산에서 필자, 보병 제1사단 12
　　연대 9중대 근무할 때 직접 면담)
　　② 한 산골에 정절있는 과부와 홀아비가 살았는데, 더덕을 캐다가 나누어 먹은 후
　　서로 통하게 되었으니, 그 후부터는 더덕이 내통의 은어가 되었다는 이야기(김임환,
　　27세, 남, 당시 군인, 충남 금산군 중도리(사정)에서 삼밭을 했다함. 위와 같은 시기,
　　같은 장소에서 직접 면담)
　　③ 몸이 약하고 비천한 소년이 겨울에 집을 나가 산간을 헤매는데, 이름 모를 풀이
　　새파랗게 살아 있어, 눈을 맞아도 금시에 녹아 버리기로 이상히 여기고 배고픈 판에
　　그 뿌리를 캐 먹으니 그게 백년 묵은 산삼이라 그 소년은 약기운에 취하여 넘어졌다
　　가 삼년 만에 깨어나서 장수가 되어 부귀영화를 누렸다는 이야기(김상일, 54세, 남,
　　목공, 충남 연기군 금남면 장재리(돌댕이)에 40년 주거하다 동 영대리로 이주, 이 이
　　야기는 우연히 알게 되었다고 함. 1957년 1월 일자 미상(겨울방학 때) 장재리 현지
　　면담)
　　④ 한 머슴이 산에 가서 우연히 불로초를 캐먹고 기분이 상쾌한 가운데, 선녀를 만
　　나 삼일 간을 노닐다가 동네 집으로 와 보니 아는 사람이 하나도 없기로, 하도 이상
　　하여 자기에 대하여 물어보니 한 노파만이 그는 산에 들어간 채 아무런 소식이 없었
　　다더라고 어렴풋이 말하더라는 이야기(상동, 김상일 면담)
　　등은 매우 흥미로운 것이라 하겠다.
84) 이런 이야기는 그리 흔치는 않으나 가령,
　　① 어느 곳에 한 고자가 아내를 얻으면 사흘이 못되어 나가고 나가고 하여 12부인
　　이나 지나치다 보니 한심스러워 정처 없이 집을 떠났는데, 한 산간에 이르러 어떤
　　아가씨에게 薯蕷 뿌리를 얻어먹고 힘이 돌아 12미인을 거느린 채 오복을 누렸다는
　　이야기(상제 정부교 씨 면담)
　　② 옛날에 한 과부가 가난하여 날마다 마만 캐 먹고 살았는데, 우연히 임신하여
　　아들을 나은지라, 부정하다는 누명을 쓰고 동네를 쫓겨나 걸식을 하며 아들을 기르
　　니, 그 아들이 비범하게 자라서 아름다운 아내를 얻고 높은 벼슬을 하여 부귀영화를

그렇다면 그런 서동의 노래 가운데서 그래도 인기 높았던 것 중의 하나가 바로 지금의 <서동요>가 아니었던가 하며, 나아가 서동의 이야기 가운데서 그런대로 유명했던 것 중의 하나가 곧 우리의 서동설화가 아니었던가 한다. 자고로 노래와 이야기는 男女相悅을 비롯해서 서민들의 욕망과 꿈을 제대로 달성시킨 것이라야 인기 있게 널리 퍼지고 장구하게 그대로의 생명을 유지하였던 것이라 보아지기 때문이다.[85]

먼저, <서동요>는 서동을 주인공으로 하는 남녀상열의 소박한 노래다.

> 善化公主님은 남몰래 薯童을 사귀어두고
> 밤에 무엇을 안고 그 방으로 가는가[86]

이만하면 '童謠滿京 達於宮禁'하리만큼 인기 높은 것이었다고 보아진다. '善化公主'는 '美艶無雙'한 절세미인이다. 원래 '公主'는 귀공미녀의 대명사라 하겠는데, 거기에 최고의 관형사 '善化'(花)가[87] 덧붙었으니 말할 것이 없다. 이러한 미녀가 서동과 몰래 사귀어 두고 밤마다 무엇을 안고 그 방으로 찾아온다니, 그러니까 서동은 가만히 앉아서 그런 미녀

누렸다는 이야기(상게 김임환 씨 면담)

등이 있는데, 이 두 이야기는 군인 생활 중, 한가한 저녁에 전우끼리 주고받은 야화 속에서 뛰쳐나온 것이라 그 때의 분위기에 맞추어 꾸며 냈을 가능성도 없지 않다.

85) 현전하는 향가, 여요, 전통적 민요 등과 그 가요설화들이 모두 이와 같은 경향을 보이고 있다.

86) 지헌영, 앞의 책, p.71.

87) 이 '善化'가 '般若'(智慧)를 의미하는 것임은 지헌영선생의 「善陵에 대하여」(p.171)에서 밝혀진 바이거니와, 이것이나 「彌勒善花」(황수영, 앞의 논문, p.88 所說)나 「觀世音菩薩」(김종우, 앞의 책, pp.25~27 주장)을 나타내고 있느냐 하는 점은 다른 차원에서의 심사숙고를 요한다고 보아진다. 우선은 그것이 眞(智)·善·美를 집약 표상하고 있는 것이라 추정해 두고자 한다.

를 손쉽게 받아들인 결과가 된 것이다. 이렇게 되면 서동들~서민들의 가장 큰 꿈은 족히 성취된 것이라 하겠다.

지금도 그 계열의 민요 중에 남녀상열의 노래가 많으니, 가령 <採藥하는 처녀노래>같이

> 황해도 봉산 구월산 밑에 약을 캐는 저 처녀야
> 너의 집이 어디길래 해가 저도 아니 가니
> 나의 집을 아시려든 산을 넘고 물을 건너
> 심신산 안개속 초가 삼칸이 내 집일세
> 마음에 있거든 따라를 오고 마음에 없거든 그만을 두오[88]

라고 은근히 수작하는 것도 있고, 나아가 <나물노래> 같은 것은

> 서문밖에 서처자야 남문밖에 남도령아
> 나물하러 가자시라
> 서처자 신 서푼 주고 남도령 신 두푼 주고
> 첫닭 울어 밥해 묵고 시해 울어 길 떠난다
> 올라 가면 올꼬사리 이산 저산 번개나물
> 머리 끝에 댕기나물 상투 끝에 동곳나물
> 뱅뱅 도는 돌개나물 빛조흔 뱀춤 나물
> 오리도리 삿갓나물 줄기 조흔 미역초
> 맛조흔 곤두소리 보기 조흔 흐무지
> 방구 새이 더덕나물 니리 가면 닐꼬사리
> 그럭 저럭 해가 지고 시북 보에 귀를 맛처
> 물 조흔 약물 내기 점심 요기 하고 가세
> 서처자 밥 재처 보니 팔월 보름 햇쌀밥을
> 서처자 찬 재처 보니 삼년 무근 더덕지요
> 남도령 밥 재처 보니 오류월 보리밥에

---

88) 임동권, 앞의 책, p.165.

남도령 찬 재처 보니 삼년 무근 밥개장을
남도령 밥 서처자 묵고 서처자 밥 남도령 묵고[89]

이처럼 알뜰히 잠통한 정황을 드러내기도 하며, 드디어는 <擦根謠> 같이

신랑님이 오신다 색시님이 오신다
신랑방에 불켜고 색시방에 불켜라[90]

라고 결혼의 소망을 이룩하는 것도 흔히 볼 수가 있는 것이다. 이러한
노래들은 <서동요>와 궤를 같이 하는 바로서 서동이 채약하는 총각·
도령과 맥이 통하는 인물임을 시사하고 있는 것이라 하겠다. 그러나 작
품 면에서 <서동요>를 따를 수 없는 것은 물론이다.

이제 <서동요>를 보면 남녀의 계층 차이를 대담하게 벌려 놓은 것부
터 눈에 뜨인다.[91] 남존 여비의 시대 조류에 저항함인지 女貴·男賤의
묘한 대조를 '公主'와 '서동'으로 확대시키더니, 천지가 융합하는 기적을
낳는다. 그 '公主'가 오히려 그 薯童을 몰래 사귀어 두고 밤마다 무엇을
안고 그 방으로 찾아 가게 만들다니, 참으로 멋진 일이다. 남몰래 사귀
는 것도 그렇지만, 밤에 무엇을 안고 그 방으로 간다는 것은 남녀상열의
극치며 빼어난 은유라 하겠다.

이러한 노래가 薯童(庶童)들에 의하여 그들의 이상적 소망과 현실적 목
적을 따라 불렸을 때, 산간·도회의 스님들과 서민들이며 시중의 상하민
중들 사이에 가장 인기 있는 노래로 널리 퍼지고 오래 남아 있었으리라는

---

89) 임동권, 앞의 책, pp.359~360.
90) 임동권, 앞의 책, p.358.
91) 동서의 사랑을 다룬 명작들이 한결같이 남녀 주인공을 도저히 어울릴 수 없는 신분
   과 처지로 갈라놓고는 그들을 강력히 결합시킴으로써 최대의 효과를 내고 있거니와,
   이 薯童謠의 내막이 또한 그와 동궤의 것임을 알겠다.

것은 현금의 노래 실정으로 미뤄 봐도 짐작하기에 어렵지 않다 하겠다.

다음 서동설화는 서동이 주인공이 되어 서민들의 꿈을 모두 성취해 주는 민중의 이야기다.

우선 서동은 출생부터가 비범하다. 南池邊의 과부와 池龍사이에서 서동이 태어난다. 그 이야기는 이렇게 시작된다.

> 第三十代武王의 이름은 璋이다. 모친이 과부가 되어 서울 南池邊에 집을 짓고 살던 중 그 연못의 용과 交通하여 아들을 낳고 兒名을 薯童이라 하였는데 그 度量이 커서 헤아리기가 어려웠고 항상 薯蕷를 캐어 팔아서 생활을 하였으므로 國人이 그로 인하여 이름을 지었다.

이쯤 되면 민중의 호기심은 모두 이곳에 쏠리기 마련이다. 이 출생담은 지금의 전설에서는

> 무왕의 어머니가 과부가 되어 서울 남지 가에 집을 짓고 살았을 때의 일이었다. 밤마다 잠자는 밤중에 불그스름한 옷을 입은 이름도 성도 말하지 않는 고운 사나이 하나이 아무 소리도 없이 어느 틈에 들어 와서는 과부의 자는 잠자리 속으로 살그머니 들어와 자고는 밤이 새기 전에 나가고 하는 것이었다. 그 과부는 부끄럽고 또 한편으로 남이 알까 두렵기도 하여 이러한 이야기를 감히 입 밖에 내지는 못하였다. 그러다가 자기의 몸이 이상하여 지고 또 배가 점점 불러 오므로 이 일을 끝내 숨길 수가 없어서 하루는 친정아버지에게 사실대로 아뢰었더니, 그 아버지는 참으로 이상한 일이다 하고 말하기를, 그러면 그 사나이가 오늘 밤에도 또 올 것이니 실패에다 많은 실을 감고 또 바늘을 꿰어 두었다가 그 사나이가 돌아갈 때쯤 해서 옷자락에 찔러 주어라 하고 가르쳐 주므로, 그 과부는 그날 밤 친정아버지가 시키는 대로 옷자락에다 살그머니 바늘을 찔렀더니, 그 사나이는 대경실색을 하고는 황급히 달아나 버렸다. 그 이튿날 새벽 일찍이 그 실의 끝간 데를 찾으니, 그것이 남지 못 속에 들어가 있었다. 그 과부는 더욱 이상하여 그 실을 살금살금 잡아당기니, 큰 어룡(魚龍) 하나이 나오는데 보니까 그 허리

쪽에 바늘이 찔리어 있었다. 그 뒤 그 과부는 달이 차서 한 사내아이를 낳았는데 점점 자라매 비범하여 도량을 헤아리기 어려웠고 항상 마(薯蕷)를 캐어 팔아서 살았으므로 인하여 나라사람이 그를 맛동(薯童)이라 하였다고 한다.[92]

라고 부연되어 있는 것이다. 여기서 이 단원의 이야기는 같은 ≪삼국유사≫에 나오는 견훤의 출생담과 동궤의 것임을 알겠다.[93] 이와 같은 일련의 이야기는 전국~세계적 분포를 보이고 있는 설화로서 소위 甄萱式說話[94] 또는 야래자전설이라 하여 유명한 것이다.[95] 이 서동의 출생담이 그러한 토착설화의 한 면모를 보이고 있다는 것은 참으로 주목할만한 일이다. 이렇게 본다면, 여기 '池龍'이라는 것도 원래(역사화 이전) 夜來者 중의 하나로서, 蚯蚓(지렁이)이나 魚龍 · 大蛇 등과 같이 남성을 상징하고 있는 것이라 하겠다. 그래서 그 夜來者에 의하여 출생한 자들이 모두 비범한 남자, 기이한 남아로서 이미 출중한 장래를 약속받고 있는데, 여기 서동은 바로 그들과 동궤의 인물이라 하겠다.

이러한 서동이기에 비록 생업이 미천했으나 '器量難測'하여 뜻 둔 바가 높고 그 소행이 비상할 수밖에 없었다. 이 점은 야래자전설의 주인공이 가지는 공동성격이거니와 그것은 장차 비범한 인물이 될 싹을 미리 보이려는 의도 때문이라고 짐작된다.

이러한 서동은 성장하여 인간 본연의 소망을 무난히 성취한다. '美艶無雙'한 공주를 그 아내로 맞이하는 것이다. 그 이야기는 낭만적으로 풀

---

92) 최상수, 『한국민간전설집』, 통문관, 1958, pp.120~122.
93) ≪三國遺事≫ 卷二, 後百濟 甄萱條에 '又古記云 昔一富人居光州北村 有一女子 姿容端正 謂父曰 每有一紫衣男到寢交婚 父謂曰 汝長絲貫針刺其衣 從之 至明 尋絲於北墻下 針刺於大蚯蚓之腰 後因姙生一男'이라 하였다.
94) 손진태, 「甄萱式說話」, 『조선민족설화의 연구』, 을유문화사, 1950, pp.199~204.
95) 장덕순, 앞의 논문, pp.137~139.

려 나간다. 이리하여 서민들의 본원적인 소망은 완전히 이룩된 것이라 하겠다. 서동이 羅京에 대담하게 들어가 그 기발한 동요의 계략으로 순금을 가진 절세미인을 손쉽게 맞아들이니, 일거양득의 쾌사가 아닐 수 없다.

실로 서민들의 꿈은 이에서 머물러도 좋으리라. 이야기는 이로써 끝마쳐도 좋은 것이다. 그 저명한 <서동요>를 중심으로 조직된 것이라면, 서동이 동요의 妙計로서 그의 소망을 이룩하고 명실공히 주인공으로 일원화되는 데에서 그 원형적 이야기는 완성되었으리라고 보아지기 때문이다. 이 단원의 이야기는 하나의 설화로서 독립된 체재를 갖추고 있는 것이라 하겠다. 하나의 奇男兒가 대담한 묘계로서 귀공미녀를 취득하는 이야기는 전설의 형태로 기록된 것도 있고96) 민담의 모양으로 얼마든지 유전되고 있는 것을 보게 된다.97) 이러한 유형의 이야기를 奇男妙計娶女

---

96) 이렇게 대담한 묘계로 귀공주를 취득한 전설로 이와 비슷한 것은 전게한 원효불기 (요석궁 교혼)를 들 수 있다. 이러한 측면에서 본다면, 공주가 찾아 온 온달전은 흔히 서동설화와 동질적인 것으로 대비되고 있지만, 실은 그 성질을 달리하는 것이라 생각된다. 성기열, 「한일설화 비교연구의 일례」, 『한국고전문학연구』 제1집, 1971, pp.43~44 참조.

97) 이러한 민담은 널리 알려져 있지만, 가령
① 기축년에 낳아 기축이라고 이름한 사내 한 사람이 김부자집 머슴으로 들어가 천문지리에 통한 그 집 딸을 얻어 그 아내 덕분으로 反正에 가담하여 벼슬하고 부자로 살았다는 이야기(박순옥, 82세, 여, 본적은 경상북도 대구, 지금은 대전시 신안동 270번지에 거주, 1971년 8월 16일, 충남대학교 의과대학 간호학과 재학중인 김선양이 채록한 것임)
② 한 덕거머리 총각이 옛날이야기를 좋아하는 임금님께 찾아가 끝없는 이야기로 임금님을 감동시켜 그 공주를 아내로 맞았다는 이야기(손중구, 23세, 학생, 충남대학교 법경대학 법학과 재학 중, 고향 古老에게 들었다는 이야기를 1971년 9월 16일에 적어 냈음)
③ 돌팔이 총각 의원이 잘못하여 사람을 죽이고 옥에 갇히어 죽는 날만 기다리고 있는데, 쥐떼들이 옥으로 들어와서 죽은 쥐를 살리는 묘한 막대를 놓고 간지라 그 의원이 그 막대를 써서 죽게 된 원님의 딸을 살려 그녀와 결혼하고, 나아가 죽을병에 든 중국 천자의 딸을 살려내서 그 부마가 되었다는 이야기(이영자, 76세, 여, 본

說話라고 한다면, 이 단원의 이야기가 그 계열에 드는 설화로서 독자적인 행세를 할 수 있었다 해도 무방할 것이다. 다만 여기 선화공주가 그 類話에 나오는 천상의 선녀나 권력자의 귀녀 그리고 부호의 독녀와 본처 소생의 미녀 등으로 변신·확대될 수 있는 것이라면, 서동은 착한 나무꾼, 엉큼한 머슴(종), 약초 캐는 소년, 산채 캐는 소년, 숯구이 소년, 더벅머리 사냥꾼, 현명한 소금장수, 꾀 많은 파계승 등에까지 확산·결연되어 있음을 눈치 챌 수가 있을 따름이다.

이제 서동은 어엿한 공주의 남편이다. 따라서 거기에 어울리는 재복을 지녀야 한다. 그리하여 서동은 '積如丘陵'의 황금을 손쉽게 모을 수가 있었던 것이다. 그만하면 서민(민중)들로서는 더 바랄 게 없다. 그들의 서동이 이만큼 행운을 누리게 되니, 그 최대의 소망을 만족히 성취한 바라 쾌재를 불러 마땅할 것이다.

이러한 이야기는 바로 五金寺의 연기전설로

世傳 薯童事母至孝 掘薯蕷之地 忽得五金 後爲王創寺 其地因名焉[98]

이라고 축약·결부되어 있음을 볼 수가 있다. 이처럼 일개 서동이 掘金橫材하여 갑자기 만금장자로 된 이야기가 하나의 단원설화로서 행세할 수 있거니와, 이러한 掘金橫材說話는 그 연원이 오래고 그 유형설화가 적지 않은 것이다.[99] 이것은 마음씨 착한 사람이 가난한 중에도 올바른

적은 대전시 자양동 317번지, 천안을 거쳐 지금은 서울 서대문구 불광동 23~24에 거주, 이야기는 그 부친에게서 들었다 함. 1971년 7월 27일 오후 9시 충남대학교 의과대학 간호학과 재학 중인 김혜자 양이 채록함)

④ 게으른 아들이 새끼 서발로 산 색시를 얻었다는 이야기(장덕순 외 3인, 앞의 책, p.64)

등은 재미있는 것들이다.

98) 東國輿地勝覽 卷第33, 益山, 佛宇, 五金寺條.

일을 하기 위하여 지성을 다했을 때, 놀라운 재운을 맞는다는 이야기로 까지 나간다. 이런 유화를 善者得寶橫材說話라고 볼 때, 그 주인공들은 효성이 지극한 사람, 남을 돕는 사람, 신앙이 깊은 사람, 우애가 좋은 사람, 정직한 사람, 부지런한 사람, 신의가 있는 사람, 현명한 사람 등으로 나타난다. 그들은 가난한 서민으로서는 가장 착하고 완전한 전형적 인물이라고 하겠다. 여기서 우리는 서동이 이러한 인물들의 속성까지를 지닌 것이 아닌가 하는 암시를 받을 수도 있다.

그러면 서동은 부귀를 다 누리는 마당에서, 대권을 잡는 것만이 유일한 소망이다. 드디어 서동은 인심을 얻어 대망의 왕위에 오르게 되는 것이다. 이에 이르면 서민(대중)이 바라는 바로서는 너무도 過濫하다. 그들의 서동이 왕위에 오르니, 그 영광과 환희는 하늘에 닿았다 할 것이다.

---

99) 이런 이야기도 적지 않지만, 그 중에도
① 한 곳에 불심이 강한 농부가 부처님께 시주하기로 약속을 했는데 그 해에 수해를 맞아 전답이 모래 속에 묻혔는지라, 모두들 실망하고 있는 중에도, 그 농부만은 스님의 말씀대로 꾸준한 신심으로, 밤늦도록 논에서 모래를 쳐내다가 그 논바닥에 사금(순금)이 즐비함을 발견하고 큰 부자가 되고 뜻대로 시주를 했다는 이야기(전게 이행원스님 법담)
② 옛날에 현명한 사람과 어리석은 사람이 함께 길을 가는데, 큰 산삼밭을 만나 삼을 한 짐씩 짊어지고 한 고개를 넘으니, 은덩이가 쌓여 있기로, 어리석은 사람은 고집대로 끝내 삼짐만을 지고 갔지만, 현명한 사람은 그 은덩이를 파서 지고 가다가 또 한 고개를 넘어서는 금덩이가 산처럼 쌓인 것을 보고 그 금을 지고 가서 큰 부자가 되었다는 이야기(역시 이행원스님 법담)
③ 한 정승의 막내딸이 재복에 먹고 산다고 고집하다가 아버지의 미움을 사서 숯구이 총각에게 시집을 갔는데, 어느 날 숯 굽는 남편의 점심을 가지고 산판 현장으로 갔다가 그 숯가마의 이맛돌이 순금덩이임을 발견하여 그것을 빼다 제값에 팔아서 큰 부자가 되었다는 이야기(김병규, 54세, 남, 충북 단양군 평동리 거주, 1969년 5월 4일, 서울대학교 문리과대학 조희웅 채록, 類話 4편이 있음)
④ 「삼공본풀이」(장덕순, 앞의 책, p.337 참조)
등은 소중한 것들이라 하겠다.
한편, 善者得寶橫材說話로서 ≪三國遺事≫ 卷第五 孫順埋兒條의 「掘地忽得石鍾說話」는 여러 모로 주목할 만한 것이라고 하겠다.

여기 서민들은 그들의 서동이 그들과 가까운 벼슬아치로 되는 것을 더욱 갈망했을 지도 모른다. 실로 그 서민들이 걸출한 용모와 장쾌한 도량과 뛰어난 지략으로 도승이나 술사들의 도움을 받아, 갑자기 높은 벼슬에 오르는 이야기는 서민들 사이에 얼마든지 유행하였을 것이다.100) 그러한 벼슬아치는 대개 수령이나 감사, 아니면 암행어사나 판서·정승까지도 이르게 되는데, 그들은 언제나 민중의 편에서 올바른 처사로 큰 은혜를 베풀게 마련이다. 그렇다면 이 단원의 이야기는 위 庶童出世說話(벼락감투설화)와 동궤의 것이었음을 알 수가 있다. 따라서 서동은 원래 그 설화의 庶童들과 같은 유형의 인물로서 그들과 대등한 벼슬아치였으리라는 추정도 가능한 것인가 한다. 여기까지는 서민들의 꿈이 어리고 입김이 서린 것이라고 보아 마땅할 것이다.

그런데 서동이 즉위까지 한 데에는 서민들의 순연한 꿈이라기보다는 어떠한 다른 목적의식이 작용하고 있다는 것을 눈치 채게 된다. 실로 서민들은 그들이 내세운 주인공이 벼락출세를 하되, 그들과 가까운 벼슬아치가 되어 그들의 어려움을 직접 타개해 주기를 갈망하는 마음자리에서, 태양같이 멀고 높은 왕위를 감히 바라거나 생각하지도 않았으리라고 보

---

100) 이러한 이야기도 흔히 들어 볼 수 있는데, 몇 개만 들어 보겠다.
   ① 옛날에 돌멩이와 두꺼비가 둘도 없는 친구로 글공부를 하는 중에, 가난한 두꺼비가 부자인 돌맹이의 덕분으로 점을 치기 시작했는데, 그것이 나라 안팎으로 유명해져서, 중국에까지 불려가 옥새가 든 옥함을 신묘하게(실로 우연히) 찾아 주고 높은 벼슬에 올랐다는 이야기(전게, 김을순 노인 면담)
   ② 기량이 난측한 한 총각이 활 잘 쏘는 사위를 고른다는 정승 집에 찾아가 활을 아주 잘 쏘는 양으로 능청맞게 정승을 속여 넘기고 그 딸을 아내로 맞이한 다음, 어전의 활쏘기 대회에서 신묘하게(실로 우연히) 장원하여 큰 벼슬을 하게 된 이야기(전게, 김광준 면담)
   ③ 옛날 덕거머리 총각이 머슴살이한 돈을 다 털어 술사에게 운명을 점치니, 이름을 '조을대'로 고치면 앞길이 트인다 하기로 그대로 하였던 바, 어느 날 한곳에 이르러 큰 두목(벼슬아치)을 뽑는 모임에 참석하여, '좋을 대로'하자는 중의에 따라 벼슬자리에 올랐다는 이야기(동상, 김광준씨 면담)

아지기 때문이다.101) 그래서 서동은 서민들의 순수하고 간절한 꿈을 짊어진 채, 그들의 품안을 벗어나 왕위를 지상의 소망으로 하는 상류사회의 역사의식과 신통 법력을 과시하려는 불교적 의도 속에 파묻히기 시작했다고 생각된다. 여기서 서동은 서동적 생명성과 서민적 활기를 잃고, 역사적 인물로 변모하는 것임을 짐작할 수가 있겠다.

마지막으로 서동은 왕으로서 후생의 복락이 걱정될 따름이다. 그 왕은 대불사의 공덕으로 후생의 극락을 누리게 마련된다. 이야기는 이렇게 끝을 맺는다.

하루는 왕이 부인과 함께 師子寺에 가다가 龍華山下의 큰 못가에 이르러 못 가운데서 미륵삼존이 나타나므로 수레를 멈추고 예경하였다. 부인이 왕에게 이르되 나의 소원이 이곳에 큰 절을 이룩했으면 좋겠다. 왕이 허락하고 지명법사에게 가서 못을 메울 것을 물었더니 법력으로 하루 밤에 산을 무너 못을 메워 평지를 만들었다. 거기에 彌勒三像과 回殿·塔·廊廡를 각각 세우고 額號를 彌勒寺라 하니, 진평왕이 百工을 보내서 도와주었는데 지금까지 그 절이 있다.

여기까지는 서민의 꿈이 실감 있게 미칠 바 아니다. 그들에게는 그리 멀고 높은 꿈에 지나지 않으리라. 이것은 오히려 상류사회의 풍성한 꿈이요 불교사회의 무상의 이상으로서 신이설화·도승신통설화와 그 유형을 같이 한다.102) 따라서 서동은 이렇게 왕으로서 할 일을 다 마친 것이다.

여기서 우리는 상류사회를 주름잡던 불교계의 목적의식이 노골적으로

---

101) 서민 대중들의 진정한 노래와 이야기 가운데는 그 주인공이 왕으로 되는 예가 거의 없다는 것은 매우 주목되는 일이라 보아진다.
102) ≪三國遺事≫ 所載, 道僧神通說話 및 李行願, 道話集, 法寶院, 1966. 10. 馬鳴, 韓國佛敎史話, 1965, pp.21~131 참조.

작용한 흔적을 짐작하게 된다.103) 이제 서동은 대불사의 공덕주로서, 사후의 극락왕생까지 보장받은 만백성의 성왕일 따름이라 하겠다.

위와 같이 서동은 한 과부의 賤生으로부터 성장하여 만백성의 성왕으로까지 올라가게 되었다. 그리하여 薯童(庶童)들로부터 만백성에 이르기까지 그들의 원망과 꿈을 시원스럽게 성취시켜 주고 있는 것이다. 서동의 일생은 인간으로서는 최상의 행운과 부귀・영화를 점층적・체계적으로 누린 영광의 그것이었다. 말하자면 민족설화나 고전소설에 나오는 영웅의 일생이 바로 그것이라고 하겠다.104) 다만 대부분의 영웅들이 상당한 투쟁을 하는 데에 반하여 서동은 명실공히 평화와 자비의 일생을 꾸몄다는 것이 다를 뿐이다. 따라서 서동은 우리 민족의 꿈(이상) 속에 자리잡은 평화・자비의 영웅이라 하여 마땅할 것이다.

실로 서동설화는 상하 민중의 꿈을 꽃피운 5개 單元의 설화를 적층적・허구적으로 총화・응축시킨 <薯童傳>이라 하여 무방할 터이다. 이 설화 속에는 투쟁의 삽화를 끼워 넣지 않은, 소박한 소설의 원형이 도사리고 있다고 보아지기 때문이다. 그렇다면 서동은 고전소설에 나오는 영웅적 주인공의 전신으로 확대・승화될 수도 있으리라 보아진다.

6. 서동설화의 형성과정

그러면 이 '서동'은 어떻게 성장・출세하였으며, 따라서 그 설화는 어

---

103) 고려시대와 그 이전에 불교가 상류사회, 심지어는 조정까지도 좌우했던 시기가 있었다는 것을 상기할 필요가 있다. 이능화, 『조선불교통사』, 경희출판사, 1969, pp.31~268. 및 우정상・김영태 공저, 『한국불교사』, 진수당, 1970, pp.80~91 참조.
104) 김열규, 「민담과 이조소설의 전기적 유형」, 『한국민속과 문학연구』, pp.85~93. 정주동, 『고대소설론』, 형설출판사, 1966, pp.180~181.

떤 경로를 밟아 지금의 모습을 갖추게 되었는가 추정해 볼 단계에 이르렀다. 상술한 바와 같이 서동설화에 기록된 것과 현전 민속을 비교·유추할 때, 거기서 薯蕷를 캐다 파는 서동들과 그 습관을 복원해 볼 수가 있다. 그러한 서동들이 인간적인 욕망과 서민적인 꿈을 실제로는 달성할 수 없는 처지에서, 그들의 갈등과 비애의 심정을 체념적이고 희망적인 방향으로 노래하고 이야기하기 시작했을 때, 그 전형적인 주인공으로 '서동'을 탄생시킨 것이라고 보아진다. 그러니까 '서동'은 서동들의 화신이요 서민들의 희망으로서 그들의 욕망과 꿈을 시원스럽게 성취시킬 운명을 타고 날 수밖에 없었던 것이다.

우선 서동들은 그들의 '서동'이 과부~지룡의 賤生이면서 기량 난측하여 동요의 계책으로써 순금을 많이 지닌 절세미인, 귀공주를 손쉽게 맞아들인 그 노래와 이야기만 가지고도 만족할 수가 있었을 것이다. 그러니까 薯童들이 형성시킨 원래의 서동설화는 여기까지로 끝났을 지도 모른다. 여기서 우리는 이 설화의 제1단계의 형성, 즉 원형을 어림해 볼 수 있지 않을까 한다.

그런데 이 원형적 서동설화가 산간과 시정을 연결하는 서동들의 활동무대에 유전되었다면, 그것이 정말 인기리에 퍼져나갔으리라는 점은 짐작하기에 어렵지 않다. 그러면 이미 그것은 서동들의 것만이 아니라 서민대중의 것이기도 하였으리라. 이와 같이 그 원형적 설화가 서민대중들 사이에 보편화되면서, '서동'은 부귀의 행운을 맞아야만 했던 것이다. 그래서 서민들은 '서동'이 흙덩이처럼 쌓인 황금을 '積如丘陵'으로 모아 만금의 장자가 되었다는 이야기를 덧붙인 것이라고 하겠다. 여기서 우리는 이 설화의 제2단계의 완성을 보게 되는 것인가 한다. 이로써 서동설화는 순수설화(민담)로서의 보편적 면모를 갖추게 된 것이라고 추정된다.

이러한 설화의 면모가 언제부터 얽어리를 잡았느냐 하는 것은 우리의 상상이 미칠 바가 아니다. 그 무렵에는 이것이 구전되었으리라는 추측 이외에 아무런 근거를 잡을 수 없는 데다가, 서동들이 언제쯤 등장하여 薯蕷를 캐다 파는 관습을 이루었는지 조차도 지금의 자료 상황으로는 알 도리가 없기 때문이다. 다만 서동들의 관습이 생각보다는 오랜 연원을 가졌으리라는 짐작과 함께, 이 설화도 꽤 오래 전부터 그 모습을 드러내게 되었으리라고 짐작할 수 있을 따름이라 하겠다.

점차로 이 설화가 널리 파급되어 보다 일반성을 지닐 무렵에는, 서민 대중들은 만금장자가 된 그들의 서동이 무슨 벼슬이라도 하기를 소망했을 것은 물론이다. 여기서 서동은 높은 벼슬자리에 오를 수 있는 기회를 얻는 것인가 한다. 아니 이때에 벌써 그 설화에는 서동이 서민들과 가까운 어떤 벼슬아치가 되었다는 이야기(薯童出世說話)가 첨가되었던 것인지도 모른다.

그래서 이 설화가 유명해져서 보다 널리 유포될 무렵이면, 그것이 서민들의 생활권을 벗어나 상류사회를 주름잡던 불교계까지도 침투했으리라고 추찰된다. 산간이나 도시에 사찰이 즐비하던 당시 승려들은 상류사회·지식계급을 대표하는 정신적 지도자로서, 庶民(薯童)들을 교화·선도하기 위하여, 그들과 가까이 하며 재미있고 유익한 신이담을 주고받는 과정에서, 서동설화를 얻어 들었을 가능성은 얼마든지 있기 때문이다.[105] 그 승려들은 효과적인 포교를 위해서 서민들의 관심사가 무엇인가를 살피는 가운데, 그들의 꿈을 실은 노래와 이야기를 보다 화려하고 신빙성 있는 것으로 부연·확정하여, 그들에게 되돌려 줄 수도 있었던 것인가 한다. 이런 때에 승려들은 흔히 불보살이나 고승대덕들의 이적담·인연담을 내세우기도 하고 역사적 지식을 동원하기도 하는 실례를

---

105) ≪삼국유사≫의 찬성 태도와 그 내용을 보면, 그것이 민속 신앙과 민간전승을 얼마나 중시·수록하고 있는가를 알 수가 있다. 최남선, 앞의 책, 「解題」, pp.31~32.

볼 수가 있는 것이다.106)

여기서 승려들은 우선 여태껏 성장해온 서동설화에 지명법사의 신통력을 가미하여 서동을 왕으로 즉위시키고 동시에 백제의 저명한 제왕, 武康王⇌武寧王의 史實을 구체적으로 결부시켰던 것인가 한다. 그러니까 이 설화는 제3단계의 변모를 겪어 역사전설의 성격을 띠게 된 것이라 하겠다.107)

이렇게 서동설화가 역사화된 단계에서 그 설화는 적어도 한 서동을 일국의 제왕으로까지 만들 수 있었던 지명법사의 신이담으로서 승려들의 발길이 닿고 입김이 번지는 대중사회에까지 하나의 흥미롭고 유익한 기적담(道僧神通說話)으로서 크게 인기를 모았으리라는 것을 짐작할 수 있겠다. 이에 현명한 승려들은 이 설화를 백제의 무령왕이 창건한 미륵사의 연기담으로 채택한 것이 아닌가 추측된다. 이렇게 되기까지는 무령왕의 창사 행적이 찬탄·설화되면서 상호 유사성이 발현되고 이것들을 상호 연관시키거나 동일시하려는 승려들의 심리적 동향이 작용한 것 같다. 한편 대부분의 사찰들이 그 자체의 장엄을 과시하고 서민 대중들의 교화를 위하여 제왕이나 신승과 관련된 화려한 기적담을 그 연기설화로 끌어들이려는 허구적 경향이 농후했기 때문이라 하겠다. 여기서 이 설화에는 왕과 부인의 발원에 따라, 지명법사의 신통력으로 미륵사를 창건했다는 이야기가 덧붙은 것이라 보아진다. 그러니까 이 설화는 제4단계의 개변을 거쳐 사찰사적의 사료로서 그 모습을 갖추게 된 것이라 하겠다.

그처럼 이 설화가 역사화되어 미륵사의 연기설화로 고정된 것은 대체

---

106) 여기서 불교계에 잘 알려진 <선광공주자복담>(내복에 산다) 정도가 가미되었을 것이다.

107) 이 단계에서 '서동'은 '削髮'하여 승려와 같은 모습을 하고, 선화공주는 미륵선화의 인상을 지니게 된 것이 아닌가 하며, 이와 때를 같이 하여 왕궁적 분위기도 제대로 마련된 것이 아니었던가 한다.

로 어느 때쯤이겠는가. 이에 대하여 우리는 정확한 고찰을 할 도리가 없다. 그러나 그 연대의 상한선은 대강 어림해 볼 수 있겠다. 우선 이 설화가 무령왕의 사실과 관련된 것이라면, 그리고 지명법사의 실존연대나 사자사와 미륵사의 창건연대를 확인할 수 있다면, 그것들이 이 설화의 상한선을 마련해 줄 것은 뻔한 사실이다. 그런데 그러한 연대들마저 추정할 길이 막연하여 그 방면 전문가들의 업적에 기대하고 있는 터에, 그에 관련된 설화의 연대를 추정한다는 것은 거의 불가능한 일이라 여겨지기도 한다. 다만 여기서 분명히 한 것은 설혹 이 설화가 무강왕⇌무령왕과 결부될 가능성이 크고 상계한 미륵사 창건 연대들이 확정된다 하더라도, 이 설화의 연대를 그것들과 동일시할 수 없다는 점이다. 어떤 인물이나 사물에 관한 설화(緣起傳說)는 그 인물, 사물이 실존하고 난 뒤에 그 저명한 정도에 따라 덧붙게 마련이라는 것이 학계의 정설이기 때문이다. 그러니까 설화의 내용을 따라 그 자체의 역사적 연대를 따지려는 종래 학계의 무비판적인 방법은 애초부터 상식에 어긋나는 일이라 하겠거니와, 적어도 이 설화는 무령왕~성왕의 후대, 미륵사의 창건 이후에 고목에 피는 버섯처럼, 역사화·사적화의 실마리가 잡혔으리라고 보아지는 것이다. 말하자면 현대에도 우리는 고대의 저명한 인물, 사물에 관한 전설을 꾸며낼 수가 있으므로 사실과 그 전설 사이에는 연대적으로 의외의 차이가 생길 수 있다는 것을 언제든지 유념해야 될 것이다.

그래서 이 설화는 미륵사 연기설화로서 사적화될 무렵에, 현전의 그것과 대동소이한 모습으로 고정·기록되었을 가능성이 있다. 이처럼 대찰의 사적으로 기록되면서 더욱 보편화되어 갔던 것이 오히려 신빙하고자 하는 사실로서 더욱 보편화되었던 것이 아닌가 한다. 이러한 분위기 속에서, 이 설화는 역사적인 안목에 포착되어 소위 '武康王'의 遺事(野史)로 인정되고, 전게 '古本'의 무강왕전설로 채택·수록된 것이라고 보아진다.

이렇게 되는 과정에서 전혀 첨삭이 없었다고 할 수는 없으므로, 이 설화는 착안점의 차이에서 오는 약간의 변화를 겪지 않을 수 없었던 것인가한다. 이와 같이 이 설화는 제5단계의 변모를 거쳐 고조선 내지 백제 무강왕의 사실로서 완전한 정착을 본 것이라 하겠다.

이처럼 서동설화가 '古本'에 정착된 것은, 대체로 불교홍포에 뜻을 두고 복고적인 역사의식까지도 품고 있었던 어떤 승려의 작위가 아니었던가 싶다. 결국 이 설화는 불교설화로 완성되었으면서도 그 배면에 백제 중흥주의 재림을 갈망하는 의도가 작용하고 있는 듯이 보아지기 때문이다. 그래서 그 '古本'의 찬자는, 이 설화를 불교적으로 역사화하고 미륵사의 緣起說話로 완성시킨 그 장본인이거나 그와 동류의 승려였으리라는 점은 짐작하기에 어렵지 않겠다.

여기서 보다 주목되는 것은 이 설화가 정착된 시기인 것이다. 우선 이 설화가 정착된 상게 '古本'은 일연이 참고·인용한 저본이므로 그것의 하한선은 추측이 가능할 듯하다. 따라서 이 설화가 정착된 하한선은 ≪삼국유사≫ 시대 이전 '古本'의 시대라는 것을 추정할 수가 있다. 그런데 저 '古本'의 정체와 그 찬성연대조차 모르고 있는 처지에서, 더구나 그 '古本'의 古本이 또 있을 수 있다는 가정하에 선다면, 이 설화가 정착된 상한선을 추정한다는 것은 매우 어려운 일이라고 하겠다. 여기에 관한 일체의 방증 자료조차 파악할 수 없는 지금으로서는, 이 설화 자체를 분석·고찰하는 것만이 유일한 방편이라 하겠다. 그런데 이 설화 자체도 그 전체의 분위기라든가, 구조·표현 등에서는 시대적인 특성을 반영한 요소를 발견할 수가 없고, 다만 거기에 삽입된 <서동요>만이 그 특수한 언어표기로 하여, 어떤 실마리를 제공하리라 믿어질 따름이다.

주지하는 바와 같이 <서동요>는 향찰표기로서 그 시대의 언어와 표기상의 특성을 제대로 반영하고 있는 노래다. 그러니까 정확한 국어어휘·어법사가 정립된 것을 전제한다면, 이 노래의 어휘와 어법의 표기방법이 어느 시대에 처하리라는 것을 규명할 수가 있으며, 따라서 이 노래를 삽입하고 있는 설화 전체의 정착시기도 상대적으로나마 어림해 볼 수 있는 것인가 한다. 실로 이 노래를 싣고 있는 설화는 그 노래의 정착 표기와 동시거나 그 이후에 고정될 수밖에 없는 것이기 때문이다. 일찍이 지헌영은 향가의 과학적인 비교연구를 통하여 신라·고려대의 어휘·어법사를 체계화하는 과정에서[108] <서동요>의 그것이 고려 초를 넘어설 수 없다는 결론을 내놓고[109] 적어도 ≪삼국유사≫ 소전의 서동설화가 고려 초 이후에 정착되었으리라는 새로운 암시를 내린 바가 있다. 이러한 의견은 앞으로 본격적인 고증이 나오리라 기대되거니와, 필자의 이번 작업에서도 동일한 결론의 언저리를 내왕하게 되니, 그 암시한 바가 합리적인 탁견일 듯이 느끼어진다. 그러므로 이 설화는 '古本'의 시대를 하한선으로 하고, 고려 초기를 상한선으로 하는 그 시기에 정착을 본 것이라고 추정해 둘까 한다. 이렇게 하여 그 '古本'에 수록된 서동설화는 武康王遺事로 행세하다가 일연의 착목하는 바 되어 그의 刪削·改竄을 겪어 ≪삼국유사≫ 무왕조에 수록된 것이라 하겠다. 그런데 일연이 武康王遺事를 武王遺事로 고쳤던 결과로, 이 설화는 무왕의 史實에 맞도록 첨삭을 겪을 수밖에 없었던 것인가 한다. 그 첨삭이 어느 정도였느냐 하는 것은 명확히 할 수는 없으나 일연이 ≪삼국유사≫를 찬성하는 과정에서 큰 모순이 드러나지 않도록 적절한 손질을 했으리라고 보아 무방할 것이다. 그 한 예로 일연이 얼마만큼의 역사지식을 가지고 '第三

---

108) 지헌영의 「次朕伊遣에 대하여」, 『최현배선생회갑기념논문집』, 1954, pp.431∼475 와 「阿冬音에 對하여」, 「善陵에 對하여」 등 제 논문들이 그 체계화 작업의 일환이라고도 보아진다.
109) 지헌영, 「次朕伊遣에 對하여」, p.447.

十武王名璋'이라 내세웠다면, 이에 맞게 진평왕을 끌어들인 것은 있을 수 있는 일이라고 생각된다.[110] 이러한 개찬은 후대 학자들에게 혼미와 속단의 실마리를 던졌다는 점에서, 크게 주목할 만한 전설·설화의 역사화 작업이었다 보아야겠다.[111] 그리하여 이 서동설화는 제6단계의 개찬을 거쳐, 백제 무왕의 유사로서 현전의 모습 그대로 고착되었으리라 보아진다.

여기서 우리는 서동설화의 계속적인 변모·천이 현상을 보이거니와, 이로써 그 설화가 후대 사가들에 의하여 역사화되었던 상황을 파악할 수가 있겠다. 이처럼 지식층에 의한 자의적인 역사화 작업은 지금도 진행되고 있으니, 즉 '薯童'을 백제의 무왕 또는 동성왕, 그리고 원효대사로까지 맞대보려는 업적들이 바로 그 좋은 실례라 할 것이다. 여기서 우리는 한 설화가 역사화되는 아이러니컬한 표본을 볼 수 있는 것인가 한다.

지금까지 추론해 온 바는, 하나의 설화가 완성되어 역사적 성격을 띠기까지는 하나의 사실로 취급해 버릴 수 없는 복잡한 과정을 겪었으리라는 점을 지적한 셈이 된다. 여기 서동설화의 형성단계를 圖示함으로써, 그 적층적인 구조와 내막을 입체적으로 제시하고자 한다.

---

110) ≪삼국유사≫ 전체에 일연의 주관적 기록이 처처에 보이고, 임의의 축소 약기와 상당한 개변을 거쳤으리라고 예상되거니와, 일연이 이와 같이 武王과 眞平王을 맞세우는 데에는 여기 知命法師와 진평왕대의 신라 고승 知明大師와를 동일시하는 심리가 작용했던 것이 아닌가 한다. 실로 「知命」(智本)은 「末通」(武康)과 대조·대응되고 있는 것으로, 그가 과연 실제인물이었는지조차 지금의 자료 상황으로서는 장담하기가 어렵다. 그렇다면 이 知命法師는 신라의 知明大師와 결부된 전설적 인물이 아닌가도 의심이 간다. 어쨌든 이 知命法師에 대하여는 불교사·승전 쪽에서나 설화·불교전설 편에서 새로운 고구가 가해져야 할 것으로 생각된다.

111) 이 개찬은 자가당착을 면치 못하였거니와 나아가 遺事의 王曆表 百濟 '武王' 해설과 동 卷第三 法王金殺條의 '武王'記事를 연쇄적으로 변경시키고, 심지어는 ≪高麗史≫ 地理志 金馬郡條, '武康王' 기록에까지 영향을 미치고 있는 것이다.

단계	주인공(변신)	양 태	단원 및 관계설화	과정	관계자
6	武王	武王遺事		改竄	一然
5	武康王	武康王遺事		記錄化	古本撰者 (僧侶)
4	大施主	彌勒寺緣起	道僧神通說話	史蹟化	僧侶
3	薯童 (武寧王)	(武寧王) 卽位傳說	庶童出世說話 (벼락감투설화)	歷史化	僧侶
2	薯童 (長者)	長者說話	善者得寶橫材說話	民譚化	庶民 (薯童들)
1	薯童 (駙馬)	薯童說話	奇男妙計娶女說話	童話化	薯童들
0	薯童	薯童誕生	夜來者傳說	發端	薯童들

7. 결론

이상 서동설화의 제반 문제에 대하여 문학적 측면에 역점을 두고 종합적으로 분석·고찰하였다. 지금까지 논의해 온 바를 요약하면 다음과 같다.

1) 서동설화의 주인공으로 분장된 역사적 인물은, '古本'에 나타난 그 명칭으로나 이 설화에 반사·투영된 역사적 사항들로 미루어 무왕이나 동성왕보다는 오히려 백제의 무령왕에 맞대어질 것 같다.

2) 서동설화는 원래 단순한 설화로서 그 서동의 행적이 무령왕⇌무강왕의 사실과 유추적으로 결부됨으로써, 擬裝된 역사적 전설의 모습을 갖추게 된 것이니, 서동이 즉 무령왕이 될 수 없음은 물론이고, 다만 서동은 설화의 원래적 주인공이요, 무령왕은 그 의장된 안면(假面)으로서의

역사적 주인공일 수 있었다. 그러므로 이 설화의 본래적 핵심체를 이루고 있는 <서동요>는 역사적 안면으로 화석화된 무령왕이 제작할 수도 없는 바요, 또한 설화 속의 인물로서 역할하고 있는 서동이 창작할 수도 없는 터이니, 우선 그것은 작자미상이라고 볼 수밖에 없는 것이었다.

3) 이 설화의 주인공인 서동은 작중인물과 같아서 역사적 인물도 실재적 인물도 아닐 가능성이 크다. 이 서동은 실제로 薯蕷를 캐다 활업으로 삼던 서동들이 그들을 집약·상징하고 대표하는 전형으로서 상정해 낸 이상적 인물이요 영웅적 인간상이라 하였다. 그래서 그것이 서민 대중의 꿈을 실현하는 그 노래와 이야기의 주인공으로 승화되고 구상화되어 있음을 보게 되었다.

4) 서동설화는 본래 남녀상열의 은유로 빼어난 동요를 내포하고 서민들의 요원한 꿈을 모두 성취시켜 주는 민중의 이야기로서 순연한 작품이었다. 이 설화는 자고로 널리 알려진 야래자설화, 기남묘계취녀설화, 선자득보횡재설화, 서동출세설화, 도승신통설화 등류의 단원설화를 적층적, 허구적으로 총화·응축시킨 작품 구조를 지니고 있다. 이러한 서동의 일생은 실로 인간으로서는 최상의 행운과 부귀 영화를 점층적·체계적으로 누린 바, 민족설화·고전소설에 나오는 전형적 영웅의 일생담이니, 이름하여 <薯童傳>이라 해도 무방할 것이다.

5) 이 설화는 서동들의 소박한 꿈을 실현하기 위하여, 서동이 선화공주를 취했다는 동화의 형태로 원형적 출발을 했을(제1단계) 것이다. 이것이 서민 대중에게 보편화되면서 서동이 만금장자가 되었다는 민중의 이야기로 민담의 면모를 갖추게 된(제2단계) 것이었다. 그러던 것이 점차 유명해져서 보다 널리 유포될 무렵, 당시 상류사회를 주름잡던 불교계에 이입되어 식견있는 승려들의 역사의식에 의해서, 서동이 지명법사의 법력으로 왕위에 올랐다는 전설로 역사화되었던(제3단계) 것이었다. 다시 이

것이 흥미롭고 유익한 이적담으로 불교·대중 사회에 파급되면서, 뜻있는 승려들의 숭법·포교정신에 의하여, 왕이 지명법사의 신력으로 미륵사를 창건했다는 緣起傳說로 史蹟化되었던(제4단계) 것이다. 드디어 이것이 '古本'의 찬자에게 포착되어 武康王遺事로 기록화되었던(제5단계) 것이었다. 바로 이 기록화된 武康王遺事가 일연의 궤상에 이르러 武王遺事로 개찬되었던(제6단계) 바인데, 이로 말미암아 후대학자들에 의한 혼미와 속단이 자행되며 아이러니칼한 역사화 작업이 계속되고 있었던 것이다.

이로써 서동설화를 史實과 혼동하여 서동을 실재인물로 고증하려던 종래의 제반 업적에 대하여 비판을 가하고 필자 나름대로 이 설화의 연구 방향을 제시한 셈이 되었다. 앞으로 이 설화에 대한 본격적인 연구로서 고고·사학계, 민속·문학계 등의 언급이 있으리라 기대되지만, 필자 또한 여기서 미진했던 설화문학 분야의 본질적 고구를 계속적인 과제로 남기어 두고자 한다. 그런 대로 이 졸고가 설화를 설화학적으로 연구하려는 새로운 동향에 다소나마 자극이 되기를 바라는 바다. 나아가 향가의 주변(가요전설)을 과학적으로 討究하려는 새로운 업적에 약간이나마 보탬이 되기를 바라기로, 이것을 歌謠傳說의 硏究의 일단으로 감히 내놓는다.

〈서동요〉의 문학적 실상

1. 서론

모든 문학은 실로 나타내고자 하는 알맹이를 감추는 표현이다. 이 문학은 드러내는 아름다움보다 감추는 아름다움을 추구하기 때문이다. 따지고 보면, 같은 것이라도 감추기 때문에 더 아름답고 값지게 느껴진다. 실제로 아름답고 값진 것을 보다 적절하게 감추면, 그것은 참으로 아름답고 값진 것으로 규정된다. 그러기에 그 알맹이를 얼마나 깊이 얼마나 효과적으로 감추느냐에 그 작품의 성패가 달려 있는 것이다. 이것이 문학의 미학인 듯싶다. 그 중에서 시문학은 은유·상징을 통하여 표현하려는 알맹이를 적극적으로 감추기 때문에 문학 중의 문학으로 격상되어 있는 터라 하겠다.

특히 동양의 문학은 감춤의 문학이거니와, 그 중에서도 한국의 시가는 감춤의 수법이 오묘·능숙하기로 이름이 높다. 흔히들 한국문학의 특질을 '은근과 끈기'라고 하지만, 그것은 한국 시가의 감추는 묘법을 달리 표현한 말이라 보아진다. 한국의 시가 중 고가요에서 그러한 특징을 가장 짙게 품고 있는 작품 중의 하나가 <서동요>다.

이 노래는 서동설화에 끼어 있어 더욱 유명하다. 그 작자는 《삼국유사》의 기록 그대로 武王으로 단정되어 오다가,[1] 새로운 고찰을 통하여 東城王으로 비정되기도 했고,[2] 실로 색다른 고증에 의하여 그것이 元曉로 결부되기도 했던 것이다.[3] 그러나 이 설화를 엄밀히 검토해 볼 때에, <서동요>는 어떠한 역사적 인물과 실제적 제작관계를 맺고 있다는 확증이 드러나지 않는다.

이 설화의 문맥을 통해서 본다면, <서동요>는 薯童이 지었다는 이야기가 된다. 그런데 이 薯童이 실재인물의 고유명사가 아니고, 薯蕷로써 생업을 삼는 젊은이들을 표상하는 보통명사라는 데에 문제가 있다.[4] 그렇다면 <서동요>는 작자미상이며, 따라서 서동들이 공동으로 제작·가창했으리라 추정될 수밖에 없다. 그 동안 이 노래의 제작연대는 주로 眞平王代(6세기)로 단정되었고 한편 東城王代 내지 元曉 당대로까지 추산되었지만, 역시 확증을 잡기가 어렵다. 결국 이 노래는 연대미상으로 떨어지게 되거니와, 작품자체가 보여 주고 있는 실질연령이 있는 것만은 사실이다. 그리하여 이 노래의 표기법은 국어사·향찰사적 관점에서 세밀히 검토한 나머지 그것은 나말·여초의 가요라고 추정된 바도 있었다.[5]

그러고 보니, <서동요>는 《삼국유사》 무왕조의 '古本'을 하한선으로 하여[6] 형성·유전된 작자·연대미상의 가요라고 하겠다. 그런데 이

---

1) 《삼국유사》 권제2 무왕조를 진신하여 대부분의 학자들은 <서동요>의 작자를 武王(薯童)으로 보아왔다.

2) 이병도, 「서동설화에 대한 신고찰」, 『역사학보』 제1집, 1953, p.59.

3) 김선기, 「<쇼뚱노래>(서동요)」, 『현대문학』 통권 제151호, 1967, p.302.

4) 사재동, 「서동설화 연구」, 『장암지헌영선생화갑기념논총』, 호서문화사, 1971, p.923.

5) 송재주, 「<서동요>의 형성연대에 대하여」, 『장암지헌영선생화갑기념논총』, p.987.

6) 위 무왕조의 주기에 '古本作武康非也百濟無武康'이라고 한 것을 보면 '古本'이 '武

노래가 공동제작 내지 집단가창의 성향을 지닌 것이 분명하고, 더구나 그 구조·표현 등이 민요적 성격을 띠고 있는 것이 확실하므로, 그것은 민요로 규정되어야 마땅하다고 본다.[7] 그 동안 이 노래가 향가 속에 포괄되어 그 장르 규정에 혼선을 빚어 왔지만, 그것은 鄕札로 표기된 古民謠임에 틀림이 없다고 하겠다.

이 작품은 그 원문이

善化(花)公主主隱 他密只 嫁良 置古 薯童房乙 夜矣 卯乙 抱遣 去如

이렇게 간단하지만, 그 내막은 복잡·미묘하다. 그래서 많은 학자들이 이 노래를 여러 각도에서 분석·고찰해 왔으나, 연구 상의 문제는 여전히 남아 있는 것 같다. 그 동안 상당한 어문학자들이 그 해독·해석에 힘을 기울였으나, 아직까지 정론을 얻지 못하고 있는 실정이기 때문이다. 그런대로 비교적 설득력이 강한 해독·해석에는 다음과 같은 것이 있다.[8] 그 해독에서

善化公主니믄 눔모리 어러두고
薯童房올 바민 몰 안고 가다

라고 한 것이 해석에서는

善化公主님은 남몰래 薯童을 사귀어 두고
밤에 무엇을 안고 그 房으로 가는가

王'의 원본이었음을 알겠다.
7) 사재동, 「서동설화의 연구」, p.931.
8) 池憲英, 『鄕歌麗謠新釋』, 正音社, 1947, p.71,

이렇게 부연되었다.

여기에는 물론 반론이 제기될 수 있을 것이다. 그러나 해독·해석 상의 논의는 이런 정도에 머물고, 이제 이 노래의 시문학적 실상을 검토해 보자는 것이다. 이럴 경우에, 해독·해석상의 미비점을 보완할 수가 있겠기 때문이다. 그리고 이 노래는 문학작품이기에, 모든 어석이 그 문맥에 자연스럽게 조응·부합되도록 배려되어야 할 것은 물론이다. 이 노래의 기초적 검토가 본질적 연구를 위한 것이므로, 그 문학적 연구의 최후 목표를 달성할 때까지 이 양면의 작업은 상호 보완 관계로 상승·발전되어야 할 것이다.

이런 점에서, 본고에서는 <서동요>의 문학적 실상을 분석하여, 그 구조와 표현의 맥락을 유기적으로 파악해 보려고 한다. 첫째로, <서동요>와 서동설화의 관계는 어떠한가. 둘째로, <서동요>를 작품이게 하는 구조역학은 어떠한 것인가. 셋째로, <서동요>의 표현미학은 어느 만큼인가. 이와 같은 문제들이 '감춤의 시학'이라는 관점에서 제대로 밝혀질 때에, <서동요>와 그 부류의 작품들이 그 진면모를 드러낼 수 있으리라고 믿는다.

2. <서동요>와 서동설화

모두들 <서동요>는 서동설화의 삽입가요라고 한다. 물론 그것이 설화에 삽입되어 있는 것은 사실이나, 단순한 挿入歌謠는 아니다. 그것은 마치 사랑의 이야기를 가득 담은 미녀의 가슴에 안긴 진주와도 같은 성질의 것이라 하겠다. 이 노래는 서동설화의 서사적 문맥 상에서 그만큼 소중한 역할을 하고 있는 동시에, 그 스스로가 서동설화의 전체를 그 속에 집약하고 있기 때문이다. 그러므로 <서동요>는 서동설화와 둘이면서 하나요, 하나이면서 둘이다. 이것은 <서동요>의 전체성과 독자성을 아울러 밝혀 주는 셈이라 하겠다. 말하자면 <서동요>는 서동설화의 전체맥락 안에서 독자성을 확보하고 있다는 것이다.

먼저 <서동요>가 그 설화의 전체구조 상에서 어떠한 기능을 발휘하고 있는가, 검토해 볼 필요가 있다. 서동설화가 한 마디로 선화공주와 서동의 결연담이라면, <서동요>는 그 매개자의 역할을 다하고 있음이 확실하다. 처음에는 서동이 공주와 결연하기 위한 방편으로 <서동요>를 활용했지만, 결국에는 <서동요>가 서동과 공주를 결합시키는 주체적 역할을 해냈던 것이다. 그 때에, <서동요>가 群童들에 의하여 불려지고, 그 노래가 서울에 가득히 퍼져 궁중에 알려짐으로써, 백관들의 극간으로 善花公主는 귀양 가게 되었으며, 그녀를 쫓아간 서동과 潛通하게 된 공주가 그 노래와 함께 서동의 이름을 알고는 그 동요의 영험을 믿게 되는 것이다. 이 노래가 그 매개역을 신통하게 하고 나니, 그것은 무슨 마력있는 呪詞로서 확대·신봉될 지경에 이르렀다.9)

만약에 이 노래가 없었다면 서동의 결연사건은 성립될 수가 없다. 이 노래가 아니었다면, 宮禁의 공주가 밖으로 내쫓길 리가 없고, 그렇다면 서동과 만날 도리가 없었을 것이기 때문이다. 그만큼 이 <서동요>는 그 설화의 구성에 필수적으로 작용하고 있었다는 이야기다. 그리고 이 노래가 빠졌더라면 그 설화의 서사적 신비감이나 운치가 없었을 것은 물론이다. 이른바 이 노래의 기능이 魔力·呪力으로 믿어지는 차원에서, 그 설화는 전체적으로 설화로서의 신비성이나 서사문학으로서의 감동성을 갖추게 되었다고 보아지기 때문이다. 마치 하나의 電源體가 그와 직결된

9) 임기중, 「신라향가에 나타난 주력관」, 『동악어문논집』 제5집, 1967, p.49.
이능우, 「향가의 마력」, 『현대문학』 통권 21호, 1956, pp.198~199.

傳導體에 전류를 흐르게 하는 현상과 같은 것이라고 하겠다. 그러기에 이 노래의 呪詞的 性格과 기능에 대하여 상당한 논의가 거듭되어 왔고, 심지어 그 주사적 관념 때문에 서동설화가 형성된 것이라고 보려는 경향까지 나타나게 되었다.[10]

다음 <서동요>는 그 설화 속에서 어느 정도의 독자성을 유지하고 있는가. 이 노래가 독자적 위치를 차지하고 있는 것은 분명하지만, 그 내막은 단순하지 않다. 이미 밝혀진 대로, 이 노래는 그 설화의 사건을 거의 그대로 응축시켜 놓았기 때문이다. 따지고 보면, 그 설화가 축약되어 이 노래로 형성된 것인지, 아니면 이 노래가 확대·부연되어 그 설화로 형성된 것인지를 속단할 수가 없다. 그처럼 이 노래와 설화의 관계가 긴밀하기 때문에 그 형성의 선후를 따질 처지가 아니다. 위에서 밝혀진 이 노래의 기능과 결부시켜 볼 때에, 이 노래는 그 설화가 구성될 단계에 전체 구조의 핵점으로서 동시에 형성되었을 가능성이 짙다고 하겠다. 여기서 분명해지는 것은, 그 설화가 서사구조의 필연성에 의하여 이 노래로 응집될 수밖에 없었다는 사실이다. 따라서 이 노래는 그 가사의 일부라도 삭제된다면, 그대로 기능을 상실할 수밖에 없는 것이다. 그만큼 특수하고 견고한 독자성을 지니고 있는 터이기 때문이다.

요컨대 이 노래가 그 설화를 집약한 서사적 구조를 지니고 있다는 것만은 분명한 일이다. 그러기에 이 노래는 원심적으로 그 설화로까지 확대시켜 볼 수가 있고, 구심적으로 그 설화로부터 축소된 것으로 볼 수도 있겠다. 그것은 이 노래의 실상을 입체적으로 부각시킬 수 있는 능소능대한 관점이라고 하겠다.

주지하는 바와 같이 이 설화는 서동이 직접적으로 찾아가서 획기적인

---

10) 이종출, 「<서동요>의 새로운 이해」, 『한국언어문학』 제22집, 1983, p.97.

사랑을 맺는다. 그런데 이 노래에서는 그 설화와는 달리, 善花公主가 능동적으로 主人公役을 맡고 있다. 그것은 서동이 詭計로써 꾸며낸 바 단순한 換置라고 보아 넘길 수도 있다. 그러나 이 노래 자체로서는 그 점이 매우 중요한 의미를 갖는다. 실제로 男性主動의 그 설화 속에 女性主動의 이 노래가 결부됨으로써 그 대조적인 부상의 효과는 대단한 것이다. 이보다 더한 것은 당시의 관례와 상식을 벗어나 여성주동의 연애사건이 벌어짐으로써, 이 노래가 파격적인 충격을 던져 주었다는 점이다. 바로 그 점이 이 노래 자체에서 뿐만 아니라, 그 설화에서도 걷잡을 수 없는 파문을 일으키고 그 만큼의 효능을 발휘했던 것이라 하겠다.

만약에 이 노래가 설화 그대로 薯童主動型으로 진행되었다면, 그 설화의 사건은 엉뚱한 방향으로 전개되었으리라 가상해 볼 수가 있겠다. 가령 서동이 궁중 공주방으로 찾아들어 사랑을 이룬 것으로 노래되었다면, 일단 서동은 죄인으로 몰려 수배·체포되고, 공주는 결백성을 주장하거나 불가항력적 호응이라고 변명하는 방향으로 기울었을지도 모를 일이다. 그렇다면 공주가 출궁과 함께 서동과 잠통하는 그 설화의 절정은 과연 제대로 구성될 수 있었을까 상상해 보고 싶은 것이다.

각설하고, 이 노래가 公主主動型으로 정립되었기에, 그 설화의 전개는 필연적으로 서사적 효과를 내게 되었다고 보아진다. 그런 점에서 이 노래는 서동이 지어 부르게 했다 하여 '서동요'라 부르기에는 어울리지 않는다. 그보다는 오히려 善花公主가 주역이 되었다는 점에서, 이 노래는 '善化謠'라 하거나 '善花公主謠'라고 불러야 마땅할 것이다. 그래서 이 노래는 그 설화에서 畵龍點睛의 효력을 발휘하고 있는 터라 하겠다.

3. 〈서동요〉의 구조역학

〈서동요〉는 물론 선화공주와 서동의 애정시이다. 그러나 그것은 단순한 결연이 아니라, 破天荒의 결합이었다. 그 둘은 하늘과 땅 사이여서 도저히 상대할 수도 없고 결합될 수도 없는데 결합되었기 때문이다.

善化公主는 眞平王의 제삼 공주 善花라고 전해져 있다. 그 기록을 사실로 믿을 수는 없어도, 그녀가 신라의 공주라는 것만은 시인하는 것이 좋겠다. 한 나라 왕실의 '선화공주', 그것을 우리는 고유명사로만 볼 것이 아니라, 보통 명사적인 하나의 詩語로 보자는 것이다.

그 공주는 금지옥엽이다. 그 지체는 하늘에 닿으니 곧 하늘의 차원이다. 그녀는 '美艶無雙'하여 그 이상 아름다울 수가 없다. 그녀의 이름이 '善花'라 하니, 그것은 그대로 善과 美를 아울러 갖추었다는 징표라 보아진다. 善과 美를 조화롭게 겸비했으니, 그 언행이 진실한 것을 유추할 수 있다. 그렇다면 이 공주는 眞·善·美를 고루 갖춘 완벽한 여인이다.[11] 더구나 그녀는 제삼 공주로서 셋째딸을 가장 높이 평가하는 전통적 가치기준에도 들어맞는다. 그러고 보면, 善花公主는 세상에 존재하는 실제 인물이라기보다는 天女나 仙女 또는 菩薩 쯤으로 이상화되어 있는 전형적 여인상이라 하겠다. 그리하여 이 공주는 설화에서 미화되고 있는 여주인공과 직결되어 있을 뿐만 아니라, 史書에서 떠올리고 있는 黃玉公主,[12] 樂浪公主,[13] 平岡公主[14] 등과 같은 유형이라고 보아진다.

---

11) 이 '善花'가 '般若'(知慧)를 의미한다 하고(지헌영, 「善陵에 대하여」, 『동방학지』 제12집, 1971, p.171), 또 '彌勒化花'와 통한다 하며(황수영, 「백제의 건축미술」, 『백제연구』 제2집, 충남대학교, 1971, p.88), '觀世音菩薩'의 化現이라고 하였지만(金鍾雨, 『鄕歌文學論』, 硏學文化社, 1971, pp.25～27), 우선 그것이 진·선·미를 집약·표상하고 있다고 보아진다.

12) ≪三國遺事≫ 卷第2 駕洛國記(許黃玉) 參照.

13) ≪삼국사기≫ 卷14 高句麗本紀 大武神王條(樂浪) 參照.

한편 서동은 百濟 武王 또는 무강왕의 아명으로 전해져 있다. 그것을 사실로 믿을 수는 없어도, 百濟의 왕이 될 서동이라는 것만은 인정하지 않을 수가 없다. 한 나라의 주인이 될 '서동', 그것을 고유명사로 보지 말고 善花公主의 경우처럼 보통명사로서의 詩語로 보아야 한다는 것이다.

그 서동은 과부와 지룡, 지렁이의 아들로서 성명도 없는 賤童이다.[15] 그 지체는 진흙탕과 같으니, 바로 땅의 처지다. 그는 '器量難測'이라 하여, 奇男子였을 것이다. 그러니 귀골풍의 美男子이기보다는 무지렁이 계통의 醜男·快男이었을지도 모른다. 國人이 그의 이름을 '서동'이라 하였으니, 산마나 약초 등을 캐다 파는 마구잡이 인생이다. 과부의 부정한 생산, 지렁이의 아들이니 천덕꾸러기 가난뱅이요, 떠돌이에 까까머리 총각이다.[16] 그는 하류 서민계층 어디서나 볼 수 있는 현실적 천동이다. 그는 전형적인 庶童으로서 樵童·牧童들과 동일유형을 보인다. 그러나 그는 그 집단의 무리들을 조종하고 이끌어갈 수 있는 영도자로서 서민 대중의 꿈을 실현시킬 영웅의 면모를 갖추고 있는 것이다. 이런 점에서, 그는 설화 속에 등장·활약하는 남주인공의 영웅상과 상통하는 바가 있으며, 역사적 인물로 지목되는 溫達型 人物들과 같은 계통이라고 보아진다. 이와 같이 <서동요>의 핵심적 존재로서 공주와 서동은 원초적으로 상반되는 처지에 놓여 있는 것이다. 그 상반된 양상을 요약하여 도시해 보면 다음과 같다.

14) ≪三國史記≫ 列傳 溫達條(平岡) 參照.
15) 장덕순, 「야래자전설」, 『한국설화문학연구, 서울대출판부, 1970, p.136.
16) ≪삼국유사≫ 卷第1 武王條의 '剃髮來京師'를 削髮僧侶와 결부시킬 수도 있지만 '까까머리 총각'과 관련지우는 것이다.

結合	處地	環境	血統	身分	品格
	新天	宮巨	國王	公眞	天曉
善花	羅境	禁闕	王妃	主善	女星
	|	|	|	|	|
	百地	池小	池寡	賤無	奇蚯
薯童	濟平	邊家	龍婦	童知	男蚓

이처럼 공주와 서동의 상반된 거리는 극대화되어 있다. 그것은 오히려 '저만큼 혼자서 피어 있는' 차원을 오히려 넘어서는 것이다. 실제적으로나 상상적으로 도저히 헤아릴 수 없는 양자간의 거리는 결국 극단적인 대립상을 보여주고 있다. 그것은 양자의 처지·환경·혈통으로부터 신분·품격에 이르기까지 숙명적으로 빈틈없는 대응을 교묘하게 강조하고 있는 터다. 이러한 극한적 상반·대립은 시각적으로나 관념상으로 양자를 永遠不合의 경지로 분단시키는 작용을 계속하고 있는 것이다. 이것은 결코 우연한 현상이 아니라, 무작위나마 시학적으로 계산된 창조적 전제라고 보아진다.

이와 같은 공주와 서동이 야합한 것은 이만저만한 파격이 아니다. 그것은 실로 천지가 合闢하는 기적이라 하여 마땅할 것이다. 그것은 이른바 폭력결합이 아닐 수 없다. 그 양자가 극한적 상반·대립의 상황에서 불가항력적으로 결합되었기 때문이다. 대립적인 충격이 극히 정교한 조화를 이룬다는 전제 아래, 상반되는 충동이 해결되는 곳에서 최고의 詩經驗이 나온다는 미학의 원리는 실로 획기적인 것이다. 결국 이질적인 모순의 통합이 審美體驗을 이룬다는 시학 상의 통설이 이 <서동요>에서 적중되는 것이라 하겠다. 그리하여 이 노래는 그 설화를 꿰뚫어 충격적인 감동을 일으키는 것이다. 그것은 아닌 게 아니라, 극도의 '이질적인 모순의 통합'을 통하여 그 자체가 '심미체험'의 절정을 이룬다. 여기서 이 노래는 이른바 '최고의 시경험'을 원만성취하는 것이다.[17] 환웅과 웅녀의 만남으로부터 해모수와 유화, 평강공주와 온달, 선녀와 나무꾼 그리고 춘향과 이도령의 만남에 이르기까지 暴力結合에 의한 서사적 구조가 나타내는 感動力量과, 그것은 맥락을 같이한다.

왜 이런 暴力結合이 그만한 感動力量을 발휘하는 것인가. 그것은 물론 명쾌하게 논증될 문제는 아니다. 그것은 文藝心理의 은밀한 내막이며, 인류의 오랜 체험으로 정립된 傳統的 審美意識이기 때문이다. 物性과 心性이 궁극에서 상통한다는 전제아래, 물건과 물건, 원자핵과 원자핵끼리 暴力結合함으로써 발생하는 폭발적인 소리·빛·힘은 그대로 人間心性에 전이되어 그만한 感動力量을 발휘하게 마련이다. 그렇다면 인간·남녀가 어떤 형태로든지 결합하는 사회현상을 바탕으로, 敍事上의 暴力結合을 통하여 일어난 폭발적인 소리·빛·힘이 동시에 입체적으로 人間心性을 충격적 감동으로 몰아넣는 것은 너무도 당연한 일이다. 말하자면 만인이 갈망하는 공주와의 결합, 그것은 누구도 꿈꾸기가 어려운 터에, 기상천외로 賤童이 나타나 불가능의 장벽을 깨고 결합을 성공시킴으로써, 만인의 심리에 기습적인 성취감과 충격적인 감동을 불러일으킨다는 것이다. 그것은 서사문학에 있어, 구조역학의 미학적 원리라고 할 수가 있겠다. 그러나 중요한 것은 이러한 원리가 어떤 상황아래 어떤 형태로 활용되느냐 하는 점이다. 그런데 <서동요>는 이 점에 있어서 효율적인 성공을 거두었던 것이다.

이 노래는 위에서 밝힌 바와 같이 여성주동으로 일관되어 있는 점이 중시된다. 이것은 관례와 상식을 벗어난 파격 중의 파격이다. 그리하여 그것은 공주와 서동의 폭력결합을 결정적으로 합리화시키고, 나아가 역

---

17) I.A. 리처드(金榮秀), 『文藝批評의 原理』, 玄岩社, 1977, p.336.

설적으로 강조·부각시키고 있기 때문이다. 이러한 유형은 黃玉公主나 樂浪公主·平康公主 등이 능동적으로 남성에게 접근하는 데에서 보여지고 있지만, 善花公主의 경우 한층 더한 묘미를 감추고 있는 것이다. 그리하여 이 노래는 불가사의한 마력을 지니게 되고, 따라서 설화 상 서동의 詭計·呪詞, '사랑의 呪歌'로서 시가의 시원적 상태를 그대로 확보하게 되었던 것이다.18)

4. 〈서동요〉의 표현미학

〈서동요〉는 직설적으로 표현되었다지만,19) 단순한 직설이 아니다. 이 노래는 그 설화의 전체를 집약·표출하고 있다는 점에서는 직설이라 하겠지만, 그 표현수법에 있어서는 특유한 비법을 사용하고 있기 때문이다. 이 노래는 무엇인가 감추는 표현으로 일관되어 있다. 이것이 이른바 감추는 묘법, '감춤의 미학'이라 하겠다.

'善花公主主隱'(善化公主님은) 위에서 밝혀진 대로 눈부신 존재다. 여기 '~主隱'(님은)으로 하여 公主는 주격, 절대격으로 승화되었다. 그리하여 공주는 주인공으로 절대자적 위치에서 군림하고 있는 것이다. 이러한 공주가 성숙한 여인으로 혼기를 맞았을 때, 그녀는 완벽한 여성으로 만인의 흠모를 받기에 부족함이 없다. 또한 그녀는 이상적 여인상으로 하여 뭇 남성들의 연모와 갈구의 꿈이 될 수밖에 없다. 실제로 그런 공주라면, 훌륭한 왕자나 귀공자들이 다투어 구애하고 청혼했으리라 상상된다. 거

---

18) 김열규, 「향가의 문학적 연구 일반」, 『향가의 어문학적 연구』, 서강대학교, 1972, p.40.
　　김병욱, 「서동요고」, 『백제연구』 제7집, 1976, p.59.
19) 김병욱, 앞의 논문, p.59.

기에도 공주는 동요하지 않고 요정처럼 버티고 숨어 있는 것이다. 의연한 공주의 모습은 무한한 가능성과 위없는 행복을 암시하고 있다. 그녀는 어느 누구에게 시집갈 것인가. 그녀의 아름답고 값진 모든 것을 얼마만큼 크고 높은 사람에게 바칠 것인가. 실로 민중은 숨죽여 기대하면서 그녀의 일거수일투족을 엄히 주시하지 않을 수 없다.

그러한 공주가 '他密只 嫁良'(남몰래 얼러) 바로 '潛通'의 사건을 일으킨다. 여기서 그녀는 절대적인 요정으로부터 사랑의 화신으로 변모하면서, 자신의 부끄러운 모습을 조용히 감출 수밖에 없다. 공주의 획기적인 변신에서, 그 동안의 엄청난 기대감이 한꺼번에 허물어지면서 강렬한 호기심이 발동한다. 남몰래 얼른 공주의 부정과 비정상적인 절차에서, 윤리적인 질책이나 실망보다는 본래적인 감흥과 동일시의 만족이 싹트게 마련이다. 장성한 남자라면 누구나 공주의 배필이 될 수 있었구나 하는 놀라운 희망과 함께 그러나 '나는 아니다'하는 충격적 절망이 엇갈린다. 그러면 어느 놈이 그 엄청난 행운을 차지했느냐 하는 질투와 선망이 합세하여 착잡하게 들뜨는 상황을 만든다. 그러면서도 그 공주의 상대는 아직도 밝혀지지 않는다. '남몰래'의 장막이 그것을 완전히 가려 주고 있기 때문이다. 그러한 가운데에서, 호기심과 긴장감이 탐색의 신경을 곤두세우게 된다.

그런데도 공주는 그 상대를 감추어 '置古'(두고)내어 놓지 않는다. 그것은 가장 소중한 것을 오롯하게 확보하고 있는 안정감을 드러낸다. 그 상대가 누구인지 모르는 마당에, 그를 어디에 숨겨 놓았는지 알려 주지 않는 것은 당연하다. 그러나 그것이 비정상의 야합일 때에, 그곳이 어딜까 대강 짐작될 수가 있다. 그곳은 물론 공명정대한 장소는 아닐시 분명하고, 어딘가 깊숙하고 우묵한 곳, 남모르게 은밀한 곳, 오붓하고 신비스러운 곳이리라.[20] 그곳은 두 사람만이 아니 그 공주만이 아는 밀실일 수밖에 없다. 여기서 그 상대와 함께 그들이 만나는 장소를 모르는 만인의 호기심과 긴장감은 최고조에 이른다.

그런 가운데에, '薯童房'(薯童의 房)이 갑자기 등장하여 그 동안 맺히고 쌓였던 그것을 한꺼번에 풀어준다. 공주의 상대가 겨우 서동이요 그들의 야합처가 바로 그의 房인 것을 확인시킨다. 이 순간에 모든 사람들은 그런 공주가 이런 薯童, 賤童이와 결연한 것을 충격적인 절망으로 실감하면서 바로 그 서동이 부마로 승화되고 드디어 王者로 등극할 것을 전격적인 감동으로 실감하게 된다. 그 서동이 민중의 영웅으로서 최고의 승리를 거두었기 때문이다. 이른바 暴力結合에 의한 審美體驗이 바로 여기서 전광석화와 같이 일어나는 것이다. 이 天地合闢의 기적이 人間心性을 온통 感電시키기 때문이다. 이때에 모든 사람의 마음은 薯童王의 차원으로 동화되는 것이다.

그러면서도 서동의 실체는 정면으로 드러나지 않는다. 그는 그의 방에 숨겨진 채로 음흉한 거물, 마력의 영웅으로서 그 함축적인 면모만이 암시되고 있을 뿐이다. 그 방은 서동을 감춰두고 있는 밀실이지만, 그들의 은밀한 야합처로서 사랑의 보금자리이기도 하다. 그것은 그들만이 만나는 별천지요, 사랑의 행복을 창조하는 마력의 공간이다. 그러기에 그곳은 누구도 침범할 수 없는 그들 전유의 에덴동산이다. 그곳은 그들이 누리는 행복의 질량에 따라, 크게는 우주적으로 확대되고 작게는 초가의 단칸방, 더 작게는 하나의 상자만큼 축소될 수도 있는 능소능대한 특유의 밀실이다.

이 방은 민요에 나오는 '신랑방' '각씨방'과 같은 것이며,[21] 古歌謠에

---

20) 高麗歌謠 中 '너우지 잠짜간 내니믈 너겨 깃돈 열명길헤 자라 오리잇가'(履霜曲), '긔 자리예 나도 자라 가리라(중략)긔 잔더ㄱ티 덦거츠니 업다'(雙花店) 등에 보이는 野合空間을 연상케 한다.

나오는 '독수공방' '화촉동방'과도 같은 곳이라 볼 수는 있겠다. 하지만 이 방은 그보다 야성적이고 풍성한 분위기를 자아낸다. 그러기에 '마돈나'를 목메여 부르는 '나의 침실'과 오히려 가깝다고 하겠다. 그곳에서 무엇을 어떻게 하는지 전혀 알 수가 없으므로 마음껏 상상해 볼 수 있는 꿈의 공간이 된다. 그러므로 이 방은 이 노래에서 없어서는 안 될 필연적인 무대다. 이 방이 없다면, 이 노래가 그렇게 감추는 멋을 나타낼 도리가 없겠기 때문이다. 그러기에 '薯童房'을 薯童書房, 맛둥방 등으로 보기는 어렵다.[22)

공주가 그 '房乙'(房으로) 서동을 찾아간다.[23) 여기서 공주의 능동적인 愛情行脚이 더욱 강조된다. 그것은 向進의 目的性이 분명해지고 그 달성의 적극적 의지가 함축되어 있기 때문이다. 이로써 공주의 主體的 力動性이 확인되는 셈이다. 그러므로 '乙'(을)을 단순한 目的格으로 속단하고 '薯童房'을 공주의 행동적 대상인물로 취급해 버리는 것은 올바른 뜻매김이 아니다.

그런데도 공주는 자신의 모습과 만남의 현장을 감추기 위하여, '夜矣'(밤에) 비로소 행동을 개시한다. 밤은 모든 것을 감추어 주는 검은 장막이다. 모든 것은 그 속에서 은밀하게 이루어진다. 특히 남녀의 사랑은 밤의 장막 속에서만 더욱 아름답고 값지게 이룩된다. 사랑을 노래한 가요들이 대부분 밤을 무대·분위기로 잡고 있는 이유가 여기에 있다.

이러한 밤이 때로는 야성적인 사랑 그 자체를 표징하는 경우도 있다. 자유분방한 결합, 무조건의 사랑을 그 속에 함축하고 있기 때문이다. 그래서 밤은 그러한 사랑을 촉진시키고 외부로부터 감추어 주는 보호대의

---

21) 민요 중에 '신랑님이 오신다. 각시님이 오신다. 신랑방에 불켜고 각시방에 불켜라'
    (임동권, 『한국민요집』, 동국문화사, 1961, p.368)라고 한 방이 보인다.
22) 김사엽, 『향가의 문학적 연구』, 계명대학출판부, 1979, p.293.
23) 김완진, 『향가해독법연구』, 서울대출판부, 1980, p.95.

역할을 한다. 그러기에 이 밤은 그 연인들의 사랑을 그들만의 행복으로 승화시키고, 외부의 시선을 완전히 차단함으로써 모든 사람의 궁금증과 함께 그들 나름의 낭만적 상상과 아름다운 꿈을 펼치게 한다. 여기 공주가 밤을 택하여 움직인 것은 이 노래의 분위기를 살리는 묘방이 되었다. 이 노래에서 밤이 빠졌더라면, 그것은 감추는 아름다움을 모두 상실하고 말았을 것이다. 그만큼 밤은 이 노래의 필수적이요 효율적인 배경이라 하겠다.

이 밤에, 공주는 '卯乙'(몰, 무엇을) 가지고 갔는가. 이것이 커다란 관심거리다. 모두의 호기심과 상상력이 온통 그리로 쏠리고 있기 때문이다. 이 노래는 그 '무엇'의 실상을 끝까지 감추고 드러내지 않는다. 이 노래의 含蓄美와 妙味가 이 '무엇'에 매여 있는 것이다. 그러기에 그 '무엇'은 언제까지나 그 자체로서 남아 있어야지, 그 어떤 것으로 대치·해석되어서는 안 된다. 그것이야말로 모든 것을 다 포괄할 수 있으면서 또한 그 모든 것을 초월하고 있는 그 '무엇'이기 때문이다. 그러기에 누구나 그 나름의 상상이 미치는 한, 구체적인 사물을 대입해도 좋겠으나, 어느 것 하나라고 속단·고집해서는 안 된다는 것이다. 따라서 그 동안에, 이 '卯乙'을 '몰래'로 풀어 본 것이라든지, '알'(卵乙) 또는 '불알' 등으로 결부시킨 것은 어울리지 않는다.[24] 誤字를 전제로 그리 할 바에는 차라리 '何乙'(무엇을)로 잡는 것이 보다 합리적이라 보아지기 때문이다. 최근에 그 '卯'를 해박하게 추적하여 '토끼'로 풀고 그것이 '달빛'을 표상한다고 보는 새로운 견해가 나왔지만,[25] 전체 문맥으로 미루어 자연스럽지 않은 일면이 있다.

24) 서재극, 「<서동요>의 문리」, 『청계김사엽박사회갑기념논문집』, 1978, pp.236~264.
     이종출, 앞의 논문, pp.104~105.
25) 김완진, 「서동요의 재조명」, 『한국어연구』 7, 한국어연구회, 2010, pp.26~28.

그 '무엇'의 실체가 그대로 드러날 때, 그것이 아무리 아름답고 값진 것이라 하더라도, 그것은 기대와 상상 이하의 것이기에 결국은 실망하고 단념하게 마련이다. 말하자면 감추고 있는 핵심이 드러나면, 그만한 존엄성과 신비성을 버리고, 드디어는 마력을 잃게 되는 것이다. 모든 종교·예술·학문 등에 있어서 그것들이 추구하는 최상의 그 무엇을 파헤쳐 정복하였다면, 그 자체의 존엄성과 신비성을 잃고 마침내 타락·파멸을 면치 못할 것이다. 이처럼 소설이나 희곡, 시작품 등이 밀고 나가는 그 무엇의 실체를 일찌감치 드러낸다면, 그것으로써 그 작품의 모든 것은 끝나고 말 터이다. 그러기에 <서동요>의 '무엇'은 이 노래를 '감춤의 시'로 만들고, 그 존엄성과 신비성을 확보하여 주사적 마력을 길이 발휘케 하는 열쇠라 하겠다.

이 공주는 '무엇'을 '抱遣'(안고) 가는 것이다. 이 '안고'는 반드시 가슴에 소중한 그 무엇을 감추어 지니는 뿌듯한 상태다. 그것은 손에 들거나, 등에 업거나 허리에 차는 것과는 달리, 그 대상을 감추고 보호하는 데에 역점을 둔다. 또한 그것은 그 대상을 가장 소중히 여기고 직접 교감하면서 가슴 속 깊이 감추고 있음을 명시한다. 사랑의 문학이 종국에 가서 서로 '안고' 감동의 절정을 이루는 것도 다 이러한 원리와 통한다. 그만큼 이 '안고'는 감춤의 극치로서 이 노래의 '무엇'을 조화롭게 숨기고 있는 것이다.

드디어 공주의 '去如'(가다)로 이 노래는 끝난다. 그것은 공주가 '간다'는 긍정형 종결이 아니고, '가는가'라는 의문형 종결이다. 古語法이 그럴 뿐만 아니라, 이 노래에 일관되는 감춤의 문맥으로 보아서도 의문형이라야 옳다. 마지막 어미를 의문형으로 이끌어 안개를 피우듯 애매모호한 여운을 남김으로써, 그 '무엇'의 실체를 끝까지 감추고 있다. 실로 '무엇'이 응축·승화되어 '멋'이 된다더니, 여기 와서야 감춤의 멋이 완성되는 셈이다.

이러한 종결은 또한 감탄의 語勢와 의미를 수반하게 마련이다. 이 노래의 감명 깊은 내용과 문맥이 여기서 마무리되기 때문이다. 이 노래가 사랑의 呪詞일진대, 그 어미에는 願望의 뜻이 담겨 있음을 간과할 수 없다. 거기에는 '~하여지이다'라는 종결어미가 따라야 되겠기 때문이다. 그렇다면 이 노래가 祈願性을 띠고 어떠한 祭儀에 활용되었을 가능성까지 암시하는 바라 하겠다.26) 그래서 이 제의의 연극적 전개에서 중요한 唱詞·劇本의 역할까지 해 냈으리라 추상할 수 있겠다.

5. 결론

이 <서동요>는 가장 단순하고 진솔한 애정의 노래다. 그러면서도 이 노래는 薯童說話을 훌륭한 敍事文學으로 조성하는 데에 핵심적 주동역할을 하고 있으며, 한편으로 그 설화를 독자적으로 집약·응축시키고 있다. 그러기에 이 노래는 그 짧은 형식 안에 서사적 구조를 효율적으로 감싸고 있는 민요시다. 게다가 이 노래는 善花公主와 서동을 暴力結合시킴으로써 破天荒의 기적을 낳았고, 公主主動의 愛情行脚을 내세움으로써 파격적인 마력을 나타냈다. 그리하여 이질적인 모순의 폭력통합이 이룩하는 審美體驗의 절정을 보여 주었다.

이 노래는 그 敍事構造의 서정적 실상을 '감춤의 미학'으로 표현·승화시켰다. 이처럼 감추는 妙方을 원만하게 활용함으로써, 이 노래는 감춤의 시세계를 성취하게 되었다. 따라서 이 노래는 감춤의 시학으로써

---

26) 김열규, 앞의 논문, p.15.
    김병욱, 앞의 논문, pp.61~62.

동양시 내지 세계시의 미학적 흐름과 맥락을 같이하고 있는 것이라 하겠다.

이 노래는 요컨대 敍事構造의 抒情詩이다. 가장 짧은 표현 속에 가장 위대한 내용을 수용한다는 시학의 경제적 원칙 아래서, 이 노래는 古歌謠 중의 수작이다. 그러기에 이 노래는 자체로서 독자성을 유지할 뿐만 아니라, 한 제의의 呪詞로서, 또는 한 敍事文學의 挿入歌謠로서 그 영역을 확보하고, 나아가 그 기능을 확대하고 있는 터라 하겠다.

위와 같이 이 <서동요>의 시문학적 실상과 그 위치가 나름대로 밝혀짐으로써, 우선 이 노래의 해독·해석에 어떤 방향을 제시할 수 있겠다. 그 동안 이 노래의 語釋에서 문제되어 온 '薯童房'·'卯乙'·'抱遣去如' 등은 이제 이 노래의 전체 문맥상에서 그 현장적 기능이 제대로 파악될 것이라 본다. 이로써 古歌謠의 시문학적 연구가 語·文學간에 상보적으로 견제되어야 할 당위성이 입증된 셈이라 하겠다.

이런 점에서, 고가요의 문학적 분석·고찰은 본격적으로 진행되어야 한다. 그 동안 값진 古歌作品을 두고 어학자는 그 해독에 머물고, 고전문학자는 그 주해에 만족하는가 하면, 현대문학자는 영역 밖이라고 손길을 멈추고 말았다. 기껏해야 그 작품들은 용기 있는 문학자들의 인상 비평이나 달콤한 감상을 받고 있을 뿐이었다. 이제 고가요의 문학적 가치와 위치를 적극적으로 파헤치는 마당에서, 그 기초 작업이 과학적으로 이룩될 것은 물론, 그 본질적 연구 작업이 새롭고 날카로운 방법론에 의하여 진척되어야 하겠다. 그래서 이런 歌謠가 그 서사문맥과 함께 극화·실연되어 唱詞·劇本으로 활용·유통되었던 실상까지도 해명되어야 할 것이다.

제3부
백제 창건의 사찰문화

미륵사지 문물의 예술사적 고찰

1. 서론

이 미륵사는 백제시대의 전무후무한 대찰로 그 시대의 종교·문화를 집대성하여 그 문물의 문화적 실상과 문화사적 위상이 찬연히 빛났던 것이다. 그리하여 이 미륵사의 문물은 백제 당시의 불교문화 내지 일반 문화를 대표할 뿐만 아니라, 삼국시대 불교문화의 전형적 절정을 이루었고, 나아가 중·일 문화의 그것과도 대등한 위치를 유지하여 왔다. 따라서 이 미륵사의 문물은 그 당시로부터 신라통일기와 고려대를 거쳐 조선 중기까지 변화를 거듭하면서 문화적 기능을 발휘하여 한국불교문화사·문화사상에 기여한 바가 지대하였던 것이다.

지금은 미륵사지로서 유물·유적의 문물을 보여 주고 있을 뿐이다. 그러나 그동안의 현장 발굴과 전문 학계의 정밀한 연구에 의하여 이 대찰이 창건되어 폐허화되기까지 생동하던 그 원형을 재구·복원할 수 있는 단계에 이르렀다.[1] 이러한 과정에서 들어나고 밝혀진 11만평의 대지와

8천 평의 중심부 건물 유구로부터 석축·초석, 탑지·석탑 그리고 기왓장·용기의 파편, 석조물의 작은 조각에 이르기까지 모든 문물은 다 보물 아님이 없다. 그런 유물·유적의 잔영들이 그 대찰을 재구·복원하는 데에 필수적이고 결정적인 빙거물이 되어 주었기 때문이다.

그런 가운데 이번 그 미륵사지 석탑을 해체·보수하는 작업 중에 기단심주 초석 사리공에서 역사적인 유물을 발굴하게 되었다. 2009년 1월 20일자 전국 언론 매체를 통하여 '1400년만에 깨어난 국보 중의 국보'라고 보도된 금제사리호와 금제사리봉안기 등 505점의 유물이 바로 그것이었다. 그 중에서도 금제사리봉안기는 금판에 새겨진 명문으로 이 미륵사 창건과 그 석탑 건립의 경위를 기술하면서 그 절대연대를 '己亥年 正月二十九日'로 밝혀 놓았다. 이것은 그 동안에 애매하게 설왕설래되던 미륵사지의 유물적 문물이나 미륵사의 원형적 문물이 지닌 시대적 성격을 확정짓는 관건이 될 수밖에 없었다. 이런 점에서 이 사리봉안기의 출현은 실로 역사적인 의의가 있다고 본다.

이로써 그 사리봉안기의 '己亥年'이 지시하는 확정연대를 고증하고 그 시대에 근거하여, 이 미륵사지 문물이나 미륵사의 문물을 전면적으로 재검토할 국면으로 접어들었다. 기실 이 '己亥年'은 백제 왕조에 10차례나 나오고, 웅진·사비 정도기에만도 3차례나 거듭되니, 그 중의 어느 왕조에 해당되느냐에 따라서 이 미륵사지 문물과 미륵사의 문물은 그 예술·문화적 실상과 예술·문화사적 위상이 새롭게 평가될 수밖에 없기 때문이다. 그것은 이번에 발굴된 국보급 문화재나 미륵사지 문물의 가치와 비중으로 볼 때, 잠시도 멈출 수 없는 긴요한 당면 과제라 하겠다.

그동안 이 미륵사의 창건은 《삼국유사》 무왕조의 이른바 '서동설화'

---

1) 익산미륵사지유물전시관에 그 복원된 모형이 제작·전시되고 있다.

의 내용에 따라 무왕과 그 왕후 선화공주의 창건으로 널리 알려져 학계나 교육계·문화·예술계에 보편적 정설이 되었다.[2] 이러한 무왕창건설에 대하여, 이병도는 「서동설화에 대한 신고찰」에서 동성왕창건설을 주장하였다.[3] 그는 이 무왕이 그 서동설화의 역사적 주인공이 될 수 없다고 역사적으로 비판·고증하면서 ≪삼국사기≫ 백제본기 동성왕 15년의 나·제 국혼사실을 들어[4] 동성왕을 그 설화의 주인공으로 내세우고 그 왕이 미륵사를 창건하였다고 역설하였다.[5]

이런 동성왕창건설에 이어 필자는 「서동설화 연구」를 통하여 그 무왕이 서동설화의 역사적 주인공이 될 수 없다는 견해를 그대로 전제하면서, 무왕조 주기의 '武康王'을 '武寧王'으로 보고, 무령왕의 행적과 서동설화의 사건 내용을 일일이 비교 검토함으로써, 그 설화의 역사적 주인공을 무령왕이라 결부시키며 이 왕이 바로 미륵사를 창건하였으리라 추정하였다.[6] 이어 「무강왕전설의 연구」에서는 무령왕의 행적·신심, 그 당시의 국력·경제 그리고 미륵사지 문물의 불교문화사적 실상과 위상 등을 고려하여 미륵사 창건주인을 무령왕으로 재 강조하였던 것이다.[7] 그 후로도 「서동설화의 불교문화학적 고찰」이나 「무령왕 행적의 불교문화사적 고찰」을 통하여 미륵사의 무령왕창건설을 보완·역설하였다.[8] 또한 김화경은 「한국설화의 연구」에서 서동설화를 무령왕과 관련지어

---

2) 이러한 견해는 거의 정설화되어 그 전거를 일일이 들 필요조차 느끼지 않는다.

3) 이병도, 「서동설화의 신연구」, 『역사학보』 1집, 역사학회, 1952, pp.52~53.

4) ≪삼국사기≫ 백제본기, 동성와 15년 춘삼월조에 '王遺使新羅請婚 羅王伊湌比知女歸之'라 하였다.

5) 이병도, 앞의 논문, p.66.

6) 사재동, 「서동설화 연구」, 『장암지헌영선생화갑기념논총』, 호서문화사, 1971, pp.908~917.

7) 사재동, 「무강왕전설의 연구」, 『백제연구』 5집, 충남대학교 백제연구소, 1974, pp.77~101.

8) 사재동, 『백제무령대왕과 불교문화사』, 중앙인문사, 2006, p.13, 199 참조.

설명한 바가 있지만, 미륵사 창건 문제에 대해서는 구체적인 언급이 없었다.9) 그리고 이도학은 「한성말 웅진시대 백제왕위계승과 왕권의 성격」에서 서동설화의 주인공 이름을 무강왕으로 보고 무령왕의 존재를 상정해 보았다면서, 이러한 시도에는 문제점이 전혀 없는 것도 아니라고 유보적 태도를 취하여 미륵사의 창건 관계는 거론하지도 않았다.10) 그런 가운데 오계화는 「백제 무령왕의 출자와 왕위계승」에서 서동설화와 무령왕의 관련성을 비교적 자세히 검토하면서 미륵사 창건의 문제는 간단한 언급을 통한 문제제기에 머무르고 적극적인 검토를 유보하였다.11)

　이러한 상황 아래서 위 금제사리봉안기의 그 '己亥年'이 출현하자 문화재청을 중심으로 모든 언론매체들이 이를 무왕 40년 639년의 간지로 단정·보도함으로써, 그동안의 미륵사 무왕창건설을 확고하게 보증하여 주었다. 따라서 기왕의 그 창건에 대한 정설은 새삼스럽게 날개를 달고 대세를 이루어, 그 동성왕창건설이나 무령왕창건설을 잠재우는 것 같았다. 그러나 그 '己亥年'이 확정연대가 아닌 이상, 재고의 여지는 얼마든지 있는 터다. 그 동성왕창건설이야 그 해박한 논증과 상당한 설득력에도 불구하고 동성왕 재위기간에 '己亥年'이 없으므로 부득이 논외로 할 수밖에 없다. 그러나 이 무령왕창건설은 결코 묵살해서는 아니 된다. 무령왕의 재위 19년 519년이 바로 '己亥年'이기 때문이다. 그리하여 이제는 이 '己亥年'을 근거로 하여 그 무령왕창건설을 재론하고, 이를 기반으로 미륵사지 문물을 새롭게 검토·고찰할 단계에 이르렀다.

　이에 본고에서는 미륵사지 문물을 예술사적으로 고찰하기 위하여, 우

---

9) 김화경, 『한국설화의 연구』, 영남대학교 출판부, 2002, pp.198~199.
10) 이도학, 「한성말 웅진시대 백제왕위계승과 왕권의 성격」, 『한국사연구』 50·51, 한국사연구회, 1985, pp.18~19.
11) 오계화, 「백제무령왕의 출자와 왕위계승」, 『한국고대사연구』 33, 한국고대사학회, 2004, pp.170~172.

선 미륵사의 창건연대와 창건주를 이 '己亥年'에 근거하여 재론하고, 다음 이 미륵사지 문물의 미술사적 위상을 논의하며, 이어 미륵사지 문물의 문학사적 위상을 검토하고 또한 미륵사지 문물의 공연예술사적 위상을 고찰하여 보겠다. 그리하여 미륵사지 문물 내지 미륵사 문물의 문화사적 위상을 올바로 파악하는 데에 작으나마 기여하고자 희망할 따름이다.

2. 미륵사의 창건연대와 창건주

1) 창건연대의 실상

이제 미륵사의 창건연대는 백제왕조 중심으로 무왕대와 무령왕대로 그 논의의 범위가 좁혀졌다. 그 봉안기의 '己亥年'이 무왕대의 것이냐 무령왕대의 것이냐 하는 문제라고 하겠다. 여기서는 이미 정설로서 강세를 보이고 있는 그 무왕창건설에 대하여 무령왕창건설을 다시 강조하는 입장을 취할 수밖에 없다. 그러기에 위에서 제시된 기존의 논저를 중심으로 무왕창건설과 결부시켜 무령왕창건설을 요약·제시하려고 한다.

첫째, ≪삼국유사≫ 무왕조의 서동설화를 통해서 볼 경우다. 잘 알려진 대로 ≪삼국유사≫ 기이 제2 서동설화의 표제 '武王'은 원래 고본·원본에는 '武康王'이었다. 그런데 이 ≪삼국유사≫의 찬자가 이 고본의 무강왕 기사를 인용·편입시키면서 백제에는 '武王'이 없다고 속단하여 그 '武王'으로 바꾸어 내세운 것이었다. 그 武王조의 주기에 '古本作武康 非也 百濟無武康'이라 한 것이 그 사실을 증언하고 있기 때문이다. 기실 백제 왕력에는 '武'자와 관련된 '武寧王'과 '武王'이 있는데, 이 '武康王'이 어디에 직결되는지 상식에 속하는 일이다. 고금을 통하여 한자를 아는 사람이라면, 이 '武康王'이 바로 '武寧王'이라는 사실을 모를 이가 없기 때문이다. 실제로 살피면 《삼국유사》나 고기록의 관례에서, 필요에 따라 같은 뜻의 다른 글자를 환치·호용하는 사례가 얼마든지 발견되는 것이다. 바로 이 '武寧王'은 《삼국유사》 王曆에 '第二十五 虎寧王'이라 명기되어 있으니, 그 관계를 의심할 여지가 없다. 그렇다면 '武寧王'이 '古本'에서 '武康王'으로 표기된 것은 지극히 자연스러운 일이었다. 따라서 그 주기의 '武康王'이 바로 '武寧王'이라는 것은 너무도 당연하고 결코 부인할 수 없는 사실이다.

그러기에 이병도는 역주 《삼국유사》에서 바로 그 주기를 두고 '찬자의 속단이다. 康은 寧자와 동의이므로 武康王은 武寧王의 異寫로 볼 것이다.'[12]라고 단정하였다. 나아가 그는 앞의 논문에서 서동은 동성왕에 해당되지만, 무강왕은 무령왕으로서 서동설화와 결부되었다고 논급하면서, 미륵사가 동성왕의 소창이지만 그 완성은 무령왕 초에 되었다고 추정하였던 것이다. 이어 이재호를 비롯한 《삼국유사》의 번역자들이 한결같이 이 무강왕을 무령왕으로 풀었고,[13] 전게한 바 김화경이나 이도학·오계화 등도 그 논문에서 이 무강왕을 무령왕으로 동일시하고 논지를 폈던 것이다.

그렇다면 이 무왕조의 서동설화는 분명히 무강왕전설 즉 무령왕전설이라고 보는 것이 타당한 일이다. 그러기에 이 무왕조의 표제는 '武寧王'으로 복원되어야 하고, 따라서 무왕과는 아무런 관계가 없음을 확정지어야 한다. 실제로 무왕의 행적은 서동설화의 사건 내용과는 부합되거나 유사한 점이 거의 보이지 않고 오히려 상반되는 점까지 나타난다. 그래서 무령왕의 행적은 이 설화의 사건 내용과 부합되거나 유사한 점이 여

---

12) 이병도, 역주 《삼국유사》(수정판), 명문당, 2000, p.270.
13) 이재호, 《삼국유사》(국역), 한국자유교양추진회, 1970, p.252.

러 측면에서 들어나는 게 당연한 사실이라 하겠다. 서동설화의 역사적 주인공이 무령왕이라 재확인된 것은 물론, 이것은 무령왕의 행적이 전설화되고 나아가 설화화된 결과라는 점을 재확증한 터라 하겠다.

이와 같이 서동설화의 역사적 주인공이 무령왕으로 확정될 때, 그 기사에서 밝혀 놓은 미륵사의 창건이 바로 무령왕과 왕후에 의하여 성취되었다는 사실은 의심할 여지가 없다. 그런데도 ≪삼국유사≫ 무왕조의 개찬 이래, 거의 800년간이나 미륵사의 창건이 무왕의 불사로 의장되어, 그 찬란한 문물은 갖가지 곡해와 불합리한 평가를 받아 온 게 사실이었다.

둘째, 그 당시 백제의 국력이나 경제력을 통해서 볼 경우이다. 미륵사와 같은 최대 규모의 국찰을 창건·경영하기 위해서는 막대한 국력·경제력이 수반되어야 하는 것은 당연한 일이다. 이런 점에서 무령왕대는 이 미륵사를 창건·경영할 만한 국력·경제력을 족히 갖추고 있었다. 사학계의 공론처럼 무령왕대는 '집권력 강화와 경제기반의 확대'로써[14] 가장 강대한 국력·경제력을 갖춘 대국으로 발돋움하였다. 따라서 무령왕은 백제를 중흥시킨 대왕으로 군림하게 되었다. 당시의 광대한 강역과 양나라·일본·신라와의 국제 교류가 이를 증명하고 있는 터다. 따라서 무령왕대에는 국가적 역량과 불교국의 위용을 국내외에 선양·과시하기 위하여 미륵사 같은 대찰을 충분히 창건·경영할 수가 있었고, 또한 그럴 필요가 있었던 것이다.

이러한 국력과 경제력의 전성기는 성왕대로 이어지고 위덕왕대까지 유지되다가 혜왕·법왕대의 하향기를 계기로 무왕대에 이르러서는 그

---

14) 노중국, 「백제 무령왕대의 집권력 강화와 경제기반의 확대」, 『백제문화』 제21집, 공주대학교 백제문화연구소, 1991, p.4.
최재석, 「무령왕과 그 전후 시대의 大和倭 經營」, 『한국학보』 65, 일지사, 1991, p.16.

쇠퇴기를 면할 수가 없었던 터다. 더구나 무왕 말기에는 신라와의 관계가 악화되어 승산 없는 싸움을 거듭하고, 당과의 외교에서도 불리하게 되었다. 이에 무왕은 국력 회복의 의욕에도 불구하고 오히려 쇠퇴의 일로를 걷게 되니 갈등과 울분을 감당키 어려웠다. 그리하여 무왕은 어려운 시기에 궁성을 중수하다 중단하고 궁남지 같은 유원지를 건설하여 총신·비빈들과 연락에 빠졌다. 주연에 빠져 대취하고 지극히 즐거우면 스스로 거문고를 타고 노래를 부를 지경이었다.15) 이때는 왕이 국정을 포기하고 국력·재정을 탕진하여 오히려 망국의 계기를 마련한 형편이었다. 그래서 그 부왕이 왕권의 중흥을 위하여 발원·창건하기 시작한 왕흥사를 무왕은 35년만에야 경우 완성하는 실정이었다.16) 이런 판국에 백제가람사 내지 삼국가람사에서 전무후무한 대규모의 국찰,17) 미륵사를 무왕·왕후의 정재로 창건했다는 것은 상상조차 하기 어려운 일이다.

셋째, 백제불교문화사의 흐름과 왕·왕후의 신심·원력을 통해서 볼 경우이다. 지금까지 국사학계와 불교사학계의 연구성과에 나타났듯이 백제의 불교문화사는 무령왕대에 이르러 국력·경제력과 함께 발전·중흥되었던 것이다. 웅진 정도기 동성왕대의 국방·외교에 힘입어 안정을 찾으면서 동시에 일어난 호국불교를 기반으로 무령왕대의 불교문화는 발전되어 난숙의 길을 열었던 것인가 한다. 웅진시대의 궁중 원찰이라 할 대통사를 중심으로 궁성을 둘러리하고 외호하는 여러 사찰 유구들이 이를 증명하고 있을 뿐만 아니라, 무령왕릉 출토문물의 불교적 성향이18)

---

15) 김부식, 《삼국사기》 백제본기 무왕 29년~39년 조 기사 참조.
16) 《삼국사기》 백제본기 무왕 35년 조의 '春三月 王興寺成'이라 하였다.
17) 고구려·백제·신라 내지 고려대에서 미륵사와 같은 대규모의 사찰 유구를 아직은 발견하지 못하였다.
18) 사재동, 「무령왕릉 문물의 서사적 구조」, 『백제연구』 12집, 충남대학교 백제연구소, 1981, p.11.

이를 또한 증언하고 있는 터다. 기실 당시의 불교문화가 발전·융성되지 않았다면, 그런 규모와 수준의 불교문물이 성립·조영될 수가 없었기 때문이다. 더구나 성왕대의 난숙된 불교문화는 무령왕대의 그것을 계승·발전시킨 결과라고 보아진다. 이러한 불교문화사의 도도한 흐름은 위덕왕대로 이어져서 사비시대의 불교문화를 꽃피우게 되었던 것이다. 이른바 위 삼대에 걸친 불교문화사의 전성기를 바라보는 데서는 무령왕대의 발전·융성에 중심·역점을 두어야 하리라고 본다. 그러기에 이 무령왕대의 불교문화적 역량은 족히 미륵사와 같은 국찰을 창건·경영할 가능성이 충분했다는 것이다.

이런 불교문화사의 흐름은 그 당시 왕·왕후의 신심과 불사에 지대한 영향을 주고받는 게 원칙이었다. 여기서 무령왕·왕후의 신심·발원이 단연코 뛰어났으리라 추정된다. 이 무령왕은 ≪삼국사기≫의 표현대로 신장이 8척에 용모가 그림과 같고 인자·관후하여 민심이 돌아가 의지하였으니[19] 그 외모와 심덕이 바로 보살상을 연상케 한다. 그리고 전술한 대로 무령왕릉 출토문물이 현실의 연화세계와 연화문 중심의 불교적 성격을 지님으로써, 그 시대의 불교문화에 상응하는 왕·왕후의 신심과 불교적 행적을 족히 반영하는 터라 하겠다. 그러기에 무령왕·왕후는 그만한 신행·발원에 의하여 미륵사 같은 국찰을 창건·경영하고도 남음이 있었으리라 추정된다.

한편 무왕대의 불교문화는 위 삼대의 그 전성기에 이어 법왕대를 계기로 하향기를 맞이했던 것이다. 사비시대 사찰중심의 불교문물은 대부분 성왕 16년 이후 위덕왕대의 소산이었다. 법왕대 이후로는 전술한 대로 법왕이 창건하기 시작한 왕흥사를 무왕 35년에 걸쳐 완성하는 정도

---

19) ≪三國史記≫ 백제본기 무령왕조에 '身長八尺 眉目如畵 仁慈寬厚 民心歸附'라 하였다.

로 저조하였기 때문이다. 이런 수준의 무력한 불교문화적 분위기라면, 미륵사 같은 대찰을 창건하기는 결코 어려웠을 것이다. 그런 불교문화에 상응하여 무왕의 불심·신행이 무령왕에 비하여 매우 낮았으리라고 추측된다. 무왕은 ≪삼국사기≫에 표현된 대로 그 풍모 위의가 훌륭하고 그 뜻과 기운이 호방·걸출하였으니[20] 무인다운 기색은 있으나 자비·선심의 불교적 면모는 보이지 않는다. 전술한 대로 그 부왕이 큰 뜻을 세운 왕흥사를 35년이나 걸려 겨우 완성한 것만 보아도, 그 불심·신행의 정도를 가히 짐작할 수가 있겠다. 그러기에 승산없는 싸움에 귀한 생명을 무자비하게 몰아넣고, 그 갈등과 분노를 유흥·향락으로 풀며 음주·가무로 달래었으니, 자비·청정의 신행 흔적을 찾기가 어려운 실정이었다. 이러한 무왕·왕후에게서 그 거창한 국찰, 미륵사의 발원·창건을 기대할 수는 없었던 것이다.

넷째, 백제불교문화사에 입각한 미륵사지 문물을 통해서 볼 경우이다. 잘 알려진 대로 이 미륵사는 그 거대한 규모나 웅장한 모습으로 미루어 보아 불교문화의 전성기에나 창건·경영이 가능하지, 그 하향기에는 그것이 결코 불가능하다는 중론을 거듭 실감케 한다. 말하자면 미륵사는 무령왕대에나 조립이 가능한 국찰이고, 무왕대에는 창건이 불가능한 대찰이라는 이야기이다. 전술한 대로 이 미륵사는 대지가 11만평이고 그 중심부만 8천평이나 되니, 그 정확한 건평은 아직도 파악하지 못할 만큼 거대하다. 이어 가람배치는 그 전체를 회랑으로 두르고 입문이 3개, 3탑·3금당 체제인데, 중앙문·중앙목탑·중앙금당은 별도의 회랑으로 둘러 이중 회랑을 이루었다. 그 뒤로 큰 강당이 가로 놓이고, 그 좌우와 뒤편에 승방·요사를 분배하였다. 이러한 대규모의 전형적 가람배치는

---

20) ≪삼국사기≫ 백제본기 무왕조에 '風儀英偉 志氣豪傑'이라 하였다.

삼국이나 한·중·일에서도 유일한 것으로 보고되었다. 이러한 가람배치는 무령왕대에 창건되어 성왕 초년에 완성된 웅진 대통사의 가람배치를 기준하여, 그것을 상회하는 양식으로서 무령왕대를 지향하고 있는 게 사실이다. 따라서 미륵사의 가람배치 양식은 대통사의 그것에서 하향하여 무왕대로 내려 박힐 수가 없는 터다.

이 미륵사지 유물 가운데 가장 현저한 석탑(서탑)은 그것이 무령왕대에 조성된 것임을 양식사적으로 보여 주고 있다. 일찍이 고유섭은『한국탑파의 연구』에서 미륵사지 석탑이 그에 선행한 목탑을 충실히 번역한 양식이라면서 정림사지 석탑에 선행한다고 전제하였다. 그러면서 '정림사탑은 미륵사탑의 가구적 특질을 최대공약수로 간화하려 하여 그에 성공함으로써'21) 미륵사지 석탑에 후행한다는 사실을 분명히 밝혔다. 그런데도 고유섭은 미륵사지 석탑이 무왕대에 건립되었다는 사실을 진신하여 정림사지 석탑이 의자왕대에 조성되었다고 단언하였다.22) 이에 대하여 지헌영은「백제와전도보」에서 이 정림사가 사비 정도기의 왕궁 사찰임을 전제하고, 그 석탑이 사비로 천도하던 성왕 16년 전후에 건립되었으리라 추정하면서, 그에 선행한 미륵사지 석탑이 무령왕대에 조성된 것에 하등의 무리를 느끼지 않는다고 탁견을 내었다.23) 그 후로 윤무병은 정림사지를 발굴하면서 그 석탑을 조사한 결과, 그것이 정림사와 함께 성왕 천도 전후에 건립된 것이라 추정하여24) 지헌영의 견해를 보증하여 주었다. 그런데 윤무병은 역시 미륵사지 석탑의 건립 연대를 무왕대로 진신하고, 정림사지 석탑이 미륵사지 석탑에 선행한다면서 고유섭의 미

21) 고유섭,『한국탑파의 연구』, 을유문화사, 1954, p.42.
22) 고유섭, 앞의 논저, pp.70~71.
23) 지헌영,「와전도보(서평)」,『백제연구』3집, 1972, p.182.
24) 윤무병,「정림사지 석탑의 건립 연대」,『정림사(발굴보고서)』, 충남대학교 박물관, 1981, p.68.

록사지석탑선행설을 시정함으로써[25] 한국탑파양식사의 올바른 흐름을 흩어 놓고 말았다.

이에 고유섭의 미륵사지석탑선행설로 정립된 양식사적 흐름을 확신하고, 윤무병의 정림사지석탑의 성왕대 사비천도 전후설을 확인하면서, 지헌영의 위 견해를 중시·주목할 수밖에 없다. 그리하여 이미 거듭 거론한 대로 미륵사지 석탑은 무령왕대에 조성되어 성왕 16년 전후에 건립된 정림사지 석탑의 선행 전범이 되었다고 추론하는 게 당연한 터다. 이로써 그 석탑과 때를 같이 하는 미륵사는 무령왕대에 창건된 것이 확실해지고, 따라서 무왕대와는 무관하다는 사실을 재확인하게 되었다.[26]

그리고 미륵사지 출토 와당 중에서 전형적인 고형 와당이[27] 무령왕릉 출토문물의 연화문과 친연성을 가지고 있어 주목된다. 미륵사지 출토 와당은 매우 다양하여 시대적으로 대강 백제 전기·후기, 신라통일기·고려기·조선전기 등의 층위 유형을 보이고 있다. 그것은 미륵사가 창건 이래 조선 중기까지 유지되어 왔기에 당연한 현상이라 하겠다. 그런데 위 전형적 와당은 6엽단판에다 자방의 직경이 확대되어 있어, 8엽단판에 자방이 작아지는 후대적 와당과는 확실히 구별되고 있는 터다. 백제시대 웅진·사비지역의 사지·능묘 등지에서 발견·집적된 와당·전·공예물을 통하여 그 연화문을 비교·검토해 보면, 시대가 올라갈수록 6엽단판에다가 자방의 넓이가 크다는 것을 확인하게 된다. 따라서 이 전형적 와당이 무령왕릉 출토 문물의 연화문과 유사한 문양을 갖추고 있다는 것은 당연한 추세라고 할 만하다. 기실 무령왕릉 출토 문물의 연화문이 6엽단판을 중심으로 일부 8엽단판을 곁들이고 있는데, 자방의 넓이는 한

---

25) 윤무병, 앞의 논문, p.68.
26) 사재동, 「서동설화의 불교문화학적 고찰」, 『백제무령대왕과 불교문화사』, 중앙인문사, 2006, p.211.
27) 백제연구소총서, 『백제와전도보』, 충남대학교 백제연구소, 1972, 도판 157, 158.

결같이 크기 때문이다. 이러한 미륵사지의 전형적 고형 와당이 무령왕대를 지향함으로써, 이 사찰의 무령왕대 창건을 간접적으로 증언하는 터라 하겠다.[28]

그러기에 미륵사지 출토 와당이나 기타 문물이 백제 후기의 성향을 보인다 하여 미륵사의 무왕대 창건을 주장·보증하려는 노력은 설득력을 가질 수 없게 되었다. 실제로 그 출토 문물의 백제 후기적 징후는 미륵사의 창건과는 관계없이 그 사찰이 백제 후기에도 유지·경영되었음을 증언하는 것이기 때문이다.

다섯째, 이번에 그 석탑에서 발굴된 유물을 통해서 볼 경우이다. 우선 그 사리호를 비롯한 505점의 공예품들은 무령왕릉에서 출토된 각종 공예품들과 그 금은 세공의 양식·기법 등에 있어, 친근성을 보이고 있는 게 사실이다. 이러한 양자의 친근성을 전제한다면, 그것들은 동일시대·동일목적·동일기예의 소산일 수도 있다는 가정을 해 볼 수가 있겠다. 만약 이 석탑의 유물들이 무령왕·왕후의 생전에 그 만수무강과 국태민안을 부처님께 발원한 것이라면, 그 무령왕릉의 공예 문물은 무령왕·왕후의 사후에 그 극락왕생과 국운융창을 기원한 것으로 연접·상응한다고 보아진다. 실제로 그 석탑의 건립이 무령왕 19년 바로 그 해라면, 그후 4년이 되는 무령왕 23년에 붕어하여 그 능의 문물 공예품을 제작하였을 것이기 때문이다.

그리고 그 사리봉안기의 금판 명문은 무령왕릉 출토 지석의 석판 명문과 그 시대적 기록 정신을 공유하고 있는 터라 하겠다. 이러한 양자의 명문은 실로 역사적인 가치를 지닌 최고의 성과인데, 하나는 생전의 원찰에 새기고 하나는 사후의 능침에 새기었으니, 그 친연성이 실감되는

---

28) 문화재관리국, 『무령왕릉(발굴보고서)』, 삼화출판사, 1974, 도판 10;목제족좌(왕), 도판 34·35;연도·현실 전 연화문, 도판 51;금제연화형 장식 등 참조.

것이다. 이런 점에서 사리봉안기의 명문이 무령왕대의 소산임을 족히 유추할 수가 있겠다.

이어 그 사리봉안기의 주제 내용과 표현 분위기로 보면, 숭불 신심과 상구보리·하화중생의 염원이 절실하여 불교문화 전성기의 시대적 정신과 상통하고 있는 터다. 적어도 이것은 무령왕시대의 불교문화 전성기와 상응하고 있는 기미가 엿보이기 때문이다. 더구나 그 왕과 왕후의 신심·행적을 높이 찬탄하고 양위의 신행 공덕을 불·보살의 차원으로 존숭·승화시키고 있는 점이 돋보인다. 적어도 백제불교문화사의 전성기를 이룩한 숭불 영주 무령왕·왕후라면, 이러한 표현을 해도 오히려 부족할 것이기 때문이다. 따라서 이 봉안기는 무령왕·왕후를 향하여 바친 명문으로 그 후대의 무왕과는 무관하다고 볼 수밖에 없다.

나아가 그 사리봉안기에는 '大王陛下'[29]의 수명은 산악과 같이 견고하고 그 치세는 천지와 같이 영구하라는 대목이 나와서 주목된다. 대개 당대의 왕을 이렇게 존칭·찬양하는 관례가 없지 않지만, 이는 아무래도 무령왕을 향하여 바쳐진 기원인 것 같이 보인다. 상술한 바를 종합해 볼 때, 백제 제왕 중에서 '大王陛下'는 아무래도 '武寧王'밖에 없기 때문이다. 지금까지 밝혀진 대로 무령왕대의 백제는 그 강역이나 국력·문화에서 '大百濟'이었으니, 그 왕을 '大王陛下', 황제 지위로 호칭하는 것은 당연한 일이었을 것이다. 여기 무령왕릉의 지석에서 그 왕의 서거를 '崩'으로 표기한 것을 연상·결부시키지 않을 수 없다. 원래 황제의 서거를 '崩'으로 표현하는 것은 동양사의 관례이거니와, 그 지석의 '崩'자를 두고 학계에서는 무령왕을 '大王陛下' 황제 정도로 예우·논의했던 것이다. 그 중에서도 소진철은 「금석문으로 본 백제 무령왕의 세상」에서 '무령

---

29) 미륵사지 석탑출토 금제사리봉안기에 '大王陛下 年壽與山岳 齊國寶曆共天地同久'라 하였다.

왕의 서거는 대왕의 죽음·崩'이라고 구체적인 논증을 폈다.30) 그렇다면 이 사리봉안기의 '大王陛下'가 서거함에 그 능침의 지석에서 '崩'으로 호응하는 것은 당연하고도 놀라운 부합이라 하겠다. 따라서 그 '大王陛下'가 바로 '武寧大王'이었다고 결부시키는 데에 더 이상 주저할 필요가 없다. 여기서 이 미륵사가 무령왕대에 창건·경영된 것을 재확인하면서, 그 문제의 무왕은 결코 그 '大王陛下'가 될 수 없음을 다시금 밝혀 둔다. 서거 후의 시호마저도 '武'자 하나뿐이라 '大王'을 붙이기가 어렵게 되었던 터다.

끝으로, 서동설화 상에 나타난 그 왕의 국혼담과 즉위과정을 통해서 볼 경우이다. 전술한 대로 나·제간의 정식 국혼은 백제 동성왕이 그 15년 춘3월 신라에 청혼하고, 신라 소지왕이 그 15년 춘3월에 승낙하여 이찬 비지녀를 보냄으로써 원만하게 성립되었다. 이는 양국 간의 화친 교류에 큰 영향을 주는 경사로서 너무도 유명하여 ≪삼국사기≫ 나·제 본기에 똑같이 실리게 되었다.31) 그 국혼의 백제측 당사자가 동성왕인지 다른 왕자·왕족인지 밝혀지지 않았지만, 그 당시에 무령왕은 32세의 왕자로 오히려 혼기를 넘기고 있었다. 그러기에 흔히 생각하듯이 동성왕의 상대로 속단하고 있지만, 실은 무령왕의 배우였으리라고 볼 수도 있겠다. 그것이 비록 사실이 아니더라도 후대의 전설·설화 상으로는 무령왕의 혼사로 결부될 가능성은 얼마든지 있었던 것이다. 그러나 무왕은 그러한 나·제 간의 국혼에서 당사자가 될 만한 사실이 전혀 없는데다, 그런 전설·설화와 결부될 만한 여지가 없는 실정이다. 전술한 대로 무왕은 신라와의 잦은 싸움으로 원수 간이 되어 화친·교류의 틈이 전혀

---

30) 소진철,『금석문으로 본 백제 무령왕의 세상』, 원광대학교 출판부, 1998, pp.84~85.
31) ≪삼국사기≫ 신라본기 소지왕 15년 춘3월조에 '百濟王牟大遣使請婚 王以伊伐飡比知女送之'라 하였다.

없었고, 국혼의 여지가 아예 보이지 않았기 때문이다.

그리고 무령왕의 즉위과정은 당시로서는 매우 이색적이고 민주적이었다. 잘 알려진 대로 백제 기사에 냉혹한 ≪삼국사기≫에서도 무령왕에 이르러서는 사실대로 기록했던 것이다. 무령왕은 신장이 8척이나 되고 용모가 그림과 같은데다 그 성품이 인자하고 관후하여 민심이 돌아와 의지함으로써 동성왕이 서거하자 태자가 아닌데도 즉시 왕위에 올랐다.[32] 문자 그대로 민심에 의하여 추대·옹립된 민주적 왕이 된 것이었다. 그러기에 일본측 사서 ≪일본서기≫에서는 백제 말다왕(동성왕)이 무도하여 백성에게 횡포하고 잔악하므로 국인이 드디어 이 왕을 제거하고 무령왕을 추대 옹립하였다고 기록하였다. 여기에 인용된 ≪백제신찬≫에서도 동일한 사실을 보증하고 있는 터다.[33] 이 역시 국인·백성, 상하 민중이 무령왕에게 마음을 모아 왕위에 오르게 되었다는 이야기다. 전제 왕권시대에 이런 왕권 교체는 획기적 사건으로 국내외에 널리 오래 알려졌던 게 사실이다.

그리하여 ≪삼국유사≫의 서동설화에도 그 즉위 사실이 거의 그대로 굴절·반영된 것은 당연한 일이었다. 출신이 신비하고 걸출한 미남은 그 기량을 헤아리기 어려우니, 국인이 이름을 지어 주었다. 그에게는 어린 아이들까지 친하게 따랐다. 아름답기 그지없는 신라 공주도 전혀 모르는 그를 보자마자 공연히 미덥고 즐거워 그대로 따라가 서로 통하게 되었다. 사자사 지명법사도 그에게 감화되어 신통력으로 도와주었고, 신라왕 까지도 그와 공주의 신통한 변화를 이상히 여기며 더욱 존경하였다. 마

---

32) ≪삼국사기≫ 백제본기 무령왕 조에 '身長八尺 眉目如畵 仁慈寬厚 民心歸附 牟大在位二十三年薨 卽位'라 하였다.

33) ≪일본서기≫ 무열기 4년(임오)조에 '是歲 百濟王無道 暴虐百姓 國人遂除而立嶋 是爲武寧王'이라 하고, 그 주기에 인용된 ≪백제신찬≫에도 '末多王無道 暴虐百姓 國人共除 武寧立諱斯麻'라 하였다.

침내 그는 인심 즉 민심을 얻어 왕위에 올랐던 것이다.[34] 이로써 무령왕의 즉위 사실은 역사 기록이나 설화 전승을 통하여 공통적으로 밝혀졌다. 따라서 무령왕이 그 설화의 역사적 주인공으로서 미륵사를 창건한 사실을 확인할 수가 있다. 그러나 무왕은 법왕의 아들로서 태자가 되어 부왕이 서거하자 당연하게 즉위하였다. 따라서 무왕은 이 설화와 무관하다는 사실이 분명해지면서, 그 미륵사 창건에도 관여할 수 없었다는 점이 확실해진 것이다.

이상의 논의로써 이 미륵사는 무령왕대에 창건·경영되었다는 사실이 더욱 분명해졌다. 따라서 위 사리봉안기의 '己亥年'은 무령왕 19년 519년이라고 지정될 수밖에 없다. 그러니까 미륵사는 무령왕·왕후가 신심·발원으로 그 정재를 내어 재위 19년 이전에 창건·완공한 다음, 그 왕의 만수무강과 국태민안을 기원하여 부처님의 진신사리를 봉영하고 그 석탑을 그 19년 정월 29일에 왕후의 이름으로 건립하였던 것이다.

이로써 미륵사지 문물은 800년이라는 장구한 세월에 걸쳐 무왕대의 창건이라고 의장·오인되어 온 굴레로부터 완전히 벗어나 무령왕대의 창건으로 본래의 자리를 찾게 되었다. 따라서 미륵사지 문물은 백제문화 쇠퇴·하향기의 무왕대를 탈피하여 그 전성·상승기의 무령왕대로 무려 120년이나 소급·복원됨으로써, 불교문화로서의 진가를 발휘하고 그 불교문화사상의 위상을 더욱 높이게 되었다. 그리하여 미륵사 문물을 중심으로 한국불교문화사는 그만큼 상승·확대될 뿐만 아니라, 그로부터 이 사찰이 유지되었다는 16세기까지 거의 1000여년, 지금까지 1500년 간을 풍성하고 면면하게 이어져 왔다는 점에서, 새롭게 평가·기술될 단계에

---

34) 이 서동설화 중에서 위에 해당되는 어구를 골라 보면 '國人因以爲名', '群童親附之', '公主雖不識其從來 偶爾信悅因此隨行 潛通焉', '師以神力 一夜輸置新羅宮中', '王異其神變 尊敬尤甚', '薯童由此 得人心 卽王位'라 하였다.

이르렀다.

2) 창건의 주체·주인공

이제 이 미륵사 창건의 주체는 무령왕일 수밖에 없다. 그런데 이 미륵사가 워낙 거대한 국찰이니, 그 창건은 무령왕 개인적인 차원이 아니었다. 적어도 그 당시 백제가 미륵신앙을 중심으로 하는 호국불교를 내세워 국가의 중흥·융창을 선도·제창해 나가는 불교국이었다면, 그 중심·선두에 무령왕이 자리하였기 때문이다. 그러기에 미륵사는 궁성내의 원찰보다 한 걸음 더 나아가 국가 백년대계의 국책을 제시하고, 왕권·국력을 내외에 선양·증진시키려는 웅지를 품은 채 광활한 남방을 거시적으로 내다보는 익산지역에 위치하였던 것이다. 이러한 국가적 대작불사에는 무령왕의 불교적 지도역량과 강력한 통치이념에 의한 대소 신료들의 단합·협력과 지방 관료·토호들의 승복·협조가 잇달았으리라 보아진다. 무령왕 중심으로 결집된 총체적 역량이 주체가 되어, 가까운 신라나 일본 그리고 양나라 등의 호응까지 받았을 것이다. 여기서 무령왕은 제정군주로서 불교적 권능과 정치적 역량을 겸유한 영웅적 제왕이 되어 국민·민중의 전폭적 호응을 얻었으리라는 추측이 가능해진다.

따라서 그 왕후는 무령왕과 일심동체의 내조자로서 그 대작불사를 발의·발원한 주인공의 역할을 했으리라 본다. 위 사리봉안기에 '우리 백제 왕후께서는 좌평 사택적덕의 따님으로 지극히 오랜 전생에 선인을 심어 금생에 빼어난 과보를 받아 나서 천하 만민을 어루만져 기르시고 삼보(불교)의 동량이 되었기에 능히 정재를 희사하여 이 가람을 세우셨다'[35]고 한 데서 그 사실이 분명해지는 터다. 이러한 증언은 형식적이고

---

35) 미륵사지 석탑 출토 금제사리봉안기에 '我百濟王后 佐平沙宅積德女 種善因於曠劫

의례적인 언사가 아니라, 사실 그대로의 진실을 밝히고 있는 기술임에 틀림이 없다. 그러기에 왕후의 그 적극적이고 능동적인 발의·발원은 서동설화에도 그대로 반영되어 있는 실정이다. 잘 알려진 대로 '그 왕과 왕후가 사자사에 가려고 용화산 밑 큰 못 가에 이르니 미륵삼존이 못에서 나타나므로 수레를 멈추고 경의를 표하였다. 왕후가 왕에게 이 땅에 큰 절을 세우는 것이 소원이라 하니 왕이 허락하였다'[36]는 것이 바로 그것이다.

다만 이 사리봉안기에는 그 왕후가 백제 좌평 사택적덕의 딸인데, 그 설화에는 신라 진평왕의 셋째 딸 선화공주라는 데서 문제가 되는 것이다. 여기서는 역사적 사실과 설화적 담화의 특성과 차이를 먼저 고려해야 한다. 기실 무령왕은 왕후 이외에 후궁을 둘 수 있는 관례에 따라 백제 좌평의 딸을 왕후로 삼았지만, 신라 이찬의 딸을 맞았으리라 추측·결부될 수도 있었다. 전술한 대로 무령왕이 32세의 왕자로 있었던 동성왕 15년에 나·제 간의 유명한 국혼이 성립되었기 때문이다. 여기에 사서에 기록되지 않은 채 무령왕이 신라의 공주를 후궁으로 데려 왔을 가능성을 배제할 수는 없다. 당시 나·제 간의 화친 관계나 무령왕의 위상으로 보아 그런 일은 족히 가능했던 것이다.

이와 같은 무령왕의 혼인 사실은 그 붕어 후 적어도 1·2백 년을 지내면서 유형화·전설화되어 상하 민중에 유통되게 마련이었다. 이러한 과정에서 무령왕 왕후가 미륵사를 창건한 사실이 전설화를 거쳐 서사적으로 부연되면서 그 혼사가 흥미로운 애정담으로 발전할 수 있는 여지가 얼마든지 있는 것이다. 적어도 무령왕의 미륵사창건전설은 백제시대

受勝報於今生 撫育萬民 棟梁三寶 故能謹捨淨財 造立伽藍'이라 하였다.
36) ≪삼국유사≫ 무왕조에 '王與夫人 欲幸師子寺 至龍華山下大池邊 彌勒三尊出現池中 留駕致敬 夫人謂王曰 須創大伽藍於此地 固所願也 王許之'라 하였다.

를 거쳐 신라통일기에 이르러 신라 중심으로 상당한 개변을 겪으면서 서동과 선화공주의 낭만적 설화로 전개되었을 가능성이 없지 않다. 그것이 다시 변화·정리되면서 이른바 '古本'의 武康王傳說로 정착·기록되었으리라 추정된다. 그러던 것이 ≪삼국유사≫의 찬성과정에서 武王의 기사로 개찬되는 바람에 선화공주는 무왕과 상대되는 신라 진평왕의 셋째 딸로 둔갑하고, 나아가 이 설화의 시대배경이 모두 그렇게 조정된 것이라 보아진다.

그러기에 이 사리봉안기의 출토 이래 그 '己亥年'을 무왕대로 속단하여 서동설화와 <서동요>를 사실 무근한 작품이라고 공중에 띄워 버리는 것은 한갓 기우에 불과한 일이라 하겠다. 기실 이 서동설화와 <서동요>를 무령왕대로 결부시킬 때, 그것은 여전히 튼튼한 기반 위에서 안전을 유지할 수가 있기 때문이다. 다만 그 작품들은 설화와 민요의 형성·전승의 원리에 의하여 그 원형과 변모의 궤적을 찾아, 무왕대로부터 120년 이상을 소급해 올라 갈 수 있을 뿐이다. 여기서 이 미륵사의 창건을 발의·발원한 주인공, 그 왕후의 전설·설화적 면모로부터 역사적 모습까지가 계통적이고 입체적으로 파악되는 터다.

이 미륵사의 창건은 무령왕·왕후에게 있어 국권·국위를 내건 일생일대의 기념비적 불사였던 것이다. 그러기에 그 대지로부터 규모와 가람배치 그 내실에 이르기까지 최고·최선의 국제적 수준을 갈망했을 것은 물론이다. 여기에 따르는 막대한 재정은 아무리 경제력을 갖추었다 하더라도 조정·왕실의 그것만으로는 지난했을 것이 뻔하다. 그래서 무령왕은 전술한 대로 그 불교적 권능과 정치적 역량으로 총합적 결집력을 구사하는 가운데, 막강한 경제력을 갖춘 토착 호족의 협조·희사를 이끌어 냈던 것이라 본다. 나아가 무령왕은 그 외교적 역량을 발휘하여 신라나[37] 양나라, 일본 등지의 경제적·기술적 호응·협조를 얻어냈던 것이라 하겠다.

이와 같은 대작불사는 충분한 재정을 기반으로 총체적 역량을 발휘하여 거국적으로 진행되었을 것이다. 이런 미륵사의 창건·경영에 있어 가장 중요한 것은 그 조성의 문물이 국내외적으로 최고·최선의 수준을 확보하였다는 사실이다. 용화산하에 대평야를 바라보는 일대 명당에 광활하게 자리하여 최대 규모의 유일한 가람배치는 물론, 그 규모에 알맞은 건축·회화·조각·공예에 이르기까지 그 미술적 수준, 그 안에서 신행·교화활동을 벌이는 승려·신중들의 문학적 수준, 의례·독경·염불·참선·법문, 그리고 음악·무용·연극, 교육·학맥·종풍 등 모든 불교문화가 세계적 수준과 경지를 확보하였을 것이기 때문이다.[38] 그것은 동방 최대·최고의 불교문화의 금자탑으로 우뚝이 솟아올랐던 것이 확실하다. 그러기에 이러한 미륵사 문물의 원형을 전제로, 미륵사지 문물을 재구·검토하는 방법론적 모색이 절실히 요구되는 터다.[39]

3. 미륵사지 문물의 예술사적 위상

1) 미륵사지 문물의 미술사적 위상

(1) 미륵사의 건축

이 건축은 그 대지의 조성으로부터 시작되었다. 용화산이 등 뒤에서

---

37) ≪삼국유사≫ 무왕조에 '(新羅)王遣百工助之'라 하였다.
38) 段玉明, 『中國寺廟文化』, 上海人民出版社, 1994, pp.29～30.
　　사재동, 『불교문화학의 새로운 전개』, 중앙인문사, 2006, pp.141～142.
39) 사재동, 『불교문화학의 새로운 전개』, pp.33～34.
　　사재동, 『불교문화학의 새로운 전개』, pp.224～226.

버티고 양쪽 팔을 벌리듯이 좌청룡·우백호를 이룬 11만평의 광활한 터전, 그 바로 앞에는 큰 연못이 연이어 자리하고 멀리 끝없는 대평야가 펼쳐지는 천혜의 명당이 바로 미륵사의 대지다. 그 토목공사부터 건축미술의 영역에 들어간다. 그 터전을 건물의 위치·위상에 따라 여러 단계로 조정하고, 높은 곳을 헐어 낮은 곳이나 연못의 일부를 메우는[40] 등 정지작업이 끝나면, 각개 전각에 적합한 석축을 하였다. 그때에 외곽의 담장을 고려하고 그 건물 전체와 어울리는 정원의 기초 작업을 병행했을 것이다. 그렇게 하여 이 사찰의 중요 건물이 들어설 중심지역이 8천평이나 조성되었다.

이 미륵사의 가람배치는 ≪彌勒大成佛經≫에 보이는, 미륵불의 세 차례 법회, 즉 '彌勒三會'의 사상에 근거하여[41] 삼탑·삼금당의 기본 구조를 갖추고 있다.[42] 전술한 대로 중앙의 대형 목탑과 2층 금당, 동편에 중형 석탑과 단층 금당 그리고 서편에 중형 석탑과 단층 금당의 배치가 바로 그것이다. 이와 같은 주전을 옹위·보호하기 위하여 많은 건물들이 조직적으로 부수되었다. 바깥으로부터 큰 연못의 석교를 건너 낮은 담장의 두 대문을 거쳐 경내로 들어서면, 두 조의 당간지주가 좌우로 넓게 늘어섰다. 여기서 회랑으로 둘러싸인 중앙 대문과 동편 중문, 그리고 서편 중문이 횡대 일직선상에 설립해 있다. 그 중앙 대문을 들어서면 대형 석등을 지나 대형 금당에 직통한다. 이런 중앙의 도량·전각은 이중의 회랑으로 둘러싸여 특별한 신성공간을 이루고 있다. 이어 동편 중문을

---

40) ≪삼국유사≫ 무왕조에 '詣知命所 問塡池事 以神力一夜頹山塡池爲平地'라 하였다.
41) 미륵대성불경에 '時彌勒佛默然受請(第一大會)說是語時 九十六億人不受諸法 漏盡意解 得阿羅漢 三明六通 具入解脫 三十六萬天子二十萬天女發阿耨多羅三三菩提心(第二大會)時閻浮提城邑聚落小王長者及諸四性皆悉來集 龍華樹下華林園中 以是重說四諦十二 因緣 九十四億人得阿羅漢(第三大會)九十二億人得阿羅漢 三十四億天龍八部發三菩提 心'이라 하였다.
42) ≪삼국유사≫ 무왕조에 '乃法像 彌勒三會 殿塔廊廡 各三所創之'라 하였다.

들어서면 중형 석등 뒤에 단층 금당이 자리하고, 서편 중문을 거치면 역시 중형 석등 뒤에 단층 금당이 자리하여 뒤편의 대강당으로 통하고 있다. 이 강당의 넓은 마당 좌우편에 회랑을 거느리고 동편 승방과 서편 승방이 마주 보고 섰다. 그리고 그 강당 뒤편으로 회랑을 겸하여 길고 큰 북편 승방이 위치하였다. 게다가 승방과 금당·법당의 어름에 왕·왕후가 행차 거처하는 어실각이나 명부전 같은 혼전과 조사전 또는 성사물을 설치한 고루 종각이 특별히 배치되었을 터다. 이처럼 그 가람 배치가 최대 규모인데다 입체적이고 유기적인 성전으로 구성되기는 백제왕조나 삼국시대는 물론 한·중·일 삼국에서도 그 유례를 찾을 수 없었다.

그 웅장한 전각들의 건물 건축이 또한 최고·최선의 수준을 유지하고 있었다. 각개 건물 초석으로부터 기둥·도리들보·석가래·목판 등의 목재, 기와와 금속 부품 등의 자재가 국내외의 최고 물품이었던 것은 물론이다. 그 건축 양식이나 기법에서는 당시 국내외의 최고 수준을 유지하여, 그에 상응하는 전문인력을 동원했을 것이 분명한 터다. 그러한 건축 작업에는 최고의 선진 기술에다 정성을 다하였기에, 그 성전들의 장엄하고 아름다운 웅자는 그 시대적 건축 미술로서 비할 데가 없었던 것이다.

이 전각들은 신앙 사상적 품격에 따라, 그 특성을 보이는 게 당연한 일이었다. 이미 2개의 문루와 중앙·동서의 대문 등은 그 의도에 따라 천왕문·금강문·해탈문 격으로 명분이 서 있었고, 강당이나 승방, 어실각·명부전 혼전·조사전 등도 그 성격이 분명해진 게 사실이다. 그런데 그 세 금당은 구체적인 품격에서 애매한 데가 있다. 우선 그 '彌勒大會'의 기본 정신에 따라 포괄적으로 생각한다면, 일단 중앙 금당을 미륵불설법 제1대회의 법당, 동편 금당을 그 제2대회의 법당, 서편 금당을 그 제3대회의 법당으로 추정할 수는 있겠다. 그런데 당시 불교의 신상·사상을 거시적으로 관찰·적용해 본다면, 아무리 미륵사라 하지만 미륵불 일변도로 세 금당을 다 충당하는 데는 무리가 있었을 것이다. 적어도 통불교적 차원에서 대승적 교문을 활짝 여는 마당이라면, 본사 석가모니불과 미륵불에 쌍벽을 이룬 아미타불을 결코 배제할 수가 없었기 때문이다.[43] 그렇다면 중앙 금당을 미륵불 성전, 동편 금당은 석가모니불 성전, 서편 금당은 아미타불 성전으로 배치했을 가능성이 짙다고 보아진다. 이처럼 삼존불을 삼금당에 모실 때, 우선 팔만사천법문을 통하여 만민을 구제한다는 대승정신에 부합되고, 나아가 미륵사의 국가적·국제적 대의명분에도 합당했으리라 보아지기 때문이다[44].

여기서 탁이한 건축 미술품은 바로 그 탑파라 하겠다. 중앙의 대형 목탑과 동·서 양편의 중형 석탑이 바로 그것이다. 그 중앙 목탑은 자재의 질량에서도 최고수준이지만, 그 9층의 규모와 양식에서도 비할 데가 없는 창조적 모형을 갖추고, 그 제작의 기예·기법에서도 최고의 수준을 유지했던 게 사실이다. 따라서 이 9층 목탑은 탑파예술의 금자탑으로 황룡사의 9층 목탑과 쌍벽을 이루며 그에 선행했던 것이다.[45] 또한 양편의 중형 석탑은 그 중앙 목탑을 그대로 본떠 축약하고 석조화한 것이 분명하다. 그러나 이것은 그 목탑의 단순한 번안이거나 재료만의 교체에 머무는 차원이 아니었다. 이들 석탑은 그 목탑의 외부 형태만을 본뜬 것으로, 그 설계·시공이나 예술적 조형화 과정이 완전히 다른 것이라 하겠

---

43) 김영태, 『백제불교사상연구』, 동국대출판부, 1985, pp.35~37.
44) 段玉明, 『寺廟建築』, 中國寺廟文化, p.143.
　　진홍섭, 『한국불교미술~건축』, 문예출판사, 1998, pp.54~56.
45) 이 미륵사의 9층 목탑이 황룡사의 그것에 선행하는 것은 분명하고, 황룡사의 목탑이 이웃 9개 나라의 재해를 누르고자 하였다니, 미륵사의 9층 목탑도 그러한 위모를 보인 것이 아닌가 한다. ≪삼국유사≫ 탑상 제4, 황룡사 구층석탑 조 참조.

다.46) 따라서 이들 9층 석탑은 탑파예술사에서 질적인 혁명을 이룩하였다고 보아진다. 이러한 삼탑의 웅자가 일직선상에 횡렬하여 있다는 사실은 백제·삼국시대는 물론 한·중·일의 탑파사상에서도 특기할 만한 일이라 하겠다.47)

이처럼 기상천외의 건축예술이 출현했을 때, 그것은 그 당시나 후대의 전범·전형이 되어 사찰 건축의 신축·경영에 이상적 영향을 주었던 게 사실이다. 이 사찰 건축이 백제시대를 거쳐 신라통일기에도 나라의 간판과 명분만 바뀌었을 뿐 그대로 유지되었을 것은 물론이다. 이어 고려시대에도 불교국의 차원에서 이 미륵사의 건축물은 그대로 유지·보수되었고, 조선 중기까지도 그 명맥을 유지했던 것이다.48) 이 미륵사의 건축은 창건 이래 폐사까지 적어도 1000년에 걸쳐 그 역사를 이끌어 왔던 터다. 이 건물이 폐허화되어 지상의 목조건물이 사라지고, 다만 석조 유구와 서편 석탑만이 현존하니, 모두 지금까지 1500년 간 이 절의 건축을 받들고 지켜 온 값진 보배가 아닐 수 없다.

(2) 미륵사의 회화

이 미륵사의 회화는 그 거창한 건축을 장엄·장식하고 그 불교신앙적 내용을 확충하기 위하여, 그려진 불화·민화를 포괄한 것이었다. 우선 그 각개 전각에 상응하는 단청이 화려·찬란하게 그려졌을 것은 물론이다. 인도로부터 동방 고대의 사찰은 그 단청이 필수적이었기 때문이다. 이 단청은 이 사찰 건축의 수준에 맞추어 그 재료·물감 등의 재질은

---

46) 이런 초기 석탑으로부터 그 건축구조를 바탕으로 조각미를 갖추기 시작한다.
47) 진홍섭, 『한국불교미술-탑파』, pp.159~164.
　　김선종, 『고고미술사』, 학연문화사, 1994, p.162.
48) 전라북도 미륵사지 유물전시관 학예사 노기환의 증언에 의하면 이 미륵사가 16세기 말 17세기 초까지는 유지되었으리라 추정된다.

물론, 당대 최고의 단청공들에 의하여 가장 찬연하게 완성되었을 터다.

이어 이 미륵사에서는 각개 전각의 성격·수준에 맞추어, 그 내외 벽면에 벽화가 다양하게 그려졌던 것이다. 인도·중국의 석굴사원이나 한·중 고찰에서 벽화 장식이 성행하였던 것은 잘 알려진 사실이다.[49] 고구려·백제의 고분벽화나 신라·일본의 사찰 벽화는 그와 밀접한 관계를 유지했을 미륵사의 벽화 양상을 방증·부각시켜 준다고 보아진다.[50] 이 미륵사의 벽화는 그 중에서도 가장 빼어난 실상을 갖추었으리라 추정되기 때문이다. 이러한 벽화는 단독·단편의 불화나 인물화·풍경화도 있었을 것이지만, 그 벽면의 넓이와 표현의 내용에 비례하여 중편·장편의 서사화도 풍부하게 그려졌을 것이다. 인도·중국·일본·한국에 현존하는 벽화를 미루어, 그 점이 족히 유추되기 때문이다.[51] 이처럼 다양한 벽화가 그 전각의 성향과 품격에 따라 성격을 달리하며 독특한 내용과 화풍을 유지했을 것은 물론이다. 그리고 이들 벽화의 총체적 수준이 최고의 경지를 유지했으리라는 점은 의심할 여지가 없다.

그리고 여러 법당에 불보살을 모시고 그 권능을 표출하기 위하여 후불탱화가 그려졌던 것이다. 이 후불탱화는 그 불상 뒤 벽면에다 직접 그리는 경우도 있지만, 별도로 특수한 종이나 천, 목판에 그려져 불보살상의 뒤 벽에 거는 양식으로 되는 게 보편적인 현상이다.[52] 따라서 이 미륵사의 후불탱화는 그 세 금당을 중심으로 각개 전각의 불보살상에 상응하여 가장 원만하게 사실적으로 그려졌을 것이다. 그 주불보살을 중심으로 거기에 등장하는 인물들을 얼굴과 복색 위주로 그려냄으로써, 인물

49) 段玉明, 『寺廟繪畵』, 中國寺廟文化, pp.461~462.
50) 진홍섭, 『한국불교미술-회화』, pp.113~114.
　　방상훈, 『집안 고구려고분벽화』, 조선일보사, 1993 참조.
51) 敦煌文物研究所, 『敦煌壁畵故事』, 甘肅人民出版社, 1995, pp.1~2.
52) 홍윤식, 『한국불화의 연구』, 원광대 출판부, 1980, pp.53~54.

화의 특성이 두드러질 수밖에 없었다. 그 후불탱화는 전술한 대로 중앙 금당에서 미륵삼존과 그 동참 대중을 최대한으로 내세운 세 번의 대법회 광경이 풍성하게 그려졌을 것이다. 이어 동편 금당에는 석가불삼존과 동참 대중을 입체적으로 떠올린 영산회상 장면이 정성껏 그려졌을 터다. 나아가 서편 금당에는 아미타삼존과 동참 대중을 정교하게 드러낸 중생접인의 그 장면이 그려졌을 것이다.53) 그리고 강당과 승방, 어실각이나 혼전 등에도 거기에 모신 불보살상에 따라 적절한 후불탱화가 그려졌을 것은 물론이다. 여기서 분명한 사실은 이들 후불탱화가 각양각색으로 독특한 내용과 화풍을 유지하면서도, 그 질량과 예술적 가치 면에서 최고의 수준에 이르고 있다는 점이다.

또한 그 모든 전각에는 궤도형 불화가 많이 그려져서 필요에 따라 걸리었던 것이다. 이러한 불화 중에서 가장 광대·장엄한 것이 이른바 대형 괘불도다. 그것은 법왕·제왕의 상징으로 이 미륵사를 대표하는 불화라고 하겠다. 이 대형 불화는 이 사찰의 큰 행사 때, 가령 대작불사의 경찬회나 부처님 오신 날을 맞아서 특수한 방법으로 주전 앞에 내거는 것뿐이었다. 이런 불화의 내용은 대강 비로자나불·노사나불·석가모니불을 중심으로 그려지는 게 상례이지만, 여기서는 미륵불을 주축으로 석가모니불과 아미타불을 그렸을 가능성이 높은 터다. 이런 대형 괘불도에서 이 미륵사 세 금당의 주불을 그리는 것이 온당한 일이었기 때문이다. 이러한 대형 괘불도의 존엄성과 중요도에 비례하여 그 불화의 미술적 수준과 예술적 가치가 가장 높았으리라는 추측은 얼마든지 가능한 터다. 고금을 통하여 이러한 괘불도는 당대의 최고 거장이 모든 정성과 심혈을 기울여 그리는 게 원칙이었기 때문이다. 기실 이 미륵사의 그 괘불도

53) 홍윤식, 『한국불화의 연구』, p.143.

라면 모든 여건과 질량 면에서 그 정상에 오르는 것이 당연할 수밖에 없었다. 그러기에 이 괘불도는 그 사용이 끝나는 즉시 가장 청정한 공간에 모셔 놓고, 이 사찰의 주체요 수호신처럼 존숭되어 왔던 것이다.

또한 이 괘도형 불화는 중형과 소형이 있어 그 그림도 훌륭할 뿐만 아니라, 그 이동·활용도 편리하였던 것이다. 말하자면 이동형 불화로 여러 법당의 빈 벽에 걸어 장엄을 돕거나, 어떤 방사에 걸어 그 공간을 불도량으로 꾸밀 때에, 소중한 역할을 하였던 것이다.[54] 그러한 불화는 사찰을 떠나 세간 신도의 집안에 걸어 신불의 분위기를 조성하게도 되었던 터다. 기실 미륵사에서는 유명한 국찰이라는 점에서 의외로 우수한 불화가 그려져 내외로 유통되었으리라 추단된다. 한편 어실각에는 그 특수한 존엄성으로 하여 귀중한 불화가 걸려 있을 뿐만 아니라, 당대의 왕·왕후의 진영이 불보살상처럼 그려져 배치되었을 가능성이 높다. 그리고 명부전 같은 혼전이나 조사전이라면, 이미 돌아간 고승이나 역대 군왕의 진영이 불화격으로 그려져서 걸릴 수도 있었던 것이다. 그 중요성으로 보아 매우 높은 미술적 수준을 유지했을 것은 물론이다.

이와 같은 불교회화들은 다양하고 풍성하게 그려져 이 미륵사 전체를 찬연히 빛내고 안으로 불교신앙·사상을 구체적으로 충만시키기에 조금도 부족함이 없었다. 그 회화는 당시 최고급의 재료·채색에다 최정상의 화사들에 의해 최고 수준의 미술적 가치와 예술적 역량을 겸유했었기 때문이다. 이런 회화 작품들은 그 당시의 회화계에 전범이 되었고, 후대에 끼친 영향이 지대했으리라고 추정된다.

이 미륵사의 회화 작품들은 무령왕대로부터 백제 말기가지는 본래의 면목을 유지하며 그 주위에 지대한 영향을 끼쳤을 것이다. 그러나 신라

---

54) 문명대, 『한국의 불화』, 열화당, 1977, pp.23~24.

통일기에는 이 미륵사가 신라의 소유로 넘어가면서, 그 회화는 많은 변화와 수난을 겪었으리라 보아진다. 이 미륵사를 표상하는 당간지주가 어느새 신라 양식으로 바뀐 것을 보면, 신라에서는 미륵사의 신라화에 상당한 노력을 기울였던 게 사실이다. 기실 이 미륵사는 무령왕 이래 백제국의 정신이 깃들어 온 국찰이기에, 신라의 정책으로나 불교계의 사명으로 이 사찰을 신라화하는 데에 박차를 가할 수밖에 없었던 터다.

　이러한 과정에서 가장 심각한 변화를 입은 것 중의 하나가 바로 이 미륵사의 회화였다고 보아진다. 여기서 신라 점령군의 만행으로 그 회화가 파기·망실되었을 가능성을 배제할 수가 없다. 따라서 이 미륵사의 회화는 백제의 특성이 급속히 퇴색되면서, 신라의 색채가 더욱 두드러지는 추세를 보이는 게 불가피한 일이었다. 다시 고려에서는 사찰을 유지·운영하는 데에 적지 않은 부담을 느꼈으리라 본다. 이 미륵사의 중요성은 인정되었지만, 그것이 국찰이라는 관념은 당연히 부정되었을 터다. 그러면서 조선 전기 불교계의 역량으로는 이 미륵사 같은 대찰을 현상 유지시키기조차 어려웠을 것이다. 따라서 이 사찰을 조선화하기 어려운 처지에서 이 미륵사의 회화는 오히려 고려기의 색채를 띤 채 겨우 보존되는 처지가 아니었던가 싶다. 이 미륵사의 사세가 쇠퇴 일로에 있을 때, 이 회화 작품들은 여러 가지 악조건으로 하여 파손·망실의 비극을 겪었던 것이다. 마침내 이 미륵사가 조선 중기에 이르러 폐사되면서 이 사찰의 회화들은 모두 자취를 감추었던 터다.

　이 미륵사의 회화는 금석 제품과는 달리 그 흔적조차 찾을 수가 없는 게 사실이다. 그러나 그 회화의 역사는 무령왕대로부터 조선 중기 폐사기까지 오랜 기간 면면하게 이어여 온 것을 부인할 수 없다. 이 사찰의 회화 작품들이 아무리 심각한 변화를 입고 파기·망실되었지만, 그것들의 역사적 존재 근거만은 확실하기 때문이다. 따라서 이 미륵사 회화 자체의 실상은 찾아 볼 수 없지만, 그 역사적 전개 양상은 족히 파악할 수가 있는 것이다.

(3) 미륵사의 조각

이 미륵사의 조각은 불상과 보살상·신중상 등이 중심을 이루고 있었다. 모든 사암이 다 그러하듯이 이들 성상이 이 미륵사의 신앙적 주체가 되었기 때문이다.[55] 그리고 나한상·고승상이 위 성상으로 접근하고 있었다. 이어 중·소형 석탑과 석등, 당간지주와 비석·부도 등이 들어서고, 불교계 성수로 코끼리·사자·원숭이, 용·거북 등이 자리할 수 있었던 것이다.[56]

우선 불상은 좌우보처 보살상과 함께 삼존불 양식으로 조성되는 게 순리였다. 이미 건립된 전각에 맞추어 미륵삼존상으로 미륵불상과 법화림보살상·대묘상보살상, 석가삼존상으로 석가모니불과 문수보살상·보현보살상 그리고 미타삼존상으로 아미타불상과 관세음보살상·대세지보살상 등이 조성·안치되었던 것이다. 이 불보살상의 소재가 금석이나 목재·이토였는지 장담할 수는 없다. 그러나 이 미륵사의 사격과 세 금당의 중요성에 비추어 금동상일 가능성이 짙다. 그 곳에 어울리는 대규모 불보살상을 청동으로 제조하여 도금하는 형식이 바로 그것이었다.[57] 여기서 분명한 것은 그 불보살상이 국내외의 최고 조각장에 의하여 가장 높은 수준의 조각 작품으로 완성되었으리라는 점이다. 이러한 불보살상들이 각기 중앙 금당과 동서 금당에 의연히 자리하였을 때, 그것은 다시 없는 국보 중의 국보가 되었으리라 추정된다. 나머지 중·소형 불보살상

---

55) 황수영, 『한국의 불상』, 문예출판사, 1990, pp.120~121.
　　김리나, 『한국고대불교조각 비교연구』, 문예출판사, 2003, pp.101~102.
56) 진홍섭, 『한국의 석조미술』, 문예출판사, 1995, pp.58~62.
57) 황수영, 『한국의 불상』, pp.176~179.

이 재료에 따라 원만하게 조성되어 강당이나 승방·어실각·혼전 등의 여러 곳에 봉안되었을 것이다. 나아가 미륵도량인 이 미륵사 경내에 석조 미륵입상이 대형으로 조립되어[58] 강당의 너른 마당 가운데나 북편 승방 뒤편 용화산 기슭에 세워졌을 가능성이 없지 않은 터다. 한편 사천왕이나 금강역사 같은 신중상이 목조·소조 등으로 정교하게 제작되어 사천왕문·금강문 등에 배치되었을 것이다.

그리고 나한상과 고승상이 목조나 이토 조소로 그 승방 쪽의 나한전 또는 조사전에 안치되었으리라 본다. 특별히 저명한 고승상을 조성하여 금당의 한편에 정좌시킬 수도 있었던 것이다.[59] 이러한 나한상·고승상은 당대의 명장들에 의하여 미술성이 높고 원만하게 제작됨으로써, 그 예술적 특성과 종교적 기능을 알차게 발휘하였으리라 본다.

이어 중·소형 석탑이 건립되어 그 넓은 도량의 구석진 요지에 청정하게 배치되었을 가능성이 없지 않다. 워낙 이 미륵사의 세 탑이 너무도 웅장한 성전처럼 우뚝이 서 있기에 세 금당의 뒤편 강당이나 승방, 어실각 등의 바로 앞마당에 중·소형 석탑이 아담한 조각품으로서 꼭 필요했으리라 보아지기 때문이다. 따라서 이 중·소형 석탑들은 당대의 공장들에 의하여 양식·수법 면에서 품격 높은 작품이 되었으리라 추측된다.[60]

이어 이 미륵사에는 대형·중형·소형의 석등이 종교적이고 실용적인 필요에 따라 조성되어 요소요소에 배치되었던 것이다. 이러한 석등은 불법을 항상 밝힌다는 본래의 의미와 불보살께 광명을 바친다는 뜻이 있

---

58) 법주사 팔상전 앞에 미륵대불이 이 사찰 창건 당시부터 건립되고 연이어 왔었다면, 주목할 만한 일이다.

59) ≪삼국유사≫ 탑상 제4, 동경흥륜사 금당십성 조에 '東壁坐庚向泥塑 我道 厭髑 惠宿 安含義湘, 西壁坐申向泥塑 表訓 蛇巴 元曉 惠空 慈藏'이라 하였다.

60) 진홍섭, 『한국의 석조미술-석탑』, pp.126~127.

는 데다, 실제로 야간의 장명등으로 사찰 생활에 편의를 주기도 하였다. 이런 석등은 복합적인 수요에 의하여 유능한 장인들이 정성껏 조성하여 다양한 형태의 명품으로 행세하게 되었다. 이 미륵사의 석등들이 당대의 최고 수준을 유지하여 그 전범을 보였으리라는 것은 족히 짐작되는 터다. 지금은 중앙 대형 금당 앞에 대형 석등의 기단이 남아 있을 뿐, 다른 흔적을 찾을 길이 없다. 그것이 석조인 바에는 족히 현전할 것이로되 그 폐사 이후 혼란기에 외부 세력에 의하여 파손되거나 불법 반출되었을 게 뻔하다. 이러한 석등이 동·서 양편의 금당 앞에도 서 있었던 것은 분명한 일이고, 성물로서 실용을 겸하여 강당이나 동·서 승방과 북편 승방, 어실각·혼전 내지 후미진 요소에 두루 배속되었으리라 보아진다.61) 그 당시에는 이 석등이 야간의 광명·장식용으로도 필수되었기 때문이다.

또한 당간지주는 이 미륵사를 상징·대표하고, 그 사격을 과시하는 당간의 석조 기둥으로서 이 사찰 전면 동·서 양편에 서 있다.62) 한 쪽은 두 개의 돌기둥을 근접 대립시켜 사기·당번을 다는 당간을 조정하는 장치가 있을 뿐이었다. 원래 무령왕대 이래 백제시대의 양식은 사라져 볼 수가 없지만, 신라통일기에 다시 세운 그 당간지주가 그 자리를 차지하고 있는 것이다. 전술한 대로 신라에서 백제의 미륵사를 접수·운영하는 마당에서, 그 신라화의 표상으로 그 당간지주를 바꿔 세운 것이라 하겠다. 그 양식은 신라시대의 특징을 드러내고 있지만, 그 규모나 윤곽은 아무래도 백제시대의 그것을 반영하고 있으리라 보아진다.

한편 이 미륵사에는 창건 이후 상당한 세월이 흘러 경내 일각에 고승이나 공덕주의 비석을 세우고,63) 나아가 그 산기슭 일부에 승려들의 부

---

61) 진홍섭, 『한국의 불교미술-조각·석등』, p.363.
62) 진홍섭, 『한국의 석조미술-당간지주』, pp.507~508.

도가 조립되었던 것이다. 그것이 상당 수준의 석공에 의하여 조각품의 형태를 취하게 된 것은 당연한 일이었다.[64] 그 중에서도 고승의 부도는 때로 사리탑의 양식을 들어냄으로써, 족히 석조 조각품의 높은 수준을 유지하였던 것이다. 또한 이번 석탑의 해제 과정에서 3개의 석인상이 나와 고졸한 조각 솜씨를 보여 주었다.

끝으로 불교계의 성수들이 주로 석조나 조소로 제작되어 적소에 배치되었던 게 사실이다.[65] 이 코끼리는 석가모니불의 강림에 관련하여 회화에도 나타나지만, 독자적으로 경내에 석조·배치될 수도 있었다. 그런데 대개는 보현보살상을 조각으로 봉안할 때 이 코끼리가 그 보살을 태우고 있는 모습으로 등장하였던 터다. 그리고 사자는 법왕을 상징하기에 경내에 독자적으로 석조·배치될 수가 있었다. 백제시대 고찰에 네 사자 석탑이나[66] 두 사자석등[67] 등이 이를 방증하는 터다. 게다가 문수보살 상을 조각으로 봉안할 경우, 이 사자상이 그 보살을 태우고 나타났던 것이다. 이어서 원숭이는 불교와 관련되고 사찰에 가까이 사는 동물이란 점에서 단독으로 조각하여 사람의 왕래가 많은 도량 언덕이나 돌층계의 지대석 위에 올려놓는 경우가 있었던 것이다.[68] 또한 용은 금당·법당 내외에 목조 용상이 아주 정교한 조각으로 두각을 나타내고 있었던 것이다. 특히 미륵사는 용화세계와 직결되고 용화산과도 접맥되어, 그 용상의 조각은 석조를 중심으로 경내의 요소에 배치되었을 가능성이 크다. 게다가 수각을 만들고 용두를 조각하여 그 입으로 물이 나오게 하는 경

---

63) 진홍섭, 『한국의 석조미술-석비』, pp.444~445.
64) 진홍섭, 『한국의 불교미술-부도』 p.238.
65) 진홍섭, 『한국의 석조미술-석수』, pp.529~530.
66) 구례 화엄사에 네 사자석탑이 세워져 그 연관성이 있어 보인다.
67) 법주사 대웅보전 앞에 쌍사자석등이 건립되어, 그 상관성이 주목된다.
68) 법주사 대웅보전을 오르는 돌층계의 지대석 위에 매우 오래된 석조 원숭이상이 놓여 있다.

우도 예상할 수 있고, 전개한 비석의 머리에 용두를 조각해 놓는 사례도 적지 않았던 터다. 한편 거북상은 불교에서 상서롭게 생각하니, 독자적으로 조각하여 경내 요소, 연못이나 샘가에 배치될 수도 있었던 것이다. 나아가 그 경내의 수각을 조성하는 데서 거북 석상을 만들어 앉히고, 그 입에서 물이 나오도록 시설하기도 했던 것이다. 그리고 이 거북상은 용상과 상응하여 그 비석의 대석, 귀부로서 자리한 사례도 얼마든지 있었던 것이다.

이와 같은 미륵사의 조각작품들은 그 창건 당시부터 백제시대까지는 이 방면의 다른 조각품에 영향을 끼치면서 온전하게 보존되었던 것이다. 그러나 그것들은 신라통일기에 이르러 많은 변화를 입었으리라 보아진다. 패전국의 사찰이라는 점에서 가동적이고 보배로운 조각품들은 망실되거나 파기되기도 했을 것이다. 나아가 이 사찰을 신라화하는 과정에서 위 당간지주처럼 대치되거나 변모되는 경우도 적지 않았을 터다. 그러면서도 이 미륵사가 신라 사찰의 면모로 운영되는 가운데, 그 조각품들은 그 나름의 명맥을 유지했던 것이다. 다시 이 조각품들은 고려시대에 이르러 무난하게 보전되었으리라 본다. 고려국이 이 미륵사를 평화롭게 접수한데다가 이른바 불교국가의 차원에서 이 사찰을 중대하게 취급·경영했을 가능성이 크기 때문이다. 그러기에 내구성이 부족한 조각품들은 폐기·보수·대치의 과정을 겪었을 것이고, 나머지 금석제의 조각품들은 그대로 보존되었을 터다. 다시 이 미륵사가 조선조에 이르러 사격이 떨어지고 부실하게 운영되면서, 그 많은 조각품들이 큰 타격을 입었으리라 보아진다. 가동적이고 보배로운 조각품들은 망실·유출되었을 것이고, 다른 것들도 상당한 수난을 당했으리라 짐작된다. 그런데도 이 미륵사의 조각품들은 그 창건으로부터 폐사에 이르기까지 장구한 세월에 걸쳐 면면한 역사를 이끌어 왔던 것이다. 마침내 이 미륵사가 폐사되어 그 조각품들은 마구 파기·도난·분산됨으로써,[69] 지금의 유물·유적으로 흔적만을 보이고 있는 터다. 그 폐사 이후 이제까지도 그 조각품들이 잔해를 드러내고 있다면, 그 황폐의 역사나마 또한 오래 유지해 온 것이라고 볼 수가 있겠다.

(4) 미륵사의 공예

이 미륵사의 공예품은 다양하고 값진 것들이 집성·활용되고 있었다. 이 공예품이 미륵사의 창건으로부터 폐사에 이르기까지 명맥을 유지하며 보여 준 그 질량의 실상은 참으로 놀랍고 방대한 것이었다. 그 공예품은 대강 건축물을 장식하거나 전각 내외를 장엄하는 것으로부터 불보살상의 복장품과 탑상의 부장품 및 사리장엄구, 각종 의식기구와 공양용구, 여러 생산도구와 생활용품 등에 걸쳐 풍성하게 활용·전승되어 왔던 터다.[70]

먼저 건축물의 장식 공예로는 기와와 치미, 풍탁과 전석 등이 제작·활용되었다. 이 기와는 그 문양을 중심으로 와당이라고 취급하여 귀중히 여겼다. 이 와당의 문양은 대체로 연화문이고 특수한 문양은 흔하지 않았다.[71] 지금까지 미륵사지에서 출토된 기와편은 모두 산더미처럼 사지 뒤편에 쌓여 있다. 그 중에서 유문 와당은 수습·정리하여 시대적 특성에 따라 배열·전시해 놓았다. 그 와당들은 연화문의 형태를 따라 대강 창건 당시와 백제 후기·신라통일기·고려기·조선 전기의 것으로 구분될 수가 있는 터다. 그 중에는 귀면을 새긴 기와와 명문을 갖춘 기와가 있어, 그 시대상을 살피는 데 소중한 전거가 된다. 이러한 와당을 중심

---

69) 현지에서 전하는 말로는 이 미륵사지 주변에 일찍부터 석공업이 시작·발전되었는데, 무지한 석공들이 그 석재를 이 폐사지에서 캐다가 사용했다는 것이다.

70) 홍윤식, 『한국의 불교미술』, 대원정사, 1987, pp.186~190.

71) 백제연구소총서, 『백제와전도보』, 1972 참조.

으로 산적한 기와편을 과학적으로 조사·분석하여 미륵사의 기와사를 연구할 수가 있겠다. 그리고 이 치미는 새꼬리 모양의 대형 특수기와다. 이것은 미륵사 전각마다 용마루의 양쪽 끝에 세워져서 건물의 장엄함을 보여 주고 벽사의 기능까지 겸하였다. 이 치미는 창건 당시부터 각 시대를 거쳐 폐사 시까지 양식을 달리하면서 상당한 질량을 유지해 왔던 것이다. 그러나 현전하는 것은 동원지에서 발굴된 백제 양식의 작품 하나밖에 없는 실정이다. 또한 풍탁은 당시 모든 전각들의 네 귀퉁이 처마에 매단 성음적 장식품이었다. 따라서 그 질량이 상당한 수준이었음을 족히 추산할 수가 있다. 그런데도 미륵사지에서 출토·현전하는 것은 2점뿐이다. 그리고 이 미륵사의 축대와 벽을 쌓은 전석이 많아서 문양이나 명문이 갖추어졌을 가능성은 얼마든지 있다. 현재까지는 아무런 유물이 발견되지 않은 형편이다.

그리고 각개 전각의 성격에 상응하여 그 내외를 장엄하는 공예물이 상당한 질량을 유지해 왔던 것이다. 그 법당들의 내부 불단이나 닫집은 목제를 중심으로 제작된 최상의 공예품일 수밖에 없었다. 그것은 불보살의 성상을 안좌시키는 최고의 봉헌물이기 때문이다. 그런 성전 안의 모든 장식과 문살 등이 고상한 공예물로 이루어지는 것은 당연한 일이었다. 이러한 목제 공예품은 각 시대와 그 내구력에 따라 변화된 것은 사실이지만, 그 공예적 전통을 폐사되기 전까지 유지되었던 것이다.

또한 여러 불보살상의 복장물은 실로 다양하고 고급스러운 공예품으로 가득하였을 터다. 소형 금제·옥제·금동제 불보살상이나 귀인상, 그런 소형 탑상, 각종 장식품 등이 빼어난 공예품으로 복장되어야 했기 때문이다. 특히 세 금당의 삼존불상에는 당시 왕실·대가를 중심으로 최고 절정의 공예품이 제작·복장되었으리라 추정된다. 이런 공예품의 실상을 재구해 볼 때, 그 불보살상이 유지되는 한 그것들은 시대를 초월하여 장구하게 보전되었을 터다. 그 불보살상을 이운하거나 파기할 때 그 복장의 공예품이 변혁을 겪을 것은 물론이지만, 그것이 어디엔가 보존되기만 한다면 그 전통은 그대로 유지되는 터라 하겠다. 다만 그 시대에 상응하여 불보살상을 새로 조성할 때, 그 복장 공예물이 양식상의 변화를 입어, 그 역사적 흐름에 합류하게 되었던 것이다.

한편 탑상의 부장품도 보살상의 복장품에 준하여 각종 공예품으로 제작·봉안되었다. 이 탑상들은 그대로가 불신을 대신하고 있었기 때문이다. 탑상이 바로 불상이라는 신앙은 일찍부터 깊어져서 백제시대부터 조선 중기 내지 현재까지 유지되고 있는 터다. 이런 점에서 적어도 미륵사의 세 탑파에는 위와 같은 최고·절정의 공예물이 왕실·대가를 중심으로 봉납되었을 것이다. 그 공예물들은 불보살상의 경우처럼 탑상이 유지되는 한 영구 보전될 수가 있었다. 이 미륵사의 세 탑파가 폐사 이래로 허물어지면서 급격한 수난을 당했지만, 그것들이 어디선지 보존되고 있는 한, 그 전통은 유지되었다고 보아진다.

이어 그 탑상의 심주 초석 사리공에 장치된 사리장엄구는 천하제일의 공예품으로 제작될 수밖에 없었다. 이 탑상이 그대로 불상을 나타내고 있는 가운데, 이 진신사리야말로 석가모니불 그 자체의 상징이기 때문이다. 그러기에 그 사리호·사리함이나 사리병·사리봉안기 그리고 각종 장엄물이 최고·절정의 공예품으로 제작·봉헌되었던 것이다. 이 미륵사의 세 탑파는 다 같이 화려 찬란한 사리장엄구를 장치했던 것이다. 그런데 그 중앙 대형 목탑과 동편 중형 석탑은 그 기단, 심주 초석까지 완전히 파멸되어, 그 흔적을 찾을 길이 없다. 그러나 그 공예물이 어디엔가 보존만 된다면 그 전통은 이어지는 것이라 본다.

이런 터에 서편 중형 석탑에서는 전술한 대로 그 해체·보수과정에서 그 사리장엄구 일체가 발굴되니, 대강 500여점의 국보중의 국보라는 공예물이었다. 그 금제사리호와 금제사리봉안기, 금판동참시주자명단·은제머리장식·금동소합·소형은장도·옥제구슬 등이 빼어난 공예품으로 1500여 년만에 햇빛을 본 것이었다. 특히 사리봉안기는 절대연대를 명기한 시대의 명문으로 진정 국보 중의 국보로서 세계인의 주목을 받고 있다. 이런 공예물의 발굴은 하늘과 불보살이 감응하여 가능했던 역사적 사건이라 하겠다. 그처럼 보귀한 공예물이 실물로 보전된 것은 민족문화의 영광이라고 보아 무방할 것이다. 이것이 바로 미륵사의 문물, 백제불교문화사·한국문화사를 생생하게 증언하고, 그 시대를 소급·결정할 것이기 때문이다.

그리고 불교신행 상의 의식기구는 가장 정교하고 아름답게 만들어졌던 것이다. 신행과정에 있어 의식은 가장 중요한 과업이기에, 그에 따르는 각종 기구에 최선을 다하는 것은 당연한 일이었다. 음악계의 법종과 법고·목어·운판은 성사물로 으뜸가는 공예물이 되어 고루 종각에 보존되어 왔다. 법당 내의 소종·금고도 소중한 공예물이었다. 또한 사내 외의 격조 높은 재의에서 가무·작법을 치를 때 사용하는 삼현육각의 악기, 바라와 각종 복장이 모두 공예품으로 제작·사용되었다. 그리고 목탁이나 요령 등이 공예품으로 정교하게 제작된 것은 물론, 금강저나 여러 모양의 염주가 아주 값진 공예물이 되었다. 특히 염주는 단주나 108염주 1000염주 등의 규모로 금제와 옥제가 주류를 이루고, 그 양식이 또한 독특하였던 것이다. 이러한 공예품은 무령왕릉 출토 각종 염주와 그 맥락을 같이 하고 있는 터다.[72] 이러한 공예품도 왕조·시대에 따라 상당한 변화를 겪으면서 그 명맥을 유지해 왔으리라 본다. 그러한 중거물은 겨우 수십 개의 옥류·구슬로 이 사지에서 출토되어 전시되고

---

72) 사재동, 「무령왕릉문물의 제의학적 고찰」, 『백제무령대왕과 불교문화사』, pp.285~286.

있을 뿐이다.

한편 불보살을 향한 각종 공양용구가 공예품으로 제작·봉헌되어 왔다. 기실 촛대나 다기·공양기 등이 금은제나 목제의 공예품으로 중요하게 활용되었거니와, 그 중에서도 향로는 제일가는 공예품으로 행세하였던 것이다. 불교신행에 있어 향화공양은 가장 소중한 의식 중의 하나이기에, 그 향로를 공예물로 제작하는 데에 심혈을 기울였던 터다. 일찍이 능산리 능사 사지에서 발굴된 백제금동대향로가 국보로 지정되어, 대강 위덕왕대에 제작되었으리라 추정되고 있다.73) 그렇다면 이 미륵사, 무령왕대의 국찰에 이런 유형의 금동향로가 일류의 공예품으로 제작·사용되었을 가능성은 얼마든지 있다. 이러한 추측은 백제시대에만 가능한 터에, 신라통일기에 조성된 금동향로가 이 미륵사지 대금당 뒤편 회랑 근처에서 발견되었다. 이 금동향로는 수족형의 국보급 공예품으로 미륵사의 향로사를 실증하는 역사적 전거가 되었다.74)

끝으로 미륵사에서 사용하던 생산도구가 공예품의 모습으로 제작·사용되었다. 이런 공예품은 긴 역사 속에 묻혀 있다가 쇠스랑·도끼 기타 소형 용구 정도가 발굴·전시되고 있다. 그리고 승·속의 생활용품이 경함·경상, 각종 식기와 도자기 등의 공예품으로 제작·활용되었던 것이다. 이런 공예품들은 그 왕조·시대에 상응하여 많은 변화를 겪어 가면서 면면한 전통을 이어 왔다. 지금은 이 미륵사지에서 얼마간의 식기와 도자기로 발굴·전시되고 있을 뿐이다.75)

이와 같은 미륵사의 공예품들은 그 국찰의 사격에 맞추어 너무도 다양하고 풍성하게 제작·활용되며 그 높은 수준과 찬연한 면모·전형을

---

73) 권오영, 「또하나의 걸작 백제대향로」, 『무령왕릉』, 돌베개, 2005, p.299.
74) 국립문화재연구소, 『미륵사지출토 금동향로』, 2008, pp.103~104..
75) 이상 미륵사지 출토 유물, 공예품의 실물은 전북 익산시 금마면 기양리, 미륵사지 유물전시관에 전시된 것을 참고하였다.

보여 온 것이었다. 그것들은 가동적이고 보배로운 특성으로 그 시대에 상응하여 상당한 변모와 방기·유실을 겪으면서 전통을 이어 왔던 것이다. 지금까지 미륵사지에서 출토·보존되는 유물이 대강 19000여 점이나 되거니와76) 그 중의 대부분이 공예품에 속하는 것들이다. 이것들은 모두 창해유주처럼 보배로운 공예물로서 그 자체의 가치도 대단할 뿐만 아니라, 미륵사의 공예사를 이끌어 온 빙거물로 더욱 소중한 터라 하겠다.77)

이상 미륵사지 문물은 창건 이래 폐사되기까지 생동하는 미륵사의 미술세계로 재구·계승되어, 그 미술사적 위상으로 파악되었다. 여기서 중요한 것은 이 미륵사의 미술세계가 불보살·신중의 본처 범궁으로서 불교사 내지 불교문화사를 형성·전개시켜 왔다는 사실이다.78) 그 불교사·불교문화사의 중심에는 승·속 사부대중이 주인공으로 우뚝이 상존·활동하여 왔다. 여기에 상주해 온 역대 승려들은 그 시대에 상응하여 최고 수준의 고승·대덕, 학승·문승들이 주축을 이루어 국찰의 위엄을 지켜 왔던 게 사실이다. 그리고 상당한 지성과 교양을 갖춘 신남·신녀가 여기에 왕래·상주하면서 신행활동을 계속하였던 것이다. 그리하여 승·속간에 독경·염불·주력·기도·참선, 각종 법회와 다양한 행사를 통하여 불교계의 문화·예술·문학을 창작·유통시킴으로써, 그 전통을 계승·전개시켰던 터다. 여기서 중시되는 것이 문학의 장르적 형성·전개와 그 문학사적 위상이라고 하겠다.

---

76) 전선진(익산시 문화관광해설사)의 증언에 따른 것이다. 2009년 2월 8일.
77) 진홍섭, 『한국의 불교미술』 범종·향로·금고·정병·보탑·보당·사리장엄구·와전·목칠공예 등, pp.92~108 참조.
78) 사재동, 「한국사찰문화의 실상과 그 기능」, 『불교문화학의 새로운 전개』, 중앙인문사, 2006, pp.175~176.

2) 미륵사지 문물의 문학사적 위상

(1) 미륵사와 시가

이 미륵사에서 장구한 세월에 걸쳐 승·속간의 불교활동과 신행생활이 왕성하게 전개되는 과정에서, 여기에는 수준 높은 시가작품들이 결부되어 유전되었던 것이다. 우선 이 사찰에서는 많은 한시들이 형성·유통되었던 터다. 그 불경 속의 게송과 중송들이 한시 형태로 승·속간에서 구송·유통되었다. 또한 고승 대덕들이 게송, 수행송·오도송·교훈송·열반송 등을 한시로 지어 사부대중에게 알리고 전파시켰던 것이다.[79] 이 사찰에 왕래하는 왕과 고관들, 신불문사나 시인·묵객들이 찬불시나 승려들과의 교류시, 기행시 등을 지어서 퍼뜨렸던 것이다. 이러한 한시의 전통은 백제한시·신라한시·고려한시·조선한시로 맥을 이어 미륵사의 한시로서 한국한시사의 일환이 되었던 터다.[80]

그리고 이 미륵사에서는 많은 향가들이 형성·유전되었던 것이다. 백제시대에도 고구려나 신라와 같이 불교계 중심의 향찰이 실존했던 사실은 강전섭에 의하여 이미 잘 알려졌다.[81] 따라서 미륵사에서는 승려들을 주축으로 이 향찰을 널리 활용하면서 불교 중심의 향가를 제작하거나 인용하여 활용·선양했던 터라 하겠다. 현전하는 신라 향가들이 대부분 사찰을 기반으로 승려들에 의하여 제작·가창되었던 사실을 상기할 필요가 있다. 이 미륵사의 사격과 사세가 신라 황룡사·불국사 등의 그것보다 선행·광대하였음을 감안한다면, 족히 신라 향가와 같은 향가를 상당수 보유·유통시켰으리라 본다.[82]

---

79) 이종찬,『한국불가시문학사론』, 불광출판부, 1993, pp13~14.
80) 민병수,『한국한시사』, 태학사, 1996, pp.9~11.
81) 강전섭,「이두의 신연구」, 충남대학교 대학원, 1965 참조.
82) 김운학,「불교문학으로서의 향가문학」,『신라불교문학연구』, 현암사, 1976, pp.229~

현존하는 <서동요>가 그런 사실을 외롭게 증언하고 있다. 이 작품은 창해에서 건져 낸 중보처럼 귀중하고, 빙산의 일각으로 유일하게 행세하는 주옥편이다. 이른바 서동설화에 삽입되어 진솔·소박한 애정시로 지금까지 인구에 회자되고 있는 민요풍의 명편이 아닐 수 없다.[83] 그동안 이 작품은 서동 즉 무왕이 지었다고 알려졌지만, 이제는 여기에 얽매일 필요가 없다. 이 서동설화의 역사적 주인공이 무령왕으로 고증되면서, 이 <서동요>의 상한선이 미륵사의 창건시대까지 소급될 수 있기 때문이다. 그렇다고 이 작품이 직접 무령왕에 의하여 제작되었다고 장담할 근거는 없다. 따라서 이 <서동요>는 무령왕의 창사사실이 전설화되는 백제시기 어느 때나 그 이후에 서동설화와 더불어 여기에 결부되었으리라 추정된다. 그래서 신라통일기 어느 시기에 신라 향가와 더불어 이 <서동요>가 형성되어 무강왕전설(고본)과 결합된 것이라 추측할 여지도 없지 않다. 이 <서동요>는 생각보다 연원이 유구하여 백제시대·신라통일기를 넘나들면서 미륵사의 향가사, 백제시대 이래의 향가사를 고려 전기까지 이끌어 왔던 게 사실이다.[84]

또한 미륵사와 그 주변에서는 창건 이래 장구한 세월에 걸쳐 많은 민요가 형성·유전되었을 것이다. 그 민요의 전통은 <서동요>가 말해 주듯이 장구하고도 뚜렷하게 명맥을 유지했던 것이다. 그 민요가 민중의 노래로 구비 전승되는 특성으로 하여 기록된 바는 없지만, 그 작품의 시대적 실존 상태와 역사적 맥락은 결코 묵살될 수가 없을 것이다. 가요명과 그 전설만이 전하는 백제 속악조의 가요들은 백제 향가와 함께 민요의 전통과 역사적 흐름을 족히 방증하고 있는 터다.[85]

230.
83) 사재동, 「<서동요>의 문학적 실상」, 『백제무령대왕과 불교문화사』, pp.125~126.
84) 송재주, 「<서동요>의 형성 연대에 대하여」, 『장암지헌영선생화갑기념논총』, p.989.
85) 김성배, 『한국불교가요의 연구』, 아세아문화사, 1983, pp.150~152.

이와 같이 미륵사에서 형성되었거나 여기에 결부된 시가가 한시·향가·민요의 형태로 세부 장르에 따라 전통을 수립하고, 그 나름의 시가사를 이끌어 왔다. 그 시가사는 백제시대시가사·신라통일기시가사·고려기시가사·조선전기시가사로 전개되면서, 그 작품과 장르를 더욱 다양하게 전개시켰으리라 본다.

(2) 미륵사와 수필

이 미륵사에는 창건 이래 장구한 세월을 통하여 많은 수필계 작품들이 형성·결부되어 유통·전승되었던 것이다.[86] 이 미륵사가 백제왕조를 통하여 국찰의 면모를 유지해 왔다는 사실을 유념할 필요가 있다. 그렇다면 이 미륵사에는 역대 제왕이 특정한 행사에 행차하거나 머무는 일, 그 사찰의 경영·보시 등에 관련하여 많은 교령이 응제·하달되었을 것이다. 이러한 교령은 왕명이요 국법으로서 그 문장이 지엄한데다 그 표현 수법이 당대의 최고 수준을 유지했던 것이다. 그런 교령은 당대의 고관·문사나 학승·문승의 명문장으로 응제되었기에, 그것은 문학작품으로서도 빼어났던 터다. 이 교령에 응대하여 이 미륵사의 중요한 사안을 제왕에게 상소·상주하는 주의가 제작·상달되었을 것이다. 이 주의 역시 지존께 바치는 문장이기에, 가장 훌륭하고 완벽한 수준을 유지해야만 되었다. 따라서 당대의 뛰어난 승·속간의 문사·문장가가 이 작품을 짓는 게 당연한 일이었다. 그러기에 역대 제왕에게 올린 주의는 빼어난 문학작품으로 손색이 없었던 터다. 이러한 주의가 그 시대에 상응하여 연속·집적됨으로써 자연 역사적 맥락을 유지했던 것이다.

---

86) 段玉明, 「寺廟文學, 散文」, 『中國寺廟文化』, p.421.
　　王書慶, 『敦煌佛學·佛事篇』, 甘肅民族出版社, 1995에는 불교계 산문이 유형별로 수집·정리되어 있다.

이어 이 미륵사에는 많은 경전과 불서들을 간행하는 과정에서, 그 책들의 서문과 발문이 서발이라는 수필형태로 제작·유포되었던 터다. 그렇게 귀중한 서책의 서발은 그 저자와 저술을 평가·찬양하기 위하여 깊은 인연에 따라 제작에 임하게 되었다. 그러기에 승·속간 알려진 문장가가 심혈을 기울여 쓰지 않으면 안 되었던 것이다. 그러기에 이 서발은 실로 빼어난 명문이 될 수밖에 없었던 터다. 이러한 서발은 왕조의 변화와 시대적 추세, 서책이 간행되는 순차에 따라 이어지고 집적되어, 그 역사적 전통을 세워 온 것이 당연한 일이었다.[87] 또한 논설은 불경 중의 논장에 바탕을 두고, 학승이나 신불학자들이 경전이나 불교적 저술 등에 관련하여 논의를 가하고 사찰 경영이나 불사관계 내지 승단의 문제들에 관련하여 의견을 제시하는 수필작품으로서 중요한 역할을 다해 왔다.[88] 이런 문장은 학문적 성격이나 논리적 문맥에 따라 경직된 분위기가 감도는 것은 사실이지만, 문학적 자질에는 아무런 하자가 없다. 그 시대에 상응하여 비평적 기능을 발휘하는 가운데 역사적 맥락을 길이 형성하게 되었던 것이다.

한편 이 미륵사에는 그 공덕이 큰 역대 왕·왕후나 고관, 고승·대덕, 장자·명인들의 전기와 행장을 전장이라는 수필형태로 기술·유통시켜 왔다.[89] 원래 지중하고 고명한 인물들의 전장이기에, 그 문장은 명문일 수밖에 없었다. 그러기에 당대의 유명한 문사·문장가가 정성을 기울여 수준 높은 작품으로 제작하는 게 당연한 일이었다. 이러한 전장은 이 미

---

87) 전명선편, 『諸經序文』, 삼영출판사, 1967.
　　圭峰, 「禪源諸詮集都序」, 『四集諵解』, 법륜사, 1991 등 참조.
88) 元曉, 『發心修行章』 외2편, 홍문각, 1999.
　　高峰, 「禪要」, 『四集諵解』 등 참조.
89) 김용덕, 「전기의 개념과 유형」, 『한국전기문학론』, 민족문화사, 1987, pp.13~15.
　　≪삼국유사≫의 기이 제2는 군왕전·명인전, 홍법제3 이하(탑상 제4 제외)는 모두 고승전·거사전이라고 보아진다.

륵사가 유지되는 시대에 걸쳐, 당대·후인의 귀감·전범이 되었기에, 그 문학적 가치와 교훈적 기능을 겸유하고 대를 이어 역사를 이룩하게 되었던 것이다. 이러한 전장은 축약·조정되어 비석에 새겨지면서 간결·중요한 미륵사의 비지가 되고 수필로서 행세·유전되었던 터다. 이 미륵사의 역대 비지는 금석의 비문으로서 그 유통과정이 광범하고 그 보존이 장구하게 되었다. 그 비지는 비석이 고의로 파기되지 않는 한, 반영구로 전승되어 금석문 비지의 수필사를 이끌어 왔던 것이다.[90]

한편 이 미륵사에서는 역대 저명한 인물의 서거에 애도를 표하는 추도문이나 그 제사에 올리는 제문을 제작·활용하였다.[91] 미륵사의 유지·경영사상에서 그런 문장이 간곡한 수필작품으로 행세하며 하나의 전통을 수립해 온 게 사실이었다. 이와 관련하여 가장 중요한 문장은 천지신명이나 불보살을 향한 상소문이나 기도문, 발원문이라 하겠다. 불교의 모든 신행과 제의·행사에는 그런 문장이 제작되어 상주·봉독되었던 것이다. 이런 문장들은 가장 거룩한 존재의 감동·감화를 입고 영험·은덕을 받도록 작용해야 되므로, 승·속간 빼어난 문장가의 간곡한 명문이 아니면 안 되는 터였다. 이런 점에서 이 상소문·기도문·발원문은 애제라는 수필형태로 가장 수준이 높은 문학작품으로 정립되었던 것이다. 미륵사의 이러한 명문은 질량 면에서 가장 수려하고 제일 다양·다량한 수필의 역사를 형성해왔지만, 현품은 하나도 없었던 것이다.

이번에 미륵사지 석탑에서 발굴된 그 금제사리봉안기의 명문은 이 상

---

90) 허흥식,『韓國金石全文<古代>』, 아세아문화사, 1984에는 고대의 전기적 비문이 많이 실려 있다.

91) 王書慶,『敦煌佛學·佛寺篇』에는 애도문·제문·기도문·발원문 등이 총집되어 수필의 성격을 드러내고 있다.
박세민,『韓國佛敎儀禮資料叢書』4책, 칠성암, 1993에도 애도문·제문·발원문 등이 총집되어 있다.

소문·기도문·발원문 중의 유일무이한 백미편이다. 이 문장은 무령왕·왕후의 신행·위력을 찬탄하고 대왕의 만수무강과 국태민안을 기원하며 상구보리·하화중생의 위대한 발원을 세운 금쪽같고 연화와 같은 수승한 문장이다. 이 문장은 왕궁과 미륵사를 넘나드는 승·속간의 대문장가가 심혈을 기울여 무령왕 19년 이전에 완성한 주옥편이다. 하도 신기한 역사적 문장이기에 먼저 전문을 보이면 다음과 같다.

竊以法王 出世隨機 赴應感物 現身如水中月 是以托生王宮 示滅雙樹 遺形八斛 利益三千 遂使光曜五色 行遶七遍 神通變化 不可思議 我百濟王后 佐平沙宅積德女 種善因於曠劫 受勝報於今生 撫育萬民 棟梁三寶 故能謹捨淨財 造立伽藍 以己亥年正月卄九日 奉迎舍利 願使世世供養 劫劫無盡 用此善根 仰資大王陛下 年壽與山岳齊固 寶曆共天地同久 上弘正法 不化蒼生 又願王后 卽身心同水鏡 照法界而恒明 身若金剛 等虛空而不滅 七世久遠 並蒙福利 凡是有心 俱成佛道92)

이 문장은 520년대의 천하 명문장이다. 그 주제·내용이 너무도 중요·광대할 뿐만 아니라, 그 발원의 정성이 하늘 같이 밝고 산처럼 무겁다. 그 문체는 4·6변려체로 표현·기교가 원숙하여 대조법·비유법 등으로 천의무봉의 아름다운 경지를 원만하게 이룩하였다. 그것은 법문으로서도 빼어나고, 그 문학적 가치도 비할 데가 없다. 이 장원한 상소문·기도문·발원문의 전형과 역사를 실증하면서, 백제문학사·한국문학사상에서 성좌처럼 길이 빛날 것이다. 더구나 그것은 미륵사지 문물 내지 미륵사의 문물 그것의 절대연대를 좌우하는 열쇠를 갖추고 있는 터다.

끝으로 이 미륵사에서는 기행문이 끊임없이 제작·유통되었던 것이다.

---

92) 동아일보 제27211호, 2009. 1. 20 A14, 193자.

이 사찰의 자연환경이나 그 자체의 문물이 워낙 유명하기에, 승·속간 시인·묵객이 순례·탐방하는 과정에서 기행문을 남기는 것은 너무도 흔한 일이었다. 이러한 기행작품이 수필의 형태로 점차 축적되고 그 전통을 이어 왔던 것이다.[93] 이 기행문은 이 미륵사의 법문과정에서 파생된 담화형 수필, 잡기형 수필과 함께 그 수필사를 이끌었던 것이다.

(3) 미륵사와 소설

이 미륵사에는 상당한 서사문학·소설형태가 결부·유전되었던 것이다. 원래 대규모의 찬연한 국찰이라, 그 환경·기반과 웅장한 건축, 화려한 회화, 절묘하고 신성한 조각, 그 미묘·찬란한 공예에 이르기까지, 더구나 그 안에 상주하는 고승·대덕과 도인·신승들의 신통력, 사부대중의 기도와 영험에 걸쳐서 그 자체가 서사문학·소설작품의 본향·산실이 되기에 부족함이 없었던 것이다.[94] 항시 봉독·유통되는 대승경전들이 모두 소설·희곡의 구조·형태를 유지하고, 나아가 불보살의 탁월한 권능과 상수 제자들의 탁이한 행적들이 이미 서사문학·소설형태를 보임으로써, 그 산파역을 하고 있었기 때문이다.[95] 이 미륵사의 창건 이래 상당한 세월이 흐르면서, 그 당시 문학계와 상응하여 벌써 설화소설과 기전소설·전기소설·강창소설 등의 작품들이 형성·대두되었던 터다.

먼저 설화소설은 이 미륵사의 창건사실이 전설·설화화되면서, 그 안에 이미 소설의 구조·형태를 구비하고 있었다. 이미 알려진 대로 무령왕의 미륵사 창건사실이 전설화되어 무강왕전설(고본)로 정립되면서, 그것은 이미 설화소설의 모양을 갖추기 시작했던 것이다. 그 전설의 주

---

93) 강후진, <와유록>(규장작도서)에는 영조 때에 이 미륵사지를 순방하여 기행문 형태의 글을 쓴 게 실려 있다.
94) 김승호, 『한국서사문학사론』, 국학자료원, 1997, pp.11~13.
95) 박병동, 『불경전래설화의 소설적 변모 양상』, 역락, 2003, pp.231~234.

변·외곽에 대승경전의 신이담이나 경이로운 탑파와 전각·불보살상에 결부된 영험담 등이 부연·가세하여 그 소설적 분위기를 조성하여 주었다.

그런 가운데에서 이 무강왕전설이 서동설화로 탈바꿈하면서, 그것은 그대로 설화소설의 수준을 유지하게 되었다. 따지고 보면, 이 서동설화는 형성과정이 복잡·미묘하고 장구하게 변화·발전한 결과물임을 부인할 수가 없다.[96) 그리하여 이 서동설화는 그 구조·형태와 제반 요건을 소설론으로 분석·논의하여, 민중의 영웅담, 설화소설 <서동전>이라 규정되었던 것이다.[97) 이러한 설화소설을 전범·기준으로 하여 불보살의 신이담이나 신승·도승들의 영이담이 소설화의 과정을 거치는 사례가 많았으리라 보아진다. 이 설화소설이 익산·부여지역에 영향을 주어 그 설화적 잔영을 남기게 된 것도 이런 사실을 뒷받침하는 터라 하겠다.

이어 이 미륵사에서는 기전소설이 형성·유통되었던 것이다. 전술한 바 소설적 대승경전들이 널리 익히고 고승들의 법담으로 유전되는 가운데, 부처의 성적이나 보살의 영적, 고승의 행적으로 기전소설의 형태를 조성하고 있었다. 나아가 역사적으로 저명한 인물들의 생애와 공적이 전기화되어 기전소설로 틀을 잡아가고 있었다.[98) 그리하여 불타전·보살전·고승전 등과 함께 제왕전·왕후전·거사전·장자전 등의 역사적 전기가 허구적 전기로 탈바꿈되면서, 소설의 수준을 유지하게 되었던 것이다.[99)

---

96) 사재동, 「서동설화 연구」, p.951.
97) 사재동, 앞의 논문, pp.941~942.
98) 주종연, 「한국서사문학의 연원(삼국사기 열전)」, 『한국소설의 형성』, 집문당, 1987, pp.22~25.
99) 사재동, 「한·중 고승전의 문학적 전개」, 『불교문화학의 새로운 전개』, pp.737~738. 김승호, 『한국승전문학의 연구』, 민족사, 1992, pp.45~49.

위와 같은 설화소설과 기전소설이 조화·성장하면서 본격적인 소설로 전기소설이 미륵사에 결부되어 형성·유전되었을 것이다. 백제시대에 고구려나 신라와 같이 본격적인 소설이 형성·전개되었다면, 미륵사의 문학권에서 그런 소설이 제작·유통될 가능성은 얼마든지 있었기 때문이다. 이러한 전기소설이 소설적 경전이나 속강의 변문소설과 같이 다양한 시가를 삽입·입체화되면 그대로가 강창소설로 전개되는 것이었다.[100) 이 강창소설은 한·중 불교문원에서 특징적으로 형성·전개되었던 터이다.[101) 당시 불교문학의 본산이던 미륵사에서 이런 강창소설이 대두·유전되었을 것이 당연시되지만, 지금으로서는 더 이상의 상상·추정을 유보할 수밖에 없다.

이러한 미륵사와 그 주변의 서사문학·소설형태는 주변 예술이나 이웃 문학 장르를 보조·기준으로 하여, 그 형성·전개의 계보를 유추·체계화할 수가 있었다. 그만한 소설사적 흐름이 겨우 서동설화를 근거·기준으로 하여 유지·전개되는 것은 사실이다. 그러나 이 미륵사의 문물이 그 문원을 풍성하게 만들었다는 점이 확실하다면, 그 오랜 세월에 걸쳐 부연·성숙한 서사문맥이 그 왕조에 상응하여 소설사를 면면하게 이끌어 왔다는 사실은 부인할 수가 없을 것이다.

(4) 미륵사와 희곡

이 미륵사와 그 주위에 서사문학·소설형태가 그 시대에 맞추어 역사적 맥락을 유지해 왔다면, 그런 주제·내용의 희곡작품이 형성·유통되었다는 것은 당연한 일이었다. 원래 소설과 희곡은 동일한 서사문맥이 두 갈래의 형태로 정립·행세하는 것이라 하겠다. 따라서 소설이 희곡으

---

100) 박병동, 「≪석가여래집지수행기≫의 문학적 실상」, 앞의 책, pp.77~78.
101) 薛惠琪, 『六朝佛教志怪小說研究』, 文津出版社, 1995, p.17.

로 각색되고 희곡이 소설로 조정되는 것은 한 몸이 두 팔을 가지고 있는 것과 같다고 보아진다. 그러기에 서사문학·소설형태가 존재하는 곳에 희곡이 존재하는 것은 필연적인 현상일 수밖에 없었다.[102] 그러므로 미륵사의 풍성한 문원에는 공연의 수요에 의하여 그 희곡작품이 예비되어 있었던 터라 하겠다.

더구나 미륵사의 경내에서 신행생활이나 포교활동의 필요에서 다양하고 입체적인 공연예술이 성행하였으니, 그 대본으로서의 희곡이 형성·활용되는 것은 필연적인 현상이었다. 이들 공연예술은 그것이 조직적이고 본격적일수록 정연한 희곡을 필수적으로 요청할 수밖에 없었던 터다.[103] 이처럼 미륵사와 결부된 희곡작품은 소설적 배경과 공연예술의 바탕 위에서 다양하게 형성·공연되었으리라 보아진다.

이와 같은 희곡작품의 실상과 맥락 속에서 빙산의 일각으로 유일하게 솟아오른 것이 바로 서동전승의 희곡적 면모라 하겠다. 이 서동전승은 서동설화와 그 부수적 설화까지 포괄하면서, 모두가 희곡형태로 공연되었던 것이다. 그 전형과 주축이 되는 서동설화는 서사적 차원에서는 소설이지만, 공연적 관점에서는 그대로가 희곡작품이 되었던 것이다. 자고로 이 서동설화는 수없이 극본화되어 공연된 사실을 상기할 필요가 있다.[104]

이 서동설화는 무엇보다도 그 서사문맥이 극적이다. 그리고 구조 형태는 연극적 장면화가 매우 용이하고 분명해진다. 나아가 이 작품에는 대

---

102) 사재동, 「한·중 불교고사의 희곡적 전개」, 『한국공연예술의 희곡적 전개』, 중앙인문사, 2006, pp.219～220.
103) 사재동, 『영산재의 공연문화적 성격』, 박이정, 2006, pp.103～104.
104) 이 서동설화는 근·현대 연극계에서 연극 또는 국극·창극으로 인기리에 공연되었다. 최근에는 <서동요>라는 TV드라마로 상연되기도 했다. 이러한 것을 바탕으로 역추적하면 그것의 공연사실이 어느 정도 파악되리라 본다.

화가 발달하여 이른바 대화문학, 희곡작품의 성격을 타고 난 것으로 보인다. 더구나 이 작품은 그 유명한 <서동요>를 삽입함으로써, 고전희곡의 특성인 강창형태를 취하고 있는 터다. 이 작품은 희곡으로서 복합적인 면모를 갖추었기에, 그 공연양식 즉 연극형태에 따라서 여러 장르의 극본으로 전개될 가능성이 크다고 본다.

우선 이 작품은 <서동요>를 중심으로 가창하여 공연할 경우, 가창극본이 될 수밖에 없다. 현전하는 향가와 그 가요전설들이 다 그런 양상을 띠고 있지만[105] 이 작품은 그 가창극본으로 제격이라고 하겠다. 다음 이 작품은 <서동요>의 가창과 그에 적절한 무용을 동반하여 공연할 경우, 그것은 가무극본이 될 수밖에 없다. 적어도 고전희곡에서 가장 역동적이고 효율적인 공연형태는 바로 가무극이다. 따라서 이 작품이 그 가무극본으로 변용·행세했던 것은 당연한 현상으로 보인다.

그리고 이 작품은 1인 전역으로 설화부분을 강설하고 <서동요>를 가창하여 공연할 경우, 그것은 강창극본으로 변용·연행되는 것이 당연하다. 이런 강창극본 형태는 아주 기본적이고 경제적인 실용성을 가지고 있다. 언제 어디서나 그 대본을 가지고 강설·가창하면 다 강창극이 되기 때문이다. 기실 서동설화는 능숙한 강창사가 있는 그대로 강설하고 가창해 나가면 그대로가 강창극이 되는 것이다. 그만큼 이 작품은 강창극본으로 적합한 터다. 이어 이 작품이 그 장면을 구분하여 대화 중심으로, 입체적으로 공연될 경우, 그것은 대화극본으로 조정될 수밖에 없는 터다. 기실 대화극본은 본격적이고 중심적인 희곡형태를 취하고 있는 게 분명하다. 지금까지 근·현대극에서 서동설화를 각색·공연할 때, 대개는 그것이 대화극본으로 편성·각색되었던 것이다. 특히 서동의 국극이

---

105) 사재동, 「한국가요전설의 희곡적 전개」, 『한국공연예술의 희곡적 전개』, pp.163~164.

나 창극은 가창·가무가 활용되기는 하지만, 구조적으로 대화극본에 의한 것이라고 하겠다.106) 끝으로 이 작품이 가창극·가무극·강창극·대화극의 형태를 필요한 대로 적출·종합하여 잡합식으로 공연하는 경우, 그것은 잡합극본으로 조정·행세할 수밖에 없다. 그것은 일단 극본화된 이상 원래의 극본으로 환원될 수 없는 독자적인 형태·위치를 유지하였던 게 사실이다.

이와 같이 미륵사와 그 주변의 희곡작품들은 서동설화를 중심으로 가창극본과 가무극본, 강창극본과 대화극본, 그리고 잡합극본으로 장르화되어 오랜 세월 희곡사의 흐름을 유지·발전시켰다. 이 희곡작품들의 성황 여부는 다분히 당시의 불교세와 미륵사의 사세에 좌우되는 게 자연스러운 추세였다. 그러기에 미륵사의 창건기를 기점으로 백제시대에는 비교적 성세를 보이다가 말기에는 다른 문화현상과 더불어 쇠퇴의 조짐을 보였으리라 추측된다. 그러던 것이 신라통일기에 그 면모를 일신하여 성행을 보이다가 현상을 유지하는 정도에 머물렀을 것이라 보아진다. 그러나 고려시대에는 그 희곡작품이 대체로 부흥·성세를 보였을 터다. 고려대의 연극, 불교연극은 아무래도 성행을 보아, 그 극본의 상승세를 불러 왔을 가능성이 짙기 때문이다. 그러나 미륵사의 극본·희곡은 조선전기에 이르러 쇠퇴·망실의 운명을 만났을 것이라 본다. 이른바 숭유배불정책에 철퇴를 맞고, 화려한 연희·연극류는 일체 말살되었기 때문이다. 그것은 미륵사의 폐사와 함께 완전 위축되어 다시 서동설화나 유사 설화의 편린 속으로 축소·함입되어 옛날을 회상할 지경이었다.

이상과 같이 미륵사와 결부된 문학세계의 장르적 전개 양상을 대강 검토하여 보았다. 이 미륵사가 워낙 거대하고 웅장한 국찰이기에 당대의

---

106) 사재동, 「한·중 불교계 강창문학의 희곡적 전개」, 『한국공연예술의 희곡적 전개』, pp.364~365.

문화·예술의 중심·본산으로 행세하였다. 따라서 미륵사는 창건 당시로부터 폐사되기까지 문학의 집산지로 행세한 것이었다. 그다지 성황을 보이던 문학작품들이 각 장르에 걸쳐 현존하는 것은 오직 <서동요>와 서동설화, 사리봉안기 정도가 창해유주의 소중한 가치를 독점하고 있을 뿐이다. 그러나 이런 문학작품이 형성·전개되다가 망실된 것은 그 문학적 실상을 찾기는 어렵지만, 그 문학사적 위상을 파악하기에는 부족함이 없다. 그것은 미륵사의 문학을 중심으로 백제시대문학과[107] 신라통일기 문학, 고려기문학과 조선전기문학으로 한국문학사의 흐름을 계통적으로 체계화할 수 있기 때문이다.[108] 한편 이 미륵사의 문학과 그 문학사는 공연을 통하여 생동하여 왔다. 기실 모든 문학은 유통·공연하기 위한 대본이라고 해도 과언이 아니기 때문이다. 이러한 문학작품들은 전통적으로 계승되면서 미륵사의 공연예술을 주도하여 왔던 것이다.[109]

3) 미륵사지 문물의 공연예술사적 위상

(1) 미륵사와 공연예술의 요건

이 미륵사는 창건 당시부터 국찰의 위엄과 함께 공연예술의 요건을 모두 갖추고 있었다. 기실 모든 대찰이 그러하듯이 미륵사에서는 승·속의 신행생활과 포교활동이 공연예술로 진행되고 있었다. 그것은 석가모니불 당시부터 한·중 고금의 불교계까지 사찰 내의 모든 일을 가장 성스럽고 아름답게 수행하기 위한 최선의 방편이었기 때문이다.[110] 우선

107) 안동주,『백제문학사론』, 국학자료원, 1997, pp.11~13.
108) 사재동,「한국불교문학의 전통과 그 전개」,『불교문화학의 새로운 전개』, pp.728~729.
109) 사재동,「불교문학의 예술적 전개」,『불교문화학의 새로운 전개』, pp.717~718.
110) 김진영,「변문의 계통과 연행양상」,『한국서사문학의 연행양상』, 이회, 1999, pp.122

이 미륵사는 그 찬연한 문물로 하여 최고의 무대·배경을 다 갖추고 있었다. 그 사찰 경내의 어디를 가든지, 어느 전각에 이르든지 공연의 무대가 펼쳐지고 소도구까지 다 마련되어 있었기 때문이다.

그리고 미륵사에는 그 공연의 기능을 연마하여 실연할 수 있는 충분한 인원이 있었다. 그 공연활동에서 염불·가창하고 무용도 하며 연극적 연행까지 해낼 만한 승·속의 연기자가 있는 셈이었다. 그리고 이 미륵사에는 연일 이 곳을 드나드는 신도·순례객으로서 관중이 얼마든지 확보되어 있었다. 그렇다면 이 미륵사는 그 공연의 삼대요건을 두루 갖추고 있는 실정이었다. 여기에다 후술할 바 공연의 유형이 이미 그 전형을 갖추어 그 전통을 이어 왔고, 전술한 바 대본까지 유형화되어 있었던 것이다. 무엇보다도 이 미륵사에는 그 공연의 요소로서 음악과 무용·연기 등이 충족되어 있었던 것이다.

먼저 미륵사의 음악은 최고의 수준을 유지하고 있었던 터다. 원래 사찰에서는 모든 일을 음악으로 시작하고 음악으로 진행하고 음악으로 끝낸다는 관례가 있어 왔다.[111] 새벽 기상을 알리는 도량석의 목탁소리와 염불소리는 청아·유창한 음악이 아닐 수 없다. 그 목탁소리는 타악기의 연주요 염불소리는 성악의 연행이기 때문이다. 이어 법고·범종·목어·운판의 소리 그것은 이 사찰의 기본 기악이라 하겠다. 금고·목탁에 의한 새벽 예불은 유장하고 경건한 합창임에 틀림없다. 낮에 승려들의 일상 의식과 기도가 모두 성악·기악의 조화로서 음악 아님이 없는 것이다. 특별한 의례나 법회에 있어 삼현육각류의 기악과 법패와 같은 전문적 성악이 동원되어 음성공양의 절정을 이루었던 것이다.[112] 그리고

~123.

111) 박범훈, 「불교음악의 한국적 전개」, 『한국불교음악사연구』, 장경각, 2000, pp.362~363.

112) 한만영, 「재의종류와 범패의 종류」, 『불교음악연구』, 서울대 출판부, pp.2~4.

사시공양 때나 저녁예불에서 새벽예불과 같은 음악이 되풀이되고, 마지막 취침을 알리는 범종소리가 아련하고 긴 여운을 남기는 것이었다. 이러한 사찰음악이 미륵사의 긴 역사 속에서 그만한 전통을 이어 왔던 게 사실이다.

다음 이 미륵사에는 또한 최고 수준의 무용이 자리 잡고 있었던 것이다. 이 절의 대다수 승려들은 법고를 칠 때의 몸놀림이라거나 목탁·요령을 울리며 염불·기도삼매에 들었을 때의 움직임, 그리고 수행 중의 법열을 표현하는 몸짓 등에서 기본적인 무용을 익히고 있었다. 나아가 이른바 의식승이나 연예승은 특별한 의식·재의를 행할 때에 작법무라 하여 고금의 바라춤·나비춤·법고춤 등 전문적 무용의 기능까지 갖추고 있었다.113) 백제시대에 등장한 이른바 기악은 가면가무로서 부처님께 공양하는 최상의 무용이라 하겠다.114) 이런 무용의 기능을 갖춘 승려의 경우 특별한 감흥과 분위기에 따라서 변모되고 흥미로운 승무를 추는 경우도 있었던 것이다. 이러한 무용적 기능들이 총화되어 미륵사의 무용사를 이끌어 왔던 것이다.

그리고 미륵사에는 그 연기가 최고 수준을 유지하고 있었다. 하기야 음악이나 무용의 연행도 연기에 속하는 것은 사실이다. 여기서는 그 밖의 탁이한 연기를 총체적으로 보여주는 점이 주목된다. 특별한 무술이나 땅재주·줄타기, 각별한 가창력이나 유창한 언변, 승·속 관중을 감동시키는 표정이나 몸짓, 사실적 흉내, 마술식의 손재주 등이 다 이에 포괄된다. 그런데도 전문적 연기는 이미 유형화된 사찰 내의 놀이, 잡희·잡기 등에 능통한 경우를 가리키는 터다.115) 이런 것들은 평범하고 사소한 것 같지만,

---

113) 김법현,「불교무용의 유형과 분류」,『불교무용』, 운주사, 2002, p.45.
114) 이혜구,「산대극과 기악」,『한국음악연구』, 국민음악연구회, 1957, p.226.
115) 홍윤식,『불교민속놀이』, 국립문화재연구소, 2002, pp.8~9.

실제로는 그 공연에 있어 너무 소중한 역할을 해내고 있었던 터다. 여기서 특기할 것은 이 연기나 위 음악·무용의 경우 미륵사에 고정·배치되어 있는 것을 기본으로 하지만, 미륵사로서는 국찰의 권능으로 그것들의 고수들을 전국적으로 결집시킬 수 있었다는 점이다. 그러기에 이 사찰에서는 필요에 따라 그 음악·무용·연기의 수준을 얼마든지 확대·승화시킬 수가 있었던 것이다.

(2) 미륵사와 공연예술의 현장

이 미륵사는 크게 보아 그 자체가 공연예술의 현장이다. 넓은 의미에서 미륵사에서 거의 날마다 대소 공연이 이루어져 왔기 때문이다. 그런 가운데서 본격적인 공연현장은 대강 의례공연과 경찬공연 그리고 행사공연으로 유별될 수가 있었다.

우선 의례공연은 경축의례로부터 시작된다. 여기에서는 불탄재나 성도재·열반재, 역대 제왕·왕후와 왕족, 고관·장자·명인, 특별 신도들의 생신재 등 통과의례적 경축법회가 가장 화려하고 장엄하게 진행되었던 터다. 먼저 그 지정된 날짜에 해당되는 법당에서 주인공을 비롯한 동참자가 운집한 가운데, 부전스님이 기본 의례와 일반 기도를 여법한 절차에 따라 진행하고 법사의 축하설법을 듣게 되었다. 이렇게 정식 법회를 마치고 그 현장에서나 특별한 장소를 마련하여 축하공연을 벌였던 것이다.116) 그 경축의례의 주인공이 누구냐에 따라 그 공연의 규모와 수준이 좌우되는 게 사실이었다. 왕과 왕후나 큰 장자의 경우에는, 그 공연의 규모가 매우 확대되고 그 수준이 매우 높을 수밖에 없었다. 거기서는 궁중의 연행자나 전국적으로 초빙된 연기자들이 불교적 공연이기는

---

116) 박진태, 「한국불교축제와 공연예술의 관련양상」, 『영산재의 공연문화적 성격』, pp.18~19.

하되, 본격적인 공연예술을 연행하는 게 관행이었다. 그때의 그 공연내용의 유형은 가창·가무·강창·대화 등이 다 동원되어 감동적인 연행을 선보이는 것이었다. 이런 점에서 월령에 입각하여 설날이나 추석 그리고 이 미륵사의 창건기념에 따른 경축의례에서도 위와 같이 확대되고 수준 높은 공연예술이 연행되었던 터다. 특히 이 창사기념재에서는 해마다 서동설화가 극화·공연되었을 가능성이 충분하다고 보아진다. 이것은 미륵사의 권능과 위엄을 높이고, 그 시대에 상응하여 사세를 강화하는 효율적 방편이었기 때문이다.

다음 이 의례공연은 추천재의로 나타났다. 이 미륵사에서는 왕·왕후와 왕족, 고승·고관·장자·명인 등의 장례나 제일에 따른 추모재를 가장 경건하고 풍성하게 지냈다. 그런 때에도 부전스님의 기도·염불에 이어 천도법문이 간곡하게 진행되었다. 그러나 이 공연에서는 그 내용과 방향이 달라질 수밖에 없었다. 여기서는 고인을 추도하고 명복, 극락왕생을 빌어야 하기에, 그 내용이 애도·추념하는 방향으로 기울면서, 그 분위기가 경건하고 비장한 쪽으로 들어나게 되었다.117) 그러기에 그 공연은 영산재와 같이 장중하고 근엄한 작법 가무가 주축을 이루고 있었다. 이른바 나비춤·바라춤·법고춤이 법패 가성에 의하여 유장하게 진행되었다. 또는 징소리에 맞추어 회심곡류를 화청 양식으로 가창·강창하여 고인의 영가를 정화·천도하였던 것이다.118)

그리고 의례공연은 가정화평과 국태민안을 축원하는 대규모 재의에서 성황리에 연행되었다. 적어도 미륵사에서는 해마다 우란분재와 생전예수재, 특히 국행수륙재 등을 거창하게 치러냈을 것이 확실하다. 그런 의례는 미륵사 같은 국찰이 수행해야 될 아주 소중한 과업이었기 때문이다.

---

117) 오출세, 「상례와 천도의례」, 『불교민속문학연구』, 집문당, 2008, pp.227~228.
118) 김법현, 『영산재연구』, 운주사, 2001, pp.13~15.

그 길일을 택하여 미륵사 인근 강가나 큰 물 곁의 길지를 택하여 야단법석을 마련하고, 풍성한 제물을 차린 다음에, 국왕·대신이나 그에 준하는 주인공을 비롯하여 사부대중이 운집한 가운데, 여법한 의례·기도가 진행되고, 법사의 천도법문이 간곡하게 베풀어졌던 것이다. 대체로 가정이나 지방·국가가 태평하기 위해서는 모든 작희를 부리는 무주고혼·잡귀·아귀 등을 천도·승화시켜야 되었기 때문이다. 이때의 공연은 천도재와 같이 경건하고 근엄하게 진행되었던 것이다. 역시 삼현육각에 의한 가창·가무·강창은 빼놓을 수가 없었던 터다.119)

한편 경찬공연은 대체로 이 미륵사의 창건 이외에 전각·탑파·불화·불보살상 등의 완공을 기념하는 데에 역점을 두었던 것이다. 이것은 그러한 성보의 낙성을 경축하는 법회이므로, 오히려 그 경찬공연 즉 축하연행이 주축을 이루게 되었다. 이런 경찬법회는 그 기도·염불과 설법 절차에서 다른 경우와 대동소이하고, 그 예술공연이 확대·강화되었던 것이다. 이때에 주인공으로 좌정한 이가 누구냐에 따라 그 공연규모와 내용, 그 수준까지도 달라졌던 것이다. 그래서 미륵사의 역대 각종 경찬법회에서는 국왕·왕후, 대신·장자·명인 등이 연이어 주축을 이루었기에, 그 공연예술의 질량은 최고 수준을 유지해 왔던 것이다. 화려 찬란한 무대장치와 능숙한 출연자들, 다양한 공연 내용이 가창·가무·강창·대화의 입체적 양식으로 그 성과를 올려 왔던 터다.120)

또한 이 행사공연은 미륵사에서 주최·주관하는 불사의 모연법회나 대중포교의 야단법석에서 주로 실행되었던 것이다. 이것도 크게 보아 법회라고 하겠지만, 그 기도·염불은 절차만을 갖추고, 그 법사의 감동적인 설법과 그 공연의 예술적 공감대에 초점을 맞출 수밖에 없었다. 그래

---

119) 박세민, 「水陸無遮平等齋儀撮要」, 『한국불교의례자료총서』 제1집, p.622.
120) 박범훈, 「사리영응기에 기록된 불교음악」, 『한국불교음악사연구』, p.322.

서 많은 민중·신자들이 운집하여 흥미로운 공연을 보고 마음을 열고, 그 법사의 설법에 의하여 신앙심을 떨쳐서 그런 불사에 동참·보시하는 것이 가장 중요한 일이었기 때문이다. 여기서는 공연자들이 자발적으로 공연 내용을 참신하게 조정하고 공연연기를 매끄럽게 수련·연행하였기에, 그 공연예술의 수준이 점차 발전할 수가 있었던 것이다. 이러한 공연예술의 현장은 미륵사가 창건·유지되던 장구한 세월에 걸쳐 성쇠를 거듭하면서, 그 역사를 이끌어 왔던 터다.121)

(3) 미륵사와 공연예술의 장르

위에서 미륵사를 통하여 계승된 공연예술의 요건과 그 현장을 총합·분석해 보면, 그것의 장르적 전개 양상을 파악할 수가 있다. 그것은 결국 보편적인 공연형태, 연극 장르로 귀속될 수밖에 없기 때문이다.

우선 미륵사의 공연예술은 가창극으로 연행·전개되었다. 승·속간 고승·문사들이 그 게송·시가를 연극적 분위기에서 가창할 때, 그 가창극 형태가 대두되기 시작하였다. 의식승이 기도사를 목탁·요령소리에 맞추어 유창하게 염송할 때나 연희승이 또한 징소리·북소리 등을 내면서 회심곡류를 화청 형식으로 가창할 때, 그것은 가위 가창극의 전형을 이루었던 터다. 그것은 가창중심의 연기이기에 비교적 단순하고 용이한 공연형태로서 승·속간에 널리 보편화되었다. 그러나 분명한 것은 가창극이라 할 때는 적어도 일정 수준 이상이어야 공인을 받을 수 있다는 점이다. 이것은 위 가창극본에 의하여 공연되었기 때문이다.

다음 미륵사의 공연예술은 가무극으로 연행·전개되었다. 이 가무극은 위 가창극에 전문적인 무용이 결부되어 입체적이고 역동적인 공연을

---

121) 홍윤식, 「제종불교전통의례의 기원·역사와 그 사상성」, 『불교 전통의례와 그 연극·연희화의 방안 연구』, 엠에드, 1999, pp.72~73.

펼쳐 왔다. 이미 알려진 의례공연의 영산재에서 법패·가송에 의한 작법무가 가무극의 형태를 주도하고 있었다. 이 미륵사의 공연예술이 성황을 이룰 때, 의례공연이나 경찬공연, 행사공연에서 전문적인 가무극이 주축을 이루었던 것이다. 이것은 가무극본에 의한 창조적 공연의 결과라고 하겠다.

그리고 미륵사의 공연예술은 강창극으로 연행·전개되었다. 이 강창극은 1인 전역으로 그 극본을 들고 강설과 가창을 적절하게 엮어 나가면 성립되는 공연형태이다. 이것은 가장 경제적이고 보편적인 연극형태라, 누구든지 접근·공연할 수가 있었던 것이다. 미륵사 내외의 승·속 간에서 누구든지 어떤 강창극본을 가지고 실연을 해 본다면, 그 강창극은 얼마든지 가능했으리라고 보아진다. 그러나 미륵사의 공연예술 차원에서는 전문적인 수준을 유지해야만 통할 수가 있었을 것이다. 적어도 미륵사의 설법 고수, 명승의 설법에서 감동적인 이야기 구연과 감미·청랑한 게송·가사의 가창이 어울려 원형적인 강창극을 창출한 것이었다고 본다. 이것을 주목하면서 연희승 계열의 속강승이 경전의 설화나 법화의 서사문맥을 이야기하고 노래하는 데에 따라 공연했다면, 그것이 이 강창극의 전형을 이룩한 것이라고 볼 수가 있겠다. 이러한 강창극의 보편적 형태는 미륵사의 창건·유지와 더불어 그 성세를 결코 잃지 않았을 것이다.

한편 미륵사의 공연예술은 대화극으로 공연·전개되었다. 이러한 공연예술은 차원이 높고 전문화되면서 대화극형태를 취하는 경향이 있었다. 전술한 대로 서동설화의 극화·연행 과정에서 대화극이 주축을 이루었던 점이 주목된다. 이러한 대화극형태는 가창극·가무극을 골격으로 재구성되기가 쉽고, 강창극을 입체적으로 활성화할 수도 있기에, 그 높은 수준과 전문성을 유지해 왔던 게 사실이다. 원래 이 대화극은 무대장치·등장인물과 연기, 각종 보조물, 객석의 준비 등으로 재정적 부담이 커서 중·소 사찰에서는 유지해 나가기 어려웠던 것이다. 그러기에 모든 것이 여의했던 미륵사에서는 이 대화극을 육성·발전시키는 데 부족함이 없었던 것이라 보아진다. 그러나 적어도 사세가 어려웠던 조선시대에는 이런 대화극이 위축되었으리라 추정된다.

끝으로 미륵사의 공연예술은 잡합극으로 연행·전개되었던 것이다. 이 잡합극은 여타 장르의 장점을 적출·취합하여 관중들의 현장적 감동·감화를 얻어내는 데에 매우 적합한 것이었다. 이 잡합극은 원래 잡가나 잡문처럼 혼합적이면서도 백화점식 특징이 있어, 그 공연에서 언제나 가벼운 성공을 거두어 왔던 터다. 그러기에 미륵사의 사세가 하향되고 그 공연예술이 저조 일로를 걸을 때에는, 오히려 이 잡합극이 효율적으로 연행·행세했던 것이라 하겠다.[122]

이 미륵사의 공연예술은 그 요건·요소와 현장이 풍성하게 보장되었기에 연극적인 장르에 맞추어 형성·전개되었다. 그것은 당시의 경제력과 불교문화세에 바탕을 두고, 미륵사의 성쇠와 궤도를 같이하면서 그 명맥을 유지해 왔다. 그러기에 이 미륵사의 공연예술은 창건·폐사의 장구한 세월, 왕조와 시대에 따라 그 실상과 위상을 지켜 왔던 게 사실이다. 그것은 초창기와 백제시대공연예술, 신라통일기공연예술, 고려기공연예술, 조선전기공연예술의 면목을 유지하면서, 한국공연예술사를 면면하게 이끌어 왔던 터다. 그 실재 작품이야 서동전승 정도에 불과하지만, 그 역사적 맥락은 뚜렷한 것이었다. 그 작품은 있었다가 없어졌어도 그 역사적 위상만은 너무도 확실하여 족히 재구할 수가 있기 때문이다. 이러한 공연예술의 연행과 전파는 미륵사를 중심으로 불교문화사·일반문

---

122) 이상 사재동, 「불교연극 연구서설」, 『한국공연예술의 희곡적 전개』, pp.195~197.

화사에 지대한 영향을 끼친 것이 분명한 터다.

4. 결론

이상 미륵사지 문물의 예술사적 위상을 재구·파악하기 위하여, 문화학 내지 문화사학적 방법론을 통해서 그 조성연대와 미술사·문학사·공연예술사 등의 측면에서 고찰하였다. 지금까지 논의한 바를 요약하면 다음과 같다.

첫째, 미륵사지 문물의 조성연대에 대하여 재검토하였다. 그동안의 무왕창건설을 극복하고 그 무령왕창건설을 재강조하되, ≪삼국유사≫ 무왕조의 기사가 그 주기의 고본대로 무강왕 즉 무령왕의 기사라는 것을 재확인하였다. 여기서 무령왕대의 국력이나 경제력, 그 당시 백제불교문화사의 흐름과 왕·왕후의 신심·원력, 미륵사지 문물의 시대적 특징, 최근에 발굴된 사리장엄구·사리봉안기의 내용, 그 왕의 국혼담과 즉위과정 등을 상고하여 그 왕은 무왕이기보다는 무령왕임을 보완·주장하였다. 그리하여 그 사리봉안기에 보이는 '己亥年'이 바로 무령왕 19년 519년임을 밝히면서 그 무령왕창건설을 재정립하였다.

둘째, 이 미륵사지 문물의 미술사적 위상을 거론하였다. 이 문물의 건축·회화·조각·공예에 걸친 수많은 작품들은 각기 그 양식과 가치의 실상이 무령왕대에 부합되고, 각기 백제사찰건축사·회화사·조각사·공예사를 이끌어서, 무령왕대로부터 조선전기 내지 현재까지 장구한 세월에 걸친 백제미술사와 한국미술사상의 위상을 유지하였다.

셋째, 이 미륵사지 문물의 문학사적 위상을 고구하였다. 이 문물에 얽힌 문학작품들이 시가·수필·소설·희곡 장르에 걸쳐 계통적으로 전개되고, 다시 백제문학사·신라통일기문학사·고려기문학사·조선전기문학사를 이룩하여, 그 사찰이 창건·유지되던 장구한 세월의 백제문학사 내지 한국문학사상의 위상을 고수하였다.

넷째, 이 미륵사지 문물의 공연예술사적 위상을 고찰하였다. 이 문물을 통하여 연행된 공연예술이 음악·무용·연기의 요건을 갖추고, 그 공연 현장이 제의공연과 경찬공연, 행사공연으로 나누어지면서, 그 장르가 가무극·가창극·강창극·대화극·잡합극으로 전개되어, 미륵사의 역사와 함께 한 백제공연예술사 내지 한국공연예술사상의 위상을 확보하였다.

이로써 미륵사지 문물은 생동하던 미륵사의 문물로 재구된 것이라 하겠다. 이러한 과정에서 미륵사 문물의 예술사적 위상이 그 현장 터전 위에 복원·정립된 것이었다. 이 밖에도 미륵사의 문물은 백제불교언어사·문헌사·신앙사·의례사·사상사·교육사·종통사·의약사·생활사·민속사 등 백제불교문화사를 재구해 내는 기반·전거가 될 수가 있을 것이다. 그리하여 이 미륵사지 문물은 그 사리봉안기의 증언에 따라 무왕대보다 120년을 소급하여 백제문화사·한국문화사를 새롭게 써야 할 계기를 마련했던 것이다.

이 미륵사가 창건되어 유지된 기간이 무려 1000여 년이요, 폐사된 지도 500여 년이나 되니, 그 기나긴 세월 백제·한국의 불교문화사와 한국문화사를 지켜 온 그 문물이 너무도 거룩하고 영광스럽기만 하다. 지금은 비록 폐사의 운명으로 그 문물이 모두 파괴·유실되어 초라한 유물·유적으로 남았을 뿐이지만, 그 실물의 실상은 몰라도 그 문화사적 위상은 영원하고 찬연하게 빛날 것이다. 이 미륵사지 문물 내지 미륵사의 문물은 실로 민족문화의 정화요 세계의 문화유산이다. 그 사지의 일체 문물은 모두가 너무도 값진 보물이니, 바야흐로 길이 보전하고 깊이 연구·선양할 때가 왔다.

비래사 문물의 불교문화적 전개

1. 서론

새로운 문화세기에 호응하여 한국문화의 핵심·주류가 되어 온 불교문화를 개발·선양하는 일은 사계의 긴요한 과제라 하겠다. 이것은 거창하거나 이상적 과업이 아니라 현실적으로 직면한 실천적 과제이다. 따라서 학계나 교계에서 이런 점에 착안하여 이 방면에 지대한 관심과 획기적인 노력을 기울이고 있는 것은 참으로 당연하고 바람직한 일이다. 그런데 그동안 유관학계나 불교계에서는 유명한 사찰의 저명한 문화재에만 치중하여 그 문물을 거듭 연구·개발하고 널리 선양하는 데에 급급하면서, 천년고찰, 전통사찰이 폐사되었거나 어렵게 명맥을 유지해 온 무명 사암의 유서 깊은 문물에 대해서는 소홀하거나 방치해 온 것이 부인할 수 없는 사실이다.

이제는 전국 방방곡곡 산골짜기에 산재해 있는 그 무명고찰의 문물에 주목하여 그 불교문화적 실상과 문화사적 위상을 올바로 고증·복원하여 널리 선양하고 불교문화·한국문화에 기여할 때다. 그러한 사찰문화가 바로 불교문화·한국문화의 요람이요 근원이기 때문이다. 따라서 사계에서는 그 유명사찰을 중심으로 무명고찰의 문물까지 그 문화적 실상과 역사적 위상을 깊이 있게 연구·검증하여 전체적 불교문화·한국문화에 귀납적으로 합세·융화시키는 것이 순리적이고 필연적인 일이라 본다.

이런 점에서 대전을 들러리 한 계족산 그 골짜기에 자리한 천년고찰, 전통사찰 비래사의 문물이 오랜 세월 우여곡절을 겪으면서, 그 지역의 불교와 불교문화를 육성·선도해 왔으면서도 무명의 그늘 속에 묻혀 침묵해 오다가 마침내 불교문화학계의 전통적 재조명을 받게 된 것은 실로 늦은 감이 있지만 참으로 다행한 일이다. 상상 밖으로 당사 주지 혜문스님의 뜻깊은 발원으로 이 비래사 문물에 대한 불교문화학술회의가 전문학회 전공학자에 의하여 당당하게 열렸기 때문이다. 필자의 「비래사 문물의 불교문화학적 고찰」을 발제로 한기범의 「비래사의 유래와 문화적 특성」, 이달훈의 「비래사의 대지와 건축」, 김창균의 「비래사 대적광전 봉안 목조비로자나불좌상에 대한 고찰」, 유기준의 「계족산 비래사와 문화관광」 등이 바로 그것이다. 이처럼 그 방면의 전공 학자들이 이 사찰의 문물을 각개 분야에 걸쳐 입체적으로 검증·고찰함으로써, 지금은 실전·변모되어 초라한 듯한 그 불교문화의 진상과 전통을 제대로 개발·복원해 냈으리라 믿는다.

그간에 이 비래사의 존재는 역대 지지서, ≪조선환여승람≫, ≪여지도서≫, ≪회덕현읍지≫, ≪충청도회덕지≫ 등에[1] 거명되고, 근래의 ≪대전시지≫나 ≪대전시사≫, ≪대덕의 전통건축≫ 등에[2] 개괄적으로 소개

---

1) 대전시사편찬위, 『대전시사』 제4권, 대전직할시청, 1992, 부록 고읍지, pp.1~132.
2) 대전시지편찬회, 『대전시지』, 대전시청, 1984, pp.138~139.

되었지만, 그 문물에 대한 전문적이고 학술적인 논급은 없었던 게 사실이다.

이에 본고에서는 이 비래사의 문물을 불교문화학적으로 개괄해 보고자 한다. 본고는 이번 불교문화학술회에서 포괄적 발제의 성격을 띠고 있는 데다, 위 각개 분야의 전문적 논고가 흡족한 성과를 낼 것이기 때문이다. 그리하여 본고에서는 첫째 비래사의 환경과 전통을 불교문화사적으로 검토하겠다. 우선 비래사의 자연환경과 역사·지리적 위치, 그 불교사상적 배경을 살피고 이 사찰의 창건부터 그 현대적 전개에 이르기까지 개관해 본다. 둘째 비래사 유형문물의 변천과정을 불교미술사적으로 점검하겠다. 먼저 비래사의 대지와 가람배치를 추적하고, 그 건축과 회화·조각·공예의 원형적 실상과 변모된 양상을 재구해 본다. 셋째 비래사 무형문물의 전승양상을 구비문화의 관점에서 파악하여 보겠다. 우선 비래사의 법통과 신행, 기도와 영험, 그 문학적 표현, 연극적 공연, 그 문화적 전승과정을 전형적 사찰의 사례를 기준으로 추적·고찰해 보겠다.

이러한 일련의 연구 성과가 비래사 문물의 실상과 위상을 재구·복원함으로써, 그것이 불교문화·한국문화의 본질이요 기반임을 실증하고, 그 중대한 가치가 올바로 평가되기를 바라며, 이를 통하여 그동안 소홀하거나 방치되었던 무명사암의 문물이 재조명·재평가되는 계기를 마련했으면 좋겠다.

대전시사편찬위, 『대전시사』 제4권, pp.129~131.
『대덕의 전통건축』, 대덕문화원, pp.188~243

2. 비래사의 환경과 전통

1) 환경

(1) 자연환경

이 비래사는 원래 비래암으로 대전광역시 대덕구 비래동 산1번지 계족산 남록 골짜기에 자리하였다. 그 계족산은 대전의 동북방을 둘러리한 명산으로 봉황산·응봉산·고봉산 세 산봉이 연접하여 장관을 이루었는데, 그 중앙 남면 응봉의 주맥을 응결시킨 명당에 비래사가 대지를 마련한 것이다. 그 응봉산이 힘차게 뻗어 나려 큰 암산으로 뭉쳐 비래동·송촌동으로 날아 갈 듯이 내닫는 가운데, 그 암산 좌면에 웅장한 사자암 석굴을 이룩한 자리, 벽계수가 흐르는 암반 위 불지를 비래사가 차지하였다. 이 대지가 계곡 청수를 사이하여 영기어린 복기산을 병풍처럼 끼어 안고 남향하여 두렷이 열린 창공으로 한밭벌에 이어진 식장산·보문산을 바라보니, 그 경관은 마치 중국의 유명한 계족산이 '前列三峰後拖一嶺'으로[3] 이룬 절경의 일부를 연상케 하고, 해동의 저명한 백월산이 삼산, '一体三首'와 '獅子岩'으로[4] 만든 승경의 일부를 방불케 하여 그 연관성을 추상하고도 남음이 있다. 그래서 이 곳에 오는 시인·묵객·관광객들이 경탄·상찬하는 것은 물론,[5] 여기에 오르는 고승·대덕들이 이를 불보살의 수적지로 확신하고 그 삼보의 성전·수행도량을 세우는 데에 주저하지 않았을 터다. 이러한 비경에 인문이 열리면서 비래리 입구로부터 이 영지에 오르고 다시 절고개를 넘어 추동·직동 등에 이르는

---

3) 大鐥和尙,「鷄足山指掌圖記」,『鷄足山寺志』, 丹靑圖書公司, 1985, p.62.
4) 일연, <남백월이성>, ≪삼국유사≫(권상로 역), 동서문화사, 1978, p,274.
5) 송상기,「비래암수각상량문」,『대전시사』제4권, pp417~418.

산골·산길이 열리어 다른 수행처나 명소로 통하게 되었다.

(2) 역사·지리적 위치

비래사의 대지는 삼국시대에 백제와 신라의 국경지대에 자리하였다. 잘 알려진 대로 백제가 웅진에 천도하여 외방·축성에 전력을 기울일 때, 대전지역은 그 왕도를 지키는 제1의 전초기지가 되었다. 그리하여 동성왕·무령왕을 정점으로 역대의 군왕들은 대전의 외곽 산악지대, 계족산·식장산·보문산·산장산 등에 성채를 쌓고 막강한 군대를 배치하여 국방에 만전을 기하였다. 그러기에 여기에는 계족산성을 비롯하여 질현성·능성·갈현성·삼정산성·계현성·노고성·견두성·비파산성·백골산성·고봉산성·녹동산성·부수산성·증봉산성·망경대산성·곡남산성·보문산성·사정산성·월평산성·덕진산성·산장산성 등 30여 개 산성이 중첩되어[6] 군사기지를 이루고 적병을 감찰·퇴치하여 그 후방 주민들의 안평을 유지하고 있었다.

여기에는 그 성채와 군병들의 사기와 전력을 고조·격려하기 위하여 국가적인 지원·혜택이 주어진 것은 물론이지만, 그 백제 군사들의 호국정신과 승전사기를 고취하고 그들의 심신강건과 무운장구를 기원하는 종교적 위력이 필수되는 게 당연하였다. 웅진 왕도시대 백제의 호국불교가 바로 그 역할을 다했던 것이다. 그러기에 웅진 왕성을 보호·옹위하는 동·서·남·북에 사방 혈사를 설치 운영하였고,[7] 위에 든 국경지대 주저항선의 성채 뒤 전략 요충지대에 호국원찰을 건립·활용했던 것이다. 추단컨대 저 연기 주류성 배후의 비암사처럼, 대전 외곽산성의 성채

---

6) 대전시사편찬위, 『대전시사』 제4권, pp.73~118.
7) 박용진, 「공주의 서혈사지와 남혈사지에 대한 연구」, 『공주교육대학 논문집』 3집, 1966 참조.

를 관장·옹호하는 호국원찰로 계족산의 법천사·봉주사·비래사, 식장산의 고산사·봉서사, 보문산의 보문사 등이 창건·투입되었던 것이라 보아진다.

이 비래사의 위치는 위와 같은 호국원찰로서 그 기반과 요건을 숙명적으로 갖추고 있다. 그 비경이 적적 청정한 수도도량으로서 적합한 것은 물론, 그 군사 전략기지로서도 결코 부족함이 없다고 본다. 그 울창한 수목과 기암층석, 그 사자암 석굴 등으로 구성된 그 자리에 약수천으로부터 솟아나 비롯된 비래천이 항시 청정수를 내려 보내기 때문이다. 기실 비래사는 계족산의 주성 계족산성과 직접적인 관계를 맺을 수밖에 없었을 것이다. 그 상호간의 위치와 규모·역할 등이 불가분의 연관성을 보이고 있는 실정이다. 지금도 비래사에서 약수천을 지나 절고개에 올라서 산등성을 따라 가면 불과 3km지점에 그 계족산성이 위치하였기 때문이다.

(3) 불교적 배경

이 비래사의 불교는 역사적으로 복합적인 배경을 갖출 수밖에 없었다. 먼저 백제불교와의 관계다. 이 백제불교는 웅진 왕도시절에 이미 발전을 거듭하여 동성왕대를 거쳐 무령왕대에 이르면 그 황금시대를 이루었다. 이 시대에 익산 비륵사를 창건하였고 웅진의 사방 혈사를 건설·운영했으리라 추정되거니와[8] 그 무렵에 대전지방 산성을 위한 호국원찰까지 건립·경영했으리라고 추단되는 터다. 그 당시에 신앙·유통되는 불교사상은 호국불교 중심의 법화사상·미륵사상·화엄사상, 미타사상 내지 관음사상으로 난숙·융성하였던 것이다[9]. 이러한 불교사상과 그 신앙이

---

8) 사재동, 「비암사 문물의 불교문화적 고찰」, 『불교문화학의 새로운 과제』, 중앙인문사, 2010, p.239.

왕도를 중심으로 수도권 지역의 관방지대 호국원찰에 그대로 감응·신앙되었을 것은 물론이다.

이 비래사의 불교는 신라통일기에 이르러 그 제도나 방향이 바뀔 수밖에 없었다. 백제시대 최첨단의 국경 성채의 배후에서 호국원찰로 기능·작용한 이 비래사 등은 신라 조정·불교계의 비상한 관심을 받아서 그 본래의 성격과 방향을 버리고 신라 불교식으로 변혁되는 게 당연한 일이었다. 그러기에 이 비래사는 신라의 성산·성지신앙에 의하여 계족산과 함께 새로운 신앙체계로 변하게 되었을 것이다. 저 중국의 계족산 성지신앙을 배경·전형으로 하여, 바로 이 계족산을 수적 성지로 조성하기에 이르렀을 터다. 이 계족산의 산형·승경·영기가 중국의 계족산과 유사·상통하는 점이 많았기 때문이다.

이 계족산문이 조성되면서 골골이 승지에 창건·경영되는 많은 사암들이 신라적인 미륵사상이나 미타사상 내지 관음사상에 따라 그 신앙을 계승·발전시키는 것이 순리였던 것이다. 이 계족산문이 고려대로 계승되면서 신라시대부터 형성·유전되던 백월산 성지신앙을 수용하여 고려적인 특징을 갖추게 되었을 터다. 이 계족산의 형세·승경이나 비래사 등의 수적 대지가 백월산 성지의 그것과 유사·상통하는 점이 있었기 때문이다. 여기서도 신라·고려를 잇는 그 미륵신앙과 미타신앙이 관음신앙을 통하여 조화를 이루었으리라 추상된다.

9) 김영태, 『백제불교사상연구』, 동국대학교 출판사, 1985. p.97, 123.
   길기태, 『백제사비시대 불교신앙연구』, 서경, 2006, pp.237~238.

2) 전통

(1) 옹산성 옹호도량으로서

이 비래사는 그 자연환경과 역사·지리적 위치, 불교적 배경 등으로 미루어볼 때, 창건의 역사가 상상외로 유구하리라고 본다. 그 자연환경과 대지의 요건은 불교 이전에도 시원적 신앙의 기도처로서 개발·활용되었으리라 추상되거니와, 적어도 이 자리에는 백제시대 국경 수비의 성채가 세워지던 동성왕·무령왕 이후에 어떤 형태로든지 사찰이 창건되었으리라 추정된다. 전술한 대로 이들 외방 수비의 성채 뒤에 이를 옹호·지원하는 호국원찰이 필수적으로 설립·운영되었던 게 역사적 사실이기 때문이다. 그것이 바로 전게한 웅진 도성의 사혈사요, 그 중의 북혈사, 비암사에 연이어 대전 주변 산성의 법천사·봉주사·비래사·고산사·봉서사·보문사 등이었으리라 본다.

그 중에서도 이 비래사는 그러한 국방적 필요성과 호국불교적 의도가 복합되어 건립되었다는 점이 지금도 어렵지않게 짐작되고 있는 터다. 현재의 계족산성이 옹산성임을 전제할 때[10] 나·제 간의 마지막 결전에서[11] 옹산성의 장졸들이 신라군의 대공세를 막아내는 데는 이를 적절하게 후원하는 요충지역 후방기지의 적극적 활동이 있었기에 가능했을 것이었다. 그 곳이 바로 당시의 비래사였으리라 추정된다. 바로 비래사에서 절고개에 올라 그 산성으로 직행하는 데는 3km 미만의 가까운 거리일 뿐만 아니라, 그 전략적 지형·여건 등으로 보아 서로 호응·후원하기에 가장 적절했기 때문이다. 이런 점에서 나·제 간의 치열한 전투사

---

10) 지헌영, 「웅령회맹·취리산회맹의 축단 위치에 대하여」, 『한국지명의 제문제』, 경인문화사, 2001, p.24에서 '옹산성은 계족산성의 고칭이다'라고 하였다.
11) 지헌영, 앞의 논문, pp.236~237.

에서 옹산성과 비래사의 관계는 양국의 각기 다른 관점에서 가장 큰 주목을 받게 되었을 것이다.

이렇게 탁이한 호국원찰, 비래사는 지금까지 알려진 웅진지역 호국혈사의 위치·대지·석굴·가람배치 등에서 상당한 일치점을 보이고 있는 실정이다. 그 중에서도 연기 주류성의 일환 운주산성의 배후에서 운주산 봉이 성곽처럼 둘러치고, 그 주령에서 남행으로 뻗은 암산의 뭉친 자락, 사자처럼 솟아 오른 암석 아래 자리잡은 비암사는 양쪽에 청계를 끼고 3층단의 대지에다 조금 멀리 석굴까지 갖추고 있다. 이에 비래사는 그 산형의 특색에도 불구하고 전술한 위치·절경과 사자암 아래 청계를 끼고 3층단 대지에다 바로 뒤의 석굴까지 갖추고 있는 점이 거의 일치하여 중시된다. 다만 가람배치는 그 지형과 대지의 규모에 따라 일부 특성을 가질 수도 있지만, 근본적으로 다르지 않았을 터다. 현전하는 전각이야 후대적으로 개변된 것이기에 그 대지와 초석 등을 기반으로 그 상사점을 주측할 수 있을 뿐이다.

그렇다면 이 비래사가 호국원찰로 옹산성과 호응하여 창건된 것은 그 형태와는 관계없이 동성왕·무령왕대를 상한선으로 하여 백제시대까지 올라가리라 추정된다. 문헌 위주의 사학계서야 근거없는 상상이라 하겠지만, 백제시대 국경 외방의 성채 경영과 호국원찰의 상호관계를 깊이 있게 참구한다면, 이 비래사의 창건·발상의 역사는 그만큼 소급·재구되어도 무방할 것이다. 적어도 옹산성 즉 계족산성의 존재를 인정하는 한, 그 역사적 운명을 같이한 이 비래사의 존재를 무조건 부인할 수는 없기 때문이다. 이러한 비래사가 옹산성과 함께 백제 말기까지 유지되다가 마침내 나·제간의 결전에서 그 사명·역할을 다한 뒤에 새로운 운명을 맞이하게 되었던 것이다.

(2) 계족산문 기도도량으로서

이 계족산은 백제시대 본래의 명칭이 아니었다. 원래 이 산을 봉황산이라 했다는 설이 있지만 전거가 불명하고, 한편 옹산이라 불렀을 가능성도 있지만 그것은 이 산 전체의 통칭으로는 마땅치 않은 터다. 지금으로서는 그 본명을 알길이 없지만, 적어도 백제시대까지는 계족산이 아니었던 게 사실이다. 백제로서는 이 산이 호국 결전의 성지이었지만, 망국의 유민들로서는 어찌할 도리가 없었다. 그러나 신라에서는 이 산, 그 옹산성을 최후의 승전지, 통일의 성지로 기념하고 향후 국태민안을 발원·성취하는 일대 도량으로 새롭게 조성할 필요가 있었다.

이에 불교국 신라에서는 승전·통일의 위력으로 승단을 통하여 이 산을 개명·성역화하는 데에 착수하였을 터다. 여기 승단에서 착안한 것이 당시 중국에서 유명한 계족산문 미륵성지였으리라고 본다. 이미 중국에서는 아미산문 문수성지와 오대산문 보현성지, 보타산문 관음성지, 구화산문 지장성지가 전개되어 있었고, 그 계족산문 미륵성지가 내외로 널리 알려져 있었다.[12] 그러기에 중국 불교계에 민감했던 신라 불교계에서는 그 산문 성지를 전범·원형으로 하여 해동에도 영축산문 석가성지와[13] 함께 오대산문 문수성지,[14] 낙가산문 관음성지를[15] 열어 놓고, 이 계족산문 미륵성지까지 그대로 조성했던 것이라 본다.

이 계족산이 저 계족산문처럼 성역화되는 데는 그만한 불연과 함께 산형·지세가 상당한 공통점을 갖추고 있다는 것이다. 저 계족산이 '山形前分三岡後拖一嶺'하여 그 '鷄足形'을[16] 이루고 있는 것과 같이, 이 계

---

12) 杜潔祥, 『中國佛寺史志』 第3輯 제1冊, 「鷄足山寺志」, p.65,278.
13) 경상남도 양산군 하북면 지산리 영축산 통도사 참조.
14) 강원도 평창군 진부면 동산리 오대산 상원사 참조.
15) 강원도 양양군 강현면 전진리 낙산 낙산사 참조.
16) 「鷄足山寺志」, p.99.

족산도 '地形三峰幷列 形如鷄足'으로[17] 상통하는 바가 완연한 터다. 나아가 양자 간에는 불지·성적의 형세·영기가 융통하여 원지·상합의 신묘한 경지가 없지 않았던 터다. 저 계족산문에는 사암이 110여위를 헤아려 미륵성지의 위용을 자랑하는 데에 호응하여, 기존의 비래사 등 상게한 사암을 중심으로 상당수의 사찰이 중수·창건되어 성세를 보였으리라 추정된다. 물론 그 사암의 규모나 수량에서는 이 계족산문이 저 계족산문에 비하여 축소된 것이 사실이겠으나, 그 기본 구조나 사상·내용에서는 일치점을 지향했으라 보아진다. 기실 이 계족산문에 현존하는 사지나 미개발 방치된 사적지를 모두 발굴·복원한다면, 저 산문과 상상 밖의 공질성을 발견하리라 예상된다.

그렇다면 이 비래사는 신라시대에 조성·유지된 계족산문 미륵성지의 중심적 사찰로서 사세를 유지하여 왔으리라고 보아지는 터다. 이 사찰에서는 신라시대에 성행하던 미타사상과 미륵사상 나아가 관음사상이 신행·유통되었던 것이 당연한 귀결이었다. 이 사찰은 저 경주 중심의 불교세나 구도 웅진지역의 미륵중심 불교풍과 함께 호흡하면서, 긴밀한 관계를 유지하였을 것이기 때문이다.

(3) 백월산문 수도도량으로서

이 계족산문과 비래사는 고려시대에 이르면서 신라의 불교사상과 그 신행을 그대로 계승하면서도, 무엇인가 새로운 방향과 방편을 통하여 진취적인 변신을 모색할 수밖에 없었을 터다. 그동안 이 계족산문의 중심사찰이 오랜 타성과 답보상태를 면치 못하고 있을 때, 왕조의 교체와 함께 불교정책이 획기적으로 혁신·강화되었기 때문이다. 실제로 고려 초

---

17) 지헌영, 「계족산하 지명고」, 『한국 지명의 제문제』, p.31.

기부터 그 불교왕국임을 선언하고 명실공히 불교중흥의 기치를 들어 실천하여 왔던 것이다.

이 무렵 불교계에서는 이 계족산문 비래사의 바탕과 전통 위에, 신라적 전통을 가지고 당시 저명하던 백월산문 이성도량의 사상·신앙을 수용하여 새바람을 불어 넣는 게 상책이었다. ≪삼국유사≫에서 기록·증언하듯이, 그 백월산문의 두 성인이 관세음보살의 접인·권화로 미륵불과 아미타불로 성불했다는 극적인 신화가 바로 그것이다. ≪삼국유사≫의 그 내용은 대강 이러하다.

백월산은 신라의 구사군(의안군)에 있는데 산봉지세가 기이·수려하고 수백리에 미쳤으니, 참으로 크고 아름답다. 그 중에 사자와 같은 바위가 꽃 사이로 어렴풋하게 미치는 절경이 있어 중국 황제에게까지 알려질 지경이다. 이 산에 의지한 마을에 노힐부득과 달달박박이 있어 풍골이 비범하고 세속을 벗어나고자 하는 마음이 같기로 벗을 삼아 수행하였다. 그 둘은 부처님의 몽중 계시를 받고 백월산 계곡으로 출가하여 각기 수행처를 달리하여 정진하였다. 박박은 북쪽 사자바위 아래 판잣집을 지어 아미타불을 찾고, 부득은 남쪽 바위 밑 물가에 돌방을 만들어 미륵불을 염하였다.

그리한 지 3년이 채 못된 성덕왕 8년 4월 8일 해질 무렵 20세쯤 되는 미모 무쌍의 낭자가 북쪽 암자에 나타나 재워 주기를 청하니 박박은 계행을 내세워 거절해 쫓는다. 그 낭자가 남쪽 암자에 가서 유숙하기를 간청하니 부득이 중생에 대한 자비심으로 한 방에다 재운다. 그 낭자가 밤중에 해산하고 목욕하는 것을 수행·보조하고 그 낭자의 권유로 함께 목욕하고는 미륵생불이 되니, 그 낭자가 관세음보살의 화신으로 성불을 도왔다면서 사라진다. 밤을 새운 박박이 남암에 찾아와 부득의 성불에 놀라고 그 미륵생불의 지시로 남은 물에 목욕을 하니 아미타생불이 되지만, 그 물이 부족하여 얼룩이 부처가 된다.

두 생불은 그 소식을 듣고 찾아와 경배하는 사람들을 교화·구제하고 서승하니, 이 소문을 들은 경덕왕이 백월산남사를 짓고 미륵불상과 아미타불상을 조성·봉산하였다.

이러한 백월산문 이성도량의 사상·신앙이 거의 그대로 이 계족산문에 적용·재현되었다는 것이다, 전술한 대로 백월산의 삼산, '一體三首'·'師子岩'과 이 계족산문의 '地形三峰幷列'·'師子岩'이 직접 상통하고 있는 데다, 저 백월산의 '南庵' '白月山南寺'와 '北庵'이 이 계족산의 남향암자 '南庵' '鷄足山飛來寺'와 북향암자 '北庵' 실명사지로 공통되어 현존하고 있는 터다. 여기 비래사야 말로 저 백월산 북암의 '師子岩'아래 '板房'과 남암의 '磊石下有水處'에 '磊房'의 요건을 함께 갖추고 있어 주목된다.

이러한 두 산문 성지의 유사·공질성은 각 산하 지명을 통하여 직·간접으로 실증된다. 일찍이 사계의 권위 지헌영이 「鷄足山下 地名考－白月山下 地名과 비교하여」에서 그 논증의 탁견을 보인 바가 있어, 경의를 표한다. 그 논문이 해박한 고증을 거쳐 내린 결론은 다음과 같은 대조표로 요약되었다.

박월산하 지명	계족산하 지명
白月山	白達村
雉山村	鷄足山
花山(三首一體)	鷄足山(三峰竝列)
法宗谷	法洞·宋村
法積房	法洞·宋村
懷眞洞	懷德縣

琉璃光寺	飛來庵
磊房	돌고개(鳳巢寺)
無等谷	無比山里
仙川村	紅桃村(武陵村)
僧道村	法洞(梵洞)
師子岩	虎岩
彌勒說話	彌勒院[18]

이와 같은 공통점을 통찰하여 두 산문성지의 법연과 상관성을 입증하고 있는 터다. 여기에는 '磊房≒돌고개(鳳巢寺)'나 '師子岩≒虎岩' 등에 재고의 여지가 있다지만, 총체적인 지명 비교가 현지 확인의 과학적 전거에 의하여 움직일 수 없는 그 양자의 유사·공질성을 보증하였다.

이로써 두 산문 성지의 관계가 밝혀졌거니와, 지헌영은 양쪽의 사암에 관하여 구체적인 대비를 주저하지 않았다.

> 飛來庵은 語源的으로 白月山下의 「板房」·「琉璃光寺」에 比할 수 있는 反面, 그의 位置 地形에서 白月山下의 「磊房」에 比할 수 있으리니 (중략) 鷄足山東鳳巢洞(飛來寺北二里) 「돌고개」 下 梵洞>범채골>虎岩上에 있던 無名寺址를 位置, 地形的으로 白月山下 板房에 比하고, 語源的으로 白月山下 「磊房」에 比할 수가 없을까[19]

그리하여 이 계족산문 비래사가 백월산 남암, 백월산남사의 위치를 점유하고 그 불교적 실상을 구비하여 그 역할을 다했으리라는 점을 재확인하였다.

그렇다면 이 계족산문 비래사는 백월산 남암, 백월산남사와 같이 미륵

---

18) 지헌영, 「계족산하 지명고」, p.36.
19) 지헌영, 「계족산하 지명고」, pp36~37.

불을 봉안하고 겸하여 아미타불을 안치하며, 나아가 관세음보살을 신봉하는 통합적 도량으로 위용을 보였으리라 추정된다. 이러한 비래사가 신라대와 고려대에 걸쳐 전통을 지켜 온 불교사상을 포괄적으로 신앙해 온 것은 당연하고도 자연스러운 현상이기 때문이다. 그러기에 이 계족산문 비암사와 백월산문 남사의 사이에서 그 저명한 두 성사의 성불담, 관세음보살의 감응신화는 어느 단계까지 감명깊은 불교성화로서 행세·유전되었으리라 보아진다.

(4) 유·불 소통 융합도량으로서

조선시대의 숭유배불정책은 불교의 수난기를 가져 왔지만 '外儒內佛'의 조류를 보인 것도 사실이었다. 이 무렵의 계족산문이 사태를 만나고 허물어지기 시작한 것은 사실이지만, 비래사의 사세는 사하촌, 송촌이나 비래동 등 회덕현 신도들의 신행에 의하여 그 명맥을 유지하여 왔던 것이다. 이 비래사가 워낙 전통적인 도량으로 유교숭상의 새로운 분위기 속에서도, 양반 대가 부호들을 중심으로 그 내정·부녀들의 신심·정성에 의지하여 겨우 현상을 유지하며 하향의 세월을 보내게 되었다. 그러기에 불교무상의 흐름에 따라 계족산문이나 백월산문의 위용과 신앙적 위신이 꿈처럼 사라지고 그 찬연한 불교사상이나 성불신화 등이 점차 망각의 뒤안길로 들어설 수밖에 없었다.

그런데도 이 비래사는 사하촌 대성들의 원찰처첨 행세하며 통과의례나 세시기도 등 기복불교로써 활로를 모색하게 되었다. 여기서 이 비래사는 양반·향민들의 가정적 기도처가 되고, 그 자제들의 강학처 내지 개인적인 공부방으로 전환되었던 것이라 하겠다. 이로부터 이 비래사가 유·불소통의 융화도량으로 서서히 그 면모를 갖추게 되었을 터다. 기실 회덕지역의 양반 ·향민의 자제, 그 인재들이 이 비래사에 와서 과거공부나 유학강의를 하게 되면서 유교와 불교의 소통이 이루어지고 자연스럽게 그 융화의 분위기가 형성되었기 때문이다.

그러기에 이 비래사는 조선 중기에 이르러 축소·퇴락의 난관 속에서 그 중수의 기회를 맞이하게 되었다. 그 당시 회덕 중심의 명문가 출신의 명인들이 그 재력과 성심으로 이 비래사를 중창하기에 이르렀던 터다. 일찍이 사우당연보 1616년조에 비래사 승려 지승을 시켜 그 부친의 문집을 편간케 하고 그 판목을 비래사에 소장했다고 하니, 그 당시 비래사의 위치를 확인할 수가 있다. 그리고 송준길의 동춘연보, 기해 숭정 12년(인조 17, 1639) 선생 34세 때에

二月與諸生會講于飛來庵 宋村東有飛來洞 頗有岩崖潭瀑之勝 先生爲構小庵
于瀑上 以爲諸生肄業之所

라고 하여, 일찍이 비래암에서 여러 제자들과 회강한 적이 있음을 말하고, 이어 비래동의 암애·담폭의 승경지 비래암 아래 폭포 위에 작은 집, 옥류각을 지었다고 증언하였던 것이다. 여기서 이 옥류각이 창건되기 이전에 비래암이 유지 경영되었음을 확인하게 된다. 그로부터 5년 후 숭정 17년(1644)에 학조가 화주로서 요사를 확대·신축하고[20] 그 후 3년 정해년(1647)에 비래암을 중창하게 되었다. 송시열이 <飛來庵故事記>에서

崇禎丁亥 洞中諸宗令緇徒學祖 重創此齋 旣成 同春宋公書此于紙云云[21]

하여 동중 여러 일가들이 협력하여 학조로 하여금 비래암을 중창케 했다고

---

20) 비래암 요사의 해체 시 들보에서 나온 문서에 '崇禎十七年 化主學祖'라 하였다.
21) 비래사 소장 비래사고사기 목판 참조.

증언하였다. 이런 정도로 비래사가 조선 후기까지 현상을 유지하면서 명맥을 지켜 온 것은 그 요사의 재건·중수의 기록을 통하여 확인할 수가 있다. 그 요사 해체시 나온 문서에 숭정 28년(1655)에 법장이 개건하고, 숭정 105년(1743)에 덕명이 중수했다고 기록되었기 때문이다.[22] 이어 이 비래사는 사세가 미미했을 것이지만, 조선 말기까지 간단없이 법등·향화를 보존하여 왔던 것이다. 비록 이 시대의 비래사가 하향의 운명에서 어렵게 그 전통을 이어 왔지만, 그 찬연했던 산문·성지의 법맥을 저조하게나마 축소·계승하였음을 확인하고, 나아가 유·불소통의 원융한 도량이었음을 주목해야 될 것이다.

(5) 근·현대적 중흥도량으로서

이 비래사는 개화기·일제강점기를 거치면서 현상 유지조차 어려워 폐사의 위기까지 맞이하게 되었다. 광복 이후 혼란기에 이 비래사의 사정이 더욱 악화되었을 때도, 사하촌 회덕지방의 부녀 신도들의 신심·정성으로 폐사의 위기를 겨우 면하고, 이른바 불교정화 이후 조계종 총무원에서 그 질서를 잡게 되었다. 제6교구 본사의 발령을 받아 온 주지들이 능력껏 노력했지만, 남은 것은 옥류각과 함께 퇴락한 대웅전·산신각, 사자암 석굴과 요사뿐이었다.

그러다가 최근에 이르러 제8대 주지 지홍이 대지를 높이고 대적광전과 삼성각을 신축하면서 3층석탑을 세우고 사자암 석굴에 기도단까지 만들었다. 이어 제10대 주지 석파가 2층 요사를 신축하여 그 면모를 일신하였다. 이로써 이 비래사는 근·현대적 중흥도량이 되었지만, 그 원형적 전통을 계승한다는 점에서는 너무도 혁신적인 것이었다.

---

22) 위 비래사의 요사관계문서 참조.

이에 이 비래사는 창건으로부터 유구한 전통을 이어 현재에 이르기까지 면면히 우역곡절을 겪어 왔다. 전술한 대로 백제시대 호국원찰로부터 신라시대의 계족산문 기도도량, 고려시대의 백월산문 수도도량을 거쳐 조선시대의 유·불소통 융합도량에 이어 근·현대의 혁신적 중흥도량에 이르기까지 실로 천수백년의 역사를 이끌어 온 것이었다. 그렇다면 이 비래사는 천년고찰이라 혀여 무방하리라 본다. 실제로 이 비래사의 창건과 그 전개에 대한 역사적 연구는 한기범의 「비래사의 유래와 문화적 특성」으로 미룰 수밖에 없다.

3. 비래사 유형문물의 변천과정

1) 대지와 가람배치

(1) 성격과 대지선정

전술한 대로 이 비래사가 백제시대 나·제간의 국경선상의 산지 옹산성의 배후 사찰로 호국원찰이었다면, 그 대지는 천혜의 길지요 수적의 불지로 마련된 것이었다. 당시 백제의 수도 웅진 궁성을 옹위하는 동·서·남·북의 호국혈사, 그 중에서도 북혈사에 해당하는 비암사의 대지와 함께 이 비래사의 대지는 그 특징을 갖추고 있다. 그 자체로서 방위에 적합한 자연요새의 환경 지형, 천연 장애물을 방벽으로 하는 지대가 이 비래사의 숙명적인 대지였다. 계족산 중앙 산봉 웅봉산의 암애와 사자암 석굴, 그 첩첩한 암반과 청계가 둘러 흐르는 그 성지가 바로 비래사의 대지로 선정되었던 것이다.

그래서 비래사의 대지는 다른 호국원찰과 똑같이 그 지대가 3단층으로 조성되고, 그 뚜렷한 석굴을 대동하고 있는 게 당연하다. 이 비래사의 입구 옥류각이 서있는 자리가 제1층단이라면, 고금 요사와 석탑이 있는 마당이 제2층단이요, 현재 대적광전과 삼성각이 자리한 대지가 제3층단이라 하겠다. 게다가 제3층단의 배산석벽 사자암 아래의 석굴이 기도와 방어의 공간으로 버티고 있는 형국이다. 이만하면 옹산성을 옹호·후원하는 호국원찰의 대지 요건을 완비한 적지라 하겠다.

(2) 비래사의 가람배치

잘 알려진 대로 백제 사찰의 가람배치는 중문 안에 1탑·1금당·1강당을 요사와 함께 일직선 상에 배치한다 하거니와, 이 산간 호국원찰은 그 원칙을 따르되 우선 그 강당이 생략되고 산신각이 부대되는 게 특징이라 하겠다, 이런 점에서 비래사는 제1층단에 중문을 겸하여 천왕문을 세우고, 제2층단 좌우에 요사·승사와 부속건물을 배치하여 제3층단에 석탑과 법당을 경영하는 게 원칙이었다. 그 동일 평면 사자암 쪽으로 산신각을 설치하는 게 당연한 일이었다. 이 전각이 석굴과 연결된 산신영험·호법신앙의 현장이었기 때문이다. 특히 이 석굴은 다른 원찰에 비하여 크고 넓어서 선무 수련에 적합하고 적대 방위의 요새도량이 되었을 것이다.

2) 비래사의 건축과 변모

(1) 전각의 원형과 유형

이 비래사가 백제시대 호국원찰로 창건될 당시 그 전각은 기본적인 원형을 갖추고 있었을 터다. 전술한 대로 이 비래사에는 입구로부터 제1층단에 인왕문을 겸한 천왕문이 중문 역할을 하는 게 순리였다. 제2층단에는 요사가 자리하고 그 맞은 편에 종각이 섰을 가능성이 크다. 거기에 최소한 대북과 범종을 설치하여 조석예불에 응용할 뿐만 아니라, 그 국경 산성과의 군사적 연락이나 성원에 사용할 필요가 있었기 때문이다. 제3층단에는 먼저 석탑 1기가 세워지고 그 앞에 법당이 우뚝이 서서 금당의 위풍을 보였을 것이다. 그 법당이 그 안에 봉안 된 불격에 따라 성격이 결정되거니와, 여기는 호국원찰이라는 명분에 의하여 화엄신중과 더불어 미륵불이나 석가불이 주불이었을 터다. 그러기에 그 법당이 미륵전이나 대웅전이라 불릴 수도 있었을 것이다.

그리고 동일 층단에 그 사자암 쪽으로는 산신각이 세워졌을 것이다. 그것은 산중 사찰의 특징으로 고유한 산신신앙과 직결되어 호국사찰의 역할까지 겸하고 있었기 때문이다. 이 제3층단 사자암 아래의 석굴은 매우 독특한 기도·수행공간으로 설치·인식되어 아주 존중되었을 터다. 이 석굴이야말로 원래 고유신앙의 신행처로 활용되다가 호국원찰의 필수적인 석굴로 승화되어, 실제로 수행·호국의 기능을 다하였을 것이기 때문이다. 이러한 초창기 전각이 배치·건립되는 데에는 지형·경관에 따라 다소의 차이는 있지만, 대체로 그 보편적인 유형을 크게 벗어나지는 않았으리라 본다.

(2) 전각의 중창과 변모

이 비래사가 나·제의 결전에서 옹산성을 옹호·지원하는 호국원찰이었기에, 그 패전의 결과로 신라군에 의한 막대한 피해를 예상할 수밖에 없다. 그런데도 신라의 통일·유화정책과 함께 이 계족산문 미륵성지로 개산하여 중부지역의 불국정토를 지향했다면, 이 비래사는 이 산문의 중심사찰로 획기적인 재건·중창을 보았으리라 추정된다. 그렇다면 이 비래사는 창건당시의 기본적 전각을 유지하면서 호국원찰로서의 면모와 특성을 제거·정리하고, 신라적 면모를 강조하는 방향으로 변모되었을 터다. 그러기에 호국을 강화한 주불이나 신중이 미륵과 미타의 정토를 강조하는 방향으로 전환되었을 것은 있음직한 일이다.

이러한 계족산문의 비래사가 오랜 전통을 이어 오다가 고려시대를 맞아 그 백월산문 성불성지로 새로운 면모를 갖추게 되니, 그 전각이 색다르게 변화될 수밖에 없었다. 그 계족산문의 불국정토 신앙을 계승하되, 특색있게 구체화됨으로써 그 변형의 양상이 그 전각에 반영되는 게 당연하기 때문이다. 그런데 이 비래사의 전각은 저 백월산남사에 상응하여 재편되었을 터다. 그러니 그 법당의 주불이 미륵불로 재확정되면서 이 전각은 외부의 현판·벽화나 내면의 탱화·성물 등에서 그에 상응하는 변화를 겪었을 것이다. 이어 이 미륵전의 뒷면 사자암 석굴에 상응하는 자리에 전각을 새로 지어 아미타불을 봉안하면서 이를 무량수전이나 극락전으로 꾸몄을 터다. 저 백월산문 남사의 두 불전이 이와 같은 상관성을 갖추고 있었기 때문이다. 따라서 위 사자암 석굴은 두 성인을 성불시킨 관세음보살을 모시고 관음굴로 숭봉되었을 가능성이 짙다.

일찍이 고유섭은 <박연설화>에서 개성 박연 상에 있는 석불 2기가 '노힐부득 달달박박'이라고 호칭되었던 사실을 들어 '백월산의 세계와 박연의 세계가 이 박박·부득 양상으로 말미암아 교법으로나 전설으로나 어느 긴밀한 관련이 있을 것이라' 전제하면서, '그 양상이 있는 상곡에 관음굴이 있다'고[23] 증언하였다. 그처럼 이 비래사에 그 양성의 성불로 두 불전이 조성되었다면, 그 성불 인연을 지은 관세음보살이 그와 직결된 석굴에 봉안되는 게 당연한 일이었기 때문이다.

여기서 비래사에서는 미륵불 중심도량으로 사세를 확장하고 있을 때,

---

23) 고유섭, 「박연설화」, 『문장』 제1권 제9호 참조

계족산 자락의 교통 요지에 황씨 대시주의 보시·협력으로 미륵원을 창건·운영했을 가능성이 충분하다. 전술한 중국의 계족산문 아래에도 '彌勒院'이 중심을 이루었거니와[24] 이 계족산문 아래에도 신라 때부터 유래했을 미륵원이 고승 정심과 황연기 중심으로 중수·운영되다가 그 자손들에 의하여 그 부설 남루까지 건립·경영하여 그곳을 통과하는 모든 사람들에게 미륵신앙에 따른 자비 보시를 베풀었던 것이다. 그러기에 이 회덕의 미륵원은 미륵중심도량 비래사와 긴밀한 관계를 맺은 자비·보시의 실천도량이었으리라 추측된다. 그러기에 이 미륵원 남루에 대한 불교적 찬사와 역대 명인의 제영이 거듭되었던 것이다. 그 중에서도 이색의 <회덕현미륵원남루기>는 이 미륵원의 내력과 불교적 운영실태를 잘 증언하는 터다.[25]

이 비래사는 조선시대 배불의 사태속에서 모든 전각이 점차 축약·퇴락의 길로 접어들 수밖에 없었을 터다. 그러는 와중에서 전래되던 천왕문이나 종각 등이 위기를 맞았을 것이다. 쇠퇴 일로의 사찰에서는 이런 전각이 방치·무시되기 쉬운데다가 일단 추락하면 중창·재건의 기회를 얻지 못하는 경우가 허다하기 때문이다. 이럴 때에는 미륵전 같은 주전이 무난한 석가불을 모시는 대웅전으로 개편될 수도 있었던 터다. 그것이 미륵불 중심의 사세를 약화시키는 하나의 실제적 방편일 수도 있었다. 이런 시점에서 미타신앙이 쇠퇴하던 분위기를 타고 비래사의 무량수전이 퇴락의 기로에서 폐기되었을 가능성도 없지 않다. 그렇다면 위 사자암 관음굴도 본래의 위력과 기능을 상실하여 변모되었으리라 추측된다.

---

24) 彌勒院,在慧燈庵左背靠 迦葉殿創建年遠日就傾圮 丁亥年僧正用募鄕紳 吏部曾高捷遷址重建 康熙丙辰年僧學融 重修接衆,「鷄足山寺志」, p.278.
25)『대전시사』제4권, pp.172~173.

이 비래사가 조선중기에 이르러 위와 같이 중창될 때는, 대웅전을 중심으로 산신각과 요사가 주축을 이루었고, 그 천왕문의 자리에 옥류각이 건립되었으리라 추정된다. 따라서 위 무량수전이나 관음굴, 종각·천왕문은 자취를 감추게 되었을 터다. 이다지 유·불소통의 융합적 중창 불사는 조촐하게 진행되었고, 그때의 축소된 전각들은 중수의 우여곡절을 겪으면서 조선 후기까지 유지되고 그 퇴락의 면모를 근대까지 보여 왔던 것이다.

다만 그 옥류각만은 비래사가 중수될 무렵, 천왕문 중문 자리에 건립되어 유·불 협력과 공존의 표본을 실증했던 것이다. 이 전각은 비래사의 일환이면서도 항상 독자적 관리를 받으며 활용되었던 터다. 그러기에 이 옥류각은 비래사 본전이 퇴락하는 형편 아래에서도, 그 자체로서 중수를 거듭하여 전통적 면모를 그대로 유지하여 왔다.

(3) 전각의 재배치와 신축

이 비래사는 근·현대에 들어서도 전대의 전각을 초라하게 계승하여 최근까지 그 모습을 보여 주었다. 그리하여 비래사의 전통적 전각으로 대웅전과 산신각, 요사 외에도 옥류각 등이 그 사실을 증언하고 있었다.

이 대웅전은 동향하여 자리잡은 익공계의 건물로 정면 3칸, 측면 2칸의 규모에 겹처마 팔작지붕을 갖추고 있었다. 그 구조는 자연석 기단 위에 원형의 주초석을 놓고 원형 기둥을 세웠다. 주상부의 공포는 초익공계통이나 익공의 아래에 용두장식을 하는 등 퇴화된 수법을 보이며, 주간의 창방 위에는 5개의 소루를 놓아 주심 도리·장설을 받쳤다. 그 가구는 간결한 삼량 보집으로 구성되었는데, 양단간에서 측면의 중앙기둥과 대들보 사이에 걸쳐진 충량이 있으니, 내단에는 용두장식을 새기고 외단에는 용신을 조각하여 지붕을 받들었다. 이 전각의 내부는 우물마루를 깔고 그 중앙 칸 후편으로 불단을 조성하여 석가불을 모셨다.

이어 산신각은 대웅전의 우측 사자암 석굴 옆에 자리한 소형 전각이다. 원형의 초석에 4개의 원주를 세워 올린 팔작지붕의 건물이다. 정면 3칸에 측면 1칸의 작은 규모에 공포가 분명치 않고 단청마저 퇴색되었다. 그 내부는 마룻바닥이고 그 절반의 맞은 편 벽면에 의지하여 신단을 꾸미고 3매의 산신도를 봉안하였다.

그리고 이 요사는 '비래암'이란 현판이 붙어 있어, 그 전각과 혼동하게도 되었다. 제2층단의 동편 청계를 두르고 자리했는데, 이 건물은 정면 4칸, 측면 2칸으로 주간을 구획한 다음 다시 우선으로 꺾이어 정면 2칸, 측면 2칸을 덧달아 전체적으로 ㄱ자형 고패집을 이루고 있다. 이 건물 정면의 좌측 3칸과 우단부에 잇따른 2칸에는 반 칸씩의 툇마루가 달린 온돌방으로 꾸미고, 우단 꺾인 부분에 부엌과 1칸의 온돌방을 각각 들었다. 구조는 자연석 기단 위에 큰 할석의 덤벙주초석을 놓고 방형 기둥을 세웠는데 부분적으로 원형 기둥을 사용한 데도 두 곳이나 있다. 거기에는 공포가 생략되었고, 가구는 2고주 5량 집으로 지붕은 홑처마에 팔작형을 유지하고 있다.

이러한 전각이 1990년대에 이르러 후락하여 헐리게 되고 새로운 건물로 재건되었다. 새로운 석축으로 제2층단과 제3층단을 상당히 높이고 그 위에 대적광전과 삼성각, 요사 등을 신축하였다. 이상 비래사의 전각, 그 건축의 변천과정과 신축 건물의 실상에 대한 상론은 이달훈의 「비래사의 대지와 건축」으로 미루겠다.

3) 비래사의 회화와 변천

(1) 전각의 단청

이 비래사의 단청은 역대 모든 전각의 내외에 걸쳐 일체의 목재 위에 그려진 화려한 장엄이요 불화의 기반이었다. 그들 전각의 붉은 색 둥근 기둥이 창방과 평방을 만나는 자리로부터 내외 공포와 서까래·처마, 그 내부 천정에 걸쳐 다양한 색깔로 불보살·연화·서조·서초·도안 등이 일체의 불교적 문양을 조화롭게 그려, 아름답고 거룩한 미술세계를 이룩하여 왔다. 그러나 지금 비래사에서는 그러한 당청을 회상·재구할 수밖에 없고, 다만 현존하는 전각의 단청만 소중하게 바라볼 따름이다.

회상해 보면 옹산성을 옹호하는 호국 원찰로서나 계족산문 기도도량, 백월산문 수도도량, 나아가 유·불소통 융합도량으로서 이 비암사가 건립·행세할 때, 그 전각들의 단청이 그 시대와 상황, 주불과 사세에 따라 그 특성과 차이점을 보였을 것은 물론이다. 그 당시 그 전각들의 단청이 그 시공자 단청장의 능력과 안목에 의한 최선의 작품이었다고 전제할 때, 현전하지 않는다손 치더라도 비래사의 단청사·회화사상에서는 그 가치와 위상을 복원해 볼 수가 있겠다.

이에 현전하는 대적광전을 중심으로 삼성각까지의 단청을 보면 현대적 감각을 살리면서 전통적 문양과 색상을 능숙하게 조화시켜 놓았다. 이것은 비래사 단청이 우여곡절을 겪으며 그 시대의 조류에 맞게 변모·혁신된 성과이므로, 이를 중시하면서 그 이전의 단청이 변모되어 온 궤적을 추구·복원해 보는 현대적 전거로 삼아야 할 것이다.

(2) 벽화의 계통

이 비래사의 벽화는 역대 여러 전각의 벽면에 그려져 두렷한 불화의 세계를 이루어 왔다. 이러한 벽화는 그 전각의 성격과 권능에 따라 특색 있게 그려지는 게 당연한 일이었다. 이 비래사가 호국원찰 시대나 계족 산문 시대, 백월산문 시대 나아가 유·불소통 융합시대에 걸쳐 그 벽화 가 그 전각들에 상응하는 내용·법화를 그려 놓았을 가능성이 얼마든지 있었기 때문이다.

회상컨대 호국원찰로서의 전각에는 애국과 승전을 기원하며 찬탄·격 려하는 법화를, 계족산문 기도도량으로서의 전각에는 신라 불교사상의 주류인 미륵신앙·미타신앙의 정토세계를, 백월산문 수도도량으로서의 전각에는 위 정토세계에다 관음신앙을 더하여 그 두 성인의 성불담 정 도를, 유·불소통 융합도량으로서의 전각에는 유생과 승려가 어울리는 장면을 그려 놓았을 것이다. 그러나 분명한 것은 이 역대의 벽화들이 그 에 적합한 장면화·서사화로써 그 전통을 면면히 이어 왔으리라는 점이 다. 지금은 다만 대적광전의 벽면에 혜능·원효에 관한 법담과 신이한 불타의 행적 등을 단편적으로 그려 놓았을 뿐이다.

(3) 괘불탱화의 전통

이 비래사에도 그 사격과 역할을 통하여 중형·소형의 괘불탱화가 제 작되어 있었을 터다. 비암사에도 지금껏 대형괘불이 전해 오는 것을 미 루어, 역대 비래사에서는 그 불사·역할에 따라 중대한 행사에 특별이 이용하기 위하여 그 괘불탱화를 조성·보관했을 가능성이 얼마든지 있 기 때문이다. 이 비래사의 위와 같은 역대의 사격·사세로 보면, 그만한 괘불탱화를 보존하는 것이 당연한 관례 전통이라 하겠다.

(4) 후불탱화의 다양화

이 비래사의 후불탱화는 역대의 모든 전각 안에서 불상·보살상·신중상의 후벽에 걸리어 그 성상의 세계를 표상·장엄하여 왔다. 이러한 후불탱화는 창건 이래 성상을 모실 때에 반드시 그 배경화로서 필수되었기 때문이다. 이 비래사의 역대 전각과 불상들이 미륵불상·아미타불상·석가불상 등으로 계맥을 이었거니와, 그때마다 그 불상에 상응하여 불교세계를 장엄하는 불화가 그려져, 그 뒷벽에 걸리는 것은 너무도 당연한 일이었다.

그러나 이 후불탱화는 조선시대 이전의 것은 물론, 조선 후기 작품까지 폐기되거나 도난당하여 남은 것이라고는 하나도 없다. 그전에 위 대웅전에 걸렸던 신중탱화와 지장탱화가 대적광전에 옮겨졌는데, 그 후불탱화 대신에 현대적 소형불상을 배열하는 바람에 그 자취를 감추고, 최근에 그린 신중탱화만 자리를 지키고 있다. 한편 신축한 삼성각 전면 벽에는 일제강점기나 최근에 그린 칠성태화와 독각성탱화, 산신탱화가 나란히 걸려 있는 실정이다.

4) 비래사의 조각과 변모

(1) 불보살상과 신중상의 조성

이 비래사의 불보살상과 신중상은 창건 당시부터 다양하게 제작되어 해당 전각 안에 봉안되어 왔던 게 사실이다. 역대의 모든 전각에는 반드시 주불과 보처 보살상이 안치되는 게 너무도 당연하기 때문이다.

가령 초창기 호국원찰일 때는 그 미륵전에 미륵불상과 보처 보살상, 화엄신중상을 모셨을 가능성이 있다. 그 신중들로는 천왕전에 사천왕상이나 인왕상 등이 조성·배치되어 호국원찰의 면모를 갖추었을 것이다. 나아가 계족산문이나 백월산산문 시절에도 그 도량의 성격대로 미륵전에 미륵불상과 좌우보처가 계승되고, 무량수전에 아미타불상과 좌우보처가 봉안·숭신되었을 것이며, 그 사자암 관음굴에는 관음상이 자리하였을 것은 필연적인 일이다.

그리고 유·불소통 융합도량에는 축소된 대웅전에 석가불상이 좌우보처와 함께 불좌를 지켰을 것이니, '대웅전의 내부에 중앙 칸 후편으로 불단을 조성한 후 금강합장인의 통견의를 걸친 석가여래 1구가 모셔져 있는데 머리에는 계주 2개가 장식되어 있어 조선시대 불상의 특징을 잘 보여 준다'[26] 보고되었다. 그 후로 사자암 관음굴은 변모되어 그 옆에 석조미륵불상을 세웠다는 구전이 있을 뿐, 지금은 그 석굴의 불단에 소형 약사여래좌상이 자리하고 있다.

그런데 신축된 대적광전에는 조선시대의 목조비로자나불상이 후불탱화 대신 최근에 조성한 소형불상에 둘러 싸여 있어 주목된다. 이 불상은 효종 2년(1651)에 조각되어 이전에 대전시 유형문화제 제30호로 지정되었다가 지금은 보물 1829호로 승격되었지만, 실로 국가 보물급 성상이다. 이 불상에 대한 내력과 실상, 그 가치에 대해서는 김창균의 「비래사 대적광전 봉안 목조비로자나불좌상에 대한 고찰」로 미룬다.

(2) 석탑의 건립과 보전

이 비래사의 석탑은 호국원찰로 창건당시부터 건립되었을 터다. 백제시대 가람배치의 전형이 1탑·1금당·1강당이었기로, 비래사에서도 1기의 석탑이 건립되는 것은 필수적이었기 때문이다. 그러던 것이 계족산문의 기도도량에서는 파괴되었을 가능성을 배제하기 어렵다. 아무래도 백제의 국력과 교세를 표상하는 그 석탑이 신라군에 의하여 피해를 입기가 쉬웠을 터다. 그러나 통일 이후 신라의 정치와 불교 시책에 따라 계

---

26) 『대전시사』 제4권, p.131.

족산문을 개창하면서, 백제의 그것을 제압하고 신라불교의 성세를 서원하는 신라식 석탑을 지었을 것은 짐작하기에 어렵지 않다. 이 석탑은 고려시대 백월산문을 새롭게 열기까지도 그대로 유지되었으리라 보아진다. 이 고려시대 불교가 신라의 그것을 평화적으로 계승·발전시켰기 때문이다. 이 비래사의 석탑은 조선시대에 들어 배불·억불의 소용돌이 속에서 방치·제거되었을 가능성이 가장 크다. 그런 중에서도 비래사의 역대 스님들이나 신도가 그런 석탑을 다시 일으키려 노력했을 것이나 뜻을 리루지 못하였다. 최근에서야 대적광전 재건과 함께 제2층단 법당 바로 앞에 중형 3층 석탑을 새롭게 조성하였다.

(3) 여타 석조 성물의 설치

이 비래사는 석축이나 석교·당간지주·주춧돌·우물, 석등이나 부도·비석 등 석재 조각을 다양하게 제작·활용하였던 게 사실이다. 이러한 조각들이 창건 이래 변모·소실되어 그 형적을 찾을 수 없으나, 현존한 잔재를 통하여 그 전승·변천의 전통·맥락을 어림해 볼 수가 있겠다. 이제는 그 시대의 석축과 석교의 흔적만을 볼 수가 있고, 주춧돌의 일면을 신축건물의 일각에서 찾을 수 있을 뿐이다. 여기 유서 깊은 석축 우물은 최근가지도 지금의 석탑 바로 앞에서 오랜 세월 석간 청정수를 뿜어내다가, 그 신축 건물·석탑을 위하여 무참히 메워지고 말았다. 그리고 단 하나의 석비, '비래사공덕비'가 사자암 석굴불단 앞에 두뚝이 서 있을 뿐이다.

5) 비래사의 공예와 활용

(1) 법당 장엄구의 부각

이 비래사에서는 역대의 법당마다 장엄구가 찬연하게 치장되어 왔던 것이다. 지난날의 그 장엄구는 회상에 머물 수밖에 없지만, 신축된 대적광전 등의 그것만으로도 족히 그 전통적 계승의 면모를 유추할 수가 있다. 우선 외모로부터 그 공포의 미술적 조직·부각이 목조공에의 절정을 이루고, 앞면과 양측의 띠살문은 단순한 듯이 현란한 기하학적 문양이 목조공예의 뛰어난 단면을 부각시키고 있다. 이들 전각의 현판이 명필의 정교한 새김을 받아 그 정법의 핵심을 드러내고 있다. 지금의 '大寂光殿'도 그렇거니와, 요사에 걸려 있던 우암의 명필 '飛來庵'을 아로새긴 현판과 '玉溜閣'의 그것이 너무도 소중한 것이다. 나아가 역대 불법의 명구를 명필로 써서 핍진하게 새겨 냈으니 목조공예의 일품이다. 여기 대적광전과 삼성각의 기둥에 목각된 주련을 걸은 것은 '天上天下無如佛 十方世界亦無比'등의 명언으로 하여 그 진가와 전통성을 입증하고 있는 터다.

이어 법당 안에 들어서면, 내면공포의 현란한 조직·부각이 들러리한 가운데 주존불 위의 닷집이 찬연하게 조성되어 목조공예의 결정체를 보인다. 위 대적광전의 아려·정교한 닷집과 그 주위의 장엄은 범궁이나 용궁의 용상·천정을 방불케 한다. 그래서 본존불의 그 불단에는 또한 정성을 다한 목조공예의 보좌가 형성된다.

그 불단·보좌에 새겨진 각종 문양, 4각의 공간에 청정불법의 연화나 상서로운 화초, 조류·동물을 조각하여 목조공예의 진면모를 보이고 있다. 또한 그 법당 안 후불탱화 대신의 소불상은 소형 좌대와 함께 전체적으로 유명한 석굴의 천불동을 연상할 만한 공예작품이라 보아진다.

(2) 법구·공양구의 구비

이 비래사에는 오랜 세월을 걸쳐 각종 법구가 전래·활용되어 왔던 것이다. 이 법구는 흔히 법고·범종·목어·운판 등 사물과 법당 안의 소종·징·경쇠·목탁·요령까지 예불·법회 등에 법음을 올리는 성물이다. 따라서 고금의 웬만한 사찰에서는 으레 이들 법구를 거의 다 갖추어 온 게 사실이다. 그렇다면 이 비래사에서도 창건 당시부터 이러한 법구를 필요한 대로 구비해 왔다는 것은 너무도 당연한 일이다. 그것이 호국원찰시절에 알맞은 법구로 마련되고, 계족산문 시절의 신라적 변모와 백월산문 시절의 고려적 계승을 거쳐 배불·척불의 시대에 허물어지고 말았을 것이다, 그 후로부터 지금까지 그 복원을 보지 못하고, 다만 대적광전 안에 연기 없는 소종 하나가 있을 뿐이다.

한편 이 비래사에는 자고로 육법공양구가 갖추어져 불교공예의 정수를 보여왔던 게 사실이다. 지금 법당 안에서 활용되는 각종 공양구가 그런 전통을 계승한 공예품이라 하겠다. 그 향공양의 향로를 비롯하여 꽃공양의 화구, 등불공양의 촛대, 메공양·떡공양· 과일공양의 각종 도기·기명 등이 바로 그것이다. 그 대부분이 현대적 제품이지만, 오랜 전통을 계승·발전시켰다는 점에서, 그 불교공예로서의 진가와 기능은 오래 이어질 것이다.

(3) 여타 특수한 공예품

이 비래사에는 대대로 명인·공장들이 남긴 공예물이 있어 왔다. 역대 명인들의 글·글씨를 암석이나 목판에 새겨놓은 것이 바로 그것이다. 이 사찰에는 조선 중기 이전에도 이러한 공예물이 전래되어 왔겠지만, 그 흔적을 찾기가 어렵다. 다만 이 비래사가 조선 중기로부터 유·불소통의 융합도량으로 행세하면서 그 특수한 공예품이 제작되었다.

먼저 비래사의 입구 옥류가 흐르는 길가의 자연석에 새긴 '超然物外'는 명언 명필인데다 멋진 석각이라 더욱 돋보인다. 동춘당이 그 명구를 직접 썼다 하거니와, 그 석각이 주위 환경과 어울려 청정·해탈의 불교적 경지를 실증하고 있다. 그리고 지금은 허청에 자리한 돌절구통이 소박한 모습으로 옛날 사찰음식의 역사를 말해 준다.

이어 그런 목각공예로는 동춘당이 지어 썼다는 '來遊諸秀才 愼勿壁書以汙新齋'가 명필에 정교한 각자까지 어울려 명품이 되었다. 그것은 당시 유생들에게 사암에 대한 애호의 경고를 보내고 있으니, 지금 옥류각에 걸려 소중하기만 하다. 기실 이 옥류각 안에는 여기를 거쳐간 시인·묵객·명사들의 시와 산문이 목각판으로 많이 걸려 있었지만, 이제 그 작품이 내용만 전해질 따름이다. 그중에서도 비래사·옥류각의 내력·현장을 증언한 우암의 <飛來庵故事記>는 문장과 글씨가 빼어날 뿐 아니라 각자가 정교하기로 유명하거니와, 그 명인의 작품이 원본 그대로 비래사에 현전하고 있으니, 실로 보물이 아닐 수 없다. 이어 옥오재 송상기의 <飛來庵水閣上樑文>도 명문·명필에 각자마저 정교하여 저명했지만, 지금은 그 문장만 전하니 안타까울 뿐이다. 한편 저 회덕 미륵원남루의 현판·제영이 모두 명사·시인·묵객의 시문과 글씨로 판각되어 걸려 있었으니 실로 장관이었을 것이다. 지금이야 그 문장만 전하지만 족히 복원할 수가 있는 터다. 그 미륵원이 비래사와 불가분의 관계라면, 그 제영계의 판각공예는 이 비래사의 독특한 공예문화와 연계되어, 그 가치를 높이 평가할 만하다.

4. 비래사 무형문물의 전승양상

1) 비래사의 법통과 신행

(1) 불교사상과 승려들의 법맥

이 비래사의 불교사상은 오랜 세월 여러 단계를 거쳐 정착·집적되었기에, 결국 총합적일 수밖에 없었다. 전술한 바 호국원찰로서의 비래사 시절에는 호국불교 중심의 백제불교사상을 수용·유전시켰고, 계족산문 기도도량으로서의 비래사 시절에는 정토불교 중심의 신라불교 사상을 숭신·유통시킬 수밖에 없었으며, 백월산문 수도도량으로서의 비래사 시절에는 고려불교사상을 유지·발전시키는 게 순리적이고 당연한 일이었다. 유·불소통 융합도량으로서의 비래사 시절에는 조선불교사상을 그대로 계승·신행하는 게 불가피한 현상이었다.

이와 같이 비래사의 불교사상이 총합적 양상을 보였다면, 그 안에는 역대 불교계에 유통된 화엄사상·법화사상·미륵사상·미타사상·반야 사상 내지 선사상 등이 모두 집적되어 신행되는 게 필연적인 일이었다. 그러한 역대의 불교가 그 시대에 따라 국시·정책과 승단의 종책·홍법의 차원에서 그 경향과 특색을 달리해 온 것은 사실이지만, 적어도 화엄 사상을 바탕으로 불국정토·국태민안을 강조하는 미륵사상·미타사상 내지 관음사상이 신앙의 주류를 이루어 온 것이 사실이다.[27]

이에 이 불교사상을 신행·수행하고 신도 대중을 교화해 온 비래사의 승통을 어림해 볼 필요가 있다. 실제로 이 비래사의 승려들은 그 통치하는 국가에 따라 단계적으로 법맥을 달리하는 게 당연한 일이었다. 백제

---

27) 김영태, 『백제불교사상연구』, 동국대학교출판부, 1985. pp35~37.
　　김영태, 『신라불교연구』, 민족문화사, 1987, p.165.

시대의 비래사에는 호국원찰로서 웅진 불교본원의 직할 아래서 호국불교에 사명감을 가진 승려들이 주석했을 것이다. 연부역강하고 법력과 지도역량을 두루 갖춘 주지가 승병을 겸할 만한 승려들을 상당수 거느리고, 옹산성과의 관계와 유사시에 대응하는 무용·지략을 겸유하고 있었으리라 보아진다. 이어 과도시대의 비래사는 백제계의 승려들이 잔류하여 순국 장병들의 영가를 추도하는 경우도 있었겠지만, 그 당시의 정황을 유추하여 추정할 뿐이다.

신라통일 이후 백제 유민을 회유·안정케 하기 위하여 계족산문을 개창하고, 그 쪽의 대표적 승려들이 이 비래사를 조직적으로 관리하기 위하여 주석·수행했을 것이다. 따라서 백제계의 승려들은 퇴출·이동되거나 합류·동화되었을 것이다. 이 때에는 계족산문을 개창·발전시키고자 상당한 법력·권능을 가진 승려들이 그 아래 상좌를 거느리고 수행·교화에 진력했으리라 본다.

이어 고려시대에는 신라의 불교를 계승하면서 이 비래사에는 아무래도 도력과 능력을 갖춘 승려들이 계족산문의 다른 사찰 승려들과 제휴하면서 도량을 지키고 사세를 발전시켰으리라 추정된다. 나아가 이 계족산문에 저 백월산문의 신앙유형이 새롭게 수용되고 활성화될 때, 이 비래사에는 저 산문의 노힐부득이나 달달박박과 같이 성불의 경지에 이른 고승들이 주석하고 그 법맥을 이어 갔을 것이다. 그런 고승 중의 하나가 미륵원과 관련된 정심이었을 것이다.

마침내 조선시대의 배불·척불에 사태를 만난 계족산문·백월산문이 실세·쇠퇴하면서, 이 비래사는 자연 퇴락·하향의 운명을 맞고, 따라서 승려들의 주석이나 교화가 쇠미해지기 마련이었을 것이다. 이 무렵에는 극소수의 승려들이 겨우 명맥을 유지하면서 황폐화되는 사찰을 지켜볼 수밖에 없었을 것이다. 이러구러 이 비래사가 조선 중기에 이르러 회덕의 명인·유생, 종친들의 협력으로 중창될 때, 비로소 학조가 등장하여 활동하였으며 지숭이 여기에 주석하며 문화사업까지 벌렸다. 이어 법장과 덕명이 그 법맥을 이끌어 건물을 개건 중수해 왔던 것이다. 그로부터 조선 후기까지 무명의 승려들이 어렵게 사세를 유지하여 왔기에, 그 이름을 알 길이 없다.

이어 일제강점기에는 일본 불교의 영향으로 대처승이 대두하여 가족과 함께 이 비래사에서 생활하며 신행하는 일이 광복 이후까지 계속되었으니, 그 이름마저 남기지 않았다. 1960년대 이른바 불교정화 이후에 대한불교 조계종 총무원이 조직·활동하면서, 마곡사가 제6교구본사가 되고 그 주지로부터 인정받은 승려가 비래사의 주지로 발령을 받아 부임·활동하였다. 이런 주지들은 비구들로서 대개는 본사 마곡사 문중의 법맥을 이어 총무·재무·교무 등 3직 이하 승려들을 거느리고 사세를 늘리는 한편, 많은 신도들을 교화하여 오늘에 이르렀다. 역대 주지의 발령·주석 상황을 보면 아래와 같다.

번호	성명(법명)	임명일 ~ 해임일	비고
1	윤충희(성희)	1962. 10. 15 ~ 1967. 06. 23	
2	윤충희(성희)	1967. 06. 23 ~ 1971. 12. 09	
3	윤충희(성희)	1971. 12. 09 ~ 1976. 06. 01	
4	허 환(성지)	1976. 06. 01 ~ 1979. 03. 21	
5	김인원(태일)	1979. 03. 21 ~ 1982. 05. 19	
6	윤석길(성연)	1982. 05. 19 ~ 1984. 07. 26	
7	윤석길(성연)	1984. 07. 26 ~ 1988. 12. 16	
8	조정희(지홍)	1988. 12. 16 ~ 1993. 02. 23	
9	한현규(보휘)	1993. 02. 23 ~ 1997. 02. 13	

10	하태구(석파)	1997. 02. 13 ～ 2001. 01. 04	
11	하태구(석파)	2001. 01. 04 ～ 2005. 01. 13	
12	하태구(석파)	2005. 01. 13 ～ 2006. 08. 10	
13	송도경(탄공)	2006. 08. 10 ～ 2010. 08. 10	
14	김규일(혜문)	2010. 08. 10 ～ 현 재	

(2) 각종 재의와 재반 법회

이 비래사에는 위와 같은 승려들이 수행·정진하면서 주로 그 사찰 내의 재의를 통하여 신도들을 교화·구제하는 데에 역점을 두었다. 원래 불교는 이런 재의를 가장 중시하거니와, 그 재의가 실제적으로 불교활동의 핵심·주류를 이루기 때문이다. 이 비래사에서는 고금을 통하여 매일 신도들을 위한 재의로 시작하여 재의로 끝났던 것이다. 당시나 후대의 어느 사찰에서도 그다지 재의를 중시해 온 것은 물론이지만, 이 비래사는 그 시대적 사명과 책무로 하여 그 재의에 보다 큰 의미를 부여했으리라고 본다.

우선 본존불의 팔상 행적에 입각하여 4대 재의가 중시되는 것은 당연한 일이었다. 이 비래사에서도 역대 법당·도량을 중심으로 석가불의 강탄재와 출가재·성도재·열반재가 해마다 봉행되었었던 터다. 먼저 이 사찰에서는 불탄재를 거행할 수밖에 없었다. 그 불탄재일이 4월 초파일로 정해진 것은 언제부터인지 확실치 않다. 그러나 그 날이 인도로부터 중국을 거쳐 한국에 이르러 현재까지 그 날짜에 관계없이 매년에 한 번씩 석가불의 강탄을 맞이하는 큰 재의로 진행되어 온 것만은 분명한 사실이다. 이 불탄재일은 어떤 형태로든지 불교가 전래된 삼국시대로부터 신라 통일기와 고려시대를 거쳐 조선시대까지 그 명맥을 뚜렷하게 유지해 왔던 터다. 그러기에 그 비래사에서는 백제시대로부터 지금에 이르기까지 다른 대소 사찰과 함께, 이 불탄재를 받들어 왔던 것이다. 물론 이 사찰이 창건 당시로부터 우여곡절을 거치며 폐사의 위기를 맞을 때에는 그 불탄재의 단절을 전제할 수 있지만, 지금의 '부처님 오신 날'을 근거로 하여 소급해 본다면, 그 면면한 전통을 확인할 수가 있는 터다.

다음 이 석가불의 출가재일도 중시되어 온 것이 사실이다. 그 싯달태자가 왕궁의 4대문을 나서 돌아보고 크게 느끼어 출가를 결심하고 모든 만류와 장애를 극복하여 마침내 말을 타고 궁성을 넘어 설산으로 출가하니, 그 날이 2월 8일이었다. 이 날이 출가재일로 정해진 내력은 자세하지 않으나, 이 불교권에서는 일찍부터 이 날을 중시해 온 것만은 분명한 터다. 이 싯달태자의 출가가 바로 석가불로 성불하는 출발점이었기 때문이다. 삼국에 불교가 전래되면서 이 출가일에 여법한 재의와 행사를 치러 왔으니, 이 백제시대의 사찰에서 그 출가재일을 엄중히 지켜 왔을 것은 물론이다. 따라서 이 비래사에서는 초창기부터 이 출가재의를 시행하여 왔고, 신라통일기와 고려시대를 거치면서 그 사세에 따라 이 재의를 중시해 왔을 터다. 그러다가 조선시대에 이르러 불교세가 꺾이면서 역시 비래사에서도 이 출가재의를 소홀히 지냈을 가능성이 높다. 이러한 타성이 조선말기와 일제강점기를 거쳐 오늘에 이르기까지 영향을 끼친 것 같다. 따라서 그 출가재일이 이 비래사에서도 관심 밖으로 밀려 난 것은 크게 참회할 일이라고 보아진다.

그리고 이 석가불의 성도재일은 고금을 통하여 매우 중시·숭앙되어 왔다. 기실 이 성도재일이야 말로 그 싯달태자가 6년간의 고행과 피나는 수행·정진 끝에 진정한 부처로 태어 난 날이기 때문이다. 실제로 인도에서는 한 인간이 그 한계를 벗어나 족히 마군을 항복시키고 새벽별을 바라보며 그 위대한 진리를 깨달은 이 성도재를 가장 장엄하게 봉행하여 왔고, 중국에서도 역시 이 날을 가장 중시했던 터다. 한국에서도 삼국시대의 불교 전래 이래 어느 새 12월 8일을 성도재일로 기념하여, 백제시대로부터 신라통일기 내지 고려시대를 거치면서, 중대한 재의·법회를 열어 왔던 것이다. 그러기에 이 비래사에서도 이 성도재일을 매우 중시하고 그 재의를 정성껏 봉행하고 승속 대중이 스스로 부처님 같이 성불하기 위한 정진법회를 열어 왔던 것이 사실이다. 그러던 것이 조선시대에 이르러 불교세가 약화되면서 이 성도재일의 의미가 퇴색된 것은 사실이지만, 조선 말기나 일제강점기 등의 암흑기를 거치면서도 이날은 면면한 전통을 이어 온 것이 분명한 터다. 따라서 이 비래사에서도 이 성도재일의 전통·법속이 어어져 왔고, 오늘의 현상을 유지하고 있다.

이어 석가불의 열반재일은 그 의미가 매우 심중하다. 이 열반이란 세속적인 육신의 서거를 초월하여, 지극한 적멸의 세계, 극락 영생의 정토 왕생을 의미하니, 석가불은 이 열반에 들어 천백억화신의 진정한 부처님으로 승화되었던 것이다. 기실 석가불은 이 열반을 통하여 청정법신과 원만보신을 조화시켜 무량·무변의 대방편과 대위신력을 자유자재로 운용할 수 있었다. 그러기에 이 열반재일은 2월 15일로 잠정되어 인도로부터 중국을 거쳐 한국에 이르러 삼국시대·백제시기는 물론 신라통일기나 고려시대까지도 매우 중시되었으리라 본다. 따라서 이러한 불교세에 호응하여 비래사에서도 이 열반재일이 여법하게 시행되었던 것이다. 나아가 이 열반재일은 역시 조선시대에 이르러 불교계의 대세에 따라 그 의미가 희석되어 단순한 석가불의 죽음으로 인식되었던 터다. 그리하여 조선 말기나 일제강점기에 걸치는 암흑기에는 이 열반재일이 점차 축소·망각되는 경향을 보였다. 이에 따라 비래사에서도 이 열반재일을 기념하는 여법한 재의나 법회가 제대로 열리지 못한 게 사실이었다.

한편 불교계의 5대 명절이라는 우란분재가 매우 중시되어 왔다. 일찍부터 인도에서도 이러한 재의가 성립되었을 것이지만, 중국에 이르러

당·송대에는 이미 7월 15일이 중원절로 정립되어 더욱 성황을 이루었던 터다. 한국에서는 삼국시대의 불교 전래와 함께, 백제에서까지 이 우란분재가 봉행되었을 가능성이 크다. 적어도 비래사에서 백제시대에 이어 신라통일기나 고려시대에 이 우란분재가 성행했을 것은 추정하기가 어렵지 않다. 실제로 이 운란분재는 그 자체의 불교적 감화력으로 인하여 조선시대에 이르러서도 여전히 성세를 이루어 왔다. 그러기에 비래사에서는 조선 말기나 일제강점기를 거쳐 최근에 이르기까지도 이 우란분재만은 끈질긴 전통을 이어 왔고, 부처님 오신 날과 대등하게 성세를 보였던 것이다.

이러한 우란분재의 전체는 그대로가 불교문화의 종합체라고 보아진다. 거기에는 불교적 자비·보은·효행·천도·왕생 등의 신행이 의례적 문화를 타고 유전되었다. 여기에는 그 설법이나 행사·연행의 대본이 된 목련문학이 엄연히 존재하여 왔다. 그 목련구모의 이야기는 서사적 구조가 소설형태와 극본·희곡형태를 유지하고 있을 뿐만 아리라, 이것이 응축되어 시가형태로도 행세하였다. 또한 이 목련고사를 중심으로 그 행사·연행을 위한 회화·조각·공예 등의 미술이 매우 발전·성행하여 왔다. 나아가 이 재의의 의례 양식과 공연형태가 바로 음악·무용 등을 포괄한 연극형태·공연예술의 장르로 형성·전개되었던 것이다.

이런 점에 비추어 비래사에 계승되어 온 우란분재의 전통은 상상외로 끈질기고 그만큼 깊은 의미를 간직하여 왔던 것이다. 이밖에도 비래사에서는 고금을 통하여 여러 형태의 천도제례가 계속되어 왔다. 이 사찰에서는 그 사명에 따라 유주·무주 영가를 천도하는 수륙재를 거행하여 왔고, 또한 백제의 호국영령, 망국의 결전과 부흥의 항전에서 순사한 영가들을 추천하는 위령재를 시행하여 왔으리라 추정된다. 고금을 통하여 이다지 큰 추모재에서는 그 설비와 절차에 있어 특별한 뿐만 아니라, 그

의식의 정연·경건함과 함께 그 영산재 같은 공연 과정이 찬연·특출하였던 것이다. 나아가 가족이나 개인의 영가를 천도하기 위한 이른바 49재나 100일재 등에서도 그 규모는 작으나 제례 절차나 내용은 위의 재의와 다를 바가 없었다. 이 모두가 그 영가들을 천도하여 극락세계로 왕생시키는 염원에서는 동일하기 때문이다. 이러한 천도재의는 이 비래사에서도 초창기부터 지금까지 우여곡절을 다 겪으면서도 면면하게 이어져 왔던 것이다. 기실 이러한 재의가 사소한 듯하면서도 사세를 유지하는 필수적 역할·기능을 다 하였던 터다.

나아가 비래사에서는 불공이라는 이름으로 갖가지 재의를 봉행하여 왔다. 위 불교 5대 명절을 비롯하여 매월 초하루와 18일 지장재일, 24일 관음재일에 불공을 올려 온 것은 오랜 법속이 되어 온 터다. 그리고 개인적 통과의례에 관하여 기자불공이나 순산불공·생일불공·치병불공·합격불공·출세불공·혼인불공·임종불공·장례불공·제사불공 등이 이 사찰에서도 성행하였던 것이다. 게다가 세시풍속과 관련하여 정초불공·단오불공·칠석불공·추석불공·동지불공 등이 기회 있는 대로 거행되었던 터다. 기실 이러한 불공은 사소한 것 같지만, 따지고 보면 실질적인 수행·교화의 과정이요 사세를 유지·계승하는 기반이 되어 왔던 것이다.

또한 이 비래사에서는 자고로 각종 법회가 열려 왔던 것이다. 위 다양한 재의 중에 법사의 설법이 있었던 것은 물론이지만, 이 밖의 본격적인 법회가 사찰 내외에서 열리고, 거기서 저명한 법사의 설법이 대중적으로 이루어졌던 것이다.

이어 민중포교를 위한 대중적 법회가 수시로 열려 왔다. 일정한 길일을 잡아서 고승·대덕을 모시고 사내 법당·강당이나 사찰 밖의 야단법석·저명공간에서 법문을 열어 왔던 게 사실이다. 이에 비래사의 불사나 특별행사에 권선법회나 경찬법회 등이 열려 승속 대중의 신심을 높이고 보시를 권장하였던 것이다. 이러한 법회가 이 비래사의 신행·포교사상에서 매우 소중한 영향을 끼쳤던 것이다.

(3) 수행의 실제

이 비래사에서 이어진 사부대중의 수행은 실제로 독경이나 염불, 주력과 기도, 그리고 참선 등에 의존한 것이었다. 우선 이 독경은 승·속간에 개인적이나 집단적으로 소중한 대승경전, ≪금강경≫·≪법화경≫·≪화엄경≫ 등을 소리 내어 봉독하는 것이 원칙이다. 그 개인적인 독경은 때로 묵독을 할 수도 있지만, 그 음독의 경우에는 여기에 음악적인 성음이 따르게 마련이다. 이것이 바로 불교음악의 기반을 이루어 왔다. 이 독경에서는 물론 그 내용·진리가 소중하거니와, 그 음악적 성음에 의하여 그 종교적 감흥이 얼마든지 증가되는 게 신묘한 일이었다. 이 사찰의 승려나 신도들이 목탁소리에 맞추어 이런 경전을 합송할 때에, 그것은 장엄한 합창을 이루어 그 감동파가 무한대로 확산되는 게 당연하다.

이 경전에 관련된 공덕이 대단한 것이다. 여기서 말하는 독경공덕 말고도 이 경전을 모셔 지니는 지경공덕, 이 경전을 필서하는 사경공덕, 이 경전을 간행·유포시키는 간경공덕, 그리고 이런 경전을 남에게 강설하는 설경공덕 등이 바로 그것이다. 그러한 경전의 공덕은 이 비래사에서도 고래로 신앙·실천되어 면면한 신행의 전통을 이어 왔던 것이다.

다음 이 염불은 이 비래사에서도 아주 보편화된 수행법으로 유통되어 왔다. 노는 입에 염불하라고, 모든 사부대중은 적어도 이 사찰에 온 이상 다 개인적으로나 집단적으로 염불하는 게 당연한 일이었다. 신도라면 누구든지 일심으로 염불하여 삼매경에 들어가면 반드시 불보살의 가피를 입는다는 믿음과 실천이 이 사찰에서 소중한 신행으로 전통을 이어 왔다. 이 염불에서는 석가모니불과 아미타불, 관세음보살을 염하는 것이 상례지만, 때로 지장보살을 염하기도 하였다. 대체로 불탄일의 염불에서는 석가모니불을 주로 염하고, 추모·천도재의 염불에서는 아미타불과 지장보살을 겸하여 염하며, 관음재일이나 평상의 염불에서는 관세음보살을 주로 염하는 게 보편적 관례로 되어 왔다. 실제로 염불자의 의도와 정성에 따라 자유자재로 어떤 불보살을 염하든지 큰 공덕을 짓는 일이니, 가장 중요한 것은 그 일심·지심으로 염불삼매에 들어가야 된다는 점이다. 기실 이 비래사에서는 일찍부터 신도들이 고승들을 모시고 염불에 전념하여 왔던 것이다.

그리고 비래사에서는 그 주력으로 신행을 끌어가는 법속이 고금을 통하여 꾸준히 계속되었던 터다. 잘 알려진 대로 이 주력은 다라니·진언을 일심으로 염념하여 삼매경에 이르고 불보살의 가피를 입는 신비한 수행법이다. 그것은 원래 범어로 된 신성한 진리의 말씀이거니와, 이를 번역하지 않고 그 소리대로 독송하는 게 원칙이다. 그래서 대부분의 사찰에서는 이 다라니를 번역해서는 안 되는 신묘한 진리 그 자체라고 신앙하며 무조건 독송해 나가는 것을 중시하여 가르쳐 왔다. 그러기에 신묘장구대다라니를 비롯하여 광명진언이나, 관세음보살본심미묘육자대명왕진언 등을 결코 번역함이 없이 범음 그대로 염송해 왔을 따름이다. 이 비래사에서도 그렇게 주력을 위주로 하는 사부대중이 많았고, 그 중에는 뜻을 같이하는 신도들이 정진에 정진을 거듭해 왔던 것이라 본다. 이 주력은 밀교적 신행과 같아서 그 자취와 근거도 없거니와, 그 면면한 전통은 고금을 통하여 비래사와 함께 해 온 것이 사실이다.

끝으로 비래사에서는 사부대중이 참선을 통하여 수행하는 법통이 성립되어 왔으리라고 본다. 이 사찰에 주석하던 선승을 중심으로 참선에 동참하여 수행·정진함으로써, 그 진성을 깨달은 신도들이 적지 않았을 것이다. 이 사찰에 들어와 어떤 자세로든지 세속의 잡념·망상을 비우고 허령·청정한 가운데, 그 자성을 관찰하며 일심삼매에 들어 맑은 진리를 깨닫는 일이 참선의 진면목이라 하겠다.

2) 비래사의 기도와 영험

(1) 기도·정진의 삼매경

모든 종교가 다 그러하듯이 불교에서는 가장 발단된 의식·재의와 함께 기도에 의한 영험을 철저히 믿는다. 이것은 무조건적인 맹신이 아니라 인과법칙에 의한 작용과 반작용의 관계요, 주고받음의 원리에 속한 것이기 때문이다. 우리가 모든 것을 다 바쳐 기도하면 불보살이 그 무한한 권능과 보배를 온통 내려 주시니, 그것은 기적이나 영험으로 절감될 따름이지, 전체와 전체를 주고받는 법칙과 원리를 결코 벗어나지 않는다. 그런데도 이 비래사의 역대 사부대중은 그런 것을 따지기에 앞서 진정한 기도삼매에 들어 소원을 원만 성취한 신앙적 전통을 지금까지 이어오고 있다. 이 비래사의 대지와 도량, 불보살상이나 석탑 등 성물과 함께 고승과 신도들에 얽힌 많은 영험담들이 이를 증명하고 있기 때문이다.

(2) 도량에 얽힌 영험담

잘 알려진 대로 이 비래사는 자연환경, 산천경관이 너무도 수려한 천하의 길지·명당이요 수적 불지에 자리하여 호국도량으로 발원해서 계족산문 기도도량, 백월산문 수도도량을 거쳐 유·불 소통 융합도량과 근·현대적 중흥도량에 이르기까지 청정·영험한 도량의 전통을 지켜왔다. 그러기에 이 도량에는 고금을 통하여 많은 영험담이 얽혀 온 게 사실이다. 백제 말기 옹산성과 직결된 호국원찰로서 나·제 간의 최후 결전에 관한 영험담이 다양하게 유전되었을 것이나 현전하는 바가 없다.

다만 계족산문이나 백월산문을 상한선으로 하는 영험담이 이 비래사와 결부되어 있고, 일부 신중들에게 막연하게 구전되는 단편적인 영험담이 있다.

먼저 고기록에 전하는 도량 영험담이 비래사와 결부된 사례다.

이 비래사는 지금으로부터 1335년 전 백제지역으로서 의자왕 10년에 창건한 고찰이다. 고구려의 반룡산 연복사에 주석하던 보덕화상이 당시 국내에 노장사상이 유통·흥성하여 장차 나라가 망할 것을 민망히 여겨, 여러 차례 왕에게 간하였으나 듣지 않아 그 나라에서 떠나 남쪽으로 가리라 결심하였다. 이에 그 화상이 신통력으로 방장(암자) 하나를 남쪽 명산으로 날려 옮겨 갔다. 지금도 그 산에 '飛來方丈'이 남아 있으니, 그게 바로 '飛來庵'이다.(석파, 비래사의 유래, 당사 주지, 2001. ≪삼국유사≫ 권 제3, 탑상 제3, 보장봉로 보덕이암 참조)

백월산 남사에서 두 성인이 성불한 영험담이 이 계족산 남쪽 비래사에 얽힌 것이다. 옛날에 한 고장의 친구인 두 스님이 이 명산에 들어와 각기 기도처를 마련하여 성불을 기약하고 정진하였다. 한 스님은 이 산의 남쪽 사자암 아래 물 있는 곳에 돌방을 짓고 미륵불을 염하였고, 또 한 스님은 이 산의 북쪽에 판방을 만들어 아미타불을 염하였다. 어느 날 저녁에 한 모령·미모의 낭자가 북암에 나타나 재워 주기를 청하니 그 스님은 청정도량을 더럽힐 수 없다 하고 거절하여 내 쫓았다. 그 낭자가 절고개를 넘어 남암에 와서 재워 주기를 간청하였다. 이에 그 스님은 깜짝 놀라 응당 그런 여인을 멀리할 것이로되 중생을 자비로 접인하는 것이 보살행이라 생각하고 단칸방에 들여 재우고 자신은 희미한 등불을 밝혀 염불·정진하였다. 날이 샐 무렵에 그 낭자가 산기를 느껴 그 자리를 마련해 주고 해산을 도왔다. 이어 그 낭자가 다시 목욕하기를 청하여 그 스님은 욕조에 물을 데워 주고 부끄럽고 민망한 마음으로 도와주었다. 이때에 그 물이 향기를 강하게 뿜고 금액으로 변하니 그 낭자가 스님도 함께 목욕하기를 권하였다. 이 스님이 마지못하여 한 욕조에 들어가 목욕하니 마음이 상쾌해지고 피부가 금색으로 변하며 미륵불로 성불하였다. 이 낭자가 그 앞에 솟아 오른 연화좌에 그 스님을 앉게 하고 자신은 성불을 도와 준 관세음보살이라면서 홀연히 사라졌다. 날이 새자 북암의 스님은 남암 스님이 파계했으리라 짐작하고 찾아가니, 그 스님이 이미 설불·정좌하였기로 놀라서 경배하고 가르침을 청하였다. 이 성불한 스님이 북암 스님에게 그 물이 조금 남아 있는 욕조에서 목욕하라고 명하였다. 그 스님이 목욕을 하니 물이 부족하였지만, 역시 아미타불로 성불하여 두 생불이 마주 앉아 미소하였다. 이 소식을 들은 사람들이 몰려와 두 성불성인이 교화하다가 산채로 서천을 향하여 떠났다. 이 소문을 들은 왕이 그 남암에 큰 절을 세우고 미륵불상과 아미타불상을 봉안하며 이름하여 백월산남사라 하였다. 이 비래사에도 이와 같은 연기·영험담이 결부되어 있다. (지헌영, 계족산하 지명고, 1969. ≪삼국유사≫ 권제3, 탑상 제4 남백월이성 참조)

다음은 승려와 신도들 사이에 전승되는 바 비래사에 얽힌 연기 영험담의 일부 사례다.

한 스님이 큰 바위 아래 굴에서 정진을 하고 있었다, 대낮에 갑자기 장끼 한 마리가 급하게 날아와서 그 스님의 무릎 밑으로 기어들었다. 이상한 일이라고 생각하는 순간 이제는 매 한 마리가 뒤쫓아 날아와 그 꿩을 따라 굴 안으로 들어오려다 그 스님을 보고 굴 앞에서 오락가락 하며 기다리고 있었다. 그 스님은 매에 쫓기던 꿩이 다급하여 굴 안으로 들어 온 것임을 직감하고 매에게 미안하다고 합장하고는 손짓하여 쫓아 버렸다. 한 참 후에 그 꿩을 안고 나가 그 매가 날아갔음을 확인하고 놓아 주었다. 그 후로 가끔 매가 산 위에서 날아돌고, 그 꿩은 거의 날마다 굴 안까지 날아들거나 마당을 거닐다가 청계의 물까지 마시고 가기를 거듭하였다. 뒷날 그 스님이 그 마당에 터를 잡아 절을 짓고, 새들이 죽기 살기로 날아 온 그 의미를 되새겨 '비래암'이라 했단다. 그로부터 매가 날아도는 그 뒷산을 매봉, 응봉산이라고 부르게 되었단다.(석파, 상동)

한 스님이 이 계족산의 산세가 좋아 암자 하나를 지어 수행하려고 그 절터를 찾아 헤매었으나 마땅한 곳을 찾지 못하였다. 그 스님은 피로하여 산능선을 내려와 남향 골짜기로 접어들다가 약수터를 발견하고 목마른 판에 그 물을 마음껏 들이켰다. 처음엔 생기가 나더니 도로 피곤해져서 그 약수 옆 바위에 앉아 졸다가 잠이 들었다. 해가 지고 어둠이 오는가 싶더니 서천이 환하게 밝아지면서 황금색 봉황이 날아올라 산 위를 빙빙 돌더니 스님에게로 가까이 왔다. 그 스님은 눈이 부시고 황홀하여 그 봉황을 가까이 하려니, 그 봉황은 따라오라는 듯이 날개짓을 하였다. 즉시 일어나 그 봉황이 날아 앉는 그곳에 이르니, 정말 선경·길지가 나타났다. 그 봉황은 사자암 위에 앉아 그 아래 대지를 바라보고 있으니 그곳에 절을 세우라는 뜻으로 알고 살펴보니 천하명당 수적불지가 분명하였다. 그 스님은 너무도 기쁘고 고마운 나머지 소리를 버럭 지르고 그 소리에 놀라 번쩍 깨어 보니 꿈이었다. 하도 신기하여 서둘러 그 봉황이 앉았던 곳을 찾아가 보니, 꿈에 본 그 자리가 확실하였다. 거기다 절을 짓고, 봉황이 날라 온 뜻을 되새겨 '비래암'이라 했다는 것이다.(이덕례, 80세 여, 친가 대전시 대덕구 회덕면 비래리, 주소 대전시 대덕구 추동 마산리)

이 비래사는 청정도량이라 여기서 계행에 벗어나는 부정한 짓을 하면 큰 벌을 받는다. 대전에 사는 친한 친구 둘이서 등산 겸 소풍을 간다고, 먹고 마실 것을 잔뜩 짊어진 채 계족산에 올라 구경하고는 점심때가 되어 예정대로 비래사에 도착하니 마침 아무도 없었다. 잘 됐다 싶어 둘이서 잡아 온 생닭을 흐르는 물에 씻고 잘라 다시 샘가에서 양념에다 물을 부어 임시 화덕을 만들어 절집 나무를 가져다 불을 붙여 부글부글 끓였다. 그리고 절집 그릇을 마음대로 내다가 그 국을 떠먹고 또한 가지고 간 술을 마음껏 마시었다. 거나해서 콧노래까지 하며 큰 소리로 떠드는데, 마침 출타했던 스님이 들어와 그 꼴을 보고 크게 꾸짖었다. 이에 한 친구는 취중에도 잘못했다고 사죄를 하고, 또 한 친구는 인심이 어찌 그리 야박하냐고, 스님이면 스님이었지, 성인 남자를 애들처럼 나무라느냐고 대어 들었다. 한 친구가 뜯어 말리며 스님에게 사과하고는 하산했다. 그 날 저녁부터 두 사람이 병이 나서 그 덤비던 친구는 응급치료를 받고도 죽었고, 그 사죄하던 친구는 겨우 목숨을 건졌다. 얼마 후에 회생한 친구가 부인과 함께 이 비래사에 와서

참회 · 불공하고 건강을 완전히 회복하여 충실한 신도가 되었단다.(이덕례)

이 비래사의 도량은 신묘해서, 이 절을 배반하고 떠난 신도들이라도 다른 절을 어렵게 방황하다가 결국은 이 절에 다시 와서 더욱 충실한 신행을 한다는 것이다. 일제강점기 · 광복 이후 혼란기에 이 비래사의 여신도들이 모임을 가지고 이 절을 보존하며 신행생활을 열심히 하였다. 이 절 스님이나 다른 신도들이 그 모임을 찬탄하고 예우하였다. 세월이 흐르면서 그 모임이 더욱 득세하면서 이 비래사의 운영을 좌지우지하며 오만하게 굴었다. 이에 다른 신도들의 반감을 사서 불화하게 되니, 주지 스님이 엄중히 경책하였다. 이제 그 모임은 화를 내고 일제히 이 사찰을 떠나 버렸다. 이 사찰에서는 그런 뜻밖의 사건에 어리둥절했지만, 어쩔 수가 없는 일이었다. 일단 비래사를 떠난 그 모임은 뿔뿔이 헤어져 각기 다른 절에 다녔지만, 마음이 불편하고 매사에 불만이었다. 그 모두가 거의 다 시름시름 앓게 되고, 집안에 불편 · 불행한 일이 생겨서 비래사에 대한 신앙적 이탈 · 배반을 반성 · 참회하게 되었다. 그 모임의 총무보살이 다시 연락하여 비래사에 모여 참회 기도하고 스님이나 신도들과 화합하여 지내니, 개개인의 병환이 말끔히 낫고 얽혔던 집안일이 모두 잘 풀리게 되었다. 이로부터 비래사와 등진 신도들은 언제나 다시 돌아온다는 신앙이 생기게 되었고, 그것이 도량의 영험을 실증하였다.(이덕례)

(2) 전각과 불상 · 성물에 얽힌 영험담

이 비래사에서는 창건 이래 각개 전각이나 불보살상에서 기도에 의한 응험이 나타나 영험담으로 유통되는 게 당연한 일이었다. 그런데도 그런 영험에 관한 기록이나 증거는 보이지 않고 막연하게 영험한 도량이라고 믿어져 왔다. 다만 근 · 현대에 이르러 그 체험담이나 견문담의 형태로 그 일부가 전해질 뿐이다. 여기는 산신각과 비로자나불상, 여타 성물에 대한 영험담이 몇 편 유전되고 있다.

먼저 산신각에 얽힌 영험담이 다양하고 흥미롭다. 어느 단계에 이르러 법당의 권능이 하향하면서 산신각의 영험이 더 돋보일 때가 있었다.

어떤 보살이 비래사에 와서 산신각이 영험하다는 말을 듣고 그 안을 한 번 들여다보고 싶었다. 그런데 마침 문이 닫히고 잠겨 있어 굳이 문을 열지 않고 손가락에 참을 발라 그 문의 창호지를 뚫고 그 구멍으로 바른 쪽 눈을 대고 그 산신상을 노려보았다. 그때 그 산신상이 노하는 기색을 보이는가 했더니 갑자기 캄캄해지는 느낌이 들었다. 그 보살이 깜짝 놀라 눈을 떼고 물러나 가슴을 두근거리며 집으로 가려 하니 발이 허둥허둥하여 몸을 가누기 어려웠다. 그게 바른 쪽 눈이 안 보여서 그렇다고 깨닫고는 치료를 받았지만, 결코 낫지 않았다. 마침내 무당을 불러 굿까지 해 보았지만 효험이 없었다. 생각다 못하여 이 비래사에 와서 스님에게 실토하고 방법을 물었다. 그 스님이 100일간 이 산신각에서 참회・기도하면 곧 나을 것이라고 가르쳐 주었다. 그대로 참회・기도 했더니 꼭 100일이 되는 날 그 눈이 밝아져서 그 영험을 실감하였다.(이덕례)

이 비래사의 여신도 한 사람이 부자로 살았는데, 재산 자랑을 하다가 친한 사람을 통하여 어떤 사업자에게 거금을 이잣돈으로 빌려 주었다. 처음에는 그 이자를 꼬박꼬박 내서 돈 모으는 재미가 쏠쏠하였다. 그러다가 그 사업자가 다른 데서도 또 거금을 빌려 이자에 쫓기는 데다 사업도 잘 되지 않아 부도가 나서 도망쳐 버렸다. 거금을 버리게 된 그 신도가 너무 황당하고 낙망하여 비래사로 스님을 찾아서 그 해결책을 간절히 물었다. 그 스님의 말씀은 단 한마디 '산신각이 영험하니 그 돈이 돌아 올 때까지 지극한 기도를 하라'는 것이었다. 그 신도는 그 말씀만 믿고 그 기도에 목숨을 걸었다. 그리 기도하기 100일째 되는 날 비몽사몽 간에 산신이 현몽하여 근엄하게 '걱정마라'고 할 뿐이었다. 바로 그날 저녁에 그 거액의 돈을 찾아오게 되었다.(한순수, 76세 여, 대전시 동구 용전동 414)

다음 대적광전 비로자나불상에 결부된 영험담 몇 가지가 전한다. 이 불상은 목조고불로 국가 보물급의 가치와 권능을 갖추었기에, 그 영험이 다양하게 나타났던 것이다.

흔히들 비래사를 산신도량이라고 하지만, 실은 비로자나불, 청정법신도량이 되었다. 연등화보살은 비래사 사하촌 비래동에서 태어나 어릴 때부터 어머니를 따라 그 절에 다녔다. 처녀시절에는 절에 살다 싶이 하고, 시집가서도 틈만 나면, 친정을 핑계로 비래사에 가서 기도하였다. 이 모두가 비로자나불의 자애로운 미소와 영험한 감흥 때문이었다. 나이 들어 시집갈 때도, 첫 아이를 나을 때도, 남편이 큰 일을 할 때나 자식들이 진학·시험·취직할 때, 손자·손녀들의 출생·진학·출세를 기원할 때, 심지어 새 차를 사서 고사를 지낼 때까지 비래사의 비로자나불께 정성껏 기도하여 항상 가피를 입었다. 언제나 그 청정법신께 발원 기도하면, 그 날 밤에 반드시 현몽하여 미소 짓는데, 그러면 틀림없이 그 소원이 성취되었다. 이렇게 청정법신께 기도하여 영험을 얻으니 행복하기 그지없는 일이다.(이덕례)

비래동의 한 청년이 학업을 마치고 비래사에서 고등고시 준비에 열중하고 있었다. 요사의 방사와 옥류각을 왕래하면서 쉼 없이 공부했는데도 실제로 시험을 치르면 낙방하는 것이었다. 이 청년을 더욱 실망케 하는 것은 매번 다 아는 시험문제인데도 흥분 상태로 당황하여 실패를 했다는 점이다. 그 청년은 포기와 재도전 사이에서 갈등하다가, 그 신심이 장등하여 비래사 법신불의 영험을 받는다는 사촌 누님에게 이 사실을 알리고 상의하였다. 그 누님이 '비래사 부처님은 영험하여 정성어린 기도에는 반드시 감응하시니 공부하는 틈에 간곡히 기도하라'는 대답이었다. 무엇인가 억울하고 답답하던 차에 다시 비래사에 올라가 그 시험공부를 하면서 틈을 내어 혼자 법당에 들어가 자기 시름에 겨워 울면서 절실한 기도를 올리게 되었다. 마침내 시험일이 돌아오자 상경 전날 새벽에 마지막 기도를 눈물로 올렸다. '부처님이시어 도와주소서' 이 기도에 스스로의 감격을 이기지 못하고 소리 내어 울다가 부처님의 존안을 바라보니 분명 미소를 지으며 고개를 끄덕이셨다. 그로부터 편안한 자신감을 가지고 시험장에 임하니 어찌 그리 평온한 마음이든지. 그 시험문제는 모두 아는 문제요 공부한 내용이었다. 다소 긴장되었지만, 차분하고 즐거운 마음으로 답안을 잘 써서 우수하게 합격하고 그 앞길이 훤하게 열렸다. 그는 이것이 비래사 부처님의 영험이라고 감사하며 불교를 믿게 되었고, 언제고 고향에 올 때는 비래사에 올라가 부처님께 참배하고 보시까지 아끼지 않았다.(이덕례)

비래사의 한 여신도가 백일기도에 동참하고 있었다. 어느 날 밤에, 비래사 법당에서 부처님께 기도하다가 잠시 쉬려고 마당으로 나왔는데. 어떤 청년이 다가와 '예수를 믿으라'고 강권하여 강력히 거절하고, 마침 주지스님을 만나 그 얘기를 하니, '보살님 마음대로 하시오'라며 미소 지을 뿐이었다. 다시 법당에 들어가다 문지방에 걸려 깨어 보니 꿈이었다. 그날 비래사 법당에 가서 부처님께 눈물겹게 기도하니, 물기 어린 눈에 그 부처님의 미소가 환하게 비치었다. 그때 주지스님을 만나 인사하니, 그 꿈속의 모습 그대로 미소 짓는 것이었다. '참 꿈과 생시가 다르지 않구나'하는 생각으로 다시금 부처님을 예경하고 또 예경하였다. 그날 밤 꿈에 비래사 부처님이 나타나 미소를 지으니 스스로 감격하여 소리 나게 흐느꼈다. 남편이 깨워 일어나니 신묘한 꿈이었다. 이런 꿈을 꾸는 날이면 모든 일이 너무도 잘 되어 실로 그 영험에 감탄할 뿐이었다. 이 여신도의 큰 아들이 수재여서 장래가 촉망되는데 일류 대학에 응시하여 불합격을 맞았다. 얼마나 억울한지 하늘이 무너지는 것 같아 비래사 법당에서 자기 설움에 겨워 흐느껴 울면서 기도하였다. 그래서 부전스님에게 격려와 함께 충고도 받았다. 집에 돌아와 관세음보살을 염하면서 마음을 안정시키고 잠을 자는데 꿈에, 비래사 법당에서 마구 울면서 기도 하였다. 그 비로자나불의 미소 짓는 모습이 지나가고 주지스님이 나타나 미소 지으며 '보살님 뜻대로 될 거야'하고 사라졌다. 꿈을 깨서 생각하니 너무 울어서 이런 꿈을 꾸는 게 아닌가 참회심이 생겼다. 그 후로 그 아들은 원하는 대학에 합격하여 그 부처님의 영험을 실감케 하였다.(양희례, 74세 여, 충남 논산군 상월면 구곡리)

이어 사자암 석굴에 얽힌 영험담이 상당히 많아서 주목된다. 실은 그 석굴이 관음굴로서 기도에 따라 상응하는 영험을 나투기 때문일 것이다.

비래사의 한 노보살이 그 손자를 하나 얻기 위하여 간절한 기도를 계속하였다. 그 아들이 대전의 재벌가인데 딸만 8명이나 낳고 아들을 못 낳은 채, 낳으면 또 딸일 것이라 겁을 먹고 있는 중이었다. 그 노보살은 신심이 깊고 손자 볼 소망으로 법당에 기도하는 것은 기본이고 산신각에 시도하는 것은 물론, 마침내 관음굴 앞에서 허공 산신기도까지 겸하게 되었다. 며느리·아들을 권장하여 생남의 확신을 주고, 생남 발원 기도를 강요하면서 그 수태 기간에 맞추어 용맹·철야 기도를 정성껏 하고 있었다. 이 노보살이 불철주야 기도하는 가운데, 한 밤중 자시를 넘기면서 하늘이 환히 열리고 동방이 환해지는데, 그 석굴 위 사자암에 산군 범이 나타나 눈에 시퍼런 불을 켜고 그 노보살을 경건히 내려 보았다. 그 노보살이 그 산군을 보자 너무 감격하여 눈물을 흘리며 고성염불하니 얼마만에 산속으로 들어갔다. 그 노보살이 감응하여 기도를 마치고 돌아서니 언제 와서 기도했는지, 그 아들·며느리가 감동하여 눈물을 흘리고 있었다. 그 시어머니와 며느리가 포옹하고 흐느껴 우니, 그 아들이 양쪽의 어깨를 다독이며 '이제 틀림없이 생남하리라' 굳게 믿었다. 과연 그 달부터 태기가 있어 건강하고 잘난 아들을 얻었다. 그 석굴 관음굴·사자암의 영험을 실감·신앙하며 그 보은으로 많은 보시를 하게 되었다.(한순수)

어떤 부인이 비래사에 다니면서 신행하기 30년이 넘었다. 그 법당에 예불하고 산신각에 참배하고는 바로 그 옆의 사자암 석굴로 가서 산신 허공 기도를 지성으로 올렸다. 이런 식으로 오랜 세월 기도·정진하니 그 석굴이 '사자굴'이라 믿어지고, 그 바위와 굴속에서 신묘한 영기가 솟아나서 심신에 청정심과 환희심을 일으켜 주었다. 그리하여 자신은 젊었을 때 산후조리를 못하고 무리하게 일을 많이 해서 뼈 속에 든 병을 서서히 고치고 건강한 생활을 하게 되었다. 그런데 남편이 어려운 병에 걸려 병원에 다녀도 낫지 않고 점점 더 고통을 호소하니, 실로 안타깝고 답답하였다. 그리하여 부인은 마음을 굳게 먹고 비래사 부처님께 의지하리라 법당과 산신각을 거쳐 사자굴 옆에서 눈물겹게 기도하였다. 기도가 끝나는 대로 비래사 약수터에서 청정수를 병에 떠다 남편이 마시게 하고 밤이면 자신의 손을 따뜻하게 비벼서 남편의 머리·이마, 얼굴과 가슴·배를 정성껏 문지르며 관음염불을 계속하였다. 이렇게 정성을 드리니 남편의 병환과 통증이 어느새 가라앉아 편안해졌다. 그로부터 몇 해를 지나 남편의 병이 골수에 사무쳐 회춘할 수 없음을 직감하고 이제는 편안히 떠나게 하시라고 기도하니, 어느 날 꿈에 산신인지, 보살인지 성상이 나타나 미소를 지으며 고개를 끄덕이었다. 그날 한 밤중에 남편은 정말 편안히 돌아가고 장례를 모신 뒤에, 비래사에서 49재로써 극락왕생을 기원하였다. 이 천도재를 계기로 자녀들과 손자들까지 신심을 가지고 비래사를 다니게 되었다. 그러든 중 큰 아들의 사업에 문제가 생기어 또 그 기도에 매달리니, 지금은 크게 일어나서 그 영험에 감사하고 있다. 공교롭게도 작은 아들의 진로에 애로가 생겨 고생하게 되었는데, 그 기도에 전념하여 지금 고급공무원으로 잘 지내게 되었다. 겸하여 두 아들과 두 딸이 건강한데다 귀여운 손자·손녀를 보게 되니, 행복하기 그지없다. 모두가 불보살님께 기도하여 그 영험한 가피를 입으니, 그 부인은 감사한 마음으로 비래사의 행사·불사에 성심껏 동참하고 있다.(조중분, 78세 여, 계룡시 금암동 주공아파트 102~1004호)

어떤 부인이 금산에서 24살에 시집온 이래, 시어머니를 따라 비래사에 다니기 시작한 것이 어언 50년 가까이 되었다. 처음부터 법당의 비로자나불에게 불공하고 산신각에도 기도하며 가끔 사자암 석굴에도 가 보았다. 그럴 때마다 가피를 입어 부부의 건강과 가정의 화평을 유지하였다. 그 기도는 항상 가정을 위하여 선망조상·부모의 극락왕생, 남편과 자녀의 건강 증진, 전도의 여의 성취, 손자·손녀의 성장·교육에 걸쳐 간절하게 올렸던 것이다. 그래서 2남 1녀와 그 배우자, 손자·손녀 등이 모두 무탈하고 편안하게 사는 것이 모두 불보살님의 가피라 믿고 있었다. 그런 가운데 언제부터인가 확실한 병명도 모르고 몸이 무겁고 힘이 빠지며 가끔 어지러운 기운도 있었다. 그 부인은 나이 탓이라 생각도 하고, 그동안 바쁘게 사느라고 자신을 돌보지 않고 자신을 위한 기도를 전혀 하지 않은 탓이라 여기게 되었다. 그 나이 70이 되면서 기력이 더 떨어지고 병세가 점점 깊어지는 것 같아서 스스로 놀래서, 신심이 부족하고 기도가 부실해서 그렇다고 더욱 굳게 믿었다. 이제라도 자신의 건강과 행복을 위해서 새로운 신념으로 특별한 기도·정진을 통해 모든 것을 극복하리라 결심하였다. 그로부터 비래사에 가면 법당 불공, 삼성각 기도를 거쳐, 그 사자암 석굴에 설단하고 약사여래를 모신 도량에서 염불하는 데에 전념하였다. 그 사자암 석굴이 옛날부터 신이한 기도처로서 때로 사자굴이라 하고 때로는 관음굴이라 일러 왔지만, 지금은 약사도량이니 계속 '약사여래불'을 염하며 정성껏 정진하였다. 기도가 끝나면 그 위 비래사 약수터에 가서 남몰래 기도하고 그 청정수를 가지고 귀가하여 남편과 함께 장복하여 점차 노환이 사라지니 생기차고 편안한 생활을 하고 있다. 이런 것이 노후의 행복이라 확신하고 불보살님의 가피·

영험에 보은하리라 다짐한다.(이만순, 70세 여, 대전시 동구 가양1동 430~
32)

어떤 여신도가 비래사에 다닌지 20년이 되었다. 자녀는 1남 3녀를 두었
는데 그 유일한 아들은 부처님이 점지하였다고 믿었다. 그 무렵에 아들을
빌기 위해서 유명한 기도처는 거의 헤매면서 눈물로 기도하였기 때문이다.
이 비래사에 다니면서 아들·딸을 다 짝 지우는 데도 유난히 많은 기도를
하여 모두 다 무사하게 살고 있으니, 불보살님의 가피 영험에 힘입었다고
생각하였다. 두 딸이 딸만 낳고 아들을 못 두었기에, 자신의 죄라도 되는
것처럼 비래사 부처님과 산신님께 기도·발원하고, 마침내 어떤 재벌이 아
들을 빌었다는 사자암 석굴 앞에서 눈물겨운 기원을 드렸다. 그 지극한 정
성에 성스러운 영험이 내려 드디어 두 딸이 나란히 아들을 낳았던 것이다.
언제나 비래사에 올 때는 그 딸들에게 연락하여 동참하거나 정성을 모아
주로 그 석굴 기도를 멈추지 않았다. 그러던 중에 아들이 사업에 실패하여
가정경제가 파탄에 이르게 되었다. 이에 그 부인은 비래사에 와서 묵으면서
법당의 본존불이나 산신각에 불공함은 물론, 그 석굴 앞에서 철야정진을 거
듭하였다. 그리 하기를 7일 만에 집으로부터 반가운 소식이 들리고 아들의
사업은 돈줄이 풀려서 족히 회복되었다. 이때에 가족 모두, 특히 그 아들이
사업을 회복·성공한 것은 바로 어머니의 기도에 의한 불보살의 영험이라
확신하고, 신앙심을 실천하고 있다.(이정렬, 70세 여, 대전시 동구 법동 한
마음아파트 102~901)

어떤 부인이 30년 가까이 이 비래사에 다니면서 절실한 기도를 통하여
다양한 영험을 몸소 겪었다. 이 부인은 초등학교 때 올케가 끓여 준 잉어
탕을 한 술, 한 점을 먹고 죽었다 살아나는 데서 나름대로 부처님을 느끼고
신행하기 시작하였다. 그렇다고 사찰에 다니면서 부처님께 기도하는 것은
아니었지만, 불교를 무조건 좋아하게 되니, 친구들이 교회에 가자면 골치부
터 아팠다. 이로부터 시집에 오니 시어머니와 남편이 신심을 가지고 비래사
에 가자기로 반갑게 따라 다닌 것이 제대로 신행하게 된 계기가 되었다. 그
부인은 자신이 불연을 띠고 태어났다고 믿으며 훌륭한 아들을 낳겠다는 기
도를 시작하였다. 그 법당의 법신불이나 산신각의 산신에게 기도 발원한 것

은 물론, 아들바위처럼 신앙되는 사자암 석굴에 가서 영통한 관세음보살을 염하였다. 이미 관음경을 읽었기에 언제 어디서나 관세음보살을 염하면 잘 생기고 복덕을 갖춘 자식을 점지해 주신다고 믿었기 때문이다. 실제로 잘난 아들과 예쁜 딸을 낳아 건강하게 길러서 지금 좋은 대학에 다녀 전도가 양양하니, 이 모두가 부처님과 관세음보살의 영험이라고 확신하였다. 그로부터 신심이 더욱 깊어지고 발원·기도가 그만큼 절실해지니 불보살이 마음에 새겨져서, 기도할 때마다 그 불상과 보살상의 두광이 훤하게 보였다. 특히 사자암 석굴 앞에서 관음기도를 하면 그 감동이 충만하여 눈물이 비오듯하니, 이 석굴이 언제부처인가 관음굴이었으리라는 믿음까지 생겼다.

집안이 부자가 되고 애들이 잘 자라는 가운데 행복한 생활을 하는데, 난데없이 남편의 사업이 잘 안 되고 따라서 남편의 몸이 불편해지니, 이 부인도 갑자기 심신이 불안하여 병을 얻게 되었다. 그 와중에서 그 부인이 대형 교통사고를 당하였다. 양쪽의 차가 완파되고 저쪽의 운전자·동승자가 중상을 입었는데도 자신은 큰 피해를 기적적으로 면하였다. 이것은 분명 관세음보살의 가피력이라고 확신하였다. 사고의 순간에 그 보살이 관세음보살을 본능적으로 염하였기 때문이다. 그 관세음보살의 마음으로 가해자를 배려하여 구속·처벌을 벗어나게 하였다. 그 후로 비래사에 가서 마음을 바쳐 본존불과 삼성각에 이어 사자암 석굴 관음굴 앞에서 눈물로 기도를 드렸다. 이어 이번 백중날(우란분재) 6재 때 그날 새벽에 꿈을 꾸었다. 남편과 함께 알밤을 따고 있는 중에, 관세음보살인지, 친정어머니인지, 흰 옷 입은 여인이 흰 스판을 입은 남자와 함께 춤추듯이 지나가면서 '내가 도와줄게'라고 한 마디 하였다. 그 순간에 자신은 그 흰옷의 여인을 붙잡고 '남편의 병환과 사업을 도와 달라'고 애걸복걸하며 실컷 통곡하다가 깨었다. 생각해 보니 관세음보살의 화현·가피가 분명하였다. 우선 자신의 마음이 후련해지고 몸이 개운해졌다. 그 부인이 증험해 보니, 그게 바로 관세음보살의 가피요 영험임에 틀림없었다. 그 후로 얼마 안 있어 남편의 사업이 풀려 잘 돌아가게 되었고, 따라서 남편의 병환이 깨끗이 나았다. 이로부터 그 부부와 가족이 불은을 입어 감사하고 그 보은의 길을 찾게 되었다. (남순현, 54세, 여, 대전시 동구 판암동53~2)

비래동에 사는 한 여신도가 시집 온지 5년이 넘도록 자녀를 두지 못하였다. 시어머니가 걱정이 되어, 아기 낳기를 재촉하며 조바심을 내고, 남편도 은근히 압력을 넣었다. 정히 아이를 못 낳는다면 첩이라도 얻어 자손을 이어야겠다는 것이다. 그 여신도는 하도 답답하여 친정에 가서 어머니에게 호소하며 한약도 먹고, 용왕·산신 기도까지 하였지만 아무런 효험이 없었다. 집에 돌아와 하도 답답하고 안타까워 이웃에 있는 비래사 법당에 가서 예배하며 혼자서 울었다. 한 참 만에 법당을 나오다가 낯모르는 노보살과 만나서, 그 절박한 사정을 말하며 방법을 물었다. 그 노보살이 웃으며 말하기를 '날마다 이른 새벽에 법당에 와서 부처님께 예배하고 이 샘물에 떠 있는 달을 떠다 마시면 머지않아 임신하리라'고 하면서 그 샘을 가르쳐 주고는 온데간데없이 사라졌다. 이상히 생각하면서도 지푸라기라도 붙잡는 심정으로 그 이튿날부터 이른 새벽에 비래사 법당에 와서 예불을 하고 그 샘물을 내려다보니, 과연 그 속에 달이 떠 있었다. 하늘을 보니 보름달이 아직도 훤하게 비쳤다. 그제야 그 노보살의 말뜻을 알고, 그 물 속의 달을 떠다 그 물을 정성껏 마시었다. 이리하기를 100일 정도 계속하니 그 날 밤 꿈에 그 노보살이 나타나 '네 정성이 헛되지 않으리라'고 웃으면서 사라졌다. 그 달부터 태기가 있어 열 달 만에 떡두꺼비 같은 아들을 낳았다. 그 감격과 기쁨은 온 가족의 행복으로 이어졌다. 이 여신도가 생각하니 그 노보살이 바로 관세음보살이라 확신하고 비래사 법당·산신각, 사자암 석굴에 가서 감사 기도를 드렸다. 그리고 그 여신도는 계속하여 예불하고 우물의 달을 떠다 먹고 떡두꺼비 같은 아들 둘을 더 낳았다. 그리하여 그 삼형제 집안이 번창하였다고 한다.(이덕례)

(3) 역대 승려와 관련된 영험담

이 비래사에 주석했거나 긴밀한 관계로 왕래한 역대 승려들이 그 도력에 따라 많은 영험담을 남겼을 것은 당연한 일이다. 그것이 비록 기록되거나 구전되지 않는다 하더라도 그 영험·법담이 이룩되어 사라진 그 사실 자체는 결코 부인할 수 없기 때문이다. 그러기에 전술한 바 이 사찰에 결부된 승려의 법맥을 인정하는 한, 그 영험·법담이 형성·유전된 무형의 계맥을 탐색해 볼 수도 있겠다. 일찍이 ≪삼국유사≫에는 그 많은 고승·대덕의 영험·법담이 일부나마 기록되어 있거니와, 그 중 <남백월이성>의 성불담이 이 비래사 도승의 영험·법담과 결부되어 있었음을 주목해야 한다. 이 비래사 승려들의 영험·법담은 안타깝게도 문헌·구전을 통하여 남아 있는 게 거의 없다. 다만 고금을 통하여 두어 가지가 전할 뿐이다.

먼저 고려대의 고승으로 비래사에 미륵전이 건립되어 미륵신앙을 선양할 때, 이와 직결되어 회덕현의 미륵원에 깊이 간여했으리라는 정심에 관한 영험담이 있어 중시된다. 적어도 고려 말기에 회덕현 미륵원은 황씨일가의 적덕·보시로 운영되었지만, 그것이 불원의 성격을 갖추었기에 불교적으로 주관하는 주승이 주석할 수밖에 없었다. 그러기에 이 비래사와 관련되어 고승 정심이 그곳에 머물러 불법을 폈을 가능성이 크다. 그 무렵 미륵원이 비좁고 불편하여 황씨일가에서 그 곁에 남루 하나를 더 짓게 되었다, 그 남루의 건립 작업에 그 정심이 직접 가담하여 주관했던 것은 분명한 사실이다. 그 남루가 완성되자 이제는 샘물이 없어 마음을 맑히지 못하여 모두 적정해 마지않았다. 그때 고승 정심이 도력으로 수맥을 찾으라는 중의가 일어났다. 이에 정심은 허심탄회하게 그 요청을 받아들이고 하루 말미를 얻어 미륵불전에 기도하여 몽중에 그 이인 성자의 계시를 받았다. 이튿날 정심이 현장에 나가 샘물이 나올 지점을 가르치니, 모두들 반신반의하였다. 그만한 샘물이 나올 만한 땅이 아니었다. 찬반양론이 분분한 가운데 그 정심은 눈을 지긋이 감고 회심의 미소를 짓고 있었다. 그 정심의 도력을 믿는 황씨 주인이 인부에게 명하여 그곳을 파 보니 얼마 되지 않아 맑은 물이 콸콸 솟아 나왔다. 모두 놀라고 기뻐하면서 정심의 신통력을 찬탄하였다. 그 후로 이 샘을 이용하여 미륵원에 머물고 가는 사람들은 모두 정심의 도력·권능을 길이 경모하게 되었다.(이색, 회덕현미륵원남루기, 대전시지 제4권 p.173)

다음 최근 비래사의 초대 주지로 부임 한 승려에 얽힌 영험담이 전하여 흥미롭다. 그 주지는 부임 이래 12년간이나 주석하면서 이 절을 보수·

보전하기 위하여 부단히 노력하였고, 신도들을 모아 불공·기도와 각종 재례를 봉행하며 홍법·교화에 최선을 다하였다. 그 주지는 착하고 순진한데다 절실한 수행정진을 통하여 남모르는 법력과 자비행을 구비·실천하여 왔다. 그동안에 이 비래사를 그만큼 가꾸고 발전시켜 겨우 사격을 높이고 사세를 넓히려는 마당에, 6교구 본사의 방침으로 그 주지를 바꾸게 되었다. 그 임기도 되었거니와 더 버틸 재주가 없었지만, 금방 떠날 처지가 아니었다. 정말 아무런 준비도 없는 빈손인 데다 다른 사찰로 전근되는 형편이 아니었기 때문이다. 너무도 답답하고 난감하여 대웅전과 산신각에 밤새워 기도하였다. 그 주지는 부처님과 산신님께 10여 년간 조석으로 시봉한 보답이 바로 이것이냐고 따지는 심정으로 호소하며 부디 앞길을 지시해 달라고 간절히 발원하였다. 그날 밤 꿈에 부처님이 나타나 미소만 짓고 가시더니, 이어 산신이 들어와 머리에 손을 얹고 '그동안 고마웠다. 너는 내일 윤씨성을 가진 거사를 만나 도움을 청하고 송촌지역 이러이러한 남향 길지에 절을 세우면 크게 번창하리라'고 계시하였다. 그 주지는 꿈이 하도 생생하여 부처님과 산신님께 감사의 절을 하고 즉시 법연 있는 종친 윤거사를 찾아가 사정을 이야기하고 도움을 청하니 즉시 응낙하였다. 그 송촌지역의 남향 길지를 넓게 구입하여 절을 세우고 대웅전과 산신각이 뚜렷하니, 많은 시도들이 호응하여 짧은 기간에 사격을 갖추고 사세를 넓혀 나갔다. 이처럼 산신의 계시가 그대로 현실화되니, 그 주지는 물론 이 사실을 아는 모든 신도들이 감격하여 마지않았다.(이덕례)

3) 비래사 문물의 문학적 표현

(1) 시가문학의 형성·전개

먼저 위 불상들을 바탕으로 불교가요가 형성·유통되었으리라 추정된다. 이 불상들은 불교미술품이기에 앞서, 불교계로서는 예경의 대상이다. 따라서 승려·신중들은 정기 내지 수시로 거기에 재례를 올리고 법회를 열었던 것이다. 그때는 반드시 예불·찬탄의 시가가 어떤 형태로든지 가창되기 마련이다. 이런 점에서 당시의 승단이나 신불대중들이 이런 불상들, 석가삼존이나 미타삼존 등을 예경·찬탄하며 견성성불이나 극락왕생을 희원하는 각종 재의·법회에서, 그에 상응하는 게송, 불교계 가요가 그 악공에 의하여 가창되었을 것은 너무도 당연한 일이다. 더구나 불상들을 대상으로 선인들의 극락왕생을 기원하는 추천재의가 되풀이되어 베풀어진 것이 사실일진대, 거기에 적합한 염불가송이나 기원가요가 필수되었을 것은 물론이다. 지금은 백제시대의 정토계 가요가 유실되었지만, 현존하는 신라시대나 고려시대의 불교계 가요에 상응하는 그 시가작품들이 형성·행세했으리라고 추정할 수가 있다.

이밖에도 비래사 자연환경의 아름다움과 명당적 지형을 찬탄한 시, 민요성 가요, 각개 전각이나 불상 등을 찬미한 시, 이곳에 머물거나 순례하면서 그 감회를 적은 승·속간의 시, 각개 전각에 새겨 붙인 주련 시, 이 사찰에서 유통된 경전·불서 중의 시, 각종 공양과 재의에 활용된 많은 기도문·염불문 중의 시, 비래사에 주석한 고승들의 시 등이 한시 중심으로 시가장르를 유지하며 시가사를 이끌어 왔다.

여기 비래사와 관련되어 특기할 것은 전술한 옥류각의 제영, 한시들이다. 그다지 유명한 옥류각에 머물거나 왕래한 시인·묵객이나 명사들이 비래사와 이 전각에 대하여 명품 한시를 지어 걸었기 때문이다. 기실 이 옥류각이 비래사의 일환이기에 이 제영이 비래사의 시가로 취급되는 것은 당연하다. 그리고 이 제영의 제작과정이나 분위기는 물론, 그 내용에 있어서도 유·불소통의 융합적 경향을 보이기에 주목되는 바가 있다. 여기 한시로는 김창흡을 비롯하여 송래희·송종호·송규렴·송준길·안동김씨·송종렴 등이 각 1수씩, 송문필이 5수 모두 12수를 헤아린다. 우선 이들 한시의 작자에 대한 간단한 소개와 함께, 그 작품의 원전을 열거순으로 예시하겠다.[28]

金昌翕(號 三淵 肅宗詩人 官 贈吏判)

石擁藏書閣 松扶歡逝臺 斯文一丘壑 古道半苔苺

夜氣生雲雪 泉聲應地雷 懷哉春服會 遲暮我東方

宋來熙(號 錦谷 憲宗詩人 官 工曹判書)

木石依然數架成 空庭人去欲塵生 映階碧草合新態 喧閣長流聽舊聲

洞鎖輕陰巖樹靜 岡分遠勢野雲明 抽毫試賦還多感 繞壁題詩摠大名

宋鐘五(號 漢蒼 高宗詩人 官 承旨)

春來佳興與人同 況是名區溜閣東 幽逕初開新草嫩 昏睎更拭小桃紅

坐歡詩料無酬處 遙點風光不落空 此會固知多後日 老年忽覺水聲中

宋奎濂(號 霽月堂 肅宗詩人 官 判書)

臨流小閣喜初成 底事憑欄恨易生 依舊碧峰千丈色 祇今淸瀑一泉聲

高臺尙有陳蹤在 古壁空留寶藻明 膾炙儒林玉溜句 合將遺睡揭新名

宋浚吉(號 同春 顯宗詩人 官 左參贊)

良友隨緣至 扶節共上臺 層岩飛玉溜 積雨洗蒼苔

軟語情如漆 高吟氣若雷 天行元有復 七日更朋來

安東金氏 (肅宗詩人 宋堯和妻 郡守 金盛達女)

舊聞溪閣自先成 此日登臨感復生 疎竹蔥籠依舊色 淺流幽咽作愁聲

千年往跡山猶綠 一代淸遊月獨明 惆悵祇今追不及 室留誠意拜尊名

宋文弼(號 東士 肅宗詩人)

萬疊空山裏 蕭蕭落木秋 靑天一片月 人與共登樓

飄忽光陰去不禁 九秋霜葉滿山深 此中無與論心者 時向高臺獨自吟

水色山老映客衣 夕陽歸杖下岩苔 不知後會在何處 半月臺邊菊正開

醉挿巷花臥石臺 宿雲飛畫洞門開 天山落木西風急 都送秋聲入枕木

綠樹陰濃洞壑幽 水軒風動爽始秋 醉客滿坐呼玉溜 不知山外夕陽水

落石淸泉帶玉琴 綠陰深處亂蟬吟 披襟獨臥松窓下 一枕淸風値萬金

宋鐘濂(號 草庭 高宗詩人 官 右侍直)

耆臘留人雰雨天 山門靜宿日如年 空桑三宿生恩愛 苦海千塵冷業緣

簷葍花開春已過 頻伽鳥歇世相牽 樓鐘似覺心頭淨 雅欲逃禪入自然

이 시들은 대체로 옥류각 내지 비래사의 자연경관이 빼어나고 이 누

---

28) 대전시사 제4권, pp.219～220.

각의 단아함을 읊고, 시우·지기들이 여기에 모여 유유자적하는 '소요자재'와 '초연물외'의 높은 경지를 유·불의 조화로까지 승화시키고 있다. 이런 중에 송종렴의 시는 실로 비래사의 정적한 산문을 통하여 삼세 숙연의 은애를 되새기고 고해천진의 업연을 초탈하여 청정한 경지를 깨달으니, 선경을 넘어서 자연으로 들어가는 멋진 선시라 하겠다.

(2) 수필문학의 제작·유통

이러한 바탕 위에서 비래사에서는 여러 갈래의 수필들이 제작·유통되었던 것이다. 먼저 이 비래사에서는 백제시대의 호국원찰로 행세하거나 신라시대의 사찰로 활동할 때에, 역대 왕들이나 조정의 교령을 받고 또한 그에 상응하는 상소문으로써 주의를 제작해 냈을 가능성이 충분한 터다. 그리고 불법이나 경전 등에 대하여 이 사찰의 학승들이 논석을 붙이거나 의견을 개진하는 논설들이 제작되어 왔을 것이다. 또한 이 사찰에서 큰 재의나 법회, 경찬회 등을 거행할 때는 문승이나 문사가 소문을 지어 불전에 고유하였으니, 그게 바로 논설이 되었던 터다. 나아가 이 비래사의 많은 불경·불서를 간행하였다면, 그 서책에는 서문과 발문이 붙게 마련이었다. 이러한 서발에는 이 사찰에서 불사를 시작할 때 쓰이는 모연·권선문까지 포함되어 왔다.

한편 이 비래사에서는 고승이나 거사의 생애·행적을 기리는 전장이 있었다. 이것은 역대 고승전과 거사전 등으로 유명하였다. 그 이외에도 여기에 머물던 모든 승려나 거사들은 구비든 기록이든 다 행장이 따르게 마련이었다. 그리고 이 승려 중에 전게한 바 탁이한 고승들의 행장은 그 비문에 새겨 기리는 문장으로 빛났던 터다. 또한 이 비래사의 고승들이 입적하였을 때, 그 장례식에는 추도문이 반드시 따르고, 기재 때에도 천도재의와 함께 재의문이 필수되었던 것이다. 지금은 역대의 그 애제문이 실전되어 있지만, 근·현대 고승의 장례·재례에서 그 애제문의 실제를 확인할 수가 있는 터다. 이렇게 누적된 애제문이 수필의 전형적 작품으로서 비래사 문학의 전통 속에 살아 있었던 것이다.

이어 이 비래사에 머무는 승려나 거사들이 불교적 편지를 승속 간에 써서 교환했다면, 그 서간이 바로 수필장르의 하나였다. 비래사의 역대 고승들이 여러 동기와 내용으로 서간을 교환했던 것은 당연한 일이고, 그것이 현전하지 않는 것은 부득이한 일이다. 그리고 승려나 문사가 비래사에 머물면서 사찰과 자연, 사찰과 신앙, 사찰과 문학 등을 체험하면서 매일같이 일기를 써 낼 수 있었던 것이다. 이른바 '산중일기'·'산사일기'등이 바로 그것으로 수필의 한 장르를 이루어 왔다. 지금 비래사나 그 주변에서 이런 일기의 흔적을 찾을 수는 없지만, 이 사찰의 현장에서 역대 승려·거사의 일기가 수필장르의 한 줄기를 이루어 왔던 것은 부인할 수가 없다. 그리고 승·속간에 이 비래사나 산내 암자들을 순례·구경하거나 유숙·체험할 때, 거기에서 기행이 나올 수밖에 없었다. 이 기행은 수필의 중요한 장르로 행세하였지만, 비래사의 기행문으로 남아 있는 것은 찾기가 어렵다.

다행히도 이 비래사에는 2편의 주옥같은 산문이 현전하여 주목된다. 전게한 바 송시열의 <飛來庵故事記>와 송상기의 <飛來庵水閣上樑文>이 바로 그것이다.

먼저 우암의 작품은 이 비래사를 중창한 뒤 동춘당이 쓴 위 벽서경계문을 두고 의미를 되새기며, 지난날 여기서 열린 동중노소 명인들의 성대한 모임이 저 난정지회보다 문아함에서 더 낫다고 회상한 내용이다. 우선 그 본문을 들어 보겠다. 숭정 갑인년(1674) 5월에 지었다.

崇禎丁亥 洞中諸宗令緇徒學祖重創此齋 旣成 同春宋公書此于紙 宋公曾書

來遊諸秀才愼勿壁書以汚新齋十三字 揭之于壁 而以警諸生矣 後二十六年 公就
世 諸生宋有濟炳憲等懼而亂未 遂補其缺畫而繡諸梓 噫追慕之心至矣 愚略記其
事 仍推其說日 宋之前輩有云 壞筆汚墨 瘝子弟職書 凡書硯自 黥其面 朱子引此
爲戒 而仍有窓壁几案 不可書字之訓 今諸生追慕公如此則 雖尋常言語 猶不可
諼 況其出於朱子者耶 記昔 戊子年中 市南兪公自京移疾而來過之 洞中老少大
會于此 殆四十餘人(中略) 同春日 此盛會也 不可以不記 卽使黃生世槙列書姓名
于壁間而愚誦六一公所謂其視蘭亭之會 荒淫不及 而文雅過之之語矣 其後惑有
會時 而皆不如當日之盛也 俛仰之間 右十數人者與市南幾盡爲古人 吾與同春公
落落如晨星 今同春又遽先我 而壁間題名又皆殘減 惟獨有此一紙焉 亦足令人感
慨者也 當時之會 可爲此齋之一故事 而復有同春稱賞之語 故并及之後之來遊者
并記文雅荒淫之語 而爲鑑戒可也

기실 우암과 같은 거유 석학·고관이 비래암과 관련하여 이런 명문을
지은 것은 참으로 놀랍고 값진 일이다. 전술한 대로 이런 산문작품이 판
각되어 걸렸었고 현전하니, 이 비래사의 산문으로서 보옥과 같은 것이
다. 이 작품은 적어도 수필계의 기행적 기문에 속하리라고 본다.

다음 옥오재의 작품은 비래암의 수각, 옥류각 중창에 바친 상량문으로
서, 이 수각과 비래사의 자연경관이 수승함을 찬탄하고 고승·명인 등이
머물 만한 승지·명당임을 사실적으로 설파하며, 이 수각의 건조과정과
그 위용을 들어 차후 그 기거·활용의 전망까지 아름답고 경건하게 묘
파한 내용이다. 우선 그 본문의 중요 부분을 예시하겠다. 숙종 19년(1693)
3월에 썼다.

盖聞招提勝境 擧在雲水之間 兜率諸天莫非蔣蘿之外 雖釋流遁俗之所亦游人
探勝之場 況復讓水廉泉 卽近仁里之物色 神丘福地 曾經嘉客之逍遙 如欲遺躅
之長存 可無別構之新創 惟我飛來一洞 卽時(缺)述名區 雞山北迤疊千堆之翠錦
鷹嶺西峙 聳一朵之靑蓮 丹崖翠壁之峥嶸 蔽虧日月 碧流瓊澤之環轉 呑吐雲煙
飛錫何待於高僧丈室 遂開於居士 相度經始盖出長老先生 護視勤渠更有學祖和

尙 雲窓負笈 不但講誦之所 於月臺披襟抑 亦游賞之爲最 從知特地之奇勝 寔由
大賢之發揮廬皐寒溪 溯百代之流波 武夷仙洞傳九曲之詩篇 沂水春衣直追天仞
之氣像 齋廚晚飯時 觀三代之威儀 第緣水閣之欠營 每恨溪山之少色 天成地造
方謨八窓之開 棟折榱摧 奄失千間之庇 高樓十二弟子之悲 無窮大界三千衆生之
願 轉切淸泉白石 想雅懷之在 玆霽月春風懷德音 而如昨顧遺意 所未遑者 在今
日其敢忽諸董役衰財 各出有司之任 治材伐石 亦屬都料之工 膽星斗相陰陽 定
左右面背之勢 鶩溪澗登崖岸 度高下廣狹之宜 空門趨事之如雲 龍象效力傑構告
完 於不日燕雀賀成區畫 雖在於肇新意旨 實出於遵舊塲 其內軒其外 取四時之
俱 便山之高 水之淸 要一覽 而皆盡紺園瀟洒 隔紅塵 奚啻千重翠 蔞薈飛去 靑
天不盈 一尺淸流 映帶光凝山客之樽 飛瀑嘹唳響雜林 僧之磐居 然眼前之突兀
宛爾壺裏之風光 滿壑松濤杏壇 琴瑟之餘韻 緣溪石路 蘆峰杖屨之遺蹤 山川不
殊仁智之樂 誰繼風月無盡 吟弄之趣 追香山石樓 惟知放浪之是尙淨界蓮社 豈
有文物之可稱玆實前代之罕聞 奚止一方之盛事 徘徊昕夕 孰無景行之思 俯仰古
今 還有曠世之感 屬當修梁之擧 敢闕善頌之陳 聊賦一言贊六偉(후략)

실로 옥오재처럼 우뚝한 학자·고관이며 빼어난 문장가가 비암사 수
각을 위해 이러한 명문을 지었다는 것은 희유한 일이다. 이 비래사와 옥
류각의 자연 경관과 그 자체의 위용을 그림 그리듯이 묘사하고 그 위상
과 활용의 실제와 전망을 기도하듯이 제시하고 있다. 더구나 그 문맥에
불교적 명색·정의가 융화되어 불교산문으로서 백미를 이룬다고 하겠다.
그 수필계의 기행적 제문에 속하여 보옥 같은 명품이다.

(3) 서사문학·소설형태의 형성·유지

여기서 위 비래사의 불교신행과 관련되어 ≪법화경≫이나 미륵경, 아
미타경류의 내용과 결부시킬 때, 그 중에서 장엄한 서사문학·소설형대
를 판독·재구해 낼 수가 있다. 그 중에서도 이 ≪법화경≫과 아미타경
류 중의 ≪관무량수경≫은 그 전체가 최상의 서사문학·소설형태로 규
정될 수 있거니와, 이를 집약하여 창조적으로 조성해 낸 불교적 이상세

계에서 다시 독자적인 서사문학·소설형태를 탐색해 내는 것은 얼마든지 가능한 일이다. 실제로 이 비래사에서 빈번하게 진행된 추천재의에서 그 영가들의 왕생극락을 발원·찬탄할 때, 그 법회의 법화나 여담으로 우선 《관무량수경》의 이야기와 그 유화가 대두·유통되었을 것은 물론이다. 그래서 그 선망자들의 저명한 행적이 설화되면서 재의의 영험담이 결부되어, 그 개개인에 관한 신화·전설적 전기로서 서사문학·소설형태가 재창조되었을 가능성은 충분한 터다. 자고로 이만한 재의에서는 그 영험을 실증하고 포교을 위하여 그에 상응하는 영험담이 법석의 실화로 설화된 사례는 얼마든지 있었다. 그리고 선망조상의 명복을 비는 발원자들을 안심시키고 위로하기 위하여 재의 행사나 뒤풀이에서 재미있고 신기한 왕생담을 이야기하는 게 상례였던 것이다.

그러기에 계속되는 그들의 추천재의에서 각기 불경적 신화와 그 전기적 설화가 형성·유통되었으리라 보아진다. 그리하여 이러한 영험적 왕생담이 개인적 왕생전으로 정착되어 서사문학·소설형태를 취하게 되었으리라 추정된다[29]

이러한 바탕 위에서 비래사와 결부되거나 여기서 전통적으로 유전되던 서사문학·소설형태들은 상당한 질량을 유지하면서 유형별로 전개되었으리라 추정된다. 먼저 설화소설은 비래사의 자연환경과 그 문물에 얽힌 전설적 서사문학이 주축을 이룰 수밖에 없었다. 이 비래사의 창건설화나 그 전각이나 불보살상·신중상에다 석탑·부도·비석 그리고 승려나 신도의 기도에 따른 영험담들이 부연·변모되어 효과적으로 재창작되어 설화소설로 정립되었을 것이다.

다음 이 비래사에서는 기전소설이 형성·유전되었던 것이다. 이 사찰

---

29) 화엄사판,『권념요록』및『아미타경』, 왕생전, 보련각 1987 등 참조

의 창건 이래 역대의 고승·대덕이나 신승·이승들의 행적이 오랜 세월
에 거쳐 변모·부연되어 기전소설로 정립될 수가 있고, 유명한 거사나
대시주 등의 탁이한 공적이 점차 허구적으로 구전되어 마침내 기전소설
로 형성·전개될 수도 있었던 것이다.

또한 비래사에서는 그 불상을 통한 화생 즉 왕생극락의 법담이나 ≪법
화경≫·≪관음경≫이나 ≪아미타경≫·≪관무량수경≫ 등의 영험적
법화들이 승려나 거사들에 의하여 전기소설 즉 본격적인 소설로서 형
성·유전되었을 것이다. 실제로 위 ≪관음경≫을 통하여 관세음보살의
응신과 신통자재한 변신이 감동적인 신이서사로서 관음계 소설로 형
성·전개될 수가 있었던 것이다.30)

이런 점에서 이 비래사에 결부되었다는 <남백월이성>에서 두 성인을
성불시킨 관세음보살의 신화는 족히 설화소설 내지 전기소설 형태를 갖
춘 '관음소설'이라 하여 무방할 것이다. 그 주제·내용과 이야기 줄거리
가 위에서 간략히 소개되었거니와, 그 배경·무대설정과 등장인물의 성
격·행동, 그들이 엮어가는 극적인 사건진행, 대화중심의 생동하는 문
체·표현 등으로 미루어 고금을 통한 수작이라 하겠다. 실로 그 극적인
상황·실정을 고려한다면, 그것은 희곡적 소설작품이라고 할 만한 터
다.31) 이러한 설화·신화적 전승이 비래사에 결부되었다는 전제 아래,
이 사찰에서도 그만한 불교소설이 형성·전개될 수 있었기 때문이다.

나아가 불전계 팔상경이 ≪대석가전≫으로 전개되어 장편소설의 면모

---

30) 이 ≪관음경≫을 중심으로 한·중간에 영험담이 풍성하여 소설·희곡으로 형성·
   전개된 작품들이 허다하다. 한국에 관음소설이 있고 중국에도 ≪觀世音全傳≫(소설,
   신문풍출판사)이 있다. 인권환, 「관음설화의 소설적 전개」, 『성곡논총』 26집, 성곡문
   화재단, 1995, pp1107~1110.
31) 사재동 「<남백월이성>에 대한 문학적 고찰」, 『한국고설의 실상과 전개』, 중앙인문
   사, 2006. pp.172~273

를 보이게 되었고, 그것의 독자적인 부분들이 중편·단편으로 분화·행세하는 경향까지 드러내게 되었던 터다[32] 이러한 소설적 작품군은 이른바 '팔상록'으로 유전되다가 한글 실용 후에 국문소설로 발전·정립되었던 것이다.[33]

(4) 극본·희곡의 성립

위 비래사의 신행과정에서 연극적 상황·분위기와 ≪법화경≫·≪관무량수경≫ 등에 나타나는 극적 장면을 결부시킬 때, 거기에서 감동적인 연극을 유추·관람할 수 있고, 따라서 그것을 주동·통어한 극본·희곡을 추출해 낼 수가 있다. 실제로 이 ≪법화경≫·≪관무량수경≫ 등의 전체구조는 드대로가 웅편의 극본·희곡이 아닐 수 없다. ≪법화경≫에 나오는 극적인 비유담은 물론, 특히 ≪관무량수경≫에 나타나는 바 빈바사라왕과 위제희부인이 그 아들 아사세에게 당하는 핍박과정은 시대를 초월하는 일대 비극이다. 비극의 왕비 위제희가 죽음의 고해를 초탈하여 극락을 달관코자 철천의 서원을 세우고 그 부처님의 권능과 자수·정진으로 정토세계 십육관을 체달하는 열반과정은 장엄한 희극이라 하겠다. 이처럼 그 전편은 완벽한 희·비극으로 빈틈없이 조성되어 있는 게 사실이다. 따라서 이 ≪법화경≫·≪관무량수경≫의 세계는 실제적인 유통의 현장에서 어떤 형태로든지 극화·실연되어 그 극본을 형성시켰을 가능성이 충분한 것이다.

기실 이 불상들을 바탕으로 아미타계의 각종 법회·재의·행사 등이 벌어졌을 때, 거기에 ≪관무량수경≫의 세계를 가장 실감있고 효율적으

---

32) 박광수, 「팔상명행록의 계통과 문학적 실상」, 충남대학교 대학원, 1997, pp.231~233
33) 사재동, 『한국고전소설의 실상과 전개』, pp.149~150.

로 표출하기 위해서 연극적 방편을 활용했을 것은 당연한 일이라 하겠다.[34] 승려·거사 등의 주동으로 그 세계를 시가나 가요로 가창했을 가능성이 짙다. 잘 알려진 사찰의 주악도는 경전 속의 기악과 관련하여 각종 가창의 연극적 상황을 증명하고 있기 때문이다. 그 세계의 연극적 바탕 위에서 가창된 그것은 곧 가창극과 그 극본의 실태를 보이고 있는 터라 하겠다. 나아가 이러한 가창극은 그 효과를 극대화하고 입체화하기 위해 춤사위를 더하게 마련이었다. 이처럼 가창극이 가무극으로 전개되는 것은 그 형태적 상관성에 따른 자연스러운 형상이라 보아진다. 위와 같은 분위기도 그렇거니와, 가창의 법열이 '대환희'[35]로 이어져 무용과 합세함으로써 가무극의 양상과 그 극본의 실상을 보일 수밖에 없었기 때문이다.

한편 이들 불상과 관련하여 ≪관무량수경≫을 강설했다면, 그것은 그 효율성을 높이기 위하여 속강식으로 강창되었으리라 추정된다. 잘 알려진 대로 대중포교에서 최선의 방편이 속강일진대, 그 경문을 재미있고 쉽게 연설하면서 감명깊은 곳곳에 가창을 끼워 넣는 강창양식을 취하게 되었던 것이다. 이것은 한 사람의 속강승, 강창사가 1인 연극의 형태로 전담·실연하는 강창극과 그 극본으로 전개될 수밖에 없었다. 이것은 고금을 통하여 한·중 불교계에서 널리 통용되어 온 보편적인 포교연예로서 연극과 극본의 전통을 이어 왔다.[36] 그래서 이 관무량수경류와 그 토착적 서사물은 강창극을 통하여 가장 왕성하게 유통되었으리라 보아진다. 이 강창극이 그 극본과 함께 가장 용이하고 경제적인 포교문예인데다, 위 불상·불화들이 변상적 역할을 족히 해냈으리라고 전제되기 때문이다.

---

34) 사재동,『한국공연예술의 희곡적 전개』, 중앙인문사, p195
35) ≪관무량수경≫의 말미에 '聞佛所說 皆大歡喜'라 하였다.
36) 사재동,『한국고전소설의 실상과 전개』, pp.78~80.

이러한 강창극이 그 연행조건과 요청에 따라 1인 1역으로 전문화·입체화되면 곧 대화극과 그 극본으로 전개되기 마련이었다. 자고로 인도·중국·한국 등 불교국에서는 불보살 내지 고승대덕의 탑비·성상 앞에서 정기적으로 그 성적·권능을 기리는 집단적 연극 즉 대화극이 벌여졌거니와, 여기 비래사에서도 그 불상과 영가를 기리는 연극이 대화극과 그 극본으로 전개되었을 가능성이 농후한 게 사실이다.

따라서 이 비래사에서는 일찍부터 이 사찰과 결부된 신화·전설, 영험담 등 극적인 서사문학·소설형태를 저본으로 하여 그 시대 상황에 상응하는 극본·희곡을 만들어 공연했을 가능성이 얼마든지 있다. 가령 <남백월이성> 같은 서사문학·소설형태를 수용하여 그 저본으로 가창극본·가무극본·강창극본·대화극본 등이 족히 제작·공연될 수가 있었기 때문이다.

4) 비래사 문물의 연극적 공연

(1) 불교공연의 전제

이 비래사의 불교음악·무용·연극 등 연행예술에 대해서다. 원래 이들 연행예술은 셋이면서 하나요, 하나이면서 셋이다. 부득이 세 장르로 분화·발전하여 왔지만, 실제로 연행될 때는 결코 독단적으로 진행 될 수가 없고, 언제나 상호 협연의 관계로써 성립될 수밖에 없기 때문이다. 기실 이 불교음악이 연주될 때는 벌써 연극적 연행형태를 띠고 곧바로 무용의 협연을 필수로 하는 법이다. 그리고 불교무용이 연행될 때는 벌써 연극적 양식을 취하고 음악의 협연을 받아야만 되는 것이다. 나아가 불교연극이 연출될 때는 음악과 무용의 협연을 전제로 하여 공연될 수밖에 없는 터다. 일반적으로 고금의 사찰에서는 실제로 음악·무용·연극이 연행되어 왔지만, 그것이 무형문화재인데다가 사찰당국에서 그 연행의 악보·무보·극본 등을 근거있게 정착·보존하지 않았기에, 항상 애매·공허한 실정이었다. 기실 비래사도 그 도량 내외에서 연행한 불교 공연의 상태가 이 범주를 벗어날 수가 없었다.

(2) 불교음악의 여운

이 비래사의 불교음악은 관례에 따라 당연히 그 전통을 이어 왔다. 처음부터 그 기도음악·신앙음악 등이 필수·성행하여 왔기 때문이다.[37] 계족산의 여명, 비래사의 새벽 3시부터 종성·사물의 소리와 도량석 목탁소리, 승려의 염불소리와 법당 안의 쇠북소리, 목탁·요령소리와 합동 예불소리 등이 장엄한 음악을 이루었다. 이것이야 전국 사찰의 공통음악이라 하겠지만, 각개 사찰마다 가풍이 있으니 비래사의 그것이 독특할 수밖에 없었다. 그 이후 승·속간의 염불소리·기도소리·독경소리 등이 끊이지 않고, 이 사찰의 일반적 음악으로 전개되었던 것이다. 그리고는 유사시에 각종 재의, 추천재의나 경축재의 등에서 전문음악으로 범패·화청이 이루어졌던 것이다.[38] 이런 전문음악인은 비래사에 상주하는 승려일 수도 있지만, 역시 전문음악승, 범패승이나 화청승이 별도로 있어, 각개 사찰의 행사에 따라 초빙·연행하는 경우가 많았다.[39]

(3) 불교무용의 춤사위

이 비래사의 불교무용은 그 음악과 운명을 같이 한 게 사실이다. 원래 이 무용은 그 음악과 짝을 이루어 하나로 연행되었기 때문이다. 실제로

---

37) 한만영, 『불교음악연구』, 서울대학교 출판부, pp1~3
38) 박범훈, 『한국불교음악사 연구』, 장경각, 2000, pp. 318~319.
39) 한만영, 「화청과 고사염불」, 앞의 책, pp.110~111.

불교음악 중의 범패·화청에는 무용이 따르게 마련이었다. 여기서 무용을 중심으로 본다면, 그 중의 작법무에는 범패가 따랐던 것이다. 이 작법무의 나비춤과 바라춤·법고춤·타주춤에는 그에 해당되는 범패가 조화·협연되는 게 당연한 일이었다.[40] 이러한 무용은 위와 같은 경찬회에서 뿐만 아니라, 추천재의에서도 연행되었던 게 분명하다. 기실 이 무용은 가무형태를 취하였는데, 그것은 애사·경사 간에 이 사찰에서 벌이는 영산재에서 본격적으로 연행되었던 것이다.[41] 나아가 이 비래사에서는 고금을 통하여 이러한 영산재가 끝나고 뒤풀이로서 연희가 베풀어질 때에, 조금은 대중화된 가무로써 승속이 즐기고 승화되었던 터다.

(4) 불교연극의 공연

이어 비래사의 불교연극은 위 불교음악·무용 등을 통합하고 극화·연합하여 종합예술로 연행되었다. 원래 제의는 제의극으로 전개되어 왔거니와, 이 비래사에서 행하여진 각종 재의에 따른 다양한 의식·영산재 등이 일단 연극형태로 행세하였던 터다.[42] 실제적인 연극의 관점에서라면, 위 불교음악은 불교적 의미의 가사로 가창될 때, 이미 가창극 형태를 취하게 되었다. 그리고 위 무용 즉 가무는 바로 가무극 양식으로 규정될 수가 있었다. 그리고 화청을 중심으로 간간히 산문적 법화를 곁들이면, 강창극 형태가 성립되었던 터다. 더구나 불교의 명절에 축제적 분위기 아래서 법문을 쉽고 재미있게 연설할 때, 극적인 서사문맥을 강설과 가창으로 연행하면, 그것이 판소리와 같은 강창극이 되었던 것이다. 여기서 이 비래사의 특별한 연희에 당대의 연예승이나 기생·광대를 초

---

40) 법현, 『불교무용』, 운주사, 2002, pp.31~37.
41) 법현, 『영산재 연구』, 운주사, 2001, pp.159~160.
42) 史在東, 『한국희곡문학사의 연구』 Ⅳ, 중앙인문사, 2000, pp.331~334.

청하여 대중적 불교극을 입체적이고 전문적으로 공연하면 그대로가 대화극으로 성립되는 것이었다. 나아가 이 사찰 재의·행사의 뒤풀이에서 승속 간에 즐기고 승화되면서 여러 연극적 요소를 뒤섞어 공연하면, 재미있는 잡합극이 되었던 게 사실이다. 이러한 연극장르들이 비래사에 뿌리박은 독특한 종합예술이라는 문헌적 증거는 없다. 그러나 고금 사찰의 각종 불사와 그 경찬 축제에서 그만한 연극이 공연되었다는 것은 상식·관례에 속하는 터라 하겠다.

5) 비래사 문물의 문화적 전승

(1) 불교언어와 실용

이 비래사의 불교언어와 실용에 대해서다. 우선 비래사의 언어가 오랜 세월 널리 형성·유통되었음을 파악할 수가 있다. 보편적으로 말하면 이것은 불교언어라 하겠지만, 그것이 비래사에 토착화되거나 특성화되어 있다는 게 중시된다. 기실 비래사의 자연환경이나 지리적 요건에 불교언어가 결부될 수 있다. 비래사의 주변이나 산내 암자 근처의 지명이 바로 불교언어라는 것이다. 실제로 비래사 주위에 '비람재'나 '비람절골'·'비럭골(비래동)'·'절고개'·'절골'·'비래암약수터' 등의 지명이 있으니, 그것이 바로 불교언어의 소중한 일환이라 하겠다. 이어 비래사의 창건 이념과 관련하여 전술한 불교·신앙에 관한 경전적 전문용어는 물론, 그 신앙·의례에 관한 특수용어나 생활용어도 불교언어로 간주할 수 있다. 그리고 비래사 각개 전각의 명칭은 물론 건축 전체 내외의 각 부분에 대한 고유명칭과 그 활용에 따른 특수용어가 존재하고, 단청 문양의 명칭과 용도의 표제어, 각종 불화의 전체와 부분의 명칭 및 용도어, 거기에 등장하는 불보살·신중상, 기타 성상의 명칭과 역할 용어 등이 불교용어로 중시된다. 이어 비래사의 불상·보살상과 신중상, 석탑·석조기단 등 불교조각의 전체 및 각 부분의 명칭과 용도어, 또한 각양각색인 불교공예의 명칭과 활용어들이 소중한 불교언어로 수집·정착되어야 한다.

한편 비래사에서 행해진 역대의 대소 재의가 열릴 때, 각종 장엄과 차비물, 육법공양과 그 용기의 명칭, 재례절차와 여러 용구의 명칭과 활용어, 재례의 실제에 따르는 재문·기도문·발원문의 관용구와 특수어 등이 불교언어로 간주된다. 이 사찰 내에서 승·속간에 벌이는 독경·염불·주력 내지 참선 등에 속하는 전문용어와 특별용어 등이 보편성과 특수성를 겸유한 불교언어라 하겠다. 나아가 이 사찰의 승려들이 사미·사미니로서 삭발·염의하고 구족계를 받으며 법계에 오르는 의식에 소용되는 각종 전문용어와 특수어, 그 승려들이 강원에 입학하여 졸업할 때까지 겪는 모든 학습용어, 그리고 그들이 선방에 들어가 안거·정진할 때의 일체의 수행용어 등이 모두 소중한 불교언어에 속한다고 본다.

또한 승려들의 가사·장삼과 승복 및 내복의 재료, 제작법에 따르는 일체의 명칭과 용어, 그 옷을 착용·생활할 때의 특수용어, 양말 신발과 모자나 장신구·소도구의 명칭과 용어 등이 불교언어로 취급될 것은 물론이다. 이 사찰에서 불보살 내지 신중에 공양을 올리고 승·속간에 먹는 음식의 재료·요리법·식사방법 , 온갖 용기 등의 명칭과 용어, 여기 승려들의 잠자리·침구와 취침·기상에 따르는 일체의 생활용어 등이 소중한 불교용어로 정리·평가될 수가 있다. 특히 승려들의 병환과 의약에 소용되는 갖가지 명칭과 용어, 열반·장례·다비·습골·장골과 재의·기념에 따르는 다양한 명칭과 용어가 빼놓을 수 없는 불교용어라 하겠다. 더욱 특수한 것은 여기 역대 승려만이 사용하는 금기어나 유행어 내지 은어 등이라 하겠다. 이상과 같은 비래사의 불교언어는 보편성과 특수성을 겸유한 값진 문화유산이다.

(2) 불교신앙과 윤리

이 비래사의 불교신앙과 윤리에 관해서다. 먼저 비래사의 승·속간 신 앙활동은 유구한 전통과 법맥을 이어 온 게 분명하다. 여기 승려나 신중 들이 고금을 통하여 이 사찰에 주석하고 왕래하면서, 그 많은 성전과 성 상들을 숭앙·배례하고 공양하며 기도해 온 믿음의 역사가 너무도 뚜렷 하기 때문이다. 이 비래사에서는 승려들만의 기도와 신앙도 있었지만, 그 대세는 신도 대중의 신앙적 요청·갈망에 의하여 유지되었던 것이다. 대체로 신중들이 대소간 소구소망을 불보살께 기원·성취하려고 사찰에 오면, 승려들이 그에 맞추어 기도 의식을 거행함으로써, 신앙의 성과를 내는 것이었다. 이러한 신앙 형태가 오랜 세월 개인적으로나 집단적으로 거행·누적되면서, 이 비래사의 신앙적 문화사는 성립되었던 터다. 이처 럼 풍성하고 줄기찬 신앙의 역사는 이 사찰의 불교문화사상에서 가장 중요한 것 중의 하나가 되었던 것이다.

이어 이러한 신앙사의 구체적인 양식은 몇 가지 경향으로 나타났으니, 보편적 차원에서 전술한 바 독경·사경·간경·설경과 염불·주력 그리 고 참선 등이 바로 그것이다. 이러한 신앙 양식은 비래사 자체의 가풍과 역대 신도들의 독자적인 성향에 따라 전통적인 토착화현상을 보이게 되 었던 터다. 기실 이러한 신앙의 실상과 위상은 고금의 어떤 기록에 의존 하기보다는 현행되고 있는 신앙의 실태를 기반으로 유추·소급해 볼 수 밖에 없다. 그리하여 고금을 통관하는 비래사의 신앙적 실상과 전통적 위상을 제구·복원할 수가 있기 때문이다.

이에 따라 불교윤리가 원칙적으로 교시되고 실천적으로 수용되었던 것이다. 여기서 비래사의 윤리적 강령과 실제적 세목이 신앙적 윤리로 승·속간에 뿌리내리게 되었던 터다. 여기 역대 승려들은 청규·가풍을 따라 율장에 의거한 계율을 엄격히 지키며 수행·정진하여, 실천적 윤리 규범을 신도 대중에게 알리고 가르쳤던 것이다. 그리하여 역대 신도들은 그 교화·영향에 힘입어 자발적으로 신앙적 윤리를 실천하게 되었고, 그 것은 재가생활에서도 윤리적 역량으로 전개되었던 것이다. 이 비래사의 승려나 신도들은 그런 계율들에 기반을 두되, 오랜 세월 속에 친숙·원만해진 그 윤리를 체득하여 커다란 흐름을 형성하게 되었던 터다. 나아가 동방 공유의 윤리적 이념이 된 오륜삼강조차도 불교계에서 보편화되어 승·속간에 실현되고 있었다. 따라서 비래사에서는 충효를 중심으로 오륜덕목이 승려의 수범과 신도대중의 실천으로 족히 전통을 이루어 왔던 게 사실이다. 그러기에 비래사의 문화사상에서 이런 불교윤리의 실상과 위상은 무형문화로서 그 전통과 기능을 발휘하여 왔던 것이다.

(3) 불교의례와 민속

비래사의 불교의례와 민속에 대해서다. 우선 이 의례는 불교의 실천적 연행으로 공헌하여 왔다. 이 의례야말로 불교에서 가장 발달한 양식과 탁월한 권능으로 불교신앙의 기반·주축이 되어 왔기 때문이다. 이 사찰에서 진행된 모든 불사와 불공은 모두 의례로 시작하여 의례로 끝나는 것이었다. 기실 이 사찰 자체의 조석예불로부터 각종 대소 불사가 일체 의례로 진행되는 것은 물론, 신도 대중이 개인이나 집단으로 요청하는 광범·다양한 불공·기도는 그 자체가 바로 의례였던 것이다. 이렇게 중대한 사찰의 의례는 승·속간에 그것이 불교전체로 인식되고 신앙생활의 총체로 수용·실천됨으로써, 엄연한 전통·계맥을 이루었던 터다. 여기서 보편적이면서 독자적인 비래사의 의례사가 형성·전개되었던 것이다. 그리하여 이 불교의례는 무형문화로서 그 실상과 위상을 확보하였고, 그 전통·관례를 면면히 계승·발전시키게 되었다. 이러한 과정의 구비적 불안성을 극복하여 이 사찰에서는 의례절차·사례를 집성·편찬하여 의례집을 편성할 수도 있었다. 이것은 고금을 통하여 ≪한국불교의례자료총서≫나 ≪석문의범≫ 등으로 편간·유통되고 있는 실정이다. 기실 이 의례는 그 자체가 원숙한 연행인데다 그 속에 음악·무용·연극 등을 융합·포괄함으로써, 종합적인 의례극·제의극으로도 행세하였던 터다. 그래서 이 불교의례와 그 의례집은 불교민속으로도 연계되었지만, 불교연극 내지 그 극본·희곡의 면모를 갖추어 더욱 주목되는 것이라 하겠다.

이에 비래사의 불교민속이 제반문물과 직결되어 형성·전개된 양상을 보이고 있다. 실제로 이 민속은 매우 광범하고 다양하게 형성·전개된 것으로 보인다. 여기에는 풍수적 민속, 신앙적 민속, 명리적 민속, 무속적 민속, 의약적 민속, 월령적 민속, 통과의례적 민속 등이 혼효·전승되고 있기 때문이다. 기실 이러한 민속이 이 사찰 자체의 불교적 본령에서 벗어난 것 같지만, 그러나 이것이 비래사의 불교 문물과 결부되고 신도대중을 중심으로 오랜 세월에 걸쳐 형성·전승되었기에 이 불교문화의 한 분야로 취급 될 수밖에 없다.

기실 비래사의 도량 전체가 명당에 자리하고 있다는 평판·소문이 고금을 통하여 이어지고 있는 터다. 전술한 대로 그 자연환경과 지리적 요건이 그만큼 완벽하기 때문이다. 이에 따라 승·속간에 이 사찰의 풍수지리적 구비조건을 이러저러하게 논의·전승하는 경향이 생기게 되었다. 이른바 지사들의 전문적 평가는 물론, 승려들의 지견·혜안으로도 그 명당성을 수긍하고 오히려 강조하는 데까지 이르렀다. 이에 호응·추수하여 신도대중과 일반민중까지 그런 소문에 큰 호기심을 가지고 그 명당성을 신비화하고 어느새 명당전설까지 형성·전개시켰던 것이다. 이에 그 비래사뿐만 아니라 산내 다른 사찰의 터전이나 그 주변의 빼어난 봉우리·골짜기 등에 대해서도 풍수적 관점과 전설 등이 하나의 민속을 이루게 되었다.

이어 신앙적 민속은 오랜 역사 속에서 신도대중을 중심으로 다양하게 형성·전개된 게 사실이다. 기실 비래사에서도 불교신앙이 심화되고 민간에 보편화되면서, 일부 신도나 여러 대중은 본격적인 신앙과 기도보다는 막연하게 사찰에 드나들면서 기복하는 경향을 띠게 되었다. 여기서 절에 가거나 부처·신중에게 절을 많이 하면 큰 복을 받는다는 민간신앙적 성향이 나타나게 되었다. 이것이 바로 불교에 대한 민간신앙, 신앙적 민속으로 자리잡게 된 것이다. 이러한 민속은 이미 고유한 전통신앙에 젖어 있는 신도나 민중이 그런 신앙적 기반을 가지고 이 사찰의 불교신앙과 접합시키는 데서, 그것의 민속화가 적극적으로 진행되었던 터다. 법당의 주불보다는 산신각이나 사자암 석굴 등을 중심으로 신앙적 민속이 상당히 유통되었다고 본다. 지금의 삼성각 칠성·산신·독각성이 주재하는 신앙세계는 도선계의 습합과 함께 이미 민속성을 강하게 발휘하고 있었던 터다. 이와 관련하여 이 사찰 내의 회화·조각 등에 나타난 짐승류나 조류, 지금 마당가에 서 있는 300년 묵은 상나무 같은 수목류, 화초류 등에 대한 애호와 신앙이 민속과 연관되어[43] 신앙적 민속을 조장하는 경향도 나타났던 것이다.

한편 명리적 민속은 이른바 도승이나 신승들이 혜안을 가지고 신도대중의 마음을 읽거나 장래를 예견하여 올바르고 안전한 방향을 지시하는 데서 비롯되었던 것이다. 기실 불교가 올바르고 값진 인생의 길을 교시·실천하는 것이라면, 정통적인 명리와 공통되는 부면이 있는 것은 사실이다. 이런 데에서 사찰 내에 이른바 명리학이나 운명론이 잠입되고,

---

43) 오출세,「한국사찰의 동물 숭배관」,『불교문화연구』1집, 한국불교문화학회, pp.125 ~127.

따라서 승·속간에 명리적 민속이 형성·유전되는 사례가 고금을 통하여 적지 않았던 터다. 여기서 불교학에 건실한 바탕을 두고 중생을 제도하는 대중적 방편으로 불교적 명리학이 정립될 수도 있었던 것이다. 다만 유념할 것은 그것이 사리와 미신으로 전락하여 부작용을 일으킬 수도 있다는 점이다. 좌우간 이런 현상이 불교계·사원내의 명리적 민속으로 전승되어 온 것은 부인할 수 없는 터다.

또한 불교는 일찍부터 무속과 습합하여 '巫佛習合'의 현상을 보여 왔다[44] 따라서 불교계와 사찰에서는 무속의 일부를 말단으로 포용하고, 무속계 민속에서는 불교의 일면을 중심부로 수용했던 것이다. 이러한 무속계 민속이 비래사에서도 형성·전개되었으리라 본다. 적어도 신도·대중의 애사·경사에 대한 재의와 그 신비체험, 나아가 그 기대성과에 대한 믿음 등이 이 사찰의 무속적 민속을 결코 벗어날 수 없었기 때문이다.

그리고 불교계에는 산사를 중심으로 승속의 치병이나 건강에 대한 묘방과 향약이 사용되어 왔던 것이다. 이것은 고금을 통하여 정통적 의약에서는 벗어나지만, 오랜 세월에 걸쳐 경험방으로 성립된 것으로서 민간요법 및 민간약물과 기본적으로 상통되고 있었다. 그러기에 이 고유한 산사에서 활용된 치병의 묘방과 건강의 향약 등을 불교의 의약적 민속이라 취급할 수가 있는 것이다. 이 비래사에서도 고금을 통하여 이러한 의약적 민속이 한의약과 직결되어 구전심수로 형성·유전되어 왔던 게 사실이다. 그러한 전거가 현전하지는 않지만, 현대적 의약이 발달한 지금에도 상당수의 승려들은 그런 의약적 민속에 젖어 양방보다는 한방에 의존하는 사례가 적지 않은 실정이다.

---

44) 유동식, 『한국무교의 역사와 구조』, 연세대학교 출판부, 1983, pp.258~260.

한편 전통적 산사에서는 승려생활의 자급자족을 위하여 의식주에 관한 관례·습속이 계승되어 왔다. 이 비래사에서도 의식주의 생활이 그와 같은 절차·과정을 그대로 밟아 온 게 사실이다. 그 의생활을 위하여 승복·내복의 재료 구입이나 염색·재단과 제작, 나아가 세탁·보관 등에 관한 일체의 습속, 이를 착용·활용하는 방법, 사내 생활의 복장과 외출·법회 때의 각종 차림에 제도·법도·계율까지 모두 살피는 의생활적 민속이 형성·유전되었다. 이어 식생활을 위하여 그 사찰 내외의 전답에 파종·관리하여 수확하는 생산과정, 그것을 도정·수장하는 방법과 이를 조리하여 음식으로 만드는 과정, 또한 이 음식을 먹는 절차 등에 따르는 일체의 관행·습속이 그 식생활적 민속으로 생기·전승되었던 터다. 그리고 주생활의 편의를 위하여 방사를 배정 받되, 독방이냐 공용이냐에 따라 주생활의 규정·관례가 달라지고, 이 두가지 경우에 맞는 자세한 규제·관례가 까다로웠던 것은 물론이다. 이런 주생활이 실제로 승려 생활을 좌우하고, 따라서 주생활적 민속이 그만큼 중요한 의미를 지니는 것이었다.

나아가 모든 사찰에서는 고금을 통하여 신도 대중과의 상관성 아래서 세시풍속, 월령적 민속에 매우 민감하였다. 따라서 민간의 그것에 적극적으로 호응하여 그 월령적 민속을 공유하게 되었다. 정월 초하루와 보름, 2월 초하루, 3월 삼질, 4월 초파일, 5월 단오, 유월 유두, 7월 칠석과 우란분절, 8월 추석, 9월 중구일, 10월 상달, 11월 동지, 12월의 제석 등이 정도의 차이는 있으나, 승·속간에 어엿한 민속으로 시행되었던 것이다. 이 비래사에서도 보편적 차원에서 월령적 민속을 더불어 실천하고, 나아가 그 자체의 가풍에 따라 특성을 지니기도 하였던 터다. 이것의 구체적 실천은 사찰 자체의 자발적 행사이기보다는 신도 대중의 요청에 의한 의례로 치러졌던 게 사실이다. 그것은 사찰 내의 사대명절이나 매월의 여러 재일을 포함하여 다양하고 풍성하게 불교민속의 큰 흐름을 이루는 터였다.

이런 점에서 승·속간의 통과의례적 민속은 모든 사찰, 비래사의 중심적 재의로 실현되었다. 기실 승려들의 통과의례는 많이 생략되거나 음성화되는 경향이었지만. 신도 대중의 그것은 고금을 통하여 철저하게 시행되어 왔다. 실제로 이러한 통과의례는 형편에 따라서 가정에서 치르기도 하지만, 상당수의 신도들은 소속 사찰에 가서 그 의례·행사를 치르기에, 그것은 바로 사찰의 의례·행사로 자리잡게 외었다. 그래서 이러한 의례·행사는 기자·출생·삼칠일·백일·돌·생일·입학·결혼·취직·출세·육순·환갑·진갑·고희·회수·팔순·미수·졸수의 경우나 치병·서거·장례·제례 등에 걸쳐 이 사찰의 통과의례적 민속이 되어, 그 유지·발전에 실질적으로 기여하여 왔던 터다.[45]

(4) 불교교육과 포교

이 비래사의 불교교육과 포교에 대해서다. 먼저 비래사의 불교교육은 도제교육·사승관계로 시작되었던 것이다. 역대의 고승들은 스스로 정진하여 선·교에 능통하고 법력·권능을 확보할 때, 그 스승을 존숭·시봉하고 제자를 올바른 승려로 편달·배출하는 것을 사명으로 실천하고 거기에 신명을 걸었다. 여기서 그 사찰의 교학적 법통과 선학적 법맥이 형성·전개되었다. 그러기에 비래사에서도 비로소 사격을 갖추고 교육적 문화전통이 정립·계승되었던 것이다. 전술한 바 많은 고승·대덕 등 여러 승려들이 깊은 법연을 가지고 비래사의 승통을 유지·발전시켜 온 것이었다. 이러한 교육적 경향은 시대적 요청에 의하여 유·불소통의

---

45) 박계홍, 「한국인의 통과의례」, 『비교민속학』 제4집, 비교민속학회, 1989, pp.172~173.

융합적 교육전통으로 정립·활성화되어 왔던 터다. 이러한 비래사의 교육적 문화사는 그 사세의 쇠퇴와 더불어 자취를 감추고 근·현대에 이르러서도 재기할 기미를 보이지 않는다.

이와 같은 비래사의 상구보리적 교육 문화사에 상응하여 하화중생의 포교적 문화사가 면면한 전통을 이어 왔던 것이다. 기실 비래사의 창건 이념과 우선적 과제는 그 승려들이 법력과 권능을 갖추고, 신도대중을 교화하며 불법을 홍포하는 일이었다. 따라서 전술한 승려들이 몰려오는 신도·대중을 가장 효율적으로 교화하고 유기적으로 관리하기 위하여 신도의 조직을 선도·운영하였던 터다. 이것이 바로 비래사의 역대 신도회가 출범·발전한 문화사였다. 이러한 신도회는 대소간 여러 형태로 유지·개편되어 왔으니, 비래사에 현존하는 신도단체를 통하여 추적·확인할 수가 있다. 기실 비래사의 문화사는 승려와 신도들의 문화사라 하겠다. 이 비래사는 창건 당시부처 지금까지 그 승려와 신도들의 신심·법력·보시에 의하여 찬연한 불교문화사를 창출·계승하여 왔기 때문이다. 이런 점에서 신도 중심의 교화사와 대민 포교사는 실제적인 불교문화사의 출발점이요 회향처라 하여 마땅할 것이다.

(5) 불교행사와 봉사

이 비래사에서는 오랜 세월에 걸쳐 수많은 불교행사와 봉사활동을 전개하여 왔다. 이 사찰에서는 연중행사로 불교의 4대 명절 행사와 월령 및 세시 행사를 치러 왔지만, 그 중에서도 석가탄일의 연등행사가 오랜 전통을 이은 소중한 행사로 꼽히었다. 그리고 이 사찰에서는 큰 불사를 일으킬 때에 그에 상응하는 권선 및 보시행사를 적극 추진하여 왔다. 나아가 자비 구제의 실천적 행사로 봉사활동을 많이 해 왔다. 이 비래사에서는 신도단체의 자발적 노력으로 복지활동에도 상당한 성과를 올리게 되었다.

그리고 이 비래사에서는 큰 불사를 일으킬 때마다 신도들이 주축이 되어 권선행사를 적극적으로 벌려 왔다. 옛날부터 이런 권선행사가 진행되어 왔지만, 그 기록이나 증거가 다 없어져 안타까운 일이 되었다. 다만 근·현대에 이르러 그 신도들의 권선행사가 그 업적으로 남게 되었다. 이 비래사가 폐사의 험로에서 헤매일 때 당시의 신도회가 중심이 되어 적극적으로 모연을 하자니, 그 어려운 시기에 힘겨운 권선으로 눈물겨운 일이 한 두 번이 아니었다. 그리하여 그 부족한 액수를 신도들 스스로가 크게 보시하여 그 모든 불사를 원만 회향하게 되었으니, 실로 갸륵한 공덕이 아닐 수 없었다.

이어 이 비래사에서는 일찍부터 신도들로 하여금 보살행을 실천케 하였으니, 그게 바로 자비요 봉사활동이었다. 원래 사찰에서는 승·속간에 아동복지와 노인복지를 중요한 불사로 수행하여 왔던 것이다. 근년에 이르러 각 사찰에서는 대부분 그런 사업에서 손을 떼고, 뜻있는 사찰에서만 그 사업을 계속하거나 전문화하는 경향이 있는 터다. 그런데도 이 비래사에서는 신도들이 단체로나 개인적으로 그런 복지활동에 알게 모르게 동참하여 왔던 것이다. 이런 점에서 역대 신도회의 꾸준한 활동을 전통적으로 높이 평가하며, 이를 계승한 현재의 신도단체에 기대하는 바가 크다. 고금을 통한 신도단체의 신행활동이 그대로 비래사의 생동하는 문화사를 이루기 때문이다. 지금 비래사에는 관음회(회장 채순자)와 지장회(회장 조춘화), 다도회(회장 김인선), 그리고 보현불교청년회(회장 신동준) 등이 조직되어 매우 활발하게 움직이고 있는 중이다.

(6) 불교문화 관광

이 비래사에 있어, 이 불교문화 관광은 중대한 의미가 있다. 본래 문화관광은 그 문화를 개발·선양하고 이를 널리 펴서 모두가 행복문화를 누리게 하는 적극적 방법이기 때문이다. 이 바래사의 문화가 유구하고 값질 뿐만 아니라, 그것이 대전시나 계족산 일대와 연계되어 그 관광적 환경·위치가 가장 유리한 터다. 이런 바탕 위에 비래사는 앉은 자리에서 수많은 관광객을 상대로 문화 포교를 효과적으로 수행할 수 있기 때문이다. 모든 시민의 관광로와 직결된 사찰은 포교를 위한 '황금어장'이라는 게 적절한 표현이다. 실제로 비래사 마당과 관광로가 그대로 하나가 되어 날마다 수많은 관광객이 오르내린다. 이제 비래사는 보시·복지의 문화관광, 그 포교활동을 강화할 때가 되었다. 이 비래사의 문화관광에 대해서는 유기준의 「계족산 비래사와 문화관광」으로 미루겠다.

이상 불교문화의 분야 이외에도 다시 새로운 분야를 설정할 만한 여지는 얼마든지 있다. 이 불교문화학의 발전과 방향에 따라, 그 영역이 변화·확대될 수가 있기 때문이다. 우선 이 불교문화의 기반·배경으로 비래사의 정치·행정, 경영·경제 등을 주목할 필요가 있다. 다만 이러한 문제는 이번 논고의 성질과 한계로 하여 구체적 논의를 유보할 수밖에 없었을 뿐이다.

5. 결론

이상 비래사의 문물을 불교문화학적으로 고찰하였다. 지금까지 논의해 온 것을 요약하면 다음과 같다.

1) 비래사의 환경과 전통에 대하여 사찰문화사의 관점에서 검토하였다. 우선 그 자연환경이 계족산 삼봉 중의 가운데 응봉산이 암석 줄기로 우뚝 솟은 좌측 사자암 석굴 옆에 청계를 끼고 자리하여, 그 경관은 중

국 계족산의 명소나 경남 백월산의 그것과 같았다. 그리고 그 역사 지리적 위치는 대전 외곽의 나·제 국경 산성 근처에 처해서 백제 당시의 옹산성(계족산성)과 호응하여 호국성전에 임하는 데에 적합하였다. 또한 그 불교사적 배경은 이 비래사가 백제시대 웅진 수도권에 자리하여 백제불교의 직접적인 영향을 받고, 신라 통일기나 고려시대 불교의 관할을 받으며 조선시대 배불·억불을 겪게 되었다. 그리하여 이 비래사는 백제시대에 계족산 옹산성을 옹호·지원하는 호국원찰로 창건되었고, 신라시대에는 계족산문 기도도량으로, 고려시대에는 백월산문 수도도량으로, 조선시대에는 유·불소통 융합도량으로서 근·현대적 중흥도량으로 신축되기까지 유지·전개되어 면면한 전통을 이루어 왔다.

2) 비래사 유형문물의 변천과정을 불교미술사적으로 점검하였다. 먼저 그 대지는 천혜의 길지·명당, 수적 불지로서 3층단을 이루고 사자암 석굴을 갖추어, 그 가람배치와 함께 백제시대 호국원찰의 전형을 보였다. 이어 이 사찰의 건축은 그 전각의 원형과 변형, 그 역대에 걸친 단계적 중창·변모, 그 전각의 재배치와 신축에 이르기까지 면면한 전통을 이어 왔고, 그 회화는 역대 전각의 단청으로부터 벽화의 계통, 괘불탱화의 전통 및 후불탱화의 다양화에 이르기까지 고금을 통하여 그 계맥을 지켜 왔다. 그 조각은 불보살상과 신중상의 조성으로부터 석탑의 건립과 보전, 석조 성물의 설치에 이르기까지 그 명맥을 유지하였다. 끝으로 그 공예는 법당장엄의 부각과 법구·공양구의 구비, 명인 문장의 목각판 등에 걸쳐 전래·활용되었다.

3) 비래사 무형문물의 전승양상을 구비문화의 관점에서 파악하였다. 먼저 그 법통은 역대 불교의 적층적이고 총합적인 불교사상으로 계승되었고, 승려들의 법맥은 백제계와 신라계·고려계·조선계·조계종계로 전환을 겪으면서, 유명·무명의 승려들에 의하여 이어져 왔다. 그 신행

은 각종 재의와 법회, 승·속간 독경·염불·주력·참선 등의 실제적 정진에 의하여 전통을 이어 왔다. 그 기도와 정진은 삼매경에 이르는 것을 전제로 하고, 여기에 따르는 가피·영험은 고금 승·속간의 다양한 영험담, 도량에 얽힌 영험담, 전각과 불상·성물에 얽힌 영험담, 역대 승려와 신도에 관련된 영험담으로 실증되어 왔다. 그 문학적 표현은 이 사찰의 문물에 대한 시가문학의 형성·전개, 수필문학의 제작·유통, 서사문학·소설형태의 형성·유전, 극본·희곡의 성립·연행으로 나타나 계통을 잡았다. 그 연극적 공연은 불교공연의 총제적 관점에서 불교음악의 여운, 불교무용의 춤사위, 불교연극의 맥락으로 전통을 이었다. 끝으로 그 문화적 전승은 불교언어와 실용, 불교신앙과 윤리, 불교의례와 민속, 불교교육과 포교, 불교행사와 봉사, 불교문화와 관광 등 광범하고 다양하게 전개되었다.

이에 이 논고는 전거가 부족한데다 그 고증조차 부실하여 소설 같이 서술되었음을 자인한다. 여기서는 원래 비래사의 없어진 문물을 재구하고 무형의 문물을 탐색·확장하는 방법을 적용하였기에, 예정된 결과라고도 보아진다. 이제 졸고와 전게한 네 학자의 옥고를 종합해 보면 비래사 문물의 실상과 전통이 그만큼 찬연하고 유구하였음을 공인하지 않을 수 없다. 특히 이 비래사의 문물은 유형문물과 똑같이 무형문물이 광범·다양하게 형성·전승되어 왔음을 확인하는 계기가 되었다.

이로써 그동안 무시·방치했던 전국 각지 산간벽지의 사지나 무명사암이 그대로 풀뿌리 불교문화로서 불교문화 전체와 한국문화의 기반·원류가 되어 왔음을 재확인하는 길이 열렸으면 한다. 앞으로 종단이나 국가 문화당국의 차원에서 사찰의 불교문화를 연구 개발하고 국내외로 선양하는 게 급선무라 하겠다. 이것이 불교문화를 중흥하고 문화강국으로서 새로운 문화경쟁시대에 대응하는 첩경이기 때문이다.

백양사 문물의 불교문화적 전개

1. 서론

잘 알려진 대로, 대승불교 내지 대중불교는 원래 불교문화로써 존재하고 표현되며, 그 기능을 발휘하여 온 터다. 이러한 불교문화의 요람·원형이요 배경·현장이 바로 고금·내외의 사찰이라는 점은 엄연한 사실이다. 따라서 지금 불교문화학이 연구되는 과정에서, 국내외에 산재한 고찰의 문물을 그 대상으로 삼아 온 것은 당연한 일이었다. 그리하여 불교문화학이 새로운 각광을 받고 그 연구성과가 중시되고 있으니[1] 그것은 그간에 신앙의 대상으로만 존숭되던 사찰문물의 실상과 가치를 올바로 발굴·평가하고 있기 때문이다.

실제로 한국불교문화학회가 이 불교문화학의 개념과 범위를 잠정하고[2] 그 연구방법론을 정립한 뒤에,[3] 한국의 고찰문화를 입체적으로 조

---

1) 사재동, 『불교문화학의 새로운 전개』, 중앙인문사, 2006 참조.
2) 사재동, 「불교문화학의 방향과 방법론」, 『불교문화연구』 1집, 한국불교문화학회,

명·고구해 온 것은 실로 참신하고도 획기적인 성과라고 하겠다. 이 학회에서는 계룡산 갑사의 문물을 시작으로 경주 불국사와 서울 봉은사, 속리산 법주사의 문물을 불교문화학적으로 접근·고찰하여 바람직한 업적을 내었기 때문이다.4) 이러한 작업의 발전적 연장선상에서 이번에 백암산 백양사의 문물을 총체적으로 조명·고찰하게 된 것은 매우 중요한 의미가 있다고 믿는다. 기실 이 불교문화학회가 상당한 세월에 걸쳐 많은 체험을 통한 방법론적 역량을 심화·증진시킨 가운데, 이 백양사의 문물이 그만큼 특출한 실상과 높은 가치를 갖춤으로써, 기대되는 성과가 그처럼 크기 때문이다.

그동안 이 백양사의 문물에 대한 조사·보고나 해설 등 잡다한 문건들이 나왔던 게 사실이다. 그런데도 이를 불교문화적 관점에서 본격적으로 고찰·조사한 논저들이 보이지 않던 차에, 1996년도 南道佛教文化研究會의 회원들이 '長城 白羊寺 情密地表調査'라는 이름으로, 그 문물의 각 분야를 조사·고찰하여, 그 학회지 『불교문화연구』(6집)으로 간행한 것은 실로 주목할 만한 업적이었다. 그 학회지에서는 백양사의 역사(이계표)를 비롯하여 백양사의 승전(정의행), 유물(이명숙), 건축(천득염), 부도(박춘규), 석비(최성렬), 민속자료(강현구), 설화자료(이준곤) 등까지 조사·고찰해 냄으로써,5) 그 불교문화의 연구에 성실한 기초를 닦아 놓았기 때문이다. 기실 백양사의 문물, 불교문화재의 본격적인 연구에서 이러한 '정밀지표조사'가 최우선의 급선무임에 틀림이 없다. 이런 점에서 위 조사·고찰은 비록 전방위의 총체적인 것이 아니라도, 당시에 접할 수 있었던 유

2003, pp.26~27.
3) 사재동, 「불교문화학의 방법론적 전망」, 「불교문화연구」 2집, 한국불교문화학회, 2003, pp.34~36.
4) 한국불교문화학회에서는 『불교문화연구』를 10집까지 발간하였다.
5) 남도불교문화연구회, 『불교문화연구』 제6집, 부다기획, 1998 참조.

형・무형의 불교문화를 가능한 한 수습・정리하였다는 성과로서 그 의미가 크다. 따라서 위 업적들은 백양사의 불교문화를 전문적으로 연구하는 데에 매우 소중한 기반으로 작용할 것이 확실하다.

그런데도 백양사의 문물이 불교문화학적 관점에서 입체적이고 전문적으로 연구된 업적은 아직도 뚜렷하지 않은 형편이다. 실제로 불교문화학적 관점은 사찰의 문물을 핵심・기반으로 하되, 총체적이고 포괄적일 수밖에 없다. 그것은 전체적으로 다양다기하면서도 결국 하나로 통일・조화되어 있기 때문이다. 그러기에 이 불교문화학은 그 범위가 매우 넓은 데다, 불교문화 각개 분야의 독자성과 특수성을 그대로 인정하면서 유기적인 입체성을 중시하는 게 당연하다. 이러한 전제 아래서, 불교문화의 생동하는 실상과 계통적 계승・발전의 위상을 체계적으로 파악하는 게 불교문화학의 당면 과제라 하겠다. 따라서 지금까지 개발・확보된 불교문화학의 범위・영역은 환경학・언어학・서지학・문예학・미술학・음악학・무용학・연극학・윤리학・의례학・민속학・교육학・포교학 등으로 증대될 수밖에 없는 형편이다. 기실 불교문화학은 사찰 중심으로 보아 사찰문화학이라 하겠거니와,[6] 그 하위 장르가 위와 같이 분화됨으로써, 그 유기적인 체계를 유지하였던 터다. 이러한 준거를 통하여 백양사의 문물을 검토한다면, 그 불교문화학적 실상과 영역이 더욱 확장・체계화되는 게 사실이다.

그러기에 본고에서는 백양사 문물의 불교문화학적 고찰을 시도하는 마당에서, 첫째 백양사 문물의 문화사적 전통을 그 자연환경과 그 사찰의 창건・경영, 권속 승려들의 법맥을 통하여 검토하겠고, 둘째 백양사 문물의 불교예술적 실상을 불교미술에 기반으로 하여, 불교음악・불교

---

6) 張國臣, 『中國少林寺文化學』, 河南人民出版社, 1999 참조.

무용·불교연극과 불교문학 등으로 나누어 고찰하되, 현존분을 전거로 원형적 면모를 재구하여 보겠다. 넷째, 백양사의 불교문화를 언어·문헌, 신앙·윤리, 의례·민속, 교육·포교 등으로 확장시켜 그 대강을 파악하겠다. 그리하여 백양사와 여타 유명한 고찰의 문물을 불교문화학적으로 복원·고구하는 데에 작으나마 도움이 되었으면 한다.

실제로 위에서 제시한 바 중요한 분야에 관해서는 이번 연구발표회에서 각기 전문적이고 본격적인 학술논문이 발표될 것이다. 따라서 여기서는 그 전체적 면모를 개관함으로써, 그 영역의 확장과 방향·방법론을 제시하는 데서 그칠 수밖에 없다. 따라서 이 소고는 이번 『백양사 문화재의 불교문화학적 조명』의 서설에 머무는 터다. 그러기에 구체적인 논증이나 전거 제시, 원전 인용 등은 자연 유보될 수밖에 없다.

2. 백양사 문물의 문화사적 전통

이 백양사는 백암산 중 천년의 '佛緣之地'로 천혜의 길지·명당에 위치하여 청정도량으로 이름이 높다. 기실 '백양사는 백암산 백학봉 아래 맑은 계곡을 사이에 두고 연꽃의 이파리가 겹겹이 피어나는 것처럼 상왕봉·사자봉·금강봉·월영봉·수정봉 등으로 감싸여 있는 그 중앙에 자리하여' 거대한 연꽃 안 그 연화대 위에 솟아 오른 찬연한 범궁임에 틀림이 없다. 이러한 백양사의 역사는 유구한데, 그것은 이 절의 창건으로부터 시작된다. 그리하여 이 절이 창건된 이래 승려들이 주석·경영하면서 신도 대중들과 함께 그 안의 각종 불교문물을 제작·활용하고, 보호·육성하며, 보수·발전시켜 온 것이 바로 고금을 통관하는 백양사의 불교문화사로 형성·전개되었다. 실제로 백양사의 창건으로부터 지금까지 유지·계승되는 그 불교문화사는 여기에 심신을 바쳐 온 승려들의 발원과 권능으로 하여 조성되어 온 것이 확실하기 때문이다.

이 백양사의 창건에 대한 기록·전거는 확실하지 않다. 위 「백양사의 역사」(이계표)에 의하면, 이 백양사는 백제 무왕 3년(632)에 신라 고승 如幻 선사가 창건하였다고 추정된다.[7] 그 처음의 명칭은 '白巖寺'였다고 하는데, 그 나머지 문제는 거의 불투명한 상태다. 그러나 분명한 것은 이 사찰이 이만한 도량에 창건·유지되기는 삼국시대부터 발단되어 백제계의 연원을 가지고, 신라통일기에서 모든 문물이 정립되었다는 점이다.

이 백양사는 고려시대에 이르러 완전한 면모를 갖추었던 것이다. 고려 중엽 송 경평 연간에 사명이 정토선원으로 변경되어 정토신앙을 강조하는 사찰로 성격이 잡히지 않았나 추정된다. 이는 비록 확실한 근거가 없지만, 이 절의 법맥·신앙, 그 문화사의 흐름에서 주목할 만한 일이다. 그 다음에 中延 선사(11세기)가 이 절을 중창한 사실이 확인된다. 이 중연 선사의 중창은 사찰을 크게 중수했을 뿐만 아니라, 전당·문무·장실·빈료 등 85칸을 짓고, 국왕을 위하여 관음존상을 모셔 놓았다는 것이다.[8] 중창의 시기는 무신정권 초기인 명종(1170~1196)연간으로 추정되기도 하니, '덕종 3년(1034)에 중연 선사가 정토법문을 선양하기 위하여 정토사로 이름을 고쳤다'는 사실과 상보적 관계를 이룬다고 하겠다. 이처럼 중연 선사는 이 백양사(당시 정토사)의 법맥에서 정토신앙과 참선을 병행하는 데에 크게 기여했던 것으로 보인다. 이 선사의 자세한 행적은 알수 없지만, 그 문도들이 대대로 법을 이어 적어도 고려 말까지 이 절을 지켜 온 게 사실이다.[9] 이로써 백양사의 문화사적 기틀이 제대로 잡히었

---

7) 이계표, 「백양사의 역사」, p.14, 이하 백양사의 역사관계는 이를 주로 참고하였다.
8) 이병희, 「조선초 백양사의 중창과 경제문제」, 『한국사연구』 99·100합집, p.109.
9) 정의행, 「백양사의 승전」, p.35. 이하 승전관계는 이 글을 참조하였다.

던 것이다.

이어 백양사에서는 一麟 스님(13세기)이 주지가 되어 사세를 유지하여 왔다. 이후로 이 스님의 제자 覺儼 스님(1270~1355)이 이 백양사를 네 번째로 중창하였다. 이 스님은 법명이 복구이고 자호가 무언수이며 시호는 각진국사다. 그는 10세에 조계산 수선사 제6세 원오국사 천영 스님에게 가서 머리를 깎고 계를 받았다. 그 후에 원오국사가 입적하고 그 유촉으로 대선사·도영 스님을 따라 배웠는데, 10년 만에 불학에 통달하여 총림에서 대중의 우두머리가 되었다. 그는 21세에 승과 선선 상상과에 급제하였으나 명리에 초연하여 오로지 산수 간에 유유자적하며 수도에만 정진하였다. 그 스님은 백암사(정토사)에 와서 동지들과 더불어 밤낮으로 참선하기를 10여 년이나 계속하여 크게 도를 이루고, 수선사 제13세 조사로서 대중을 지도하였다.

이때 각엄 스님은 일린 스님의 뜻을 받들고 문도들의 도움을 받아 정토사를 새롭게 중창하였다. 그 당시 정토사는 몹시 퇴락하여, 이 스님은 문도들과 힘을 합쳐 여러 전각과 종루, 승방과 객사 등을 다 갖추었다. 그 여력으로 산내 말사로, 운문암(충정왕 2년), 약사암·물외암·영천암(이상 충정왕 3년), 청류암(공민왕 원년) 등을 창건하였다. 이로써 백암산의 본·말사의 체제가 정착되었던 터다. 특히 그 스님은 제자이며 정토사 주지인 심백과 지부 등으로 하여금 송나라에 들어가 대장경을 갖추어 오게 하여 1341년 봄 전장법회를 열고 낙성식을 봉행하였다. 이 스님은 충정왕 2년(1350)에 왕사가 되었고, 81세 되던 해(1350)에 수선사를 떠나 정토사로 돌아와 제자들의 시봉·존숭을 받았다. 그리하여 스님은 공민왕 원년(1352)에 다시 왕사에 올랐다.

그 후 왕명에 의하여 불갑사에 주석하며 왕실과 나라를 위하여 축원을 하다가 1355년에 다시 정토사로 돌아 왔다. 그 해 여름에 발병하여 왕에게 하직하는 편지를 올린 뒤 선상에 앉아 많은 제자들에게 임종계를 읊고 의연하게 입적하였다. 그 세수는 86세요 법랍은 76세였다. 이 스님의 문도들이 백양사를 비롯하여 선원사·백화산사·가지산사·마곡사 등에 걸쳐 천여 명이나 되었다. 이로써 백양사는 선·교의 법맥이 정립되고 사세가 번창하여 그 불교문화를 빛내게 되었던 것이다.

또한 백양사는 14세기에 이르러 한층 발전하는 계기를 마련하였다. 위 각엄 스님의 조카이자 제자인 청수 스님이 백양사(정토사)의 주지를 맡으면서 그 발전적 분위기가 성숙되기 시작했다. 이 청수 스님은 법명이 조징이요 속명은 군보로서 권문세가 고성 이씨 출신이다. 그는 출가 전, 문과에 급제하여 왕명 출납과 궁중 숙위를 맡은 밀직사사라는 높은 관직에 올랐으나, 출가하여 숙부인 각엄 스님을 정성껏 모셨다. 각엄 스님의 부탁으로 정토사를 맡은 지 얼마 되지 않아 불보살상, 천인·신중상의 조성, 경전의 수장, 범종의 주성 등으로 사찰의 면모를 일신하고, 그 재정·수입을 배나 늘리니, 모두들 각엄존자가 사람을 얻었다고 칭송하였다. 그는 공민왕 19년(1370) 여름에 폭우로 시냇물이 넘쳐 일찍이 각엄 스님이 창건한 누각이 물결에 휩쓸려 무너지자, 다시 재목과 기와를 모아 날 세워 누각을 지었으니, 1381년 목은 이색이 '쌍계루'라는 이름을 붙여 주었다.

이 무렵 청수 스님과 함께 우왕 3년(1377)에 이 절을 찾은 정도전을 맞이한 무설 스님이 유명하다. 이 무설 스님은 학식이 높은 데다 중국·한국 각지의 명산 대찰을 순례·참배하고 많은 고승들을 만나 교류하였다. 따라서 이 스님은 백양사를 찾아 오래 머물면서 이 절의 역사와 쌍계루의 내력을 잘 알았기에, 이 사실을 정도전에게 일러 주었다. 이 스님은 백양사의 문화, 쌍계루의 문학을 유도·발전시키는 데 기여한 바가 적지 않았다. 또한 청수 스님의 제자 절간 스님이 여기에 합세하여 목은에게

'쌍계루기'를 받아 내는 등 그 역할이 작지 않았으리라 보아진다.

이로써 고려시대를 통관하는 백양사의 불교문화사가 대강 파악되었다. 기실 고려시대 불교의 성세나 이 백양사의 사세, 고승들의 위상으로 보아 그 불교문화사가 더욱 찬란하였을 것은 분명한 사실이지만, 현전하는 문물은 비교적 영성하여 빙산의 일각을 연상케 한다. 이에 그 불교문화사를 재구·복원하는 방향과 방법론이 절실히 요망되고, 그 실천적 작업이 시급한 실정이라 하겠다.

한편 이 백양사는 조선시대에 이르러 숭유배불의 획기적 정책에 의하여 모든 문물이 위축되고 하향곡선으로 접어 들었던 게 사실이다. 그런데도 역대 고승들이 주지나 대중으로서 수행·정진하고 열악한 환경·여건 속에서도 대소 불사에 주력해 왔던 것이다. 간혹 백양사 본사나 암자 등에서는 명종의 모후 문정황후나 인조의 모후 인헌왕후 등이 대시주가 되어 불사를 한 적도 있었고, 따라서 관아의 완문을 통하여 상당한 보호를 받은 바도 없지 않았다. 그리하여 이 백양사의 제반 문물이 현상을 유지하고 때로는 발전의 계기도 마련되었던 터다. 따라서 이 백양사의 불교문화사는 조선시대를 통관하여 면면히 이어졌다.

먼저 벽송 스님이 백양사의 제21대 주지로 재임하면서 그 문물의 유지·발전에 기여한 바가 적지 않았다. 이 스님의 법호는 지엄이고 자호는 야로이니, 속성은 송씨로 부안 사람이다. 이 스님은 어려서부터 문장과 무예에 출중하여 유식한 군사로서 성종 22년(1491) 여진족의 침범을 물리치는 데에 전공을 세우기도 하였다. 그러나 세속의 명리를 떠나 큰 뜻을 세우고, 계룡산 상초암으로 들어가 조종 스님에게 머리를 깎고 출가하니 나이 28세였다. 이 스님은 연희 스님께 《능엄경》을 배우고, 황학산에 은거 중인 벽계 정심 스님을 찾아가 선을 익혔다. 이어 스님은 1548년 금강산 묘길상암에 들어가 《대혜어록》을 읽다가 크게 의심을 일으키고 발분·정진하여 얼마 만에 깨쳤다. 그 후 용문산·오대산·백운산·능가산 등을 돌아다니다가 1520년 지리산에 들어가 초암(벽송사)에 자리하고 누더기 한 벌에 하루 한 끼만 먹으며 두문불출하고 정진하였다. 마침내 도를 크게 얻은 다음에 많은 제자들에게 경론을 가르쳤다.

이 스님은 백양사에 주석하며 이곳이 바로 삼남의 조도처라고 확신하여 스스로 도행을 원만히 하고 많은 후학들에게 높은 법문을 폈다. 이 스님은 운문암에 거쳐하였는데, 그 당시는 이 암자를 미타사라 하였다. 이와 같이 그는 이 백양사와 그 일원에서 교학을 일으키고 선풍을 진작하였던 것이다. 1534년 겨울, 여러 제자들을 수국암에 모아 놓고 ≪법화경≫을 강설하다가 방편품에 이르러 크게 한 번 찬탄하고, 그 실상법의 진상을 설시하고 적멸상을 직지하여 감격적인 유시를 남겼다. 그리고는 아주 조용히 열반에 드니, 그것이 요지 열반송이 되었다. 그 후에 휴정 스님이 벽송 스님을 두고 '어두운 거리의 한 촛불이요 진리의 바다에 외로운 배였다.'고 찬탄하였다. 그리하여 이 스님은 승가의 최상승으로 영원한 귀감이 되었으니, 영관·원오·일선 등 6·70명의 문도들에게 대승 경론의 법맥을 가르쳐 전하였다. 이처럼 벽송 스님이 백양사에 일으켜 세운 법맥은 그만큼 찬연하고 넓은 것이었다.

이어 백양사에서는 정관 스님(1533~1608)이 운문암을 중심으로 주석하면서 교학·선풍을 세우고 각종 불사에 기여하였다. 이 스님은 법호가 일선이고 속성은 곽씨이니, 충청도 연산 사람이다. 그는 15세에 출가하여 백하 스님에게 ≪법화경≫을 배우고 청허 스님에게서 법을 전해 받아 일가를 이루었다. 그리하여 이 스님은 사명 스님·편양 스님·소요 스님과 함께 청허 스님의 4대 제자 중 한 사람이 되었다.

이러한 정관 스님은 선·교의 법력을 갖추어 백양사에서 법맥을 크게 융성케 하는 중, 그 문물을 일으키기에 많은 불사를 주관하였다. 그리하여 인조의 어머니인 인헌왕후의 귀의를 받아, 운문암에 금으로 된 원불 탱화를 조성·봉안하게 되었다. 이에 정관 스님의 법력·감화에 힘입어 뜻있는 법회나 불사가 계속되었던 것이다.

또한 백양사에서는 기허 스님이 주석하여 불교문화의 조성에 이바지 하고 선무정신을 발휘하여 호국불교를 실천하였다. 이 스님의 법호는 영 규요 속성은 박씨로 공주 판치 사람이다. 그는 큰 뜻을 품고, 계룡산 갑 사에서 출가하여 청련암에 주석하며 참선하는 여가에 무예를 익혔다. 이 후에 그는 청허 스님의 문하에 들어가 법을 이었다.

기실 이 스님은 선법·무예에만 뛰어날 뿐만 아니라, 미술에도 재예가 깊어 탱화 불사에 직접 관여하였다. 전술한 바 인헌왕후가 발원하여 원 불탱화 속에 자신의 상을 그리고 극락세계 구품 연대로 왕생하는 모습 을 새기어 운문암에 봉헌할 때, 이 기허 스님이 그 화원으로 직접 붓을 들어 완성했던 것이다. 그러면서 이 스님은 운문암을 본거지로 백양사에 머물러 홍법에 이바지했던 터다.

이 스님은 백양사의 《임란망혼추원록》에 기록된 대로, 희묵·인진 스님 등 의승장과 함께 92인의 승려들을 거느리고 백양사와 내장사 사 이에서 활약하였다. 지금도 백양사에는 그 당시에 의승장들이 사용했던 쇠도장이 전해오고 있다. 1592년 왜군이 침략하자 다시 500여 의승군을 규합하여 이끌고 의병장 조헌과 더불어 출전함으로써, 그 해 8월 청주를 수복하였다. 이어 스님과 의승군은 금산에 이르러 권율장군의 지원군을 기다려 왜군을 무찌르려 작전계획을 세웠지만, 조헌장군이 조급하게 전 투를 벌여 패전·전사한 것을 목격·통탄하였다. 그리하여 스님은 큰 소 리로 '조 의병장이 죽으면 나도 죽는다. 어찌 혼자 살아남겠느냐'고 외 치며 의승군을 데리고 종일 싸우다가 모두 장렬히 전사하였다. 이 때 백 양사를 중심으로 처능·학인·자혜·계한·의관·혜인·계묵·덕인·

처한 등의 의승장들이 1592년 금산의 패전 소식을 듣고 의승군과 더불어 의병장 김제민의 인솔 아래 북진하여 직산·진성·용인 등지에서 왜군을 격파하였으나 중과부적으로 안타깝게 전사하고 말았다. 그 후 금산의 종용사와 장성·오선의 창의사에 호국영령을 모시고 춘추로 추모제를 올리며 의승장과 의승군들의 호국·호법 정신을 기리고 있는 터다. 이처럼 기허 스님은 백양사에 주석하면서 사찰 문물의 제작에 공헌하고 나아가 호국·호법정신의 전통을 정립하게 되었다.

그 후로 백양사에서는 '三聖'이란 고승이 유명하였으니, 이미 논의된 각진국사와 여기서 거론될 진묵 스님, 앞으로 언급될 소요대사가 바로 그분들이다. 이 진묵 스님은 법력이 뛰어난 데다 그 행적이 확실하지 않아서 신화적 전설에 쌓여 있는 실정이다. 이 스님은 1562년 전라도 만경현 불거촌에 태어났으니, 법호는 일옥이다. 그는 백양사 운문암에 주석하여 교·선의 높은 경지에서 기행으로 대중을 일깨웠다. 처음 봉서사에 출가하여 대원사·일출암·변산 월명암·전주 원등암 등을 두루 돌면서 정진·각성하여 도인의 경지에 이르렀다. 그는 1627년 지백 스님이 백양사 운문암을 창건할 때 증사로 임하였던 게 기록에 남아 있다. 여기서 분명한 것은 그 스님이 백양사의 제24세 주지였다는 사실이다. 그만한 스님이 탁이한 법력으로 대중을 제접하고 백양사의 법통을 확장·발전시켰으리니, 그 문물의 발전에 기여한 바는 가히 신화적이라 하겠다. 그래서 이 스님을 백양사의 삼성 중 하나라고 존숭하는 것은 물론이고, 초의 스님이 석가모니 부처님의 화신으로 높이 평가한 것은 당연한 일이었다.

그리고 백양사는 환양 스님(생몰 연대 미상)을 제25대 주지로 맞이하여 그 문물의 복구와 일신을 기하게 되었다. 이 스님은 임진왜란 때에 불탄 백양사를 대원에 의하여 천신만고 끝에 복구한 대업을 이루었다. 그런데도 그의 행장에 대해서는 자세히 기록된 바가 없다. 가위 무주상 불사의 전형이라 하겠다. 이 때에 원래의 정토사가 백양사로 개명하는 계기가 되었다고 추정된다. 이 사실은 전설처럼 전해 오지만, 그만한 전거가 있다고 보아진다. 만암 스님의 기록에 의하면 그만한 타당성이 보이기 때문이다.

그 스님이 백양사 약사암에 주석할 때 송경으로 일과를 삼더니, 하루는 흰 양 한 마리가 백학봉에서 내려와 스님이 《묘법연화경》 외는 것을 다 듣고는 유유히 돌아갔다. 그 후 산 아래서 나물 캐는 여인이 구암사 뒷고개에서 흰 양이 다니는 것을 보았다고 하였다. 그러므로 산 이름과 절 이름을 '백양'으로 고치고, 스님도 '환양'이라고 불리게 되었다.

이어 백양사는 소요 스님(1562~1649)에 이르러 그 문물이나 법통에 있어 중흥의 계기를 맞았던 것이다. 이 스님은 백양사의 삼성 중의 한 분으로서 제26세 주지에 취임하여 모든 전각을 중건하고 법맥을 재건하였기 때문이다. 이 스님의 법호는 태능이요 속성은 오씨로 전라도 담양사람이다. 그가 13세 되던 1574년 백양산(백암산)에 놀러가 경치를 구경하다가 문득 출가의 의지를 굳히고 백양사의 진묵 스님에게 의지하여 출가하였다. 그 후 부휴 스님에게서 《화엄경》을 배웠는데, 백여 명의 문도들 중에 운곡 스님·송월 스님과 함께 법문 삼걸로 유명하였다.

그 후 묘향산의 청허 스님을 찾아가 3년 동안 선을 배웠다. 청허 스님은 한 눈에 그 법기임을 알고 법을 전하고 전법게를 내렸다. 이에 소요 스님은 그 전법게를 받아 가지고 남쪽의 여러 큰 스님들에게 그 뜻을 묻자 아는 이가 하나도 없었다. 그리하여 이 스님은 다시 청허 스님에게로 돌아와 물은 다음에야 그 참뜻을 깨쳤다. 그로부터 이 스님은 마음대로 노닐며 대중들을 제접하여 임제종풍을 떨쳤다. 그기에 편양스님과 함께 청허 스님 문하의 양대 고승으로 추앙받게 되었다. 이 스님은 1592년

왜적이 쳐들어 와 청허 스님과 사명 스님이 의승군을 일으켜 싸울 때, 곧 불전에 재를 올려 구국·승리를 기원하였다. 1636년 병자호란 때는 남한산성의 서쪽 성을 보수하여 적을 막기도 하였다. 이 스님은 또 지리산 신흥사·연국사를 창건하고 1649년에 연곡사에서 열반송을 지은 뒤에 세수 88세 법랍 75세로 열반에 들었다.

이에 효종이 일찍부터 스님의 종풍을 흠모하고 있다가 열반의 소식을 듣고 애도하며 혜감선사라는 시호를 내리고 왕명으로 그 비명을 지어 금산사에 세우게 하였다. 그 후 백양사에도 그 스님의 사리탑이 세워졌는데, 그것은 이 절과의 관계로 하여 당연한 일인데다, 그 제자인 지백 스님이 운문암 암주로 있었기 때문이다.10)

이에 백양사는 17세기를 이어 18세기 내지 19세기까지도 그 주지와 고승·대덕들이 연이어 주석·공헌함으로써, 그 다양한 문물과 왕성한 법맥을 발전적으로 유지하여 왔던 것이다. 기실 백양사 제23세 주지 사원 중건 공덕주 대덕 지백 스님(17세기), 제27세 주지로 강설·문장에 뛰어난 대덕 백곡 스님(1617~1682), 화엄학의 대가 고승 모운 스님(1622~1703), 제28세 주지 사암 중창의 대공덕주 대덕 무가 스님(생졸 연대 미상), 제29세 주지 선·교 설법의 대가 대덕 환성 스님(1664~1729), 선·교의 대가 고승 연담 스님(1720~1799), 선교 양종의 화엄종주 고승 양악 스님(1757~1783), 제34세 주지 대덕 침송 스님(18세기), 선문 중흥의 종주 고승 백파 스님(1767~1852), 가섭존자의 후신, 백양사의 중흥주 고승 도암 스님(1805~1883), 수행·교화의 선봉 고승 허주 스님(1806~1888), 제36세 주지로 내·외전에 융통한 대덕 경담 스님(1824~1904), 제37세 주지 범패의 대가 한양 스님(19세기), 제39세 주지로 사찰 중창에 앞장 선 대덕 덕송

---

10) 이상 백양사의 승전관계는 위 정의행의 논문을 전적으로 인용하였다.

스님(19세기), 제40세 주지 정진 보살 대덕 화담 스님(1848~1902), 제41세 주지로 불사에 주력한 보경 스님(19세기), 제42세 주지로 내외전에 능통한 당대의 강백 대덕 응운 스님(1854~1896), 제43세, 제49세 주지로 선원의 종주, 강원의 강주 대덕 금해 스님(1856~1937), 제45세 주지 대작불사의 대공덕주 학산 스님(19세기), 제37세 주지로 교학·선지·계율을 실천한 대덕 환응 스님(1847~1930), 교학에 달통한 뒤에 선으로 대각한 고승, 포교를 위한 불교시가의 작가 고승 학명 스님(1867~1929), 백양사의 대선법계를 품수하고 이 절을 사수한 고승 석산 스님(19세기~20세기) 등이 계계승승하고 백양사의 불교문물을 일으켜 지키고, 그 장원한 법맥을 보전·중흥하여 왔기 때문이다.

이러한 백양사의 제반 문물과 일체 법맥은 만암 스님(1867~1956)에 이르러 정리·총화되고, '백양사의 문화사'로 정립되었다. 이 스님은 조계종 제3세 대종정과 제48세·제50세 주지를 역임하고 근·현대에 걸쳐 백양사를 크게 중창한 고승·대덕으로서 제5회 중창주이고, 고불총림의 개산조라 하겠다. 그는 11세에 백양사에서 취운 스님을 은사로 출가하여 교학과 선학을 섭렵·능통하고 이판·사판을 겸전하며, 그 법력을 백양사의 시대적 중흥과 불교의 현대적 발전에 모두 기울였다.

그는 1910년 일제강점기를 당하여, 인재양성을 위해서 교육사업에 전심·주력하고, 청류암에 근대적인 승려교육기관으로 '광성의숙'을 세워, 스님들이 교학과 참선·율의 뿐만 아니라 국어·국사·수리학 등 현대 학문도 배우게 하였다. 나아가 쌍계루 옆에 일반인을 위한 보통교육기관으로 '심상학교'를 창립하여 인근의 학동들에게 한글과 국사, 수리와 농업 등을 가르쳤다. 이는 일제가 애국계몽운동을 탄압하고 민족문화를 말살하려는 시기에 민족의식을 불교적으로 일깨우는 진보적인 교화·교육이었다.

이 스님은 1910년 당시의 불교지도자들이 친일하여 우리 승단을 일본의 조동종에 예속시키려는 데에 반대하며 1911년 영호 스님·한용운 스님과 함께 임제종을 설립하고 매종행위를 저지하면서 한국불교의 정통을 지켜 왔던 것이다. 그는 1914년 백양사 주지로 취임한 뒤 종단행정에 적극 참여하여 그 민주적 운영을 역설·실천하였다. 이로부터 26년 동안 본·말사의 종무를 합리적으로 관장하여 혁신적 발전을 추진하였다. 그는 백양사의 주지로서 이 절을 중창하는 데에 주력하여 지대한 성과를 내었다. 당시 극락전과 요사채만 남아 있었던 상황에서 대대적인 중창불사를 감행하였으니, 1916년에 착수하여 1939년에 낙성한 게 바로 그것이었다. 이 무렵에 백양사는 이 스님의 지도 아래, 화합·단결하여 청규를 엄격히 지키고, 참선·교학에 두루 전념·정진하여, 전국에서 가장 엄정한 승풍을 진작하고 있다는 평가를 받게도 되었다.

나아가 이 스님은 백양사를 기반으로 그 법력과 권능을 한국불교의 현대적 발전에 헌신·기여하였다. 1925년에는 영호 스님과 함께 재단법인 조선불교 선교양종 중앙교무원을 세우고, 전국사찰로부터 출자를 받아 1928년 불교전수학교를 설립, 1930년에는 이를 중앙불교전문학교(동국대학교 전신)로 발전적인 개혁·개명을 단행하여 교장이 되고, 현대적 불교교육의 기틀을 잡았다. 그리고 그는 생산불교를 제창·실현하여 전남여객 버스회사나 베어링공장·동광유지회사를 설립·운영하였다. 그리고 어려운 살림에도 불구하고 사회구호에도 힘써 인근의 빈민들을 취로사업으로써 도왔으며, 청량원이라는 양로원을 설립·운영하였다. 광복 후 1947년에는 일제 잔재의 청산, 민족정기의 함양, 선풍의 진작 등 3대 목표 아래, 전라도 20여 사암 및 포교당을 동참시켜 호남고불총림을 결성하였다. 그는 1950년 조선불교 선교양종 2대 교정으로 취임한 뒤, 종명을 조계종으로 바꾸고 종풍을 쇄신하였으며, 1952년에는 제3세 종정으로 추대되어 5년간 종단에 기여한 바가 크다. 그간에 이 스님은 일제 강점기 오염된 승풍을 진작하고 종단의 혁신적 출범을 위하여 승려들을 수행승과 교화승으로 나누어 교단 정화를 적극 추진하였다. 나아가 이 스님은 1952년 전국승려대표자회와 고승회를 열어 이른바 불교정화운동에 최선을 다하였던 것이다. 1956년 스님은 세수 81세 법랍 71세로 입적하니, 서옹 스님이 선법을 이어 받고, 묵담 스님이 율맥을 내려 받았다.11)

이로써 백양사의 불교문화사는 유구하고도 면면하게 유지·발전하였고, 그 뒤로 영호 스님이나 운봉 스님, 동산 스님·묵담 스님·해안 스님 등이 맥을 이어 현재의 백양사로 우뚝이 솟아 있는 것이다. 실로 이 절은 창건 이래 1300여년을 계승·전개되어 왔으니, 그 불교문화사적 계맥이 찬연한 터다. 이러한 전통과 기반 위에서, 이 백양사의 불교문물이 불교미술과 불교문예, 그리고 불교문화 등의 분야로 나뉘어 검토되는 것은 당연하고도 타당한 일이라 본다.

3. 백양사 문물의 불교예술적 실상

이 白羊寺의 문물은 위 자연환경과 지리적 요건을 기반으로 건설되어, 그 유구한 문화사를 형성·전개시켜 왔다. 이러한 白羊寺의 불교적 이념과 법통을 오랜 세월 속에서 가장 효율적으로 보유·표현하고 있는 것이 바로 그 문물의 불교예술적 실상이다. 이러한 불교예술은 전체가 유기적으로 조직되어, 그 자연환경·지리적 요건 위에 조화롭게 성립·창

---

11) 정의행, 「백양사의 승전」, pp.60~72.

조된 인문·문화의 정화라고 하겠다.[12) 이 白羊寺의 불교예술은 하나이면서 여럿이요 여럿이면서 하나로 능소능대하게 생동하여 왔던 것이다. 그리하여 이 불교예술은 하나를 전제하여 여럿으로 분화·전개될 수 있으니, 그것이 바로 白羊寺의 불교미술·불교음악·불교무용·불교연극·불교문학이라 하겠다. 여기서 이 각개 장르들은 체계를 확보하고 계통을 유지하면서 상호 연계·조응되는 것이 당연한 현상이다. 여기에 기반을 두고 성립된 것이 불교문화학의 실체요 영역이며, 관점이요 방법론이다.[13) 그러기에 각개 분야 장르별의 검토는 그 전체를 기반·근거로 하여 이루어지고, 그 성과·업적은 다시 그 전체로 회향·귀납되는 게 필연적이라 하겠다.

첫째, 白羊寺 불교미술에 관해서다.[14) 먼저 白羊寺의 불교건축은 자연환경과 지리적 요건에 상응하여 전체적인 위치와 각개 전각의 배치가 중시된다. 고금을 통하여 건립된 전각의 배치상황과 그 성격·용도가 일단 파악되어야 하기 때문이다. 그리하여 이 白羊寺의 그 전체가 나한도량·정토·선종의 사찰로서 얼마나 적합한가를 판단하는 게 중요하다. 그리고 이 건축물들은 전체적으로나 개별적으로 그 건립된 내력이 밝혀져야 된다. 가능한 대로 어떤 주지가 누구의 보시·성금을 모아 어떤 건축가에 의뢰·작업하여 언제쯤 완공되었는지가 밝혀져야 한다. 나아가 그 건물들이 오랜 세월 속에 퇴락하거나 전란에 회진되어 빈터만 남았어도, 그에 대한 사실적 파악을 소홀히 할 수가 없다.[15) 그리고 중창·보수한 내막도 정확히 파악할 필요가 있다.

이런 점에서 우선 이 사찰 건축의 입지와 배치가 주목된다. 일찍이 천

---

12) 李　濤, 『佛敎與佛敎藝術』, 西安交通大學出版部, 1989, pp.3～4.
13) 史在東, 「불교문화학의 방향과 방법론」, 앞의 책, pp.13～14.
14) 진홍섭, 『韓國佛敎美術論』, 문예출판사, pp.14～22 참조.
15) 한국불교연구원, 『新羅의 廢寺』Ⅰ·Ⅱ, 일지사, 1992 참조.

득염이 「백양사의 건축」에서 그 점을 정확히 파악하여 놓았다. 그것은 현지를 답사하여 사진을 찍듯이 그려져 있기에, 거기에 가감할 여지가 없기 때문이다.

이 사찰은 노령산맥의 주봉인 갈재 부근의 백암산의 백학봉을 등에 지고 입지하였다. 전체적으로 사찰 경내의 지형은 고저차가 심하지 않고 비교적 평평하지만 높이가 다른 2개의 마당으로 나누어져서 전각들이 자리하여 있다. 즉 대웅전·극락보전·명부전·우화루·진영각 등은 높은 마당 주위로 배치되어 있고, 요사채들과 범종각 사천왕문은 낮은 마당 주위로 배치되어 있는데, 이는 건물의 위계성을 나타내기 위함이다.

긴 물길을 옆에 끼고 한참을 걸어 들어가다 보면, 근래에 새로 중건한 쌍계루가 앞에 보이고, 그 옆을 끼고 돌아 다리를 하나 건너면 동향으로 자리잡은 사천왕문이 오른쪽에 자리잡았다. 이 사천왕문을 통해서 사찰 경내로 진입하게 되는데, 3단의 계단을 올라서서 사천왕문을 통과하면 범종루가 있는 작은 마당이 펼쳐진다. 마당의 죄측으로는 객실이 있고 우측으로는 요사채가 위치하고 있다. 객실 뒤쪽으로 팔각연못이 있고 그 뒤쪽으로 요사채들이 배치되어 있는데, 이 뒤쪽으로 요사채들을 신축하고 있다.

사천왕문에서 약간 옆으로 어긋나게 범종루와 만세루를 잇는 직선 축이 있는데, 범종루 건너편에는 만세루가 대웅전 앞마당을 바라보고 자리잡고 있다. 사천왕문을 지나서 벽안당 담장을 따라 진행하면 만세루와 요사채 사이를 통해 대웅전 앞마당으로 진입할 수 있게 된다.

대웅전은 사천왕문에서 진입한 방향과는 직각으로 틀어 백학봉을 등지고 남쪽을 바라보고 있고, 맞은 편에 명부전이 북향으로 자리잡고 있다. 명부전 옆에는 극락보전이 동향으로 자리하고 있으며, 대웅전과 극락보전 사이에는 진영당과 칠성각이 동쪽을 바라보고 자리잡고 있다. 극락보전의 건너편에는 만세루(우화루)가 자리하고 있어서 전체적으로는 口자의 공간을 구성하고 있다. 명부전 뒤쪽으로는 요사채들이 위치하고 있다.16) 여기에다 이미 자취를 감춘 화엄전·팔상전·나한전·보선전 등은 그 옛터를 근거로 하여 그 전각·건축 속에 포함시켜야 한다. 그 당시의 위용을 전거로 하여 얼마든지 복원될 수가 있기 때문이다. 이와 같이 백양사의 건물과 그 판도가 대강 파악되면서, 그 전체 규모의 방대함과 각개 전각의 다양·다기한 실상을 족히 파악할 수가 있겠다.

이러한 거시적 기초 위에서 개별 건물의 구조와 구성·양식, 그 소재의 질량과 운용 기술, 기법의 유형과 특성 등이 논의되어야 한다. 그리고 주춧돌 위의 기둥으로부터 도리·대들보·서까래와 처마·기와·용마루·치미, 밖으로 벽과 창문, 안으로 마루와 천정 등에 이르기까지의 크기·용적·형태들이 연결·조직된 실태를 검토하는 게 당연하다. 나아가 건물 내외의 목조 조각이나 내부의 상단과 천개·보궁, 신중단의 장엄과 함께, 내외의 단청, 외벽의 벽화와 내부의 탱화·불화, 각종 회화 등과의 관계를 고찰하고, 그 전각의 주존을 명시해야만 되겠다. 그리하여 이 건물의 생동하는 실상과 기능을 역동적으로 귀납할 필요가 있기 때문이다.17)

이와 같이 그 건물들을 종합적으로 고찰한 다음에, 특수한 관점에서 예각적으로 고구하는 단계로 들어간다. 먼저 그 전각의 종교적 성격과 기능, 그 전각의 저본이 된 불경 계통, 그 구조·양식의 비교적 유형, 미술적 가치, 미학적 원리 등을 간파해 내는 게 중요하다. 결국 이 건축물들은 불교미술의 한 분야기기 때문이다. 이 분야에 대한 연구방법은 이미 정설화된 것이 있고, 최근에도 새로운 방법이 개발되고 있거니와, 그

---

16) 천득염, 「백양사의 건축」, pp.95~96.
17) 진홍섭, 「불교 건축」, 앞의 책, pp.52~55.

구체적 운용은 전문가에게 맡길 수밖에 없다.

그러기에 위 천득염이 그 논문에서, 대웅전·극락보전·사천왕문·명부전·만세루·범종루·진영각·칠성전·벽안당·해성각·청운당·향적전·종무소 등의 건축양식을 검토한 것은 매우 중요한 일이다. 이처럼 전형적인 전각들의 실제적인 건축양식을 사실적이고 전문적으로 조사·보고하고 있기 때문이다.[18] 다만 위에서 지적한 그 건축의 불교미술적 실상을 예술적 가치와 사상·신앙적 진가를 탐구하는 것이 과제로 남아 있을 따름이다. 이번 백양사 문물을 불교문화학적으로 고찰하는 학회에서 발표되는 천득염의 「백양사의 건축적 특징」에 기대를 걸 수밖에 없다.

한편 이 백양사 건축의 일환으로 석탑이나 당간지주, 석축·층계·석교 등도 고려되어야 한다. 우선 석탑만을 보더라도 원래 이 절에는 대웅전이나 극락보전 전면쯤에 한·두 기의 고탑이 조성되어 왔었을 것이다. 그러나 지금에는 그 흔적도 없고, 다만 대웅전 후면 대지 위에 사리탑만이 우뚝이 솟아 있을 뿐이다. 그것은 근래에 사성제·팔정도의 정신으로 4기둥의 기단에 8층 옥개를 층층이 쌓아 올린 양식이다. 그러기에 상당한 높이만 느껴질 뿐, 그 양식사적 계통이나 예술적 특징을 찾아보기 어렵다. 그리고 당간지주라면 진영각·칠성전의 바로 앞에 작은 규모의 괘불 지주석이 나란히 서있을 따름이다. 이 석축이나 돌계단이 여러 군데 있으나 건축양식으로 볼만한 형태를 갖추지 못한 것 같다.

다음 백양사의 불교회화가 전체적으로 파악되어야 한다. 이미 위에서 백양사의 건축을 거론할 때, 그 불교회화의 윤곽은 어느 정도 잡힌 셈이다. 전계한 고금의 건축물에 그려 붙인 불교관계의 모든 그림이 모두 불

---

18) 천득염, 앞의 논문, pp.96~99.

교회화이기 때문이다. 실제로 대웅전·극락보전이나 칠성전·명부전 등의 전각들에는 내외 단청과 외면 벽화, 내면 후불탱화와 각종 불화들이 빈틈없이 들어차서 장엄·장관을 이루어 왔다.[19] 여기다 더 보탤 불교회화로는 유일한 대형괘불과 진영각에 모셔진 역대 고승들의 진영 등이 찬연한 터다.

이 불교회화의 연구방법은 위 불교건축의 그것과 유형·궤도를 같이 하는 것이 상례다. 그러면서 미술장르의 특성상 독자적 방향을 모색하는 게 당연한 일이다. 실제로 이 회화들은 사찰의 보편적 전통과 관례를 따른 것이 많지만, 그 전각 단위로 독자적 의미와 미술적 가치를 갖추고 있는 게 분명하다. 그것들은 그 제작자와 시대 상황이 다르기 때문이다. 그러기에 이 회화들은 불교적 주제와 성격이 드러나고, 대부분 불전적 대본이 있게 마련이다. 이미 위 전각들이 그 주제와 성격 내지 대본을 표방하고 있는 이상, 일반적으로 그 경향을 따르는 게 순리적이라 하겠다. 그리고 이 회화들은 그 규모와 구도, 구성과 균형, 선과 색채의 조화, 전체 분위기와 미감, 따라서 예술적 가치와 미학적 차원을 그 기능과 함께 고찰할 수가 있다. 나아가 이 회화들은 다양한 인물화나 풍경화, 서사화나 변상도 등으로 장르가 규정되고, 그 제작자나 연대와 관련시켜 그 양식사적 위상까지 파악되어야 한다.

이런 점에서 이영숙이 「백양사의 유물」에서 그 불화를 전문적으로 조사·보고한 것은 주목할 만한 터다. 이 논문에서는 대웅전의 후불탱화를 비롯하여, 이 절의 괘불, 대웅전의 신중탱화 및 독성탱화, 팔상탱화와 극락보전의 신중탱화, 청류암 불화 족자형 불보살상·팔부중상·십이지신상과 조사진영, 각진국사·성남선사·경담당대종사·보경당대선사·금

---

19) 홍윤식, 『한국불화의 연구』, 원광대학교 출판부, 1980, pp.15~19.

해대선사 · 대공덕주학산당 · 취운당대선사의 진영 등을 사실대로 실사하여 제반 근거와 실상을 고증하고 있기 때문이다. 그렇다고 이로써 백양사 고금의 불교회화가 모두 수습 · 망라되었다고 볼 수는 없다. 전술한 바 운문암의 금색 원불탱화 등이 기록상에 엄연하고 칠성전의 칠성탱화 등이 발견 · 회수되는 마당에, 그 회화들의 원형적인 발굴 · 재구가 계속되어야 한다. 그리고 그동안 등한시되었던 단청 · 벽화에 대하여 보다 성실한 접근이 시급하다. 적어도 지금 대웅전의 단청 · 벽화가 근대 일류의 화맥을 잇는 일섭 스님의 빛나는 작품일진대,[20] 이에 대한 학술적 접근이 요망되는 것은 물론이다. 이에 이 백양사의 불교회화에 대해서는 사실적 조사 · 보고의 차원에서 벗어나 예술 · 미학적 실상과 회화사적 위상을 전문적으로 고구해야 될 것이다. 이런 점에서 이번 백양사 문물을 불교문화학적으로 고찰하는 학술회의에서는 김창균의 「백양사 불화의 불교회화사적 의의」에 기대하는 바가 적지 않은 터다.

한편 이 불교회화와 관련하여 白羊寺 경내의 서예에 관하여 주목할 필요가 있다. 아직도 완벽하게 파악되지 않은 각종 서예는 거의 선서 · 도필이거나 신불 서예가의 작품이기 때문이다. 각개 전각의 편액이나 주련, 각종 비석의 비문, 사찰문서 등의 서체, 하사 어필 등은 의외로 상당한 미술적 가치를 지닌 것들이다. 따라서 전문가, 서예학자들의 발굴 · 수집과 본격적 연구가 요망되는 터다.

여기서는 추사 김정희가 만암 스님에게 준 '만암액자'가 유명하다. 그리고 이 사찰에 널려 있는 편액 · 주련 내지 비문 글씨 등이 실은 훌륭한 필체로서 전문가들의 본격적인 연구가 요망된다. 이 글씨들은 불교서예로서 당당히 불교미술에 들어갈 수 있기 때문이다.

---

20) 근대 사찰 단청 · 벽화 · 불화 등의 거장은 보응스님에 이어, 일섭 스님으로부터 석정스님과 만봉 스님 등으로 맥을 이루었다고 한다.

    그리고 白羊寺의 불교조각이 종합적으로 검토되어야 한다. 이 사찰의 조각은 각종 불상과 보살상, 여러 신중상 등 목재와 금석으로 조성된 것이 많다. 그리고 부도나 석등·석조가 있는가 하면, 석축·석교·층계·주춧돌의 장식용 조각 등이 상당수에 이른다. 한편 여러 비석의 비신을 중심으로 귀부와 이수의 석재 조각도 중요한 것이다.[21] 그동안 이 조각들은 불상·보살상을 비롯하여 국보나 보물급을 중심으로 대모한 것만을 중시·검토하고, 나머지는 소홀히 하는 경향이 없지 않았다. 그러나 위에 든 조각들은 그 실상과 역할로 보아 어느 것 하나 중요하지 않은 것이 없다. 이 조각들은 거의 모두 원형을 유지하고 이 白羊寺의 역사를 그대로 지키며 증언하고 있기 때문이다.

    이러한 조각들을 검토·고찰하는 과정과 방법은 원칙적으로 위 건축이나 회화의 그것과 다를 바가 없다. 기실 이 조각들은 그 나름의 재재와 수법 등에서 특성을 가지는 것이 불가피하다. 그 조각들은 그 자체로서의 유기적 상관성과 위 건축·회화·공예 등과의 상보적 관계를 유지하면서, 그 불교적 주제·내용, 규모와 구조, 구성과 세부기법, 예술적 조화미와 그 기능 등을 드러내고 있는 터다. 이런 점을 전제·고려하고 이 조각들의 제작자·연대 등을 추정하며 그 양식사적 특성과 조각사·미술사상의 위상을 비교·고찰하는 게 중요한 터이다.

    이런 전제 아래서, 위 이영숙의 「백영사의 유물」에서 그 불상을 거론한 것이 중시된다. 이 논문에서는 이 사찰의 각개 전각에 모셔진 불보살상과 신중상 등을 비롯하여 극락보전의 아미타여래상, 청류암의 아미타여래상, 홍련암(서향암) 극락전의 아미타여래상, 대웅전의 16나한상, 나반존자상과 오백나한상, 칠성전의 칠성상, 명부전의 지장삼존상과 시왕상

---

21) 진홍섭, 『韓國의 石造美術』, 문예출판사, 1995, pp.15~16.

등을 사실적으로 조사·보고하여 기초작업에 성실하였다. 여기서도 대웅전의 삼존불상과 같은 데서 16나한을 거느리고 있는 작은 삼존불, 그리고 사천왕상 등을 추가하고, 기록에 있는 관세음보살상 등을 복원의 차원에서 포함시켜야 할 것이다. 그리고 그 연구방법에 있어, 이 불교조각을 종교성과 예술성에 입각하여 그 실상을 탐색하고 조각사상의 위상도 정립해야 될 터다. 이런 점에서 이번 백양사 문물에 관한 연구발표에서, 손영문의 「응혜파 불상조각의 연구」에 기대를 걸고 싶다.

또한 위 박춘규의 「백양사의 부도」에 적지 않은 관심을 가지게 된다. 원래 이 부도는 추모·장례조각의 정화로서 그 조각예술적 실상과 조각사상의 위치가 그만큼 소중하기 때문이다. 그런데 이 논문에서는 백양사의 동·서부도전에서 총 39기의 부도를 발굴·정리하고, 그 형상을 중심으로 전형적이고 대표적인 부도 14기를 집중적으로 조사·보고하였다. 원래부터 이 부도를 조각예술로 보려는 관점에서 벗어났기에, 그 형상을 실측·실사하고 사진을 찍어 아주 사실적인 성과를 내었다. 그 부도의 조각적 면모와 유형을 추구하는 데에 성실한 태도를 견지하였다. 이것이 바로 이런 부도를 조각예술로 연구하는 기반을 닦아 놓았다고 본다.

한편 이 최성렬의 「백양사의 석비」에 주목할 필요가 있다. 기실 이 석비야말로 그 전체 구조나 비대·비신·비두의 조각이나 비신 비문의 각자 등에 걸쳐 조각예술의 진면목을 제대로 보여주기 때문이다. 원래 이 논문에서는 총 17기의 비석을 근·현대 불교사나 승전을 연구하는 데에 도움을 주기 위하여 조사·고찰하였기에, 그 비문의 내용에 중점을 두어 불사리탑비와 부도비, 기념비와 공덕비로 나누어 검토할 수밖에 없었다. 그래서 이것은 비석을 조각으로 조명하는 데에 기초가 되겠고, 그 비문들은 비지나 전장 등의 문학적 원전이 될 것이다. 여타 석등은 원래 많았을 것이나 지금은 극락보전과 사리탑 앞에 근래에 조성한 것이 있을 뿐이다.

끝으로 白羊寺의 불교공예가 구체적으로 검토되어야 한다. 원래 이 공예는 대체로 규모가 작고, 그것이 거의 공양구 중심의 소도구·용품들이기에, 크게 주목받지 못한 것이 사실이다. 그러나 실제로는 공양과 기도, 신앙의 용구로서 소중한 기능을 가지고 있을 뿐만 아니라, 그 미묘한 기법과 섬세한 재예가 작용하여 예술미와 조화미가 한껏 응축되어 그 가치를 제대로 발휘하고 있는 것이 분명하다. 기실 각개 전각의 내외 목조 수식, 불단의 장식, 천개 보궁의 장엄, 사리장엄구·보당·와전, 각종 문의 화려한 장식 등은[22] 일단 장엄 공예로 주목된다. 그리고 범종·금고·법고·목어·운판·요령·목탁 등의 음성 공양구, 향료·정병·촛대와 다기·도자기·발우, 목칠공예품·지질공예품이나 공양간의 각종 용구와 장독대까지 신앙생활에 직접 필수되는 갖가지 공예품이 너무도 많다.[23] 이것은 실로 白羊寺의 생활문화를 확충·충만시키고 있다는 점에서 매우 소중하다. 우선적으로 이 방면 전문가들의 적극적인 연구·검토가 요망되는 터다.

이런 점에서 위 이영숙의 「백양사의 유물」 중에 공예품을 취급한 것은 당연한 일이다. 그런데 여기서는 대웅전의 동종, 청류암의 동종·금고와 향적전의 금고, 극락보전의 법고, 범종루의 목어 등만을 거론하였다. 그러기에 이 불교공예의 개념과 그 범위를 분명히 하고, 위와 같이 광범하고 다양한 그 실상과 내질을 올바로 인식·파악해야 될 것이다. 사실은 이 섬세·정교한 이 공예품에 불교정신이 섬세·정교하게 녹아들었기 때문이다.

---

22) 허 균,『사찰 장식』, 돌베개, 2002, pp.5~7.
23) 진홍섭, 「불교 공예」,『韓國佛敎美術』, pp.92~111.

둘째, 白羊寺의 불교음악·무용·연극 등 연행예술에 대해서다.[24] 원래 이들 연행예술은 셋이면서 하나요 하나이면서 셋이다. 부득이 세 장르로 분화·발전하여 왔지만, 실제로 연행될 때는 결코 독단적으로 진행될 수가 없고, 언제나 상호 협연의 관계로써 성립될 수밖에 없는 것이다. 기실 이 불교음악이 연주될 때는 벌써 연극적 연행형태를 띠고 곧바로 무용의 협연을 필수로 하는 법이다. 그리고 불교무용이 연행될 때는 벌써 연극적 양식을 취하고 음악의 협연을 받아야만 되는 것이다. 나아가 불교연극이 연출될 때는 음악과 무용의 협연을 전제로 하여 공연될 수밖에 없는 터다. 일반적으로 고금의 사찰에서는 실제로 음악·무용·연극이 연행되어 왔지만, 그것이 무형문화재인데다가 사찰 당국에서 그 연행의 악보·무보·극본 등을 근거 있게 정착·보존하지 않았기 때문에 항상 애매·공허한 실정이었다. 기실 白羊寺도 그 도량 내외에서 연행한 불교예술의 상태가 이 범주를 벗어날 수가 없었던 것이다.

먼저 白羊寺의 불교음악은 상호 간에 그 역사를 함께 하여 왔다. 처음부터 그 기도음악·신앙음악 등이 필수·성행하여 왔기 때문이다.[25] 백암산의 여명, 白羊寺의 새벽 3시부터 종성·사물의 소리와 도량석 목탁소리, 승려의 염불소리와 법당 안의 징소리, 목탁·요령소리와 합동예불소리 등이 장엄한 음악을 이룬다. 이것이야 전국 사찰의 공통음악이라 하겠지만, 각개 사찰마다 가풍이 있으니 白羊寺의 그것이 독특할 수밖에 없다. 그 이후 승·속간의 염불소리·기도소리·독경소리 등이 끊이지 않고, 이 사찰의 일반적 음악을 이루는 것이다. 그리고는 유사시에 각종 재의, 추천재의나 경축재의 등에서 전문음악으로 범패·화청이 이루어졌던 것이다.[26] 이런 전문음악인은 白羊寺에 상주하는 승려일 수도 있지

---

24) 段玉明, 『中國寺廟文化』, 上海人民出版社, 1994, p.572.
25) 한만영, 『불교음악연구』, 서울대학교 출판부, pp.1~3.

만, 지금으로서는 불투명하여 탐색해 볼 여지를 남긴다. 그런데 그 전문음악에는 역시 전문음악승, 범패승이나 화청승이 별도로 있어, 각개 사찰의 행사에 따라 초빙·연행하는 경우가 많았다.[27]

다음 白羊寺의 불교무용은 그 음악과 운명을 같이 한 게 사실이다. 원래 이 무용은 그 음악과 짝을 이루어 하나로 연행되었기 때문이다. 실제로 불교음악 중의 범패·화청에는 무용이 따르게 마련이었다. 여기서 무용을 중심으로 본다면, 그 중의 작법무에는 범패가 따랐던 것이다. 이 작법무의 나비춤과 바라춤·법고춤·타주춤에는 그에 해당되는 범패가 조화·협연되는 게 당연한 일이었다.[28] 이러한 무용은 다양한 경찬회에서 뿐만 아니라, 추천재의에서도 연행되었던 게 분명하다. 기실 이 무용은 가무형태를 취하였는데, 그것은 애사·경사 간에 이 사찰에서 벌이는 영산재에서 본격적으로 연행되었던 것이다.[29] 나아가 고금을 통하여 이러한 영산재가 끝나고 뒷풀이로서 연희가 베풀어질 때에, 조금은 대중화된 가무로써 승속이 즐기고 승화되었던 터다.

이어 白羊寺의 불교연극은 위 불교음악·무용 등을 통합하고 극화·연합하여 종합예술로 연행되었다. 원래 제의는 제의극으로 전개되어 왔거니와, 이 白羊寺에서 행하여진 영산재·천도재 등이 일단 연극형태로 행세하였던 터다.[30] 실제적인 연극의 관점에서라면, 위 불교음악은 불교적 의미의 歌詞로 가창될 때, 이미 가창극 형태를 취하게 되었다. 그리고 위 무용 즉 가무는 바로 가무극 양식으로 규정될 수가 있었다. 그리고 和請을 중심으로 간간히 산문적 법화를 곁들이면, 강창극 형태가 성립되

---

26) 박범훈, 『한국불교음악사 연구』, 장경각, 2000, pp.318~319.
27) 한만영, 「화청과 고사염불」, 앞의 책, pp.110~111.
28) 법현, 『불교무용』, 운주사, 2002, pp.31~37.
29) 법현, 『영산재 연구』, 운주사, 2001, pp.159~160.
30) 史在東, 『한국희곡문학사의 연구』 IV, 중앙인문사, 2000, pp.331~334.

었던 터다. 더구나 불교의 명절에 축제적 분위기 아래서 법문을 쉽고 재미있게 연설할 때, 극적인 서사문맥을 강설과 가창으로 연행하면, 그것이 판소리와 같은 강창극이 되었던 것이다.[31] 여기서 이 사찰의 특별한 연희에 당대의 연예승이나 기생·광대를 초청하여 대중적 불교극을 입체적이고 전문적으로 공연하면, 그대로가 대화극으로 성립되는 것이었다. 나아가 이 사찰 재의·행사의 뒤풀이에서 승속 간에 즐기고 승화되면서, 여러 연극적 요소를 뒤섞어 공연하면, 재미있는 잡합극이 되었던 게 사실이다. 이러한 연극장르들이 白羊寺에 뿌리박은 독특한 종합예술이라는 문헌적 전거는 없다. 그러나 고금 대찰의 대작불사와 그 경찬 축제에서 그만한 연극이 공연되었다는 것은 상식·관례에 속하는 터라 하겠다.

셋째, 불교문학에 대해서다. 이 불교문학은 실제적으로 사찰문학을 가리키는 것이다. 기실 불교문학은 사찰을 근거·기반으로 하여 형성·전개되어 왔기 때문이다. 따라서 오랜 역사 위에서 白羊寺의 불교문학은 매우 값진 실상과 소중한 위상을 차지하고 있는 실정이다. 이러한 불교문학은 그 영역이 넓고 그 갈래가 다양한 터다.[32] 적어도 白羊寺와 관련된 모든 문학은 다 그 불교문학이라 규정될 수 있기 때문이다. 먼저 白羊寺의 자연환경과 지리적 조건을 표현한 문학작품이 있다. 이 白羊寺를 중심으로 그 주변의 아름다운 산수나 명당으로서의 절터를 찬탄·미화한 시문이 얼마든지 있었기 때문이다. 시인·묵객의 전문적 작품도 있고, 승려·신도나 등산객이 구비적으로 토로한 작품도 있었던 터다. 따라서 여기에 얽힌 민요나 설화가 얼마든지 형성될 수가 있었던 것이다.

---

31) 史在東, 「佛教系 講唱文學의 판소리적 전개」, 『불교문화연구』 4집, 한국불교문화학회, 2004.
32) 史在東, 『한국문학유통사의 연구』 I, 중앙인문사, pp.136～137.

그리고 白羊寺의 제반 문물에 관하여 쓰이거나 생긴 문학 작품이 있다. 가령 白羊寺나 산내 암자의 창건과 사건에 얽힌 전설로부터 대웅전이나 극락보전·응진전 같은 전각에 대하여 지은 시문, 또는 그들 전각의 저본이 된 불전·불서와 직결된 문학작품, 각종 불상·보살상 나아가 신중상 등을 두고 쓴 작품, 白羊寺에 장·단기로 머문 승려나 문사·신도 등이 술회한 다양한 작품 등이 얼마든지 있었던 것이다. 실제로 이런 작품 경향은 산내 암자나 누각에까지 뻗쳐서 이색·서거정 같은 문사들이 쌍계루에다 다양한 시문을 지어 놓았던 것이다.[33] 이와 같은 일연의 시문들이 白羊寺의 기행문학을 형성·전개시킨 터라 하겠다.

한편 白羊寺의 전각에 직접 붙이거나 여기서 보존·유통시킨 문학, 경내의 금석에 새긴 문학 작품들이 있다. 우선 전게한 여러 전각의 珠聯이 불법의 핵심을 문학화하고 부각·부착되어 있는 실정이다.[34] 그것이 비록 어떤 문학인의 창작이 아니고 불경·불서의 것을 인용하였다 하더라도, 문학작품임에는 틀림이 없다. 기실 문학적으로 정화·표현된 모든 불경·불서는 다 문학이라는 규범이 보편화되어 있기 때문이다. 이런 점에서 白羊寺에서 보존하고 유통시킨 불경·불서 내지 사내 일체 재의시문이나 기도문 등은 모두가 문학 작품으로 규정·취급될 수가 있겠다. 그리고 白羊寺 경내에 있는 각종 비문은 일체가 어엿한 문학작품이라 하겠다. 이러한 비문은 거의 다 저명문사의 명문이기 때문이다.

나아가 白羊寺에 주석한 승려나 이 사찰과 깊은 법연을 맺고 장기간 거주·왕래하던 신불문사의 시문이 얼마든지 있는 것이다. 위에서 열거한 각엄 스님의 문집이나 정관 스님의 정관집, 백곡 스님의 백곡집, 환성 스님의 환성시집, 만암 스님의 만암문집, 학명 스님의 불교시가집(백

---

33) 「白羊寺와 雙溪樓」, 白羊寺, 1987.
34) 권영한, 『한국사찰의 주련』, 전원문화사, 1997, 참조.

농집) 등이 있고, 이 절에 왕래한 정도전이나 이색·송순·이순인·최경창·백광훈 등의 시문 내지 그 문집 등이 이 절의 문원과 연결되어 있었던 것이다. 이러한 일련의 문학작품들은 백양사의 문학으로 간주하여도 무방할 터다.

이러한 白羊寺의 불교문학은 불교적 특성을 고려하여 보편적 문학론에 의해서 검토되어야 한다. 먼저 그 작품들의 원전을 검토·확정하고, 그 작자나 제작층 그리고 연대를 고증하는 것이 급선무다. 이러한 사항이 확실하지 않으면 그 연구가 사상누각이 되겠기 때문이다. 이러한 기초적 연구가 완결된 다음에, 그 작품들의 본격적인 분석·종합이 이루어지는 것이다. 그 작품의 주제와 불교사상, 그 작품의 구조와 구성, 그 표현과 기법, 그 문체의 문학성 내지 예술성 등을 구체적으로 고찰해야 된다. 그리하여 이들 작품들의 본질적 실상이 밝혀지고 그 성격과 기능까지 드러나게 되면, 다른 예술장르와의 관계 그리고 불교문학사 내지 한국문학사상의 위상까지 재구할 수가 있다. 여기서 가장 중요한 것은 이 문학작품이 창작되어 오다가 실전된 것을 장르론적으로 탐색·복원해내는 일이기 때문이다.

그리하여 白羊寺의 불교문학은 장르성향을 분명히 나타낸다. 따라서 그 작품들을 장르별로 나누어 볼 수가 있는 것이다. 우선 시가 장르다. 白羊寺의 자연환경의 아름다움과 명당적 지형을 찬탄한 시, 민요성 가요, 각개 전각이나 불상 등을 찬미한 시, 이곳에 머물면서 그 감회를 적은 승·속간의 시, 각개 전각에 새겨 붙인 珠聯詩, 이 사찰에서 유통된 경전·불서 중의 시, 각종 공양과 재의에 활용된 많은 기도문·염불문 중의 시, 白羊寺에 주석한 고승들의 시나 각종 게송 등이 한시 중심으로 시가장르를 유지하며 시가사를 이끌어 왔다.

그 중에서도 쌍계루에 판각·현시되고 있는 저명 문사의 한시는 내용이 다양한 데다 문학성이 높기로 이름이 났다. 전게한 바 정몽주·김인후·박순·노수신·송순·이순인·최경창·백광훈 등에 이어 이달·무설·혜녕·경관·증호·이정구·조인영·기정진·송달수·이곤 등 200여 문사의 한시가 ≪雙溪樓誌≫에[35] 집성되어 있기 때문이다.

다음 수필장르에 대해서다. 이 백양사와 관련된 불교계 산문들이 승·속의 문사들에 의하여 많이 제작·유통되었다. 이 백양사나 고승들에게 국왕이나 왕비 등이 내린 글들이 교령으로 나려 있고, 또한 고승들이 국왕이나 왕비 등에게 올린 상주문이 주의로 행세하였던 것이다. 지금은 각진 국사에게 내린 교령이나 소요 스님에게 내린 효종의 교령 이외에는 별다른 전거가 없지만, 계속 탐색·재구할 여지가 있다.

한편 역대 고승들이 불교와 승단에 대하여 논소나 시론을 지어 폈을 가능성은 얼마든지 있다. 그 중에서 현전 문집 속의 논설이 그 장르의 양상을 보이고, 특히 만암 스님의 논설은 상당한 수준의 논지가 문학성을 보이고 있는 터다. 이어 이 절에서 간행된 모든 불서·서책의 서발이 뚜렷한 모습을 드러냈다. 역대 고승들의 문집·저술의 서문·발문이 그 간절한 내용과 함께 밀도 있는 문학성을 나타내고 있기 때문이다. 그 현저한 사례로 위 ≪雙溪樓誌≫의 서문·발문을 들 수가 있다.[36]

또한 백양사에는 역대 고승·대덕들의 전장이 얼마든지 제작·유전되어 왔다. 위에서 거론된 50여 승려들의 전장이 이를 실증하고 있기 때문이다. 이 전장은 그 스님의 생전보다는 사후에 구전이나 문장으로 지어 펴게 마련이었다. 기실 잘 알려진 50여 분 뿐만 아니라 이 절에 주석하거나 각별히 다녀간 모든 승려들은 거의 다 전장을 갖추게 되었으니, 이 전기·행장의 질량은 실로 놀라운 터라 하겠다. 겸하여 이 절에 관련된

---

35) 「白羊寺와 雙溪樓」, pp.6~10.
36) 위 <雙溪樓誌>에는 기정진의 서문과 변시연의 발문이 엄연히 실려 있다.

고승·대덕들의 비지(비문)가 유명한 터다. 위에서 거론된 대로, 백양사의 모든 비석은 그 비문으로 하여 큰 의미를 드러낸다. 이러한 비지·비문들이 역사성과 문학성으로 빛나고 있기 때문이다. 더불어 이 비지에는 청신사나 청신녀의 공덕을 기리는 문장도 있고, 사찰 자체 사적비에 새겨진 문장이 있는 게 사실이다.

다음에는 이 백양사의 스님들이 열반할 때의 애도문·추도문이나 재의·제례 때의 추념사·기도문이 애제로서 큰 비중을 차지했던 게 사실이다. 이 애제에는 역시 제문이 포함되니, 각종 불사의 시작과 마무리에 올리는 소문이나 고유문·상량문, 각종 법회의 찬양문·발원문 등이 다양·풍성하게 제작·유통되었던 게 분명하다. 다만 그것이 고정·기록되어 현전하지 않았을 뿐이다.

이어 이 白羊寺에 머무는 승려나 거사들이 불교적 편지를 승속 간에 써서 교환했다면, 그 書簡이 바로 수필장르의 하나다. 白羊寺의 역대 고승들이 여러 동기와 내용으로 서간을 교환했던 것은 당연한 일이고, 그것이 희귀한 대로 위 고승들의 문집에 전해 있는 터다. 원래 그것은 상당한 질량을 유지했을 터이나, 안타깝게 유실되었다고 보아진다. 그리고 승려나 문사가 白羊寺에 머물면서 사찰과 자연, 사찰과 신앙, 사찰과 문학·문화를 상념·체험하면서 매일같이 日記를 써 낼 수 있는 것이다. 이른바 山中日記·山寺日記가 바로 그것으로 수필의 한 장르를 이루어 왔다. 지금 白羊寺나 그 주변에 이런 일기의 전거를 찾을 수는 없지만, 이 사찰의 현장에 역대 승려·거사의 일기가 수필장르의 한 줄기를 이루어 왔던 것은 부인할 수가 없다. 그리고 승·속간에 이 白羊寺나 산내 암자들을 순례·구경하거나 유숙·체험할 때, 거기에서 紀行이 나올 수밖에 없다. 이 기행은 수필의 중요한 장르로 행세하지만, 白羊寺의 紀行文으로 남아 있는 것은 찾기가 어렵다. 그렇지만 오늘날의 문인이나 지식인이 白羊寺를 찾아보고, 그 자연환경과 사찰 문물, 승려·신도들을 만나서 체험·견문한 것을 글로 쓰는 일은 얼마든지 있을 수 있다. 따라서 이런 白羊寺의 기행문은 고금을 통하여 간단없이 쓰여 왔다는 게 분명하다. 그래서 정도전의 <白巖山淨土寺橋樓記>나 이색의 <長城郡白巖山雙溪樓記>, 서거정의 <雙溪樓說> 등이 기행문의 성격을 띠고 있는 게 주목된다. 따라서 白羊寺의 기행문을 탐색하는 작업은 언제나 문이 열려 있는 터다.

나아가 고승들이 이 白羊寺에서 설법하고 강설할 때, 불전 속의 법화나 생활상의 실화 내지 설화를 인용하여 재미있고 쉽게 자신의 불교적 주견·주제를 논의·강조하는 譚話가 대대로 이어져 온 게 사실이다. 이러한 작품이 현전하지는 않지만, 이 담화야말로 수필장르의 중요한 분야이다. 지금도 고승·대덕이나 승려·거사들의 法談에서 바로 이런 담화 형태를 취하고 있는 터이므로, 이 담화의 전통은 白羊寺의 역사 위에서 얼마든지 소급될 수가 있겠다. 끝으로 이 白羊寺에 관련된 일체의 雜記도 수필의 소중한 장르다. 기실 승·속간에 이처럼 저명한 사찰에 머물거나 드나들면서 자유스러운 생각과 느낌을 제한 없는 글로 쓴다는 것은 얼마든지 가능한 일이었다. 고금을 통하여 白羊寺의 잡기가 유구한 전통을 가지고 제작·전승되어 왔다는 것만은 확실한 터다. 따라서 최익현의 <重修記>나 변시연의 <重建記> 등이 잡기의 성향을 보이는 터다. 이로써 보면 白羊寺의 문원, 불교문학은 다양한 수필장르로 하여 난만·풍성한 전통을 이어 온 것이라 하겠다.[37]

이어 서사문학 소설장르에 대해서다. 기실 이 白羊寺와 결부되거나 여기서 전통적으로 유통되던 서사·소설 작품들은 상당한 질량을 유지하

---

37) 이상 고전수필이 장르는 최승범, 『한국수필문학연구』, 정음사, 1980의 「한글고전수필」(pp.104~127)을 참조하였다.

여 왔던 것이다. 이 서사·소설 형태의 유형을 說話小說과 紀傳小說·傳奇小說 등으로 나눈다면, 이를 충족시키는 작품들이 적지 않았으리라 본다. 먼저 이 설화소설은 白羊寺의 자연환경과 그 문물에 얽힌 전설적 서사문학이 주축을 이룬다. 이 사찰의 창건에 얽힌 전설, 산내 암자의 창건연기설화 등이 주목된다. 白羊寺의 창건전설이 창건주 여환 스님과의 상관성에서 매우 뚜렷한 서사문맥을 갖추고 있었을 것이나, 지금은 희미하여 복원의 여지를 보이고 있다. 그리고 여러 암자 중 운문암·약사암·청류암 등의 창건·중창에 얽힌 설화는 서사적 기본 구조를 가지고 있어, 복원의 가능성을 드러내고 있다.

또한 이 白羊寺의 특수한 전각과 불상·보살상, 각별한 탑이나 석조유물 등 성물에 얽힌 영험담이 형성되어 승·속간에 유통·성장할 수가 있었다. 실제로 오랜 신앙사를 통하여 영험담이 생겨 신중 사이에서 성장함으로써, 망각·부연의 과정을 겪어 서사문학·소설세계를 지향하게 마련이었다. 이러한 전설·설화들의 사례가 흔적만을 남기고 희미해졌기에, 이를 잘 재구하여 그 설화소설적 성향을 추정할 수가 있을 것이다.

이런 점에서 이준곤의 「백양사의 설화」는 매우 중요한 의미를 지닌다. 이 백양사의 설화를 60편이나 수집·정리하여 '백양사의 창사유래', '백양사의 암자 이야기', '백양사 관련 풍수 이야기', '백양사의 고승 이야기', '백양사 관련 민속 이야기' 등 5개 분야로 나누어 고찰하고, 그 설화들의 목록과 함께 그 설화작품을 46편이나 제시해 놓았다. 이만 하면 백양사의 설화를 연구하는 기초 작업이 완결되었다고 보아진다. 그런데 이 설화를 그 자체의 서사적 구조에 근거하여 그 유형을 나누고, 그 주제·내용에 따라서 그 하위 장르를 설정하는 데에 소홀하고 있다는 점이다. 그리고 이 설화들의 불교적 사상·신앙을 탐색해 내고 그 허구적 서사형태로서 소설을 지향하고 있는 바 그 문학성에 무관심하고 있다는 사실이다. 이 논문이 문학적 관점에서 벗어나 있지만, 이러한 서사문학의 소설적 차원에서는 새롭게 재론할 필요가 있다. 그래서 이번 백양사 문물의 불교문화학적 연구발표에서, 김진영의 「백양사 설화의 문학적 실태와 그 의미」에 기대하는 바가 적지 않은 터다.

한편 이 白羊寺에서 주석했던 고승들이나 거사들의 행적이 서사적으로 미화·강조되어 소설의 수준을 유지하고 있는 기전소설이 이미 있었던 것이다. 전술한 바 고승들의 행적은 이미 수필장르 중의 傳狀에서 거론하였거니와, 이러한 전장 가운데 탁이한 것은 오랜 세월에 걸쳐 부연·허구화되어 소설의 경지에 이르렀던 터다. 전술한 여환 스님이나 중연 스님·각엄 스님·백송 스님·기허 스님·진묵 스님·환양 스님·소요 스님·환성 스님 등은 현전하는 전기만으로도 족히 그 소설의 수준으로 유추·복원될 수가 있겠다. 그만한 정도의 서사구조와 구성이라면 족히 소설 작품으로 재구·창작될 가능성이 얼마든지 있기 때문이다. 특히 '백양사의 고승 이야기'와 관련시켜 보면, 그럴 만한 가능성은 더욱 커지는 터다.

나아가 이 白羊寺의 각개 전각이나 저명한 문물에서 그 조성의 대본이 된 불경 내지 불서, 그리고 이 사찰에서 오래 유전·활용된 불전 및 시문 등을 기반으로 하여 본격적인 한문소설로서 전기소설이 형성·전개되었던 터다. 기실 화엄전의 ≪華嚴經≫, 극락보전의 ≪觀音經≫·≪觀無量壽經≫, 八相殿의 佛傳系 八相經류 등을 소재·저본으로 하고 그 영험담을 결부시켜, 포교의 방편·대본으로서 본격적인 불교소설 전기소설이 형성·전개될 가능성은 얼마든지 있기 때문이다. 위 ≪華嚴經≫의 入法界品이 그대로 장쾌한 소설이거니와,[38] 그것이 영험담과 결부되어 法

─────────────
38) 이 '入法界品'은 자고로 웅대한 소설 내지 희곡으로 논의되어 왔거니와 그것의 구연·부연이 그대로 소설로 전개되기도 하고, 현대장편소설(고은)로 창작되기도 했던

話로 재구성·창작되거나 재조정되어 정립되면 웬만한 화엄계 소설이 될 수 있었던 터다. 그리고 ≪관음경≫을 통하여 관세음보살의 응신과 신통자재한 변신이 감동적인 神異敍事로서 관음계 소설로 형성·전개될 수가 있었던 것이다.[39] 나아가 그 불전계 팔상경류가 ≪대석가전≫으로 전개되어 장편소설의 면모를 보이게 되었고, 그것의 독자적인 부분들이 중편·단편으로 분화·행세하는 경향까지 드러내게 되었던 터다.[40] 이러한 소설적 작품군은 이른바 ≪팔상록≫으로 유전되다가 정음 실용 후에 국문소설로 발전·정립되었던 것이다.[41]

끝으로 극본 희곡장르다. 전술한 대로 白羊寺에서는 미술·음악·무용 등을 망라한 종합예술로서 연극이 형성·연행되었다. 이것을 상기·전제하면서 그 극본의 실상을 검토할 필요가 있다. 원래 연극은 그 수준과 장르에 관계없이, 반드시 극본이 필수되는 것이다. 악보가 없는 연주가 있을 수 없듯이, 극본이 없는 연극은 성립될 수가 없기 때문이다. 위에서 白羊寺의 불법과 그 운용·포교 등을 위하여 그 연극이 형성·존재하고, 발전·공연되지 않으면 안 되는 필연성 내지 당위성과 함께, 그 실상과 기능이 실증되었다. 그 연극은 전형적이고 효율적인 공연예술로서 장르별로 연행·전개되거나 다시 연합·입체화되는 현상을 보여 왔다.

여기서 白羊寺의 연극이 일반 연극의 장르성향에 따라, 가창극·가무극·강창극·대화극·잡합극으로 유별·행세하여 왔다는 게 다시금 확

것이다.

39) 이 ≪관음경≫을 중심으로 한·중 간에 영험담이 풍성하여 소설·희곡으로 형성·전개된 작품들이 허다하다. 한국에 관음소설이 있고, 중국에도 <觀世音全傳>(소설, 신문풍출판사)이 있다. 인권환, 「관음설화의 소설적 전개」, 『성곡논총』 26집, 성곡문화재단, 1995, pp.1107~1110 참조.

40) 박광수, 「≪팔상명행록≫의 계통과 문학적 실상」, 충남대학교 대학원, 1997, pp.231~233.

41) 史在東, 『불교계 서사문학의 연구』, 중앙문화사, 1996, pp.193~195.

인되는 마당이다. 따라서 이 연극장르에 기준하여 그 극본이 필수되고 희곡으로 정립되었던 것이다. 그러니까 白羊寺의 연극에는 하위장르별로 극본이 엄연히 존재하여, 가창극본·가무극본·강창극본·대화극본·잡합극본으로서, 그 불교희곡의 실상과 위상을 보여 왔던 터다.[42]

4. 백양사 문물의 불교문화적 전개

원래 寺刹文化는 광범하고 다양하기 마련이다. 그 자연환경과 지리적 요건 위에 창건된 사찰이 역대 고승들을 중심으로 유구한 역사를 이끌어 오면서, 불교문학과 불교예술을 형성·전개시키는 가운데, 이를 기반·원류로 하여 광범·다양한 불교문화를 일으키고 널리 유통시켰기 때문이다.[43] 따라서 白羊寺의 불교문화도 광범하고 다양한 것은 당연한 일이라 하겠다. 그러기에 白羊寺의 불교문화는 위와 같은 보편적 문화현상의 윤곽과 원리를 근간·전범으로 하되, 그 자체의 가풍과 전통에 의하여 독자적 특성을 보유하고 있다는 것이다. 이에 이 白羊寺의 불교문화를 분야별로 나누어 보면, 대강 언어·문헌, 신앙·윤리, 의례·민속, 교육·포교 등이라 하겠다. 여기서는 이 분야들의 범위를 설정하고, 그 장르 성향을 제시하는 데에 머물 수밖에 없다.

첫째, 白羊寺의 불교언어와 문헌에 대해서다. 우선 白羊寺의 언어가 오랜 세월 널리 형성·유통되었음을 파악할 수가 있다. 보편적으로 말하면 이것이 불교언어라 하겠지만, 그것은 白羊寺에 토착화되거나 특성화되어 있다는 게 중시된다. 기실 白羊寺의 자연환경이나 지리적 요건에

---

42) 史在東, 『한국희곡문학사의 연구』 Ⅲ, 중앙인문사, pp.217~219.
43) 張　弓, 『漢唐佛寺 文化史』, 中國社會科學出版社, 1997, pp.6~13 참조.

불교언어가 결부될 수 있다. 白羊寺의 주변이나 산내 암자 근처의 지명이 바로 불교언어라는 것이다. 그것들은 실제로 불교적 의미를 표상하면서 오랜 세월 생명을 유지하여 왔기에 바로 불교언어의 소중한 일환이라 하겠다. 이런 사례들을 널리 자세히 조사·수집할 필요가 있다. 이어 白羊寺의 창건 이념과 관련하여 그 중심적 불교사상에 관한 경전의 전문용어는 물론, 그 신앙·의례에 관한 특수용어나 생활용어도 불교언어로 간주할 수 있다. 그리고 白羊寺 각개 전각의 명칭은 물론 건축 전체 내외의 각 부분에 대한 고유명칭과 그 활용에 따른 특수용어가 존재하고, 단청 문양의 명칭과 용도의 표제어, 각종 탱화·불화의 전체와 부분의 명칭 및 용도어, 거기에 등장하는 불보살·신중상, 기타 잡상의 명칭과 역할 용어 등이 중시된다. 이어 白羊寺의 불상·보살상과 신중상, 석탑·부도, 석등·비석·석조기단·동물석상 등 불교조각의 전체 및 각 부분의 명칭과 용도어, 또한 각양각색인 불교공예의 명칭과 활용어들이 소중한 불교언어로 수집·정착되어야 한다.

한편 白羊寺에서 행해진 역대의 대소 재의가 열릴 때, 각종 장엄과 준비물, 육법공양과 그 용기의 명칭, 재례절차와 여러 용구의 명칭과 활용어, 재례의 실제에 따르는 제문·기도문·발원문의 관용구와 특수어 등이 불교언어로 간주된다. 이 사찰 내에서 승·속간에 벌이는 독경·염불·주력 내지 참선·요가·운동에 속하는 전문용어와 특별용어 등이 보편성과 특수성을 겸유한 불교언어라 하겠다.[44] 나아가 이 사찰의 승려들이 사미·사미니로서 삭발·염의하고 구족계를 받으며 법계에 오르는 의식에 소용되는 각종 전문용어와 특수어, 그 승려들이 강원에 입학·졸업할 때까지 겪는 모든 학습용어, 그리고 그들이 선방에 들어가 안거·

---

44) 김영배, 『불전언해중심·국어사자료연구』, 월인, 2000, pp.5~6.

정진할 때의 일체의 수행용어 등이 모두 소중한 불교언어에 속한다고 본다.

또한 승려들의 가사·장삼과 승복 및 내복의 재료, 제작법에 따르는 일체의 명칭과 용어, 그 옷을 착용·생활할 때의 특수용어, 양말 신발과 모자나 장신구·소도구의 명칭과 용어 등이 불교언어로 취급될 것은 물론이다. 이 사찰에서 불보살 내지 신중에 공양을 올리고 승·속간에 먹는 음식의 재료·요리법·먹는 방법, 온갖 용기 등의 명칭과 용어, 여기 승려들의 잠자리·침구와 취침·기상에 따르는 일체의 생활용어 등이 소중한 불교용어로 수집·정리될 수가 있는 터다. 특히 승려들의 병환과 의약에 소용되는 갖가지 명칭과 용어, 열반·장례·다비·습골·장골과 재의·기념에 따르는 다양한 명칭과 용어가 빼놓을 수 없는 불교언어라 하겠다. 더욱 특수한 것은 여기 역대 승려만이 사용하는 금기어나 유행어 내지 은어 등이라 하겠다. 이상과 같은 白羊寺의 불교언어는 보편성과 특수성을 겸유한 값진 문화유산이다. 따라서 이 각 분야의 언어들을 총체적으로 수집·정리하고 이론적으로 체계화하는 게 급선무라 하겠다.

이어 白羊寺의 불교문헌이 주목된다. 이 사찰의 모든 문헌은 불경·불서로서 그 실상과 가치는 필사본과 인판본을 망라하여 대단한 것이다. 우선 백양사 자체의 역사적 기록으로 ≪白巖山淨土寺事蹟≫과 ≪白巖事蹟≫·≪白羊寺殿閣列錄≫·≪白羊山雲門庵流傳錄≫ 등이 중요하고, 그 문학적 유산으로 ≪雙溪樓誌≫가 중시된다. 또한 명종대 대비 윤씨가 발원·시행한 ≪四節奉祝 國魂記≫가 있고 상하 관아의 完文·完約 등이 있어 당시 궁중·관속과 이 절의 관계를 짐작케 한다. 또한 ≪白羊寺浮結及火粟矯弊目≫이 전하여 이 사찰 운영의 사실을 알려 주는 터다. 이모두가 백양사의 소중한 문헌이라 하겠다.

그리고 백양사에서 고금을 통하여 간행·유통시킨 경전·불서가 중요한 의미를 지닌다.[45] 이 백양사가 신라통일기를 거쳐 고려시대에 이르러 그만한 법맥을 유지하면서 성세를 보이고, 조선시대까지도 호법·홍법의 기세를 높여 왔기로, 여기서 불경·불서의 간행이 끊임없이 진행되었으리라 추정되기 때문이다. 그 전거로서 당대의 경전 판목과 대승불경 등이 지금까지 전해질 가능성은 얼마든지 있는 것이다. 이러한 불경·불서 간행의 찬연한 역사와 전통은 당대의 특수한 사정에 의하여 근거가 없어지거나 가려져서, 후대적으로 망각·오전되어 온 게 사실이다. 이제 이러한 전제와 근거 아래서, 이 白羊寺의 문헌적 전통과 문헌의 실상, 문헌사·홍법사상의 위치를 탐색·재구해야만 되겠다.

둘째, 白羊寺의 불교신앙과 윤리에 관해서다. 먼저 白羊寺의 승·속간 신앙활동은 유구한 전통과 법맥을 이어 온 게 분명하다. 여기 승려나 신중들이 고금을 통하여 이 사찰에 주석하고 왕래하면서, 그 많은 성전과 성상들을 숭앙·배례하고 공양하며 기도해 온 믿음의 역사가 너무도 뚜렷하기 때문이다. 이 白羊寺에서는 승려들만의 기도와 신앙도 있었지만, 그 대세는 신도 대중의 신앙적 요청·갈망에 의하여 유지되었던 것이다. 대체로 신중들이 대소간 소구소망을 불보살께 기원·성취하려고 사찰에 오면, 승려들이 그에 맞추어 기도 의식을 거행함으로써, 신앙의 성과를 내는 것이었다. 이러한 신앙 형태가 오랜 세월 개인적으로나 집단적으로 거행·누적되면서, 이 白羊寺의 신앙적 문화사는 성립되었던 터다. 이처럼 풍성하고 줄기찬 신앙의 역사는 이 사찰의 불교문화사상에서 가장 중요한 것 중의 하나가 되었던 것이다.

이어 이러한 신앙사의 구체적인 양식은 몇 가지 경향으로 나타났으니, 보편적 차원에서 행하여진 독경·사경·간경·설경과 염불·주력 그리

---

45) 천혜봉, 『한국서지학연구』, 삼성출판사, 1991, p.339, p.372 등 참조.

고 참선 등이 바로 그것이다. 이러한 신앙 양식은 白羊寺 자체의 가풍과 역대 신도들의 독자적인 성향에 따라 전통적인 토착화 현상을 보이게 되었던 터다. 기실 이러한 신앙의 실상과 위상은 고금의 어떤 기록에 의존하기 보다는 현행되고 있는 신앙의 실태를 기반으로 유추·소급해 볼 수밖에 없다. 그리하여 고금을 통관하는 白羊寺의 신앙적 실상과 전통적 위상을 재구·복원할 수가 있기 때문이다.

이에 따라 불교윤리가 원칙적으로 교시되고 실천적으로 수용되었던 것이다. 여기서 白羊寺의 윤리적 강령과 실제적 세목이 신앙적 윤리로 승·속간에 뿌리내리게 되었던 터다. 여기 역대 승려들은 청규·가풍을 따라 율장에 의거한 계율을 엄격히 지키며 수행·정진하여, 실천적 윤리 규범을 신도 대중에게 알리고 가르쳤던 것이다. 그리하여 역대 신도들은 그 교화·영향에 힘입어 자발적으로 신앙적 윤리를 실천하게 되었고, 그것은 재가생활에서도 윤리적 역량으로 전개되었던 것이다. 이 白羊寺의 승려나 신도들은 그런 계율들에 기반을 두되, 오랜 세월 속에 친숙·원만해진 그 윤리를 체득하여 커다란 흐름을 형성하게 되었던 터다. 나아가 동방 공유의 윤리적 이념이 된 오륜삼강조차도 불교계에 보편화되어 승·속간에 실현되고 있었다. 따라서 白羊寺에서는 충효를 중심으로 오륜덕목이 승려의 수범과 신도대중의 실천으로 족히 전통을 이루어 왔던 게 사실이다. 그러기에 白羊寺의 문화사상에서 이런 불교윤리의 실상과 위상은 무형문화로서 그 전통과 기능을 발휘하여 왔던 것이다.

셋째, 白羊寺의 불교의례와 민속에 대해서다.[46] 우선 이 의례는 불교의 실천적 연행으로 공헌하여 왔다. 이 의례야말로 불교에서 가장 발달한 양식과 탁월한 권능으로 불교신앙의 기반·주축이 되어 왔기 때문이

---

46) 오출세,『불교민속학의 세계』, 집문당, 1996, pp.39~41.

다. 이 사찰에서 진행된 모든 불사와 불공은 모두 의례로 시작하여 의례로 끝나는 것이었다. 기실 이 사찰 자체의 조석예불로부터 각종 대소 불사가 일체 의례로 진행되는 것은 물론, 신도 대중이 개인이나 집단으로 요청하는 광범·다양한 불공·기도는 그 자체가 바로 의례였던 것이다. 이렇게 중대한 사찰의 의례는 승·속간에 그것이 불교전체로 인식되고 신앙생활의 총체로 수용·실천됨으로써, 엄연한 전통·계맥을 이루었던 터다. 여기서 보편적이면서 독자적인 白羊寺의 의례사가 형성·전개되었던 것이다. 그리하여 이 불교의례는 무형문화로서 그 실상과 위상을 확보하였고, 그 전통·관례를 면면히 계승·발전시키게 되었다. 이러한 과정의 구비적 불안성을 극복하여 이 사찰에서는 의례 절차·사례를 집성·편찬하여 의례집을 완성하기에 이르렀다. 이것은 고금을 통하여 ≪한국불교의례자료총서≫나[47] ≪석문의범≫ 등으로[48] 편간·유통되고 있는 실정이다. 기실 이 의례는 그 자체가 원숙한 연행인데다 그 속에 음악·무용·연극 등을 원용·포괄함으로써, 종합적인 의례극·제의극으로도 행세하였던 터다. 그래서 이 불교의례와 그 의례집은 불교민속으로도 연계되었지만, 불교연극 내지 그 극본·희곡의 면모를 갖추어 더욱 주목되는 것이라 하겠다.

이에 白羊寺의 불교민속이 제반문물과 직결되어 형성·전개된 양상을 보이고 있다. 실제로 이 민속은 매우 광범하고 다양하게 형성·전개된 것으로 보인다. 여기에는 풍수적 민속, 신앙적 민속, 명리적 민속, 무속적 민속, 의약적 민속, 의식주 민속, 월령적 민속, 통과의례적 민속 등이 혼효·전승되고 있기 때문이다.[49] 기실 이러한 민속이 이 사찰 자체의

---

47) 박세민, 「불교의례의 유형과 구조」, 『한국불교의례자료총서』 1집, 삼성암, 1993, pp.26~29.
48) 안진호, 『석문의범』, 법륜사, 1982, pp.2~3.
49) 홍윤식, 『불교민속학의 세계』, 집문당, pp.12~13.

불교적 본령에서 벗어난 것 같지만, 그러나 이것이 白羊寺의 불교 문물과 결부되고 신도 대중을 중심으로 오랜 세월에 걸쳐 형성·전승되었기에, 이 불교문화의 한 분야로 취급될 수밖에 없다.

기실 白羊寺의 도량 전체가 명당에 자리하고 있다는 평판·소문이 고금을 통하여 이어지고 있는 터다. 전술한 대로 그 자연환경과 지리적 요건이 그만큼 완벽하기 때문이다. 이에 따라 승·속간에 이 사찰의 풍수지리적 구비조건을 이러저러하게 논의·전승하는 경향이 생기게 되었다. 이른바 지사들이 전문적 평가는 물론, 승려들의 지견·혜안으로도 그 명당성을 수긍하고 오히려 강조하는 데까지 이르렀다. 이에 호응·추수하여 신도 대중과 일반민중까지 그런 소문에 큰 호기심을 가지고 그 명당성을 신비화하고 어느새 명당전설까지 형성·전개시켰던 것이다. 이에 그 白羊寺 뿐만 아니라 산내 암자의 터전이나 그 주변의 빼어난 봉우리·골짜기 등에 대해서도 풍수적 관점과 전설 등이 하나의 민속을 이루게 되었다.

이어 신앙적 민속은 오랜 역사 속에서 신도대중을 중심으로 다양하게 형성·전개된 게 사실이다. 기실 白羊寺에서도 불교신앙이 심화되고 민간에 보편화되면서, 일부 신도나 여러 대중은 본격적인 신앙과 기도보다는 막연하게 사찰에 드나들면서 기복하는 경향을 띠게 되었다. 여기서 절에 가거나 부처·신중에게 절을 많이 하면 큰 복을 받는다는 민간신앙적 성향이 나타나게 되었다. 이것이 바로 불교에 대한 민간신앙, 신앙적 민속으로 자리잡게 된 것이다. 이러한 민속은 이미 고유한 전통신앙에 젖어 있는 신도나 민중이 그런 신앙적 기반을 가지고 이 사찰의 불교신앙과 접합하는 데서, 그것의 민속화가 적극적으로 진행되었던 터다. 이러한 신앙적 민속은 대웅전이나 극락보전이나, 명부전·천왕문·칠성전 등을 중심으로 상당히 유통되었다고 본다. 극락보전의 아미타불이 나툰 많은 영험담이나 명부전의 지장보살과 시왕이 주관하는 사후 명운, 천왕문 사천왕의 축사·호법 등에 얽힌 신이담 등이 신앙적 민속을 촉진시켰던 것이다. 나아가 칠성전의 칠성, 산신각의 산신·독각성이 주재하는 신앙세계는 도선계의 습합과 함께 이미 민속성을 강하게 발휘하고 있었던 터다. 이와 관련하여 이 사찰내의 회화·조각 등에 나타난 용이나 사자·범·코끼리·말 등 짐승류, 봉황·금시조·앵무새 등 조류, 실재하는 보리수·소나무 등 수목류, 연꽃·매화·난초·국화 등 화초류 등에 대한 애호와 신앙이 민속과 연관되어,[50) 그 신앙적 민속을 조장하는 경향도 나타났던 것이다.

한편 명리적 민속은 이른바 도승이나 신승들이 혜안을 가지고 신도대중의 마음을 읽거나 장래를 예견하여 올바르고 안전한 방향을 지시하는 데서 비롯되었을 것이다. 기실 불교가 올바르고 값진 인생의 길을 교시·실천하는 것이라면, 정통적인 명리와 공통되는 부면이 있는 것은 사실이다. 이런 데에서 사찰 내에 이른바 명리학이나 운명론이 잠입되고, 따라서 승·속간에 명리적 민속이 형성·유전되는 사례가 고금을 통하여 적지 않았던 터다. 여기서 불교학에 건실한 바탕을 두고 중생을 제도하는 대중적 방편으로 불교적 명리학이 정립될 수도 있었던 것이다. 다만 유념할 것은 그것이 사리와 미신으로 전락하여 부작용을 일으킬 수도 있다는 점이다. 좌우간 이런 현상이 불교계·사원 내의 명리적 민속으로 전승되어 온 것은 부인할 수 없는 터다.

또한 불교는 일찍부터 무속과 습합하여 '巫佛習合'의 현상을 보여 왔다.[51) 따라서 불교계·사찰에서 무속의 일부를 말단으로 포용하고, 무속계 민속에서는 불교의 일면을 중심축으로 수용했던 것이다. 이러한 무속

---

50) 오출세, 「한국사찰의 동물 숭배관」, 앞의 책, pp.125~127.
51) 유동식, 『한국무교의 역사와 구조』, 연세대학교 출판부, 1983, pp.258~260.

계 민속이 白羊寺에서도 형성·전개되었으리라 본다. 적어도 신도·대중의 애사·경사에 대한 재의와 그 신비체험, 나아가 그 기대성과에 대한 믿음 등이 이 사찰의 무속적 민속을 결코 벗어날 수 없기 때문이다.

그리고 불교계에는 산사를 중심으로 승속의 치병과 건강에 대한 묘방과 향약이 사용되어 왔던 것이다. 이것은 고금을 통하여 정통적 의약에서는 벗어나지만, 오랜 세월에 걸쳐 경험방으로 성립된 것으로서 민간요법 및 민간약물과 기본적으로 상통되고 있었다. 그러기에 이 고유한 산사에서 활용된 치병의 묘방과 건강의 향약 등을 불교의 의약적 민속이라 취급할 수가 있는 것이다. 이 白羊寺에도 고금을 통하여 이러한 의약적 민속이 한의약과 직결되어 구전심수로 형성·유전되어 왔던 게 사실이다. 그러한 전거가 현전하지는 않지만, 현대적 의약이 발달한 지금에도 상당수의 승려들은 그런 의약적 민속에 젖어 양방보다는 한방에 의존하는 사례가 적지 않은 실정이다.

한편 전통적 산사에서는 승려 생활의 자급자족을 위하여 의식주에 관한 관례·습속이 계승되어 왔다. 이 白羊寺에서도 산내 암자와 함께 그 의식주의 생활이 그와 같은 절차·과정을 그대로 밟아 온 게 사실이다. 그 의생활을 위하여 승복·내복의 재료 구입이나 염색·재단과 제작, 나아가 세탁·보관 등에 관한 일체의 습속, 이를 착용·활용하는 방법, 사내 생활의 복장과 외출·법회 때의 각종 차림에 제도·법도·계율까지 모두 살피는 의생활적 민속이 형성·유전되었다. 이어 식생활을 위하여 그 사찰 내외의 전답에 파종·관리하여 수확하는 생산과정, 그것을 도정·수장하는 방법과 이를 조리하여 음식으로 만드는 과정, 또한 이 음식을 먹는 절차 등에 따르는 일체의 관행·습속이 그 식생활적 민속으로 생기·전승되었던 터다. 그리고 주생활의 편의를 위하여 방사를 배정받되, 독방이냐 공용이냐에 따라 주생활의 규정·관례가 달라지고, 이

두 가지 경우에 맞는 자세한 규제·관례가 까다로웠던 것은 물론이다. 이런 주생활이 실제로 승려 생활을 좌우하고, 따라서 주생활적 민속이 그만큼 중요한 의미를 지니는 것이었다.

나아가 모든 사찰에서는 고금을 통하여 신도 대중과의 상관성 아래서 세시풍속, 월령적 민속에 매우 민감하였다. 따라서 민간의 그것에 적극적으로 호응하여 그 월령적 민속을 공유하게 되었다. 정월 초하루와 보름, 2월 초하루, 3월 삼질, 4월 초파일, 5월 단오, 유월 유두, 7월 칠석과 우란분절, 8월 추석, 9월 중구일, 10월 상달, 11월 동지, 12월의 제석 등이 정도의 차이는 있으나, 승·속간에 어엿한 민속으로 시행되었던 것이다.[52] 이 白羊寺에서도 보편적 차원에서 월령적 민속을 더불어 실천하고, 나아가 그 자체의 가풍에 따라 특성을 지니기도 하였던 터다. 이것의 구체적 실천은 사찰 자체의 자발적 행사이기보다는 신도 대중의 요청에 의한 의례로 치러졌던 게 사실이다. 그것은 사찰 내의 사대명절이나 매월의 여러 재일을 포함하여 매우 다양하고 풍성하게 불교민속의 큰 흐름을 이루었던 터다.

이런 점에서 승·속간의 통과의례적 민속은 모든 사찰, 白羊寺의 중심적 재의로 실현되었다. 기실 승려들의 통과의례는 많이 생략되거나 음성화되는 경향이었지만, 신도 대중의 그것은 고금을 통하여 철저하게 시행되어 왔다. 실제로 이러한 통과의례는 형편에 따라서 가정에서 치르기도 하지만, 상당수의 신도들은 소속 사찰에 가서 그 의례·행사를 치르기에, 그것은 바로 사찰의 의례·행사로 자리잡게 되었다. 그래서 이러한 의례·행사는 기자·출생·삼칠일·백일·돐·생일·입학·결혼·취직·출세·육순·환갑·진갑·고희·희수·팔순·미수·졸수·치병·

---

52) 이창식, 『불교민속학의 세계』, 집문당, 1996, pp.131~133.

서거·장례·제례 등에 걸쳐 이 사찰의 통과의례적 민속이 되어, 그 유지·발전에 실질적으로 기여하여 왔던 터다.[53] 여기서 장례에 관련하여 다비의식이 특이한 터다. 그래서 이 백양사의 서향암(홍련암)에서 행하여 온 전통적 다비의식을 주목하게 된다. 이제 백양사에서는 이를 복원하여 그 의례문화로 승화시킬 당면과제를 안고 있는 터다.[54]

한편 이 백양사와 민간 사이에서 공유하고 있는 고유한 신앙 의례가 있어 중요한 민속을 이루어 왔다. 이 분야에 대해서는 강현구의 「백양사의 민속자료」에서 자세히 조사·보고되었다. 이 논문에서는 백암산 국기제를 비롯하여 장승제·조탑제·당산제와 조왕신앙·산신신앙 등에 걸쳐 그 신앙·의례의 실태를 사실적으로 조사·검토하였다. 그러기에 이것은 사원·민간신앙의 본격적인 연구에 적잖이 기여하리라 본다. 그래서 이번 백양사 문물의 불교문화학적 연구 발표에서 오출세의 「백양사의 민속」에 상당한 기대를 거는 터다.

넷째, 白羊寺의 불교교육·포교에 대해서다. 먼저 白羊寺의 불교교육은 도제교육·사승관계로 시작되었다. 역대의 고승들은 스스로 정진하여 선·교에 능통하고 법력·권능을 확보할 때, 그 스승을 존숭·시봉하고 제자를 올바른 승려로 편달·배출하는 것을 사명으로 실천하며 거기에 신명을 걸었다. 여기서 이 사찰의 교학적 법통과 선학적 법맥이 형성·전개되었다. 그리하여 白羊寺는 비로소 명실상부한 대찰이 되었고, 따라서 교육적 문화전통이 정립되었던 것이다. 전술한 바 고승·대덕들이 계계승승하여 교맥과 선맥, 그리고 율맥을 면면히 지켜 왔으니, 이 백양사에서 강원을 세워 교학을 강론하고, 선원을 세워 선학을 전수하며, 율원을 세워 청규를 고양시켰던 것은 당연한 일이었다. 전국적으로

---

53) 박계홍, 「한국인의 통과의례」, 『비교민속학』 제4집, 비교민속학회, 1989 참조.
54) 대한불교 조계종 <불교신문> 제2298호, 2007. 1. 31(4면) 참조.

교세가 혼란하고 약화되는 조선말 이래로, 백양사에서는 오히려 승려교육기관으로 광성의집을 세워 젊은 승려들에게 교학·참선·율의뿐만 아니라, 현대 학문, 국어·국사·이수과목까지 가르쳤던 것이다. 한편 사내에 일반 학동을 가르치는 심상학교를 세워 민족교육에도 이바지했던 것이다. 나아가 백양사(만암)가 주축이 되어 광주에 정광중학교를 설립·교육하고, 서울에는 동국대학교의 전신 중앙불교전문학교를 세워 불교계의 대학교육을 출범시켰던 것이다. 이로써 백양사는 고금을 통하여 교육전통이 찬연한 문화사를 이루어 왔던 것이다.

이와 같은 白羊寺의 상구보리적 교육문화사에 상응하여 하화중생의 포교문화사가 면면한 전통을 이어 왔던 것이다. 기실 白羊寺의 창건 이념과 우선적 과제는 그 승려들이 법력과 권능을 갖추고, 신도 대중을 교화하며 불법을 홍포하는 일이었다. 따라서 전술한 승려들이 몰려오는 신도·대중을 가장 효율적으로 교화하고 유기적으로 관리하기 위하여 신도의 조직을 선도·운영하였던 터다. 이것이 바로 白羊寺의 역대 신도회가 출범·발전한 문화사였다. 이러한 신도회가 대소간 여러 형태로 유지·개편되어 왔으니, 白羊寺의 문화사는 승려와 신도의 문화사라 하겠다. 이 白羊寺는 창건 당시부터 지금까지 그 승려와 신도의 신심·법력·보시에 의하여 찬연한 불교문화사를 창출·계승하여 왔기 때문이다. 이런 점에서 신도 중심의 교화사와 대민 포교사는 실제적인 불교문화사의 출발점이요 회향처라 하여 마땅할 것이다.

이상 불교문화의 분야 이외에도 다시 새로운 분야를 설정할 만한 여지는 얼마든지 있다. 이 불교문화학의 발전과 방향에 따라, 그 영역이 변화·확대될 수가 있기 때문이다. 우선 이 불교문화의 기반·배경으로, 白羊寺의 정치·행정, 경영·경제, 관광·복지 등을 주목할 필요가 있다. 다만 이러한 문제는 이번 논의의 성질과 한계로 하여 이를 유보할 수밖에 없었을 뿐이다.

5. 결론

위와 같이 본고에서는 白羊寺의 문물을 불교문화학적으로 개관하였다. 여기서는 대강 백양사 문물의 문화사적 전통을 개관하고, 그 문물의 불교예술적 실상과 불교문화적 전개 등에 관하여 고찰한 것이었다. 지금까지 논의한 바를 요약하면 다음과 같다.

1) 백양사는 백제시대 여환 선사의 창건 이래 1,300여 년간을 유지·전개되면서 그 문화사를 이끌어 왔다. 역대의 고승·대덕들이 이 사찰을 경영하여 많은 승려를 배출하고 신도들을 교화하면서, 교학·선통·율맥을 시종일관 계승하여 왔다. 따라서 이 승려 중심 사부대중이 그 안의 각종 불교문물을 제작·활용하고, 보호·육성하며 보수·발전시킴으로써, 이 백양사의 유구한 불교문화사는 올바로 형성·전개된 것이었다. 이 백양사가 신라 통일기에 융성하여 고려시대에 와서 완전한 면모로 성세를 보인 것은 그만한 인과에 의하여 당연한 결과로 나타났거니와, 조선시대에 이르러서도 그 문물이 여법하게 유지되었던 점은 실로 탁이한 일이었다. 더구나 조선 말기로부터 일제강점기에 이르는 혼란기에서도 그 문물이 보완·집성되어, 이 사찰의 문화사를 오늘에 이어 주었으니, 그 위에 펼쳐진 모든 불교문화가 더욱 빛나게 되었다.

3) 白羊寺 문물의 불교예술적 실상이 그 장르별로 밝혀졌다. 이 사찰의 역대 건축은 그 자연환경과 지리적 요건에 맞추어 조화롭게 배치되었고, 각개 전각이 제작자와 연대에 따라서 그 구조·구성과 세부 장엄을 완비함으로써, 그 불교적 성격과 함께 불교건축의 기능을 족히 발휘

하였다. 이 불교건축은 전성기에 수십여 전각을 유지하였고, 전란기의 소실과 자연 훼손에 의하여 파란만장한 역경을 겪으며 대웅전이나 극락보전·칠성각 등 저명한 건물이 현존하여 보배로운 위용과 가치로서 불교건축사의 위상을 실증하고 있다. 다음 이 사찰의 불교회화는 그 건축물을 장엄·장식하고 불교적 분위기를 조성하기 위하여 시대적 요청으로 제작된 것이었다. 그것은 위 각개 전각의 단청과 벽화, 내부의 후불탱화·각종불화·대소 궤불 또는 조사 진영 등으로서, 그 불교미술적 실상과 기능을 족히 발휘하고 있었다. 이와 관련하여 이 사찰의 珠聯이나 현판, 금석문 등의 서예가 불교미술의 일면을 보였던 것이다. 이에 이 사찰의 불교조각은 불상·보살상·신중상과 나한상·석탑·석등 기타 석조 장엄물 등으로 다양하게 제작되어 불변의 고풍·원형을 자랑하고 있었다. 나아가 이 사찰의 불교공예는 각종 공양구와 기도용 소도구 내지 각종 잠엄 등에 걸쳐 다양하게 제작되어 정교·미려한 미술적 가치와 불교적 용도에 족히 부응하고 있었던 것이다.

한편 이 사찰의 불교음악·무용·연극 등 연행예술은 그 기도·재의·행사를 위하여 전통적으로 형성·전개됨으로써, 불교예술로서의 진면목과 실상을 보이고, 그 재의적 기능을 갖추어 포교적 기능을 족히 발휘하였다. 이러한 공연예술은 시대적인 요청에 따라서 그 가치와 역량을 발휘하되, 무형문화재의 한계를 극복하고 불교공연예술사의 주류를 이루어 왔던 것이다. 나아가 이 사찰의 불교문학은 오랜 역사 속에 다양하고 아름답게 형성·전개되었다. 이 사찰에 대한 많은 작품들, 그 제반문물을 대상으로 한 작품들, 여기에 유통되던 광범한 작품들, 여기에 주석하던 학승·문사의 작품들이 수없이 부침하였고 지금도 상당한 질양의 작품들이 전해지고 있다. 이 작품들은 장르별로 체계화되어, 불교시가·수필·소설·희곡 등으로 전개됨으로써, 불교문학의 실상과 불교문학사상의 위상을 분명히 실증하고 있었던 것이다.

4) 白羊寺 문물의 불교문화적 전개 양상은 실로 광범하고 다양하였다. 따라서 그 유구한 전통 속에서 형성·전개된 불교문화를 대강 불교언어와 문헌, 불교신앙과 윤리, 불교의례와 민속, 불교교육과 포교 등으로 나누어, 그 분야의 실상과 가치를 구명하고 그 문화사적 위상을 추적하여 보았던 것이다. 이 불교문화는 불교문헌만 유형문화이고 나머지는 모두 무형문화이기에, 증거에 의한 확증은 아니었지만, 고금을 통한 사찰문화·불교문화의 보편성과 필연성에 근거하여 이를 탐색·복원하였던 터다. 그러기에 이 사찰의 불교문화는 위에 든 모든 것을 망라·집성하여 白羊寺의 불교문화사를 완결함으로써, 현재의 실상을 통하여 미래를 예견·연결시켰던 것이다.

위와 같이 이 白羊寺 문물은 불교문화학적으로 조명할 때, 그 값진 실상과 찬연한 위상이 바로 현장에서 원형적으로 재구·파악되었던 터다. 여기서 白羊寺 문물의 불교문화적 실상과 위상은 그만큼 찬연하고 위대하다는 것이 확인되고, 따라서 여타 고찰·대찰의 문물이 불교문화학적으로 재조명되어야 할 필연성과 당위성을 입증하였던 터다. 그리하여 이러한 사찰문화의 본격적이고 전문적인 연구성과가 귀납적으로 집대성됨으로써, 한국불교문화학과 불교문화사 내지 한국문화사가 합리적으로 체계화될 수 있는 길이 열렸다고 보아진다.

제4부
백제계의 불교문화

백제금동대향로의 불교문화적 실상

1. 서론

이 百濟金銅大香爐는 국보 중의 국보로서 고금을 통한 세계적 예술품이요 불후의 문화유산이다. 이 백제대향로가 발굴된 이래, 국내외 문화계에 충격을 주었고 박물관·고고미술계·미술사학계에서 세기적 각광을 받게 되었다. 이 백제대향로가 출현함으로써, 백제의 미술사 내지 예술·문화사뿐만 아니라 한국예술·문화사의 새로운 지평을 열어 세계만방에 선양할 수 있었기 때문이다. 그리하여 사계의 국내외 학자들은 이 백제향로를 크게 주목하고 다양한 연구 성과를 내었던 것이다.

이만큼 귀중한 백제대향로가 그처럼 다양하게 연구되고 있는 실정에서, 이제는 보다 본질적이고 더욱 본격적인 검토·고찰을 통하여 그 실상과 진가를 올바로 조명할 필요성이 절감되는 터다. 그동안의 연구 방향이나 방법, 그리고 그 성과의 대세에 밀리고 가리워져서, 이 백제대향로의 실상과 진가가 제대로 밝혀지지 않고 오히려 잘못 인식되고 있기 때문이다. 기실 모든 연구의 대상은 어떤 시간과 공간에서든지 그 사물 자체의 진상과 그 사실적 배경·환위 그리고 명백한 현장 등에 입각하여 객관적으로 조사·검증되고 미시적이면서 거시적으로 분석·고구되는 게 원칙이다. 이러한 학문적 원칙이나 상식적 견해로 본다면, 이 백제대향로에 대한 대부분의 성과는 재고의 여지가 적지 않다고 보아진다.

잘 알려진 대로 이 백제대향로는 충남 부여 능산리 고분군의 능사 사지에서 출토되고, 불보살께 향화공양을 올리는 전형적인 향로이며, 그 양태가 불교의 핵심적 상징인 반용이 물어 올린 연화의 대좌 위에 불교의 총체적 이상세계, 극락정토 연화장세계를 찬연하게 조성하고 있다. 따라서 이 백제대향로는 원칙적이고 상식적으로 불교의 관점과 방향에서 불교적 방법론, 이른바 불교문화학적으로 고찰하는 것이 당연한 일이다. 그런데도 기존의 연구업적들이 대부분 그렇지 않다는 데에 문제가 있다는 것이다.

그동안의 이 백제대향로에 대한 논급들은 불교를 기준으로 볼 때, 대략 3가지 유형으로 나타난다. 첫째 이 백제대향로의 불교적 특징이나 현장적 배경을 해체·분산시켜 보편적이고 원형적인 문화현상으로 결부·귀속해 버리는 경향이다. 여기서는 이 백제대향로가 발견된 능사를 다른 용도의 제의당으로 연결·변모시키고, 그 향로를 각종 제의의 공통적인 용구로 보편화시키는가 하면, 용이나 연화 등을 불교의 전유물이 아닌 유구한 전통의 공유물로 일반화시키고 있다. 그러면서 반용·연화대 위의 연화봉형이나 인물 등을 오히려 도교사상·신선신앙이나 무속 관계로 연결 부회시키고, 그 정상의 조류를 봉황이라 단정하고 5악사와 5조, 5향연공을 들어 한·중 고유신앙·음양오행사상의 잔영이라고 억설을 내놓고 있다. 이와 같이 이 백제대향로의 불교적 특성을 부인하고 있는 견해는 마침내 이상에서 이 향로는 연꽃모양이고 전체가 연화화생이란 도상으로 연결되어 있다고 일관되게 주장하였다. 따라서 혹자는 이 향로가 불교와 관련된 도상이라는 주장도 피력할 수 있다. 그러나 필자는 이러한 주장은 연꽃문양만 출토되면 불교유적으로 보는 시각 그 자체라고 본다.[1]

라고 단언하면서 이 향로에 나타난 모든 형상을 일일이 들어 불교와는 무관하다고 강조하는 데까지 극단화되고 있는 실정이다. 둘째 위와 같은 비불교적 내지 탈불교적 대세를 묵인하면서도, 그것이 사지에서 출토된 불가의 전형적 향로라는 점에서, 부득이 그 일부나마 불교적 요소를 지적하는 경향이다.[2] 이러한 견해는 실로 부분적이고 소극이나마 불교적 관점을 아주 잃지는 않았다고 보아진다. 셋째 이 향로의 불교적 핵심과 특징을 적극적으로 부각시키면서, 한편으로 그 도교적 특질을 들어 그 신선사상을 강조하는 경향이다. 여기서는 이러한 구성 내용이 도교의 신선사상과 불교의 세계관을 그 조형적 배경으로 삼았음을 전제하고, 불교적 성향에 대해서는

　그 구성 내용을 아랫부분부터 살펴보면 받침에 수중 동물의 정화로서 용을 등장시키고, 그 위의 몸통을 연꽃 모양으로 표현하고 다시 그 위에 8개씩 3단 24개의 연꽃잎으로 장식했는데, 이러한 모양은 불교의 연화장세계를 조형화한 것이라고 본다.[3]

---

1) 조용중, 「백제금동대향로에 관한 연구」, 『백제금동대향로』, 국립부여박물관, 2003, pp.143~144.
　윤무병은 「백제미술에 나타난 도교적 요소」 『백제금동대향로』에서 '박산로는 불교 교리 또는 불교미술의 산물이라고 볼 수 없는 것이다.'(p.13)라고 하였다.
2) 전영래, 「향로의 기원과 형식 변천」, 『백제금동대향로』, pp.64~67.
　최응권, 「백제금동용봉향로의 조형과 편련」, 『백제금동대향로』, pp.109~110.
3) 최병헌, 「백제금동향로」, 『백제금동대향로』, pp.94~95.

라고 지적하면서 이 '연화장세계'에 대한 해설을 합리적으로 붙여 놓았다. 그러면서 도교적 특질에 대해서도 구체적으로 논급하여 불교의 그것과 대등하게 제시하고, '결론적으로 백제의 금동향로에서 표현하고자 한 주제는 불교의 연화장세계와 도교의 신선세계라고 할 수 있다'[4]라고 하였다. 이처럼 불교적 특징을 주장한 견해는 거의 유일한 터에, 결국 도교·불교의 습합·조화를 내세운 절충적 주장에 머물고 말았다. 끝으로 이 향로에 대한 불교적 논의를 적극적으로 부인하고 여타의 견해마저 일체 부정하면서 혁신적이고 해박한 주장을 하는 경향이다. 여기서는 '고대 동북아의 정신세계를 찾아서'[5] 이 향로에 대한 연원적 사상체계와 동서미술사적 양식계통을 비교 연구함으로써, 그 불교적 요소의 전체를 완전히 분해·말살하고 있다.

이처럼 불교계 향로를 여러 측면에서 해체하여 불교 이전·이외의 연원·원형에 결부·귀속시킴으로써 비불교적인 것으로 논단·규정한다든지, 그것을 동북아시아 내지 동서미술사의 현상과 비교 고찰함으로써 비불교적인 보편성으로 몰아붙인 것은 이른바 화려하고 참신한 방법들을 내세워 불교적 현상과 실상을 파괴·분산시킨 학문적 폭거라고 보아진다. 이런 식으로 무리한 논증을 계속한다면, 사찰이나 불상조차도 비불교적인 것으로 규정될 수밖에 없을 것이기 때문이다.[6]

원래 과학적 학문은 우선 그 대상의 현장과 원형을 사실적으로 분석·고찰하여 그 본질적 실상과 위상을 귀납적으로 조명·파악하는 것이 당연하고, 다음에 그 구성요소들의 연원을 추구하며 보편적 공질성을

---

4) 최병헌, 앞의 논문, p.99.
5) 서정록, 『백제금동대향로』, 학고재, 2001 참조.
6) 이 향로 발굴 20주년기념특별전 도록 『백제금동대향로』(부여박물관, 2013)의 논고인 김영심의 「유물과 유적으로 보는 백제의 도교문화」(p.237). 박경은의 「백제금동대향로의 도상 연구시론」(p.247)에서도 여전히 그 불교적 성격을 부정·묵살하고 있다.

비교 검증하는 것이 순리라 하겠다. 여기서 불교문화학적 관점에 선다면, 이 백제대향로는 사지에서 발굴된 향화공양의 용구로서, 그 구조·형태와 외형·양식, 표현 문양이 용과 연화대, 운대와 이상적 연화장세계, 정상의 극락조 등으로 모두 불교계의 것이라 하겠다. 기실 이 연화장세계는 광대무변의 불교세계에서 도교사상이나 무속신앙, 고유신앙, 음양오행사상 등 우주적 만유, 삼라만상을 포괄·융합시켜 그 이상세계로 창정·조성한 것이다. 따라서 이 향로의 본체·실상은 만법귀일의 진리대로 오직 불교의 통일세계라고 하겠다. 불교에 융합·동화된 모든 사물·문화는 모두 불교문화일 수밖에 없기 때문이다.

이러한 관점으로 본고에서는 불교문화학적 방법론을 내세우고, 이 백제대향로를 불교문화재로 간주하여 고찰하겠다. 첫째, 이 백제대향로의 조성 경위를 그 조성의 주체와 동기, 조성의 배경과 조성의 과정으로 나누어 검토하겠고, 둘째 이 백제대향로의 불교문화적 실상과 진가를 그 조성 경위와 용도에 연관시켜, 전체적 구조와 외형, 반용과 연화대, 정토법계의 이상세계 등에 근거하여 고찰하겠으며, 셋째 이 백제대향로의 문화사적 위상을 신앙사와 예술사 등의 계통으로 파악하여 보겠다. 그리하여 이 백제대향로가 불교계의 향로로서 불교미술과 불교예술, 불교문화의 실상·진가를 제대로 완비하고, 한국·동방의 미술·예술·문화의 보편성과 역사성을 지향하여 기여하는 보배 중의 보배, 그 금자탑이라는 진실이 만천하에 천명되기를 기대한다.

2. 백제대향로의 조성경위

이 백제대향로의 조성 관계는 그것이 출토된 현장과 그 현상·용도에 의거하여 거론될 수밖에 없다. 이미 알려진 대로 이 향로는 부여 능산리 백제 고분군 옆에 있는 일명 능사의 옛터에서 발굴되고 그 사원의 전형적인 분향 용구로서 불보살전에 향공양을 드리는 데에 사용되었던 것이다. 따라서 이 향로는 그동안의 견해대로 이 능사의 창건·운영과 제반 의례·불사의 각종 장엄·공양구 등에 결부되어 일괄 제작·활용되었다는 전제 아래, 그 조성에 관한 구체적 사항들이 논의되는 것이 당연하다. 결국 이 능사를 창건·운영하고 그 안에서 소용되는 일체의 불교적 문물을 조성한 주체가 바로 이 향로의 조성을 주도하였다고 보아야 되기 때문이다.

1) 조성의 주체

이미 고증된 대로, 이 백제대향로의 현장인 능산리 능사는 위덕왕 13년 이전에 창건되었다.[7] 그동안 이 능사의 창건·경영에 관한 제반 사항은 비교적 합리적으로 밝혀진 바가 있다.[8] 그 중에서도 그 창건·경영의 주체가 위덕왕과 그 측근들이라는 사실이 주목된다.

이 위덕왕은 성왕의 원자로서 문무에 출중하고 숭불심이 강하였다. 그는 태자시절에 신라와 불화·격돌하여 관상성 전투를 솔선해서 일으키고, 이 전투에 친정한 성왕이 신라군에 의하여 참혹하게 전사하면서 참패의 통한을 품게 되었다. 그는 겨우 생환해서 부왕의 영전에 황공·참죄하며, 왕위에 오르지 않고 선망 부왕을 받들기 위하여 출가·수도하겠다고 발원·선언하였다.[9] 그러나 왕실과 신하들의 만류와 국가 위란에

---

7) 김수태, 「백제위덕왕대 부여 능산리 사원의 창건」, 『백제금동대향로』, p.199.

8) 『능사』, 부여국립박물관, 2000 참조.

9) ≪일본서기≫ 권19 흠명기 16년 8월조에 '百濟餘昌 謂諸臣等曰 少子今願 奉爲先考 出家修道'라 하였다.

대처하여 부득이 즉위한 후에는 숭불심이 더욱 강화되고, 부왕의 추천불
사에 총력을 기울이게 되었다. 이어 위덕왕은 왕실 신하들의 권청에 따
라 100명의 젊은이들을 특별히 출가시켜 그 추모불사에 전념케 하니, 이
로써 국가적 불사가 성행을 보았던 것이다.

우선 위덕왕이 주도하여 능산리에 최초로 성왕의 능을 불교적 이상세
계로 조영하였을 것이다. 이미 능산리 2호분이 성왕의 능으로 밝혀졌거
니와,[10) 그 규모와 내부구조가 성왕의 주도로 조영된 무령왕릉과 유사·
상통하고 있다는 사실이 주목된다.[11) 기실 성왕릉의 내부 문물이 거의
다 망실되었지만, 그 본래 원형은 서방정토·연화장세계를 지향하는 불
교적 문물이었으리라 추정된다. 원래 성왕은 대단한 숭불주로서 무령왕
이 누리는 그런 서방정토·연화장세계에 족히 왕생했으리라고 신앙되었
기 때문이다. 따라서 위덕왕이 바치는 성왕의 사후세계는 불교의 최상세
계인 서방정토·연화장세계로 설정·경영되는 것이 너무도 당연한 일이
었던 터다.

다음 위덕왕은 성왕릉의 조영과 조응하여 그 능을 수호·제례하는 능
사를 창건·경영하는 것이 필수적인 일이었다. 한·중의 역대 왕실·국
가에서 왕릉과 인접하여 능사를 조영하는 불사가 상례로 진행되었기 때
문이다. 이 능사는 위덕왕이 신심과 효성을 다 바쳐 국가적으로 건설하
였기에, 매우 장중하고 찬연한 원찰이었을 것은 물론이다. 그 규모와 가
람배치 등이 백제시대의 전형적 양식을 보여 주고 있을 뿐만 아니라, 그
사지에서 출토된 각종 문물이 당시의 찬란한 장엄과 보배로운 공양구를
족히 실증하고 있기 때문이다.[12) 특히 목탑과 사리장치, 금당의 불상, 금

---

10) 강인구,『백제고분연구』, 일지사, 1997, p.87.
11) 사재동,『백제무령대왕과 불교문화사』, 중앙인문사, 2006 참조.
12) 이 백제시대의 전형적인 가람구조·양식을 갖춘 능사, 전영래가 추정한 '天王寺'(앞
    의 논문, p.76)를 부정하고, 이를 신궁에서 신궁사로 견강부회하려는 견해가 있다.

동대향로 등이 그 절정을 이루고 있는 터에, 적어도 성왕의 어진이나 조상을 모신 전각이 설치·운영되었을 것이다. 그 왕의 시호가 聖王 또는 聖明王으로서 성인을 직지하고 있을 뿐만 아니라, '王卽佛'의 신앙에 의하여 위덕왕이나 측근들로서는 그 왕을 부처와 동일시할 수가 있었기 때문이다.

이러한 성왕의 능사에서 부처와 성왕께 바치는 공양 중에서는 향화공양이 제일이요 따라서 그 공양구 중에서는 향로가 제일이었던 것이다. 그러기에 현전하는 금동대향로가 그렇게 조성되어 향화공양에 사용되었던 것은 너무도 당연한 일이었다. 따라서 이 금동대향로를 통하여 그 유형이나 수준을 같이 하는 능사의 제반 문물을 재구해 볼 수도 있겠다. 여기서 그 능사의 조영을 주도하였던 위덕왕과 측근들이 바로 이 금동대향로의 조성에서 주체가 되었다고 볼 수밖에 없다.[13] 그 능사의 조영과 추모재의에서 이 향로가 차지하는 위상이 그만큼 중대하였기 때문이다.

기실 이 금동대향로는 위덕왕이나 측근들이 그 조성을 주도한 것이지, 그 제작에 친히 손을 대지 않았던 것이 사실이다. 당시 왕실의 제도와 군왕의 법도가 그에 제한을 두었을 뿐만 아니라, 그 전문적 실무에 분명한 한계가 있었기 때문이다. 따라서 이 금동대향로의 제작에는 불교계의 신앙·사상적 성직자와 예술·공예적 기예가의 동참·합력이 필수되었던 것이다. 그만큼 중대한 작업에 그 실무적 전문가가 주체적 책임을 맡는 것은 당연한 일이었다.

(서정록, 앞의 책, p.335)

13) 서정록은 앞의 책의 '성왕은 왜 백제대향로를 제작하였는가'에서, 이 향로의 제작연대를 성왕의 재위기간으로 추정하고, '따라서 백제대향로가 성왕의 주도로 제작되었다는 것은 의심할 여지가 없다.'(p.324)라고 하였지만, 성왕이 남부여로 천도하여 궁궐·종묘·사직을 세우고 궁성 원찰 정림사까지 창건하여 국조신·선왕신위께 제례하고 있었던 터에, 무엇 때문에 당시로는 황무지였던 능산리에 별도로 신궁·신궁사를 창설하여 새로운 대향로로 제사할 필요가 있었을까 이해되지 않는다.

먼저 그 신앙·사상적 성직자는 물론 당대 승려들을 대표하는 고승·대덕 중에서 왕의 존숭과 신임을 받고 있는 명승이었을 것이다. 그런 승려는 왕의 발원과 어명을 받들어, 그 금동대향로의 신앙적 의의와 제의상의 중요성을 천명하고, 그 제작의 시작을 불보살께 고하고 원만한 성취를 기원하였던 터다. 그 승려는 왕의 희망과 불교계의 중지를 모아, 이 향로의 규모, 그 구조와 형태, 그 신앙·사상의 주입·부각 등의 획기적 설계를 완성·검토하고 최후로 왕의 재가를 받았으리라 본다. 이어 그 승려는 공인·초빙된 예술·공예의 전문가에게 그 설계를 넘겨주고 구체적인 설계도의 작성과 제작·과정을 감독하였을 것이다.

다음 당대에 공인·발탁된 공예가는 그 설계도의 완결과 함께 실제적인 작업에 착수하였을 것이다. 그 공예가를 중심으로 사계의 기술자들은 이미 축적된 궁중 내외의 공예, 특히 불교공예에 능숙한 일꾼이었을 터다. 그들은 역시 불교를 신앙하고 그 중대한 작업의 시작으로부터 완성에 이르기까지 심신을 청정히 하고 기도하는 정성을 다하였을 것이다. 그렇지 않았다면 이 향로의 신앙·예술적 절정을 결코 완성시킬 수가 없었을 것이기 때문이다.

2) 조성의 동기

이 백제대향로의 조성 주체가 입체적으로 탐색·유추되니, 그 조성의 동기도 대강 윤곽이 잡히는 터다. 이 위덕왕과 측근들이 주도하고 불교·사상적 성직자와 예술·공예적 기예자들이 이 향로를 조성·제작할 때, 그 동기는 결코 단순하거나 안이하지 않고, 실로 복합적이고 심원한 것이었다. 먼저 이 향로는 불법의 결정체요 그 상징이라는 심증적인 동인에서 조성되었을 것이다. 이미 왕릉의 조영과 능사의 창건에서 불법이 족히 장엄하게 표현되었지만, 이를 좀더 집약해서 심각하게 표출하고 싶었으니, 그것이 불상과 함께 이런 향로로 나타났던 것이다. 이 불상은 이미 부처님의 등신이지만, 이 향로는 그 불법의 실상, 그 이상적 세계를 가장 응축시키고 미화함으로써, 그 신앙과 예술의 중도적 절정을 성취하고 있는 터다. 그러기에 인도에서부터 이러한 관념과 신앙이 뚜렷하여 2세기경부터 불상의 조성에서 대좌의 정면에 향로를 새기는 것이 상례였다. 그것이 5세기에 이르면서 그 향로가 있던 자리에 대신 법륜을 조각했던 터다. 여기 향로가 법륜으로 바뀌는 과정에서 그 향로가 불법의 상징이라는 사실이 극명하게 드러난다. 이 법륜은 언제 어디서나 불법 그 자체이기 때문이다. 그런데 중국에서는 다시 원형대로 불상조각에다 그 향로를 부조시키게 되었다. 이것은 향로가 법륜 내지 불상을 대신한다는 신앙과 함께 중국 불교조각의 정형을 이루게 되었다. 그 중에서도 미국 워싱턴 플리어박물관 소장 수나라의 석제 마루 아미타정토도와[14) 미국 펜실바니아 대학 박물관 소장 북제의 좌불구존비석상이[15) 저명한 사례다. 이 아미타정토도에서는 용모양의 괴수(머리)와 양쪽의 보살상이 받든 연화대 위에, 괴수로부터 양편으로 뻗어 나간 작은 연화에서 있는 협시보살의 옹위를 받으면서 마땅히 아미타불상이 정좌할 자리에 바로 박산형 향로가 모셔져 있다. 그 향로의 정상에 극락조가 버티고 있어 백제대향로의 정상, 성조형 극락조와의 상관성에서 시사하는 바가 크다. 이어 좌불구존비석상에서는 본존불좌대 아래 크고 화려한 박산형 향로를 두고 그 연화좌 양 옆을 연화로 장식하여 그 바깥쪽에 사자좌상을 배치하였다. 여기서는 그 향로가 불법·불상을 대신하는 의미가 있으면서도 그 자체의 독자적 모양이 이 백제대향로와 유사하여 주목되는

14) 유성윤, 『세계의 불교미술』, 한국색채미술사, 1994, p.62.
15) 유성윤, 앞의 책, p.57.

바가 있다. 그래서 4세기 내지 5세기에 이르면, 운강석굴을 중심으로 불상 대좌의 정면 공양상들의 중앙에 향로가 조각된 사례가 허다한 실정이다.16) 이러한 현상은 백제지역에도 유입·발전되어, 그 사례가 충남 연기군 비암사에 전하는 3개의 석불비상의 좌대와 조치원 연화사 석조 칠존불비상 좌대에 연화봉형 향로로 새겨져 있는 터다. 이 향로의 전체적 구조 형태가 백제대향로의 그것과 근접하여 관심거리가 된다. 이어 신앙적 차원에서 이 향로는 불심을 표현하는 징표로서 제작되었던 것이다. 이런 현상은 '心卽佛'의 차원에서 당연한 것이라 하겠다. 이런 조상은 인도에서는 희미하지만, 중국에서는 5세기경부터 상당히 유행하여 많은 사례를 남기었다. 이른바 봉지형 향로로서 기도인이 향로를 받들어 공양하는 양식이다. 이런 경우에는 자신의 숭불심을 향로로써 온통 바치고 불은을 수지·봉행하겠다는 서원과 정성이 담겨 있는 것이다. 가령 운강석굴의 제10동 천정의 부조는 4인의 비천상이 하나의 거대한 향로를 받들고 나르는 현상이고, 제19 A동 전벽 불상조각에서도 분명히 나타나는 것이다. 이러한 봉지형 향로는 점차 불교적 색채를 강화하여 보주형·연화형을 띠면서 후대적으로 성행하였다. 백제시대에도 이러한 봉지형 향로가 제작되었지만, 그 사례가 뚜렷하지 않다. 대강 경주 성덕 대왕신종 종신에 비천상이 연화봉형 연화향로를 봉헌하는 현상을 부각시킨 것이나 경주 석굴암 사천왕상이 향로를 받들고 있는 모양을 보이는 것 등이 유전되는 정도다.

다음 이 금동대향로는 능산리 능사의 불보살 내지 성왕 영가에 향화를 공양하기 위하여 제작된 것이 분명한 사실이다. 전술한 대로 향화공양은 공양 중의 제일이요 향로는 공양구 중의 제일이다. 따라서 그 엄청

---

16) 전영래, 앞의 논문, p.64.
　　서정록, 앞의 책, pp.238~240 등 참조.

난 예불과 추모재를 위해서 가장 특출하고 아주 탁이한 금동향로를 거룩하게 제작하는 것은 역사적인 일이었다. 이러한 향로가 입체적으로 조각·장엄되어 향화공양에 사용된 사례는 인도나 중국의 불교계에는 물론, 삼국시대·백제시대 내지 그 후대까지도 보편화되었던 것이다. 그러기에 적어도 인도·서역을 거쳐 중국에 불교가 전래된 이래, 사원 출토의 보주형·산봉형 연화계 양식의 향로는 모두가 향화공양의 불교계 작품이라고 하겠다. 이러한 향로는 전세계 불교권의 고금 사원에서 필수적 공양구로 공인·활용되어 왔거니와, 이 백제금동대향로가 최고·최선의 전형을 보여 주는 터다.

드디어 이 금동대향로가 총체적으로 불교적 이상세계, 연화장세계의 불국토를 표상하고 있기에, 백제왕국을 불국토라 하고 성왕을 부처와 대등한 불멸의 성군으로 추숭·기념하려는 깊은 뜻이 서려있었다고 보아진다. 당시 불교국이었던 백제가 외우 내환의 위기 상황에서 능사를 창건하여 불보살과 성왕께 기원·추념하는 마당에, 시화 연풍을 좌우하고 호국·호법하는 용왕의 기반과 화려·찬란한 우주적 연화대 위에 삼라만상이 중도적으로 복락을 누리는 불국정토·연화장세계를 발원·희구하는 것은 군신과 백성들의 당연한 도리였기 때문이다. 이와 같은 소망·기원의 복합적 동기에 부합되는 것이 바로 백제금통대향로라고 보아 크게 주목되는 터다.

3) 조성의 배경

이 백제대향로는 갑자기 하늘에서 떨어진 것이 아니라, 그것이 조성되기까지 직·간접의 복합적 배경을 가지고 있다. 대강 밝혀졌듯이 이 향로는 위덕왕 13년을 기준으로 하여 능산리 능사의 창건과 함께 제작된 것이라 추정된다. 여기에 시대적 근거를 설정하고, 그 불교사 내지 불교 문화사적 배경, 불교미술·공예사적 배경, 향로사와 그 교류사적 배경 등을 살펴 볼 필요가 있다.

우선 위덕왕대를 중심으로 하는 백제불교사 내지 불교문화사에 대해 서다. 기실 백제불교의 전성시대는 무령왕대로부터 시작된다. 백제의 웅 진시대는 동성왕대에 정치·국방의 기반을 다지고, 무령왕대에 내치와 문화의 발전을 이룩하는 과정에서, 불교사상 내지 불교문화를 그 방편으 로 삼았던 것이다. 따라서 무령왕은 숭왕으로 숭불심이 깊어서 익산 미 륵사, 웅진 대통사 등의 대소 사찰을 창건·경영하여 불교적 정책으로 치민·교화에 크게 공헌하였다. 그리하여 무령대로부터 불교가 융성하 고 불교문화가 성황을 이루기 시작하였다. 따라서 불교계에서는 대승경 전을 중심으로 불교사상을 수용·발전시켜 민중의 신앙을 주도하게 되 었고, 양나라·신라·일본 등과도 불교와 불교문화를 교류하게 되었던 것이다.

이어 성왕대에 이르러 백제 불교의 전성시대를 이룩하였다. 성왕은 유 명한 숭불주로 시호가 성명왕이었으니, 그 불교정책으로 치민·교화에 주력하고 각종 불교문화를 융성·난숙케 하였던 터다. 즉위 초부터 부왕 의 능을 불교문물로 경영하고 미륵사의 보존, 대통사의 완공 등 불사에 치중하며, 양나라·신라·일본과의 불교 및 불교문화의 교류를 주도적 으로 추진하게 되었다. 성왕 16년에 남부여로 천도하여 국기를 다지고 중흥을 기약하는 데서도 도심에 정림사 등을 세워 불교로써 치민·교화 의 지표를 삼았으니, 사비시대 불교와 불교문화의 전성기를 열어 놓았 다. 그리하여 백제에는 대승경전이 유입·유통되면서, 불교계에서는 상 당한 고승·대덕이 등장하여 미륵사상·정토사상·관음사상·화엄사상 등 제반사상을 유통시키고 민중 교화에 주력하는 한편, 불교문화의 창달과 그 문물 교류에도 다대한 성과를 내었다. 그러기에 백제와 일본 사이에서 성왕으로 추앙되었고, 따라서 서거 후에 '성왕' 또는 '성명왕'으로 시호된 것은 당연한 일이었다.

마침내 위덕왕이 성왕의 처참한 비극을 통하여 출가의 발원을 접은 채, 즉위하자마자 부왕의 추천불사부터 시작하였다. 원래 위덕왕은 태자 시절부터 숭불심이 깊었거니와, 그 추모불사로 성왕릉과 능사를 국가적으로 조성·경영하는 데서 불교정책으로 치민·교화에 앞장서고, 성왕대의 불교사상과 신앙, 모든 불교문물을 계승·발전시켰다. 이로써 백제는 불교왕국의 면모를 갖추게 되었고, 불교계에서는 고승·대덕이 속출하여 총체적 불교사상을 참구·선양하여 민중의 신앙을 계도·접인하게 되었다. 그리하여 당시 백제는 불교문화의 강국으로서 신라와 대치하고 진나라나 일본과 교류하며 영향을 끼쳤던 것이다. 따라서 당시 불교계를 중심으로 군신과 백성들은 백제를 불국정토로 신념하고 염원·실현하기에 이르렀던 것이다. 여기서 이러한 불국토의 군왕이 부처와 대등한 위치로 승화되었고, 따라서 '王卽佛思想'이 정립되었으리라 본다. 그러기에 위덕왕은 본명이 昌이었지만, 서세 후에 위대한 시호를 받을 수 있었다. 원래 '威德'은 불가사의 위신력과 무한한 공덕을 함축한 것으로서 불교적인 위덕을 지칭하였기 때문이다.[17]

다음 백제불교미술사·공예사에 대해서다. 이 미술사 내지 공예사는 백제불교사·불교문화사와 맥락을 같이하는 게 사실이다. 따라서 무령왕대를 비롯하여 성왕대를 거쳐 위덕왕대에 이르는 불교사·문화사와 같이, 그 미술사·공예사가 그만큼 발전·융성하였던 것은 당연한 일이

---

17) 《화엄경》 화장세계품 5지 1에 '以其身威德寶王'이라 하고, 《관세음보살수기경》(《신수대장경》 통권 23, p.355)에 '爾時金光師子遊戲如來法中有王 名曰威德王 千世界正法治化 號爲法王'이라 하였다.

었다. 이 불교미술·불교공예는 사원 중심으로 조성·전개되었으니, 사원미술·사원공예라고 하는 것이 오히려 구체적 실감을 준다. 그래서 무령왕대의 익산 미륵사나 웅진 대통사, 궁성 내외의 사원들이 갖춘 미술은 각종 전각·탑파 등의 건축, 괘불·탱화·벽화 등의 회화, 불보살상 신중상·나한상 등의 조각이 찬연한 작품을 남겨 왔다. 이러한 사찰 미술의 기반·환경 위에서 불교공예가 찬란하게 꽃피었으니, 향로를 비롯하여 반기·다기류의 공양구, 사리장엄구, 사물·동발·바라, 각종 장엄·장식·장치 등이 너무도 정교하고 성스럽게 제작·유통되었던 것이다.

이어 성왕대의 불교미술과 불교공예는 위와 같은 기반과 여건 위에서 획기적으로 발전하였으니, 바로 무령왕릉의 문물에서 그 증거를 보인다. 그 능실 내의 건축이 모두 화려한 연화문으로 장식되어 서방 정토 연화장세계를 조성하였고, 왕과 왕비의 장엄·장식물이며 각종 부장문물이 불교계 공예품임을 실증하고 있기 때문이다.[18] 그 후로 대통사의 완성과 웅진 궁성 내외의 사찰 운영에서 불교미술·공예의 전형을 이루었던 것이다. 이 성왕이 남부여로 천도하여 창건한 궁성 원찰 정림사나 그 주변의 대찰에 들어선 각종 건축물, 찬연한 회화, 그리고 장엄한 조각, 정교·미려한 공예물들이 빛나는 불교미술사·공예사를 이끌어 왔던 것이다.

드디어 위덕왕대에 이르러 불교미술과 불교공예는 성왕릉과 능사의 조성·경영에서 절정을 이루게 되었다. 이 성왕릉은 전술한 대로 무령왕릉의 건축·문물과 동궤·유사하니 그 건축·공예적 수준을 족히 추측할 수가 있다. 그리고 능사가 최고 수준으로 조성하였던 건축과 회화, 조각은 그 신앙·예술적 위용·가치를 충분히 갖추었던 것이 분명하다. 여기에 조화시켜 조성·제작된 불교공예는 공교·미려한 품위가 환상적

---

18) 사재동, 『백제무령대왕과 불교문화사』, 중앙문화사, 2006, pp.257~295 참조.

이고 성스러웠던 것이다. 이는 그 사지에서 출토된 금동대향로와 창왕명 석조사리감 등이 족히 실증하고 있기 때문이다. 더구나 위덕왕이 왕자를 잃고 그를 추천하기 위하여 지은 왕흥사의 건축·회화·조각은 물론, 최근에 발굴된 창왕명 사리장엄구가 바로 그 시대의 불교미술사·공예사를 보증하고 있는 터다.

끝으로 백제불교향로사와 그 교류관계에 대해서다. 불교신앙사는 바로 향로사라고 하겠다. 그 신앙·의례에는 이 향화공양을 위한 향로가 필수되었기 때문이다. 그러기에 인도를 비롯하여 서역이나 중국·한국·일본 등지에 걸쳐 향로사가 성립되어 왔던 것이 사실이다. 따라서 백제불교신앙사를 기반으로 향로사가 형성·전개된 것은 필연적인 일이다. 전술한 대로 무령왕대와 성왕대를 거쳐 위덕왕대에 이르는 불교신앙사에 따라서, 그 향로사가 획기적으로 발전되어 창조적 절정에 오르게 된 것은 당연한 결과라 하겠다. 위덕왕대에 이 금동대향로를 조성·제작해 낸 것은 결코 우연한 일이 아니고, 불교공예사·향로사상에 찬연히 빛나는 불후의 작업이기 때문이다.

여기서는 국내적인 전통과 대외적 향로사와의 교류관계를 고려하지 않을 수 없다. 적어도 백제의 무령왕·성왕·위덕와 3대에 상응하는 양나라·진나라 이전 중국의 불교시대에 사원 출토의 연화봉형 반용·연화문향로가 하나의 계통사를 형성하고 있기 때문이다. 실제로 백제시대와 불교문화를 교류하였던 저 불교시대의 불교계 향로사는 그 구조·양식적인 면에서 백제의 불교계 향로사의 그것과 일맥상통하는 점이 발견되는 터다. 그러기에 백제의 불교계 향로, 이 금동대향로의 제작과정과 국제적 공질성 내지 독자적 특성을 파악하기 위하여 그 비교 검토가 필요한 것이다.

4) 조성의 과정

위와 같이 이 백제대향로를 조성한 주체와 동기, 그리고 그 배경을 검토하고 나니, 그 조성의 과정에 대하여 어느 정도 윤곽이 잡힌다. 아무래도 이런 금동대향로의 국가적 조성 과정이라면, 청정·여법한 절차를 밟되, 충분하고 치밀한 준비를 거쳐서 엄정하고 능숙한 작업 과정을 겪어서야 원만한 성취를 보았을 것이다. 그러기에 적어도 군신과 불교계, 신중들이 발원법회를 시작으로 그 거시적 구성, 구체적 설계를 거쳐 모형을 완결·점검한 다음, 실제적 작업을 시행·완료하고 낙성법회로써 회향하였으리라 추정된다.

우선 군신·불교계 신중들의 발원법회에 대해서다. 전술한 대로 위덕왕과 측근들이 이 금동향로의 조성을 발원하고 어명을 내렸을 때, 그것은 불교계에 큰 충격과 감동을 자아냈을 것이다. 이에 불교계의 고승·대덕들은 실무전문가들과 함께 어명을 받들어 우선 청정도량에서 발원법회를 열어 불보살과 선왕께 고하고, 그 불사의 원만 성취를 기원하였을 것이다. 고금을 통하여 이런 중대한 불사를 발원할 때는 으레 그 법회를 열고, 여법한 절차를 시작하였기 때문이다. 발원자 위덕왕과 측근들이 친임하고 고승·대덕과 신도 대중들이 동참하여 의식승의 집전으로 엄숙한 의식이 진행되고 왕의 발원문이 고유문을 겸하여 독송되었을 것이다. 대표 승려가 불사의 진행과정을 예고하고는 그 법회는 끝나게 마련이었다.

이어 그 조성의 구상에 대해서다. 이 거시적 구성이 매우 중시된다. 여기서 이 향로의 불교적 이상과 최고의 소망이 명시되고 신앙·예술적 구조 형태가 모색되었기 때문이다. 여기서는 위덕왕과 측근들의 높은 소원이 가장 중시되고 불교계의 장엄한 희원이 주축을 이루었을 것이다.

당대의 고승·대덕들이 중지를 모아 심오한 불교사상을 이 향로에 입체적으로 주입·부각시키는 것이 가장 소중한 일이었던 터다. 그러기에 역대 백제의 저명한 향로나 중국측의 이상적 향로를 검토하여 그 모든 것을 포괄·초월하는 최고·최대의 향로를 모색·구상하기에 이르렀다. 따라서 거기에 반영시킬 불교사상으로는 화엄사상을 비롯하여 정토사상과 법화사상 등 당대에 보편화된 핵심사상을 내세우고, 거시적 구조·형태로는 한·중 향로의 기본 구조인 보주·연화봉형을 수용하되, 반용을 바탕으로 앙련을 중첩·만개시켜 연화대를 만들고 그 위에 만생·만물이 중도적으로 안락한 이상세계, 극락정토 연화장세계를 창조하겠다는 것이었다. 이러한 구상이 잠정되어 왕에게 보고·재가되어 확정을 보았을 터다.

다음 그 조성의 설계에 대해서다. 위 확정안을 가지고 왕을 대신하는 측근과 불교계의 대표적 명승 그리고 불교공예의 전문가 등이 이 향로의 조성을 구체적으로 설계하는 과정이 가장 중요하다. 여기서 이 향로의 전체적 구조·형태가 윤곽을 드러내고 신앙·예술적 완성단계가 사실적으로 명시되기 때문이다. 이 삼자의 전문적 안목과 창조적 혜안이 중도적으로 작용하여 환상적인 그 설계가 완결되었을 것이다. 그 기단의 반용 형태는 한 마리의 용이 천공을 나르는 듯, 해중을 헤엄치듯 역동적으로 용트림하면서 머리를 높이 들어 그 입에다 큰 연화 줄기를 힘차게 물어 올린다. 이 반용이 호법용임을 명시하여 작은 연꽃을 세 송이나 장식하였으되, 온 몸의 균형을 다리와 발, 갈기로 잡으니 그 둘레는 원형으로 넓어져 안전한 기반을 이루었고, 목덜미와 양 뿔·갈기를 한 다리와 함께 쳐들어 우주적 연화대를 넉근히 들어 올리니, 장쾌하기 이를 데 없다.

그 위에 첩첩이 만발한 연화가 앙련으로 넓어져 일대 연화대를 이룩함으로써 그 위의 우주적 연화장세계를 감싸 올리고 있다. 여기 연화의 꽃잎들은 그 끝이 유난히 날카롭게 뻗치고 그 위에 치솟는 빛살을 새기어 마치 화염처럼 빛나는 인상을 주며, 그 꽃잎 아래에는 한 건씩의 어류·조류·양서류 등 동물의 생동상을 보이고 있다. 그리하여 연화화생의 분위기를 나타내고 있는 게 사실이다.

그 위에는 한 쌍의 유운문 띠가 연화의 둘레를 따라 둥그렇게 돌려쳐 있다. 아래의 유운문 띠는 연화대를 마무리로 장식하고 위의 유운문 띠는 연화봉형 연화장세계를 밑받침으로 장식하였다. 그리하여 2조의 유운문 띠는 아래 위로 붙어 있으면서 유사시에는 양쪽을 분리시키는 장치로서 역할하는 것이 분명하다. 이 상하의 유운문대는 그 양자를 분화시키면서 하나로 만드는 不二의 연결대로 장치되고, 그 문양이 유연하고 아름답기로 특출하다. 원래 이 유운문은 한·중 불교계의 회화나 부조, 공예 등에 흔하게 나오는 문양으로서 삽입된 터다. 그것은 그대로 '光明雲帶'로 상정·인용된 것이라 하겠다.

그리고 이 연화대 위에 중후하게 자리한 그 연화봉형 연화장세계는 신비의 이상세계를 이루었다. 이른바 연화봉형의 전형으로 '山岳重疊文蓋'를 수용하고 있는데, 거시적으로 무량광명·무량생명의 세계를 나타낸다. 그 산형은 삼신산 같지만 삼산도 아니요 수미산 같지만 수미산도 아니니, 어느 쪽에서 봐도 연화봉형의 불광적 화염산이요 이상적 영산일 따름이다. 그 산의 많은 봉우리들은 조화롭게 솟아 올랐는데, 모두가 연꽃잎으로 엷고 날카롭게 피어나 그 가장자리에 치솟는 빗살문을 새김으로써, 불상의 광배같이 화염문을 이룬다. 이것은 그 아래의 연화대에서 보이는 연화화생과 직접 연결된 연화장세계의 진경을 연출한다. 그 봉우리마다에 식물과 동물들의 생동하는 모습이 보이고 여러 유형의 사람들이 다양한 생활상을 드러내며, 마침내 5마리의 새와 5명의 악사들이 연주 가창하는 형상으로 승화된다. 이런 현상은 삼라만상 자연과 인간이 사바세계에서 해탈하여 그 이상세계, 연화장세계에 화생·승격된 바 '연화화생'의 극락세계로 집약되어 있는 형국이라 하겠다.

그래서 이 이상세계의 정상을 대형 보주로 장식하고, 그 위에 한 마리 큰 새를 당당하게 세워 놓았다. 그 새는 봉황이나 다른 저명한 조류라고 구체화시킬 수 있겠지만, 결코 속단할 수가 없다. 그것은 당시 인물들의 상상이 미치는 한 지고 지선의 존재를 상징하는 이상적이고 신성한 새이기 때문이다. 그러기에 보는 바에 따라서는 각기 자가류의 새라고 의미를 부여하고 이름을 붙일 수는 있었을 것이다. 따라서 그 설계 당시 관계자들의 불교적 관점에서 불사조란 전제 아래, 법신조라든지 극락조라든지 불법에서의 최고 절대적 존재를 표징하는 성조라고 인식·수용할 수가 있었을 터다. 한편 그것이 성왕의 추모와 결부되어 백제왕실의 편안과 불국정토의 성취를 기원하는 차원에서라면, 바로 성왕의 상징조라고 상상·결부시킬 수도 있었을 것이다.

이와 같은 설계는 그 관계자들의 신중한 협의·결정이 나는 대로 기록화되었고, 다시 신중한 재검토를 거쳐 전문가에 의하여 설계도로 작성되었을 터다. 이 설계도는 왕과 측근들에게 보고되고 보완·재가됨으로써, 바로 전문적 기예가의 책임 아래 실제 작업의 착수 단계로 들어갔을 것이다.

이어서 그 설계도에 의한 향로의 모형 제작에 대해서다. 당대 최고 공예가, 금동대향로 제작의 전문가에 의하여 그 모형이 만들어진 것은 당연한 일이었다. 왕실의 감독과 주관 승려의 지시 아래서, 그 전문가는 깊은 신심과 정성을 기울이고 그 기예를 최고조로 발휘하여 밀랍 등의 특수 재료를 써서 향로의 모형을 핍진하게 제작했을 것이다. 기실 발원 법회로 시작된 향로의 원만 조성에 대한 능사의 기도는 이때에 이르러 더욱 강화되었을 것이다. 이 향로의 모형이 바로 그 가시적 제작의 실체이기 때문이다. 이 모형의 제작에는 상당한 시일에 걸쳐 많은 시행착오와 도전·창의의 신앙·예술적 작업이 수많은 수정·보완 과정을 겪었을 것이다. 이만한 서원과 산고가 없었다면, 이처럼 역사적이고 세계적인 걸작이 창조적으로 제작될 수 없었기 때문이다. 그러기에 위덕왕과 측근 신하들, 고승 대덕들이 이 모형을 관상하고 만족을 표시하였을 것이다.

여기서 가장 중시되는 바 이 금동대향로의 주조과정에 대해서다. 이 향로는 그 모형대로 주조됨으로써 완성되는 게 사실이다. 이 주조기술이 부족하거나 제작과정이 부실하여 그 작품이 여법하게 완결되지 못할 경우가 얼마든지 있기 때문이다. 이에 상게한 성덕대왕신종의 주조과정에 얽힌 전설이 오히려 실감을 자아내거니와, 이 향로의 주조과정에서는 최고의 금속공예, 주조기술이 총동원되었을 것은 물론, 왕과 신하, 고승·대덕과 승·속 대중들이 일심으로 그 원만 성취를 기원하는 특별법회를 개최하였을 것이다. 이와 같이 높은 기술과 상하 모두의 정성으로 그 주조가 모형대로 완성되어 모두의 감탄과 칭송을 자아냈을 터다. 이 동제 대향로가 완결·정리되어 순금으로 도금되었을 때, 마침내 명실공히 역사적이고 세계적인 '백제금동대향로'가 찬연한 국보 중의 국보로 탄생된 것이었다. 왕과 측근·신하 불교계 승·속 대중들이 이 위용을 친견하거나 전문하여 환희작약하니, 이는 왕실 극가와 불교계의 일대 경사가 되었던 터다.

그리하여 위덕왕의 어명으로 불교계가 주관하여 이 금동대향로의 낙성대법회를 개최하게 된 것은 필수적인 일이었다. 그것은 불상의 조성·봉안과정에서 반드시 열리는 점안법회와 똑같은 것이었기 때문이다. 이 대법회에는 국왕 대신, 왕실·종친, 불교계 고승·대덕 승·속 대중들이 모두 능사에 운집하여, 화려·장엄한 재의로 여법하게 진행되었던 터다.

그 중에서도 종단을 대표하는 고승의 찬탄·기원문 낭송, 국왕의 불보
살·선왕에 대한 고유문 어독 등이 절정을 이루고, 그 금동대향로 조성
의 불교적 의의와 그 실상·진가 내지 그 권능을 들어 찬송·선양하는
데에 극치를 보였던 것이다. 마침내 이 금동대향로에 향을 살라 올리고
성스러운 법문과 함께 연화를 공양하며 관현으로 천악을 울릴 때에, 그
향로의 영험이 광명으로 나투었을 터다. 그 역대의 사암에서 향로·사리
봉안의 낙성식에서는 으레 불가사의한 영험이 나타났기 때문이다.19) 그
리고 이 낙성법회를 회향한 다음, 그 경축연희가 베풀어졌다. 어전에서
베풀어지는 장엄한 기악 내지 가창·가무, 화려한 불교연극·연희가 순
차적으로 어울려 불교예술의 진면모를 보였을 것이기 때문이다. 그러기
에 이 금동대향로는 전무후무한 국보로서 당시나 후대의 복제가 신앙·
제도상으로 불가능했을 것이다. 따라서 이 금동대향로는 그 능사의 법당
에만 안치되어 중요한 법회 때에 활용된 것이라 추측된다. 이 금동대향
로가 총체적 불법 자체일 뿐만 아니라, 불상과도 대등할 만큼 깊은 의미
를 갖추었기 때문이다.

3. 백제금동대향로의 불교문화적 실상

이 백제대향로의 불교적 성격과 불교문화적 내질은 위에서 거론한 것
만으로도 그 윤곽이 잡히었다. 요컨대 이 향로가 능산리 능사의 사지에
서 발굴된 향로라는 사실만 가지고도, 그것이 불교계의 유물, 불교문화
재임을 확인할 수가 있다. 물론 절터에서 발굴된 문물 모두를 무조건 불

---

19) 宗梵, 「사리응험기 해제 및 사리응험기 원문」, 『중앙승가대학 논문집』 제3집, 중앙
   승가대학교, 1994 참조.

교문화재로 속단할 수는 없지만, 일단은 불교적 관점에서 검토하는 것이 순리요 원칙이라 하겠다. 그 사찰의 필수품으로 입수·활용된 일체의 문물은 그대로 불교화됨으로써 직·간접의 불교계 유산, 불교문화의 일환으로 취급되는 것이 당연하기 때문이다. 그러기에 그 문물이 활용된 현실과 함께 발굴된 현장이 그만큼 중시될 수밖에 없는 것이 사실이다. 더구나 이런 향로가 사찰의 으뜸가는 필수품이라는 것은 세상이 다 아는 일이다. 전술한 대로 불보살께 바치는 공양 중에는 향화공양이 제일이요, 공양구 중에는 향로가 제일이기 때문이다. 따라서 그 절터에서 발굴된 이 향로가 불교문화재라는 것은 어느 누구도 부인할 수 없는 엄연한 사실이다.

게다가 이 백제대향로의 조성 경위를 검토하는 데서도 그 불교적 성격과 내질이 여실히 밝혀졌던 것이다. 그 조성의 주체가 바로 숭불주와 측근들, 불교계 고승·대덕, 신불 공예가들이었다. 그리고 그 조성의 동기도 이 향로를 불법이나 불심의 상징으로 신념하고 불보살·선왕께 향화공양을 위하여, 나아가 백제의 불국토화와 불교적 안평을 염원하는 데에 집중되었다. 나아가 그 조성의 배경이 불교사·불교문화사와 불교미술사·불교공예사, 그 신앙사·향로사의 측면에서 검토되었다. 실제로 그 조성의 과정이 그 발원법회로부터 구상과 설계, 모형 제작과 주조 작업, 도금 완성과 낙성법회에 이르기까지 모두가 여법한 불교적 내막을 가지고 있었다. 그러기에 이 백제대향로는 어느 모로나 불교문화재의 범주를 결코 벗어 날 수가 없었던 것이다.

그런데도 가장 중요하고 핵심적인 사실은 이 향로 자체가 갖추고 있는 불교적 성격과 그 내질이다. 이 점도 위 '조성의 과정'에서 대강 시사된 바가 있다. 여기서 이 향로의 전체적 윤곽을 보면, 단신형 반용이 고개를 들어 물고 있는 중첩형 연화대, 이 연화대와 연화장세계를 구분·

연결시키는 2조 대형 유운문, 그 위의 연화봉형 연화장세계, 그 절정에 직립한 성조형 극락조로써 불교적 이상세계를 구축하고 있는 게 사실이다. 이제 이 향로를 각개 부분으로 나누어, 그 불교문화적 실상을 탐색하여 보겠다.

1) 단신형 蟠龍相

이 향로의 기단을 이루는 단신형 반용상은 실로 탁이하다. 단신으로 이다지 역동적이고 날렵한 형상을 지어, 이 향로의 우주적 연화대와 연화장세계를 온통 떠받치고 있는 반용상은 고금을 통하여 아직도 유일하기 때문이다. 원래 용은 상상의 영물로서 고대로부터 동서 각국에 보편적으로 신앙되어 왔다. 그리하여 이 용은 모든 나라 각개 민족의 기후·풍토, 정치·농경, 민속·의례, 신화·종교, 언어·문학, 예술 중의 건축·회화·조각·공예, 무용·연극, 의장·의상 등에 걸쳐 천자 만상으로 화려·장엄한 모양을 널리 보여 왔던 게 사실이다.[20] 여기서 놀라운 것은 이 용의 형상이 위와 같은 분야에 침투·적응하는 역량이 너무도 크다는 점이다. 그러기에 이 용이 어떤 분야에 들어가든지 그대로 그 쪽의 용으로 동화·토착되어 생동하며 행세하였던 터다. 가령 이 용이 한·중의 제왕과 동일시되어 형성·전개된 모든 문화는 바로 그 용문화로 고정되어 고유성을 확보함으로써, 그 용을 원형적 보편성으로 환원시킬 수 없다는 것이다.

본래 불교는 융화·중도사상으로 해서 포용력과 흡인력이 가장 빼어나서 불교권 언제 어디서나 융합사상사를 형성·전개시켜 왔던 것이

---

20) 서정록은 위 논문 '생명의 근원인 물과 세상을 밝히고 만물을 자라게 하는 광명의 원리'에서 불교 이전·이외의 용문화에 대하여 해박한 논증을 하였다.(pp.187~191)

다.[21] 기실 대승불교에서는 그것이 전파되는 시대·지역마다 그곳의 어떤 고유신앙·문화든지 흡수·포용하여 융합적인 불교문화를 형성·발전시켜 온 것이 확실하다. 그러기에 일찍이 불교가 창시되어 전통적인 용문화와 근접했을 때, 양자의 포용력·흡인력과 침투력·적응력이 하나로 융합되어, 먼저 불경 속에 용문화가 수용·보편화되었다. 실제로 대장경 가운데 ≪용왕형제경≫·≪불설해룡왕경≫·≪불위해룡왕설법인경≫ 등이 들어 있어[22] 숭불·호법의 대세를 여실히 나타내는 터다. 특히 ≪용왕형제경≫에서는 용왕이 위신력을 갖추어 거대한 구름 기운을 토하고, 수미산을 7번이나 감싸며 안개 기운을 내뱉는다. 그리고 나머지 두 경전에서는 용왕이 숭불심을 지니어, 부처의 제자로서 청법하고 문답한다. 그리하여 불교계에서는 용신앙·용사상, 용문화를 형성·정립시켰던 것이다. 실제로 이러한 용문화는 숭불·호법의 위신력으로 무장되어, 불교권에 급속히 전파·확산되고 상당한 세력으로 작용·실현되었던 터다. 그리하여 한·중의 불교계와 사찰에서는 건축·회화·조각·공예 등을 통하여 이 용상·용문이 중심적 주제로 부각되어, 그 사례를 매거할 수 없을 지경이 되었다. 이 불교건축에서는 우선 그 사명에서 '龍'자로 된 것이 가장 많고,[23] 그 전각·건축에서는 내부 구조나 외부 형태에서 용상을 아주 많이 활용하였다.[24] 이 불교회화에서도 전각 내외의 벽화·탱화·불보살상·호법신중상 등을 장엄·수호하는 데에 용상·문양을 아주 다양하게 그리고 있다. 그리고 불교조각에서도 석조

---

21) 김재경, 『신라토착신앙과 융합사상사 연구』, 민족사, 2007 참조.
22) ≪용왕형제경≫·≪불설해룡왕경≫·≪불위해룡왕설법인경≫·≪십선업도경≫·≪불위바가라용왕소설대승경≫, ≪신수대장경≫ 통권 29, 불교대승회, 1976, pp.131~162 참조.
23) 이 정, 한국불교사찰사전, 불교시대사, 1996, 龍자 계열 사찰.
24) 이런 현상은 보편화되어 매거할 수 없지만, 계룡산 무상사 대웅전이 전형을 보인다.

물 중에서 많은 부도의 기단·탑신에 반용·비룡상을 유운문과 함께 조각한 것이 너무도 탁이하다.(후술 참조) 이어 불교공예에서는 불단·보궁을 장식하는 목조용상이 화려하고, 도기용문전이 정교하며, 금속용상·용문양이 빼어난다. 특히 이런 금속공예 중에서 먼저 범종이 주목된다. 고금 사찰의 범종들은 모두 龍鈕에 의하여 매달려 있기 때문이다. 단 하나의 용이 몸 전체를 웅크리고 머리·턱과 사지·배·꼬리 등으로 거대한 종신을 지탱하고서 대강 그 구부린 허리 부분을 통하여 종각에 매달린 형국이다.[25] 잘 알려진 대로 법종은 불법·불음을 상징하니, 이 용뉴·용상의 불교적 의미가 큰 것이 사실이다. 이어 금속 향로가 가장 중시된다. 역대 사찰에 필수되는 향로에 용상·용문이 제일 정묘하게 부각되었기 때문이다. 기실 한 용신이 불법세계 전체를 부지 감당하고 있다는 것은 그 법계가 광대무변한 만큼 그 용의 불교적 권능과 역할이 그만큼 광대무변하다는 것을 표상하고 있는 터다. 이 범종의 용신은 위에서 아래로 방향을 달리하고 그 대상의 형태만 다를 뿐, 그 우주적 법계를 전담하고 있다는 점에서[26] 백제대향로의 반용상과 동궤라고 보아진다. 한편 역대 사찰을 대신·표징하여 정문 앞에 세우는 당간의 정상에 금속용두를 장치한 것도[27] 용신의 불교적 성격과 기능을 실증하고 있다. 기실 사찰은 부처의 보궁으로 법계의 전체를 표상하고, 그 당간은 사찰을 상징·표현하기에, 당간의 정상에 자리한 용두·용신은 그 한 몸으로 불교의 전체를 감당하고 있는 것이다. 이어 금속향로가 가장 중시된다. 역대 사찰에 필수되는 향로에 용상·용문이 가장 정묘하게 부각되었기 때문이다.

---

25) 진홍섭, 『국보5, 공예』, 예경산업사, 1985, pp.58~59 참조.
26) 진홍섭, 『국보5, 공예』, pp.48~49.
27) 진홍섭, 『국보5, 공예』, pp.104~105.

그러므로 이 백제대향로의 반용상은 불교 속의 용신앙·용사상·용문화를 집약하여 숭불·호법의 위신력으로 그 기반을 이루고 있다는 것이 확연해진다. 이와 같이 육화되어 있는 반용상을 고의적으로 해체·적출하고 용문화의 원형론 내지 보편론을 휘둘러서 그 불교적 성격과 기능을 말살하는 것은 편견이요 억설일 수밖에 없다. 실은 그 당시 이 향로의 제작자들은 후대의 편견·억설을 예견했음인지, 반용상의 세 군데에 연화를 적절하게 장식하고, 이와 함께 불교적 인동문과 유운문을 조화롭게 배치하였던 것이다. 이만하면 그 반용상이 불교의 그것임을 확인할 수 있거니와, 이것이 그 입으로 거창한 중첩형 연화대를 물어 올림으로써, 그 불교적 성격과 기능은 더욱 강조되는 터라 하겠다.

실제로 불교문화에서 이 용과 연화는 불가분리의 상관성을 유지하고 있다.[28] 먼저 많은 불경 중에서 용왕이 등장하면 으레 연화가 어울려 나타나는 사례를 보인다. 위 ≪불설해룡왕경≫에서는 용왕의 전·현세에서 그 궁전에는 7중의 '八昧水'가 둘러리한 가운데 '靑蓮·紅蓮·黃蓮·白蓮' 등이 만발하고 원앙새들이 서로 따라 노래한다.[29] 그리고 ≪대방편불보은경≫ '악우품'에서는 선우태자가 여의보주를 구하기 위해서 용왕을 찾아가는데, 그 용궁의 주변에 청련이 널리 펼쳐져 있고 그 연화 줄기들을 독사들이 감았으며, 다시 그 용성을 7중으로 둘러리하여 독용이 가득하니 몸을 서로 서리되 머리를 들어 성문을 지키고 있는 형국이다.[30] 여기서 연화의 줄기를 호위 용사류가 감돌아 받치고 있다는 점이

---

28) 서정록은 앞의 책에서 '연꽃과 용'의 상징체계가 불교와 무관하다는 전제 아래, 비불교적인 사례를 들어 해박한 논증을 벌이고 있지만(pp.184~186) 불교이전의 경우는 당연한 사실이고, 불교전래 이후의 고구려 벽화나 무령왕릉 문물 등의 사례는 오히려 그 불교적 성향을 부각시킨 셈이다.
29) ≪불설해룡왕경≫, 앞의 책, p.140.
30) ≪대방편불보은경≫, ≪신수대장경≫ 통권 15, p.144.

주목된다.

그리하여 한·중의 불교계와 사원의 건축·회화·조각·공예 등에는 항상 용과 연화가 조화롭게 상응하고 있는 것이 보편화되어 있는 실정이다. 그 중에서도 불교계 회화로서 고구려고분 5회분 제4호묘의 벽화에 나타난 청룡도는 몇 가지 연화문과 조화를 이루고 있는데, 특히 그 용의 머리에 만발한 백련화를 받들고 있어 주목된다.[31] 그리고 불교계 공예로서 백제 무령왕릉에서 출토된 동탁은잔은 몸통과 뚜껑에 각기 용과 연화가 상하로 조합된 그림이 새겨져 있다. 그 몸통에는 연화대 위에 용이 놀고, 뚜껑에는 용이 노는 위에 연화가 정상을 장식한 형태다.[32]

이어 석조부도에는 복련연화대 위의 거북 등에서 유운을 탄 비룡이 앙련 연화대를 머리 위로 받들고 있는 형상이 보인다. 경기도 여주군 여주읍 북내면 고달사지 원종대사혜진탑과 경북대학교 박물관 소장 석조부도가[33] 바로 그것이다. 또한 석조부도에는 복련 연화대 위의 유운 가운데서 반용이 머리로 앙련 연화대를 직접 받치고 있는 모습이[34] 있어 주목된다. 서울 경복궁에 있는 흥법사 진공대사탑에서 이런 현상이 나타난다. 나아가 석등에서도 이런 형상이 보이니, 지상의 복련 연화대 위에 세운 기둥에는 용이 휘감아 오르면서 머리로 앙련 연화대를 받들고 있는 형이다.[35] 그 사례로 전북 옥구군 개정면 발산리 석등이 전한다.

이와 같이 불경을 기반으로 하여 용과 연화의 기본적 상관성이 입증되고, 불교계의 회화나 금속공예 내지 석조물 등에서 비룡이나 반용이 연화 내지 연화대를 받들고 있는 게 실증되었다. 따라서 그것은 백제대

---

31)『고구려고분벽화』, 조선일보사, p.239.
32) 문화재관리국,『무령왕릉』, 삼화출판사, 1974, 도판 84.
33) 정영호,『국보7, 석조』, 예경산업사, 1984, pp.51~57.
34) 정영호,『국보7, 석조』, p.37.
35) 정영호,『국보7, 석조』, p.111.

향로의 단신형 반용이 중첩형 연화대를 물어 올리고 있는 점과 상통·근접하고 있음을 명시해 준다. 이로써 이 향로의 반용과 연화대의 상관성을 굳이 비불교적으로 규정하려고 노력할 필요가 없게 되었다.[36)

실제로 중국의 불교계 연화봉형 향로에도 반용이 연화대를 받치고 있는 형상이 보이는 게 사실이다. 원래 불교가 번성하던 위진 남북조 내지 수·당시대에는 이러한 불교계의 향로가 많이 제작·활용되었으리라 추정되지만, 현전하는 것은 흔하지 않다. 겨우 수나라 말기·당나라 초기에 조성된 녹유박산로와 백자박산로가 전하여 이 백제대향로와 유사한 의장을 하고 있는 실정이다.[37) 이들 박산형 향로가 기단에서 반용이 연화대를 쳐들고 그 위에 불교적 이상세계를 구축하고 있기 때문이다. 그간에 이들 향로의 불교적 성격이나 형성의 시대배경을 고려함이 없이, 그로부터 백제대향로가 영향을 받은 것으로 추단하여 왔다. 기실 위 향로들의 불교적 성격을 전제할 때, 그 반용과 연화대의 상관성은 백제대향로와 공질성을 가지고 있지만, 그 불교적 특성을 강화하면서 금동공예의 절묘한 예술성을 창출해 낸 점은 결코 비교할 바가 아니다. 이 단신형 반용상이 역동적으로 비상하면서 그 연화대를 물어 올리는 위신력을 이만큼 사실적으로 표현한 것이 불교계 금속공예에서 무비의 절정을 이루고 있기 때문이다.

2) 중첩형 연화대상

이 향로의 몸통부 기단이 되는 중첩형 연화대상은 탁이하면서도 보편

---

36) 이렇게 반용과 연화대의 관계를 비불교적으로 보려는 견해들이 학계에 편만하여 구체적인 논저들을 예시할 필요가 없다.
37) 전영래, 앞의 논문, p.70.

적인 것이다. 이것이 신묘한 생동감을 드러내면서도 불보살상이나 불법·법륜 등을 떠받드는 데에서는 아주 보편화되어 있기 때문이다. 원래이 연화는 청정하고 우아한 수생의 꽃으로 그 아름다움과 뜻이 그윽하여 자고로 많은 사랑을 받고 찬탄을 받아 왔다. 그리하여 동서고금을 통하여 이 연화문화가 매우 발달하여 왔던 것이다. 따라서 고대로부터 불교 이전·이외의 연화문화가 동북아권에 널리 유통되어 온 것은 당연한 형상이었다고 본다.[38]

그렇지만 불교가 창도된 이래 이 연화는 불교 속에 수용·정착되어 '불교의 꽃'이 되었다. 그리하여 부처 당시 인도로부터 그 이후의 불교 권에서는 이 연화가 불교를 상징·대표하는 바 연화문화를 찬연하게 꽃 피우게 되었다. 우선 부처의 금구옥설을 통하여 불경에 연화의 불교적 의미와 비유·상징 등이 핵심적으로 수용·정착되니, 그 불경을 매거할 수 없으리 만큼 보편화되었다. 그 중에서도 ≪묘법연화경≫의 경제를 비롯하여, ≪관무량수경≫을 중심으로 정토경에 설치된 극락세계의 9품연화대, ≪대방광불화엄경≫에 연설된 연화장세계 등이 널리 알려지게 되었다. 이렇게 연화가 불경에 실려 유통되면서 모든 불교권에서는 불법·법륜이나 불상 등과 동일시되면서 불교문화의 중심부에 자리하기에 이르렀다.

따라서 불교문화의 원형적 전당인 사원에서는 그 건축을 비롯하여 회화·조각·공예 등에 걸쳐서 연화가 주류를 이루었던 터다. 그 중에서도 극락전이 서방정토 9품연대를 재현하고 화엄전·대웅보전 등이 연화장 세계를 부각시키는 데에서 연화문이 다양하고 찬연하게 자리하였던 것

---

38) 서정록은 앞의 책에서 불교 이전·이외의 연화문화에 대하여 해박한 논증을 하였지만, 이 점을 강조하기 위하여 이미 불교문화에 포용되어 있는 '연화'까지 해체·분산시켜 비불교적이라고 단정해 버린 것은(pp.154~187) 타당치 않다.

이니, 새삼스럽게 매거할 필요가 없다. 그 주춧돌부터 외부단청, 기와와 내부의 불보살상 좌대와 천정·천궁의 장엄, 다양한 후불탱화, 대소 불화, 사물·석등·향로·다기류 공예품 등에 새겨지고 그려진 연화가 상서로운 동식물, 용이나 사슴·조류·잡충류, 각종 화초·당초문·인동문 내지 유운문 등과 어울려 뚜렷이 빛나고 있기 때문이다. 이러한 극락세계 연화대와 연화장세계는 연화신앙과 연화사상, 연화문화에 지대한 영향을 끼쳤던 것이 사실이다.

이러한 연화문화는 정토신앙·화엄사상이 유통·실행되던 삼국에 보급되면서, 사후 이상세계에 왕생하기를 회원함으로써, 그 능묘를 극락정토·화엄세계의 연화세계로 신념·조영하게 되었던 것이다. 그러기에 5세기 후반 내지 6세기 이래의 고구려 고분벽화에 다양한 연화문이 상서로운 동식물 문양이나 유운문 등과 조화를 이룬 것은[39] 그 고분이 극락정토·연화장세계를 표증하고 있는 바라고 추정된다. 한편 신라나 백제의 능묘 경영도 이와 같은 신앙 전통을 이었을 것이니 신라에서보다는 백제의 왕릉에서 이런 현상이 현전하고 있는 터다. 바로 무령왕릉의 내부구조 현실과 출토·문물이 연화문 중심이기에 그것이 서방정토·연화장세계를 조형화한 것이라고 추정하게 된다.[40] 그리고 능산리 성왕릉의 내부구조와 문물이 역시 무령왕릉의 그것과 유사하다는 점은 그 연화장세계와의 근친성에서 시사하는 바가 크다고 본다.

이와 같은 불교의 연화문화를 총괄해서 이 백제대향로와 직결시켜 보면, 그 연화대가 가장 전형적인 유형을 보인다. 일체 전통 사원들의 무수한 불보살상 등을 받들고 있는 중첩형 앙련 연화대가 회화·조각·공

---

39) 최무상·임연철, 『고구려벽화고분』, 신서원, 1992, p.131.
  방상훈, 『집안고구려고분벽화』, 조선일보사, 1970, pp.134~139.
40) 사재동, 「무령왕릉 출토문물의 제의학적 고찰」, 앞의 책, p.334.

예 등의 형태나 목석·금속·보석 등의 자료를 불문하고 모두가 공통되어 이 향로의 중첩형 앙련 연화대와 동일성을 나타내고 있기 때문이다. 그래서 이 연화대는 언제 어디서나 불교·불법과 불보살의 세계, 서방정토·극락세계, 연화장세계를 받들고 있다는 점에서, 불교적으로 가장 청정·장엄한 중심·주축이 되어 왔던 것이다. 그러기에 백제대향로의 앙련 연화대는 불교적 성격과 기능이 가장 투철한 부분이라 하겠다. 이런 점에서 이 연꽃잎이 8개씩 3단으로 구성된 것은 일체 중생의 다심을 8엽의 심연화로, 연화장세계의 3종류(연화대장세계, 변법계의 화장, 잡류세계)를 3단으로 각각 표현한 것이라고 본 것은 탁견이라 하겠다. 한편 이 연꽃 잎들 사이마다 각양각색의 인물과 동물들이 붙어 있는 형상을 불교의 네 가지 생명이 태어나는 형식으로 태생·난생·습생·화생이라고 풀이한 것도[41] 타당하다고 본다. 그러기에 어떤 경우에서든지 이 향로의 연화대를 비불교적으로 논단할 수도 없고, 또한 속단해서도 안 될 것이다.

3) 雙대형 流雲文相

이어서 이 향로의 중첩형 연화대와 연화봉형 연화장세계를 구분·연결하고 있는 한 쌍의 유문문대가 주목된다. 이 유운문대가 불교계의 상서롭고 아려한 문양으로 다른 문양과 조화되어 그 이상세계의 사이를 구분 지으면서 이어주는 미묘한 역할을 하기 때문이다. 원래 이 유운문은 불교 이전·이외에서 널리 활용되어 온 것이 사실이다. 그렇다고 일찍이 불교 속에 토착화·보편화된 이 유운문을 억지로 해체·분산시켜 그 불교성을 말살할 수는 없다. 그러기에 북위의 향로나 고구려고분벽화 등을 실례로 들어 백제대향로의 유운문대를 비불교적으로 견강부회하려

---

41) 최병헌, 앞의 논문, p.95.

는 시도는[42] 오히려 자가당착에 빠지게 될 것이다. 기실 정밀하고 적확하게 검토해 보면, 북위의 향로는 당시 사찰의 향화공양에 바쳐진 공양구요, 고구려고분벽화는 당시 사후에 왕생하는 서방정토·극락세계를 표출·장엄하기 위한 것이었기 때문이다. 그러기에 이들 유운문은 결코 불교의 범주를 벗어날 수가 없었던 터다.

실제로 이 유운문은 불교에 수용·정착되면서 가장 적절하고 광범하게 활용·행세하여 돈 것이 분명하다. 그 구름, 흐르는 구름의 상념이나 유운문은 불경을 비롯하여 신행이나 불교계의 건축·회화·조각·공예 등에 걸쳐 필수적인 요건으로 작용하고 위치하여 왔기 때문이다. 우선 불경에 이 구름이 상당히 보편화되었으니, 각양각색으로 나타나 모두 상서롭고 영이한 범위·기운을 상징하고, 불보살이나 신중·용왕 등을 상하·좌우로 옹위하며 때로 법우를 내리는 신성한 역할을 두루한다. 그런 경전 중에서 우선 ≪화엄경≫의 청정법계 연화장세계에서는 이 운문이 온갖 미묘한 장엄을 다 현시하고 있다. 그 '세주묘엄품'에는 모든 보살들이 마니보화운·연화묘향운·향염운·광명운·화과운 등 공양운을 일으켜 부처께 공양하고, 나아가 사자좌운·화개운·원만개운·보장운·광염운 등이 일어나 각종 장엄을 한다. 또한 그 '화장세계품'에서도 광명화운·보화운·보등운·보염운 등이 편만하여 조화롭게 작용한다. 그리고 ≪寶雲經≫을 보면, 여러 보살들이 각종 보수·보화와 더불어 향운이나 보개운·보당번운·음악운 등을 거느리고 모여 부처님께 공양한다. 그리고 여러 보살들이 때맞추어 가야산정에 이르니, 보망이 삼천대천세계를 두루 덮은 가운데, 허공중에서 연화운은 연화비를 내리고, 묘과운은 묘과를, 향운은 향을, 말향운은 말향을, 의복운은 의복을, 보개운

---

42) 서정록, 앞의 책, pp.262~267 참조.

은 보개를, 보번당운은 보번당을 내리고 있다.43) 또한 일체 제불이 '大密雲'을 일으켜 법우를 널리 내리니, 이것을 '大法雲雨'라고44) 찬탄한다. 나아가 많은 경전에서는 불보살이나 신중·천인 등이 허공에 현현·응감할 때는 으레 운대를 타고 자유자재로 유동한다. 따라서 그 운대는 신묘한 광명을 띠고 법계에 충만할 수밖에 없다. 그러기에 이 운대의 실태와 형세는 '光明雲台 周遍法界'로45) 신념·통칭하게 되었다. 이러한 보운·운우·법운 내지 운대 등의 불교적 신앙과 사상적 경향은 불교계 전반에 다양한 영향을 끼쳤던 것이다. 실제로 불교신앙 가운데 개인적 수행이나 집단적 의례 등에서 위와 같은 운대는 유동하여 주변법계를 감싸고 있는 형국이 되고, 그 운대의 불교적 실상과 위상을 실증하는 터다.

이러한 구름의 신앙·사상적 흐름은 불교계의 예술·문화로 전개·반영되었으니, 그것이 문학이나 무용·연극 등에도 나타난 것은 사실이지만, 불교미술에 가장 현저하게 등장하여 왔던 것이 확실하다. 적어도 시각적이고 입체적인 운문 내지 유운문, 운대문 등이 전형적인 도형·문양으로 정립되어 표출된 것은 불교계의 건축·회화·조각·공예 등에서 뚜렷하게 확인되기 때문이다. 먼저 불교계의 건축에서 유운문이 크게 작용하고 있는 터다. 먼저 전게한 바 지상의 사찰들이 구름계의 이름을 많이 띠고 있다는 것부터가 심상치 않다.46) 그래서 고금 모든 사찰의 전각들이 그 내외의 상당 부분을 적절한 문양과 함께 유운문으로 장엄·장식하고 있다는 사실은 그 사례를 매거할 필요도 없이 족히 확인된다. 이

---

43) ≪보운경≫, ≪신수대장경≫ 통권 31, p.210.
44) ≪보운경≫, 앞의 책, p.219.
45) 고금의 사찰에서 전승된 예불문의 서두에는 '계향·정향·혜향·해탈향·해탈지견향, 광명운대 주변법계 공양시방무량 불법승'이라 하였다.
46) 이 정, ≪한국불교사찰사전≫, 雲자계열 사명.

유운문의 존재와 활용은 석굴사원에서도 나타나니, 저 돈황석굴이나 운강석굴 등이 특출한 전거가 되겠다. 여기서 불교적 성향을 지닌 고구려의 고분건축에서 유운문의 실체와 그 형상이 여실하게 드러나니, 그 벽화에서 구체적인 사례로 확인되는 터다.

다음 이 유운문은 불교계의 회화에서 그 실체와 역할이 분명하게 나타난다. 그 지상 사찰 전각의 내외 단청이나 천정·벽화, 각종 탱화·불화 등에는 이 유운문이 다양하게 변형되어 상서로운 화초문과 함께 주류를 이루는 것이다. 위 석굴사원의 내부 불화에는 각양각색의 유운문이 다른 화초문과 더불어 불보살·신중·천인 등과 유기적 관계를 맺고 있는 사례가 편만해 있는 터다. 나아가 잘 알려진 불교 성향의 고구려 고분 벽화에서 이 유운문은 다양한 모습으로 상서로운 연화문·비룡문, 수목문·화초문, 화염문 등과 어울려 숭엄한 분위기를 조성하고 있다. 그 특출한 사례가 용강대총이나 대안리 1호분, 안악 1·2·3호분, 강서중묘 등에서 나타나니[47] 그 구체적 형상을 거론할 필요조차 없다. 가까이 백제고분벽화에서도 이런 유우문의 사례가 적지 않았을 테지만, 현전하는 것은 매우 드물다. 겨우 부여군 능산리 고분벽화에서 멋지고 유연한 유운문이 연화문과 조화되어 있다.[48] 한편 본격적인 불화에서 광명운대가 법계를 감싸 올리는 형상을 보인다. 일본 富山縣 本法寺소장 ≪법화경≫ 만다라도 21폭 중에서 제11폭 '견보탑품'의 세계가[49] 그런 운대를 장엄·여실하게 묘파하여 놓았다. 이와 같이 이 유운문은 불교회화 가운데서 그 법계를 숭엄하고 아려하게 묘사하고 있는 터다.

또한 이 유운문은 불교계의 조각에서 널리 입체화되고 있다. 적어도

---

47) 김원룡, 『한국벽화고분』, 일지사, 1992, pp.75~77.
48) 輕部慈恩, 『百濟美術』, 寶雲舍, 1946, 도판 p.16.
49) 橫超慧日, 『法華思想』, 平樂寺書店, 1975, p.3.

석탑이나 석조부도탑 등에서 흔히 부각되고 있기 때문이다. 이 석탑의 경우에는 주로 기단부의 신중상이나 천인상이 운대를 타고 있는 형태로 나타난다. 전남 구례 화엄사 사사자삼층석탑을[50] 비롯하여, 경북 월성 원원사지 서삼층석탑,[51] 서울 경복궁·산청 범학리 삼층석탑,[52] 강원 양양 진전사지 삼층석탑,[53] 전북 남원 실상사 백장암 삼층석탑[54] 등에서 그런 형상이 현저하게 드러난다. 이어 석조부도탑에서는 이 유운문이 더욱 풍성하게 나타난다. 여기서는 그 기단부와 1·2단 석주부에 용상과 함께 운룡문으로 부각되어 있는 터다. 그 전형적인 사례가 전남 화순군 이양면 쌍봉사 철감선사탑을[55] 비롯하여 전북 남원군 산내면 실상사 증각대사응료탑,[56] 전남 구례군 토지면 연곡사 동부도,[57] 충남 공주군 계룡면 갑사 부도,[58] 경북 문경군 가은읍 봉은사 정진대사원오탑[59] 등에서 뚜렷이 부각되고 있다. 이러한 조각, 석탑이나 석조부도 등에 부조된 유운문·운룡문들이 한결같이 불교적 상징성과 그 의미를 명시하고 있는 게 분명한 사실이다.

끝으로 이 유운문이 불교계의 공예에 나타나는 것은 물론이다. 우선 고금의 사찰에서 불보살상의 대좌나 보궁을 장엄·장식하는 각양각색의 목조공예에는 이 유운문이 나타나는 사례가 흔한 편이다. 따라서 공양구류의 공예품에는 도자·금속 등에서 그런 사례가 드물지 않았을 것으로

---

50) 정영호, 『석탑』, 중앙일보사, 1980, p.19.
51) 정영호, 앞의 책, p.22.
52) 정영호, 앞의 책, p.32.
53) 정영호, 앞의 책, p.36.
54) 정영호, 앞의 책, p.77.
55) 정영호, 국보7, 석조, p.17.
56) 정용호, 앞의 책, p.19.
57) 정영호, 앞의 책, p.27.
58) 정영호, 앞의 책, p.45.
59) 정영호, 앞의 책, p.47.

되, 현전하는 것은 도자공예의 유문전과 금속공예의 향로 정도가 있을 따름이다. 이 유문전으로는 부여군 규암면 외리 일명 사지에서[60] 발굴된 와운문전·성조문전·반용문전·박산문전·박산조류문전 등에 미려한 유운문이 다양하게 널려 있는 것이다.[61] 기실 이 유운문전들은 다른 연화문전·산수귀면전과 함께 그 법당의 바닥에 깔았던 것이라 추정된다. 지금도 충남 청양군 대치면 칠갑산 장곡사에는 전통 양식을 이은 대웅전의 바닥에 유문전이 깔려 있는 터다.[62] 또한 이 향로에는 백제대향로가 유일한 명품으로 유운문 띠를 상하 2조로 두르고 현전하니, 세계적 관심을 집중적으로 받을 수밖에 없다. 그러기에 불교계의 금동공예, 이 백제대향로의 유운문 띠는 '광명운대'를 상징하여 주변법계를 감싸고 있는 형국임에 틀림이 없다. 따라서 이 향로의 유운문 띠는 중첩형 연화대와 연화봉형 연화장세계를 구분하면서도 하나로 융합하는, 미묘한 불교적 기능을 다하는 상징물로서 어떠한 비불교적 논의도 용납하지 않을 것이다.

4) 연화봉형 연화장세계상

이 백제대향로의 뚜껑, 연화봉형 연화장세계는 어느 면으로 보든지 숭고하고 장엄하기 이를 데 없다. 그것은 숭엄·광대한 연화대 위에 솟아오른 극락정토 연화장세계를 그대로 상징·표출하고 있기 때문이다. 원래 박산형 향로는 불교 이전이나 이외에서도 통용되었으리라 전제된다.

---

60) 성기훈, 『백제문화대관』, 중도일보사, 2005, pp.235~236.
61) 진홍섭, 『국보5, 공예』, pp.118~120.
62) 이 장곡사 대웅전의 유운전은 연대미상이지만, 고래의 전통을 계승한 점으로 미루어 상당히 소급될 것이다. 이러한 양식은 지금이야 특수하게 보이지만, 상대로 올라갈수록 많은 사찰에서 활용되었을 터다.

그런데 일찍이 불교계에서는 이 연화봉형 향로가 향화공양을 위하여 활용되었으니, 그것이 연꽃송이를 불보살께 공양하는 최상의 관례에 따라 불교계 자체 내의 소산일 가능성을 배제할 수가 없다. 그래서 인도 불교계에 유통되던 연화봉형 향로가 그 향료와 함께 서역을 거쳐 서한 중기에 그 서북지역에 전래됨으로써 중국계 박산형 향로의 기원이 되었다는 것이다.[63] 그렇다면 그간에 주목되어온 중국측의 박산형 향로는 자생적인 것이 아니고[64] 외래적인 것을 수용·개변시키는 과정을 겪었다고 보아야 한다. 그러던 것이 불교의 본격적인 전래·유통 과정에서 불교계의 연화봉형 향로가 여러 형태로 제작·전개되었던 것이다. 그런 사례가 전술한 바 위진 내지 수·당시대에 조성된 불교계 연화봉형 향로로서,[65] 이 백제대향로와 교류관계를 맺어 왔으리라고 추측되었던 터다.

그동안 이 박산형 향로가 중국 고대의 산물로서 전제되고, 그 '博山'을 고유한 산명·지명전승 등과 결부시키며,[66] 거기에다 삼신산을 적용하고 그로부터 신선세계 내지 도교사상까지 연역해 낸 것은 그다지 온당한 일이 아니다.[67] 기실 이런 '博山'은 '山岳重疊文'을 의미하는 보통명사적 어원으로부터 출발하였지만, 후대적으로 자가류의 적용·해석에 따라 산악중첩적인 의미망이 형성된 것인데도, 오직 도교적 의미에만 집착하였기 때문이다.

---

63) 전영래, 앞의 논문, p.57.
64) 윤무병은 「백제미술에 나타난 도교적 요소」(『백제금동대향로』)에서 '박산로의 기원은 중국에 불교가 전래되기 이전에…중국 고유의 전통을 이어온 기물이다.'(p.13)라고 하였다.
65) 북위 때 삼존보살석각조상의 대좌전면에 새긴 연화봉형 향로(낙양박물관)와 당대 백자연화문향로(상동), 『백제금동대향로』(도록 2013), pp.171~172.
66) 전영래, 앞의 논문, p.51.
67) 이 박산형 조형을 도교적으로 해석·연역하는 견해는 고금을 통하여, 한·중·일 학자들에게 거의 보편화되어 있으니 그 전거를 매거할 필요가 없다.

게다가 이런 식의 도교적 논리와 관점으로 이미 불교화된 백제대향로
의 연화봉형 극락정토 연화장세계를 해체·분화시켜 그 불교적 성격과
기능을 축출·제거하고, 거기에다 도교적인 모든 것을 대입시키는 견해
들은[68] 결코 타당성을 공인받지 못할 것이다. 도교계에서 박산형 향로가
얼마든지 제작·활용되었듯이, 이 백제대향로는 불교계의 연화봉형 향
로로 제작·활용된 것이 명백하기 때문이다. 위에서 이미 시사된 것처
럼, 이 연화봉형 이상세계, 극락정토 연화장세계의 원류·원형은 불교계
로부터 출발했으리라 본다.

일찍이 불경 속에는 청정·광대한 연화대 위 허공계에 우주법계를 극
락정토 연화장세계로 건설·향유하는 신앙·사상이 충만되어 있는 터
다.[69] 그 중에서도 정토경의 ≪관무량수경≫ 같은 데서는 그 세계를 구
품연화세계로 장엄하였으니, 그대로 연화장세계에 소섭되는 것이다.[70]
그리고 ≪묘법연화경≫에서는 요지 청정·광대한 백련 연화대로써 그
불가사의 묘법실상 일체를 떠받들고 있는 불법의 이상세계가 강화·연
설되고 있다.[71] 실제로 그 '견보탑품'에서는 다보탑이 지중으로부터 공
중에 솟아올라 석가불의 법문이 진실하다고 증언·선언하고, 석가불은
수많은 보살·제자와 시방세계의 무수한 분신불을 다 모으고, 다보불탑
속에 들어가 다보여래와 함께 앉아 신통력으로 모든 중생을 허공에 머

---

68) 윤무병, 앞의 논문, p.13.
69) ≪범망경≫에서 설한 연화대장세계설에 의한 것으로서, 그 세계는 천엽의 대연화로
    이루어져 그 연화대 위에 노사나불이 앉아 있으며, 그 하나하나의 꽃잎이 각각 하나
    의 세계이고, 또 노사나불로부터 화현한 천의 석가가 그 천의 세계에 있으며, 한 세
    계마다 백억의 나라가 있고, 한 나라마다 하나의 보살석가가 있어서 보리수 아래에
    앉아 있다고 한다.(최병헌, 앞의 논문, p.97)
70) 望月信亨(印海역)은 中國淨土敎理史(혜일강당, 1974)의 「元曉之淨土論」에서 如根據
    一乘義, 彼淨土屬華藏世界海所攝, 十佛之士, 而圓融不可說(p.146)이라 하였다.
71) 橫超慧日, 앞의 책, p.91.

물게 함으로써 무한대의 이상적 불국토를 완성하게 된다.[72] 마침내 ≪화엄경≫에서는 그 진리 자체를 상징하는 비로자나불이 자리한 무량공덕 광대·장엄의 이상적 연화장세계를 직접 연설하고 있다. 그 '화장세계품'에 보면, 하나의 큰 연화로 이루어지고 그 가운데에 일체의 우주적 국토와 삼라만상, 사바세계·일체 중생을 포용하여 건설한 광대무변의 이상적 법계·불국토가 바로 연화장세계라는 것이다.[73]

이러한 연화장세계는 그 신앙과 사상이 보편화되면서 불교계에서는 이를 가장 장엄하고 아름다운 예술로 창조하여 가시적인 감동·감화를 도출하려고 노력하였다. 그리하여 이른바 불교미술에 주력하여 그 건축·회화·조각·공예 등에서 많은 업적을 내었던 것이다. 우선 불교건축에서는 사찰을 불교의 전체로 보고 불국토나 범궁 등으로 신념·통칭하여 이상적인 연화장세계를 지향하여 왔다. 그러기에 한·중 고래의 사찰 경내외에는 대소간 연지·연당이나 석연지 등이 설치되어 그 연화장세계로 장엄하고,[74] 나아가 이런 도량 주변의 연첩된 산봉우리들이 연화로 상념되어 연화장세계를 감싸고 있는 형국을 보여 왔던 것이다. 특히 화엄종찰을 중심으로 불국사나 화엄사·해인사·법주사·갑사 등에서 연첩·중첩된 연화봉에 감싸인 청정도량, 연화장세계의 면모를 드러내고 있는 터다.[75] 이것은 마치 연화중첩문의 연화봉형 연화장세계를 연상케 한다. 한편 불교건축으로서 석굴사원이나 불교계 능묘 등에서도 각기

---

72) ≪묘법연화경≫ 권제4, '견보탑품', ≪신수대장경≫ 통권 17, pp.32~33.
73) ≪화엄경≫, '화장세계품' 및 최병헌, 앞의 논문, p.94 참조.
74) 불국사의 영지, 통도사의 용지, 제주 법화사의 연지, 법주사의 석연지 등이 그런 성향을 지니고 있다.
75) 현전하는 기록이나 전거는 없지만, 자고로 명산대찰의 길지 범궁은 연화봉으로 감싸인 청정도량, 불국토로 신앙되어 온 것이 사실이다. 실제로 국내 저명고찰의 법당 앞마당에 서서 사방을 둘러보면, 이런 분위기를 실감할 수 있다.(당시 갑사 주지 황장곡, 2006. 12. 31, 갑사 도량에서)

독립된 단위로 대소 간 개별적인 불국정토 연화장세계를 표방하여 내부 문물을 구비하였던 터다. 인도의 아잔타석굴·엘로라석굴·중국의 돈황 석굴·운강석굴·용문석굴, 한국의 석굴암 등이 그러한 구조 형태와 문물을 보여 주고, 불교계의 남조 능묘, 고구려 고분, 백제 무령왕릉·성왕릉 등이 또한 유사한 모양을 나타내고 있는 터다.

다음 불교회화에서는 각개 고찰의 대형 괘불, 대웅보전·대웅전·극락전 등의 후불탱화, 이와 동일한 계열의 석굴사원의 다양한 벽화, 저명한 대승경전에 관한 불화 내지 변상도 등에서 완전한 극락정토 연화장세계를 그려내고 있는 것이다. 이 괘불이나 후불탱화·벽화 등은 그 주불에 따라 비로자나불의 연화장세계나, 석가불의 법화세계, 아미타불의 극락정토 등으로 분화·묘사되었으니, 그 사례를 매거할 필요가 없다. 한편 대승경전에 따른 불화나 변상도는 다양하고 화려하게 조성·전개되었다. 전게한 정토경 중 ≪관무량수경≫의 불화로 고려대의 관경변상도가 일본의 대은사·서복사·지은원 등에 전하며[76] 극락정토 연화장세계를 조성하고, ≪묘법연화경≫의 불화로 전게한 일본 본법사 ≪법화경≫ 만다라도 22폭과 한국 내소사의 ≪법화경≫ 전7권 변상도[77] 등이 현존하여 법화계 연화장세계를 완성하고 있다. 나아가 ≪화엄경≫의 불화로 고려대의 비로자나법계인중도가 일본 히로시마 不動院에 전하고,[78] 한국 국립박물관[79]·삼성미술관 등에 소장된 화엄경변상도가 현전하여, 화엄법계 연화장세계를 여실히 조성하고 있는 터다. 특히 삼성미술관의 화엄변상도는 '華藏世界品第五之三'의 변상으로 좌우 2폭으로 구성되었다.[80]

---

76) 이동주, 『고려불화』, 중앙일보사, 1981, 도판1~4.
77) 불교중앙박물관, 『佛』, 대한불교조계종 총무원, 2007, pp.92~95.
78) 조선일보 제21471호, 1990. 11. 29.
79) 이동주, 『고려불화』, 도판 60~62.
80) 불교중앙박물관, 『佛』, pp.106~107.

그 우도는 비로자나불을 중심으로 제불보살을 망라한 연화장세계이고, 좌도는 이른바 무변대의 향수해수면에 앙련·복련의 일대 연화대가 떠 있고 그 위에는 비로자나불이 좌정한 터에 그로부터 무수히 뻗어 나간 가지마다 작은 연화대가 피어나고 그 위로 각기 부처가 좌정하여 부사의 무량한 불국토를 이룬다. 이 화폭 일면에 '從離垢燄香水海至天城寶堞香水海 各近輪圍山十世界 亦此十世界各上 二十重廣大世界'라고[81] 해설하여 그 광대무비의 연화장세계를 표출하고 있다. 이 도상은 향수해 위의 연화대에 솟아오른 박산형 연화장세계와 유사하여 이 백제대향로의 그 것을 방불케 한다.

그리고 불교조각에서는 상게한 고찰의 비로전·영산전·극락전이나 석굴사원의 화엄굴·법화굴·정토굴 등에서 각기 당해 불상·보살상·신중상들이 조각·부조형대로 조성됨으로써, 화엄계나 법화계·정토계의 불국정토 연화장세계를 구축하고 있는 것은 잘 알려진 사실이다. 나아가 야외 마애조각상을 통하여 불국정토 연화장세계를 표상하고 있는 사례가 국내만 해도 허다한 터다. 그 유명한 충남 서산군 운산면의 마애삼존불상을 비롯하여, 서산군 태안읍의 마애삼존불,[82] 경북 월성군 건천읍 신선사 마애불상군,[83] 경주시 배반동 남산 탑곡 마애조상군,[84] 경북 영주시 선남면 노석동 마애불상군,[85] 경주시 동천동 굴불사지석불상,[86] 경주시 남산동 남산칠불암마애석불[87] 등에서 각기 이상적 불교세계를 여실히 부각시키고 있는 터다. 나아가 주로 석조불탑에서 그 불국정토

81) 불교중앙박물관, 『佛』, p.106.
82) 황수영, 『국보2 금동불·마애불』, pp.114~117.
83) 황수영, 앞의 책, pp.120~121.
84) 황수영, 앞의 책, pp.124~125.
85) 황수영, 앞의 책, pp.128~129.
86) 황수영, 앞의 책, pp.139~141
87) 황수영, 앞의 책, p.147.

연화장세계를 조성하고 있다. 물론 모든 석탑은 소장 사리와 함께 부처님과 불법세계 전체를 표증하고 있거니와,[88] 그 세계를 구체적으로 도형화한 석탑이 전하여 주목된다. 지금 국립중앙박물관에 안치된 경천사십층석탑과 이와 유사한 서울 파고다공원의 원각사지십층석탑 등이[89] 바로 그것이다. 이 십층탑들은 3층 연화대를 기단으로 탑신 3단에 이상적 불국토를 새겼으니, 그 1층에는 비로자나불의 화엄세계를, 2층에는 다보여래·석가불의 법화세계를 3층에는 아미타불의 정토세계를 총체적으로 부각시킴으로써,[90] 최고 무상의 연화장세계를 축조하고 있기 때문이다. 이러한 석탑의 조형정신은 3단 연화대 위의 연화장세계를 조성하고 있는 백제대향로와 상통하는 점이 없지 않은 터다.

끝으로 불교공예에서는 이 불국정토·연화장세계를 다양하게 축소·응결시킴으로써, 최대공약수의 법계 정화에 극치를 이룩하여 왔다. 대강 석조불비상이나 불감·용기·전석·향로 등이 현전하여 그 실상을 증언하고 있기 때문이다. 먼저 석조불비상에는 국립중앙박물관 소장의 계유명전씨아미타불삼존석상과 기축명아미타여래제불보살상 등이 전하여[91] 아미타불의 정토세계를 완벽하게 부각시키고, 충남 연기군 연화사 소장의 석조 칠존석불상과 무인명석불상, 국립공주박물관 소장의 계유명삼존천불비상 등이 석가 본존불의 법화세계를 여실히 조형함으로써, 그 법신불의 연화장세계를 여법하게 설정하고 있는 터다. 이어 불감으로는 천태종 구인사 소장의 목조아미타삼존불감이 전하여[92] 아미타불의 정토세계를, 전남 승주군 송광사 소장의 목조삼존불감이 남아서[93] 석가불의 법화

88) 진홍섭, 「석탑표면의 장식 조각」, 『石塔』, p.196.
89) 정영호, 『석탑』, p.119, 127.
90) 진홍섭, 『한국의 석조미술』, 문예출판사, 1995, p.267.
91) 황수영, 『국보4, 석불』, p.31, 36.
92) 황수영, 앞의 책, p.27, 35.

세계를, 전남 구례군 광의면 천은사 소장의 금동불감이 비로자나불의 화
엄세계를 조형화함으로써 이상적 연화장세계를 입체적으로 정립하고 있
는 것이다. 또한 불교계 용기에는 전게한 바 동탁은잔이 서방정토 · 극락
세계로 조영된 무령왕릉에서 출토되어, 그 자체로서 연화장세계를 이루
고 있는 터다. 그 전체가 연화봉형 향로와 유사한데다, 뚜껑 중앙에 장
식된 연화가 앙연 형태로 보주를 떠받치고 있는 손잡이와 함께, 뚜껑의
둘레에 연화봉형으로 장식되었다. 그 위에 두 마리의 성조형 극락조가
날아다니고, 그 잔의 윗부분에 유운문이 흐르며, 다시 그 아래에 세 마
리의 용이 연화를 둘러싸고 있다.[94] 이만 하면 이 동탁은잔이 이상적 불
국토 연화장세계를 표상 · 함장하고 있는 게 사실이다. 그래서 동탁은잔
의 모습이 전체적으로 '연화봉~유운문~연꽃과 용'으로 이루어진 백제
대향로의 구성과 매우 흡사하여, 양자의 구성이 뚜렷한 연속성을 보이고
있다는 주장은[95] 탁견이라 하겠다. 한편 불교계 유문전에는 전게한 부여
군 규암면 외리의 사지에서 출토된 이른바 박산문전과 박산조류문전 등
이 비록 평면이지만 그 자체로서 연화봉형 연화장세계를 여실히 부조시
키고 있는 터다. 이른바 연화중첩문이 연접되어 연화봉형을 이루고, 그
봉우리마다 빛줄기처럼 나무와 암석이 조화되며, 그 위 천공에 유운문이
용트림을 하는데, 그 중의 가장 높은 봉우리 위에 성조형 극락조가 날개
를 활짝 펴고 정좌하니, 나머지 성조문전 · 반용문전 · 연화문, 신장형 산
수귀면전과 결부되어 불교적 이상세계를 제대로 조직하고 있기 때문이
다. 따라서 위 유문전 일습의 유기적 관계망은 이 백제대향로의 입체적
조형을 평면화한 것처럼 보인다. 그러기에 '전자가 3차원의 공간에 입체

---

93) 황수영, 『국보2, 금동불 · 마애불』, p.98.
94) 서정록, 앞의 책, p.16.
95) 서정록, 앞의 책, p.17, 그런데 이런 주장이 백제대향로의 비불교성을 증명하는 전거
　　로 활용되는 것이 문제점이다.

화되어 있고 후자가 평면에 부조로 장식된 점을 제외하면 사실 동일하다'고 본 것은96) 실로 합당하다고 하겠다.

마침내 불교계 향로에 이르러 그 자체가 불국정토 연화장세계를 응축·정화하여 불교공예의 극치·절정을 이루었다. 먼저 전북 익산시 미륵사지에서 발굴된 금동향로는 노신이 네 다리로 버티되, 다리마다 사자문을 부조하고 그 다리 사이사이 네 군데에 염주 모양의 고리를 문 사자면을 부각시킴으로써, 엄연한 원형 사자좌를 조성하여 불법 자체와 숭불·호법을 상징하고, 그 위 뚜껑이 복발형 원융무애의 무문산을 이루되, 그 상부에 연화문과 유운문을 새기고 그 정상에 한 송이 연화로 보주를 감싸 올림으로써, 불국정토 연화장세계를 표출하고 있는 터다.97) 이 향로는 위 동탁은잔과 그 구조·외모에서 상통하는 점이 많고, 그 의장의 정신·사상 면에서 이 백제대향로의 그것과 동질성을 보인다고 하겠다.

위와 같은 관점에서 이 백제대향로의 뚜껑이 연화봉형 연화장세계라는 사실은 필연적이고 당연한 것이다. 일찍이 이 백제대향로의 '이러한 모양은 불교의 연화장세계를 조형화한 것이라'는 탁견이 있었다. 위 '화장세계품'의 설명에 의하면 '세계의 맨 밑에 풍륜이 있고, 풍륜 위에 향수해가 있으며, 그 향수해 가운데 큰 연화가 나서 그 속에 연화장세계라고 하는 이상적 세계가 전개된다'고 한다. 이 금동향로의 용 받침은 향수해를 상징하고 연꽃의 몸통 부분은 연화장세계의 대연화에 해당된다고 볼 수 있다. 따라서 '연꽃에서 전개되는 이상적인 세계는 향로 몸통 위의 뚜껑 부분에서 조형화하게 된다.'98)는 것이었다. 이로써 백제대향

---

96) 서정록, 앞의 책, pp.17~18.
97) 불교신문 2391호, 대한불교조계종 총무원, 2008. 1. 9, 5면.
98) 최병헌, 앞의 논문, p.94. 그러나 '이러한 구성 내용은 도교의 신선사상과 불교의 세계관이 그 조형적 배경이 되었음을 나타내 준다.'(같은 페이지)고 하여 혼선을 빚고

로의 연화봉형 연화장세계는 이른바 정토사상·법화사상·화엄사상 등을 중도적으로 융합시킨 불교계의 전형적 이상세계라는 사실이 재확인되었다.

기실 이 연화봉형 연화장세계에는 광대무변한 우주 법계의 제불보살의 실재를 전제하고, 삼라만상 사바세계·중생계를 모두 포용·융합하고 있다.[99] 이미 여러 측면에서 거론된 대로, 거기에는 중첩된 연화문과 그 사이사이에 각종 초목·짐승·조류의 생동상, 여러 인물들의 다양한 생활상, 특히 5마리의 새와 5사람의 주악상 등이 조화롭게 배치되고, 향연·유운문과 함께 광명·화염문이 음악·새소리를 따라 산봉우리 위에서 천상으로 솟아오르는 것이다. 이러한 조형·문양은 삼라만상 사바세계·중생계를 유형적으로 응축·승화시킨 것으로서 위 '연화장세계품'에 거의 그대로 표현되어 있는 터다. 그러기에 ≪화엄경≫을 중심으로 하는 연화장세계에 등장하는 일체 형상들이 이 연화봉형 연화장세계에서 거의 완벽하게 조형화되었다는 것이다. 이런 점에서 전술한 바 인도·중국·한국의 역대 불교회화·불교조각에 등장하는 연화봉형 향로와 불교공예에 속하는 연화봉형 향로는 모두가 실제적인 연화봉형 연화장세계를 표상하고 있는 터라 하겠다. 그 중에서도 수나라의 아미타정토도와 북제의 좌불구존비석상에 부조된 연화봉형 향로, 백제 전통의 연화사 석조칠존불비상에 새겨진 연화봉형 향로 등은 백제대향로의 연화봉형 연화장세계를 더욱 튼튼히 보장하여 주는 터다. 따라서 이 백제대향로의 연화봉형 연화장세계를 해체·분산하여 비불교적인 원형과 보편성으로 무리하게 귀속시킬 수 없다는 점이 더욱 분명해지는 터다. 일단 이러한 연화장세계에 수용·동화된 모든 문물은 그 자체로서 불교적 완성품의 일환일 수밖에 없기 때문이다.

있다.
99) 김재경, 『신라 토착신앙과 융합사상사 연구』, 민족사, 2007, p.11.

5) 聖鳥型 극락조상

이 백제대향로의 정상, 성조형 극락조는 실로 당당하고 거룩하기만 하다. 그것은 불법의 정상, 연화장세계의 절정에 비상할 듯이 정좌한 법신조로서 우주법계·삼천대천세계를 불광으로 비추이고 있기 때문이다. 원래 이 조류는 허공계를 자유로이 나르고 천계·신성계를 왕래한다는 관념으로 하여 원형적인 성조신앙으로 승화될 수 있겠다. 따라서 이러한 성조관·성조신앙이 불교 이전·이외에서 행세하여 왔던 것이 사실이다. 그리하여 이러한 성조신앙은 보편적인 조류문화의 바탕 위에서, 각개 문화지역·신앙권에 따라 독자적 특성과 기능을 갖추게 마련이었다.[100] 그러기에 국가·민족의 상징으로 독수리·공작새·기러기·닭 등이 관념·신앙되고, 상상적 성조고서 붕조·봉황·삼족오·천계 등이 신념·숭앙되어 온 것은 잘 알려진 사실이다. 따라서 불교계에서는 부처님의 금구옥설이나 경전 속에 각종 서조들과 그 명성이 자주 인용·등장하여 온다. 우선 부처님의 법문 시에 '百鳥悲鳴'이라고 등장하여, 그것이 고덕법사의 미묘한 설법을 비유하거나[101] 이름 있는 새들을 비롯하여 온갖 새들이 운집하여 청아성으로 공명함으로써 이상적 불국정토를 조성·표상하는 사례가 흔한 터다. 《화엄경》 '입부사의해탈경계보현행원품'에서는 기러기·원앙·가릉빈가·구지라 등 온갖 새들이 팔공덕수에 비래·운집하여 노닐면서 묘호성을 내니 청절·화아하기 천악과 같이 즐겁게 들림으로써[102] 불국정토 연화장세계를 족히 장엄하고 있는 터다. 또한 《관무량수경》에서는 여의주왕을 따라서 금색 미묘광명이 용출하고 그 광명이 온갖 보배색의 새들로 화현하여 애아하게 함께 울어서 항

---

100) 서정록, 앞의 책, pp.44~50 참조.
101) 《증일아함경》, 《신수대장경》 통권 4, p.645.
102) 《대방불화엄경》, 《신수대장경》 통권 20, p.694.

상 삼보를 찬탄·염념함으로써103) 극락정토를 조성하고 있는 것이다. 한편 《대보적경》에서는 앵무·홍학·구계라조·공작·기러기·원앙·구나라조와 가릉빈가 등 모든 조류가 총집하여 사람의 소리로 제천의 환희원에서 우는 온갖 새의 소리와 같이 공명함으로써104) 무량겁 과거세의 이상적 불국정토를 찬연히 빛내는 터다. 이러한 '無量種種諸鳥'로105) 표현되는 모든 새의 성격과 기능을 백제대향로에 등장하는 각종 조류와 결부시켜, 그 중에서 가장 빼어난 정상의 새를 지목할 필요가 있다.

여기서 모든 면으로 가장 뛰어난 새가 바로 가릉빈가조라고 보아진다. 이 새는 범어 Karnvinka로서 여러 가지로 음사되었고, '美音鳥'·'好音鳥'·'妙音鳥' 등으로 의역·유통되었다. 따라서 이 가릉빈가는 위와 같은 온갖 조류 중에서 우선 그 능력이 가장 크다. 《화엄경》'입부사의해탈경계보현행원품'에서는 '雪山迦陵頻伽鳥 在卵穀中 有大勢力 一切諸鳥所不能及'106)이라고 불보살의 권능에 비유하였다. 그 중에서도 이 가릉빈가는 음성이 가장 빼어난다. 그러기에 다시 《화엄경》에서는 '迦陵頻伽梵音相 諸天音樂無能及'107)이라고 대법왕의 묘법음에 상응한다고 내세웠다. 따라서 이 가릉빈가는 무량한 새들과 더불어 우는 데에서 그 소리가 가장 빼어남은 물론,108) 제천 음악이 능히 따르지 못할 수준이므로, 부처님의 범성·법음에 부합되는 것이었다. 그리하여 《과거현재인과경》에서는 부처님의 32상 중 28번째에 '梵音深遠如迦陵頻伽聲'109)이라 하여

---

103) 《관무량수경》, 《신수대장경》 통권 23, p.342.
104) 《불본행집경》, 《신수대장경》 통권 6, p.880.
105) 《불본행집경》, 《신수대장경》 통권 6, p.880.
106) 《대방광불화엄경》, 《신수대장경》 통권 20, p.828.
107) 《대방광불화엄경》, 앞의 책, p.769.
108) 《대지도론》 권 28(대정장 25, p.267)에 '如迦羅頻伽鳥 在穀中未出發聲微妙 勝於餘鳥 菩薩摩訶薩亦如是'라 하였다. 이지관, 가산불교대사림 권 1, p.46 중인.
109) 《과거현재인과경》, 《신수대장경》 통권 6, p.627.

692 제4부 백제계의 불교문화

불음에 비유되었다. 그러기에 이 가릉빈가는 부처님의 금구옥성을 상징하는 '梵音鳥'로서 일체 제조 가운데 최고·절정을 차지하는 바 조류 중의 왕자이고 따라서 중생 중의 부처님과 같은 위치라 하겠다. 이런 점에서 가릉빈가는 그 소리를 중심으로 '佛鳥'나 '如來鳥'라고 부를 수도 있을 것이다. 나아가 이 가릉빈가는 무량 제조와 더불어 묘법보음을 내어 극락정토 연화장세계를 이상적 법계로 장엄하고 승화시키니 실로 '寶音鳥'나 '法身鳥' 내지 '極樂鳥'라 이름을 붙여도[110] 무방하리라 본다. 그러기에 이런 가릉빈가에 대하여 불교계의 신앙이 생기고 그 예술·문화로 전개되는 것은 당연한 일이었다.

실제로 이 가릉빈가는 불교문학으로 표현된 것을 전제로[111] 음악적으로 비유·묘사되거나 불교미술로 구성화되었다. 먼저 불교건축에서는 이 가릉빈가를 전체적으로 조형화한 전거가 아직 발견되지 않는다. 그런데 고금 사찰의 중심 전각에서 용마루의 양쪽 끝에 鴟尾를 올려놓은 것은 시사하는 바가 있다고 본다. 물론 이 치미는 문자대로라면 솔개나 부엉이의 꼬리이므로, 가릉빈가의 그것이 아님은 분명한 터다. 그러나 백제시대 부여의 서복사지에서 발굴·복원한 치미(국립부여박물관 소장)나 신라시대 경주의 청룡사지에서 발굴·복원된 치미(국립경주박물관 소장) 등을[112] 보면, 결코 솔개나 부엉이의 꼬리와는 거리가 멀고, 어느 모로든지 그런 새의 꼬리가 비록 상징적이라 치더라도 그처럼 위엄 있고 높은 자리에 올라 있을 만한 의미를 찾기 어렵다. 그러기에 원래는 이 용마루에 온갖 조류 중에서 어떤 의미로나 가장 빼어난 새의 꼬리 또는 전체가 좌정했을 가능성이 없지 않다. 그렇다면 이 치미의 원조는 역시 위 가릉

---

110) 이지관, 앞의 책, p.46.
111) 우선 불경에서 이 가릉빈가를 묘사할 때, 그 성음을 중심으로 문학적 표현을 하고 있는 것이 상례다.
112) 진홍섭, 『국보5, 공예』, pp.126~127.

빈가가 아니었을까 추상된다. 그러고 보면 이 새 꼬리의 의미와 위상이 제 자리를 찾게 되고, 그 외모와 문양 내지 기세도 가릉빈가의 그것과 유사하기 때문이다. 그러던 것이 후대적으로 그 새의 원명이 부르기나 알기가 어려워 점차 잊혀지고, 대신에 그 용마루에 자주 앉아서 전각을 지켜 주는 듯 행세하는 솔개나 부엉이를 연상·결부시켜 치미라는 이름 이 생기고 널리 알려졌던 것이 아닌가 싶다.

그리고 불교회화에서는 이 새가 정토만다라에 사람의 머리와 새의 몸 을 갖추어 나타나고, 극락전이나 대웅보전·비로전 등의 후불탱화, 그 전각 내외의 단청·벽화 등에 중조와 함께 그려졌을 것이지만, 그 원형 적 유존을 찾기 어렵다. 그런데 위와 무관치 않은 고구려의 불교계 고분 벽화에는 이 가릉빈가로 보이는 새 그림이 나타나서 주목된다. 이런 고 분벽화에 그럴듯한 새의 그림이 나오면 으레 봉황이나 주작으로만 속단 해 버리는 경향이 있지만, 적어도 극락정토 연화장세계를 의빙·신념한 고분의 벽화, 그것도 천정의 상단에 자리한 새의 그림 가운데는 이 가릉 빈가가 그려졌다는 사실이다. 기실 집안 무용총의 천정, 연화문·주악 상·화염문·서초문 등과 어울려 다른 새들과 함께 보옥성(보주꾸러미를 물고 있음)을 내며 제일 위에서 나르고 있는 독특한 새의 모습은[113] 극락 정토·연화장세계를 범성·보음으로 장엄·승화시키는 가릉빈가의 그것 으로 보인다. 또한 황해도 안악1호분의 천정 상단에는 가릉빈가가 그려 져 연화문·화염문·유운문 등과 함께 극락정토 연화장세계를 조성하고 있다.[114] 나아가 평안남도 남포시 강서구역 덕흥리 고분은 '釋迦文佛弟 子'로 시작되는 묵서명을 통하여 극락정토 연화장세계로 조성된 것이 분 명한데, 그 천정의 상단에 가릉빈가가 연화문·화염문·유운문·천인상

113) 방상훈, 『집안 고구려고분벽화』, pp.134~135.
114) 김원식, 『高句麗』, 중도일보사, 2005, pp.65~69 참조.

등과 함께 그려져 그 이상적 세계를 장엄·승화시키고 있는 터다.[115]

이어 불교조각에서는 석굴사원의 정토굴이나 화엄동 등에서 그 천정 상단에 가릉빈가상을 부각시켰을 것이지만, 그 사례가 아직 발견되지 않았고, 지상의 석조물에서 유례가 나타난다. 대강 석탑에서보다는 석조부도에서 그 상륜부에 이 가릉빈가상을 새겨 놓은 것이 돋보인다. 전게한 연곡사 동부도의 상륜부 하단에 4마리 큰 가릉빈가상을 탑신의 8마리 작은 가릉빈가상과 조응하여 뚜렷하게 새겨 놓았다.[116] 그리고 연곡사 북부도의 상륜부 중단에 역시 4마리 큰 가릉빈가상을 탑신의 8마리 작은 가릉빈가상과 상응하여 새겨 둠으로써[117] 동·북 부도의 유사·친연성을 보여 주고 있다. 또한 연곡사 서부도의 상륜부 상단에 4마리 가릉빈가가 정상의 큰 보주 하나를 함께 등지고 보호하는 모습으로[118] 부조되어 있는 것이다. 나아가 전게한 쌍봉사 철감선사탑 앙련대의 바로 위의 8각석 면에 각기 가릉빈가상을 새기었고[119] 경북 문경군 가은읍 봉암사 지증대사적조탑 기단부의 중대석 주악상 하단, 8각 석면에 각기 다양한 가릉빈가상을 부각시켜 놓았다.[120] 특히 지증대사적조비의 가릉빈가상은 이미 음악사학계의 조명을 받아서, 그 주악상과 함께 합장·가창상, 무용상·악기연주상으로서 그 뛰어난 음악적 권능이 실증되었다.[121]

끝으로 불교공예에서는 이 가릉빈가상이 비교적 다양하게 나타난다. 목조공예로 불단·보궁을 장식할 때 다양한 화조류나 용상 등과 함께

---

115) 김원식, 앞의 책, p.75.
116) 정영호, 『국보7, 석조』, p.27.
117) 정영호, 앞의 책, p.40.
118) 정영호, 앞의 책, p.83.
119) 정영호, 앞의 책, p.17.
120) 정영호, 앞의 책, p.22.
121) 김성혜, 「봉암사 지증대사 적조탑의 음악사적 조명」, 『한국음악사학보』 39집, 한국음악사협회, 2007, pp.49~54.

가릉빈가상을 조성했을 것은 물론이나, 원형적 사례를 찾아보기 어렵다. 그런데 도기공예로는 전게한 부여 규암면 외리 일명 사지의 문양전에서 이 가릉빈가의 모습을 발견할 수가 있다. 전술한 대로 그 중의 박산조류 문전에서 연화봉 위의 성조형 극락조가 활개치고 있는데, 그 새가 바로 가릉빈가라고 추정되는 것이다. 그렇다면 그동안 봉황문으로만 취급되던 성조문양전의 성조상도 실은 가릉빈가라고 유추해 볼 수가 있겠다. 그리고 금속공예로는 무령왕릉 출토의 이른바 왕의 금제 뒤꽂이가 주목된다. 이것은 전체적으로 창공을 날아오르는 새의 모양을 여실하게 보여 준다. 이 새는 머리·두 날개와 몸통, 세 갈래의 꼬리로 구성되어 비범한 문양을 부각시키고 있다. 그 목의 성대부분에 보주 하나와 그 배꼽 부위에 보주 하나씩을 달고, 두 날개 사이 가슴 양쪽에 8엽연화를 한 송이씩 부각시켰으며, 머리와 양쪽 어깨·날개의 주의를 광채문으로 투각시켜 놓았다. 상반신과 하반신이 구분되는 띠가 있어 빗살문인 듯 유운문 같은 문양을 은은히 나타내고, 하반신에는 복숭아 모양의 특수연화문과 상서 문양이 복잡하게 어울린 모습을 드러내며, 꼬리는 세 갈래의 철사형으로 거의 같은 길이의 뾰족한 마무리를 보이고 있다.122) 이만 하면 무령왕릉의 극락정토·연화장세계에서 불교적 인상을 강하게 풍기는 것이 사실이다. 그러기에 이 금제 뒤꽂이를 왕릉의 다른 문물과 불교적으로 연관시켜 극락정토·연화장세계의 '極樂鳥'라고 해석·규정한 바가 있었다.123) 이 금제 뒤꽂이가 극락정토에 왕생하여 대세지보살로 영원한 평안을 누리는 무령왕의 두발 정상에 꽂혀 머리를 하늘로 올리고 한 쌍의 원앙조와124) 조응하여 주악과 함께 범성·법음을 내었다면, 이 새야말

---

122) 문화재관리국, 『무령왕릉』, 도판 5.
123) 사재동, 「무령왕릉 출토문물의 제의학적 고찰」, 앞의 책, p.262.
124) 사재동, 위의 논문, pp.293~294.

로 위에서 본 가릉빈가를 표상한 것이라 하여 무방할 터다. 이 가릉빈가만이 원앙조 등 온갖 조류와 함께, 그 성대와 배꼽에 보주를 단 빼어난 범성·보음으로 소리함으로써, 그 극락정토 연화장세계를 장엄·승화시킬 수가 있었기 때문이다.

마침내 이 금속공예의 향로에 이르러 그 가릉빈가가 연화봉형 연화장세계의 정상에 날아 갈 듯 내려앉은 장쾌한 모습을 보였다. 전술한 대로 워싱턴 프리미어박물관 소장의 아미타정토도에 부조된 이른바 연화봉형 향로, 연화장세계의 정상에 올라앉은 극락조가 바로 이 가릉빈가라는 사실이 제대로 밝혀진 것이다. 이미 예시되었듯이 이 아미타정토도의 연화봉형 연화장세계와 그 정상의 극락조, 가릉빈가는 비록 공예품으로 독립된 것은 아니지만, 그 조형정신과 의장에 있어 백제대향로와 친연성을 가진 것만은 분명한 터다.

그리하여 이 백제대향로의 연화장세계, 그 정상에 정립한 성조형 극락조가 바로 가릉빈가라는 것을 확인하게 되었다. 이로써 그 정상의 성조형 극락조가 불법의 법신조로서 법계의 최상승을 상징·선언하고 있다는 사실이 더욱 명백하여 졌다. 이 가릉빈가야말로 부처님의 범성·법음을 갖추어 모든 중생, 무량 조류와 함께 극락정토 연화장세계를 통할·승화시키는 무상의 극락조 그 자체이기 때문이다. 그러기에 가릉빈가가 턱밑 성대와 가슴 사이에 보주를 품음으로써, 그 최상의 보성·옥음을 실증하고 있는 터다. 그리하여 이 가릉빈가 극락조는 그 아래의 단신형 반용이나 중첩형 연화대, 쌍대형 유운문, 연화봉형 연화장세계 등과 중도적 조화를 이루고 있는 것이 확실하다.

우선 이 가릉빈가와 단신형 반용의 대응관계에 대해서다. 여기서 가릉빈가의 최상 정상과 반용의 최하 기반은 극과 극으로 상통하고 대응하는 바가 있다. 그러한 기반이 아니면 이러한 정상의 불가능하고, 이러한 정상이 없으면 역시 그러한 기반이 아무런 의미가 없기 때문이다. 더구나 이들 양자는 숭불·호법의 상관성에서 맞물려 있는 터다. 그 기반의 반용이 숭불·호법의 영기·광채와 유운문을 일으켜 올리면 그 정상의 가릉빈가가 이를 수용하는 형국이다. 더구나 양자는 보주를 주고받음에서 깊은 친연성을 실증하고 있다. 원래 이런 보주가 용·용왕의 소유로서 극락세계 연화대에서나 소중히 유통되는 신묘한 보물이라면, 가릉빈가의 이 보주는 용왕이 그 범성·법음을 찬탄·숭앙하여 보성·옥음으로 승화시키려고 올려 바친 것이라고 보아진다.

다음 이 가릉빈가와 중첩형 연화대의 상응관계에 대해서다. 여기서는 가릉빈가가 이 연화대 위에서 활동하며 그 권능·역할을 제대로 발휘하는 관계를 보여 준다. 말하자면 정상의 가릉빈가가 찬연한 연행을 벌이는 신성·장엄한 무대가 바로 그 연화대라는 것이다. 그런 연화대가 아니라면 이런 가릉빈가가 존재·역할을 수행할 수 없고, 또한 후자가 아니라면 전자의 존재 의미가 있을 수 없다는 것이다. 그러기에 이 연화대의 청정한 봉대와 찬란한 옹호 위에서만이 정상의 가릉빈가는 최상의 찬연한 불광·불음을 창출할 수 있다는 사실이다. 따라서 이들 양자가 유기적으로 상응함으로써, 우주적 극락정토 연화장세계가 완벽하게 조성·승화되었던 것이다.

그리고 이 가릉빈가와 쌍대형 유운문의 조응관계에 대해서다. 여기서는 가릉빈가가 광명운대 주변법계를 휘감아 날아서 그 정상에 앉은 채 아래의 운대를 굽어보고 웅대하는 형국을 보인다. 이 운대가 아니면 가릉빈가는 올바로 오를 수 없고, 이 가릉빈가가 아니면 그 운대는 특별한 의미를 잃기 때문이다. 기실 이 운대의 법운에서 풍겨 나오는 영기가 연화장세계의 광명·화염을 타고 올라 대기로 뒷받침될 때, 위 가릉빈가는 균형을 잡고 위엄을 떨칠 수 있는 것이었다. 이 양자는 암묵의 연기와 법연으로 조응하여 불이의 관계로 조응하고 있는 터다.

나아가 이 가릉빈가와 연화봉형 연화장세계의 호응관계에 대해서다. 전술한 대로 가릉빈가는 그 범성·보음의 위신력으로 극락정토 연화장세계를 장엄·승화시킴으로써, 이 연화봉형 연화장세계의 정상에 군림하고 있다. 이 가릉빈가는 무변법계를 집약·표출한 법신조, 성조형 극락조로서 바로 그 극락정토 연화장세계를 대신·상징하고 있는 것이 사실이다. 이러한 극락조와 그 무진법계는 이미 둘이 아니기 때문이다. 기실 연화봉형 연화장세계의 연화형 영봉에서는 영기와 함께 불광과 화염이 하나가 되어 위의 가릉빈가를 향하여 솟아 감싸 오른다. 따라서 그 세계 중의 삼라만상·일체중생이 모양과 태도는 다르지만 모두가 가릉빈가 극락조를 향하여 숭앙·찬탄하는 기세를 보인다. 여기서는 이렇게 다양한 존재들이 굳이 불교적 색채를 띠지 않았어도 이미 불교세계로 융화되어 버린 것이 사실이다. 그러기에 연화봉형의 정상에 근접하여 있는 5방 주악인과 5형 조류들이 가릉빈가와 긴밀히 호응하여 주목된다. 먼저 5방 주악상은 천악을 울리어 무량중조와 가릉빈가의 소리를 고무·반주함으로써, 그 중도적 조화를 통하여 범성·법음의 권능·역량을 극대화하고 그 청정법계를 장엄·승화시키고 있기 때문이다. 기실 이 5방 주악상은 그 방향을 초월하여 불교계의 천악 전체를 상징하기에, 그 가릉빈가와의 불교적 호응성이 그만큼 심원한 것이었다.[125] 이어 5형 조류는 그동안 기러기라거나 원앙이라고 보기도 했으나,[126] 실은 한 종류의 5마리 새라고 보기는 어렵다. 이 5형의 조류는 외모가 같은 것이 사실이지만, 그 취하는 태도가 다른 것이 특이하기 때문이다. 전술한 대로

---

125) 여기서 5방·5형 등은 오직 五行의 의미에 국한시킬 것이 아니라, 천지오방, 전방위·전체를 대표·상징하는 넓은 뜻으로 해석해야 될 것이다.

126) 서정록, 앞의 책, pp.43~44.

라면 5형의 조류는 가릉빈가를 둘러싸고 화합·공명하는 무량 제조를 대변·상징하는 것이라고 보아야 마땅하다. 그러기에 이 5형의 조류가 동일한 외모를 갖춘 것은 조류로서의 공통분모를 표시하고, 5가지 다른 형태를 취한 점은 5방·오형으로 총합된 불교계의 서조 전체를 상징하는 터라고 하겠다. 그리하여 기 가릉빈가가 그 5형의 조류와 상하로 근접·교감하는 것은 천악 전체의 연주 가운데 범성·법음을 청아 보음으로 조화·공명하여 극락정토 연화장세계를 이상적으로 승화·찬탄하는 불교적 호응성을 강력히 시사하는 형상이라 보아진다.

4. 백제금동대향로의 문화사적 위상

이 백제대향로는 위와 같은 불교문화적 실상을 갖추고 엄연하게 자리하였다. 그리하여 그 예술·문화사적 위상은 찬연한 터다. 따라서 백제대향로의 그 위상을 파악하여 그 가치를 더욱 부각시키고, 나아가 시대적 역할과 후대적 영향을 조명하는 일이 긴요하다. 여기서는 이 백제대향로의 소재적 연원을 추적하고 그것이 불교신앙사에서 차지하는 위치와 불교예술사상에 자리하는 위상 등을 그 불교문화사의 맥락에서 파악하여 보겠다. 그리하여 그것이 백제문화사에 끼친 영향관계를 유추·전망해 보려는 것이다.

1) 소재적 연원

이 백제대향로는 이미 전제된 대로, 그 조성 이전의 소재적 연원을 가지고 있는 것이 분명하고 당연하다. 모든 문물이 '제법무아'의 법리대로

그 이전의 복합적인 요소·요건을 집합·융화시켜 형성되듯이, 이 백제
대향로는 그 연원적 소재를 융합·조화시켜 불후의 명품으로 창제된 것
이 분명하기 때문이다. 이런 점에서 전개한 모든 논문들이 이 백제대향
로의 비불교적 성격을 증명하기 위하여, 불교 이전·이외의 연원적 소재
들을 거론한 것은 크게 참고가 된다.

첫째, 단신형 반용상의 소재적 연원에 대해서다. 원래 용문화의 연원
은 장구하고, 문화사적 전개양상은 다양하다. 특히 고대 동북아에서는
이 용문화가 성행하고 그 권능·영향이 다대했던 것이다. 잘 알려진 대
로 인도나 중국을 거쳐 한국·일본 등에까지 이 용문화는 꽃을 피웠기
때문이다. 일찍이 한국고대사에 있어서 용문화의 실상을 밝힌 일이 있
고[127) 또한 백제의 용신신앙까지 거론한 일이 있다.[128) 이 밖에도 한·
중·일 인문학자들이 이 용문화의 연원과 실상에 대하여 논의한 것은
매거할 수 없이 많다. 나아가 이 반용상에 대한 의장·양식문제도 일찍
부터 적잖이 거론되어 사계에서 보편화되어 있는 실정이다. 이로써 이
백제대향로의 이전·이외에 그 용문화나 반용상 등이 유통·전개되어
왔다는 사실은 재론의 여지가 없다. 이러한 용문화와 반용상의 의장이
불교계에 수용되어 백제대향로의 단신형 반용상으로 창조적 재현을 보
게 되었던 것이다. 따라서 이 단신형 반용상은 백제대향로의 일부로서
불교성을 갖춘 것이니, 연원적 소재라고 비불교적인 것으로 되돌릴 수가
없는 터다.

둘째, 중첩형 연화대상의 연원적 소재에 대해서다. 원래 이 연화문화
의 연원은 장원하고, 그 문화사적 전개양상은 다양하다. 이런 현상은 전
세계의 고대사회에서 널리 유통되었거니와, 특히 고대 동북아에서 더욱

---

127) 최몽룡, 「고대사에 있어 용」, 『백제금동대향로』, p.162.
128) 서정록, 앞의 책, p.341.

성행하여 다양한 역할과 함께 지대한 영향을 끼쳤던 것이다. 인도로부터 남방계는 물론, 북방계 중국·한국·일본 등지까지 연화문화가 더욱 발전하였기 때문이다. 일찍이 이 동북아의 연화문화의 연원과 함께 고구려 벽화를 가득 채운 연화, 불교 이전의 연화문화, 백제의 다양한 연화문화 등, 백제대향로 이전·이외의 연화문화에 대하여 해박하게 거론한 업적이 나왔다.[129] 따라서 이 문제에 관한 한 한·중·일 여러 학자들의 논의를 들어 재론할 여지가 없게 되었다. 그리하여 이 연화문화가 불교계에 수용되어, 불교의 상징이요 불교 자체로 뿌리박고 찬연하게 전개된 것은 재언할 필요조차 없는 터다. 그로부터 그 불보살상이나 불법 전체를 받쳐 모시는 연화대의 전형이나 연화장세계의 입체와가 성행하였던 것은 잘 알려진 사실이다. 따라서 이 백제대향로에서 그 연화문화와 연화대상의 의장을 수용하여 중첩형 연화대상으로 창조적 재현을 해낸 것은 당연한 일이다. 따라서 이 중첩형 연화대상은 백제대향로의 불교적 필수요건이기에 결코 비불교적인 연원으로 되돌아 갈 수가 없다.

셋째, 쌍대형 유운문상의 연원적 소재에 대해서다. 원래 유운문의 연원은 장구하고 그 문화적 전개양상은 다양할 수밖에 없다. 그것이 우주·자연의 허공에 자재·유동하는 문양으로서 어느 문화권에서나 다 수용하여 자가문화로 활용해 왔기 때문이다. 이러한 경향은 세계적으로 공통되어 왔거니와, 특히 고대 동북아권에서 뚜렷이 나타났던 것이다. 가령 인도·중국·한국·일본 등의 문학·예술, 종교문화 등에서 운상·운문상, 유운문상이 활용·부각되었던 터다. 이런 점에서 유운문 테두리를 통해서 본 백제대향로의 세계관과 문화현상을 탐색한 업적은[130] 주목되는 터다. 이러한 유운문이 매개하여 이합되는 세계가 그다지 다양

---

129) 서정록, 앞의 책, pp.144~183 참조.
130) 서정록, 앞의 책, pp.262~270 참조.

하고 광범하여 아무리 비불교적이라 해도, 그것이 일단 불교계에 수용됨으로써 백제대향로의 쌍대형 유운문으로 독특하재 재현될 수밖에 없었다. 따라서 이 유운문은 백제대향로의 불교적 일부로서 존재·작용하는 것이니, 그 비불교적 연원으로 되돌아 갈 수는 없는 터다.

넷째, 연화봉형 연화장세계상의 연원적 소재에 대해서다. 원래 이 박산형의 구조·형태적 모형이 산악중첩형이라 하겠거니와, 박산형 향로의 연원은 우구하고 그 문화적 활용·유통의 범위도 매우 넓고 다양한 터다.[131] 이 산악을 신성한 이상향으로 관념하는 세계적 인식과 함께, 동북아 중심의 산악신앙이 성행하고 보편화된 지는 너무도 오래다. 인도의 이상적 산형이나 중국의 삼산·삼신산형, 한국에 전래되는 영산계 삼산신앙이 서로 맞물리어, 박산형의 전형을 산출한 것으로[132] 보인다. 그것이 토착적인 고유신앙으로 유구하게 전승되다가 불교세계로 유입·융화되면서, 수미산·설산·영축산 등의 신앙적 영산으로 변용되어 이상적 불교세계로 정립·고정된 것이라 하겠다. 이러한 불교적 이상세계가 연화장세계로 승화·정착되면서, 그것이 연화봉으로 창출되었다고 본다. 그래서 이 연화봉형에 포괄된 우주·자연의 삼라만상과 중생계의 생활상 등이 구원겁의 연원을 가져왔음에도, 모두가 불교세계로 포용됨으로써, 불교화되는 것이 당연한 일이다. 특히 그 가운데의 동물상과 인간상, 주악상과 조류상 등이 비록 탁이하지만,[133] 그것 역시 그 연원을 가졌으면서도 불교세계로 포용됨으로써, 모두 불교화되는 것이 필연적인 귀결

---

131) 전영래, 「향로의 기원과 형식 변천」, 『백제연구』, 충남대학교 백제연구소, 1995, pp.51～59.
　　 서정록, 앞의 책, pp.194～199 등 참조.
132) 전영래, 앞의 논문, p.61.
133) 윤무병, 앞의 논문, pp.13～17.
　　 조용중, 앞의 논문, pp.134～136.
　　 송방송, 「백제악기의 음악사적 조명」, 『백제금동대향로』, p.35 등 참조.

이다. 이와 같이 다양한 문물이 각기 연원을 유지하면서도 연화봉형 연화장세계에 수용·정착됨으로써, 그 이전·이외의 세계로 되돌아 갈 수 없는 것은 물론이다.134) 나아가 이 박산형에서 고유신앙·신령세계 내지 무속신앙 등을 무리하게 탐색하거나135) 오행사상을 유추하고, 신선신앙·도교사상을 억지로 재구하여 냈지만, 실제로는 확실한 근거가 없다는 것이다. 설사 이런 신앙·사상체계가 사실이라 하더라도, 그것들이 일단 이상적 불교세계, 연화장세계 속에 유입·융합되었기에, 이미 연원적으로 복귀할 수 없는 것은 물론이다.

다섯째, 성조형 극락조의 연원적 소재에 대해서다. 원래 조류가 어떤 사물의 정상에 앉아 그 성격과 기능을 보이는 조형은 그 연원이 유구하고, 그런 조류문화는 널리 유통·전승되어 왔다. 이런 조류신앙의 연원을 추적하면서136) 대체로 그 정상의 조류가 봉황이라는 데에 의견을 모으고137) 있는 것 같다. 그러나 중국의 한 학자는 이 조류에는 봉황의 특성이 없다면서, 그것이 천계일 가능성을 시사하였다.138) 기실 고금의 문물에서 특이한 새, 정상에 위치한 조류만 보면 모두 봉황이라고 속단하는 것은 재고할 여지가 있고, 또한 이를 천계라고 새롭게 주장하지만 타당성이 부족한 것이 사실이다. 여기서 이 정상의 조류가 어떠한 연원을 가졌다 하더라도, 이 백제대향로가 이를 수용·융합하여 성조형 극락조

---

134) 서정록, 앞의 책(pp.271~298)에서 이 백제대향로의 박산형에서 잡다한 문화를 추출하여 연원적으로 탐색·귀속시킴으로써 불교와는 무관한 점을 강조한다.
135) 서정록, 앞의 책, p.274, 279 참조.
136) 서정록, 앞의 책, pp.43~52 참조.
137) 윤무병, 앞의 논문, p.13.
    최병헌, 앞의 논문, p.97.
    박경은, 「박산향로의 승선도상 연구」, 『백제금동대향로』, p.170, 181 등 참조.
138) 본옥성, 「백제의 금동대향로에 대한 새로운 해석」, 『백제금동대향로』, p.85.
    조용중, 앞의 논문, p.143 등 참조.

로 조형화한 것이므로, 이제는 그 원형에로 귀속될 수는 없다는 것이다.

이와 같이 백제대향로는 그 다양하고 복잡한 연원적 소재를 망라·조정하고 창조적으로 집성하여 전무후무한 세기적 명품으로 조성됨으로써, 국보 중의 국보로서 세계적 정상에 좌정하였다. 이 백제대향로는 백제의 왕실과 불교계, 그리고 미술·공예계의 천재적 능력과 신앙적 정성, 대중적 소망 등에 의하여 창출된 불후의 명품으로서, 불교신앙사와 불교예술사, 불교문화사상에 찬연히 빛날 것이다.

2) 불교신앙사적 위치

이 백제대향로는 불교신앙사상에서 중요한 위치를 보유하고 있다. 기실 이 향로는 백제의 불교사상을 기반으로 하여 조성된 공업이요, 그 불교신앙의 추진력에 의하여 생산된 명품이다. 그리고 이 향로는 불교의례의 발전과 고도화에 따라서 형성된 최고의 공양구요, 고금 향로사에서 비교 대상이 없는 불후의 걸작이다.

첫째, 불교사상적 기반에 대해서다. 전술한 대로 이 백제대향로는 그 불교사상의 산물이다. 그러기에 이 향로는 당시 백제불교사상을 집약하고 있다. 따라서 이 향로는 그때의 불교사상을 상징·대변하고 있는 터다. 그래서 이 향로의 불교사상적 조명을 통하여, 그 사상적 실상을 재구해 낼 수가 있다는 것이다. 위에서 지적한 대로 이 향로에는 법화사상·정토사상·화엄사상 등이 깃들어 있기 때문이다.

둘째, 불교신앙적 추진력과 그 반영에 대해서다. 기실 이 향로는 당시 왕과 왕실의 간절한 발원과 불교계 승·속간의 절실한 염원에 의하여 산출된 것이다. 그러기에 이 향로는 그런 발원과 염원을 그대로 반영하고 있는 것이 사실이다. 따라서 이 향로의 조성동기와 배경, 제작과정을 전제하고, 그 정교·신묘한 모양을 통하여 당시의 신앙적 실상을 역사적으로 파악할 수가 있다.

셋째, 불교의례의 발전과 고도화에 따른 향로의 활용도에 대해서다. 그 봉불·숭불과 예불의례가 그만큼 발전하고 고도화되니, 왕실과 불교계의 소망이 가장 거룩한 향화공양에 상응하는 최고의 향로를 만들게 되었다. 그래서 이 향로는 그 당시의 불교의례가 최고조에 이르렀던 사실을 잘 반영·증언하고 있다. 그러기에 이 향로를 통하여 그때의 의례적 실상과 진행상황을 유추해 볼 수가 있겠다. 여기서 이 향로가 제작된 의례사적 필연성과 함께 그 의례사적 위상을 추적할 수가 있는 터다.

넷째, 그 향로사에서 차지하는 좌표에 대해서다. 이 향로는 그 이전의 향로 전체를 집성하고 여기에다 당시의 지혜와 기예를 총동원하고 일체 성심을 집중시켜 조성한 무상의 절품이다. 그러기에 이 백제대향로는 동북아 불교권의 어떤 향로들과 비교해도 가장 빼어난 것이라 하겠다. 저 인도나 중국, 일본 등지의 향로들이 거의 다 발굴·조사되어 그 실체를 보여 주고,[139] 그 구조·형태나 표현·양식에서 각기 높은 가치를 공인받고 있는 것은 사실이다. 그렇지만 이 백제대향로는 그 기발·신묘한 조형미와 함께 불교의 사상세계를 완벽하게 부각시킨 점에서 타의 추종을 불허하는 터다. 따라서 이 향로야말로 전무후무한 불보요 국보로 자리매김한 것이었다. 그러기에 이 향로를 중심으로 그 전후의 맥락을 잡아서 백제향로사를 체계화할 수 있다는 것이다.

---

139) 전영래, 앞의 논문, pp.49~53.
　　서정록, 앞의 논문, pp.236~240 등 참조.

3) 예술사적 위상

이 백제대향로는 보면 볼수록 신묘한 예술세계를 내함하여 그 향기를 항상 풍기고 있다. 거기에는 정말 문학의 세계가 흐르고 있다. 이런 세계를 정묘한 미술·공예의 세계가 고정시켜서 생동화하고 있는 게 사실이다. 더구나 거기에는 음악의 세계가 향기롭게 넘쳐서, 무용의 세계와 만나 조화를 이룬다. 마침내 이 모든 것들이 종합·연행되어 실로 연극의 세계를 연출하고 있는 것이다.

첫째, 이 향로의 문학세계에 대해서다. 이 향로의 전체를 멀리서 조감하면, 먼저 신화가 향연처럼 풍겨 나온다. 그 신화는 이미 시와 소설·희곡 등을 잉태하여 해산하듯이 분출하는 것이다. 우선 이런 향로를 두고 역대 시인들이 일찍부터 시를 써냈다는 사실이다. 중국 남북조시대부터 '박산노부'나 '동박산향로부' 등이 제작되어[140] 그 유통이 삼국·백제에까지 미쳤으리라는 점이다. 기실 이런 시를 근간으로 그 신화의 세계를 허구적으로 엮어 보면, 그대로가 소설의 세계가 전개된다. 이러한 소설적 서사문맥이 신화적 공연을 전제로 희곡화되는 것은 자연스러운 일이다. 실제로 이 백제대향로의 역사적 배경은 왕실과 국가의 비극이 도사리고 있었다. 이 비극적 사실을 함축하고 침묵하는 이 향로는 실로 희곡·연극을 폭약처럼 껴안고 연행의 앞날을 응시하며 문학사 앞에 서 있는 것이다.

둘째, 이 향로의 미술세계에 대해서다. 이 향로는 크게 보면 예술·미학의 건축이요 금자탑이다. 거기에는 정교한 조각과 함께 입체적 부조와 생동하는 회화가 넘실거린다. 넓고 맑아 검푸른 법해 위에 호법 대룡이 우주와 같은 연화를 물고 모든 용과 연화를 거느렸고, 그 향기로운 연화

---

140) 윤무병, 앞의 논문, p.40.

위에 향운이 너울거려 바람과 만나 바다를 내려 보며, 그 위에는 연화봉이 만첩하여 초목·화원을 무릉도원처럼 꾸미고 있기 때문이다. 그 위에 각종 새들이 날아 들고 정상의 극락조는 의기양양하게 나래를 펴서 장관을 이루니 진정 멋들어진 회화의 세계가 아닌가. 이 미술의 세계를 응축시켜 보배 중의 보배로 조성해 내니, 이것이 바로 불교공예, 백제금동대향로로 출세하였다. 이른바 불세출의 명작으로 솟아 오른 것이다. 여기서 바로 이 향로는 백제의 불교미술사를 홀로 감당하고 있는 터다. 실력있는 안목을 가지고 지혜롭고 날카롭게 분석·종합하면, 족히 이 향로를 전거로 하는 미술사가 체계화될 수 있기 때문이다.

셋째, 이 향로의 악무세계에 대해서다. 실제로 이 향로에서는 입체적인 음악이 저절로 솟아난다. 가능한 한 청정한 귀를 기울이면, 우선 용음과 해조음이 들리고 중첩된 연화엽 아래 태·란·습·화 사생의 소리, 각종 금수의 소리 등이 조화를 이룬 가운데, 무량 제조의 공명 소리와 이를 대표하는 5종 조류의 청아한 노랫소리가 정상의 극락조를 향하여 울려 퍼진다. 여기에 천악을 대신하는 5종 악사의 주악이 울려 조화를 이루니, 가위 불국정토 연화장세계의 극락음악이 우주적으로 퍼져 나간다. 여기에 화룡점정·금상첨화로 극락조, 가릉빈가의 범음·법음·보음이 최고 절정을 이룩하니, 시방 천하에 이보다 더 높은 음악은 다시없다. 이로써 이 백제대향로는 백제의 불교음악을 실증·반영하고 있는 것이 분명한 터다. 이런 음악적 사실과 현장을 통하여 백제의 불교음악사 내지 일반음악사를 거론·정리하는 작업이 진행되는 것은[141] 당연한 일이다. 이러한 음악은 필연적으로 무용을 끌어들이게 마련이었다. 이 향로에서 그 무용은 매우 상징적일 수밖에 없다. 기실 천악이나 극락음악이

---

141) 송방송, 앞의 논문, pp.32~35.

흐르면 자연히 천무나 극락무가 따르는 것은 당연한 이치이기 때문이다. 이 향로에서 반용의 용트림이나 일렁이는 바다 물결, 중첩된 연화엽의 흔들림, 그 사생의 생동, 유운과 향운의 율동적 흐름새, 연화봉 속의 괴기·희귀한 금수와 인간들의 약동하는 몸짓 등이 그 무용으로써 음악과 조화를 이룬다. 더구나 그 연화의 봉우리에 앉은 5종 조류의 다양한 면모는 가창과 무용을 겸하는 듯하고, 최고 정상에서 머리를 쳐들고 날개를 벌린 채 꼬리를 휘날리는 극락조, 가릉빈가의 모습은 분명 가무를 실연하는 것 같다. 이로써 이 향로에서는 백제의 불교음악사·일반음악사에 동반되는 불교무용사·일반무용사를 유추·정리할 수 있는 여지가 발견된다.

넷째, 이 향로의 연극세계에 대해서다. 원래 이 향로가 표상하고 있는 극락정토 연화장세계는 불보살과 인간 중생들이 벌이는 장엄하고 즐거운 연극세계라고 본다. 불교와 인생이 온통 연극이라 강조하면서, 모든 대승경전들이 그 소설·희곡적 작품세계로써 그 연극적 실상을 증언하고 있기 때문이다. 이런 관점에서 위 향로에 내함된 문학·희곡과 미술, 음악·무용의 세계를 유기적으로 종합·실연하면, 그대로가 연극의 세계가 조성·전개되는 것이다. 실제로 이 향로에 새겨진 모든 형상들을 역동적 생명체로 재활시키면, 그 존재들 전체가 삼법인의 법리 속에서 극락을 마음껏 누리는 생활의 연극을 벌이고 있기 때문이다. 따라서 이 향로의 연극세계는 광대하고 다양하게 전개될 수밖에 없다. 더구나 이 향로의 배경사실이 이런 연극을 비극적으로 심화시키고 역사적으로 실증하고 있는 게 사실이다. 따라서 이 향로의 연극세계는 당시의 연극형태와 장르성향을 반영하는 것이 당연한 일이었다. 그렇다면 이 연극형태는 적어도 가창 중심의 가창극과 가무 중심의 가무극, 강창 중심의 강창극, 대화 중심의 대화극, 위 장르의 요소들이 혼용된 잡합극 등으로 분화·전개될 수가 있겠다. 따라서 이 향로의 연극 세계와 그 장르는 백제의 불교연극사 내지 일반연극사를 유추·체계화할 수 있는 전거가 되리라 본다.

5. 결론

이상과 같이 백제금동대향로의 제반 문제를 불교문화학적 방법으로, 그 조성 경위와 불교문화적 실상, 그 문화사적 위상 등에 걸쳐 고찰하였다. 지금까지 논의해 온 것을 요약하면 다음과 같다.

1) 백제대향로의 조성 경위를 검토하였다. 먼저 이 백제대향로를 조성한 주체는 위덕왕을 중심으로 하는 그 측근과 당대의 고승·대덕 그리고 공예가들과 신불대중이었다. 이 위덕왕은 희대의 숭불주로서 그 측근이 또한 신불하니, 왕실의 존숭과 신임을 받는 고승·대덕들이 앞장서서 신불하는 공예가들을 맞이하고, 신불 대중이 이에 호응함으로써 이 대작 불사가 이룩되었다. 따라서 이 숭불하는 주체들이 이 향로를 조성한 동기는 숭불제의나 불공의례에서 향화공양을 중시하며, 백제 왕릉을 수호·추선하는 예불의식에서 향화공양을 획기적으로 강화시키려고, 가장 거룩한 향로를 조성하였다. 그 주체들은 이 향로를 불보살의 상징으로 숭앙하고, 독실한 불심으로 신념하면서 불공과정의 최상 헌공으로 삼아 지성껏 제작하였다.

따라서 이 향로의 조성을 뒷받침하고 추진하는 배경과 역량이 충족되었다. 당대의 불교사상사와 함께, 불교문화사와 불교예술사 내지 불교미술사의 배경이 튼튼하였고, 이 불사를 추진하는 제반 요건을 충족시키는 역량이 궁중·왕실과 불교계를 통하여 충분히 공급되었다. 그러기에 그 조성의 과정이 여법하고 정중하게 진행되었다. 그 모색과정에서 왕실 대표와 불교계의 고승·대덕들이 이 향로의 이상적 구도와 신앙·사상적 주제를 설정·설계하는 데는 발원대법회가 열려 불보살과 왕의 감응·공감을 얻었다. 이어 전문 공예가를 불러 설계도와 모형을 제작케 하고, 승속의 기도·성원으로 이를 완성하니, 왕실과 불교계가 경찬대법회를 열어 원만한 회향을 보았다.

2) 이 백제대향로의 불교문화적 실상을 부분별로 고찰하였다. 이 향로는 그 구조와 형태, 양식과 문양 등에서 불교계 공예품의 제반 요건·요소들을 철저히 완비함으로써, 불교적 문화유산으로서 완벽한 것이었다. 우선 이 향로는 한 마리의 반용이 용트림으로 머리를 들고 중첩된 앙련 연화대의 줄기를 물어 올림으로써, 그 기반을 이룬다. 이 용은 숭불용이요 호법용으로서 그 불교경전·사상이 불교문화·예술·미술 등에 수용됨으로써 불교화된 것이 확실하였다. 그 위에 전개된 중첩형 연화대는 불교계에 보편화된 연화문화·예술·미술 등을 응축·표상하여, 이 향로의 불교적 기반과 특성을 확고히 보장하고 있었다. 이어 한 쌍의 유운문대가 그 연화대의 주위를 들러리 하니, 그것은 불교계의 법운이요 광명운대로서, 그 위의 이상적 불교세계와 연화대를 구분·연결하는 불교적 매개체임이 분명하였다.

따라서 그 위에 건설된 불교적 이상세계는 바로 연화봉형 극락정토 연화장세계였으니, 이것은 정토신앙·법화사상, 화엄사상으로 이룩되어 우주법계·삼라만상을 포용함으로써 항상 무량수·무량광의 화염을 정상으로 솟아 올리면서, 영원한 열반의 세계를 성취하였다. 마침내 이 향로의 정상에 불교의 성조, 극락조가 정좌하여 미성·묘음, 법성·법음 등 최상의 소리로, 연화장세계의 무량 중조들과 함께 여러 악사들의 주악에 맞추어 무량·무상한 불법세계의 영광과 영원한 행복을 공명·찬탄할 뿐이었다. 이로써 이 백제대향로는 완전·무쌍한 불교계의 전형적인 국보요 세계적인 공예품으로 불후의 진가를 공인 받고 부동의 위치를 확보하였다.

3) 이 백제대향로의 문화사적 위상을 파악하였다. 먼저 이 향로의 조성 이전·이외의 소재적 연원을 검토·추적하여, 그 유구한 역사성과 광범한 연관성을 확인하였다. 이 향로는 단신형 반용이나 중첩형 연화대, 쌍대형 유운문, 연화봉형 연화장세계, 성조형 극락조 등이 필연적인 전통과 필수적인 융합에 의하여 창조적 명품으로 집성·산출된 것이었다. 그래서 이 향로는 백제불교신앙사상에서 중요한 위치를 보유하여 왔다. 이것은 백제의 불교사상을 기반으로 조성되고, 불교신앙의 추진력에 의하여 생산된 명품으로 자리하였다. 그리고 이 향로는 불교의례의 발전과 고도화에 따라서 형성된 최고의 공양구요, 고금 향로사에서 불교적 특성을 가장 잘 나타낸 불후의 걸작으로 자리매김하였다.

나아가 이 백제대향로는 신묘한 예술세계를 내함하여 그 향기를 항상 풍기고 있었다. 거기에는 문학의 세계가 흐르고, 그 세계를 정묘한 미술·공예의 세계가 고정·미화시킴으로써 생동하는 것이었다. 그리고 거기서는 음악의 세계가 향기롭게 넘쳐서 무용의 세계와 조화를 이루었다. 그래서 이 모든 것들이 종합·연행되어 연극의 세계를 연출하였다. 그리하여 이 향로는 불교예술사상의 위상을 확보함으로써, 만고에 길이 빛났던 것이다. 나아가 이 향로는 불교문화사에서 확고한 위상을 유지함으로써, 백제 문화사의 알찬 중심·주축으로서 지대한 영향을 미쳤던 것이다.

백제계 불교미술의 문화적 실상

1. 서론

자고로 미술과 문학은 '一如'의 관계를 유지하여 온 게 사실이다. 언제나 하나의 사상·정감을 시각예술과 언어예술로 구상화하는 데서 미술과 문학이 나누어질 뿐, 미술이 바로 문학화되고 문학이 또한 미술화되는 게 상례이기 때문이다.[1] 그러기에 미술작품에서 문학작품을 탐색·재구해 내고, 나아가 문학작품에 근거하여 미술작품을 설계·조성하여 온 것은 당연한 일이었다.

잘 알려진 대로 고대의 신앙·제의에서 빚어진 유물·미술품들은 그 시대의 신화를 반영하고 있거니와, 적어도 희랍·로마나 중세 서구의 각종 미술품들이 그 시대의 신화·문학을 토대로 조형화되고, 나아가 인도나 중국의 각종 불교미술들이 그 불전문학을 대본으로 형상화되었던 것

---

[1] 마리오 프라즈, 『문학과 미술의 만남』(임철규 역), 연세대학교 출판부, 1986.

이다. 따라서 한국의 고대미술이나 불교미술들이 모두 그만한 문학세계를 기본으로 작품화된 것은 자연스러운 현상이라 하겠다. 그래서 이러한 미술작품들을 통하여 그 해당 문학작품을 해석·재구해 낼 수가 있겠다. 동·서를 막론하고 문학사를 탐색해가는 마당에서 이미 인멸된 문학작품을 해당 미술품에서 발견·복원해 내는 사례가 허다하기 때문이다.

일찍이 고대의 유물·미술품에서 신화를 찾아내는 신화학이 개발되었거니와, 서구의 신화학자·문학자들은 희랍·로마나 고대 서구의 미술품을 통하여 그 시대의 신화와 문학을 발굴·재구하고 분석·검증하여 왔다.[2] 그리고 인도나 중국의 불교미술을 근거하여 불전문학·불교문학을 발견·복원한 업적이 나온 게 사실이다.[3] 그런데도 이런 업적은 동양미술사의 입장에서 해당 미술작품을 해석하는 방편으로 해석·논의한 것이지, 그 문학작품을 탐색하거나 문학사를 보완·논의하기 위한 것은 아니었다. 한국에서도 지헌영이 향가와 신라의 조형미술을 대비시켜 논의한 바가 있고,[4] 김열규가 신화학적 방법으로 백제신화를 재구하는 등 문학연구에 미술사적 방법론을 적용하기 시작했던 것이다.[5] 그럼에도 고전작품을 복원하거나 문학사를 보완·기술하는 데에 미술품 내지 미술사를 본격적으로 활용한 업적은 아직 나오지 않은 것 같다. 특히 찬란한 한국의 불교미술을 통하여 문학론·문학사론에 이바지한 논고가 보이지 않는 것은 실로 안타까운 일이다. 겨우 필자가「무령왕릉 문물의 서사적 구조」에서 그 문물을 불교미술의 유기적 조형물로 보고[6] 거기서

---

2) H.J. 윗치슬러,『희랍·로마신화』(이기현 역), 여원사, 1960 참조.
3) 金維諾,「佛教壁畵內容研究」,『中國美術史論集』, 明文書局, 1984.
4) 지헌영,「'次肹伊遣'에 대하여, -悼亡妹歌의 解讀을 圍繞하고」(『향가여요의 제문제』, 태학사, 1991, p.44)에서 '우리는 불국사의 삼층석탑이 보이고 있는 조형양식과 三章六句 詞腦사이에서 동질적인 시대정신을 파악할 수 있을 것 같다'라고 하였다.
5) 김열규,「백제신화론」,『백제연구』제20집, 충남대학교 백제연구소, 1989.
6) 사재동,「무령왕릉문물의 서사적 구조」,『백제연구』제12집, 충남대학교 백제연구소,

≪관무량수경≫의 문학세계와 백제의 정토문학을 재구하려는 데 그치고 만 셈이었다.

실제로 한국의 미술사와 문학사는 고대로부터 유기적 관계를 가지고 성실하게 형성·전개되어 왔다. 다만 미술사는 그 고정성과 실체성에 의하여 현존하는 작품들로 거의 완벽한 계통을 이루고 있는 반면, 문학사는 그 유동성과 무형성에 따라 고대로 소급될수록 작품들이 인멸되어 불완·공백의 계맥을 유지하고 있을 따름이다. 여기서 한국고전문학은 그 파손·소멸된 작품들을 재구·복원하여 그 문학적 실상과 함께 문학사적 위상을 추정·정리하는 데에 미술사적 방법론을 적용해야만 된다. 이러한 방법론의 활용은 실로 과학적 타당성과 논리적 당위성을 겸유하여 그 성과가 기대되는 게 너무도 당연하다. 우선 이런 방법론적 검증은 불교미술에 함장된 불교문화·문학을 탐색하는 데에서 본격화하기로 한다. 전술한 대로 불교미술이 건축·회화·조각·공예 등에서 그만큼 완벽하게 불교문화·문학을 조형화하고, 비교적 완전하게 현존하고 있기 때문이다.

이렇게 다양한 불교미술 가운데서 근년에 학계에 알려진 충남 연기지방의 석조불상을 중심으로 그 문화·문학적 성향을 고찰해 나가기로 하겠다. 이 석조불상들이 실로 불교미술의 핵심·주류를 이루면서 그만한 논의를 족히 뒷받침할 입체적 실상을 유지하고 있기 때문이다. 이 불상들은 백제 말기에 조성되어 연기지방에서 유전되다가 뒤늦게 발굴·조사되어 연구대상으로 떠오른 것은 참으로 획기적인 일이었다. 찬란했던 백제문화가 파기·소멸되어 그 면모를 찾아보기 어려운 현실에서, 이 불상들은 백제 말기를 중심으로 전후의 불교문화사를 종합적으로 고구할

1981 참조.

수 있는 뚜렷한 근거가 될 것이다. 이 석상들에 대하여 과학적인 방법을 유효하게 적용하기만 한다면, 거기에서 고고미술사 뿐만 아니라, 음악·연예사, 종교·사상사, 예의·윤리사, 문자·문장사, 나아가 불교문학사 등의 중요한 부분을 유추·복원해 낼 수가 있겠기 때문이다. 이렇게 소중한 석상들이 발굴·보고된 것은 천만다행한 일이며, 그것들이 국가적으로 보호·관리되고 나아가 국보·보물 등으로 지정·선양되고 있는 것은 당연한 처사라 하겠다. 우선 황수영에 의하여 발굴·수습된 이 석상들의 전모를 살펴보면 다음과 같다.

① 癸酉銘全氏阿彌陀佛三尊石佛(국보 제106호) 연기군 전의면 다방리 비암사소재, 국립박물관 소장.
② 己丑銘阿彌陀佛及諸佛菩薩石像(보물 제367호) 同上.
③ 彌勒半跏思惟石像(보물 제368호) 同上.
④ 正安面三尊石佛(보물급) 공주군 정안면 평정리 김동길 보관, 동국대학교박물관 소장.
⑤ 戊寅銘四面石像(보물급) 연기군 서면 월하리 소재, 국립박물관 소장.
⑥ 蓮花寺七尊石像(보물급) 同上
⑦ 瑞光庵三尊千佛碑像(국보 제108호) 연기군 조치원읍 서창동 서광암 소재, 국립박물관 소장.

이와 같은 석상들은 황수영의 「충남연기석상조사」에서 그 자료적 전모와 미술사적 구조형태가 대강 밝혀졌고,[7] 송방송의 『韓國古代音樂史研究』에서 극히 일부분이 자료로 활용되었을 뿐이다.[8] 이 석상들의 문화사적 가치와 연구상의 중요성에도 불구하고 아직도 별다른 연구와 업적이 드러나지 않는 것은 실로 궁금한 일이 아닐 수 없다. 삼국문화사 가

---

7) 황수영, 『한국불상의 연구』, 삼화출판사, 1981.
8) 송방송. 『한국고대음악사연구』, 일지사, 1985, pp.184~185.

운데 백제문화사가 그만큼 중대한 위치를 차지하고 있었던 것과는 반대로, 그 연구상에서는 공백기와 미개척 분야가 유독 현저한 현황에서, 이들 불상들의 종합과학적 연구는 학계의 긴요한 당면과제라고 보아진다.

여기서 각 분야의 전문가들이 이 불상들에 대한 분업적 정밀연구를 기대하거니와, 그 기초작업으로 이 석상들의 종교·사상적 계통과 불전적 배경을 검토하는 일이 소중하다고 생각된다. 역대의 어떤 불교조형물이든지 그것은 그 계통이 분명하고, 그 저본으로서 불전이 실존하기 때문이다. 그렇다면 이 불상들이 어떤 불경을 그 배경 내지 저본으로 했느냐 하는 것은 그것의 문화사적 종합검토에서 방향과 성격을 가늠하는 중요한 기준이 되리라 믿는다.

지금까지 검토된 바로도 이 석상들의 종교·사상적 계통은 대강 밝혀졌다고 본다. 말하자면 위 불상③이 미륵보살계이고 불상⑦이 석가불계라는 것이 분명하다면, 나머지 불상들은 모두 아미타불계라는 것이 확실해진다. 이로써 정토계 불상들이 주류를 이루고 있음은 확연해졌거니와, 이것들을 중심으로 그 배경·저본이 된 불전을 탐색하는 것이 순리적이라 하겠다.

이에 본고에서는 먼저 정토계 불상들의 구조형태를 개관하고, 다음 이것을 바탕으로 그 조형 저본이 된 불전을 구체적으로 탐색·고증하겠으며, 나아가 이 불상들이 백제문화사의 각 분야로 연구될 수 있는 가능성과 함께 불교문학적 실상을 파악하여 그 문화사적 위상을 어림해 보려고 한다.

이럴 경우 불교계의 모든 조형물들이 일단은 어느 종파, 어떤 불경에 근거하고 있다는 전제하에 서는 것이며, 따라서 이 정토계의 불상들이 그 종파의 어느 불경을 창조적으로 조형화했다는 관점에서, 그 탐색의 방법론을 적용할 수밖에 없겠다. 그러므로 우선 이 불상들의 구조형태를 전체적으로 간파하고, 나아가 그에 접근·해당되는 불경을 지목하여 그 상관성을 실제적으로 검증하는 길이 첩경일 것이다. 이런 방법론적 성과가 이 불상들을 문화사의 측면에서 분석·고찰하는 데에 타당하게 적용되리라 믿기 때문이다.

2. 석조불상의 구조형태

상술한 대로 위 정토계 불상들의 구조형태에 대해서는 황수영가 이미 미술사적으로 검증한 바가 있다.[9] 이를 바탕으로 하여 정토계 불상들의 구조형태를 재점검하되, 불상①을 중심으로 그와 직결된 여타의 불상② 내지 불상④·⑤·⑥ 등에 공통되는 정토세계적 구조 실상을 검토해 보겠다.

위 불상①의 구조형태는 대략 다음과 같이 고증되었다. 이 불상은 장방형 사면석 각면에 빈틈없이 조각되어 있는데 전면에 중점을 두었으며, 타삼면에는 이 전면을 보조하는 장엄으로 되어 있다. 그리고 소중한 명문을 갖추었는데 전면 하단에 주문이 있고, 측면과 후면에 걸쳐 기문이 새겨져 있다. 여기서 주목되는 것은 이 불상이 원래 옥개와 좌대를 갖추어 완벽한 별세계를 조성하고 있었다는 사실이다.

그 전면에는 대형의 주형광배를 지닌 군상이 조각되었는데 중앙에는 여래좌상이 연화대 위에 결가부좌하였고, 그 좌우에는 각각 1구씩의 보살입상과 인왕입상이 유경연화좌 위에 직립하였으며, 본존과 보살사이에 각 1구씩의 나한상의 상반신만 표현되어 있다. 이상의 칠존상의 전부는

---

9) 황수영, 앞의 논문, pp.144~166.

하부에서 大瓣重葉의 연화좌에 이중으로 실려 있으며, 연화좌와 각 상 사이에는 상대하는 장신의 사자 2두가 새겨져 있다. 본전의 두부는 肉髻 를 볼 수 있으며 통견으로서 흉부에는 卍자를 새겼다. 우수는 견부 가까 이 들었고 좌수는 흉하에 들었으며 법의는 방형대좌 앞으로 수하되었는 데, 여기에 어울리도록 상호가 원만했을 것은 사실이다. 인왕은 상반나 신에 집창·분노의 단구상이며 나한은 삭발하고 경문 같은 것을 들고 있다.

광배는 동시대의 금동상과 같이 원형두광에 연화와 화문대를 둘렀으 며, 신광은 화불오구와 화염문으로 장식되었다. 여기 주형광배에서, 그 외선을 돌아서 비천상을 좌우에 각 4구씩 새기고, 정상에 한 좌상이 있 어 양수로써 궁전형을 봉지하는 모양을 나타내고 있는 것은 특수한 양 식이라 하겠다. 그리고 전면 상단에 이르러 광배가 남겨 놓은 양우의 삼 각부분에는 인동문을 배치한 위에 작은 천궁을 받들고 비상하는 천인 각 1구씩을 상대시키고 있는데, 그 궁내에는 좌상 1구가 들어 있고, 그 大棟에는 鴟尾를 표현하였다. 그리하여 전면 전체는 원주로써 마련된 長 方龕內에 삼존불 중심의 군상을 봉안한 양식이 잘 표현되고 있다. 말하 자면 佛龕內에 光背具存의 禮拜尊像을 안치시킨 조형의사를 그 좌우 대 칭의 수법과 함께 효과적으로 부조시키고 있다는 것이다.

그 내측면에는 좌우 양단에 원주형을 표현하고 그 중간과 하단 가까 이에서 좌우대칭으로 파생하는 有莖開敷 蓮華座를 상하 2단 각 2개씩 4 좌를 만들었으며, 그 위에는 모든 동일 양식의 天部 奏樂像들이 꿇어 앉 아 있다. 그들은 重圈의 두광을 가졌고, 두상에 雙髻를 갖춘 上裸身에는 頸環을 걸었으며, 下半像으로서 그들은 각기 다른 악기로 腰·鼓·琴· 笛·笙·琵琶 등을 잡고 있다. 그리고 이 주악상 하단에서 각 1개의 용 형 두부가 전면을 향하여 표시되어 있는데, 이것은 아무래도 불상 석신의 좌대와 연결되어 전신을 표현했던 것이라 보아진다.

그 후면은 3조의 횡선대로서 4단으로 등분하여 각단마다 5구의 좌상을 병렬함으로써 도합 20구를 배치하였다. 각 상은 모두 동형이어서 寶珠形 두광을 가지고 흉부마다 卍자를 새기고는 양수는 袖中 拱手한 채 蓮華座 위에 정연하게 앉아 있다. 그리고 각 상 間地마다 좌상측에 1행으로 관명과 인명을 기각함으로써 해당 좌상의 소속·내력을 분명히 하였다.

이상 검토한 바로 볼 때, 이 불상①의 구조형태가 서방정토·극락세계를 조형화한 것임에 틀림이 없다. 이 점은 이미 황수영에 의해 고증된 바 이지만,[10] 이 불상의 명문을 보면 더욱 확실해진다. 그 명문은 磨損이 심한데 지금까지 판독·복원된 것만을 들면 다음과 같다.

전면에

全氏□□ 述況□□ 二兮□□ 同心敬造 阿彌陀佛像 觀音大世至像 大□道 □上爲□□願敬造□佛像 此□ 此石佛像 內外十方□ 十六□□(記刻行別·字徑 약 1cm)

측면 向右에

□□癸酉年四月十 □兮內末 □□□首 全氏道推 □發願敬 □供爲□弥次 乃□正乃未 全氏□□ □等□五十人 智識共 國王大臣 及七世父母含靈等 願敬造寺智識名(이상 上面 11행과 中央 1행) 達率身次願 眞武□ □□□□ 木 □□願(이상 각 주악상 側下에 각 1행씩 4행)

측면 向左에

---

10) 황수영, 앞의 논문, p.150.

歲次□□年 四月十五日爲敬造此石 諸□(이상 3행은 중앙부에 記刻)
□□□ 使眞公□ 太□□願 道作公願(이상 4행은 각 주악상 側下)

후면 각 단 向右像부터

제1단 : 上次內末 三久知乃末 □兎□願(상단 向右二像 不明)
제2단 : □□□願 夫信□大(이하 不明)
제3단 : 大乃末願 □久□願 惠信師
제4단 : □末乃末願 林□乃末願 惠明法師 □□道師(이하 1행 不明)

이러한 명문은 發願文·造像記의 성격을 띠고 있는 터라 하겠다. 이
명문은 사실기록으로서 중요할 뿐만 아니라, 그 문장자체로도 크게 주목
되는 것이라 보아진다.

먼저 전면의 명문에 의하면, 이 불상은 아미타불을 주존으로 삼고 그
좌우협시로서 관음·세지의 양 보살을 배치한 아미타삼존의 조상형태임
이 자명해진다. 그리고 양 측면의 명문에 따르면, 전씨를 중심으로 하는
승·속간의 발원자들이 국왕대신과 선망 부모의 극락왕생을 기원하려고
사원을 조영하고 불상을 조성한 사실까지 확인할 수가 있다. 덧붙여 후
면의 명문을 미루어 기명된 20위가 극락정토 연화좌에 화생하라는 염원
마저 짐작할 수가 있겠다.

이상과 같이 불상①은 극락정토의 主尊·補處를 비롯하여 극락향유의
실상을 주악상으로써 생동감있게 집약·표출하고, 나아가 피안의 영가
들이 극락세계 연화좌에 화생한 실례를 명시해 주기도 한다. 이로써 이
석상이 유기적으로 통일된 일련의 서사구조를 성취하여 거의 완벽한 극
락정토의 諸相을 변상적으로 조형화했다고 간주할 수가 있겠다.

이러한 극락정토의 구조형태를 보다 적극적으로 묘파하고 있는 것이

위에 든 불상②라 하겠다. 이 석상은 주형광배의 양식을 보이는 1枚石造로서 조각은 전면에만 있고 후면에 간략한 명문이 있어 특이하다. 이 불상은 군상조각인 것은 사실이나 타 석불과는 달리 圖像性을 지니고 있는 점이 주목된다. 먼저 이 불상의 하단에는 單瓣의 仰蓮座가 돌려 있으며, 그 위에 欄楯과 步階가 만들어졌고, 다시 그 위에 이르러 蓮池가 있어 波紋曲線으로써 수면을 표현하고 있다. 欄楯 위의 좌우단에는 蹲踞하는 사자 각 1두가 있으며, 步階 좌우에는 蓮華 위에 앉아 합장하는 각 1상이 있는데 그들은 娑婆靈駕의 蓮池化生을 표현한 것이라 보아진다.[11] 이 蓮池 중앙에서 한 大朶의 蓮華가 솟아났고 그곳에서 분기된 有莖 연화좌 위에 본존이 坐勢를 취하고 있다. 좌우의 각 상은 직립·정면인데, 좌우 대칭의 수법을 엄격히 지키고 있다.

이 불상을 보면 본존불이 蓮座 위에 결가부좌하였는데, 肉髻가 있고 통견의이며, 우수는 불명하고 좌수는 흉하에 들었는데, 흉부에 卍자를 새긴 것이 돋보인다. 두광은 원형으로서 蓮華文과 花文連珠帶가 돌려 있다. 본존 좌우의 양 보살은 장신에 원형연화두광을 가졌으며 보관·영락의 장엄구가 細刻되어 있다. 그 불보살 사이에는 나한 각 1구의 상반신이 표시되어 있고, 다시 보살 옆으로는 夜叉形 각 1상이 한 손을 들어 천궁을 봉지하고 있는데, 그 양식은 보살과 유사하다. 그리고 이 불상의 좌우 양단에는 인왕상 각 1구를 새겼는데, 그 모습은 불상①의 그것과 유사하다. 이들 불보살상이 본존좌상을 중심으로 나열된 그 상면에는 化佛 5구가 반원을 그리며 연화좌에 앉아 있으며, 다시 그 위로는 周線을 따라 化佛보다 더 큰 坐像 7구를 배치했는데, 그들은 과거 7불로 볼 수도 있겠다. 이들 化佛과 過去佛 사이의 間地에는 한 大樹의 枝葉이 菩提

---

11) 황수영, 앞의 논문, p.151.

樹처럼 표현되어 있고, 그것을 덮고 내려오는 連珠와 瓔珞文이 새겨져 있다.

이만한 구조형태라면, 그것이 극락정토의 諸相을 조형화하고 있다는 것은 보다 확실해진다. 이 점은 벌써 전문가의 고증이 있었고.[12] 또한 '此爲七世父母及宛子都□□　阿彌陀佛及諸佛菩薩像　敬造□□'라는 후면 명문이 있어 더욱 분명해진다. 일찍이 황수영은 이 석상을 분석·검토하고 그 圖像性에 착안하여 그것이 한 폭의 변상을 상대하는 것과 같다고 탁견을 보인 바가 있다. 그것은 실로 창조적으로 집약·조성한 정토변상 그 자체로 보아 무방할 터이다. 그는 이어서 '그것은 마치 ≪阿彌陀經≫에 보이는 극락정토의 장면을 그대로 石面 위에 조각시킨 것과도 같다고 지적하기도 했다. 그의 전문가적 지적이 일리가 있는 것은 사실이나, 좀더 적극적인 차원에서는 ≪觀無量壽經≫(이하 觀經)에 나타나는 정토세계와 결부시키는 것이 보다 적절하리라고 믿는다.

위와 같이 불상①·②는 극락정토의 이상세계를 거의 완벽하게 드러내고 있다. 게다가 불상④·⑤·⑥마저 그 극락정토를 조형화하고 있는 것이 실증됨으로써, 이에 가세하게 되었다. 일찍이 황수영이 위 불상들을 일일이 고증하면서 그 당시의 정토신앙에 바탕을 두고 일련의 불상미술이 조성되었다고[13] 시사한 바가 있거니와, 이런 현상은 백제시대 내지 그 舊疆地域의 신앙·예술·문학 등이 역사적으로 전개되는 과정에서 드러낸 유기적 상관성을 검토하는데 중요한 근거가 되어 준다고 하겠다. 이런 정토계의 제반 문화현상이 당대의 석가본존 내지 미륵신앙과 대응·조화를 이루어 온 것은 사실이지만, 그것이 백제시대와 그 이후의 해당 지역에서 중심 세력을 유지하면서 상하 민중의 신앙문화로 전개된

---

12) 황수영, 앞의 논문, p.151.
13) 황수영, 앞의 논문, pp.158~162.

터라 추정된다. 필자가 고증한 바 무령왕릉 문물의 전체 구조가 ≪觀經≫
의 극락정토를 조형화했다는 사실을 결부시켜 볼 때,[14] 그 전통·맥락
이 보다 분명하게 부각되는 터라 하겠다. 이로써 전게한 불상을 중심으
로 하는 백제와 그 유민의 불교문화·문학이 장엄·찬란한 극락정토를
입체적으로 창조·구성함으로써, 다른 문화·문학형태들과 상관성을 유
지해 왔다는 것이 확증된 셈이라 하겠다.

3. 석조불상의 저본 불경

이 정토계 불상들이 대체로 정토삼부경에서 설파하고 있는 극락세계
를 바탕으로 조성되었다고 보는 것은 당연하다. 그런데 이 극락정토의
조형물을 문화사적으로 해석·복원하기 위해서는 그것이 구체적으로 어
떠한 불경을 기반으로 했는가를 검증해야만 된다. 정토삼부경이 모두 문
화·문학의 극치경을 내함하고 있다는 것은 주지된 사실이지만, 이 불경
들은 각기 그 경향과 특성을 달리하고 있기 때문이다.

전술한 대로 황수영은 주로 불상②를 두고, '그것은 마치 ≪阿彌陀經≫
에 보이는 극락정토의 장면을 그대로 石面 위에 조각시킨 것 같다'면서
그 경의 다음과 같은 一節을 연상케 한다고 하였다.[15]

極樂國土 七重欄楯 七重羅綱 七重行樹 皆是四寶 周帀圍繞 是故其國 名曰
極樂國土 有七寶池 八功德水 充滿其中 池底純金 以金沙布地 四邊階道 金銀榴
璃玻瓈合成 上有樓閣…池中蓮華 大如車輪 靑色靑光 黃色黃光 赤色赤光 白色
白光 微妙香潔 極樂國土 成就如是 功德莊嚴

---

14) 사재동, 「무령왕릉문물의 서사적 구조」, p.15.
15) 황수영, 앞의 논문, pp.151~152.

이 대목이 보편적으로 극락세계를 묘사하고 있는 것은 사실이나, 위에
든 불상들의 극락정토를 표출하는 데에는 미흡한 바가 있다. 기실 이 대
목은 ≪阿彌陀經≫에서 '寶樹·蓮花'를 나타낸 유일한 사례이거니와, 그
밖에는 여기 극락정토와 직접 결부된 사물이 드러나 있지 않기 때문이
다. 이로써 ≪阿彌陀經≫이 위 불상들의 직접적인 저본이 되지 않았으리
라는 것은 쉽사리 추정되는 터다.

그렇다면 이 불상들이 ≪無量壽經≫과는 어떠한 관계를 가졌는가 검
토할 필요가 있겠다. 실로 ≪無量壽經≫이 일반적으로 극락세계의 장엄
과 왕생영험을 화려·찬란하게 묘파하고 있는 것은 사실이지만, 위 불상
들과 직접 관련된 부분은 찾아보기 어렵다. 이 불경에서 무량수불국의
보살을 들먹이는 가운데

　　彼國菩薩 皆當究竟 一生補處 除其本願 爲衆生故…有二菩薩 最尊第一 威神
　　光明 普照三千 大千世界 彼二菩薩 其號云何 佛言一名觀世音 二名大勢至 是二
　　菩薩 於此國土 修菩薩行 命終轉化 生彼佛國

이라고 한 것이 여기 불상들과 관련된 유일한 대목이다. 이 대목에서조
차 본존불을 내세우지 않은 채 兩位補處만 소극적으로 등장시켰을 뿐이
다. 이와 같은 관련성 이외에 이렇다 할 상관성이 드러나지 않을진대,
≪無量壽經≫이 위불상들의 직접적인 저본으로 활용되지 않았을 것은
자명한 일이다.

이제 이 불상들과 ≪觀經≫의 관계가 주목된다. 전술한 바와 같이 ≪觀
經≫은 전체적으로 위 불상들과 직결되어 있음을 확인할 수가 있기 때
문이다. 말하자면 이 불상들은 ≪觀經≫의 세계를 특징적으로 집약·표
출하고 있다는 것이다. 그렇다면 이 불상들에 나타난 몇가지 요건을 들

어 ≪觀經≫의 그것과 대비시켜 보기로 하겠다.

첫째, 이 불상들은 온통 연화세계를 바탕으로 이룩되어 있다는 것이다. 이것은 전체적으로 대형 蓮瓣에 받들려 있는 데다 불보살의 광배도 대체로 연화문이요 거기에 등장하는 모든 불보살이나 여타의 존재들이 한결같이 연화좌에 좌정하고 있는 실정이다. 물론 연화 장엄이 일반적으로 불보살의 세계를 상징·표현하고 있는 것은 사실이지만, 적어도 이 불상들이 연화 일색으로 장엄되어 있는 것은 ≪觀經≫과의 관계에 있어 심상치 않은 점이라 하겠다.

≪觀經≫에 있어 연화장엄은 극락정토를 조성하는 중심적 기반이라고 보아진다. ≪觀經≫의 전 16관 중에서 제5관부터 무수한 칠보연화의 이야기가 시작되어 제7관에서 무상극치의 무량진보의 연화대로 연결된다. 제8관에서는 본존불의 일대 연화좌를 전제한 다음에

更作一大蓮華 在佛左邊 如前蓮華 等無有異 復作一大蓮華 在佛右邊 想一觀
世音菩薩像 坐左華座 亦放金光 如前無異 想一大勢至菩薩像 左右華座…復有
三蓮華 諸蓮華上 各有一佛二菩薩像

이라고 연화좌를 강조하면서, 제12관에서는 무량진수의 삼존불을 상정하여

分身無量壽佛 分身觀世音 大勢至 皆悉雲集 極樂國土 側塞空中 坐蓮華座
演說妙法 度苦衆生

이라고 연화좌의 장엄을 확대·부연하고 있다. 제12관에서는 극락세계 연화중에 나서 결가부좌하고 '蓮華合想·蓮華開想'을 지으라고 설파한 후에는, 바로 구품연화세계로 연결된다. 이 세계에서는 제불보살이 연화

대에 좌정한 것은 물론 사바세계 영가들이 단계적으로 왕생·화생할 때에는 반드시 연화좌에 오르도록 마련해 놓은 것이다. 이렇게 볼 때, 위 불상들에 나타난 연화일색의 장엄은 ≪觀經≫의 연화세계를 창조적으로 조형화한 것이라 하겠다. 실제적으로 이 조형물과 그 저본 불경 사이의 친연성을 확인할 수 있기 때문이다.

둘째, 이 불상들이 삼존불의 권능과 화불·장엄을 보다 적극적으로 부각시키고 있다는 것이다. 전술한 바와 같이 이 불상들의 구조적 핵심은 그 삼존불을 강화·표출한 데에 있다. 삼존불은 중심부에 위치하여 그 크기와 입체감이 뛰어날 뿐만 아니라, 그 장중한 자세와 무상정각자로서의 자비 원만상이 그 무량한 권능을 제대로 입증해 주고 있다. 게다가 본존 아미타불은 광배와 두광으로부터 무량광불로서의 위신력을 드러내고, 간요하고 안정된 화불·장엄이 오히려 경건한 분위기를 자아낸다. 그리고 관세음·대세지보살은 좌우보처의 권능대로 광배와 두광부터 화려하고 寶冠·化佛이 찬란하며, 그 유장하고 부드러운 의상에 갖가지 보주와 영락이 치렁치렁하게 장엄되어 그 聖容은 본존을 둘러싸고 거룩하기만 하다.

≪觀經≫에 있어 삼존불의 권능과 화불·장엄은 위 불상들의 그것을 그대로 뒷받침한다고 보아진다. 실로 삼존불의 그것이 바로 ≪觀經≫의 핵심구조이기 때문이다. ≪觀經≫의 제7관에서 삼존불은 다음과 같이 그 모습을 드러낸다.

　　無量壽佛 住立空中 觀世音 大勢至 是二大士 侍立左右 光明熾盛 不可具見
　　百千閻浮檀金色 不得爲此

이와 같이 삼존불이 위용을 나타내고 전술한 대로 제8관에서 다시 출현했다가 제9관에서부터 그들의 무량한 권능과 無比의 화불·장엄을 펼쳐 놓는다. 제9관에서는 무량수본존을 그 화불과 함께 들어

> 無量壽佛身 如百千萬億 夜摩天閻浮檀金色 佛身高 六十萬億那由他 恒河沙由旬 眉間白毫 右旋婉轉 如五須彌山 佛眼如四大海水 靑白分明 身諸毛孔 演出光明 如須彌山 彼佛圓光 如百億三千大千世界 於圓光中 有百萬億那由他 恒河沙化佛 一一化佛 亦有衆多 無數化菩薩 以爲侍者

라 찬탄하였고, 제10관에서는 관세음보살과 그 화불을 함께 들어

> 此菩薩身長 八十萬億那他由旬 身紫金色 頂有肉髻 項有圓光 面各百千由旬圓光中 有五百化佛…頂上 楞伽摩泥寶 以爲天冠 天冠中 有一立化佛 高二十五由旬 觀世音菩薩 面如閻浮檀金色 眉間毫相 備七寶色 流出八萬四千種光明 一一光明有無量無數 百千化佛 一一化佛 無數化菩薩 以爲侍者 變現自在 滿十方世界 譬如紅蓮華色 有八十億光明 以爲瓔珞 其瓔珞中 普現一切諸莊嚴事 手掌作五百億 雜蓮華色

이라고 찬미하였으며, 제11관에서는 대세지보살과 그 화불을 들어 대체로 관세음보살과 유사함을 전제하고

> 此菩薩天冠 有五百寶華 一一寶華 有五百寶臺 一一臺中 十方諸佛 淨妙國土 廣長之相 皆於中現 頂上肉髻…有一寶鉼 盛諸光明 普現佛事 餘諸身相 如觀世音等無有異 此菩薩行時 十方世界 一切震動 當地動處 有五百億寶華 莊嚴高顯 如極樂世界

라고 찬양하였던 것이다. 이와 같이 삼존불의 권능과 화불·장엄을 구체적이고 적극적으로 묘파함으로써, 그것이 극락정토 그 자체요 주동·주체임을 실증하고 있다. 나아가 이 삼존불과 그 화불들은 ≪觀經≫의 구

품연화대에서도 극락왕생하는 화생들을 연화대로 접인함으로써, 그 권능과 화불·장엄이 더욱 강조되고 있는 터다.

이렇게 본다면 위 불상들에 부각된 삼존불의 권능과 화불·장엄은 ≪觀經≫의 그것을 바탕으로 재창조된 조형물이라고 추정된다. 문학적인 ≪觀經≫을 조형화할 때 부득이 생략·집약되거나 응축·상징된 부면을 고려한다면, 위 양자는 상호번역의 친연성을 가지고 있다는 것이 확실해지기 때문이다.

셋째, 이 불상들이 화생을 두드러지게 묘사하고 있는 것이다. 여기서 불상① 후면에 부조된 20구의 좌상이 주목된다. 일찍이 황수영은 이 좌상에 착안하여 이를 고증하는 가운데

> 이들은 천불좌상의 표현이 아니라 이 석상 조성을 발원한 香徒 중 주요 인물(僧俗) 20명의 표현으로 해석하고자 한다. 바꾸어 말한다면 그들은 이 석상의 像主들로 보고자 한다.16)

고 지적한 바가 있다. 그러나 이 불상①의 전체적 구조형태나 명문 등으로 미루어, 그렇게 속단하기는 어렵다. 먼저 명문을 보면 그것이 이 불상을 조성하는 발원문의 내용과 성격을 지녔다고 보아진다. 그 명문에는 결국 국왕대신·칠세부모의 영가를 추천하여 극락정토에 왕생시키려고 발원하여 미타삼존이 주체가 되는 일련의 극락세계를 불상으로 조형화한다는 동기와 목적이 뚜렷하다. 게다가 그 명문의 말미에는 조성 연월일과 발원자의 명단이 상계한 20명과는 별도로 명기되어 있다. 그렇다면 이처럼 정격의 발원자말고도 다시 발원자가 20명이나 있어 刻像까지 해가면서 기명할 필요가 있었을까 의심이 간다. 더구나 고금을 통한 불사

---

16) 황수영, 앞의 논문, p.149.

에서 발원자나 시주자가 생전의 記銘으로 스스로를 불보살격의 연화대
좌상으로 조각하여 성명·직함까지 붙여놓는 관례는 있을 수 없다고 보
아진다. 승·속간 누구라도 생전에 일련의 불보살상과 동격으로 자신을
조상한다는 것은 불가의 법도나 수행자의 도리로서 결코 용납될 수 없
었기 때문이다. 그리고 정토계의 불보살상에서 그와 동격으로 표현된 연
화대의 인상은 이미 차세의 인물이 아니라는 사실까지 신앙의 의례상
상식화되어 있는 실정이다. 그러므로 전게한 20위의 좌상은 불상조성을
발원한 향도 중 중요인물로 간주할 수가 없다.

그렇다면 그들 좌상은 결국 극락정토의 化生像으로 볼 수밖에 없겠다.
정토계의 제불군상을 조성함에 있어 화생상은 어떠한 형태로든지 필수
되어야 한다. 이른바 극락왕생의 '화생'은 정토신앙의 핵심이요 생명이
기 때문이다. 위 불상들에서 부각된 극락정토의 세계가 관경계통의 것으
로 기우는 마당에서, 그 세계의 구품연화대에 삼존의 접인을 받아 화생
한 좌상은 불가결의 요건이라 하겠다. 따라서 이 불상에서 8위 연화대
주악상과 연결된 20위 연화대 좌상은 화생으로 보는 것이 순리적이라
하겠다.[17]

이렇게 볼 때 극락정토의 제불상도 완벽해지고, 나아가 記銘의 발원문
과도 맥이 통한다고 생각된다. 말하자면 그 발원자들이 국왕대신·칠세
부모 내지 승·속간 공덕자의 영가를 천도하는 마당에서, 그 영가들이
왕생극락을 성취할 것을 믿고 바라는 서원으로 그와 같이 구체적인 화
생을 표출한 것이라고 보아진다. 이처럼 화생을 표현한 유례는 불상②에
서도 확인되었다. 일찍이 황수영이 '步階 좌우에는 연화 위에 앉아 합장
하는 각 一像이 있는 바 이들은 연지에서의 化生을 표현한 듯하다'[18]고

---

17) 이 불상의 조성된 주된 동인이 그들 20위의 화생, 극락왕생을 성취하기 위한 것이었
   으리라 추측된다.

한데서 고증되었기 때문이다.

≪觀經≫에 있어 제14관에서 제16관에 걸치는 구품연화대의 왕생・
화생은 실로 핵심・절정을 이루는 부분이다. 정토신앙에서 수행・공덕
의 수준을 9개품계로 등분하여 상품상생으로부터 하품하생에 이르기까
지 중생이 임종시에 왕생・화생하는 과정을 실감있게 묘사하고 있다. 상
품상생을 最上乘으로 삼아 품계마다 삼존불 내지 화불이 나타나 연지의
연화대로 화생을 접인하는 권능과 영광으로 가득 차 있는 것이다. 여기
서 한 가운데 중품중생의 경우를 대표적으로 들어 보겠다.

> 中品中生 若有衆生 若一日一夜 受持八戒 若一日一夜 持沙彌戒 若一日一夜
> 持具足戒 威儀無缺 以此功德 回向願求 生極樂國 戒香薰修 如此行者 命欲終時
> 見阿彌陀佛 與諸眷屬 放金色光 持七寶蓮華 至行者前 行者自聞 空中有聲 讚言
> 善男子 如汝善人 隨順三世 諸佛敎故 我來迎汝 行者自見 坐蓮華上 蓮華卽合
> 生於西方 極樂世界 在寶池中 經於七日 蓮華乃敷 華旣敷已 開目合掌 讚歎世尊
> 聞法歡喜

이와 같이 중생들의 蓮座化生이 장엄하게 찬미되고 있는 것이다. 이런
유형의 화생면모가 품계의 정도에 따라 구품에 걸쳐 반복・강조되고 있
으니, 이것이 ≪觀經≫의 핵심 절정을 이루는 본체부라 하여 마땅할 것
이다. 불교의 최고이념으로 하화중생・제도중생의 大道方便이 바로 이
부분에 총합・표출되고 있기 때문이다.

이렇게 본다면 위 불상들에 부조된 화생들은 ≪觀經≫의 구품연화세
계를 본받아 상징적으로 집약・표현한 것이라 간주된다. 이들 양자는 그
구조형태와 분위기로 보아 상호 번역관계에 있다 보아지기 때문이다. 그
런데 여기서 주목되는 것은 이 불상들의 화생들이 ≪觀經≫의 그것을

---

18) 황수영, 앞의 논문, pp.151~152.

그대로 모방·직역한 것이 아니라는 사실이다. 위 화생의 좌상은 적어도 그 시대에 성명과 직위를 가지고 실존했던 인물로서, 타계한 후에 그 발원자들에 의하여 화생하기를 염원하는 뜻으로 再創彫된 것이라 추정된다. 이 점은 그 불상들의 창조적 성향을 실증해 주는 뚜렷한 근거라고도 보아진다.

4. 석조불상의 문화·문학적 실상

이상 연기석조불상에 대하여 고증한 결과 여기 주류를 이루는 불상들의 구조형태는 아미타 신앙에 입각한 극락정토를 표출했으며, 그것은 또한 정토삼부경 중에서도 ≪觀經≫의 세계를 조형화했다는 사실이 분명해졌다. 그것이 물론 ≪觀經≫의 내용을 전체적으로 집약했으니, 모방·직역 관계를 넘어서 창조적으로 조형화된 사실까지도 확실해졌다. 그 점은 양자의 표현방법과 특성에 말미암은 필연적 결과라 하겠거니와, 그것은 실제로 이 불상들이 독자적으로 창출해낸 예술문화로 평가되어야 할 터이다.

이런 점에서 위 불상들이 ≪觀經≫을 기반으로 조성되었다는 것은 여러 측면에서 주목할 바가 있다. 이 ≪觀經≫이 한역되어 적어도 백제 무령왕대 이전에 유통되었다는 사실은 그 왕릉의 출토문물을 총합·검토한 데서 이미 밝혀졌거니와[19] 그 후로 백제사회나 그 유민들 사이에서 이 불경을 바탕으로 제반 예술문화가 총체적으로 형성되어 왔으리라고 족히 추정되는 터다. 실로 이 ≪觀經≫은 그만큼 심각한 종교성과 충격

---

19) 사재동, 「무령왕릉문물의 서사적 구조」, 앞의 책, pp.11~12.

적인 감동성을 갖추었을 뿐만 아니라, 그처럼 다양하고 장중·화려한 종합문화의 세계를 효율적으로 작품화하고 있기 때문이다. 따라서 이러한 문화세계를 입체적으로 조형화한 이 불상들을 통하여 당시의 제반 문화현상을 유추·복원할 수가 있으리라 전망된다.

첫째로, 백제시대와 그 이후의 고고미술사를 직접 확인할 수 있다. 이 불상들의 구조형태가 ≪觀經≫의 미술세계를 바탕으로 당시의 조각품을 대표하고 있으며, 또한 그것들이 일부 변상적인 圖像性을 보임으로써 당시의 회화세계를 제시하고 있는 터다.[20] 게다가 명문의 실체를 통하여 당대의 서예작품을 그대로 간파할 수도 있는 것이다.

둘째로, 여기서 당대의 음악·연예사를 직접 찾아볼 수가 있겠다. 위 불상①의 주악도를 중심으로 여타 불상들의 음악적 분위기를 ≪觀經≫의 음악세계와 결부시켜 본다면, 당시의 음악사를 족히 유추할 수가 있다.[21] 그리고 제불상들에서 삼존불을 주축으로 호위·공양하는 제반 화불·신중·화생들이 율동적으로 생동하는 형상을 보여 준다. 여기서 ≪觀經≫의 연극적 상황과 주악도와의 상관성을 고려한다면, 당시의 연희·연극적 분위기를 족히 추정해볼 수가 있겠다.[22] 더구나 이들 불상들에서 변상의 형태를 찾을 수 있다면, 이에 필수되는 변문과 이를 강창하는 속강·연극의 실태까지 상정해 볼 수도 있을 터다.[23]

셋째로 여기서 종교·사상사를 탐구해 볼 수가 있겠다.[24] 이 불상들이 모두 극락세계를 표출하고 있다는 점만으로도 거기에서 정토신앙과

---

20) 輕部慈恩, 『백제미술』, 보운사, 1946.
  홍윤식, 『한국정토사상연구』, 동국대학교 출판부, 1985, pp.333~334.
21) 송방송, 앞의 책, pp.184~190.
22) 송방송, 앞의 책, pp.190~193 참조.
23) 사재동, 「불교연극연구서설」, 『불교사상논총』, 경해법인 신정오박사 회갑기념회, 1991.
24) 김영태, 『백제불교사상연구』, 동국대학교 출판부, 1985 참조.

그 사상체계를 직접 확인할 수가 있다. 정토삼부경을 바탕으로 하되, 그 중에서도 ≪觀經≫을 중심으로 하는 阿彌陀三尊의 신앙사상이 두드러진다. 이로써 그 당시 무량수·무량광의 무한·절대적 생명철학과 대자대비·파사현정의 전지전능적 보살사상을 추적할 수 있으며, 나아가 염불왕생과 관음구제의 민중신앙적 실상을 찾아볼 수가 있겠다.

넷째로 의례·윤리사를 유추해 볼 수가 있겠다. 이 불상이 보여 주는 정토신앙에서 제반의례가 행해졌으리라는 것은 당연한 일이다. 말하자면 왕생극락을 염원하는 염불의식·관음기도 등을 중심으로 망자를 위한 각종 추천재의가 이루어졌으리라고 짐작된다.[25] ≪觀經≫의 구품세계와 불상① 등에 보이는 화생도를 연결시켜 볼 때, 불상들 자체가 여러 가지 제의를 표출하고 있을 뿐만 아니라, 그 사원에서 이 불상들을 향하여 주기적으로 베풀어졌을 전통적 신앙의례를 역사적으로 간파할 수가 있겠다. 그렇다면 이 불상들의 명문 내용과 결부시켜 당시의 국가도덕과 가정윤리를 유추해 보게도 된다. 망국의 한을 품은 백제유민들이 국가의 부흥과 함께 국왕 대신들의 명복을 빌고 나아가 칠세부모의 왕생을 기원하는 실제적 과정에서 충효의 윤리기강을 어림해 볼 수 있기 때문이다.

다섯째로 문자·문장사를 직접 검토해 볼 수가 있겠다. 백제에도 차자표기가 있었다는 것은 국어학계에서 공지되고 있는 사실이거니와,[26] 이 불상의 명문 전체의 구성과 어법, 그리고 순수한 인명·관명 등으로 보아 차자활용의 근거가 보이고, 이른바 향찰표기의 분위기까지 직감할 수 있는 실정이다. 한편 이 명문이 비록 한문문장을 주축으로 이루어졌다 하더라도, 그것은 당시 백제계 한문표기문장의 독자성을 드러내고 있는 것이 사실이다.[27] 이에 대한 전문적인 비교·검증을 통하여, 백제계 문

---

25) 홍윤식, 『한국정토사상연구』, pp.297~306.
26) 강전섭, 「이두의 신연구」, 충남대학교 대학원, 1965 참조.

자·문장사의 중요한 맥락을 찾아볼 가능성이 엿보인다.

위와 같이 이 불상을 통하여 백제의 종합문화사가 재구·검증된다면,[28] 이를 바탕으로 형성·전개된 문학세계·문학사의 일면을 유추·복원해 볼 수가 있겠다. 이러한 문화사적 기반·배경은 자연이 문학형태를 형성·발전시키는 게 당연한 일이기 때문이다. 이에 백제시대의 문학사에 입각하여 각 장르별로 그 실존양상을 어림해 보겠다.

먼저 이 불상에서 정토문예의 정화인 ≪觀經≫의 문학세계를 총체적으로 재구해 볼 수가 있겠다. 그 불상들의 저본, 대본이 된 ≪觀經≫은 정토삼부경 중에서도 문학성이 가장 빼어난 작품이다.[29] 이 ≪觀經≫은 그 자체가 불멸의 문학작품일 뿐만 아니라, 인도로부터 중국·한국·일본에 걸쳐 다양한 정토문학을 독자적으로 형성·전개시켰던 것이다.[30] 그러기에 우선 이 정토문학의 연원·원형이 된 ≪觀經≫의 문학세계를 고찰할 필요가 있다.

序分에 이어 正宗分(본체부)의 이야기는 이렇게 전개된다.

① 왕사성 아사세 태자가 조달의 꾀임에 빠져 왕위를 빼앗고 부왕 빈바사라를 깊이 가두어 굶겨 죽이려 한다.
② 모비 위제희부인이 몸에 꿀·가루를 바르고 영락에 도장을 숨겨 들어가 왕에게 먹인다.
③ 왕은 건강을 유지하며 부처를 공경하고 목련 등의 수계·설법으로써

---

27) 조종업, 「백제시대 한문학에 대하여」, 『백제연구』 제6집, 충남대학교 백제연구소, 1975.
28) 박종숙, 「백제의 문화」, 『백제·백제인·백제문화』, 지문사, 1983 참조.
29) 박경훈, 「관무량수경─비극을 넘어서 정토에로」, 『대원』 6호, 한국불교대윤회, 1989.6 참조
30) 김영태, 「삼국시대 미타신앙의 수용과 그 전개」, 『한국정토사상연구』, 동국대학교 출판사, 1985 참조.

회열을 누린다.

④ 아사세왕은 모비의 은밀한 도움으로 부왕이 건재함을 확인하고 모비를 대역으로 몰아 죽이려 한다.

⑤ 왕은 신하의 충간으로 모비를 죽이지 못하고 심궁에 가두어 둔다.

⑥ 위제희는 유폐된 채로 비통에 빠져 부처께 참회·애원하여 악연을 끊고 극락세계를 달관·체득코자 한다.

⑦ 부처가 신통력으로 위제희에게 정묘국토를 보여 주고 빈바사라왕의 개안·득도를 알려준다.

⑧ 부처가 위제희에게 극락세계를 체달하는 삼복을 닦게 하고 그 세계를 차례로 보여준다.

⑨ 부처의 위신력으로 찬란·명료한 일상을 통하여 初觀이 열린다.

⑩ 부처의 위신력으로 청정·투명한 수상·빙상·유리상을 통하여 2관이 드러난다.

⑪ 부처의 신통력으로 極樂國地·地想을 통하여 3관이 나타난다.

⑫ 寶樹·樹想을 통하여 4관이 펼쳐진다.

⑬ 八功德水想을 통하여 5관이 벌어진다.

⑭ 위제희가 衆寶國土·總觀想을 통하여 6관이 열린다.

⑮ 無量壽三尊을 친견하고 蓮華想·蓮座想을 통하여 7관이 이룩된다.

⑯ 삼존을 상상하고 一心繫念·想像을 통하여 8관이 보인다.

⑰ 無量壽佛·無數化佛菩薩들을 보고 十方無量諸佛 一切色身想을 통하여 9관이 드러난다.

⑱ 觀世音菩薩과 無數化佛菩薩을 보고 그 보살의 眞實色身想을 통하여 10관이 나타난다.

⑲ 大勢至菩薩과 十方無量化佛을 보고 그 보살의 色身像을 통하여 11관이 펼쳐진다.

⑳ 중생들이 서방 극락세계 연화 중에 왕생하여 蓮華合想·蓮華開想을 지어 普觀想으로써 12관이 이룩된다.

㉑ 중생들이 무량수불·화불과 관음·세지 두 보살의 위용을 보고 그 위신력에 의하여 雜想觀으로써 극락왕생하는 13관이 벌어진다.

㉒ 최상의 중생들이 용맹정진하고 상품세계에 왕생하여 큰 복락을 누리는 14관이 나타난다.

㉓ 중간의 중생들이 持戒善行하고 중품세계에 왕생하여 그만한 복락을 누리는 15관이 이어진다.

㉔ 죄지은 중생이라도 참회 염불하면 하품세계에 왕생하여 그만한 복락을 누리는 16관이 완결된다.

㉕ 이로써 위제희와 시녀들이 극락세계를 卽見・體達하고 대오・환희한다.

드디어 아란과 위제희 등이 이 설법을 찬탄하고 守持・敎化를 다짐할 때, 부처가 신통력으로 본처에 돌아가는 데서 結分이 끝나는 것이다.

이것만 보더라도 ≪觀經≫은 참으로 감명깊은 작품이라 하겠다. 우선 그 주제가 심원하고 이상적이다. 적어도 이 작품은 불타의 위신력에 의하여 당대의 비극적 고해를 초탈하고 극락왕생을 성취하는 것을 주제로 삼고 있는 터다. 보편적으로 인간은 고통・갈등으로 얽힌 비극적 현실을 극복하고 이상향을 살고자 꿈을 꾸고 서원을 둔다. 이러한 인간의 실상을 극적인 서사구조로 허구・연설한 것이 이 작품이라면, 그것은 실로 훌륭한 서사문학의 기본조건을 두루 갖추었다고 하겠다. 기실 극락세계는 불교적 이상향일 뿐만 아니라, 그 시대의 비극적 현실 속에서 고통을 겪는 모든 사람들이 꿈꾸고 추구하는 이상향이라 하겠다. 따라서 모든 예술이 그러하듯이 문학은 그러한 이상향을 어떻게든지 완벽하게 구성・표현하려고 최선을 다한 열매라고 보아진다.

이런 점에서 ≪觀經≫은 그러한 이상문학 중에서 가장 빼어난 작품이라 하여 마땅할 것이다. 이 작품의 장면마다 고도로 응축・심화된 내면과 그 미묘・찬란한 표현이 어울려 실로 주옥같은 시적 경지를 마련하고 있다 보아진다. 나아가 이 작품은 허구적 서사구조로서 소설세계를 형성하고 있는 게 사실이다. 빈바사라왕・위제희부인이 패륜아의 역모와 박해로 죽음에 직면한 비극적 현실에서 왕궁의 영화, 감옥의 고통을 겪으면서 이 사바세계를 초탈하여 저 극락세계를 처절히 희원하고 부처의 신통력과 위신력으로 창조·전개된 16단계 16관을 관조·체득함으로써, '當生極樂國'하고 대오·환희하는 이 작품구성은 그대로가 소설문학이라 하겠다. 더구나 그 산문표현이 위에서 인용된 것처럼 현란·미묘하니, 이를 하나의 장엄한 소설작품이라 규정하는 것은 당연한 일이다.

한편 이 작품은 극적인 서사구조를 바탕으로 희곡적 성향을 띠고 있는 게 분명하다. 실제로 이것은 패륜아 아사세에 의한 빈바사라·위제희 부인의 비극으로 출발·전개되고 있다. 나아가 위제희 부인은 부처가 창조적으로 연출하는 16관경을 직접 보고 체득하는 주인공이 되어, 다른 인물들과 유기적으로 출연하는 것이다. 부처는 장면마다 거시적 차원에서 생동하는 '말씀'으로 설파하고 대화로 이어간다. 여기서는 누구든지 이 이상적 별세계에서 만화경적 연극을 관람·실감하게 마련되었다. 이 작품이 가장 효율적으로 유통·활용될 때, 불가피하게 연극으로 실연될 수밖에 없었던 터다. 그렇다면 이 작품은 그런 연극의 대본으로서 희곡의 형태를 취하는 게 필연적이라 하겠다.

이처럼 이 ≪觀經≫이 종합문학으로 입체화되어 있기에, 불전문학으로 그만큼 장구한 세월, 광범한 지역에서 성행하여 온 것은 당연하다. 전술한 바대로 이 작품은 전세계 불교국, 적어도 인도·중국·한국·일본 등지에서 불교예술과 정토문학을 형성·전개시키는 기반·모체가 되었던 것이다.[31] 그리하여 이 작품이 백제시대에 토착화되고 불교미술로 조형화되었으니, 그 미술, 정토불상을 통하여 백제의 정토문학을 판독·재구하고 그 문학사적 전개양상을 어림할 수가 있겠다.[32]

첫째로 위 불상들을 바탕으로 불교가요가 형성·유통되었으리라 추정된다. 이 불상들은 불교미술품이기에 앞서, 불교계로서는 예경의 대상이

---

31) 深具慈孝, 「淨土思想こなける韓國と關係の研究」, 『韓國淨土思想研究』, p.387.
32) 김종우, 「불교의 왕생사상과 그 문학」, 『국어국문학지』 6호, 부산대학교, 1967 참조.

다. 따라서 승려·신중들은 정기 내지 임시로 거기에 재례를 올리고 법회를 열었던 것이다. 그때는 반드시 예불·찬탄의 시가가 어떤 형태로든지 가창되게 마련이었다.33) 기실 위 불상들에 부수되어 새겨진 주악도는 부처님께 바치는 음성공양을 지시·수범하고 있는 게 분명하다. 이런 불전의 주악은 ≪觀經≫의 유통에서 천악이나 기악이 필수되고 있음을 예시하고 있다. 이런 점에서 당시의 승단이나 신불대중들이 이런 불상들, 미타삼존을 예경·찬탄하며 극락왕생을 희원하는 각종 재의·법회에서, 그에 상응하는 게송, 정토계의 가요가 그 악곡에 의하여 가창되었을 것은 너무도 당연한 일이다. 더구나 불상들을 대상으로 선인들의 극락왕생을 기원하는 추천재의가 되풀이 베풀어진 것이 사실일진대, 거기에 적합한 염불가송이나 기원가요가 필수되었을 것은 물론이다. 지금은 백제시대의 정토계 가요가 유실되었지만, 현전하는 신라시대의 정토계 향가에 상응하는 그 시가작품들이 형성·행세했으리라고 족히 추정할 수가 있다.

둘째로 위 불상들과 그 명문으로부터 당시의 산문·수필작품을 직접 찾아낼 수가 있다. 우선 전게한 바 그 불상들에 바쳐진 명문들은 일단 발원문으로 간주될 것이다. 그리고 그 명문에는 造像記에 해당될 것도 있다. 이들 명문을 그 당시의 발원문과 조상기로 볼 때, 그것들은 당연히 수필장르 중의 애제와 잡기 등에 소속될 수밖에 없다. 기실 이 문장들은 그 당시 기록이나 구비로 실재하던 다양한 발원문 내지 제문, 그리고 각종 기문의 최대공약수를 금석문화한 것이라고 보아진다. 따라서 현전하는 그 명문을 바탕으로 보다 많은 산문, 수필작품들이 형성·유통되

---

33) 이러한 불교계 시가에서는 <願往生歌>(향가)·<鴛鴦往生偈>(安樂國太子經) <彌陀讚>(樂學軌範)·<鴛鴦西往歌>(月印曲)·<西往歌>(가사) <念佛作法>(高麗佛籍集佚)의 게송 등 정토계 시가가 주류를 이루고 있다.

어 왔음을 추지할 수가 있겠다.

셋째로 위 불상들의 전체구조를 전술한 바 ≪觀經≫의 내용과 결부시킬 때, 거기에서 장엄한 서사문학·소설형태를 판독·재구해 낼 수가 있다. 이미 ≪觀經≫은 그 전체가 최상의 서사문학·소설형태로 규정되었거니와, 이를 집약하여 창조적으로 조성해 낸 불상들의 세계에서 다시 독자적인 서사문학·소설형태를 탐색해 내는 것은 얼마든지 가능한 일이다. 실제로 이 불상들을 중심으로 거기에 새겨진 역사적 인물들 앞에서 그들의 왕생극락을 발원·찬탄하는 추천재의가 되풀이될 때, 그 법회의 법화나 여담으로 우선 ≪觀經≫의 이야기와 그 유화가 대두·유통되었을 것은 물론이다. 그래서 그 선망자들의 저명한 행적이 설화되면서 재의의 영험담이 결부되어, 그 개개인에 관한 신화·전설적 전기로서 서사문학·소설형태가 재창조되었을 가능성은 충분한 터라 하겠다. 자고로 이만한 재의에는 그 영험을 실증하고 포교를 위하여 그에 상응하는 영험담이 법석의 실화로 설화된 사례는 얼마든지 있었다.34) 그리고 先亡祖先의 명복을 비는 발원자들을 안심시키고 위로하기 위하여 재의행사나 뒷풀이에서 재미있고 신기한 왕생담을 이야기하는 게 상례였던 것이다.

전술한 바 불상① 후면에 조각된 연화대 화생 20구의 좌상이 그대로 왕생의 실제와 왕생담의 증거가 되어 주고 있다. 이들 불상을 조성한 최고의 목적이 그들 20구의 극락왕생이었다면, 그 불상들이 점안·예배된 이래로, 그 화생들은 극락세계의 생동하는 주인공들이라고 인식·신앙되었을 것이다. 그러기에 계속되는 그들의 추모재의에서 각기 관경적 신화와 그 전기적 설화가 형성·유통되었으리라 보아진다. 그리하여 이러

---

34) 일연, ≪삼국유사≫ 권제5, 감통 제7에 그만한 영험담이 허다하다.

한 왕생담이 개인적 왕생전으로 정착되어 서사문학·소설형태를 취하게 되었으리라 추정된다.[35] 그 당시 이러한 작품형태가 현전하지는 않으나 ≪觀經≫과 한·중의 왕생전을 바탕으로 ≪삼국사기≫ 백제계 열전을 기준으로 하여 위 불상들에 대한 각종 재의를 감안한다면, ≪삼국유사≫ 정토계 신승전 정도의 서사문학·소설형태가 기록·구비를 막론하고 형성·유통되었을 것은 당연한 일이다.

넷째로 위 불상들이 보이는 연극적 상황·분위기와 ≪觀經≫에 나타나는 극적 장면을 결부시킬 때, 거기에서 감동적 연극을 유추·관람할 수 있고, 따라서 그것을 주도한 희곡을 재구해 낼 수가 있겠다. 실로 이 ≪觀經≫의 전체구조는 그대로가 웅편의 연극·희곡이 아닐 수 없다. 빈바사라왕과 위제희부인이 그 아들 아사세에게 당하는 핍박과정은 시대를 초월하는 일대 비극이다. 비극의 왕비 위제희가 죽음의 고해를 초탈하여 극락을 달관코자 철천의 서원을 세우고 그 부처님의 권능과 자수정진으로 정토세계 16관을 체달하는 열반과정은 장엄한 희극이라 하겠다. 이처럼 그 전편은 완벽한 희·비극으로 빈틈없이 조성되어 있는 게 사실이다. 따라서 이 ≪觀經≫의 세계는 실제적인 유통의 현장에서 어떤 형태로든지 극화·실연될 가능성이 충분했던 것이다.[36]

기실 이 불상들을 바탕으로 미타계의 각종 법회·재의·행사 등이 벌어졌을 때, 거기에 ≪觀經≫의 세계가 법화로 등장했을 것은 물론이고, 그 세계를 가장 실감있고 효율적으로 표출하기 위해서 연극적 방편을 활용했을 것은 당연한 일이라 하겠다.[37] 승려·거사 등이 주동으로 그 세계를 詩偈나 歌謠로 가창했을 가능성이 짙다. 전술한 바 주악도는 경

---

35) 화엄사판,「권념요록 및 아미타경」,『왕생전』, 보련각, 1987 등 참조.
36) 小川貫一,「淨土」の支那的 受容の問題-淨土敎劇·歸元鏡」,『佛敎文化史硏究』, 永田文昌堂, 1973, p.234에서 淨土敎劇이 형성·전개된 실상을 논증하였다.
37) 사재동,「불교연극연구서설」, pp.259~260.

전 속의 기악과 관련하여 각종 가창의 연극적 상황을 증명하고 있기 때문이다. 그 세계의 연극적 바탕 위에서 가창된 그것은 곧 가창극의 실태를 보이고 있는 터라 하겠다. 나아가 이러한 가창극은 그 효과를 극대화하고 입체화하기 위하여 춤사위를 더하게 마련이었다. 이처럼 가창극이 가무극으로 전개되는 것은 그 형태적 상관성에 따른 자연스러운 현상이라 보아진다. 기술한 바 주악도와 조상들의 분위기도 그렇거니와, 가창의 법열이 '大歡喜'38)로 이어져 무용과 합세함으로써 가무극의 양상을 보일 수밖에 없겠기 때문이다.

한편 이들 불상과 관련하여 이 ≪觀經≫을 강설했다면, 그것은 그 효율성을 높이기 위하여 속강식으로 강창되었으리라 추정된다. 잘 알려진 대로 대중 포교에서 최선의 방편이 속강일진대, 그 경문을 재미있고 쉽게 연설하면서 감명깊은 곳곳에 가창을 끼어 넣는 강창양식을 취하게 되었던 것이다. 이것은 한 사람의 속강승. 강창사가 1인 연극의 형태로 전담·실연하는 강창극으로 전개될 수밖에 없었다. 이것은 고금을 통하여 한·중불교계에서 널리 통용되어 온 보편적인 포교연예로서, 연극적 전통을 이어 왔다.39) 그래서 이 ≪觀經≫과 그 토착적 서사물은 강창극을 통하여 가장 왕성하게 유통되었으리라 보아진다. 이 강창극이 가장 용이하고 경제적인 포교연예인데다, 이 불상들이 변상적 역할을 족히 해 냈으리라고 전제되기 때문이다.

이러한 강창극이 그 연행조건과 요청에 따라 1인1역으로 전문화·입체화되면 곧 대화극으로 전개되기 마련이었다. 적어도 그 불상의 화생을 중심으로 발원자들의 후원과 요망이 풍성하게 확대되면, 그것의 강창극적 실연이 바로 대화극으로 연행될 수가 있었기 때문이다. 자고로 인

---

38) ≪觀經≫의 말미에 '聞佛所說 皆大歡喜'라 하였다.
39) 사재동, 「불교계 서사문학의 연구」, 『어문연구』 제12집, 어문연구회, 1983 참조.

도・중국・한국 등 불교국에서는 불보살 내지 고승대덕의 탑비・성상 앞에서 정기적으로 그 聖蹟・權能을 기리는 집단적 연극 즉 대화극이 벌어졌거니와,[40] 여기서도 이 불상과 화생을 기리는 연극이 대화극으로 전개되었을 가능성이 농후한 게 사실이다.

이상과 같이 그 불상을 중심으로 각 장르의 연극이 등장・전개되었다는 사실이 대강 밝혀졌다. 여기서 주목되는 것은 가창극・가무극・강창극・대화극 등의 극본이라 하겠다. 요컨대 그들의 다양한 극화의 극본이 바로 희곡이기 때문이다. 실로 모든 연극은 어떤 형태로든지 반드시 극본・희곡을 기반・골격으로 하여 연행되는 게 당연하다. 따라서 일체의 연극이 실연되는 곳에는 언제나 극본・희곡이 자리하게 마련이다. 그렇다면 이 불상을 주축으로 전개된 정토계 연극에는 대강 가창극본・가무극본, 강창극본・대화극본 등의 희곡형태가 엄연히 존재하였으리라 추정된다.[41]

5. 결론

고금의 미술과 문학의 상관성을 전제하고 한국전통미술의 문화・문학적 해석을 시도하여 고대문화・문학사를 보전하려는 작은 시도로서, 백제미술품 중 연기지방의 석조불상을 문화・문학적으로 고찰하였다. 이제까지 논의해 온 바를 요약하면 다음과 같다.

1) 백제시대 연기지방의 석조불상들은 모두 6개를 헤아리는데, 그것들

---

40) 小川貫一,「目連救母變文の源流」,『佛教文化史研究』, pp.161~163.
41) 사재동,「불교연극연구서설」, pp.275~276 및「한국희곡사연구서설(속편)」,『어문연구』 제19집, 어문연구회, 1989, pp.133~135 등 참조.

이 전체적으로 정토계의 극락세계를 입체화한 미술작품이다. 그 공간구성이 회화적으로 조직되었을 뿐 아니라, 찬란한 연화세계에 미타삼존을 비롯한 제불보살의 위용과 천인들의 주악, 화생들의 受福 등이 함께 어우러져 장엄한 문화·문학세계를 창조하고 있다. 그리고 이 세계는 백제적으로 토착화된 데다가 백제인의 발원문류가 명기됨으로써, 족히 백제문화·문학의 종합적 전거가 되었다.

2) 이 불상들의 극락세계·이상향은 적어도 정토삼부경의 그것에 바탕을 두고 있다. 그 중에서도 이 세계는 ≪觀經≫의 문학세계를 그대로 조형화한 것이었다. 그 미타삼존과 제불보살들의 생동하는 관계, 천인 주악의 찬불·경탄, 여러 화생들의 연화대 복락 등 제반 측면에서 양자가 완전 부합되고 나아가 그것이 백제적으로 작품화되었다.

3) 이 ≪觀經≫은 불교문화·문학의 최고작품으로서 인간이 죽음의 고통과 갈등을 초극하여 단계적으로 극락세계·이상향에 도달하는 과정을 상상·허구해 놓은 백미편이다. 따라서 이 작품은 동양권의 불교문화 내지 전통문화·문학의 종합적 근거·전범이 되었던 것이다. 그러기에 이 불상들을 근거로 하여 우선 고고미술사, 음악·예능사, 종교·사상사, 의례·윤리사, 문자·문장사 등 백제문화사를 탐색·재구할 수가 있었다. 나아가 이런 불상들을 주축으로 각종 법회·재의·행사 등을 벌이는 과정에서 생동하는 백제문학, 정토계 불교문학이 장르별로 형성·유통되었던 것이다. 여기서 찬불게송이나 기원가요 등 시가작품, 발원문이나 제문·조상기 등 수필작품, 여러 왕생설화나 기전·전기 등 서사문학·소설작품, 그리고 가창극본·가무극본이나 강창극본·대화극본 등 희곡작품 등 여러 형태가 형성·전개되었음을 추정·재구하게 되었다.

4) 이상과 같이 이 불상들로부터 탐색한 백제문화사 위에서 각종 문학형태가 형성·전개되었다면, 그 작품들은 바로 백제문화·문학사를 구

축하고 이끌어 온 실체였으리라고 파악된다. 따라서 그것들이 백제문학사의 바탕 위에서의 시가사·수필사·소설사·희곡사 등에서 소중한 위치를 차지함은 물론, 지금껏 희미하게 간주된 백제문학사 내지 백제문화사를 재구하는 데에 지표가 되리라 보아진다.

이러한 석조불상뿐만 아니라, 백제미술전반을 문화·문학적으로 연결·고찰함으로써 그 문화·문학사를 검토·재구할 수 있는 방법이 모색되었다. 특히 삼국시대의 미술, 나아가 한국전통미술을 문학적으로 해독·복원함으로써, 아직껏 불투명한 고대문학사 내지 중세문학사를 올바로 구명하고 체계화하는 탐구작업이 본격적으로 이루어져야 하겠다. 원래 문학사와 미술사가 유기적 관계를 유지하며 발원·전개되었다는 전제 아래서, 비교적 완벽한 미술사의 문학적 연구는 아직도 불완전한 문학사를 합리적으로 재구·복원할 수 있는 과학적 방법론이라 믿어지기 때문이다.

참고문헌

제1부 무령왕 행적의 불교사적 실상

▌무령왕 행적의 불교문화사적 양상

가마타 시게오(신현숙 옮김), 『한국불교사』, 민족사, 1992.

岡內三眞, 「百濟武寧王陵と南朝墓の比較硏究」, 『百濟硏究』 11집, 충남대학교 백제연구소, 1980.

공주대학교 백제문화연구소, 「무령왕릉발굴 20주년기념학술논문」, 『백제문화』 21집, 1991.

김동화, 「백제불교의 일본전수」, 『백제연구』 2집, 충남대학교 백제연구소, 1971.

김영배, 「무령왕릉 전고」, 『백제연구』 5집, 충남대학교 백제연구소, 1974.

김영태, 「일본에 비춰진 백제불교」, 『백제불교사상연구』, 동국대학교 출판부, 1985.

노중국, 「배제 무령왕대의 집권력 강화와 경제기반의 확대」, 『백제문화』 21집, 공주대학교 백제문화연구소, 1991.

牧田諦亮, 『中國佛敎史硏究』 I, 大東出版社, 1977.

文定昌, 『百濟史』, 柏文堂, 1975.

박용진, 「공주 서혈사지와 남혈사지에 관한 연구」, 『공주교대논문집』 3집, 공주교육대학, 1966.

사재동, 「무령왕릉 문물의 서사적 구조」, 『백제연구』 12집, 충남대학교 백제연구소, 1981.

사재동, 『불교계 서사문학의 연구』, 중앙문화사, 1996.

사재동, 『백제권 충남지방의 민속과 문학』, 중앙인문사, 1996.

사재동, 「서동설화의 시대적 배경과 역사적 주인공」, 『애산학보』 28, 애산학회, 2003.

사재동, 「법주사 문물의 불교문화학적 개관」, 『불교문화연구』 4집, 한국불교문화학회, 2004.

사재동, 「불교문화학의 사상적 탐구와 전망」, 『불교문화연구』 5집, 한국불교문화학회, 2005.

정재윤, 「동성왕 23년 정변과 무령왕의 집권」, 『한국사연구』 제99호, 한국사연구회, 1997.

지헌영, 『향가 여요의 제문제』, 태학사, 1991.

진홍섭, 「백제사원의 가람배치」, 『백제연구』 2집, 충남대학교 백제연구소, 197.

최재석, 「무령왕과 그 전후시대의 大和倭 經營」, 『한국학보』 17호, 일지사, 1991.

황수영, 「백제 제석사지의 연구」, 『백제연구』 4집, 충남대학교 백제연구소, 1973.

▮무령왕 불사의 국제적 친연관계

권상로, ≪한국사찰전서(상)≫, <대조사조>, 이화문화사, 1990.

김위석, ≪한국민족문화대백과사전≫ 4, 한국정신문화연구원, 1992.

牧田諦亮, 『觀世音應驗記の研究』, 平樂寺書店, 1960.

사재동, 『불교문화학의 새로운 과제』, 중앙인문사, 2006.

사재동, 『백제무령대왕과 불교문화사』, 중앙인문사, 2006.

사재동, 「서동설화의 불교문화학적 고찰」, 『백제무령대왕과 불교문화사』, 중앙인문사, 2006.

사재동, 「계족산 비래사 문물의 불교문화학적 고찰」, 『불교문화연구』 10집, 한국불교문화학회, 2011.

山崎元一, 『アショーカ王傳說の研究』, 春秋社, 1979.

양 홍, 「고고자료를 통해 본 백제와 중국 남·북조의 문화교류」, 『대백제국의 국제교류사』, 백제문화제추진위원회 국제학술회의, 2008.

李國榮, 「出走皇宮四次捨身入寺的梁武帝」, 『佛光下的帝王』, 団結出版社, 1995.

田中俊明, 「百濟의 對梁外交」, 『대백제국의 국제교류사』, 충남역사문화연구원, 2008.

戶田有二, 「武寧王陵の蓮華紋さをめぐつて」, 『백제문화』 제31집, 공주대학교 백제문화연구소, 2002.

▌무령왕릉 문물의 불교문화적 실상

姜內三眞,「百濟武寧王陵と 南朝墓の 比較硏究」,『百濟硏究』第11輯, 1980.

姜仁求,「中國墓制가 武寧王陵 博築構造에 미친 影響」,『百濟硏究』第10輯, 1979.

高裕燮,『朝鮮塔婆의 硏究』, 乙酉文化社, 1954.

金東旭,「新羅淨土信仰의 展開와 願往生歌」,『韓國歌謠의 硏究』, 乙酉文化社, 1961.

金東華,「百濟佛敎의 日本傳授」,『百濟硏究』第2輯, 1971.

金煐泰,「百濟의 觀音思想」,『馬韓·百濟文化』 第3輯, 원광대 마한백제문화연구소, 1979.

金元龍,「무령왕릉 出土 獸形裝飾」,『百濟硏究』第6輯, 충남대학교 백제연구소, 1975.

김석기,『부여의 전설집』, 화산출판사, 1989.

김열규,『한국민속과 문학 연구』, 일조각, 1971.

김영태,『백제불교사상 연구』, 동국대학교 출판부, 1985.

김응기,『영산재 연구』, 운주사, 1999.

大谷光男,「武寧王と 日本の 文化」,『백제연구』 제8집, 충남대학교 백제연구소, 1977.

望月信享,「佛像」,『望月佛敎大辭典』, 地平線出版社, 1979.

박세민,『한국불교의례자료총서』I, 삼성암, 1993.

사재동,「<원홍장전>의 실상과 <심청전>의 관계」,『예산군의 효행과 우애』, 예산 군청, 2002.

史在東,「安樂國太子傳 硏究」,『語文硏究』第5輯, 어문연구회, 1967.

史在東,「薯童說話의 硏究」『藏菴池憲英先生華甲紀念論叢』, 語文硏究會, 1971.

史在東,「武康王傳說의 硏究」,『百濟硏究』第5輯, 충남대학교 백제연구소, 1974.

史在東,『불교계 서사문학의 연구』, 중앙문화사, 1996.

史在東,『한국희곡문학사의 연구』I, 중앙인문사, 2000.

史在東, 한국음악문헌의 희곡론적 고찰,『열상고전연구』 16집, 열상고전연구회, 2002.

上原昭一,『日本の美術』, 至文堂, 1968.

成周鐸,「武寧王陵」,『百濟硏究』第2輯, 忠南大學校 百濟硏究所, 1971.

成周鐸,「무령왕릉出土 '童子像'에 대하여」,『百濟硏究』第10輯, 충남대학교 백제연구 소, 1979.

松原三郎,『東洋美術全史』, 東京美術, 1972.

安啓賢,「百濟佛敎에 관한 諸問題」,『百濟硏究』第8輯, 충남대학교 백제연구소, 1977.

오수창, 「원행을묘정리의궤 해제」, 園華乙卯整理儀軌(上), 서울대학교 규장각, 1994.

尹武炳, 「무령왕릉 및 宋山里 6號墳의 塼築構造에 對한 考察」, 『百濟硏究』 第5輯, 충남대학교 백제연구소, 1974.

尹武炳, 「무령왕릉 石獸의 硏究」, 『百濟硏究』 第9輯, 충남대학교 백제연구소, 1978.

尹武炳, 「무령왕릉의 木棺」, 『百濟硏究』 第6輯, 충남대학교 백제연구소, 1975.

李敬惠, 『韓國假面劇的起源, 祭禮, 儺俗與民間戲劇』, 中國戲劇出版社, 1999.

伊藤秋男, 「武零王陵 發見 金製耳飾について」, 『百濟硏究』 第5輯, 충남대학교 백제연구소, 1974.

李丙燾, 「武寧王陵 發見의 意義」, 『武寧王陵發掘報告書』, 文化財管理局, 1974.

李丙燾, 「百濟文化硏究의 現況과 課題」, 『馬韓·百濟文化 第』3輯, 圓光大學校 馬韓·百濟文化硏究所, 1979.

田仲一成, 『中國的宗教與戲劇』, 上海古籍出版社, 1992.

中鉢雅量, 『中國の祭祀と文學』, 創文社, 1986.

池憲英, 「百濟瓦塼圖譜」, 『百濟硏究』 3, 충남대학교 백제연구소, 1972.

陳榮富, 宗敎禮儀與古代藝術, 江西高校出版社, 1994.

泰弘燮, 「무령왕릉 發見 頭枕과 足座」, 『百濟硏究』 第6輯, 충남대학교 백제연구소, 1975.

현용준, 『무속신화와 문헌신화』, 집문당, 1992.

황수영, 「忠南燕岐 石像調査」, 『韓國의 佛像』, 문예출판사, 1990.

Mircea Eliade, *The Myth of the Eternal Return or, Cosmos and History,* Princeton University press, 1971.

제2부 무령왕 행적의 설화적 양상

▌무강왕전설의 형성과 전개

고유섭, 『朝鮮塔婆의 硏究』, 을유문화사, 1954.

권상노, ≪관음경≫(국역 및 영험담), 불교사상사, 1931.

김열규, 「민담과 문학」, 『한국민속과 문학연구』, 일조각, 1971.

마한·백제문화연구소, 『익산 미륵사지 동탑지 및 서탑조사보고서』, 원광대학교, 1974.

백제연구소, 『百濟瓦塼圖譜』, 충남대학교, 1973.

사재동, 「서동설화 연구」, 『장암지헌영선생화갑기념논총』, 호서문화사, 1971.

손진태, 『민족설화의 연구』, 을유문화사, 1950.

송재주, 「<서동요>의 형성연대에 대하여」, 『지헌영선생화갑기념논총』, 호서문화사, 1971.

우정상 · 김영태, 『한국불교사』, 진수당, 1970.

이양수, 「이병도박사의 薯童說話에 대한 異說을 駁함」, 『충청』 제21호, 1971.

이운허, ≪불교사전≫, 홍법원, 1971.

장덕순, 『한국설화문학연구』, 서울대출판부, 1970.

지헌영, 「百濟瓦塼圖譜」(書評), 『百濟研究』 第3輯, 충남대학교 백제연구소, 1972.

지헌영, 「薯童說話 研究의 評議」, 『新羅時代의 言語와 文學』, 한국어문학회, 1974.

최상수, 『한국민간전설집』, 통문관, 1958.

황수영, 「新羅 黃龍寺九層木塔 刹柱本記와 그 舍利具」, 『동양학』 제3집, 단국대학교 동양학연구소, 1973.

황수영, 「익산왕궁리석탑조사」, 『고고미술』 제7권 6호, 고고미술동인회, 1966.

▮서동설화의 불교문화적 양상

고유섭, 한국탑파의 연구, 을유문화사, 1954.

김대숙, 『한국설화문학 연구』, 집문당, 1994.

김석기, 『부여의 전설집』, 화산출판사, 1989.

김선기, 「쑈뚱노래(薯童謠)」, 『현대문학』 151호, 현대문학사, 1967.

김열규, 『향가의 어문학적 연구』, 서강대 인문과학연구소, 1972.

김정호, ≪대동지지(상)≫, 익산, 충남대 백제연구소, 1982.

문화재 관리국, 「부장품, 매지권에 대한 고찰」, 『무령왕릉』, 삼화출판사, 1974.

사재동, 「무령왕릉 문물의 서사적 구조」, 『백제연구』 12집, 충남대학교 백제문화연구소, 1981.

사재동, 『불교계 서사문학의 연구』, 중앙문화사, 1996.

사재동, 「불교문화학의 방향과 방법론」, 『불교문화학학술대회 논문집』, 한국불교문화학회, 2002.

성주탁, 『백제와전도보』, 충남대학교 백제연구소, 1972, 도판 참조.

송재주, 「<서동요>의 형성 연대에 대하여」, 『지헌영선생화갑기념논총』, 호서문화사, 1971.

楊　寬,『中國古代陵寢制度史硏究』, 谷風出版社, 1989.

여기현,『신라음악상과 사뇌가』, 월인, 1999.

유경숙,「薯童傳承의 희곡성 시고」,『한국희곡문학사의 연구』Ⅱ, 중앙인문사, 2000.

윤무병,「석탑의 건립 연대」,『정림사』, 충남대학교 박물관, 1981.

이능우,「향가의 마력」,『현대문학』21호, 현대문학사, 1956.

이병도,「薯童說話에 대한 신고찰」,『역사학보』1집, 역사학회, 1952.

장덕순,『한국설화문학 연구』, 서울대 출판부, 1970.

조선총독부,『조선고적조사보고』, 민족문화사(영인), 1980.

지헌영,「백제와전도보(서평)」,『백제연구 3집』, 충남대학교 백제연구소, 1972.

지헌영,『향가여요의 제문제』, 태학사, 1991.

Mircea Eliade, The Myth of the Eternal Return or, Cosmos and History, Princeton University Press, 1971.

▌서동설화의 문학적 실상

고유섭,『조선탑파의 연구』, 을유문화사, 1954.

구자균,『국문학논고』, 박영사, 1966.

국립박물관,『백제무령왕릉유품 전시목록』, 서울, 1971.

김기동,『국문학개론』, 대창문화사, 1955.

김동욱·이숭녕 공편,『국어국문학사』, 을유문화사, 1955.

김사엽,『개고 국문학사』, 정음사, 1956.

김선기, <쑈뚱노래>(薯童謠),『현대문학』통권 제151호, 1967. 7.

김열규,「민담과 문학」,『한국민속과 문학연구』, 일조각, 1971.

김준영,『국문학개론』, 형설출판사, 1966.

베른하임(조기선 역),『사학개론』, 정연사, 1954.

성기열,「한일설화 비교연구의 일례」,『한국고전문학연구』제1집, 한국고전문학연구회, 1971.

小倉進平,『鄕歌及吏讀の硏究』, 京城帝大, 1929.

손진태,「甄萱式說話」,『조선민족설화의 연구』, 을유문화사, 1950.

양염규,『국문학개설』, 정연사, 1959.

양주동,『增訂 古歌硏究』, 일조각, 1965.

우정상·김영태 공저, 『한국불교사』, 진수당, 1970.

柳田國男, 『傳說』, 岩波新書, 1940.

유증선, 『영남의 전설』, 형설출판사, 1971.

이기백, 「百濟史上의 武寧王」, 月刊 文化財, 서울, 1971.

이능우, 「향가의 마력」, 현대문학 통권 21호, 1956.

이능우, 『국문학개론』, 이문당, 1955.

이명선, 『조선문학사』, 조선문학사, 1948.

이병도, 「서동설화에 대한 신고찰」, 『역사학보』 제1집, 역사학회, 1953.

이양수, 이병도의 「薯童說話에 대한 異說」을 駁함, 『충청』 제21호, 1971.

이재호 역주, ≪삼국유사≫, 한국자유교양추진회, 1970.

이종우, 『향가문학론』, 연학문화사, 1971.

임동권, 『한국민속학논고』, 선명문화사, 1971.

장덕순, 「夜來者傳說」, 『한국설화문학연구』, 서울대출판부, 1970.

장덕순·조동일·서대석·조희웅 공저, 『구비문학개설』, 일조각, 1971.

정병욱, 『한국시가발달사』, 고대민족문화연구소, 1967.

정주동, 『고대소설론』, 형설출판사, 1966.

정주동, 『국문학사』, 형설출판사, 1963.

조지훈, 「신라가요연구논고」, 『민족문화연구』 제1집, 고대민족문화연구소, 1964.

지헌영, 『향가여요신석』, 정음사, 1946.

崔南善, ≪新訂三國遺事≫, 「解題」, 三中堂, 1946.

최상수, 『한국민간전설집』, 통문관, 1958.

홍사준, 『백제연구』 창간호, 충대백제연구소, 1970.

황수영, 「백제의 건축미술」, 『백제연구』 제2집, 충남대백제연구소, 1971.

Antti Aarne(關 敬吾譯), 『昔話の比較研究』, 東京, 岩崎美術社, 1969.

▌〈서동요〉의 문학적 실상

金鍾雨, 『鄕歌文學論』, 硏學文化社, 1971.

김병욱, 「서동요고」, 『백제연구』 제7집, 충암대학교 백제연구소, 1976.

김사엽, 『향가의 문학적 연구』, 계명대학출판부, 1979.

김선기, 「<쇼뚱노래>(서동요)」, 『현대문학』 통권 제151호, 1967.

김열규, 「향가의 문학적 연구 일반」, 『향가의 어문학적 연구』, 서강대학교, 1972.

김완진, 「서동요의 재조명」, 『한국어연구』 7, 한국어연구회, 2010.

김완진, 『향가해독법연구』, 서울대출판부, 1980.

사재동, 「서동설화 연구」, 『장암지헌영선생화갑기념논총』, 호서문화사, 1971.

서재극, 「<서동요>의 문리」, 『청계김사엽박사회갑기념논문집』, 1978.

송재주, 「<서동요>의 형성연대에 대하여」, 『장암지헌영선생화갑기념논총』, 호서문화사, 1971.

이능우, 「향가의 마력」, 『현대문학』 통권 21호, 1956.

이병도, 「서동설화에 대한 신고찰」, 『역사학보』 제1집, 역사학회, 1953.

이종출, 「<서동요>의 새로운 이해」, 『한국언어문학』 제22집, 한국언어문학회, 1983.

임기중, 「신라향가에 나타난 주력관」, 『동악어문논집』 제5집, 동악어문학회, 1967.

임동권, 『한국민요집』, 동국문화사, 1961.

장덕순, 「야래자전설」, 『한국설화문학연구, 서울대출판부, 1970.

지헌영, 「善陵에 대하여」, 『동방학지』 제12집, 1971.

池憲英, 『鄕歌麗謠新釋』, 正音社, 1947.

황수영, 「백제의 건축미술」, 『백제연구』 제2집, 충남대학교, 1971.

I.A. 리처드(金榮秀), 『文藝批評의 原理』, 玄岩社, 1977.

제3부 백제 창건의 사찰문화

▌미륵사지 문물의 예술사적 고찰

강전섭, 「이두의 신연구」, 충남대학교 대학원, 1965.

고유섭, 『한국탑파의 연구』, 을유문화사, 1954.

국립문화재연구소, 『미륵사지출토 금동향로』, 2008.

권오영, 「또하나의 걸작 백제대향로」, 『무령왕릉』, 돌베개, 2005.

圭峰, 「禪源諸詮集都序」, 『四集諢解』, 법륜사, 1991.

김리나, 『한국고대불교조각 비교연구』, 문예출판사, 2003.

김법현, 「불교무용의 유형과 분류」, 『불교무용』, 운주사, 2002.

김법현, 『영산재연구』, 운주사, 2001.

김선종, 『고고미술사』, 학연문화사, 1994.

김성배, 『한국불교가요의 연구』, 아세아문화사, 1983.

김승호, 『한국서사문학사론』, 국학자료원, 1997.

김승호, 『한국승전문학의 연구』, 민족사, 1992.

김영태, 『백제불교사상연구』, 동국대출판부, 1985.

김용덕, 「전기의 개념과 유형」, 『한국전기문학론』, 민족문화사, 1987.

김운학, 「불교문학으로서의 향가문학」, 『신라불교문학연구』, 현암사, 1976.

김진영, 「변문의 계통과 연행양상」, 『한국서사문학의 연행양상』, 이회, 1999.

김화경, 『한국설화의 연구』, 영남대학교 출판부, 2002.

노중국, 「백제 무령왕대의 집권력 강화와 경제기반의 확대」, 『백제문화』 제21집,
        공주대학교 백제문화연구소, 1991.

段玉明, 『中國寺廟文化』, 上海人民出版社, 1994.

敦煌文物研究所, 『敦煌壁畵故事』, 甘肅人民出版社, 1995.

문명대, 『한국의 불화』, 열화당, 1977.

문화재관리국, 무령왕릉(발굴보고서), 삼화출판사, 1974.

민병수, 『한국한시사』, 태학사, 1996.

박범훈, 『한국불교음악사연구』, 장경각, 2000.

박병동, 『불경전래설화의 소설적 변모 양상』, 역락, 2003.

박세민, 『韓國佛敎儀禮資料叢書』 4책, 칠성암, 1993.

방상훈, 『집안 고구려고분벽화』, 조선일보사, 1993.

백제연구소총서, 『백제와전도보』, 충남대학교 백제연구소, 1972.

사재동, 「<서동요>의 문학적 실상」, 『백제무령대왕과 불교문화사』, 중앙인문사,
        2006.

사재동, 「무강왕전설의 연구」, 『백제연구』 5집, 충남대학교 백제연구소, 1974.

사재동, 『불교문화학의 새로운 전개』, 중앙인문사, 2006.

사재동, 『한국공연예술의 희곡적 전개』, 중앙인문사, 2006.

사재동, 「서동설화 연구」, 『장암지헌영선생화갑기념논총』, 호서문화사, 1971.

사재동, 『영산재의 공연문화적 성격』, 박이정, 2006.

薛惠琪, 『六朝佛敎志怪小說研究』, 文津出版社, 1995.

소진철, 『금석문으로 본 백제 무령왕의 세상』, 원광대학교 출판부, 1998.

송재주, 「<서동요>의 형성 연대에 대하여」, 『장암지헌영선생화갑기념논총』, 호서
        문화사, 1971.

안동주, 『백제문학사론』, 국학자료원, 1997.

오계화, 「백제무령왕의 출자와 왕위계승」, 『한국고대사연구』 33, 한국고대사학회,

2004.

오출세, 「상례와 천도의례」, 『불교민속문학연구』, 집문당, 2008.

王書慶, 『敦煌佛學·佛寺篇』, 甘肅民族出版社, 1995.

윤무병, 「정림사지 석탑의 건립 연대」, 『정림사(발굴보고서)』, 충남대학교 박물관, 1981.

이도학, 「한성말 웅진시대 백제왕위계승과 왕권의 성격」, 『한국사연구』 50·51, 한국사연구회, 1985.

이병도, 「서동설화의 신연구」, 『역사학보』 1집, 역사학회, 1952.

이병도, 역주 ≪삼국유사≫(수정판), 명문당, 2000.

이재호, ≪삼국유사≫(국역), 한국자유교양추진회, 1970.

이종찬, 『한국불가시문학사론』, 불광출판부, 1993.

이혜구, 「산대극과 기악」, 『한국음악연구』, 국민음악연구회, 1957.

전명선 편, 『諸經序文』, 삼영출판사, 1967.

주종연, 「한국서사문학의 연원(삼국사기 열전)」, 『한국소설의 형성』, 집문당, 1987.

지헌영, 「와전도보(서평)」, 『백제연구』 3집, 충남대학교 백제연구소, 1972.

진홍섭, 『한국불교미술~건축』, 문예출판사, 1998.

진홍섭, 『한국의 석조미술』, 문예출판사, 1995.

최재석, 「무령왕과 그 전후 시대의 大和倭 經營」, 『한국학보』 65, 일지사, 1991.

허흥식, 『韓國金石全文<古代>』, 아세아문화사, 1984.

홍윤식, 「제종불교전통의례의 기원·역사와 그 사상성」, 『불교 전통의례와 그 연극·연희화의 방안 연구』, 엠에드, 1999.

홍윤식, 『불교민속놀이』, 국립문화재연구소, 2002.

홍윤식, 『한국불화의 연구』, 원광대 출판부, 1980.

황수영, 『한국의 불상』, 문예출판사, 1990.

▎비래사 문물의 불교문화적 전개

길기태, 『백제사비시대 불교신앙연구』, 서경, 2006.

김법현, 『불교무용』, 운주사, 2002.

김법현, 『영산재 연구』, 운주사, 2001.

김영태, 『백제불교사상연구』, 동국대학교 출판사, 1985.

김영태, 『신라불교연구』, 민족문화사, 1987.

大鎞和尙,「鷄足山指掌圖記」,『鷄足山寺志』, 丹靑圖書公司, 1985.

대전시사편찬위,『대전시사』제4권, 대전직할시청, 1992.

박계홍,「한국인의 통과의례」,『비교민속학』, 제4집, 비교민속학회, 1989.

박광수,「팔상명행록의 계통과 문학적 실상」, 충남대학교 대학원, 1997.

박범훈,『한국불교음악사 연구』, 장경각, 2000.

박용진,「공주의 서혈사지와 남혈사지에 대한 연구」,『공주교육대학 논문집』3집, 1966.

사재동「<남백월이성>에 대한 문학적 고찰」,『한국고설의 실상과 전개』, 중앙인문사, 2006.

사재동,「비암사 문물의 불교문화적 고찰」,『불교문화학의 새로운 과제』, 중앙인문사, 2010.

史在東,『한국희곡문학사의 연구』 IV, 중앙인문사, 2000.

유동식,『한국무교의 역사와 구조』, 연세대학교 출판부, 1983.

인권환,「관음설화의 소설적 전개」,『성곡논총』26집, 성곡문화재단, 1995.

지헌영,「웅령회맹·취리산회맹의 축단 위치에 대하여」,『한국지명의 제문제』, 경인문화사, 2001.

┃백양사 문물의 불교문화적 전개

권영한,『한국사찰의 주련』, 전원문화사, 1997.

김법현,『불교무용』, 운주사, 2002.

김법현,『영산재 연구』, 운주사, 2001.

김영배,『불전언해중심·국어사자료연구』, 월인, 2000.

남도불교문화연구회,『불교문화연구』제6집, 부다기획, 1998.

段玉明,『中國寺廟文化』, 上海人民出版社, 1994.

박계홍,「한국인의 통과의례」,『비교민속학』, 제4집, 비교민속학회, 1989.

박광수,「≪팔상명행록≫의 계통과 문학적 실상」, 충남대학교 대학원, 1997.

박범훈,『한국불교음악사 연구』, 장경각, 2000.

박세민,「불교의례의 유형과 구조」,『한국불교의례자료총서』1집, 삼성암, 1993.

사재동,『불교계 서사문학의 연구』, 중앙문화사, 1996.

사재동,『한국희곡문학사의 연구』 IV, 중앙인문사, 2000.

사재동,「불교문화학의 방법론적 전망」,「불교문화연구」2집, 한국불교문화학회,

2003.

사재동, 「불교문화학의 방향과 방법론」, 『불교문화연구』 1집, 한국불교문화학회, 2003.

史在東, 「佛敎系 講唱文學의 판소리적 전개」, 『불교문화연구』 4집, 한국불교문화학회, 2004.

사재동, 『불교문화학의 새로운 전개』, 중앙인문사, 2006.

사재동, 『한국문학유통사의 연구』, 중앙인문사, 2006.

안진호, 『석문의범』, 법륜사, 1982.

오출세, 『불교민속학의 세계』, 집문당, 1996.

유동식, 『한국무교의 역사와 구조』, 연세대학교 출판부, 1983.

李 濤, 『佛敎與佛敎藝術』, 西安交通大學出版部, 1989.

이창식, 『불교민속학의 세계』, 집문당, 1996.

인권환, 「관음설화의 소설적 전개」, 『성곡논총』 26집, 성곡문화재단, 1995.

張 弓, 『漢唐佛寺 文化史』, 中國社會科學出版社, 1997.

張國臣, 『中國少林寺文化學』, 河南人民出版社, 1999.

진홍섭, 『韓國의 石造美術』, 문예출판사, 1995.

천혜봉, 『한국서지학연구』, 삼성출판사, 1991.

최승범, 『한국수필문학연구』, 정음사, 1980.

한국불교연구원, 『新羅의 廢寺』 I · II, 일지사, 1992.

허 균, 『사찰 장식』, 돌베개, 2002.

홍윤식, 『한국불화의 연구』, 원광대학교 출판부, 1980.

제4부 백제계의 불교문화

▌백제금동대향로의 불교문화적 실상

강인구, 『백제고분연구』, 일지사, 1997.

輕部慈恩, 『百濟美術』, 寶雲舍, 1946.

김성혜, 「봉암사 지증대사 적조탑의 음악사적 조명」, 『한국음악사학보』 39집, 한국음악사협회, 2007.

김수태, 「백제위덕왕대 부여 능산리 사원의 창건」, 『백제금동대향로』, 국립부여박물

관, 2003,

김원룡, 『한국벽화고분』, 일지사, 1992.

김원식, 『高句麗』, 중도일보사, 2005.

김재경, 『신라 토착신앙과 융합사상사 연구』, 민족사, 2007.

『능사』, 부여국립박물관, 2000 참조.

문화재관리국, 『무령왕릉』, 삼화출판사, 1974.

박경은, 「박산향로의 승선도상 연구」, 『백제금동대향로』, 국립부여박물관, 2003.

방상훈, 『집안고구려고분벽화』, 조선일보사, 1970.

본옥성, 「백제의 금동대향로에 대한 새로운 해석」, 『백제금동대향로』, 국립부여박물
　　　관, 2003.

불교중앙박물관, 『佛』, 대한불교조계종 총무원, 2007.

사재동, 『백제무령대왕과 불교문화사』, 중앙문화사, 2006.

서정록, 『백제금동대향로』, 학고재, 2001.

성기훈, 『백제문화대관』, 중도일보사, 2005.

유성윤, 『세계의 불교미술』, 한국색채미술사, 1994.

이동주, 『고려불화』, 중앙일보사, 1981.

전영래, 「향로의 기원과 형식변천」, 『백제금동대향로』, 2003.

정영호, 『국보7, 석조』, 예경산업사, 1984.

정영호, 『석탑』, 중앙일보사, 1980

조용중, 「백제금동대향로에 관한 연구」, 『백제금동대향로』, 국립부여박물관, 2003.

宗　梵, 「사리응험기 해제 및 사리응험기 원문」, 『중앙승가대학 논문집』 제3집, 중
　　　앙승가대학교, 1994.

진홍섭, 『국보5, 공예』, 예경산업사, 1985.

진홍섭, 『한국의 석조미술』, 문예출판사, 1995.

최무상·임연철, 『고구려벽화고분』, 신서원, 1992.

최응권, 「백제금동용봉향로의 조형과 편련」, 『백제금동대향로』, 국립부여박물관,
　　　2003.

橫超慧日, 『法華思想』, 平樂寺書店, 1975.

▌백제계 불교미술의 문화적 실상

강전섭, 「이두의 신연구」, 충남대학교 대학원, 1965.

輕部慈恩, 『百濟美術』, 寶雲舍, 1946.

김열규, 「백제신화론」, 『백제연구』 제20집, 충남대학교 백제연구소, 1989.

김영태, 삼국시대 미타신앙의 수용과 그 전개, 한국정토사상연구, 동국대학교 출판사, 1985.

김영태, 『백제불교사상연구』, 동국대학교 출판부, 1985.

金維諾, 「佛敎壁畵內容硏究」, 『中國美術史論集』, 明文書局, 1984.

김종우, 「불교의 왕생사상과 그 문학」, 『국어국문학지』 6호, 부산대학교, 1967 참조.

마리오 프라즈(임철규 역), 『문학과 미술의 만남』, 연세대학교 출판부, 1986.

박경훈, 관무량수경－비극을 넘어서 정토에로, 대원 6호, 한국불교대윤회, 1989.

박종숙, 「백제의 문화」, 『백제·백제인·백제문화』, 지문사, 1983.

사재동, 「무령왕릉문물의 서사적 구조」, 『백제연구』 제12집, 충남대학교 백제연구소, 1981.

사재동, 「불교계 서사문학의 연구」, 『어문연구』 제12집, 어문연구회, 1983.

사재동, 「한국희곡사연구서설(속편)」, 『어문연구』 제19집, 어문연구회, 1989.

사재동, 「불교연극연구서설」, 『불교사상논총』, 경해법인 신정오박사 회갑기념회, 1991.

小川貫一, 「淨土」の支那的 受容の問題－淨土敎劇·歸元鏡」, 『佛敎文化史硏究』, 永田文昌堂, 1973.

송방송. 『한국고대음악사연구』, 일지사, 1985.

조종업, 「백제시대 한문학에 대하여」, 『백제연구』 제6집, 충남대학교 백제연구소, 1975.

지헌영, 「次肹伊遣에 대하여－悼亡妹歌의 解讀을 圍繞하고」, 『향가여요의 제문제』, 태학사, 1991.

화엄사판, 「권념요록 및 아미타경」, 『왕생전』, 보련각, 1987.

황수영, 『한국불상의 연구』, 삼화출판사, 1981.

H.J, 웻치슬러(이기현 역), 『희랍·로마신화』, 여원사, 1960.

찾 / 아 / 보 / 기

● 사재동

저자는 1935년 충남 연기군 금남면 장재리에서 태어났다. 충남대학교를 졸업하고 같은 대학원에서 박사학위를 받았다. 충남대학교 교수로 재직하면서 인문과학연구소장, 교육대학원장, 인문대학장을 역임하였다. 지금은 충남대학교 국어국문학과 명예교수이다. 어문연구학회, 한국언어문학회, 한국고소설학회, 한국공연문화학회, 한국불교문화학회 회장을 역임하였다. 불교예술·불교문학·불교문화 등을 중심으로 한국의 고전문학과 문화 전반에 관심을 기울이면서 왕성하게 집필활동을 전개하고 있다. 『한국문학의 방법론과 장르론』, 『월인석보의 불교문화학적 연구』 등 15여 종 20책의 단독저서와 『한국서사문학사의 연구 1-5』, 『한국희곡문학사의 연구 1-6』 등 10여 종 20책의 편저서, 그리고 『학문생활의 도정』, 『심청황후전 1-3』 등의 수필 및 소설 등 7종 10여 책의 산문집과 창작품이 있다.

무령대왕과 백제불교문화사

초판 1쇄 인쇄 2015년 1월 5일
초판 1쇄 발행 2015년 1월 15일

지은이 사재동
펴낸이 이대현
편 집 박선주
디자인 이홍주

펴낸곳 도서출판 역락
등 록 1999년 4월 19일 제303-2002-000014호

주   소 서울시 서초구 동광로 46길 6-6(문창빌딩 2F)
전   화 02-3409-2058(영업부), 2060(편집부)
팩시밀리 02-3409-2059
e-mail youkrack@hanmail.net

정가 54,000원
ISBN 979-11-5686-134-8 93810

*파본은 구입처에서 바꿔 드립니다.

역락 블로그 http://blog.naver.com/youkrack3888

이 도서의 국립중앙도서관 출판예정도서목록(CIP)은 서지정보유통지원시스템 홈페이지(http://seoji.nl.go.kr)와 국가자료공동목록시스템(http://www.nl.go.kr/kolisnet)에서 이용하실 수 있습니다.(CIP제어번호 : CIP2014036123)